文艺报70周年精选文丛

文艺报 70 周年精选文丛（7卷，12册）

《时代之思》（理论卷）（上、下）

《文学天际线》（文学评论卷）（上、下）

《艺术经纬》（艺术评论卷）（上、下）

《世界的涛声》（外国文学卷）（上、下）

《彩练当空》（作品卷）（上、下）

《未来永恒》（儿童文学评论卷）

《文学之思》（对话卷）

文艺报70周年精选文丛

SHIJIE DE TAOSHENG
WAIGUO WENXUE JUAN SHANG

世界的涛声

外国文学卷 上

文艺报社 ◎ 选编
梁鸿鹰 ◎ 主编

时代出版传媒股份有限公司
安徽文艺出版社

图书在版编目（CIP）数据

世界的涛声：外国文学卷：上、下/文艺报社选编；梁鸿鹰主编. —合肥：安徽文艺出版社，2020.12

（《文艺报》70周年精选文丛）

ISBN 978-7-5396-6866-6

Ⅰ. ①世… Ⅱ. ①文… ②梁… Ⅲ. ①外国文学－文学评论－文集 Ⅳ. ①I106-53

中国版本图书馆 CIP 数据核字（2020）第 017274 号

出 版 人：段晓静
出版统筹：刘姗姗　宋潇婧　周　康
责任编辑：刘姗姗　凌　敏
特约编辑：王　杨
装帧设计：张诚鑫　吴　臣

....

出版发行：时代出版传媒股份有限公司　www.press-mart.com
　　　　　安徽文艺出版社　www.awpub.com
地　　址：合肥市翡翠路 1118 号　邮政编码：230071
营 销 部：(0551)63533889
印　　制：安徽新华印刷股份有限公司　(0551)65859551

....

开本：710×1010　1/16　印张：53.5　字数：1010 千字
版次：2020 年 12 月第 1 版
印次：2020 年 12 月第 1 次印刷
定价：156.00 元（上、下）

....

（如发现印装质量问题，影响阅读，请与出版社联系调换）
版权所有，侵权必究

回望如歌岁月　开创全新境界

——《〈文艺报〉70周年精选文丛》总序

梁鸿鹰

《文艺报》诞生于中华人民共和国成立的前夜，在第一次文代会筹备和召开期间曾经作为这次盛会的公报面世。1949年9月25日，《文艺报》正式创刊，这是新中国第一个以文学艺术理论评论为鲜明特色的文化园地。从此，文学艺术界有了一方自己的精神家园；从此，文艺报人有了一块忘我耕耘的花圃。

《文艺报》自诞生之日起，就得到毛泽东、邓小平等党和国家领导人的重视与关怀，茅盾、丁玲、冯雪峰、张光年、冯牧以及邵荃麟、侯金镜、陈涌等一批文坛大家曾领军《文艺报》。《文艺报》与作家、艺术家和理论评论家一道，共同见证了当代文学艺术发展，记录了新中国文艺理论评论走过的那些不平凡的历程。收在《〈文艺报〉70周年精选文丛》里的这些文字，无不凝聚着一代代作家、艺术家和学者朋友们对当代文艺的真知灼见，体现着《文艺报》70年来的独特追求。

这是一个有坚守、有卓见的文艺阵地。70年来，《文艺报》在党的领导下，坚持"二为"方向，贯彻"双百"方针，团结广大作家、艺术家，凝聚理论评论工作者，及时传递文坛资讯，热情评介最新佳作，积极活跃理论探讨，坚持多角度、多层面展现中外文艺态势，在对民族传统的深刻体认及与世界文学的活跃对话中，推动了当代文学艺术空间的不断拓展。

这是一个发先声、鼓干劲的园地。《文艺报》始终坚持正确导向，紧跟时代步伐，积极参与文学现场，活跃探讨学术风气，善于提出新的文学命题，设置新的美学议题，活跃理论争鸣与艺术探索，鼓励艺术探索与艺术创新，为文学发展注入思想与艺术引领，在学术讨论中推动文艺界思想解放，在社会进步中不断开拓学术境界，将新中国日新月异的发展进步，将当代文艺事业不断进步的新风貌展现出来，为出优秀人才、出优秀作品、促进社会主义文学的繁荣发展竭尽心力。

这是一个有立场、有情怀的精神家园。《文艺报》始终坚持党性和人民性的统一，不断探索社会主义文学艺术规律，积极将党的文艺方针政策转化为文艺界的自觉追求，团结带领广大作家深入生活、扎根人民，为建设新时代民族的大众的科学的文艺"鼓"与"呼"，引领作家、艺术家为人民抒写、抒情、抒怀，满足人民群众不断增长的精神文化需求，激励人们追求美好生活。

《文艺报》始终把团结和服务文学艺术界作为自己的宗旨，积极扶持培育文学新人,培养评论人才,团结引领广大作家遵循艺术规律,点燃文学之灯,照亮作家心灵,激扬文字,共同绘制一幅幅时代文艺发展的难忘景象。我们坚持专业品格,坚守中华美学自觉,推动创新性发展与创造性转化,推动时代精神与中国风格、中国气派有机融合,以时代精品讲述丰富多彩的中国故事,弘扬中华传统文化。

《文艺报》始终坚持兼收并蓄,以兼容并包的艺术敏感关注新现象、新经验、新问题,在坚持中国文学艺术主体性的同时,广泛介绍其他国家文学艺术创作现状和蕴含的新经验,促进作家、艺术家汲取各方面营养并予以中国化表达,拓展中国文学艺术的表现形式与艺术空间,推动中国文学走向世界,把当代中外文艺创造的崭新气象传得更广、更远。收在我们这套文丛里的文字,就鲜明地反映了文艺报人的追求,体现了当代文艺的多彩风貌。

文艺是国民精神所发的火光,同时也是引导国民精神前进的灯火。70载栉风沐雨,初心不变;70载春华秋实,砥砺前行。回首过往,我们充满自豪;展望未来,我们信心倍增。我们将以前辈报人筚路蓝缕的开创精神,我们愿与当代文艺发展一道,继续做好中国文艺代代相传、辛勤执着的持灯火者,呵护美善,勘探未知,指引心灵,用自己的绵薄之力,努力照亮民族和文艺的未来。

目　录

梁鸿鹰:回望如歌岁月　开创全新境界——《〈文艺报〉70 周年精选文丛》总序 / 1

上

1949 年
丁　玲:西蒙诺夫给我的印象 / 1
曹靖华:苏联文学在中国 / 5

1950 年
刘白羽:访问《文学报》——苏联作家协会机关报是怎样办的? / 9
马　烽:中国文艺作品在朝鲜 / 19

1951 年
丁　玲:欢迎,欢迎你们的来临——欢迎爱伦堡、聂鲁达先生 / 21
冯　至:安娜·西格斯印象 / 23

1952 年
袁湘生:和平战士乔治·亚马多 / 26
茅　盾:果戈理在中国——纪念果戈理逝世百年 / 29
艾　青:和平书简——致巴勃罗·聂鲁达 / 32

1953 年
罗大冈:悼艾吕雅 / 36
李又然:做你所愿意的——纪念方斯华·拉伯雷逝世四百周年 / 42

1954 年

彝　父：阿里斯托芬的喜剧 / 46
赵诏熊：莎士比亚及其艺术 / 52
汝　龙：关于契诃夫的小说 / 60
金克木：印度文学——人类文化的一所宝库 / 72

1955 年

贺敬之：纪念席勒逝世一百五十周年 / 78
孙　用：波兰最伟大的诗人密茨凯维支 / 82
周　扬：纪念《草叶集》和《堂吉诃德》 / 87
草　婴：《被开垦的处女地》的新篇章 / 95

1956 年

余　振：伟大的俄罗斯作家陀思妥耶夫斯基 / 100
巴　金：燃烧的心——我从高尔基的短篇中所得到的 / 104
冯　至：海涅的讽刺诗 / 107

1957 年

赵萝蕤：能深爱亦能深恨的威廉·布莱克 / 113
傅　雷：翻译经验点滴 / 118

1958 年

王佐良：读拜伦——为纪念拜伦诞生一百七十周年而作 / 121
叶君健：拉格洛孚的《传奇》 / 131
杨周翰：英国资产阶级革命诗人弥尔顿——弥尔顿诞生三百五十周年纪念 / 135

1959 年

吴达元：关于莫里哀的《悭吝人》 / 139

1960 年

田　汉：欢迎日本访华话剧团 / 143

何其芳:托尔斯泰的作品仍然活着——1960年11月15日在苏联科学院文学语言学部和高尔基世界文学研究所纪念托尔斯泰逝世五十周年的学术会议上的发言 / 147

1961年
朱光潜:莱辛的《拉奥孔》/ 153
季羡林:纪念泰戈尔诞生一百周年 / 158
戈宝权:阿尔巴尼亚文学的光荣斗争传统 / 162

1979年
李文俊:"从海洋到闪烁的海洋"——战后的美国文学 / 168
高慧勤:井上靖及其西域小说 / 174

1980年
卞立强:记旅日著名华侨作家陈舜臣 / 179
陈　焜:美国作家贝娄和辛格 / 182

1981年
李健吾:读本·琼森《悼念我心爱的威廉·莎士比亚大师及其作品》/ 189
吴元迈:"首创权总是属于他的"——关于《别林斯基选集》的前三卷 / 194

1982年
冯汉津:当代欧美文学中的"反文学" / 199
刘放桐:存在主义与文学 / 209

1983年
袁可嘉　郑振强　杨可杨:西方现代派文学三题 / 218
赵德明:今日拉丁美洲文学 / 223

1984年
张　捷:近年来苏联关于社会主义现实主义理论问题的讨论 / 229
夏仲翼:谈现代派艺术形式和技巧的借鉴 / 236

1985 年

伍蠡甫:现代西方文学批评的若干流派 / 241

张　黎:民主德国文坛上的"美学解放" / 249

柳鸣九　罗丹:雨果的脚步——写在他逝世一百周年的时候 / 256

1986 年

陈光孚:从博尔赫斯逝世所想到的 / 259

陈可雄:莫拉维亚与中国作家一席谈 / 262

叶廷芳:当代西方文学的一般艺术特征 / 266

1987 年

陆　扬:解构主义 / 270

杨武能:歌德眼中的"世界文学" / 273

施康强:克洛德·西蒙的小说技巧 / 275

王立新:文明与人的悲剧性冲突——谈 D. H. 劳伦斯的《恰特里夫人的情人》 / 281

1988 年

易丽君:七十年代以来的波兰文学 / 284

杨武能:诗人里尔克:深邃而博大 / 288

裴显亚:现代派文学之父汉姆生 / 291

关　偁:纳吉布·马哈福兹:文学金字塔的建造者 / 295

1989 年

杨乐云:他开始为世界所瞩目——米兰·昆德拉小说初析 / 298

孟蔚彦:我以世界的变迁作我的故乡——1966 年诺贝尔文学奖获得者奈丽·萨克斯 / 303

张群　希伯德:它们受到政府和人民的支持——谈谈澳大利亚当代文学及其繁荣的原因 / 306

王逢振:女性的危机:碎裂的故事和严密的结构 / 309

1990 年

林一安:"我感到荣幸,但更感到责任重大"——西班牙作家塞拉剪影 / 313

吕同六:卡尔维诺小说的神奇世界 / 319

杨正润:文学和莎学研究的政治化——文化唯物主义述评 / 324

1991 年

陈众议:一位难得的全才——记 1990 年诺贝尔文学奖获得者奥克塔维奥·帕斯／329

叶渭渠　唐月梅:野间宏,我们崇敬的人——悼念野间宏先生／334

文洁若:松本清张与社会派推理小说／337

瞿世镜:四世同堂——当代英国小说家群像／340

1992 年

王家湘:不息的呼唤——南非作家纳丁·戈迪默和她的小说／348

刘习良:伊莎贝尔·阿连德:在沉默中爆发的智利女作家／356

岳凤麟:实事求是地评价苏联文学的历史／359

1993 年

傅　浩:逆水独航海湾外／361

梅绍武:纳博科夫和文学翻译／364

刘意青:用弗式理论释读必须适可而止——读《拉巴契尼的女儿》与《麦克梯格》／369

1994 年

王家湘:黑人民间文化的继承者——谈托妮·莫里森的小说艺术／375

许金龙:超越战后文学的民主主义者——诺贝尔文学奖桂冠新得主大江健三郎／380

1995 年

马文韬:德语文学越来越引人注目的课题——托马斯·曼研究／384

黎皓智:今日俄罗斯文学／389

申慧辉:任重道远——记当代加拿大英语女性文学／395

1996 年

傅　浩:他从黑暗的泥土中走来——1995 年度诺贝尔文学奖得主希内／401

马文韬:瑞士文学四题／406

下

1997 年

高　兴:得到了荣誉,但无须道如何——席姆博尔斯卡获奖之后 / 413

崔少元:我看女权主义批评 / 419

乐黛云:如何对待自身的传统文化 / 423

1998 年

吕同六:人民大众是他的母亲——达里奥·福的启示 / 426

朱　虹:谜一样的奥斯汀卷土重来 / 431

余中先:一部真中有假的自传 / 436

唐岫敏:换语人:摆脱不开的精神家园 / 439

1999 年

孙成傲:这个诺贝尔奖是我们大家的——若泽·萨拉马戈与他的创作 / 444

钟志清:谁是当代最优秀的希伯来文小说家?——希伯来文学评论家格肖姆·谢克德教授一席谈 / 449

朱景冬:美洲的第三次发现——拉美文学现状 / 453

范大灿:长篇小说没有死亡,也不会死亡——谈谈格拉斯获 1999 诺贝尔文学奖 / 457

2000 年

程　虹:自然与心灵的交融——美国的自然文学 / 466

柳鸣九:世事沧桑话萨特 / 478

李士勋:百年之后说尼采 / 482

2001 年

吴松江:西方文学研究的新起点:新的超级大国——传记文学 / 485

吴　冰:矛盾的杰克·伦敦 / 489

绿　原:布莱希特:与最伟大的文学传统密切联系 / 496

2002 年

瞿世镜:后殖民小说家——"漂泊者"奈保尔 / 501

严兆军:一面对外开放的镜子——《尤利西斯》在中国的漂泊／510
方　平:冒充学术研究的索隐派／514
严兆军:文学应该为历史作见证——2002年诺贝尔文学奖得主凯尔泰斯·伊姆雷／517

2003年
哈　米:伏契克百年诞辰纪念——我为欢乐而生，为欢乐而死／525
陈喜儒:友情是我生命中的明灯——巴金和中日文学交流／528

2004年
石平萍:深切关注人类处境——南非最复杂、最有思想的作家J.M.库切／533
林雅翎:中国当代文学在法国／540

2005年
李公昭:"我对战争有信念"——美国的二战主流小说／543
李昌珂:永远不能忘记的记忆——德国当前反思二战文学一瞥／548
叶舒宪:凯尔特文化复兴与"哈利·波特"旋风／553
唐玉清:"新小说"时代结束了吗？——"新小说"之后的"午夜作家"／557
吴岳添:探索人类命运和生存意义——法国的反法西斯战争小说／561

2006年
王　炎:"反恐"改变着美国文化／565
印芝虹:《生死朗读》——德国文学历史反思的新成果／568
莫　言:什么力量在支撑着大江不懈地创作？——大江健三郎先生给我们的启示／573

2007年
乐　欢:他是西方作家，又是东方作家——透过《我的名字叫红》看诺贝尔文学奖得主
　　　 帕慕克／580
沈　宁:走在现实主义道路上的美国悬疑小说／586
任光宣:当今俄罗斯大众文学／596

2008年
张建华:俄国现实主义文学的重生／599

赵毅衡：一个迫使我们注视的世界现象——中国血统作家用外语写作 / 603
邓中良：文学依旧不死——诺贝尔文学奖得主克莱齐奥的文学创作 / 606

2009 年

郭英剑：兔子歇了……——美国当代作家约翰·厄普代克及其创作 / 612
叶廷芳：他们共同铸造着大写的现代人 / 616
林少华：贵在关乎灵魂——我看村上春树文学的魅力 / 620
戴　骢：哲人已逝　著述长存——记米洛拉德·帕维奇《哈扎尔辞典》的翻译出版 / 623

2010 年

潘　璐：赫塔·米勒到底是谁？/ 625
陈众议：巴尔加斯·略萨：诺贝尔文学奖的面子 / 629
高方　许钧：中国文学如何走出去 / 634
沈大力：西方社会的透镜——乌埃尔贝克现象再观察 / 638

2011 年

屠　岸：译事七则 / 642
薛　舟：韩国青年作家的"幻想现实主义"：以奇幻的想象抵近现实 / 647
赵德明：罗伯特·波拉尼奥《2666》：全景式探讨人性变化 / 652
李亦男：批判者的遗产——托马斯·伯恩哈德和他的剧作 / 657
石琴娥：2011年诺贝尔文学奖得主特朗斯特罗姆：属于诗人的诗人 / 664
高　莽：中国与白俄罗斯文艺界的交往 / 668

2012 年

张子清：2011 美国诗界大辩论：什么是美国的文学标准 / 674
薛鸿时：纪念狄更斯200周年诞辰："他的心始终向着穷人和不幸者" / 681
许　彤："反诗人"VS"反诗歌"——智利诗人尼卡诺尔·帕拉侧写 / 687
汪剑钊：以赛亚·伯林：诗人们的知音 / 693
高　兴：红色经典与蓝色东欧——需要重新打量的东欧文学 / 697
郑克鲁：你看过《第二性》吗？/ 703

2013 年
严蓓雯:女作家的节制／707
盛　宁:文学怎会无用　我们仍爱经典／712
杨卫东:菲利普·罗斯:"十足的玩笑,要命的认真"／716
陈晓明:2013 年诺贝尔文学奖得主艾丽丝·门罗:如此艺术,如此小说／720
黄燎宇:德国"文学教皇"马塞尔·赖希－拉尼茨基:批评家死了／722

2014 年
袁筱一:2014 年诺贝尔文学奖得主帕特里克·莫迪亚诺:迷失,我们的存在方式／727
李　尧:2014 年布克文学奖得主理查德·弗兰纳根:用历史表达自己思想／733
张　冲:美国本土裔文学:植根传统　融入现实／735
童道明:纪念契诃夫逝世 110 周年:契诃夫戏剧,对于美好生活的渴望／740

2015 年
闵雪飞:"拉美文学"涵盖了巴西文学吗?／746
余泽民:2015 年布克奖得主克拉斯诺霍尔卡伊·拉斯洛:我们本不该对他感到陌生／751
王智新:日本"反战文学":以受害者面目出现,模糊侵略战争性质／754
林精华:诺奖的国际政治学:何谓"白俄罗斯文学"?／760

2016 年
陈　镭:艾柯的回音／765
文　羽:帕乌斯托夫斯基《金蔷薇》:展现世界的绚丽广阔与丰沛／769
薛庆国:马哈茂德·达尔维什:用栀子花的呐喊,令祖国回归／772
郭英剑:鲍勃·迪伦引发追问:究竟什么是文学?／776

2017 年
刘　淳:哈罗德·布鲁姆:我将文学批评的功能多半看作鉴赏／781
刘文飞:叶夫图申科:我不善于道别／784
郑恩波:为阿果里大哥送行／790
王　晔:数码时代的"语词有价"与"文学有责"——瑞典作协年会有感／793
李丹玲:2017 年诺贝尔文学奖得主石黑一雄:挖掘隐藏于现实之下的深渊／798
马　良:《使女的故事》:旧房子墙后埋藏的信息／804

2018 年

符辰希:葡萄牙文学 800 年 / 808

王　杨:阿多尼斯:写作的目的是改变 / 817

董　晨:民族文学论与韩国当代文学的发展 / 821

孙洛丹:2018 年:明治的语境和困惑 / 827

编者的话 / 834

1949 年

西蒙诺夫给我的印象

丁 玲

俄罗斯的文学特别能为我们所喜爱。我们在那里面经常找得到我们的问题,找得到我们的命运,找得到我们周围的人物。我们爱那些哥萨克人、白俄罗斯人、乌克兰人、鞑靼人,我们爱那些大胡子的游击队员、那些长雀斑的小伙子、那些大辫子的姑娘,我们爱那些老头儿、修鞋匠、马车夫。我们感觉得到那些村中的小屋子,那些桦树林,那些风雪和晴朗的日子。我们体会得到藏在那些森林里面,壁炉旁边,茶壶周围,以及披肩底下的感情。一切都是这样地坚实、深沉、和蔼,这样地近人情,这样地可亲。我们酢然学习得不很好,但我们是敢于说我们能读这些书,能欣赏这些书,还能理解这些书。这些书能够在中国找得到许多的读者不是偶然的。这两个民族、两个国家的人民,有它的相近的处境和要求,有它共同的意志和思想。像一个哥哥和弟弟,他们是在一条路上前进:一个在前一点,一个在后一点。

但苏联文学中慢慢出现了新人物了。不特不是陀斯妥耶夫斯基的痛苦的人物,也不是高尔基小说中的人物,而是社会主义国家里的人物了。这些人物,已经不是沉重而深刻的人物,也不是有些忧虑的人物,也不是《铁流》里面的郭如鹤,而是一种明朗的、新鲜的、单纯的、活泼的、自然极了的人物。这些人物给了我们新的启示,我们看出一个国家变了,人民的品格也随之而更可爱了,这些人物在许多书中都出现了,但到西蒙诺夫的作品里,就更觉得完美,而一丝一毫也找不到旧时代人物的痕迹了。西蒙诺夫的俄罗斯人中的沙伏诺夫、格诺巴,这些人物的确还没有托尔斯泰小说中的人物给我们印象深刻,给我们去思索,但这些新人物却是多么的发亮,多么的吸引人呵!这些人物在中国的作品里是不能找到的。但在中国革命的人民中,他们在革命的战斗里所具有的信心和乐观,已经在生长一种新的人,这些新的人也是单纯而明朗,而且最可贵的是对革命事业的忠诚,对组织纪律的服从,毫无个人打算,好像就是天生的一种品德似的。这种人物正在生活中锻炼、成长。这种人物正刚被人发觉,但还没有人能把握住这些人,表现这些人,把这些人的气质输入社会中去,做一番大大的清血运动。因此,我读到西蒙诺夫先生的作品时,我是说不出的欣喜的!

第一次我去苏联时,西蒙诺夫不在莫斯科,我没有见到他。第二次我随和平代表团去捷克,路过苏联。当那天我们抵莫斯科车站时,车站上挤满了欢迎的人们,我被苏联妇女反法西斯会的同志们包围住了。酢然听说到了很多作家,却只见到维莘那夫斯基,上车后又只听见车上的人彼此问询:"你见到西蒙诺夫了吗?""嗨!他是一个好大的个儿呵!"我伸头去车窗外,有许多人对我们扬手,摇手巾和帽子,点头,笑,但谁是那个大个儿呢?我没有找到。

十七号我们被西蒙诺夫欢迎到他的"新世纪"杂志社编辑处去了。我们在一间较大的房子里看见了主人,和另外一些作陪的客人。在这群作家中,西蒙诺夫不特以他的个儿突出,而且他似乎有很多地方都能使人特别注意。我们被介绍后,以为主人一定请我们坐下,主人发言了,一般的形式。但没有,我们可以完全自由地去浏览墙壁上的漫画。我们看见穿着灰色的服装的主人,正以一个高大的背在背对着我们,他以很潇洒的态度在为他自己倒酒了。我因为不懂俄国语言,没有办法去谈话。但我有充分的权利去观察。我第一感觉到他不特是一个天才的人物,而且是一个幸福的人物了!

西蒙诺夫是有非常高的政治的锐敏的感觉的。他的"俄罗斯问题"特别使我喜欢。他不是写那些美国人琐碎的生活,而是一下就抓着了美国人生活的本质。美国人民在那种帝国主义的制度下,在那种好战、阴谋、疯狂的统治者们的铁腕下,就只能那样地生活。他们很可笑地生活着,而你不能笑他们,他们也必得有正义,有反抗,他们自然会得到同情。西蒙诺夫并不需要钻到美国人各阶层的生活里去,并不需要点点滴滴去采访,或长时期生活,他因为有极明确的政治观点,他只要在美国去走一转就领会到生活中的最重要的东西,而且是非常形象的,你能说那不像美国人吗?美国人就是那样咧!"俄罗斯问题"中的政治认识,人人都会说,但能一下就表现得那样尖锐和生动,我还没有读到第二本书。

好像我们都是老熟人一样,西蒙诺夫用极随便的眼光不经意地和人接触,举杯喝酒。他带我们参观他们的编辑室,然后又带领我们走到一家乔治亚的小酒馆去。我们酢然不会说俄国话,但我们一点也不拘束,也不必找人翻译,我们很轻松地在马路上走过去。

在半路上有个穿绿颜色大衣的年轻的漂亮的女人加入我们的行列了,她对我们点头微笑。我告诉她我是见过她的。她奇怪地望着我。我说,我是在哈尔滨看见过她所主演的《望穿秋水》,她更笑起来了。是不需要介绍,谁都可以猜出,她就是西蒙诺夫的夫人。

这个乔治亚酒馆装饰得是很别致的,窗户、墙壁、屋顶都是门形的图案画。我们宾主十几个人全部占领了这间房子,大家都没有什么客气地随便坐下了。只有西蒙诺夫以他的大个子坐在主位,郭沫若先生坐客位的首席,而女主人紧紧地靠着他。我的上首是得过列宁勋章的老作家卡达耶夫,我的下首是古元,古元的旁边是斐定,我的斜对面是《青年歌》的作者和曹靖华。

西蒙诺夫以主人的姿态站起来发言了。他是这样开头的："长长的爱，是不需要长长的话的……"他说的是这样委婉多情，但短短的话实在一个字一个字都打动人！

在酒席中他一共讲了五次话，每次都有每次话的特点，是很会辞令的，每次话都贴切，有风味。他第二次是这样说的："苏联的青年都向往着中国，他们都希望能看到解放的中国。"后来他又说："美国人常常夸奖他们的工业，他们的工业是很好的，他们的天秤是很平的，他们也以为很平，可是在民主的这一面加上了中国，加上了四万万七千五百万人口，这个天秤就不平了，就坏了，让他们坏下去吧。"最后他说："没有中国和苏联就不能开和平大会，法国不准去，就到别的地方去开，美国不来也行。"

我的邻席卡达耶夫非常沉静，但他的《我是劳动人民儿子》却是那样美好完整，是我爱读的作品之一，我读过好几遍，每一遍都能使我如醉。我以为他是一个非常好思索而且会思索的作家，他是一个老作家了，但一直坚持他的写作，他的《团队之子》也是非常有修养的作品。但他却很谦虚地坐在那里，直到西蒙诺夫请他说话，他才站了起来。他说："在此地的朋友们都是为和平的，你们走了如此之远，在地理上讲你们走过莫斯科，但为和平，也必须走过莫斯科的，这是真理。我祝贺朋友们勇敢地为保卫和平如在国内解放斗争一样，为勇敢的中国人民干杯。"说完了，举杯祝我们健康，我以极诚恳的对他的尊敬和他碰了杯。

斐定给人的印象是非常坚实和稳重，他的《城与年》是得奖的近作，已由曹靖华翻成中文，是述说保卫列宁格拉英雄城的伟大动人故事。他也讲话了，讲得非常之好。这是一个诚恳的人，他说："朋友们！同志们！今天有机会聚在一道，真说不出的高兴，我代表苏联文学界向大家致意，因为今天在文学者中间遇到了共同的战士，所以非常兴奋！文学这项工作在性质上讲是很重要的，它表现世界人民，它是反映人类的灵魂，号召人类为共同事业而努力而战斗！一个新的作家他所说所写，不但要表现什么东西，尤其应该表现应该是如此的，而不是别的。一个新的作家他所说所写所努力是为了人类共同的幸福和前进而努力，因此一个新的作家应该使人类团结起来如一个大家庭。我们很高兴在社会主义首都莫斯科见到从中国来的作家们，现在喝酒为了作家，为了共同致力于人类的友爱，因为没有这个，大家不能了解，不能亲善！"

西蒙诺夫夫人是一个有名的演员，她唱了一首歌来表示欢迎我们，她一边唱一边表情。我们恍惚地觉得像生活在另一个世界一样。她使我们生无限羡慕，使我想起中国的妇女，中国妇女多多少少都还残留得有封建的束缚，都还有苦痛的痕迹呵！

我一边喝酒，一边就想，很想把西蒙诺夫小说中的人物和他自己联系起来，他像沙伏诺夫么，他是这一类人么，他们有没有相似之处？他们是一个时代的人，他们受同样的教育,他们是在社会主义国家的气候里长大的,他们没有经过俄国革命,他们从小就是自由的人民,自由地生长的,因此他了解这些人。西蒙诺夫的天才,很早就被发现,就被培养,他是苏联作家协会专门培植青年作家的文学研究院的学生,他接受了俄罗斯丰富的文学遗产,初期的作品《冰湖之战》的问世就得到极大的鼓励。他生活在前线,跑遍了全国,他以他的作品,对祖国对人类的贡献,他是苏联最被尊敬的作家中的一个,而他现在还是这样的年少、这样的强壮。他作品中的人物的确是像他自己一样,那样的鲜明!

要不是因为八点钟要到莫斯科大戏院去看戏,这顿晚饭还不知延长下去好久,宾主都是尽欢的,而且是使人不能忘的。

第二次见到西蒙诺夫是在布拉格的和平大会上,他是苏联代表团的首席代表,他是从法国巴黎来的,他迟到了两天。我记得当他走入会场时,全场起立鼓掌,群众给他的欢迎、尊敬、和爱,比对任何一个代表都多。这是不奇怪的,因为人人在未见他以前已经对他有很深的感情,人人都读过他的出名的《日日夜夜》,都读过他的诗《等着我吧!》,都在电影上又重读他的《俄罗斯问题》,他的书翻译成许多国文字,他的电影在许多国家里放映,他书中的人物和他自己活在许多人心里。他在会场上一直都坐在主席台上,我看见有很多人借故走过他的面前,以便更近地瞻仰他,有许多人请他签字,摄影记者也特别喜欢为他照相,主席台上坐了不少人,但他总特别使人注意和关心。大会闭幕的那天,他讲演了!他讲得实在生动,他的话像一把火一样,燃烧起每个人的心。在听到他的那些警句时,每个人都好像是自己的感情更高尚了起来,勇气更多,这是属于保卫和平的,决心更强,这是反对法西斯主义的战斗。他就拿他的话把人们更团结起来了,更团结在民主的阵营内,中国的读者一定不会一下就相信苏联的作家不只能写头等的作品,而且做政治活动也是头等的出色的呵!

和平大会完结后,我们比他先回莫斯科,但当我们到列宁格拉参观时,他也到了我们同一旅馆,列宁格拉有一个剧院在排他的戏他来看看的,他特别向曹靖华同志说,他欢迎我们去看这个戏,可惜我们参观日期已满,不能逗留,没有能看成他的戏。但我们都想:"他真忙得很呵!"

法捷耶夫同志我只见过一次,我们谈了很久,他告诉了我许多东西,我把他当一个长者;而西蒙诺夫我见到次数不少,但因没有机会,没有翻译,使我不能向他学到些东西,我只能默默观察,我对他的印象一定是不完全的,因为我了解他太少,但却不妨记下来,以作为我自己的纪念。总之,我的确认为他是一个才华横溢、不可多得的人物,他是一个使人喜欢而羡慕的人,他是一个少年英雄,他还有无限的前途!中国作家从各方面来谈,一定要向他看齐,将来的中国是会产生这样的人物的。

苏联文学在中国
曹靖华

一 不堪回首话当年

苏联文学,在资本主义国家中,也如同十月革命似的,是被看作洪水猛兽,统治者费尽心机去封锁、禁止、杜绝的。在反动统治时代的中国,也不能例外。中国反动的统治者,从直奉军阀,到蒋介石,一直都是如此。从直奉军阀时代起,就明令禁止:凡有布尔什维克、马克思、马尔克斯、李宁、列宁等字样的书籍刊物,一概禁绝。当时曾经有过这样的事:北京警察总监下令,"凡书报上有马克思、马尔克斯等名字书报者,一律查禁"。部下问道:"这是不是一个人?"总监斥道:"糊涂蛋,不识字,连数也不会数吗?一个是三个字,一个是四个字,怎么是一个人!"

到了1930年前后,国民党更是活见鬼,它把凡有"俄""苏联""苏俄""马克思""列宁""史大林""阶级""辩证法""唯物论""斗争"等字样者,一律查禁。这一来,连沙皇时代的作家柴霍甫也遭了殃!当时上海一家书店出了他的小说《决斗》,也被禁止了。在检查官看来,"斗争"可怕,"决斗"也可怕,所以一齐禁。当时不但禁到封面上的斧子镰刀,还禁到封面的颜色,凡红的或黑、红两色的封面,也都在禁止之列。那时的文艺工作者,不得不用"先进的"或"前进的"去替代"无产阶级",用"加尔"去替代"马克思",用"伊里奇"或"乌里雅诺夫"去替代"列宁",用"约塞夫"去替代"史大林"等等,在出版物上,普遍地使用暗语去替代禁语了。再不然,用×××或□□□代之。后来统治者想消除这×××或□□□在读者脑中所引起的问号,索性把这些×□也删去了。这样来得更干脆。

这里只消引证鲁迅先生的两段信,也就可以看出国民党当年书刊检查之一斑了:鲁迅先生在1935年2月7日给我的信中说:"现在连译文也常被抽去或删削;连画也常被抽去;连现在的希忒拉,19世纪的西班牙政府也骂不得,否则——删去。"同年6月24日的信说:"此地出版界仍极困难,连译文也费事,中国是对内特别凶的。"同年11月26日的信说:"检查也糟到极顶,我自去年底以来,被删削,被不准登,甚至于被扣住原稿,接连地遇到。听说检查的人,有些是高跟鞋、电烫发的小姐,则吾辈之倒运可想矣。"

禁的方法,也是五花八门、不胜枚举的。最普通的是封闭书店,没收书刊,使作家"自行失踪""失足落水"等等之外,或干脆捕而杀之!胡也频、柔石、冯铿……都是如此被害的。但这样杀得多了,与国民党政权的"仁民爱物"的"德政"有碍,于是从1932年起,除捕杀之外,还兼用了"经济封锁"政策。那就是把它所讨厌的出版机构封闭,把所讨厌的刊物停刊之后,再勒令所有中间印刷出版机构、报纸刊物,不准印行或刊载进步的东西。检查时用"抽"或"删"的办法,就是把挑好送检的稿子整个"抽"去,或把一篇东西"删"得几乎只剩了标点符号,使你自己收起来。这样,作家就可以得不到稿费、版税,用这种"饥饿政策",迫使作家放下笔,改业,否则就只得活活地困死。当时国民党反动派把这种方法称作"经济封锁"。可是这些比俄国沙皇还卑污凶残的手段,并不能把进步的文化扼死,不能把进步的文艺工作者吓退,他们本着贫贱不能移、威武不能屈的精神,扛起艰巨的担子,在无产阶级先锋队——中国共产党——所指示的大道上挺进。这诚如毛主席所说:"星星之火,可以燎原,共产主义是不可抗拒的!"

二 "鲜艳而铁一般的新花"将开遍全中国

中国优秀的文艺工作者,是经历了将近三十年锻炼的。他们不怕饥寒,不怕迫害,不畏一切的艰险,追随着中国无产阶级的政党,在漫漫长夜里,坚贞不拔地据守着自己的岗位,有所为,有所不为。就如同鲁迅先生在《铁流》后记中所说:在岩石似的重压下,要委婉曲折地使苏联文学在中国读者眼前开出鲜艳而铁一般的新花来。这是为了什么呢?鲁迅先生在1932年写的《祝中俄文字之交》一文中说:"十五年前,被西欧的所谓文明国人看作半开化的俄国,那文学,在世界文坛上,是胜利的;十五年以来,被帝国主义者看作恶魔似的苏联,那文学,在世界文坛上,是胜利的。这里所谓'胜利',是说:以它的内容和技术的杰出,而得到广大的读者,并且给予了读者许多有益的东西……"(《鲁迅全集》卷五,页五三)。

不但如此,他还认为俄国的文学是我们的导师和朋友。他又说:"在近十年中,两国的绝交也好,复交也好,我们的读者大众,却不因此而进退;译本的放任也好,禁压也好,我们的读者也决不因此而盛衰。不但如常,而且扩大;虽绝交和禁压但还是如常,虽绝交和禁压而更加扩大。这可是我们的读者大众,是一向不用自私的'势利眼'来看俄国文学的。我们的读者大众,在朦胧中,早知道这伟大的肥沃的'黑土'里,要生长出什么东西来,而这'黑土'却也确实生长出了东西,给我们亲见了:忍耐,呻吟,挣扎,反抗,战斗,变革,战斗,建设,成功。"(同上,页五八)

伟大的先驱者有所为地要把这"黑土"里生长出来的果实,"介绍进来,传布开去",去教育千千万万的中国青年读者,指引他们"到宽阔光明的地方去"。

在这方面,秋白也是伟大的开路人。他说:"……翻译无产阶级的名著,并且有系统地介绍给中国读者(尤其苏联的名著,因为他们能够于伟大的十月,国内战争,五年计划的'英雄',经过具体的形象,经过艺术的照耀,而贡献给读者),——这是中国××文学(靖华按:××文学,恐即当时所称普罗文学)者主要任务之一。酢然现在做这件事的,差不多完全只是你个人和Z(英文)同志的努力;可是,谁能够说:这是私人的事情?!谁?!《铁流》和《毁灭》等等的出版,应当认为是一切中国革命文学家的责任。"(《鲁迅全集》卷四,页三六一,《关于翻译的通信》JK来信。靖华按:JK即秋白。)中国的文坛,在国民党反动派的残暴统治下,真是天窄地狭,遍野荆棘。当时的先驱者——鲁迅和瞿秋白——在灯塔似的中共的集体智慧的照耀下,认清前途,肯定目标,斩荆棘,辟道路,把俄国文学看作自己的导师和朋友,而秋白且把介绍苏联文学看作是中国无产阶级文学者主要任务之一。在当时,在那样恶劣的环境里,对苏联文学如此重视的,在世界各国,怕找不出同样的例子来。当时在先驱者的号召下,把高尔基的《母亲》,法捷耶夫的《毁灭》,绥拉菲莫维支的《铁流》,伊凡诺夫的《铁甲列车》,雅各武莱夫的《十月》,革拉特珂夫的《士敏土》,拉甫列涅夫的小说集《第四十一》……都陆续介绍到中国来。接着就又介绍了傅尔曼诺夫的《夏伯阳》,李别丁斯基的《一周间》,肖洛霍夫的《被开垦的处女地》《静静的顿河》,奥斯特洛夫斯基的《钢铁是怎样炼成的》《从暴风雨诞生的人们》,莱昂诺夫的《索特》,吉洪诺夫的《战争》,诺维柯夫·普里鲍伊的《对马岛》,阿·托尔斯泰的《彼得大帝》《保卫察里津》《两姊妹》,克雷莫夫的《油船德宾特号》,古塞夫的《光荣》,卡达耶夫的《时间呀,前进!》《我是劳动人民的儿子》《团的儿子》《妻》《孤帆飘白》,一直到莱昂诺夫的《侵略》,爱伦堡的《第二天》《巴黎的陷落》及他的报告文学集《六月在顿河》《英雄的斯大林城》,葛洛斯曼的《人民是不朽的》,西蒙诺夫的《日日夜夜》《俄罗斯人》《望穿秋水》(《你等着我吧》),法捷耶夫的《青年近卫军》,瓦希列夫斯卡的《虹》《爱》,斐定的《城与年》,里克拉索夫的《斯大林格勒》,潘诺瓦的《旅伴》……呵,这是数不清、举不尽的书目呵。在抗战中间,在重庆的时候,郭沫若先生写了一篇关于中苏文化交流的文章,苏联朋友响应那篇文章,就在苏联《文学报》上写了一篇文章,题为《洪流与溪涧》。就是说,苏联文学介绍到中国的那么多,就像洪流似的,不错,这同中国作品介绍到苏联去的好像溪涧似的比较起来,那真可以说是滔滔洪流呵。而且,西蒙诺夫的《俄罗斯人》、柯尔纳楚克的《前线》等,同时有三个译本。而高尔基的主要作品,几乎全部都译了过来。剧本《夜店》,就有五个译本。

  这些作品是乳汁,是最纯、最富于维他命的精神食粮,它们滋养了,而且还在滋养着千千万万的中国年轻一代的优秀儿女,教育他们,使他们向光明走去。将近二十年来,由于受苏联文学的影响,而走进革命行列的青年,这数目是不在少的。在重庆的时候,在一次非公开的小规模的文艺座谈会上,王若飞同志曾强调地提到这一点。这怕是他在延安的岁月里,亲自接触到从各方去的青年,进行谈话的结果吧?

有一次，林老祖涵同志到了重庆，在一个小规模的文艺的聚会上，曾经对我谈道：延安把《铁流》不晓得翻了多少版，印了多少份，参加长征的老干部，很少没看这书的。它成了教育部队的教科书……

前天在《天津日报》副刊上，有纵耕写的一篇文章，题为《苏联文学怎样教育了我们》，一开始就写道："年轻的中国人民革命文学，直接在苏联文学的影响下成长起来，这不只是创作上的教养，而是联系着青年们的革命的行动。中国大革命前后的一代青年学生，常常是因为喜好文学，接近了革命。他们从苏联的革命文学作品里，受到刺激，怀着反抗的意志，走上征途。这样的青年，有的在历次革命的战场上牺牲了，有的今天担任着重大的任务，有的成为人民的作家。……中国属于人民的作家，没有受过苏联文学的教育的，想来是没有的。……苏联十月革命以后文学的里程碑，也标志着中国革命文学的里程碑。那一时期在中国影响最大的，要算绥拉菲莫维支的《铁流》和法捷耶夫的《毁灭》。《铁流》以一种革命行动的风暴，鼓励着中国青年，《毁灭》则更多教给中国青年以革命的实际。……"

这些都不是过分夸张的话。

在抗战中间，在太行山一带的游击区里，在极险恶的条件下，曾经用钢板翻印了许多小册子，其中有些是苏联的短篇小说。1945 年，我在小说集《死敌》改版的《后记》中，记了一段这样的话："……同时，这书（指《死敌》）流传到敌后，在那儿，曾经有人把其中的《唐穆纳尔的烟袋》《星花》《不走正路的安得伦》《女布尔什维克——马丽亚》及肖洛霍夫的《死敌》等四个短篇，用苍劲的蝇头小楷，用钢板将这些作品翻印成单本小册，其字迹之苍秀，印刷之清晰，装潢之精致，真出乎意料。（尤其是《七人集》中《第四十一》之原插画，透过钢板，生动地移植到油印本上。）数年前，一位远道来的朋友，将这些单本，每种送了我一份，并且对我说：'敌后的战士们，将枪、书和自己的生命，结成了三位一体，遇到生死关头的时候，随身携带的一切，都可以放弃，书和枪，唯有书和枪，在这生死关头里，或则将它们带走，或则同自己的生命一齐毁灭！……'"这真是"野火烧不尽，春风吹又生"！国民党反动派的野火渐猛，它不但烧不掉苏联文学对中国广大读者的影响，反而成了火上加油！

解放后，就东北一地而言，苏联文学被大量翻印者，就有大连版、安东版、沈阳版、哈尔滨版、佳木斯版……十八年前鲁迅先生所殷切期望的"鲜艳而铁一般的新花"，将随着毛主席的光辉胜利的旗帜，开遍全中国！

1950 年

访问《文学报》
——苏联作家协会机关报是怎样办的？
刘白羽

《文学报》是苏联作家协会的机关报。我对它产生兴趣,是因为我从这一张报纸,看见了社会主义文学事业的新的道路,而绝不仅仅因为我曾经是一个新闻记者的缘故。我头一次走进克里姆林宫以西、欧贝金斯基巷的文学报社是 6 月 15 日下午 8 点钟,是文学报社每一扇窗子都发出灯亮的时候。不过这一次来到文学报社是偶然的,因为并不是访问这个报社,而是受西蒙诺夫的邀请,我们谈的不是怎样办好一张作家协会的机关报,而是作家之间的友谊的会晤。但是,在那张桌旁进行了长长的谈话后,主人邀请我们参观一下报社,因为他要安排一下,然后再陪我们一起到外面去吃夜饭。克里夫错夫——是以正式《文学报》关系和我接触的第一人,他引我们坐在他的国际部办公室里,谈他的工作。我想,一个人最大的幸福是看见他的理想实现,当天《文学报》与我之间发生了密切联系,就是因为这个缘故。我第一次目睹,文学达到了这样理想的地步,作家们办了一个报纸,它是一个文学报,但这种文学报,不仅仅是少数文学爱好者的报,而是以文学方式来处理着广大苏联人民的问题,为广大人民所接受、所理解的报。《文学报》有悠久的历史传统——它的最早的编辑人是普式庚,不过只有在苏维埃成长与胜利的年代,《文学报》才真正成为作家协会机关报,广大人民的报。1947 年以前,每周出版一期,每期印三万份,不久以前,改为每周两期。每期印五十万份。在我进行访问时,《文学报》已改为每周三期。这一方面说明文学已成为人民共同的事业,另一方面也说明作家怎样与人民结合。他们不是一般的写作者,他们从思想、道德上引导着人民走向共产主义,从今天走向明天,他们做着真正的灵魂的技师的工作,因此他们受到广大人民的热烈欢迎,《文学报》恰恰是这样一面镜子,它照映出苏联文学事业的面貌。为了了解这个报纸——也就是了解苏联的文学,以及苏联文学家的工作方法,我在莫斯科对《文学报》进行了三次访问。

一 《文学报》的任务

现在先让我们了解一下这张报纸的任务吧!

谈这个问题,是在一个难忘的莫斯科的夜晚,在西蒙诺夫家里,我前一天写了一封信给他,现在他坐在他长大书桌旁边回答我提出的问题。

他说:"从1947年起,这报纸变成了群众性的报纸,它的任务大为扩大了。我想,假如我说,这报纸不仅成了作家的和特别爱好文学的人们的报纸,而且成了广大的苏联知识界的报纸,那么,这句话是正确的。并且,我们,苏联作家们,感到非常骄傲,因为人们将这事业托付给了我们——我们的知识分子的队伍。

"报纸的份数,马上增加了十五倍,平均地说来,我认为有两三百万读者阅读这报纸。

"这报纸的任务是这样的:

"首先,表现我们国内一切新的前进的事物。我们的报纸有些栏就叫作'农业的新事物'或'工业的新事物',这并不是偶然的。这些栏的名称本身就着重指出了本报的任务是表现新事物。

"我们的工业的发展和我们的农业的发展,与整个人民文化水平的提高是分不开的。因此,表现我们国内的农业上的新事物、工业上的新事物、我们的生活的各方的新事物,这一任务,也就是表现文化中的新事物,因为这是密切地联系着的。

"因为,最主要的是人。简而言之,报纸的任务是表现社会主义人和他们的前进的活动。

"但是,这只是问题的一面,还有问题的另一面。大家知道,新事物是在与旧的东西的斗争中战胜的。因此,我们的任务不仅是表现这新事物和宣扬这新事物,而且,我们的任务也是与一切妨害这新事物的旧的东西斗争。所以,在我们的报纸上,批评的材料占重要的地位。在这些材料中,我们批评所有一切妨害新事物发展的东西。

"我们批评官僚主义,批评对人的冷漠态度,批评那些生活在昨天、不希望想想明天的人,批评那些十年前曾经是革新者——新事物的发明者——而现在不想前进,并且成了保守分子的人,批评那些将个人的利益置于社会的利益之上的人。

"比方说,我们有科学栏,我们在这一栏里,将批评那领导研究所,但将自己的任务,置于研究所集体的任务之上的学者。

"假如在科学上,或在文学上,或在艺术上展开争论,除了原则性的争论之外,还有个人的争论,——我们将批评那些在原则性的问题上渗入自己的个人利益的人。比如说,举个例子,在最近一次作家协会全体大会上,那些在文学中将自己的利益置于社会的利益之上的同志,受到了很尖锐的批评。

"我们有科学栏,但是我们并不力求研究科学部门的细目,——这是不可能的,这是科学出版物所从事的工作。但是我们提出这种问题:如苏联学者的道德面貌,如年轻的科学干部的培养的问题。教育问题在我们报上占很大的地位。

"假如说到文学艺术栏，那么，我们一方面力求刊登职业的文学工作者能感觉兴趣的这种材料，而另一方面，力求在报上写得使广大的读者群感兴趣。但是，读者帮助了我们。现在，这样广大的读者群对一切文学问题都感兴趣，我们可以写关于文学的文章，而不怕别人对这些东西不感兴趣。不过，我们始终认为狭窄的文学问题，在我们的报上来说是不适当的。必须深刻地提出文学问题，但同时要提出主要的问题，——必须深刻地专题性地提出主要的问题，而琐碎的问题，我们认为不需要在报上提出。

"我们的国际版，最近几年首先是与保卫和平的斗争联系着的。我们国内形成了一种情况：作家们成了苏联知识分子在保卫和平斗争中的领导的队伍。并且，老实说，这使我引以为骄傲。并且，我们力求在我们的《文学报》上，积极地为和平而斗争，将广大的作家群吸引到这方面来。当然，不单是吸引作家，还将学者们、演员们、电影工作者们、工人们和农民们，都吸引来。

"而且，在这个问题上也有两方面。

"为和平斗争——这不只是意味着宣传和平，并且意味着与战争挑拨者斗争。

"因此，我们认为，我们的报纸，非官方的报纸，非政府机关报，而是自由的文学团体的机关报，它的权利和义务，是在这些问题上不拘外交仪节。我记得很清楚，在一九四七年，在新《文学报》的第一期上，出现了波里斯·戈尔巴朵夫的一篇论杜鲁门的文章。这是一篇很尖锐的文章，美国国务院曾因这篇文章向莫洛托夫提抗议。莫洛托夫同志复了照会说，在我们国内出版界是自由的，《文学报》是作家团体的机关报，它刊载它认为需要刊载的东西。我们当然绝对赞成我们外交部的对外政策，但是，我们并不认为必要在我们文章中严格保持外交仪节。所以，我们认为需要尖锐地发言时，我们就尖锐地发言。

"我们认为——这已经是谈的另一个问题——假如世界各国的进步分子都参加我们《文学报》的工作，那将好极了。我们由于保卫和平的共同任务团结在一起，并且，当我们篇幅上刊载着苏联作家们、外国的进步分子和作家们的言论时，我们感到高兴。

"假如，你看一看《文学报》，那么，你会深信，世界各国的许多人士，在我们报上关于许多问题都发表了意见。

"这样，简单地说来，第一个任务就是为保卫和平而斗争。暴露战争挑拨者和表现苏联人的和平劳动，以及宣传进步人士在保卫和平的斗争中的成就。

"第二个任务是支持我们国内一切新的事物。

"第三个任务是对一切妨害新事物的东西进行斗争。

"第四个任务是将走向进步、走向社会主义的各国的成就，介绍给苏联人。"

这是一张作家的报纸——我们不能忘记这基本的特色,无论是编辑部的工作者,还是记者。可以说每一个苏联作家都是自己机关报的记者,当作家从自己居住的城市,或者从他所旅行的地方,当他深入实际生活,当他还没有动手创作文学作品的时候,他把他的通讯或者报道寄给《文学报》。

二 《文学报》的内容

《文学报》是一张十六开的报纸。在编辑部分工上,他们分为国内版、国际版、文学艺术版、科学版。现在我来简括地介绍一下各个版的情形:

一、国内版——一栏为《共产主义教育与人民文化》,一栏为《保障病人寡妇孤儿老人与残疾者的权益》,一栏为《苏联民主》。在这一版内,经常提出各种各样、多种多样人民生活中的问题,比如小学教育制度是否应该男女合校?比如社会主义国家文化水平已经提高,《文学报》提出应当为了每一个集体农庄主席成为高等农学家而奋斗。最近,他们发表了一篇社论《为清洁空气而斗争》,指出工厂冒烟影响着城市的空气,科学家应该研究工厂如何安装特殊设备,使天空永远发蓝,使空气永远新鲜,他们指出这是一个人道主义问题。在《共产主义教育与人民文化》这一栏内,包含这样内容:

A. 学校如何教育学生。

B. 在城市与乡村居民中如何进行文化工作。

C. 宣扬共产主义道德。

D. 与旧社会残余意识作斗争。

在这栏内,他们广泛地接触着、讨论着各种问题。他们提议:机关为人民而设,应该让访问者都可以找到负责人谈话。他们提议:每一个城市与乡村,都应有米丘林组织。每一个地区有一个音乐学校。争取千百万旅行者在路途上得到一切方便。争取小米可以在莫斯科附近种植。他们建议国家应研究每种职业人员有适于他们的工作的工作服。非常有意义的一件事,是他们发现乌克兰的维尼茨州,每一户农民家里都有电灯——于是他们派出记者到了那里考察,然后把维尼茨州当作典范在报纸上发表,让各个地方得到他们那里的经验,来推动、争取全苏联都像维尼茨州一样。

在《保障病人寡妇孤儿老人与残疾者的权益》栏内,处理过这样一个问题:《文学报》收到三四件残疾者来信,控诉国家工厂制作的假手假脚不够好,于是他们派出记者到残疾者那里去调查,再到工厂去研究,最后他们证明那控诉是正确的,于是在报纸上公开揭露了那个主管部门的缺点。

二、国际版——分为《外交》《国外文学艺术》《人民民主国家》和《国外风俗习惯》。在这一版内,总之是报道民主国家保卫和平的斗争,同时揭露新战争挑拨者。在这里时常出现非常简短而尖锐的文字，比如有一个报道报道美国用电椅处死人，美国的御用报纸宣扬这是一种人道，因为可以死得痛快，亲属看着也痛快些；另一个报道，报道美国某城歉收，美国御用报纸说应该感谢上帝，因为粮价可以高涨了。像这样的文字，不必编者再加以任何评语，苏联读者一看就明白，这是美帝国主义多么野蛮的行为。

三、文学艺术版——分为《文学批评与理论》《民族文学》《艺术》各栏。在这一版上，经常有苏联作家、音乐家、导演、演员发表文章，同时也不断发表读者关于文学艺术的来信。作家协会的机关报对于苏联的文学艺术是负有指导之责的，《文学报》经常注意鼓励与批评苏联出版的文艺杂志，像《十月》《旗》《新世纪》以及各共和国各民族的杂志，——因为许多作品是首先在这些杂志上出现的。《文学报》也同样关心着学校中的文学教育，像师范学校中的文学课程和文学研究所的情况。当然，文学艺术版以极主要的力量注视着苏维埃文学创作发展的方向，最近，他们有一篇社论提出应该表现什么题材的问题，他们号召表现工人中的劳动英雄，号召全苏联各个艺术部门都应当积极表现工人中的劳动英雄。在这方面，他们除了准备发表作家和批评家的文章之外，还要以专门园地来发表斯达哈诺夫运动者对文学家与报纸的来信。在理论与批评方面，很早以前即已开始，还将要继续展开的主导问题，是关于提高苏维埃文学艺术技巧的问题，——围绕着这一个中心议题，文学艺术版发表了一系列关于艺术语言、苏维埃诗的形式、小说的结构等等论文。当然，正如同西蒙诺夫所指出《文学报》的任务——在文明与野蛮，文化的拥护者与文化的毁灭者，和平与战争的斗争中，保卫世界和平在文学艺术版占着中心的地位，他们将要发表《苏维埃文学在保卫和平中的贡献》《苏维埃政治招贴画在保卫和平中的作用》来推动、引导文学艺术再接再厉地前进。

《文学批评与理论》（这一栏的工作我在《苏联作家严肃的批评态度》一文中已经介绍过了）、《民族文学》是指导与评论各民族文学的专栏，在十月革命以后，苏联各兄弟共和国文学成长很快，如哥萨克斯坦，在革命前没有文学，只有口头文学，现在创造了自己的文学、文学作品，而且有了自己的文学批评，因此《文学报》非常注意各民族文学的发展过程，予以评论，指出它的成功之处与缺点。比如最近发表了一个乔治亚的批评家写的一篇《论乔治亚散文》的论文，指出乔治亚的文学现状是作品落后于现实生活，他指出乔治亚人民的生活很充实，工业发达，集体农庄欣欣向荣，可是文学作品没有足够地反映，他认为这不是作家的创作力不雄厚，而是苏联作家协会与乔治亚作家协会领导上的缺点。《艺术》栏经常注意着每一部新的电影，从这部影片拍摄起一直到它的演出，没有一部影片不给予一定的评论，但这要经过许多作家交换印象之后才加以评论。像诗人奥沙宁到过布达佩斯，十分熟悉新民主国家，便由他写了反映新民主国家反对美帝国主义阴谋斗争的电影《被揭露的阴谋》；为了批评一部古板的新闻纪录片，由社会主义劳动英雄波列写了批评文章，因为他从真实生活的角度可以进行极恰当的评论。

四、科学版——分为《社会科学》与《自然科学》两栏。经我这样一种概括的介绍，也许读者会误解这是一张枯燥的理论的报纸吧，实际上这是一张充满现实生活的活跃而新鲜的报纸，我想我最好找一张报纸作为例子来介绍。

第一次在《文学报》编辑部，克里夫错夫就以这样的方法引起我的注意。他把他手边一张6月10日的报纸摊开来，非常具体地把每一篇文章都告诉给我。在第一版上登载着一篇社论《新创造者的经验与文学》——这篇社论谈到把工作中那些新的创造者以及他们的经验，典型地经过文学作品表现出来，这样宣传，比新闻报道效力还要广泛、还有力量。社论提议作家应当到处寻找与发现这种新创造者的典型。第一版的一角是以法捷耶夫为首的苏联作家的一封签名信，这信是抗议美帝国主义非法地对福斯特的判罪。报纸在中间最显著的位置上发表了五首诗——这是为了声援土耳其诗人赫克米特而写的诗、控诉的诗。赫克米特是土耳其的人民诗人，他被反动统治者囚禁了十二年，现在他在狱中绝食抗议，《文学报》正把这声援释放赫克米特的运动在报纸上展开来。第一版上还有苏联各地生活的报道，在遥远的乌拉尔有一个叫作奥尔达意的很偏僻的地方，那里与外界完全没有交通联系，可是《文学报》为了把奥尔达意人民生活介绍出来，派记者搭飞机带了无线电台到那里去寄来第一篇通讯；另一篇是哥萨克纪念一位逝世的教育家的文章，还有一篇关于沙漠上造林的报道，我们从这里看见苏联人民从各个不同地域向着幸福生活前进。第二版上重要的文章，一篇是批评国家出版总署的工作作风，提议应该改善出版物的印刷技术；一篇是哈卡西的灌溉工作的成就和哈卡西灌溉站长的工作经验谈，另外是若干封读者来函。第三版，首要地位刊登着一篇书评，评论 E. 列瓦哥夫斯卡雅的关于莫斯科生活的中篇小说，其次是标题为《艺术与生活》的专栏，发表了：大剧场的年轻观众们，关于我们的孩子们和对于电影《竞争者》的评论。在第二、三版下面辟了一个通栏，发表了《文学报》特派记者亚力山大·米海洛维奇报告集体农庄实行新的制度与新的耕作方法后的繁荣发展的一篇长篇通讯。第四版的主要的一个辟栏《千万人的签名》，登载了德国作家托玛斯曼在巴黎保卫世界和平大会《斯德哥尔摩宣言》上的签名；还有芬兰、西德、英国的蓬勃的签名运动消息。很有意义的是一个美国母亲给国会会员可瑟·可来恩的一封信，这封信要求禁用原子武器，实行和平政策，并与苏联缔结和约。下列是三篇介绍新民主国家的文学：一篇介绍捷克诗人伊尔叶·塔乌非译的玛雅阔夫斯基的诗作；一篇介绍罗马尼亚的诗人和作家；一篇是介绍已故的阿尔巴尼亚作家米德捷及的生平和作品。在第四版最后一个专栏标题是《读书札记》——共三段，每段都有漫画插图，头一段《森叔叔和布里叔叔》是写英军于1814年占领华盛顿时,焚毁了一个图书馆,英国曾经这样野蛮地对待"兄弟"之邦的年轻文化,作者借以讽刺那些所谓英美间有悠久不可分的兄弟关系的吹嘘;第二段是《杜鲁门街上的枪杀案》;第三段《梵蒂冈的骚扰》是抨击罗马教皇奴颜婢膝地为华尔街服务,用武力镇压和平示威游行。

从这张报纸我们可以看出《文学报》是一个有着怎样的高度战斗性以及活泼而尖锐的报纸,我们从这点上可以理解,《文学报》为什么成为广泛的人民的报纸,也可以看到苏联作家是如何光荣地站在斗争的前哨上。但是正值得我们研究的问题是为什么《文学报》能办得这样好。

三 为什么《文学报》能办得这样好?

现在,我打算介绍《文学报》的第三位朋友——阿达洛夫。我认识阿达洛夫是在他们报社一个可喜的节日:7月21日。那天晚晌,在总编辑室里,大家围着一张绿色的圆桌。谈话中间,西蒙诺夫突然微笑着告诉我:"从今天起,我们报纸改为每周三期了。"这消息,自然增加了我们中间的兴奋、愉快,我说:"这样一来,我们是第一个祝贺的来客了。"当然,我知道我庆贺的是整个苏联人民文化生活的幸福。那时节,阿达洛夫就坐在我的对面,这个头发乌黑的人,是国内版编辑部主任,他比克里夫错夫年轻,十分文静地笑着。后来,他在他的编辑室里和我谈了很深刻的话:

很多人问:"为什么叫《文学报》?"

我们回答:"文学与生活不可分,文学不仅在书本中,而且在现实生活中。"

他告诉我:在苏维埃政权最初的年代,我们不可能办这样一张报纸。——只有经过社会主义建设,经过对德国法西斯战争胜利之后,——1947年,《文学报》不同了,它真正成为与苏维埃人民现实生活密切联系着的报纸。作家在战争中付出重大牺牲,上前线作战的七百个作家当中死了二百多人……死了的没有白死,活着回来的人学会了怎样处理人民生活,作家与人民与祖国共同经历了那战争的艰难岁月,做了生与死、血与肉的斗争,他们从火焰中生存过来,战火比任何火焰都强烈地把他们锻炼得成熟。作家现在不仅是描写了,而且善于深入人民生活中去起作用,作家在人民中树立了亲切而不可动摇的信仰,只有这样,作家才办了与生活密切联系的报纸——善于总结国家各种经验、善于处理国内各种问题的报纸。

我记起当我走进阿达洛夫的编辑部时,我看见墙壁上有一幅苏联地图,上面插满小小的旗帜。

聪明而敏锐的西蒙诺夫立刻就发觉了我的注意力。

我笑了,我想这是多么美,这是多么有意思的事,——在战线指挥部里,我们看惯了这种小旗在地图上标志着敌我的兵力。现在,阿达洛夫同志的每一小旗却标志着那个地方发表了一篇文章,而这些小旗遍于苏联,亲手打过仗的人,亲手为和平生活工作。我想起马雅可夫斯基的一首诗,题为《收获的进军》,那么这可以叫作《和平与文化的进军》。苏联作家在战时熬受过一段惊人的生活,《文学报》的工作者,很多是苏德战争中《红星报》的战地记者,正如同西蒙诺夫的经历一样。在一次宴会上,克里夫错夫——这个戴眼镜、微胖、有点口吃的人诚挚地谈起战争时期的《红星报》前线记者。开始他们有三十五个记者进行工作,《红星报》编辑部用这样的话指导他们:"写你们所看见的。没看见的不要写。"为了报道真实,他们经常冒险到最危险的地方去,他们中间陆续牺牲了二十三个,最后剩下了十二个人。克里夫错夫说:"在战争中损失了三分之二兵力的兵团可以调到后方去整编、补充,可是我们的编辑部,——不能回后方去补充,我们都在火线上坚持下来。"我告诉他:"在中国人民解放军中有一批年轻的战地记者,他们中间许多是优秀而有希望的人。"克里夫错夫站起来,高举酒杯说:"假如没有苏联军事记者,苏联人民对于斯大林格勒战争不会知道得那样多;假如没有中国军事记者,中国人民对于渡江作战也不会知道得那样清楚,我提议为了军事记者干一杯!"这不是为了一杯酒,而是为了我们永不可磨灭的记忆。至于阿达洛夫又是怎样一个人呢?他在斯大林格勒与克里米亚作过战,后来他随军进入罗马尼亚,一直到匈牙利。而今天,在这里——窗外是七月的莫斯科之夜,办公桌周围围绕着国内版编辑部的男女同人,几个中国客人也说明遥远的东方的胜利,这时,阿达洛夫指着他面前那幅苏联地图,说他很高兴在他和中国同志说话时,他能说:"这不是战争时期的统帅部的地图,而是和平劳动人民生活的地图了。"我们在遥远而艰难的革命的来路上,创造了人民世界,同时也创造了人民的文化,事实正是如此。

最后,我想谈一谈我所见到的《文学报》的工作制度与工作作风。

我第二次访问文学报社,西蒙诺夫引导我参观了全部报社,留给我的整个印象是每一处、每一个人都在严肃而整齐地工作着,编辑部很大特点是——每人有一个安静的桌子,但这是没有一点你想象的"文艺家"的习气,我曾经讲过我的感想:"令人很愿意在这样一张办公桌旁坐下来工作终生。"那天,在克里夫错夫编辑室内正逢上他和作家恰可夫斯基谈话。此时美帝国主义者侵犯朝鲜人民的战争已经开始,恰可夫斯基在卫国战争中是《红星报》前线记者,当我和他握手时,克里夫错夫介绍他明天就要作为《文学报》记者到朝鲜去。文学报社有很好的资料室和图书馆,资料室木架上丰满而井井有条地摆满文件、资料和照片。在一只照片资料箱前,那位女管理员敏捷地从抽斗内抽出一张卡片和几张毛主席的照片扬手给我们看。图书馆设在全楼的最底层,藏书共二万五千册,主人显然并不满足于这个规模,西蒙诺夫说这是他们不久以前才建立起来的图书馆,他们要积极扩大它。最后,我们又回到总编辑室,已经夜深了——一面墙壁有四只木台,台铺绿呢,上设罩灯,每台面上恰好放一面报纸清样。西蒙诺夫和他的编辑顾问站在那里看最后的清样,这个精力旺盛的人,每星期有三天,从中午十二点钟到深夜两点钟,全部时间都在文学报社工作。

各版有主任,下设编辑与记者。以国内部为例,在阿达洛夫的领导下有编辑与记者十六人。总编辑部直接掌握十二个特派记者,另外还有二十个特派记者分驻在全国各地区——他们经常用电报和电话把那个地区的重要消息报告给报社。此外,报社还为了专门问题,特别派出专门记者去某一指定地区进行调查研究。假如那里发生了带原则的重要问题,编辑部就抽派负责的同志到那里和当地的作家共同研究,写成文章。还有第四个方式,就是请某一地区的作家到编辑部来研究问题,共同写成文章。不过《文学报》的稿件主要来源并不靠专设记者,而靠作家——莫斯科就有一○一○个作家,作家之外,还有更广泛的各个岗位上的实际工作者和读者。在总编辑部下面设有一个读者通讯部门,这部门有十个人专门和读者联系,每月收到几千封读者信件。没有一个投信的人得不到回答,全报社的人都帮助回信,因此读者得到的绝不是空洞的回答,报社经过研究去解决读者所提出的问题。报社时常为了处理读者的问题派专人出去。阿达洛夫告诉我,今年春天,收到三个女孩子从远方的来信,她们诉说她们在一个远离莫斯科的僻壤里做乡村教师,学校校长对她们不好,在那乡村里只有她们四个知识分子,在一起闹意见。编辑部决定派人去了解她们的生活,"就派这位女同志去了!"阿达洛夫指着坐在沙发上的一位青年女编辑。可是,那个地方很远,严寒到零下四十度,当时编辑部都担心怎样能到达那里,怎样能找到那远僻的乡村,可是她是《文学报》的工作者,她去了,而且调解了她们中间的争论。

为了解决人民生活中的问题,《文学报》必须不断向旧社会意识的残余做斗争。在批评方面,《文学报》不是没有受到社会上某些人的阻力。最初,他们发表了几篇批评文章,可是这只能引起工厂厂长和行政管理人员的讪笑,他们讪笑这些作家能解决什么问题呢?——可是《文学报》以严肃的、负责的调查研究的批评终于战胜了这种讪笑,人们认识到作家是可以处理这些问题的。这里最基本的一个原因是因为作家与人民密切结合,作家深刻了解人民生活。同时也由于这个缘故,《文学报》树立了真正正确的批评,取得了人民的信任。编辑部的一位同志把一束文件递到我面前来,他用微笑的两眼望着我说:"这是我们的胜利品!"原来这是批评政府各部有关的工作而寄给各部部长的信件和部长的回信。比如这信件里面有批评化学工业部、机器工业部的信——这里有一位部长签名来信感谢由于他们的批评纠正了他们的工作。在我离开莫斯科那一夜晚——深夜一点钟,我赴飞机场前到欧贝金斯基巷向西蒙诺夫同志辞行,那时他正在编辑部里开会,他很抱歉他不能来送我,因为最近一期的报纸上批评了一个部的工作,而现在那个部的部长正带了有关的人员来《文学报》检讨研究他们的工作问题。他们在发表了读者批评之后,经常发表被批评部门的来函,表示今后纠正的措施,这是什么胜利品呢?我想可以说这是共产主义道德的胜利品,因为在苏联,每人都有义务来回答报纸上的批评。而报纸同样也在每一最细小的事件上,都要求最高的准确性,不但这一事件要经过报社派人做精密调查,就是印出后一个名、一个字,也都不允许发生任何错误,为了保障这种正确性,报纸特别设立了一个校正部门,因为这种准确性,报纸同时取得批评者与被批评者的尊重。当然在这里我也想到另外一个对我们中国作家极有意义的问题,就是作家能够批评国家最高工作部门的工作,那也就说明作家对生活与工作的理解和他们自己的高度政治水平,否则,这种批评将是不可解的,因为,苏维埃国家欢迎文学上的批评,但对作家来说,这种批评将是一种完整而水平很高的任务。

  《文学报》的批评是采取群众路线的方式,这一点,我在《苏联作家的严肃的批评态度》(见 10 月 22 日《人民日报》的《人民文艺》周刊)一文中已详细介绍,这里就不再谈了。《文学报》给我留下深刻的印象,我非常感谢。最后告别的夜晚,西蒙诺夫把一册专门为我装帧起来的从 1950 年 1 月 1 日至我离开莫斯科前一日的报纸的合订本送给我。我觉得我没有白白地带回一个合订本,总之,当我从《文学报》认识而且理解了苏联作家严肃的工作的时候,我觉得《文学报》是一种从社会主义走向共产主义时代的报纸——它使我们懂得文学与人民生活、与政治的关系,文学的战斗性,文学的严肃性,它给我们未来的人民文化生活的幸福,同时也引导着我们今天为和平而英勇的实际的战斗。写到这里,我不禁又回想起 6 月 15 日初访《文学报》的那个黄昏,我又听到从克里姆林宫传到欧贝金斯基巷来的钟声——那是多么意味深长的声音。

中国文艺作品在朝鲜

马 烽

新中国的一部分文学艺术作品,被介绍到朝鲜之后,立刻引起朝鲜广大读者与观众的热烈欢迎。东北电影制片厂出品的《桥》《光芒万丈》《中华女儿》《回到自己队伍来》《白衣战士》《无形的战线》等多部电影已经和朝鲜的广大观众见面了。当这些影片在各个电影院上演的时候,场场都是客满。虽然他们没有翻译版,没有朝鲜语对白,也没有朝鲜文字幕,仅仅是靠翻译员用"麦克风"简单地解说,但这并没有降低观众的兴趣,影片的主题思想、故事的全部情节,观众仍然可以完全理解。这原因是影片中所反映的中国的现实也正似朝鲜今天的现实。影片中所表现的主题、所出现的人物,在朝鲜观众眼里并不是生疏的。像《桥》和《光芒万丈》中所写的那些主人翁,在为建设祖国站在生产最前线的朝鲜工人当中,同样发生过不少这类值得颂扬的故事,同样涌现出无数优秀的英雄人物。

这几部影片当中,最受观众欢迎的是《中华女儿》和《白衣战士》,当这两部影片上演的时候,不仅场场客满,而且是前一场尚未开演,下一场的票早就卖光了,电影院门口,经常拥挤着一群失望的观众。这两部影片对于朝鲜人民,同样起了很大的鼓舞和教育作用。一位朝鲜做妇女工作的干部告诉我说:"爱国战争爆发以后,朝鲜人民到处都掀起了自动要求参军的热潮,有很多青年妇女也积极要求到前线去参加战斗,当领导上前劝阻她们的时候,她们反驳道:'我们为什么不能上前线去?《中华女儿》当中不是也有很多女兵吗?她们不是同样给予敌人沉重的打击吗?'"这两部影片所以受到朝鲜观众的重视和欢迎,也正是因为影片中所描绘的主题,和朝鲜今天的现实生活更加接近,更加紧密。朝鲜女游击队员们英勇斗争,可歌可泣的事迹,同样值得表扬与歌颂,同样可作为我们中国女性学习的典范。在爱国战争爆发之后,那许多在火线上不顾自己性命抢救伤员的医务工作者,也不次于《白衣战士》中所描写的人物。

朝鲜文艺界,对于中国的文艺运动十分关怀和重视。我曾很荣幸地会见了很多位朝鲜当代知名的文学家、艺术家,他们提出很多中国现在文艺运动中所发生的问题,诸如,普及和提高怎样具体结合的、旧戏改革工作现在的情况、洋唱法和土唱法的争论问题、如何向《红楼梦》《水浒传》这些文学遗产学习、木刻和年画工作现在的情况等等。由此我们也可以看出:朝鲜文艺界,对于中国文艺运动是如何地熟悉和如何的关怀了。他们经常从《文艺报》和《人民文学》等刊物上了解中国文艺运动的情况。

一位文学艺术总同盟的委员李源朝同志告诉我说,毛主席的《在延安文艺座谈会上的讲话》,他们早已看过了,而且成了朝鲜文艺界普遍学习的文件之一。很多位朝鲜的文学家,不仅对于朝鲜文学有高深的修养,而且对于中国文学也有同样的修养。鲁迅、郭沫若、茅盾,以及中国的很多老作家的作品,他们都阅读过。看过中国古典文学作品的人也很多。他们对于中国的作家和艺术家,也表现了无限的关心和热爱。他们常常向我询问丁玲、赵树理、刘白羽等作家的近况:"他们身体健康吗?""最近又有什么新的作品出现吗?""他们现在计划写什么作品?"。

中国许多优秀的文艺作品,不断地被翻译成了朝鲜文,最近翻译成的有赵树理的《小二黑结婚》、刘白羽的《无敌三勇士》,以及其他许多作家的诗和短篇小说。这些作品,都受到了朝鲜读者的欢迎和爱护。在沟通中朝两国文化交流工作上,朝鲜的中文翻译家河仰天和安孝相两位同志,起了不小的作用。安孝相同志最近已把胡可等著的《战斗里成长》四幕话剧翻译完毕,并且正在朝鲜国立剧场排演,预计九月间即可演出。现在译者正在着手翻译《红旗歌》剧本。河仰天同志已将赵树理的《李家庄的变迁》译了一半,因为战争关系,工作忙碌,只好暂时搁起。河仰天同志说,等不久战争全部胜利以后,他将继续译完。这部书引起他极大兴趣,因为他在中国待过很长时期,仅在山西就住过六七年,中国抗日战争开始时,他就在太原参加了抗日救亡工作,以后又在晋东南抗日根据地工作过很长时间,因此对这部小说中所反映的问题,所描写的人物和背景,他都十分熟悉。现在朝鲜出版界更多的精力集中在注重翻译苏联和中国描写战争的作品上,他们说刘白羽描写战争的短篇,也给予他们很大的鼓舞。

朝鲜文艺界对于中国文艺运动的重视,对于中国文学艺术作品的热爱,对于中国作家艺术家们的关怀,使我深受感动,使我更深刻地体会到中朝两兄弟民族深厚的友谊,一种伟大的国际主义的精神在到处洋溢着。

解放五年来,朝鲜文艺界,同样产生了无数优秀的文学艺术作品,虽然有些已被介绍给中国的读者和观众了,但还不够,还不能满足中国广大读者和观众的要求,希望中国的出版界能更多地注意这一工作,把反映朝鲜人民生活斗争的文学艺术作品,更多地介绍给广大的中国人民。

1951 年

欢迎，欢迎你们的来临！
——欢迎爱伦堡、聂鲁达先生

丁 玲

前一些日子，我们就听到你们要来到我们国家的消息，要来执行一项最美丽、最荣誉、最使人兴奋鼓舞的任务。你们要代表"加强国际和平"斯大林国际奖金委员会来到中国举行授奖典礼，而这接受奖金的正是我们国家最受尊敬的崇高女性宋庆龄先生。这个消息，使我们盼望，使我们觉得莫斯科到中国的路程太长，而这九月的新秋却过得太慢。我们欢迎你们，欢迎你们两位杰出的世界诗人和作家，欢迎你们两位为世界和平事业贡献了最有力、最美好的诗章的走在前锋的战士。奖金委员会委托你们来执行这项任务，实在是最恰当，最好不过。我们在中秋节的那天迎接到你们，一年之中最皎洁的圆月和我们一道向你们欢呼。欢迎你们！亲爱的爱伦堡先生和亲爱的聂鲁达先生。

当我们国家还处在最艰难的岁月的时候——抗日战争时代，我们的作家、诗人、文艺工作者，在烽火弥漫的土地上与士兵一道走路、作战和动员人民。那时候，我们的印刷条件很困难，可是我们却印了你，爱伦堡先生，在战争时期所写的报道。在我们的行囊里，常常连换洗的衣服都没有，却带着你的像匕首一样的政治短论。我们爱读你那些文章，你那些热情的语言，也号召了离你很远的我们，号召了许多人起来行动，而且我们倾倒于你的才华，我们从你那里得到启示：要有极丰富的知识与无限的对人民的政治热情和不懈的极端勤恳的劳作，才能完美地完成一个作家的创作任务。我特别羡慕你的，是觉得你富有极广大的视野；你的观察，能在复杂的状态中抓住极单纯的极深刻的一点。你积蓄着你的丰富的观察所得，而又随时随地运用这些，一切问题都在你的这样的运用之中迎刃而解。现实的世界，一天天地前进；现实中的人物，一天天地在变化与成长。英雄的人物，英雄的心，活跃在我们艺术的形象之中，应该具有最高贵的品质。我们年轻的作家，热望着用自己的灵感去体会英雄，体会新的更崇高人物的心灵，想寻找出更高的更恰当的形象，来表现我们这一伟大时代。这是我们十分渴求的，也就是我们所应该从你的作品里得到启示的，和向你学习的。

聂鲁达先生，你的名字，在中国人民，尤其是中国年轻的文艺工作者中间，是很亲密的名字，如同土耳其的诗人希克梅特一样。我们常常热情地找寻你们的诗章。虽说中国所翻译的你的诗,大都是从别国文字重译过来的。我认为这一定会损害你的句子的美丽,但那些意思,我们还是能明了的。我们能够从你的"让那伐木者醒来"中,感觉到一个诗人的热情,感觉到你对黑暗的愤怒,对光明的无限希望,以及对世界无产阶级的团结的号召的声音。这首诗充满了力量,充满了鲜明的色彩。中国人民,由于你的诗而和拉丁美洲人民的革命更紧密地结合起来了。你是智利的诗人,也是我们的诗人。我们坚决反对美洲的帝国主义者——华尔街的战争贩子,我们却热烈欢迎你——美洲人民的代表、智利的伟大诗人聂鲁达先生。

在九一八的晚上,授奖典礼举行了。这个曾是使我们悲愤沉痛的日子,今天却成为一个光荣的日子了。我们听到你们的祝词和朗诵的献诗。我们见到最尊贵的,镌有斯大林像的奖章佩戴在我们的尊贵的宋庆龄先生的胸间,我们真有说不出的兴奋。我们的热情在激荡,我们感谢宋庆龄先生,感谢斯大林,感谢远道而来的你们两位。我们感谢苏联人民和从那里来的深厚友谊。我们感谢毛主席。这样的典礼,我们从前没有过,这是第一次。这不得不让我们首先想起宋庆龄先生几十年来的艰苦的坚贞的为和平而做的斗争。尤其是在最黑暗的年代中,和最险恶的环境里,宋庆龄先生抵抗一切压迫,紧紧与人民站在一起,并为人民尽最大的努力,救死扶伤。她的品质如水晶那样透明,白璧无瑕;她的性格却又如钢铁,无坚不摧。正如爱伦堡先生所说,中国人民是以有她而自豪的。她被给以斯大林国际和平奖金也是最为我们所欢迎的,是我们引以为荣的。

我们想起,我们还要更好地担当起来的任务:维护世界和平。三十年来,我们全中国人民在毛主席的领导之下,反对封建,反对帝国主义,取得了胜利,建设着我们丰饶广大的祖国。我们从一个屈辱者变为自由的英雄,而生活在幸福的光辉之中,我们是如何的愉快并具有乐观的信心。因此我们对于"保卫和平争取和平",是以最勇敢的情绪、责无旁贷、人人有份事事当先的气概来对待的。一切暴力,一切阻挠,我们一定要摧毁它们。我们要在毛主席的领导之下,在全世界人民的领袖斯大林大元帅的领导之下,和苏联人民以及全世界爱好和平的人民一道,坚决勇敢地为保卫和平而奋斗。

我们人民热烈地欢迎你们。现在,正是我们的国家即将走上建设的大道的时候。我们的土地,是这样肥沃,山川是这样美丽。秋天的气候,多么爽快。秋天的花朵比春天的开得更鲜艳。欢迎你们的酒,又醇又浓,我们的情意却比酒更浓。我们的生活,一天天向上;我们国家的面貌,一天天改样。毛主席说过,我们这个民族,是勇敢勤劳的民族。我们原来就不爱矜夸,毛主席更教导我们诚恳谦虚。我向你们建议,能留多少时候,就留多少时候吧。你们可以从南到北,从东到西。南北东西,都会像我们首都的人民一样,像我们年轻的作家们一样,向你们高呼:"欢迎,欢迎你们的来临!"

安娜·西格斯印象

冯 至

安娜·西格斯与郭沫若

9月25日的早晨,我们坐在新西比利斯克飞机场旁的候机室里。飞往伊尔库斯克的飞机原定于清早五点半起飞,可是已经七点多了,墙壁上挂着的扩音器还没有播送出乘客准备的通知。等得有点焦急了,出去打听,才知道外面的天气不好,不适宜飞行。正在这时,外边走进来一批客人。这些客人刚把随身的行李放在长椅上,便过来和我们打招呼。他们说,他们是德意志民主共和国人民团体的代表,受了中国人民团体的邀请,到中国去参加国庆典礼。这偶然的会合使我们快乐而兴奋,我们又重新伸出手来,向他们表示欢迎,并且问候他们旅途的情况。代表团里的一个青年诗人立即用热情的口吻赞美西伯利亚的美丽,旁边一个满头灰白头发、大约五十岁的女代表特别引人注意,可是我们没有得到机会和她说什么话,随后他们便走进餐厅吃早点去了。

我们仍然坐在候机室里等候着,直到中午,扩音器里才起始接连不断地播送出人人所盼望的消息:某某号的飞机将要起飞了,飞往某处的客人们赶快准备。我们看着一批一批的客人走出候机室,其中有一批就是德国的代表团。他们走后不久,我们也起飞了。当天晚上到了伊尔库斯克。

伊尔库斯克的后半夜飞了一阵雪花,气候骤然转冷。一清早我们便上了飞机,飞机里空空荡荡的,还有一大半空的座位。大约过了二十分钟,又有新的客人走上来,这些客人正是在新西比利斯克遇到的那几个德国朋友,不多不少,他们正好把空余的座位坐满。他们谈话时,对于那位满头灰白头发的女代表只称作"安娜"。这样的称呼,使人觉得那个被称呼的人是亲切近人的。我心里想,莫非这个人是安娜·西格斯吗?我按照我的猜想问他们。他们说:

"是安娜·西格斯。"

"代表德国的作家吗?"

"不,她是代表和平委员会的。"

于是我从我的座位站起来,向她致敬。我告诉她说,她的长篇小说《第七个十字架》已经译成中文,不久便可以在北京的人民文学出版社出版了。——这部她在1938年她的流亡时期内完成的、在莫斯科德文版的《国际文学》上连载过的名著,是她许多作品中最成功的一部。里边写了七个思想不同、政治立场不同、从希特勒的集中营里逃出来的人。其中六个人有的又被捉回去，有的死在路上，只有一个人逃出黑暗的德国。她在这本书里歌颂了共产党人不屈不挠的精神，同时也描画出德国在恐怖的纳粹统治下形形色色的人物。在秘密警察与特务们重重叠叠的严密组织中，到底有一个优秀的共产党员能脱离了他们的魔网，并不是一件等闲的事。这事说明了反动的纳粹政权不管怎样用尽心机，压制人民，还有它力量不能达到的地方，在工人阶级团结与互助的面前它便遭受失败。

她听到这本书已经被译成中文，她感谢我告诉她这个消息。她说，这样可以补偿她心里常常感到的一种缺陷。因为她在许多年前就听说她的作品里译成中文的只有她青年时代写的一部最幼稚、自己最不满意的作品，那部作品并不能代表她，若是中文的《第七个十字架》能够出版，就可以补偿这个缺陷了。她指的是1928年她的第一部小说《圣巴尔巴拉渔夫们的起义》。其实，在这部当时曾经得到过奖金的作品里她已经开始了她以劳动人民为主题的创作的道路，她这样说，只使人感到她的谦虚。但是我并没有读到过这本书的中译本，也不知这本书的中译本到底出版过没有，纵使有过，想早已绝版了。

飞机起飞后，德国人对于飞机上的几个中国字发生兴趣，他们猜测这几个字的意义。我想起，远在1932年，安娜·西格斯就在她的小说《同伴们》里边写过中国的共产党员，在前年斯大林七十寿辰她呈献给斯大林的一部小说集和今年献给世界青年和平联欢节的一部小说集里，每部都有一篇是写中国革命故事的。我又听说，她在她的大学生时代曾经学过中文，于是我问她：

"你认识这几个中国字吗？"

"我不认识。不过中国的一切，尤其是中国的革命斗争，从二十多年前就引起我很大的关怀，并且我有过许多中国的进步的朋友。"

中午到了蒙古人民共和国的首都乌兰巴托，飞机要在这里停留四十分钟，蒙古的朋友在飞机站里预备了红酒、糖果和鲜美的羊肉，款待我们这些过路的客人。主人欢迎我们，祝贺即将来到的中华人民共和国的国庆日，祝贺中国、蒙古、德国在以苏联为首的和平阵营里的彼此日益密切的友情。当主人听到德国代表团里安娜·西格斯也在内时，他们立即表示出特殊的欢悦，都热情地举起酒杯，向这位世界闻名的作家致敬。这足以证明，这个为了劳动人民、为了共产主义奋斗了几十年的女战士的名字在蒙古也不是生疏的。

但是她呢，并不感到骄傲，反倒显出当之有愧的神情。她回到飞机上后，我听见她带着一些抱怨的口气问她的同伴们："是谁宣布了我的名字？"

乌兰巴托以后的飞行不只是对于欧洲人，就是对于中国人来说也是新奇的。下边是一些无边的戈壁，好像无数黄色的兽群在奔驰，但是在人类美好的将来说不定有一天这片戈壁会变成良美的田畴或肥沃的牧场。我们从莫斯科起飞，这已经是第三天了，在这样的飞行中我们真实地看到和平阵营世界里的宽广、雄壮、自由。我想起《第七个十字架》里的一段：一个人逃亡的成功使集中营里的人们感到一种胜利，这个胜利告诉他们说，恐怖和黑暗究竟有它们力量不能达到的地方，反纳粹的活动在德国境内并没有停息，不然，这个逃亡者是不会逃出纳粹的魔网的。西格斯在这里写过这样的文字：

> 诚然，比起我们目前的衰弱无力，比起我们身上穿的囚衣，这是一个小的胜利。但究竟是一个胜利，它使我们在不知有多么长久的时间之后忽然感到自己的力量，这力量久已被人轻视，甚至被我们自己轻视，好像它只是地球上许多普通的力量里的一个，人们按照体积和数量来小看它，然而它却是那唯一的力量，它能够忽然生长为无限大，生长为无法估计的那样大。

"星星之火，可以燎原"，如今无论在西方还是在东方，当时被人估计得很微小的力量已经是这样壮大，已经生长为无限大，生长为无法估计的那样大了。

飞机没有一点颠簸。从窗外望下去，我们已经过了戈壁的上空，飞入祖国的领空。地面上的一切，都看得很清楚，德国的朋友以极大的好奇心等待着看一看将要到来的万里长城。人们在飞机里走来走去，好像是在一间小客厅里一般。西格斯走过来，向我打听她流亡以前在柏林结识的一个中国的朋友。将及二十年了，她还清楚地叫得出那个中国朋友的名字。她说：

"到了北京我一定要见见她，她在德国时也住过希特勒的囚牢。当时一同战斗过的朋友们现在活在人间的已经不多了。"

这人的近况我也知道一些，我说："她现在在北京工作。"

她听了，得到很大的安慰。同时她说，她现在正在计划着写一部长篇小说，在这篇小说里要写到中国的工人，她很想深一层了解中国某些工厂里在解放后与解放前不同的情形，尤其是关于工人工作热情与生活改变的实况。我说，我们是很愿意供给她一些具体的材料的。

这个在她大学生时代就已经是共产党员，在多么艰苦的情况下都不断地努力写作，并且时常把中国的革命故事写入她的作品里的女作家，我们希望她这次在中国看得更多，听得更多，将来能够把新中国的一切写在她的新作品里，因为二十多年以来她不只是一个共产主义英勇的战士，而且也是中国人民的好朋友。

1952年

和平战士乔治·亚马多
袁湘生

拉丁美洲各国的进步文学,已经一天一天地走上了发展的道路。尽管美帝国主义者和拉丁美洲各国的反动统治者,对于进步的文艺工作者横施迫害,可是前进的作家和艺术家,不但没有在迫害之下屈服,而且正在和压迫者做不断的斗争。他们中间,有许多曾经在第二次世界大战期间进行过反法西斯的斗争。今天,当他们目击新的帝国主义侵略者正在奴役着他们的人民,煽动着危害全人类的新战争,他们都英勇地参加了以苏联为首的世界进步人类的和平阵营,并以他们的天才作品,唤醒祖国的人民。1951年荣获"加强国际和平"斯大林国际奖金的巴西小说家和诗人乔治·亚马多,便是这样一位负有巨大声望的保卫和平的战士。

乔治·亚马多生于1912年,19岁时开始文学创作。他的处女作长篇小说《狂欢的国家》于1931年出版。从1933年到1937年,他接连写了好几部长篇小说,如:《椰子树》(1933年)、《汗》(1934年)、《朱比亚巴》(1935年)、《死海》(1936年)和《沙漠的上尉》(1937年)。这些长篇小说都是描写巴西劳动人民的不幸的生活的。作者在他的作品中,对于被压迫者和他们的命运,如《朱比亚巴》里面的黑人、《死海》里面的水手和《沙漠的上尉》里面的流浪者,都表现了深切的同情和不平。从他的初期的作品中,乔治·亚马多便显示了自己是一个战斗的、有着乐观主义精神的现实主义者。他一方面暴露社会生活中悲惨和黑暗的真相,在另一方面,他相信:只要人民不断地奋斗,这种黑暗的环境不久会成为过去,而光明的生活就会到来。他在1943年写的长篇小说《无涯的土地》序言中,曾经说过:从1934到1943这十年当中,他的写作的意义便是争取光明和美好的将来。"在过去十年中,"他说,"我会经奋斗,旅行,演说,过着我国普通人民的生活。我从一种感觉中获得巨大的快乐。这种感觉不但彻底影响了我过去十年中所有的工作,并且彻底影响着我的生命。这便是希望的感觉,但它不只是希望而已,而是相信明天会比今天更美好的信念。在东欧,'明天'的黎明已从战争的黑暗中涌现,我便是为着这种'明天'而生活,而写作的。"

由于乔治·亚马多是一个忠实的共产党员,他一生中时常受到巴西反动统治者的迫害。在华尔卡斯独裁者执政时,他曾被关在牢狱里面。1938年他亡命在外。就在他过着亡命者的生活时,他也始终抱着正义必胜的信念,从未动摇。他参加过世界和平委员会的工作。他在巴黎和华沙两地举行的和平会议中,发表过演讲,写过呼吁和平的文字。此外,他还为巴西共产党领袖嘉尔乐斯·普烈史特斯写过一本传记,他把这位巴西劳动人民的领袖称为"希望的骑士"。

1942年,亚马多回到巴西,他被选为国民会议的代表。从1943年到1946年,他以他的写作天才创造了最光荣的成就。他接连发表了三部长篇小说:《无涯的土地》(1943年)、*SaoJorgedosIlheus*(一)(1944年)和《红色的苗芽》(1946年)。在他的三部曲中,他把巴西劳动人民生活的发展,按照他们的历史,分作三个时期描写:封建制度的时期、外国帝国主义资本侵入巴西的时期和巴西人民为自由而斗争的时期。《无涯的土地》,描述两个封建家族为争夺一片未开辟的森林地带酿成内战,将无数人民作为牺牲品。*SaoJorgedosIlheus*告诉它的读者:自那一片森林地带变为椰子林场以后,怎样被一家外国公司利用操纵椰子价格的阴谋,弄到他们的手里;这家公司的实际上的经理——一个美国人——怎样实行法西斯统治,激起了当地劳动人民的反抗;怎样由于一个青年共产党员缺乏领导和组织群众的经验,使这一个反抗终于被反动势力所镇压。《红色的苗芽》则是以叙述巴西东北部某省农民的贫苦生活开始,由于饥饿和地主的压迫,他们不得不脱离故乡向南部迁移。这部小说的顶点是1935年共产党员吉文西阿在拉塔尔所领导的武装起义。他企图推翻独裁政治,建立民主制度,但他的计划不幸归于失败。乔治·亚马多在这部小说的结尾叙述1945年巴西共产党终于从地下活动中公开出现的事实。他说:"在鲜血染红了的土地上面,长出了被痛苦与饥饿所酿出的,愤怒的红色苗芽,收获的时期是近在眼前了。"在这三部匠心独运的作品中,亚马多揭发了美帝国主义者的阴谋和罪行,描写了以共产党为领导的英勇的劳动人民的斗争。

此外,乔治·亚马多还写过许多长诗。他的诗,像他的小说一样,充满着战斗的精神和胜利的乐观主义。他的火焰一般的诗行,在巴西的青年当中响亮地传诵着。他鼓励他们反抗压迫者以争取光明灿烂的将来。他同情黑人,于1944年出版诗集《歌颂嘉司特鲁·亚尔威斯的人民的诗》,献给一位争取黑人解放的巴西著名诗人嘉司特鲁·亚尔威斯。对于苏联,这座全世界和平的堡垒,亚马多更抱着无限的热爱和敬仰。在他所写的一首歌颂苏联的诗里,他把这一个社会主义的国家称为"世界的希望,人类的保障",他代表巴西劳动人民向苏联致敬,并保证他们绝对不会为美帝国主义者所利用,作为它进攻苏联的炮灰。

……我们不会用我们的手
来侵犯你的美丽的边境。
暗杀者不会从我们的基地
起飞来轰炸你的城市。
我们决不让这一次战争利用我们的富源
来向你进攻。
我们将为着自由生活的权利而奋斗。
我们向你伸出我们的手,我们将追随着你
让你领导我们走向我们的将来。

1947年,当都得尔独裁者执政的时候,亚马多又被迫离开祖国,亡命于欧洲大陆。他以最大的努力,促进世界的和平事业,他被选为世界保卫和平委员会的委员。1948年他访问了苏联。他的两部长篇小说《金色果实的土地》和《红色的苗芽》,都被译成俄文,并得到苏联文艺界的很高的评价。

现在,巴西人民争取独立与和平的运动已一天天地强大起来。领导这一个伟大运动的乔治·亚马多正开始写他的新三部曲"石墙"中的第一部《自由的洞穴》。这部长篇小说的主人公无疑是正在斗争的巴西劳动人民。我们相信:这位荣获"加强国际和平"斯大林奖金的巴西作家,必将创造出更伟大的作品,来鼓舞巴西的和全世界的爱好和平的人民,走入最美满的、最光明的将来。

果戈理在中国

——纪念果戈理逝世百年

茅　盾

　　大约三十年前,也就是有名的五四运动爆发以后,俄罗斯文学在中国广大的青年知识分子中间引起了极大的注意和兴趣。中国介绍俄罗斯古典文学是比五四运动要早得多的,然而那时候的介绍工作,既无计划,也不很忠实,特别是没有从作品的思想性来看问题(只有鲁迅是例外。他在辛亥革命以前,还在日本留学的时候,就以革命的观点来研究俄罗斯文学——这一点,我们在下文还要详细地谈到)。五四以后的情况却完全不同。对俄罗斯文学的爱好,在一般的进步知识分子中间,成为一种风气,俄罗斯文学的研究,在革命的青年知识分子中间,和在青年的文艺工作者中间,成为一种运动。这一运动的目的便是通过文学来认识伟大的俄罗斯民族。而这种要求认识俄罗斯民族的热情,不迟不早在1918年前后发生,这显然是"震撼世界的十日"的伟大的十月社会主义革命所引起的!

　　果戈理在他的伟大的史诗《死魂灵》的浪漫主义的抒情的结尾,是这样表示了他对于俄罗斯光明的未来的信心的:"你不是也在飞跑,俄罗斯呵,好像大胆的,总是追不着的三驾马车吗?地面在你底下扬尘,桥在发吼。一切都留在你后面了,远远地留在你后面。被上帝的奇迹所震悚似的,吃惊的旁观者站了下来。这是出自云间的闪电吗?这令人恐怖的动作,是什么意义?而且在这世所未见的马里,是蓄着怎样的不可思议的力量的呢?……俄国呵,你奔到那里去,给一个回答!你一声也不响。奇妙的响着铃子的歌。好像被风所搅碎似的,空气在咆哮,在凝结;超过了凡在地上生活和动弹的一切涌过去了;所有别的国度和国民,都对你退避,闪在一旁,让给你道路。"(用鲁迅译文)这是果戈理在1941年所写下的预言,而在八十年后,这预言是由伟大的十月社会主义革命来证实了!站在这震撼世界、创造人类历史的新的一页的十月社会主义革命面前,中国的青年知识分子兴奋而惊奇地问着:"俄国呵,你奔到那里?……你蓄积着怎样的不可思议的力量?"而且热心地想从俄罗斯文学里找寻解答,这在1918年的中国青年知识分子(那时候,由于帝国主义的封锁,他们得不到什么来自革命后的俄罗斯的第一手材料),岂不是很自然的吗?

　　但是,"从俄国借鉴",却在比这更早的时期,已经由我们的伟大的先驱者鲁迅提了出来。鲁迅在回忆他青年时所爱好而且准备介绍到中国来的外国文学作品时,说过这样的话:"因为所求的作品是叫喊和反抗,因此所看的俄国、波兰以及巴尔干诸国作家的东西就特别多。……记得当时最爱看的作者,是俄国的果戈理。"在另一篇文章内,鲁迅又讲到果戈理对于他的早期作品的影响:"从1918年5月起,《狂人日记》《孔乙己》《药》等,陆续地出现了,……因那时的认为'表现得深切和格式的特别',颇激动了一部分青年读者的心。然而这激动,却是向来怠慢了介绍欧洲大陆文学的缘故。1834年,俄国的果戈理就已经写了'狂人日记'……但后起的《狂人日记》(此是鲁迅自指其所写之处女作)意在暴露家族制度和礼教的弊害,却比果戈理的忧愤深广。……"

鲁迅在这里所自述的俄国文学对于他的影响,在1918年以后,已经可以视为中国大多数进步的青年文艺工作者的自白。而鲁迅对于他自己的和果戈理的同一题名的作品(《狂人日记》)所作的比较,其意义实不仅限于此两篇作品。如果我们进一步研究这两位大作家,我们将发现两人之中有更多的相似,但也有同样多的不相同。讽刺是他们的风格的共同点,然而鲁迅的讽刺却比果戈理的更为辛辣。果戈理嘲笑了他那时代的一切丑恶,"显示俄国人的恶德和缺失之点,比特长和美德还要多"(《死魂灵》第一部第二版序文),而鲁迅呢,也把他作品的最主要部分用于"刺破社会的脓疮",但也正如果戈理所自称的"我的抒情的才能,为了燃起俄罗斯人的爱,能够把它的长处表示出来,而我的嘲笑的才能,为了使读者感到憎恶,也可以把它的缺点显示出来",这两位大作家都是伟大的爱国主义者,他们之所以有强烈的憎恨,正因为他们有火热的对于祖国和人民的爱,"能爱,故能憎"(鲁迅语)。然而,怎样的人——不是抽象的人而是阶级的人,才合于诗人的赞颂的标准呢?果戈理努力想在他那虽已写成但在死前不多几天又亲手焚毁了的《死魂灵》第二部中描写出来,可是,从作者亲手焚毁原稿这件事,又从现在所传《死魂灵》第二部的残稿看来,作者所要赞颂的对象仍旧是从地主阶级里找出来的,而作者自己也不满意,所以终于亲手把原稿焚毁;但在鲁迅,不仅在《药》这篇小说中早已侧面赞颂了为革命而牺牲的志士,在《一件小事》和其他的短篇中早已描写了劳动人民的可爱的形象,并且后来又分明指出:唯新兴的工人阶级是我们希望之所寄托!

这些就是这两位大作家相似而又不相同之处。原因是在于他们所处的时代有很大的差异:鲁迅离开我们不过十五年,而果戈理呢,却已离开我们有百年之久了。

但是,尽管时代不同,地域和民族不同,而果戈理所暴露的旧俄罗斯的地主们和官僚们,却和旧中国的同一阶层的人们,在面貌上还是颇有相同之处,甚至在某些本质上则竟可以说十之九相同。这又说明了这些蒙上了历史的灰尘的果戈理的人物何以在昨天乃至今天的中国读者中间引起了极大的注意,并由此获得了教育。从《死魂灵》和《巡按使》的活生生的形象中,中国读者会联想到自己国家内昨天存在着的或今天也还存在着的那些不劳而获、唯利是图、荒淫无耻、卑鄙险诈的剥削者和寄生者、地主和官僚,以及乞乞科夫式的"但不是买死魂灵而是买活魂灵"(伯林斯基语)以进行冒险欺诈的资产阶级人物,而给以更深的憎恨。另一方面,从《塔拉司·布尔巴》中,中国的读者也被那勇敢的爱国英雄所激动,而坚定其战胜侵略者的信心。而在果戈理全部作品中贯穿着洋溢着的人民性,无疑地也有助于中国读者对于美好而幸福的生活的争取与创造。

果戈理在中国的地位,可以从他的作品被译之多看出来。二十五年前,他的有名的《外套》就已有两个以上的译本。此后,他的《密尔格拉得》《肖像》《塔拉司·布尔巴》《死魂灵》《巡按使》《赌棍》等,都有了中文的译本。特别应当指出:《死魂灵》是鲁迅翻译的,而且是鲁迅晚年花了最多精力的一部译作。

列宁曾经说过:"艺术家的托尔斯泰甚至在俄罗斯也只有少得可怜的极少数人知道。为了把他的伟大作品真正变成大家的财产,就需要斗争,需要反对那种把千万人陷入黑暗、受压迫、徭役劳动和贫困的社会制度的斗争,需要社会主义革命。"果戈理在帝俄时代,他的作品也不是大家的财产,但在今天的伟大社会主义国家苏联,它就是大家的财产了。同样地,果戈理在中国,虽然他的作品已经有了如上述的那些翻译,然而他的读者还仅限于学生和知识分子。这个情形,由于中国革命的胜利,工农大众的翻身,也将迅速地改变过来。今年的果戈理百年忌,中国人民将以空前的热烈来纪念他。

和平书简
——致巴勃罗·聂鲁达
艾 青

"诗与战斗的兄弟"——巴勃罗回到了智利。你像春天的燕子,披着满身的阳光,越过重洋,飞落在太平洋东岸的智利的土地上。

无数沉睡在寒冷中的生命,将苏醒过来。

巴勃罗离开这个荒原已很久了。当魏地拉把智利出卖给华尔街的时候,魏地拉把你也出卖了。你开始逃亡,穿过崇山峻岭,避开敌人的侦查与追踪,在黑夜里潜行,由爱你和尊敬你的忠实的同志们保护着,你旅行着,唱着仇恨的歌。

那是"污秽的、阴险的、愤怒的年头"。

你所心爱的智利,你所心爱的拉丁美洲,你所心爱的科罗拉多河所流过的地域,整个太平洋东岸的辽阔的土地,像一片原始的森林,被野兽盘踞着,好像未经开发的时候一样。今天,没有比美洲更充满蛮荒的气息的地方了。自从哥伦布从航船的甲板走上这片土地的时候起,美洲已写下了自己的急剧变化的历史;他像一个青年,被从欧洲驱赶,到这片土地上垦荒,也会经过奋努力,后来由于进行一连串的投机买卖而成了暴发户,竟愈变愈荒唐。

没有人会忘记美利坚的为争取独立和自由的战争;没有人会忘记林肯——伐木者出身的人的宽阔的胸襟;没有人会忘记惠特曼像一株巨大的橡树,纯朴地站在大地上,日夜发出巨大的响声……

但是美利坚堕落了,像一个骗子……

造谣和说谎成了政治的资本;欺诈和恐吓成了战略思想;投机和冒险成了这个国家的性格——国家不但沿着这种精神在决定政策,而且千方百计鼓励人民在日常生活中也贯穿这种精神。美帝国主义已成了今天世界的灾难。

拉丁美洲的许多国家,就像一群打手,跟随在这个骗子的后面。智利政府逮捕你的决定,应该是美国国务院签发的。但是他们没有达到目的,因为你生活在广大的群众里面。不久,你带着自由的歌声,出现在另外的大陆上,你以巨大的声音,向全世界控诉美帝国主义的野心和罪行,你以巨大的声音,向美国叫喊:"伐木者,醒来吧!"

你警告那些为野心所蛊惑而狂热地鼓吹战争的家伙:

　　如果你要派遣芝加哥的屠夫

去统治我们所爱的
音乐和生活,
我们将从岩石中,空气中冲出来
咬你,
我们将从最后一扇窗子里冲出来
射击你,
我们将从最深的浪涛里冲出来
用荆棘刺死你,
我们将从田沟里冲出来,地里的种子将如
同科伦比亚人的拳头一样痛击你,
我们将断绝你的面包和水,
我们将用你自己所点燃的火来
……
把你烧死!
到那时候,那常春藤覆盖的实验室
也将放出解除束缚的原子,
指向你们的傲慢的都市。
——巴勃罗·聂鲁达《"伐木者,醒来吧!"》

给我和平,给我酒。
明天早晨我一早就动身。
四面八方,
春天在等着我。
——《欧洲的葡萄》

你到了许多国家,到处都以鲜花和鼓掌声来欢迎你。你看见了许多国家从被奴役的境地解放出来之后,人民以自己的劳动和智慧创造自己的新的生活。

你也来到我们亲爱的中国。你和爱伦堡怀着多么大的兴奋看见这个古老的国家焕然一新啊!

你向中国致敬:

世界各民族一起望着你,啊,中国!

他们说:"我们当中出现了一个多么坚强的兄弟啊!"

——《向中国致敬》

你在解放了的土地上漫游,而你的心没有一刻忘掉了战斗。甚至在颐和园的小船上,你还唱着西班牙人民在保卫马德里时唱的战歌,你教我们跟随你唱那热情的副歌的调子。

胜利的信心培养了你的乐观主义,而战斗的智慧丰富了你的谐趣。因为你的姓的中国翻译是"聂"字,爱伦堡叫你"三只耳朵的人",我问你还有一只耳朵在哪儿?你笑着,指着前额说:"在这儿。"你说:"我可以倾听未来。"

你和爱伦堡离开中国之后,我们好像家里少了人。

巴勃罗,坚强而又纯朴,你的声音好像是从地层下面发出来的、沉洪的、使地面为之震动的声音。从你的声音里,可以听见美洲人民的力量;从你的声音里,可以听见美洲的希望。这种声音是属于新大陆的,大瀑布的声音、大河流的声音、高原上的大风暴的声音。这样的声音将愈来愈洪亮,像从海洋里来的台风,吹刮过整个美洲大陆,激起争自由争民主的巨浪,冲垮一切腐朽的堤堰……

流亡的巴勃罗回到了智利。这消息激励着我。因为你太爱你的祖国了,长期的离别已成了你的痛苦。你采用了智利民间情歌的格调,诉说了自己对祖国的怀念:

什么时候,

什么时候啊,什么时候,

什么时候

我才能与你重逢?

——《在我的祖国里正是春天》

现在巴勃罗终于回来了。巴勃罗是从世界上回来的。

那些久别了的矿工,那些水手,那些耕耘土地的人,那些石匠、渔夫、饥饿的人、赤脚的人将要拥抱你。他们将要问起你外界的一切情形。他们被谎话所蒙蔽,正渴望着来自远方的亲人带给他们可信的消息。他们将很关心地谛听你跟他们谈到苏联,谈到东欧,谈到中国。你将带给他们无数关于新的世界、新的人类的故事。而一切的变化和发展对于他们都是这样地容易理解。他们将对自己的国家、拉丁美洲人民的前途、整个美洲的命运产生更强有力的信念。

最近我收到了当你临离开欧洲时所交托的德国民间工艺品的礼物。转交礼物的同志在附信上说,你将参加智利的竞选,而且很有信心。让我在这儿祝福你胜利!

我不知道该向什么地方投递给你的信。我打开地图,在那条窄长得像花边一样的土地上注视了很久,好像要从那上面寻觅你的影子……你在那儿?在圣地亚哥,还是在特墨哥?在矿山里,在森林里,还是在插入海浪中的农场里?你是无所不在,因为你生活在群众中。

由于帝国主义把世界分割得这样破碎,我们的距离也显得这样遥远。但是,终有一天,这种情况会改变,那时,太平洋上将可以自由航行,从西岸到东岸,应该像从这个村子到那个村子一样方便。无论我们的诗,还是我们的工作,我们为和平而进行的一切努力,也都是为了达到这个目的。你已为那样的日子,贡献了诚恳的愿望:

　　因为我信任人,
　　我相信我们就要攀登
　　最后的阶段,
　　从那里我们可以看到
　　真理普及于一切,
　　纯朴主宰着大地,
　　大家都有面包和葡萄酒。

1953 年

悼艾吕雅

罗大冈

法兰西杰出的诗人保尔·艾吕雅,于 1952 年 11 月 18 日,病逝在巴黎。噩耗惊动了诗人的挚友、遍布于全世界的读者群众、法兰西的劳动人民和全世界的热爱和平的人士。两天以后,阿拉贡在《法兰西文学》周报上发表了悼文,那是既沉重又坚定的一声呼喊:"让我们来念他的诗吧,他没有死!"诗人的挚友,画家毕加索对访问他的记者说:"我受了沉痛的打击。还有什么可说呢?我在这儿,这就是尽我所能做到的一切……我的亲爱的保尔·艾吕雅……"接到了讣告的聂鲁达,从智利打来电报说:"我痛苦到说不出话来。他(艾吕雅)曾经使法国开遍鲜花。我哭了。"

对于艾吕雅的突然逝世感到哀痛,也就是为世界人民的和平事业遭到损失感到哀痛。人民热爱艾吕雅,就是热爱艾吕雅诗中闪耀着的、对于人民解放事业的最后胜利的不渝信心。从法国共产党中央委员会的正式讣告中,也可以看出作为诗人与战士的艾吕雅,在人民解放运动中所占的重要地位:

法国共产党中央委员会沉痛地讣告保尔·艾吕雅于 1952 年 11 月 18 日,在巴黎逝世,享年五十七岁。

法国共产党向保尔·艾吕雅致敬,他是伟大的诗人,伟大的法国人文主义者,可钦佩的爱国志士和地下抗战的斗士,莫利思·多列士的朋友和战友,他是以从他的良心和天才出发的整个理智来参加共产党的一位同志。

保尔·艾吕雅的名字是法国的光荣,工人阶级的光荣。他的名字将和他的诗一样,永垂不朽。

法国共产党,莫利思·多列士的党,号召法国人民向这位为了人类的幸福,为了自由,为了祖国的光荣,为了和平奋斗到最后一息的诗人,致以隆重的敬意。

法国共产党中央委员会(政治局代)签名:夏克·杜克洛

马舍尔·迦相

雅内德·章美许等

在艾吕雅逝世数小时以后,他的夫人多美妮克给罗伯逊拍了一个电报:

> 保尔·艾吕雅今晨逝世。他最后的想念是给罗森堡的,他热烈地希望他们获得赦免。

罗森堡(Rosenberg)夫妇是被美国反动政府判了死刑的争取和平的斗士。这个电报充分说明了艾吕雅直到最后仍是怎样的时刻不忘争取和平的事业。从第二次世界大战以后一直到目前的这些年头里,艾吕雅把整个身心、整个天才都贡献给了和平与民主的伟大斗争。为了更好地纪念艾吕雅,和平阵营里无数年轻热情的诗人和艺术家,将要用加倍的奋勇,继续唱出艾吕雅所未唱完的歌。

艾吕雅一生经历了漫长艰苦的道路。他出生于巴黎附近一个劳动人民的家庭里,幼年时代处境清贫,这使诗人终生具有对人民的苦难的敏感与同情。最初写诗在1914年。第一次世界大战时艾吕雅被征入伍,受过伤,深深体验到战争的残酷,在1917年出版的第一部诗集《义务与不安》中,已经包括了一部分他在战壕中写的诗。1918年出版的《争取和平的诗》,则更鲜明地宣传着反战思想。但是年轻的诗人那时还不能正确地理解所发生的事件,所以对战争的极度不满和对那时的"现存秩序"的反抗,仅仅把诗人消极地引向颓废的"达达主义"和"超现实主义"的文学流派中去。直到30年代,法国劳动人民革命运动的高涨,和在西班牙内战中国际反法西斯人民与法西斯势力的尖锐斗争,才惊醒了作为人民诗人的艾吕雅。1936年,诗人一连发表了三篇重要的反法西斯主义的作品:《古危尔尼加》(Guernica)(西班牙内战中遭受法西斯暴徒蹂躏最凶残的小城,毕加索曾以同样的题目画了名画。)、《一九三六年,十一月》和《昨日的胜利者必将灭亡》。在法国,艾吕雅所写的抗战诗,为隐伏在林莽(Maquis)间的游击队员们争相传诵。他的《自由》一诗脱稿以后,立即飞越法国国境,传遍全世界。

第二次世界大战爆发,四十多岁的诗人艾吕雅又被征入伍。次年,法国溃败,他复员回家。从那时起,他将自己完全献给了祖国,积极从事地下抗战活动。他在那一个时期写出了最成熟的诗篇。有两本集子收集着这些法国文学史上辉煌的作品:《诗与真理》《和德国人会面》。此外,诗人还大力组织了爱国作家来写反纳粹、反维琪政府的文字;在十分困难的条件下出版鼓动抗敌的小册子。他是当时法国作家协会(抗战组织)的发起人、地下创刊的《法国文学》周刊(现在仍出版)编辑委员会的委员之一,并且协助抗战文学"午夜丛书"的刊行,收集了当时生活在纳粹铁蹄下的欧洲各国五十多位诗人的作品,刊印了两册名为《诗人的光荣》的集子。诗人还创办了《永恒》杂志。在整个抗战时期,艾吕雅发挥了令人惊异的巨大的战斗力量。

由于纳粹警察的秘密追捕,艾吕雅不得不于1943年9月离开巴黎,躲藏了三个多月。接着,他又冒险回到巴黎,继续地下活动,直到1944年8月巴黎解放。

法国全国光复以后,由于他在地下活动时期的功劳,艾吕雅光荣地获得了"抗战勋章"。

二次大战后,艾吕雅全心全意将自己贡献给法国人民及世界人民争取和平的斗争。他已不仅是一个爱国主义的诗人与斗士,而同时也是国际主义的诗人与斗士,因为世界的和平是不可分割的。这时他已是法国共产党党员,法国"和平运动"的活动家。同时又是法兰西—西班牙委员会的主席、法兰西—希腊委员会的委员之一。他认识到文化交流对于保卫和平工作的重要性,近年来他曾到许多国家参加国际性的会议,或去演讲。1946年他在意大利所作的演讲,鼓舞了意大利人民的民主运动。之后,艾吕雅代表着法国人民,给希腊的民族独立斗士们带去了敬礼。1949年,他又重到希腊,这一次是和依夫·法奇同去的。他们一直到希腊民主军的根据地格拉莫斯(Grammos)。同年,他代表世界和平理事会出席了墨西哥的和平会议。1950年,法苏友好协会派他到莫斯科参加五一节典礼。1952年春天,他又代表法国人民,和雨果后裔——让·雨果一同到莫斯科去参加纪念雨果及果戈理的大会。

从1944到1952年,艾吕雅一共发表了十本诗集,他所选辑的法国古代诗选等还不算在内。

在这十本诗集中,除了前面已经提到的《与德国人会面》(1944年出版,1946年再版)以外,比较重要的是1948年发表的由阿拉贡作序的《政治诗集》和1951年发表的、由毕加索作画的《和平的面容》。最后,有发表于1952年的《凤凰集》。

近年来艾吕雅的许多诗篇,都是对全世界各国艰苦战斗中的和平斗士的同情支援。例如纪念第二次世界大战中牺牲的南斯拉夫爱国诗人高仑·可伐奇的那首《高仑·可伐奇起之墓》(1947作),声援巴西革命领袖路易士·卡洛斯·普来斯岱斯的诗(见1952年4月22日的《人道报》),以及许多出名的、声援希腊人民解放斗争的诗篇等。

艾吕雅的两句诗"通过生活的筛子,展开纯洁的天空"——很扼要地说明了他的作品的基本精神:通过斗争,展开美好的未来的远景。艾吕雅是歌颂"希望"的诗人,在时代的激烈斗争中,他的深沉的歌声,引导着争取自由与和平的人民的前进步伐:

> 我的希望传遍世界,
> 到处人声起来响应,
> 苦难穷困失去阵地。

我前进,到处有光赤的手结成床铺,
使今日的种子
变成明日的收获。

——《普来斯岱斯》

即使在纳粹占领下的最艰苦暗淡的年月,艾吕雅照样不失去他的希望,并且以自己的对未来的坚定的信念,来鼓舞在苦难中、在斗争中的人民。在凶暴的敌人的武器撞击声与呵斥声中,在周围被踩躏的人民的哭喊声中,他听到希望在敲打未来的门,那不可遏止的希望,它必须与雨露和阳光一起长大、一起繁荣:

这是一株树木
它在敲打土地的门,
这是一个孩子
他在敲打母亲的门。
这是雨和太阳
它们和孩子一起降生,
和树林一起长大,
和孩子一起繁荣。
我听到谈论和欢笑的声音。

——《与德国人会面》

由于他的心中永远照耀着希望的光明,充满了对于劳动人民的爱和最后胜利的信心,艾吕雅的诗永远保持着强者所独有的镇定、宁静的气氛和深远的启示:

你将得到解放,巴黎。
只要我们不失掉希望,
你将从疲劳和泥泞中得到解放。
兄弟们,不要失掉勇气……

——《与德国人会面》

黑夜不至于整个地黑。
我说,我肯定地说,

在愁苦的深处，

总有一扇窗子打开着，光亮的窗子。

——《微笑》

他的诗的节奏好像是宽舒滞缓的，不慌不忙的，但内部蕴蓄着强有力的号召。"在愁苦的深处，总有一扇窗子打开着"，诗人的意思不是叫人逃避现实，而是给人以对于光明的信心，作为坚持斗争的力量。在另一首诗中，他叫人忍耐。为什么要忍耐呢？并不为苟全，而是为了准备"复仇的床，从那床上，我将得到苏生"（《诗与真理》）。

诗人所歌颂的人民并不坐待光明，坐待胜利，而是准备斗争的：

用武器，用鲜血，

使我们从法西斯主义中解放出来。

……

让我们拿起枪来，

向法西斯射击。

……

只要给我们以这样的条件：

可以不饶恕法西斯主义者。

他们比我们的烈士们人数还少，

我们的烈士们并没有杀害任何人。

——《希腊，我的理智的玫瑰》

而艾吕雅的胜利信心也是来自对人民的力量的确信：

他知道，替他报仇的，

并非只有一个同志，

而有百万，千万同志。

——《通告》，见《与德国人会面》

仇恨从地面上出来

为了爱而战斗。

仇恨落到尘土中去，

当它满足了爱以后。
爱在日光之下辉耀,
大地上永远有希望存在。

——同前

我们从来没有发动(战争),
我们一直互相亲爱。
因为我们互相亲爱,
我们要解放大家。

——同前

总之,艾吕雅在法国文学史上独辟一章的朴质、恬静和优美的诗歌艺术,表达了诗人对人类的热爱,他拥护正义、自由、民主与和平的由衷的呼声,以及对于劳动人民争取解放的最后胜利、对于人类美好的前途的坚定不移的信心。而全世界爱好和平的人民,也将永志不忘诗人一生的功绩与其珍贵的艺术遗产。

做你所愿意的
——纪念方斯华·拉伯雷逝世四百周年
李又然

方斯华·拉伯雷,16世纪法国人,生在1490年,也有可能是在1483或1495年生的。至今不能确定,恐怕永远确不定了也难说,好在这不是最重要的问题。比什么都更可信的事实是:虽然远在四百年前就去世了,这个"天才母亲"、这个多方面的人文主义者、这个反对教会最猛烈的教士、这个"创造法国文学"的崇高的作家和思想家,同着他的两部伟大的作品(《加甘都亚》和《邦得还儿》)一起,是永生的。他一直活下来,并没有死。死后遭受不轻于生前的误解和磨折,四百年来他活得更有意义——一天天被更多的人所理解所敬爱。恩格斯在讲到欧洲文艺复兴期时说:

> 这是一个人类前所未有最伟大的进步的革命,这是一个需要和产生巨人的时代,需要和产生在思考力、热情和性格上、在多才多艺与广博学识上的巨人的时代。给近代资产阶级统治打下基础的人是那些不受资产阶级局限的人。相反地,当时的冒险性格或多或少地鼓舞了他们。那时差不多没有一个著名人物不曾作过长途旅行,不会说四五种语言,不在许多部门驰放光彩……(曹葆华、于光远合译《自然辩证法导言》)

拉伯雷就是那个时代的这样的一个巨人。他用他的作品推动了这个前所未有的最伟大的进步的革命。他的作品本身就是永远驰放的光彩。

拉伯雷的作品里,很重要的一件事是,为了答谢约翰教士帮助他打了胜仗,加甘都亚造了一个修道院。名称虽然叫作修道院,其实是一座华丽的宫殿,其中没有修道士,也不要女修士,是专为优秀的青年男女而设的。他们在各种娱乐和游戏里过日子,不受任何束缚。他们相爱,愿意结婚就可以自由离开这个修道院。他们的全部制度只是这句话:Fay ceque voudras——做你所愿意的。这意思不是别的,就是反僧侣、反封建,向虚伪、阴冷、枯干的、违反人的天性因而弊端百出的禁欲主义宣战,是要使身体精神都健康的战斗的口号。

一切的黑暗、愚昧、不合理,拉伯雷都讽刺、打击。在教会有绝对的生杀之权的恐怖下,他也不怕,他攻击教会。他讽刺教士,天主教的和基督教的。例如他说侵略者已经劫掠到了墙外,那些吓坏了的教士还躲在小教堂里做祷告,他讽刺他们不抵抗。可是他们之中的约翰教士,拿起一根十字架打退了一万三千六百二十个劫掠者,拉伯雷就衷心地赞美。他反对侵略,主张消灭横暴、抵抗侵略。

夸大是拉伯雷作品的一个特点。例如写加甘都亚,说他一生下地就大叫着要喝喝喝,喝了一万七千九百十三头母牛的奶。人们给他做一件紧身衣,就用了几乎可以开一家绸缎铺那么多的白缎子。后来他大了,骑马到巴黎,路过一个地方,他的马用尾巴赶苍蝇,一路扫掉了所有的树,使这个地方变作一片空阔的平原,不再有一株树。又说他在巴黎闹着玩,摘下圣母院的钟挂在这同一匹马的颈项上当响铃。诸如此类当然都是夸大、滑稽,初看不合情理,但是拉伯雷在序言里,就要求读者通过滑稽发现他的思想的意义。这种滑稽表现了他的善良、健康、精力饱满、乐观主义。一万七千九百十三头母牛的奶,加倍多的大人也喝不完,何况一个初生的婴儿。写法然则夸大,但是人物完全真实。这种夸大,结果使人物性格更突出,真实性更鲜明。

有趣的插曲非常多。其中一个是"柏牛奇的羊"。有个同船的商人骂了柏牛奇,他发誓要报复。这商人是到外国去卖羊的,他就在这些羊的身上打主意。经过激烈的讨价还价,他终于买到了一只,扔进海里,另外所有的羊都跟着跳下去。那商人想抓住一只,被带进了海里淹死。这大概以柏牛奇为典型,写这样一种人:遇见危险胆子小,可是在小事上斤斤计较;看准对方比自己弱,就残酷地报复,弄死人家所有的"羊",使人家即使不淹死也会苦死。这样,初看只是插曲,写点恶作剧使读者笑笑,其实也在深刻地发掘人的性格。

在拉伯雷时代,"法国基本上仍属于农业国家,法国十分之九的人口都在农村里讨生活……农民赎取了自己的身体自由,却没有办法购买土地。他们继续租种土地,缴纳领主地租,要在领主的农地上从事劳役,要担负若干其他封建义务,并要在领主法庭上受裁判。在所有这些情形之外,政府不断增派的税捐,都加到农民身上……由于对王权的加强,各种苛捐杂税都增加了。政府着手将这些捐税交给个人去包办。包税人自然又是有钱的资本家……"(王易今译《古代世界史》)。对于这种赋税和收税人,拉伯雷的讽刺都最无情,——他完全站在被迫害者这一边,他的讽刺是正义的表现。

他还最痛快淋漓地揭露、讽刺了法官和议员,把他们叫作"穿皮袍的耗子"(因为这些东西穿黄鼠狼皮毛做的长袍)。他说"支配他们的是第六元素(笔者注:当时炼金术家还只知道有五种元素),靠着这,他们窃取一切吞噬一切"。他说对于他们"淫邪是品德、卑劣是善良、背叛是忠诚……"——正是这种最严厉的讽刺是拉伯雷最伟大的地方,资产阶级学者却说是实在太过分了。

与这种辛辣的讽刺相对照,是加甘都亚写给他儿子的信。这父亲以柔情和热望,再加上恳切的忠告,勉励他的儿子在巴黎好好用功。在治学方面,他希望他学希腊文、拉丁文、希伯来文、阿拉伯文；几何学、其他数学；音乐；天文学、自然史、医学、解剖学……在做人方面，他告诉他："先哲所罗门说：'智德不进不正的心灵，有知识而无良心只是心灵的破灭。'"他要他不相信谬见，不要虚荣。他希望他对于周围一切人都肯服务，爱他们就像爱自己的亲人。——这信写得异常动人，我们这里只最粗糙地传达一点点。最后，这父亲希望："当你在那边（笔者注：指巴黎）学得了这一切知识之后，回到我的身边来，让我看见你，并且在死去之前祝福你……"

这慈祥的父亲就是拉伯雷自己。他借用加甘都亚给他儿子写信的口气，祝福万世千秋的后代。他为我们祝福。他渴望所有的人都有德行、有学问，都正直……他渴望所有的人都有知识。他的作品以从"神瓶"里发出来的声音来结束：trinch（喝吧）。就是说吸饮知识吧！……这封信可以说是人文主义的教育宣言。拉伯雷是伟大的教育家。他强调古代语文的学习，这是因为"人文主义者首先致力于古代语文、古代作家创作的研究和宗教歌词批判的解说"（王子野译《西洋哲学史简编》）。他特别强调希腊文的学习，说倘若不懂这语文，"人说自己是学者就是可耻的"，正像我们今日特别强调学习俄文一样有理。——这样，"人文主义"（humanisme）叫作"古代语文研究"也可以。这种研究是前进的复古，因为它的目的或结果，是用古代希腊的年轻活泼、理想而又现实的精神来驱逐"中世纪的幽灵"（恩格斯语），使人从愚昧、黑暗里觉醒。人文主义以"人"为中心，扩大意义来说就是"人道主义"。"我是人，没有一件人的事于我是陌生的"，这句马克思最爱的箴言可以做"人道主义""人文主义"以至"古代语文研究"的注释。

拉伯雷就是伟大的古代语文研究者、人文主义者、人道主义者。他熟悉人的事，他爱人。他痛恨一切摧残人的人。他对"穿皮袍的耗子"讽刺得那么辛辣，而如此仁慈、恳切地关心后代的成长和教育，这仁慈和辛辣是他的同一精神（或者就说他的人道主义）的两种表现、两个方面，归根都是为了"人"。

柏林斯基说拉伯雷的作品"与整个历史时代的内容和意义紧密地联系着"。这甚至从我们的时代来看也是这样的。我们的时代最主要的历史内容是反对侵略战争、争取人民民主和持久和平。拉伯雷爱和平（当然，时代不同，他的和平的含义和我们今日的不可能完全相同）。在他的作品里，他写比克洛萧尔王侵入了加甘都亚父亲治理的乌托邦。虽然遇到约翰教士的勇敢抵抗，这个侵略者还是进行侵略。就在这时候，加甘都亚被他父亲召回来，由约翰教士等辅助着，完全打退了这个侵略者。那个修道院就是战胜了侵略者、为了答谢约翰教士而造的。很显然，拉伯雷愿意优秀的青年男女在和平环境里做他们所愿意做的。他反对侵略，在他的作品里使侵略者终于失败。他保护"乌托邦"，使另一侵略者晚年由国王降为在街上卖酱油的小贩。他不让这种人做国王。他的国王是"在人文主义上受了教育……在有抑压侵略者的必要时才去作战争;对于工业、商业,特别是学术之平和的发展等,则加以很高的评价。在自己所走的道路上,他是贫困者及被压迫者等的真实的拥护者……而以保护知识……为自己的名誉的"(沈起予译《欧洲文学发展史》)。

四百年来拉伯雷没有死,他一直活下来。他将更有意义更自由地活下去,因为在过去的社会里,尤其在今日资本主义国家里,全世界历史上一切最伟大的人物真正的价值常常不是有意被歪曲,就是被无知所疏忽,而在社会主义和共产主义的社会里,他们的"光彩"才有机会空前自由地"驰放"起来。

纪念方斯华·拉伯雷,"做你所愿意的"——我们愿意做的、我们有责任的,第一就是争取和平反对战争。

1954 年

阿里斯托芬的喜剧

彝　父

阿里斯托芬约生于公元前 446 年,卒于公元前 385 年。今日,全世界爱好和平的人民,纪念这位古希腊伟大喜剧家,是有两重意义的:第一,今年正是诗人的二千四百年诞辰;第二,诗人是世界文学史上最早的伟大的和平战士。

关于诗人的生平,后世所知甚少。他是雅典附近库达忒奈翁农村人,但大半生居留在雅典,从事文学事业。相传他的剧作一共有四十四个喜剧,可是流传至今的只有十一个。诗人运用喜剧作为政治鼓动的手段,对当日雅典的乃至全希腊的一切重要问题和社会现象,皆一一予以批判。他热爱和平,痛恨战争,赞扬农村勤劳朴素的生活,反对当时城市伤风败俗的文化,歌颂辛勤老实的劳动人民,讥骂愚弄人民的政客。此外,他向雅典社会提出严重的财产不平等问题,揭露危害社会的教育现象,批判文坛的腐败倾向,指出当时根深蒂固的轻视妇女的思想。诗人的爱憎是分明的,诗人的批判是大胆的,诗人的观察深入社会的病灶,诗人的思想领导当日雅典社会向前迈进。他的伟大的剧作,两千多年来,永远留给后世爱好和平的人民以新的鼓舞。阿里斯托芬生在希腊多事之秋,目击了伯罗奔尼撒战争带给城邦的灾难。阿提刻农村首先受到战争的灾害,田园荒芜,民不聊生。诗人就在《阿卡奈人》(公元前 425 年)中为勤劳的农村呼吁和平。自耕农狄开俄波利斯渴望和平,他在为主战派所操纵的公民大会中揭露政客欺骗人民的手段,说服反对他的、烧木炭的阿卡奈人,然后与伯罗奔尼撒人订立和约。和约既成,阿提刻农民便温饱乐业,而主战的将领拉马科斯却身败名裂。和平的幸福与战争的祸患,在该剧中有着鲜明的对照。

然而,阿里斯托芬绝不是无原则地一律反对战争。诗人是明辨是非的。伯罗奔尼撒战争,乃是希腊民族的同室操戈,雅典与斯巴达争夺霸权之战。负担兵役,遭受兵灾的是农民,享受战果占取利益的,是当日新兴的富豪阶级和好大喜功的政客。这种非正义的战争,是农村老百姓所痛恨的,也是阿里斯托芬所痛恨的。可是,回顾当年的波希战争,情形就大不相同了。波希战争,就希腊方面来说,乃是卫国的战争、反侵略的战争、捍卫民主制度与和平文化的战争。当年,雅典与斯巴达并肩作战,政府与人民戮力同心。为了使希腊脱离波斯的压迫,为了拯救希腊的民主与文化于厄运,阿提刻与伯罗奔尼撒农民携手联成保卫祖国的血肉长城,终于摧毁了波斯的侵略,开拓了伯里克理斯的雅典民主的盛世。马拉松战士永远是爱祖国、爱自由的老百姓的楷模。这种正义的战争,是农村老百姓所歌颂的,也是阿里斯托芬所歌颂的。他在许多本喜剧中屡屡引马拉松的光荣以鼓舞雅典人民。

雅典内部不断闹着党争,对外则采取霸权政策,压迫盟邦,引起不满,乃招致伯罗奔尼撒的战祸。在阿里斯托芬看来,雅典之所以至此,其过不在于雅典民主,也不在于雅典平民,而在于欺骗人民的政客和野心的政治煽动家。他在《骑士》(公元前424年)中用象征手法处理这一主题。狡猾的帕佛拉干仆人(克勒翁)欺负老糊涂的主人德谟斯(希腊文"德谟斯",意即平民),作威作福,压迫同伴,自私自利,欺骗主人。结果,一个风肠小贩揭穿了他的居心。德谟斯恍然大悟,明白自己受骗,便把帕佛拉干仆人赶走。最后,风肠小贩用魔术使德谟斯返老还童。该剧的寓意是很明显的:雅典人民必须觉悟过来,赶走野心的政客,自作主宰,摆脱萎靡不振的暮气,恢复当年马拉松的朝气和战斗精神。诗人爱祖国、爱人民的热情,于此可见。

拉马科斯是当时雅典的名将,克勒翁是雅典政治舞台上炙手可热的红人,阿里斯托芬却毫不留情地把他们写入剧中,予以冷嘲热讽——这种手法,就是雅典旧喜剧中的"讥骂"。这是雅典旧喜剧的一贯传统。但是,讥骂的艺术形象,并不需要曲尽原人的真面目,而只是一种象征手法,诗人借以表达其思想和感情。所以,拉马科斯和克勒翁在历史上是另有评价的,而在喜剧中则只是象征好大喜功的将领和欺骗人民的政客。

然而,阿里斯托芬的笔锋不限于政治问题,也触及当时最刺目的社会问题。阿里斯托芬在《云》(公元前423年)中批评城市的风习和教育。他讽刺的对象是贵族纨绔子弟和诡辩派的教育。老实的乡下人瑞西阿得斯娶了一个贵族女子,就居留在城市。他的儿子,因为母亲出身贵族,所以习染了奢侈放逸的风气,负债累累,要父亲来偿还。瑞西阿得斯便去请教苏格拉底(在喜剧中苏格拉底被喜剧化了),想学会诡辩之术来对付债主。他自己学不成功,儿子却尽得诡辩之道。结果,儿子痛打父亲一顿,还用诡辩证明他有此权利。在阿里斯托芬看来,诡辩教育之害,在于只知破坏旧传统,导青年于盲目趋新而往往走上过火的道路。他就大声疾呼,警告社会提防这种坏偏向的发展。

《马蜂》(公元前422年)表面上是讨论雅典诉讼风气问题,而其实正像《云》一样,是从另一角度来批评城市的风习和教育。马拉松战士的后辈,老实的公民,因频年战祸而日渐贫困。克勒翁便提高公民陪审费,以津贴贫苦的人。雅典贫苦而老实的公民都想当陪审员。老人菲罗克勒翁就是一个陪审迷,他疯疯癫癫整日想着审案子。他的儿子想改造父亲的思想,对他指出陪审员只是受人利用,而野心的政客却从中渔利。后来,他教父亲以交际界中的新花样,打算把这老实的乡下人改造成时髦的城市人。结果失败了,菲罗克勒翁在宴会中闹出许多笑话。城市的奢侈虚伪的风习,徒然败坏朴素的农民。

《鸟》(公元前414年)写两个城里人厌弃城市的虚伪狡猾的风气,因此想另寻一片安乐土,好去安居乐业。终于,他们跟鸟类合作,建立一个新的"鸟城"。后来,许多城市人都想到鸟城来落籍,但是他们就拒绝那些坏分子。就风格来说,《鸟》是阿里斯托芬喜剧中最特别的,剧中政治的讥骂较少,题材也较为虚构。但是,作为批判社会的喜剧来说,《鸟》是值得我们注意的,它不但针对当时社会的颓风予以尖锐的讽刺,同时也答复当时流行的"理想国"思想,而这种思想就是因社会的腐败而提出的改造社会的要求,《鸟》是欧洲乌托邦思想最古的范式。

要之,阿里斯托芬热爱勤劳的农村和勤劳的人民,因而憎恨城市的颓风败俗和奢侈逸惰的城市富人。然而,这不是说,诗人不分皂白地憎恨乃至否定城市和城市文化。他否定的是城市文化败劣的一面,而不是文化的整体。他否定的是盲目趋新的倾向,而不是一切优良的改革。凡足以腐蚀城市社会的现象,他都一一予以批判,大声疾呼地警告它的危害性,以防患于未然。有伟大的爱才有伟大的憎,为了城市的健康,他不惜提供苦口的泻药。那么,怎样才是诗人理想的健康的城市呢?《鸟》仿佛就在答复这个问题。让劳动创造新的世界,让爱劳动的人民,像勤劳的鸟那样,辛辛苦苦地建立自己的新城,一切不劳而获的人、投机取巧的分子,都不容于这个新社会。希腊后世的"理想国"方案对之实有愧色。

公元前421年,伯罗奔尼撒战争的第十年,交战的两方都已经精疲力竭,人民的痛苦也无可形容。厌战的情绪与和平的呼声,迫使当局考虑停战。那时,和议的谣传,可谓甚嚣尘上,但是和平还没有到临。是年春,阿里斯托芬上演《和平》一剧,强烈地表现了当时人民的和平的热望。《和平》的主题是回归到《阿卡奈人》的,但是它处理和平问题更广、更深、更全面,诗人的思想成熟了。

自耕农特律该俄斯受尽战争的痛苦,渴望和平。他想,和平女神一定在天上遭劫,因此,他乘一只大甲虫升到天上,去拯救女神。这伟大的事业是有不少阻力的,首先战神作梗,其次是神使留难。但是战神已失了折磨人类的工具(暗示主战派雅典的克勒翁与斯巴达的布拉西达斯皆已死),特律该俄斯又说服了神使。然后,他呼吁全希腊的劳动人民——首先是农民——来帮助。终于,一切热爱和平的人民,同心合力把女神拯救出来。神使便以和平女神的名义赠给特律该俄斯一个美女为妻,名叫"丰收";赠给雅典当局一个女使,名叫"庆典"。拯救了和平,就带来很好的结果:阿提刻农村繁荣了,雅典的手工业也因而发达起来,城乡的经济交流促进人民的幸福。倒霉的是武器商人,他们的杀人货色,再没有人来过问,农民只收买干戈来制造农具。

该剧的寓意是无须加以说明的。但是我们在这里看见阿里斯托芬的整部和平纲领——息干戈,务农业,发展城乡的经济,化武器生产为和平建设。

公元前421年,就在《和平》上演的那一年,雅典与斯巴达终于取得协议,签订所谓"尼细亚斯和约"。往后数年,希腊曾一度享得和平之福。然而,公元前415年,战事又爆发,雅典人亚尔西巴德发动西西里远征,转即叛国,逃亡斯巴达。公元前412年,亚尔西巴德竟怂恿斯巴达人侵入阿提刻。战祸重启,农村又遭浩劫。二十年来的伯罗奔尼撒战争,都是同族的自相残杀,不但带给人民以无限痛苦,而且有招致亡国灭种之危。何况强邻波斯正虎视边陲,待机而动。所以,和平与团结,是全希腊人民当时迫切的要求。

《吕西斯特拉塔》(公元前411年)就是这种要求的鲜明的反映。雅典爱国女子吕西斯特拉塔痛恨战祸和男子的好战,她因此秘密组织交战两方各城乡的妇女,结成反战同盟,她们宣誓拒绝家庭任务,而且发动政变,以迫使男子停战。雅典妇女夺取了雅典卫城,占据国库,以断绝战争的资源。吕西斯特拉塔的计划,不但在雅典成功,而且也深得斯巴达妇女的拥护,在斯巴达也发生同样的政变,全希腊妇女起来了,联成强大的和平阵线。反战与团结的呼声,响遍全希腊。终于,和平阵线取得光荣的胜利,男子屈服了,交战国两方停战,互换使节。爱和平的男女乃得重享家庭的幸福。

阿里斯托芬在该剧中提出一个切要的问题:"泛希腊的全面和平。"希腊历年同室操戈,城邦互相倾轧,宗主国与附庸国的矛盾,雅典与斯巴达的争雄,战火无时或熄。党派以战争为争权的工具,政客以战争遂其野心,农村几经兵灾而满目荒凉,城市因战祸而精华丧尽。在阿里斯托芬看来,一切政治的和社会的问题的中心环节,皆系于非正义的战争。在《阿卡奈人》中他提出农村片面媾和,然而,现实的教训使他知道这理想的不切实际。在《和平》中,他提出息战归农的纲领,但这也只是针对雅典一方而言。然而,单方的和平终不能解决问题。他现在认识了:要争取和平的胜利,就不但须获得己方民众的拥护,还须争取对方爱好和平的人民的同情,不但须发动劳动人民,还须动员家庭妇女,这样,联成全希腊的和平阵线,才能迫使好战者屈服,而拯救整个希腊于垂危。阿里斯托芬的和平主义思想,至此达到了高峰。必须知道,泛希腊的全面和平虽然是全希腊人民的普遍要求,但是在文学上提出这口号,阿里斯托芬还是第一人。凭这一点,阿里斯托芬就无愧为当日最进步的作家了。

从以上简略的分析,我们大致可以看出阿里斯托芬的创作态度。他不但始终没有脱离政治,没有脱离现实,没有脱离人民的要求,而且能够把握着政治中最迫切的问题,现实中最主要的矛盾,劳动人民心中最正确的要求,或予以讥骂,予以讽刺,予以警告,予以批判;或提出问题,提出理想,提出解决的方案,或归纳概括人民的要求以莫大的热情传达出来。因古代的喜剧的形式和传统所限,他只能采用象征的手法,大胆地虚构,漫画式地写,滑稽化地表演,然而,正因为剧中的内容都是针对着最迫切的问题,最接近的现实,最普遍的要求,所以这一切手法,不但无碍于喜剧的现实性,反而增强其戏剧效果,使得诗人的思想更鲜明地表达出来。

然而,阿里斯托芬的创作态度,是跟他对作家使命的认识分不开的。在此,我们借用他的两个批评当日文坛的喜剧来说明这点。《农神节妇女》(公元前411年)写雅典悲剧作家欧里庇得斯因专描写妇女的缺德而激起妇女界的公愤。在农神节妇女大会的时候,他就托人化装为妇女,在会场中向群众解释。但是这个人有负所托,反引起众怒。结果,欧里庇得斯自己赶来解围,承认错误,答应以后不再漫无原则地诋毁妇女。

《农神节妇女》从反面提出问题,《蛙》(公元前405年)却从正面提出问题。悲剧作家欧里庇得斯逝世,酒神痛惜诗人,决计到冥土去带他还阳。到了冥土,适逢欧里庇得斯与前辈悲剧作家埃斯库罗斯展开文学上的论战,酒神就做评判员。这两个悲剧家各有千秋,但是酒神终于改变初心,同情埃斯库罗斯而评他胜利。酒神为什么同情埃氏呢?因为埃氏在辩论中提出悲剧的使命问题,他认为悲剧作家应该发扬城邦的美德,"悲剧的使命在于以美德和刚毅教育公民",使公民随时响应城邦的号召,为真理与正义而斗争。阿里斯托芬就这样重视文学的教育意义和政治作用。他自己的剧作便是具体的说明。

伯罗奔尼撒战争于公元前404年结束,但是历年的兵灾已经摇撼了社会与经济的根基。战后,那些早已存在的社会内部矛盾便突露出来。贫富的对照愈来愈明显,阶级矛盾因而日趋尖锐。

阿里斯托芬是不可能看不出社会的主要矛盾的,他痛恨这种财产不平等的现象及与之俱来的社会的不正义。他在两个喜剧中愤然提出控诉和批判,提出改革社会的方案。

《女公民大会》(公元前392年)处理社会改革问题。雅典女子普刺萨戈拉愤恨男子治国的无能和私有财产制度的不良,就计划夺取政权,改革社会。她组织了雅典妇女,实行政变。清早,她们趁着男子未醒,就偷取丈夫的衣服,扮成男装去参加公民大会。在大会上,她们提出把政权让给女子的方案。因为她们人数占多数,这提议便通过了。夺得政权之后,普刺萨戈拉就从事社会改革。她主张一切私有财产收归公有,根据共劳共享平均分配的原则建设新社会。该剧便以新社会的快乐气象收场。

该剧不仅提出了财产社会化的理想,还提出了女权问题。须知,在希腊历史的晚期,妇女地位是相当悲惨的。女子不但不能过问政治,甚至不能参加公民大会行使其公民权利。在政治上和社会上,女公民的地位仅优于奴隶的地位罢了。这种情况,固然有其社会的和经济的根源,而根深蒂固的轻视妇女的思想实予以助长。阿里斯托芬就大胆地向古代男权社会提出女权问题,批判轻视妇女的错误。他借用普刺萨戈拉的口历陈女子的能力和美德,指出男子谓妇女没有政治才能,这种思想不但是毫无根据,而且是极端错误。在当日的社会,在当日的思潮,阿里斯托芬的大胆的批判和崭新的思想,确实远远跨在当日所有作家和思想家的前面。

《富神》(或称作《财神》,公元前 388 年)从道德方面控诉贫富悬殊的社会。贫苦的阿提刻农民克瑞密罗斯劳苦一生而一贫如洗,为了儿子的前途,他去请教神。神告诉他去跟踪他遇见的第一个人,便可以得到解决。他出了庙坛,遇到一个盲者,后来发现这盲人就是富神。他恍然大悟,明白为什么富者常不仁,而仁者却穷困。财富是盲目的,贫富悬殊的现象是不合理的,人的价值不以才德而以财产来衡量。所以,他就请医神来疗治富神的眼睛。富神复明之后,就只去拜访好人,而摒弃坏蛋。于是,勤劳良善的人民都过着富裕的生活,狡猾淫逸的人都一一破产。

社会正义的呼声响彻了全篇。

阿里斯托芬在他的时代辉煌地完成了他的历史使命。他是永垂不朽的。他的喜剧,在今天仍有其新的意义。让我们在这位文化先驱者的鼓舞下,给一切欺骗人民、贻害社会、挑拨战争的人群败类以迎头痛击!

莎士比亚及其艺术

赵诏熊

一

莎士比亚于 1564 年 4 月 23 日生于斯特拉脱福特镇,这个镇靠着亚冯河,在英格兰中部,离伦敦一百二十英里,当时只有两千人口。父亲约翰是手工业者,积蓄致富,在镇上有地位,当过镇长。莎士比亚进镇上的文法学校(相当于我们的小学和初中)读书,学习拉丁文、希腊文,后来家道中落,十六岁就辍学。他从大自然获得更多的教育,镇的四周有牧羊的草地,有几条河流,几英里外有古老的城堡,可以激发他对于历史的想象力。他从农民那里可以听到许多民间传说。每逢节日,可以走一天的路程到考文垂去看宗教剧,这是以圣经故事做题材的中世纪戏剧形式,在 16 世纪末年就废弃了。在斯特拉脱福特镇上,莎士比亚每年可以看到两次伦敦的旅行剧团的演出。十八岁时与哈萨韦结婚,婚后不久,在 1585 至 1587 年间,前往伦敦谋生。在伦敦加入了名演员柏培治的剧团,充当普通演员。显然演戏并不出色,所以改任编剧工作,到了 1590 年已经是独立的戏剧家。关于莎士比亚此后的生活,我们就知道得很少了。我们只知道他在五十岁那年退休,1616 年 4 月 23 日逝世,葬于镇上古教堂的墓地。

二

莎士比亚的风格是前后一贯的,但是他在伊丽莎白女王(1558—1603)和詹姆士一世(1603—1625)两个王朝写的作品不一样。前期作品快乐轻松,后期作品忧郁深沉。人民精神与时代精神不可避免地对他有重大的影响。

16 世纪 80 年代,英国和西班牙在海上争雄。这反映着新、旧教的斗争,人文主义与封建主义的斗争。西班牙正领导着全欧洲的旧教势力,国王菲列普曾与英国女王玛利结婚。与英国女王同名的前苏格兰女王玛利也信奉旧教,早于 1567 年退位后在英国避难,菲列普想使她做英国女王,这样,旧教势力就可以在英国恢复。1587 年,即莎士比亚开始创作前三年,玛利女王以叛国罪被诛。1588 年,英国海军在英吉利海峡击溃西班牙"无敌舰队"的进攻,这意味着新教和人文主义在英国的胜利。

莎士比亚是英国文艺复兴时期最杰出的人文主义者。人文主义思想随着新教的势力从欧洲大陆输入英国,在大学里和青年人中间流传很广。它把人的个性从封建束缚中解放出来。封建的旧教观念一向把人看作一个有罪孽的动物,只许他服从上帝,整天向上帝祷告,关心上帝的事,研究所谓"学术的学术"——神学。人文主义者却不如此。他们观察人类的快乐和痛苦,证明人有无穷的精神力量。他们认为人是有理性的动物,能够了解自然的秘密和人类的存在。他们破题儿第一遭把人认作研究的中心。他们要求每个人过着快乐的生活、发挥他的才能。这些人文主义者中间有许多作家、诗人、画家、雕刻家、建筑师、发明家。他们勇敢,有进取心,爱好自然和生活的美,精心地把它刻画出来,艺术的现实主义由此产生。

莎士比亚受到人文主义胜利的鼓舞,在他的前期作品里歌颂"快乐的英格兰"的黄金的日子。他用喜剧的形式表达人民的生活乐趣。喜剧的故事有时在意大利发生,有时在法国发生。但是我们所看到的差不多永远是"快乐的英格兰"。我们看见富有诗意的英国乡间。我们可以想象莎士比亚背着猎枪在一片绿草地上的矮树丛里等待过奇兽异禽。我们遇见怪模怪样的普通人民,喜欢故作玄虚的学究,温柔而逗趣的妇女。《仲夏夜之梦》描写农民在工作后的逢场作戏,把他们的充沛的生活力和丰富的想象力写得淋漓尽致。仙人把一个农民的头变成驴头,他们的狂欢也到了最高峰。在城市里,英国劳动人民终日忙忙碌碌,但是《错误的喜剧》描绘了伦敦市民生活中的饶有趣味的一面。最出色的是福尔斯塔夫的人民场面,它不仅出现于喜剧《温莎的风流少妇》中,还出现于历史剧《亨利四世》中。这是两部戏的精髓,有了它,戏就变得热闹、生动、有趣。

莎士比亚的前期悲剧《罗密欧与朱丽叶》充满了对于生活的喜悦,并不因为主人公在剧终时死亡而带着黯淡的色彩。两个青年男女为着爱情而奋斗,反对封建社会的婚姻观。虽然男女两家有世仇,由于罗密欧和朱丽叶的悲惨结局两家也就言归于好。这是人文主义战胜封建主义的戏剧,带着浓厚的青春的气息和乐观的情调。它还带着意大利的阳光,因为南欧是人文主义的发源地,莎士比亚这样写是有意义的。

在历史剧里,莎士比亚充分暴露封建主义的罪恶。一系列的英国国王干着内战和谋杀的勾当,妄想用最后的挣扎挽回封建关系的崩溃,这当然是徒然的。这些国王虽然在性格上各有不同的弱点,但都是血腥的刽子手。莎士比亚完全摆脱了中世纪宗教神秘主义对国王的看法,他已经认识到人民创造历史的力量,所以每部历史剧都有人民的背景。由于亨利五世与人民的联系特别紧密,莎士比亚把他理想化了,要他代表人民的利益,也就是人文主义的理想。

新教战胜了服务于封建社会的旧教,但是它只服务于新兴的资产阶级,并不服务于人民大众。新教的始祖喀尔文替资产阶级创造反人民的理论。他说上帝注定一切人的命运,有些人得救上升天堂,有些人毁灭进入地狱。他把资本主义原始积累时期的掠夺者，看作"上帝的选民"，他们可以对人民进行残酷的剥削和压迫，死后升入天堂。他认为劳动人民应该忍受一切的灾难和痛苦。但是他又说在生前甘受剥削压迫的人民在死后也可以上升天堂，这当然是麻痹人民反抗的思想。因为他要劳动人民每分钟都替资本家做工，所以他反对一切享乐，依他说，跳一步舞就走近地狱一步。代表新教的英国清教徒一向反对戏剧，就是一个例子，由于他们的影响，戏剧工作者没有社会地位，剧场只能在远离伦敦城市区的泰晤士河南岸设立，从1642年起还全部被封闭了十八年。莎士比亚在喜剧《第十二夜》里，勇敢地对清教徒加以痛击。清教徒马尔伏里奥不许人唱歌作乐，结果被捉弄了，而唱歌的人唱得格外起劲，因为人生乐趣是人民的不可剥夺的权利。

新教或它所服务的资产阶级与劳动人民之间的矛盾，由于旧教势力在英国复活而更加尖锐。为什么莎士比亚在詹姆士一世王朝所写的作品与他在伊丽莎白女王王朝所写的作品有本质上的区别？这就是根本原因。1603年，苏格兰国王詹姆士六世继承伊丽莎白女王，做合并了苏格兰后的英国国王，改称詹姆士一世。他是苏格兰女王玛利的儿子，他在苏格兰时信奉旧教，依靠封建势力。到了英国以后，他反对新贵族和资产阶级，也反对他们所组成的英国国会。他提出国王神权的反动理论，要求有权利独自决定一切国家事务，终于在1611年解散国会。莎士比亚在世时，他还召集国会一次，但是由于国会的攻击，立刻又把它解散了。英国国王向来就靠着剥削人民过日子。伊丽莎白女王在世时承认了蓬勃上涨的国会势力，接受国会对于王位继承、宗教、工商业专利、选举舞弊等问题的严厉批评，并且于1601年答应停止工商业专利，因此与国会相安无事。现在詹姆士一世抛弃了对国会的怀柔政策，企图在英国恢复旧教势力和封建主义，对人民加强剥削和压迫，因而在社会上就引起极大的不安。

但是莎士比亚所注意的事情，不是新旧教间或资本主义与封建主义之间的矛盾，而是因为尖锐化而愈见明显的资本主义与劳动人民之间的根本矛盾。16世纪末的英国农民不仅由于耕地被圈为牧场而没法子种田，并且由于公共牧地被圈而没法子养羊。有地种的农民也由于农业商品生产的增加而受到更重的剥削。他们贫困到了极点。农村无产者转入城市之后，仍然过着非人的生活。资本主义原始积累时期已经露出它的掠夺面目。因为羊毛利息较厚，城市里的作坊和手工工场也加紧剥削，使工人的生活比从前更为不如。学徒固然受尽资本家的剥削和压迫，即使是学徒出师的职工，也因为受到排挤进不了行会而过着极端贫困的日子。

莎士比亚在喜剧里面，已经接触到生活的黑暗方面。例如《维洛那两绅士》里的朗士离家的一场戏，充分表达了失地农民的痛苦。随着时代的改变和阅历的加深，莎士比亚对生活的了解更加成熟，反映也更加深刻，这是他的后期作品的特点。在悲剧《李尔王》中,暴君李尔王退位后被女儿们赶出家门,独自在风雨交加的夜晚,在荒野里徘徊。他还遇见光着身体的小丑,听见小丑的警语。他从个人苦难中猛然觉醒,了解到人民的痛苦,他怪自己从前很少想到这样的吓人现象。莎士比亚的意思是指当时英国人民大众在资本主义剥削下的极端贫穷情况。他发现了周围环境的人吃人的实质,多次地用野兽作比喻来诅咒这个野蛮社会。悲剧《奥赛罗》里的伊亚果,是资本主义原始积累时期里的典型掠夺者。他先获得奥赛罗的信任,然后把他引到毁灭的道路,他是何等阴险!在势利而冷酷无情的资本主义社会里,金钱决定一切。悲剧《雅典的泰门》卓越地描写了金钱的本质。破产了的泰门,失去了一切的朋友,他独自跑到荒凉的海边居住,痛骂黄金的罪恶。

作为一个人文主义者,莎士比亚是有远大的理想的。但是他现在面对着资本主义原始积累时期的反人文主义。人文主义的理想在"无情的现金交易"世界中变成虚妄,无法实现。尽管资产阶级依靠人民的力量打垮了封建社会,可是它本身没有创造力量。所谓"个性的解放",也只是向资产阶级的残酷的压迫发展,科学艺术的发展也受到资产阶级利益的限制。人文主义者在崇高的理想破灭的时候,感觉到不稳定,是很自然的。在悲剧《哈姆莱特》中,主人公最能表现这种彷徨的情绪。他最容易受到冲动,喜怒无常,很快从一种心情变到另外一种心情。他有时悲观绝望,有时又满怀信心。但是他一贯地流露着满腔的热忱。他用敏锐的眼光观察现实,追求真理。历史限制了他和一切人文主义者的意识,他只能对他的时代提出尖锐的问题,却不能解决这些问题。然而他相信人民的力量,从来没有放弃斗争。

劳动人民,尤其是广大的农民,是英国历史上反抗封建剥削和推翻封建制度的主要力量。人民大众的不满首先创造了革命的形势。当"上层"阶级,即封建阶级及资产阶级分裂的时候,他们的政治积极性就发挥了起来。饱受苦难的英国农民要求取消封建田租,要求彻底的土地改革。16世纪末年和17世纪初年,英国东部出现农民运动,反抗以排水为口实而使农民失去公共牧地。1607年,英国中部农民,展开毁篱运动,领导的人主张取消社会上和政治上的不平等。同时在17世纪的头十年里,城市平民的"骚动"时常爆发,农民和城市平民运动的继续发展,使1649年的英国资产阶级革命成为可能。李尔王不仅了解人民的痛苦,并且发现人民的力量。莎士比亚在悲喜剧《暴风雨》里,更明确地表明对人民力量的信赖。他相信年轻一代一定能够建设更有道德、更幸福的新社会。术士普罗斯培罗战胜了爱丽儿和卡列班。他们是代表自然力量的神,普罗斯培罗迫使他们为人类服务。莎士比亚预知征服自然的胜利。他歌颂理智和科学,因为他们相信理智和科学将为人类创造幸福。总之,莎士比亚对人类的未来有了充分的信心,并且他发展了人文主义。

三

莎士比亚有伟大的创造天才。他有广阔的眼界和敏锐的目光；他看到远处，也看到深处。他能正视生活，不带偏见；更能够把他所看到的东西忠实地写下来，不加歪曲。他没有现成的思想，而他的作品却富有思想内容；他不表示个人的意见，而他的作品却充满道德精神。他没有因袭的规则，而他的艺术却达到最高水准。

莎士比亚的创造力量首先表现在故事情节方面。他喜欢用大家熟悉的故事，然而他能从陈旧的材料里提炼出活的灵魂，永远使人有新鲜的感觉。材料一到他手，就经过一番精细的整理，不需要的东西，无论怎样有趣，一概被抛弃了。他能把理查二世的好几年的历史压缩在几个戏剧画面里。这不是说他的戏剧的故事不丰富，相反地，故事性正是它的特点。所以写一部《错误的喜剧》他用了两部罗马喜剧。他在《维洛那两绅士》中用了一个情节，在《第十二夜》中又用了它，处理的方法却更有效果。他不讲求所谓古典戏剧的时间地点统一律，所以剧情不限于一天之内发生，《冬天的故事》两幕之间可以相隔十六年。剧情发生的地点可以一会儿在这个国度里，一会儿在那个国度里。除了主要故事外，一部戏剧常常有次要的故事。悲剧《李尔王》和《麦克白斯》因为有喜剧的穿插，效果反而加强了。

莎士比亚戏剧的故事情节既复杂而又完整。《暴风雨》是莎士比亚唯一的真正自己创造的故事，试看他是怎样处理它的。这部戏剧是华美的神怪幻想。它用奇妙而诱惑人的形象，揭露了精神生活中最隐秘最冷僻的现象。它别有天地，这是幻想的最高境界。但是《暴风雨》还有别的因素：正经的戏剧、可笑的喜剧、术士的故事。这一切都融化在一起，成为一个奇妙的整体。还有像术士的女儿米兰达那样的独创的人物，他们有明确的轮廓，具体、完美，在内容与形式上一致。这就是莎士比亚的高不可及的卓越天才。

戏剧必须要有情节，如果没有情节，个性就没有法子描写。但是在莎士比亚的戏剧中，起决定作用的不是情节而是个性。是个性支配情节，而不是情节支配个性。从情节上看，麦克白斯的野心是由妖妇的预言和他的妻子的唆使引起的。但是从性格上看，这野心是早就潜伏着的，他不是单纯的善良的人而是有野心的善良的人。麦克白斯的这个内心挣扎，贯串在整个悲剧里。他要篡夺王位，就非把国王谋杀不可，然而他厌恶谋杀的罪恶。国王在他家里做客，是谋杀的好机会，但是主人谋杀客人比别种谋杀更加卑鄙，更为麦克白斯所厌恶。终于野心占了上风，国王被谋杀了。登基以后，麦克白斯以为可以不再做罪恶勾当而回到心地宁静的境界。不过王位受到威胁，不谋杀就没有法子保住。麦克白斯一不做，二不休，既然走上血腥的道路才戴上王冠，他想只有继续走这条道路才能把王冠戴稳。他的性格迫使他这样想,也把他引到毁灭。麦克白斯的死,不能只看作报应,如果这样看,我们就把他的性格简单化了。他有深刻和坚强的心灵。他可能失败,也可能胜利。他最后是失败了,然而他的勇敢吸引着我们,他的死使我们感到道德精神的胜利。我们深信他在另一种情况下可以变成另一个人,一个完全善良的人。

莎士比亚所创造的个性是有血有肉的活人。悲剧人物不说,连他的喜剧人物也是如此。一个喜剧人物的邪欲和罪恶不是单纯的一种,而是很多种掺杂在一起。随着情节的发展,他的性格的多样性和多面性就呈现在观众的面前。莎士比亚的多才多艺,在对福尔斯塔夫的性格描写上表现得最彻底了。福尔斯塔夫的恶是一个连着一个结成一条有趣而丑恶的链子。在分析福尔斯塔夫的性格时,我们发现最主要的特征是他的贪恋酒色。看来他从年轻时起就最喜欢调戏妇女,但是现在年过半百,他发了胖,衰老,乱吃狂饮比女色更要紧。他胆怯,整天同好吃懒做的年轻人鬼混,常常受到他们的嘲笑和捉弄。在掩饰他自己的懦弱时,他厚着脸皮支吾其词或嘲笑别人。他的夸张成了习惯,有时候也出于不得已。但是福尔斯塔夫一点不傻。从他的习惯看来,他从前有过好日子。他不按照什么规则生活。他需要烈性的西班牙酒、油腻的菜和孝敬情妇的钱。为了弄到这一切,他什么都肯干,不过他决不冒险。

莎士比亚所写的个性不是静止的而是发展的。罗密欧和朱丽叶在悲剧开始时,只是普通的青年男女。罗密欧是一个封建贵族,把恋爱看作时髦,谈恋爱也装出忧郁的样子,其实他所爱的女子,只不过是抽象的观念,莎士比亚没有让这样的人物出场。朱丽叶是一个听话的小女孩子,接受封建观念,把一切事情看作当然。但是在罗密欧与朱丽叶相遇之后,他们便有了真正的爱情。他们放弃封建主义的束缚,接受人文主义的观念,他们的性格很快地在斗争中发展和成熟了。

莎士比亚戏剧的人物不是单独存在的。他们相互之间有错综复杂的关系。哈姆莱特把所接触的人分作两类:朋友与敌人。他的母后格区鲁德只不过是软弱的女人,国王克劳迪斯可怜而渺小,然而在他的眼里,他们都变成没有道德的恶人。波罗涅斯一心要把女儿欧菲丽亚嫁给哈姆莱特,哈姆莱特却也把他当仇敌对待。哈姆莱特在最后的庄严的一刹那把自己从主观世界挣脱出来,看到真实的客观世界,有了彻底的觉悟,但是戏已经完了。国王有了生活的享受就心满意足。为了保持窃取的王位,他要陷害哈姆莱特,但又怕伤了王后的心。至于王后自己,她在丈夫死后不久,很快活地与新的丈夫生活在一起,但是她的儿子不能理解她。欧菲丽亚是一个美丽而温柔的女子,她爱哈姆莱特,但是又为他的父亲被哈姆莱特杀死而感到悲痛,在绝望中自杀了。欧菲丽亚的哥哥莱阿提士留恋巴黎的享乐生活,但是为了父亲和妹妹的死进行报复。

朝臣们为了现在的国王克劳迪斯和将来的国王哈姆莱特之间的不正常的关系而担忧。总之,每个人都在自己的小圈子里打转,弄得头昏眼黑。他们不明白为着自己生活的时候,他们与别人正共同生活着。莎士比亚通过个性的描写指出这个共同的生活。这样,他画出了现实世界的缩图,也创造了高超的艺术。这戏表现了莎士比亚对生活情况的观察力,最明显最微小的东西同样受到注意;也表现了他对心理现象的分析力,接触到人类的意志和道德的本质。

戏剧的构成部分除了情节和个性之外,还有语言。莎士比亚时代的戏剧是用诗体写的,因为戏剧是当时的主要文艺形式,所以戏剧也是当时的主要的诗。莎士比亚在开始写戏以前,已经以诗才见称。他最早的两首长诗充满了鲜明的比喻。对他来说,一切东西都是具体的,甚至抽象的概念也是如此。所以"时间"由"沙漏"(当时的计时器)表达,或用"蜗牛"说明时间过得慢。他后来写的"十四行诗"(一五四首,连续成篇),不是专重形式而内容空洞的十四行诗可比。这本是意大利诗体,前人已经用过,但到了莎士比亚手里,它的韵的排列就有了改动,变成以莎士比亚为名的独创的诗体。

戏剧对语言的要求比抒情诗更高,因为用诗写对话,还必须适合情节和个性。莎士比亚主要用前人也已经用过的另一种意大利诗体——无韵诗,马尔洛(Marlowe)已经把无韵诗的每一行写得四平八稳,莎士比亚更发展了这诗体,使它不受行的限制,这样,诗就比较灵活,成为完美的戏剧语言。《奥赛罗》第三幕的剧情变化较快,诗的比拟因而适当地减少,诗已经接近散文。在历史剧《亨利五世》中,他直截了当地用散文表达严密的思想。

莎士比亚的诗的力量来自人民。近代语的形成是文艺复兴时期的一个极大成就。十四世纪英国诗人乔叟是近代英语的始祖,但莎士比亚集近代英语的大成。近代英语是在人口集中的城市中发展的。在莎士比亚时的英国,只有五分之一的人口集中于城市,大多数的城市都很小,然而伦敦却拥有二十万人口。莎士比亚的全部作品是在伦敦写的。他终身从事戏剧工作,与劳动人民的接触非常密切。看他的戏的人主要是劳动人民,海员们甚至在甲板上排演《哈姆莱特》。他们本能地能够听懂我们认为很难的语言,因为这是表达普通概念的全民的语言,哈姆莱特虽然是贵族也不能例外。莎士比亚从人民的语言中吸收最广大的词汇,因为选择得当,所以在现代英语里常用很多他用过的字。

诗实际上就是生活。莎士比亚的诗所以伟大,是因为它有更多的生活真理和较少的空洞幻想。他的戏剧人物可以像在生活里一样,不受丝毫拘束地说话。崇高的和卑下的、可怖的和可笑的、庄重的和诙谐的可以巧妙地混合在一起而不会产生任何的不调和。他相信在适当的时间和情况下,他的人物可以找到适合自己的个性的语言。莎士比亚的诗有丰富的内容,有用之不竭的教训和事实,供心理学家、哲学家、历史家、政治家等使用。他用诗来表达一切,但是他所表达的东西,不是仅仅属于诗的范围,它对每个人有教育意义。

四

莎士比亚在他的整个戏剧创作过程中,集中地表现了文艺复兴时期人文主义在英国的影响。人民从封建束缚中解放出来,充满着乐观主义。莎士比亚歌颂人民的生活乐趣,暴露封建社会的罪恶。当初期积累时期暴露资本主义的掠夺本质时,他的美好理想一度遭到破灭。但是由于他的热情,他从来没有放弃过斗争。他深刻暴露资本主义社会的罪恶,更从人民的苦难灾祸中发现人民的力量,并且指出人类的未来。他发展了人文主义。莎士比亚在故事情节、个性描写、诗的语言上,都表现了伟大的创造天才,他的作品是现实主义的卓越范例。莎士比亚不仅是16世纪末年至17世纪初年英国的伟大诗人,更将永远是全世界人民在斗争中的鼓舞者。

关于契诃夫的小说

汝 龙

19世纪末叶和20世纪初叶俄罗斯的杰出的现实主义作家契诃夫(1860年—1904年)在二十五年的文学活动中除了写过一些剧本以外,还留下二百多篇小说。这些小说充满了作者的民主主义思想、爱国热情、对人民的关切和热爱。这篇短文打算从契诃夫的小说中挑出几篇来做一点粗浅的分析,希望能够对于读者理解契诃夫有些许帮助。

19世纪80年代契诃夫动笔写作。他的早期作品揭露了许多道德品质很坏的人和病态的生活。

契诃夫生活在俄罗斯旧社会制度正在崩溃的时代,在他逝世的第二年,俄罗斯第一次革命就爆发了。那个社会的腐朽性质除了其他特点以外,还表现在中上层的人们的道德堕落和生活病态。契诃夫出身平民,年轻时候遭受过家庭破产,几乎被打入社会的底层,这样的人对于阿谀权贵的丑相(《石龙子》)、富翁的专横暴虐(《假面具》)、为了金钱出卖灵魂(《活商品》)和生活的腐败(《瑞典的火柴》)总是很敏感的。

契诃夫在早年信札中曾不止一次地提到道德的标准、做人的标准。早在十六岁,正值他父亲那小小的杂货店破产的时候,他在写给弟弟的信里就说:"为什么你称呼自己是'你的没出息的、不值得注意的小弟弟'?你承认你自己没有出息?……就算承认自己没有出息吧,你知道应当在什么地方承认吗? 在上帝面前,以及在智慧、美丽、自然面前,而不是在人面前。在人当中,你应当感到人的尊严。你当然不是坏蛋,你是正直的人。那么,要尊重你自己的正直,要知道没有一个正直的人是没有出息的。"

契诃夫早期作品中的那些人物没有一个是正直的,他们失去了做人的尊严。作者憎厌他们,因而嘲笑他们。这嘲笑是没有多大恶意的,声音爽朗,但绝不是辛辣的讽刺,因为作者主要把这种现象看作个人的品质上的缺陷,他之所以嘲笑它,也只在于提起人们的注意,予以纠正罢了。

可是有些作品,如《小公务员的死》和《嫁妆》,却比较复杂——显示了深刻的社会意义。

在《小公务员的死》里,一个小官打了一个喷嚏,唾星溅在大官身上,他吓得战战兢兢,一再地请罪,可是总不能放心,结果竟吓死了。

这件事荒唐可笑。怕大官,竟会怕得吓死,多么可笑。作者寥寥几笔,通过一两个特征,画出一副旧社会中所常见的奴相,他显然失去了做人的尊严,因而遭到了作者的嘲笑。

  这件可笑的事却使人笑不畅快,甚至使人觉得可悲。社会地位的悬殊竟逼死了一个无辜的小官,这是严重的。作品里虽然没有提到,人们却会想到:这小官多半经常担心饭碗问题,经常要看上司的脸色。正是这种可怜的社会地位使他养成了奴隶性格,终于送了他的命。这个人物近似从普希金起俄罗斯古典作品中常常出现的、可悲的"小人物"。作者怜惜他的遭际,在作品中透露了隐约的同情。

  这篇小说造成了这样一种效果:人们看到这个性格的病态,引起鄙弃的心情,便笑了起来;转念想到这个性格的悲惨命运,又会感到心酸。这种使人哭笑不得的效果引起人对现实生活的深深的思索,增添了作品的艺术魅力。这是契诃夫在表现生活时所惯用的一种方法。他善于在同一件事情里面挖掘它的同时并存的却又截然相反的两面——可笑的一面和可悲的一面。通常,这两面是表里两面,表面可笑,骨子里却可悲,例如《万卡》和《苦恼》。作品在这里显出了深度:由可笑转入可悲的时候,正是事物的内在的社会意义透露出来的时候。在这作品里,病态的性格已经不能完全归结于由个人负责的道德品质问题,而是一种有社会联系、有社会原因的东西了。作品在揭露小官死亡的悲惨意义时,隐隐透露了对社会结构所造成的人的不平等地位的不满。

  《嫁妆》是契诃夫的另一类作品的开始。在这类作品中作者着重地反映了病态的生活方式。情节是简单的:一家人,住在一所房子里,母女俩一辈子忙着为女儿做嫁妆,后来呢,女儿死了,母亲老了,嫁妆被叔叔偷去了。情节本身十分琐碎,看不出什么意义。几乎可以说,这里没有情节。

  但是作品通过了这家人和他们的生活方式,表现了一种生活以及这生活的影响。表面看来,这是一种虽然琐碎却不失为和平的、恬静的生活。但是这生活的内容是怎样的呢?

  当一个生客来访的时候,房主人的反应是"惊恐和惊愕立刻换成尖细而快活的'啊'的一声喊。……那'啊'的一声仿佛生出回音似的,从大厅到寝室,从寝室到厨房,一直到底下的地窖,一片声地响起这'啊'的声音来"。这情形引人发笑:只不过来了一位客人罢了,就这样大惊小怪。可是细细一想,这却又可悲:那一声"啊"道尽了这种生活的贫乏空洞!

  这种贫乏是不得不然的,只要一看母女俩在怎样生活就明白了。做嫁妆是无可非难的,但是如果全部的生活内容只有做嫁妆,那就可笑了,同时这里也显出了这种生活的可悲:实际上她们自己也不知道自己在为什么生活着。她们是人,却过着跟动物一样的、没有目的、没有意义的生活。

而且,这生活就连它那一点点贫乏的内容也显得十分混乱!

即使退一步说,做嫁妆也可以算作一种生活目的,可是生活偏偏来嘲弄她们,连这个目的也不让她们达到:嫁妆被人偷去了。叔叔偷去嫁妆,断送了姑娘出嫁的可能,但是叔叔并没有因此得着什么利益,他无心害人而害了人。剩下母亲和叔叔两个人,本来就够寂寞的了,但是他们偏又不能和睦地相处。两个人各怀着一腔痛苦,原该互相安慰才对,可是又无端成了冤家。

这种和平恬静的生活原来是那么空洞、没有意义、混乱,比监狱还不如,处处表明了是人所不能忍受的。在这种残酷的生活中,姑娘的憔悴和死亡就不是偶然的,而是必然的了。

篇首那段风景描写因而取得了特殊意义。它不只是作为这家人所住的房子的自然环境而出现在作品里,它还象征着美好和幸福(在契诃夫的作品里,这样的例子是很多的)。大自然是那样蓬勃茂盛,人的生活却如此枯燥空洞,作者把它们对立起来,达到了批判那种生活的效果——那些住在大自然中的人"始终懵懵懂懂,看不见这种美景的存在","那所房子立在树木苍翠的人间天堂里……可是房子里面呢……唉!夏天是闷得透不出气;冬天呢,热得跟土耳其的澡堂一样"。这片美景仿佛在说:人的生活也应该像大自然这样美丽丰富,而不该那么没有光彩。

不过,对这种生活应该负责的,主要的并不是母女俩,她们自己也不知道自己过的生活那么可怕,而且她们正是这种生活的牺牲者。首先应该负责的是旧社会,创造这种残酷的"日常生活"的就是它。作者用同情的笔墨描写了一个纯洁可爱的姑娘,她羞涩、谦虚,特别是在她对嫁妆的热心上,表明她是如何渴望过美好幸福的生活,可是她无辜地夭折了。在这同情里包含着作者对糟蹋人的旧社会的反感。在这一点上,《小公务员的死》和《嫁妆》是一样的。

契诃夫的早期作品虽然大多是揭露丑恶性格,而且凭了他对道德品质的关怀,畅快地讪笑了那些病态人物,可是从他在二十三岁时候所写的这两个作品看来,他已经很快地感到了这些东西的社会意义。尽管他对社会的理解还浅,他的早期作品还比不上后来的作品,可是有一点是确定的:作者通过这些丑恶的事物,看出了俄罗斯社会的破绽,对它生出了反感。从这里出发,作者稳定地走上了现实主义道路,逐渐克服了他早期的追求笑料的倾向。

这两个作品还标志着他的艺术才能的成长。

不论是小官还是姑娘,也不论是打喷嚏还是做嫁妆,都是平凡的人物、平凡的生活,但是在作者笔下,却变成重大的事物,显出了它们的重大的社会意义。在现实生活中,避开大喜剧和大悲剧,专门采取平凡的事物,把它们写成典型的、重大的事物——成为契诃夫终生的艺术特点。

这两个篇幅短小的作品还表现了他的非常简练的概括才能。不论是生活还是人物,他都是抓住主要的特征,往往只通过一些细节,用极少的笔墨把它们写得活生生的,具有内部的重大意义。这就使得他的短篇小说不仅避免臃肿和拖沓,变成了精练紧凑的艺术品,而且包含丰富的思想性。

到80年代末尾,契诃夫对现实生活的认识加深,他的思想和艺术才能迅速地成长,作品的面貌便起了变化。

以《磨坊外》为例,表面看来,作者仍旧在暴露社会中的丑恶人物。作品描写了一个贪婪的磨坊主人,人物性格比以前复杂。他的贪婪表现为蛮横:把持河道,辱骂修士;也表现为卑鄙:吞没别人的面粉;更表现为冷酷:就连母亲和兄弟挨饥受寒,他也不放在心上。结尾,他预备给钱而又舍不得给的场面,在吝啬中显出了他的贪婪。

这个人物,以及这一类作品(如《安纽黛》《苦恼》《猎人》等)中的丑恶人物,在灵魂肮脏这一点上,跟前期作品一致,此外却至少有两点不同:

第一,作品里的人物分成处在敌对的社会地位上的两种人:压迫者和被压迫者。如果早期作品《谜样的性格》中的贪财的女人是因为她本人不知廉耻而可笑,那么磨坊主人除了可笑以外,更重要的是可恨:他在损害别人。丑恶人物开始以社会的恶势力代表的身份出现。这是符合现实的:实质上,丑恶性格大都是剥削性格。由于他们的罪恶的严重,早期作品中的爽朗笑声渐渐收敛,换来了冷峻的讽刺。作者在谴责他们的时候,偏重在他们造成的灾难,不只是灵魂丑恶了。作者不只是在谴责道德堕落者,而且主要是在谴责压迫者和奴役者了。

第二,值得注意的是他们不再能耀武扬威,为所欲为,他们的面前出现了对抗的力量——例如《磨坊外》里出现了老太婆和修士等。

不论从哪一点看,老太婆的形象正是磨坊主人的反面。他们不仅在社会地位上是敌对的,便是在精神品质上也是敌对的。磨坊主人冷酷,老太婆却对儿子充满无私的爱。他卑鄙,她却正直,并不因为爱儿子而徇私,反而严词斥责他的不义;他蛮横,她却讲理;他吝啬,老太婆却慷慨:那块香饼多么动人!各种美德给老太婆一种强大的精神力量:贫穷压不倒她,苦难不能挫折她!——在这一点上,她甚至跟《旧房》《演员的下场》中的小人物也有所不同,小人物固然不丑恶,但是缺乏优点和力量。

契诃夫作品里开始出现全新的正面人物——就他们的地位来说,他们是被压迫者,劳动人民,其中特别多的是农民。先前他还只是同情人民的苦难,这表现在他所描写的小人物身上,现在他进一步在歌颂人民的力量了。

正面人物的出现和作者的歌颂态度具有重大意义。这表明作者在现实生活里找到了支持他的社会力量,他从此跟人民建立了坚强的联系。这还表明作者认定他们是有前途的,从他们的身上看见了祖国的希望。

作品里正是这样表现的。

固然,在作品中压迫者仍旧在损害被压迫者,结果,压迫者仍旧胜利。但是作品中还把这两种人的精神品质做了强烈对比,在这场比赛中正面的人物的光辉照出反面人物的丑恶猥琐,完全压倒了他们。在这里,美战胜了丑,读者感到了快意。读者的快意表示他喜爱正面人物,尊重他们,希望他们在现实生活中也胜利,希望丑恶人物消灭。必须这样,社会才会光明。

当时的现实生活却做出了正好相反的答案:丑战胜了美。这答案打击读者的愿望,窒息他的快意,因而使他产生沉重的抑郁感觉;另一方面,在前一种比赛中美既显出了力量,那么现实的答案就显得不合理、虚假、站不住;读者的沉郁的感觉就在这里找到出路,使他得出结论:"不能照这样下去!"——这结论意味着:现实必须被改造,使应该消灭的丑恶事物必须消灭,应该发扬的美好事物必须生存。

作品在读者心中激起对丑恶现实的强烈憎恶、对美好前途的深切渴望,因而取得了客观的革命意义。从这一点来看,作者在表现生活的时候总是把握了俄罗斯社会应有的美好前途和当前的可怕现实之间的这一深刻的矛盾,才产生了积极的教育作用。因此,跟早期作品比较,这类作品虽然表面看来阴暗一点,思想内容却丰富多了,积极多了。

正是在这里,对契诃夫的理解有了分歧。

如果单看见契诃夫作品中暴露社会黑暗、刻画丑恶人物的这一面,就得出结论,认为契诃夫在社会黑暗面前被吓倒了,发出悲观绝望的呻吟,那是不符合事实的。

先是社会有它黑暗的一面,作品里才出现了这种黑暗面的描写。如果契诃夫依照生活的本来面目反映它,没有依主观愿望歪曲它、篡改它,那正表现了作品的力量,而不是它的弱点。读者因此认识了现实生活,作品也因此获得了令人信服的艺术力量。"契诃夫的才能的可怕的力量就在于他从来不独出心裁地捏造什么",高尔基批评道。

问题在于契诃夫是否因社会有黑暗面而对社会前途悲观绝望。既然作家总是通过对人物的塑造来表明他对现实的态度,那就必须注意:正是在他比以前更深入更广泛地暴露黑暗的时候,作品里才开始出现正面人物——被摧残的人民的形象。这就说明他的眼前并不是一片漆黑,而是在黑暗中看见了光明。如果注意到他怎样把两种人物的精神力量做了鲜明对比,暗示了谁终将胜利,谁终将失败,那就必须说他对祖国和人民的前途是乐观的、有信心的。因此作者对腐朽社会的态度才能由温和的不满发展到严厉的谴责,他对被摧残的人民的态度才能由单纯同情他们的苦难,发展到赞美他们的美德和力量。

契诃夫的世界观中是有薄弱的部分的,他还没找到祖国前进的具体道路。这就使他更加关切祖国和人民的命运,在他反映社会黑暗的时候,在他反映人民的苦难的时候,流露了沉重的焦虑。重要的是这种焦虑是以乐观的信心为基础,是看见未来的光明远景、急于要达到那远景的焦虑。这跟眼前一片漆黑,看不见任何前途的呻吟是毫不相干的。因此,作品的调子中纵然有沉郁的成分,却并没使人觉得必须跟黑暗妥协,而是激起憎恶和希望,要求消灭黑暗,改革现实。

所有这些,也同样地表现在跟《嫁妆》相似的一类作品里,或者不妨说,表现得更鲜明些。

以《吻》为例,它通过一个低级军官的生活中的一件荒唐事,揭露了他所过的生活的病态。故事的情节,表面看来是毫无意义的:一个低级军官偶然在一个黑屋子里被一个不相识的姑娘错吻一下,从此便单恋那个姑娘,甚至痴迷不悟,最后发觉无法找到那个姑娘,才痛苦地断了念头。

作品从头到尾描写了许多细节,而那些细节仿佛彼此中间毫无关系,作者在随意地东涂一笔西画一笔似的。作品一开头写到军官们到乡绅家中去,那家人故意装得殷勤热闹,实际上却在冷淡地敷衍他们;作品随后写到军官们在军营中无非是例行公事,后来军官们行军了,他们机械地奉命行动;到了露营地点,"日子一天天过去,这一天跟那一天简直差不多"。作品还写到司令官开玩笑,同营军官并不友好……

如果仔细一看,这些细节就包括了低级军官的社交生活、公务生活、行军生活、露营生活、跟上级的关系、跟同事的关系……总之,表现了军官的全部生活。那些细节经过了严格的精选,概括了生活的各个方面的特征,因而合成了一幅完整的图画。为反映生活的整个面貌,作者创造了特殊的表现方法。借了外部不相连贯,却有内在联系的细节,作者画出一群并非抱着什么理想、只是为了混口饭吃才从军的人在过着怎样一种无可奈何的鬼混生活,这生活的特点便是庸俗、无味、毫无意义。从琐碎到完整,作者表现了惊人的概括本领。托尔斯泰说:"契诃夫有他自己的风格,恰像印象主义者们所有的一样。你们看来,也许这位艺术家把随手拾来的颜色随便乱涂,这些光怪陆离的颜色,好像是毫不调和似的。但你们如果退后一点,再仔细一看,那你就会得到一个惊人的完整印象:在你的面前,是么生动的一幅图画,使你竟至看之不厌呢。"

这种生活如同一摊死水。如果人和动物的分别在于人有精神活动,那么这摊死水的罪恶就在于扑灭人的思想感情,窒息人的精神活动,促使人的精神死亡。人为了求生而走进这种生活,结果却在这生活里走向慢性的死亡——这就是这个生活的荒谬本质。作者在这里首先谴责的是创造这种生活的社会制度的荒谬,而不是低级军官里阿勃维奇。因为作品表明里阿勃维奇对这生活的可怕内容起初是一点也不理解的,他只是在随波逐流地过活着罢了。这种生活在旧社会里是相当普遍的,不能完全由他负责。

作者通过里阿勃维奇这个形象所要表达的,主要是受这种生活摧残的人的抗议。

这个低级军官原来是淹没在那摊死水中而不自知,可是忽然来了那一吻,于是痴迷地恋上了那个姑娘。

是因为他爱上了那个姑娘吗?但是他连姑娘的相貌都没看见,因此没有根据说他爱她。是因为他生出了浪漫的奇想吗?但是作品表明他很清醒,在那一吻之后他马上了解到这纯粹是出于误会,不可能有奇迹。

那一吻对他的影响却有那么大。"他想跳舞,谈话,跑进花园,大声地笑。"他认为他那死水一般的生活里来了"一件欢畅愉快的事",随后他幻想"他谈话,跟她温存……想象着战争,离别,然后重逢,跟妻子儿女一块儿吃晚饭",后来,"他由着性儿描摹她和他自己的幸福",最后他甚至想:"就算事情再糟也没有,他竟没有见到她的面吧,那么光是重走一遍那个黑房间,回想一下过去,在他也是一种快乐……"

原来那荒唐的、不足道的一吻,对他有这样严重的意义:唤醒他那被窒息的生机,挑起要求幸福的渴望。他睁开了眼睛,不甘心淹死在那摊死水里了。那一吻成为幸福的象征,跟他那不幸的生活构成强烈的对比,惊醒他的昏迷,召唤他,吸引他。实际上,他追求的,并不是那姑娘,而是幸福的生活。他想借着这一吻,跳出他那黑暗的生活,如同汪洋大海中的船夫忽然看见了灯塔一样,他怎能不痴迷、兴奋?

因此等到他的迷梦醒来,他才第一次看清他的生活内容:"他这才发觉他的生活非常贫乏,非常空洞,没有光彩。"

他发觉他没有能够跳出这种生活,旧有的生活重又回来了,这表现在那段风景描写里:"河水像在五月间那样奔流着……五月间,它流进大河,从大河流进海洋;然后它化成蒸气,升腾上天,变成雨,也许如今在里阿勃维奇眼前流过的还是那点水吧……"

但是他的眼睛既然睁开,他就再也不甘心过这生活。他对整个生活感到了憎恨和敌意:"整个世界,整个生活都好像是一个不能理解的、没目的的笑话",于是他生出了一股怨气。

这怨气包含着对旧社会的抗议,对自由和幸福的迫切欲望。——这也曲折地表现在军官洛比特科的追求酒和女人、对烦闷无聊的抱怨、捏造美丽的谎言上。

通过里阿勃维奇的形象,作者透露了这样的意思:如果那种残酷的"日常生活"代表了社会黑暗力量,那么普通俄罗斯人绝不是甘心受摧残的顺民,他们在沉重的压迫下仍旧顽强地保持着要求自由幸福的迫切欲望。这欲望是摇撼旧社会基础的一种力量。历史证明这种强大的精神力量到了一定的时机,就会燃起熊熊的大火,烧毁整个黑暗力量。

在这一点上,这个作品的思想性远远超过了《嫁妆》。作品把两种力量做了对比,指出矛盾,谴责了旧社会的腐朽黑暗,肯定了光明力量的萌芽。在肯定中隐隐传出这样的声音:虽然眼前黑暗压倒光明,可是光明终究会战胜黑暗。

不消说,前进道路和具体方式,这里是没有指出来的,然而作者的信心,对祖国和人民的幸福前途的信心,却是不容置疑的。

契诃夫的后期作品显出了成熟时期的绚烂。

以前作品中虽然常写到农民,但是直到他在农村一连住了六年以后,才出现了反映俄罗斯农村生活的辉煌作品《农民》和《在峡谷里》。这两篇作品尖锐地揭露了农村中的阶级对立,一面是富农以穷凶极恶的剥削手段发家致富,一面是农民大众的贫穷和破产。俄罗斯农村在革命前夜呈现了腐朽、糜烂、接近崩溃的景象。

《在峡谷里》侧重在反映富农的生活,刻画了富农的形象和他们生活的整个面貌。这个生活的基础是剥削和犯罪:在商店里用次货充好货卖给农民;卖私酒灌醉农民,搜刮他们的最后一点财物;替他们收割庄稼的农民所得的工钱是假钱;就连替他们做衣服的穷裁缝工也不能幸免。

这个生活有它富裕的一面:住最好的房子;穿考究的衣服;一天喝六道茶,吃四顿饭;办喜事的排场十分豪华。

这个生活又显得很有保障:官吏贪图他们的贿赂,包庇他们;宗教成为他们的工具,用来冲淡农民的仇恨。

如同在《吻》里一样,作品反映了一种生活的整个面貌和它的本质。值得注意的是,有一点却跟《吻》不同:作品不是截取这种生活的某一个时期的情形,构成一个静态的画面,而是更进一步反映了这生活的全部发展过程,有头有尾,有发展的各个阶段。

开初,这生活是兴旺的:儿子娶媳妇,父亲找填房,生意发财,生活优裕,家庭和睦。他们依靠犯罪的手段预备长久地过着幸福生活,例如家长尽管轻蔑农民,剥削他们的时候残酷无情,但是"他爱他的家庭胜过爱地球上的任何什么东西"。他认为可以靠犯罪来维系一个幸福家庭。

问题就在这里,他们的生活奠定在荒谬的基础上。一个农民说得好:"干他们那行生意,他们是不能不犯罪的。"依照生活规律,这生活的危机就不仅在于外部的打击,而首先在于内部的溃烂。这种生活首先培养了巧取豪夺的、狼的性格——富农的大儿子说:"毛病在于人们昧了良心。"这些狼不仅依靠"昧了良心"的手段去迫害农民,到了争权夺利的时候就不顾情面,在自家伙儿里造成内讧,终于毁掉他们自己。

因此,这种生活的进一步发展就露出了破绽。作品通过生活中的人的发展史来表现生活的发展史。

阿尼辛木明知道:"偷是谁都会的,可是要想保牢贼赃,那就是另一回事儿啰。"可是阶级生活培养出来的巧取豪夺的性格仍旧逼他去犯罪:用造假钱的手段来发财,这跟他家的生活基础是相合的。在这里,生活恶毒地嘲弄了他:他的职业是捉贼,他自己却做了贼。于是他被流放到西伯利亚去了。

儿媳妇阿克辛尼雅的狼的性格起初只表现在用犯罪的手段对待农民上,但是到了争夺财产的时候,为了自己的利益,她就对家人也显出了狼的狰狞面目:向公婆大吵大闹,用开水浇死婴儿,不达到目的不止(这样的事情不是偶然的,作品中还有赫里明家的内讧)。作品里对这个人物出现了这样的描写:"活像一条蛇在春天从嫩嫩的黑麦田里钻出来,挺直身子,仰起脑袋,瞧着行人。"这个不成其为人的人的前途就只能是日益发展狼的性格,大权独揽,用美色去勾引别人,达到发财目的,结果是过着荒淫无耻的生活,完全堕落了。

家长祝卜金的发展史最值得注意。这个人在剥削农民方面是残酷无情的,他为了赚钱而使用各种卑劣手段,例如别人偷了羊,他却得了羊皮。可是他对待家人却温和可亲,在分配财产上又显得正直。这是一个相当复杂的完整形象。他的生活理想是美满和睦的家庭生活,他以为这种幸福是可以建筑在别人的痛苦上的。起初他快乐而满足。但是生活的逻辑显示了力量:灾难首先在他的家庭里不断产生。他的理想破碎了。他的生活来到了转折点。他这才发觉他的生活理想和他的生活基础互不相容,美好的理想建筑在丑恶的基础上是办不到的。作品中所写的他分不出真钱和假钱、把真钱一律看作假钱的情节,具有象征的意义,表明他开始认识到他过去的"虚伪的生活"是错误的、不合真理的,因此他的理想注定行不通。这是初步的觉醒。在这点上,他跟明知故犯的阿尼辛木不同,跟坚持到底的阿克辛尼雅尤其不同。但是值得注意的是,这觉醒并没有给他带来比他们更好的结局。他处在无法解决的进退两难的地位上:一方面,生活理想破灭了,他已经把以前认为是真钱的东西看作假钱,把以前所过的生活看作是虚伪的生活,要他再继续过那种生活,是不可能了;另一方面,要他从觉醒再往前走一步,改变思想感情,改变生活方式,重新做人,这在他那样出身、教养、年龄的人看来是不可想象的。他的面前没有一条出路,这终于逼得他精神失常,被冷酷无情的阿克辛尼雅赶出家门,流落为老乞丐。

通过这些人物的不同遭际,这种生活表现了它的最后一个阶段:众叛亲离、土崩瓦解。它的发展过程就是兴旺、溃烂、瓦解。富农生活的历史也就是富农的道德堕落、精神崩溃的历史。

顺便要提到一个有关祝卜金的问题。作品一方面暴露了这个人物在剥削生活中犯下的种种罪恶，显出了作者对他的憎恶和谴责；另一方面，作品在描写他受到灾难后的惨状的时候，显然流露了作者的怜惜感情。作者对这个人物的态度显得自相矛盾，他究竟是在肯定他，还是否定他？

说作者在肯定他，那是没有根据的。那么作者是否在基本上否定他，那怜惜只是作者的毫无原则的人道主义思想的表现呢？但是这样的人道主义，连作者自己都在《决斗》中通过沙莫伊连科的性格予以批判了。

必须注意，作品中不仅表现了祝卜金的罪行、后果，还指出了这个性格（或者，所有的富农性格）是怎样形成的。瓦尔瓦拉问："这个人怎么会心平气和地干伤天害理的事呢？"阿尼辛木回答："各人有各人的行业。"他进一步解释说："我们打小没受过好教育；娃娃还偎着他娘的胸口吃奶的时候，就已经听到这样的一贯教训：'各人有各人的行业。'爸爸也不信上帝。"（上帝在这里象征真理和正义）如果祝卜金的罪行和后果是导源于他的罪恶的生活基础，那么他从小就认为剥削和犯罪是他的"行业"。因此他不能相信上帝，只能过"虚伪的生活"。契诃夫的唯物的观念就表现在他笔下的人物的心理活动和命运都是受环境制约的。作品指明：先有剥削阶级的环境和生活，才培养了阶级性格。作者的憎恶和谴责首先针对着的是阶级社会的剥削制度，而不是祝卜金个人。旧社会制度的罪恶不仅表现在它首先要为祝卜金的命运负责，还更进一步地表现在祝卜金纵然有初步觉醒，但是他也仍旧逃不掉毁灭。像阿克辛尼雅那样坚持到底，固然由人变成野兽，毁灭了，但是祝卜金何尝有更好的下场？正是在这种地方，作者沉重地谴责了腐朽的社会制度。

契诃夫曾经在一封信上说："我认为顶顶神圣的东西，是人的身体、健康、智慧、才能、灵感、爱情、绝对的自由——不受暴力和虚伪影响的自由，不管暴力和虚伪用什么方式表现出来。如果我是一个大艺术家，这就是我所要奉行的纲领。"这是说契诃夫要求这样一种社会制度，在它的下面，人人能够得到正常的、全面的发展。在当时这个社会制度下，却没有一个人能够那样地发展：人民苦难深重，压迫者和奴役者也在走入绝路，就连本性不坏的瓦尔瓦拉一走进这种生活，也不能幸免。起初她的善心被利用来冲淡农民的仇恨，到后来在罪恶的空气中她那点善心也就泯灭了，尽管丈夫流落街头，她却漠不关心，变成一座麻木的家庭机器，只管料理家务，长得又白又胖了。旧社会制度造成了俄罗斯民族的普遍灾难。契诃夫通过对祝卜金这类形象所流露的怜惜，实际上，首先是针对着俄罗斯民族的。在这样的怜惜中包含着作者的深刻的人道主义思想和渴望祖国进步的爱国心情。

从这一类后期作品看来，契诃夫对旧社会的态度不仅仅是谴责，而且是完全绝望了。作者晚年之所以写出《三年》《女人的王国》《在峡谷里》等暴露城乡资产阶级生活的没落崩溃的作品,目的在于补充以前的大量的反映人民苦难的作品,充分证明:在这个社会制度下所造成的是普遍的灾难,而不只是一部分人;在这个制度下,俄罗斯民族是没有出路的。这不仅说明它的荒谬和不合理,而且说明它已经完全失去存在的理由和可能。《出诊》里就明白地断定:剥削制度是一种"没法医治的痼疾"。这是说,它是必死无疑的了。

另一方面,《在峡谷里》出现了一伙农民的形象,其中以丽巴最有光彩。这伙农民虽不是一家人,却自成一个集团,形成一种生活。他们和他们的生活也自有首尾一贯的发展过程。作品着重地表现了他们的劳动人民的本色。丽巴的可爱也正在于她是那么热爱劳动:"丈夫刚刚坐车走出院子,丽巴就变了样,忽然高兴起来。她换一条旧裙子,光着脚,把袖子卷到肩膀上去,擦洗门道里的楼梯,用银铃样的尖嗓子唱歌;她提着一大桶脏水走出去,抬头看太阳,露出她那孩子气的笑容,这时候她仿佛就是一只百灵一样。"连她的外貌都显出这个特征:由于长期劳动而形成的"那双男性的大手"。叶里萨洛夫的有趣的、三句话不离本行的习惯显然也是在劳动中养成的。他们生活在巩固的基础——劳动上。他们过的是"真实的生活"。

只有劳动才能创造美德,或者,如叶里萨洛夫所说:"凡是工作的人……才是上流人。"跟那些富农相反,他们都纯洁、正直。他们的相互关系绝不是像富农那样明争暗斗、残酷无情,而是友爱团结。叶里萨洛夫见着那些做工的女孩子,总是一片欢笑。丽巴死了儿子,满心哀伤的时候,就连不相识的农民也安慰她、鼓励她。他们处在被压迫的地位上,但是他们绝不是驯顺的奴隶,而是对压迫者存着不能调和的仇恨:"你们在吸我们的血,你们这群强盗,叫你们遭了瘟才好!"

他们生活的最初阶段的共同特色是受尽磨难。丽巴的母亲受人欺侮,丽巴自己的心疼的孩子死于非命。但是他们不像祝卜金那样脆弱,而是有旺盛的生命力。跟丽巴夜半相遇的老农民述说了他那苦难深重的一生后,结论却是:"眼下我却还不想死,我想再活上二十年呢。这样说来,还是好日子多,我们的俄罗斯母亲好伟大哟!"

他们的生活的发展过程就是他们在各种考验中磨炼得越来越坚强的过程。丽巴嫁到富农家庭去后,始终蔑视他们的奢华生活,表现了富贵不能淫的精神力量。她始终渴望恢复劳动人民的生活,就连生出儿子来,也对他说:"你啊,将来会长得大极了,大极了。那你就会做农民,咱们一块儿出去打短工。"对她来说,富农家庭的充满罪恶的空气是一种折磨。可是罪恶空气不能玷污她,这是跟瓦尔瓦拉不同的。那空气越是浓重,她那坚持真理的精神越是高扬:"不管罪恶有多么强大,可是夜晚恬静而美丽,而且在上帝的世界里,现在有,将来也会有,同样恬静美丽的正义。人间万物,一心在等着正义来把它们融成一体,就跟月光和黑夜相互融合一样。"这种对未来的美好生活的渴望和信心,尽管表面看来是温和的,却表达了被压迫人民不容腐朽社会长久存在的呼声。

这些立于不败之地的人既然证明了有强大的精神力量,为任何困苦所不能挫折,那他们的前途除了是蒸蒸日上以外,还能是什么?丽巴被赶出富农家庭以后,并没有垂头丧气。她一回到自家人当中,恢复了劳动生活,就好像换了个人似的,变得活泼愉快,生气蓬勃:"村妇和村姑成群结队地从火车站回来,她们已经在那儿把砖装进车厢了,她们的鼻子,她们眼睛底下的皮肤,布满了红色的砖末。她们在唱歌。领头走着的是丽巴,她的眼珠翻上去,望着天空,她用高亢的嗓音唱着,唱啊唱的,转成了颤音,仿佛在高兴:白天总算过去了,休息的时候来了。"

跟以前的作品中的正面人物比较,这些形象更鲜明、更饱满。而且,作品不仅刻画他们的性格,还写出了他们以及他们的生活的现在、过去和未来,显示了他们的光明前途。

所有这些,都不是偶然的。六年的农村生活经验使作者对劳动以及劳动人民产生深刻的理解。时代也正在大踏步前进,在发表这作品(1900年)的前后,正值俄罗斯第一次革命的前夜,风暴已经掀起来:工人罢工,学生罢课,农民起义。契诃夫对朋友说:"人民中间已有伟大的骚动……俄国正像蜂房一样地闹哄哄的,民众是有多大的信心和力量啊。……"契诃夫跟当时的革命运动没有直接的联系,因此这个运动的具体内容和具体方式,他都不能理解,但是革命的目的和后果他是能感到的。他在给高尔基的信上说:"我知道得很少,几乎什么也不知道……不过,预感却很多。"他预感到他所渴望的祖国和人民的美好前途越来越近,他的心里已经有了底。

因此,在作品里,两种社会力量构成了鲜明的对比。旧力量在土崩瓦解地垮下去,新力量却在不可抗拒地发展起来。它们的发展前途已经确定。这样,故事结尾的场面就有深刻的意义。农民丽巴用面饼周济富农祝卜金。这是讽刺,但是这讽刺显示了谁存谁亡的前途。

这不是廉价的光明尾巴,而是现实主义,因为它有现实生活做根据。但是它又是浪漫主义的,因为这是根据现实生活的趋向所做的合乎逻辑的推测。

这个作品,以及类似的别的晚年作品如《装在套子里的人》(或译《套中人》)《新娘》等,显出了契诃夫作品前所未有的鲜明政治倾向:帮助新力量成长,促使旧力量灭亡,作品送出了鼓舞前进的气息。以前的沉郁气息一扫而空了。

作者的思想发展到了高峰:一方面,他对旧社会宣判了死刑;另一方面,他跟人民在一起满怀信心地迎接光明的未来。

印度文学——人类文化的一所宝库

金克木

　　印度是世界古老的国家之一。印度人民在文学上的辉煌成就,是人类文化宝贵的一部分。印度人民历来爱好艺术,几千年间,他们在音乐、舞蹈、绘画、雕刻、建筑等等方面的成就,是十分绚烂的,也对邻近许多国家产生了广泛而深远的影响。在我国丰富的艺术遗产中,也往往可以发现吸收印度艺术的痕迹。在敦煌壁画、云冈石刻以至新疆舞蹈中,都有明显的表现。印度文学随着佛教的流传来到中国,也没有为我们的善于吸他人优点的先人所忽略。

　　究竟印度文学中有些什么值得我们重视的主要的作品呢?下面我们就作一番简略的叙述。

　　谈到印度的古代文学,我们首先得从吠陀文献谈起。吠陀文献是两三千年以前印度人民长时间创作的总汇,它是古代印度人民生活的巨幅图画,直到今天还是印度一般人心目中的圣典。吠陀文献中最古的,而且成为核心的,是《梨俱吠陀》。《梨俱吠陀》是一千零十七首诗歌的总集。把《梨俱吠陀》的诗作为歌词重加编选排列的集子,是《娑摩吠陀》。包括祭祀用的祷词以及进行祭祀的各种仪式说明的集子,是《夜柔吠陀》,《夜柔吠陀》以有无说明以及各派解说的不同而有"白""黑"两种和各派传本之分。还有和《梨俱吠陀》内容不同的另一部古诗汇集,是《阿闼婆吠陀》。这四部集子合称为四吠陀。接着便是一层一层一代一代的对吠陀本集的补充和说明,这就是梵书、森林书、奥义书,其中有诗,有散文,有关于祭仪的描写,有神秘的哲学议论,有反映古代人民生活与想象的故事、传说,乃至生动的对话。结束吠陀时代,标志新时代的开始的,又有一些总结古代风俗习惯以至科学成就的经书。

　　几千年间,这些古典制作是以口口相传的方式流传下来的。因此,现有的吠陀文献当然不能包括当时所有的人民创作;就是流传下来的,今天也还有一些未经好好校印和整理。这一套文献的分量是惊人地巨大,世界上很少民族能够和印度相比,像他们保存了那么多远古的文化遗产。

　　吠陀文献中有许多美丽的文学作品。特别是《梨俱吠陀》,表现了上古人民对大自然的惊异、探究和歌颂,包括了一些真实与想象交织的往古事迹的回忆。其中还有一些纯朴的抒情小诗,如:

  人人愿望各不同:木匠等待车子坏,医生盼人跌断腿,婆罗门希望施主来。苏摩酒啊! 快为因陀罗大神流出来。……

  我是诗人,父亲是医生,母亲磨粮食,大家都像牛一样为幸福而劳动。苏摩酒啊! 快为因陀罗大神流出来。……

  《阿闼婆吠陀》却反映出另一种思想情绪:人类对自然不是惊异、歌颂,而是想征服,加以控制和运用。它表现了许多原始人民企图用巫术来控制自然的努力。禳灾、治病、求子、催眠等等,便是这一部诗集的主要内容。

  吠陀文献包括一个悠长的时代,但是随着时光的推移,到后来这一方面的创作活动就只属于当时掌握文化的婆罗门,而吠陀文献也脱离了一般人民。于是,人民另外创造出了一部伟大作品,这就是篇幅超过荷马两部史诗总和八倍的大史诗《摩诃婆罗多》。它曾被称为"第五吠陀"("摩诃婆罗多"的意思是"伟大的婆罗多王后裔")。

  这部史诗是无数人长期的创作,是网罗一切的古代印度人民生活、思想、感情的百科全书。它的核心故事是叙述婆罗多王族的十八天的大战,参加大战的另外也有古印度许多别的部族。史诗的主要故事的精神,是要求国家的统一。在这核心故事上附加了无数人创作的古代生活的图画。在数不清的"插话"之外,还有显然是婆罗门加工的关于宗教、哲学、伦理的一些长篇诗体论著(例如到今天还具有印度教圣经地位的《薄伽梵歌》,便是其中之一)。这部史诗是几千年来印度人民取得知识的宝库,是许多文学作品的源泉,它对印度人民的影响是无法估量的。直到今天,庙会中,节日的聚集中,人民还在歌唱它的故事,颂赞史诗中的英雄。直到今天,许多戏剧、舞蹈、绘画的题材还是出自这部史诗。诗中的著名插话如"莎维德丽""那罗与达摩衍蒂"等不但在印度脍炙人口,而且流传欧洲,蜚声世界。苏联自1939年起即在巴朗尼可夫院士领导下进行将全诗译成俄文的工作,到1950年出版了全诗十八篇中的第一篇的散文译本。

  人民的创造力是无穷无尽的。除了庞大的《摩诃婆罗多》之外,古代印度人民还创作了一部巨大的史诗《罗摩衍》。这部史诗的篇幅约当前者的四分之一。如果把原来的双行四句诗译成我们的四行诗,则前者约有四十万行,而后者也有十万行。《罗摩衍》的主题和《摩诃婆罗多》不同,它叙述英雄罗摩的生平,歌唱了父子、夫妇、兄弟、朋友的真挚感情。罗摩是印度人民的理想人物,他是具备一切优秀道德品质的神化的英雄,在人民心目中占有崇高地位。"罗摩治世"至今还是"太平盛世"的代用语,好像我国从前说"尧舜之世"一样。两部史诗在体裁上有相同的地方,它们都同样在核心故事中间穿插了无数的插话。

  两大史诗被称为吠陀以外的印度古代文学的汇集。但是印度古代人民的创造还不限于此。他们又创作了无比丰富的寓言、故事、短诗、格言、谚语。这种体裁的作品成了印度文学的一大特色,是印度人民对世界文学宝库的重要贡献。对这些汇集得最多的是佛教典籍。巴利语的《佛本生故事》,就是庞大的故事总集。许多寓言故事保存在我们的汉译佛典中,成了我们的古代文学遗产的一部分。耆那教经典中也包含了无数寓言故事。此外还有一部诗体的大作品《故事海》。另一部寓言故事《五卷书》,通过阿拉伯文翻译辗转流传到欧洲,被译成许多种文字,在世界文学作品的流传历史中是一件特出的美谈。

在上述这些作品以外,还有类似史诗体裁的十八部《往世书》,里面包括了神话、传说和想象与事实相混合的历史纪述。

公元后一千年间,印度文学作品都用梵语,出现了许多杰出的诗人,创作了大量的诗歌、诗剧、散文和小说。其中享有世界声名的,是迦利达莎。他的最著名的诗剧《莎恭达罗》已经有了许多种文字的译本,我国也有由法文转译的两种散文译本。迦利达莎的作品流传下来的还有两部诗剧、两篇长诗、一篇抒情诗《云使》、一册抒情诗集《六季杂咏》。我们还得提一提那位佛教中的菩萨马鸣。他的《佛所行赞》(原文只发现前半部)是美妙动人的叙事长诗,另一部《美难陀》(无汉译)也是一首美丽的叙事诗。马鸣是梵语文学的先驱之一。还有一位诗人伐致呵利,他的诗集《三百咏》像我国的《唐诗三百首》一样流行,其中有浓厚的人情味。他的诗曾有六十一首译成了中文(载于1948年《文学杂志》)。此外还有些论诗的理论著作,也用诗体写成。小说有两部最为人传诵,一是《十王子行纪》,一是《迦丹波利》,都是用辞藻华丽的散文写成的。

印度的无数书籍现在还是手抄本,藏在许多地方,近一两百年来校印出的只是一部分。将来大量整理校印出来,一定还会有许多被淹没的珠宝出现。

近一千年来,印度人民中形成了各种语言,许多诗人都开始用各地人民的语言进行创作,他们的优秀的作品在人民中间传播很广,现在我们只极简略地谈一下印地语、乌尔都语、孟加拉语中的文学创作,至于其他语言的作品,由于篇幅限制,在这里就不谈了。

用北印度人民口语而不用梵语(文言)创作诗歌,这件事本身就表示出诗人的进步倾向,在当时的历史条件下,人民的各方面生活几乎都与宗教相联系,因此,他们的诗歌也带有宗教的色彩。但在印度,"宗教"一词含意极为广泛,并不单是信神或拜神。诗歌中,如著名的诗人胜天(约在12世纪)的名诗《牧童歌》,是颂扬大神克利什那(黑天)的,但内容只是咏爱情,写化身牧童的神和牧女的恋爱。这些诗都是用人民语言歌唱人民的感情,具有清新的生活气息,打开了和梵语文学时代不同的另一种精神世界。这些诗歌在印度农村广泛流传,为广大农民所喜爱。这些诗人中最为杰出的有两人:

一是织布工人迦比尔,一是杜尔西达斯。

迦比尔反对宗教上的偏见,他用纯朴的口语歌唱真挚的感情。关于他的身世有许多传说,确定的只有他是织布工人,生存在15世纪到16世纪初年。他的诗至今还为人民所爱好,在北印度文学中居很高的地位。

杜尔西达斯(1532—1623)是梵文学者,作品很多,但在人民中广泛流传的,只是他的白话长诗《罗摩衍》(本名是《罗摩功行之湖》)。这部诗的故事就是史诗《罗摩衍》的故事,但是原来庞杂的史诗现在被诗人重新加以整理和创作,有了新的面貌。语言自然,感情深厚,形象性和音乐性非常强烈。这部诗活在人民的口头,在北印度农村经常可以听到人吟唱杜尔西达斯的名句,无数人由于它而唤醒了民族自豪心。这部长诗在苏联已经由巴朗尼可夫院士用诗体译成了俄文,于1948年出版。

和这些农村诗人并行的,还有城市中的一道文学主流,这便是以德里和勒克瑙两地为中心的另一种口语文学。这种文学语言容纳了不少波斯语词汇的北方口语,现在一般称为乌尔都语。在王公贵族的宫廷里,在经常举行的"诗会"上,涌现了很多诗人,诗体深受波斯诗体的影响,但诗的风格和语言,还是印度的。那些诗人虽然与宫廷贵族有联系,但实际上多数诗人都是"主上所戏弄,倡优所蓄",而且穷途落拓,接近人民情感的。18世纪乌尔都语诗人弥尔有"诗歌之王"的称号,他就是不逢迎贵族,潦倒终身的。他的诗明白如话,与另一些追求形式的颂赞之诗相反。他自己在诗中就表明了他的诗不是为贵族而写,而他的诗之所以能流传至今,也只是靠了广大人民的爱好。

另一位诗人迦利布,生于19世纪,经历了1857年的大起义,亲受亡国之痛。他享有超过所有其他乌尔都语诗人的崇高荣誉。他的作品到现代还常在无线电台广播。有人甚至说:上帝给了印度两部诗,一是《梨俱吠陀》,一是《迦利布诗集》。从这里我们可以看出他在诗创作上的卓越成就。迦利布的诗具有深湛的思想,许多人曾为它们作过注释,但他写诗用的语言是口语。关于弥尔和迦利布,民间还流传着一些他们反抗王公贵族的故事。

还有两位诗人,他们也各具特色:一是纳齐尔(1740—1830),他打破传统,独辟蹊径,把人民生活、饮食、风俗、节日都做了诗题;一是哈里(1840—1916),他把政治引入诗歌,写了不少鼓吹民族情感的诗篇。

不少乌尔都语诗人在风花雪月的词句中表现民族的哀痛和对帝国主义侵略的反抗,有的还直接参加革命斗争。1857年大起义时,被帝国主义者绑在大炮口上轰死的烈士中,就有一位诗人。今天,有许多乌尔都语作家继承了光荣的传统,他们都倾向进步,为人类和平与进步而奋斗。

乌尔都语诗人中有一位不能不提到,这便是曾享盛名的伊克巴尔(1875—1937)。

他的爱国诗篇曾传遍全印度。

到了19世纪，欧洲文学影响了印度，近代小说开始在印度出现，其中最著名的是沙尔夏尔(1846—1902)用乌尔都语写的《阿沙德传》。这是一部描写勒克瑙社会各方面的生活，充满着幽默与讽刺的长篇小说。沙尔夏尔主编过一些杂志，并曾把《堂吉诃德》译成乌尔都语。

印度现代文学的兴起主要还是在孟加拉语中。孟加拉的班金·查特尔吉(恰托巴底耶雅,1838—1894)是现代印度小说家中的先驱者。他的最著名的小说是《阿难陀寺院》，它描写了"山耶西"(出家人)的起义，充满爱国热情。这部小说中的一首诗——《礼拜母亲》，成了印度民族革命的进行曲。在印度独立前，它就是印度人民的国歌，群众集会时，爱国烈士殉难时，都唱这首诗。继承班金·查特尔吉的小说传统而把创作风格由浪漫主义转向现实主义的，是孟加拉语的另一小说家沙拉特·查特尔吉(恰托巴底耶雅)。他描写了社会生活和家庭生活，他的作品传诵很广。

用孟加拉语写作的诗人泰戈尔，是世界闻名诗人，他曾到过我国，为我们所熟悉。他不仅是诗人，而且是散文家、小说家、戏剧家、音乐家。他的作品被译成英语的仅仅是其中一部分。他一生追求理想，热爱人类，而对于腐化堕落、侵略成性的帝国主义、军国主义深恶痛绝。他对中国怀有特殊的深厚友情。他在1930年访问苏联短短几天中获得了极其深刻的印象。他说："到底来到了苏联，所看见的全是奇迹，任何国家不能和它相比。从根本上就完全不同。这些人把一切人都彻头彻尾地唤醒了。"他的作品充满爱国热情，经常想到印度人民的苦难生活，在《苏联通信》的结束语中他说："我心中构成的关于苏联的图画后面是悬挂着印度苦难的黑色帷幕的。"他一生孜孜不倦寻找的是印度人民的出路，人类的出路，和平、自由、人性的全面发展，各民族和平友好的大同世界。他曾于1939年亲自主持印度进步作家协会的第二次大会。他在印度人民心目中得到超乎其他文学家的地位，绝不是偶然的。

现代作家中一个特出的人物，是在1936年主持印度进步作家协会第一次大会的、用印地语和乌尔都语写作的小说家普列姆·詹德。他出身农村，对农民生活极其熟悉，他在作品中生动地表现了印度农村生活与农民的思想感情。他以极其生动的人民语言，怀着热烈的爱国感情，在许多作品中，描绘了印度20世纪前三十几年的社会生活与政治生活的各方面。他的杰作，印地语长篇小说《戈丹》(《献牛》或意译为《牺牲》)是表现农民的一首优美的现代史诗。他深刻地揭发了农村的阶级矛盾，对农民的苦难有着深厚的同情，他对于知识分子的软弱无能和腐败的殖民地教育常予以辛辣的讽刺；对于妇女的崇高品格和辛酸生活，他也有动人的描写。他一生不断追求进步。当1936年高尔基逝世消息传到印度时，他不顾家中人的反对，从病床上起来，写了一篇哀悼文,亲自送往报馆。据说,他当时说过:"高尔基不仅是一位苏联作家,他是世界性的大人物。"这篇文章成了他的绝笔:过了几天,他也与世长辞了。普列姆·詹德的印地语和乌尔都语的作品在印度各地传播,并且深入农村,为农民所爱好。他所创造的农民典型人物,《戈丹》中的何利,集中表现了印度农民的善良性格和悲惨境遇。

当代印度作家承继了这样丰富而且优越的文学传统,吸收了外国文学的进步成分,在印度人民争取进步、保卫和平的斗争中正起着日益巨大的作用。小说家安纳德和诗人哈伦德拉那特·查托巴迪雅亚都先后访问我国,已为我们所熟悉。用马拉雅兰语写作的南印度诗人瓦拉托尔也曾领导印度艺术代表团来过我国。乌尔都语的小说家克里希那·钱达的几篇短篇小说也已译成中文。他的写1943年孟加拉饥荒的中篇小说《给粮食的人》(英译名《我死不了》)对帝国主义者发出了强硬抗议。他现在是印度进步作家协会的秘书长。乌尔都语诗人贾佛利的长诗《亚洲醒来了》和《向新世界致敬》都传达了印度人民的真实的革命情绪。最近孟加拉语文学中出现了第一部以描写第二次世界大战中军队生活为题材的长篇小说《新兵》,被认为近几年来极优秀的作品之一。现实主义的文学在印度正在蓬勃地成长。

最后,我们不能不提一提印度作家对中国人民的感情。1927年以来,中国革命过程中的大事件都为印度许多进步作家所密切关心,在印度文学中有所表现。孟加拉语文学中就有不少以我们抗日战争为题材的诗篇。南京失陷和武汉失陷时,他们都发表诗歌,痛斥侵略者,歌颂中国人民为争取自由解放的斗争。中华人民共和国成立后,印度又出现了许多祝贺的诗篇(其中有一篇曾译载于《人民日报·人民文艺》)。印度文学界的朋友们对我们的这种友谊,不能不激起我们的感谢心情。

印度是我们的邻邦,中印两国人民有着一千年以上的和平的、文化的交往。今天,我们为了美好生活的共同愿望,为了保卫亚洲和全世界的和平,已经日益亲切地携起手来。周总理访问印度后,中印两国关系又展开了新的一页。中印间已经一再互派代表团访问。中印人民的传统友谊日益光大,文化交流日益密切,这是完全可以预期的。

1955年

纪念席勒逝世一百五十周年

贺敬之

最近这些日子,在世界的各个地方,不同语言的人民用同一声音,在念诵着一位伟大的德国人的名字:约翰·克利斯朵夫·弗利德利希·席勒。到处都在举行席勒逝世一百五十年的盛大纪念。这种纪念,不论在哪里,都不是仅仅为了表示对这位在德国和世界文学史上赫赫有名的大诗人的景仰,也不是因为对诗人的故乡——莱茵河畔的无限往事忽然引起了怀古之情。我们怀着如此的热爱来纪念他,是因为这位德意志民族的爱国者,反对压迫、侵略,为自由、民主、和平而斗争的热情战士,对于今天的我们,仍是一个鼓舞斗志的活的榜样。他的宏大的诗篇,是献给作为他的"未来的世纪"的今日的。他的歌声是热烈而响亮地向我们召唤着的。我们看到:这位勇敢的德国人民的儿子,在1782年的那个晚间,逃出斯图加特的禁闭森严的艾斯令格城门,他的脚步是踏上了一条虽然遥远但通向我们脚下的道路的。

在席勒的生前和死后,无数的人对他作过各种各样的评论。围绕着诗人和他的作品,会布满忌恨、曲解和污蔑。但是,席勒的真正价值,正一天一天被更多的人所认识到。不论是在他自己的祖国德意志,或是在居住过那个伟大的猎人的阿尔卑斯山旁,或是在女郎约翰娜的家乡,也不论在西方和东方,席勒的爱好者,是无限量地逐日增多起来了。人们知道:在苏联的舞台上,从十月革命时代起,席勒的戏剧就曾不断地展现在千百万苏维埃公民的眼前。而在中国,很早以前,席勒就为我国的人民所熟悉。他的主要作品差不多都曾被译成中文。在抗日战争的艰苦年代,《威廉·退尔》曾被改编成完全是中国生活内容的剧本演出。"中国的退尔",勇敢的爱国志士的生动形象,激动着为民族自由而战的中国人民。

是的,席勒是不仅为德国人民所珍贵,而且是为全世界人民所珍贵的。他是在历史上曾出现过的人民的巨大精神力量的体现者之一。在他的那个时代,一方面是紧压在人民头上的浓重的乌云,另一方面是已经轰响起来了的震惊天地的暴风雨。正如他自己曾说:"即使是国家的惨重的灾难时代,仍然是人民显示力量的最灿烂的时代,有多少伟大的人物从这一暗夜里显现出来。"

年轻的席勒正是在"这一暗夜"——18世纪与19世纪之交的封建的德意志社会——里显现出来的。他的第一部作品《强盗》(1781年)一出现,就是"一首向全社会公开宣战的激昂的青年人的颂歌"(恩格斯)。他带着那"狂飙"式的激情,攻击着当时的封建统治。反叛者摩尔的形象具有可以说在文学史上并非多见的那种巨大的壮美性。摩尔的最著名的那些语言,构成了一篇讨伐封建暴君的檄文。

当时统治德意志土地的是卡尔·奥尔金公爵等封建诸侯们。他们投靠当时的外邦大国,使德意志民族处于四分五裂的、暗无天日的境况中。虽然比起他们今日的后继者来,卡尔·奥尔金公爵们不能不说是要逊色得多,但我们今日所看到的一切恶行,差不多都可以在那时找到它们的先宗。《强盗》揭发了残暴、卑鄙、荒淫、无耻的统治者们。他们是"孤儿的眼泪把他这把座椅抬了起来"的公爵的宠臣;是"卖官鬻爵"的财政大臣;他们是"口内宣讲博爱主义",却为了"得到黄金纽扣的缘故就把秘鲁一国的人民扑灭,并且把异教的人民当作牛马套在车前驱使"的暴君们。而在《阴谋与爱情》,这一部恩格斯称为"第一本德国的具有政治倾向的戏剧"里,更揭发了他们把德国人民的儿子"出卖到美洲"的血腥勾当,正如卡尔·奥尔金公爵在实际上常常干的那样:他甚至于把一个步兵联队和一个炮兵中队出卖给外国侵略者。假如有历史家错把这些事记在一百五十年后的他的后继者们的账上,人们是很难一时分辨出来的。

在席勒的愤怒的笔下,通过几部以外国的历史为题材的史剧——《费斯科》《唐·卡尔罗斯》等,更进一步刻画出一帮中世纪的专制者的使读者惊心怵目的形象。他们利欲熏心,贪得无厌,一直到穷凶极恶,挑起残忍的屠杀和不义的战争。《唐·卡尔罗斯》中的暴君腓力普,在临将灭亡的前夕,疯狂地喊出:

> 世界
> 还有一夜属于我,我要
> 利用它,这一夜,让后世
> 在这片焦土上,十代里
> 再不能收获一颗粮食。

这种口气,使我们不能不想起今日的狂人们的战争叫嚣和各种骇人听闻的暴行。而在那时,席勒丝毫不表现畏惧,正如人民在历来所表现过的那样。席勒勇敢地向暴君们进行斗争。如他自己解释的,他是用"悲剧的匕首"直刺向"某种人的心脏","为被侮辱的人类报仇"。他深信自由、民主的理想一定要战胜封建的黑暗而残酷的现实。正是如此,席勒的人道主义思想,不仅只是同情,更重要的是斗争。他的对现实的态度,不仅只是对生活的表现,更重要的是理想的表达。而他的"悲剧"的美学意义也就常常不在于"命运的变局"(亚里士多德)的本身的显现,重要的是在这之上的对未来向往的诗意的升华。

席勒渴望他的祖国成为一个自由、民主、统一的国家。他看到了在落后状态中的德意志民族所蕴藏着的前进力量。当德意志尚处在黑暗中的时候,他歌唱了"德意志的伟大"。他断言封建诸侯将被推翻。他在《阴谋与爱情》中说出"一切可恨的阶级束缚从我们身上剥脱了,所有的人都是平等的"这一思想。甚至在《强盗》中,席勒很早就怀着骄傲宣告:"……德国将成为一个共和国,罗马和斯巴达摆在旁边,不过仿佛是尼姑庵罢了。"而在《华伦斯太》这一部被歌德称赞为"不可比拟"的伟大的三部曲中,诗人通过更成熟的艺术表现,描写出德国民族争取统一的历史要求。

但席勒远非仅仅表现为一个只属于德国范围的爱国者,他是歌唱一切民族之间的平等、友好的,反对民族压迫和奴役战争的最有力的诗人。《奥里昂女郎》《威廉·退尔》在全世界各族人民心中产生的深远影响是难以估价的。直到今天,它们的意义不仅没有被久远岁月的尘埃湮没,反而是更无限地增大了。当今日的法国人民读着描写五百多年以前的他们的玛瑞密村的牧女,反抗英国占领军的庄严诗句的时候,怎能不使他们想到今天在越南发生的情形?而威廉·退尔的义举又怎能不激动着朝鲜人或是马来西亚人、危地马拉人或是突尼斯人民的心?!

> ……一个外国的作威作福的奴才,
> 竟敢把锁链加在我们头上?
> 竟敢在我们的土地欺凌我们,
> 难道就无法反抗这种暴行?……
> ……不!暴君的权力也有界限,
> 如果被压迫者无处找到公理,
> 如果压迫变得不可容忍地沉重,
> 他就会放大胆量把手伸向天空,
> 摘取他那天经地义的权利,
> 他的权利像星辰般高悬在天空,
> 永远不熄灭,任谁也不能妄动!
>
> ——《威廉·退尔》

正是这样,被压迫者的手将会粉碎加在他们身上的锁链,这就是席勒的结论,也是历史的结论。在那个被7月14日的号角惊动起来了的德国现实生活的影响下,在他的创作发展过程中,诗人克服着自己哲学思想的弱点,使他的火焰般的抗暴激情和对光明的理想,日益明确地找到实现历史变革的真实的道路。从在波西米亚森林中的摩尔的自发的反抗到虑特立集合起来的群众武装起义,席勒逐渐肯定了:人民,正在客观历史发展中崛起的人民,握有拯救自己的伟大力量,握有打破专制压迫,消灭侵略战争,赢得民主和平、推动历史前进的不可征服的力量。这使得在席勒的诗篇中,高过一切地震响着人民前进的步伐声、战斗的号令声和胜利的欢呼声。席勒是强大的。恰如海涅满怀热爱所称道的那样,他是高举着"时代精神"的旗帜的,"他捣毁了精神的巴士底狱"。正是如此,席勒的名字被列在从巴士底狱的废墟上刚刚建立的法兰西共和国的"荣誉公民"的名单之中。

到今天,约翰·克里斯朵夫·弗利德利希·席勒相去我们已足足有一个半世纪的时间了。世界发生了多么大的变化呵。诗人的祖国已不是古昔的风光,而是飘扬着人民的旗帜的德意志民主共和国了。在那里,1955年被规定为"席勒年"。席勒的名字和1955年联结在一起,和社会主义建设,反对军国主义复活,争取民族自由、统一、和平的当代最伟大的事业联结在一起了。诗人早就预言着:"这一时代对于我的理想还不成熟,我生活着是作为未来世纪的一个公民。"(《唐·卡尔罗斯》)

是的,席勒是和今天的我们在一起的。他不是仅作为德国人民引以为自豪的历史遗产而存在着,而是作为我们——德国的和全世界的为和平民主而斗争的作家、德国人民和世界人民——的斗争的行列中的一员,他的名字使得我们的阵容倍增雄壮。我们将从席勒的诗篇中取得伟大的力量,去为我们今日的事业而斗争。当然,我们明白,席勒时代的民族叛卖者、刽子手和暴君远不如今日的他们的后来人凶恶。但是,时代毕竟大大地不同了。为独立、自由、民主、和平而斗争的德国人民和德国进步文学的力量已日益繁荣和发展。全世界爱好和平的人民和进步文学已经汇成了足以冲破一切恶势力的巨流。席勒将会羡慕我们:我们这一代的人民比敌人要强大。我们将会把正义事业的胜利表现在今日的现实中,而不是只可能表现在浪漫主义的理想中。席勒的理想将由我们来实现。

波兰最伟大的诗人密茨凯维支

孙 用

1798年12月24日,波兰最伟大的诗人亚当·密茨凯维支生于立陶宛的诺伏格罗特克。那时的波兰正当1794年起义失败之后,被沙皇俄国、普鲁士、奥地利三国瓜分了。密茨凯维支是在异国的统治下度过他的儿时的。他的父亲是那小城市的律师,很关心政治,也爱好诗歌。密茨凯维支在很小的时候就常常听到关于政治的辩论,因而很熟悉从国外,从欧洲来的消息;而且他后来也时时记得他父亲诵读波兰古代诗人的作品。波兰的民歌和传说是极其丰富的,而诺伏格罗特克又是富于自然美和古迹的城市,这引起了这幼年诗人的幻想,也培养了他的诗才。

1815年中学毕业后,他离开故乡,进了维尔诺大学,那时维尔诺正是一个文化的中心。密茨凯维支不久就和一群先进的大学生十分接近,他们组织了称为"爱学"社的团体,它的目的照密茨凯维支自己的话说来,则是"为了祖国、学问和正义"。他是这团体的六个发起人之一。在1819年毕业之后,他依然和这团体保持着紧密的联系。他在毕业后被派到科甫诺当中学教师,四年的枯燥而艰苦的教师生活使他只能在诵读和写作中找到安慰。他研读着德国和英国诗人的作品,写作了更多的诗歌。他开始写诗还是在中学时代,在大学里也不缺少写诗的机会,不过那时他是处于法国作家的拟古主义的影响之下。到了这时候,他却摆脱了拟古主义,决心做一个浪漫主义的诗人。他的一首题为《浪漫主义》的诗就是他的宣言。他曾经对他的朋友说:"《浪漫主义》一诗包含了我此后的诗篇的种子:情感和信仰。"这首诗写于1821年,后来印入1822年出版的《歌谣和传奇》第一卷。这里面的诗几乎全是由民歌改编而成或取材于民间故事的。他的风格,正像他的诗的主题一样,是简单而素朴的,多的是通俗的用语,这使得波兰的古典批评家们大为不满,他们对于他,不是置之不理,就是大加抨击。但一般的人们正相反,他们很喜爱这一本书,密茨凯维支自己说起当时的情形道:"初版五百本简直想不到卖得那么快,购买的人极大部分是保姆和仆人。"

接着这第一卷,第二年又出版了《歌谣和传奇》第二卷。这一卷包含了两篇很重要的长诗:《格拉席娜》和《先人祭》第二卷及第四卷。《格拉席娜》是一篇立陶宛故事诗,篇中的女英雄格拉席娜是作者创造的人物,她非常美丽,又非常勇敢,为了保卫祖国,与日耳曼十字武士作战,终于牺牲了生命。《先人祭》第二卷及第四卷描写的是立陶宛的民间祭祀仪式,以及一切亡魂的痛苦。他创造了一位失恋的、安于痛苦的人物古斯塔夫。古斯塔夫的痛苦是超过一切亡魂所受的折磨的,然而作者却得出了结论说:无论这痛苦是怎样大,可是还有更大的痛苦——人民的痛苦;个人的幸福之上还有更大的幸福——人民的幸福,为了它才值得斗争,为了它才值得献出自己的生命。

他的另一首著名的诗《青春颂》写于1820年,但因为检查的关系,一直到1827年才印入在勒伏夫出版的诗集中。然而远在发表之前,这诗已经传播开了。它是和大学生们的团体生活密切地关联的,是对于热情的、有信仰的、不自私的、肯牺牲的青春的歌颂,而最主要的是作为斗争的号召:

> 联合起来,朋友们!联合起来!
> 不管这路的崎岖和溜滑,
> 不管暴力和软弱阻挡着前进:
> 我们要以暴力抵抗暴力,
> 软弱呢,幼小时就知道怎么战胜!

因为沙皇政府对于波兰人民的压迫日甚一日,引起了民族解放运动的高涨,维尔诺大学生们也有了响应,他们的秘密团体的活动更加扩展,又组织了"光"社和"爱德"社,密茨凯维支还写了一篇《爱德社歌》。1822年沙皇政府就开始侦查波兰的一切地下组织。1823年10月23日密茨凯维支和他的一些朋友在这次迫害中被捕,监禁在原来是巴西尔修道院的监狱里。

这一次的监禁使他从安于痛苦的、无力反抗的古斯塔夫一变而为爱祖国和人民的、大勇无畏的康拉德——《先人祭》第三卷(1932年才写成)里的英雄。所以密茨凯维支在《先人祭》第三卷的序曲里让这一位古斯塔夫在狱室的墙上写着:

> 古斯塔夫死于1823年11月1日,
> 康拉德生于1823年11月1日。

密茨凯维支在半年之后出狱,但还得留在维尔诺候令;又过了半年,1824年10月22日他接到了限于两天之内流放到彼得堡去的命令。他就和两个最亲近的朋友,也是一起流放的人,于24日出发,从此他就和他的祖国永别了。

到了彼得堡,这位被沙皇政府所流放的诗人,却正是俄国作家所敬爱的人。他结识了未来的十二月党人:诗人雷里耶夫和作家柏斯士舍夫,以及别的许多人。以后他又曾流转在敖德萨、克里米亚和莫斯科。

不久,十二月党人遭到沙皇政府的迫害,他的内心感到极大的不安。到 1826 年春天,他才加入莫斯科的诗人和作家的集会,10 月间他和普希金第一次相会,结成了永久的朋友。俄国朋友们对于他的关心和敬爱,是非常使感动的。他的《十四行诗集》于 12 月间出版,包含着《克里米亚十四行诗》和《爱情十四行诗》。这些诗的艺术价值是高超的:用语的简洁,描写的细致,音节的和谐,而又贯穿着高尚的热情。十八首《克里米亚十四行诗》的关于自然的歌咏,将东方色彩第一次引入波兰文学,又处处显示着对于祖国的怀念。

1827 年 12 月密茨凯维支从莫斯科回到彼得堡去,在那里,他的长诗《康拉德·华伦洛德》终于通过了检查,于 1828 年 2 月出版了。

《康拉德·华伦洛德》像《格拉席娜》一样,是一篇立陶宛和普鲁士的历史故事诗,它号召着为祖国的自由而斗争。华伦洛德是一位为了祖国和人民的自由,连自己的生命、自己的荣誉也不惜牺牲的英雄。

《康拉德·华伦洛德》是通过了彼得堡的检查的,然而华沙的沙皇政府却提出了警告,说华伦洛德以仇恨和反叛作为爱国的手段,创造了这幻想的英雄,不过是希望鼓动现实的英雄。密茨凯维支的俄国朋友们听到了这消息,担心他会因此受到迫害,他们就设法让他提前出国。密茨凯维支于 1829 年 5 月间从彼得堡乘船到德国去,从此也就永别了俄国。在德国,他曾到魏玛访问了歌德。

1830 年波兰起义爆发了,这是一群波兰青年军官和一些热情的诗人于 11 月 29 日在华沙发动的,波兰人民都深信是争取自由的斗争,所以不管是牧师,是妇女,是残疾者,都参加了这伟大的民族运动。第二天俄国军队就退出华沙。于是波兰军队联合了起来,还成立了临时政府。这消息很使密茨凯维支激动,第二年春天他动身往华沙去,到了普鲁士波兰,在波兹南地区的居民衷心地欢迎着他,他在这里停留了很久。起义失败之后,密茨凯维支依然留在波兹南地区,怀抱着十分苦闷的心情:因为他不曾到达华沙,和起义者站在一起。他写信给他以前在维尔诺大学的老师,现在也成了流亡者的列威尔说:"上帝不让我参加这样伟大的,这样重要的事业。我现在只有一个希望:将来千万不要无所事事,像死人似的。"

1832 年 8 月 1 日他到达巴黎,这是他以后长住的地方。从 1832 年 3 月开始,他的创作的热情又一发而不可收了。他的一位朋友谈到这一段时期时说:"他是在创作的狂热中了。他的书桌上堆满了稿纸,他简直是靠在上面不停地写着……这样地继续了许多天,他几乎连吃饭的时间也没有。"

他在德来斯登完成了《先人祭》第三卷。《先人祭》第二卷及第四卷于 1823 年在维尔诺发表的时候,据说密茨凯维支也一起写成了第一卷和第三卷,因为自己的不满意,所以没有印出；现在第一卷还有片断留存下来，第三卷却不见了。这里的第三卷是与以前的第二卷及第四卷在主题上完全不同的作品，以前的是失恋的痛苦，而现在的是为祖国的牺牲。这作品的背景是作者所经历的在维尔诺的监禁和在俄国的流放，其中的人物有不少是真姓真名的。

从1832年11月到1834年2月，密茨凯维支写作了他的长篇杰作《塔杜施先生》。它的主题是1811年在立陶宛的秘密的计划，交织着一切波兰人都为了看见拿破仑的军队而心跳的值得纪念的春天的幻想。（波兰的许多军人，只有考希楚施柯是例外，都很信仰拿破仑，以为他能够使他们的国家复兴，而结果是他欺骗了他们。）当他写这长诗的时候，他完全生活在他所描写的情景里。他写信给友人说："现在我是在立陶宛了，在森林里散步，同犹太人和乡绅们一起坐在旅馆里了。"这篇长诗从开始到结束，字里行间都深深地渗透了对祖国的崇高的热爱。它在1834年出版，非常激动了侨居异国的波兰人，波兰的流亡者和诗人波赫丹·札勒斯基回忆当时的情形说："我们读着这篇诗的时候，我们的心情起了很大的变化，我们好像是飞回到我们在波兰的朋友和姊妹们那里去了。在《塔杜施先生》中，一切都写得那么生动，一切都发出了祖国的气息，使我们忘记了侨居生活的悲哀和忧虑，忘记了对于祖国的怀念。"

写了这篇长诗以后，密茨凯维支的诗歌活动几乎停止了，这也许是受了波兰流亡者的无望的、不和的气氛的影响，而其实还是他和他的祖国的联系已经断绝了之故。现在他进行的是社会活动了。他从诗人变为社会活动家，他不写诗而写热烈的政论了。早在1832年11月到1833年6月，他就在为波兰移民刊行的刊物《波兰巡礼者》上写政论，他还担任了三个月的编辑。

罗马教皇庇护九世登位的时候，曾经发动了一系列的温和的改革，这是1848年法兰西二月革命以前的一线微弱的阳光。密茨凯维支决定了：完成他的使命的时间已经到了。他就在1848年1月间动身到罗马去，他在那里组织了一支不过三百人左右的军队，为意大利和波兰的自由而战，抵抗奥地利，他说"这是一支共和主义和社会主义的军队"。

1849年3月间，他主编一种法文的日报《人民论坛》，它宣传的是"为欧洲各国人民的自由的神圣战争"。到6月间就被迫停刊，9月间重新出版，密茨凯维支却只能秘密寄稿，为了避免被禁，连稿子也要由别人抄写过。然而到了11月，它终于被法国政府封闭，密茨凯维支自己也躲了起来。《人民论坛》终刊号上刊印了这样一段文字："我们的一位最著名的合作者以前奉沙皇的命令，放下了他的笔；现在是法国警察又将这样的命令交给了他了。"密茨凯维支在这报纸上发表过不少卓越的、猛烈的政论，谴责着当时各国资产阶级政府的专制，鼓励着各国人民的为反抗自己的奴役者的奋斗。

1854年俄土战争爆发了,密茨凯维支在第二年9月间到达君士坦丁堡(现在的斯坦波尔),又打算在那里组织犹太人和哥萨克的军队。不料他传染上了那时很流行的霍乱,11月26日他临终那一天,有一位来参加军队工作的库琴斯基上校第二次看他来了,他一望见这军官,似乎记起了他的为自由的新的奋斗,他集中了他的最后一息的力量,微微一笑,说着:"库琴斯基,土耳其哥萨克兵团……"后,他不再做声了。他死了,嘴唇上响着组织解放的军队的使命,也正是他一生的梦想。

密茨凯维支一生所经历的是监禁、放逐、流亡,然而他决不屈服,贯穿着他的生活和创作的只有一个理想:为祖国,为人民而奋斗到底。他不但在生前遭受异国的迫害,连死后也遭受本国反动派的敌视,他们对于他的生活和作品都要加以歪曲和抹杀。一直到了民主的,自由的新波兰成立以后,他的理想这才实现了。

在我国,远在1907年,他的名字就由鲁迅介绍过来了。鲁迅在《摩罗诗力说》一文中说:"密克威支所为诗,有今昔国人之声,寄于是焉。诸凡诗中之声,清澈弘厉,万感悉至,直至波兰一角之天,悉满歌声,虽至今日,而影响于波兰人之心者,力犹无限。"

最后,我还要抄下波兰人民共和国贝鲁特主席在六年前,这位诗人一百五十周年诞辰纪念时说过的话,作为这一篇介绍文的结束:

> 密茨凯维支现在是而且将来也是与人民很密切的,因为他的著作和生活永远深深地接触到社会的和人民的情感。他的诗作,不但是达到了艺术的最高度,还依然为人民大众所了解,他的语言不但美丽,而且简单。在他的作品中,许多从体验和感觉得来的东西,正是过去或现在千百万普通人的感觉和体验。……
>
> 密茨凯维支现在是而且将来也永远是与人民大众很密切的,因为他知道将热烈的爱国主义与对于人类解放的努力联系起来。他知道这一伟大的真理:对祖国的真诚的热爱最有力地表现出深切的,革命的国际主义。密茨凯维支十分关心社会的和人民的问题。他以诗人和天才艺术家的情感体验着这些问题……

纪念《草叶集》和《堂吉诃德》

周 扬

在我们面前是两部文学名著,一部是诗集《草叶集》,另一部是小说《堂吉诃德》。

世界和平理事会决定,在今年除了纪念四位世界文化名人之外,还纪念《草叶集》出版一百周年和《堂吉诃德》出版三百五十周年,因为这两部作品在世界进步文化中已经作出了最奇异的贡献。

在这两部名著中,西班牙伟大作家塞万提斯的《堂吉诃德》,无可置疑地是人类天才的不朽作品。一致公认,文艺复兴时代最优秀最先进的思想感情,体现在这部作品中。而另外一部,美国民主诗人惠特曼的《草叶集》却是发生过一些争论的作品。但这些争论,拆穿了原来只是资产阶级反动派对这位大诗人的有意歪曲,恶意诽谤和极度仇恨的表现。他们无法否认他是大诗人,但他们死不愿意肯定他的革命性,他的诗篇的进步意义与伟大影响。

事实上,《草叶集》既是属于美国的人民大众的,也属于世界进步人类的。在《草叶集》中,我们能听到诗人对人民、民主、自由和劳动等等的歌颂;能听到诗人对人类的明天的预言,而且能听到反对人奴役人的行动的呼号,夹杂着战斗的号角和鼓声。这种呼号,直到今天,整整一世纪,还没有失去它的现实意义。

世界和平理事会的决定给予了《堂吉诃德》应有的荣誉,并且在世界人民面前肯定了《草叶集》。

中国人民,通过他们的知识界,对这两部作品早已不陌生了。解放以来,我们重温了这两部非常熟悉的文学名著,最近全国的报刊更发表了不少文章,介绍和研究它们。

值得注意的是中国人民对于惠特曼所发生的极大的兴趣。早在1920年,诗人郭沫若就在一首诗中向惠特曼,向"太平洋一样的惠特曼",高呼晨安。这首诗在精神上和形式上,都是和惠特曼非常接近的。惠特曼对我国另外许多诗人也都发生过影响。

我们是在第一、第二次国内战争,抗日战争和解放战争时期译出了惠特曼的诗的。这些诗篇是鼓舞人心的。现在,让我们先来看一看,《草叶集》究竟是怎样的一部作品。

《草叶集》

19世纪的前半叶,美国还存在着一种明目张胆的奴隶制度。有成千上万黑人受着南方奴隶主、种植园主的残酷、血腥的奴役和压迫。

到19世纪中叶,奴隶制度已经阻碍了正在迅速发展的美国资本主义。但是北方的资产阶级还是和南方的奴隶主保持着妥协。

妥协的办法终究不能解决矛盾。在人民反对奴隶制的情绪日益高涨的压力下,到1861年南北战争开始,跟着解放黑奴的宣言公布了。美国工人、农民、手工业者担当了反对奴隶主的武装斗争的主要力量。这个战争结束于南方奴隶制度的基地被摧毁。

但这个反奴隶主战争的胜利果实并没有落到美国人民手中。美国资产阶级夺取了政权,黑人奴隶制度又被变相地恢复,而雇佣奴隶制度更加专横暴戾了。19世纪后半叶,美国垄断资本发展后,统治阶级一面加紧镇压日益高涨的工人运动,另一面加紧向国外扩张。

诗人惠特曼就生在这个历史时期。

生于这样一个历史时期的诗人反映了这一切。

惠特曼于1819年生在长岛的赫丁顿。父亲是木匠。在诗人身上流着劳动者的血液。小学毕业后,他做过律师事务所雇役、排字工人、印刷工人、小学教员,后来成为新闻记者。从他笔下出现过一系列反对美国领土扩张,反对奴隶制度,反对企业家对工人的剥削等等热情的政论。因为他的民主观点,他先后被几家报馆解聘。最后,由于惠特曼憎恨那些资产阶级的卑鄙活动,他又回到劳动人民中间,加入建筑业,从事他父亲的手艺,木匠的劳动。

约在1850年开始,他的诗歌的才能成熟了。1855年夏天,纽约出版了一本小小的诗集,绿色封面上画着几枝草。这就是《草叶集》的第一版,其中包含《自己之歌》《欧罗巴》《职业之歌》《我歌唱带电的身体》等十二首诗。

《草叶集》第一版是诗人自费,自己排字,自己印刷出版的,共印了一千本。照诗人自己后来说,真正卖掉的,可一本也没有。书评家给了他很严厉的批评,但诗人根本没有理会他们。一年之后他出版的《草叶集》第二版增加到三十二首诗。1860年,在内战前夕,又增加一些诗,他出了第三版。内战时期,他为这个具有伟大意义的解放战争写了一部组诗《鼓声》。战后他还是不断地写,不断修改诗作。这样一再增订、删改、再版,直到诗人于1892年逝世的一年,共经过十版,有二百九十六首诗了。

但是,《草叶集》第一版中的诗,是这部伟大作品的内核。它包含了惠特曼整个发展中的基本精神。

在《草叶集》的许多篇页中,洋溢着诗人对黑人的爱和同情。

著名的诗《自己之歌》,在歌唱诗人自己和木匠、铁匠、农民、猎户、船夫等等普通人民的同时,突出地歌唱了黑人。在第十首内,诗人描绘了一个逃亡的黑奴形象。这个黑奴来到他的门前。他看见他筋疲力尽,坐在木头上,东张西望,惶惑不安。诗人把他领进了门,叫他安心,给他倒水、洗脚、洗身,给他换干净衣服,在伤口上涂药膏。他给他一间内室。他们在一起吃饭,而且保护他,"我的火枪斜放在屋子的一角"。住了一星期,看到他复原了,就把他送到了美国的北部。

《自己之歌》第十三首,他又精细地描绘了一个赶着工场里的马车的"黑人紧紧捏着四匹马的缰绳"。在他的笔下,出现了一幅令人难忘的图画——阳光照耀着这个精力饱满的黑人,穿着蓝衬衫,黑皮肤上发出光辉,帽子推在后面,露出黑鬈发,站在马车上,他驾驭着,顾盼安详和威严。

对黑人的爱和同情很自然地激起了他对奴隶制度的憎恨。他投入斗争,写了诗,写了政论。自1850年起,许多辛辣的讽刺诗在纽约报纸上发表。《血腥的金钱》《波士顿山歌》《给政府》等诗,猛烈地抨击了匍匐在奴隶主面前的国会议员和总统。在1856年写的一首诗中,他喊出了:

　　让法官和犯人对调一下!让监狱官进监狱!让犯人拿着监狱门上的锁钥!
(你说!对调一下为什么不好?)

让奴隶变成主人、让主人变成奴隶!对国会议员、总统、法官、奴隶主,他给以无比的愤恨的诅咒,并说,他要发出"动员武装斗争的号召,如果必要,一直号召到多少年代后,多少世纪后。"

许多资产阶级的传记家硬说惠特曼在这个斗争中是一个旁观者。可是当1861年武装斗争像火山一样爆发时,惠特曼热情横溢地说:"能参加它是一个极大的权利。"

关于他在南北战争中的三年,他自己"总结"了一下。他说到他在医院、军营和战地进行了六百次以上的探问和巡视,估计接触过八万到十万的伤病员,他鼓舞他们的精神,照顾他们的身体。这样长期和病人在一起使他自己后来得到了风湿病,卧床多年。

我们完全可以说,在作家如何参加斗争生活的问题上,惠特曼提供了杰出的范例。他自己说:"我照顾下的伤病员,不论来自南方或北方,我全了解他们,几乎没有一个例外。这些工作使我产生了绝对梦想不到的深厚的情感,我怀着最大的热情,了解到各州的情况……"

要抹杀和忽视惠特曼在这个斗争中的工作,只能引导到对他的误解或歪曲。应该说,惠特曼恰恰是,并且首先是一个以行动反对奴隶制度的战士和歌手。在南北战争中,他写出了《鼓声》——共有四十三首诗的组诗。

《鼓声》组诗有着那样鲜明的主题,忠实地描绘了人类历史中一个具有重要意义的解放战争。当时,马克思曾经致书林肯,说:"欧洲的劳动人民,出于阶级本能地感觉到,现在星条旗上带有他们的阶级命运。"而惠特曼在他的诗中,也说:"现在,显示给世界看,你(美国)的子女,成为集体以后,是何等样人!"是何等样人呢?他把他们显示在这一个组诗中了。

《鼓声》组诗中的许多诗,包含"敲呀,敲呀,鼓啊"都是谱上了音乐,成为群众歌曲的。

自然,也许在这里我们应当指出,惠特曼所根据的还是资产阶级民主主义的理想和原则。即使在他的晚年,他对资产阶级已经深恶痛绝的时候,他还不能超越他的局限。

但是,就是有局限,惠特曼仍然以无限的喜悦、热情和力量写出了光辉的诗篇。如1855年所写的《欧罗巴》,那里面歌颂了欧洲无产阶级的闪电一般的出现:"脚还踏着灰烬和破烂,手已扼紧了帝王的咽喉。"他一点也不为1848年革命的失败而精神挫折。正是在这首诗中,他描绘了革命先烈,歌颂他们精神永生,以乐观的精神叫道:"自由,让别人对你失望——我永不对你失望。"在这首诗结束处,他还说,"自由就要回来,他的报信人已经到达。"

惠特曼深深懂得革命斗争的长期性和艰苦性。在意大利、匈牙利、法国、德国的人民革命运动相继失败后,他在1856年写了一首《致一个失败的欧洲革命家》,鼓舞他们。他深深感到他和这些革命家的精神联系。

1871年,当巴黎公社运动失败后,他仍然在《啊,法兰西的明星》中歌唱了未来的胜利。他认为革命家在斗争中犯的错失是无可责备的,失败终究要成为胜利。他歌唱了那高高照耀在欧洲上空的再生的法兰西明星,将要比以前更加明亮,而且永远放光明。

请看,惠特曼是这样歌颂革命的。这怎么能叫资产阶级反动派来喜欢他?

在惠特曼的诗歌中,民主、自由、平等是他的基本概念,用他自己的诗来说,是他的"歌唱的节目单"。

胜利和欢乐是他永远不变的信仰:人类必然能获得它们。

惠特曼的诗歌中,也歌颂了大自然。他说过,大自然和人类是他的两大主题,所以"草叶"是他的诗集总名。他确实描绘出无数幅美妙的风景画,他的诗篇中充满了户外的清新空气。

但是在他描绘大自然的同时,他又像所有的现实主义作家一样,还刻画了无数幅人物肖像,并深刻地显露了这些人物的精神面貌,例如前面讲过的那令人难忘的黑人形象就是其中之一。惠特曼描写了各种各样的劳动者,他们是他的正面人物,他歌颂他们。

这里可以谈一谈,有些人看到惠特曼写了《自己之歌》,便以为他是一个个人主义者,歌唱"自我"的诗人。可是《自己之歌》里面就歌唱了许多人物。在他的《题记》第一首诗中,他就说明,他是:"一个简单的单独的人,却发出了'民主'这个词,和'集体'这个词。"

惠特曼的奇异贡献是他在他的诗篇中创造了"人"的一种光辉形象。读了他的诗,人们就好像能够看见一种惠特曼式的人,一种新型的人:身体健康,心胸开朗,有崇高的理想、劳动创造的手,并且永远乐观。

诚然,悲哀是不属于惠特曼的。甚至于死亡,对于惠特曼,也像他在后期的一首诗中所说的是他的"最后的战斗岗位——最后一声响亮的呼喊。"

人类的导师斯大林表示过,他很欣赏这种惠特曼式的人。他在一封信里引用了惠特曼的诗句:"我们活着,我们鲜红的血液沸腾着,好像那消耗不尽的力量的火焰。"斯大林说:"美国人惠特曼把我们的哲学表达得十分准确。"惠特曼式的人,肯定地说,是一种新的人,是一种足资我们学习、模仿的光辉榜样的人。

利用了诗歌的形式的特点,惠特曼画出了在一刹那之间的一整个城市和一整个国家。他在《向世界致敬》这首著名的诗里描绘了这整个世界。惠特曼的《草叶集》所描绘的是他的时代和社会的巨幅图画,很少有一个诗人像他那样地气概宏伟。

他用的是人民的言语,劳动者的言语,他是自由诗形式的创造者之一。在文学形式上,他确实也是一个大胆的革新者。

而民主和人类进步的原则,对于未来胜利的信心,贯穿在他的巨幅图画中。正是这个使他成为世界伟大诗人之一。

我们敬爱惠特曼,但也很知道惠特曼所描写的那种乌托邦社会是如何不现实。我们纪念惠特曼,也不用讳言他的局限性。惠特曼在19世纪70年代以后,更多用散文的形式来表达他的思想。在《民主的远景》等热情的政论式的小册子中,他也精辟而且深刻地论述了资产阶级社会的腐败、没落与绝望,愤恨地诅咒了金元统治。但是他对于社会主义和无产阶级革命只模模糊糊地感到,像他对他的谈话录作者托洛贝尔说过的:"有时候我想,我觉得几乎可以肯定,社会主义就要跟着到来了。我有时也对它有些畏缩,但这也许是唯一的出路。"

我们,解放了的中国人民,是以特殊的兴趣来读,例如,他在《大斧之歌》中所歌唱的伟大的城的诗句的,"那里没有奴隶也没有奴隶的主人""那里的公民是有思想、有理想的""妇女取得席次如同男子一样"。我们知道,诗人曾经用那样热情的眼光注视未来,注视我们的今天。他确实看到了我们今天的一些情况。

诗人曾歌唱"新的友谊之城","全世界的其他地区不能征服它"。这样的城今天矗立在地球之上,它们是莫斯科,是北京,是从河内到柏林,那些人民民主国家的城市。

惠特曼受到世界进步人类的敬爱,因为他正是向我们歌唱的。在他的一首小诗里,他向我们说:"请想象我和你们正是在一起吧。(不要太肯定我的不在,我现在正是和你们在一起。)"

今天我们在纪念《草叶集》,惠特曼正是和我们在一起。

在我们的耳朵旁边,响着他的歌唱,响着他的行动呼号,夹杂着战斗的号角和鼓声。

《堂吉诃德》

现在,让我们再看那另一部世界名著。

塞万提斯的《堂吉诃德》是产生于那样的一个时代的,欧洲正从中世纪跨向一个新的世纪,其时封建制度的基础已开始瓦解,文艺复兴运动正在大陆上如火如荼地开展。恩格斯曾经指出,这个时代经历了"人类前所未有的最伟大最进步的巨大的变革",并且说"新的文学就被创造了,这就是最初的现代文学",其中包含了以塞万提斯为最杰出代表人物的西班牙文学。

塞万提斯于1547年生在阿尔卡拉,他的家庭是没落的小贵族。幼年时候受到了在当时是新的教育,他自己正是他的世纪的一个典型。为冒险性格所浸润,二十一岁上当了兵,他参加过1571年西班牙和土耳其间的勒班陀海战,当时他抱病奋战在战舰甲板上,三次受伤,竟把左手打坏。后来他还参加了其他的战役。1575年,他在归途中为土耳其海盗所俘,囚居阿尔及利亚,三次逃跑都失败,直到1580年才由亲属用赎款给他赎回了自由,回到祖国。

这以后,他生活很困难,为国家流了血,却找不到一个工作。他开始从事文学创作,写出了爱国主义的悲剧《奴曼西亚》等剧本,牧人小说《加拉泰亚》等小说。1590年以后,他更加困难了,曾经几次被捕入狱。据说《堂吉诃德》的最初的稿子就是在狱中写成的。

1605年,《堂吉诃德》第一部问世,立即风行一时。这一回是成功了,只在几个星期之内,就出现了三个盗印的版本,自然作家本人也就不能从这个成功中得到什么好处了。而且他的辛辣的讽刺也招致了当时的统治阶级、反动集团的不满与憎恨,他的生活仍然困难。1613年,又出版了他的一部包含许多优秀短篇的《训诫小说》。1614年,《堂吉诃德》的第二部也完成了。1616年,他就逝世了。身后萧条,连墓碑也没有一块。

但是,《堂吉诃德》却成了世界文学中杰出的作品之一。

大家都非常熟悉,拉曼却地方的骑士《堂吉诃德》,本是一个瘦削的、面带愁容的小贵族。他爱读骑士文学,爱得迷了心窍,竟致后来骑上一匹瘦马,穿上一副旧铠甲,手执盾牌和长枪,还带着一个骑驴的农民桑科·判扎做侍从,离开家乡,周游天下,要去锄恶扶民,洗雪天下不平事。

从此堂吉诃德就生活在狂热的骑士文学的幻想中,所作所为,都是极尽荒唐的。堂吉诃德曾经把原野上的风车幻想为巨大的魔鬼,尽管桑科·判扎告诉他这是风车,他也不信。他挺起长矛向它刺去,结果风车的叶轮把他打倒在地,长枪断成几段。这是一个世界著名的讽刺,几乎很少人不知道的。

堂吉诃德还把羊群当作军队,单骑冲入厮杀。他又打跑了护送囚犯的兵士,释放了他们,最后反被他们用石子投掷。有一次,他昏睡未醒,又梦见了魔鬼跳起身来,把装红酒的皮囊当作魔鬼,一阵子刀砍,红酒流遍了地,他还醒不过来呢!堂吉诃德这种由于无边无际的幻想而造成的荒诞不经的故事,阅读这部作品时,是没有人能够忍住不笑的。

《堂吉诃德》是一部热情澎湃的讽刺作品,它讽刺了当时泛滥在市场上的毫无意义的骑士文学以及当时还有不少残余的骑士制度,特别是那种骑士们的用打抱不平的方式来改造社会的空想。《堂吉诃德》一书出版后,西班牙就再没有出过一部新的骑士文学,而本来已经在衰落的骑士制度遭到了这样无情的嘲弄,可以说受到了致命的一击。而直到今天,无论哪一个国家,无论哪一个人,只要是生活在虚妄的幻想中,而又横冲直撞,以致到处碰壁,弄得头破血流的,人们都可以赐予一个"堂吉诃德"的称号。

《堂吉诃德》的伟大,还因为它是一部现实主义的作品。这将近一百万言的作品中,出现了西班牙在 16 世纪和 17 世纪初的整个社会。公爵、公爵夫人、封建地主、僧侣、牧师、兵士、手工艺工人、牧羊人、农民,不同阶级的人,在塞万提斯笔下出现了男男女女约七百个人物。主人公的游侠生活使他把西班牙的城市、村镇、河流、山脉都游历到了。在他的自传式的"俘虏的故事"等插曲中,还描写了勒班陀之战,摩尔人和阿尔及利亚的奴隶生活。塞万提斯用精确的笔描绘了形形色色的当时的时代。

在人们已不再阅读骑士文学的时候,《堂吉诃德》倒成为保存骑士文学的形式和中世纪社会风俗、生活习惯的最优秀的作品了。塞万提斯更不愧是西班牙语言的大师。他这样熟练地应用着各种各样的语言,在主人口中放进了经过雕琢的骑士文学的语言,又在侍从口中吐出了普通人民的丰富的口头语言。

从典型创造来说,塞万提斯给世界文学创造了最活生生的典型人物。堂吉诃德的形象的生动,真是到了所谓"须眉毕现"的程度。闭上眼睛,这位骑士就立刻显现在我们跟前,而且我们又这样熟悉他内心的精神和他矛盾的性格。

堂吉诃德无疑是神志不清、疯狂而可笑的,但又正是他代表着高度的道德原则、英雄的行为、对正义的坚信以及对爱情的贞洁等等。他愈疯疯癫癫,造成的灾难也愈大,但他的优秀品德也愈鲜明。堂吉诃德是可笑的,但又始终是一个理想主义的化身。他对于被压迫者和弱小者寄予无限的同情心。从无数篇页中,我们都可以找到他以热情的语言歌颂自由,反对人压迫人,人奴役人,并可以看到他是言行一致的。可是也正是通过这个典型,塞万提斯告诉了大家,一个人依照幻觉行事是只会把好事办坏,把自己陷入绝境的。

桑科·判扎也是一个刻画入微的成功的典型人物。这是一个西班牙的劳动农民,他一开口就有成套的谚语。明明看出了主人的疯狂,但真心热爱着堂吉诃德,他怎样也不肯离开他,跟着他为了理想去受折磨。桑科代表了有才能而常识丰富的西班牙农民。有时他为他主人的口才所迷惑,但最终还是他的聪明才智战胜了。他做"海岛总督"(实际上是管一个小村镇)的一段经历便是一个很好的例子。虽然他是公正地治理着,但由于当地的贵族对他的残酷的捉弄,最后不得不辞职。当他辞去总督职务时,他说:"我到这个政府来没带一个钱,离开时也没带走一个钱,这一点就和别的海岛上的总督不同了。"这个插曲是塞万提斯的最好的一个讽刺故事,因为桑科·判扎这一个普通的农民证明了他远比那些腐败无能的封建地主能更好地治理国家。塞万提斯指出了,西班牙人民渴望一个良好社会的理想只有在人民自己的努力下才能实现。

《堂吉诃德》是中国人民所喜爱的一部现实主义的作品。从这部作品中,我们能够学习到许多东西。

我们今天在这里纪念这两部世界名著,不能不想到它们在它们自己的祖国的命运。《堂吉诃德》在法朗哥统治下的西班牙,被任意歪曲。法西斯野蛮人企图把西班牙拉回到中世纪去。《草叶集》在美国也受到了各种各样的歪曲与污蔑,甚至宣称惠特曼也像那些战争贩子、战争挑拨者一样,是主张领土扩张政策的。

但是全世界人民今天纪念它们,认识到了这两部伟大的作品的真正价值。惠特曼和塞万提斯所想望的正义的社会,伟大的城和新的人类早就出现了,而且正在胜利地发展着。《草叶集》和《堂吉诃德》也将和全世界人民一起,永远不朽。

《被开垦的处女地》的新篇章

草　婴

　　1954年3月间,苏联顿河区罗斯托夫市举行选民大会,选举苏联最高苏维埃代表。在大会上,肖洛霍夫朗诵了《被开垦的处女地》第二部中的一个片段,引起听众极大的兴趣,接着《文学报》就把这个片断刊登了出来。于是,全世界读者兴奋地知道,期待了二十年以上的这部名著的续篇,不久就可以读到了。随后,《星火》周刊在1954年4月到6月各期上,连载第二部中的第一到第五各章;《真理报》在1955年3月底起又继续发表第六到第八各章。1955年5月起,《十月》杂志重新登载第二部的头上八章;同时《真理报》出版社又把这八章收入"星火小丛书",以单行本形式分成两册出版:上册包括第一到第四章,下册包括第五到第八章。

　　这部描写苏联农业集体化名著的续篇,虽然到现在还没有发表完毕,但已引起苏联文学界和一般读者的极度重视。还在1954年9月间,当最初五章发表以后,著名文学批评家塔拉森柯夫,就在《文学报》上写了一篇长文加以推荐,文章的题目叫《走向技巧的高峰》。1955年5月号的《新世界》杂志,也发表了维克多罗夫的一篇专论,介绍和分析了这些新篇章的杰出成就。1955年10月间,苏联举行全苏描写集体农庄生活的作家会议。奥维奇金在会上所作的报告中,对这些新篇章也作了极高的评价。此外,最近在苏联作家们的发言和文章中,也常常提到这部社会主义现实主义经典作品的新篇章。

　　这些新篇章有些什么内容呢?为什么这部作品还未发表完毕就已经获得这种空前的盛誉呢?我想就这两方面来作一个简单的介绍。

　　在《被开垦的处女地》第一部里,我们读到达维多夫怎样克服重重困难,在格内米雅其村建立了集体农庄。可是,社会主义的一切敌人却不肯就此罢休。在第一部的结尾,作者告诉我们:白匪军官波罗夫则夫和廖切夫斯基又来找阿斯托洛夫罗夫,同时富农的儿子铁摩菲也偷偷从流放地逃回村子里来。于是,"过去的事重新开始了"。

　　在第二部里,不论时间和人物,都是紧接第一部的。一开头,在初夏的集体农庄的田地上,出现一片茂盛的庄稼,预告着秋天的丰收,也显示了农业集体化的初步成绩。波罗夫则夫和廖切夫斯基仍旧隐藏在阿斯托洛夫罗夫的家里,跟外地的反革命组织保持密切联系。他们运来轻机枪和马刀等武器,继续策划各种反革命的阴谋活动。农庄经理,也就是那个伪装积极的反革命分子雅可夫·洛济支,一方面对苏维埃政权抱着不共戴天的仇恨；另一方面又对反革命活动的前途起了怀疑。虽然如此，他还是继续走着彻底毁灭的道路。为了怕自己的母亲泄露他的反革命活动，他竟灭绝人性，把八十岁的亲娘活活地饿死！

达维多夫依旧是书中的中心人物。他在群众中的威信更加高了，但是他在领导集体农庄的工作中，又不断地遇到各种新的困难；跟暗藏的敌人的斗争，也越来越尖锐、越来越复杂。此外，在个人生活上，他也遭到一场严峻的考验：罗加里亚，这个被玛加尔称为"毒蛇"的女人，不断地纠缠着达维多夫，以致他这个"结结实实的小伙子，可变得比卷心菜根子都不如了"。达维多夫为了要摆脱她，离开村子到第二生产队去参加耕作。在那里，他感动地看到群众对他的爱戴，同时也发现一个十七岁姑娘华丽雅对他的纯洁爱情。这里作者又用卓越的艺术手法，浮雕式地描写了一个天真纯朴的农村少女，给读者留下鲜明难忘的印象。

玛加尔·拉古尔洛夫自从跟罗加里亚分居以来，工作更加积极了，同时仍旧利用晚间的闲暇，孜孜不倦地学习着英语。那个永远逗人喜爱的老头儿舒卡尔（周立波译本作西奚卡），夜夜跟玛加尔一起进行自修。但是，有一天晚上，两人在自修时遭到那个逃亡归来的铁摩菲的暗算，几乎丧了性命。玛加尔的遇刺，使达维多夫提高了警惕。他认为敌人伸出头来了，而那个在认识上大有进步的梅谭尼可夫，却刚毅地说："不要紧，这很好，让他们伸出头来吧，伸出来的头更容易斫些！"

达维多夫跟老铁匠莎利的一场谈话写得特别精彩。通过这场谈话，达维多夫不仅知道铁摩菲潜逃回来的消息，并且获得了诃普洛夫夫妇被害案的线索；同时他对阿斯托洛夫罗夫的真面目，也有了进一步的认识。

拉古尔洛夫一听到自己的死敌铁摩菲潜回村里，并且受到罗加里亚的掩护，就暗地里去进行侦察。他和拉兹米推洛夫深夜把罗加里亚拘捕起来，亲自在她家附近伺候了一天两夜。等到铁摩菲半夜挟着步枪来找罗加里亚，玛加尔就先发制人，把铁摩菲当场击毙。罗加里亚随后也被驱逐出村了。

在第二部的头几章中，作者还穿插了几个有趣的故事。其中最美丽动人的，要算赶车老人阿尔尚诺夫讲的一段往事。那是离十月革命好多年前的事了。十三岁的小哥萨克阿尔尚诺夫，因为替父亲报仇而杀死了两个同村人。通过这个富有浪漫色彩的插曲，作者写出了哥萨克的刚毅性格和革命前人民的贫穷生活。

第二部头上八章的主要内容就是这样。

现在来谈谈苏联文学界对这些新篇章的评价，以便帮助我们了解这部还未发表完毕的杰作轰动的原因。

塔拉森柯夫首先指出，肖洛霍夫的《被开垦的处女地》，是充分显示出社会主义现实主义特征的代表作品。塔拉森柯夫认为社会主义现实主义作品的主要特征,就是人民性和党性的结合。他说:"苏联文学的人民性,就是作家所创造的思想和形象跟广大群众根本利益的有机的密切关系,如果艺术家对他所描写的人物和事件没有党性态度,人民性是不可思议的。"

他又说:"社会主义现实主义描写人物是多方面的,范围广大的,它写出一个人物跟其他人物,跟社会,跟人民,跟自然,跟技术,跟科学等方面的形形色色、错综复杂的外部联系和内部联系。没有这些,人在社会主义现实主义的艺术里是不可能存在的。"

塔拉森柯夫认为:"肖洛霍夫在《被开垦的处女地》中,对书中人物,对他们的行为和命运所抱的党性态度是鲜明的、不可调和的。但这绝没有使小说的艺术性变得苍白,因为作家找求效果,不着眼在华而不实的辞藻上(这毛病在《被开垦的处女地》里是丝毫没有的),而着眼在性格的生动冲突和表现在最现实最尖锐的阶级斗争上。"

他又说:"在《被开垦的处女地》的新篇章里,生活洋溢着绚烂的色彩和调子。肖洛霍夫越发深入地把握生活的真实,清清楚楚地显示出:当一个艺术家在自己的创作中体现人民性和党性的思想时,他能够变得多么丰富。"

维克多罗夫指出,肖洛霍夫书中的每个形象,都是跟时代的社会政治现象密切联系的。他说:"肖洛霍夫在描写尖锐的冲突、艰苦的命运和转折的关头时,总是同时写出各种人物的深刻的心理状态。他能够把最普通、最平凡的人物写成典型。"

塔拉森柯夫和维克多罗夫一致指出,《被开垦的处女地》的新篇章,说明肖洛霍夫的才能有了更进一步的成长。这些篇章,字数虽然不多(译成中文约十万字),内容却非常丰富。塔拉森柯夫说,作者在这里表现出语言的鲜明多彩,优美完善,描写的浮雕性和音乐性。肖洛霍夫拿哺乳的母亲来譬喻初夏的草原,用"泪汪汪而喜洋洋的少女的眼睛"来表现华丽雅的天真无邪,用一头直冲云霄的苍鹰来点缀顿河流域的景色。

"但更重要的是,那些我们在第一部中已经熟悉的人物性格,在这些新的篇章里被刻画得更加有力、更加深刻,并且增添了许多特色,许多心理和社会活动的色彩。这一切都证明:这位大大丰富了社会主义现实主义创作方法的大师——肖洛霍夫,在创作上有了更重大的成长。"

关于达维多夫这个中心人物,塔拉森柯夫指出:"达维多夫的性格显露了不少新的特点,它在不断发展、成长,同时变得更丰富、更可贵。他让我们看到了各种不同方面的内心生活——他能够那么忘我地为党的理想奋斗,能够那么认真严厉,同时又那么真正合乎人情。正是所有这些特点,显露出他那卓越的性格和布尔什维克的才能。小说越发展下去,达维多夫的形象变得越为人民所敬爱,他那党员的敏锐性、原则性和斗争性,也越来越鲜明。……是的,这是一个真正正面的时代人物,是作家从生活深处提炼出来的。这是一个从事劳动和斗争的人,虽然有时也会感染上一些日常生活的弱点,但是他有本领加以克服。对于周围的人们说来,他是一个亲近的自己人,同时又是一个共产党员、领导人、组织家和生活的导师。"

维克多罗夫指出:"肖洛霍夫巧妙地、完全真实地显示:达维多夫虽然处于困难的地位,但比起潜伏在地下的波罗夫则夫和廖切夫斯基来,比起狡猾的阿斯托洛夫罗夫和阿坦曼溪可夫来,他是不可较量地强大……达维多夫之所以比他们强大,因为他有人民的支持和农庄庄员们的信任。他在村子里成了'自家人',他为格内米雅其村人所重视和需要,仿佛他是跟他们一起长大的,并且跟他们一样一辈子是个庄稼汉。"

在小说的新篇章里,又增加了几个典型,其中最突出的是华丽雅和莎利(莎利在第一部里虽已提到过,但没有被详细描写)。这样,在《被开垦的处女地》里,人民群众的形象就更加完备,而这部作品的史诗性也就有了更进一步的发挥。

维克多罗夫说:"高尔基几次三番提醒作家,必须根据当时现实的材料创造'当代的纪念碑'。肖洛霍夫的作品有力地表明,应该怎样达到这种艺术的高峰。肖洛霍夫写作的技巧不是浮面的。他不爱拿偶然找到的一种手法当作王牌。他结结实实地组织题材,丰富地表达生活的语言,直接引用各种人物的讲话;他爱描写自然景色,传达人们内心的独白;他常常以新的方式来使用许多词儿和短语。

"在肖洛霍夫作品的结构上,突出地表现着悲剧性插曲和喜剧性插曲的配合和交替。幽默风趣常常贯穿着最紧张的场面。

"肖洛霍夫极善于描写高度戏剧性的场面。这些场面在规模上有时并不伟大,但其中每一个词,普通平凡的词,却包含着重大的意义。作者逐步准备让读者去领会紧张的事态:在向最高峰发展的时候,他用心安排各个人物、他们行为的动机和其他许多细节;在已经达到最高峰时,他把读者的注意力集中在主要的事物上,特别是人物的心理状态上。"

在描写阿斯托洛夫罗夫谋害亲娘和玛加尔枪杀铁摩菲上,都充分显示了这些特点。

奥维奇金在报告中指出:"在《被开垦的处女地》的新篇章里,肖洛霍夫依旧信守自己的全部创作原则。我们又欣赏到我们普通劳动人民灵魂的美,并且叹服于艺术家的技巧和各种形象的异常优美的塑造。华丽雅虽然还是在这些篇章里初次出现,但我们已经从心底里喜爱着她了。这个华丽雅姑娘已经成为我们文学里最优美的妇女形象中的一个了。拉古尔洛夫、达维多夫、阿斯托洛夫罗夫、波罗夫则夫的性格,都有了合乎逻辑的深刻的发展。某些场面的戏剧性和无情的生活真实,简直使人震惊。"

最后,我想把维克多罗夫文章的结尾作为本文的结束:"《被开垦的处女地》的新篇章,内容充实,趣味浓郁,艺术性很高。这些篇章真实地反映了农村革命性变革的时代,也就是农业走向集体化的时代。当然,要全面和最后判断这些篇章,只有等第二部全书发表以后才有可能。到那时就能明白,作者的成就究竟有多大,局部和整体的关系怎样。但有一点毫无疑问:读了已经发表的篇章之后,谁都希望能很快看到《被开垦的处女地》第二部的全文。"

1956 年

伟大的俄罗斯作家陀思妥耶夫斯基
余 振

今年 2 月 9 日是伟大的俄罗斯作家陀思妥耶夫斯基逝世七十五周年纪念日。

陀思妥耶夫斯基是极早被介绍到中国来的俄罗斯作家之一。远在 1918 年 1 月出版的《新青年》杂志上，就介绍了陀思妥耶夫斯基的生平和他的创作。1926 年陀思妥耶夫斯基最初的重要作品《穷人》被译成中文时，鲁迅先生还写了一篇《小引》来介绍。此后他的作品不断地介绍过来，几乎所有的重要作品都已经被译成中文。

二十多年来，陀思妥耶夫斯基对被侮辱与被损害的"小人物"的人道主义的同情，和对贵族资产阶级社会制度的民主主义的抗议，激动着中国读者的心，但是他作品中的有害成分也在我们读者的意识中留下或多或少的不良影响。

陀思妥耶夫斯基的思想和整个创作道路中充满了极复杂的矛盾。他是以果戈理、别林斯基文学传统的继承者，以空想的社会主义的斗争者而开始自己的文学活动的，但是在他创作的主要阶段，却站到保守主义的立场上，变成以车尔尼雪夫斯基为首的革命民主主义者的反对者。不过，就他非凡的艺术表现力来说，就他在描写尖锐矛盾的社会生活情景，人的思想、感情和感受时所达到那种震撼读者心灵的真实性来说，他在俄罗斯文学，乃至世界文学中还是属于第一流作家之列的。

陀思妥耶夫斯基的创作活动时期，是俄罗斯农奴制社会逐渐灭亡，资产阶级社会逐渐巩固的时期，这是一个动乱的转换时期，是阶级矛盾极其复杂的时期。这些矛盾都反映到他的思想和创作里面。他的第一部小说《穷人》(1846 年)，描写了一些"小人物"——小官吏、彼得堡"角落"里的居民，真实地反映了这些人物的痛苦，展示出他们精神上的纯洁和高贵。读者读了以后不仅对这些普通人寄予无限的同情和怜悯，并且激起了对当时不合理的社会制度的抗议。陀思妥耶夫斯基的这第一部作品受到别林斯基和涅克拉索夫的热烈欢迎。别林斯基曾对批评家阿宁柯夫说过："陀思妥耶夫斯基在'穷人'中展示出在他以前谁也没有梦想过的俄罗斯生活和性格中的秘密。"赫尔岑称它为"俄国第一部社会主义的艺术作品"。

不过，在陀思妥耶夫斯基的下一部小说《两面人》(1846 年)中，他思想上的矛盾便明显地表现了出来。他在这部作品中已经放弃了《穷人》中人道主义的倾向和果戈理、别林斯基的民主主义原则。小说所描写的虽然还是一些"小人物"——小官吏、小市民，但是在这些人的灵魂里，同时交织着对社会的不满和卑躬屈膝的奴隶根性。这种心理的分裂状态，陀思妥耶夫斯基认为是人在任何时候和任何条件下所固有的永恒的属性，而不是具体历史条件和社会条件的产物。他的第三部小说《女房东》，更发展了前一部作品中的不正确的看法。它的鲜明的反现实主义、反民主主义的倾向，受到别林斯基的严厉批评。

1847年，陀思妥耶夫斯基参加了彼特拉谢夫斯基革命小组。他曾在小组的集会上宣读别林斯基的《给果戈理的信》。1849年，他被捕，并被判处死刑，后来改为流刑。他在西伯利亚鄂木斯克度过了四年牢狱生活，在边防军里熬过了五年的兵役生活，直到1859年年底才被允许回到彼得堡。

彼特拉谢夫斯基小组成员们被迫害、逮捕、苦役、流放的时候，正是西欧1848年革命失败以后，俄国的反动势力也一天天地猖獗起来。这一切情况更加加深了陀思妥耶夫斯基思想中的矛盾和动摇。在苦役和流放中，他的空想社会主义思想的希望逐渐幻灭了。他感觉到现存的社会政治制度没有法子改变，开始号召人民来同统治阶级妥协。他竟然认为驯服和恭顺是俄罗斯人民的天性。这种反动的说教当然受到革命民主主义者们的严厉反击。

在流放归来后不久，他写了长篇小说《被侮辱与被损害的》(1861年)和《死屋手记》(1861—1862)。这两部作品对俄罗斯文化的发展具有进步的意义。杜勃罗留波夫曾说："在陀思妥耶夫斯基的这两部作品中我们可以发现他所写的全部作品中或多或少可以看得出来的一个共同特点：'这就是关于人的悲痛，人认为自己没有力量，或者最后，甚至于没有权利成为一个真正的人，完全的、独立自主的人。每一个人应当成为一个人，而且以人对人的态度来对待别人。'——这就是作者心中的理想，虽然还有一些假想的和局部的看法。"

60年代是俄罗斯人民解放运动空前高涨的年代。革命民主主义的领袖们，车尔尼雪夫斯基和他的战友们所发行的《同时代人》杂志，成了革命民主主义者们的战斗的司令台。但是在这风暴般的年代，陀思妥耶夫斯基却和他的哥哥米哈依尔·米哈依洛维奇发行了《时代》杂志，采取了与《同时代人》敌对的态度。表面上是在走着"第三条路"，实际上是同保守主义阵营完全站在同一立场。

1866年，陀思妥耶夫斯基发表了他的最著名的长篇小说《罪与罚》。这是世界文学中极有力的作品之一，是陀思妥耶夫斯基对罪恶的资产阶级社会所下的艺术审判。小说的主人公，大学生拉斯科里尼可夫是一个极端个人主义者，他贫穷，但他又骄傲、自尊,这样便创造了一套"有力的个性"即以犯罪来抗议不合理的社会制度的无政府主义的思想。犯罪以后他却又在痛苦地经受着迷惘、孤独的后果,最后只得在基督教思想里寻求自己的安慰。作者和小说中的主人公一样,根本不相信社会斗争的可能性,在歌颂着驯服和容忍的思想。同时作者认为小说主人公的无政府主义式的"造反"是与革命运动有关系的,这是对当时革命者的污蔑。但是这部小说是有着它很大的优点的:它真实地写出了资本主义社会的现实。这种真实的描写违反了作者的主观意图,激起读者对资本主义社会制度的无比仇恨。正就是它所暴露的内容决定了它在俄罗斯文学以及世界文学中的意义。

1868年,陀思妥耶夫斯基在国外写了另一部长篇小说《白痴》。他在这部小说里想要塑造一个"完美的人"——梅什金公爵。这是一个福音教徒式的驯服和恭顺的人,同时他还想要用这种方法摆脱资产阶级社会道德的束缚,摆脱革命斗争的"诱惑"。但是进步的读者所注意到的,主要的不是梅什金公爵这个"理想"人物的福音教徒式的驯服和恭顺,不是他的被损坏了的心,而是对私有制度社会的现实主义的揭露,对破坏了人与人之间关系的金钱势力的人道主义的抨击。

1871—1872年,陀思妥耶夫斯基在国外写成了他的另一部长篇小说《恶魔》。这是一部恶意地歪曲生活真实的作品,是陀思妥耶夫斯基政治上反动的旗帜。他在这部小说里,把俄罗斯人民解放运动歪曲地描写为无政府主义式的"造反"。这部小说的反动的思想内容损伤了它的艺术真实,成为陀思妥耶夫斯基的最坏的作品。

陀思妥耶夫斯基在1879—1880年间写出了他最后的一部小说《卡拉玛卓夫兄弟》。这是陀思妥耶夫斯基重要的作品之一,是他的一部总结性的作品。他的社会、哲学、宗教、道德观点在这部小说中得到更广更深的发展。这部小说中描写了卡拉玛卓夫贵族家庭的堕落历史,脱离人民的知识分子的思想上的幻灭。作家想通过伊凡·卡拉玛卓夫的形象来宣传自己极端反动的思想:唯物主义和无神论使人失掉道德支柱,使人走上犯罪的道路。但事实上伊凡·卡拉玛卓夫和《罪与罚》的主人公一样,还没有走出个人主义的无政府主义的狭隘圈子。陀思妥耶夫斯基的理想人物是在修道院里教养出来的阿廖沙·卡拉玛卓夫和他的精神上的导师"长老"佐西玛,这些"理想的"正面人物,正如同梅什金公爵一样,在陀思妥耶夫斯基的笔下,还是一些虚伪的宗教道德的没有血肉的空架子,读者所激起的反而是对这种虚伪的宗教道德的憎恶。在这部作品里,陀思妥耶夫斯基的艺术真实还是压倒了他的空洞无力的说教。

1881年2月9日,陀思妥耶夫斯基以六十岁的高龄在彼得堡因病逝世。

本年2月6日《真理报》专论"伟大的俄罗斯作家"中说:"现实主义作家们的艺术创作在人类文化史上不止一次地提供了对立的倾向在他们的作品中互相斗争的例

子——就是艺术家所提供的关于当代生活的客观证据跟他对所描写的现象的主观解释相对立,换句话说,就是作家所反映的生活真实跟他所宣传的那些非常错误的结论和道德相对立。这一点在陀思妥耶夫斯基的创作中表现得非常明显。"陀思妥耶夫斯基,作为一个伟大的艺术家,是不能完全拒绝俄罗斯文学中所固有的描写人民命运时的生活真实的原则,来迎合自己的反动的政治纲领的。虽然这种反动的政治纲领不可避免地大大地损坏了他的作品的价值,但他的作品还是反映了当时社会的尖锐矛盾,反映了资产阶级个人主义思想的危机。他揭露了贫与富、无权与专横之间的矛盾,批判了俄国和西欧的阶级社会。他虽然反对革命思想,宣传驯服和容忍的宗教思想,但是揭露黑暗的气氛还是充满了他的许多作品。在他最反动的作品中也可以看到讽刺贵族资产阶级代表人物的真实形象。

资本主义国家的反动论客们常常在陀思妥耶夫斯基的作品里找寻他们反动理论的根据,强调他作品中的一切缺点和思想上的错误,而抹杀了他对资产阶级社会的强烈的抗议,抹杀了他对呻吟在惨无人性的社会制度下的"小人物"的同情。我们除了要批判地接受这位伟大作家的珍贵的遗产以外,揭露一切歪曲陀思妥耶夫斯基创作的恶意的企图,也就是保卫了真正的伟大的陀思妥耶夫斯基。

燃烧的心
——我从高尔基的短篇中所得到的
巴　金

　　高尔基的作品在中国有上千上万的读者,可是对他的作品,每个读者都有自己的看法,感受不一定相同。然而谁也躲不开他那颗"燃烧的心"的逼人的光芒。我翻译他的早期作品的时候,刚开始写短篇小说,我那个时期的创作里就有他的影响。所以二十年前得到他逝世的消息,我除了悲痛外,还有一种失望的感觉:作为读者,作为"初学写作者",我有许多话要对他说,可是我永远失掉跟他见面的机会了。

　　我特别喜欢高尔基的短篇小说,不管在他早年的或后期的作品中,我都清清楚楚地感觉到作者的心跟读者的心贴得非常近,作者怀着真诚的善意在跟读者讲话。读者会喜欢他,把他当作一个真诚的朋友,因为他的作品帮助读者了解生活,了解人,它们还鼓舞读者热爱生活,热爱人。在他的每一篇作品里,读者都能感染到作者的十分鲜明的爱憎。

　　我自己确实有这样的感觉:高尔基的每一篇作品里都贯穿着作者的人格。他写了不少用第一人称叙述故事的这种体裁的小说。小说中的"我"并不一定是他自己。可是我每读完他的一篇作品,我就好像看见作者本人站在我的面前。他的人物喜欢发议论,可是他本人并不说教。他让你感染到他的强烈的爱和恨,他让你看见血淋淋的现实生活,最后他用他人格的力量逼着你思考,逼着你正视现实。他就像他的《草原故事》中的英雄丹柯一样,高举着自己"燃烧的心"领导人们前进。

　　在作家中间有着各种不同的人,有些人写出好文章,却不让读者看见自己;有些人装腔作势地在撒谎;有些人花言巧语地把读者引入陷阱。但是有更多的人,严肃地在创作的道路上追求真理。至于高尔基呢,他带着不可制服的锐气与力量走进文学界,把俄罗斯大草原的健康气息带给世界各国的读者。在列夫·托尔斯泰以后再没有一个俄国作家像高尔基那样地激动全世界的良心,也没有一个苏联作家像高尔基那样得到全世界一致的尊敬。连他的"流浪汉"和"讨饭的"也抓住了资产阶级批评家的心,不管你喜欢不喜欢,你不能够掉过身背朝着作者,因为他正在凝神地望着你,他的"燃烧的心"一直在发射正义的光芒。

　　高尔基的生活面很广,他徒步走遍了半个俄国,他干过各种各样当时一般人认为卑下的职业,他亲身经历过当时贫苦人们所身受的痛苦和压迫。他深深了解人们的痛苦,而且看出了这些痛苦的根源。他作为被压迫阶级的代言人,昂然地走进文坛,他受过多少次黑暗势力的迫害,可是他控诉和抗议的声音越来越响亮、越来越有力。他不仅把他一生的精力贡献给人类解放的事业,他甚至把他文学方面的收入也用来帮助革命运动的发展。在他从事文学事业的几十年中间,他一直是一个万人景仰的巨大的存在。他的每一篇作品在反对旧制度的斗争中都起到战斗的作用,在培养新人的成长中都起了教育的作用。

一定有人不赞成我的看法。他也许在高尔基的一些早期作品中没有找到正面人物或者学习榜样,就低估那些作品的教育意义。我随便举一个例子,他可能认为《草原上》里的"兵"或《阿尔希普爷爷和连卡》里的祖父和孙儿不是正面人物,不能吸引读者,也不值得人同情。我不知道别人怎样,我自己翻译这两个短篇的时候,我很难抑制我心里的激动。我关心连卡和他爷爷的命运,我喜欢那个在草原上流浪的"兵"。小说中的人物一直在我的脑子里活动,我不能够摆脱他们。我闭上眼睛就看见流浪汉满身是劲地在草原上大步前进;讨饭的爷爷慈爱地摸抚孙儿的头。平凡人的命运竟然有如此震撼人心的力量!高尔基的艺术技巧是和他的人格的力量分不开的。作者在他的每一篇作品里都高高地举起他那颗"燃烧的心"。我们大家都了解这样的说法:做一个好作家也必须做一个好人;做一个伟大的作家也必须做一个伟大的人。伟大的作家高尔基大声疾呼地在控诉:旧社会的罪恶逼着阿尔希普和他的孙儿走向死亡!在这里,作者的爱憎是多么鲜明!的确,我越读高尔基的小说,就越觉得人和生活都值得我们热爱,也越觉得自己应当献出一切力量来改变生活,使生活变得可爱,使人们不再受苦。高尔基即使把受苦的图画展开给我们看,我们也看得见那一根贯穿整个画面的爱的红线。人们在受苦中相爱,相互同情,人们在受苦中保持着生活的勇气,人们在受苦中互相帮助,支持共同前进。哪怕作者在《草原上》的最后写上一句"我们大家都一样的是禽兽",然而说这句话的"兵"就是一个"善良的家伙",而且充满着对人们的同情。谁读了"因为烦闷无聊",不同情麻子厨娘阿利娜呢?谁不愿意让她活下去,让她得到幸福呢?

不会有人讨厌小说或剧本中常有的一句话:"活着是多么好"或者"多么美"或者"多么幸福"。可是这所谓"好",所谓"美",所谓"幸福",绝不是指"享受"美好的生活,而是指"有机会发挥和贡献自己力量创造或帮忙创造美好的生活"。高尔基的短篇小说带给读者的正是这样一种感情。不必提爱自由胜过一切的茨冈左巴尔,为同胞挖出自己的心的勇士丹柯,到死也要飞上天空的苍鹰,就是那个在秋夜里给人赶出来的娜达霞,给自己写情书的杰瑞莎,为父母牺牲、自己跑到马蹄下去的小孩科留沙……也用他们那种任何黑暗势力所摧毁不了的爱的力量增加我们生活的勇气,鼓舞我们勇敢地投入生活的斗争中。

我的这些解释也许是多余的。高尔基的作品里并没有一点晦涩的东西。别的读者的收获不一定就跟我的收获不同吧。其实谈到高尔基的短篇,甚至谈到高尔基的一切作品,我觉得用一句话就够了。这是他自己的话。这是他在小说《读者》中对一个陌生读者的回答:"一般人都承认文学的目的是要使人变得更好。"

　的确,在任何时候读高尔基的任何作品都会使人变得更好。每一个高尔基的读者在他的作品中都会看到他那颗"燃烧的心",而且从那颗心中得到温暖,得到勇气——生活的勇气和改善生活的勇气。

海涅的讽刺诗

冯 至

海涅逝世,到今年整整一百年了,他在他的祖国和全世界一向受着两种完全不同的待遇。广大的人民对他是爱戴的,许多为人类进步事业奋斗的战士对他是尊敬的,但另一方面,所有的反动势力对他是憎恨的,在法西斯统治德国的时代,海涅成为纳粹匪徒们不共戴天的敌人。这两种完全不同的待遇,主要是由于海涅的立场分明,和他在讽刺诗中对人民的敌人的辛辣嘲讽与抨击所致。

1835年德意志联邦议会决议,禁止海涅和"青年德意志派"作家们的著作出版和流通。后来海涅这样说:"不是为了青年德意志派所宣传的危险思想,而是为了用以传播这些思想的为大众所欢迎的形式,人们对于这些'坏种',尤其是对他们的魁首,语言大师,宣布了破门之罪,人们迫害他,不是把他当作思想家,而只是当作文体家来迫害。我的朋友亨利希·劳伯会经把这个文体叫作文学的火药。这的确是一个好的发明,没有发明这种火药的下一代,至少会善于用这种火药来射击了。"海涅在这里并不是把思想内容和形式割裂,而是指出,若是没有好的"火药",无论有多么坚强的、"危险的"思想,也难以引起敌人的恐惧。敌人畏惧这些作家,迫害他们,禁止他们的著作流通,正因为他们有这种每发必中敌人要害的"火药"。海涅的讽刺诗就是一种"文学的火药"。

海涅是在浪漫派文学的影响下开始写作的。他开始写作时,正是维也纳会议结束不久后,德国的封建统治又趋于巩固的时代,全国分裂成三十六个大大小小的邦,各邦的公侯仰仗奥地利首相梅特涅的支持,镇压人民,迫害进步力量,钳制言论自由。而当时的文艺界,弥漫着浅薄的浪漫主义气氛:逃避现实,缅怀过去,美化中古的封建制度,成为反动势力的代表人。海涅在少年时代虽然受了浪漫派文学的影响,但他很早地就对它们表示不满,把这些浪漫派的文艺叫作"苍白的尼姑和夸耀门阀的骑士小姐"。他要求诗歌里有真实的情感,充实的内容和对生活的热爱。他用人民的语言,和谐的音调和鲜明的色彩写了许多活泼优美的抒情诗,这些诗里也显露了他独特的嘲讽的风格。这时他嘲讽的对象是小市民浪漫主义的非现实的梦幻。他常常郑重其事地描述那些梦幻,好像自己真是沉迷在梦幻里一般,但是写到最后几句,出人意料地指出面前的现实,把那空中楼阁完全推翻。《海中幻影》一诗就是一个显著的例子。

这首诗写诗人坐在船边,望着深深的海底,海里先是雾霭一样地朦胧,随后渐渐色彩分明,海底呈现出一个古代的城市,里边有各种各样的人们在走动,最后在一座老屋的窗前发现一个女子，正是他长久失落了的爱人。他喜出望外，要立即伸开两臂，跳下来拥抱她。这种浪漫主义的幻想，诗人写得非常认真，用了七十二行；但是当他正要跳入海水的时刻——

> 船长捉住我的脚，
> 把我从船边上拉回，
> 他喊着，又愤怒地发笑：
> "博士呀，你可是中了魔？"

海涅在另一首题作《问题》的诗里，写一个青年在海边上对着浪涛发出疑问："人有什么意义？他从哪里来？他向哪里去？谁住在天上边金黄的星星里？"诗人并且说，这些问题，从古埃及直到现在绞尽无数人的脑汁。这样看来，应该是很严肃的了，但最后的四句是：

> 浪涛喧腾着它们永久的喧声，
> 风在吹，云在奔驰，
> 星光闪闪，冷冷地漠不关心，
> 可是一个傻子等待着回答。

海涅在他早期的著作里很喜欢运用这样的手法，来挑破浪漫主义脱离现实的胰子泡一般的梦幻。恩格斯在《诗和散文里的德国社会主义》一文里说："海涅把市民的梦幻故意拧转到高处，为的是随后同样故意地使那些梦幻跌落到现实里。"抬得高，跌得重，是足以致那些非现实的梦幻于死命的。

1830年法国的七月革命给海涅以极大的影响，致使他在1831年离开祖国，到了巴黎。他在巴黎更多地接触到当时欧洲各方面的进步势力，创作的态度和方法起了很大的变化，尤其是在1843年和马克思认识以后，他的政治见解更为成熟。此后他的诗歌里对于脱离现实的梦幻的嘲讽就转变为对于德国现实的尖锐的讽刺了——这种讽刺也就是最使敌人感到恐惧的"文学的火药"。事实上，这种讽刺在海涅早期的散文著作《游记》里已经成为他的文体中一个重要的因素，但是他把它大量地在诗歌里运用，则是在30年代以后的《时代的诗》《德国——一个冬天的童话》《故事诗集》，以及一些晚年的诗里。

他在这些诗里讽刺的对象是德国专制君主的愚蠢和残暴、德国市民的麻木和怠惰、资产阶级急进派的狭隘性和妥协性。他的讽刺都具体、生动，没有空洞的言辞。他讽刺的方法是多种多样的，大致可以分为两类：一类是素描式的，另一类是漫画式的。

在他素描式的讽刺里，没有夸张，只是把他所要讽刺的事物如实地写出，很自然地便起了讽刺的作用，因为事物的本身就是讽刺。例如在《泪谷》一诗里，诗人描写一对饥寒交迫的男女，住在一家顶楼里，一夜寒风，断送了他们的性命。第二天早晨来了检察官，还带来了一个伪善的医生，医生给这两个尸体开了死亡证明书，最后——

> 他说，严寒的天气
> 结合着胃的空虚，
> 造成了这两人的死亡，
> 至少促进了死亡的速率。
> 他补充说，当寒潮来到，
> 毛毯保暖非常需要，
> 他还同样地推荐，
> 要有健康的养料。

这是资产阶级社会里实际的情况。看这为资产阶级服务的医生说的话是多么"真实"！诚然，这两个人是冻死饿死的，诚然，当寒潮来到，要穿得暖、吃得饱，这些话一点也不错。但是为什么会冻死饿死，怎样才能穿得暖、吃得饱，就无人追问了。而诗中的这样的描写，却能很自然地引起读者的追问，我们会感到这正如古代昏庸的晋惠帝看到人民饿死，而说"何不食肉糜"一般，是一个大的讽刺。

又如他写德国在 1848 年革命失败后的情况，是这样开始的：

> 强烈的风已经平息，
> 家乡又恢复了寂静，
> 日耳曼，这个大孩子，
> 又为了圣诞节树高兴。
> 我们现在要享家庭幸福——
> 更高的想望就要遭殃——
> 和平的燕子已经回来，
> 它曾经结窠在我们房顶上。
> 树林与河流都舒适地休息，

月光笼罩它们是多么温柔；
只有时一声响——是枪声吗？——
也许是在枪杀一个朋友。

这是一首较长的诗的起始的三节，前十行写出德国革命失败后所呈现的一片"太平景象"，但这景象是十分郁闷的。读到了第十一行，就使人感到，在这郁闷的太平景象后面，隐伏着多少阴惨而残酷的杀戮！

海涅的这种素描式的讽刺，是通过丝毫不加粉饰的真实的描写，来揭发反动社会的实质的。诗人对于诗的素材，只有选择，没有夸饰，如实写出，就具有很大的感人的力量。

但是，海涅也常常在漫画式的讽刺里，用夸张的手法抒写他对于丑恶事物的憎恨和愤怒。普鲁士政府是海涅深恶痛绝的，他认识到，军国主义的普鲁士的存在是德国人民的大不幸，它的势力的扩张完全是普鲁士王室狡狯地巧取豪夺的后果。德国民间传说里说，摇篮里的婴儿常常被妖魔偷去，调换一个丑陋的怪孩子。海涅说，普鲁士就是这样的一个调换来的怪孩子——

一个孩子有个大葫芦头，
浅黄的髭须，苍老的发辫，
蜘蛛般的长臂可是很强健，
有巨大的胃，肠子却又小又短

这是一幅普鲁士的漫画：第一行写出普鲁士的愚蠢，第二行是它的顽固，第三行形容它的侵略，第四行写它的贪得无厌，正确地表达出普鲁士的特性。所以马克思在谈到普鲁士王室的罪行时说："谁不知道海涅诗里的这个刻画呢？"海涅在这首诗的最后说：

我不用说出这怪物的名字——
你们都应该把他淹死或烧死！

海涅对当时德国人民的麻木和他们的奴仆思想，感到极大失望，他经常鞭策他们，他在一个"传说"里写一个骑士登上瑞士的高山，只听见——

……德意志鼾声如雷：
那里有三十六个君主。

他在他们温柔的监护下酣睡。这三行诗完全表达出了德国的沉闷状态。

海涅在《1649—1793》一诗里说，1649年英国人杀死英国国王查理一世，1793年法国人杀死路易十六和他的妻子，行刑时都太粗鲁、太残忍，德国人不知将要在什么时候处理他们的国王，到那时候，德国人决不会像英国人、法国人那样残暴，因为德国人是懂得深情的，他们在切断他们国王的头颅时，还是要戴德感恩，毕恭毕敬。

在19世纪40年代，随着人民对于政府的不满与革命形势的开展，产生了一些小资产阶级出身的革命诗人。他们缺乏革命的实践，不是不着实际地"左"倾夸大，就是右倾妥协，海涅对这样的诗人也常常给以讽刺。例如海涅对史瓦本的"乐观的"革命诗人赫尔威这样说过——

因为你飞入高空，
你眼里就看不见
地上事物——只在你的诗中
存在着你歌唱的春天。

但是后来普王威廉四世召见了赫尔威，这个革命诗人竟对普王发生幻想，向他要求给人民自由，海涅便以夸张的口气来形容这一次的"谒见"：

国王说："史瓦本人一向
爱他们祖国的国土——
告诉我说，是什么
把你从你的故乡赶走？"
"天天只有萝卜和酸菜，"
史瓦本人又回答，
"妈妈若是给我炖肉吃，
我也许在那里留下。"
"说出你的请求！"国王说。
史瓦本人于是屈膝跪下，
他喊道："啊，请您把自由

再还给人民,我的陛下!"

他于是向国王讲了一遍自由和人权的大道理,国王也深深地受了感动,史瓦本人用他的袖口擦去眼里的泪珠,但是,国王最后说:"一个美梦!——再见吧,你要更聪明一些;我给你两个伴送人,因为你是个梦游患者。是两个可靠的宪兵,他们把你护送到国境——我已经听到鼓声在响,再见吧,我必须出去阅兵。"一个谒见,就这样结束了:赫尔威向国王要求自由,国王派了两个宪兵把他押解出境,这是一个滑稽的漫画式的场面。海涅用了一定的夸张手法真实地写出了国王的和一个小资产阶级机会主义诗人的本色。

长诗《德国——一个冬天的童话》叙述了 1843 年海涅从巴黎到汉堡一路的见闻和感想,是一部诗体的旅行记。但这部旅行记与一般的旅行记不同,里面有直接的叙述,也有民间的传说和个人的幻想。无论是直接的叙述或是传说和幻想,都尖锐而深刻地讽刺了德国的现实。在这首诗里素描式的讽刺和漫画式的讽刺得到了美妙的结合。

海涅的讽刺诗决定了海涅作为一个革命的民主主义诗人在文学史里的崇高地位,它被称为"文学的火药",是一种有力的武器。它的每一次射击都有助于人民解放的斗争,海涅也因此在光明的世界里得到广泛的尊崇,在黑暗世界里遭到无耻的诬蔑。

1957 年

能深爱亦能深恨的威廉·布莱克
赵萝蕤

两百年前诞生的英国诗人布莱克(1757—1827),是一个伟大的空想家,又是个最可爱、最纯朴、最真诚的人道主义者。从他的诗篇里我们可以看到他的憎恶、他的喜爱。他心中有个理想的世界,在那个世界里人人都是诗人,人人都享有诗人的天真、谦卑与欣喜,没有帝王僧侣,没有战争。作为诗人,他何以使人崇敬,我想是因为他的思想与感情的彻底性,他从来不知道什么叫作妥协、疑虑和踌躇。他的风格具有天生的"神韵",而这种谁也模仿不来的"神韵"却正好是他的思想与感情的最高表现。比如他写了许多短小的抒情诗,称它们为"天真之歌""经验之歌"。他认为无论是人是物,最崇高最可爱的是它们天真朴素的本色,他写了许多诗献给花苞、春天、羔羊、新生的婴儿、黑男孩、扫烟囱的幼童、在草地上歌舞的孩子们。但是"持有政府特许证的"各种阴险暧昧的"经验",却悄悄地腐蚀了"天真",在大地上盖满了教堂,在友谊的田园里栽上了毒树,使美丽的玫瑰害了病,婴儿沮丧地躺在愁闷的父母的怀抱里,大街上行走着娼妓和赌棍。从此人就失去了原有的尊严,他怀着鬼胎,深藏心机,满面愁容。

若不是诗人自己的不妥协的天真,不迟疑的同情,又怎能写出《小羊》这样温柔的诗句呢?基督(上帝的"羔羊"),小羊与小孩具有同样的纯朴、谦卑与欣喜。假如创造小羊与小孩的是"上帝"的话,这个"上帝"是可敬爱的:

小羊,是谁创造了你?
你知道是谁创造了你?
给了你生命,又许给你食粮,
在溪水边,在草地上;
给了你一身悦目的衣裳,
最柔软的衣裳,绒毛在发亮;
给了你这样一副温柔的嗓音,
使所有的山谷都齐声欢欣?

小羊,是谁创造了你?
你知道是谁创造了你?
小羊,我来告诉你,
小羊,我来告诉你:
他的名字和你的一样,
他把自己也称作小羊。

他谦卑,他又和蔼;
他已变成一个小孩。
我是小孩,你是小羊,
我们的名字和他的一样。
小羊,上帝祝福你!
小羊,上帝祝福你!

"经验"来加以腐蚀后,小羊与小孩的欣喜一去不复返了。玫瑰害病了。爱情已不能再公开,疑虑渗入了心狱:

啊,玫瑰,你有病了!
那在怒吼的风暴中
在夜间飞行的
看不见的害虫
已经发现了你那绯红色的、快乐的园地;
他那阴沉、暧昧的情爱已摧毁了你的生机。

但是诗人不只写了许多深有情致的含有寓意的小诗,他那些描写现实的短诗和警句也一样出色。这也可以说是诗人的情感的两个不可分割的方面吧。他有深爱,也有深恨。他究竟是法国革命时期的人,属于资产阶级中进步的少数,与当时许多卓越的激进分子如普赖士、普卫斯特利、郭德文等常相过从。《伦敦》这一首非常杰出的诗里所表现的憎恶与恐怖的心情也是彻底的、深刻的、鲜明的:

我走过每一条持有特许证的街道,
靠近那有特许证的泰晤士河奔流的地方,

我注意看路上每一个人的面貌
都带着萎靡的颜色,都带着悲伤。

每一个成人的每一声呼吁,
每一个婴儿喊出的惊慌,
每一个声音、每一条戒律
都包含着心的镣铐的声响。

扫烟囱的幼童的叫喊
震撼了每一座日益昏黑的教堂;
那不幸的兵士的喟然长叹
鲜血一样地流下宫殿。

但是深夜的街上最常听见的
是那青年娼妓口中的怨言,
它枯竭了新生婴儿的眼泪,
瘟疫似的摧折了已经是悲惨的姻缘。

诗中的形象镌刻得多么鲜明,诗句的音节简直在铿铿作响。若是读者不表示同意,那就是译笔的拙劣了。布莱克的诗实在是最难翻译的。我感到这首诗几乎句句都好,但是最惊心动魄的是最后两节。第三节的强烈对比最显得突出。幼童身上的煤烟染黑了教堂,兵士的叹息转化为宫墙上的鲜血,宗教与战争的罪恶被形象化了,而且构成了一幅红黑交错的触目的图画。

有些人以为作为画家的布莱克比作为诗人的布莱克更为伟大。但是我想诗人与画家也是不可分割的。诗中的画意、画中的诗意是布莱克作品所以丰富的另一个重要原因,可惜我看画的眼力太浅薄了。在本文结束以前,我还想罗列一些十分卓越的警句。布莱克的警句酷似《伦敦》这首诗的风格,也是一样强烈、深刻、智机、简练、集中,有丰富的内容。例如《天真的占卜》一篇中有下面的警句:

乞丐的破衣在空中翻飞,
它会把天空也撕成破衣。
兵士背负着刺刀和步枪,

绝望时会去打击夏天的太阳。
穷人身边那个铜圆的分量
超过了非洲海岸的全部金矿。
从劳动者手里夺去的小钱
尽可以买卖吝啬人的庄园。

又有下列：

国家批准的淫妇和赌棍
造成了那个国家的命运。
响彻街头的娼妓的高呼，
将织成古老英国里尸的袍服。

不十分熟悉布莱克风格的读者可能感觉到有些奇突。然而这种奇峰陡起的警句风格却又正是督人猛醒、引人深思的最有效的方法。警句的头四行包含着一幅紧张的革命图画：褴褛的衣衫在空中飘飞着的穷人正可旋转乾坤，把天空也撕成一件百结衣；而那被帝王僧侣强迫武装的普通士兵走上了绝路时，也会与最猛烈的夏天的太阳一决生死。其余的八句同样赞扬了劳动者的力量，诅咒了领有国家执照的人的种种罪恶，并且预言这样的社会必然走向灭亡。

诗人有时喜欢和可厌的市侩们开玩笑。有一个名叫克罗麦克的艺术掮客头脑特别精明。他常常看中了布莱克设计的一些准备镌版的图样，以廉价买去，又偷让给一个比布莱克名气大的画家去利用，然后再从中牟利。这种伎俩他施展了不止一次，布莱克曾赠过他下面这一联警句：

我认识过一个缩头藏脸的丑角——
啊！克罗某某先生，你近来可好？

又赠一联：

克罗某某先生爱艺术家像爱口中的肥肉一样：
他爱艺术；但这种艺术其实是欺人的伎俩。

说明他思想的彻底性的,还有下面这些警句:

> 我不是一个荷马的英雄,你们都知道;
> 我认为对敌人没有仁慈的必要。
> 我只把仁慈给予我的朋友们,
> 借以补报他们对我的友情。
> 对敌人仁慈的人只能使他们的阴谋得逞,
> 还出卖了朋友,成了朋友的敌人。

翻译经验点滴

傅 雷

《文艺报》编辑部要我谈谈翻译问题,把我难住了,多少年来多少人要我谈,我都婉辞谢绝,因为有顾虑。谈翻译界现状吧,怕估计形势不足,倒反犯了自高自大的嫌疑:1954年翻译会议前,向领导提过一份意见书,也是奉领导之命写的,曾经引起不少人的情绪。一之为甚,岂可再乎?谈理论吧,浅的大家都知道,不必浪费笔墨;谈得深入一些吧,个人敝帚自珍,即使展开论战,最后也很容易抬出见仁见智的话,不了了之。而且翻译重在实践,我就一向以眼高手低为苦。文艺理论家不大能兼作诗人或小说家,翻译工作也不例外:曾经见过一些人写翻译理论,头头是道,非常中肯,译的东西却不高明得很,我常引以为戒。不得已,谈一些点点滴滴的经验吧。

我有个缺点:把什么事看得千难万难,保守思想很重,不必说出版社指定的书,我不敢承担,便是自己喜爱的作品也要踌躇再三。1938年译《嘉尔曼》,事先畏缩了很久,1954年译《老实人》,足足考虑了一年不敢动笔,直到试译了万把字,才通知出版社。至于巴尔扎克,更是远在1938年就开始打主意的。

我这样的踌躇当然有思想根源。第一,由于我热爱文艺,视文艺工作为崇高神圣的事业,不但把损害艺术品看作像歪曲真理一样严重,并且介绍一件艺术品不能还它一件艺术品,就觉得不能容忍,所以态度不知不觉地变得特别郑重,思想变得很保守。译者不深刻的理解、体会与感受原作,绝不可能叫读者理解、体会与感受。而每个人的理解、体会与感受,又受着性格的限制。选择原作好比交朋友:有的人始终与我格格不入,那就不必勉强;有的人与我一见如故,甚至相见恨晚。但即使一见如故的朋友,也非一朝一夕所能真切了解。想译一部喜欢的作品要读到四遍五遍,才能把情节、故事,记得烂熟,分析彻底,人物历历如在目前,隐藏在字里行间的微言大义也能慢慢咂摸出来。但做了这些功夫是不是翻译的条件就具备了呢?不。因为翻译作品不仅仅在于了解与体会,还需要进一步把我所了解的,体会的,又忠实又动人的表达出来。两个性格相反的人成为知己的例子并不少,古语所谓刚柔相济,相反相成。喜爱一部与自己的气质迥不相侔的作品也很可能,但要表达这样的作品等于要脱胎换骨,变作与我性情脾气差别很大或竟相反的另一个人。倘若明知原作者的气质与我的各走极端,那倒好办,不译就是了。无奈大多数的情形是双方的精神距离并不很明确,我的风格能否适应原作的风格,一时也摸不清。了解对方固然难,了解自己也不容易。比如我有幽默感而没写过幽默文章,有正义感而没写过匕首一般的杂文;面对着服尔德那种句句辛辣,字字尖刻,而又笔致清淡,干净素雅的寓言体小说,叫我怎能不逡巡畏缩,试过方知呢?《老实人》的译文前后改过八道,原作的精神究竟传出多少还是没有把握。

因此,我深深地感到:(一)从文学的类别来说,译书要认清自己的所短所长,不善于说理的人不必勉强译理论书,不会作诗的人千万不要译诗,不仅弄得诗意全无,连散文都不像,用哈哈镜介绍作品,无异自甘作文艺的罪人。(二)从文学的派别来说,我们得弄清楚自己最适宜于哪一派:浪漫派还是古典派?写实派还是现代派?每一派中又是哪几个作家?同一作家又是哪几部作品?我们的界限与适应力(幅度)只能在实践中见分晓。勉强不来的,即使试译了几万字,也得"报废",毫不可惜,能适应的还须格外加工。测验"适应"与否的第一个尺度,是对原作是否热爱,因为感情与了解是互为因果的;第二个尺度是我们的艺术眼光,没有相当的识见,很可能自以为适应,而实际只是一厢情愿。

使我郑重其事的第二个原因是学识不足,修养不够。虽然我趣味比较广,治学比较杂,但杂而不精,什么都是一知半解,不派正用。文学既以整个社会整个人为对象,自然牵涉政治、经济、哲学、科学、历史、绘画、雕塑、建筑、音乐,以至天文地理,医卜星相,无所不包。有些疑难,便是驰书国外找到了专家说明,因为国情不同,习俗不同,日常生活的用具不同,自己懂了仍不能使读者懂。(像巴尔扎克那种工笔画,主人翁住的屋子,不是先画一张草图,情节就不容易理解清楚。)

琢磨文字的那部分工作尤其使我长年感到苦闷。中国人的思想方式和西方人的距离多么远。他们喜欢抽象,长于分析;我们喜欢具体,长于综合。要不在精神上彻底融化,光是硬生生地照字面搬过来,不但原文完全丧失了美感,连意义都晦涩难解,叫读者莫名其妙。这不过是求其达意,还没有谈到风格呢。原文的风格不论怎么样,总是统一的、完整的;译文当然不能支离破碎。可是我们的语言还在成长的阶段,没有定型,没有准则;另一方面,规范化是文艺的大敌。我们有时需要用文言,但文言在译文中是否水乳交融便是问题:我重译《克利斯朵夫》的动机,除了改正错误,主要是因为初译本运用文言的方式,使译文的风格驳杂不纯。方言有时也得用,但太浓厚的中国地方色彩会妨碍原作的地方色彩。纯粹用普通话吧,淡而无味,生趣索然,不能作为艺术工具。多读中国的古典作品,熟悉各地的方言,急切之间也未必能收效,而且只能对译文的语汇与句法有所帮助;至于形成和谐完整的风格,更有赖于长期的艺术熏陶。像上面说过的一样,文字问题基本也是个艺术眼光的问题,要提高译文,先得有个客观标准,分得出文章的好坏。

文学的对象既然以人为主,人生经验不丰富,就不能充分体会一部作品的妙处。

而人情世故是没有具体知识可学的。所以我们除了加强专业修养,广泛涉猎以外,还得训练我们观察、感受、想象的能力,平时要深入生活,了解人,关心人,关心一切,才能亦步亦趋地跟在伟大的作家后面,把他的心曲诉说给读者听。因为文学家是解剖社会的医生、挖掘灵魂的探险家、悲天悯人的宗教家、热情如沸的革命家,所以要做他的代言人,也得像宗教家一般地虔诚,像科学家一般地精密,像革命志士一般地刻苦顽强。

以上说的翻译条件,是不是我都做到了?不,差得远呢!可是我不能因为能力薄弱而降低对自己的要求。艺术的高峰是客观的存在,绝不会原谅我的渺小而来迁就我的。取法乎上,得乎其中,一切学问都是如此。

另外一点经验,也可以附带说说。我最初从事翻译是在国外求学的时期,目的单单为学习外文,译过梅里美和都德的几部小说,非但没想到投稿,译文后来怎么丢的都记不起来:这也不足为奇,谁珍惜青年时代的课卷呢?1929 年至 1931 年间,因为爱好音乐,受到罗曼·罗兰作品的启示,便译了《贝多芬传》,寄给商务印书馆,被退回了;1933 年译了莫洛阿的《恋爱与牺牲》寄给开明,被退回了(上述二种以后都是重新译过的)。那时被退的译稿当然不只这两部,但我从来没有什么不满的情绪,因为总认为自己程度不够。事后证明,我的看法果然不错,因为过了几年,再看一遍旧稿,觉得当年的编辑没有把我幼稚的译文出版,真是万幸。和我同辈的作家大半有类似的经历。甘心情愿地多做几年学徒,原是当时普遍的风气。假如从旧社会中来的人还不是一无足取的话,这个风气似乎值得现代的青年再来提倡一下。

1958 年

读 拜 伦
——为纪念拜伦诞生一百七十周年而作
王佐良

有些作家可以通过选本去读,但是拜伦不在此列。他自然也有可选之诗:事实上,一般选家也总在选那些诗——《当我俩分离的时候》《这样我们就不去游荡了》《雅典的少女》等等,再加上一些从长诗里摘来的片段,如游瑞士而思卢梭和伏尔泰的几节,以及长诗中自成段落的篇章,如有名的《哀希腊》。这样的选本使读者以为拜伦只是抒情诗人,实则他写了许多别类的诗。他的主要作品是长诗,而长诗却不是一二片段所能代表的。还有一点,这类选本往往忽略了拜伦的散文,而拜伦的散文却是写得极好,极有细读价值的。

这类选本最大的问题还在于:拜伦的真面目无从显示,有些重要的方面给抹杀了。

例如他的革命精神。抒情小诗只使我们看见一个多愁善感的青年贵族。但是如果我们读读他的散文,读读他在反动势力大本营的英国上议院的第一次发言,就会发现这个青年从他政治生活的开始起就在谴责英国的统治阶级:

> 在我们听说这些人聚众生事,毁了他们的幸福,也毁了他们本身生存希望的时候,我们难道能忘记真正毁了他们的幸福、你们各位的幸福和所有一切人的幸福的是十八年来痛苦的政策和毁灭性的战争吗?原来制定这政策的"伟大的政治家已归道山",然而他们的政策却并未寿终正寝,而是活了下来成为生存者的诅咒,一直到第三代第四代而祸害未息!

在拜伦说话的时候,法国大革命还只是二十年前的事,英国资产阶级所组织的对法国的围攻正在激烈进行,英国国内产业革命正在加速完成,劳动人民和统治阶级之间的矛盾达到空前尖锐,一些敏感的文人看见局势紧张,已经害怕起来。著名小说家司各脱写信告诉诗人邵赛:"我们的脚下处处埋着炸药!"而邵赛这个御用文人又写信给一个亲戚,战栗地提到"我们有立时给陆德党徒割断喉管的危险"。陆德党徒就是当时给新发明的纺织机夺去了生计的织工,他们起来斗争了,到处在捣毁机器,英国资产阶级派大军去镇压,又赶紧制定着残酷的"破坏机器惩治法案"。拜伦在上议院里便为这些行动起来了的纺织工人辩护。

法案终于通过。拜伦在与统治阶级斗争的第一个回合里失败了,然而他却成功地揭下了他们的面具:

> 葡萄牙人在法军撤退之时吃了亏,每个人都立即伸手相助,每只手都送去金钱。其中有富翁的大宗捐款,也有寡妇的小小积蓄,一切都为了使葡萄牙人重建家园,免于饥饿。然而同时,就在此刻,成千上万误入歧途、极为不幸的同胞正在困苦和饥饿的绝境里挣扎。既然你们的善事从外国做起,那就应该在家里完成。

资产阶级总是资产阶级。当时英国的对外"援助"同第二次世界大战以后美国的马歇尔计划之类的东西何其相似!一样是在加紧剥削和镇压国内人民的情况下进行的,一样是为了扼杀革命,奴役外国人民的政治目的,而且同样失败了。拜伦在这里运用了对照的写法,而最后一句——将英国成语"善事从家里做起"颠倒了过来——又显示他从头起就是一个讽刺的能手。

就风格而论,这篇发言受到一般英国议院中演说惯例的束缚,遣词造句都比较堂皇,不是拜伦的典型笔法。要读真正具有代表性的拜伦散文,须到他的日记和书信中去寻。在那里,一切就像他那动人的谈话一样,随便、亲切,绝少文章的痕迹,然而写人、纪事、抒情、言志无不十分在行。打开他的书信集一看,我们又遇见了纺织工人:

> 你不是同陆德党徒离得不远吗?呵,上帝,只要有架可打的话,我立刻回到你们中间!怎么样了,那些织工——那些捣毁机器的人——那些政治上的路德教派——那些要求改革的人?

信是写给汤玛斯·摩尔的,时间是1816年12月24日。这时拜伦已经在上层社会的猛烈攻击和毁谤中离开了英国,到达意大利威尼斯,心情上十分痛苦,只待以当地一年一度的狂欢节来排遣。然而就在这样的时候,他仍旧记起了艰苦斗争中的纺织工人。而且,就在这封信里,紧接上引的几行之后,拜伦写下了似乎是临时一挥而就的《陆德党徒之歌》,号召他们学习法国革命志士的榜样,用刀剑代替织布机,杀死天下的一切暴君。正是在这种不加修饰的随意笔墨中,我们读出了拜伦的真性情。

然而他却永远不能回到英国。他的革命斗争采取了一个新的形式,很快他就卷入了在奥地利统治下的意大利人民的独立斗争。也是在一封写给汤玛斯·摩尔的信里

(1820年11月5日),他提到意大利人民正从那不勒斯开始起义抗奥,紧接着又是两节即兴诗,开始的两行宣告了他的著名的主张:

> 如果一个人在国内无自由可争,那么让他为邻邦的自由而战。

在写给另一个友人的信(1821年5月12日)里,拜伦透露了这样的情况:

> 最近我花在政治活动上的时间多过在其他任何事情的,因为那不勒斯的出卖和逃跑行为破坏了我们在这里所有的希望以及我们的准备工作。整个意大利都已经准备好了。

> 当然我不能袖手旁观。事实上我的手忙得很——注意我说的是我的手。但是现在我不能多说,理由你自会明白,一切人的一切信件都在受到检查。

拜伦不仅积极参与了意大利人民准备起义的活动,而且显然在奥国统治者的眼里他是一个重要的中心人物,因为像他在另一封信里(1821年5月14日)告诉汤玛斯·摩尔的那样,他几乎被他们派人暗杀:

> 上月有人要暗算我。(他们散发了一种报纸,来鼓动将我刺死,原因是我参加政治活动,教士们又传播一种消息,说我是同德国人——即指奥国人——作对的。)

如果我们将他的书信按照年代先后来大体涉猎一下,拜伦人格的发展便会明显地呈现在我们眼前。一开始,他描写意大利的风土人情,用一种半带嘲弄的口气报告自己的爱情生活,百无禁忌地评论英国社会上的头面人物,也曾骄傲地述说他自己的本领:骑劣马,打快枪,日驰八十英里而不倦,游泳一次可达五英里——我们记得他曾游过欧亚两洲之间的达达尼尔(海立斯庞特)海峡。但是他在实际斗争的锻炼里慢慢变得严肃起来。意大利人民的独立斗争虽然遭到了暂时的挫折,希腊人民的独立斗争又开始了。他有许多理由应该继续留在意大利:定居已久,健康不如以前,而且已在葛伊契奥里夫人身上寻到了一个比较了解他的爱人。但是他摆脱了一切,还是动身去希腊参战。这时候,拜伦显出他有了自知之明:

星期六我见着勃拉盖上尉和他那希腊同伴。我自然热诚地问了他们此行的目的,并且提出我也愿意在七月间去地中海一带,如果希腊临时政府认为我能有任何用处的话。作为一个军事人员,我毫无可以自夸之处。我也没有那位在汉尼拔(与罗马作战的古腓尼基名将)面前大谈战争艺术的哲学家那样的狂妄。一个外国人单独是起不了多少作用的,除非是作为当地实际情况的报告者,或替他们同他们在西方的朋友之间建立联系。在这些地方我也许会有点用处,至少我将努力一试。(1823年4月7日致霍勃好斯书)

如果一开头他是一个"拜伦式的英雄"的话,等到他担任了希腊独立军总司令的时候,他似乎已经获得了一种对于他是完全不调和的品质:谦逊。

但是我们必须回到他的诗。他的散文极好,明白他的为人也很重要,但是明白了只为使我们更能了解他的诗。

他的诗给人的第一个印象是,体裁丰富。撇开小作品不谈,他曾经写过这样一些体裁:纪游长诗如《却尔德·哈罗德的游记》,故事诗如《海盗》,诗剧如《曼弗列特》,讽刺长诗如《审判的幻景》及《青铜时代》,最后便是那部独一无二的《唐璜》。谈谈体裁是重要的,因为我们可以从中看出一些拜伦的特点。一是拜伦诗才的广度,他遍历各体,而体体都有成功之作。二是在拜伦手里,正如在其他革命的浪漫主义者的手里,诗是有一个实际的社会作用的:为日常生活服务,为革命斗争效劳。诗本来就应该紧密结合人生的。现代英美诗之走入毫无意义的个人的内心,在形式上又以晦涩来拒绝读者,只不过证明衰亡期的资产阶级文学早已背弃了革命浪漫主义的传统而已。

拜伦则用诗来达成政治目的。他和他的同辈——雪莱和济慈——同当时攀附权贵的文人之间的斗争是实有其事的,十分激烈的,而且一直进行到底,没有半点妥协。这里且不提《英格兰的诗人和苏格兰的评论家》一诗的前因后果,只以《审判的幻景》一诗为例便可说明此点。御用的桂冠诗人邵赛在英王乔治第三死后写了一首肉麻的追悼诗,题目就叫《审判的幻景》,描写那位曾与两大革命(美国革命和法国大革命)为敌的君王进入天堂的情景。他在诗的序言里提到"魔鬼派诗人",要求国会绳之以法。拜伦就是他所指的"魔鬼",对于这样的挑战当然不能置之不理,结果拜伦便以邵赛的原题,和了一首长诗回敬过去。

但是如果以为拜伦只是为了泄私愤而写此诗,那就大大误解这首诗的意义了。邵赛之可恶在于他是一个叛徒——他年轻时候曾鼓吹革命——和一个帮闲;拜伦在诗里主要是攻击乔治第三:

他永远同自由和自由人作战，
田家与私人，臣民和外敌，一视同仁；
他们只要喊一声"自由！"
便发现乔治第三是第一个敌人。

只在诗的后半他才提到邵赛，而他的出发点也是政治：

他曾写诗赞美杀国王的人，
他又写诗赞美一切国王；
他曾写诗拥护共和国，不论远近，
然后用加倍的仇恨将它们中伤。

受他攻击的不只邵赛，还有其他的反动的浪漫诗人如华兹华斯和柯勒律治，他们有着同样可耻的历程：从青年时代拥护法国大革命的理想到中年的反动的神秘主义。

拜伦自然也有描写景物，咏史忆古的诗篇，最著名的就是《却尔德·哈罗德的游记》。拜伦最初的声誉就建立在这首诗上面。第一、二两章出版之后，用拜伦自己的话来说，他"一天清早醒来，发现自己已经成了名人"。我们可以理解它之所以成功的原因：主人公的性格显得神秘不凡，他所游历的地中海一带的国家又有那样吸引人的异域风光，都是新鲜的东西。游记总是人们爱读的，何况这里是一个充满了浪漫奇思又善作惊世骇俗之言的青年诗人用铿锵的韵文写成的游记。这两章诗里虽有一个中心人物，却并不构成真正的整体。诗里的感情有些浮夸：莫名的哀愁，故作姿态的孤独感，都缺乏生活的真实；写法也比较抽象，典故较多，还用了一些古字、僻字。相形之下，写于离英之后的第三、第四两章就成熟得多了。游历者仍然保持他那使当代人倾倒的形象，但是他的感情变得真挚深沉了——诗人本人已经在同英国上层社会的冲突中尝到了真正的愤怒与悲哀，不再为赋新词强说愁了。写景也更生动，而且景也变了，不再是土耳其统治下的希腊等国，而是英国人更为熟悉的比利时、瑞士、意大利诸国；作者所依赖的不再是异域情调，而更多的是对历史事件和过往风流人物的咏叹——也就是大自然较少，而与人有关的事情增多了。拜伦虽说也是写自然的能手，但毕竟更善于写人，尤其是写那些与他的气质在某些地方有些相近的人。例如他写伏尔泰和吉朋（《罗马帝国衰亡史》的作者）的两段，便真正达到了艺术概括的新的高度，其中有关吉朋的两句以特别简练的方式说明这位历史家如何掘了基督教的墙脚：

> 他精炼武器,笔里藏刀,
> 摧毁了严肃的宗教,却只用严肃的——冷笑。

拜伦也有一件锋利的武器,与伏尔泰和吉朋的相同而又不同。相同的是他们用的都是讽刺,不同的是——除了诗与散文显然的不同以外——拜伦的讽刺还没有他们那样炉火纯青,背后也没有自觉的哲学体系,而更多地混合着一个年纪较轻的人的奔放热情。这不同也是他们时代的不同。拜伦在许多地方是喜欢18世纪的,如他对于蒲伯诗才的崇拜便是一例,但是他毕竟生在一个斗争更为尖锐的19世纪的初年,整个欧洲卷在争自由的浪潮里,他参加了实际战斗。如果在理智的逻辑性上拜伦的讽刺没有18世纪启蒙主义者的透彻,在情绪的感染力上他却更为有力量。

这也是说,拜伦的诗才是一种奇异的混合,既有讽刺,又有抒情。自然,很少诗人只有单纯的一种内容、一种形式,在拜伦自己,也是一开始就两体并存。1807年的《闲来无事集》是抒情,1809年的《英格兰的诗人和苏格兰的评论家》是讽刺。但是拜伦的特点在于:他越来越向讽刺发展,而在讽刺之中他又总要维持一定的抒情成分。他的作品的真正动人之处就在此。

表现在风格上的是,抒情诗富于音乐性,讽刺诗则带有浓厚的口语色彩。拜伦两者都擅长,但我们也同样可以看见一种发展:他越来越倾向于口语体,亦即与他的日记和书信一致的亲切、生动,运用自如的风格。但是,便到最后,这也不是他唯一的风格;在感情高昂的时候,他又放声高歌。

这种发展,这种风格上的混合,在长诗《唐璜》里达到了顶点。

《唐璜》在任何意义上都是拜伦的杰作,也是英国和世界现实主义文学里的杰作。

这是一首长达一万六千行的近代欧洲生活的史诗,一共有十六诗章,但是拜伦并未写完。虽未写完,拜伦对它已有充分的信心。他曾写信告诉一个朋友(1819年10月26日致金乃特书),开玩笑地说:

> 关于《唐璜》,那么承认吧,承认吧……它是这一类作品里最高无上的成就——它也许有点淫荡,但能说它不是好的英文吗?它也许有点轻浮,但能说它不是生活,不是恰到好处的真东西吗?

为什么他有如此的自信?这是因为就他完成的部分看来,《唐璜》已经完全实现了他的企图,那就是——我们仍旧用他自己的话来说——"总有一天《唐璜》会以其原来的用意而为世人所知,即它是对于现状下高尚社会的恶行的讽刺而不是对于道德败坏的歌颂"(1822年10月25日致墨雷书)。他用的方法是现实主义的,那就是"剥去……感情的幻象,将它和大多数别的东西一样加以嘲笑"(1821年7月6日致墨雷书)。

《唐璜》有一个故事。拜伦并未采用西班牙传说中的登徒子"唐璜",他的主人公"唐璜"是一个虽有弱点然而心地善良的十六岁青年。诗人使他经历了爱情,海行遇险,在希腊遇见一位情深如海的女郎,被卖到君士坦丁堡为奴,后来参加了俄军进攻伊斯迈利的大战而到了俄国,终于又从俄国被派出使英国等情节,并使他在这过程里成熟起来。用诗来说故事,这是拜伦向来擅长的。他曾在1813和1814两年之中,一口气写出了四个具有东方色彩的叙事诗,使原来也写同类作品的司各脱自愧不如,转而用散文写起历史小说来。叙事的成功是《唐璜》优点之一,例如关于伊斯迈利战役的描写,便是英国诗中少见的叙事典范。

但是作者之志不在叙事。《唐璜》不是一首普通的叙事诗,而是一首反映当时欧洲现实生活的讽刺史诗。故事或情节只给了诗以一个骨架,赋予《唐璜》以其特别情调的是叙事和评论的混合,而评论又可分为两种:抒情式的和讽刺性的。讽刺性的评论加强了诗的现实性,例如伊斯迈利之战之所以写得那样出色,一部分原因在于自始至终叙事就和拜伦的反战、反英雄主义的评论紧密结合,从而意义比单纯的叙事要深刻和丰富多了。

不是所有的评论都与叙事结合的,有些是题外之言。题外之言有其好处。当时欧洲的万象不是一个故事所能包含尽的,而且故事发生在1790年前后,亦即在时间上是有一定限制的。靠了题外之言,拜伦可以漫谈真人实事,并使诗里有两个时间并存:故事所发生的1790年和他坐下写诗的1818—1824年。这样他就可以摆脱故事所给予的束缚。将诗拉回到当前的时代中来。不仅如此,诗里还有两个主人公并存:故事里的唐璜和拜伦自己。唐璜是拜伦而又不是拜伦,或可说他是从前年纪更轻时的拜伦,他对于事物的反应是比较天真的,感性的;拜伦自己则比较老于世故,已有幻灭之感,然而仍是自由的斗士,决心撕下欧洲统治阶级社会的假面。前一个拜伦在故事里出现,后一个拜伦靠评论性的插入语来表达。由此可见,题外之言不仅仅使《唐璜》变得更加丰富,而且是使它获得更大的现实性。这种题外之言最多出现在每章的首尾。例如在第八章之尾,他忽然离开情节,向读者宣告:

> ……只要可能,连街上的石头
> 我也要教它们起来反抗暴君?
> 决不让人说:我们还向宝座低头。

这使我们了解拜伦,也了解当时的欧洲。又如在第九章之首,他谈到了与本题毫无关系的英国军阀威灵顿:

> 你真不愧"杀人越货数第一"。别急!
> 话是莎士比亚说的,对你也不冤枉。
> 战争终究是砍头劈脑穿肚破膛的手艺,
> 除非是师出有名,为了正义才把阵上。
> 如果你也曾有过一个仁慈的时期,
> 那也得由世界来判断,不能由世界的君王。
> 我倒很高兴知道有哪个幸运的人得过滑铁卢的好处,除了你和你的亲人。

滑铁卢之战在英国资产阶级眼里是威灵顿的丰功伟绩。而拜伦在这里直截了当地称之为杀人越货的强盗,另一个假面撕下了,我们对于当时——和今天——英国资产阶级的了解又深入了一层。

这些评论真人实事的片段不仅是《唐璜》的不可缺少的部分,而且展示了拜伦诗歌的真正成就。拜伦也常抽象地歌颂自然,感叹荣名与青春之易逝,但他最好的诗是写具体东西的。这也是他与雪莱和济慈不同的一点。他自己曾经说过:"不幸得很,我只能在对某人感到愤怒的时候才能画出他的真面目来。我不能只是'泛泛而言'。"(1820年9月9日致墨雷书)当时的反动派,从缔结不神圣的"神圣同盟"的国王们直到邵赛和华兹华斯等帮闲文人,都叫拜伦愤怒,也都被拜伦画出了真面目。最叫他愤怒的莫过于英国的上层社会,于是他用了《唐璜》最后整整的六章去撕下这个他最熟悉的"幻象"。在这里他集中地揭露了英国统治阶级在表面的文雅和礼貌之下的贪婪、荒淫、势利、庸俗和民族沙文主义——一切他所熟悉而憎恨的东西。

但是在写诗的时候,拜伦将他的愤怒和憎恨化成冷嘲热讽。这对他当时的敌人是更有效,更可怕的武器。而且这武器经过多次战斗的锻炼,也越来越锋利了。拜伦最可读的地方,正是他最固执地讽刺他自己时代的地方。他笔下的人名、地名、背景、隐射可能是我们所不知究竟的,但是他的讽刺的天才能透过典型的处境和典型的人物,常常一语破的,使我们的眼睛为之一明:

> 不错,现金就是阿拉丁的神灯。
> 国王们可以控制物资,但物质他们就无法管教,
> 而皱纹是该死的民主派,决不向他们讨好。

> 既然不是爱情,那么统治的就是现金,
> 而且是大权独揽,连学府也一律封门。
> 没有现金,无人当兵,更没有官廷;
> 没有现金,马尔塞斯就说:"那么不许结婚!"
> 谁操纵着世界?谁统治着国际会议,
> 不论是保皇党主办,或自由派召开?
> 谁激起了赤膊的西班牙爱国子弟,
> (使古老欧洲的全部报纸叫怨道哀?)
> 谁管束着地球,新旧世界都一体,
> 使它们一时欢乐一时愁?谁使政治越来越坏?
> 难道是拿破仑的英魂还在显灵?——
> 不,放债的犹太人劳斯蔡和开银行的基督徒巴林。

最后一节引文又可以使我们看清他所用的诗段是完全适合于《唐璜》的混合的内容和混合的风格的。这一诗段——意大利的八行体,韵脚的安排是甲乙甲乙甲乙丙丙,但为了适合英国诗的习惯他将原来的十一个音节改为十个,轻重相间,组成五个音步——他已在写《别波》一诗时试验成功,等到来写《唐璜》时,他已完全能够运用自如。这诗段的好处之一是前面六行之后,有互相押韵的两行来压住阵脚,或者小结全文,或者出人意料地忽来泄气的一行,将前面辛苦经营的种种一笔勾销。这就是所谓"倒顶点"的效果,在讽刺性题材上用起来特别合适。《唐璜》中嘲弄口吻之所以成功地传达出来,得力于这意大利八行体是很大的。至于拜伦用韵之险之奇,韵律之流畅,章节间联结之自然,以及全诗语言的戏剧性,我们也就不在此一一讨论了。

这一切,无非说明拜伦的真正的杰作是《唐璜》。在这首诗里,他糅合了各种体裁,而以讽刺为其基调。他这样做是为了更全面更深入地表达当时欧洲的现实。

拜伦的缺点也是显然的。如他自己所说,《唐璜》有"轻浮"的地方。当然,他是故意拿一些轻浮的情节来激怒伪善的英国统治阶级的,但是它们也反映了诗人本人不严肃的一面。在纪游长诗和《曼弗列德》之类的诗剧里,我们更看出拜伦不仅本人孤独、忧郁,并且将宇宙的悲哀放在自己肩上。这当中有故意夸大,将浮面的情感加以戏剧化的情况,但是无论如何,"拜伦式的英雄"不是别人的虚构,而是诗人自己的表现。最大的"拜伦式英雄"就是拜伦自己。

这个英雄反抗暴政,追求自由,但他就在参加实际斗争的时候,也还是一个高傲的"上等人",多少出之以君临天下的姿态。自由只是个人力量的突然爆发,自由本身就是至高无上的目的。在全部拜伦的作品里,我们看不见对于将来更好的社会的描绘。相形之下,与他同时的雪莱虽然诗才不及他广阔,语言不及他通俗,却比他探测得更深更远——尽管有柏拉图在制造云雾,雪莱的慧眼能够从曼彻斯特被残杀的工人的血污看向一个消灭了阶级的大同世界。这样的一瞥是我们在拜伦的卓越的诗篇里所见不到的。

拜伦在《唐璜》里反映的现实还不是完整的——例如已经在进行政治活动的工人阶级并没有出现——但是比起拜伦的别的作品来,也比起别的革命浪漫主义者的大部分作品来,《唐璜》是一种胜利:撕下欧洲尤其是英国所谓"文明社会"的假面的胜利。拜伦在很大程度上克服了自己思想上、艺术上浮夸、空洞、做作等非现实成分的胜利,也就是现实主义艺术的胜利。

拉格洛孚的《传奇》

叶君健

在19世纪的下半期,瑞典产生了两个世界知名的作家。一个是斯特林堡,另一个是拉格洛孚。斯特林堡出生于1849年,拉格洛孚出生于1858年。斯特林堡的一部最重要的小说《红房间》发表于1879年,拉格洛孚的一部最重要的小说《古斯泰·贝林传奇》发表于1890年。两个人出生的时间和最富有代表性的小说的发表年月,都相差十年左右。两个人基本上可以说是"同代人"。作为"同时代"的人的产物,说来也奇怪,这两部作品的性质却完全不一样。斯特林堡的《红房间》是一部自然主义的作品,而拉格洛孚的《古斯泰·贝林传奇》则是一部浪漫主义色彩非常浓厚的史诗。前者所写的是当代生活,后者所写的则是过去一代的历史传说。前者所代表的是当时欧洲文学中的所谓"主流",与法国的左拉遥相呼应;而后者则不过是一种具有乡土风的"地方故事"而已。

但这部乡土气息浓厚的地方故事,在这个自然主义流行的时代赢得了广大的读者。它所写的是作者故乡伐姆兰在19世纪20年代所发生的一些故事。主人公就是古斯泰·贝林。但这并非是一个环绕着他个人活动而展开的完整故事。相反地,他不过是许多可以独立的小故事中一个比较突出的人物。他是一个漂亮而又有才气的年轻人,在一个偏僻乡下的教堂里当牧师,因嗜酒而被革了圣职,成了无家可归的流浪汉。

伐姆兰省有一个大地主兼七个炼铁厂的老板名为"少校夫人"。她把他收留下来,作为她手下的一名"骑士"。她一共养了十二位这样的"骑士"。这些人都有头衔,大多数是退职的军官,因而在社会地位上是贵族。他们不事生产,过着一种悠闲的生活。对于大地主兼炼铁厂的老板"少校夫人"说来,这批"食客"是一种很好的装饰品。养着他们可以表示出她的慷慨、仁慈和好客,因而也可以间接提高她的社会地位和威信。当时有钱有势而没有贵族血统的财主们就喜欢干这类的事情。这几乎成为一种社会风气。

但是在一个圣诞节的晚上,这批"骑士"却发现了一个秘密:"少校夫人"并不是一个什么慷慨、仁慈和好客的人物。她养着他们是为了要把他们的灵魂去换取财产。原来她和魔鬼订了一个契约:她每年送给魔鬼一个"骑士"的灵魂,而魔鬼就保证她拥有广大的田庄和七个炼铁厂。这十二位"骑士"发现了这桩不名誉的交易以后,就逼着魔鬼和他们另订了一个契约:他们把"少校夫人"交给魔鬼,而魔鬼则把她的财产转手给他们,为期一年。在这一年中,他们并不斤斤计较于营利,因为他们是"骑士",不屑于干这类事情。他们"决不做出任何有愧老爷身份的事,任何入情入理,任何有用或者不够丈夫气概的事"。他们掌握了这批财产后,就整天吃酒、恋爱、跳舞、打猎……最后弄得生产停顿,田地荒芜,农民饥饿,差不多要起来暴动。这批靠别人劳动生活的人开始面临绝境,在生活和感情上感到空虚。在这一年的契约期满以后,古斯泰·贝林和他的朋友们慢慢地了解到,只有诚实地劳动,他们才有出路。于是他便和一位从贵族降到女用人地位的伯爵夫人结了婚,重新开始他的生活。

拉格洛孚用一种象征和富有诗情的笔调,把梦幻和现实、普通和神奇、朴素和豪华、平凡和伟大的事情,织成一系列有声有色和丰富多彩的故事。这些故事充满了民间传说中那种特有的热情、机智、幽默和夸张的描写,读起来很像古代北欧的"史诗"——作者把它们叫作"传奇"。在一个自然主义盛行的时代,这类的作品的确是一种异端。所以这部小说虽然受到广大读者的欢迎,却使当时以及后来许多批评家感到迷惑。只有当它被译成了丹麦文以后,素来着重以现实题材为作品主题的批评家乔治·勃兰克斯才发现它是一部重要的著作,而极力推崇它。这部浪漫主义气息浓厚的作品,在一个自然主义的时代,等于吹进了一股清风。它重要的地方当然不只是在于它的浪漫主义,而同时还在于它的现实主义——这是许多批评家一直没有看出来的一个特点。拉格洛孚通过这些"骑士"的活动描绘出当时整个贵族阶级的没落情景,同时也指出当时封建社会的必然衰亡。瑞典僻居在欧洲一个遥远的角落,虽然在拿破仑的时代,欧洲的几个大国如英国和法国的资本主义已经发展到了足以引起争夺市场的战争,但瑞典的贵族大地主仍然能偏安隅一地,维持现状。由于战争的需要,他们还能在一定的程度上得到保护,以继续维持粮食的生产,供交战国的需要。但自从1814年拿破仑战争结束后,欧洲分裂的局面趋于统一,市场开始活跃起来,交通运输也在加速发展,瑞典因之也就不再是一个偏僻的角落了。由于它的铁矿和水电资源非常丰富,在这个新形势的刺激之下,它的资本主义便也很快地发展起来。它的封建贵族和地主阶级便也相对地走向灭亡。

拉格洛孚在她的小说中所描写的,实质上就是这种衰亡的过程。有钱有势的"少校夫人"不得不放弃她的田庄和铁矿,成为一个流浪者。其他的贵族兼大地主,也都一一失去了他们的庄园,漂流到别的地方去。不仅他们的"命运"不好,经常遇见倒霉的事情,最后不得不失去他们的根据地;而且甚至他们的性格都变得非常粗犷、懦弱、无能和可鄙了。他们赌钱,打老婆,虐待儿女……完全失去了"贵族"的"特点"。在拉格洛孚笔下,我们隐约地感觉到"命运"在作弄他们,他们无法逃避最后的灭亡,虽然作者在主观上可能并没有这个想法。

拉格洛孚主观上并不是要否定贵族的,因为她对贵族还抱有许多美丽的幻想和憧憬。她所创造的一群"骑士"就是她这种美丽的幻想和憧憬的化身,特别是古斯泰·贝林这个人物。他会饮酒,会恋爱,处处受到人们的羡慕,随时得到妇女的青睐。他忠实于自己的感情,也忠实于别人对他的爱。他具有"贵族的品质",虽然他没有贵族的头衔;他是一个诗人,虽然他并不写诗。是的,他有时非常顽皮,甚至高度地不负责任,但在作者的笔下,这些似乎都不是缺点,相反地,这些事情倒使得他的性格显得更为豪放更为"可爱"。由于作者一定程度地看到了阶级势力的消长,也就这样安排了贝林的结局:为了自己的得救,他只好在这块被他的放荡行为弄得一团糟了的土地上定居下来,凭他双手的劳动,来获得他每天的食粮和精神上的安慰。"我要在工作凳上,在车床上工作。从今以后我要独立生活。如果我的妻子不愿意跟随我,我也不能勉强。如果有人把全宇宙所有的财富都献给我,也不能引诱我。我要过我自己的日子。现在我将要做而且永远做一个穷人,生活在农民中间,尽我的能力帮他们。"

与劳动和广大的穷人相结合是贝林的唯一出路。这一转变虽然不免显得有些突然,但是足以说明一桩事实:作者已经感觉到了她所处的时代的动向。这部在表现手法和题材上似乎是属于过去一个时代的作品,在这里就表现出了它强烈的现实感。这也是拉格洛孚所有创作中的一个特点,而《古斯泰·贝林传奇》却把这个特点典型地、集中地表现了出来。

拉格洛孚于1858年11月20日生于作为这部小说的背景的伐姆兰省的"莫尔巴加"的农庄上。"莫尔巴加"农庄是她祖传的一笔财产。她的家庭是伐姆兰省的望族,她的父亲是一个级别相当高的军官。她在这个农庄上度过她的幼年和少年,过着一种相当富裕和悠闲的生活。但她所处的时代正是瑞典资本主义高度发展的时代。贵族和广大地主的旧式炼铁厂被挤垮了,田庄被新兴的资本家夺去了,农民破产了,拉格洛孚的"祖业"也不得不变卖了。她在二十四岁的时候离开这块温暖的故居,独自一人迁到瑞典南部的一个滨海小城市兰斯克,就在那里当了一个小学教师,以谋生计。她自己所遭遇的就是一种"没落"的命运。

在另一方面,新兴的资产阶级获得了政权,像暴发户似的装腔作势,高视阔步,建立起庞大的银行和华贵的寓所,俨然是新兴的贵族。但是因为生产过剩,市场窄小,产品找不着出路,劳动人民因而也就找不到职业,再加之农村破产,广大的农民变得流离失所。在这种情形下,向美洲移民便成为当时的唯一出路。这样,许多善良的瑞典老百姓便背井离乡,远渡重洋,投向一个不可知的命运。拉格洛孚目击这群新兴暴发户的崛起,同时又亲眼看到广大人民的流亡。她的感情是复杂的。她怀恋过去,但同时又不得不正视现实。她的《古斯泰·贝林传奇》便是这种复杂感情的产物。它描绘出一个没落社会的缩影,同时也反映出一个思想跟不上时代的作者在一个大转变时期中的心情。它的客观的一部分是现实的,它的主观的一部分是浪漫的——这就是为什么这部作品是以浪漫主义形式出现的现实主义作品,而这种浪漫主义则是消极的。这也是拉格洛孚作品的缺点。

但这部书,像作者其他的作品如《尼尔斯骑鹅旅行记》一样,离开作者出生一百年后的今天,仍然为广大的读者所爱读。这不仅在瑞典是如此,在国外也是如此,这不单纯是因为它写得像诗一样美丽,像民间史诗一样亲切,也不单纯是因为它真实地反映了一个阶级的衰亡,而且是因为它还同时道出了纯朴的人民对祖国,对乡土的怀恋和热爱。当许多善良的劳动人民因为生活的逼迫不得不远渡重洋,投向一个不可知的命运的时候,这种爱不仅唤起了广大人民的共鸣,同时还产生出了一种积极的力量。瑞典一个半世纪以来没有参加过任何战争,这固然由于它的地理环境处于一个有利的条件,但瑞典人民热爱自己国土和尽力要使它保持和平的决心也起着很重要的作用。这一点也是瑞典和全世界进步人民今年热烈纪念拉格洛孚诞生一百周年的一个主要原因。

英国资产阶级革命诗人弥尔顿
——弥尔顿诞生三百五十周年纪念
杨周翰

弥尔顿(1608—1674)生活的时代是欧洲社会发展的转折点。1649年英国资产阶级革命在英国国内把专制君主查理一世送上了断头台,正式宣布封建制度的死亡,资产阶级政权的确立,给资本主义发展开辟了道路,在欧洲范围内,它促进了18世纪法国资产阶级革命前夕的革命思潮。但是英国资产阶级建立的共和国政权由于不能有效地镇压不断的人民起义,引起了大资产阶级和新贵族(资产阶级化了的贵族和成为贵族的资产阶级)的不满,成立了军事独裁,资产阶级革命领袖克伦威尔由共和国领导人一跃而为"护国主"。恩格斯曾说他是"由英国革命的罗伯斯庇尔变成了英国革命的拿破仑"。克伦威尔死后,大资产阶级企图恢复王权,把被砍掉头的查理一世的儿子查理二世从法国请了回来,1660年开始了封建复辟。

弥尔顿出身小资产阶级家庭,他的一生和当时的政治斗争紧密相关,他的诗充分反映了他的革命斗争精神。在求学时期,他向往于培根的推崇理性的哲学,不满意大学的经院式的课程。他以为求知识的目的在于"扩大人类力量的范围,去改变各种可以改变的事物(包括人类社会和自然界)","使人们能预见到生活中所能发生的一切"。

弥尔顿从剑桥大学毕业以后,他父亲希望他作牧师,但是因国教教会顺从统治王朝,他没有参加,而在父亲的田庄上度过了六年,钻研科学和文学。他在游历意大利时,曾遇见当时欧洲最先进科学的代表、受天主教迫害的迦利略。这次会见加强了他对封建统治的不满。五年后他在《致议会书——论言论自由》的小册子里曾叙述天主教如何统治欧洲,设立法庭,压制反对天主教的言论。他不止一次在诗里怀着崇敬的心情提到迦利略,称他为"图斯卡尼的艺术家"。在意大利,他自己也受到英国天主教"特务"("耶稣会士")的迫害,但是他毫无畏惧,毫无保留地坚持清教徒的信仰,在天主教的大本营罗马城中,公开地为新教辩护。他听到国内发生了内战,资产阶级革命势力和封建势力开始进行激烈的斗争,便终止了到西西里岛和希腊的旅行,回到国内。

在1640年以前,弥尔顿已经写了一些诗歌,接触到善恶的问题,表达了对英国社会生活,特别是对国教教会和僧侣的强烈不满。在革命的二十年中(1640—1660),弥尔顿几乎完全放弃了诗歌创作而全身心地投入政治斗争中,写了许多卓越的政论文章。这些文章都宣传了清教徒的政治思想,反映了广大人民反对封建贵族和大资产阶级的情绪。弥尔顿写这些文章是为了当时革命的需要,我们今天读来还能感到它们在当时的战斗意义。

在这些政论里,《致议会书——论言论自由》(1644年)是很重要的一篇。在内战期间,贵族、大资产阶级所形成的长老派统治着议会,他们害怕国内到处发生的农民起义,对国王作战的态度是妥协的。这种革命的不彻底性引起了人民——农民和城市贫民,甚至一部分资产阶级(独立派)的不满。独立派是由中等资产阶级、小资产阶级、中等新贵族组成的党派,他们想从"左"的方面领导革命,引起了广大人民和民主教派的同情,形成了一个和长老派对立的广大的反对派(领袖就是克伦威尔)。因此长老派操纵的议会便下令恢复出版检查制度,来消除反对派的言论,巩固自己的统治地位。弥尔顿的文章便是针对这一措施而写的。

弥尔顿在这篇文章里用生动、富有战斗性甚至讽刺幽默的笔调,根据历史经验,从人文主义传播学术的民主观点,很有说服力地指出长老派检查制度的愚蠢。他的中心思想之一是:检查制度是对全民不信任的表现,是对全民的侮辱。他问道,英国全体人民的聪明才智,他们的严肃认真的考虑和判断,难道抵不过少数几个检察官吗?这样,他在争取独立派利益的同时,也给广大人民的言论自由开辟了道路。有了言论自由,全民的政治生活才能保证。这篇文章在17—18世纪欧洲资产阶级民主派争取自由的斗争中起了重要的作用。在法国革命前夕(1788年),同情第三等级的贵族米拉波就写了《模仿弥尔顿的论出版自由》一文。在俄国1905年革命时期,弥尔顿论文的俄译本出现在尼日尼·诺夫格洛德的街头。

1647年,独立派由于在议会中的胜利而掌握了政权,进行了第二次内战,把查理一世俘虏。广大人民要求审判国王,1649年查理一世被推上了断头台。为了打破"弑君"的观念,提高革命的信心,弥尔顿写了《论国王和官吏的职权》一文,攻击长老派希望以妥协态度对待国王的倾向。他的理论是:人民和国王之间的关系是"自愿契约"的关系,国王不能满足人民要求,人民随时可以推翻他。这样,他便给资产阶级革命推翻君主提供了理论根据。

由于这些文章的出版,弥尔顿引起了国务会议的注意。1649年,他应约充任克伦威尔政府的"拉丁秘书",一直到1660年复辟。

查理一世被处死以后,在英国就出现了一本小册子,名为《国王书》,描写查理一世生前如何虔诚、慈爱、关心人民,企图骗得人们对已被消灭的封建王朝的同情。弥尔顿受国务会议的委托写了一篇批驳性的文章,名为《偶像破坏者》,他逐点揭露了小册子中违反事实的描写,用历史的事实和雄辩的理论根据,有力地打击了反革命对封建君主的歌颂。

同时，欧洲的封建反动势力也开始向资产阶级清教革命进攻，在欧洲大陆上出现了许多攻击年轻的资产阶级共和国的小册子和论文，目的是要在道义上、政治上孤立共和国。弥尔顿在1651年和1654年分别发表了《为人民声辩》和《再为人民声辩》两篇文章。

弥尔顿开始写《为人民声辩》的时候，一只眼睛已经瞎了，医生劝他停止工作，警告他如果继续工作两只眼都将失明。他回答说："我准备把我的眼睛献在自由的祭坛上。"

在这篇文章里，弥尔顿提出和《论国王和官吏的职权》一文相同的论点，认为人民是国家的主宰，"如果剥夺人民建立他们最喜爱的政府的权利，就是切断全部公民自由的命脉"。雪莱曾热情地说道："必须永远记住，神圣的弥尔顿是个民主主义者。"

由于贵族、大资产阶级害怕人民起义，酝酿复辟这一阴谋眼看就要成熟，倾向于共和国的人物纷纷逃离英国，或者力图粉饰自己，但是弥尔顿坚持了自己的立场，他批判那些人不知好歹，宁愿回到受奴役的状态，使革命的果实化为乌有，"使千万忠实勇敢的英国人的鲜血变成粪土"。

复辟（1660年）以后，弥尔顿被捕了。封建王朝见他双目失明，不能为害，罚了他一大笔款项，把他释放，但是他出版的书籍被反动政府焚毁，并且受到暗杀的威胁。他生活很贫苦，周围朋友不多。在实际行动不可能的条件下，他又重新拾起放下了二十年的诗歌武器继续斗争。

在他一生的最后十四年内，他用口授的方法完成了三部巨著：两部史诗《失乐园》和《复乐园》，一部希腊悲剧《力士参孙》。

《失乐园》是一首洋溢着革命热情的史诗，它有两个基本主题：撒旦和上帝的斗争；亚当和夏娃的"犯罪""堕落"和被逐出乐园。诗人的革命热情突破了狭隘的清教徒的宗教观，他冒了天大的不韪把上帝写成是暴力的化身。撒旦对随从他的天使们说道："在理智方面我们和他（上帝）并无差别，他之所以至高无上，完全是靠武力。"相反，反抗上帝的"叛逆"撒旦的形象却写得非常光辉，他在地狱里受到各种不能想象的惩罚和折磨——地狱是燃烧着一片火焰的洪水，永远冲击着，荒凉无边。尽管撒旦受着这种磨难，但是他始终坚持着不屈不挠的斗争意志，决不失望灰心，相反，他要继续反抗，他要报仇。"虽然在战场上失利了，但是并非一切都归失败，我还有不可征服的意志，报仇的心思，无穷的憎恨，永不屈服的勇气。"这是向胜利了的反动派发出的勇敢的挑战。

在夏娃和亚当的主题里，诗人又一次冲破了清教徒所尊奉的圣经传说的框架。传统的传说和进步的人文主义思想斗争的结果是后者占了上风。不错，亚当和夏娃违反了上帝的意旨，吃了禁果，受到处罚，被驱逐出乐园，这些都是传说所要求的，也是诗人开宗明义所表明的。但是,特别是在夏娃这一形象上,诗人违反了喀尔文派的"定命论",把夏娃写成一个有自由抉择、自由意志的人物,她的"堕落"不是上帝的意旨,而是她自己的选择。推动她去选择的是求知的欲望,她不满足于无知无识的快乐天堂生活,而是要掌握自己的命运,她宁可牺牲乐园,要求得到生活的意义,要知道什么是善,什么是恶,因此她就不顾天使和丈夫的警告,摘食了禁果。暴君的压迫使她丧失自由,但她并不灰心,她要靠她的劳动重新创造生活。通过夏娃的形象,诗人再一次表现了他对上帝的专制淫威的反抗,对未来的信心:亚当和夏娃虽然有一天会死(本来他们是不朽的),但是他们有了后代。诗人唤道:"祝贺你,夏娃,人类的母亲,一切生物的母亲","生命的泉源"。夏娃、亚当虽然失去了乐园,得到的却是全世界。

1907年鲁迅在《摩罗诗力说》一文中介绍了《失乐园》,指出其中反对奴役、要求自由的革命内容和弥尔顿突破清教徒狭隘宗教观念的"豁达"。

在《复乐园》里,耶稣占据了主要地位,他战胜了撒旦的各种引诱,恢复了乐园,拯救了人类。在耶稣的形象里体现诗人对革命的忠贞不屈,在复辟反动统治时期,他抵抗住饥饿的威胁,个人的权力荣誉的引诱,甚至不愿逃避到古典文学的象牙之塔里,他坚持了自己的革命理想:"把以色列从罗马人的奴役下拯救出来,然后在全世界消灭野兽般的暴力和傲慢的专制淫威,使真理得到解放,正义得以恢复。"他不满意克伦威尔所走的革命道路,继续批评克伦威尔的失败是由于没有群众基础,认为必须说服他们。但是尽管推翻专制暴政的理想是崇高的,单靠说理是不能达到目的的。

于是,在同年出版的希腊悲剧《力士参孙》里,诗人又重新起来战斗。力士参孙这《旧约》中的形象,在很大程度上是诗人的自况。他被妻子出卖给敌人,受到敌人的囚禁、迫害、侮辱,他抵抗住父亲和妻子的温情,他击退了敌人的侮辱和挑衅,复仇的火焰在他心里燃烧,他养精蓄锐,等待时机,果然时机来了,敌人要在节日看他表演,他扳倒敌人的宫殿,和敌人同归于尽。合唱队说出了类似哈姆雷特在临终时说的话:"让有肝胆的青年都来凭吊(参孙的陵墓),让他的事迹在他们胸中燃起无比的勇气和崇高的事业心"。

弥尔顿用这战斗的口号结束了他的战斗的一生。

弥尔顿是忠实的革命者、伟大的诗人和政论家。但是他的思想中有着很强烈的个人主义因素。无论是撒旦、耶稣、参孙,都是独往独来,看不出他们的力量来自何方。撒旦虽有许多天使伴随他,却仍然是"高高坐在帝王的宝座上",独自往返于黑暗混沌之中,独自"毁灭"了人类。他们都是些个人奋斗的"英雄"。历史证明,无论理想多么"崇高",只凭个人奋斗,失败是必然的规律。弥尔顿的思想表现了他所处的阶级和时代的局限。这落后的一面,也是应该指出的。

1959 年

关于莫里哀的《悭吝人》
吴达元

莫里哀生于 1622 年,是法国 17 世纪一位卓越的艺术家,他不单是喜剧作家,还是演员、导演兼剧团负责人。从 1643 年开始,他就组织剧团演戏,一直到 1673 年,像一个在战场上流尽最后一滴血的忠勇战士一样,从舞台上抬下来,回到家里便长辞人世。他一共写了三十多出喜剧,这些喜剧是世界文化宝贵遗产的一部分。现在北京人民艺术剧院所演出的《悭吝人》是他的最成功的创作之一。

《悭吝人》的喜剧情节是取自古罗马喜剧作家普劳塔斯(前250—前180)的《瓦罐》的。但这两部喜剧有根本上的区别。普劳塔斯生活和创作的时代是奴隶时代,他的悭吝人原先是穷人,悭吝人成为富人只因为他发现了一个装满黄金的瓦罐。莫里哀的悭吝人阿巴公是靠做买卖,特别是放高利贷,才发财的。他是一个十足的资本家,是真实反映当时法国经济生产发展的典型形象。莫里哀生活和创作的时代是路易十四专制统治的时代,是法国的"君主专制政体作为文化的中心,民族统一的奠基人而出现"的时代。当时,在中央集权,国王对一切臣民有无限权力的条件之下,法国工商业有了很大的发展。路易十四需要大量金钱进行侵略战争来满足他的穷奢极侈的享受,所以发展工商业。同时,他有必要笼络资产阶级,使他们成为他的封建统治的驯服工具,防止他们和反封建的农民结成联盟,和农民一起造反,所以他取采了保护工商业的政策。通过他的财政大臣柯尔伯的重商主义,中世纪的行会制度被破坏了,取而代之的是手工工场,大规模生产。亚眠附近的一个织造军用呢绒的手工工场有五千多工人,沃康松的丝织手工厂有一百二十台织机。资本主义经济生产蓬蓬勃勃地发展起来了,资产阶级一天一天地壮大了。莫里哀出身于资产阶级的家庭,他的父亲是巴黎大市场的装饰商,供应王宫内府装饰,获得"国王侍从"的称号。他对本阶级有深刻的认识。在他的喜剧里,他创造了不少资产阶级的形象。他嘲笑过企图用迷信愚昧为自己培养一个百依百顺的妻子的阿尔诺耳弗(《夫人学堂》),发了财便想高攀贵族,结果赔了钱又戴上圆头巾的乔治·当丹(《乔治·当丹》),羡慕贵族生活方式的茹尔丹(《醉心贵族的小市民》)等等。但最能深刻表现资产阶级的本质的还是《悭吝人》。

阿巴公是这出喜剧的主人翁。他是一个以放高利贷起家的资本家。资本家没有不爱钱的，阿巴公更不例外，他的吝啬发展成了绝对的情欲。他节衣缩食，一个铜子也不愿意花。他装穷，在儿女面前也装穷。他看不惯儿子的穿着打扮，疑心他偷自己的钱。在他金钱是比自己的生命还重。在第四幕第七场，他发现他埋在花园里的一万艾居被偷了，他便痛不欲生。在这个有名的独白里，他痛哭流涕地表示没有这些钱他简直活不下去了："全完了，我实在受不了啦，我要死，我死啦，我已经入土啦。"为了他的一万艾居，他闹得天翻地覆，把所有的人都看成贼："女仆、男仆、儿子、闺女，全得审，连我也得审。"他要开动国家的一切统治机器，替他找回他的命根子，他说："你们快来呀，调查员呀，警察呀，审判官呀，快来吧！拷问的刑具呀，绞架呀，刽子手呀，全拿来呀！"他要求把所有的人都绞死。如果找不回他的钱，他自己也得去上吊。这独白达到了喜剧的最高峰，阿巴公为金钱简直像着了魔，几乎成了疯子。这全完是合乎客观规律的。马克思说过："在资本主义生产方式的初期——这是每个资本主义暴发户必须个别通过的历史阶段——致富的渴求和吝啬当作绝对的情欲，在支配着"。路易十四统治法国的时代，正是法国资本主义生产方式的初期，阿巴公所走的道路正是马克思所说的"每个资本主义暴发户必须个别通过的历史阶段"，我们在他身上所看见的"绝对的情欲"正是资产阶级的本质。

莫里哀不但嘲笑了阿巴公的吝啬，而且还明确指出了资本主义的发展扼杀了一切人性的必然性。克雷央特恨他的父亲，因为据他自己说："我们的父亲在钱上对我们勒得那么紧，让我们永远在极端穷困的境况里受罪受苦，世界上还能有比这更残忍的事吗？"于是，这个出身资产阶级家庭的青年为了满足他的享受便不顾一切地求援于高利贷。想不到人家介绍给他的放高利贷者正好是他自己的父亲。克雷央特借钱，拿阿巴公的生命作抵押；阿巴公放高利贷，拿到手里的抵押品却是自己的生命。我们也许会想到实际生活哪有这样巧的事？但我们不能不承认这一场戏的舞台效果是好的。阿巴公和克雷央特之间的矛盾尖锐化了，也表面化了。同时，通过这一场戏，莫里哀让我们看到了几乎每一个资产阶级家庭都会或多或少地演出的悲剧。

阿巴公有了钱，也想享受享受男女之爱。他这个老态龙钟的老头子，看上了年轻貌美的玛丽亚娜，打算娶她为妻。他这个癞蛤蟆凭什么敢想吃天鹅肉？凭他资本家剥削得来的钱。资本家没有不把钱当作万能之神的，以为钱可以购买一切。阿巴公认为自己有钱，就可以买来爱情和婚姻，可以买来一个跪倒在他的金钱面前的奴隶。但他想享受又怕花钱。他想用钱买来一个年轻姑娘作妻子，又希望她带给他一些陪嫁钱，希望玛丽亚娜的母亲为女儿出嫁而"流一点血"。第三幕布置请客的一场，以及和媒婆福劳辛谈亲事的一场，对阿巴公的这种心理状态，表现得相当深刻。

除了揭露资产阶级的本质外,莫里哀在《悭吝人》里还提出了一个社会问题——婚姻问题。17世纪的法国社会是封建道德根深蒂固的封建社会。在这个社会里,儿女婚姻完全取决于父母之命、媒妁之言。父母往往为了个人利益牺牲儿女的幸福。阿巴公替儿子克雷央特选择一个寡妇,因为她有钱,结婚用不着他掏腰包;他打算把女儿爱丽丝嫁给一个"有经验又谨慎又老成,年纪没过五十"的人,因为他"有的是家财","他答应不要陪嫁费"。总而言之,他替儿女选择对象,首先要满足他自己的致富的渴求和吝啬的情欲;至于儿女的幸福,他连想也没想过。这样,问题就发生了。儿女的婚姻究竟应该照谁的利益为根据?封建家长的利益,还是儿女们自己的利益?这个社会问题,在法国17世纪,也只有在资本主义有了发展的17世纪,才提到日程上来,因为资产阶级要求生产力解放,要求发展生产的自由,同时也要求思想解放,要求婚姻自由。莫里哀经常在他的喜剧里提出这个问题,这是很合时的,他反映了时代的要求,对这个问题,他的答复一点不含糊,他反对封建制度给予父母的绝对权力,他主张儿女必须从封建家长制的淫威中解放出来。他证明自私自利的父母把儿女婚姻当作买卖对象是完全不合理的。他抨击以强迫为基础的封建式的婚姻制度。他为年轻一代争取爱情的权利,婚姻的自由。他的喜剧所表现的思想是进步的。

但,我们也要指出,莫里哀所创造的年轻人的形象,在《悭吝人》里和别的喜剧里相同,都是战斗意志不很强、软弱无力的人物。克雷央特和爱丽丝为了爱情和婚姻问题和阿巴公发生矛盾,克雷央特甚至有两三次和阿巴公起面对面的冲突,但他们绝不会和阿巴公决裂。我们从喜剧一开首便看得出,这些出身于资产阶级家庭的少爷小姐决不是下定决心把家庭革命闹个彻底的人。

克雷央特和爱丽丝的斗争既然是不很坚定彻底的,那么,他们怎能获得最后胜利?这不是靠他们自己的力量,而是靠一些仆人的力量。莫里哀在他的喜剧里创造了不少这样的艺术形象,像《唐璜》里的斯嘎纳勒尔、《昂非辛永》里的扫席、《伪君子》里的桃丽娜、《女学究》里的马丁娜、《心病者》里的唐乃特,以及《悭吝人》里的雅克和拉弗赉史等等。他们狡猾、聪明、灵活、快乐、爱嘲弄别人。他们虽然是仆人,但莫里哀给予他们和主人平等的地位,他们往往勇敢地提出他们的见解,而他们的见解总是非常正确的。雅克在第三幕第一场和阿巴公的一场谈话是很好的例子。不名一文的雅克爱他的马,宁愿从自己嘴里省下东西给它们吃,而腰缠万贯的阿巴公却在夜里偷自己的马吃的荞麦。在家庭发生矛盾时,仆人总站在新生力量方面,站在正义方面,和那些丧失了理性的、封建道德的代表者进行斗争,而且在斗争中,胜利总是属于他们,拉弗赉史看不惯阿巴公的吝啬,决心惩治他一下:他把阿巴公埋在花园的一万艾居偷走。他偷他的钱,不是为了自己,而是为了他的小主人。只要阿巴公放弃和玛丽亚娜结婚的妄想,只要他答应他的儿女的婚姻,他便把这一万艾居还给阿巴公。靠他的智谋,克雷央特和爱丽丝才战胜了阿巴公的吝啬和专制。

莫里哀是一位和人民群众有密切联系的艺术家。他是法国古典主义的作家,但他从来不让自己束缚在古典主义的狭窄范围里。他一直保留了自己的独立立场,摆脱古典主义的局限性和艺术偏见。古典主义有很多教条,强迫诗人作家遵守它们。莫里哀从来不理会这些教条,他的《唐璜》和《屈打成医》就不遵守古典主义的三一律。古典主义理论家布瓦洛要求喜剧作家"研究宫廷,而且认识城市",他认为只有宫廷和巴黎,只有贵族和布尔乔亚,才提供写作的对象。他不是不认可莫里哀的天才,他也曾写过热情洋溢的诗,赞扬过莫里哀的创作。但他不能欣赏莫里哀所创造的人民群众的形象。而且,当莫里哀走出古典主义的框子,走到人民群众中去寻找写作对象的时候,当莫里哀接受了古代法国人民的闹剧传统,写出了像《屈打成医》和《斯嘉林的诡计》这种富有人民性的剧本的时候,他便忍受不了,竟然向莫里哀提出劝告,要他"少做人民之友"。我们今天给予莫里哀很高的评价,说他的创作是世界人民的宝贵财产,这不单因为他创造了答尔丢夫、唐璜、阿尔赛斯特、阿巴公这些贵族和布尔乔亚的人物,也因为他的喜剧里表现了像雅克、拉弗赉史这些来自人民群众的仆人的高贵品质。

1960 年

欢迎日本访华话剧团

田 汉

当广州来的列车将要入站，汽笛虎虎轰鸣的时候，站台上等候已久的主人们，艺术团队的代表们早已响起一片热烈的掌声，盛装的姑娘们——其中有许多是中国舞台上的主力，举起手里的鲜花向右侧拥去——

日本访华话剧团的贵宾们已经下车了！

挤在人丛中的我也和村山知义、千田是也等几位老朋友拥抱了，和杉村春子、山本安英、岸辉子几位女士也握见了。千田兄很高兴地给我介绍了"日本的关汉卿"泷泽修同志，他是一位创造过许多杰出形象的著名演员。后来我也见到了《夕鹤》的作者木下顺二，《岛》的作者掘田清美，以及许多男女演员和舞台艺术工作者。这些人都是日本话剧界的精英。他们分属于日本历史经历和艺术风格不同的五个团体：俳优座、民艺、葡萄之会、文学座、东京艺术座，但此来结合成为一个诉合无间的整体，正如山本安英女士所说："五个剧团形成一个集团到中国去，这件事本身就有很大的意义。"远在 1934 年，村山知义团长就曾大声疾呼，提倡"新剧团大同团结"，如今他能率领这样团结像一个人似的话剧艺术代表团访问中国，一定感到很大的愉快吧。

当然，这样的大同团结之所以可能，主要由于在战后日本人民反对美帝国主义和国内反动派的斗争中日本戏剧界思想觉悟的普遍提高。几年以来，他们曾数次以几个团体的联合力量，演出过一些有战斗意义的戏，有时甚至还动员了电影界的同志参加。特别在反对岸信介反动政府签订"日美军事同盟条约"的斗争中，激起了广大新剧人的高度义愤，从白发满头的老戏剧家到青壮年戏剧工作者，真是不分男女老少都忠勇奋发地走向战斗的最前列，在反动统治者指挥"暴力团"（流氓打手）向示威群众袭击的时候，这些青年文艺战士还曾为了保卫老弱的示威群众与"暴力团"英勇格斗，此次访华话剧代表中，就有三位是那些次格斗中光荣的负伤者。

这样火热的战斗生活不可能不给日本的戏剧艺术以深刻的影响。这次日本话剧团带来的朗诵剧（他们叫"史普列希·柯尔"，"史普列希"是德文"说话"的意思，"柯尔"是"合唱"，这是二战后由苏联传入德国的一种以合唱朗诵为主的时事剧）《反对日美"安全条约"斗争的纪录》中就有这样的对话：

> 新剧人2：可以把人当玻璃一样敲碎的人们——
> 　　　　这些人们向行进中没有防备的我们袭击。
> 　　　　在一小时以前我们还不能相信会有的情景
> 　　　　现在出现在我们周围了。今后我们的艺术也该变吧。
> 新剧人3、4：会变的吧。不能不变吧。
> 女人6：我才知道，谁使用暴力。
> 女人5：我也才知道，工人学生们何以要剧烈地斗争。
> 新剧人2：我们不能不变。
> 全体人员：我们不能不变。

是的，日本人民不能不变，日本戏剧工作者也不能不变，他们中间的许多人已经断然甩掉相当长期使他们脱离实际、脱离群众、脱离革命的艺术至上主义走向街头、走向工厂、走向农村、走向火热的群众斗争，用他们的艺术为日本人民的独立、民主、和平、中立的斗争服务，这样不可能不大大改变日本戏剧的精神面貌。全世界进步人民，特别是中国人民，对伟大日本人民反美爱国斗争有很高的估价，对热烈参加这一伟大斗争的日本戏剧界同志们也有很高的敬意。这也就是何以在新中国成立十一周年国庆之际，热烈地特请这些日本戏剧战士访华演出的主要原因。

这些战士为了让中国同行们和北京市民们知道一些他们的战斗气氛，他们举起了在东京国会和岸信介官邸前面示威时用过的旗帜和一些标语牌，从北京车站步行到他们住的新侨饭店，沿途唱着《日本人民站起来》等战斗歌曲。我们由北京各剧院，剧团，戏剧院校，音乐、舞蹈院校以及部队文工团和兄弟民族文艺单位约五千人组成的欢迎队伍也从北京车站一直堵列到新侨饭店，敲着锣鼓，吹着喇叭，叫着各种欢迎口号，场景十分热烈。我曾感慨地对千田是也和杉村春子等几位说："很可惜土方与志和冈仓士朗两位都不在了，要是他们参加今天的队伍多好啊！"土方与志是日本革命戏剧运动一位有力的指导者，冈仓士朗是日本话剧界的名导演，葡萄之会剧团的支持者，木下顺二的《夕鹤》那样动人的舞台，就是他精雕细琢的结果。土方与冈仓两位在1957年都曾参加话剧代表团访问过中国，不幸他们归国后几年间先后下世了，这真不只是日本话剧界的重大损失！

日本话剧至今仍叫新剧，它与"新派剧"不同。日本"新派剧"有七十多年的历史，但新剧一般从坪内逍遥博士1906年成立文艺协会和1907年第二代市川左团次和小山内熏创办自由剧场算起,约有五十四年的历史。这跟我们的话剧运动的创立,从1907年由欧阳予倩等在东京演出《黑奴吁天录》算起是属于同一个时期的,固然欧阳予倩同志等最初主要受日本"新派剧"的影响,而与日本新剧的关系较浅。我们的话剧比较更恰当地和日本新剧运动相当的时期是在1919年五四以后。

半个世纪以来的日本话剧运动无论在剧本创作,表、导演艺术和舞台装置各方面都有优异的成就,这是有笃志宏愿和艺术才能的许多戏剧艺术家共同努力的结果。但战前在日本军国主义的反动统治下,战后在美帝国主义和日本反动派的控制和迫害下,日本进步戏剧的壮大发展是经历了很多艰难的。在侵华战争和太平洋战争中。许多进步剧团和戏剧组织被解散了。有名望的演员或被征去参加不义战争,死在前线(如友田恭助),或在广岛巡回演出中死于原子弹(如丸山定夫),许多进步演员、导演、剧作家曾受过许多迫害,有的曾被长期囚押。战前对日本新剧发展有过极大历史意义的筑地小剧场在战争中被炸掉了,至今还没有能重建。好容易节衣缩食建成的俳优座剧场,才只是能容四百个座位的小剧场。一些戏剧教育事业,也是在千磨百难中勉强维持它的存在。看到日本话剧界的今天,就像看到我们话剧界的昨天。我们也是从这样困难的日子里战斗过来的,因此也最懂得日本戏剧界同志们的困难。我们一定要帮助他们战胜这些困难,我们相信他们美好的明天也快要到来。

我们的话剧还没有出过国,日本新剧出国这也是第一次。但他们的演出一定会受到欢迎的。因为战斗的中日两国人民和中日两国艺术家的火力都指向一个共同的敌人——美国帝国主义。这次他们的访华节目,像村山知义团长的长篇剧作《死海》,就是写因美帝国主义强占千叶县铫子海岸作高射炮基地引起的日本渔民的反抗运动。几个活报剧像《反对日美"安全条约"斗争的记录》,就吐露了日本人民对岸信介卖国政府的火一样的愤怒;像《冲绳岛》,更直接反抗美军的残暴占领,并向日本本土人民,向全世界人民发出正义的申诉;像《三池煤矿》写日本最强大的煤矿工人组织怎样为保卫自己的生存权利、民主权利,与支持日美军事同盟条约的垄断资本家进行生死的斗争。

森本熏的《女人的一生》是文学座的看家戏,杉村春子演这戏有好几百场了。这是写一个穷孩子出身的布引圭子嫁给堤家成为经营对华贸易的女资本家,她手段毒辣,出于阶级利益所在,连自己爱过的小叔也不饶。不义的战争虽使她发了横财,终因日本战败,面对一片颓垣断壁她又一无所有,只剩下一只倒在砖瓦中发了锈的破保险箱,这应该是有一定暴露意义的好戏。

木下顺二是一位才华富赡,喜欢处理民间传说的剧作家。《夕鹤》写一只仙鹤为了报恩化成美女阿通嫁给贫苦农民与平,夫耕妻织过着幸福的日子。不幸的是,与平受贪利的商人的诱惑,逼着他妻子再织一匹千羽锦以便他有足够的钱上城市观光,而不知阿通是用她自己的羽毛做材料的。阿通勉强满足了她丈夫的要求,商人和与平都偷觑了她的机房,才知她果然不是人而是仙鹤。因而这可怜的仙鹤不能不割断她与人类的恩爱重向天空远引了。看过这戏的预演的同志们颇觉得最后的情绪有点抑郁。但一想到作者所处环境,就觉得作者这样处理也有其教育意义。

我有幸接触过日本初期的新剧运动,当我在东京读书的时候,正是岛村抱月和松井须磨子的艺术座活动的后期。我看过他们的主要演出。记得那一年流行性感冒猛袭东京,许多人病倒了。我也在小石川寓所卧病经月,从报纸看到岛村抱月病逝,接着须磨子也在演出中自杀,我在病床上感到很大的震动。但这是四十多年前的事了!

我对最近几十年日本的话剧艺术的进步心仪已久。直到今天才有这样集中欣赏的机会。

这次日本话剧节目如上面所说,主题题材是丰富多彩的,表现形式也各式各样:不只有正剧,也有朗诵剧;不只有十分写实的布景,也有样式化的舞台。以山本安英为首的葡萄之会剧团崇尚史坦尼斯拉夫斯基体系,而千田是也先生则对布莱希特有较多兴趣。当然日本话剧界对日本传统歌舞伎的研究和吸取也比较注意了。河竹繁俊氏指出日本新剧发展的某一阶段,曾与传统歌舞伎严重对立,但战后渐渐与传统歌舞结合交流起来了。在中国,这几年来话剧适应自己特点地批判地向传统学习也成为一种风尚,在实践上并取得某些可喜的经验,我们正朝着一种中国自己的艺术风格和艺术方法迈进。在这一点上有可供贵宾们参考的地方。为着在更多的观众中发挥更巨大的作用,中日两国的话剧似乎都有进一步群众化、民族化的必要。

作为话剧工作者,我衷心希望以这次为起点,加强中日话剧界进一步联系,并通过我们的努力,为中日两国人民的团结友好,为争取亚洲和世界的持久和平和社会进步作出卓越贡献。祝日本话剧团访华演出成功!

托尔斯泰的作品仍然活着
——1960年11月15日在苏联科学院文学语言学部和高尔基世界文学研究所纪念托尔斯泰逝世五十周年的学术会议上的发言

何其芳

　　五十年前,列夫·尼古拉耶维奇·托尔斯泰离开了这个世界,但作为一个伟大的天才的艺术家,他给我们留下的大量的宝贵的文学作品却仍然活着,而且将是不朽的。

　　广泛地反映生活,揭示生活中的重大矛盾和生活的复杂性、多样性,是托尔斯泰的创作的一个显著特色。托尔斯泰在自己的作品中以巨大的艺术力量描绘了整整一个历史时期的俄国社会生活的宏伟图画。他通过对许多阶层的人们的生活、心理状态、道德面貌和他们之间的复杂关系的描绘,深刻地表现了当时的俄国社会的特点,提出了许多重大的社会问题。中国的读者中很流行他的三部杰作:《战争与和平》《安娜·卡列尼娜》和《复活》,就首先给了我们这样的印象。

　　托尔斯泰是地主资产阶级的社会制度的无情的揭露者和批判者。他善于把对剥削阶级生活的广泛的描绘和无情的揭露巧妙地结合在一起,从多方面去揭发剥削阶级的生活的腐朽、虚伪和堕落。托尔斯泰的揭露的力量还在于他通过深入的心理分析,剥开地主资产阶级人物的冠冕堂皇的言行的外衣,使人们看到他们丑恶的本质。

　　托尔斯泰对地主资产阶级社会的无情揭露不仅表现在他直接描绘地主资产阶级的生活的场面中,而且也表现在他的作品里经常出现的剥削阶级的豪华的寄生生活和劳动人民的饥寒交迫的生活的强烈对照中。在他的后期作品《复活》里,他对地主资产阶级社会的代表,对这些阶级的社会制度,对维护这种制度的国家和上层建筑,如法庭、监狱、警察和官方教会等,进行了极其尖锐的揭露,并且否定了地主阶级的土地占有制。尽管《复活》里面也有某些弱点,某些破坏了他的艺术魅力的托尔斯泰式的说教,我们却不能不感到他的揭露和批判具有很大的力量。

　　托尔斯泰在他的创作中表现了对俄国广大农民群众的深刻同情和关于他们的命运的不倦思索。他描绘了俄国农奴制废除以前,特别是广大农民的悲惨生活和破产。托尔斯泰所描绘的农民生活的场面显示出,在俄国资产阶级革命的前夜,俄国农民的内心里面已经积累了无边的愤怒,而且这种愤怒情绪正在不断地增长着。托尔斯泰生动地表现了农民对土地和美好生活的渴望,表现了他们对地主老爷的敌视和谨慎提防的心理。在他的作品中,宗法制农民的思想情绪不只是表现在直接描绘农民生活的场面里。他在描画地主资产阶级生活的时候,也往往从农民观察事物的角度出发。在托尔斯泰的创作的后期,在他和贵族地主阶级上层社会的一切传统观点决裂后,他愈来愈多地接受了当时的农民的观点,他对地主资产阶级社会的批判也愈来愈深刻地表达了当时的俄国农民的思想情绪。

如列宁所说,托尔斯泰创造了俄国生活的无比的图画。在托尔斯泰以前的作家,很少像他那样反映的生活面非常广阔,而且把生活描绘得非常精细、逼真,一方面作了高度的集中和概括,另一方面又保持着像生活本身一样的复杂和丰富。像《战争与和平》那样波澜壮阔地表现了1812年俄国的卫国战争,表现了俄罗斯民族奋勇抵抗侵略者,表现了全民爱国热情高涨的宏伟作品,在世界文学史上是罕有的。托尔斯泰在《战争与和平》里描绘了一些很不容易描绘的大事件大场面,他写得那样有声有色。对于许多日常生活的描绘更是栩栩如生,十分吸引人。一般地说,他的描写比起前人来,更为展开,更为细致,更为准确。他所创造的许多鲜明生动的生活图画和人物形象,都给读者留下深刻的不可磨灭的印象。

说到《战争与和平》,在托尔斯泰的作品里面,我是特别对它有一种亲切的感情的。这不仅仅因为它是托尔斯泰的较早的作品,对于许多生活和人物的描绘有一种健康而愉快的色彩,不像他后来有些作品,有时不免流露出悲观的气息,而且是因为关于它我有一段不妨略为提及的回忆。还是做大学生的时候,我就从爱尔麦·莫德和他的夫人的英译本浏览过这部名著。然而由于当时的艺术思想和艺术鉴赏能力的限制,我是还不能认识它的巨大的价值的。我真正地认识了它,为它的艺术魅力所迷醉,是在抗日战争的初期。那时我和几个爱好文学的青年人,跟着党领导的人民的军队,当时叫作八路军,从山西西北部进军到敌后,一直深入河北中部的平原游击区。我们一到就遇到了日本法西斯军队的进攻。我们的军队就在这个平原地区和敌人进行游击战。经过了二十多天的不断夜行军,不断地和敌人战斗,打圈子,我们才打退了敌人的这次进攻,才争取到了一个短时期的休息。就是在这次休息的当中,就是在这个平原地区的一个村子里,我们在借住的人家里,发现了一部《战争与和平》的最早的中译本。这是一部并没有译完而且译得并不好的本子。然而我和几个爱好文学的青年都被它吸引住了。在这战争的间隙里,托尔斯泰所描写的那些很有性格的典型人物,娜塔莎和索尼亚,保尔康斯基老公爵和他的女儿玛丽亚,那些关于他们的场面以及其他许多明晰如画的动人的生活场面,给予了我们那样大的艺术的愉快,好像我们是第一次读托尔斯泰的作品,第一次发现人类的文学遗产的宝库里有这样一个伟大的作家的作品一样。

我们取得了抗日战争的胜利,又取得了解放战争的胜利。由于在解放战争期间,我曾经有过一段在老解放区做土地改革工作和其他农村工作的生活经验,全国解放以后我想学习写长篇小说。为了这个目的我重读了一些中国和外国的长篇小说名著。这一次又读了托尔斯泰的几部杰作。我更明确地认识了托尔斯泰在小说艺术上的巨大的成就:正如《红楼梦》是我国古典小说艺术的最高峰一样,托尔斯泰的几部著名的长篇小说是欧洲古典小说艺术的最高峰。托尔斯泰在长篇小说的创作上花费了巨大的劳动。他高度发挥了长篇小说这种样式的性质和功能,使它能够充分表现广阔复杂的社会生活。他善于多方面地描绘人物的性格,特别是善于描写人物的心理活动。他深入人物的内心,真实地描写出他们的思想活动和情绪的变化。在创作每一部长篇小说时,他都能够根据内容的需要,找到相应的完美的艺术形式。他具有惊人的组织能力。不管人物怎样众多,线索怎样纷繁,他总是安排得条理很清晰,而且总是写得情节和人物能够给人留下深刻的印象以后,才移笔去写另一个线索,因而从不显得杂乱。场景的变换和交替虽然那样多,他却剪裁衔接得那样自然,恰到好处。他的小说的结构庞大复杂,然而却是一个有机的整体。他所采用的表现手法是多种多样的,有不少新的创造。他在艺术上的探索非常严肃认真,每部作品都经过反复的修改。从留下的大量异文中,可以看到他一生辛勤的劳动。这或许是我的一种偏爱,我认为在许多古典小说的大师里面,托尔斯泰和曹雪芹的长篇小说的写法是最适宜于表现复杂而深厚的社会生活和思想内容的写法。然而他们的长篇小说的写法又是最不容易的、最需要功力的。没有非常丰富并非常熟悉的生活经验,没有十分过人的艺术才能,我们又是很难采取和掌握他们那种结构庞大复杂而又描写细致生动的写法的。

当然,我们是马克思主义者,我们从来不把历史上各种杰出的人物的出现看作是一种偶然的现象,看作是一种个人的现象。作为一个伟大的艺术家,托尔斯泰出现于19世纪下半期的俄国是有深刻的、社会的和历史的根源的。

列宁对于托尔斯泰的经典性的分析给我们指出了一条理解托尔斯泰和他的作品的红线。读了列宁的那些著名的论文,就是像托尔斯泰的思想和创作这种很复杂的现象,对于我们也不是什么难于剖析和难于理出头绪的事物了。列宁指出,托尔斯泰的创作活动主要是在俄国历史上的两个转折点之间:1861年农奴制废除后到1905年革命前。这是俄国社会起着急剧变化的时期。农奴制不断衰亡下去,资本主义在飞速地发展着,并渗透了俄国社会的每个角落。刚刚摆脱农奴制束缚的广大农民又被投入资本主义剥削的重扼下,他们大批破产、死亡,或流入城市出卖劳动力。农民问题成了这个时期一切问题的轴心。在这个时期里,历史把改变农民生活的状况的问题,把破坏旧的土地占有制的问题,把为资本主义的发展"扫清道路"的问题提到了第一位。这种急剧的历史的转折和这样巨大的历史的问题,必然要求在文学中得到反映。列宁说,一位真正伟大的艺术家一定会在自己的作品中至少反映出革命的某些本质方面。托尔斯泰正是应着历史的需要,在自己的作品里以无比广阔的生活画面反映了俄国第一次革命的历史特点,反映了这个时期的农民群众的长处和弱点、力量和局限性。

托尔斯泰的创作的成就和特点,是由俄国当时的历史条件所决定的,同时,同俄国和整个欧洲的文学的传统也有密切的关系。

俄国现实主义的文学从普希金以来,一直关心着俄国人民的命运,关心着各种重大的社会问题,和俄国民族解放运动紧紧相连。它反映了人民的愿望和要求。在社会斗争中,它总是站在广大人民的一边,成为揭露沙皇专制制度的有力工具。在他们的创作里,祖国和人民的命运、尖锐的社会矛盾等问题都得到了反映。从整个欧洲文学说来,现实主义和积极浪漫主义的传统是长久而又丰富的。对这个巨大的文学遗产托尔斯泰也有他的选择、爱好和学习。1952年,我第一次在莫斯科参观托尔斯泰博物馆,就见到过一个很令人感兴趣的陈列品。那是由托尔斯泰的女儿玛丽亚所草拟、并且经过了托尔斯泰亲自校正的对他发生过很大的影响的作品表。在那个作品表上,注明对他发生过"很大的影响"的不但有普希金的《欧根·奥涅金》、果戈理的《死魂灵》、莱蒙托夫的《当代英雄》中的《台曼》、屠格涅夫的《猎人日记》和格利戈罗维奇的《苦命人安东》等俄国作品,而且在荷马的《伊利亚特》和《奥德赛》、卢梭的《忏悔录》《爱弥尔》和《新哀绿绮思》、斯忒恩的《感伤的旅行》、歌德的《赫尔曼和陀罗特亚》、席勒的《强盗》、雨果的《巴黎圣母院》和狄更斯的《大卫·科波斐尔》等欧洲其他国家的作品的后面,都分别注明了有的对他发生过"很大的影响",有的对他发生过"巨大的影响"。托尔斯泰正是很好地继承了本国文学的优良传统,广泛地吸取了欧洲从古代到近代的杰出的文学的营养,并且在这样的基础上做了很大的创造性的发展和革新,然后取得了艺术上的巨大成就的。

列宁对托尔斯泰的创作的意义和价值做了全面的评价,对这个伟大作家在世界观方面的矛盾和两面性作了精确的分析,同时有力地揭露了和驳斥了当时沙皇俄国的官方报刊和资产阶级自由主义者对于托尔斯泰的虚伪的称赞,对于托尔斯泰的思想的消极方面的利用。列宁对于托尔斯泰的分析和评价是我们对待文学遗产的典范。在我们今天,要使托尔斯泰的天才的艺术品为千千万万人民群众所正确了解,并且保护他所留下的丰富的文学遗产不至于受到各种各样的歪曲,仍然需要进行斗争。

资产阶级反动文人和修正主义者对托尔斯泰的评价就是令人不能容忍的歪曲。他们企图在虚伪的赞扬中来贬低托尔斯泰。他们或者把托尔斯泰的消极方面加以理想化,鼓吹所谓托尔斯泰主义或者把托尔斯泰的思想说成是完全反动的,这样来宣传创作和思想无关的谬论。根据列宁关于托尔斯泰思想和创作中存在着矛盾的分析,我们认为,托尔斯泰运用了现实主义的创作方法,描绘出了19世纪后三十年俄国社会的广阔生活的图景,提出了那么多的重大问题,这正是由于他的思想中的进步因素在起作用。他的思想中的消极落后的一面,同样也表现在他的作品中。他创作中的弱点正在于他用了那些消极的和反动的观点去反映生活的某些方面。他的思想中的矛盾使他的创作表现出极端的矛盾:一方面反映了当时的广大农民的愤慨和抗议,使他的创作成为欧洲19世纪的现实主义小说的最高峰;另一方面却宣传"不用暴力去抵抗恶"和鼓吹宗教。正是他的思想中的消极和反动的一面削弱了他的作品的批判力量,也削弱了他的作品的艺术感染力。这种情况在《克莱采奏鸣曲》《复活》以及其他一些作品中都可以明显地看到。

不经过无产阶级的观点的分析,读者就分辨不清托尔斯泰的创作的弱点,同时也就不能认识它的真正的价值。经过了无产阶级的观点的分析,我们知道托尔斯泰的思想和创作中的矛盾正是当时社会矛盾的反映,而作为一个艺术家来说,我们仍然肯定他在世界文学的历史上做了巨大的贡献。

在我们中国,托尔斯泰是广大人民最喜爱的外国古典作家之一。我们知道,他对中国人民怀有深厚的同情,他对中国文化抱着很大的兴趣。他曾经和一些中国人通信。在1905年的一封信中,他说:"我对于中国人民是深为尊敬的,在可怕的日俄战争之后,这种感情更为增强了。"在次年写的一封信中又说,"近年来,在欧洲人——其中在相当大的程度上也包括俄国人——对中国人所犯的残暴罪行之后,中国人民的普遍情绪特别引起我的关心。"对于中国的文化,特别是哲学,他从19世纪70年代起就开始注意、研究。他还亲自编译过几种研究老子、孔子、墨子的著作。他的这种对于中国人民和中国文化的关心也在中国人民的心中引起了良好的反应。

当然,中国人民了解和喜爱托尔斯泰,主要还是通过他的作品。早在1906年,他的作品就开始被译为中文,在上海的刊物上发表。在1919年五四运动以前,以节译或译述的方式译成中文出版的就有不少作品,其中包括他的杰作《安娜·卡列尼娜》和《复活》。五四运动以后,托尔斯泰的作品译成中文的就更多了,评介他的创作的文章也渐渐多起来。他的戏剧创作也受到了注意。1921年出版的《俄国戏曲集》中就收有他的《黑暗的势力》和《文明的果实》这两个剧本。《战争与和平》的第一个未完的译本的出版是在1931至1933年。在以后的年代中,托尔斯泰的重要作品,不论小说、戏剧、回忆录、日记、书信或是文艺论文,都继续不断地与中国读者见面,其中大部分都有两种以上的译文。

中华人民共和国成立以后,由于社会制度的改变,由于党和政府的关怀,外国文学介绍工作获得了蓬勃的开展。许多托尔斯泰的作品的译文都根据原文进行了校订,有的还从原文重新进行了翻译。这样,就使译文的质量得到很大的提高。多卷本的托尔斯泰选集的出版工作也在积极准备。托尔斯泰的读者面是越来越扩大了。同时,以马克思列宁主义的立场、观点和方法来研究托尔斯泰的遗产的工作也有了一个开端。

中国的革命文学界对托尔斯泰一向是非常重视的。革命先烈瞿秋白对托尔斯泰的评价极高。早在1921～1922年写的《十月革命前的俄罗斯文学》中,他就说过:托尔斯"开人类文学史的异彩"。中国新文学的奠基人鲁迅在1932年写的《论"第三种人"》中特别强调托尔斯泰对当前写作的意义。

五四运动以后,由于处在新民主主义革命阶段的中国社会和俄国社会有许多相似之处,俄国现实主义文学的思想内容很容易为中国读者所理解,很容易引起他们的共鸣。托尔斯泰对地主资产阶级社会的无情的揭露和批判,他对当时的广大农民的疾苦的热烈同情,他对人民力量的高度重视,以及他作品中所洋溢着的深厚的爱国主义感情,都对中国读者起了有益的影响。

在艺术技巧方面,中国作家更认为托尔斯泰是一个光辉的典范。他们在学习托尔斯泰的艺术技巧上,是得到了很多益处的。名作家茅盾在谈到他的写作经验时说过,他写小说时的凭借是以前读过的一些外国小说,在俄国作家中间,他读得最多的是托尔斯泰和契诃夫。在今后,托尔斯泰的作品也仍然是中国作家学习技巧的一个宝库。

托尔斯泰离开这个世界已经有五十年了,但他的作品仍然活着。我们中国人民,将同苏联人民和全世界人民一起,坚决反对资产阶级反动文人和修正主义者对托尔斯泰的歪曲,根据马克思列宁主义关于批判地继承文学遗产的原则,吸取托尔斯泰作品中的精华,以丰富我们的文学修养,提高我们的写作技巧,为创造革命的社会主义的文学艺术而努力。

1961 年

莱辛的《拉奥孔》
朱光潜

关于德国 18 世纪启蒙运动者莱辛（Lessing，1729—1781）的《拉奥孔》(*Laokoon*)，我在选译其中主要章节之后所写的译后记里，已作过粗浅的评介，还有些未尽之意，现在补写在这里。

读任何一部古典著作，我们要经常想到两个问题：第一，这部著作对作者本人的时代有什么意义？第二，它对我们现在还有什么意义？对于《拉奥孔》，这两个问题是密切相关的，因为检查一部古典著作对我们现在的意义，为的是批判继承，而《拉奥孔》本身所要解决的也正是批判继承问题，它要研究像雕刻作品《拉奥孔》和浮吉尔描述拉奥孔和他的两个儿子被毒蛇绞住的诗那样的古典文艺，对于启蒙运动中欧洲文艺有什么意义。

《拉奥孔》的结论是：雕刻绘画之类造型艺术用线条颜色去描绘各部分在空间中并列的物体，不宜于叙述动作；诗歌（推广一点来说，文学）用语言去叙述各部分在时间上先后承续的动作，不宜于描绘静物。从表面看和从局部看，这个结论是对法国古典主义影响之下的侧重描写自然的诗歌以及企图描绘动作的寓言体绘画，所进行的批判；或者说得较广泛一点，它是对欧洲十七八世纪世纪之交所流行的矫揉造作，浮华纤巧的"螺钿式"（Rococo）的艺术风格，所进行的批判。莱辛要扫除宫廷艺术的影响，为启蒙运动所要建立的新兴资产阶级的文艺理想铺平道路。

莱辛写《拉奥孔》时有这样一个意图，这是众所公认的。但是《拉奥孔》还不仅在这个意义上是要解决对古典的批判继承问题的。问题还有更深广的一面。我们且回顾一下欧洲文化发展所经过的大略。欧洲在希腊罗马奴隶社会鼎盛的时代发展出一个光辉灿烂的文化，一般叫作"古典文化"。到了公元四五世纪，奴隶社会的基础以及在这基础上所建立的古典文化都日渐没落了，接着封建统治和天主教会结成了一个不大神圣的同盟，不但残酷地剥夺去人民的劳动果实和政治方面的自由，而且在神权淫威之下，否定了人在现世生活中的一切享受和一切意义。因此，在约莫有一千年的漫长时期中，文艺活动在禁欲主义的名义下几乎完全被窒息了。历史家们把这个教会统治一切的时代叫作"黑暗时代",并不是没有理由的。接着资产阶级社会随着工商业和城市的发展逐渐兴起来了,它要求一个适应新时代要求的新的上层建筑,新的文化和新的文艺。在文化上这个社会从中世纪所继承来的是一穷二白的情况,于是"向哪里去学习"就成为一个日益尖锐的问题。在当时人看来,对这问题的解决路径就只有一条:回过头向希腊罗马古典文化去学习。因此,就掀起了一个大运动,叫作"文艺复兴",所谓"文艺复兴",本来的意义就是希腊罗马古典文艺的复兴。在文艺方面,这个运动在意大利产生了但丁、薄迦丘、米琪尔·安杰罗、达·芬奇、拉斐尔等大师的光辉成果。在其他国家中,塞万提斯、莎士比亚和拉伯雷几位文艺巨人也是在文艺复兴运动影响下成长起来的。但是这个运动发展到 17 世纪的法国就流产了。流产的原因有两个:第一是封建统治和天主教会的势力在法国还特别顽强,而且在路易十四时代还来过一次临死前的回光返照。第二,在文艺复兴时代,人们虽热情地要求学习古典,但是对于古典的认识还是皮毛的,非常片面的。例如 17 世纪法国古典主义作家口口声声地说要向古人学习,究竟学习到些什么呢?他们学习到的是一套死板的"规则",例如戏剧要遵守三一律,主角要是社会上层人物,语言要"高贵",一切要维持"礼貌"(Decorum),例如在诗里说用"刀"杀国王和在舞台上演出凶杀的场面,都是被认为"不礼貌"的。这套规则据说是亚里斯多德在《诗学》里定下来的,其实大半只是从贺拉斯(Horace)到霸罗(Boileau)那一系列的"诗论"家假亚里斯多德的名义所捏造出来的。这些僵化的"规则"成为文艺的桎梏。法国 17 世纪古典主义就是在这种桎梏之下发展起来的。所以尽管康乃伊、拉辛,特别是莫里哀,都做出相当辉煌的成就,但是总的来说,法国古典主义文艺总不免令人起假山笼鸟之感,而且尤其重要的是:它基本上还是宫廷文艺,为封建统治服务的。由于这个缘故,我们才说法国古典主义是文艺复兴运动的流产。

启蒙运动者所面临的是法国古典主义文艺统治着全欧的局面。为着进一步推动文艺前进,使文艺更好地为上升的资产阶级服务,他们就必须打破这个局面。怎样打破这个局面呢?他们认为法国古典主义者拘守清规戒律,对希腊罗马古典文艺加以窄狭化、庸俗化和形式化,毛病正在于学习古典没有学好,没有抓住古典文艺的精神实质。因此,启蒙运动者要求对古典文艺有更深刻的了解,要求发现它的精神实质,于是就掀起一个加强古典学习的运动。这个运动在德国进行得特别活跃,文克尔曼(Winckelman,1717—1768)开了端,莱辛和海尔德(Herder,1744—1803)加以发扬光大,到了歌德和席勒便集其大成。《拉奥孔》就是在这样一种加强古典文艺学习的风气之下写成的,它所要执行的历史任务就在越过法国古典主义对古典文艺的那种皮毛的学习,进一步要求掌握古典文艺的精神实质,从古典文艺中继承真正值得继承的东西,来建立准备革命的资产阶级所要求的新文艺。这个历史任务启蒙运动者是出色地完成了的,在政治上他们为法国革命以及接踵而起的其他资产阶级革命做了准备,在文艺上他们为19世纪浪漫主义和接踵而起的批判现实主义做了准备。

就对古典的批判继承这一点来说,《拉奥孔》对我们现在还有很大的现实意义。它用法国古典主义那样生动的历史教训向我们指出:对古典的有效的继承要基于对古典的正确批判,而对古典的正确批判又要基于对古典的深刻了解;反之,对古典如果只有皮毛的片面了解,就无从进行批判,纵使进行批判,那种批判也会是皮毛的片面的,在这种情况之下的继承至多也只能像法国古典主义那样,不但继承不到真正好的东西,而且还会替自己套上一些僵化"规则"的枷锁。在我们批判继承中外优秀文艺传统来建立我们的无产阶级新文艺的过程中,这个历史教训是值得我们时时谨记在心的。同时,我们也值得谨记着19世纪浪漫主义和批判现实主义的光辉成就并不是凭空得来的,而是需要像狄德罗、文克尔曼、莱辛等人所做的那些辛勤的工作,作为准备。

莱辛在《拉奥孔》里所发掘出来的古典文艺的精神实质究竟是些什么呢?

头一条,文艺的确有规律,但是这种规律不是由谁去制定的,像假古典主义者所想象的那样,而是要在现实中去找,因为文艺是反映现实的(莱辛以前的人把"反映现实"叫作"模仿自然")。莱辛所找到的文艺规律是诗和画有区别,各有特性,诗宜于叙述动作,画宜于描写静物。这个规律他是从分析诗和画所用的不同的物质媒介(占时间的语言声音和占空间的线条颜色等)得来的。这条规律就肯定了文艺的现实基础。这是一个唯物主义的看法,在对为封建统治和教会神权服务的唯心主义的文艺进行斗争中,是一个有力的武器。

第二条,古典文艺的真正的精神实质在于它的人本主义,就是文艺要以人和人的动作为主要的描写对象(这不是资产阶级思想家所宣扬的"人道主义"),在造型艺术方面最高的美是人体美;在诗和一般文学方面,最主要的题材是人的动作,纵然要写自然美,也要通过人的动作或是通过它对人的关系和意义去描写,要化静为动。本来亚里士多德在《诗学》里早就再三强调过诗的对象是人的动作或"在动作中的人",但是这条基本规律偏偏被一些自称是"古典主义者"的人所忽视,到了莱辛才把它突出地指出来,这一点也说明了启蒙运动者学习古典,确实是比以前深入了一步。这条规律有哪些含义呢?它不但指出文艺中起决定作用的是内容,而且还指出这内容主要是人,这就肯定了文艺的社会性。人的尊严和自由在封建统治之下遭到了压抑和剥夺,人本主义的提倡是和启蒙运动要求人权的政治任务分不开的。

第三条,文艺不但在创作方面而且在欣赏方面都要有创造性和主观能动性,不是被动地抄袭自然或是被动地接受作品。莱辛一方面主张诗不宜于描写静物,画不宜于叙述动作;而另一方面他也承认诗也可以描写静物,只是要通过动作,通过效果,化静为动或是化美为媚;画也可以叙述动作,只是要选择动作过程中顶点前的那一顷刻,以便给读者留想象的余地。这个看法可以说是辩证的。由化静为动来说,创作就不是被动地抄袭自然;由给读者留想象余地来说,欣赏也就不是被动地接受作品;总之,这两种活动都需要一些创造性和主观能动性。本来莱辛的诗画异质说是针对着文克尔曼对古典艺术的看法而进行批判的。按照文克尔曼的说法,古典艺术无论是诗还是画,在表现激烈情感时,都还现出心灵的和平与静穆。莱辛反驳这个说法,指出古典艺术只是在画方面才避免激烈情感所伴随的丑相,在诗方面却并不如此,他从史诗和悲剧中举出很多实例,证明古典诗并不避免激烈的表情,因为在时间上先后承续的叙述就会把在空间中平铺的一目了然的丑相冲淡。歌德在自传式的《诗与真理》里提到莱辛的《拉奥孔》,记下来这样一段话:"须转向年轻一代人打听,才可以体会到莱辛用《拉奥孔》对我们产生了如何深刻的印象,这部著作把我们的心灵从忧郁阴暗的直观移置到光明而自由的思想境界了。"揣测歌德说这话的意思,也还是不赞成文克尔曼而赞成莱辛,不赞成所谓对"静穆"境界的直观,而赞成光明自由思想的能动作用。

这三条都涉及文艺理论的基本问题。其中头两条是我们所熟悉的而在莱辛时代却还是新的东西。奠定这两条原则在当时应该是一个很大的功绩。至于第三条,牵涉到我一直在主张的"客观与主观统一"的问题,在国内大多数人似乎还在反对,莱辛的看法对我们至少还有参考的价值。

《拉奥孔》对我们现在,还有什么其他意义呢?作为一个文艺理论工作者,我觉得在它里面学习到很多的东西。我觉得这部书是就具体问题做具体分析的范例,不像我们美学讨论者老是停留在概念里绕圈子。我还觉得这部书也是革命性与科学性结合的范例,具有启蒙运动者顽强斗争的精神,同时也表现出深刻的研究与谨严的逻辑。

这部书对于创作者有什么意义,最好是由创作者自己来判断。作为一个读者,我觉得这部书所牵涉的技巧问题还是值得学习的。就拿文学描写自然要化静为动这一点为例来说吧。我曾经根据莱辛的原则检查过我国的一些古典诗词,特别是山水诗和咏物词,我发现莱辛的原则是适用的。我也曾经根据莱辛的原则检查我国一些现代小说中描写自然的部分,我发现胪列现象的描绘往往是枯燥的,为着要尽快地掌握人物动作的进展,我往往把单纯描写的部分跳过去。但是在成功的小说作品中,作者总是自觉或不自觉地运用了化静为动的原则。例如《红旗谱》第一节写小虎子眺望滹沱河那两段:

眼前这条河,是滹沱河。滹沱河打太行山上流下来,像一匹烈性的马。它在峡谷里,要腾空飞蹿,到了平原上,就满地奔驰……

接着就写秋风的寒冷。从这两段描写,我们可以看出描写的两个基本原则:第一,自然景物宜于通过动作来描写,把死的写成活的;第二,自然景物的价值不在它本身而在它衬托出人物的心情(对乡土的爱,对砸钟的沉痛的预感,受压迫者的沉重的心事等等)和情节的发展(这条河和反霸斗争有紧密的联系,河的下山出谷奔流可能还象征农民革命运动的发展)。一般说来,小说宜侧重动作的叙述,描写部分宜压缩到最小量。《红旗谱》对于自然描写,一般恰到好处,没有堆砌的痕迹。如果拿《红日》来和它作一番比较,《红日》的描写部分就没有那样简洁而生动。特别是像莱芜战役那样一个紧张雄壮的局面,描写只要稍微多一点,就会把动作的速度放慢,使紧张的气氛松弛。但是《红日》里也有些比较好的描写,例如第三九节钱阿菊洗衣时那一段春天气氛的描写,是能映衬出人物心情的,而且那是在后方疗养的局面,和情景的发展也还是配合的。我想特别指出第四六节写战士们两天里在油泥地上行军的那一段,因为这可以说明自然描写中的一个问题:自然景物有时可以成为矛盾斗争的一方面,在小说中可以起人物的作用。以上的例子都可以说明莱辛的化静为动说的正确性。

纪念泰戈尔诞生一百周年

季羡林

印度近代伟大的作家罗宾德拉纳特·泰戈尔诞生于1861年5月7日,到现在整整一百年了。世界和平理事会把他列入今年纪念的世界文化名人中,号召全世界普遍纪念。印度,以及世界上许多国家都准备举行纪念会,并且出版泰戈尔的作品,发表同他有关的学术论文,展出他的绘画,欣赏他的歌曲,让大家认识这一位作家。

泰戈尔的才能是多方面的,他是诗人、小说家、戏剧家和散文家,又是教育家、画家和音乐家。通过他一生的辛勤劳动,他给印度人民留下了极其丰富的文学艺术遗产。他从少年时代起就开始写作。19世纪80年代、90年代,他常常到乡下去住,管理祖上遗留下来的田产,接触到了一些劳动人民,他自己说,他很喜欢这些淳朴的人民,同情他们的处境。在这期间,他写了不少的作品,小说和诗歌都有。这些作品里面的主题思想是反对封建主义。正如在别的国家一样,封建主义的表现形式是多种多样的。泰戈尔通过文学作品所攻击的主要是封建婚姻制度和种姓制度。就印度而言,这两种制度也确实有代表意义。

他在这期间所写的短篇小说里,主人公几乎都是由于封建婚姻制度而受苦受难的年轻的女孩子。在《河边的台阶》里,他把台阶人格化了,用它作第一人称来描写八岁就守了寡的女子苦森的不幸遭遇和她对于一个年轻的苦行僧的不幸的爱情。《还债》讲的是一个贫父嫁女的故事。父亲一定要把女儿嫁给一个破落贵族,自己没有钱置办妆奁,于是就负了债。女儿嫁过去以后,受尽了婆家的虐待。父亲去看女儿,连面都见不到。最后女儿终于被折磨死,而父亲的债还是没有还完。《弃绝》的主人公是一个低级种姓的女孩子,她冒充婆罗门同自己的情人结了婚。这件事终于给她公公发现了,她被赶出家庭。《摩诃摩耶》是一篇很动人的故事,一个年轻的女子被迫同一个垂死的婆罗门在火葬场上结了婚。婚后第二天她就成了寡妇,她又被迫自焚殉葬。人们把她捆起来,搁在火葬堆上。只是由于一阵突然袭来的狂风暴雨,她没有被烧死,可是脸上已经烧上了伤疤。她逃到自己的情人家里去,同他住在一起,只是有一个条件,就是不许他揭开她的面目。后来,在一个月明之夜,他终于看到了她的脸庞。她一怒而去,再也没有回来。《太阳和乌云》描写年轻的女子吉莉芭拉同年轻男子沙西布山的爱情。两个人本来就相亲相爱,可是由于种种原因,一直到吉莉芭拉成了寡妇,沙西布山从监狱里被释放出来,他们俩才重新相会。《赎罪》的女主人公是宾苔巴希妮,她嫁给一个洋奴买办兼骗子。她随丈夫从城市迁到乡村里去住,侍奉婆婆,毫无怨言,但仍然不能得她的欢心。后来丈夫偷了岳父的钱,跑到英国去留学,回来的时候,带回一个英国老婆。

不必再多举例子了,以上这几个例子已经足以说明泰戈尔通过文学作品反对封建婚姻的情况了。

泰戈尔是以诗人著称的。当他还是小孩子的时候就开始写诗。1881年,诗集《黄昏之歌》出版,受到了热烈的欢迎。不久又出版《晨歌》,文名大振。这些诗描写的多半是个人的感受,接触到社会现实的不多。19世纪90年代,他写了著名的《故事诗》。取材大体上有四个来源:佛教故事、印度教故事、锡光教故事和马拉塔及拉其斯坦的英雄故事。这些故事都是长期流行在民间,很有感人力量的。但是他并不是为了讲故事而写故事诗,他只是借古喻今,利用这些现成的故事来抒发自己的感情。他在这里面歌颂了反对宗教偏见,反对焚身殉葬陋俗的宗教改革家,歌颂了漠视种姓制度的婆罗门,歌颂了为国捐躯的将军,歌颂了同外族统治者顽强斗争,视死如归的男女英雄们。这些诗长期以来就流行在印度民间,而且选入中小学课本中,对激发印度人民的爱国热情,起了一定的作用。

在1905年到1908年印度民族独立运动的高潮中,泰戈尔投身到这个运动中来,写了不少热情洋溢的诗歌,一直到今天,还为广大印度人民所传诵。

以后,在比较长的时期内,泰戈尔过着半退隐的生活。在这期间,他写了不少神秘气息、宗教气息比较浓厚的诗歌。在这里,诗人用生动的笔法把孟加拉的自然风光描绘到纸上来。这里有静夜、清晓;有七月淫雨的阴沉,四月晴天的芬芳;有争奇斗艳的繁花,花丛中展翅的蝴蝶;有天空的闲云、潺潺的流水;有微笑的繁星、淅沥的夜雨;有夏天的飞鸟、秋天的黄叶。总之,展现在我们眼前的是一幅花团锦簇、五色斑斓的图画。

20世纪初叶,他写了几部长篇小说,主题思想基本上同短篇小说和诗歌是一致的。1902年写成的《沉船》是一部反封建主义的小说。主人公是两对情人:哈梅西和汉娜丽妮,纳里纳克夏和卡玛娜。如果没有封建婚姻制度从中作怪的话,他们本来是可以顺利地结成眷属的。就因为这种制度的存在,所以才酿成沉船的悲剧。悲剧发生后,故事的发展很富于传奇的色彩,出现了很多现实生活中不容易发生的偶合的事件。最后,经过了种种的波折,有情人终于成了眷属,作者给了这个故事一个喜剧的结局。但这丝毫也没有减低对那罪恶的社会制度的控诉。

1907年到1909年,他写成了另一部优秀的长篇小说《戈拉》。在这一部书里,他塑造了一个热爱自己的祖国的知识分子的形象。他是一个虔诚的印度教徒,遵守种姓制度严格到可笑的程度。他对祖国必然会获得自由抱有坚定的信心。他说:"我的祖国不管受到什么创伤,不论伤得多么厉害,都有治疗的办法——而且治疗的办法就操在我自己手里。"对于一个生长在殖民地半殖民地的知识分子来说,没有奴颜婢膝的媚骨,相信办法就操在自己手里,这是一个十分可贵的品质。泰戈尔也没有忘记塑造一个反面人物,戈拉的对立面,这就是买办洋奴哈伦。他除了皮肤颜色以外,完全英国化了。他认为印度民族是没有出息的,他把英国书上侮辱印度人的句子背得烂熟,以高等印度人自居。泰戈尔在他鼻子上涂上了白粉,在书中给了他一个地位,让他催人作呕。一般人都认为,这是一部批判现实主义的作品,它一直到今天还为印度国内外读者所欢迎。

至于泰戈尔的戏剧,情况同小说和诗歌稍稍有所不同。一方面,他写了不少的具有现实意义的作品。另一方面,他还写了一些象征剧,像《红夹竹桃》《暗室之王》等等,这里面也出现了劳动人民,甚至工人,但是这些剧本究竟何所指,实在无从确定。反而是那些混合剧本与抒情诗的短剧,像《齐德拉》《修道士》等等,倒能给人以清新的感觉。

在形式方面,贯穿在泰戈尔所有的作品里的是鲜明的民族形式和民族风格。这是和他的爱国思想分不开的。泰戈尔一向主张民族间要交流文化,互相学习。在他的作品里,我们也确实可以找到一些西方文学的影响。但是,在他的作品形式方面占主要地位的是印度的民族传统。这种传统包括两个方面:印度古典梵文文学和孟加拉民族文学。他的诗歌融会了这两方面的影响,吸取了两者的精华,又加以发扬,形成了独特的风格。他从很早的时候起,就尝试着用孟加拉人民的口语来写诗,这是以前从来没有过的创举。音乐性很强的生动流利的孟加拉口语赋予他的诗歌以清新健康的气息和新颖的节奏。他在这方面的成功影响了不少同时代的印度诗人,他们也改用人民的口语写诗了。他的诗歌之所以一直到今天还为孟加拉人民广泛传诵,原因也就在这里。在短篇小说方面,他也接受了孟加拉民间讲故事人的一些优秀的技巧,因而创造出一种把抒情诗与故事结合起来的清新朴素的风格。结构简单,语言精练,着墨不多,但感染力不小。他的戏剧也受到了古典梵文剧本和孟加拉民间戏剧一些影响,保留了混合歌舞与抒情诗的特色。

总起来说,在印度近代文学史上,泰戈尔是一位杰出的作家。一方面,他热爱自己的祖国,希望她能得到独立自由,他对劳动人民和低级种姓的人民是同情的。但是,另一方面,我们也不能忘记,他的思想中不可避免地会有一些消极性的东西,而这些东西也不可避免地会反映到他的作品中去。

最后,我们还必须说一说他同中国的关系。1881年,他才二十岁的时候,就曾写文章痛斥英国殖民主义者从印度运鸦片到中国去毒害中国人民的罪恶行为,他把这样的英国人称作"强盗"。中国同印度在历史上有过几千年的文化交流的关系,我们两国人民互相学习,因而丰富了彼此的文化。在最近一百多年以来,两国人民都在西方殖民主义的剥削与压榨下忍受痛苦。我们对彼此命运的关心,是完全可以理解的。泰戈尔非常欣赏中国的文化,他给予中国文化以很高的评价。通过翻译,他读了很多中国文学家和哲学家的著作。1924年,他曾到中国来访问,从中国回国以后,就大力提倡研究中国语言文学。

我们中国人民同样是爱印度人民的。我们尊重印度人民创造出来的文化,我们也珍视我们的传统友谊。我们从1915年起就开始介绍泰戈尔的作品。1949年中华人民共和国成立以后,这种介绍工作又得到了进一步的发展。通过泰戈尔的作品,我们中国人民了解了印度人民生活的情况,了解了几十年前印度民族主义者活动的情况,欣赏了印度,特别是孟加拉大自然的绮丽绚烂的风光。我们今年举行纪念会,纪念泰戈尔诞生一百周年,又出版了十卷《泰戈尔作品集》,目的也就在于促进两国文化的交流,加强两国人民的友谊。瞻望中印两国人民友谊的前途,我们充满了信心。

阿尔巴尼亚文学的光荣斗争传统

戈宝权

　　阿尔巴尼亚是个有着光荣斗争传统的国家。好多个世纪以来,英勇的阿尔巴尼亚人民在保卫祖国和反对异族侵略的斗争当中,就始终表现着无比的英雄气概。正因为这样,阿尔巴尼亚人民一向把自己的国家称为"山鹰之国",是绝非偶然的。阿尔巴尼亚的文学,也是有着光荣斗争传统的。好多个世纪以来,它的发展就和阿尔巴尼亚人民反对异族侵略和奴役统治、争取民族解放和保卫祖国语言文字与文化的英勇斗争,紧密地相联系着。它不仅是这一英勇斗争的记录者和反映者,而且是这一英勇斗争的歌颂者和鼓舞者。这个光荣的斗争传统,就像一条红线似的,贯穿在整个阿尔巴尼亚文学——从古远的民间口头文学一直到今天的社会主义现实主义文学——的发展过程当中。

　　就拿在阿尔巴尼亚民间流传的许多古远的叙事诗来说吧。这些口头流传的作品,最早是在14至15世纪形成的,其中歌颂了像杰尔吉·爱列兹·阿里亚、穆伊约、哈利利、恰芳纳克的女儿等许多英雄人物的形象,他们不是斩掉了海外来的巨怪,就是战胜了恶毒的敌人,保卫了自己的祖国和人民。这些英雄人物,可说是阿尔巴尼亚人民的英勇形象的集体化身。在他们身上反映出了阿尔巴尼亚人民和外来的敌人所进行的英勇斗争,同时也体现出了阿尔巴尼亚人民对美好的幸福生活的憧憬。

　　14世纪末叶,土耳其人侵入阿尔巴尼亚,从那时起一直到1912年为止,热爱自由的阿尔巴尼亚人民就和土耳其的奴役统治者,进行了五个世纪的不断的斗争。其中尤以阿尔巴尼亚人民英雄斯坎德培从1443年起所领导的将近二十五年的英勇斗争,更是阿尔巴尼亚人民光荣斗争史上最辉煌的篇章。当时在民间曾出现了许多歌颂人民英勇斗争的歌曲,其中有不少的歌曲都是讲到斯坎德培的。在斯坎德培逝世以后,阿尔巴尼亚人民重新陷进土耳其人奴役的枷锁,但是斯坎德培的光辉形象,永远活在人民的心中,被歌唱在人民的口中,差不多阿尔巴尼亚所有著名的诗人,都写过诗歌来颂扬他。

　　从19世纪初叶起,在阿尔巴尼亚展开了广泛的民族解放运动,文化和文学也随着有了很大的发展。1878至1912年这个时期,在阿尔巴尼亚的历史上一向被称为民族复兴时期。就在这个时期的前后,在阿尔巴尼亚涌现出了一批有名的诗人、作家和学者,他们从事启蒙运动来教育人民,他们用激励的诗句来唤起人民的民族觉醒。像诗人耶罗尼姆·德·拉德搜集和编辑了阿尔巴尼亚的民歌和叙事诗;像被称为"阿尔巴尼亚文学语言之父"的康斯坦丁·克利斯托福利地编纂了阿尔巴尼亚文词典;像爱国诗歌的作者瓦索·巴夏·希科德兰尼写出了"起来吧,阿尔巴尼亚人!"的激昂的诗句。

在这个时期中,纳伊姆·弗拉谢利和安东·萨科·恰佑比是两位最伟大的诗人,同时也是阿尔巴尼亚文学史上最辉煌的名字。纳伊姆·弗拉谢利把他的一生都献给了阿尔巴尼亚的启蒙运动,他编辑教科书来教育人民;他写的著名的长诗《畜群和耕地》,歌颂了祖国美丽的大自然和人民的辛勤劳动,唤起人民对祖国的无限热爱,并且号召人民起来为了争取自由解放而斗争;他还曾用假名写了一部由二十二首歌曲组成的长诗《斯坎德培的历史》,来歌颂这位伟大的人民英雄。他再三号召阿尔巴尼亚人民要热爱祖国的语言,呼吁作家和诗人要用祖国的语言写作。他在《我们的语言》一诗中写道:

> 响亮的阿尔巴尼亚的语言呀,
> 你在今天就是我们的旗帜!

安东·萨科·恰佑比长时期流亡埃及,他在自己的著名的诗集《父亲托莫里》(山名)当中,写出了阿尔巴尼亚人民在土耳其人奴役统治下所受到的压迫、痛苦和他们对自由解放渴望的心情。他用热情的诗句来号召阿尔巴尼亚人民:

> 阿尔巴尼亚人,威武地站起来吧,
> 勇敢地粉碎枷锁,
> 决不要轻放过敌人!
> 向祖国宣誓,
> 要记住热爱和大无畏的精神。
> 一步也不后退!
> 追随着斯坎德培的道路前进!
> 让这个信念永远成为
> 战士和爱国志士们的支柱!
> 决不要害怕土耳其,
> 也不要信赖希腊,
> 怀着大无畏的精神,
> 投入保卫祖国的斗争!

> 阿尔巴尼亚人，快去冲锋陷阵，
> 祖国在号召你们！
> 你们应当像个男子汉！
> 要么，高兴地狂欢；要么，在疆场上献身！

19世纪末叶至20世纪初叶风起云涌的民族解放运动，终于使得阿尔巴尼亚人民从土耳其人的奴役枷锁之下获得解放，但是接着不久，阿尔巴尼亚人民就又遭到本国的阿赫默德·索古的封建主的反动独裁统治。随着新的政治情况的发展，20世纪的20年代和30年代，在阿尔巴尼亚的文坛上就出现了新的革命文学，它的旗手就是杰出的革命诗人米吉安尼。米吉安尼当时接近了阿尔巴尼亚最初的共产主义小组，并且毫无动摇地选择了自己在革命斗争中的道路。他的创作生活虽然是短促的，但他继承和发展了阿尔巴尼亚文学的光荣斗争传统，用他自己所写的《自由的诗》，号召青年人去从事革命斗争。像他在《我们是新时代的儿女》一诗中，就用这样的诗句来燃烧起每个青年人的激动的心：

> 我们是新时代的儿女，
> 我们抛弃了"神圣的"往日的旧衣，
> 我们紧握着拳头，
> 要在新的战斗中，
> 光荣地去迎接胜利。
> 我们是新时代的儿女，
> 我们的心头烈火燃烧，充满自豪，
> 我们要投进决死的战斗，
> 要在斗争中最后取得胜利！

1939年以后，意大利和德国法西斯军队先后侵占了阿尔巴尼亚，于是阿尔巴尼亚人民继承了好多个世纪以来的光荣斗争传统，起来抗击侵略者。1941年11月8日，以恩维尔·霍查为首的阿尔巴尼亚共产党（现名劳动党）成立，它的号召有如一声春雷，响彻了阿尔巴尼亚的穷乡僻壤，全国人民一致团结起来进行反对意、德法西斯的英勇民族解放斗争。经过五年的艰苦抗战，阿尔巴尼亚全国终于在1944年11月29日获得解放。在这个英勇的民族解放斗争当中，阿尔巴尼亚很多的作家和诗人，都和人民同命运、共呼吸，参加了游击战争，用自己的充满激情的作品和诗歌来鼓舞士气，用自己犀利的笔锋来打击敌人。像诗人拉扎尔·席里奇在《我的诗歌》一诗当中就这样写道：

> 当战争、残暴、奴役和贫困
> 永远从大地上消逝了的时候，
> 我的诗歌才会响出芦笛的甜美的歌声。
> 但在这个日子没有来到以前，
> 像雷声在山谷里轰响，像炮声震撼着苍穹，
> 我的诗呀，震响起来吧，号召人民去进行斗争！

这个民族解放斗争当中，也曾有不少的作家和诗人，其中就有年轻的诗人凯玛尔·斯塔法，为祖国的自由解放而英勇献身。

当阿尔巴尼亚人民最后战胜意、德法西斯并且全国获得解放之后，他们又在阿尔巴尼亚劳动党的领导之下，从事恢复国民经济和建设的社会主义的工作。阿尔巴尼亚的作家和诗人也投身到这一新的斗争中去，用自己的文艺创作来积极参加社会主义的建设。他们在自己的作品当中，歌颂过阿尔巴尼亚人民英勇斗争的过去，现在他们又开始在自己的作品当中，描写阿尔巴尼亚人民为了建设社会主义而斗争的今天。十七年来，在阿尔巴尼亚的文坛上，先后出现了不少的新人，涌现出了很多优秀的作品。假如说，在解放以前阿尔巴尼亚的文学当中，诗歌占着主要的地位，那么在解放后的阿尔巴尼亚的文学当中，就出现了中篇小说和长篇小说。像在小说方面，代表作品就有季米特尔·舒泰利奇的长篇小说《解放者》、斯泰利奥·斯巴塞的长篇小说《他们不是孤立的》和《阿菲尔蒂塔回到了村庄》、金·杜什的长篇小说《威良村的道路》、法特米尔·吉亚泰的中篇小说《丹娜》和长篇小说《沼泽地》；在诗歌方面，代表作品就有谢夫凯特·穆萨拉伊的长篇讽刺诗《巴雷·康毕塔尔的史诗》、安德烈·瓦尔菲的长诗《党的儿子》、科尔·雅科伐的长诗《维加的英雄们》、法特米尔·吉亚泰的长诗《游击队员班柯之歌》、阿列克斯·恰奇的长诗《这就是茂柴却》、拉扎尔·席里奇的长诗《普利什丁纳集中营》《客人》《教师》和歌颂祖国解放十五周年的长诗《复兴》；在戏剧方面，代表作品就有科尔·雅科伐的剧本《哈利利和哈依丽亚》和《我们的土地》、苏里曼·皮塔尔卡的《渔人之家》（这个剧本目前正在我国上演）等等，在这些得到广大读者普遍热爱的作品当中，作家和诗人用崇高的社会主义和共产主义的理想来教育人民，鼓舞起他们的劳动热情和对幸福的未来的信心，培养起他们对祖国和人民的全心热爱，对党的无限忠诚，还唤起他们的自豪的感情。像诗人拉扎尔·席里奇在他献给阿尔巴尼亚解放十五周年的长诗《复兴》当中，就曾经这样刻画出了阿尔巴尼亚国家和人民的崇高的精

神面貌：

> 阿尔巴尼亚，
> 是个小国，
> 但非常伟大！
> 在这个国家里，
> 人们
> 像山崖一样地坚强！
> 哦，你经受的苦难是那样深痛，
> 正因为这样，你的胜利也就更加光荣！
> 你是个小国，
> 但你真正伟大，
> 你的人民也是伟大而又光荣！

1957年5月，在阿尔巴尼亚的首都地拉那召开了第一次阿尔巴尼亚作家艺术家代表大会。这次会议的召开，成为阿尔巴尼亚文学史上的一件重大的事件。就在这次大会上，总结和讨论了阿尔巴尼亚解放后在文学和艺术方面的成就与各项问题，最后通过并成立了阿尔巴尼亚作家艺术家协会的组织。当代表大会在5月16日开幕时，曾宣读了阿尔巴尼亚劳动党中央对大会的祝词，其中指出了阿尔巴尼亚的文学艺术在阿尔巴尼亚人民建设新生活的忘我劳动中所占的光荣位置和所取得的光辉成就，并且号召作家、艺术家要努力掌握马克思列宁主义的思想，继承阿尔巴尼亚文学艺术的优良传统，遵循社会主义现实主义的创作方法，为人民创造出更多更好的作品。在祝词中这样写道：

> 我国人民文化和思想水平正在日益提高，迫切地等待着更多的具有高度的艺术技巧，深刻地、全面地反映那些正在改变着我国面貌的我们青年建设者的作品。为了完成这个任务，那就要求我们的作家和艺术家用更多的劳动来掌握马克思列宁主义思想和艺术技巧，成为建设新社会的积极成员，深入了解生活发展的进程，并不断地和我们人民的生活与英勇的劳动接触。要能够写成真正伟大而美好的、富有感染力和鼓舞群众的作品，只有深入生活中去，和生活打成一片，深入这个取之不尽、用之不竭的源泉中去。我们确信，对于作家、作曲家和艺术家，没有比为人民而写作的更神圣的事业了。他们将更加坚定不移地走这条路，和人民一道，

在未来将是建设新社会的更加积极的战士。现在,阿尔巴尼亚的作家和诗人,正在阿尔巴尼亚劳动党的领导之下,和全阿尔巴尼亚人民在一起,以"一手拿稿,一手拿枪"的战斗精神,保卫祖国,从事社会主义建设,并且始终坚定不移地站在反对帝国主义、反对南斯拉夫现代修正主义和保卫世界和平的最前线。我们深信,阿尔巴尼亚的作家和诗人,在马克思列宁主义的旗帜的光辉照耀之下,在阿尔巴尼亚人民勇往直前向着社会主义建设胜利迈进的道路上,一定会取得更大和更加辉煌的成就!

1979年

"从海洋到闪烁的海洋"
——战后的美国文学
李文俊

中美两国人民之间存在着长期的传统的友谊。在文学艺术方面，两国也是早就相互翻译介绍对方的作品，从中汲取有益的营养。把美国文学介绍到中国来，已有一百年以上的历史。根据现在掌握的资料，最早译成中文的美国作品，是有"美国文学之父"之称的华盛顿·欧文的代表作《瑞普·凡·温克尔》。这篇作品被自由地译述成文言文，刊登在1872年，亦即清同治十一年，4月22日的《申报》上。译者将题目改为《一睡七十年》。文章的开头是："……相传有魏某者，家仅中人，世居于乡……"这样古趣盎然的故事和语言，都是中国读者感到非常熟悉和亲切的。（顺便提一下，说来凑巧，就在宣布中美建交的前几天，收有这篇作品新译文的《外国短篇小说》下册——上海文艺出版社选编——出版了。瑞普这个纯朴、憨厚的小人物再次成为中美两国人民友好的中介。）

清末以来一直到解放以后，美国重要的文学家的作品都陆续被介绍到中国来。像富兰克林、库柏、朗费罗、爱默生、梅尔维尔、斯陀夫人、道格拉斯、马克·吐温、欧·亨利、杰克·伦敦、德莱塞、杜波依斯、奥尼尔、海明威、斯坦倍克……早已成为我国文艺爱好者熟悉的名字。对这些优秀的美国作家的作品，恐怕我们都会有这样一个共同的总的印象：这是一种坚持民主主义理想的文学，作者都富有强烈的正义感，在同情弱者、攻击恶势力上是爱憎分明的。在艺术风格方面，许多作品如同北美大陆的山川峡谷、草原湖泊那样，气势磅礴，雄伟壮丽；同时，它又是婀娜多姿的，兼有来自欧洲、非洲的人民与土生土长的印第安人的多种风格。它不像某些欧洲作品那样贵族气，那样矫揉造作；相反，浓郁的泥土芬香与劳动的汗水味往往透过书页迎面扑来。美国杰出的民主主义者亚伯拉罕·林肯说过："上帝一定是爱普通人的，因为他创造了这么多的普通人。"在美国文学中，普通人的形象一贯是突出的。欧文笔下的瑞普是普通人，海明威的《老人与海》中的老人，更是一个连名字都几乎不为人知的普通人。美国文学中占主导地位的，就是这样表达了普通人的喜怒哀乐，诉说了他们的想望与憧憬的作品。正是这样的作品，使我们感到分外亲切。

当然,美国文学中也还有其他类型、其他风格的作品。有的作家对罪恶及其根源特别关切。有的作家专写精神上的烦闷与空虚。有的作家苦思苦想,有的作家愤世嫉俗,无非是企图探究人生的底奥。有的想超脱物质世界,有的则留恋已逝的历史,显然是对现实不够满意。更有的作家在艺术上刻意求工,尝试各种表现方式,为的是另辟蹊径。像爱仑·坡、霍桑、亨利·詹姆士、依迪丝·沃尔顿、艾密莉·狄金森、薇拉·卡瑟、T.S.艾略特、F.S.费兹杰拉德、福克纳、索顿·怀尔德、华莱士·斯蒂文司就是其中最重要的名字。在美国,这些人被称为"苍白脸"(Pale face)型作家,以与前面的所谓"红皮肤"(Red skin)型作家相区分。在对美国文学了解稍多之后,我们的读者也必定喜欢有机会接触各种各样过去不甚熟悉的题材、不太习惯的风格。

如果说我们对第二次世界大战以前的美国文学还比较熟悉,那么,当代的美国文学就是我们颇为生疏的一个领域了。但是,为了知道今天的美国,了解我们同时代的美国人的生活、思想方式,我们的介绍与研究工作显然不能停留在原来的水平上。

第二次世界大战后的美国文学,究竟是怎样的一种情况呢?它的面貌与精神实质究竟是怎样的呢?

可以说,战后最初十年,美国文坛基本上还是老一代作家驰骋的场地。第一次大战后开始写作的福克纳、海明威与稍晚崛起的斯坦倍克相继于1949、1954、1962年获得诺贝尔文学奖,表明他们的地位得到确认。这三位作家于1961年(海明威)、1962年(福克纳)、1968年(斯坦倍克)相继去世,又标志着二十年代"迷惘的一代"文学与三十年代左翼文学的终结。描写第二次世界大战的"战争文学"的热潮刚过,五十年代,麦卡锡主义给文坛带来一股肃杀之气,但也有达谢尔·哈梅特、丽莲·海尔曼、阿瑟·米勒与艾伯特·马尔兹等作家,在强风面前不弯腰,显示了美国知识分子的骨气。最近,海尔曼把当时的一部分情况写进了她的回忆录《邪恶的年代》(1976年)。麦卡锡主义凶焰稍煞,美国文学也正式开始了一个由新的一代作家主宰的阶段。

美国文坛五花八门,叫人猛一看不免眼花缭乱。但是它毕竟还是有其内在的逻辑的。批评家一般都把美国文学分成以下几个大的方面:

犹太文学。这里指的是在美国的犹太裔作家们创作的文学。从19世纪起,美国的犹太文学即已形成。但声势大振引起注意,还是近十来年以内的事。1976年,诺贝尔奖授给了美国犹太作家索尔·贝娄。隔了短短的两年,又授予另一美国犹太作家艾萨克·巴什维斯·辛格,这个事例还是说明一定的问题。今天,犹太人在美国知识界拥有相当大的力量。在文艺界,除开贝娄与辛格,像诺曼·梅勒、伯纳德·马拉默德、菲利普·罗思以及别的许多著名作家、批评家,也都是犹太人。他们当中,有的人在作品中直接写犹太人在美国社会中的陌生、疏远与无根基的感受,有的虽然不正面触及犹太人问题，但不论在主题思想还是在氛围风格上，或隐或现总有些"犹太性"的影子。犹太作家的笔下往往出现两种类型的人物。一是"Schlemiel"，另一是"Schli-mazl"。前者是傻里傻气、受人欺侮的小人物，但他们善于自我解嘲，也会取得精神上或实际上的胜利。马拉默德与辛格的作品里就不乏这样的形象。后一种人一般是高级知识分子，他们感到厄运总是像影子一样追随着自己。他们对人生想得很多，但行动上总是优柔寡断、软弱无力。我们不妨称他们为现代的哈姆雷特。他们既然不能改变世界，到头来只能改变自己，以思想上的"净化"而告终。索尔·贝娄的小说《赫索》(1964年)中的赫索，就是一个突出的例子。但是不管怎样，文学作品中出现这样两种类型的人物，恐怕只能从犹太民族若干世纪以来的悲惨命运中去寻找原因。

南方文学。这是美国文学另一个重要的方面。如果说，犹太文学中的关键是一个"身份"(identity)问题，那么，我们不妨把"历史的重担"作为了解南方文学的一把钥匙。南北战争前，南方盛行建筑在黑奴劳动力的基础上的大种植园蓄奴制。内战虽然废除了这种制度，但历史的创伤在各种不同人的身上都有痕迹。奴隶制的罪恶固然损害了黑人，同样也在穷白人甚至奴隶主子子孙孙的心灵上都压上了历史的负担。这个"祸根"直到今天还在作祟。南方文学便是在这样的历史背景上绽开的一朵浓艳又有些阴气逼人的奇葩。今天南方文学这一流派中较重要的作家有罗伯特·潘·沃仑、艾仑·塔特、卡罗琳·戈登、尤多拉·韦尔蒂、威廉·斯蒂伦等。他们都多少受到福克纳的影响。卡森·麦卡勒斯与弗兰纳里·奥康纳是南方文学中两位颇具特色的女作家，都以敏感、细腻与富于想象力著称，作品也都有些哥特派的怪诞风格。可惜她们都过早地为病魔夺去了生命。杜鲁门·卡波特的早期作品，南方文学的特色比较明显。他现在是经常出现在电视节目中和社交界沙龙里的名流了，但他于1966年出版的别具一格的"非虚构小说"《冷血》，显示出他的才华不减当年。这是一本调查一桩凶杀案将其过程原原本本记录下来的书。由于作者透彻的观察力与再现历史的奇妙本领，读者在感到触目惊心的同时不由得要对产生这样残暴行为的社会、心理原因加以深思。近年来，卡波特正在创作一部叫《得到回答的祈祷》的长篇小说。我们期待着它的成功。

"黑色幽默"派文学。这是60年代兴起的一支重要的流派。所谓"黑色幽默"，也就是"阴郁的幽默""阴森可怖的幽默"的意思。被认为属于这个流派的重要作家有：约瑟夫·赫勒、约翰·巴思、小库尔特·冯尼格、托马斯·品钦等。他们作品的特点是不追求外形的真实，透过哈哈镜般的眼光看世界，反映世界，使其变形、扭曲，这样一来，原来丑恶、畸形、残忍、阴暗与可笑之处变得更加巨大、更加突出、更加清晰。但作者自己所持的态度是冷静与一本正经的。这就使他们的作品具有一种新的特殊的戏剧效果，因而得到赞赏。

约瑟夫·赫勒所著的《第二十二条军规》(1961年)被公认是"黑色幽默"的代表作。作者借用第二次世界大战中发生在地中海战区一支美国空军中队里的一些没什么联系的事,表现他心目中的世界图景。如果我们仅仅把此书看成一部"战争小说",那就理解错了作者的意图。这是一个什么样的世界呢?在这里,是非颠倒,毫无道理,但是大人物总是捞到便宜,小人物总是吃亏挨整。一条无所不在的"第二十二条军规"控制着这个中队,小人物怎么干怎么没理,反抗固然不行,装疯卖傻也无济于事,最后只好只身逃出这个世界。

"黑色幽默"派别的作家写法不一定与赫勒相同,但他们共同之处,都是向人们已经习以为常的荒谬事物的荒谬之处,投射以强烈刺目的光线,让人们重新领悟这些事其实是如何荒谬悖理。批评家们常把他们与讽刺作家阿里斯多芬与斯威夫特相比。

"垮掉的一代"文学。50年代,美国出现过一种叫"垮掉的一代"的文学,反映被称为"嬉皮士"的青年,在"性、麻醉品与东方哲学"中寻找人生真谛的情景。在这些青年看来,他们是在向美国现存的"价值标准"挑战。60年代,就有不少"嬉皮士"参加了民权斗争与反对美国对外政策的示威。被"嬉皮士"们视为圣经,几乎人手一册的一本书,是1962年出版的小说《飞越杜鹃窝》,作者是肯·凯西。这本书把世界比作一个统治得像罐头一样密封的疯人院。但是即使在这样的连气也喘不过来的地方,也有人敢于站出来向现存秩序挑战。为首的麦克默菲最后被医院当局割去脑下垂腺,成了一个求生不得欲死不能的白痴。他的伙伴印第安"酋长"不忍心见他活受罪,用枕头把他闷死,然后自己逃出这个牢笼,向茫茫原野奔去。

"嬉皮士"们认为这部小说准确地表达了他们的心情。后来,小说改摄为电影,也是风行一时。

《纽约人》派。这是一个不很恰当的称呼,指的是在《纽约人》这个杂志上发表作品、引起注意的作家。当然,因为这个杂志而出名的作家很多,这里专门指写美国东北部新英格兰的所谓"WASP"(White Anglo-Saxon Protestant),亦即祖先是英国新教徒的美国白人,特别是这些人中的中产阶级作家,例如,约翰·奇弗尔与约翰·厄普代克。

约翰·厄普代克的代表作是《兔子,跑吧》(1960年)。小说的主人公"兔子"安格斯特朗在遇到一个又一个的挫折以后,很想一跑了之,但是又没有地方可跑。难怪厄普代克为这部作品的续篇起名为《兔子回来》(1972年)。厄普代克被认为是一个优秀的文体家,他以细腻、机智、准确的语言,刻画了中产阶级中下层里一些人物的性格,传达了他们的风貌。《纽约人》派的另一位作家约翰·奇弗尔是写中产阶级的中上层人物的。他的代表作是《窝普旭家编年史》(1957年)与《窝普旭家丑闻》(1964年)。在这两部作品中,作者用淡淡的讽喻的口吻,叙述了新英格兰几个家庭的日常生活。他们日子看来过得很舒适、美满,实际上却存在着一股股的暗流……

黑人文学。在 20 世纪六七十年代,美国黑人文学也有不少发展,出现了一批新的小说家、戏剧家与诗人。一般地说,他们对黑人生活的反映,从政治、经济方面转向更内在的心理、感情问题。在今天的黑人作家中,公认最重要的是詹姆士·鲍德温与拉尔夫·艾里森。鲍德温首先是一位出色的散文家、政论家。他出版了好几本散文集子,这些散文有着火一般的热情,一篇篇不绝如缕地诉说了黑种人民的苦恼。他的小说,如《到山上去说吧》(1953 年)、《另一个国家》(1962 年)中对性关系的描写使人吃惊。但作者的用意不是别的,而是给传统观念一个震动,说明规定不让某种人与另一种人恋爱、发生性关系是毫无道理的。他们爱怎么干就可以怎么干,这对世界毫无损害。作者认为,把人硬区分为白人、黑人、男人、女人,使他们处在不同的社会地位上是没有意义的。拉尔夫·艾里森的《隐身人》(1952 年)用卡夫卡式的手法表现黑人地位的得不到确认。小说中的主人公最后躲到地洞里去,他认为只有在这里,才能找到"人性"。

美国文学的各种表现,绝不是上面列举的几个流派与方面所能概括的。还有不少有影响、有特色,但很难归入哪一类的作家。如写《麦田里的捕捉者》(1951 年)的赛林吉,他描绘了在一个冷冰冰的社会里青少年对爱与关怀的渴求。还有女作家欧茨,人们认为她早期的小说继承了德莱塞的自然主义—现实主义的传统,后期小说有哥特式文学的风格。戈尔·维达尔是近年来受人瞩目的一位作家,他著有历史小说三部曲,囊括了美国二百年的历史。论者认为他的笔端像是蘸有毒汁。女作家中,玛丽·麦卡锡有"最机智的小说家"之称,凯瑟琳·安妮·波特被誉为优秀的风格家。来自波兰的杰·柯辛斯基带来了东欧的风格;辛格则把中东、东欧与美国的文化特色熔于一炉。我们还不应忽略重要的诗人罗伯特·弗洛斯特与罗伯特·路威尔,重要的戏剧家田纳西·威廉斯与爱德华·艾尔比,重要的批评家爱德蒙·威尔森与里昂尼尔·屈里林。他们的作品都值得我们深入研究,只要细心体味,总有可以学习的地方。那种认为只有科学技术可以引进,社会科学与文学艺术没什么可以学习的观点,至少是狭隘与不全面的。也有不少人认为西方 18、19 世纪文艺的确优秀,现代和当代文学日益趋于没落,这恐怕也是过早作出的轻率结论。人类各民族的文化总在或快或慢地前进,偶有停滞或倒退,也是因素很多,并不仅仅取决于某种经济、政治力量地位的上升或下降。

总的来说,战后的美国文学虽然纷繁复杂,以各种难以想象的形式出现,但是,它总还是现实直接、间接的写照,总还是迂回曲折地表达了美国人民的思想和感情。英国作家安东尼·伯吉斯在《今日小说》(1967 年)一书中,对美国战后文学有一个总的看法,颇能使人心折。他说,从战后美国文学中,可以看出作者们对美国抱的是一种又爱又恨(请注意:不是什么"小骂大帮忙"——本文作者)的态度。这些作者认为美国是一个伟大的国家,应该有更好的表现,但是它常常令人失望。尽管如此,作家们还是在作品中倾注了对自己美丽的祖国的深厚感情。

井上靖及其西域小说

高慧勤

  距今一千二百多年前，唐玄宗天宝年间，扬州高僧鉴真，应日本留学僧荣睿和普照的约请，发愿东渡，讲经传法。限于当时的航海技术以及官方的拦阻，虽五次启程，历尽艰险，最终依旧折回扬州，空费十年岁月。凭着坚忍不拔的毅力，不顾双目失明的不便，鉴真第六次东渡时才获成功，踏上日本国土，随之带去了高度发达的唐代文化，为两国的文化交流做出了卓越的贡献。把这段历史佳话作为中日友好的象征，首先借助形象艺术诉诸读者的，是日本当代著名作家井上靖于1957年所写的《天平之甍》。1963年，这部小说被译成中文出版之际，正值鉴真和尚圆寂一千二百周年，井上靖和这部作品便在中国名重一时，得到很高评价。当年作者曾随日本文化界访华代表团第三次来华，参加纪念活动，以后也曾多次来访。打倒"四人帮"之后，1977年初，《井上靖小说选》又作为第一批出版的外国文学作品被介绍给我国读者。作品以其深沉抒情的内容，清丽简洁的文笔，深受读者的赞赏。

  在日本当代文坛上，井上靖是位有声望的老作家。他极具诗人的气质，最初也是以诗人的姿态崭露头角的，早在学生时代就开始发表诗作。1936年，在京都大学美学专业毕业后，就职于每日新闻社。多年的记者生涯，使他对社会有广泛的接触，积累了丰富的创作素材。他写过话剧、电影脚本、侦探小说，但他的艺术才华，主要表现在小说创作上。那是在1949年，他四十二岁时，先后发表短篇小说《猎枪》和《斗牛》（已译载于《世界文学》今年第三期），作品的成功确定了他在文学界的地位。两年后，他辞去糊口之业，专心创作。三十年来的文学生涯，成绩斐然，目前已出有小说全集三十二卷，此外还有诗集《北国》《地中海》和《运河》等。井上靖是位视野开阔、观察深刻、态度严肃的作家。他的作品中，既有抒情的散文诗，也有意境隽永的短篇佳作；既有反映和揭露社会的现代作品，也有借助史实、寄托情怀的历史小说。他继承了民族文化中的优秀传统，同时又突破那种专写身边琐事所谓"自我小说"的窠臼，而且也不同于其他"纯文艺"的现代小说。井上靖是个说故事能手，在艺术构思中，能将故事性同文艺性巧妙结合起来。使得作品既有一定的通俗性，又蕴含着丰富的诗情，不乏对哲学的探求和人生的思索。

  然而，纵观井上靖的全部创作，以其艺术成就和评论界的推重而言，他的历史小说是不容忽视的，占有十分重要的位置。除《战国无赖》《风火山林》《后白河院》等以日本战国时期(1467—1568)为题材的小说外,大部分取材于中国古代历史。1949 年井上靖开始文学创作,发表《斗牛》之后不久,便写了第一个历史短篇《漆胡樽》。这是作家于 1946 年去奈良正仓院采访历代皇家文物展时,看到那些细巧精美、绚丽多彩的金银玉器中,有来自西域的一对形状奇特的黑漆酒樽,显得十分质朴刚健,别具风格,也许有股摄人心魂的力量吧,竟触发了作者的创作灵感,把最初的感觉发为诗篇。后来又重新处理这一题材,写成一篇脍炙人口的短篇小说。通过这对异域酒樽几易其主,辗转各个朝代,最后流传到日本的经过,叙述了历史的变迁、人事的兴衰,寄予了作者的感慨。从这篇作品开始,井上靖接二连三,写了一系列有关中国题材的历史小说,并于 1965 年,辑录成册,取名《西域小说集》,共收进十篇作品,除上面提到的《漆胡樽》外,计有《异域之人》《行贺僧的眼泪》《天平之甍》《楼兰》《敦煌》《洪水》《苍狼》《狼灾记》和《风涛》。

所谓西域,汉朝时专指天山南麓,昆仑山北、葱岭以东广漠的塔里木盆地上的三十六个小国。从现在的区域划分来看,西域的大部分地方当位于我国新疆境内。井上靖在求学时代,就对西域充满着憧憬。这块广阔无垠、一片蛮荒的沙漠地带,像谜一样神秘,弥漫着浪漫的遐想:千百年来,是演出了一幕幕民族之间杀伐征战、争霸称雄的历史舞台,也是好男儿大展宏图、建立功业的广阔天地。那民族的兴衰存亡,个人的悲欢离合,是他创作的主题;无论是驰骋沙场,留名青史的俊杰,还是骨曝沙砾,湮没无闻的士卒,都进入他小说里,成为主角。

严格说来,《行贺僧的眼泪》和《天平之甍》这两篇作品不能算是西域小说,而是有关中国题材的历史小说。《行贺僧的眼泪》讲的是奈良朝遣唐留学僧的故事,《天平之甍》叙述鉴真法师东渡的史迹,表现了中日两国源远流长的传统友谊。两篇小说的时代背景,都是唐开元天宝年间,那时正当中国封建文化高度发达,同时兼收并蓄,吸取外来文化的优秀成果,形成中外文化交流的极盛时期。当时日本的奈良朝刚从奴隶制向封建庄园制过渡,为了同中国修好,观摩唐代文化,每隔若干年便派出一批遣唐使,随行有众多的留学生和学问僧。他们在中国少则留住几年,多则二三十年,回国后将所学的知识,同日本传统文化结合起来,形成了奈良朝辉煌的天平文化。井上靖根据淡海三船《唐大和尚东征传》记载的史实,发挥高度的想象和叙事简洁的手腕,在《天平之甍》中塑造了鉴真法师的艺术形象,同时还描绘了五个留学僧在唐朝留学的经历。他写鉴真历次启程失败,遍尝颠沛流离之苦而不改其志,双目失明后,精神境界显得更加清明高远,终于在第六次启程后登上彼岸,将一个品格高尚、信念坚执,为了崇高的事业竟至达到忘我境界的人物性格勾勒出来。作者通过留学僧的不同命运,描写为繁荣日本文化不惜牺牲自己的献身精神。如,为聘请高僧而东奔西走,最后客死异国的荣睿;抛弃一切利害打算,终生抄经,竟在回国途中连同看得比性命还重的经卷一起葬身大海的业行等。鉴真到达日本后,日本僧众里有人反对新传入的戒律,双方进行辩论。根据日本史籍,代表鉴真出场答辩的,一说是其得意门徒唐僧思托,另一说是日本留学僧普照。井上靖小说里取后一种说法。作者的用意是为说明两国僧人经过多年患难与共的生活,达到事业上的一致,同时也表彰了为发展日本文化做出贡献的留学僧人。

《异域之人》《楼兰》《敦煌》和《洪水》等四篇,是地道的西域小说。《异域之人》记载了班超一生的事迹。班超出使西域时已经四十二岁,也正是井上靖开始文学创作的年纪。班超曾说:"大丈夫无它志略,犹当效傅介子、张骞立功异域,以取封侯,安能久事笔耕乎?"他这种郁郁不得志的心情,恐怕井上靖不无同感。班超纵横西域,周旋于异族之间,他超人的意志、果断的急智,深深打动了井上靖。所以,他长久以来对西域的向往之情,首先倾注在班超这一历史人物身上。小说不过一万来字,但对班超出使西域三十一年,保障"丝绸之路"畅通,促进东西文化交流,建立不朽功绩的一生,对他的为人和品格,以及当时西域的风土人情,都叙述得十分简洁扼要。

《楼兰》写的是古代西域楼兰国的兴亡。楼兰地处新疆罗布泊畔,是"丝绸之路"必经之路。史书上最早的记载,约在公元前一百二三十年。到公元前 77 年,因不堪匈奴的予取予求,内属汉朝,并奉朝廷之命,举国迁徙,改名鄯善。后来楼兰城为风沙侵没,不复存在。本世纪初,瑞典探险家斯文赫定发现楼兰遗址,在所著《彷徨的湖泊》中提到掘得年轻女子的木乃伊,井上靖从中获得创作主题,写成这篇小说。自秦末汉初以来,匈奴不断侵扰汉族边塞地区,汉高祖采取忍让的和亲政策,到武帝时,国力强盛,与匈奴连年作战,以保边防。这样,西域各国便成为汉朝与匈奴为自身安危势所必争之地。在古代民族不和的历史条件下,依偎于汉朝与匈奴两强之间的楼兰,最后便从历史上消踪匿迹。作者在充分占有资料的基础上,发挥诗人的想象,写出一个民族的悲剧,作品犹如一首悲怆、凄婉的叙事诗。

《敦煌》不同于上面提到的几篇作品,完全是一篇虚构的小说。长久以来,井上靖对发现敦煌藏经洞的传说,怀有浓厚兴趣,尤其对千佛洞的缘起,更感到不可思议。究竟敦煌石窟始建于何时,出于什么原因,经谁人之手将大批经卷写本藏于密室的? 这些疑窦,给作者以想象的余地。井上靖根据入藏经卷最晚的年限,便把故事的时代背景定在 11 世纪宋仁宗年间。那时,地处宁夏、陕北和甘肃西北的西夏政权,日益强大,对周围的吐蕃、回鹘,以及宋朝边陲连年发动战争。作品的主角,是一湖南举人,应试不第,流落西夏,被卷进战乱之中。十多年后,饱经忧患,加上爱情上的失意,已打消重返故土的念头,在当地潜心研究佛经。当西夏军攻陷敦煌前夕,匆忙间将大批经卷藏入千佛洞。物换星移,跨宋元明清四个朝代,到19、20世纪之交,才由王道士发现石窟遗藏。作者在小说的末尾,把故事同石窟藏经之发现和被劫衔接起来,使人对敦煌的古往今来,有个形象的了解。当时边塞战争连绵的社会风貌,作者借主人公独特的遭遇,通过出色的艺术概括力表现了出来。敦煌遗藏,是国内外学者深感兴味的一个题目,其封存和发现,颇似小说的情节。关于敦煌学,我国王国维、王重民等著名学者都有重要著述,国外这方面的论著也当不在少数。但用文学形式构思敦煌千佛洞经卷的由来,或许由于笔者孤陋寡闻,井上靖的《敦煌》似乎还是此中第一篇小说。

《洪水》是根据《水经注》记载,描写敦煌人索劢带兵在西域伊循屯田治水,驱逐匈奴,重开中断多年的"丝绸之路",保障骆驼商旅往来不绝的事迹。小说前半部根据史实,写索劢一队人马告别敦煌城,西出玉门关,与泛滥的河水搏斗,索劢虽然人马折损近半,终于人定胜天。结尾是作者想象出来的,叙述两年后索劢奉命撤离西域,途中遇到奔腾呼啸、席卷而来的洪水。索劢不甘屈服,率士兵向"河神"开战,金鼓齐鸣,挥刀舞剑,向大自然挑战。可是,威力无穷的洪水,转眼之间便吞没了他们,还有驻地、房屋、城池,以及无数的生灵。

井上靖创作这些历史小说,治学态度是严谨的。不仅查阅大量文献,详尽掌握史料,还数次探访西域旧址。可以设想,没有感性认识,没有身临其境的体会,就难以写得如此生动逼真。作品里史的叙述,大多翔实可信,艺术虚构部分,也力求做到历史的真实和艺术的真实相统一。像《敦煌》这部基本上是虚构的作品,涉及藏经洞的开凿、性质及封闭年代,这些问题学术界至今尚无定论,作者是根据当时已发表的各国史料,作出自己的分析,进行艺术创作的。小说在时代气氛的烘托、人物的塑造,以及主要情节的发展上,都力求符合当时的历史情况。书中对千佛洞的封闭和发现所做的推断,除个别细节,如王道士发现藏经洞的经过,与通常说法略有出入外,基本上同学术界有关敦煌研究的论点相吻合。

历史小说不能只是历史的摹写,满足于历史的翻版,需要作者运用形象思维对历史加以艺术的再现。为了加强艺术效果,给历史人物注入生命力,在情节和细节方面,少不得要做合理的虚构,但又要符合历史的必然。井上靖的《天平之甍》,是根据《唐大和尚东征传》创作的,小说里的人物都实有其人,主要情节也有记载可查。但井上靖并没有拘泥于史实,而是发挥了艺术想象。那个毕生心血花在抄经、最后葬身大海的业行;在唐朝娶亲成家,无意回国的玄朗;以及云游唐代山川风物,追求新的生活意义的戒融,这三个人物在《唐大和尚东征传》里只留名而无事略。但作者按照历史的逻辑,把他们写成三种典型,作为当年无数留学僧的写照。他们的地位虽不及荣睿和普照那么重要,却都是筑成日本天平文化丰碑的基石。

井上靖的西域小说，从题材上说，不仅在日本历史小说中别具一格，即便在我国，这类作品也尚不多见。《西域小说集》不仅向日本读者形象地介绍了我国历史的片段，也为中国作家开拓了历史题材的新领域。据悉，《楼兰》等西域小说和随笔《西域故事》在其他国家已有译本，国内如能选译出版《西域小说集》，一方面固然可以扩大青年读者的兴趣范围，另一方面，对我们也有借鉴作用。

这里，有一点或许应予指出的，是井上靖历史小说里的人物，也和他现代小说里的人物一样，大抵有那么一点孤独虚无的情调。他比较喜欢描写个人命运这个主题，表现在社会巨变的历史齿轮里，作为渺小的个人，受到裹挟挤迫，而又感到无可奈何，竟至酿成悲剧。哪怕主人公在同命运搏斗中是个强者、胜者，采取积极进取的姿态，如班超和索劢，人物的内心世界或结局，也不免给人以沉郁悲凉之感。这或许可从作者的思想上寻出端绪。井上靖少小时常离开父母，同庶祖母二人在乡间过着寂寞的生活，老人那种凄凉孤独的情怀，风烛残年的哀愁，自然也感染了作家，长久以来，便有种人生孤寂之感。而他青年时期，正值日本军国主义猖獗，反动黑暗的政治生活，窒息了个人有所作为的理想和要求，在他心头上投下一道浓重的阴影。加上他长年的记者生涯，了解社会的各个侧面，作为正直的知识分子，虽然不满现状，却又感到无能为力。作家思想深处这种情绪，不免要通过作品中的人物流露出来。或者不妨进一步说，作品中的人物，都或多或少被用来体现作家的命运观，反映作家的某种精神气质。因此，我们可以说，井上靖并不是为了发思古之幽情才写西域小说的，他不过是借他人之酒杯，浇自己之块垒罢了。当然，井上靖在西域小说里所流露的苍凉悲怆之情，可以从题材规定的情景中求得解释，也跟作家所处的社会现实不无关系——对这一点，中国读者应该是能够理解的。

1980 年

记旅日著名华侨作家陈舜臣
卞立强

陈舜臣是一位在日本文坛享有盛名的华侨作家。

陈舜臣于 1924 年出生在东邻日本最大的海港城市神户。他的原籍应是台湾省台北市,但祖辈的老家应是福建省泉州市。

1941 年十七岁时,陈舜臣考入日本国立大阪外国语学校印度语科。由于学习成绩优异,1943 年提前毕业,留在母校西南亚语研究所工作。日本帝国主义投降后,他回到故乡台湾省当中学教员。新中国成立后,他又从台湾回到日本。1957 年三十三岁时开始文学创作,从此走上了专业作家的道路。

陈舜臣从小和日本的普通人民朝夕相处,他对日本的劳动人民、历史文化乃至风土人情都有着深厚的感情。但在第二次世界大战前的日本军国主义的重压下,他作为一个中国人,特别是殖民地台湾的中国人,不能不受到种种的压迫和屈辱。而陈舜臣性格倔强,从青少年时代起就有一副热爱真理、追求正义的侠义心肠。压迫和屈辱更加激起他对祖国的向往,鞭策他奋发图强,为苦难的祖国争光,他发誓要拆毁把中日两国人民隔绝开来的厚墙。他不仅熟读了大量的中国古典和五四以来以鲁迅作品为首的新文学,而且也勤奋地阅读了日本的古典和森鸥外、夏目漱石、芥川龙之介等文学大师的作品。他企图通过两国的文学来探求一条增进中日人民的友谊和文化交流的路子,而这种探求也确实为他以后开始创作奠定了坚实的基础。

陈舜臣开始创作较晚。但是,在他一旦开始创作之后,就显示了他的文学才华。从 1957 年到现在二十来个年头,他究竟写了多少部作品,连他自己也记不清了。他以写推理小说和历史小说为主,同时写游记、散文和历史评论等。据不完全统计,出版的作品不下百部。

陈舜臣的创作是从写推理小说开始的,主要的作品有《枯草根》《三色之家》《方壶园》《九雷溪》《重见玉岭》《孔雀路》和《青玉狮子香炉》等。推理小说是日本战后流行的一种文学流派。由于许多推理作家过于追求故事情节的离奇性和刺激性,忽视作品的社会性和艺术性,推理小说在一般人的印象中只是一种通俗读物,不能登文学的大雅之堂。陈舜臣的推理小说大多以在日华人和中国历史上的人物为主人公,为日本的推理文学开辟了新的领域。特别值得提出的是他给推理小说灌注进人道主义和浪漫主义精神,着力于作品中的人物刻画,给推理小说增添了艺术的魅力,所以日本的评论家认为"他的作品的感人力量是其作品深处蕴藏着典雅的浪漫主义",说他是"现代推理作家中极富有文学资质的作家之一"。

陈舜臣创作的第二方面是写了大量的历史小说。他精通中日两国的历史和文化,博览两国的史籍和古典文学。在历史文学的创作上,为增进中日两国人民的文化交流做出了独特的贡献。

陈舜臣写的历史小说细分起来有三部分。第一部分是把中国的史书如《史记》《十八史略》和《三国志》等改写为文艺体的小说。第二部分是把中国的古典文学名著如《唐宋传奇》《水浒传》《聊斋志异》等加工创造,改写为日文小说。第三部分完全是他自己创作的历史小说,主要有描写明末在南方坚持反清斗争的英雄郑成功及其父郑芝龙一生的长篇小说《旋风》和《风云》,以及描写鸦片战争前后的中国社会和林则徐反抗帝国主义斗争的长篇巨著《鸦片战争》等。最近他还在日本杂志《小说现代》上连载歌颂中国农民战争的长篇小说《太平天国》。

陈舜臣除了写历史小说之外,还写过大量的历史评论。他通过这些作品和评论,对历史上的一些重大事件和人物都有所褒贬,有所评价,发表自己独到的见解,所以人们也认为他是历史评论家。

1972年中日两国恢复邦交以来,陈舜臣几乎每年都回祖国探亲访友。他踏遍祖国大地,参观名胜古迹,收集创作素材,这使他对祖国悠久的历史和文化有了更丰富的感性认识,为他的创作天地开辟了第三个领域。最近几年来,他发表了《敦煌之旅》《北京之旅》《丝绸之路旅行记》《新西游记》以及《中国历史之旅》等一系列游记文学,这正是他在祖国各地参观游览所获得的丰硕成果。

陈舜臣的游记文学具有独特的风格。他用朴实的语言、具体的事实,歌颂社会主义祖国的现实,同时又缅怀古老中国的悠久历史,追述祖国各地的历史渊源,以及有关中日两国历史上的友好往来和文化交流。他的游记文学把中国的现实和历史有机地交织在一起,同时又是中外交流历史的真实记述。它不仅对日本的一般读者了解中国的历史和现实有所裨益,就是对研究中国的历史和文化的日本学者也有参考价值。

陈舜臣是一位多才多艺的多产作家。他的创作当然不只是以上三个方面。比如他还写过反映抗日战争期间爱国华侨活动的长篇小说《桃花流水》,另外还写过有关中日文化关系的散文集《从兰花想到的》和《日本的、中国的》等。

陈舜臣的作品想象丰富,情节生动,知识广博,而且行文优美,用笔简练,具有幽默感,因而博得日本人民的喜爱,拥有广大的读者。他的书往往是一版再版,甚至十几次重印,有的书一年之内就再版多次。他曾经七次获得日本的文化奖和文学奖。他现在是日本最大的文艺组织日本文艺家协会的会员(曾任评议员)和日本推理作家协会的理事。他的一些作品也即将第一次被译成祖国的文字在国内出版发行。

陈舜臣说,他作为一个旅居日本的华侨作家,希望能有更多的日本人了解中国的历史和文化,了解中日两国源远流长的文化交流的关系。他准备在完成长篇历史小说《太平天国》之后,还要用文艺的形式把中国的洋务运动、义和团运动和辛亥革命的历史写出来。明末有一个来到日本的中国人叫陈元赟,曾把当时中国的许多礼仪、书法、拳术和饮食等传到日本,对中日民间的文化交流做出过贡献。陈舜臣已经收集了不少关于陈元赟的资料,准备写一部关于陈元赟的小说。我们祝愿陈先生的创作计划能早日实现,在那浩瀚的大海上架起更多的友好与文化交流的桥梁。

美国作家贝娄和辛格

陈 焜

美国的文化,向来都有可口可乐文化的说法。如果笼统而论,那当然是不公平的。就文学方面来看,美国文学诚然是充斥着商业化的、浅薄的,甚至是诲淫诲盗的作品,但是,这只是一个方面。正如衡量一个人不能仅仅以他的缺陷为根据一样,认识一个国家的文学也不能只看它的糟粕。是从可口可乐这一个窗口来评价美国当代文学,还是通过一些具有代表性的作家,例如贝娄和辛格这样的作家来认识它,答案是显而易见的。

美国的文学,从民族的角度看,占主导地位的一向是盎格鲁—撒克逊文化范围的文学,今天比较典型的作家是厄普戴克等人。此外有黑人文学,提出和关心的问题是不同的,主要代表是艾里生和鲍德温。其他如波兰等移民,在文学上也有自己的代表,作为当代比较重要的作家:索尔·贝娄和艾萨克·巴什维斯·辛格都属于犹太族,具有独特的犹太文化背景。从政治倾向和阶级地位看,美国有过比较活跃的左倾文学,有六十年代的新左派文学,有直接为大资产阶级利益效劳的文学。和英国不一样,它没有一个强大的小资产阶级和工人阶级的文学,但是有一个强大的中产阶级文学。美国大多数有影响的作家都属于中产阶级,在这方面,贝娄和辛格具有较大的代表性,他们当然和左倾或极右的文学有很大的不同。从世界观和创作的倾向看,美国有 20 世纪五六十年代的"垮掉的一代"、70 年代的"反文化派"和"黑色幽默"流派、荒诞派、存在主义潮流等形形色色的现代派和比较倾向于写实传统的潮流,此外还有自成一派的南方文学。贝娄和辛格好像都很难限定在哪一个特定的派别,贴上一个明确的标签,他们有一种兼收并蓄的态度,把现代派和传统的文学方法结合在一起,然而他们彼此之间又有较大的差异,并不属于同一个类型。不过,在代表犹太族文学、中产阶级文学和现代派与写实方法相结合的文学这三个方面,他们的代表性都是很突出的,而这三个特点又都是当代美国文学比较重要的现象,特别是犹太族文学的发展更具有独特的意义。第二次世界大战结束以来,美国当代文学的重要现象之一是出现了一个庞大的犹太作家群,许多影响较大的作家都来自犹太族。梅勒、赛林格、海勒、马拉默德、罗思和弗里德曼都是来自欧洲的犹太移民或移民后代,都有犹太文化和欧洲文化的背景,而一旦以这样的背景经历着当代的美国生活,他们就创造了一种既具有犹太文化的色彩又具有美国经验的文学,其意义超出了民族的范围,成了美国文学不可分割的一个重要部分。现在,虽然早已有人预言犹太族文学的繁荣即将成为过去,但是,1976年和1978年,贝娄和辛格先后获得了诺贝尔奖,这不仅肯定了他们个人的贡献,也表示他们作为当代美国文学的卓越代表已经得到广泛的承认。

一

贝娄今年有六十五岁了(1915年生)。他的生活主要是在芝加哥的学校中度过的,不是读书就是教书,属于一种学识渊博、极有教养、喜欢思考、讲究文体的高级知识分子类型的作家,不像德莱塞、海明威和福克纳等上一代作家那样具有复杂而丰富的生活经历。比方,他的一个人物引用18世纪法国哲学家巴斯科关于人是会思考的芦苇的名言,把自己比成被风压弯的芦苇;又比方,他的另一个人物引用古希腊哲学家关于一个人的性格就是他的命运的箴言,从中引申出小说的主题,并且发展出一个人的命运就是他的性格的思想。这些点缀和构思都带着高级知识分子的趣味和格调,和可口可乐的差别是很大的。

但是,贝娄并不是一位深居于象牙之塔的精神贵族。他的确有一种超脱的追求,希望站在割断了利害关系的高处,俯视脚下的混乱和疯狂,例如《萨姆勒先生的行星》就具有这样的特征。第二次世界大战期间萨姆勒在欧洲几乎惨遭屠杀,是一个受难者和幸存者,战后来到美国,在晚年变成了超脱的旁观者,抱着悲悯的态度观察着60年代的美国。但是,即使有超脱的追求,贝娄也是注视着外部的现实。萨姆勒始终关心那些最具有美国特征的社会弊病:新左派的自以为是的粗暴、青年一代对金钱和情欲的无厌的追求、物质的繁荣和精神的沉沦、人们相互关系上的冷漠和残酷等等,这些都触动了饱经忧患的萨姆勒,使他产生无限的感慨。在其他重要的作品中,贝娄也毫无例外地提出了美国社会在当代面临的重大问题。所以,他总是明确地表示他对现实的关切,他说:"作为一名作家,我最大的恐惧是失掉对日常生活的感觉。"他还经常表示要做一名社会的历史家,有一种类似巴尔扎克写作《人间喜剧》的抱负,和那些不愿沾染现实的"有限性"而钻进自我小天地的作家是迥然不同的。然而,贝娄又熟练地吸收了现代派作家在认识和表现生活时有所深化和有所发展的一些观念和手法,形成了一种具有现代派特色,但是大体上还是遵循着现实主义传统的表现方法。

贝娄从1944年开始发表作品,几部中长篇从一般的观点看来都是成功的,但是,他获得较高的声誉是从1953年发表《奥吉·玛琪历险记》开始的,从那时到现在,他又发表了《雨王汉德森》(1959年)、《赫尔索格》(1964年)、《萨姆勒先生的行星》(1970年)和《洪堡的礼物》(1976年)等几部比较重要的作品,每一部都产生了较大的影响。他不仅仅看到了现实中这样那样的事件,还通过这些事件表现人所面临的当代社会的生存条件。他也不仅仅是看到这个人或那个人的悲哀与痛苦,还从人的生存的基本状况和命运的角度来进行概括。

贝娄的创作往往具有耐人寻味的哲理。瑞典学院认为,贝娄关心着现代的反英雄,他笔下的反英雄是这样的人:"他漂泊在我们这个摇摇欲坠的世界上,总是想找到立足点。他总是丢不掉他的信念:生活的价值取决于它的尊严,而不是取决于它的成功。"这个评论是比较中肯的。《赫尔索格》在表达这样的思想上具有比较典型的意义。赫尔索格是一位具有人道主义信念的中年知识分子,他的不幸就在于他生活在六十年代的美国,却仍然笃信属于过去那个时代的人道主义理想。这使他不能适应周围的现实,感觉到生存失去了立足的根基。从社会上来说,当代的政治权力、民族关系和人的物质精神生活都处在一种疯狂的混乱中,丧失了基本的道义。在个人生活中,他的友谊和爱情都遭到背叛,他作为丈夫、父亲、儿子和一位打算撰写人道主义著作的学者都是一种失败,这使他感觉到生存更加孤独和荒废。赫尔索格希望有一个正义的世界和富有意义的生活,对受压迫的民族和人民也充满深切的同情,但是,他不知道应该做些什么,完全没有力量改变世界的现实。因此,他在精神上失掉了平衡,几乎被痛苦折磨得发疯。他后来也没有找到生存的立足点,但是他从生存的最根本的需要上寻找着这样的立足点,所以他还是表现了人的尊严。

但是,贝娄的创作还包含着更深一层的思想,因为,既然当代社会变成了摇摇欲坠的世界,比较透彻的思考就必然要触及怎样认识和了解它的命运。在这个问题上,美国当代著名的女作家奥茨在谈到贝娄时指出:"在他最精粹的段落中,他所关心的不是别的,而是我们文明的命运。"这是比一般的评论都看得深的。贝娄的作品中经常出现整段整段的表现人物的心灵和理智活动的思考,充满了富于情智的历史感。这些片段经常在触景生情的时候回首瞻顾当代社会的历史,它们充分肯定资本主义对于封建主义的胜利是一个伟大的历史进步,也相信当代资本主义社会正在摆脱某些仍然折磨着贫穷国家的灾难,但是,贝娄一方面对社会主义充满了偏见,另一方面又对资本主义的前途丧失了信心。他感到深刻的苦闷,预感到资本主义文明正面临着一次新的崩溃。例如,在他后来创作的长篇小说《洪堡的礼物》中,他通过两位作家的遭遇,表现了当代资本主义物质文明对精神价值的敌视,揭露了美国的深刻危机:社会丧失了一种使生活产生意义的精神价值,而精神价值一旦崩溃,社会就开始了沉沦。

在风格方面,贝娄比较显著的特色之一是,他往往把真挚诚恳的感情和滑稽可笑的嘲讽结合在一起,这是由他对人的基本处境的看法而产生的。在贝娄看来,人们的那些善良的品德和真挚的愿望总是要受到生活的讽刺,显得天真可笑,他自己也知道自己的可笑,所以对自己进行嘲讽,表现了清醒的现实感。但是,他的嘲讽并不全是玩世不恭的,他还是坚信人与人之间应该建立比较和善的关系,所以,他仍然是真挚的。这样一种风格的确立和贯彻,也是贝娄作为一位重要作家的标志。《雨王汉德森》以喜剧性的传奇风格描写了一位荒唐而真诚的探索者。汉德森是一位富足的有产者,继承了一百万美元的遗产,但是他找不到有意义的生活,他想造福于人民,却往往带来灾难。作品的美学趣味是比较复杂的。汉德森的冒险笑料百出,充满了令人感动的真诚,又显得荒唐可笑。由于这样的特征,贝娄和其他的现代派作家,例如与存在主义和荒诞派作家又有明显的差别。他吸收了他们的某些观念,但是又不像他们那样毫不妥协地充满了绝望的恼怒。他倾向于和现实取得某种无可奈何的和解,同时又要不失掉人的尊严。

二

辛格在许多方面和贝娄有极大的差别。他们在美国生活中的根基是不同的。贝娄是第二代的犹太移民,完全是在北美成长的;辛格则是在波兰长大的,1935年来到美国时已经三十多岁了。因此,他们使用的语言不同,贝娄用英语写作,辛格则是用正在死亡的犹太意第绪语写作。然而他们之间最大的差异在于题材的不同。贝娄的题材完全是关于当代的美国生活,辛格则是集中描写17世纪到20世纪初期的波兰犹太人的生活,现实和美国生活的题材是写得很少的。他似乎是一位眼光注视着过去,对一个已经消逝的世界表示悼念的犹太作家,和美国的现实没有很大的关系。

辛格的名声,20世纪50年代就在美国传开来了。1953年,辛格的短篇《傻瓜吉姆佩尔》被贝娄译成英文,他在非犹太人的世界立即引起了极大的兴趣。从那时以来,英国人说他是"意第绪语的萨克雷",美国人说他是"当代的霍桑",把他比成托尔斯泰、卡夫卡、艾德加·艾伦·坡、陀思妥耶夫斯基的评论家也不在少数,有的人甚至称他为当代最伟大的作家之一。但是,也有人认为辛格受到的赞扬言过其实,对他获得诺贝尔奖持有异议。其实,像辛格这样的作家在历史上的重要性的确是可以讨论的,诺贝尔奖本身也有待于时间的考验,但是,他之所以受到极大的重视,这肯定说明了当代西方的社会心理和文学趣味的某种发展。

《傻瓜吉姆佩尔》(1957年)的故事发生在某一个遥远的时代,充满了犹太教的圣徒精神。吉姆佩尔是一个孤儿,烤面包师傅,故事的中心是围绕着他的婚姻进行的。周围的人逼着他和一位孕妇结婚,把她吹嘘成纯洁的处女。吉姆佩尔看出这是一个难以摆脱的圈套,明明知道是欺骗却答应了结婚,在新婚之夜就被那个泼妇赶出了房门。二十年过去了,这个女人和别的男人生了六个孩子。吉姆佩尔一看见孩子就忘记了自己的烦恼,他像对待亲生子女一样热爱每个孩子,并且辛辛苦苦地挣钱养活这个女人。

后来,这个女人得重病死去,她去世以后,吉姆佩尔有时也想对周围的人进行报复,但是他想到欺骗别人的人是不可能干干净净地去见上帝的,他放弃了复仇的念头,把财产分给六个孩子,自己到各地漫游。许多年以后,他老了,白发苍苍,等待死亡的到来。他感觉他即将脱离幻想的世界进入真实的世界,那里没有纠纷,没有嘲弄,像他那样的人也不会再受到欺骗。《傻瓜吉姆佩尔》的信念和美国社会盛行的原则是不相容的。大家都知道,像吉姆佩尔这样的人在美国一定不可能生存。但是,这位古老的圣徒非但没有成为不合时代的迂腐,反而激起了很大的兴趣,主要的原因是非常现实的。我们都记得,在 50 年代,"垮掉的一代"对印度瑜伽和中国老庄哲学曾经产生了多么如痴如醉的狂热。辛格复活起来的古老的犹太文化的魅力是完全相似的,它同样迎合了当代美国文化的这一种冲动,满足了那种对非现实的神秘世界的追求,让那些厌恶现实的人得到一种逃避和慰藉,使他们可以和现实保持一定的距离。吉姆佩尔这个形象的含义在大多数犹太作家的作品中都是常见的。他并不是能够掌握自己命运的人,他总是受到世界的捉弄和摆布,表现了犹太文化对人和世界的关系的一种理解,正是在这样的意义上,著名的犹太作家马拉默德才说:"所有的人都是犹太人。"但是,把受难看成注定的命运,把忍受当成高尚的美德,这当然是从消极的方面把犹太文化理想化了。

辛格主要的代表作之一是篇幅较长的中篇《卢布林的魔术师》(1959 年)。从通常的角度看,这部作品不过是描写了一个古老的浪子回头的故事。一个聪明的魔术师,肆无忌惮地和许多女人来往,对每个女人都信誓旦旦地表示忠诚,后来爱上一位教授的遗孀,答应放弃犹太教改宗天主教,拿出一笔巨款把这个遗孀和她的女儿带到意大利。为了得到金钱,他只好盗窃。不料盗窃失败,面临被捕的危险,在犹太教的感召下,他向那个遗孀承认自己是作案的盗贼,回到家中为自己砌了一座没有门户的小屋,连续多年住在小屋进行真诚的忏悔。这篇小说基本情节并没有多少新鲜的东西,但是,辛格出色的地方在于他突破那种着眼于道德劝谕的俗套,使这个古老的故事在文化上具有丰富的内容。辛格对这位浪子并不是单纯地采取谴责的态度,把他写成卑鄙无耻的堕落者,相反,他抱着要理解他的态度,使他的堕落和后来的悔改都显出人性的因素,这样的精神是现代的文学才具有的。因此,这个魔术师充满了复杂的矛盾:善和恶、理性和非理性、科学和宗教以及人性和宗教等。他具有科学知识,知道他能够走绳索是因为他保持了重心的平衡,但是,他同时又能够运用催眠术和心灵感应术使人着魔,相信世界上存在着理性所不能解释的神秘。他相信造物主是存在的,否则世界不可能创造得这样神奇,但是他经常受到怀疑论的袭击,因为毕竟没有人亲眼看见过上帝,何况世界上有数不清的宗教,你怎么能知道哪一个上帝是真实的?他希望认清人生的目的,弄清楚人应该为什么生活,但是他又放纵情欲,自甘堕落,丧失了人生的意义。他充满了悔恨和羞耻,以惊人的毅力长年居住在斗室中进行谦卑的祈祷,但是,一旦收到那个未亡人温情脉脉的来信,他立刻又悲喜交加地产生了人性的冲动,眼睛也变得模糊起来。这些矛盾,在当代美国是颇有一些人感到关切的。美国的科学技术诚然得到了巨大的发展,但是科学技术的力量反过来统治和束缚着人,使人们害怕现代科学的理性,对那种神秘的、非理性的,以及宗教的信念都产生了新的向往,并且感觉到这些复杂的矛盾。辛格还认为,作为犹太人,你不能摆脱自己的根子。摆脱自己的根子是毫无意义的,也是有失尊严的。一个有尊严的人不需要丢掉自己的根子,也不需要因为别人是多数或者比你富裕就去调整和改变自己以适应别人的要求。所以,这个魔术师对于自己曾经打算放弃犹太教改宗天主教的行为是特别难过的。这个问题除了涉及犹太人问题的特殊方面以外,也接触到当代美国白人和黑人文学都非常关心的一个问题。在许多美国作家看来,人应该具有自己的性格和人格,具有能够说明他自己是什么人的特质。这样才能得到人的尊严,人的存在才会具有真正的意义。所以,他们都从个人的角度出发,把发现和维护自己的特质作为人生最值得追求的目标。《卢布林的魔术师》恰好从犹太人的角度表现了这样的问题,所以引起了广大读者的兴趣。正是由于这样一些原因,瑞典科学院才认为辛格的艺术"不仅扎根于犹太血统的波兰人的文化传统中,而且反映和描绘了人类的普遍的处境"。

辛格曾经被称为当代最会讲故事的作家。他很注意故事性,认为故事对文学来说是根本的东西,对生活也是根本的东西。辛格的故事虽然常常涉及神秘的事物,然而清晰明白,又兼有层次复杂、气氛浓郁的特点。他的故事不是沿着一个一贯到底的线索在单薄的规模上发展,他总是抓住一个主导的线索在叙述中不断向事物的广度和深度滋蔓开来,使他的故事具有丰富浑厚的风格,宛如一株枝叶茂密、亭亭如盖的大树。这种浑厚浓郁的风格的确具有大作家的风度。对于辛格的成功,他的艺术的魅力起了很大的作用。

从第二次世界大战结束到现在,一方面,三十五年过去了,三十五年来,不知道曾经有多少美国作家和作品红极一时,掀起过风靡欲狂的热潮,但是很快又被人们忘记了;另一方面,有的作家和作品从来不曾达到红得发紫的程度,但是,他们的作品一版再版,显示了某种持久的意义。美国文学就是这样,它总是需要造出各种红人和热门,形成轰动的效果,好像如果不把兴奋保持在最高的水平上,它就会死亡,我们当然不能根据这样的现象来判断美国文学的价值。贝娄和辛格作为战后出现的那一代作家的代表性人物,有权利得到较多的注意。一个时期以来,我们介绍当代美国文学时有一种倾向很值得注意。提起美国文学,不是爱情故事,就是侦探小说,仿佛其他东西都不存在,这是不妥当的。眼睛只盯住美国杂志的畅销书目,什么东西最轰动就注意什么;对趣味比较低的东西感兴趣,花了很大的力量进行推荐和介绍;对于那种属于可口可乐的东西关心得太多了,是我们应该注意,有所改变的。

1981 年

读本·琼森《悼念我心爱的威廉·莎士比亚大师及其作品》
李健吾

　　1616 年,一个戏子兼剧作家默默无闻地去世了。因为是"戏子",兼之"默默无闻",后世就有人认为他是一个不学无术的冒牌货,写不出如此琳琅满目、举世无匹的戏剧杰作。但是事实毕竟是事实:就在 1623 年,他死了七年之后,一位同代剧作家真诚写诗悼念这位无声的同行战友,对他做出罕见的最高评价。这人就是本·琼森(Ben Jonson)。当时和他对比起来,莎士比亚还有待于这位红极一时的桂冠诗人来歌颂。曾几何时,本·琼森就退出世界第一流剧作家和诗人的队伍,甚至中国人连他的名姓都不晓得,而莎士比亚的译本却不断在中国出现,演出不断在中国举行。

　　本·琼森是头一个把莎士比亚的名字向全世界推荐的诗人。为了向这位写出如此真诚的赞歌,在谦让中显出如此坦荡胸怀的诗人表示敬意,我勉强把这首诗译介给中国读者。诗对刊物可能长了些,可是对这两位好友来说,只能说短,而不能说长。当时对莎士比亚的评价没有比他更准确与真挚的了。他的每句诗都有几千斤分量,而德国的歌德、法国的雨果,以及马克思、恩格斯对莎士比亚的高度评价,则已是一二百年后的事了。

　　其后,他在他的遗作《暴露》里,又写了一段漫谈莎士比亚缺点(写作不爱修改)的回忆文字,发表是 1940 年的事,他已经去世三年了。在今天提倡文艺批评之际,我们大家借鉴一下他的大胆的赞美与措辞的慎重,也许还是有好处的。他用的字句简洁而又有分量,有几行诗已经成为定评定论,为后人所乐引乐道。

悼念我心爱的
威廉·莎士比亚大师及其作品

　　我大力赞扬你的著作和名声,
　　莎士比亚,不是要人对你起妒忌之情:
　　我承认你的写作优美,

世人与缪斯怎么称赞都不过分。
的确人人投你的票。
不过我的称赞并不属于这些门道。
因为最无聊的愚昧也会这样造句,
听起来好听,不过全是胡言乱语;
而盲目的友爱,永远不会使真理大步迈进,
只能摸索而行,靠偶然来取信;
狡猾的恶意,又会利用这些称赞,
好像在抬高,其实处处与人为难。
正如无耻的鸨母,或者一名娼妓,
歌颂主妇;是祸是福,同她有什么关系?
不过你是防御邪恶的保证,
的确能跳出厄运或者危机的陷阱。
所以我真心赞美你。时代的精灵!
戏剧的奇迹!喜悦!彩声!
我的莎士比亚,起来!我不要乔色
或者斯宾塞和你同位,不然就让博蒙特
给你腾出一间房屋,不相依偎,
因为你是墓前的一座纪念碑,
你的作品存在一天,你活一天,
我们赞不绝口你的妙语。
我为自己辩护,并不想胡乱掺和你,
我指伟大的缪斯,并非和不相称的缪斯在一起!
因为我想,我的判断力不是由于年迈而自得,
一定会请你和你匹敌的人平起平坐,
还会告诉你,李里远不是你的对手,
奇突的基德不行,马洛有力的诗句也只好败走。
你虽然不懂希腊文,只认识一点拉丁,
为了尊敬你起见,我不乱举古代的人名,
不过,我应当唤来叱咤风云的埃斯库罗斯,
欧里庇得斯与索福克勒斯这些大师,
还有巴库维屋斯、阿齐屋斯和死在考尔道瓦的老人

起死回生,看看你的高筒靴震撼人心,
践踏舞台;要不你就穿上你的轻软鞋,
一个人和他们比一比:希腊目空一切,
还有那妄自高大的罗马,让他们全体都来,
全体,连阴曹地府的死鬼也排成一排。
胜利,我的不列颠,你只要一个人出征,
就赢得欧罗巴各国戏剧的尊敬。
他不属于一个世纪,而是整个时间:
全体缪斯还在少壮期间,
他就像阿波罗出现,人心振奋,
要不就像一位墨丘利那样迷人!
自然为他的构思感到自豪,
为串演他的戏文开颜嬉笑!
文采富丽,而又异常合度,
好像从今以后,他将不再另立门户。
快活的希腊人,尖酸的阿里斯托芬,
整饬的太伦斯,机智的普鲁图斯,不合今天口味,
古老过时,已经无人问津,
仿佛他们不是自然的亲人。
可是我也不能叫自然称心;你的艺术,
我的斯文的莎士比亚,只是自然的一部。
因为,诗人的素材虽然挂在自然的账上,
使之流传久远的却靠他的艺术;何况
写出不朽的诗句,就必须流汗
(你就是这样写出来的),在缪斯的铁砧
还得千锤百炼才成;写诗是同样的道理,
就在打铁的时候,还一心想着设计;
他蔑视荣誉,不会为之动心,
因为一位成功的诗人,靠功力,也靠天分。
你正是这样的诗人! 看呀,父亲的面目
又在他的后裔复生,莎士比亚的心地与风度,
正如父之与子,光彩奕奕,

活在他富有特色而又布满真实的诗里：
他拿起每一行诗，就像耍一杆长矛，
在无知的人们看来，也正挥舞轻巧。
阿文的温柔的天鹅！你在我们的河水里
出现，沿着泰晤士河两岸飞起，
过去伊丽莎白爱看，如今詹姆斯喜欢，
真是风景如画，多么优美自然！
不过且慢！我见你朝着寰球开拓，
在远处成为一个灿烂的星座！
照亮吧，你这颗诗人之星，发脾气，
施影响，又是责备，又为萎靡的戏剧鼓气，
因为自你飞离之后，它像黑夜一样哀伤，
白昼又陷于绝望，由于你的著作的光亮。

我们从这首诗中可以学到许多东西。中国一般人不太了解英国文学，也许有些生疏之感。可是我们一旦有所了解，我们就会觉得他的评论公正与大胆。本·琼森是个学者，精通古希腊文与拉丁文，译过贺拉斯的《诗艺》。他又和莎士比亚生活在一起，所以知道莎士比亚"不懂希腊文"，"只认识一点拉丁"，这是就事论事，不是有意奚落。因为他在诗的末尾又告诉我们，"一位成功的诗人，靠功力，也靠天分。/你正是这样的诗人！"本·琼森是一个性情暴躁的人，坐过牢，经常和人争吵，吵完了又好，但是莎士比亚就和他完全不同了。他先说莎士比亚"斯文"（gentle），这个字也可以译成"温文尔雅"与"温和"一类的字眼，随后又来了个"温柔的天鹅"的比喻，"温柔"（sweet）也有"柔和""可亲"的意思，怎么译都不算错，总之，是一只悠闲自如、不惹是生非、与人为善的"天鹅"。他写出了莎士比亚的性格。而且莎士比亚写诗写戏，知道要取得"真实"与"自然"的艺术功力，就必须"流汗"，苦练本领，"蔑视荣誉"，这一点最难。戏既然能博得宗教信仰不同的前后两位统治者的喜爱，怎么能不先声夺人、神气十足、活灵活现呢？但是莎士比亚在沉默中（同诗，同生活）奋斗了一生，谦抑过人，决不争名夺利。就是这样一只阿文河的"天鹅"，却"一个人"代表整个不列颠（英吉利），在全欧洲打了一个大胜仗，成为"整个时间"的永恒的戏剧诗人！

本·琼森不但有学问，而且有独到的见地，他衡量了全部欧洲戏剧诗人，认为"自然"只此一家，"不再另立门户"。他举了英国古今最著名的两位诗人，说他们都不够资格和他"同住"，而当代剧作家中，他选出了两位最有特长，仅次于莎士比亚的戏剧诗人。一位是长期上演的《西班牙悲剧》的作者基德,他用"奇突的"(Sporting)加以形容,就是说场面多变,以惊险取胜;而马洛的诗句,他用"有力的"(mighty)加以形容,因为他的诗句,例如在《帖木儿大帝》里,就不断有警句出现,写出了帖木儿气吞山河的草莽英雄的声势。用一个字(指英文)点定每一个诗人的特征,就非有深厚与坚定的判断力不可。他的评价已经成为不移的定论。他教我们后人,怎么样才能摆脱一般流行滥调,所以我才敢在这方面,说他"大胆"而又"慎重","有几千斤分量"。一针见血,用不着生吞活剥,啰里啰唆,庸俗之气扑鼻。这就是对世界头一号戏剧大师——莎士比亚的世界头一篇评论。评论者本人是和他长期相处的老友,生活和作风完全不同于莎士比亚:一个是争长论短,呶呶不休,以世态喜剧称雄;而另一个,我们可以想象,不言不语,胸有成竹,由他人说去。在莎士比亚死后,本·琼森不畏人言,敢于对死者负责,做出恰如其分的评价,而措辞在这里却是那么难于着笔,因为被歌颂的人的名字叫莎士比亚,在当时那样无名,而自己却已然是誉满英吉利的桂冠诗人了啊!

"首创权总是属于他的"
——关于《别林斯基选集》的前三卷
吴元迈

19世纪俄罗斯文化是全人类文化的奇葩之一。但如果没有别林斯基这个名字,它将不知失色多少。

别林斯基是列宁推崇的"我国解放运动中完全代替贵族的平民知识分子的先驱",也是俄国现实主义美学和现实主义文学批评的奠基者。他对俄罗斯文学的影响是巨大而深远的。杜勃罗留波夫曾经写道:"我们优秀的文学活动家中的每个人都意识到,其发展的重要部分是直接或间接地受恩于别林斯基。"屠格涅夫也认为,俄罗斯文学中的"首创权总是属于他的","每逢新的天才、新的小说和新的诗歌出现的时候,谁也没有比别林斯基更早、更好地发表正确的评论和真正的、具有决定意义的意见"。

从20世纪30年代开始,别林斯基的著作和有关他的评论文字逐渐被介绍到我国来。1936年11月,上海生活出版社出版了《别林斯基批评集》。新中国成立以后,文艺界和出版界对别林斯基著作的介绍和研究更是十分重视。1950年6月,《文艺报》第二卷底六期发表了"别林斯基逝世纪念"的特辑;1952年,时代出版社出版了满涛同志翻译的《别林斯基选集》(两卷集);1958年,人民文学出版社出版了满涛同志翻译的《别林斯基选集》的第一卷,不久又出版了第二卷。按照原来的出版计划,这是六卷本的头两卷。整个选集参照1953—1959年苏联文学出版社出版的《别林斯基全集》(十三卷)和1948年出版的《别林斯基选集》(三卷)进行编译的,包括了别林斯基的最重要和最有代表性的论文。

十分遗憾的是,"文革"之乱完全中断了这件有意义和有价值的工作。别林斯基的光辉名字被泼上污水,翻译《别林斯基选集》的著名翻译家满涛同志也被诬为"牛鬼蛇神",受到严重迫害。直至1979年,上海译文出版社才重版了《别林斯基选集》第一、二卷,1980年,又出版了第三卷。今天,我们打开已故翻译家满涛同志这部译文精美、浸透着泪和血的书的时候,怎么不感慨万千!

伟大革命民主主义者别林斯基的一生是短暂的,只活了三十七岁。但他十五年的文学理论和文学批评活动,给俄国乃至世界留下了一份极其宝贵和不可磨灭的遗产。当然,他走过的道路也是矛盾和复杂的:他经历了从唯心主义到唯物主义,从启蒙主义到革命民主主义的探索、转变和发展的过程。1847年6月,他致果戈理的信,可以说是他的思想和文学活动的光辉总结:他谴责果戈理在晚期背离了现实主义,宣扬了神秘主义、禁欲主义和虔信主义,歌颂了人民的统治者;他指出俄国"最重要、最迫切的问题是废除农奴制",一个真正的作家应当在"人民中间唤醒几世纪以来被埋没在污泥和尘芥之中的人类尊严"。因此列宁称这封信是"没有遭受审查的民主主义出版物中极好的作品之一"。别林斯基一生思想的发展过程,如车尔尼雪夫斯基所说,他的"评论愈来愈多地充满着对我们生活的生动兴趣,愈来愈好地认识了生活中的现象……每一年我们在别林斯基的文章中,愈来愈少地发现他关于对象的抽象议论,即使议论的是生动的对象,也不是从抽象的观点出发的,他的评论愈来愈坚定地具有生活的气息"。

《别林斯基选集》的前三卷,包括了1834—1843年间写的几本著作。也就是说,这是他在唯心主义和从唯心主义向唯物主义转变的时期里写成的。但是,应该看到,我们所说的别林斯基的发展过程是从总的方面而言的,在他的早期著作里,仍然包含着许多具有真知灼见的地方,现实主义仍然是他的主要倾向。

别林斯基进入俄国文坛的时候,正是以普希金、果戈理和莱蒙托夫为代表的俄罗斯文学走上现实主义发展的历史新时期。在《文学的幻想》(1834年)这篇成名作中,他正确论述了从罗蒙诺索夫到普希金的全部俄国文学史,尖锐抨击了盲目崇拜西欧文化和根本否定俄罗斯民族文化的"西欧派"以及排斥外国文化的国粹主义的"斯拉夫派",明确地提出了俄国文学的民族性问题。他指出,文学不能离开民族的土壤,它"如果想变得巩固而永久,非具有民族性不可"。所谓民族性,就是"民族特性的烙印,民族精神和民族生活的标记"。他坚决反对对民族性的曲解,认为它"不是汇集村夫俗子的言语或者刻意求工的模拟歌谣和民间故事的腔调,而在于俄国才智的隐微曲折之处,在于俄国式的对事物的看法"。特别值得我们注意的是,他看到了民族性是"包含在对俄国生活画面的忠实描绘中"和"保存在下层人民里面最多"。这些卓越思想表现了他的现实主义倾向和民主主义精神,在当时是十分难能可贵的。正是从这个意义上,他热烈称颂普希金是第一个民族诗人。同时,我们应该看到这篇论文毫无异议地受到了谢林、黑格尔等人的唯心主义哲学和美学的深刻影响。他对艺术本质的阐述是错误的,他把"整个无限的大千世界"看成是"统一的、永恒的理念"的"呼吸",把"艺术的使命和目标"看成是"用言辞、声响、线条和色彩把大自然一般生活的理念描写出来,再现出来",并断言"诗歌除了自身之外是没有目的的"。在1838年—1840年的"与现实和解"的时期里,他写的《孟采尔,歌德的批评家》《智慧的痛苦》等论文,片面地理解了黑格尔的"一切存在都是合理的"这个哲学命题,过分地强调了文艺的"客观性",错误地认为格利鲍耶陀夫的名作《智慧的痛苦》不是艺术作品,是讽刺文,而"讽刺文不可能是艺术性的作品"。这无异于说,喜剧家不该暴露当时的丑恶现实。后来,别林斯基脱离了"与现实和解"的精神危机,走上同农奴制度下的现实对抗和斗争的时期以后,他便抛弃和克服了这些风行于西欧的"纯"艺术观,从而要求文学为人民的觉醒和社会的变革服务。1840年,他给鲍特金的信中说:他想起自己对《智慧的痛苦》的指责,心里就觉得难过,并认为这部作品是对丑恶的俄罗斯现实提出的"有力的(并且是第一次)的抗议"。在《玛尔林斯基全集》(1841年)一文中,他写道:"不管考查哪一个民族的文学,都不能把它的发展和社会的发展分隔开来"。在《莱蒙托夫》(1840年)里,他要求艺术家反映时代的生活,"他的心里,他的血液里,负载着社会的生活","一个诗人越是崇高,他就越是属于他所出生的社会,他的才能的发展、倾向甚至特点,也就越是和社会的历史发展密切地联系在一起"。在《1847年俄罗斯文学》里,他进一步写道:"本身就是目的的'纯艺术',无论在什么地方,什么时候,都是不存在的","任何诗歌,如果不是扎根在当代的现实中,任何诗歌,如果不把它的光投射在现实上,那就是悠闲的产物。"

现实主义是别林斯基的文学思想的中心,也是他的最杰出的贡献。虽然别林斯基没有提出也没有引用"现实主义"这个术语,但是他对现实主义的基本原则所作的出色的概括,对于促进俄国现实主义文学的发展和胜利,是起了极为重要的作用的。《在论俄国中篇小说和果戈理君的中篇小说》(1835年)中,别林斯基第一个高度评价了果戈理的创作,称赞他是俄国的天才作家,善于"从生活的散文中抽出生活的诗,用这生活的忠实描绘来震撼灵魂"。正是通过对果戈理和果戈理流派的创作经验的总结,别林斯基提出了现实主义的美学纲领。他认为现实主义的主要之点"在于对生活的忠实","在全部赤裸和真实中再现生活",不是"装饰"生活和"再造生活",而是"十足真实和正确地把它再现出来","像凸面玻璃一样,在一种观点之下把生活的复杂多彩的现象反映出来"。由于当时俄国作家所面对的是沙皇专制主义和农奴制度下的丑恶现实,所以这种忠实描绘的力量和价值,在别林斯基看来,首先在于它的批判锋芒,"在于毫无假借的直率,把生活表现得赤裸裸到令人害羞的程度,把全部可怕的丑恶和全部壮严的美一起揭发出来,好像用解剖刀切开一样"。别林斯基所指出的十九世纪俄国现实主义文学的这种特色,就是高尔基和卢那察尔斯基在后来所表述的那种"批判现实主义"和"否定现实主义"。同时,现实主义的真实并不是同"理想"和"可能性"对立的。别林斯基多次谈到了"理想"和"可能性"的问题,他在《文学一词的一般意义》里指出,社会又通过文学"找到提升为典范,化为自觉的自己的现实生活"。因此,无法设想,俄国现实主义文学的繁荣可以没有别林斯基。在《乞乞科夫的经历或死魂灵》《对于因果戈理的长诗〈死魂灵〉而引起的解释的解释》(1842年)和《1842年的俄国文学》(1843年)等文章中,他坚决驳斥了一些人对《死魂灵》的种种诽谤,有力地捍卫了它的揭露倾向,指出它是一部"从民族生活的深处抓取来的作品",好像"在困人的腐臭的蒸热和旱魃中出现的爽快的闪电光彩一样"。在别林斯基四十年代后的文学批评里,到处充满着这种旗帜鲜明的、唯物主义的战斗精神。

在文学理论发展史上,别林斯基是较早地把典型化问题提到文学创作首位的一个。他认为现实主义的真实并非是自然主义的有闻必录和罗列现象,应该而必须同典型化联系在一起。典型论是别林斯基现实主义的核心。他写道,典型性是作家的"文章印记",是"创作的基本法则之一,没有典型性就没有创作"。什么是典型?他回答说:"每一个典型对于读者都是似曾相识的不相识者"(有人译为"熟悉的陌生人");典型"是个人,同时又是许多人,一个人物,同时又是许多人物","必须使人物一方面是整个特殊的人物世界的表现,同时又是一个人物,完整的个别的人物。只有在这条件下,只有通过这些对立物的调和,他才能够是一个典型人物"。在这里,别林斯基注意到了典型化和个性化的重要关系。同时,他强调了典型形象的独创性:"在一部真正的艺术作品中,一切形象都是新颖的、独创的,没有重复之弊,而且每一个都过着自己的独特的生活。不管一个艺术家的作品多么浩如烟海,多么形形色色,他在任何一部作品里都决不会有任何一个特征重复自己"。此外,他像狄德罗、莱辛和黑格尔一样,在他的后期著作中,还指出了文学创作中人物和环境的相互关系。

别林斯基的现实主义概念是同文学的人民性概念分不开的,忠实地描写生活总是符合人民的利益和愿望的。他在谈到果戈理的创作时说过,其"生活真实"是同"那总是被深刻的悲哀和忧郁之感所压倒的喜剧性的兴奋"联系在一起的,果戈理的小说"开始可笑,后来悲伤!"。我们知道,在俄国文学批评史上,最早提出人民性这个概念的,并不是别林斯基,但是,看到这个概念的混乱情况,并给予正确阐明的却是他。他在《对民间诗歌及其意义的总看法》(1841年)里写道:"'人民性'是我们时代的美学的基本东西,正像'对大自然的美化的模仿'曾经是上世纪的美学的基本东西一样……'人民性'的长诗、'人民性'的作品,等等说法,现在常常被用来代替'卓越的、伟大的、永垂不朽的作品'等等字眼……简言之:'人民性'变成了用来测量一切诗歌作品的价值以及一切诗歌荣誉的巩固的最高标准、试金石。可是,是不是所有的人,在谈论人民性的时候,讲的都是一个东西呢?没有滥用这个字眼吗?懂不懂得它的真正的含义?……为了阐明'人民性'一词的含意,我们必须解释这个字眼所包含的概念的历史发展过程……"在果戈理和果戈理派的创作中,别林斯基看到了人民性并论述了人民性。在他看来,这些作家的人民性,在于他们描写了"平民百姓的世界""情操高贵的平民百姓的典型"和"普通人":"即使是一个庄稼汉,他也有灵魂和心灵,愿望和情欲,爱和憎"。这种人民性同那种伪人民性是格格不入的,它不是"为了对于乡下佬的特殊语言的爱好,也不是为了对于滥褛和污秽的偏嗜,而是为了达到一种目的,在这种目的里面可以看到人类的理想。"在《〈论莫斯科观察家〉的批评及其文学意见》(1836年)里,别林斯基坚决反对 C. 谢维辽夫代表的上流社会的美学观点,即把文学引向为贵族阶级读者的兴趣服务。至于我们在前面谈到的他那封致果戈理的信,则极其鲜明地表现了他所理解的人民性是同抨击和暴露农奴制的反动性和腐朽性紧密地联系在一起的。

关于艺术的特点问题,在别林斯基的文学思想中占有一个重要的位置。他在《智慧的痛苦》一文中认为,艺术和科学的区分不在于对象,而在于表现的形式。"诗歌是直观形式中的真实","诗人用形象思索"。在《艺术的概念》(1841年)里,他把艺术的特点概括为"形象思维",即"对于真理的直感的观察,或者说是用形象来思维"。在世界美学史上,用这样的语言来表达艺术的特点,别林斯基是第一个。在后期的一些著作中,特别是在《1847年的俄国文学》里,他进一步就这个问题做了新的明确的阐明:"哲学家用三段论法说话,诗人则以形象和图画说话,然而他们说的是同一件事。政治经济学家运用统计的材料,作用于读者或听众的理智,证明社会某一阶级的状况,由于某些原因,业已大为改善,或者大为恶化;诗人则运用生动而鲜明的现实的描绘,作用于读者的想象,在真实的画面里显示社会中某一阶级的状况,由于某些原因,业已大为改善,或者大为恶化。"

此外,别林斯基对文学的内容和形式、思想性、风格等问题也有许多值得我们重视的论述。我们还应该指出,别林斯基是西欧文学的一位优秀评论家。他对莎士比亚的剧作、欧仁·苏的《巴黎的秘密》以及歌德、狄更斯、海涅等人的评论,包含着许多深刻的和独创性的见解。这些见解在今天也没有失去意义。

别林斯基离开我们已经一百三十多年了。别林斯基遗产的局限性是自不待言的,但是其中那些经过时间和实践考验了的部分,永远不会被历史所遗忘,在今天仍然值得我们好好地加以借鉴。

1982 年

当代欧美文学中的"反文学"
冯汉津

欧美文学的现代性,是指它发展到今天为止所呈现出来的不同于传统文学的新特征。欧美现代文学通常指 19 世纪末叶,特别是 1880 年以后的各种形式的文学,因为以"科学方法"为其写作特征的自然主义,以及具有现代诗歌特征的象征主义等流派,都是在 1880 年前后形成的。但是 20 世纪以来,欧美文学在创作方法和艺术技巧方面的革新,比以往任何时期都快速,新的文学样式和流派不断涌现。以法国而论,20 世纪初至 20 年代,就先后出现了十几个文学派别,如综合派、整体派、冲动派、贵族派、真诚派、主观派、德洛伊派、强烈派、同时派、力本派(物力派)、主体派、修道院派、达达主义、一致主义,等等。从第一次世界大战到目前,欧美文学中曾相继出现了"愤怒的青年"、"垮掉的一代"、超现实主义、后期象征主义、表现主义、存在主义、黑色幽默、荒诞派、新小说派等比较重要的文学流派。这些文学运动或流派猛烈地冲击着 19 世纪以来的传统文学,使传统文学面目全非。即使坚持传统文学道路的作家,其作品也往往受现代主义的影响,而与 19 世纪的传统文学作品大相径庭。

任何国家的文学都随着时代的发展而有所演变,可是欧美文学的演变却特别迅速,也就是说它的现代性特别显著。究其缘由,大概有如下这些因素:

(一)西方近百年来科学文化发展异常迅猛,从而影响了文学内在结构的变化。例如法国象征派诗人勒内·吉尔曾利用当时声学研究的新成果,建立声学实验室,来发展象征主义诗歌的音韵学,从而创立"谐和与象征派";20 世纪初,奥地利心理学家弗洛伊德的精神分析法,被运用到文学领域,催生了意识流创作方法;超现实主义的几个著名诗人如布勒东和阿拉贡等,都是精神病学家,曾做过潜意识和梦幻功能的实验。电影的表现手法应用到文学中去,就成为视觉文学。

(二)文艺理论的推动。有些作品中自发地包含着新的因素,如让其自生自灭,则永远也不会形成新的文学流派或具有影响力的文学现象,因此文学理论对作品的评价、总结和推动是十分重要的。例如,"新小说"的出现完全是自发的,一些作家的作品虽具有不同于传统文学的新因素,但它们是散乱的,彼此存在着明显的差异,各有关作家之间也没有沟通。"新小说"之所以能形成流派,可以说主要得力于文学批评,就连"新小说"这个名称也是批评家们定的。美国的"黑色幽默"也有同样的情况。战后美国文学中出现了以讽刺、戏谑笔法为其特点的抨击现实的作品。1965年布鲁斯·杰伊·弗里德曼选编了一本作品选,名为《黑色幽默》,从此这种文学品种才得以传扬。

(三)一般来说,欧美文学家喜欢标新立异,追求艺术形式的新颖和不断变化,而不喜欢墨守旧章法。另外,从读者的角度来说,只要听说有一种新的文学样式问世,大家都一拥而上,竞相阅读和议论,即便这种新的文学样式并不为人们所喜欢。例如,"新小说"读来味同嚼蜡,一般读者并不喜欢,可是大家仍然抱着好奇心去阅读。欧美各国人民的这种思想气质有利于新文学形式的传播,同时也促使作家们去不断探索新的创作道路。

(四)20世纪以来,欧美各国经历了两次世界大战以及动荡不宁的经济、政治和社会的变迁,既有不同程度的经济繁荣,又经受过经济危机带来的贫困和失望。这种激烈的社会变革加速了文学从形式到内容两个方面发生变化。欧美现代文学不能不染上时代的色彩,显示出特定社会的思想印记。本文并不想分析欧美现代文学的思想特征,而只是就现代文学形式、内容上的一个突出特征——"反文学"的现象,简单谈谈自己的看法。

反文学(alittérature)这个术语是1958年由法国作家克洛德·莫里亚克创造的,他在解释这个术语时说,"最优秀的作家总是设法用文学的手段去表现难以言传的事物,但是在可能的情况下,要用非文学的手段去表现。故此,我用了'反文学'这个词。"简言之,"反文学"就是用非文学的手段去表现不可捉摸的事物的文学,也就是反传统的文学。对当代欧美的许多作家来说,"反文学"不仅不含有贬义,相反,它是一个优秀的作家应当追求的目标。

由文学走向"反文学",在西方可以说带有普遍的意义。第一次世界大战以后,特别是1929年经济危机席卷资本主义世界以后,资本主义制度暴露出严重的问题。其后欧美各国又经历了第二次世界大战,不仅物质社会遭到严重破坏,意识形态各个领域里的价值准则也被怀疑乃至否定,在文学领域里出现了"怀疑的时代"。一些作家认为,传统文学中那种讲究故事情节,精心刻画人物,追求抒情、动人的语言艺术的传统创作方法已经过时,因为用这种方法创造出来的作品是对生活的粉饰和伪造,传统文学是掩盖严酷现实的谎言。

法国《思想》杂志在1958年的一篇调查报告中说:"否定传统的形式是任何时代、任何艺术形式具有生命力的最重要标志。但是,今天文学形式的选择遇到了极大的困难,因为这次摆在天平上的是有关人类的某种观念和对现存社会的理解。"(转引自贝萨尼《1945年以后的法国文学》）从这里可以看出，文学形式的变化包含着人和社会的价值标准的变化，散发出时代的气息。这种"反文学"虽然不能简单地认为是当代欧美文学的全部，可是它却代表了一种强有力的文学潮流，使整个欧美文学的面貌起了重大的变化。

下面就以小说、戏剧和诗歌这三种文学体裁为例来说明文学形式的变化。

（一）反小说。在阉割小说的传统性方面，法国比其他国家走得更远。从20世纪20年代到40年代，超现实主义逐步发展成为国际性的文学流派，它在强调诗歌特殊地位的同时，无端攻击小说体裁，认为小说是粉饰现实社会的工具，把生活塑造成一座金碧辉煌的殿堂。超现实主义的首领安德烈·布勒东对法国诗人保尔·瓦雷里说过："应当彻底废弃传统的文学形式。"在超现实主义的影响下，小说的形式开始起了变化。50年代初期，法国出现了"新小说"流派，60年代又传布到欧美其他国家。1948年，法国女作家娜塔莉·萨罗特写了《一个陌生人的肖像》，这可说是最早的"新小说"之一。萨特在为该书所写的序言中说："我们这个时代奇异的特点之一，就是这儿那儿都出现了一些富有生命力的、持否定态度的作品，我们不妨称之为反小说。"从此，"反小说"这个名词就广泛地被应用，它不仅指"新小说"，并且也指一切反传统的小说。

在变革小说的形态方面，奥地利作家卡夫卡，爱尔兰作家乔伊斯，英国作家弗吉尼亚·伍尔夫、约瑟夫·康拉德，美国作家海明威、福克纳、多斯·派索斯，法国作家普鲁斯特、纪德等等，都走在前列。这些作家在不同程度上抛弃了理性主义的心理分析方法，而从两个截然相反的方面进行探索：一是以主人翁的感觉为依据来反映客观现实，这就是所谓主观现实主义；二是以主人公生活的环境为主要描写客体，来展示现实，这就是所谓客观现实主义。前者如乔伊斯和普鲁斯特，后者如福克纳和多斯·派索斯。

乔伊斯的《尤利西斯》（1922年）在西方被认为是现代小说的丰碑。它一反传统小说的章法，仅仅描写了都柏林三个人物在1904年6月16日从早到晚的一天生活，生活内容极其平淡琐屑，没有惊人的事件和吸引人之处。作家利用倒叙、暗示、象征、联想、回忆、内心独白等手法，写出主人公的所见所闻和下意识活动，把平凡的一天写成揭示现代人生活的"奥德赛"式的史诗。这本小说引起西方文学界的极大注意。卡夫卡的《变形记》（1912年）以其独特的艺术风格在西方现代小说中博得了声誉。小说的主人公格里高尔·萨姆沙一天早晨醒来，发现自己变成了一只巨大的甲虫，小说描写了这个由人变的甲虫的思想活动和行为。《变形记》是在资本主义生产方式控制社会的条件下，人异化为物的病态社会的文学写照。卡夫卡的一系列小说对欧美文学的影响是巨大的，而后的"反小说"在描写人的物化方面都显示出卡夫卡小说的影子。

19世纪的作家如巴尔扎克、雨果、狄更斯等，在小说中反映了广阔深邃的社会生活,设计出惊心动魄的人间悲喜剧,以其跌宕起伏的情节、栩栩如生的人物形象和深刻的生活哲理吸引住广大读者的心,人们把读小说当作认识无限丰富复杂的大千世界和了解人物性格并从中获得美学享受的好机会。可是"新小说"则把这一切都统统砸烂,使小说走向个人主义的狭小天地,把小说改造成传递个人行为和意识活动的枯燥气味的信息。在文学史上,还没有任何流派像"新小说"那样彻底地破除人们对小说的阅读和思索的习惯,把小说排除在艺术欣赏的范围之外,而迫使读者不得不以科学研究的态度,通过作者所提供的支离破碎的、零乱的形象断片,去补充作者有意空缺的部分,拼凑并复原人或物的形象,从而求证出人物存在的方式或物体的客观依据。阅读小说成了一种颇费心智的拼七巧板的游戏。难怪西方许多评论家都惊呼"小说已经走向死胡同"。

"新小说"以及与之相关的亲缘小说从哪些方面来确立自己的写作原则和美学标准呢?

第一,取消故事情节。传统的小说要表现丰富复杂的生活内容,首先得有故事情节,表现人与人、人与社会的关系。可是"新小说"的作家们认为这样就会杜撰和歪曲生活。法国新小说派著名女作家娜塔莉·萨罗特说,读者"不相信那像细布条一样缠绕着人物的故事情节,这些情节使人物在表面上看来似乎自成一体,栩栩如生,实际上却像木乃伊一般地死硬僵化"(《怀疑的时代》)。在这种思想的指导下,一些著名的"新小说"都没有故事情节,只有指示人物活动的粗线条。例如罗布-格里耶的小说《窥视者》(1955年获法国文学批评奖)描写一个少女可能在遭到奸污后被人扔到海里溺死,一个商品推销员曾经路过那儿,小说以闪烁含糊的描写,使读者隐隐约约感觉到他是与此凶杀有关的人,但他究竟是凶手、案犯还是证人呢?这就要读者自己去猜测了。

第二,取消人物。娜塔莉·萨罗特说:"对于那些经作者运用惊人的手法和通过意想不到的戏剧化动作所塑造的人物,现代的读者是怀有戒心的。"(《怀疑的时代》)为什么要取消人物呢?据"新小说"作家们的看法,你要把人物刻画得生动逼真,就得运用心理分析的方法,而这种方法必然把作者的主观意图强加给人物,从而暴露出人工的斧痕,丧失小说所写事物的真实性。从读者来说,人物越刻画得活灵活现,就越分散读者的注意力,因为读者往往只去了解人物的外表、行为、感觉等等,而不去发掘人物内在的思想深度。"新小说"作家往往用第一人称"我"来代替人物,认为这样可以更完满地显示人物心理活动的丰富性和复杂性。娜塔莉·萨罗特的小说《金果》(1963年)没有情节,没有人物,没有主题,只有一群人乱哄哄的议论,还有内心独白。这群隐姓埋名的人在议论什么呢?原来是议论一部名为《金果》的小说。有人称这本小说是"鸡尾酒会上的谈话"。作者谈到为什么写这部小说时说："《金果》的一个侧面,是说明体会一部艺术作品的绝对价值的需要,可是这是不可能的,这种价值始终捉摸不定。最后只有一个读者直接感受到了……"(《创作的奥秘》)

第三,写物。"新小说"派认为在日常事物的表面下,隐藏着一种不平凡的、深刻的东西,这种内在的事物与它所寄附的表面是不可分的,作家的责任是要探索潜伏在事物内部的秘密。这种探索虽然是艰苦的,却是有意义的。"新小说"的作家们不厌其烦地描写某样固定的事物,如土豆、椅子、咖啡壶等等,一口气写上好几页。最典型的要推法国作家罗布－格里耶的短篇小说集《即景集》了,它与其说是小说,毋宁说是静物写生,因为大部分小说的主角都是物体。在写物时,作家们要力求像几何学那样精确,揭示事物的内蕴。他们反对肤浅的印象,因为肤浅的描写所提供的是一个读者熟悉的世界,"新小说"则要让一个陌生的世界呈现在读者面前。这种物化的描写是资本主义社会见物不见人的价值标准在小说创作方法中的新体现。这种写物与巴尔扎克时代的写物方法和目的都截然不同,巴尔扎克写物的最终目的是为了刻画人物性格,而"新小说"的写物既是方法,又是目的,就是为描写而描写。

第四,阉割意义。罗布－格里耶说："对我来说,不共戴天的敌人,也许是唯一的敌人,大概是永久的敌人,总之就是意义。"(转引自1978年第729期法国《新观察家》周刊)由于"新小说"只描写局部的、表面的、孤立的事物,并不描写人群和社会,因此一般来说作品都没有社会意义。同时,由于它强调多角度、多层次地解剖事物,采用不连贯的、颠三倒四的或跳跃的叙述手法,因此作品的思想脉络往往含混不清,晦涩难懂,甚至成了谜语。如罗布－格里耶的小说《橡皮》似乎是一部侦探小说,但表现方法上侧重琐屑的、片段的、印象的描写,并不为某个中心内容服务,整部小说的意义是不明确的。美国"新小说"家巴赛尔梅借小说主人公的嘴说："我只相信片段的东西。"这道出了"新小说"家的写作原则,即作者只写出事物的某些侧面或片段,甚至有意布设陷阱,那被遮蔽或暗藏的部分要读者自己去猜测。

第五,追求语言特技。"新小说"家往往打破传统的语言规范,把人们用以交流思想的语言变成逻辑混乱、句法残缺、辞章诡谲的语言异化物,这种语言成了妨碍思想交流的堆积物。克洛德·西蒙的小说常常一个句子就占一两页的篇幅,有时两个句子互相穿插。布托尔的《改变》中用"您"来代表主人公(传统小说中一般用"我"),用"你"来代替"他",这种人称用法有意向传统语言挑战,引起了纷争。俄裔美国作家纳博科夫及继承他的风格的一些作家,不承认规范语言对其作品的约束,所使用的语言如同抽象派画家的绘画,难以达到思想的交融。美国"新小说"家巴勒斯则走得更远,他把一些报刊书籍上的文章折叠起来,按折痕剪开,然后再把文字碎片拼凑起来,据说这就是一种小说创作。这种例子当然是很少的,但也说明"新小说"对规范语言的破坏和污染已到了何等地步。

总的来说,"新小说"虽然各有巧妙不同,但在反对传统小说的表现方法上是一致的。"新小说"对读者来说始终是一个谜,它并不是让读者去了解一个自己熟悉的世界,而是去探测一个非逻辑的、令人不安的深渊。"新小说"原来是为了解决传统小说的危机才出现的,但现在看来它本身就是西方小说危机的象征。

(二)反戏剧。自易卜生以来的欧洲传统戏剧,始终以编造扣人心弦的剧情为归宿,恪守着发展冲突、激化冲突、解决冲突的老三段程式。第二次世界大战之前,以法国为中心,西方剧坛出现了先锋派,其要旨在于改革传统戏剧程式和表现手法,使戏剧在内容与形式方面都来一番革命。这种变革确也给剧坛吹来一股新风。及至五十年代,先锋派发展成为荒诞派,则全盘弃绝了传统的戏剧路子。1950年,出生于罗马尼亚的法国剧作家尤金·尤涅斯库的《秃头歌女》在巴黎上演,1952年,他的剧本《椅子》及爱尔兰籍的法国剧作家萨缪尔·贝凯特的剧本《等待戈多》又先后在巴黎上演,于是当时所称呼的这种"新戏剧"(与"新小说"相提并论)引起了西方剧坛的注意,并迅速传播到欧美其他国家。1961年,英国戏剧评论家马丁·艾思林在其专著《荒诞戏剧》中,把这类戏剧正式定名为荒诞剧,也有人称之为"反戏剧"或"新戏剧"。实际上,某些表现主义、实验主义甚至存在主义的戏剧,若与传统戏剧相较,也可以认为是"反戏剧"。除以上所举两位剧作家外,其他较著名的"反戏剧"作家还有:法国的亚瑟·阿达莫夫、让·热内、雅克·奥迪贝蒂、亨利·皮歇特,英国的哈罗尔德·品特,瑞士的弗里德里希·杜伦马特,德国的马克斯·弗里施,美国的利罗伊·琼斯、爱德华·阿尔比、杰克·格尔伯等。

"反戏剧"在哪些方面区别于传统剧呢?首先,也是最根本的一点,当然是这种戏剧所蕴含的荒诞哲理。荒诞剧的哲学基础是存在主义对世界和人生的认识,它反映人与不合理的生存条件之间的矛盾,人与人之间的思想难以沟通,表现悲观黯淡和荒诞的人生遭际。其次,在表现手法方面,荒诞剧摒弃直接反映现实的方法,而借鉴于以卡夫卡为代表的荒诞小说及超现实主义、表现主义的戏剧,以扭曲、夸张、怪异和荒诞的手法间接地反映现实。

贝凯特的《等待戈多》是公认的荒诞剧代表作,该剧没有传统剧的复杂布景、众多的人物和曲折的情节,舞台上只有一棵光秃秃的树,长在一条路旁,正台坐着两个流浪汉,讲一些语无伦次的话,做一些无聊的动作(如脱靴子,看看树等)。他们在孤苦地等待一个永不露面的戈多,这个戈多是希望的象征。两个流浪汉在失望之余,便解下裤带自杀,但裤带太短,自杀不成。后来一个小孩来报告,说戈多不来了,于是他们相约明天再来等,第一幕就到此结束。第二幕的布景、人物同前,唯有那棵树的枝干上长出了几片叶子,象征着生命的存在和时间的流逝。两个剧中人的言谈动作基本上与第一幕大同小异,到剧终时,那个神秘的戈多仍然没有出现,象征着希望难期,命运多舛。荒诞剧虽然像闹剧,舞台动作荒诞可笑,台词颠三倒四,像聋子的对话,但是整个剧本往往透露出一些深刻的哲理,连篇累牍的废话中也闪烁着一星半点的生活真谛,发人深省。

尤涅斯库的剧本表现资本主义社会中人的孤独感,人与人之间关系的冷漠和难以沟通。例如《秃头歌女》中的马丁夫妇到史密斯夫妇家里做客,当他们面对面坐下交谈时,竟然互不相识。后来马丁夫妇再三回忆,各自说明自己的来历,才恍然大悟,他们原来是夫妇关系。在现实中夫妇相见不相识,这固然是不可能的事,但是在一切以金钱为转移的社会里,不少夫妇之间隔着一层利害关系织成的面纱,而缺少真切的情感交融,这不也类似马丁夫妇的相见不相识吗?

美国的战后戏剧大致上可以分为传统戏剧和新戏剧两大类。新戏剧继承了著名剧作家奥尼尔的艺术作风,吸收了表现主义、超现实主义和荒诞派的表现手法,成为美国式的"反戏剧"。美国作为一个生产力高度发达的国家,存在着难以解决的社会问题,例如吸毒、抢劫、凶杀以及其他种种犯罪行为,这些社会问题使一些人产生了对生的恐惧和虚无主义的处世态度,当然也使另一些人持积极的抗争态度。这些都在美国的戏剧中得到了反映。当然,作为荒诞剧,它主要反映了社会和个人的阴暗一面,剧中人物往往是些孤独的、与环境格格不入的、被社会抛弃的人。

美国著名荒诞剧作家爱德华·阿尔比的创作方法深受贝凯特的影响。他于1959年所写的剧本《动物园的故事》(去年曾在上海演出),反映了当代美国人的精神危机的某个侧面。剧中只有两个人物,流浪汉杰利和有产者彼得。杰利在公园里遇到了贪求宁静的彼得,死乞白赖地与彼得纠缠,破坏他的宁静。彼得忍无可忍,要和杰利决斗,杰利对此嗤之以鼻,把自己的一柄小刀抛给彼得。当彼得握着小刀惶惑不解时,杰利却挺起胸膛迎着彼得的刀子扑过去,借对方的手结束了自己的生命。剧本表现了两种形异实同的空虚人生。但人毕竟不是圈在栅栏里的动物,在死亡这一点上,人与人仍然有共同的语言。

美国的新戏剧在表现方法上具有表现主义和超自然主义的色彩,剧作家肯尼思·布朗在《裸体人和死人》一剧中,舞台上没有布幕,代之以一层铁丝网,像一个军营,以此象征美国社会。没有戏剧情节,也没有对话,只有一系列没完没了的机械的手势,还有一系列相同的命令,这些命令是通过军官们的嘴号叫出来的。俘虏们不能任意说话,做任何事都要得到看守的同意。俘虏们的规定用语是:"长官,注册俘虏×××请求获准讲话。"俘虏不准走路,只能跑步,如果体力不支,也得佯装跑步。

美国剧作家杰克·格尔伯的《沟通》更为新奇。全剧文字说明只有一页,演出半小时左右。它的宗旨是做到演员与观众打成一片,没有任何强加于人的东西,没有剧情,没有台词,没有说明,没有表演,只有几个吸毒的男人在等待毒品商的到来。至于这种舞台布设究竟有什么意义和暗示,那要观众自己去想象了。不过,谁都知道,剧作家的这种布设,是对社会积弊的一种挑衅。

这种戏剧美国人也称之为"无政府剧",法国人则称它为"心理剧"。美国剧作家希斯加尔竭力主张应当让观众生活在戏剧里,他说:"我最讨厌这样的人,他们总想给我上上课,开导我说这是真的,那是假的。我也有智慧,我愿意以自己的智慧来判断。"(转引自皮埃尔·多梅格《介于两种异化之间的美国新戏剧》)这反映了西方一些剧作家对戏剧的认识。

以上所说的种种戏剧,不管其表现手法如何,总是以这样那样的方式反映了一定的社会问题和生活在这个社会里的人的精神状态,这可能是与某些剧作家的本意相违背的。

(三)反诗歌。本世纪以来,诗歌的内容和形式都经历了巨大的变化,诗歌格律普遍松弛,有的诗歌形式怪诞,简直不称其为诗,因此"反诗歌"这个名称就应运而生。"反诗歌"并非指某个特定的诗歌流派,而是指非诗化的诗。

20世纪初至第一次世界大战后,欧洲文坛相继出现了一些以诗歌为主体的文艺流派。未来主义和达达主义具有大致相仿的艺术见解,它们都举起否定传统艺术形式的大纛。在诗歌方面,他们除了在内容上作巨大变革外,在形式上主张破除语言规范,取消修饰语和标点符号,甚至以剪贴文字、模拟人的谈话来作"诗"。以法国诗人阿波利内尔为首的主体派,创造立体诗,即图画诗,用文字排列成与诗歌意境相当的画面,不但可以诵,并且可以看。立体派还主张把诗和音乐、书法结合。到了20年代,在达达主义基础上发展起来的超现实主义,宣布诗歌不受任何理性的约束,排除任何美学和伦理学的考虑,仅仅记录个人的潜意识活动,去发现潜意识的"磁场",在这些现代派的影响下,诗歌的形式变得具有极大的随意性,至少,目前西方诗坛上,格律诗几乎绝迹,而代之以自由诗和散文诗。

例如当代法国最有声望的诗人之一雅克·普雷韦尔所写的许多诗很像散文,既不分诗行,也没有标点。现译抄一首题为《征象》的诗如下:

  在这片废墟里没有家具的遗迹没有断
  瓦残砖没有牲畜的踪影没有留下丝毫记忆

没有风没有枯叶没有死水没有汽油灯的残
物没有焊接灯的影子没有拔除掉的电线没
有灯笼没有油盏没有吊灯
在一片废墟里听不见丝毫的呼吸丝毫
的声响丝毫的叹息丝毫的呼唤丝毫的哀求
丝毫的疑问丝毫的感叹只有一个小泥水匠
有时发出尖音有时发出团音做成一支悠扬
的小乐曲这也是他的屋脊

普雷韦尔写诗时还常常搞文字游戏,例如在他那首著名的《行列》诗中,每一行诗由两个名词词组构成,中间用连词"和"字联结起来,但是有意把两个名词的补语互相错置,形成不伦不类的、畸形的文字组合。如"一个金质的老人和一只戴孝的手表","一个海泡石的元帅和一只退休的烟斗"。

法国另一个著名诗人雷蒙·格诺甚至故意杜撰文字,自己创造了一种象形文字,在诗歌中往往不遵守语言规范,用词造句都有自己的格式。法国存在主义著名诗人法朗西斯·蓬热则干脆把诗歌改为"散文诗",主张取消诗歌与散文的界限,创造以物为诗歌写作对象的修辞形式。他写道:"因此,讲授这样一种艺术是十分必要的,即抵制言语,强制和驯服言语,你怎么想就怎么说。总之,要建立一门修辞学,或者更确切地说,叫每个人建立自己的修辞学,这是一项对大众有利的事业。"(《散文诗》)但是,诗歌的散文化并不意味着晓畅易懂,而是寻求语言的炼丹术。

从内容来说,欧美诗歌往往追求一种形而上学的、难以捉摸的绝对观念,或者寻觅自我。虽然诗的语言是现实的语言,但是"诗的世界是另一个世界"。例如英国的后期象征主义诗人艾略特的长诗《荒原》以《圣经》中的传说为线索,以隐约迷茫的象征手法暗示现代社会是一片荒原。这首诗于1922年发表后,遭到多方批评,被认为是一首拙劣的模仿诗,直到1929年才有人提出是一首划时代的诗,其所以长期不被人理解,是因为诗中的玄奥意境难以获得知音。欧美的诗风也影响到世界其他国家。笔者曾看到一首日本人写的诗,由数百个汉字"雨"字组成一个正方形,中心的一个"雨"字特别大,其余的较小,多层而规则地排列在大"雨"字的四周。这首无标题的诗也许是表达诗人凄风苦雨如磐的烦闷心境吧。

法国著名文学评论家阿尔贝雷对当代的欧美诗歌曾有过精辟的评论:"当代诗歌作品的确日益成为一种赌博,就是用人的言语表达一种难以言传的情绪和事情。因为,现代的赌博规则是:凡是难以言传的东西就富有诗意。于是,诗变成了一种狡诈,一种叛逆和对言语的搏斗。"(《二十世纪文学总结》)这里既谈到了诗歌的内容,又兼及诗歌的形式,的确是中肯入理的。

以上所说欧美文学的种种现代特性,当然不能概括现代欧美文学的全貌。一个国家的文学演变,取决于该国经济、政治、文化、教育、社会习俗乃至人民气质诸因素的总和,同时又与文学自身的历史紧密相连。因此,欧美文学的现代性有其社会根源和历史根源。欧美文学有自己的悠久传统,它曾经为世界文学宝库提供过不少优秀的文学作品。欧美文学也有它自己的现状,它时时刻刻反省自己的过去,不断否定旧有的文学形式,勇于探索和寻求最新的道路与创作方法。欧美文学自战后以来更处于巨变之中,可说是奇花纷呈,但也良莠不齐,值得我们研究和注意。欧美文学中的某些创作方法是可以借鉴的,例如意识流的某些手法已为我国一些作家所吸收和运用,但是它也有一些糟粕,并不适合我国文学机体,当然是在被弃之列。

存在主义与文学
刘放桐

在当代西方思想家中,法国著名存在主义哲学家、作家和社会活动家让·保尔·萨特(1905—1980)是一个引起颇多争论的人物。人们对他作出了各种不同的,甚至相反的评价,这种情况在我国也有反映。有些同志对萨特作出了高度评价,有的甚至称他是20世纪思想发展道路上的"一个高耸着的里程碑",认为他是"属于世界无产阶级的",把他的存在主义的人道主义和马克思主义的人道主义相提并论。个别对马克思主义认识模糊、信念不明确的青年同志把萨特的个人绝对自由以及自我选择等人生哲学理想化,当作人生的向导。也有一些同志对萨特及其存在主义采取简单否定,甚至惊恐的态度,认为它们都是腐朽的、反动的,甚至十分危险的东西。似乎让青年同志接触了萨特就会引起他们对马克思主义信念的动摇。

我认为,对萨特评价过高或简单否定和拒斥,都是不妥当的。我们应当在马克思主义观点指引下,把萨特的哲学和文学当作一个思想总体,对它进行实事求是的、科学的分析,作出比较恰当的评价,取其积极因素,弃其消极因素。这对丰富和发展马克思主义哲学和文学,促进社会主义精神文明建设,都是有益的。

存在主义的社会历史背景和理论特征

萨特是一个思想复杂、矛盾和多变的人物。但是,他不同时期的哲学著作、文学理论和创作中都渗透着存在主义的精神。他晚年虽然标榜接受马克思主义,但实际上是用了一些马克思主义的名词来改装存在主义。他一再表示,如果要在存在主义和马克思主义二者之间作出抉择,他仍选择存在主义。

存在主义是第一次世界大战后首先在德国出现的一个哲学流派。德国哲学家海德格尔(1889—1976)和雅斯贝尔斯(1883—1969)被认为是这个哲学流派的创始人。萨特的存在主义与海德格尔和雅斯贝尔斯的存在主义从理论特征和社会历史背景来说,都有不少差别,但其基本思想是一致的。他的基本理论是从海德格尔等人那里承袭来的。

就社会历史背景来说,存在主义的独特之处主要在于,它比较集中和突出地表现了帝国主义时代的资产阶级由于不能摆脱资本主义所固有的矛盾和危机而必然产生的惊恐不安、忧虑、沮丧、苦闷等没落情绪,表现了他们为摆脱这些矛盾和危机而孤注一掷,进行冒险的心理。在垄断资产阶级的统治和压迫下,资本主义社会中其他阶层的人们(特别是一部分知识分子、青年学生和广大小资产阶级群众)都遭到各种不幸。他们对现实不满,要求反抗,但又未能摆脱资产阶级世界观的支配,找到正确的革命道路,只能停留于个人的消极抗议。这不能不使他们处处碰壁,有些人由此消沉颓废、悲观失望,成了资产阶级腐朽没落情绪的俘虏。有些人虽然提倡采取行动去改变现实,甚至表现得非常激进,但往往也流于盲动或冒险。存在主义就表现了他们的这种精神状态。因此总的说来,可以把存在主义看作是资本主义危机时代的危机哲学。当然,不同的存在主义哲学家的情况有所不同。萨特在政治上比较激进,参加过反法西斯抵抗运动,战后对帝国主义和殖民主义政策竭力谴责,同情甚至积极参加资本主义社会中工人、青年学生的反抗运动。我们当然不能把他看作是代表垄断资产阶级要求的反动思想家。萨特自认为属于小资产阶级,这大体上符合实际。但不应忘记,小资产阶级的意识形态往往要受占统治地位的资产阶级意识形态的影响,与后者并无绝对分明的界限。

就理论特征来说,存在主义的最根本特点是把人的存在当作全部哲学的基础和出发点。存在主义者宣称他们的哲学既根本不同于使人服从客观世界的唯物主义,也根本不同于由抽象的精神实体派生出物质的传统的思辨唯心主义。他们仅仅谈论人的存在,谈论人的生活和行动。但是存在主义者所说的存在并非指人的社会的物质的存在,而是指被他们歪曲和神秘化的人的心理意识的存在。但这不是人的感觉、思维等作为认识形式的心理意识,而是人处于焦虑、恐惧、绝望以至面临死亡等状态下的低沉的、病态的、非理性的心理意识。他们把人的这种存在同人的感觉、思维等人的认识形态的存在完全对立起来,同引起这种心理意识的社会存在和个人的现实的存在对立起来,由此出发来解决他们所特别强调的人生问题,解决主观与客观、思维与存在的关系问题,即哲学基本问题。可见,存在主义是一种具有强烈的反理性主义倾向的唯心主义。萨特的存在主义也正是这样一种哲学。

存在主义的人道主义

萨特等存在主义者往往把他们的理论标榜为人道主义。应当怎样来评价萨特的人道主义呢?有的同志认为萨特是"资产阶级人道主义思想传统在20世纪最有创造性的一个继承者"。这种看法是值得商榷的。

文艺复兴以来的古典的资产阶级人道主义是以资产阶级个人主义世界观为基础的。这一时期的资产阶级人道主义者在哲学上有的属于唯物主义,有的属于唯心主义。但他们大都鼓吹人有权获得现实生活的自由和幸福,满足自己物质的和精神的需要。因此他们提倡发扬人的理性,增进人对自然的认识;发展自然科学,促进人对自然事物的支配。他们对人类的未来充满信心。

大致从19世纪中期开始,西方资产阶级哲学的发展发生了重要转折,出现了以叔本华(1788—1860)、克尔凯郭尔(1813—1855)、尼采(1844—1900)等人为代表的反理性主义(人本主义)思潮。他们往往也自称为人道主义者,但在表现形式上与古典的资产阶级人道主义有着很大区别。他们大都对资本主义社会中的各种危机和矛盾、对生活于资本主义社会中的人在物质上和精神上受到的压抑作了许多描绘和揭露,对人的自由的丧失和人的个性的被扼杀以及人的道德的堕落表示了极大的忧虑和愤慨。然而他们并不认为这是资本主义社会制度造成的,而是理性和科学的发展所造成的。正因为如此,叔本华、克尔凯郭尔、尼采以及他们的许多后辈群起对理性派哲学以及一切与理性主义相关的意识形态猛烈抨击,对科学和文明的发展百般诅咒,对现实的物质幸福极为鄙视,对未来悲观失望。这一切都意味着他们否定了古典的资产阶级人道主义。他们要求恢复被理性主义所压抑和沉沦(也就是"异化")了的人性,提出新人道主义。这种新人道主义虽然仍要求把人作为关注的中心、出发点和归宿,但它要求重新考虑人的活动本身的实质、它的价值和意义,改变关于人与世界的关系的传统观念。总的说来,它要求把人与外部世界、他人和社会分离开来,从人本身的存在来考虑人。也就是研究人的内在心理结构,人的内心世界,即人的主观性本身。总之,要剥去压抑和歪曲人的本质的物质和精神(理性)以及社会等"虚伪的"外壳,回复到人的原始的、独特的、内在的本性。

就萨特来说,他的存在主义的人道主义的确有独特之处,但它同样是反理性主义的。作为萨特人道主义基础的人正是敌视外部客观世界、社会和他人的人,是对周围的一切感到厌倦、恐惧、迷惘的人,是对现实采取极端虚无主义态度的人,一句话,是非理性的人。萨特的著名小说《恶心》中的主人公安东纳·洛根丁正是这种人物典型。洛根丁"孤零零地活着,完全孤零零一个人",现实世界对他来说是陌生的。在他眼中,"一切都是没有根据的,这所公园、这座城市和我自己都是。等到我们发觉这一点后,它就会使你感到恶心"。出路何在呢?洛根丁也是迷惘的。他感到自己是自由的,"可是这种自由有点像赌博"。人生是没有希望的,是一场注定失败的赌博。"我全盘输了。由此我就懂得了人注定会输的,只有混蛋才会相信自己会赢。"萨特对人的这种描述与古典资产阶级人道主义对人的那种充满信念、乐观的描述是迥然有别的,更不用说它与马克思主义人道主义的对立了。当我们进一步考察萨特的存在先于本质论、自由选择论的实质后,对这种区别就会看得更为清楚。

存在先于本质论

萨特曾谈到,存在主义者有不同的类型,"他们共同的地方是:都认为存在先于本质"。有人认为"存在先于本质"这个命题"无疑含有一定的唯物主义的成分"。这显然是把这里所说的"存在"同唯物主义者所说的"存在"混为一谈。还有人认为"存在先于本质"论强调了个体的自主创造性、主观能动性,"大大优越于命定论、宿命论"。这种看法也很值得商榷。

要正确评价"存在先于本质"这个命题,首先要了解其"存在"究竟指什么。

在存在主义哲学中,存在概念是极模糊和混乱的。就萨特来说,他大体上把存在分为"自在"和"自为"两个完全对立的领域,二者都以所谓反思前的"我思"(cogito)作为出发点。

"我思"这个概念来自笛卡尔的著名的命题"我思故我在"。笛卡尔从这个命题出发建立起其整个哲学体系。萨特也企图从"我思"出发来建立自己的思想体系。他认为,同无法意识到自己存在的其他事物不同,人完全可以意识到自己的存在。我有意识,我在思想,所以我必然存在,这是一个无可怀疑的事实。而承认了我自己的存在,就通向了存在本身,通向了其他事物的存在。因此"我思"就成了一切存在的出发点。他声称:"世间绝没有一种真理能够离开'我思故我在'。"不过,笛卡尔的"我思"是反省的,即理性的思维。萨特的"我思"是反思前的,即非理性的、非逻辑的思维。他由"我思"出发所建立的自我不是实体性的存在,而是一种纯粹的意向性,即意识的指向性。此时意识本身不包含任何具体内容,但当它指向本身以外的东西时,就"发现"了作为"自在"存在的外部世界;当它指向本身时,它就是作为"自为"存在的自我意识。

"自在"的世界纯粹地、绝对地存在着。它没有原因、没有目的、没有自我运动和发展;它没有过去、现在和未来;它是不合理的、无秩序的、偶然的、荒诞的,它只会使人作呕、恶心。《恶心》中的主人公洛根丁所面对的世界就是"自在"的世界。

"自为"存在的人的自我意识主要不是作为认识类型的意识(如感觉、思维等),而是作为情感类型的意识(情感欲望、意志等)。萨特把人的这种存在当作是人最真实的存在。与"自在"作为纯粹的存在不同,"自为"是作为纯粹的否定性,即虚无而存在的。作为"自为"的意识在指向自己的存在时又否定自己现在的存在,把自己投向未来。未来是现在还没有的东西,即非存在、存在的否定和虚无。"自为"处于永恒的流动、变化之中。而这意味着人的存在的特点在于永远不满足现成的、既定的东西,而是不断地渴望、探究新的东西,即不断地伸向未来、谋划未来。人不是作为现实性而存在,而只是作为可能性而存在;不是作为客观性而存在,而只是作为主观性而存在,人的存在就是人的主观性。

总的说来,萨特哲学的全部出发点正是人的主观性。他虽然没有像有些彻头彻尾的唯心主义者那样公开提出客观物质世界是人的主观意识的产物,而承认"自在",即外部世界的存在,但是,他的"我思"以及由此出发而规定的"自为"的存在并不以"自在"的存在为转移。从某种意义上说,他把"自在"和"自为"看作是互不决定而彼此并立的,这显然倾向二元论。然而归根到底,他仍然认为"自在"是为"自为"所决定的。因为他认为"自在"不仅是由"自为"所发现的,而且因"自为"而获得意义。离开"自为","自在"就说不上是任何什么东西。这样,萨特实际上倒向了主观唯心主义。萨特的"存在先于本质"的命题以及他的存在主义的人道主义正是建立在这种主观唯心主义基础上的。

当我们具体考察萨特的"存在先于本质"命题的具体含义时,他的主观唯心主义就更明显了。

所谓"存在先于本质",意思就是人最初只是作为一种单纯的主观性存在。人的本质、人的其余一切都是后来由这种主观性自行创造的。萨特在《存在主义是一种人道主义》中说:"首先是人存在、露面、出场,后来才说明自身……人之初,是空无所有;只在后来,人要变成某种东西,于是人就照自己的意志而造成他自身",与某种预先存在的条件无关。"人,不仅就是他自己所设想的人,而且还只是他投入存在以后,自己所志愿变成的人。"正是这种主观的谋划、欲求决定了人的存在。

萨特认为,人之首先作为单纯的主观性而存在,人之任意选择和造就自己的本质,这是人与其他事物相区别的根本特征。因为人以外的其他事物,是不可能先存在而后获得其本质的。他举裁纸刀为例:在裁纸刀被其制造者制造出来以前,其制造者首先要有裁纸刀的概念(什么是裁纸刀),知道制造裁纸刀的方法。因此就裁纸刀而言,可说是"本质……先于存在"。萨特认为,以往哲学的失足之处就在于把本质先于存在这种情况绝对化了,把它当作是一种普遍规定,以致认为人的本质也是先于存在。他认为有神论者关于上帝按照人的概念创造人的观点就是认为人的本质(人的观念)先于其存在。以十八世纪法国无神论者为代表的一些思想家虽然抛弃了上帝,但他们关于先于具体的人而出现的普遍的不变的抽象的"人性"论也仍是本质先于存在论。他认为,这些理论的主要缺陷是把人降低到了物的地位,不是把人当作人,而是把人当作东西,从而贬低了人。而他所主张的无神论的存在主义,由于主张存在先于本质,因而克服了有神论、抽象人性论的错误,把人与物区分开来,抬高了人的地位,给人以尊严。

萨特所揭露的以往哲学的错误的确是存在的,但是萨特本人的理论也是错误的。因为他同样把人的存在同人的本质分割开了。其实,人的情感、意志、欲望,即被萨特当作"自为"存在的东西,同人的认识、思维以及人的各种特性一样,都是人的本质的表现,归根到底都是由人所处的客观物质条件决定的。萨特把人的心理意识的存在,而且是情感意志等非理性的心理意识的存在当作一切存在的出发点,当作第一性的东西,这显然也是唯心主义的、反理性主义的。

自由选择论

萨特的存在先于本质论与他的自由选择论直接相关。人按照自己的意志造就自身,人实现对自己的设想、谋划,这也就是人自由地选择自己的本质。因此,人的本质出于人的自由选择。萨特说:"假如存在确实是先于本质,那么就无法用一个定型的现成的人性来说明人的行动,换言之,不容有决定论。人是自由的,人就是自由。""人……永远是、完全是自由的,否则就不存在"。在萨特哲学中,自由不仅是一个道德范畴,也是一个本体论范畴。

萨特标榜他的这种自由选择论排除了有神论、宿命论以及各种独断论偏见。因为自由既被当作人的本质属性,那人的思想和行动就都不受人自己以外的上帝或其他绝对权威的制约,人完全可以拒绝、抵制外部强力对自己的压抑而按照自己的意愿去思想和行动,求得自己的自由,选择自己的前途。从一个方面说,这种观点不无积极的意义。萨特通过他的哲学,特别是文学著作所阐述的这种观点,在德国法西斯占领法国的年代,激发了法国人民争取自由和解放的斗争;在战后的时期,鼓舞了资本主义国家的人民反对帝国主义和垄断资产阶级的斗争。

但是,如果把萨特自由选择论的积极作用夸大甚至绝对化,说它如何"优越",那就不妥当了。因为,从整体上说萨特的这种理论是错误的。

首先,它在反对有神论、宿命论、独断论时,也排斥了客观必然性,否定了决定论。在萨特那里,人的自由不仅不是对必然性的认识,而且与必然性根本不相容。在他看来,承认了必然性以及服从了必然性,就意味着人成了必然性的奴隶,人的自由就受到了限制,从而失去了自由,结果使人变成同物一样的东西,不再称其为人了。萨特这种排斥客观必然性的自由观表面上是在抬高人的地位,实际上它并不能使人获得真正的自由。正如恩格斯所指出的:"自由不在于幻想中摆脱自然规律而独立,而在于认识这些规律,从而能够有计划地使自然规律为一定的目的服务。这无论对外部自然界的规律,或对支配人本身的肉体存在和精神存在的规律来说,都是一样的。"离开了对于客观必然性的认识和遵循,人的行动往往会陷入盲目性。在某种情况下,它会使人对行动失去信念,悲观失望。在另外的情况下,它可能使人陷于盲目冒险,从而使行动陷于失败。

其次,萨特的这种自由选择论也是一种排斥他人、集体和社会利益的极端个人主义理论。他所鼓吹的个人自由必然要排斥他人的自由,甚至他人的存在。一个人只有在无视一切他人时才是完全自由的。萨特在他的《存在与虚无》中对这种观点作了极为露骨的阐述。他说:"每个人仅仅在反对别人的时候才是绝对自由的。""尊重他人的自由乃是一句空话,而且即使我们有可能准备尊重他人的自由,我们对他人所采取的第一个态度也是对我们想加以尊重的这种自由的一种侵犯。""从我存在的时候起,我就在事实上对'别人'的自由设定了界限,我就是这个界限"。在萨特的许多文学作品中,主人公也往往是这样的极端个人主义者。一九四四年出版的剧本《禁闭》通过描述三个(一男二女)生前品质卑劣的鬼魂,在地狱里继续相互倾轧,相互冲突,来揭示人与人之间的利害冲突和相互敌视,以及他人、社会对个人自由的扼杀,以致把他人当作自己的地狱。剧中的三个鬼魂在经过一番钩心斗角之后,由其中之一加尔森道出了这种关系的实质:"原来这就是地狱。我万万没有想到……你们的印象中,地狱里该有硫黄,有熊熊的火堆,有用来烙人的铁条……啊!真是天大的笑话,用不着铁条,地狱,就是别人。"萨特的这种描绘正是对资本主义社会中在资产阶级极端利己主义世界观支配下人们之间尔虞我诈的现实关系的真实写照。

萨特这种把个人自由绝对化的观点即使在资产阶级思想界也引起了非议。于是他在一九四六年出版的《存在主义是一种人道主义》中谈到要尊重他人的自由。他说:"我们在要求自由的时候,发现它原来完全依赖于他人的自由。而他人的自由,又依赖于我们的自由。"他在谈到个人要对自己的选择负责时,也承认要对他人负责,他的后期作品也表现出了这种倾向。但是,由于他把自由当作是人的存在的本质属性,否定了自由要以认识和服从客观必然性为前提,他所鼓吹的个人自由必然与他人自由处于不可克服的矛盾中,并势必要为那些崇尚自我、把个人利益凌驾于集体和社会利益之上的资产阶级个人主义提供理论根据。

萨特的文学

萨特之所以成为现代西方思想界的"巨人",不仅在于他是存在主义这个当代影响最大的哲学流派之一的最主要代表,而且在于他把存在主义的哲理运用于文艺创作中,用较为形象、具有较强感染力的文艺形式表达了晦涩、艰深的存在主义哲学内容,把哲学运动和文学运动融合在一起。他的小说《恶心》《自由之路》等的出版以及剧本《苍蝇》《禁闭》《可尊敬的妓女》等的上演,都在不同意义上引起了法国以至整个西方文坛和思想界的强烈反应,甚至轰动,大大扩大了存在主义哲学在公众中的影响力。

萨特的文学对资本主义社会中人的异化现象表示了抗议,对资本主义社会中的矛盾和危机作了不少揭露。声讨德国法西斯灭绝人性的暴行,谴责帝国主义和殖民主义的奴役和侵略政策,鞭挞资产阶级的卑鄙龌龊和恶行败德以及资本主义社会中人与人之间的尔虞我诈、钩心斗角,揭露使人的自由、尊严和个性解放受到威胁和被抑制、扼杀的各种现象,这一切成了萨特文艺作品中的重要内容。萨特主张文学应干预生活,他号召作家要"为时代而写作",要"争取倾向性文学"。而他的基本倾向性正是维护人的自由、尊严和个性的解放。他同"为艺术而艺术"以及各种形式主义的文艺理论进行了不懈的斗争。从这些方面说,萨特的存在主义文学无疑具有一定的积极意义。

但是,萨特的存在主义文学毕竟是以他的存在主义哲学作为理论基础的。它同其哲学一样也表现出了强烈的反理性主义和资产阶级个人主义倾向。他把文学当作人学。但他的文学中的人往往是与他人、社会处于分离甚至敌对关系中的孤立的个人,是从恐惧焦虑、烦恼等变态的精神状态中领悟自己的存在的非理性的人,是为了个人的绝对自由而不择手段、孤注一掷、盲目冒险的人。他的文学中的人道主义也正是以这样的人为中心的人道主义。这些都使萨特的存在主义文学必然具有许多严重的缺陷。

萨特的文学作品中虽然对资本主义社会中的人性异化现象作了淋漓尽致的描绘,指出了这个社会是不道德的,甚至把资产者当作坏蛋来谴责,但是,资本主义社会中为什么会产生使人异化的现象呢?为什么这个社会是不道德的,为什么资产者是坏蛋呢?对此他没有作出正确的回答。萨特的存在主义反对从对社会历史发展的客观规律的分析出发去解释社会现象。他在后期虽然标榜接受历史唯物主义,但他把历史唯物主义归结为个人的主观实践的产物,排斥对历史的客观规律的研究和认识。他把资本主义制度下人性的异化归结为存在着政治、经济权力和各种意识形态,认为这一切都是个性自由的障碍,都是敌视人的。

也正因为如此,他对社会主义社会中的政治权力,特别是无产阶级政党的严格的组织纪律、阶级斗争和无产阶级专政等也同样采取否定态度。他把无产阶级政党所进行的政治斗争都当作是突出个人、对付他人的政治阴谋,为了达到自己的目的可以不择手段。他的剧本《肮脏的手》所描绘的共产党领导人贺德雷就是一个为了达到自己的目的可以使尽任何卑鄙手段,甚至把自己的双手伸到大粪里去、血污里去的人物。萨特对社会主义表示过某种赞同,甚至说过:"我们只有在两者之间作选择:'不是社会主义就是野蛮。'"但他所理解的社会主义是一种使个人具有绝对的自由而排斥任何政治权威的社会。如果社会主义社会中还存在着政治权威,在他的眼中也一样是"野蛮"。

萨特虽然标榜要消除人性异化的现象,维护人的自由和尊严,但他的存在主义的个人主义和反理性主义使他不能找到实现这一目标的正确道路。他否定并排斥了在正确的革命理论指导下,在无产阶级政党的组织领导下的革命斗争,而热衷于对一切均抱否定态度的无政府主义。他在1968年"五月风暴"后曾对人说:"如果人们重读我的全部著作,人们将会明白,我在骨子里没有改变,我始终是无政府主义者。"他在《七十岁自画像》中说:"我始终认为无政府主义,即一种没有权力的社会,是应该得到实现的。"萨特的全部文学创作也正是贯彻了这种无政府主义精神的。他的小说、剧本中的不少主人公往往对现实社会中的一切败行恶德都表示反感、厌恶、抗议,也都表现出要求个性自由和解放的愿望。但这些人物不是悲观失望者便是极"左"派、盲动主义者、冒险主义者。他们最终都归于失败。

因此,对于萨特的存在主义文学作品,不宜简单否定,要吸取其中的合理因素,但也不应低估这些作品的消极作用。今天,我们的作品中所歌颂的人,决不应是个人主义的、反理性的人,而应是具有关心他人胜过关心自己的集体主义精神的人,具有大公无私的共产主义道德观念的人,在马克思列宁主义、毛泽东思想指引下认识世界和改造世界的人。我们的社会主义文学应当为造就这样的人作出贡献。对于像萨特这样生活在资本主义社会中的小资产阶级知识分子,无论在哲学上和文学上,我们都是无法苛求的。但是,对于我们自己,对于生活在社会主义制度下的作家,就应当提出比对萨特高得多的要求。

1983年

西方现代派文学三题
袁可嘉　郑振强　杨可杨

由于垄断资本统治的确立,它运用新技术,加剧了内部的竞争和兼并,也加深了对国内外的剥削,经济危机更趋频繁,劳资冲突日益尖锐。其中与现代派文学的倾向性有密切关系的有两件大事:第一次世界大战的巨大悲剧猛烈动摇了资产阶级作家对资本主义前途的信心和对传统价值观念的信赖;十月社会主义革命和席卷欧美的工人运动使资产阶级作家们感到惶惑不安,前景可虑。这两件现代史上的重大事件从不同方面加剧了资本主义世界的危机感。

最近展开的有关"现代派"的讨论涉及一些具体问题:现代派与现代化,现代派与民族传统和国情,现代派的历史地位、现状和影响。我想不妨从西方现代派的历史和现状出发,作些介绍和分析,也许对参加讨论的人们能有点参考作用。

一、现代派与现代化

西方现代派文学是在19世纪末期开始形成,在20世纪20年代得到确认的。欧洲最早的表现主义戏剧,斯特林堡的《去大马士革》完成于1897—1904年,而现代主义公认的杰作《荒原》和《尤利西斯》都发表在1922年。这个时期也正是西方确立了垄断资本主义、实现电气化以后社会情况发生剧烈变动的时代。比较敏感的中小资产阶级知识分子,在中小企业备受排挤的情况下,本来就已处于极不稳定的经济地位,如今面对这样严重的危机情况,不能不痛有所感,其中除一部分作家一度接近工人运动以外,都苦于走投无路。弥漫于现代派作品中的危机意识和悲观情绪就是这种现实生活的反映。

在利润至上、竞争第一的资本主义原则越来越强化的现代社会中,作家处于一种前所未有的与社会相疏离、相敌对的地位。说得坦率一点,他们的处境不过是和其他艺人共同争夺资产阶级利润的一点剩余而已,这不能不引起他们的反感。文化事业的商业化既危害他们生计的稳定,也破坏他们对美学理想的追求。由于文化教育的两极分化,形成高级文学与通俗文学的鸿沟,作者与读者的关系也从19世纪上半叶比较和谐信任的情况转向敌视和怀疑。现代派作家面对这种种难堪的社会关系,只好退入自己的内心世界,带着一种绝望的心情拼命向内心开掘,这与19世纪浪漫主义者所强调的主观性是有很大不同的。

电气化以后的机械文明促进了生产发展,加速了交通运输和通讯联系,缩短了空间距离,加强了时间观念,加速了生活节奏;教育的普及,文化的发达使人们的视野更加开阔,心理更加复杂,思想更加活跃。这些因素影响了现代人的生活方式和心理状态,当然也影响了现代派文学的某些方面:要求行文节奏加快,强调刻画人物的复杂心理,等等。但对现代派许多作家来说,机械文明主要只引起一种压迫感和反感,这在不少作品中可以找到证明(例如《万能机器人》),只有成就不大的意大利未来主义者曾经盲目地歌颂机械、速度和力量。

这个时期又是现代反理性主义的种种哲学思潮和社会科学思潮纷纷涌现的时代。它们对现代派作家的人生观、审美观以至艺术技巧的影响远远超过电气化和经济发展本身。尼采的悲观主义、虚无主义,弗洛伊德的本能说、潜意识理论和文艺观,柏格森的直觉主义和美学思想等等,对现代派文学特征的形成有不可低估的作用。没有它们,很难想象后期象征主义、表现主义、意识流文学、荒诞文学会呈现如此奇特的面貌。

现代理论物理学的成就——主要是相对论和量子论——剧烈地改变了人们对物质世界的看法:从绝对的观点变到相对的观点,承认自然界并无一致性,精确的知识难以获得,观察事物时主客体不能严格区分,因果律并非万能。现代派作家未必都熟悉这些理论——未来主义者在1909年的宣言中曾提到现代物理学的一些新概念,它们所指出的世界事物的相对性、复杂性、变动性,它们所启发的怀疑精神、探索精神已成为当时的一股风气,无疑也会影响到作家们。

有一点看来是明确的:现代派文学的起因是复杂的,它可以说是西方中小资产阶级知识分子在面对垄断资本主义时期西方物质文明和精神文明两方面的巨大变化和强大压力时所作出的反应。对现代派起决定性影响的是主客观两方面的条件:客观上是垄断资本主义时期具体的历史社会变化,包括生产关系、社会关系、物质生活、科学文化等等方面的变革;主观上则是现代派作家的阶级地位、世界观和艺术观。这两种主客观力量撞击的结果才迸发出现代派文学这样一个光怪陆离的火花。而这些条件显然不是"现代化"一词所能概括的。

二、现代派与民族传统和国情

在20世纪前三四十年,西方现代派文学曾经是一个国际性的现象,差不多同时出现在英、美、法、德、俄等资本主义国家,以后又扩散到许多其他国家和地区。现代派中的某些作家为了标新立异,也说过一些耸人听闻的话来表明他们与一切传统的断然决裂。意大利未来主义者宣称"摒弃全部艺术遗产和现存文化","摧毁一切博物馆、图书馆和科学院";俄国的未来主义者也说要把"普希金、陀思妥耶夫斯基、托尔斯泰等人从现代人的轮船上抛出去"。在这方面,他们是现代派中的极端派,原是不能作为代表的。但就是他们也并未离开各自国家的具体情况:正是在十月社会主义革命的推动下,俄国未来主义者走向了革命;正是在法西斯主义的影响下,意大利未来主义者走向了反动。

事实上,就整个欧洲文学传统而论,现代派是作了明显的选择的,它既有所吸收,也有所排斥。它继承了浪漫主义对资本主义文明的怀疑精神和对艺术想象的高度重视;它吸收了唯美主义文学反自然、反说教的主张和对艺术形式的强调;它继承了前期象征主义者对于暗示性、音乐性的关注;即便对于它所极力反对的自然主义文学,它也受到侧重描写病态事物和烦琐细节的影响。现代派真正排斥的应该说是现实主义传统,但就连这个,它也未能完全做到,反倒提出了"心理现实主义"的不无因袭之嫌的口号。

艾略特写过好些文章论述继承欧洲文学传统的重要性,《传统与个人才能》(1917年)是其中最著名的一篇。他认为个人(作家)必须在思想上服从传统,把独创性局限于语言的试验和形式技巧的发展,虽然他也指出新作品的出现也能影响传统。他所谓的传统在文学上包括中世纪以意大利的但丁为代表的古典主义诗歌、17世纪英国以堂恩为代表的玄学派诗歌、19世纪法国以波德莱尔为代表的象征派诗歌。艾略特不仅在理论上这么说了,而且在创作实践中这么做了。自然,并非所有的现代派作家都有他这么根深蒂固的传统背景,但现代派与传统的关系绝不像有些人所设想的仅仅是反抗的、敌对的关系,他们中成就较大的作家并没有对欧洲和本国的传统一律采取虚无主义的态度,虽然各个流派和各个作家的态度是颇有差别的。

在同一时间和大体相同的历史社会条件下,为什么各国的现代派仍然各具特色?为什么法国出现超现实主义,德国出现表现主义,英国出现意识流小说,意大利出现未来主义呢?它们除了有共同的特点以外(例如非理性主义的思想倾向,强调主观感受和内心活动)是否还受到不同民族传统(包括民族气质)和不同国情的影响呢?这个问题,我因缺乏研究,还说不清楚。但我感到法国人耽于幻想的习气,与超现实倾向,德国人重视精神作用与表现主义,英国经验主义哲学传统与意识流小说,看来是不无瓜葛的。更明显的例子要算瓦雷里、艾略特和叶芝的不同诗风:同是后期象征派大诗人,法国的瓦雷里因接受本国玛拉美"纯诗"的传统,写出了抽象的、富于音乐性和哲理性的诗歌;艾略特接受本国玄学派和17世纪诗剧的传统,写出了机智的、富有人间气息的篇章;英国叶芝的作品与爱尔兰的现实生活结合,表现了雄辩高亢的诗风。我在这里企图说明的是,西方现代派文学虽说是个国际性的现象,它在各个国家的具体表现仍然是与它们的民族传统和国情(自然还有个人的气质)有密切关系的,它并不是什么可以脱离历史社会条件或国家情况、民族传统的抽象模式。

三、现代派的历史地位、影响和现状

如果我们把1890年作为现代派文学的起点,它到今天已经有近百年的历史了。应该说,现代派已站稳了它的历史地位。对它的历史地位和影响,我们可以从以下几方面来作初步估计。

从文学史的纵向系统来说,现代派文学在欧美近代资产阶级文学的范围内,是继古典主义、浪漫主义、现实主义而起的第四个大的流派。它的优秀作品反映了垄断资本主义时代西方社会的种种矛盾和一部分人们的心理状态,有一定的广度和深度,虽然有许多局限,但还是现代生活一个重要侧面的忠实记录,具有相当大的认识意义;它开辟了新的题材,创造了新的艺术技巧,丰富了文学的表现能力,虽说也带来了不少流弊,但还是功不可没。我们评价文学流派,应以其优秀部分为主,而不能以其中的糟粕为重点。

从现代派文学影响的范围来说,它具有国际性,在20世纪前三十年,在西方资本主义世界,它形成了一个运动,以后在东方也有所扩散;虽然它的读者层一般限于知识分子中的少数人,但由于这些人比较敏感、有创造性,在西方文化界居于推动者的地位,有相当大的能量,这种影响就不是数字所能代表的。现代派艺术技巧的扩散,为许多其他流派所消化和运用,这更是30年代以来大家有目共睹的事实。

在这个历史时期,现代派文学在西方并不是唯一的文学派别,也不是始终居于主导地位的文学。同时发展着的还有工人阶级的革命文学和资产阶级进步文学。这三种文学之间力量的消长视各个国家和历史阶段而有变化。就英美两国而论,20年代是现代派居优势,30年代则是革命的进步的文学占统治地位,四五十年代由于新批评家拥入学院,操纵了近五十个小杂志,现代派的力量在美国达到极盛的地步。资产阶级现实主义文学一直是存在的,在30年代还和工人阶级革命文学一道一度上升到领导的地位。

50年代以来的情况就更有所不同。就英国来说,现代派已经可以说销声匿迹了。"愤怒的青年"或大学新才子们的创作,无论在思想倾向或艺术手法方面都离开了现代派的轨道;以菲力普·拉金为代表的"运动派"诗歌写人们的日常经历,回到了18世纪的格律体,连现代派最重视的自由诗体都抛弃了;伊丽丝·默多克等人的小说写的是

平庸年轻人的日常生活,而非敏感艺术家的异化主题,手法上也是以现实主义为主的。在美国,垮掉派、黑山派的诗以及黑色幽默派的小说一方面显示了现代派的某些特点,另一方面也表现出很大的不同:它们不再托古于神话,而写现世经验;不广征博引,而随意写作;不强调"非人格化",而主张自我倾诉。最受欢迎的一些小说如贝娄、辛格等人的作品已经不能列入现代派的范围。在战后的法国,荒诞派文学和新小说都还有较重的现代派色彩。由于这种种复杂的情况,美国有些批评家试图用"后现代主义"这个概念来概括五六十年代以来的西方文学的动向,但也引起了很大争议,目前还无定论可说。不过有三点情况是明确的:一、现代主义作为一个统一的国际性文学运动已经消失,它的影响扩散了,与其他文学流派有继续互相渗透的趋势;二、现代派文学已经丧失它在20世纪四五十年代的势头及在某些国家的领导地位;三、西方现代文学正处在变化的过程中,也许在20世纪最后二十年间会出现新的动向或流派,我们且拭目以待。

今日拉丁美洲文学

赵德明

当代拉丁美洲文学的崛起(西方文坛称之为"爆炸")是从 60 年代开始的。因为这时候,一支敢于创新的文学新军,在新大陆突然兴起。他们那些反映拉美现实生活、寓意隽永、内容新奇的作品,使西方读者耳目一新,获得许多欧洲作家的赞赏。英国著名作家格雷厄姆·格林就曾说过:"拉丁美洲文学是当今世界上最重要的文学。"西班牙诗人兼出版家卡洛斯·巴拉尔也认为:"现在还没有任何一位西班牙作家可以达到拉丁美洲同辈作家的高度。"

大体上来说,拉丁美洲新文学有两大特点,其一是绝大多数作家虽属不同流派(主要流派有:魔幻现实主义,结构现实主义,心理现实主义,社会现实主义),却努力反映沸腾的现实生活。比如在《百年孤独》(作者加西亚·马尔克斯是 1982 年诺贝尔文学奖获得者)这部长篇小说中,作者通过布恩迪亚家族的兴衰史反映了哥伦比亚近百年来的历史变迁:移民开发,党派内战,帝国主义侵略,军事独裁统治,广大群众的爱国民主运动……可以说是拉丁美洲近百年来的历史缩影。其二是广泛借鉴欧美现代文学的技巧,结合本地区的传统文化,创造出具有民族特色的崭新的艺术形式。比如秘鲁作家巴尔加斯·略萨的创作手法就是很典型的。西方评论界认为他是"结构现实主义的大师",他的小说中的确有福克纳、乔伊斯、萨特的影响,但是他在博采众长的基础上创出了自己的独特风格。他将自己的创作方法归纳为:"连通器"法、"中国套盒术"和"突变法"。他的理论是:"文学要反映现实生活,但是不能像摄影那样直接拍照,那样就失去了魅力,成了新闻报道,而应当把现实生活变成富有诗意的艺术品。为此,就不能采取直描的方法,而要将现实生活重做安排。为达此目的,就必须革新传统的小说结构,使作家的切身经验通过文体的薄膜得到加工、改革和组装,从而使生活经验以崭新的面貌出现在艺术舞台上。"

文学是时代的一面镜子。当代拉丁美洲文学之所以取得值得注意的成就,首先在于它真实地反映了社会现实。哥伦比亚作家加西亚·马尔克斯在接受 1982 年诺贝尔文学奖时说道:"我们这个大陆不曾有过片刻的安宁。……就在我们这一代,有过五次战争,十七次政变和出现了一个魔鬼般的独裁者,他以上帝的名义在拉丁美洲实行第一次惨绝人寰的大屠杀。与此同时,有两千万个拉丁美洲各国的儿童在还不满两岁的时候就死去了,这个数字比 1970 年以来西欧各国出生人口的总和还多。由于政治迫害而造成的失踪人数达到十二万之多,几乎等于乌默奥的全部居民从地球上消失了一样。在阿根廷的监狱里,许多怀孕的妇女在狱中分娩,其后便不知道婴儿的下落,实际上孩子们被军事当局秘密收养或转送给孤儿院。情况并非仅仅如此,四年中,整个大陆上有二十万男女丧生,仅中美洲三个小国,尼加拉瓜、萨尔瓦多和危地马拉,就有十万人死去。如果这种事情发生在美国,按人口比例,其数字会高达一百六十万,均死于暴力之中。在智利这个具有好客传统的国家里,有一百万人逃亡国外,占全部人口的百分之十。在乌拉圭这个只有二百五十万人口、被公认为本大陆最文明的国家里,每五个公民中就有一人被流放。在萨尔瓦多,自从1979年发生内战以来,几乎每二十分钟便有一人到国外避难。如果把拉丁美洲所有被迫流亡国外的人组成一个国家,其人口总数将比挪威还多。因此,我敢于这样认为,正是这异乎寻常的现状而不仅仅是文学上对此种现状的表现,引起了瑞典文学院的注意。这个现状可不是纸上的东西,而是每时每刻与我们同在并造成每日大量死亡的现实,它提供了永不枯竭、充满了不幸与美好的创作源泉。我这个哥伦比亚的怀乡游子只不过是被命运指定的一分子罢了。"

的确如此,生活是创作的永不枯竭的源泉。拉丁美洲新文学的出现,正是拉丁美洲人民政治上进一步觉醒,经济上得到迅猛发展,文化教育有所繁荣的产物。

第二次世界大战以后,美帝国主义趁机扩张势力,进一步排挤英国等竞争对手而称霸拉丁美洲。美国为加强对拉丁美洲的控制,便极力扶植亲美军人上台,打击和颠覆民族民主政权。仅1948—1958年期间,美国在拉美各国便策动了16起军事政变和颠覆事件,并对许多国家的内政和外交进行粗暴干涉。美帝国主义的种种倒行逆施激起了拉美各国人民反美反独裁斗争的浪潮。1953年拉美各国罢工斗争达560万人次,1956年更增至970万人次。在近几年的拉美群众运动中,仅1976—1977年里,就发生七百多次较大规模的工人斗争。1976年年初厄瓜多尔全国运输工人总罢工,成为导致军政府垮台的重要原因之一。1977年秘鲁爆发全国性总罢工,使首都和许多城市的活动陷于瘫痪。同年9月,哥伦比亚爆发了二十年来最激烈的工人罢工,参加的总人数达一百万。反动军政府调集十万军警进行镇压,斗争中有80多人牺牲,400多人受伤,5000多人被捕。与此同时,广大农民和农业工人要求土地、争取改善劳动和生活条件的斗争,也是当前拉美民族民主运动的重要内容。其主要表现形式就是向大庄园主和美国开发公司夺回被他们侵占的土地。学生运动在拉美群众运动中是一支重要力量。他们斗争的口号是:打倒独裁,反对美国侵略,要求民主自由。他们的斗争常常与工人,农民的斗争互相呼应、互相支持,从而给美国及各国反动派以沉重打击。如此大规模的民族、民主运动,当然会影响文学创作。在拉丁美洲许多名著中,主题思想常常是反对军事独裁和反对帝国主义侵略的,如加西亚·马尔克斯在《百年孤独》中,就用了许多笔墨描写美国果品公司的经济掠夺和对哥伦比亚内政的粗暴干涉,在叙述反动政府对香蕉工人的血腥屠杀时,则完全用直描的手法淋漓尽致地写出反动派的凶恶、阴险与虚伪的嘴脸。秘鲁作家巴尔加斯·略萨的《城市与狗》《潘达雷翁上尉与劳军女郎》《大教堂咖啡馆里的谈话》则直接抨击反动军政府、无耻政客与教会的倒行逆施,因而遭到反动军人的攻击与迫害。巴拉圭作家罗亚·巴斯托斯的《人之子》和《我,至高无上者》也是揭露帝国主义侵略和军事独裁黑暗的佳作。这些作品由于喊出了亿万人民的心声,因而得到广泛的传播。以《百年孤独》为例,自 1967 年发表以来,已在世界各地被译成三十几种文字,销售量高达一千万册。就连美国《华尔街日报》也不得不承认:"拉丁美洲人已经抓住了世界性的创造力,已经走在了世界上小说创作的先头。"

经济的发展和中、小资产阶级力量的壮大是拉丁美洲新文学产生的又一重要原因。第二次世界大战后,拉美各国的工农业生产有了较快的发展,特别是进入六十年代以后,随着美国垄断资本势力的衰退,拉美各国的民族资产阶级为维护自身利益,努力发展民族经济,出现了"经济奇迹",比如巴西、阿根廷、委内瑞拉,它们的国民生产总值每年增长率达到 6.1%,比发达国家还要高。1976 年拉美人均国民收入为 1038 美元,个别国家如阿根廷,竟高达 2300 美元。拉美许多国家的经济结构也已摆脱了单一制,使经济实力大增。随着经济的发展,民族资产阶级和小资产阶级的力量日益壮大。中、小资产阶级几乎占全部人口的 60%。这样强大的力量自然影响到国内的政治、经济和文化生活。他们的愿望与要求势必也要在文学艺术领域里有所反映。通观拉丁美洲当代的知名作家,他们的家庭、个人经历、经济条件和社会地位,大多属于中、小资产阶级。加西亚·马尔克斯的父亲是报务员,祖父母小有土地,他本人常年做新闻记者;巴尔加斯·略萨的父亲是航空公司的职员,他本人也做过编辑和记者;墨西哥的名作家卡洛斯·富恩特斯的父亲是职业外交官,他本人先攻读法律,后从事文学创作,现在担任驻外使节;拉丁美洲新小说的闯将、阿根廷著名作家胡利奥·科塔萨尔的情况则更能说明问题,在他很小的时候,父母就分居了,母亲含辛茹苦地把他们姐弟二人抚养成人,他本人做过乡村教师,现在联合国教科文组织任译员。在拉丁美洲,文学创作不是谋生的手段。任何一位作家必须首先依靠某种职业维持生活,然后才有可能谈到文学创作。只有获得超出国界以外的声誉之后才能成为"专业作家"。所以在当代许多知名作家中还有一个共同点,就是借留学和谋生的机会来到欧洲和美国。这使他们开阔了视野,增长了见识,有机会了解和借鉴西方现代派作家的创作经验,同时更重要的是,通过比较和鉴别,更深刻地认识了本国本土的问题,更清楚地看到了本国社会症结之所在。加西亚·马尔克斯在接受诺贝尔文学奖时所做的演说便是一个佐证,他说：“拉丁美洲不想，也没有必要成为任人驱使的大象，它只想把独立自主变成西半球的理想而没有别的不切实际的幻想。虽然航空技术的进步缩短了美洲与欧洲之间的距离，但我们之间的文化距离拉长了。为什么在文学上可以无保留地承认我们的特色，而在极其困难的社会变革的尝试中，却以各种猜疑加以否定？为什么认为发达的欧洲人努力在自己的国家里确立的社会正义，却不能成为拉丁美洲人在不同的条件下和使用不同的方式为之奋斗的目标？这是因为我们历史上大量的暴力与流血事件，而不是什么距离我们家乡万里之遥的他人策划，造成了数百年的非正义与无尽无休的痛苦。许多欧洲领导人和思想家忘记了他们祖辈年轻时的疯狂行径，天真地相信这种看法，仿佛除去屈从世界上的两大主宰者之外而不可能有别的生路。朋友们，这就是我们孤独的处境。虽然如此，面对压迫、掠夺和歧视，我们的回答是：生活下去。无论是洪水、瘟疫、饥饿，还是百年战争和社会动乱，都无法削弱生命战胜死亡的强大优势。"

通过比较和鉴别，拉丁美洲的作家们在1959年古巴革命的推动下，更加正视本国现实，坚持走独立自主的道路。一大批有才华、有胆识的青年作家奋然提笔，以改造社会为己任，大胆抨击帝国主义压迫、抨击反动军事独裁政权、抨击社会黑暗和时事流弊。比如秘鲁作家巴尔加斯·略萨就公开表明："小说家应当像兀鹫啄食腐肉一样，抓住现实生活中的丑恶现象予以揭露和抨击，以便加速旧世界的崩溃。"正是基于这种认识，许多拉美作家尽管在政治思想和创作理论上存在这样或那样的分歧，但是在努力反映社会现实上是比较一致的。

从文学史的角度看，拉丁美洲新文学的产生也可谓是水到渠成。远的不说，仅出生于1899年的两位大作家豪尔赫·路易斯·博尔赫斯和诺贝尔文学奖获得者米盖尔·安赫尔·阿斯图里亚斯，以及出生于1904年的阿莱霍·卡彭铁尔就对新一代的作家们有着直接影响。博尔赫斯虽然不相信世界的现行秩序，但他不是像存在主义者那样狂呼，而是理智地阐述自己的怀疑。他最大的怀疑是："世界是混乱的。人类在混乱中消失在自己建造的迷宫中。人的一生就是制造自身的现实并企图赋予含义。"博尔赫斯一向追求这种不可知论的哲理，他的作品晦涩艰深，使人难以理解。但是，他认为社会是混乱的，它的存在价值是大可怀疑的思想，对新一代的拉美作家有一定影响。危地马拉作家米盖尔·安赫尔·阿斯图里亚斯的杰作《总统先生》和他的文学主张，则从另外一个角度启迪和激励着新小说的作家们。《总统先生》是一部使世人震惊的小说，作者借鉴了西班牙大作家巴列·因克兰《暴君班德拉斯》的手法，刻画了一个身居总统高位的独裁者。在揭露这个暴君的罪行的同时，作者还描写了阿谀谄媚的走狗、心黑手狠的军人、圆滑狡诈的政客、卑鄙无耻的叛徒、出卖肉体的荡妇；与此相对照，作者塑造了英勇无畏的革命者、勤劳善良的工农群众，还有处于苦闷彷徨之中的知识分子。可以说,《总统先生》是一幅规模巨大、波澜壮阔的社会壁画。作者用现实主义的手法勾勒出拉美社会真实而迷人的图景,它既色彩绚丽,同时又粗犷可怖,两者形成强烈对比。阿斯图里亚斯是主张"抗议文学"的,他说:"有成就的拉丁美洲文学是'抗议文学'。对我来说,小说是我用来报道我们民族的愿望与要求的唯一办法。"他还认为,拉美小说家与欧洲小说家在文学的使命上有着根本的区别。他说:"欧洲小说家已在某种程度上从地球这个环境里解放出来,因此他们可以安安静静地探讨复杂的个人心理问题。而拉丁美洲小说家则相反,他们的创作领域在很大程度上仍然是自然主义者所说的,处于'人类植物'的'绿色地狱'中。因此我们的小说不得不成为新大陆社会和经济的活地图,它的使命就是汇集、评价和批判。"所以他强调说:"拉丁美洲文学绝不是无源之水,它是战斗的文学,一向如此。"这段话说出了拉丁美洲当代文学虽然也属西方文学的范畴,但它的基本内容是与西方现代派大相径庭的。与阿斯图里亚斯持相同看法并对当代文学有着重大影响的另一位作家是古巴的阿莱霍·卡彭铁尔。他是第一位有意识地将拉美文学作为一个整体加以总结的人。他认为在拉丁美洲,文明与野蛮、进步与保守、发达与落后,既形成鲜明对照,又构成激烈的矛盾与冲突,因此有力地推动作家们去思考,去探索,去表现,所以魔幻现实主义的形成与发展便不足为奇了。他比较早地提出,拉丁美洲文学已踏入新纪元的大门。如果文学作品反映了矛盾与冲突,便完全可以同世界上任何一位名家争高下。这是他将欧美文学与拉丁美洲文学两相对比之后得出的有预见性的结论。而他的这个论断果然被随后出现的新文学所证实。

　　拉丁美洲的新文学一方面坚持了现实主义的优秀传统,另一方面又博采众长,大胆创新,闯出了自己的路。无论是魔幻现实主义、结构现实主义、心理现实主义还是社会现实主义,都强调作品要反映现实生活。魔幻现实主义的佳作《百年孤独》,通过一个家族的兴衰,高度地概括了拉美社会发展的各个阶段。书中的内战、罢工的情节完全根据历史写成。结构现实主义的优秀作品《大教堂咖啡馆里的谈话》,就是根据秘鲁人民反对奥德里亚斯军事独裁政权的斗争史实写成的。心理现实主义的大师乌拉圭著名作家胡安·卡洛斯·奥奈蒂的《收尸人》《造船厂》和《请听清风倾诉》也是写的乌拉圭和阿根廷的现实生活。至于巴西名作家若热·亚马多,虽然于1959年以后在创作方向上有较大变化,但始终坚持社会现实主义的道路,并且"以它精湛的艺术在当代巴西文坛仍然占有突出位置"。

　　但是,在创作技巧上,各种不同风格和流派的作家走着迥然不同的道路。魔幻现实主义的作家们善于将现实与幻想、直描与隐喻、写实与夸张、严肃与嘲讽相结合;善于安排奇特多变、人鬼穿插的情节;善于用丰富的想象、奇妙的构思打破主观世界与客观世界之间的界限。结构现实主义的作家们则善于安排作品的结构与布局。他们往往打乱叙事的常规,将故事情节时而颠倒、时而跳跃、时而独立、时而并行交叉。他们可以把新闻报道、广播笔录、档案公文、谈话录音剪贴成"纪录体"小说;又可以用意识流手法、内心独白、回忆联想和大、中、小故事串联的方法写成"总体"小说。而心理现实主义的作家们则以极其细腻的笔触深入人物的内心世界,将人物的内心活动描写得淋漓尽致。由于各种不同风格和流派的作家各施所长,拉丁美洲文坛上便呈现了各种奇花异草云集的现象。

应当指出的是,拉丁美洲的作家们绝大多数属于中、小资产阶级,他们既有反帝爱国的一面,也有软弱、动摇的一面。这种两重性往往在文学作品中有所反映,他们虽然对现实有所鞭挞,而结局则往往是毁灭,许多善良美好的人物非死即伤,悲观无望、孤独凄凉、郁闷忧伤的气氛浓重地笼罩着作品的始终。这显然反映了作家的世界观和阶级局限性。

中国和拉丁美洲同属第三世界。在反帝反封建的历史经验方面,我们同拉美各国有着相似遭遇。从文学艺术角度讲,如何借鉴和学习外国的长处,从而丰富和发展自己的民族文学,我们同拉丁美洲各国的作家们有许多可以相互交流和学习的地方。为此我们应该加强对拉丁美洲文学的了解与研究。

1984年

近年来苏联关于社会主义现实主义理论问题的讨论

张 捷

一、概况

从20世纪50年代以来,苏联文艺理论界一直在进行关于社会主义现实主义理论问题的讨论。就其进展情况来说,大致可分为两个阶段。

第一阶段包括50年代后半期和60年代。这在苏联文学史上是一个比较复杂的时期。当时政治形势发生激烈变化,文艺政策也随之出现变动,这不能不对文艺创作和理论研究产生重大影响。许多作家克服早在斯大林在世时就开始批判的"无冲突论"的影响和公式化、概念化的倾向,在创作上迈出了新的步子,也碰到了一些新的问题;同时,文艺界出现了一股自由化的倾向,西方现代派文艺乘机渗入,力图扩大其影响。国际上有人攻击社会主义现实主义是教条主义的产物,把它说成是从"上面"强加于苏联文学的。苏联国内也有人呼应,直接或间接地否定社会主义现实主义,或者要求对它作重大修改。在这种形势下,文艺理论界面临着两项任务:一是通过讨论,坚持社会主义现实主义;二是总结苏联文学正反两方面的历史经验,深入研究创作实践中出现的新问题,进一步发展社会主义现实主义理论。

为此,苏联文艺理论界组织了几次专门的讨论,如1957年苏联科学院世界文学研究所举办的关于世界文学中现实主义问题的讨论,1959年苏联作协和世界文学研究所联合举办的关于社会主义现实主义的讨论,1966年《文学问题》编辑部组织的关于社会主义现实主义迫切问题的讨论等。此外,1961年关于文学史问题的讨论、1962年关于人道主义和现代文学的讨论、1964年关于当代现实主义和现代主义问题的讨论等,也在不同程度上涉及社会主义现实主义的某些理论问题。在讨论过程中,提出了像"意识到的历史主义"这样的重要观点,对诸如是否应该区分"社会主义文学"和"社会主义现实主义文学"这两个概念的问题展开了热烈的争论。多数人强调了破除过去对社会主义现实主义的"狭隘理解"的必要性和对它进行深入研究的迫切性,但没有提出新的看法。总的说来,这个阶段理论家们尚处于提出问题和进行思考探索的过程之中。

第二阶段从 70 年代开始。苏共召开了二十四大,苏共中央作出了《关于文艺批评》的决议。1972 年初,时任苏联科学院斯拉夫和巴尔干研究所所长德·马尔科夫提出了所谓"社会主义现实主义是表现手段的历史的开放的体系"的理论(以下简称"开放体系"理论),在文艺理论界引起了激烈的论争。1975 年社会科学院还举行了专门的讨论会。马尔科夫的提法虽然得到了苏奇科夫、季莫菲耶夫等人的赞同,但更多的理论界人士或表示反对,或持保留态度。例如,在苏联文艺理论界享有很高威望的赫拉普钦科院士曾在 1976 年召开的苏联作家第六次代表大会上对"开放体系"理论提出批评,他说:"不适当地吸收任何艺术手段,会使美学体系变成相互之间无内在联系的完全不同的现象的堆砌。这样,社会主义现实主义就会失去自己的作用力和目的性。"对"开放体系"理论持不同态度的双方,曾就社会主义现实主义的基础、现实主义在其中的地位和作用、"开放性"的含义及其对象和限度、对待现代主义的态度等问题,展开了热烈的争辩。马尔科夫感到自己的某些提法欠妥,接受了讨论中提出的某些意见,对自己的理论作了几次修改和补充。争论于 1978 年暂告一段落。

从 1979 年到 1983 年的五年内,苏联报刊又对上述问题组织了两次讨论:一次是 1979 年至 1980 年《文学报》组织的,另一次是 1983 年《文学问题》组织的。在这两次讨论中马尔科夫的对手主要是梅特钦科和安德烈耶夫。下面就论争中比较突出的三个问题,着重介绍一下近五年来的讨论情况。

二、形式与内容问题

1972 年马尔科夫首次提出"开放体系"理论时,他的公式是:"社会主义现实主义是崭新的艺术意识类型,是表现手段的历史的开放的体系"。他还使用过"艺术形成的历史的开放的体系""历史的开放的美学体系"等说法。这些说法用词虽然不同,但讲的都是艺术形式,强调的是艺术形式的"开放"。后来马尔科夫又采纳了季莫菲耶夫的建议,把"表现手段的历史的开放的体系"改为"真实表现生活的历史的开放的体系",并对其内容作了进一步的说明。他写道:"对于社会主义现实主义艺术家来说,对不断发展着的现实生活的客观认识是无止境的,在选择题材以及采用能够表达生活真实的表现手段方面,是没有限制的。在所有这些层次上,社会主义现实主义都是历史的开放的,而且正是在这种开放性中,包含着它的极其巨大的审美潜力。"这里讲的"开放"的范围,已不限于形式,它包括了认识、题材、表现手段三个方面。

安德烈耶夫认为,提出"开放体系"理论的动机以及这个理论本身的"根本缺陷",在于首先重视"形式创造"(说得更确切些,应为"外来形式的吸收"),而没有首先重视挖掘社会主义现实主义方法在内容方面的潜力。他认为形式虽然重要,但毕竟是第二位的,并列举世界文学史上的事实说明,"文学中的变动及其进步,首先取决于生活内容方面的发现,至于形式方面的发现,那么它可能有,也可能没有——在后一种情况下,表现手段可能完全是传统的,而作品(如《堂吉诃德》)却能成为艺术前进道路上真正的革命路标"。安德烈耶夫还根据苏联文学发展的历史事实断言,真正创新的不是那些力图用不寻常的形式表达时代变幻的人,而是像富尔曼诺夫、绥拉菲英维奇、法捷耶夫那样的用俄罗斯古典文学的传统形式表达现实生活的总趋势的作家。他强调说,在提出一种实践所需要的理论时,应对实际情况作具体的分析,而目前苏联文学创作所存在的问题,首先不在于作家不重视作品的形式,而在于"不善于认识和反映蓬勃发展的现实生活及其各种重要倾向"。他的结论是:不反对研究文学中的艺术手段,但反对把形式看得高于内容,而目前围绕艺术形式进行的争论"客观上是有害的",因为它会把进行创作探索的作家引上歧途,使他们不首先去认识生活及其内容。

在内容和形式的关系上,梅特钦科提出问题的角度与安德烈耶夫有所不同。他发现有人企图从形式问题上打开缺口,从而达到否定社会主义现实主义的目的。这些人把现代主义捧为"二十世纪艺术形式"的创造者,而把社会主义现实主义说成没有自己本身的艺术形式,需要从现代主义那里去"借用"。这实际上是在宣扬同现代主义的"综合"。因此梅特钦科认为,在形式问题上存在着复杂的斗争,进行争论并不是没有意义的。

不可否认,马尔科夫的观点前后是有变化的。最近他又发表文章说:"我们把社会主义现实主义看作是一个固定的体系,即一个由相互联系和相互作用的成分构成的整体。这里一方面说的是方法的基本原则——对世界的马克思列宁主义的认识、共产主义党性和社会主义人道主义;另一方面说的是形象地表现生活的形式和方法,说的是社会主义的诗学。"但他只肯定思想原则和诗学是一个整体,未能具体阐明两者之间的辩证关系,给人以一种把两者简单地加在一起的印象。

巴斯凯维奇从另一个角度对"开放体系"理论提出异议。他认为这个理论有意无意地用"艺术形式的体系"的概念偷换了"艺术认识的方法、艺术地掌握现实生活的方法"的概念。他解释说,"体系"这个词具有本身特定的词义和感情色彩,它表示一种"由各个组成部分必不可少的相互关系和配置所构成的系统",因此"对任何艺术体系的说明,往往变成首先对它的各个形式因素的说明"。可是创作方法是"认识的方法,探索真理的方法,进行研究的手段",如果把社会主义现实主义艺术所有成分的总和看作是一个"体系",那只能造成混乱。据我们所知,巴斯凯维奇的上述看法,代表着一部分理论家的观点。

三、现实主义问题

梅特钦科说过,围绕"开放体系"理论所进行的争论,其焦点在于:构成社会主义现实主义的实质、基础和"活跃酵素"的东西是什么？是现实主义还是现代主义。这是在激烈的论战中说的,问题提得相当尖锐。只要回顾这场旷日持久的争论就可发现,这确实是关键之所在。

在社会主义现实主义的来源和基础问题上,马尔科夫强调社会主义现实主义以"过去整个进步艺术的经验"为依据,不突出它同现实主义的直接继承关系,他认为新艺术之所以叫"社会主义现实主义",只是因为现实主义过去的成就最大,而现在它已同"不同的艺术概括形式""综合"了。他的对立面则一方面承认社会主义现实主义广泛的继承关系,另一方面更强调它同现实主义的血缘关系,认为后者是前者的基础。例如,彼得罗夫指出:"社会主义现实主义是一种现实主义,因此对它来说,19世纪现实主义的艺术经验自然更为接近,更具有血缘关系";"把传统的现实主义同其他非现实主义流派等量齐观的做法,只能解释为企图贬低现实主义在世界文学发展中的作用"。梅特钦科也持相似的看法。他强调说,如对社会主义现实主义的基础——现实主义——估计不足,就意味着"否定其中最主要的东西"。安德烈耶夫认为,那些力图把社会主义现实主义说成是各种创作方法的继承者的人,在他们的话里"隐藏着一种对现实主义的基本的不信任",他们之所以这样,是由于"对现实主义始终拥有的能使自身不断完善、发展和丰富的能力估计不足"。依·沃尔科夫在分析人类艺术思维发展过程的基础上认为,社会主义现实主义之所以产生的直接艺术前提,一是"具体历史地再现生活的原则在19世纪艺术文化中的确立",二是"批判现实主义取得伟大成就后进一步丰富这个原则的需要"。从这个意义上说,"社会主义现实主义是具体历史型艺术发展中的崭新阶段,从而也是整个人类艺术发展中的新阶段,因为用以掌握世界的具体历史原则是十九—二十世纪艺术文化所取得的最重大成果"。这里说的具体历史型艺术,指的就是现实主义艺术。赫拉普钦科在《现实主义概括及其形式》这篇著名文章中指出,社会主义现实主义同科学社会主义相联系,同时它又"接受和发展了在它之前各个时代的现实主义的深刻概括"。这个论断对社会主义现实主义的继承关系作了明确的说明。

在真实性问题上,马尔科夫说:"社会主义现实主义作为崭新的美学结构,与真实艺术的一般属性融为一体,在内容上与它具有同等意义。"与此同时,他还提出"艺术真实性的广阔标准",并且强调说,表达生活真实的也有"具有另一种思想哲学倾向的流派"。首先这里涉及对"真实性"的理解问题。有的理论家认为"真实性"的概念在运用到艺术创作时是非常含糊的,对它各有各的理解,把它不适当地扩大并用来作为标准,容易造成混乱。例如,巴斯凯维奇信而有征地指出:"谁不认为自己达到了艺术上的真实性呢！自然主义者企图'出其不意地'抓住生活,记录下偶然的因素和事实本身,认为自己这样做是真实的。'真实——这就是美！'唯美主义者企图使人相信这一点,他们脱离真正的生活,构筑着空中楼阁。'从现实走向最现实！'宣扬神秘主义的象征主义者这样号召,他们诅咒着尘世的各种桎梏。今天各种现代主义流派的各种信徒也在宣扬什么'最高真实'。然而这种真实实际上只表达作者的主观性:瞬息间的情绪、稍纵即逝的联想的纠结、比'五月之风'还要变化多端的乖常心理状态。"

其次,马尔科夫在这里提出了社会主义现实主义同真实艺术"融合"论和"等同"论。这个论点遭到来自两方面的批评。赫拉普钦科认为,"尽管这种观点的拥护者力图扩大新型文学的范围的愿望是可以理解的,但他们有意无意地使得在社会主义现实主义之外还存在真实艺术的可能性受到了怀疑",根据这种观点必然会得出"批判现实主义已经完全没有发展可能"的结论。有些理论家还指出,在没有具体规定真实性标准的条件下,这种"融合"论和"等同"论有使社会主义现实主义失去明确界限的危险,它的基础——现实主义——可能因此受到冲击而融化、消失。他们要求马尔科夫对真实性标准作具体说明,要求划定明确的"边"。

这些理论家之所以提出要求划定明确的"边",并不是偶然的,因为1963年法国的加罗第提出了所谓的"无边现实主义",而苏联文艺界也有人"暗暗地使用过这一概念"。加罗第在《论无边现实主义》一书的《代后记》里曾这样写道:"从司汤达和巴尔扎克、库贝尔和列宾、托尔斯泰和马丁·杜·加尔、高尔基和马雅可夫斯基的作品里,可以得出一种伟大的现实主义标准。但是如果卡夫卡、圣琼·佩斯或者毕加索的作品不符合这些标准,我们怎么办呢？应该把它们排斥于现实主义亦即艺术之外吗？还是相反,应该开放和扩大现实主义的定义,根据这些当代特有的作品,赋予现实主义以新的尺度,从而使我们能够把这一切新的贡献同过去的遗产融为一体？我们毫不犹豫地走了第二条路。"他还说,"没有不是现实主义的艺术。"这种理论的根本缺点,正如赫拉普钦科所指出的那样,"不单纯在于不适当地扩大现实主义的范围,不在于把几个另一种素质的艺术家归到它的名下,而在于从根本上排除了现实主义艺术同其他艺术流派之间存在区别的可能。'无界限性'会导致现实主义这一现代艺术文化最重大现象的概念的消失"。至于说到"开放体系"理论,那么苏联文艺理论家在他们所发表的文章和著作中并没有把它同"无边现实主义"相提并论,但从他们正面强调社会主义现实主义要有明确的"边"这些话的字里行间可以看出,他们实际上认为马尔科夫的观点同加罗第有某些共同之处。

在谈到具体艺术手法时,马尔科夫批评某些人对现实主义理解得过于狭隘,如他指责安德烈耶夫把"与生活相似的方法"(写实方法)"绝对化",看作是现实主义唯一的艺术概括形式。赫拉普钦科指出:"不能认为艺术手段是完全中立的,对生活素材以及语言大师力图表现的思想和形象是漠不关心的。"他中肯地断言,社会主义现实主义应吸收一切好的、进步的东西,但不能接受"精神上走向没落的作家和流派的思想和诗学",例如"荒诞派文学所用的艺术手段未必能为社会主义现实主义艺术家所利用",因为这些手段"能歪曲作家的创作构思以及文学作品的思想形象内容"。

安德烈耶夫提出了"现实主义无限丰富"论。他根据19世纪俄国作家普希金、果戈理、陀思妥耶夫斯基、托尔斯泰、契诃夫以及20世纪作家高尔基、马雅可夫斯基、肖洛霍夫、海明威、马尔克斯、罗曼·罗兰、马丁·杜·加尔、福克纳、托马斯·沃尔夫、托马斯·曼、弗希特万格、萧伯纳、布莱希特的创作成就指出,现实主义和社会主义现实主义"靠发挥自己本身内部的潜力达到了表现手段的高度发展和多样化,这是其他创作方法连梦想也没有想到过的"。他认为,如果一个现实主义艺术家觉得需要利用某种手法和艺术手段,他就可以利用它,关键在于"这些手法和手段是为了什么而利用的"。他引用布莱希特的话解释说,利用它是为了"掌握现实生活",为了理解事物的本质,这是现实主义艺术的"目的和主要特点"。他反对把注意力放在"开放"上,即放在吸收外来的艺术形式上,他说,社会主义现实主义能创造自己需要的一切,应把注意力放在发挥这种能力上。

梅特钦科也有类似的看法。他认为现实主义的主要任务是"按实际存在的样子来表现社会主义生活方式"。社会主义现实主义一方面创造性地发扬了现实主义传统,另一方面早已形成了它自己本身的传统,"我们可以在今天许多作品中看到这两种传统的融合"。因此目前的主要任务是发扬这两种传统。他还批判了"现实主义作为艺术体系已经过时,不符合二十世纪精神",应与现代主义"综合"的论调。他指出,目前有越来越多的材料说明,现代主义已陷入危机,许多现代派作家正在转向现实主义,在这种情况下宣扬现实主义"过时",应与现代主义"融合",更使人觉得奇怪。

应当指出的是,通过争论,马尔科夫对现实主义的看法也发生了某些变化。现在他虽然仍坚持过去的某些提法,但在具体内容上渐渐向争论的另一方靠拢了。

四、现代主义问题

在对待现代主义问题上,争论双方对它的思想体系从一开始就表示否定。当然,马尔科夫也不例外。他认为现代主义的哲学观点和审美观点是同现实主义对立的,但现代主义是一种复杂现象,不能只作"一般性的说明",而应作具体分析,"看到各种流派的具体内容"。马尔科夫承认"利用这些流派的艺术家所创造的形式的可能性",但他认为在谈论这种利用时应注意以下两点:一、"在观念上同现代主义美学相联系的艺术形式不可能成为社会主义艺术不可分割的组成部分,因为在这些形式中体现了同社会主义艺术的真实性原则相对立的世界观,而这种世界观决定着形象的结构";二、同旧美学观点决裂并完成了世界观转变的作家给新艺术带来的某些经验,只有当它"服从于新任务"时才能加以利用。也就是说,在马尔科夫看来:现代派就其思想体系来说是反动的,但它的部分艺术形式可以利用,不过必须经过改造,使之适应新艺术的需要。

谈现代派艺术形式和技巧的借鉴
夏仲翼

什么是现代派的艺术形式和技巧？

这个问题至少在目前十分含混。凡是在风格上具有象征、隐喻、荒诞、变形、忽略客观表象、侧重心理意识流程的；在手段上使用时序颠倒、时空交错、梦境幻觉、主观视角以至自由剪辑的；在结构上强调非情节、非逻辑、非典型、无结局，或者着意使小说散文化、戏剧生活化、诗歌朦胧化的创作倾向，现在或多或少都被看作带有现代派的特征。

现代派的本质特征究竟是什么？从19世纪末起，现代派的各个潮流确实对艺术的形式和技巧作过各种各样的试验，因而得到过"形式主义""先锋主义""实验派"等种种名称。而某一个流派的出现又往往以它惊世骇俗的形式为标榜。但存在了将近一个世纪的大大小小、此起彼伏的现代流派，最终归入"现代派"（或译现代主义）这面大纛之下的，首先不是由于它们的形式和技巧，而是由于这些作品体现的思想观念。现代派的根本问题是在它对世界、人生、文学的基本观念，至于各种各样的表现形式，如果放到文学发展的背景上来考查，至少有以下几种情况值得研究：首先是某些艺术形式和技巧，实是"古已有之"的东西，只是现代派作家用来表现了他们自己对世界、人生的思想观念，于是似乎翻出了一层"新意"，其实这"新"更多的不在手段和形式，而在于所表现的观念。俄国作家普希金的小说《棺材商人》，就形式来看，主要是梦幻和心理意识的描绘；鲁迅的《狂人日记》可以说是写绝了一种主观视角，但有谁会评论其中"现代派"的色彩呢？李贺写箜篌弹奏，说："昆山玉碎凤凰叫，芙蓉泣露香兰笑……女娲炼石补天处，石破天惊逗秋雨。"音乐的意象丰满得如闻其声。当代美国意象派鼻祖艾兹拉·庞德的一首据说是脍炙人口的意象小诗："人群中这些面孔幽灵一般显现，湿漉漉黑色枝条上的许多花瓣。"写的是地铁车站，潮湿、沉闷、忙乱。手法可以说是相同的，但文学观念绝对不同。庞德在这里忙碌的是刹那间主观意象的摄取，寻求他的意象叠加，至于作者这种主观意象在多大程度上可以为读者接受，这不在庞德的文学观念范围之内的。奥地利作家卡夫卡的《变形记》写人变成一只大甲壳虫，体验了人在某种灾难处境中的软弱和绝望的主观感觉，这里表现了作者本人对现代社会的冷漠本性的认识，是作者世界观的流露。但是比卡夫卡要早两个多世纪的中国明代作家冯梦龙，在他的《醒世恒言》第二十六卷《薛录事鱼眼登仙》中，写了主人公薛伟幻梦成鱼，他置身刀俎之间，听任同僚要用它佐酒，既堕异族，竟无力改变由人摆布的处境。从艺术方法上说,怪诞、变形的表现手段,几乎如出一辙。因此,单纯以形式技巧来判断现代派的做法是十分浮浅的。形式、技巧固然在某种程度上能表明一个流派的特色,但文艺经过了两千年左右的发展,艺术武库里已经积储了不可胜数的手段,今天要宣布哪一种形式或技巧是绝对的创新,是某个现代流派的专利,实际上是很困难的。

　　文学史上注重客观图像描摹和着意主观感受抒发的两种不同的倾向可以说是文学艺术与生俱来的现象。以小说体裁为例,最早从荷马史诗开始的现实图画的描摹(其实,即使在《荷马史诗》里也不乏运用主观视角的例子,例如美人海伦在特洛亚城头上的露面就是从城头上老将们的"惊艳"里写出),到了中世纪的骑士传奇里就有了梦幻般的想象。这以后,一方面产生了以一个人物的流浪遭遇为引线描绘多样现实的"流浪汉体小说",另一方面像但丁《神曲》那样使用神秘象征手法、突出"主观"评价的作品,或多或少已经触及了"观念的外化","现实与幻境的交织","非情节"乃至结构上的神秘象征、暗示等等问题。表现"主观"和再现"客观",始终是文学发展中实际存在的两种倾向。文艺复兴时期往往在一部作品里体现着这两方面的追求,譬如《堂吉诃德》,既表明冒险奇遇体裁有了新的进展,又显示了对人的精神状态某种高度抽象概括的趋向,描绘了那种主客观相悖情况下,人可能陷入的悲剧性的可笑境地。17世纪的法国在注重形象塑造和社会画面刻画的古典戏剧发展的同时,也出现了以抒发内心情绪、主观感觉为主的书信,日记体的第一人称心理散文。18世纪欧洲,一方面是英国现实主义的历险、游记体小说如《鲁滨逊漂流记》《格列佛游记》等,另一方面法国启蒙运动作家如卢梭,狄德罗又使心理小说、哲理小说达到了新的高度。侧重描绘客观的情节小说和崇尚表现主观的心理小说就这样交互补充,推进着小说体裁的发展。到了十九世纪,当推重主观表现的浪漫主义思潮盛极而衰以后,小说艺术在司汤达、巴尔扎克、托尔斯泰、陀思妥耶夫斯基手里几乎臻于完美,外在的情节因素和内在的心理分析达到了高度综合。然而当十九世纪现实主义潮流的眼光越来越趋于冷静,以至于淡漠,细节的逼真达到了毫发无爽地步的时候,这就一方面为自然主义准备了条件,把再现客观推到了极端,另一方面激起了对立一端的勃兴。当时欧洲文学中的唯美主义和象征主义,从文学本身动因来看就是这种前提下的产物。因此,现代派作为一种文学现象,和历史上一切侧重表现主观的文学潮流和倾向有着密切的关联。然而在思想意识上它基于两次大战的生活经验,接受了当代哲学、心理学、社会学中主观唯心、非理性、潜意识、存在荒诞的种种观念,使这种表现主观的文艺有了不同于以往的所谓"新"的内容。从艺术形式角度来说,不论是象征主义的"对应论",表现主义的高度抽象或思想的外化,意识流的潜在意识描绘、时空交错、梦幻寓意、主观视角,乃至新小说派的物件主义、荒诞戏剧的破碎舞台形象,都首先是为它们要体现的观念服务的。在这一点上,有人称现代派文学为"概念"文学,是有充分理由的。形式和技巧在确定现代派性质上,只有十分相对的意义。因为即使通常被视作现实主义基本艺术特征的手法,如细节描写,在不同的思想观念的驱使下也会具有截然不同的含义。巴尔扎克在《高老头》中对圣·日内维新街上伏盖公寓的描写,左拉在《娜娜》中对万象剧院后台情景事无巨细的交代,新小说派代表人物阿兰·罗布－格里耶在《橡皮》第三章中对一片"完美无缺"的番茄的细致到近乎照相的写实,形式手法上都是十足的细节描写,但在巴尔扎克那里是现实主义典型化的手段,在左拉那里是自然主义的再现,而罗布－格里耶用的却是他的"物件主义"的主观眼光。从这里可以说明单凭形式技巧判断之不易。因此我们在运用了一些似乎"新颖"的手法以后,大可不必先匆忙地宣布为对现代派的借鉴。思想观念如果不是现代派的,便欲把手法称曰现代,是十分奇怪的。

其次,历史上出现过的一些艺术方法,在现代主义者手里被推向极端,于是成了作品中最触目的因素。例如象征,这是几乎被所有的文学潮流在不同程度上运用过的一种手法,但是在象征主义者那里世界本身只是"象征的森林",充满了象征的"对应物"。朦胧的象征正是诗人对世界的认识,他本来就不需要寻根究底,这和现实主义运用象征手法来揭示现实本质的做法是完全不同的。这种对艺术手段的异乎寻常的重视,最后常常导致极端的形式主义。我们有的同志认为这里有"对文学概念本质的新理解",说是"文学艺术的形式具有一定程度的独立欣赏价值"。前面提到的庞德的《在地铁车站》就是这类"独立欣赏价值"之一例。英国女作家维吉尼·沃尔芙的第一篇意识流作品《墙上的斑点》,也可算作"独立欣赏价值"之又一例。一个主人公回忆起有一次坐在房里看到过墙上有一个斑点。为了确定这是发生在哪一天,她就回想当天的情景,捕捉已逝的记忆。从黄黄的炉火,想到三朵菊花,追忆起当时透过香烟的薄雾看到过火红的炭块,联想起城堡上的红旗。于是各式各样的幻觉记忆蜂拥而至,像蚂蚁一样,狂热地拾起一根稻草,又把它扔在那里……接着又因弄不清那个斑点究竟是什么,而感到"生命是多么神秘,思想是多么不正确,人类是多么无知!"。然后感叹生活飞快的速度,人为什么要来到世间……心理分析或者意识描绘是 18 世纪以来小说艺术的常用手段,它对于揭示人物内心,刻画典型,渲染氛围有独特的效果,但到了现代主义者手里,这种手法纠缠进了 20 世纪心理学的和现代哲学的因素,成为意识流方法,实际是趋向了极端和绝对化。有的评论说《墙上的斑点》表明了"现代派文学观点的某些特征","表明了感觉经验比事实更真实,思想逃脱了物质的束缚,就得到了意义"云云,明显地把方法作为艺术本体来评论,不正说明了评论者本身批评观点的实质吗?

再次,现代派确实有过不少以形式和艺术革新者自居的新流派,如诗歌中的未来主义、达达主义、超现实主义,小说创作中的"新小说"派等都发表过耸人听闻的主张。

但是,他们的创作比较平庸。就拿"抛弃传统的现实主义和一切人道主义"的新小说派来说,尽管有罗布-格里耶的"物件主义",娜塔莉·萨洛特的"向心小说",比托尔的"神话主义",甚至第二人称小说,然而客观的事实是:这些人在自己时代达到的成就,何尝可以和巴尔扎克、托尔斯泰在他们各自时代里达到的成就相比拟。不仅如此,现代派的理论主张,往往还和他们的创作实践相悖谬。"人为的编造情节"这是一切具有现代派情绪的人们攻击传统创作方法最激烈的一点,其实现代派的"编造"是最肆无忌惮的,不论是卡夫卡《城堡》的虚幻、《在流放地》的乖张,加缪《局外人》的荒诞,罗布-格里耶《橡皮》的巧合,哪里不是充满了人为的情节编排?萨特的剧本《禁闭》把一男两女三个鬼魂禁闭在一间密室里,他们都没有眼皮,必须眼睁睁看着他人的一切,互相追逐、猜忌、嘲弄、破坏、钩心斗角、争风吃醋。剧本的全部内容只是为了演绎萨特存在主义的哲学观念。"概念"的文学是无法脱离人为编排的。现代派在创新试验中虽然使很多形式和技巧集中地凸现了出来,但他们始终附丽于特定的思想观念,而他们的文学主张若不是"高超"得和实践脱节,就是往往和实践相悖。因此单纯用形式和技巧上的特点来确定是否现代派,这是极其不可靠的。

怎样使艺术形式技巧从思想观念上剥离?

一般说来,扬弃观念,吸取技巧,当然不失为借鉴之一途。但对现代派来说,它的思想本质和艺术形式,实际上并不像通常设想的那样容易剥离,这主要是由下面两个因素所决定的。

难于剥离的一个因素是由于现代派文学中包含着种种复杂的情况。有些现代派作品的"新颖",与其说取决于它形式技巧的独特,不如说更多的是取决于它的思想观念。卡夫卡的小说,从它调动的艺术手段来看,很难说是前无古人。然而他作品里所表现的现代人在异化社会中身不由己、朝不虑夕、受制于异己力量的极端软弱和绝望的精神状态,确实能激起生活在动乱和竞争中的中产者或知识阶层中人的内心震动。卡夫卡生活在奥匈帝国,1924年逝世之前文名寂寞,到第二次世界大战时期才名声大噪,这是思想观念和社会趋向合拍的结果,同时也说明了现代派思想观念的作用。而另一些流派的所谓"新颖"则走上了反艺术的歧路。如力图把诗歌回复到纯粹原始音响的达达主义,法国包括阿波里奈尔也创作过的具象诗(或译具体诗),即使新奇到把诗句排列成奔马形状、塞进红皮靴图像,甚至幻化成一朵蘑菇云,除了能充作今后文学史家猎奇钩沉的趣闻材料外,几乎可以肯定不会有其他作用。

难于剥离的另一个因素是现代派文学主张中的艺术本体论。从英国唯美主义作家奥斯卡·王尔德提出的艺术要"对形式予以压倒一切的注意"起,到现代主义文论,这种艺术本体论的倾向使形式和思想的混合达到前所未有的境地。形式已经不只是艺术表现的手段,很大程度上成了艺术本体的构成部分。象征主义在法国诗人波德莱尔那里就已经表现为一种世界观。因为他把世界看成是一个复杂的不可见的整体,其中万物之间,自然与人,自然与人的各种感觉之间存在有隐秘的、内在的、彼此对应的关系。外界事物和人的内心世界,可见的事物和不可见的精神之间,都是互相感应、息息相通的。象征主义那种用物质表象来写人的内心体验,或暗示精神微妙感觉的表现方法本身就是寻求"对应物"的世界观的显示。例如波德莱尔写"忧郁"(《恶之华》)说是"长长的送葬行列,没有鼓声也没有音乐/在我灵魂里缓缓行进;被战胜的希望/在哭泣,而残酷暴虐的苦恼/又把它黑色的旌旗,竖起在我低垂的头上。"内心的忧郁、生的苦恼、死的寂寞,正是诗人对整个人生的看法。要从这样的"复杂的不可见的整体"里剥离掉诗人的绝望,扬弃掉世界观,形式技巧也就"毛将焉附"了。当然也可以模仿,反其道而行之,写欢乐与光明。但这种基于直觉主义的象征主义文学,一旦离开了赖以存在的思想本体,离开了悲观主义的对人生的看法,象征也就成了最平常的借喻或隐喻,也就不复是现代派所固有的艺术形式了。同样如果从荒诞戏剧里剥离存在主义哲学对人生的绝望、荒诞的观念,那么这种破碎的舞台形象和反戏剧的成分的展现,就只能是一种十足的名副其实的荒诞了。

综上所述,现代派文学的思想本质和艺术形式之间往往并不像我们通常设想的那样容易剥离,因此,采取简单照搬的态度绝不能使我们的文学走上成熟之路。但这并不是说可以拒绝对现代派文学作任何有批判的继承和借鉴。因为现代派确实是一个非常复杂的文学派流,它不仅在创作理论和实践方面存在复杂现象,而且在某些作品的内容和形式的关系上也存在着种种复杂情况,这就必须作具体的分析。例如,有的流派或作家,尽管他们在理论上提出了许多错误主张,也创作了一些与之相适应的作品,但他们的创作也不是完全与其理论主张相一致,因此,对一部具体作品的评价,不能仅仅以作家的理论主张为依据。又如,也有的流派或作品,从思想内容上看,曲折地反映了资本主义社会某些生活真实,有一定的认识作用,但它们在艺术形式和艺术方法上,并没有什么新东西,有的甚至是违反艺术规律。还有的流派或作品,在思想内容上采取了掩饰社会矛盾实质甚至是歪曲生活本质的态度,有的则宣扬了大量的资产阶级的颓废、消极和虚无主义的人生观,但在艺术手法的某些方面,又确实有所创新。凡此种种都说明文学的内容和形式之间虽然具有不可分割的联系,但一定的艺术形式和技巧毕竟还有其相对独立性。因此,对现代派文艺的形式和技巧,必须采取深入细致的分析态度,既不能盲目地认为凡是现代派的东西就都是好的、新的,因而一概照搬;也不能认为凡是现代派的东西就一定毫无足取,因而全盘否定。我们应该实事求是地吸收一切对发展我们社会主义的、民族的文艺真正有用的东西。

1985年

现代西方文学批评的若干流派
伍蠡甫

19世纪末,西方文学出现了一个大转折,即象征主义的诞生。它突出非理性主义和形式主义,赋予二者以前所未有的重要性,并对20世纪以来西方现代派形形色色的批评理论产生巨大影响。它们有许多论点使我们感到新奇以至荒诞,有必要作些分析,勾出主要轮廓,弄清基本面貌,并探寻它们之间的关系。

一

就从象征主义谈起。19世纪末欧洲资本主义进入帝国主义阶段,无产阶级的兴起与资本主义社会矛盾的激化,使大批资产阶级知识分子对阶级命运和个人前途感到悲观绝望,而又力图挣扎,这在文学上集中地表现为创始于法国的象征主义。它主张文学脱离客观世界,不再反映"苦痛"的、"虚幻"的现实,而转向主观世界,进入"纯粹观念"的领域,通过直觉以把握所谓"超越"的、"永恒"的"真实",接受后者所启示的奥秘,加以描写则是诗人的任务,实质上,是诗人与神冥合,以求慰藉。而为了传达他所感受的主观境界,诗人采用了种种象征,进行暗示与再现。象征主义诗人斯蒂芬·马拉美(1842—1898)宣称:"与直接表现对象相反,我认为必须去暗示。对对象的观照,以及由对象引起梦幻而产生的形象,这种观照和形象——就是诗。"也就是说,写诗应完全撇开现实主义传统的客观反映,代之以个人主观幻觉的象征与暗示,因为诗人能象征方能创造。我们知道,象征原是写诗的间接表现方式或手法,就西方而言,远在象征主义以前便已存在并被运用,但绝非为了揣摩或虚构什么幻觉、梦境,而且也并不一定要以直觉为前提,超越现实,像马拉美所设想的那样:"我说'一朵花'!这时候我的说话声便让花脱离了众所周知的花萼,使花的任何轮廓湮没了,然而就在这当儿,在花束中缺席的花却以其自身的精微概念,像音乐一般地呈现了。"意思是在语言象征和音乐抽象之间画上等号。我们知道,诗中含有声音之美原是无可非议的,连音乐家也曾对诗人提出这样的要求。然而象征主义批评却更加侧重于抽象,并向形式主义发展,这些是和它的纯诗说不可分的。另一个象征派诗人保尔·瓦莱利(1871—1945)说:

"一句很美的诗,是诗的很纯的部分。"他给"纯"打比方:"悦耳而无意义""清楚而无用处""模糊而令人愉快"等等,它们存在于诗人创造的"与实际事物无关的一个世界、一种秩序、一种体制"中。瓦莱利宣称:正是为了对"纯"的歌颂,"诗人传达他所接受而未必了解的东西,因为这东西乃神秘的声音所赐予"。说到这里,纯诗的目的愈加清楚了,那就是谋求与真宰合一,皈依上帝,而这派所含的非理性主义实质也暴露无遗了。至于诗人的世界观更对这种诗论起决定性作用,我们不妨看看马拉美的自白:"文学完全是个人的。……在这个不允许诗人生存的社会里,我作为诗人的处境,正是一个自凿墓穴的孤独者的处境。"正是这种空前的个人抑郁、苦闷和仍思挣扎的复杂心情持续到 20 世纪,给现代派形形色色的主观唯心主义和客观唯心主义批评流派铺平了道路。由于非理性主义给对抗现实,维系主观幻想的理论提供了最大的活动园地,而形式主义更玩弄着脱离现实的种种伎俩,所以这两者也被象征主义传给了以唯心论为大本营的现代批评诸流派了。

下面试就表现主义、新批评派、结构主义和现象学派等文学批评的若干论点,探讨它们运用哪些手法,以进行自我辩解并相互支持。

二

20 世纪初,意大利的贝涅狄多·克罗齐(1886—1952)以其直觉 - 表现的美学观影响西方文艺理论。在他看来,艺术形象并非逐步完成,由于艺术家内心一瞬间的直觉,它便存在了,也正是这同一瞬间使艺术作品全部完成并表现出来。艺术创作的过程等同于直觉 - 表现的过程,因此他说:"艺术即直觉","作为一个艺术家,他既不采取什么活动,也不说明理由,而是写诗、作画、歌唱,简而言之,是在表现自己"。并且从这一瞬间来看,"形式和内容之间没有什么明显区别"。于是乎"美的事实是形式,仅仅是形式而已"了。不难看出,克罗齐的直觉 - 表现的观点是和非理性主义与形式主义二者不可分的。20 世纪 20 年代初发源于德国的表现主义批评便是继承了克罗齐的主张,强调一切为了自我表现,而所表现的则是主观幻想。表现主义批评否定文学传统,谴责自然主义与印象主义,回到形而上学,亦即内在世界的表现。表现主义诗人葛特弗列德·本恩(1886—1956)给这流派下了个定义:它破坏现实与历史,以十分恐怖的心情经验着世界的混乱与价值的衰亡。本恩宣称,创作是为了达到绝对的诗的理想,那就是放弃信仰和希望,不向任何人表达,仅仅保留语言组织。实际上,表现主义的诗只剩下极端虚幻的语词,而表现主义的诗论却说有所表现便是克服虚无,可谓极武断之能事了。

表现主义的主张带来剧作上的结果是:剧本的连续结构被割裂为若干人物形象和

若干事件;剧中的个别的角色为人物的类型和象征所取代,非现世的、神圣的心灵可以出台;语法废除,语言压缩,台词抽象,并杂以"爆破音",使听众神思恍惚昏迷,如此等等。尽管如此,表现主义批评却说作家必须是思想家。表现主义剧作家乔治·恺撒(1878—1945)曾提出剧作家的"尊严",要求作家透过现象,捉取资本主义社会的本质,从而赋予剧本创作以庄严的使命,实际上却沦为主观幻想与不可知论了。

另一位表现主义剧作家卡斯米尔·埃德施米德(1890—1966)宣称重新创造乃是艺术最伟大的任务,为此必须把握事物的意义。那么,怎样把握呢?他认为:"不可满足于人们所信服的、臆断的、标志出的事实,必须精确地反映世界事物的形象,而这个形象只存在于我们自身。"埃氏断言:"幻想是本质的。""表现主义艺术家整个用武之地就在幻想之中。"他名之曰"抓住事实背后的东西"。

表现主义的理论调子很高,往往虚张声势,一副救世主面孔,却开不出一点儿像样的药方。这一流派虽已过时,但是它的高抬主观、自我,强调幻想,大搞奇特的艺术形式等,对20世纪西方文艺理论产生了重要影响。

三

在20世纪20年代,英国的 T. S. 艾略特(1878—1949,后入美国籍)作为新批评派而轰动西方文坛,他的门徒众多,继续宣扬并发展他的学说,因此在今天仍有影响。他的理论主要有三点:"非人格化","客观对应物"和"有机形式主义"。首先,他认为:诗的问题乃形式表现或媒介运用的问题,而非形式、媒介所服务的内容的问题,其关键在于必须首先排除与内容密切关联的作家人格、作家个性,方能突出艺术形式的重要性、决定性。其次,关于形式表现的途径,艾略特作如下论述:"用艺术形式来表现感情的唯一途径,就是探寻一个'客观对应物'。换句话说,一系列的物、一种情景、一连串的事件,都应作为那特殊感情的程式,由于这些外在事物必然以感觉经验为终点而宣告结束,所以它们一经提出,感情立刻被唤起了。"艾略特以艺术形式为前提,在客观世界中找寻"对应物",从而通过"状物"达到"写情"。但他更加强调的显然是形式,因此他把文学看作"特殊的语言形式、语言结构",而语言组成的文学作品本身,则为"独立于外部世界的有机体",并且提出了"有机形式主义"的名称。这里,我们可以看出象征派诗论的影响,例如马拉美就曾坚持诗不是由思想而是由语言构成的。再次,为了和"非人格化"相适应,艾略特还断言文学创作中只见古典传统,不见作家的个人创造才能,作家如有成就,正是由于"他继续放弃自己……牺牲自我,消灭人格"。而文学批评的任务,就在于对作品的语言形式、语言结构进行分析,而不及其他。新批评派和英国 I. A. 瑞恰兹(1893—1980)的语义学派批评相唱和,一定程度上预示了60年代兴起的结构主义批评理论。

此外,我们更须看到在"非人格化"的背后,还大有文章。所谓"牺牲自我""消灭人格"不过是手段,其目的在于向神灵靠拢,皈依上帝,因为人格去了,神格方能进来。这实际上是象征主义与神秘主义合抱的继续。因此,艾略特的批评时常散发出宗教神学的臭味。艾略特又规定文学批评的任务,"应当有一个明确的伦理和神学立场。任何时代里,文学批评都由于伦理和神学的统一而存在"。前苏联有些学者指出新批评派和新托马斯主义(见下文)的联系,是有一定见地的。

四

由于对语言形式的强调,语言结构的研究逐渐成为文学批评的主要内容,并产生了结构主义批评流派。瑞士语言学家索绪尔(1857—1913)强调区分具体的说话动作和学习一种语言时所获得的根本系统。他论证语言学必须集中于后者的研究,根据这系统所含诸要素的相互关系,来解释诸要素:他认为一种语言系统的组织成分并不是若干已经明确的要素,而是须待深入研究的若干结构、若干纯属相连的单元。索绪尔主张,语言符号存在着表示和被表示的区别,进而强调语言符号具有完全的任意性。50至60年代间,法国的文学批评家从而得出结论:人们被锁在语言的囚房里,同时文学也和现实脱离,谈论文学就是谈论语言结构。于是结构主义批评便以法国为首,成为重要流派。主要代表罗兰·巴尔特(1915—1980)宣称:"从福楼拜到今天,全部文学已变成语言学上的一大堆疑难问题。"今天的文学存在着"自杀的结构"。因此他竭力主张,应有充分自由来解释文学现象。"批评家所要进行辩解的,已经不是作品的意义,而是他论说作品时所含的意义。"此外,更有一群激进派环绕《原样》(刊物),竟然宣布文学灭亡了,或者仅仅是无关宏旨的语言天才之事耳。结构主义批评实质上将文学说成是语言学的一个支流,将语言学模式应用于文学研究。在具体运用上,内容不仅沦为形式的附庸,而且成了一种技术设计,以便产生完整的形式,而完整的形式也就是作品本身了。这派批评最感兴趣的,不是作品的含义,而是难以解释的作品,它所关心的问题是:一部作品对于解释者(结构主义批评家)的活动,是抗拒呢,还是顺从?作品的本文读得下去呢,还是不堪卒读呢?实际上,把批评或解释工作集中在现代派作品的艰涩怪异的本文上面去了。

这一流派认为,解释作品完全是读者和批评家之事,与原作者的思想无关,因此出现了作者告退,读者方滋的说法。巴尔特断言:作品"本文的意义并不在它本身,而在读者接触本文时的体会中"。巴尔特提出"作者已经死了"的口号。然而这派批评家对本文结构分析得愈是细密,他所发现的破绽、裂缝也愈多,于是以前视为稳定的结构也不免动摇了。结果,索性摇身一变,提出消除结构的批评,又称消解批评,或后结构主义的消解论,其主要论点是:文学的自我消解是不可避免的,批评家对此并不负责,但他有权揭示这种消解。60年代以后,后结构主义批评在美国相当流行,被称为耶鲁学派。

由此看来,结构主义批评只做了一桩事:完全否定文学和作家,它之所以如此荒谬,乃是由于非理性主义和形式主义的恶性发展啊!

五

上文提到表现主义批评回到内心世界,新批评派皈依上帝,这些都涉及文学创作中的思想意识及其地位的问题,并表现了主观唯心主义和客观唯心主义立场。此外,研究创作意识而深深陷入不可知论的,则有现象学派批评。

现象学以所谓主体决定客观说,来宣扬主观唯心主义,完全否定客观世界的真实性,在现代西方小说和文学批评中引起共鸣。英国女作家艾里丝·默托契(1919—)多半写哲理小说,她认为作家笔下的人物尽可众多,但必须把握"人生状态中一个小小的、结实的、晶体状的、自给自足的神话"。默托契所谓生活的真实,是由无数人物混合而成,因为他们从属于高过生活的神话,他们才"回到了事物本身",所以小说乃是主体(神话)对客体(人物)的"经验"的产物,这无异乎给现象学的主体决定论提供佐证。法国新小说派代表罗伯-葛利叶(1922—)强调主体与客体是不期而遇的,以宣传内心"经验"说:用内心所经验的时间代替钟表的时间,并用现代候动辞描写行为,以传达经验的直接性;通过一位主人公的感觉,把这行为严密精确地呈现出来。他认为如今的一位作家不再能够像巴尔扎克那样,提出情节、人物、动机、背景等的蓝图了。因为十足的真理、绝对的观点以至上帝都不存在,只有主人公所遭遇的而读者又同样经历的,才足以构成作品的真实。罗伯-葛利叶并不要求读者"接受一个已经完成的、终结的世界,而是相反地,(读者)须参加创造,自己也在塑造作品"。他强调创作必须是彻底"客观"的,保持对象的外在性与独立性,不受我们的希望和畏惧的沾染,最后可以避免一场悲剧。总而言之,这两位小说家,一位抬出"神话",一位高唱"纯客观",都是世界本质或生活真实的不可知论者,乃是现象学在文学中的代言人。

现象学对文学批评也有显著影响,即批评者无须具备作家生平、历史背景等方面的学识,而只是研究创造性本身的问题。在欧洲,比利时的乔治·普勒(1902—)是现象学派批评的代表,他把文学看作创造性意识的一个表现,认为"批评必须把握的是主观意识,或内心活动,为了理解它,就只能把自己放在它的位置上,采用它的观点——使之作为主角,并在我们中间再起作用"。因此批评不是批判地分析对象,予以评价,而是批评者对某一作家或其时代进行创造性的移情活动所产生的结果。普勒更从批评者转到读者,提出了阅读现象学,以宣传主观唯心的文艺欣赏。他认为,阅读文学作品的特点,是打通主体和客体的隔阂,你在书里,书在你中,无所谓内或外了。在读书时,我在想,这"想"便是判断的主体原则——我想到什么,什么就成为我的。普勒引用象征派诗人阿瑟·兰波(1854—1891)的话:"我是另一个。"意思是在读书的时候,我被出借给那在我内心进行思维、感受以至行动的另一个人了。那么,这另一个我或另一个人究竟是谁呢?回答是:掌握一切具体意识活动的、高高在上的、不知名的、抽象的意识,也就是默托契的"神话"了。波兰的罗曼·英格尔登(1893—1970)是另一位现象学派批评家,他断言:"作家和他的全部身世、生活经历、精神状态,都处于文学作品之外。"而人们对作品的认识,则是一种具体化过程,这具体化和作品本身更须加以区别。同一作品的具体化可多种多样,它们正是文学批评所作的解释,解释不同,使同一作品产生多种意义。不难看出,英格尔登先把作家从作品中排除出去,然后让读者、批评者的主观进入作品而名之曰"具体化",终于抹杀了作品是否反映客观真实的问题,因为这个问题是主观唯心主义批评所必须回避的。

在美国,现象学派批评也很有市场,例如乔弗莱·哈特门(1929—)便是突出的代表。他主张"诗人所描写或再现的心灵,其本身在认识上并不依靠感觉、知觉"。因此可称为"纯粹的再现",意思是:对于刺激和反应的无穷循环来说,心灵不再是被动的牺牲者;心灵如今掌握了自己的认识的主动权。所谓心灵认识的主动权,就是直觉。作家以直觉为创作的唯一动力,它运用想象,在中间地带和人世的种种极点相周旋,使作家能描写出人生的幻想。文学创作的对象既然是幻想,而非现实,那么批评家对作品的解说,尤其是自我的表达也就可以变得主动而又积极了。哈特门还说:"我们对于批评家的人格的要求,并不多于艺术家。然而我们也不主张他须抑制人格的体现。我们希望他不要躲在作品本文的后面。小说写作容许有作者心爱的人物,……难道作品解说就没有了吗?……解说者:赶快自我阐明吧。"这样就给主观唯心主义的、海阔天空式的、说到哪里是哪里的文学批评铺平道路。这里,我们不禁联想到艾略特的"非人格化",对比之下,艾、哈二氏似乎各走极端,其实不然。作家进不得作品,是为了感情和对应物之间的畅通无阻,以保持"纯客观"的创作;批评者取代了作者,则是给独断式批评大开绿灯,达到"纯主观"的批评。不论是主观还是客观,在它前面加上一"纯"字,结果仍然是主观、片面,在这一点上,艾、哈二氏还是相同的啊!

说到这里,不妨比较一下现象学派批评和结构主义批评。前者将"意义赋予"局限在感觉、知觉的领域,意在阐明主体对客体的"意向"作用,强调主观能动性;后者则以无意识安排所产生的结构活动,取代主体对客体的有意识活动;相形之下,后者似乎比较客观一些。然而实质上,后者不过是对"意义赋予"或认识过程,采取了先验的、不可知论的立场,和前者同属主观唯心主义,而其非理性的色彩却更加突出了。

六

直觉、非理性主义、不可知论是以上帝概念、宗教神话为支柱的。现代西方批评流派具有不同程度的非理性色彩,结果也就不可避免地充当了神学的附庸。以此为专业的有法国雅克·马利坦(1882—1973)的新托马斯主义批评。马氏继承中世纪托马斯·阿奎那(1225—1274)的经院哲学,主张文学创作的任务在于宣扬"精神的无意识"或"上帝"高于一切,大谈其诗中存在着上帝的创造性直觉。在美国更有一些有相当影响的批评家,也高举神学破旗,企图君临于现代批评诸流派之上,而唯我独尊,他们也属于非理性主义阵营。例如安伦·塔特(1899—)宣称:"人凭理智无法到达作为世界本质的上帝的身边,而只能通过'类似',以接近上帝……我们经过想象的扩张,踏上了'类似'的阶梯,在它的顶端,我们终于看到一切。"这位批评家转弯抹角地说了一阵,完全是为新托马斯主义摇旗呐喊,又如威廉·温姆萨特(1907—1975)断言:"如果将含有宗教意味的头脑和强调物质的头脑相比较,那么前者容易接近形而上学的诗论。"则是公开挂起神学招牌,挤进文学批评的园地了。

上帝或彼岸本是客观唯心主义的最后归宿,而将自己封闭在内心世界的批评乐于宣扬神学,也就毫不足怪了。

以上试从现代西方文学批评的若干流派中,寻其相近或相通之处,以考察其发展趋势。我们所得的结论,可以说得通俗一些:从向内转开始,经过了主观幻想,纯粹意识,上帝来临,以及作者消亡,只剩结构,批评者、阅读者齐来分析结构,然而众说纷纭、莫衷一是,终于消解结构,而文学也就灭亡了。那么,理论批评还有什么好干的呢?现代西方文学理论之所以出现这种危机,实在是出于非理性主义和形式主义之赐。

这里附带提一下:不久前一位美国主讲西方文学批评史的教授认为,现代西方批评界每一论断都经过推理,并且从形式进入内容,所以非理性主义和形式主义两顶帽子戴不到他们头上。这种看法值得商榷。推理原是论证的手段,论证或宣传"非理性"也须照样推理一番;至于拿出"内容"字样而只晃了一下,随即丢开,却大谈形式,毕竟跳不出形式主义的泥坑。倘若再深入现代派批评的思想实际——从困惑、抑郁到暴躁、疯狂,而一切为了逃避现实、自我陶醉、自我辩解,而不接触本质的东西,那么也就不难明白这两种主义,对它们来说,是不可缺少的了!

这些批评流派也并非没有可以借鉴的论点,但此项工作由读者来做以增强独立思考,似乎更为恰当,本文就从略了。

民主德国文坛上的"美学解放"

张 黎

"美学解放"(Asthetische Emanzipation)一词,是民主德国著名文学批评家维尔纳·密滕茨威在1978年出版的《围绕布莱希特进行的现实主义论争》一书中最初提出来的。

关心外国戏剧的人都会注意到,20世纪60年代出现在欧洲剧坛上的"布莱希特热",到70年代冷却下来,柏林剧团自身甚至发生了领导危机,在布莱希特的崇拜者与学生当中,发生了"倒戈"现象。密滕茨威指出,这既不是一种追求时髦的表现,也不是单纯个人的、偶然的现象,而是发生在70年代的一个广泛过程的一部分。他称这个过程为民主德国"社会主义文学的美学解放"。

这种"美学解放",主要表现为美学思维的变革,作家们依据社会形势的变化,关于文学艺术的观念发生了变化。批评家们在试图说明这种变化时,提出了种种概括性的说法。著名文学理论家罗伯特·魏曼认为,70年代以来民主德国文学的发展倾向有三个特点:自我发现、思考、与读者共同讨论问题。这些特点改变了过去的文学把什么都原原本本告诉读者,把他们置于受教育者地位的倾向。戏剧评论家高特弗里德·菲什博恩把民主德国文学艺术近十五年来的重要倾向概括为:致力于表现个人。他认为这是一个需要辩证理解的概念,即它体现了社会与个人的辩证关系,体现了个人在社会主义社会中所获得的地位和意义正在日益增长。

在各种概括性说明中,语言最新颖、最醒目的,是密滕茨威"美学解放"的说法。他把这种"美学解放"的标志归纳为四点。一是文学不再像从前那样强调直接的、实际的作用,虽然并未宣布放弃这一点,而是更强调长远的、潜移默化的作用。二是文学家更多地关注个人的痛苦与希望,并认为这是社会的必不可少的一部分。文学作品中的人物不再被塑造成社会优越性或者愿望的代表,而是借助变化着的作家个人的棱镜来观察人物。作家更关心人怎样创造自己,而不再是人怎样创造物质。三是由于在艺术表现过程中注意了知与行的差别,尤其是更强调行,从而在民主德国文学中出现了前所未有的轻松的因素,提高了文学艺术的表现力,更注重技巧性,更符合时尚的要求。四是更强调艺术与科学(特别是哲学)在把握现实上的差别,主张文学与艺术应该仰仗其美学的魔力来把握世界,而不是仰仗科学的认识。有趣的是,著名经济学家尤尔根·库钦斯基,非常强调艺术认识对于科学认识的优越性。他以莎士比亚为例,说明莎翁在把握当时英国社会现实方面，远远超过了他那个时代的社会科学家。他甚至以肖洛霍夫对苏俄国内战争的描写，说明艺术对世界的把握超过了科学。这种看法显然是对五六十年代过分强调科学对于艺术发展的意义的批判的反应。人们认为 70 年代以来的"美学解放"，使文学艺术摆脱了图解科学（主要是哲学）命题的处境。

此外，"美学解放"的内容，还包括在文学理论与创作实践上，对于卢卡契的某些机械的反映论观念的否定，艺术消费者态度的变化，和作家在塑造人物形象时，主要不再是强调他们的社会规定性，而是更多地强调人物形象的丰富个性，等等。密滕茨威指出，最后这一点绝不意味着放弃近十年来所取得的美学地盘，而是说每个时代有自己特殊的美学问题以及与其相适应的艺术表现方法。例如某些现代艺术手法，经过激烈争论被肯定下来，成了马克思主义美学经典的组成部分。当然，人们也清醒地看到，这些曾经起过突破文学的传统主义作用的手法，今天在资产阶级文学中也遇到了危机，走上了卖弄技巧的歧途。但这是两种不同性质的问题，不可混为一谈。

民主德国批评家们在阐述"美学解放"时，通常认为布莱希特的学生、剧作家彼得·哈克斯是一个最典型的例子。哈克斯是最早倡导文学艺术应该吸收现代表现手法的人之一，但从 60 年代初起，他却转向了古典主义。他一方面反对所谓"倾向自然主义"，一方面又设法脱离布莱希特道路，终于通过学习阿里斯托芬、歌德，建立了自己独立的美学观点，走出了自己独特的道路。

哈克斯称自己的戏剧主张为"后革命戏剧学"。按照他的理解，民主德国从 60 年代开始，已经进入了革命后期，在这个社会里已经废除了私有制，生产的目的是消费，管理的目的是满足公民部分的或者全部的需求。在这个社会里，人类的冲突决定于个人能够在多大程度上在理想与现实的矛盾中使自己得到完善。文学的任务就是描写人如何实现自己的"全部可能性"。在他看来，传统悲剧所描写的失败、灾难，都是不符合现代戏剧学的。可见，他的"后革命戏剧学"，实际上是一种喜剧主张。

哈克斯的代表性剧作，都是采用神话题材创作的，批评家称他的戏剧为"新古典主义戏剧"。他套用歌德的话，认为古典的是诗意的。他的剧本不但采用古典题材，而且采用传统的古典形式，严格遵循古典体裁的规则，如封闭式的结构、高雅的韵文等。

哈克斯像库钦斯基一样，对于科学的认识方法介入艺术活动的程度，是持保留看法的。他认为科学的理解方式并不是万能的，而直观的、形象的理解方式，不但能改变理解者的头脑，而且能改变他的态度，在进行具体判断时，常常能取得更丰富、更正确的结果。在他看来，科学家与艺术家的区别在于，前者致力于区别主体与客体，纯客观地描绘他的对象；而艺术家则致力于主体与客体的统一，他在描绘一个对象时，便体现了他的态度。毫无疑问，他的这些主张虽然不无偏激之处，但它们对于提醒人们充分注意艺术创作的特殊性,总结文艺创作的新经验,以发展马克思主义美学体系是有益的。

像哈克斯一样对民主德国六七十年代"新古典主义戏剧"做出了重要贡献的海纳·米勒,在美学主张上却完全不同于哈克斯。米勒虽然也借鉴古典题材进行戏剧创作,但他反对采用古典布局,反对采用封闭结构形式,而更推崇现代戏剧的开放式形式。哈克斯主张喜剧的戏剧观,他则更偏爱悲剧的严峻性。哈克斯在美学上偏爱古典的"和谐说",米勒则继承和发扬了布莱希特的"矛盾说"。哈克斯主张从人类史前时期的传说中发现"伟大的形象",以表现人生经验的深度和发达的人类个性的整体性;米勒则主张从历史过程的辩证法出发,表现社会和个人的多层次性。米勒认为现代戏剧的任务是表现人的社会性解放,表现人类如何摆脱历史的束缚,成为主宰自己的主人。在他看来,社会主义制度以前的人类社会,包括今天世界上大多数社会形态,都是人类社会发展的史前时期,社会主义才是人类历史的真正开端。人类的史前时期是一个充满对抗性阶级矛盾的时期,是人与人为敌的时期。基于这种认识,米勒笔下的古典世界,是一个野蛮统治的世界,充满战争和由战争引起的人性变态。人类只有摆脱史前时期,才能把自身的能量用于创造性劳动,用于人类的社会性解放。

米勒的历史观是他的美学观的基础和组成部分,他笔下的古典英雄们的行为,都包含着胜利及其对个性的威胁这样两个层次。他甚至把两个方面的统一夸张为"英雄=凶手"的公式,以表现人类从必然王国走向自由王国的漫长而充满牺牲的艰苦历程。70年代中期以来,米勒把他的开放式戏剧形式,发展成为一种结构更复杂的"拼贴式"戏剧(Couage)。这种形式由于把传说、历史、梦幻、现实等多种因素熔为一炉,具有规模宏大、情节错综、变化诡异的特点,引起了表演艺术家的巨大兴趣。它们不但增加了舞台处理的难度,还要求欣赏者具有较高的文化素养。像他的《贡德灵的生平,普鲁士的弗里德利希,莱辛的睡眠、梦、呼叫》这样的剧本,单从剧名就可以看出,不论是从表演艺术家,还是从观众角度来看,都不是凭着古典的传统美学观点和趣味所能驾驭得了的。

另一位剧作家福尔克·布劳恩的剧作,也大都采用开放式结构。他认为这种结构可以让观众看到社会事件的过程和性质,看到历史的开放式结尾。他主张文学应该描写"真实的运动",通过作品的结构,揭示社会矛盾。

布劳恩主张作家的任务,不是以某种特别得心应手的或者令人惊异的方式描写既存事物,而是要突破既存事物。要做到这一点,必须把现实理解为一个过程。他认为资产阶级理论家们所主张的艺术的反映功能,不能说明艺术的本质,应该像布莱希特主张的那样,作家以自己的创作来参与创造现实的形象。在他看来,表现人的"自我实现",就是描写人在社会实践中的积极行动。

克莉斯塔·沃尔夫是民主德国具有世界声誉的女性小说家,她把自己的美学主张概括为"主观真实性"(Subjecktive Authenticity)。她说这种"主观真实性"的基础是作家个人的经验和在忠于现实的基础上进行虚构的能力。在她看来,作家的目的不是简单地描写世界,而是描写作家所体验的现实。作家进行创作的仓库是作品的经验,而经验是能够在客观现实与作家主观之间起沟通作用的。她以描写法西斯时代的生活的小说为例说,过去某些作家总是从反法西斯战士的角度来处理这个题材,往往在读者(特别是青年读者)当中不能取得理想效果,因为有些作家并未进行过反法西斯斗争。沃尔夫的小说《童年的典范》以自己的经验为基础,从一个普通人的角度,把过去(法西斯时代的生活)、现在和作者个人用今天的眼光对素材所做的分析、思考,精心地结构在一起,受到了读者,特别是青年读者的充分理解和欢迎。由此可以看出,所谓"主观真实性",是与作者在作品里直接出现分不开的。沃尔夫称这种作者直接出面对素材表示态度的手法为"现代小说的第四维空间"。

沃尔夫在提出这种主张时已经估计到,会有人指责她把个人经验放在这样重要的地位,是一种主观主义的创作方法,会从后门引进唯心主义。她说,马克思主义哲学是她的基本经验的组成部分,它们决定了她对新的经验的选择和评价。而根据经验写作并不意味着只是描写自己。作家什么都可以描写,唯独不能只描写所谓的"无限的主观"。她认为她倡导的这种写作方法,完全是一种介入性的方法,而不是"主观主义"的。因为它的主要目的在于,深入小说读者内心,把读者引到思考和寻找真理的过程中来,促使读者发现自己。

由于沃尔夫强调作家在作品里的存在,她的作品带有很强的反思特点。沃尔夫放弃了传统小说艺术中一系列客观叙述的基本因素,她在小说中很少描写外部现实,而是把注意力集中在描写主人公的内心世界上,因此她的作品故事性不强,她笔下的人物形象不是在现存社会轨道上运行,而是往往作为孤立的个人在进行着自我发现和自我实现。她强调内在的价值,但忽视了通过积极的行动所获得的价值,因而作品中的人物常常同社会发生冲突,使读者很难看到对个人与社会之间的冲突进行辩证调解的可能性。这是她的作品常常引起争议的重要原因。

要言之,上述作家的美学主张尽管各不相同,但事实上他们所探讨的总题目,依然是文学与现实的关系。这个总题目,从文学创作和文学理论的历史来看,即从纵向来看,是个常数;从各个不同时代来看,即从横向来看,它又是个变数。不同的时代,对文学与现实关系的具体内容,会有不同的答案,每个时代都有自己特殊的美学问题。一成不变的答案,回答不了不同时代的不同问题。民主德国著名老作家安娜·西格斯说:无论在什么情况下,文学总是围绕着这样一个问题:在今天怎样现实地(即真实地)、文学地描写现实?有什么样的新东西进入文学中来?今天写的东西与从前写的东西有什么不同?这些不同在哪些作品里表现得特别明显?它们是怎样被表现出来的?这一连串问题,在70年代引发出一连串不同的答案。可以说,安娜·西格斯是70年代以来民主德国文坛上"美学解放"的引导者和带头人。她在于1972年创作的短篇小说《旅途邂逅》中,以三个不同时代不同国籍的作家——德国浪漫派作家霍夫曼、俄国作家果戈理和奥地利作家卡夫卡——讨论文学问题的方式,表达了她的美学主张。她借卡夫卡之口说:"我们每个人都必须真实地描写现实生活。困难的是,每个人对'真实''现实'的理解不尽相同。多数人只是理解成粗线条的现实,能够看得见、摸得着的。现实一旦变成梦幻的东西,读者就不太懂了。而梦幻无疑也是属于现实的,不然它属于哪里呢?"显然,西格斯在这里提出了两种不同形态的现实的观点,并且认为它们都是文学描写的对象。在她看来,作家的幻想不仅能创造奇妙的、意想不到的艺术效果,而且能够预料到尚未发生的事情。因此,幻想理所当然地应该属于现实主义美学理论的组成部分。西格斯的这种主张及其小说创作实践,影响了一批作家。他们不仅借助在忠于现实的基础上进行想象的能力,来阐述他们对现实主义的理解,而且借助这种想象能力推动了文学创作的发展和进步,给七十年代以来的民主德国文学带来了新的色彩。

在民主德国文坛"美学解放"的潮流中,小说家埃里克·诺伊奇创造了一个"作家政治家"概念,并由此形成了他的独具特色的美学主张。他主张作家必须为今天写作,帮助今天的读者获得新的生活知识和观察生活的方法。文学不只是反映现实,而且要创造新的现实,提出现实主义的理想,使人在现实中看到可能的东西。他说,他之所以始终追踪矛盾,是因为矛盾是促进社会发展和个人生活的动力,社会主义作家有义务处身于现实生活的矛盾之中,把这些矛盾描写成人的矛盾。这当然不是为了某种抽象的美学刺激,而是为了解决矛盾。他把自己艺术方法的本质概括为:采用符合文学和艺术的方法,把发生在人的性格和社会生活过程中的矛盾、冲突加以激化,以便使读者获得新的知识。他的激化矛盾的方法,在长篇小说《石头的痕迹》和《寻找加特》里,都表现得十分明显。

诺伊奇的美学主张带有明显的论战性质,他对六七十年代以来某些作家借鉴古典文学和浪漫主义文学遗产,创立新的写作方法的尝试不以为然,认为这些作家在追求一种没有根基的、超越党派的、忽视阶级利益的幻想,是一种追求"纯文学"的倾向。他对文学创作中越来越多的心理描写倾向感到担忧,认为过分描写人物的主观体验和人物心理,势必会有损对客观社会现实的描写,最终走上抽象的伪个性化道路。诺伊奇在艺术技巧上也不赞成"反传统主义",他的小说基本上采用传统手法,从讲故事的方式方法,到表达思想内容的结构形式,都以让多数人读得懂为标准。

另一位同样重视文学与政治的关系的小说家,是现任民主德国作家协会主席赫尔曼·康特。他认为作家经常同群众保持联系,是写作的一部分。但是,文学毕竟不是政治,文学家也不同于政治家。在康特看来,政治总是处理重大事物,文学则常常表现为似乎根本不愿意处理重大事物;政治要介入现实生活,文学则似乎不介入现实生活,或者说不上什么时候才介入;文学有高度的随意性,政治则没有这种高度的随意性。政治家可能说,我们的科学世界观能帮助我们避免犯错误,因此在谈论新事物时,不必谈论谬误;作家则认为,我们的科学世界观并不能保证我们不犯错误,为什么在谈论新事物时,不可以谈论谬误呢?没有错误,产生不了科学,错误和科学是互为前提的。康特关于文学与政治、作家与政治家的区别的思考,与诺伊奇的"作家政治家"的概念相比,无疑更突出了文学和作家活动的特殊性,突出了艺术活动有别的活动(包括政治活动)所无法代替的特点。另外,他主张文学家与政治家之间应该有个互相学习的过程,社会主义文学家应该懂得他的创作活动要为党的路线服务,虽然它的方式不同于政治活动的方式。而政治家也必须学会采用恰当的方式同艺术打交道。他在阐述文学与现实的关系时则说,文学必须像生活一样广阔与多样,因为文学不只是反映生活中的某一特定的部分,甚至不只是反映生活中某些非常重要的部分。所谓描写现实题材,并不意味着只是描写工人。作家应该涉猎许多领域,注意生活的多样性。但是,如果有人认为提倡文学的广阔性与多样性,处于生产过程中的人及其冲突就变得不重要了,那肯定是误解,没弄懂它的意思。提倡广阔性与多样性,不是提倡创作上的自流。作家都是有政治头脑的人,用不着提醒他们经济过程的重要性。康特把自己理解成民主德国历史的作者,他说他所写的都是历史的一部分,不管大题材、小题材,他都喜欢写,在历史的伟大过程中,有时有些非重要的侧面,对于历史书来说未必重要,但对于文学是有价值的。他的著名小说《大礼堂》,描写的是一个工农学院的学生们的生活,而工农学院这个事物在民主德国历史书里是没有记载的,可以说它不是文学创作的大题材,但康特借此展示了一群青年跟共和国同步成长的历程。

康特不拘泥于传统小说手法,他的两部著名小说《大礼堂》和《版权页》,以娴熟的现代小说艺术技巧,获得了国内外批评家和读者相当普遍的赞扬。

这里只是粗线条地介绍了民主德国部分作家的美学主张,它们体现了70年代以来民主德国文坛上"美学解放"的主要倾向。伴随这些具有明显差别的美学主张而来的是文学创作出现了色彩斑斓的局面,题材、主题、对象、表现方法出现广阔性与多样性。尤其是在小说创作方面,许多作家都尝试通过对日常事件、爱情、职业、家庭生活的描写,来表现人物的新的行为方式、处世态度,表现个人的价值、个人在社会上的地位,以及对幸福和自我实现的追求。从文学功能的角度来看,它们更倾向于满足具有各种不同艺术欣赏趣味和阅读要求的读者的愿望,为建设丰富多彩的社会主义生活方式起到了巨大推动作用。反过来,似乎也可以说,这些各具特色的美学主张,正是六七十年代以来越来越趋于多样化的文学创作实践的理论总结。

雨果的脚步
——写在他逝世一百周年的时候
柳鸣九　罗丹

你一定见过这样一幅名画：在一片辽阔的大地上，突现着一位播种者的身姿，他迈着沉着有力的脚步，将种子一把把撒向田野。法国19世纪杰出的艺术家米勒的《播种者》这幅画，在一本文学书里曾和雨果的名诗《播种的时节，黄昏》配在一起。在这首诗里，雨果赞颂了这样一个动人的形象：在落日的余晖中，播种者高大的身影笼罩着深耕的田垄，他不停地在广阔的平原上行走，"用神圣的手势"向远方抛撒着粮种……

这幅画与这首诗，我总不能忘怀，在我心目中的雨果，既不是本杰明笔下坐着有翅膀的飞马、率领着一大批浪漫派的雨果，也不是那著名的漫画中脑袋硕大无比、坐在巴黎上空的云端里遐思冥想的雨果，整个雨果在我心目中往往和他自己的这首诗、米勒的这幅画里的形象融合在一起，这播种者的身姿多么能显示出整个雨果的形象！他那"神圣的手势"，恰如雨果向人间播下了无数精神文化的种子，他那沉着行进的脚步，正能体现雨果的一生：他行进在自己的国土上，行进在自己的时代里，也许，正因他以这样沉着有力的脚步不断行进，他才得以把精神的粮种撒在了尽可能广大的幅员上。

因此，在今天他逝世一百周年的时候，我更多地想到了他的脚步，像那播种者一样踏实的脚步，永不停歇的脚步。

雨果生于1802年，死于1885年，他生命的跨度几乎就是整个19世纪。这是一个历史潮流汹涌澎湃、社会生活变化万千的时代。在这个时代里，发生了资产阶级与封建贵族阶级惊心动魄的反复搏斗，完成了法国历史上由封建社会到资本主义社会的变革进程；在这个时代，无产阶级登上了历史的舞台，由自在的阶级变为自为的阶级，开始进行可歌可泣的伟大斗争；在这个时代，社会生产力不断迅速发展，完全不同于埃及金字塔、罗马水道与哥特式教堂的奇迹都被创造出来了，社会现实与人们的生活方式也随之日新月异；在这个时代，人们对客观世界的认识不断开拓与深化，自然科学的新成就不断涌现；在这个时代，社会思潮波澜起伏、千变万化，拿破仑崇拜、封建教权主义、保皇主义、资产阶级自由主义与民主主义、空想社会主义、科学社会主义等等；在这个时代，历史风云变幻多端，从大革命后期到拿破仑帝国，而后又到波旁王朝复辟、七月王朝、第二帝国以至第三共和国，起复与转折层出不穷，震动历史的事件纷至沓来：滑铁卢战役、百日政变、王政复辟、七月革命、1832年群众起义、1848年的工人斗争、拿破仑第三政变、普法战争、巴黎公社……

这个时代不断向生活在其中的人们提出各种新的问题——政治的、社会的、思想的、文化的——要求作出回答。也许有很多人并不一定具有特殊的条件就能在某一个时候成功地回答时代社会的问题,适应时代的潮流;但不论是谁,显然必须具备一些卓越的条件,才能始终随着时代的进步而前进。只有对新鲜事物不断保持着敏感,只有善于捕捉时代的信息,具有纯正而清醒的历史感与现实感以及对时代卓越的洞察力,只有对国家的命运、人民的处境、社会的问题有深切的关怀、严肃的思考、民主主义的激情,只有敢于否定旧我,不断地突破自己,善于调整自己以适应新的形势,才有可能跟上这个时代奔腾向前的潮流。在这个世纪,落伍于时代者何其多也:诗人戈缔叶在复辟时期曾激昂慷慨一时,到了七月王朝时期,就躲进了为艺术而艺术的象牙之塔;杰出的小说家梅里美在自己的创作中曾表现了充沛的反封建的激情写深刻的对资本主义文明的厌弃,到第二帝国时期,却成为拿破仑第三宫廷的点缀;而雨果,他的生活跨度虽然比谁都大,然而在那漫长的生涯中,他却始终保持了一种阔步前进的雄姿,提供了一个始终追赶着时代潮流、站在时代前列的典范,至今,他那沉着的脚步在历史上似乎还有巨大的回响。

他在复辟时期入世并开始创作,由于家庭的影响,他的起点是保皇主义,但他很快接受了现实生活的启示,由诅咒拿破仑转而歌颂这位代表了法国革命最后阶段的皇帝,由保皇主义而站在波旁王朝的对立面,热情迎接了彻底埋葬波旁王朝的七月革命。

七月王朝时期,他在政治上虽曾一度保守动摇,但巴黎无产阶级在1848年二月革命中提出推翻七月王朝、建立共和国的口号后,他坚决地站在共和主义的立场上,在六月起义中,他又对被镇压的巴黎无产者表示了同情,并成为1849至1851年间议会中社会民主派的领袖。

路易·波拿巴发动政变后,雨果从共和主义者而成为激进的民主主义者,在整个第二帝国期间,他流亡国外十九年,一直对拿破仑第三的独裁政权进行了毫不妥协的斗争。

在普法战争中,巴黎被围困时,他曾以昂扬的爱国主义精神投入斗争,巴黎公社时,他尽管对公社不够理解,但公社失败遭到血腥镇压时,他挺身而出,保护被迫害的公社社员。

在资产阶级民主主义革命阶段,他由封建王权的支持者转而成为封建专制暴政的清算者、控诉者,而随着资本主义秩序在法国日益巩固,他又发展为资本主义的剥削与压迫、社会不正义与司法黑暗的揭露者、批判者,他还维护被压迫民族的自由与尊严,谴责沙皇、梅特涅等这些民族压迫者,他反对帝国主义战争,对英法联军侵略中国表示愤慨。

他原来是一个抽象的人道主义者,随着"理性社会"的破灭,他愈来愈深挚地关注资本主义社会下层劳苦大众的悲惨处境,使他的人道主义上升到一个新的高度。

他原来是古典主义诗风的继承者,随着时代对文学提出了新的要求,他迅速抛弃了亡灵的束缚,成长为争取浪漫主义文学创作自由的闯将。他是浪漫主义文学不容置疑的代表人物,但在19世纪后半期现实主义文学潮流日益发展的条件下,他又开始追求与一种描绘社会现实生活,特别是劳动人民生活的现实主义的结合。

一个人的本质决定于他的道路,而道路,是自己走出来的,不是任何主宰规划制造出来的。正是以这样不停顿的阔步,走出了一个时代的巨人,走出了一个法兰西的民族诗人。如果不是这样跟随着时代前进,与时代潮流合拍,雨果如何能在漫长的历史时期的不同阶段,都发出高亢的声音?如何能不断地创作出成批的反映时代社会矛盾,充满正义激情,既能在思想上引起当代人强烈的共鸣,又能在艺术上给予当代人愉快与满足的作品?仅举数例而言,他的《欧那尼》等一系列反封建的浪漫剧曾是当时青年一代在文学上的旗帜;他的《九三年》是整个一代人对于法国革命严肃深沉的思考与认真的总结;他的《惩罚集》代表了人民反对拿破仑第三帝国罪恶统治的愤怒心声,在当时曾作为革命传单在法国秘密流传;他的《凶年集》是法国人民一个时期的苦难与斗争的悲壮记录;他的《悲惨世界》过去、现在都深深打动法国人民与世界人民的心,将来同样也会给世代人民以强烈的感染……正因为雨果不断随着时代前进,他不仅获得了他的"现在",而且也获得了他的"未来",他整个创作有持久生命力的一个原因就在于此。

时代历史是永远向前发展的。每个时代都有自己的文学。真正属于一个时代的文学,必然也属于将来。而要创造出这种文学,首先要求创造者与时代一同前进,成为时代的前卫者。如果一个作家以深刻表现自己时代社会为己任,那就必须与时代的发展合拍,研究时代的新问题,体验时代的人心,探索适于表现时代的新艺术形式,抵制因袭的惰性,抛弃传统的偏见。雨果很懂得这个道理,当他廿八岁的时候,面对着当时人为古典主义的统治他明确宣称:19世纪的法兰西,必须有自己特有的文学。这种认识成了他突破自己,紧追时代潮流的契机与动力。雨果的这一认识,对我们今天仍不失为一种启示。

1986 年

从博尔赫斯逝世所想到的

陈光孚

阿根廷著名老作家路易斯·博尔赫斯于今年 6 月 14 日与世长辞了。他的死引起西方诸国极大的震动。

路易斯·博尔赫斯生前就是个有争议的人物。在他身上发生过三场大争论：

博尔赫斯从 20 世纪 20 年代初期便把西班牙的"极端主义"引进阿根廷。"极端主义"是诗歌的一种先锋派，否定一切传统，反对装饰性的贡戈拉主义，也反对某些无病呻吟、风花雪月的现代主义。极端主义在西班牙很快便销声匿迹了，可是在阿根廷则风行一时，对当时的阿根廷摆脱西班牙殖民主义文学的长期影响，起了一定的积极作用。但有些圈外人士因此谴责博尔赫斯是"数典忘祖""背叛了列祖列宗"。

博尔赫斯又是英美文学的研究者，他能够将英美文学史写得非常精练而富于趣味性，使英美文学史家们也自叹不如。他本人的作品不仅吸收了西方现代派的手法，而且能够将东方的哲学糅合进去，被西方作家称为"作家的作家"。也正因为如此，引火烧身，被一些拉美评论家认为"与其说是拉美的作家，不如说是英美的作家"。40 年代，第二次世界大战刚刚结束，由博尔赫斯引发，发生了一场大争论，题目可以概括为《拉美应该不应该借鉴西方现代派文学？》。一些眼光长远的文学家积极支持路易斯·博尔赫斯引进西方文学的做法。一些分不清形式与内容、创作技巧与创作思想之间的界线，把借鉴混同于照抄照搬的人则反对他，而带有极"左"思想的一些青年人则说："待到无产阶级掌了权，第一个该枪毙的即博尔赫斯"。正当博尔赫斯遭到猛烈围攻，难以招架的时候，智利著名评论家路易斯·哈斯对借鉴西方文学发表了意见，他含蓄地写道："为了返回原地，我看必须先去周游世界……"墨西哥著名诗人奥克塔维奥·帕斯也说："为了回到原地，首先要敢于走出去，只有浪子才谈得上回头。"古巴著名作家阿莱霍·卡彭铁尔旗帜鲜明地表了态："懂得和熟悉并不等于任人主宰，了解情况绝不是缴械投降。有人认为由于缺乏辩证法而使我们的文学吃了大亏，我同意这一观点，对哲学、文学、百科知识的无知在所有'伟大'的排外主义者身上都是显而易见的。他们很多人无法与法国、英国或是西班牙的同行们探讨专业问题。由此可见，对古今外国文化的艰苦的探讨和研究绝不意味着本身文化的不发达;恰恰相反,对拉美作家来说,是增加了走向世界的可能性。谁在敲开广大博深的世界文化之门的时候是强者,谁就能打开并进入这座大厦中去。"这些著名的文学家为博尔赫斯解了围,他们一致肯定了他对拉丁美洲当代文学的贡献。历史发展证明了正是由于这一群敢于借鉴肯于创新的作家的不懈努力,才迎来了60年代和70年代拉丁美洲文学的大繁荣。

第二次争论是关于博尔赫斯属于什么流派的问题。1935年博尔赫斯刚刚发表了小说集《世界丑事》,有的评论家就把他看作是"魔幻现实主义"作家,并认为《世界丑事》是这个流派的经典作品。待到1955年墨西哥作家发表了《佩德罗·帕拉莫》,1967年哥伦比亚作家加西亚·马尔克斯发表了《百年孤独》之后,才有不少评论家悉心整理"魔幻现实主义"作家们的宣言和总结这一流派的特点,认为博尔赫斯不属于这个流派。而博尔赫斯本人,虽然一直否认自己的小说是"魔幻现实主义"作品,却无力扭转评论界强加的舆论,只好我行我素,不去理会。庆幸的是现在博尔赫斯可以盖棺论定了,因为西方许多评论家认为他的作品独具风格,称之为博尔赫斯主义也当之无愧。

第三场争论是世界性的,即博尔赫斯该不该获得诺贝尔文学奖之争。博尔赫斯几乎囊括了欧美的各种国际文学奖,唯一不足的是迟迟未能获得诺贝尔文学奖。三十年来他常常处在此奖二十名候选名单中,有几次竟进入了前七名。为此他讲过:"诺贝尔奖像个幽灵,总是在我身边,也总是摸不着。我抓不住它,它在前头跑,我在后边追"。有人猜测博尔赫斯落选是由于政治的原因,有的西方报纸写道:"假如博尔赫斯从来没有对政治发过一句言的话,许多年前他就得到诺贝尔奖了。"

就博尔赫斯的政治态度来说,好像也存在着不少争议。他最早写的一首诗是歌颂苏联红军的,而他又是带头签署谴责苏军入侵阿富汗宣言的世界知名人士。于是有人说他站到反苏反共的立场上去了。但是他对一些共产党政权的国家也很友好。他去访问过智利,有人说他拥护专制政权,但是众所周知,他曾是反对庇隆政权的先锋,为此他曾被剥夺了国家图书馆馆长的职务,受尽折磨。

为一位作家盖棺论定,最重要的标准应是他的作品。博尔赫斯一生写下了大量的诗歌和短篇小说,其中重要的有诗集《布宜诺斯艾利斯的热情》《面前的月亮》《圣马丁的手册》等。短篇小说集《交叉小径的花园》《阿莱夫》《死亡的罗盘》和《布罗迪埃的报告》等。

博尔赫斯以短篇小说见长。他的作品受到国内外文学界的推崇。阿根廷评论界曾对他作过中肯的评论:"他的作品既是经典,又是新鲜的,是阿根廷以至世界的典范。他是一位运用丰富的比喻,表达方式极为准确的文体家。他有高度的文化修养,全部著作都具有知识渊博的印记。他是美的创造者,现实的分析者。"

博尔赫斯一生,自始至终对中国和中国人民都抱有好感。他晚年双目失明之后,日夜陪伴着他的是一根在纽约唐人街购买的中国手杖。他写诗,以手杖为题抒发对中国的友情。及至他离世的前夕,还多次表达访问中国的愿望。由于年迈力衰和双目失明一直未能成行,这是一件令人遗憾的事情。这位历尽沧桑,对世界文学作出贡献的拉美作家的去世,令我们惋惜不已。

莫拉维亚与中国作家一席谈

陈可雄

阿尔贝托·莫拉维亚(1907—)是意大利当代最伟大的作家,在西方文学中堪称"独树一帜"。在他近六十年的文学生涯中,共创作了十八部长篇小说和五百多个短篇,其中处女作《冷漠的人们》、短篇集《罗马故事》和《罗马故事新编》是意大利文学史上划时代的作品。

最近他以七十九岁高龄访华,九月四日在北京国际俱乐部与中国作家晤谈了两个多小时,并用问答的方式,阐述了他的文学经历和一些独到的见解。这里发表的是这次座谈的摘要。

莫拉维亚:我向在座的诸位致意,为你们创作的书和所取得的文学成果表示衷心的祝贺。创作完全是个人劳动,一个作家跟另外一个作家没有相同之处,所以还有必要简单介绍一下我自己。我是十七岁开始创作生涯的,用三年时间创作了《冷漠的人们》,那是 1925 年至 1929 年。那个时代西方文学出现了许多重要作家,如马赛尔·普鲁斯特、詹姆斯·乔伊斯。这两位都是心理分析型作家,他们都有一种雄心壮志,想用笔概括整个社会现实,反映社会全貌。读了他们的书,我当时就想另外开创一条完全不同的路子。我认为,悲剧是创作的顶峰,是表现人的思想情感的顶峰,也是文学美的顶峰,所以在 1925 年,我决心用小说形式来描写一个悲剧。《冷漠的人们》反映了现实生活中人的生存的不可能性,这就是悲剧的所在。在我的小说里,一般人物四五个,活动范围狭小,故事情节发展时间也短。但对我来说,悲剧是一种批判的武器,用来批判西方现代社会。这个表现方法我保持至今。

所谓西方现代社会,有人形容是资产阶级世界,我觉得不太确切。过去古典小说里体现的悲剧,譬如古希腊悲剧、莎士比亚悲剧,反映的是个人与社会存在的冲突,也就是个人的价值与社会现实的矛盾。但这一矛盾在现在西方社会不那么突出了,是另外一种性质的冲突,即人自身存在的价值和自我的矛盾,悲剧也是人内心和内在的悲剧。文学新面临了一个存在主义的课题,从这方面说,我从一开始就是一个存在主义的作家。我接受影响最大的作家是陀思妥耶夫斯基。他的名著《罪与罚》一开始就是犯罪。犯罪是反对社会的举动,但罪行发生后主人公陷入了自身存在和自我的矛盾,使整个社会失去了它的重要性。这是讲一个人内疚的故事,它反映了人物的心理矛盾,不再是人和社会的矛盾,我想,西方现代小说多半写的是这个主题。在西方文学中,我很推崇卡夫卡的作品。卡夫卡的主导思想,也就是阐述人和自我之间的矛盾。整个小说的情节发展,往往建立在主人公的过错或犯罪的前提下,如《城堡》。

有抱负或有野心的人,在社会里觉得自己存在的重要,这是19世纪资产阶级人物典型的人生观。如拿破仑式的人物,从小小的中尉升为一国的皇帝。在19世纪,譬如托尔斯泰的小说里,有很多盛大的宴会、欢快的节日,还有战争,那是反映一部分特权阶层的活动和面貌的,而现在的文学作品中描写这类大场面已不多见了,这已成为过去。因为现代生活已跨过那个社会阶段,进入中产阶级占主体的社会。在这个社会里,虽然还有独裁者蛊惑人心的煽动者,但已没有拿破仑那样的人物了。个人奋斗、个人追求自己的前程已不是这个社会的特点,而是人们探求本人存在的价值,重视个人存在的意义,对事业上的成果、个人抱负的有无实现,不那么看重了。整个社会的语言也改变了。文学要求更深刻地反映人的内心世界和生活。这样,就引出了一个性的问题。性在西方文学里被看得很重,因为它反映了西方现代生活,也是存在主义表现的一个重要题材。不能由此说西方文学是淫秽的,这只是表明作家的创作注意力从社会问题转到个人身上,如此而已。因为在人的生活中,每个人的爱情关系、性,是重要的、不能不谈和不能回避的问题。总而言之,小说是反映社会的,不管每个作家观点如何、立场如何。我想引用一句警言来结束我的开场白:"诗人只关心自己的世界,而小说家写着他人的情感。"

刘心武:我在二十年前就拜读过《罗马故事》,很惊讶小说构思的精巧和作家把目光投向底层、渺小的人物。后来作者的笔触又转移了,原因何在?

莫拉维亚:创作《罗马故事》,我是从19世纪诗人杰那罗拉·佩里那里受到启发。在他一生写的三千多首十四行诗里,以第一人称描写了平民生活,都很美。那些主人公都是普通人,主题是反对教皇和神权统治。因为那时罗马是一个省,由神父宗教统治。

我的写作对象的转移,是根据掌握的生活材料。因为在意大利社会,既有穷人也有富人。如果意大利存在天使的话,我也就写天使。

李国文:我特别注意到您写的《中国瓷瓶》和《中国盒子》两篇小说。它们是否有某种象征意义?您在小说里很喜欢写梦,这是否和弗洛伊德的精神分析理论有关系?

莫拉维亚:"中国盒子"是意大利人生活中常引用的故事:盒子一个套一个,最后打开是空的。我写了不少梦幻的东西,确实是受弗洛伊德的影响,根据他的理论,梦是代表一种潜意识。但我又不完全同意他,有时梦境里的东西不一定代表潜意识。意大利有句俗语:"白天的印象往往是走了样的",所以寄托于夜间的梦。潜意识是存在的,但人跟人的潜意识不一样。弗洛伊德作为心理学大夫,他的潜意识是维也纳式的,是与维也纳社会密切联系的。当然,弗洛伊德在原来虚无、空白的世界里发现了存在的东西——潜意识,这相当于马克思发现资本主义社会剩余价值理论一样重大。

张洁:我非常高兴地发现莫拉维亚先生谈的关于潜意识,关于文学是反映社会,关于性爱和关于存在与自身的矛盾,几乎和中国作家的思考是一样的。也可以说文学是没有国界的,虽然两个民族文化心理、社会心理、历史心理不同,但在我们心里还是有许多人类共通的东西。

莫拉维亚:由于历史形成的原因,不同民族的文学还是有差别的。譬如意大利文学,是从古老的拉丁文中脱胎来的,从创作的概念到艺术的表现,都可以看出一种形式主义的追求,它同俄苏文学就不一样。俄苏文学从一诞生便带有社会性,作家着力表现社会现实,这既有好的、应该肯定的方面,也有反面的、不好的地方:当政的统治者希望小说、文学按照他们的意愿,从正面表现社会,变为他们的工具,那就如同宣传广告了。意大利文学从一开始就讲究形式,如手法的细腻、风格的高雅,这就避免了俄苏文学面临的危机。每个国家文学传统不一样,它脱胎而来的根子也不一样。这点意大利与中国有共同的地方,距离也许小一些。

陈丹晨:您刚才讲的文学作品从写神、英雄转到普通人,从写社会、重大的历史场面转到人的心理、精神世界以至写性、写爱情,这种变化在中国也出现了,但文学界有争论。请问写人的内在世界是否非要取代写社会事件?这是普通的规律还是文学流向的一种?卡夫卡把人和社会存在的矛盾写得很尖锐,反映了那个社会的现实。但我想文学还是在改善社会的基础上使人的存在和社会存在趋向和谐更好些。

莫拉维亚:我自己可以回答你,在社会与个人之间,我倾向于写后者。对社会应负责任的是个人而不是集体,譬如德国是纳粹法西斯的发源地,但应负责任的是希特勒等少数人,而不是德意志民族。简单的一句话:在现代社会里,个人代表意识、觉悟,社会则代表历史。

文学剖析个人,可以帮助人们去掉恶习。因为把丑恶的东西暴露出来,就能使人改恶从善。

鲍昌:中国文学在意大利影响如何?

莫拉维亚:中国的文化艺术对意大利影响很深。从18世纪起,孔夫子、老子等哲学思想的传播,丝绸、烹调艺术和各种名贵家具的流入,推动了意大利文化艺术的发展,它的影响像罗马文化对地中海地区影响一样深广。具体的我认为有两方面:一是艺术上的精雕细刻,二是思辨上的智慧。中国的古老文明是在没有受到外界的影响下,完全依靠自己创造出来的,我认为很了不起,对全人类有意义。

从维熙:在意大利新老作家间是否存在冲突,产生代沟?

莫拉维亚:文学艺术带有遗传性,一代传给一代。作家们的年代差距是客观的,但艺术是可以超越的。就艺术生命来说,年轻的,也可能失去活力;年老的,也可以不朽。

当代西方文学的一般艺术特征

叶廷芳

西方的现代主义文艺思潮,若从1886年的象征主义宣言算起,迄今已整整一个世纪了。这一个世纪以来,现代主义文艺运动以"先锋派"为主力军,向欧洲文学的传统审美观念和艺术形式发起了猛烈而持久的冲击,而作为传统文艺的主要代表现实主义,在严峻的挑战面前不得不与现代主义"平分秋色",并自发地进行了自身"机制"的革新,与现代主义互相吸收,又互相渗透,从而使20世纪以来,特别是二次大战以后的西方文学,无论思想理论、美学原则和艺术形式都发生了巨大的变化,这种变化与19世纪以前相比可以说是划时代的。本文就试图着重在艺术形式方面,对战后西方文学的一般艺术特征勾勒一个轮廓。

一、思想主题的譬喻性。这是一个世纪以来,哲学广泛渗入文学而引起的形式上的变化的结果。而象征和寓言则是普遍被采用的手段。以倡导这一表现手法而名世的象征主义流派自不必说,有些不属于这一流派的大作家如卡夫卡、布莱希特等在这方面也都很突出。卡夫卡认为当作家就意味着"善于譬喻",所以他说他的作品"仅仅是图像"(即象征)。无产阶级杰出的戏剧革新家布莱希特不仅在创作实践中"善于譬喻",而且在理论上也这样主张。在当代文学中,这一倾向更为普遍,不仅后现代主义的一些流派很少例外,就是在一般重要作家的作品中也不鲜见。例如英国著名作家戈尔丁的代表作《蝇王》,其中的"蝇王"就是象征"人性恶"的。瑞士著名戏剧家兼小说家马克斯·弗里施的代表剧作《比德曼和纵火犯》,通过一客店老板对纵火犯的一味迁就、退让,终于酿成大祸的故事,来譬喻对战争势力或任何社会的恶势力不能姑息的道理。

二、表现手段的"间离"主张。所谓"间离",即把人们熟悉的经验陌生化,引起人们从另一个角度重新来认识这经验。它通常使用的手段是怪诞、夸张、变形、悖理、假定性等等手法。这在现代主义作家笔下是屡见不鲜的。它在布莱希特那里叫作"陌生化效果"。但如今这种"间离法"或"陌生化效果"已广泛地见之于当代的一些重要作家的作品之中。如奥地利血统的英国作家卡奈蒂的《迷惘》、哥伦比亚作家马尔克斯的《百年孤独》、联邦德国作家格拉斯的《锡皮鼓》等都是较为典型的例子。后者的主人公是个长到三岁就不再长的"矮怪物",他凭着他的特殊身份可以观察到成人世界的许多"隐私"。他们有时使用"易地"手段,也是达到"间离"的一种方法,如把人"赶"到一个荒岛上,让他(们)脱离人的社会整体,割断其与社会的一切联系,经过这一严峻现实的"拷打",这些人就有可能恢复人性的"原样"。如果说,拉夫列尼约夫的《第四十一》是让人试验"人性善"的,那么《蝇王》则是暴露"人性恶"的。我国作家朱苏进的近作《第三只眼》也是从"第三只眼"的角度来洞观并超越"人性恶"的。

三、思维方式的"非理性"。这是现代心理学的兴起并广泛进入文学的结果。自从十九世纪末二十世纪初弗洛伊德的精神分析学打开了人的深层意识的大门以后,探索人的内心的奥秘,便吸引着越来越多的作家、艺术家的兴趣。探索的方式或手段常见的有以下几种:

1. 意识流。这个概念的创始人威廉·詹姆斯认为,它是人的意识中一个重要组成部分。意识流写法的特点是不按逻辑法则的规定,不受时空观念的牵制,摆脱因果关系的考虑,而遵照"心理时间"的概念,进行"放射性"的自由联想、回忆,或对直感、直觉的瞬间情绪进行细致入微的状描等,故事和意念跳跃、多变,而不通过有线可循的情节来串联。爱尔兰的乔埃斯、法国的普鲁斯特、英国的伍尔芙和美国的福克纳等都是使用这一表现手法的大师和奠基者,如今这种手法已成为西方作家普遍使用的,并且是相当熟练的技巧。

2. 梦幻。梦幻作为一种艺术表现手段历来屡见不鲜,但人们多半都在理性范围内使用它。梦幻的非理性的审美价值在现代,首先是在尼采那里受到理论上的确认的。尼采于1871年写的美学论著《悲剧的诞生》中,把艺术的渊源归纳为以"日神"和"酒神"为代表的两大领域,而"日神"管辖的是"幻想"领域,亦即"梦的美丽世界"。说"梦"是"一切造型艺术的前提","也是诗歌的重要部分",是"诗人的灵感秘密"之所在。不久,梦的意义在弗洛伊德那里又得到心理学上的论证:梦乃是人的潜意识的一种活动形态。这两位思想家的观点给了表现主义运动以强大影响。从此梦境经历不仅作为一般的插曲形式进入创作,而且成了整个作品的题材或素材。于是我们看到了斯特林堡的《梦幻剧》,看到了卡夫卡好多梦境记录的小说等等。在表现主义尾声中诞生的超现实主义更进了一步,它把梦幻作为主要的审美原则。于是出现了代斯诺斯"似睡非睡"的诗歌,布勒东"半现实半梦"的小说,达理那奇幻怪诞的绘画等等。表现主义和超现实主义早已不存在了,但它们的审美主张产生了深远的影响。第二次世界大战后,梦幻作为表现手段像意识流一样,广泛地进入一般作家的创作之中,其中包括许多现实主义作家在内。

3. 荒诞。荒诞是存在主义哲学的一种世界观,也是现代主义文学的一种表现形式。荒诞文学,内容和形式达到紧密的结合。在现代派中,卡夫卡开了先河;卡夫卡的这一艺术特点是以细节的真实表现整体的荒诞。后来法国的荒诞戏剧把这一形式发展到极端,达到"反戏剧"的地步,也就是把传统戏剧形式的任何构成要素都抛弃了:不要戏剧情节、故事、冲突;不塑造人物性格使其变为木偶,或机器人;语言不赋予任何意义,使其变成枯燥、乏味、空洞的符号。但一般的作家和流派吸取了荒诞文学的合理成分,加以改造,作为一种补充手段,取得了独到的艺术效果,如魔幻现实主义和"黑色幽默"的许多作品,瑞士的马克斯·弗里施,瑞典的彼德·魏斯等。荒诞手段中有一种叫"佯谬"或悖论,这在卡夫卡那里很常见。"黑色幽默"作家广泛地继承了这一传统,尤其是海勒的《第二十二条军规》更是代表。瑞士的迪伦马特十分推荐这一手法,并且在自己的创作中运用得很出色。

荒诞手法近年来也引起我国作家的重视并作了有益的尝试,如宗璞的《我是谁?》、高行健的《车站》,尤其是最近魏明伦的川剧《潘金莲》,使荒诞文学的艺术效能达到惊世骇俗的境界。

以上这些非理性、非逻辑手法都出自理性很强的,也具有逻辑思维能力的作家们的笔下,所以绝不能认为那些荒诞的,或局部使用了荒诞手段的作品是无稽的梦呓。相反,它们往往能启发人们从另一个透视角度去观察和思考问题。所以从某种意义上说,这种在表面的非理性外衣之下,可能寓有更理性的因素。当然,非理性的作品往往是在"直觉"的状态下写出来的,但冰冻三尺非一日之寒。"直觉"——灵感爆发的形式——状态的出现,正是意识长期被压抑的一种歪曲的涌流。

4. 主人公告别传统"英雄",趋向"非英雄"。帝王将相一类的"大人物"讨嫌了,即使写到他们,作者也不赋予他们以崇高的光环;才貌出众或气概非凡的人物也不再能吸引作者的兴趣了。十七、十八世纪作品中像哈姆莱特、鲁滨逊那样的剑术高超、智勇双全、富有冒险精神的英雄至少在严肃文学中几乎绝迹了,如十九世纪的文学中,像包法利夫人、安娜·卡列尼娜那样美丽动人、感情丰富的女性也见不到了。现代文学作品中的人物就身份而论,多半是平凡的"小人物",包括知识分子;从形象看,多不是或不完全是按照"典型论"的原理塑造出来的。他们或者是比较有血有肉的凡夫俗子,如伯尔、贝娄笔下的人物,或者是作为一种观点或哲理的化身,如萨特和迪伦马特许多作品中的人物等。还有像某些典型的现代主义作品那样,其人物更与传统"典型"绝了缘,如卡夫卡、布洛小说中的人物;而在乔埃斯、伍尔芙等人的作品中,人物成了作者包容自己的经验和观点的自我意识的中心,都是所谓"表现型"人物。至于荒诞派笔下那些卑微、猥琐、低贱不堪的俗物,不过是些象征性的符号。现代派文学的这种种人物有一部分特征已进入了一般的现代文学之中了。

现代文学作品中的人物总起来说有两大精神特征:内向性和复杂性。在后者的情况下,"我"是分裂的、多个的,是多重人格的性格复合体。同一个人身上,既有英雄的一面,也可能有胆小鬼的一面;有聪明过人的一面,也可能有浑浑噩噩的一面。尼采、弗洛伊德这些所谓"现代人"的发现者自不必说,连布莱希特都持这样的看法。

5. 题材强调现代性。启蒙运动以前,西方文学作品中的题材以古代神话、《圣经》故事和历史事件的比重较大。这情形在 19 世纪的批判现实主义作品中有了明显的改观。20 世纪欧洲文学中的反传统思潮对传统题材也进行了冲击。有些作家的作品即使以历史为题材,目的也是为了表现现实。为此有时在历史小说或戏剧作品中,或者让古今场景互相变换,或者加进个别现代人物。这也是一种"陌生化"的"间离法",目的是阻止读者或观众进入历史而忘掉现实。这也是布莱希特开的先河。他的长篇小说《贵族尤利乌斯·恺撒的业迹》和剧作《西蒙娜·马夏尔的不同面容》中历史场景和现实场景互相交织。布莱希特的这一特点在当代德语剧坛几个极负盛名的戏剧家那里得到继承和发扬,如彼德·魏斯(瑞典)、弗里施和迪伦马特。魏斯以"戏中戏"的形式把法国大革命中的历史事件带到现实中来(马拉、萨特);弗里施让秦始皇、拿破仑和蒋介石同上舞台(《中国长城》);迪伦马特则让古巴比伦的街头响起有轨电车的铃铛,背景上现代摩天大楼林立(《天使来到巴比伦》)。正像这位迪伦马特的大声疾呼:"不要把舞台变成展览艺术古董的陈列馆,而忘记了活生生的现在。"

1987年

解构主义
陆 扬

何谓解构主义？诺里斯所著之《解构:理论与实践》(1982年)一书中,劈头援引了美国解构运动中坚人物德·曼的这一段话:"批评与文学(两者的差别只是假象)被谴责(或特尊)为永远是最苛刻,因而也是最不可靠的语言,而人类就以此种语言来命名和改变自身。"

这些话似是而非,叫人不得要领。文学与批评究竟有无区别？它何以就只是一种假象？怎么解释一种语言一面以"苛刻"著称,另一面又是认识"最不可靠的"渊源？诸如此类的疑点,你纵使读烂文本,微言大义尽管联想开去,要想理清头绪,也是枉然。作者认为这就是解构主义典型的思维方式。

解构主义的创始人公认是法国学者德里达。德里达现在巴黎高等师范学院教授哲学,本人主要是一位哲学家。70年代中叶,他的《论文字学》被译为英文,影响迅速扩展,波及文化研究的各个领域,成为解构主义理论的经典之作。《论文字学》晦涩艰深,拖沓枯燥,这是德里达的典型文风,如果说有一个中心点,便是对欧洲传统哲学全面发难,针锋相对推出作者蛊惑人心的解构理论,力图取而代之。德里达对传统的发难是从语言入手的。人们习惯把作为符号系统的语言一分为二,其一是口说的声音,即言语;其二是书写的记录,即文字。两者孰本孰流？这个问题使人想起先有鸡还是先有蛋的谜语,看似简单得近乎幼稚,认真推究起来却还要费一番心思。耐人寻味的是,解构主义的起点就是从这里开始的。

德里达首先分析了卢梭的《论语言的起源》。卢梭对言语甚为器重,对文字却不信任。照他的说法,言语是本是源,是最健康,也是最"自然"的语言状态;而文字,纯粹是衍生性的,是一种虚弱的表达的形式。卢梭有这一看法并不奇怪,因为人类一部文明史,在卢梭眼中,便是自然人性为文明和科学腐蚀的堕落史。但是德里达发现,卢梭的思想在西方文化传统中有迹可循,继以古代希腊哲学为证,阐明对文字的偏见根深源长,由来已久。苏格拉底为什么宁可口授学说,不愿著书立论？说到底是对文字的不信任。柏拉图算得著述丰厚,对文字的仇视,却一如先师。他用过一个形象的比喻:文字只是小孩子的发明,不自量力同成熟的智慧挑战。诸如此例,不胜枚举,无一例外指明文字只是某种缺陷严重的外在符号,同脱口而出的朴实"真理",自不可同日而语。

德里达对此却不以为然。他认为把完整的语言系统一剖为二,继而偏执言语也好,文字也好,都无视了表现形式两重性的辩证依存关系。而热衷在言语和真理之间划等号,把文字比作遮住一张俊俏脸蛋的浓脂厚粉的做法,归根到底,是西方传统中根深蒂固的"逻各斯中心主义"在作祟。从毕达哥拉斯由"数"派生世界,柏拉图的"理念"论以降,西方哲学都认为有某种规律超然语言之外,支配着自然和社会的进程,无论它是先验的也好,后天的也好。而人们的天职,便是通过语言,来接近这一永恒的真理。德里达断然否定这一传统,声称语言受制、从属,并且反映某一外在实体真实性状的说法,纯粹是一种"神话"。哲学家、文学家个个踌躇满志,自信能用语言表现客观真理。但是读者看到的是什么?除了文字还是文字。而诚如众所周知的事实,言语也好,文字也好,都不过是约定俗成的符号系统,表征符号与其背后的概念,并无一对一的对应关系。德里达认为文字的根本特征是"自由游戏"。以往的错误,在于人们太为热衷地盯住一个不可企及的目标,却忽视了表现这个目标的语言本身的歧义性和复杂性。总之,一元论的逻各斯中心世界不复存在了,人们面临的是一个多中心,或者说根本没有中心的解构世界,这就是德里达的结论。

谈解构主义,自然不能不提结构主义和后结构主义,从词形上看,"解构"在"建构"一词上加上否定前缀的构成法,就预示了这一理论的来龙去脉。限于篇幅,这里不可能就此详尽展开阐述。用个通俗的说法,就是结构主义一味穷究作品中某种先验存在的潜在结构,证明它是一切意义的基石所在;解构主义,则是采用旁敲侧击的方法,把文本的"结构"拆个支离破碎,证明它矛盾百出,不能圆说,纯属一盘散沙。解构主义也有别于后结构主义。一个原因是后结构主义的领袖人物公认是从结构主义阵营转向的罗兰·巴特,随着巴特车祸身亡,这一运动实际上也已届尾声;另一个原因,是解构主义者自足意识强烈,明确拒绝把他们归为后结构主义阵营。但是在我们看来,两种理论很难说有什么根本差别,毋宁说解构主义在怀疑论反传统的道路上,走得更远而已。

当代西方文学的一个特征,是叙事文学日益摆脱模仿和虚构的传统,所谓新与旧,纯与不纯,任意与固定,流畅与刻板,悉尽不在话下,作品不复有任何逻辑目的,英雄地超越了主题统一、形式整饬的"藩篱",变成语言的"自由游戏"。仅就小说而言,早已衍生出"超小说""反小说""新小说""新新小说"之类。如果说现代主义经典之作的"荒谬感""焦灼感"主题还能被人这样那样注释分析,那么当今标榜为"后现代主义"的相当一部分作品,提供给读者的更像是一种时空上分崩离析的阅读经验,根本没有在解释的意义上进行分析的可能。作为一种批评方法,解构主义可以说是在此种文学背景之下的必然产物,它确实也从一个侧面,反映了当今西方的"时代精神"。但是,由于它浓厚的反理性虚无主义色彩,以及不作实际评判,否认美感经验的致命弱点,解构主义在西方各界虽然风靡一时,前景却不乐观。德·曼就抱怨说,解构理论不是被人当作洪水猛兽,避之不及,就是被视为无关痛痒的学院式游戏,不屑一顾。进一步看,解构主义一面否认语言能够表述任何"真理",另一面却不得不采用同一种符号体制,不厌其烦阐述其身;一面否认文本具有任何意义,另一面又殚精竭虑,抉隐索微,鼎力开掘另一种意义系统,岂不同卢梭一样陷入矛盾泥淖,无法自拔?事实上,解构主义只有在两条路上能够成功:一、通过阐明作品的虚构本质,揭示价值判断的相对性。二、用以解析晦涩深奥、疑义丛生的文本,在哲学中阐发文学性,在文学中引出哲学意味。这一点可以解释尼采、海德格尔、弗洛伊德等人何以特别适合德里达口味,也是为什么德里达的许多著作读来像文学批评的一个原因。

歌德眼中的"世界文学"
杨武能

　　1827年,歌德在《德国的小说》一文中写道:"既让不同的个人和不同的民族保持自己的特点,同时又坚信只有属于全人类的文学才是真正有价值的文学,这样,就准能实现真正的普遍容忍。"第二年,在《艺术与古代》杂志第六卷第二期,他又写道:"这些杂志正赢得越来越多的读者,将最有力地促进一种我们希望的具有普遍意义的世界文学的诞生。只是我们得重申一点:这儿讲的世界文学,并不意味着要求各民族思想变得一致起来,而只是希望他们相互关心,相互理解,即使不能相亲相爱,至少也得学会相互容忍。"到了1830年,歌德已八十高龄,但关于世界文学的思想仍萦绕在他的脑中。在为卡莱尔的《席勒生平》一书写的序言里,他说:"好长时间以来我们就在谈论一种具有普遍意义的世界文学,而且不无道理:须知各民族在那些可怕的战争中受到相互震动以后,又回复了孤立独处状态,会察觉到自己新认识和吸收了一些陌生的东西,在这儿那儿感到了一些迄今尚不知道的精神需要。由此便产生出睦邻的感情,使他们突破过去的相互隔绝状态,代之以渐渐出现的精神要求,希望也被接纳进那或多或少是自由的精神交流中去。"

　　从歌德对世界文学这个概念的解说中,我们可看出以下三层意思:

　　首先,歌德认为世界文学形成的最起码和最重要的结果,就是实现各民族之间普遍的容忍。为此,各民族应通过包括文学交流在内的精神交流,而学会相互了解,相互关心,相互尊重。歌德这种以容忍为基本内容的世界文学思想,是一种热爱人类、热爱和平的真诚情感在文学观中的反映。它发展了歌德与席勒过去提出的以美育改造人性的理想,将启蒙思想家倡导的不同宗教和教派之间的宽容,扩展为各民族之间的宽容或者说容忍。歌德生活在分裂落后的德国和战乱频仍的欧洲,一生历经沧桑,在晚年对世事的认识更深刻,才能提出这样的思想。通过世界文学,通过文学交流使各国人民相互理解,相互尊重,相互容忍,这一思想应该说在今天还没有过时,或者说永远也不会过时。

　　其次,歌德坚信,"只有属于全人类的文学才是真正有价值的文学"。也就是说,文学——真正有价值的文学应该为人类服务,被人类所理解和接受。文学的历史证明,这是一个真理。正是由于各民族都贡献出了数量不等的这样的作品,世界文学才成为现实。歌德之所以能写出《浮士德》这样的不朽杰作,之所以能成为各国人民共同景仰的世界大文豪,正由于他有着为全人类而写的明确意识。他深信,"诗是人类共同的财富"。

但是,与此同时,歌德又讲要"让不同的个人和不同的民族保持自己的特点",讲世界文学"并不意味着要求各民族思想变得一致"。作为一位德国作家,他不止一次强调"在未来的世界文学中,将为我们德国人保留一个十分光荣的地位"。他认为,在世界文学形成的过程中,"德国人能够和应该作出最多的贡献","发挥卓越的作用"。他同时又尊重其他民族文学的特点和长处,在与艾克曼的谈话中对它们津津乐道。在创作实践中,他则努力吸收其他民族文学的优点,奉行拿来主义,但又不放弃自己的传统;他创作的《西东合集》也罢,《中德四季晨昏杂咏》也罢,其基调仍然是西方的、德国的、歌德的;他塑造的浮士德这位人类杰出的代表,仍然是一个德国男子。对于我们中国文学,歌德十分推崇,坦然地承认"我们的远祖还生活在原始森林的时代",中国就已有了像样的文学作品。但是,他又认为不应拘守包括中国文学在内的某一特定的外国文学,奉它为楷模;如果一定要有楷模,那"就要经常回到古希腊人那里去找",也就是回到自身的传统中去找。总而言之,歌德有关世界文学的思想以及实践,都绝无抹杀民族特点和否定历史传统的意思。恰恰相反,越是具有民族特色和悠久传统的文学如中国文学、印度文学和阿拉伯文学,就越得到歌德的重视。

应该说明的是,歌德并没有写一篇专文来郑重其事地论述世界文学,他的有关思想都散见于书信、谈话和文章中。他并未对世界文学下一个精确的定义;世界文学之于他只是一种理想,一个憧憬。事实上,歌德重视的是一种具有普遍意义的世界文学。晚年的歌德也无异于一个精神隐士,他从狭隘鄙陋的德国逃向广大的世界,从猥琐丑恶的现实逃向美善的文学,世界文学这个概念寄托着他对人类的未来的理想,成了他精神的归宿。

一个半世纪之前,伟大的德国诗人提出了世界文学的理想,并且身体力行,为促使这一理想的实现而付出了巨大劳动。今天,世界文学已成为现实,而歌德本人在中国被理解、被接受、被尊重,就是一个明证。

克洛德·西蒙的小说技巧
施康强

  法国新小说派的代表作家之一克洛德·西蒙1985年荣获诺贝尔文学奖,获奖评语中赞扬这位作家"兼有诗人与画家的创造才情,在小说中致力于表现深刻的时间意识和人类的处境。"这句话分两截:前半截有关创作方法或技巧,后半截涉及内容。对内容我们姑置不论,这里主要探讨他的技巧。瑞典皇家学院的意思是说,克洛德·西蒙用写诗和作画的方法、技巧写小说。但诗在这里多半是陪衬,重要的是画。

  西蒙早年学过绘画。现代绘画,从立体主义一直发展到抽象艺术,与传统绘画大异其趣。立体主义把形象分解成各种几何图形,抽象派绘画干脆取消了形象本身,用色彩和图形的排列组合表现画家的感受。我们可以不承认现代绘画位于一个更高的审美层次,但它至少开辟了一个新的境界,自有其存在理由。西蒙运用现代绘画原理来写小说。如同抽象派绘画不表现完整、具体的形象一样,西蒙的小说里没有完整、有头有尾的叙述。我们在欣赏抽象派绘画时注意构图和色彩配合,在阅读西蒙的小说时我们也同样应注意各个叙述成分之间的呼应关系。在这里,绘画技巧主要体现在同一作品里各个主要情节之间的比较关系上。某一特定情节的出现频率,在什么地方出现,每次出现占据多大的篇幅等等,这一切应该服从构图和配色的规则。在西蒙的代表作《佛兰德公路》(1960年)中,作者自称在写作时有一个剪辑计划。他先用某种颜色代表书中某一人物或某一情节、某一主题。他写成一些片段,用一句话概括每一页手稿的内容,并且标出相应的颜色。然后他用图钉把手稿钉在墙上,看看应该在什么地方添一点蓝色,在哪里加一点红色或绿色,也就是说增补与这些颜色对应的叙述,以便取得总体的平衡效果。正是这一技巧规定了西蒙小说最明显的特点:叙述的不连贯性。

  《佛兰德公路》的主要内容是主人公回忆自己的战时经历。一般说,这类题材特别适合发挥意识流技巧。由于叙述的不连贯性,叙述者的意识流动方式与一般意识流作品不同,它更接近原始状态。这部小说由三个部分组成。每一部的内容都是叙述者乔治在回忆过去,第一部里出现的事件在第二部、第三部里重复出现,所不同的是每次都增添一些新的细节,好像画油画,一层一层地涂颜色,笔触加重,最后形成一种立体效果。

  作者不是根据时间顺序展开回忆,因为人们的回忆事实上是不遵守时间顺序的。

为了论述方便,我们把第一部里主人公回忆的重要事件或情节基本上按时间顺序整理如下。A.叙述者乔治是法军的一个骑兵,他所在的骑兵队在法国北部接近比利时的佛兰德地区溃不成军,向后方撤退。途中他们看到一匹躺在路边的死马。B.骑兵队长雷沙克和乔治有亲戚关系(乔治的外祖母娘家姓雷沙克)。雷沙克上尉娶了比他年轻二十岁、当过时装模特儿的科丽娜做妻子;传闻科丽娜与雷沙克雇用的骑师伊格雷西亚有暧昧关系;雷沙克重新入伍时把伊格雷西亚作为勤务兵带在身边。C.乔治的母亲继承到雷沙克家一所住宅,房间里有雷沙克家一位先人的肖像。家族传说:这位雷沙克在法国大革命时代曾自动放弃贵族身份,当过国民公会代表,投票赞成处死国王。后来他被派到军队中工作,在西班牙打了败仗,回家的当天晚上开枪自杀。D.雷沙克上尉和他的部下在溃退途中经过一个农庄。乔治和伙伴们被安顿在谷仓里过夜。一位年轻妇女提着灯给他们照明。后来那个女人主动到谷仓里来找乔治,和他做爱。E.骑兵队继续撤退,最后只剩下四个人:雷沙克、乔治和伊格雷西亚和一名骑兵少尉。他们遇到伏击,雷沙克和少尉都中弹死去。雷沙克本可以躲开冷枪,却偏偏暴露自己,因此乔治怀疑他是否存心以这种体面的方式结束自己的生命,摆脱他本人、科丽娜和伊格雷西亚之间的三角关系。F.最后我们知道,乔治被俘,被塞进一列军车,开往德国某地战俘营。他在闷罐子车里重逢骑兵队里的伙伴,犹太人布鲁姆。

  以上的情节在第二部又得到深化。情节A(溃退、死马)一再浮现在乔治的记忆里。好像骑兵们在原地打转,始终没有离开那头死马。情节B(雷沙克、科丽娜和伊格雷西亚的三角关系):伊格雷西亚也被关在战俘营里。乔治和布鲁姆经常套问伊格雷西亚关于他和科丽娜的关系,伊格雷西亚承认确有其事。根据他片言只语的透露,乔治和布鲁姆用想象重建了这个三角关系的具体场面。情节C(老雷沙克之死):布鲁姆在与乔治谈话时,对雷沙克家这位先人的死因表示怀疑。根据乔治母亲保存的雷沙克家遗物和乔治叙述的某些细节,布鲁姆推论,老雷沙克不是因为事业失败,生命绝望才自杀的,更合理的解释是:他从战场回家后,去敲妻子的房门。妻子正和仆人私通,当即把仆人藏在衣柜里,然后打开房门,与丈夫虚与委蛇。老雷沙克觉得衣柜有异,便去打开柜门。仆人从里面开枪,把他打死,然后与雷沙克夫人一起伪造自杀的现场。情节D(谷仓做爱)没有出现。情节F(俘房列车)再次出现,由此引入一个新的情节因素或回忆内容:战俘营的生活、饥饿。第二部将近结尾处,乔治回忆战后第二个夏天他与科丽娜的初次见面。

  第三部里,情节D(谷仓做爱)出现两次,叙述一次比一次细。我们可以解释为乔治经常回忆这件事,以最大的努力重现每个细节,以便把发生过的一切完整地、牢牢地保存在记忆中。对于我们已知的情节而言,第三部只增添一个新的情节:距第一次会面后三个月,乔治与科丽娜在旅馆房间里度过一夜。这以后将近二十页,直到全书结束,都是对骑兵队撤退情况的回忆,小说开始时雷沙克骑在马上率领骑兵队撤退,小说中间雷沙克遭到伏击死去,小说结尾雷沙克又骑在马上率领队伍撤退。西蒙自己说,如果借用一口自喷井的地层剖面图表示这部小说的结构,雷沙克之死,即死亡主题,正好处在出水层,于是全书呈现一种以雷沙克之死为中轴线的对称结构。

需要重申的是,原文中情节不按时间顺序作线性发展,而是打乱次序,作面性扩散。各个情节成分相互交错、重叠;同一情节因素不仅互见于各个部分,更重要的是,即便在同一部分里,每一情节因素也是分成若干片段,不是作为一个相对完整的单位而存在的。叙述者回忆到一半,他的思想又被一个契机——这可以是一个双关词或一个联想——引开,甚至没有任何过渡,突然转到另一件事情上去。而这另一件事情同样没能得到相对完整的叙述,回忆就又跳到第三件事情上去,或者回到第一件事情上去。这是因为我们的回忆不可能,至少单独一次不可能重现过去发生的全部事情,不仅我们的回忆是不完整的,回忆的工具——语言——也是不完整的,一句话往往说到一半就打住,转到别的话上去。第三部开头,乔治在集中营里迫于饥饿觅食野菜的回忆与谷仓里做爱的回忆交错重叠,这段文字很能代表作者的技巧。觅食时人在地上爬行的姿态与某种性爱姿势相似,而野生植物的形状、气味又使人想起人体的某些部位,于是叙述者在这一段回忆里选用了都具有双关意义或极富暗示性的词汇。他同时回忆两件事,也就是说作者用一支笔同时写出了两件事。

西蒙小说的另一个特点,是叙述者身份的不明确性。首先是人称的交叉和突然转换。以第一人称为主的叙述,如《佛兰德公路》,有时插入第三人称;以第三人称为主的叙述,如《法萨尔之战》(1969年),有时插入第一人称。作者从不交代叙述者的身份,甚至故布疑阵。在另一部小说《历史》(1967年)中,叙述者有双重身份,好像他有分身术,以致我们不知道他叙述的究竟是他自己的事情,还是别人的事情。

如果说我们对《佛兰德公路》经过整理,还能找出一些情节,那么在《历史》里,情节更加淡化了。叙述同样是不连贯的,我们自始至终不知道叙述者的名字。小说里有几处提到《佛兰德公路》里的雷沙克上尉和科丽娜,叙述者称科丽娜为姨妈或婶娘、姑妈,总之与雷沙克家有亲戚关系。从他的回忆来看,他在西班牙当过义勇军,第二次世界大战初期也在法国骑兵部队中服役。他在法国南部有一处产业。他在母亲死后整理遗物,发现许多旧的明信片和照片,激起他的回忆和想象,本来不连贯的回忆和想象里穿插进叙述者在一天内遇到的事情(上午在街上遇到一个自称是他母亲旧友的人,一个劲儿打听他家的情况;去银行申请贷款;在餐馆吃午饭;下午接待一个收购旧家具的女商人,等等),更加显得支离破碎。叙述中经常提到沙尔舅舅。沙尔爱与艺术家来往。叙述者翻出一张在一间画室里拍摄的旧照片,上面有荷兰画家、女模特儿、沙尔舅舅和几位客人。根据这张照片,叙述者叙述画家的画室里有个聚会,沙尔本来未被邀请,他因为心里老挂念着那个模特儿,声称路过,顺便进来看了,正好碰上这帮人在照相。接着叙述他们怎样调度位置,在场每一个人穿什么衣服,摆什么姿势,说了什么话,做了什么事。于是读者看到的不是一张照片,而是一部电影。整段叙述,与其说是想象不如说更像回忆。如果是回忆,那么叙述者到底是谁?似乎应该是沙尔舅舅本人。小说最后部分,叙述者叙述他见过的一对卧像,然后转入沙尔与他妻子躺在一起时的谈话。沙尔的妻子知道沙尔另有所爱,沙尔却反复对她说"我爱你,我爱你"。笔锋一转,并排躺在一起的人变成叙述者本人和他的妻子海伦。他们之间的对话,与沙尔舅舅夫妻之间的对话完全一样。究竟是两对夫妻,还是同一对夫妻化身为二? 叙述者到底是沙尔本人,还是那个管他叫舅舅的人?

这个疑问在下一部小说《法萨尔之战》中得到解答。法萨尔是古希腊一个地名,公元前48年恺撒与庞贝在此决战,大败庞贝和元老院的军队,从此成为罗马的主人。这部作品主要用第三人称写成,但是主人公的身份还是不明确。小说开头,他站在巴黎一个小广场上的地铁出口处附近,观察广场对面的一所房子底层的咖啡馆,尤其注意六层楼上一扇窗户。因为他老在观察,作者就用O(法语"观察者"的第一个字母)来称呼他。读下去,我们才知道这个O就是《历史》里的叙述者。他爱一个模特儿,俩人一度相好,模特儿后来对他冷淡,爱上红头发的荷兰画家(画家的名字与《历史》里沙尔认识的那个画家一样),O因此饱受嫉妒心的折磨。O到画家家里去,画家不在。画家的妻子告诉他画家有事出去了,今天也不在画室。O疑心画家与模特儿幽会,就去找模特儿。后者住在一所房子六楼的一个单间(穷人住所),走廊尽头有一个老在滴水的公用水龙头。O去敲门,屋内无人答应。O侧耳细听,不闻动静。O怀疑屋里人听出他的脚步,有意不作声,不开门。他好像看见屋里俩人正在做爱,由于他的来到,他们停止动作,但身体仍旧保持接触。O又想起一张照片,那上面有他自己,有模特儿,有荷兰画家,还有别的人……至此我们似乎明白,《历史》的叙述者从自身的经历猜到沙尔当时的境遇,在有关照片的叙述中便把沙尔作为自己的化身,把自己的事情都算在他的账上,以便在叙述时与自己保持一段距离,沙尔认识的画家和他爱的模特儿,与O认识的画家和他爱的模特儿,未必是同一个人,但是情境类似,所以叙述可以相通。

这个O与沙尔还有其他相似之处。沙尔经商,业余写诗,我们虽不知从事什么职业,但知道他在写美术评论。书名叫《法萨尔之战》,是因为他少年时代读拉丁文,恺撒本人和拉丁作家有关这次战役的记载给他很深的印象。他利用休假取道意大利和德国到法萨尔古战场去做一次实地考察,顺便参观意大利和德国的古迹。于是我们看到他的意识同时在两个甚至三个层次上流动。在希腊他重温拉丁作家对法萨尔之战的记载，用实地考察的印象印证文字记载，从古代战争联想到他亲身参加的现代战争——第二次世界大战初期当骑兵随军溃退的经历。在意大利和法国的博物馆教堂里，一组骑兵雕像使他想起自己的骑兵生涯，一幅表现性爱的绘画把他领回到他的强迫观念上去：他贴在门上的耳朵好像听到荷兰画家与模特儿怎样在门背后做爱。但是与一般的意识流技巧不同，各个层次之间没有明确的界线。叙述从一个层次悄悄转到另一个层次，像电影里的化入、化出。一段叙述，一开始写的是"妖精打架"，趁读者不注意时，从某一个词开始变成描述一幅表现性爱的绘画，到这段叙述结束时读者才发现这个偷天换日的把戏；或者一开始描写一组骑兵雕像，从某个时候开始雕像动起来，变成真的骑兵在活动。

此外，就像一幅画中不应该有孤立的色块一样，每一叙述片断都有另一片断与之呼应、对称。西蒙的叙述总是无独有偶的：画中人做爱与想象中的人做爱，骑兵雕像与现实中的骑兵作战各形成一组对应关系。不仅如此，他写了巴黎的咖啡馆，便有希腊的咖啡馆作陪衬；描写了意大利钞票上的图案，便有德国钞票上的图案与之映照。甚至极小的细节之间也有对应关系：模特儿住的六层楼过道上那个自来水龙头老在滴水，画家妻子的邻居老在弹吉他。滴水声和吉他声像电影的音响效果伴随着叙述。

西蒙还喜欢在小说结构中应用古典绘画的"缩影法"。这个术语来自纹章学，本意是在一枚纹章内部画出一个小纹章，在小纹章上复制大纹章上的图案。十七世纪西班牙画家委拉斯贵兹在一幅画里画出一面镜子，镜子里正好反映出画面的全部内容，这便是缩影法用在绘画上的典型实例。同一技巧用于文学作品不自西蒙始。《哈姆雷特》的戏中戏已见这种技巧的雏形。法国作家纪德的《伪币制造者》主人公是一个作家，他正在写一部小说，那部小说的情节和他本人在生活中遇到的事情十分相似。日本电影《W的悲剧》就袭用这种结构：主人公是个话剧演员，她扮演的角色在剧中代人受过，承担杀人的罪名；她在生活中也代人受过，承认自己与一个因心脏病猝发死去的有钱男子有暧昧关系。不过在上面举的三部例子中，起镜子作用的都是一部假定的艺术作品。在西蒙那里则是一组人物暗示另一组人物之间的关系。《佛兰德公路》中，老雷沙克、他的妻子与他的仆人之间的关系折射雷沙克上尉、科丽娜与伊格雷西亚的关系。《历史》中沙尔舅舅与模特儿的关系暗示叙述者与另一位模特儿的关系。这种互为缩影的关系，也可以存在于两部作品之间。《历史》中沙尔舅舅有一子一女，子名保尔，女儿也叫科丽娜。《法萨尔之战》中，根据O从德国寄回家中的明信片，我们知道他的儿子也叫保尔，女儿也叫科丽娜。《历史》中沙尔的女儿科丽娜后来嫁给一个有钱的、只对赛马感兴趣的老头儿，与《佛兰德公路》里的科丽娜的命运又很相似。由于不同的,但是相互有关系的人物名字相同,作者在每一人物出场时对他的身份不作任何提示,这就使整个叙述更加扑朔迷离。甚至《法萨尔之战》中的 O 不过是个代号,作者也不让某一人专用。假定广场上的观察者可以用 O 来代表,那么在他观察六层楼上那个窗口的同时,窗口里的人可能也在观察他,因此窗里人也可以用 O 来代表。有一段文字写 O 与模特儿做爱。另一段反复出现的文字写 O 与一个红头发男子做爱,这时候 O 就用来指模特儿。

　　法国新小说派的作品一般来说都不好懂,西蒙的作品尤其难读。这与新小说派的理论有关。这派作者要求读者在某种程度上参与创作,阅读不是一个纯粹被动的过程,而是积极地介入。以比较好懂的《佛兰德公路》为例,一般读者读第一遍,像碰到一团乱麻,大致上知道讲的是战争、溃退、性爱、死亡,但是弄不清人物、事件之间的关系和时间顺序,如果他有耐心读第二遍,这一团乱麻便能理出一个头绪。随着阅读的深入,他好像在做破译密码的工作。掩卷时,他会有一种猜到谜底、解破密码的快感。不过这仅是初级层次的阅读。如果他的努力到此为止,那他等于是买椟还珠,因为作者无意讲故事,他不要求读者重建故事。如果读者还有兴趣读第三遍,他将发现,这部表面上叙述混乱的小说其实服从一个严格的、巧妙的内部结构,情节的支离破碎是有意安排的,各个情节碎片像一幅画上的各个色块,在作品不同部分相互呼应、折射,从而产生线性叙述不可能达到的立体效果。于是读者进入高级的阅读层次,他欣赏作品的整体结构,进入一个自给自足的文字天地。如果他余兴未尽,他还可以读第四遍、第五遍。不过从那个时候起,他不必通读全书,可以从书的任何一页读起,到任何一页打住。他被卷入文字的洪流——既是意识流,更是文字流——每一页文字都与前或后面的另一页文字照应,他读着这一页,同时也读到前面或后面那一页,甚至读到前一部或后一部作品的某一页。这是一种独特的审美情趣。"新小说"是一种实验,没有人要求小说家们都像西蒙那样写作。不过有这样的作品存在,别具一格,也不能说是什么坏事吧。

文明与人的悲剧性冲突
——读 D. H. 劳伦斯的《恰特里夫人的情人》
王立新

大卫·赫伯特·劳伦斯(1885—1930)是英国现代著名小说家和诗人。在短暂的一生中,他创作了十余部长篇小说、三个剧本、几百首诗歌以及大量的散文、游记、评论和中短篇小说,对西方现代文学产生了重大影响。20世纪初,当体现劳伦斯独特风格的长篇小说《儿子与情人》《虹》《恋爱中的女人》等发表时,英国评论界曾对这个年轻人洞察人类精神世界的能力表示吃惊与赞赏,从而奠定了劳伦斯作为小说家的地位和声誉。但当他的最后一部长篇小说《恰特里夫人的情人》问世后,却当即遭到猛烈攻击,被视为淫书,劳伦斯本人也蒙受龃龉。长期以来,这部小说在西方被列为禁书,英美两国分别在1959和1960年才正式出版了它的全本。历史毕竟是公正的,半个多世纪过去了,越来越多的人理解了劳伦斯和他的作品,他被誉为:"我们时代最伟大的、最富于创造力的小说家","作为英国文学传统中的主要小说家之一,他将永远活着。"(普鲁斯特)英国最近宣布,将为这位杰出的小说家竖立纪念碑。纪念碑在伦敦威斯特大教堂中落成后,将与拜伦和刘易斯·卡罗尔的纪念碑比肩而立。

事实上,劳伦斯是位非常严肃的作家。在写作《恰特里夫人的情人》过程中,他呕心沥血,抱病三易其稿。任何人只要不怀偏见地去阅读它,就决不会认为劳伦斯是在庸俗、下流地展览人的性爱。正像西方评论家理查德·霍加特所说:"《恰特里夫人的情人》不是一本脏书。它干净、严肃并富于美感。如果我们坚持把它视为淫秽的东西,这就正说明我们自己的肮脏。我们正在做着肮脏的事情,不是对劳伦斯(他知道所期待的是什么),而是对我们自己。"

通过两性关系的畸形或和谐,来揭示现代西方工业文明与人类生活的悲剧性冲突和社会关系的理想,是小说描写的中心内容。劳伦斯认为,两性关系中的深层生理——心理畸形状况,是工业文明与人悲剧性冲突的深层恶果,是一种文明对人的异化形态。要想拯救文明的没落,就必须在人与人之间建立起一种基于健康人性的全新关系。而婚姻和家庭则是实现这样关系的纽带,其实质仍是男人与女人之间的关系。家庭中男女关系和谐与否的关键,两性中最能探测出人性完美与否的焦点,都莫过于性爱。和谐的性爱是人性的自然流露,没有丝毫丑恶、不道德的因素。劳伦斯在小说中,对不同性爱关系的不同处理正说明了这一点。

在劳伦斯的笔下,英国的贵族资产阶级是被工业文明与残存的封建等级的观念异化了的一群奇怪的人。他们的精神世界中,对金钱的向往和对血统、地位的优越感奇妙地混合在一起,集中表现为根深蒂固的"自我中心"心态和虚伪的处世哲学。这使得他们在两性关系上也表现出一种畸形状态,其本质特征是灵与肉的分离。

康妮(恰特里夫人)的丈夫——克利弗的形象无疑具有一种象征意义。作为煤矿老板,他与现代工业文明之间有着血肉联系;而使他致残,丧失男性机能的战争,又正是这种工业文明的必然产物。作家意在表明,工业文明的发展,决定了人类某些欲望的恶性膨胀和某些自然要求的必然丧失。克利弗们认为性爱只是人类生活中的低级要求,是一种附属物,只有地位、金钱才是真实的东西。两性关系丧失了真与善的因素,也就必然不能臻于美的境界。

劳伦斯所肯定的,是灵与肉相和谐,真善美相统一的两性关系。这种理想关系的体现者,是作家刻意塑造的理想男女主人公梅勒斯和康妮。在劳伦斯看来,康妮对克利弗的背叛,是人性力量对畸形两性关系和非人道的野蛮束缚的胜利。作家这样写道:"她被迫与克利弗拴系在一起,他要求占有她的大量精力,她给予了他。但她从一个男人的生活中同样需要很多东西,这克利弗并没有给予她,根本不能给予她。"在康妮年轻的躯体内,生命自身的要求是如此强烈,她忧伤、烦躁,想要大声喊叫,她跳进冰冷的水中徒然地想平息炙灼着自己的炽烈激情。她不能忍受僵尸般的克利弗,渴望一种正常、和谐的两性关系和家庭生活。这种来自人性深处的强烈驱动力,是完全合理、压抑不住的。而梅勒斯,这个矿工的儿子,无论在肉体还是精神上都是强悍有力的。他具有强烈的阶级意识,仇视工业文明带来的伪善和拜金主义,对工业文明与人为敌的异己本质有着深刻的了解。

在劳伦斯看来,康妮和梅勒斯结合的基础就在于他们对现代工业文明的共同否定和对真正人的生活的共同追求。他们的关系体现着人类所特有的真诚、信任和力量。他们由理解而接近,由接近而相爱,由相爱而走向最终的结合——建立起一种新型的家庭关系。双方完全平等,个性相互得到尊重,每个人都因对方的存在而成为精神与肉体相平衡的人。这不仅是对克利弗们死死抓住的畸形两性关系——资本主义社会中建筑在金钱基础上的爱情、婚姻、家庭观的否定,而且是对在理想两性关系基础上建立的理想人际关系,对充满自然精神,符合人的本性,摒弃了异化现象的理想社会形态的追求。

作为理想主义者,劳伦斯尽可以在创作中抒发激情,幻想在资本主义工业文明中,存在着保持独立、对异化具有极强免疫力、充满自然精神的完美的人,存在着理想的两性关系和人际关系。但冷酷的现实并未给他一点希望和安慰。因此,作家那种混合着希冀、失望、痛苦、茫然的矛盾心理,在小说中也得到了鲜明的反映。一方面,通过梅勒斯之口,劳伦斯表达了自己对现代工业文明的强烈憎恨与绝望;另一方面,他又对现实抱有一种悲观态度:"我们的时代本质上是个悲剧的时代,但我们要拒绝以悲剧的态度对待它。""不论我们有多少重天已经坍塌,我们还是必须生活下去。"这既表明了劳伦斯精神世界中无法克服的深刻矛盾,也暴露了他思想中的严重弱点。正是出于"必须生活下去"的愿望,使劳伦斯在对资本主义工业文明感到绝望后,把目标转向了过去。像 18 世纪末以"返回自然"为口号的感伤主义作家一样,劳伦斯也认为唯有退回到接近自然状态的社会形态中,根除文明,才能从根本上避免人的异化,健康的人性才能复归。劳伦斯强调纯朴、自然的生存环境对朴素的人类感情的决定作用,这恰恰暴露了他历史观的唯心性质。他并不理解人类社会由原始文明、农业文明发展到工业文明是历史的巨大进步,看不到西方工业文明虽然产生着种种恶果,却有其存在的必然合理性,更不能认识到否定之否定的人类社会进程中,文明与人的悲剧性冲突,终究会呈现为文明与人的统一和谐。

恩格斯在批评费尔巴哈人本主义哲学时曾指出:"费尔巴哈所提供的强大推动力怎么能对他本人也毫无结果呢?理由很简单,因为费尔巴哈不能找到从他自己所极端憎恨的抽象王国通向活生生的现实世界的道路。他紧紧抓住自然界和人,但是,在他那里,自然界和人都只是空话。"(《马克思恩格斯选集》第四卷,第 236 页)这用来评价劳伦斯虚幻的人道主义理想,同样是正确的。

但是《恰特里夫人的情人》所揭示的主题毕竟是深刻的。从劳伦斯辞世至今,已过去了近六十年,西方社会的发展,进一步暴露了现代资本主义工业文明具有与人对立的性质;对生存环境的困惑与恐惧已成为当代西方人的一种典型心态。第二次世界大战前后兴起的存在主义文学、荒诞派戏剧、黑色幽默小说等文学流派,都在更深层次上重复了文明与人的悲剧性冲突的主题。因此,劳伦斯及其《恰特里夫人的情人》在今天拥有更多的读者,为更多的作家、评论家所推崇,并不是偶然的。

1988年

七十年代以来的波兰文学

易丽君

波兰在经历了1956年10月转折之后,至1968年这十二年的时间内出现过相对的平稳,波兰著名诗人塔·鲁热维奇把它戏称为"我们的小稳定"时期,其间文学曾有过蓬勃的发展。但是,1968年3月发生的知识界发起的保卫波兰文化运动和席卷全国的学潮,骤然暴露了这种稳定的脆弱性,自此波兰便进入了多事之秋。1970年12月在滨海地区发生严重工潮,并且出现了不幸的流血事件;1976年在华沙和拉多姆地区再次爆发工人罢工事件;1980年出现团结工会掀起的大规模抗议运动,波兰社会各个阶层都卷进了这个运动之中。政治波动也影响了文学和进行文学创作的人,使文学同社会上的斗争关系越来越紧密,文学的政治化倾向日趋明显,文学创作不仅成了反映日益严重的社会冲突的一面镜子,而且逐步公开、直接地参与了政治斗争,文学家的队伍也因此经历了一场分化和改组。时至今日,这些冲突仍然在影响着波兰文学的发展,虽说一个平静的时期已经到来,波兰社会正在寻求相互理解。

其实早在20世纪60年代中后期文学界就已不平静,以著名小说家耶·安德热耶夫斯基为首的部分作家反对党对文学的领导,反对党制定的书刊检查制度,要求更大范围的创作自由。1970年以后,这一部分作家更是逐步走上了同党的文化政策对抗的道路。他们提出反对文学服从于政治宣传的口号,倡导把文学变成所谓的真正认识现实、反映现实,也就是揭露迄今被忽视了或被掩盖了的一切社会现象和形形色色的社会矛盾冲突的工具,提出文学应抓住当代社会生活的本质,敢于揭露社会的阴暗面,敢于反映社会上的不安情绪。

最容易接受这种口号的是一批初登文坛的年轻人。他们是第二次世界大战后出生的一代人,对于他们来说,战争、沦陷、流血、牺牲,共和国建立初期的艰苦岁月,五十年代所谓的斯大林时期的失误,以及1956年的那场围绕波兰的社会主义道路的斗争,都成了社会历史神话,而不是亲身体验过的历史经验。他们对社会生活的复杂性认识比较肤浅,只是泛泛地追求理想的社会,理想的人生。他们看到了生活中的一些不良现象,便把整个现实看成是虚伪、丑陋和欺骗。他们不轻信宣传报道的社会主义建设成就,要求探索关于当代波兰的真理。他们认为文学的使命是反映"此时此地"的当代波兰人的生活现实,他们把文学的真实性问题,把伦理、道德问题提到了首位,企图争得充分说真话的权利,争得对一切人、一切事进行道德、思想评判的权利。70 年代前期在这一代创作者中间形成了一个重要的文学流派,通常称之为新浪潮派。这个流派主要表现在诗歌创作中,也包括某些年轻的小说家。客观地看,新浪潮诗歌对波兰战后诗歌的发展作出了贡献。新浪潮派的诗歌具有独特的风格,思想上对社会正义问题特别敏感,他们追求独特的,不同于报刊、广播、电影、电视等宣传工具的语言,他们强调语言的纯洁性,采用不加任何修饰的简洁明快的凝练的语言,直接反映现实,直接讲出当代波兰人的各种切身问题。但是,他们之中有的人在离经叛道的路上走得太远,这些人认为文学的真实就是暴露,就是揭疮疤,任何赞美现实之作都是粉饰太平,都是虚假和欺骗。这样,他们也就成了虚无主义者和否定一切的人。这些人中的主要代表是:斯·巴兰恰克、雷·克雷尼茨基、艾·李普斯卡、尤·科恩豪塞尔、拉·沃雅切克、斯·斯塔布罗、艾·斯塔胡拉等。他们自称是不妥协、不信任、不客气的一群,他们的纲领性文学评论宣言是由诗人阿·札加耶夫斯基和尤·科恩豪塞尔二人合著的《没有被介绍的世界》一书。

新浪潮派小说创作的主要代表是马·诺瓦科夫斯基、卡·奥尔沃希、伏·奥陀耶夫斯基、安·布雷赫特等。他们创作了一种所谓的"黑色小说"。作品中反映的是社会的堕落,人的堕落。这些作品的故事情节从体现现代文明高度发展的大城市中心搬到了偏僻的郊区,描绘的是流氓、小偷、醉鬼、妓女、流氓无产者的世界,充满了贫困和罪恶的世界,小说中的主人公是现代文明社会一切规章制度的反叛者,是一批无法无天的人物,是黑社会的主宰者和牺牲者,小说中充满了黑社会的黑话、行话。读着诺瓦科夫斯基的《夜之侯》《贫民窟》这样的作品,令人感到如同漫游地狱一样毛骨悚然。新浪潮派的发展同国家文化政策越来越相抵触,几年之后便因受到限制而退潮了。

70 年代的波兰文坛除新浪潮派曾风云一时之外,还活跃着一大批小说家,其中有许多是老一辈的作家,他们的作品具有相当的思想深度和艺术深度。著名作家雅·伊瓦什凯维奇在这个时期除发表了许多优秀的短篇小说之外,还出版了几部脍炙人口的散文集和游记:《彼得堡》(1976 年)、《意大利游记》(1977 年)、《波兰览胜》(1977 年);历史小说中最著名的有:安·库希涅维奇的《失重状态》(1973 年)、维·札莱夫斯基的《最后一站》(1979 年)、塔·霍乌伊的历史传记小说《玫瑰花和燃烧的森林》(1971 年)等;反映第二次世界大战和清算 50 年代的错误的重要作品有:兹·萨夫扬的《无人的土地》(1976 年)、尤·斯特雷伊科夫斯基的《大恐怖》(1980 年)、安·特维尔多赫利布的《第三回合》(1976 年)等;心理小说的代表作是耶·克日什托尼的《疯狂》(1980

年);农村题材的代表作有:维·扎莱夫斯基的《黑浆果》(1972年)、尤·卡瓦莱兹的《你游过河去》(1972年)、马·皮洛特的《第一侏儒——此间王》(1976)、齐·伏伊齐克的《杀马》(1977年)等。

1976年以后波兰的政治局势复杂化了。一方面是部分作家,包括新浪潮派中的一大部分诗人和小说家公开站到了政治反对派的立场上,他们再也不能在官方的出版机构发表自己的作品了;另一方面是有些作家对追求充分的真理作了极端的理解,在社会上遇到了障碍,创作和文化政策的冲突进一步尖锐化。于是有的人便开始到西方国家去寻找发表自己作品的机会,同时国内也出现了不受国家监督的地下出版机构,这样波兰便出现了所谓第二出版事业。文学也就分成了官方文学和非官方文学两大派。这种冲突和分化发展到1980年团结工会时期达到了高峰,当时以尤·什切潘斯基为首的波兰文学家协会中央理事会完全站到了团结工会一方。1981年12月波兰实行战时状态之后,文协被解散,但是政治反对派的力量还很大,他们力图把波兰文学引向国外,或者推向地下,或者推到教会的怀抱。当时教会把许多反对派作家置于自己的保护之下,教堂成了经常举办各种反政府的文学报告会、诗歌朗诵会的场所。这个时期是波兰文学政治化最突出的时期,社会上流传着一些具有明显的反社会主义性质的作品,其中较著名的有:马·诺瓦科夫斯基的《关于战时状态的报告》和《每日记实》、雅·马·雷姆凯维奇的《1983年夏天波兰的谈话》、卡·布兰迪斯的《月月》、安·什奇博尔斯基的《波兰的考验》、阿·札加莱夫斯基的《波兰——苏联阴影下的国家》等。这些作品或者是用倾向性小说、政治小说的形式攻击当代社会,或者是以报告文学的形式公开表达对波兰现实的不满和抗议,其中不乏诽谤性的内容。它们由于政治倾向性明确,矛头集中,因而具有极大的煽动性和进攻性。

为了回答政治反对派的挑战,波兰党和政府在全国范围内提出了开放的文化政策:一切活动都应在宪法允许的范围内进行,都应符合国家利益,赞同国家的政治结盟政策,承认社会主义的基本成就,为国家的发展而积极工作。在这个前提下,支持文学创作多样化——即题材多样化、形式多样化,多风格、多流派,允许多种世界观并存,"党不要求大家用一种声调唱歌,党为之奋斗的只是在多声部的合唱中不要出现反对国家利益的调子。"党的开放政策还包括欢迎持不同政见的作家"浪子回头",既往不咎,而且在出版作品时还给予优先安排。1983年11月波兰文学家协会重建,当时参加新文协的人数还不多,到1986年2月新文协第二次代表大会时,绝大多数作家都已回到了文协的组织。侨居国外和坚持不同政见并继续在地下非法出版作品的作家约占波兰作家总数的一半,政府建议他们参加官方的文学活动,进行正当的、文学中应有的讨论和辩论,此后陆续又有一批作家接受了建议,把作品送到官方出版机构发表,其中包括著名小说家塔·康维茨基。

1981年后在官方出版机构出版的文学作品中,首先引人注目的是一种被称为热身小说的政治小说。这种小说对近年来的政治事件作了非常强烈的反应,大胆揭示当前现实斗争的实质,充分表现了近年来重大政治争论的气氛,有的甚至可以说是对反对派进逼的反攻。其中著名的有罗·布拉特内的长篇小说《棺材里的一年》,小说揭露团结工会的领导层实际上是用漂亮口号伪装起来的一群新的野心家、阴谋家、道德堕落分子,具有檄文的性质。他的另一部小说《未完待续》则比较冷静地分析了政治风潮的历史、社会根源,极力表现当代波兰人思想意识中道德观、政治观的复杂性;尤·沃津斯基的小说《下西里西亚的游猎场景》再现了那场大动乱的令人震惊的情景,也具有檄文的性质;塔·谢雅克的长篇小说《尝试》通过塑造一位具有双重人格的省长的形象,无情鞭挞了政治生活中的种种腐败现象,从侧面说明了80年代初的政治动乱是有其社会基础和心理基础的。由此可见,波兰文学正在朝着引导社会对前一段的动乱进行深刻的反思,促进社会稳定的方向发展。当然,这些作品在艺术上还有不够成熟的地方,因为它们反映的现实还太热,太富于文献性。但它们的创作经验可以为未来服务,因为它们填补了走向未来的一段空白,而且为如何评价现实斗争提供了个积极的开端。

近年来波兰文学中另一个突出的现象是政论文和杂文的兴起,这也是迎合政治斗争的需要应运而生的。波兰统一工人党中央主管文化的书记安·华西莱夫斯基的政论文集《东方、西方和波兰》一书力图从文化影响、民族性、民族发展和斗争传统,从思想和历史哲学的高度来探讨波兰综合征的症结所在。近年来出现的历史小说都旨在探索当代现实问题的深远的历史根源,如伊·聂维尔利的长篇小说《蔚蓝色的梦之山丘》虽带有历史传奇的性质,但其中有许多是现实生活的写照,这部作品被认为是波兰近年来的重要文学成果。

离政治化的文学距离最远的似乎是农村题材的小说,这类小说总是按着自己独特的轨迹向前发展,哪怕整个社会都在沸腾,哪怕人们吵得像开了锅,农村却始终保持着一片净土,一派田园风光。土生土长的农民关心的只是自己家族的传统。1984年出版的被誉为波兰农村史诗维·梅希利夫斯基的长篇小说《石上石》中的主人公一生为之奋斗的目标是建造一座家族的坟茔。

80年代的波兰文学面临过严重挑战,许多棘手的问题有待解决,对有些问题目前下结论为时尚早,特别是怎样恰如其分地评价那场严重的社会、政治危机,对它的反映究竟能达到怎样的深度和广度,还有待未来分说。

诗人里尔克:深邃而博大
杨武能

19 与 20 世纪之交,生活在捷克古都布拉格讲德语的少数民族中,出现了一些于整个德语文学乃至世界文学都有重大影响的作家,"布拉格的德语文学"遂成了文学史的一个专门术语和研究领域。莱纳·玛利亚·里尔克便是其中的佼佼者。

里尔克(Rainer Maria Rilke,1875—1926)出生在一个铁路职员家庭,从小体质柔弱,生性敏感,无法实现父亲希望家中出一名军官的夙愿,却在富有文学修养的母亲影响下早早地开始了诗歌创作,19 岁时便出版了第一部带有波希米亚民歌风格的诗集《生活与诗歌》,从此写作便成为他毕生的事业。这之后他出版了《图像集》(1902 年)与《祈祷书》(1905 年),从而声名卓著。

1901 年里尔克与一位女雕塑家结婚,她碰巧是法国雕塑大师罗丹的弟子。通过她,里尔克第二年便来到巴黎罗丹的身边,任罗丹的秘书。这是里尔克生活和创作中的重大转折。因为在大师身边,他学会了"观看",写出了许多以直觉形象反映客观现实、象征人生和表现自身思想情感的"咏物诗",形成了自己诗歌富于象征性和雕塑美的独特风格。这之后,他出版了《新诗集》(1907 年)、《新诗续集》(1908 年)以及散文诗集《旗手克里斯多夫·里尔克的爱与死之歌》(1906 年)和小说《马尔特·劳里茨·布里格记事》(1910 年),创作达到了成熟的高峰。

1914 年第一次世界大战爆发,从此他颠沛流离,像"长空包围中的一面旗",在时代的大风暴里激荡、振动。直到战后第三年,他才迁入瑞士山中的一座古堡,寻回了孤寂与安宁。1922 年,在很短的时间里,他不只将中断了十年的《杜伊诺哀歌》一气呵成,还写出了《献给奥尔弗斯的十四行诗》五十三首。这两部哲理深邃的杰作是里尔克一生经历和思索的结晶,完成它们后,本来就体质柔弱的诗人心力交瘁,住进了疗养院,最终在 1926 年 12 月 29 日与世长辞。

同时代的杰出奥地利作家罗伯特·穆希尔称里尔克是"中世纪以来德语系民族拥有的最伟大的诗人",说他"第一次使德语诗歌臻于完美"。这些出自他同胞之口的崇高评价不无溢美之嫌。但是,里尔克作为本世纪最卓越的德语诗人和西方现代主义诗歌重要代表的地位,却是公认的。里尔克晚年的挚友、法国大诗人瓦雷里说:"我热爱他,认为他是这个世界上最柔弱和最富有灵性的人;精神领域的一切秘密和一切奇异的恐惧,他都有最深切的感受。"这样一个敏感而柔软的人极不适应他周围充满喧嚣的竞争惨烈的世界,又不能不生活在其中,只好寻求内心的孤独;可正因此也就对世界的秘密、恐惧、痛苦有了更深的思考和认识,并且自然地用诗歌将它们表现出来。

在早年的《图像集》中,他还是较为直接表面地表现人生的困苦,资本主义大城市里的穷人和生存竞争中的弱者诸如孤儿、寡妇、乞丐、盲人乃至女性,常是他描写和同情的对象。此外,他还很喜欢写自然现象中的夜和秋。整个诗集中弥漫着肃杀、忧郁之气。"夜色沉沉的大地/我的斗室和原野合为一体/我化作一根琴弦/在喧响的、宽阔的共鸣之谷上张起/万物是一个个琴身/充满着黑暗的絮语/在里边做梦的是女性的哭泣……"这是一首题名《在夜的边缘上》的诗的前半段,具有里尔克早期诗歌的典型风格:奇特的比喻象征,大胆自由的联想,凄美的音调。不过,《图像集》里最脍炙人口的还要数那首《沉重的时刻》:"不知今夜此刻谁在世界上的何处哭/无缘无故地在世界上哭/哭我……"如此这般,在以下三节诗中仅仅将哭换成了笑、走和死,其余几乎是完全相同的重复,有意识地重复,重复那诗中主体"我"也感到无从捉摸的不知、谁、何处与无缘无故。应该说,这首《沉重的时刻》的确已经提出了一个严肃而重大的问题,即世界的不可知和生存的荒诞。

在里尔克的成名作《祈祷书》中,诗人表面上又变作了一名俄国修士和圣像画匠,在对着上帝祈祷。然而,这上帝并非基督教教义中那个形而上的造物主和救世主,而是诗人主观感受里的伟大存在本身。他所谓的祈祷,也就是对于存在问题的继续思索、玄想,它可以是无边的朝霞,也可是细微的种子,既可是午夜时分的一声鸡啼,也可是陌生人、母亲和死,总之千变万化,无所不在。事实上,《祈祷书》并没有真正的宗教虔诚,反倒洋溢着泛神论和无神论的精神。

里尔克是伟大的德语诗歌传统的优秀继承者。他像歌德一样,一身兼为诗人和哲人,但显得更加奇特,因为他赖以进行哲学思辨的乃是产生自他个人心中的形象、比喻和象征。例如《新诗集》中那首大家都很熟悉的"咏物诗"《豹》,内涵就极其丰富。说它象征着诗人在面对世界、探索人生时产生的困惑、迷惘、彷徨、苦闷,也只是解释之一而已。又如集子里那首不为人注意的《佛祖塑像》,说它讽刺信佛的富人的伪善,充其量只找到了诗中的"道德意义",而其中的"神秘意义"或者说哲理是什么,又很难分析清楚。这样一种既实在又深邃的朦胧——真正的诗意的朦胧,也许正是里尔克的基本特征,正是他能成为西方象征主义诗歌杰出代表的主要原因吧。

同时,里尔克是一位具有明确的人类意识乃至宇宙意识的诗人。他的主要作品,特别是晚年的《杜伊诺哀歌》和《献给奥尔弗斯的十四行诗》,都是有关宇宙、人生的大问题,诸如世界的本原是什么、存在是否合理、人生的苦与乐和生与死的关系怎样等等的思索。与歌德的区别只在于歌德思索的结果,如其在《浮士德》中表现的那样,是乐观的、光明的;里尔克思索的结果则让人感到悲观、无望、阴郁。在歌德那儿,人对于自然、对于宇宙、对于神是伟大的,富有英雄气概;反之,里尔克的人在宇宙中却渺小无力,就像他早年在《秋》一诗中描写的"摆着手,不情愿地往下落"的片片枯叶。从歌德到里尔克,西方资产阶级的精神和心理已经发生了明显的变化。但里尔克毕竟是卓越而博大的,因为他的诗中也包容着宇宙,包容着人类,表现了一个时代的人们的思索和苦闷。

现代派文学之父汉姆生

裴显亚

克·汉姆生是现代欧洲文学的奠基人之一。I. B. 辛格谈到他的时候说,"从各方面说,他都是现代派文学之父。20 世纪的现代派小说起源于汉姆生。"像 H. 海塞、E. 海明威、K. 曼斯菲尔德等这些大作家的写作风格,都明显受到过他的影响。

克努特·汉姆生,原名克努特·彼得森,1859 年 8 月 4 日生于挪威中部的古德布郎斯达尔。那里的农民天生固执和任性,汉姆生就具有这种性格。他的母系家族,追溯到中世纪末曾是贵族;父亲彼得·彼得森·斯古巴肯本来务农,但他很浪漫,喜欢旅行。汉姆生没有上过学,从十四岁起就自立,当过补鞋匠、送煤工、修路工。在他的处女作《饥饿》发表前的十年间,他历尽了难忍的饥饿和繁重的体力。1879 年和 1880 年冬是他在奥斯陆贫民区最难熬的时刻,《饥饿》最后一章中描写的寄宿情况就是他这段的亲身经历。二十三岁时,他离开挪威去美国做工,不久,大夫诊断他为肺病晚期,只能再活三个月。朋友们为他乘船回挪威捐助盘缠,他却决定自己给自己治病,后来病也确实好了。但是,在他回到奥斯陆后,第二次饥饿又降临了。他在城里饥肠辘辘,拿着篇稿子这儿投那儿投。这年秋天,他看实在无望,只好又去了美国。最终于 1888 年回到哥本哈根,届时,《饥饿》已完成了部分初稿。1890 年,当他三十一岁的时候,他的第一部小说《饥饿》问世了。

《饥饿》能够那样动人,原因之一就是它把十年真实而绝望的生活情景浓缩成了短短的几个月。十年的饥饿和苦力生活,丰富了他的想象力,也增加了作品的思想深度。同时,小说主要采用意识流手法,既有作者内心冲动的跳跃,又有顺其自然的发展,全文宛如流水,把一个极度饥饿者的肉体和心理感觉写得水乳交融,浑然一体。19 世纪末,欧洲人的思潮总的来说转为内向,《饥饿》也是这样。但是,汉姆生高人一筹的是,他始终能仔细地观察和体验内心情绪的起伏变化,并将这种起伏变化的情绪冷静而细腻地表现出来。这也是《饥饿》至今震惊许多读者的原因之一。在《饥饿》的第三章中,汉姆生在处理主人公和妓女的关系时,很大程度地突破了易卜生等作家在当时所用的伦理做法。当那个妓女要拉他去过夜时,他既不像道德主义者似的清教徒,也不像垂涎欲滴的色鬼,只是冷静地看着这个冲动,甚至是深情地看着这个冲动,最后用双方都保全面子的谈话结束了那件事。《饥饿》还有一个特点是,它的敏捷和尖酸紧抓着每一个读者。在这部小说里,汉姆生使得挪威语十分富有生气,为行文的敏捷他也做了很大的努力。《饥饿》最有意思的一点是穷开心:饥饿本来是件痛苦的事,但文章的气氛很轻松。书中的人物那样多谋,而且都来得那样轻松,即使是书中人物陷入深深的危机时也都如此。书中的主人公一点不同情自己,读者也不同情他,因为小说通篇都有这么一层意思,即他的饥饿是由他的下意识设计出来的——他选择的这种折磨,在某种程度上说,是他要使自己好起来的一种办法。作者在书中并不是大声疾呼人们起来反对那种饥饿的社会,是因为他信不过当时的中产阶级。尽管作者向往充满活力的新生活,但作为一个思想成熟的作家,他把中产阶级看成了这种生活的毁灭者,并没有把获得这种新生活的希望寄托在他们身上。

《饥饿》问世之后,汉姆生出的书一部接着一部出版,不久就扬名文坛,但很快也就招来了上层社会对他的非议。

1898年汉姆生在新婚蜜月中写了《维多利亚》,这是一部很迷人的爱情悲剧:磨坊主的儿子约翰内斯爱上乡绅的女儿维多利亚,她也常常着迷于他丰富的想象力。但随着青年时期的到来,他们之间竖起一道森严的阶级障碍。约翰内斯决定出去闯闯,打算当一名作家。就在他们很少有机会见面的情况下,他们还深深地爱着。维多利亚的父亲面临经济破产,作为一个孝顺的女儿,她不得不服从父亲的意志嫁给一个富有的年轻人奥托,以保全他们的家产。维多利亚和奥托举行了一个盛大的订婚宴席,约翰内斯也应邀出席。维多利亚在这个场合把一个年轻漂亮的女孩子卡米拉介绍给他,正巧这是多年前他从水中救过的那个小姑娘。尽管维多利亚对约翰内斯还是一片深情,她还是想把他和这个姑娘撮合在一起。卡米拉对约翰内斯很感兴趣,羞怯地追求着他。约翰内斯出于好意,最终也向她求婚。同一天,奥托在打猎中身亡。维多利亚的父亲见破产已成定局,便把家人支走,放火烧掉家产,自己在火中自杀。维多利亚获得自由,直接找到约翰内斯,向他倾吐心中的爱情。但此时卡米拉已同意和约翰内斯结婚。就像有些年轻人随时都能改变主意一样,卡米拉不久又遇到另外一小伙子,并且一见钟情。她为难地向约翰内斯作坦白,但他是那样无动于衷。他具备和维多利亚结婚的条件,但为时已晚,她染上严重肺病,并托人给他捎去一封令人撕心裂肺的遗书。这是汉姆生一生中很得意的一部抒情小说,它的印数达到空前的水平,当时只有易卜生和毕昂森的书才能达到那样高的印数。《维多利亚》的问世无疑震动了当时的评论界,但是,代表上层社会的《晨报》唱反调:"此书并非成功之作,因为汉姆生显然没有描写上层社会妇女的经验。"这明显是来自上层社会的偏见,是一种孤立的、可鄙的攻击。汉姆生站出来保护了自己的公主,他在给友人的信中写道:"近来有人大谈教养问题,'有教养'不外乎首先是看一个人作了多少次旅游,看了多少次画展,读了多少本书……我不知道我是否懂得什么是'教养',但我总认为它和人们的心境教育有关。"事实证明,汉姆生这部传世之作不仅是挪威民族文化的骄傲,而且是世界民族文化宝库中的珍品。它被改写成广播剧,使读者能最经常最方便地尽情地欣赏到它。直到80年代的今天,《维多利亚》在挪威还被改成芭蕾舞,在首都奥斯陆首次公演持续一个月之久,一些外国人及挪威其他城市的人都相争前往,先睹为快。

汉姆生是位善于革新的作家,正像他自己说的那样:"我用我的法子写书,但我向所有的人都学到了东西。"但他绝不步前人之后尘,或迷信各种各样的名家和权威。他出版了《饥饿》不久,就在挪威作演讲旅行。当时这个国家文坛有四杰:B. 毕昂森,A. 谢兰德,约纳斯·李,H. 易卜生。这四位作家一直是挪威在世界上引以为自豪的人物。汉姆生没管这些——他说他讨厌毕昂森的那种感情用事和一些容易引起矛盾的见解;他还攻击了约纳斯·李和谢兰德那种含糊其词的手法。他那些颇为挑衅的演讲传开了。最后一讲是在奥斯陆,易卜生在南欧待了二十多年刚刚回到国内,他坐在前排,有些不高兴地看着这位讲演者。汉姆生毫不犹豫,对易卜生采取了同样的态度。他讽刺了易卜生伦理式的说教和辩论式的剧作,说他创作出来的人物不比他的观众聪明多少。也许易卜生正是听了汉姆生那令他痛苦的演讲之后,才很快地写出了《建筑师》。剧中,易卜生的主人公承认,他也许为"普通人"盖的房子太多了,也许他因为没能多造几座"大教堂"而犯下过错。言下之意,《饥饿》是座"教堂"。

汉姆生的这种革新思想还表现在:他认为任何旧事物都要被新事物取代,文学创作也是一代强似一代。1917 年,汉姆生完成了他的《大地的硕果》,这是他艺术的顶峰。他刻画了一个体魄上及灵魂上都活灵活现的挪威北部农民的形象,并让这个大地耕种者战胜大自然的故事深深地扎在人们心中。整整过了七十年,这部著作也堪称欧洲文学的经典。《大地的硕果》获得了 1920 年的诺贝尔文学奖,在授奖仪式上,汉姆生说:"今天在斯德哥尔摩给予我的荣誉和财富太多了——确实如此;但我唯独缺少一样最重要的。我缺少青春……我不知道此刻我该做什么……但我要为瑞典的青年干杯!为所有的青年干杯!为一切年轻的生命干杯!!"仅只半页多纸的答词就这样结束了。汉姆生这篇简短和具有个人特色的讲话打动了在座人的心。他把未来文学发展寄托在新一代身上。

这位九十三岁才辞世的文学巨匠,一生中进行了七十年的创作,到九十岁写最后一部书时,文字还很敏捷、热情、自若。他的创作种类很多,有诗歌、话剧、短篇小说集、游记及《饥饿》《奥秘》等一系列名著,尽管如此,这位极重要的作家在国内外却曾一度被人忽略。但是,在汉姆生身后,重视与研究他的国家越来越多。苏俄的读者向来就把他与托尔斯泰、陀思陀耶夫斯基同等对待,在欧美国家,有些已相当有名望的作家都是他的学生或读者,这些国家多数都有从事汉姆生研究的学者、专家,有些人为了能阅读汉姆生原著,把研究工作做得更好,还不惜工本地专门学习了挪威语。近年来,在我国相继翻译了汉姆生的《饥饿》《畜牧神》《大地的硕果》《维多利亚》等长篇小说和一些短篇小说,这已使我国文学界和广大读者对这位伟大文学家的面貌能略见一斑。

纳吉布·马哈福兹：文学金字塔的建造者
关 偁

1988年诺贝尔文学奖获得者,阿拉伯世界首屈一指的小说家纳吉布·马哈福兹,在长达半个世纪的艰苦创作历程中总共出版了约四十六部中长篇小说集和短篇小说集,其中,大部分是思想性、艺术性俱佳的精心之作。在这么长的时间里,他能一直保持着强烈的创作欲望,身体力行,向阿拉伯语读者乃至全世界的读者奉献出一座又一座文学金字塔,这是因为他自始至终不脱离现实,将毕生的心血倾注在对真理、理想世界的追求和探索上,而且在艺术上精益求精,不断前进。

纳吉布·马哈福兹开创并发展了阿拉伯小说创作的一个新的历史阶段。他的创作历程在很大程度上反映了阿拉伯小说发展的情况。他不仅对阿拉伯文学逐步走向世界起了重要的推动作用,而且为许多东方国家发展民族文学提供了有益的经验。

纳吉布·马哈福兹出生在一个虔诚的穆斯林商人家庭。他父亲后来当了公务员,经常热情洋溢地给儿女们讲述埃及民族主义运动领袖穆斯塔法·卡米勒、萨德·柴鲁尔等人的故事。因此宗教信仰和爱国主义是纳吉布童年心灵中两个深刻的印记。1930年,他进大学学哲学,受到当时埃及新文学运动和社会主义思潮的影响,逐步确立了社会主义和信仰科学的思想,最终走上了文学创作道路。当时反对英国殖民主义的民族解放运动如火如荼,在爱国主义激情的推动下,纳吉布借古喻今,以法老时期埃及人民抗击外族入侵的史实为素材,创作了《命运的嘲弄》《拉杜比斯》和《塔伊布之战》等三部历史小说,曲折地反映了埃及人民争取民族独立,建设新社会的迫切愿望。

纳吉布·马哈福兹是埃及紧密联系现实的文学潮流中最杰出的代表。他目光敏锐,善于抓住要害,以现实主义笔法描写封建社会中种种丑恶腐败的现象,抨击道德沦丧,艺术地表现了人的悲剧。他在四五十年代创作的《新开罗》《米达格胡同》《始与末》等即是其中的精品。而有百万字之巨的三部曲(《宫间街》《思宫街》和《甘露街》)则通过开罗一商人家庭三代人的生活经历和思想变迁,勾勒出两次世界大战间整个埃及社会的广阔画面。这三部曲几乎包括了当时埃及所有的重大事件,成为纳吉布的重要代表作。1952年自由军官组织在人民的支持下,驱逐了法鲁克国王,结束了封建王朝的统治,开始了新的历史时期。这一变化促使纳吉布放弃了继续描写革命前中产阶级生活的写作计划,转而细致入微地观察现实社会生活。他努力同各阶层的人保持密切联系,每天抽出许多时间在咖啡馆里同人们聊天,积累了大批素材。不久,他的小说

《小偷与狗》《乞丐》《尼罗河上的絮语》和《米拉玛尔公寓》等相继问世,深刻地反映了新时期中的社会现实,人们面临的社会矛盾和精神危机。在 1967 年 6 月 5 日第三次中东战争中,阿拉伯各国,特别是埃及遭到惨败,人心浮动,他及时地创作了《伞下》《蜜月》等作品,表现和分析了当时的政治局势,呼吁人民奋起觉醒。70 年代末,埃及实行开放政策,他又在《顶峰上的人们》中反映了人们价值观念和伦理道德的变化。

总之,每逢重要的转折时期,他都以作家的政治责任感和干预现实生活的勇气与魄力,审时度势,及时提出自己的见解。因此,评论家认为"纳吉布所写的一切都与埃及大地上的历史、人及其未来密切相关,他的创作是一种高层次的'政治文学'"。对照埃及当代的重大社会政治事件,我们也的确找到了他的创作轨迹。

纳吉布·马哈福兹以毕生的心血执着地追求幸福和理想社会。如果说《新开罗》、《始与末》等四五十年代的现实主义作品以批判、抨击革命前社会的黑暗、不公为主,只是折射出对美好社会的向往的话,那么在三部曲中,他已经是直截了当地歌颂新一代青年人,为逐步向最高理想迈进而做出不懈的努力和大胆实践。及至《我们街区的孩子们》(1969 年)和《平民史诗》(1977 年)则从哲理和理念的高度总结了人类在追求理想社会中的经验教训。

纳吉布的理想社会蓝图是逐步完整和渐次清晰的。他通过艺术手段告诉人们,他渴求一个公正的社会,没有人剥削人和人压迫人的现象,没有欺诈、贪婪等玷污灵魂的毒素存在。他公开主张"人应当从阶级及其特权中解放出来,个人的地位由其天赋和才华来确定;任何人都理应享受表达思想的自由,得到同时适用于统治者和被统治者的法律的保护;实现最广泛的民主……"他不止一次提到他赞赏法国大革命,因为在那个时期人民群众充分地释放了自己的能量。在声明自己不是马克思主义者的同时,他又认为可以把"各尽所能,按需分配"的共产主义分配原则作为人际关系中最好的基础。

纳吉布·马哈福兹对祖国前途、人民命运抱有强烈的忧患意识。他的作品不无悲哀地面对着冷酷的现实,殚精竭虑地寻求埃及的社会主义道路。尤其是 1967 年战争失利,全面地暴露了埃及经济恶化、社会政治动荡的危机后,他多次通过作品明确地表示:唯有变革才是出路。他并不是神,究竟如何变革,他亦茫然。但是在方向上,他认定要走社会主义道路,提倡以科学反对宗教迷信,强调人要进行自我净化。他一再劝诫人们要自己动手解决困难,不必等待上天。尽管他小心翼翼地强调科学同伊斯兰教并不矛盾,他反对的只是少数打着宗教的旗号干坏事的人和宗教迷信,但是仍然遭到一些宗教头面人物的激烈反对,致使《我们街区的孩子们》长期不能在国内出版。不过他并没有低头,在 80 年代写成的《王座前》中,他又以更直露的方式表达了自己的看法。

在艺术上,纳吉布绝非抱残守缺之辈。他从不墨守成规,而是不断地学习,不断实践,不断前进。自60年代以来,他吸收了不少现代小说的表现手法,如内心独白、意识流、时空交错、隐喻、象征、神话与真实交替、荒诞等。他原有"写实大师"的称号,但是人们又能读到他所写的卡夫卡式的故事。他从不生搬硬套外国经验,而是结合本国的实际和作品内容的需要,寻找最合适的表达方式。近二十年来,他的作品题材纷繁,风格变换迅速,有时在一年之内就有大跨度的转移。他的作品的多元化和多样性简直令人眼花缭乱。

然而,在语言、叙事方式、思维习惯等方面,他的作品仍然保持了浓郁的阿拉伯风味,同时又带有不容置疑的个人特征,如哲理化倾向,在表现现实和理念抒发并重中,理念气息更为浓郁等。

从《我们街区的孩子们》开始,纳吉布就致力于探索小说的民族形式。晚近的一些作品表明他的探索节奏加快了。人们比较看好的是他将《一千零一夜》的故事和人物重新编排而写成的《千夜之夜》。他的探索还表现在改造玛卡梅韵文叙事体而写成的《爱的时代》,采用阿拉伯游记形式的《伊本·法图玛游记》等等。上述作品中,寓言、传奇和魔怪的形式运用较多。评论家们认为,除《千夜之夜》以外,马哈福兹的一部分晚近作品难脱粗糙、直露之嫌。这可能是他年高体衰、力不从心所致,但是他孜孜不倦和苦心孤诣的探索精神仍然值得称道。尽管他已不太可能同在文坛上探索民族形式而崭露头角的青年作家一比高低,但人们会记住这位先行的开拓者,重视他的实践。

纳吉布·马哈福兹为人谦和,在受到赞扬时,会感到羞涩。他同评论家们保持着良好的个人关系,能心平气和地读完一切尖刻的评论;但在艺术观点上,他始终坚持自己的立场。因此,评论家说"他了解自己的路,并且不断前进,他从不左顾右盼,也不受荣誉和物质享受的干扰,只在艺术上苦行修道。"

纳吉布·马哈福兹的作品早就被译成英、瑞典、俄、中等文字,他将外来文化同本国文化结合起来,创造了具有世界意义的作品。这些作品不愧为文学上的金字塔,他也希望人们把他看作修建金字塔的工人之一。

1989年

他开始为世界所瞩目
——米兰·昆德拉小说初析

杨乐云

近年来,捷克流亡作家米兰·昆德拉(Milan Kundera)的小说在西方颇为畅销,也深受欧美评论界的赞赏和推崇。自20世纪70年代以来,米·昆德拉已多次获得国际文学奖,并被提名为诺贝尔文学奖的候选人。要了解米兰·昆德拉,先得了解产生这样一位作家的时代背景。昆德拉的祖国捷克斯洛伐克地处欧洲中心,布拉格自中世纪起便是欧洲文化名城,因此欧洲各种哲学思想和文艺潮流迅速传播到这里,在思想界和文艺界都有所反映。西方现代派文学的两位巨匠里尔克和卡夫卡都出生在布拉格,后者短短一生基本上就是在那里度过的。两人虽然都不算捷克作家,但多少与布拉格的文化环境有关。20年代初,十月革命的浪潮和方兴未艾的西方现代主义文艺思潮同时从东西两个方向冲击着捷克斯洛伐克文艺界,产生了同样巨大的影响。1945年捷克解放后,社会主义建设和文艺政策中无可讳言的某些失误,使原来就在捷克知识界有一定基础的某些西方哲学思想和文艺思潮,特别是斯洛伐克第二次世界大战后在欧洲风靡一时的存在主义思潮,在部分青年作家中产生了影响。昆德拉现象出现在他的祖国,也出现在其他一些东欧国家,这并不是偶然的,它具有一定的代表性。

基本思想特点:对现实生活的失望和怀疑

米兰·昆德拉1929年出生于捷克斯洛伐克第二大城市布尔诺。他当过工人、爵士乐手,一度是前捷克斯洛伐克作家协会机关报《文学报》的领导成员之一。1967年第四次作家代表大会后,他受到党内审查处分,1968年事件后又被开除出党,1975年起流亡法国。米·昆德拉是作为一名青年诗人于50年代初崭露头角的。他的第一本诗集《人,一座广阔的花园》出版于1953年。其后他写了叙事长诗《最后的春天》(1955)及诗集《独白》,但不久他便放弃诗歌创作,潜心写小说。

虽然昆德拉现在是以著名小说家而为人所知,很少有人再提到他的诗,但看一看他早期的诗歌还是很有意思的。在一首题为《我在离去》的诗里,五一节庆祝游行只是一曲"沉闷、忧伤的大合唱",人们手臂的挥动"像一架风车/翼板在转动/完全听命于风的指挥"。在这里听不到"人性的声音",唯有翼板如泣如怨的吱嘎声。另有一首诗题为《法拉桑城儿童浪漫曲》,发表于 1955 年,写一个孩子骑着小马驶进一座美丽的像甜奶饼似的城市——法拉桑城,娶了那里的公主。这座城里有个奇怪的规定,人人只许欢欣,绝对不能有忧伤情绪的流露。一只孤独的小狗哀号了几声便被投进了监狱。公主很漂亮,乐队为他们奏乐,人们在欢呼,这样过了一天又一天,天天如此。孩子感到厌烦,他对小马说:这里老是欢呼、歌颂、喊万岁,我腻味透了,不如逃走,但是我已结了婚,丈夫能逃离自己的妻子吗?小马劝他以后多加注意,带他离开了这"甜蜜的天堂"。最后孩子问他父亲:你常说世界有一天会像甜奶饼,它不会跟法拉桑城一样吧?从这些诗歌可以看出,昆德拉从创作一开始,便表现了他后来在小说创作中有所发展的基本思想特点:对现实生活的失望和怀疑。

小说的重要主题:展示人类生活的悲惨性和荒谬性

西方评论家常把昆德拉同奥地利作家海尔曼·布罗赫相提并论,认为昆德拉的小说深受他的影响。布罗赫对资本主义世界的现存秩序持否定态度,认为当前的时代是一切价值和人性崩溃的时代,现存的一切都值得怀疑。昆德拉从自己特定的环境出发,把世界看成罗网,小说家的作用就是对陷入罗网的人类生活进行调查。因此,怀疑和背叛一切传统价值,展示罗网中人类生活的悲惨性和荒谬性,就成了昆德拉小说的重要主题。也许,正是由于开掘这样的主题诗歌有其局限性,昆德拉才放弃诗歌而转写小说的吧。

昆德拉的主要小说创作有:长篇小说《玩笑》(1967 年)、《生活在别处》(1973 年)、《为了告别的聚会》(1976 年)、《笑和忘却集》(1976 年)、《存在中不能承受之轻》(1984 年)和短篇小说集《可笑的爱》(1968 年)等。他的长篇小说中唯有《玩笑》一书在他的祖国公开出版过。这部小说完成于 1965 年,但直到政治动荡趋于激化的两年以后方始问世。小说出版后反应强烈,短期内便再版两次。西方也竞相翻译出版,1968 至 1969 年,该书除译成欧洲各主要语种外,还译成了日文和希伯来文。正是这部小说使米兰·昆德拉的名字开始为世界所瞩目。

昆德拉的小说情节一般都不曲折,也没有多少细致入微的人物性格刻画,总的来说,是哲理性多于故事性。《玩笑》也不例外。大学二年级学生,党的积极分子,学生会干事卢德维克爱上一年级的女同学玛尔盖达,期望同她共度暑假并确定关系。玛尔盖达思想单纯、幼稚,学校党组织为了锻炼她,决定派她参加暑期党员集训。玛尔盖达兴高采烈地去了,她从集训地写信给卢德维克盛赞那里的生活如何有意义,气氛如何健康,对于失去与卢德维克共度暑假的机会,则毫无惋惜的表示。卢德维克一时气愤,他买来一张明信片，写了三句话："乐观主义是麻醉人民的鸦片！健康气氛散发着愚昧的臭气！托洛茨基万岁！"他是作为一个玩笑将这张明信片寄出的，却不曾料到为此他付出了何等的代价：他被开除党籍、学籍，被当作人民的敌人下放到矿区劳动，在压抑、痛苦中度过了十五年。之后，随着政治气候的改变，他终于回到大学，完成了学业，进了某研究机构工作。一次偶然的机会他遇见了当年带头批判他的党小组主席才曼内克的妻子海伦娜。长期积压心头的仇恨使卢德维克决定骗取海伦娜的感情，以便通过与海伦娜的一次幽会报复才曼内克。但是，当他如愿以偿，确信已狠狠地羞辱了才曼内克时，却发现海伦娜早已同丈夫感情破裂，才曼内克不仅另有新欢——一个比海伦娜年轻十三岁的漂亮女人，而且已摇身一变成为反斯大林主义的英雄，为青年学生所崇拜。

尽管昆德拉的小说都有很强的政治倾向性，思想立场鲜明，但是他反对人们把他的小说同某种思想联系起来。1980年，西方某电视台举办昆德拉小说创作研讨会，会上有人谈到《玩笑》一书时，称这部小说是"对斯大林主义的有力控诉"。在座的昆德拉马上插话："请别用你们的斯大林主义难为我了。《玩笑》是一本爱情小说。"他认为西方新闻界这种"过于简单化"的解释和他的作品在本国被禁止出版一样，都"妨碍一部艺术作品用自己的话语说出自己的真实"。其实《玩笑》这部小说并不仅仅在于描写了一桩政治错案给主人公造成的巨大痛苦。它还让人们通过书中人物的命运看到这样一种"真实"：世界的荒谬性。卢德维克开了一个愚蠢的玩笑落进罗网；为了洗雪自己的冤屈，他设下一个罗网使绝对无辜的海伦娜蒙受了难以挽回的羞辱和心灵创伤；但更为可悲的是，卢德维克最后吃惊地领悟到在年轻一代的眼里，他和才曼内克都属于那个"黑暗、遥远的年代"里的"一个混乱的整体"——一个"被过分的政治化思维和难以理解的术语败坏了的整体"。无论他和才曼内克之间有过什么样的矛盾和仇恨，无论他的冤屈有多深，在年轻一代的眼里统统消解了，变得微不足道。他发现自己落进了捉弄人的历史的罗网。作者在为《玩笑》英译本作的序言中写道：海伦娜、卢德维克和小说中的其他一些人"被乌托邦的声音所迷惑，拼命挤进天堂的大门，可是当门扉在身后砰的一声关闭了时，他们却发现自己在地狱里。"

忘却——小说的另一个主题

历史捉弄人，过去的冤屈被年轻一代淡忘了；昨天的事情被今天发生的事情淡化了。忘却——这是昆德拉的小说喜欢探索的另一个主题。冤屈、仇恨、暴行、血腥屠杀，这一切都随着时间的推移而消解，被人忘却，在昆德拉看来，这正是道德堕落的表现。昆德拉在另一部小说《笑和忘却集》中借米雷克之口说出的一句话经常被西方引用:"人同权力的斗争是记忆同忘却的斗争。"但是昆德拉认为忘却这个主题还有着更丰富的内容,仅仅看到它"绝对不公正"的一面是不够的。因为"忘却既是绝对的不公正,也是绝对的慰藉",人类有一个天性,总是下意识地希望忘却自己的失败和耻辱,怀有一种"改写自己的历史,改变过去,抹掉自己和别人的足迹"的愿望。小说家之所以永远有题材可写,永远能发现并"说出自己的真实",也就在于人有忘却这个特点,忘却了过去,忘却了历史,特别是忘却了"人的存在"。因此小说家的发现也许已经陈旧,但读者仍会感到新鲜。

我的敌人是媚俗

昆德拉业已问世的小说中,给他带来更大声誉的是长篇小说《存在中不能承受的轻》。这部小说以1968年事件为背景,描写了几个知识分子的感情生活以及他们在重大政治形势面前作出的人生选择。如果说昆德拉在《玩笑》和其他几部小说中还主要是通过描写人物的命运以及在这种命运下他们的心理状态来表达作者的某种哲学观点的话,在《存在中不能承受的轻》中对一系列的哲学问题、政治问题、艺术问题、小说创作问题等等进行的思考、阐释和辨析所采用的方式则比较直露:作者往往直接出面或借人物之口发表大段大段的议论。小说的情节也比前几部更为松散,形式更像散文。作者广征博引,说古道今,借古讽今,直露中带着含蓄,寓哲理于生活细节。应该说昆德拉的创作正是通过这部小说登上了新的高度。

不过,这部小说对于了解昆德拉及其创作有更多的认识价值,还在于小说中作者在诸如轻与重、灵与肉、忠诚与背叛、诚实与谎言等问题上,尤其在"媚俗"问题上所阐述的观点。小说用相当大的篇幅论"媚俗"。这大概同他视为至理名言的海尔曼·布罗赫的一句话有关系:"现代小说英勇地与媚俗的潮流抗争,最终被淹没了。"关于媚俗,昆德拉解释说,媚俗就是迎合和取悦大多数人,"不择手段去讨好大多数人的心态和做法"。一切宗教和政治运动都依赖于媚俗,"把有既定模式的愚昧用美丽的语言和感情乔装打扮起来"。他认为在"极权统治下",个性、怀疑、嘲讽都不被允许,因为它们偏离既定的思维模式,同媚俗格格不入。小说中,萨宾娜视媚俗为死敌,她的一生是由一连串的背叛组成的:背叛清教徒式约束她的父亲、背叛同样约束她的共产主义、背叛丈夫——她嫁给他仅仅因为此人怪癖,为社会所不容,最后她又背叛了真诚爱着她的弗朗茨,原因是弗朗茨公开了他俩的关系,违背了她的隐私生活不得泄露的原则。背叛使她着迷,对现实生活和一切传统观念都抱着怀疑和挑战态度。她不相信在有人群的地方可以有诚实。"在有人睁眼盯住我们做什么的时候,在我们迫不得已只能让那只眼睛盯着的时候,我们不可能有真实的举动",这"就意味着生活在谎言之中"。学生时代,她千方百计逃避参加庆祝五一节的游行,称之为"当局媚俗作态的样板",把"人们举着拳头,众口一声地喊着口号齐步游行"看作"邪恶的形象"。这里不免使我们想起昆德拉早期的诗《我在离去》。略有不同的是,"离去"后的萨宾娜发现美国参议员的微笑同站在布拉格广场检阅台上当权者的微笑性质上是一样的:媚俗作态的弗朗茨参加的西方社会名流组织的柬埔寨大进军也不过是一场媚俗求宠的庸俗表演而已。于是,《我在离去》的作者三十年后喊道:"我的敌人是媚俗,不是共产主义!"引人深思的是,萨宾娜在怀疑了一切,背叛了一切之后,最终并没有得到欢乐和充实。她一生不为任何传统观念所束缚,身上没有任何负担,无比轻松。然而这种轻却使她感到不堪忍受,是空虚。那么,人们不免要问,她一生的背叛有什么意义呢?也许这就是昆德拉所说的一部小说的精髓之所在吧,这精髓是:深含不露的反讽。

有价值的长篇小说已经诗歌化

昆德拉对小说艺术有自己独特的看法。他曾在不同的场合反复阐明这样的观点:长篇小说自福楼拜创作《包法利夫人》起在艺术上已提高到诗歌的美学要求,也就是说真正有价值的长篇小说已经诗歌化。这里说的诗歌化绝不意味着抒情化。他认为所有的伟大小说家如福楼拜、乔伊斯、卡夫卡都是反对抒情的。用了将近五年时间才写出《包法利夫人》的福楼拜曾说过:"在所有的表现中间,所有的形体中间,所有的样式中间,只有一个表现,一个样式和一个形体表现我的意思。"他选择的每一个字都有一定的内容。昆德拉也是这样,他认为长篇小说诗歌化,就是指写小说像写诗一样:推敲每一个字眼,注意文字的音乐性,重视在每一个细节中表现独创性。昆德拉非常重视小说中的细节描写,因为他"对人类生活进行的调查"是通过一件件看似平常的小事一步步揭示其意义的。《玩笑》中卢德维克回首往事时说的一段话对于我们理解作者的小说艺术可能有所启迪。卢德维克若有所悟地说:"生活中每一件发生在我身上的事情,它的背后都隐含着一个意思,具有某种意义。生活通过日常发生的事情在向我们说明它自己,在一步步揭开一个秘密",这里"有一把打开真理和神秘之门的钥匙"。昆德拉认为正因为小说已经诗歌化,小说的翻译就成为一种真正的艺术。当昆德拉发现《玩笑》最初的英译本任意删改了他的原文时,他在《泰晤士报·文学·副刊》上发表了一封抗议信,要求读者不要接受这个译本,不要把它看作是他的小说。后来,他又亲自动手将《玩笑》的法译本从头至尾修改了一遍,因为他觉得原译本的风格与他的不符。他认为一个好的译本不在于译笔如何流畅,而在于"保留原作全部罕见的和新颖的表达方式"。他的这些话对于我国翻译工作者来说,无疑是有参考价值的。

我以世界的变迁作我的故乡
——1966年诺贝尔文学奖获得者奈丽·萨克斯
孟蔚彦

按照诺贝尔基金会的要求,每个获奖者要提供一份履历,至少写三页。奈丽只写了三句话:"1891年12月10日生于柏林,1940年5月16日偕母逃亡瑞典,1940年后定居斯德哥尔摩,以写作、翻译为生。"

对她的一生我们迄今只知其梗概,她坚拒透露任何细节,她说:"对待一出悲剧要尽可能地轻柔,绝不可以用枝枝蔓蔓的细节去纠缠它。"她出身一个富裕的犹太工厂主家庭,父亲极有文学和音乐的修养,书房里不仅藏书丰富,而且还收藏有大量的标本化石(对奈丽日后的创作不无影响,例如"带着苍蝇痕迹的琥珀"便是她诗作中重要的题材)。她小时候幻想当一名舞蹈演员:"舞蹈是我最为内在的本质。只是由于自身命运的捉弄,我才从这一表达形式走向另一表达形式——语言。"她自小体弱多病,6岁上学旋即辍学改请私人教师登门授课,12岁才上了一所私立的贵族化的女子学校。15岁生日,有人送她一本瑞典女诗人塞尔玛·拉格勒芙(1858—1940,1909年诺贝尔文学奖获得者)的作品,这件微不足道的小事却成了改变她一生的契机。她开始学写诗,还模仿塞尔玛的风格写了一部《传说和短篇小说集》(1921年出版),她把自己的作品题词献给塞尔玛,得到了后者的赞许。17岁她随父母去一疗养胜地度夏,与一(迄今我们不知其姓名的)中年已婚男子邂逅,初恋继之失恋,虽自杀未遂,但从此不再恋爱,终身未婚。1930年父亲去世,剩下奈丽母女俩相依为命。奈丽操持家务,管理出租的房产,业余便是写诗。除了寥寥数首在报上发表并得到斯蒂芬·茨威格的称赞外,她在文坛几乎没有声响,她也从来不涉足文人聚会的咖啡馆。

1933年希特勒上台,随之而来的是对犹太人愈演愈烈的迫害,凡是稍有门路的犹太人都纷纷逃亡国外,但是奈丽和她的母亲孤女寡母一筹莫展。作为犹太人的她不得乘电车、不得上公园,不得养狗、养猫、养鸟,不得购买奶、肉、鱼和水果。每次她被盖世太保传讯时,冷汗透过手套濡湿了手里攥着的叫号纸条。有一次传讯后她五天说不出话。后来她这么回忆说:"我在希特勒统治下度过的七年,真不知是怎么熬过来的,看不见的冷汗始终伴随着我,我的嗓音逃到鱼的身上。"从此在沉默中受难的鱼不断出现在她的诗作中。母女俩在走投无路之际想到了塞尔玛,女友汉兰自告奋勇驾车去瑞典亲自找塞尔玛,不料未出师先翻车,汉兰在医院躺了三个月,出院后变卖了自己全部家具购得往返火车票,带伤赶赴瑞典。

1940年5月上旬的一天早上,邮差敲门送上了去集中营报到的征召令,同时又交给她们一份信函——瑞典的入境签证,塞尔玛的救援生效了。母女俩抛弃了一切家产,带了极简单的行装和允许携带出境的每人五马克的钱,奔赴出境管理处,迎面碰上了一名盖世太保。他的人性并非泯灭,他告诫奈丽母女俩立即毁掉征召令,改乘飞机离开德国。1940年5月16日母女俩到达斯德哥尔摩,几乎与此同时纳粹德国全境内发布了严禁犹太人出境的命令。

她们到达时,塞尔玛刚刚去世。她们言语不通,举目无亲,一贫如洗。奈丽当过洗衣妇、抄写员,在掌握了瑞典语之后便以翻译为生。1943年冬、1944年春之交,奈丽收到噩耗,她17岁时的恋人在集中营惨遭杀害。她拿起了笔,"逝去的未婚夫"成为她诗作的重要主题。"我像是在火焰中写作,画面和隐喻就是我的伤口,死亡就是我的老师,我写是为了能活下去。"她写出了成名诗集《在死亡之屋》(1947年出版),又用三个晚上一气呵成写出了她最负盛名的诗剧《以利》(曾被改编为话剧、歌剧、广播剧)。她曾这样回忆说:"我努力大胆地用诗去描写我们民族巨大的悲剧,它源于希特勒时代成为牺牲品的个人的命运……其余的一切不必再去探究,我们撕人肺腑的命运惨剧不应当再用其他的枝节去冲淡。"她的作品中个人的遭遇和犹太民族的苦难、强烈的现实性和浓重的宗教性、神秘性交织在一起。试读《在死亡之屋》:"哦,屋上的烟囱/构筑精巧的死屋/犹太人的躯体成了烟/飘散在空中/哦,死屋/招人的外形/屋主本该是过客/哦,你们这些手指/每一条入口的门槛/门槛是区分生死的刀"。这是写集中营,押运犹太人的列车到达站台,由党卫队军官点名,"手指"点到者即送毒气室,毒气室外形招人,内部装饰为淋浴室,踏入"门槛"便只能变成烟灰从"烟囱"出去。死亡本应是偶至的过客,在这儿却成了主人。诗人用这样的错位颠倒写尽了惨剧背后的荒谬性。《以利》(副标题为"以色列苦难的神秘剧")写8岁牧童以利(取名于《马太福音》:耶稣被钉上十字架后呼喊"以利以利",意即我的上帝)见父母被士兵押走,吹牧笛以求上帝救助,士兵误以为他发出秘密信号,将他打死。战后鞋匠米切尔追踪凶手来到邻国,凶手悔恨而死,米切尔回到上帝的身边。然而我们不能简单地把奈丽的作品归结为"大屠杀文学",用奈丽自己的话说,她是在"超越的层次"作历史的回顾,她摆脱了对历史事实的虚伪化、美学化或情感化。她把纳粹屠犹这一特殊的历史事件又放回到历史的长河中去,往后看作是圣经时代犹太民族苦难的继续;往前则归入"猎人—猎物"、"刽子手—牺牲者"、"迫害者—被迫害者"(奈丽语)这一历史的,可惜还将绵延下去的主题。从她第二本诗集《星光黯淡》(1949年出版)起,之后十年她的作品几乎无人问津。奈丽的研究者这么总结了她的第二创作阶段(1950—1960):"如果她还想走诗人的道路,她将在孤独中走下去。她知道自己还有重要的事情要说出来,但既然没有人听,她就可以随意去讲而不必顾虑所谓的一般人的理解力。于是强烈的表达愿望与完全的自由结合在一起。谁将诗写在空中，谁就不必自问措辞是否得当。"她潜心研读犹太报典籍，"我在犹太神秘主义的著作中得到深刻的意义和安慰……然而我的语言连同画面一道从我喷出，这个世界在极可怕地逼迫我这么做。"在她的诗集《无人再知道》（1957年）和《逃亡与变迁》（1959年）中，宗教的影响固然存在，如最负盛名的《逃亡》一诗的首句："逃亡／盛大的迎接／在途中"就与《旧约·出埃及记》中逃亡的犹太人在沙漠受到上帝的迎接有着明显的平行性，然而犹太人的苦难也成为全人类苦难的象征，犹太人的逃亡也成为人类在现代社会中逃避现实，追寻生存的象征，诗的意境在更广袤的空间和更悠远的时间中展开，再读《逃亡》的末句："我以世界的变迁／作我的故乡。"奈丽在致友人的信中曾说："我相信，任何地方只要流淌着永恒的泉水，就有我们的家乡。"从这两本诗集起她开始形成自己独特的语言风格，"自晚期荷尔德林以来还没有一个德国诗人使用过像她那样的兴奋若狂的语言"（当代德国诗人希尔德·多明语）。在她创作的第三阶段（1961—1970），诗人因病（被迫害狂）曾长期住院治疗。她将自己在精神病院的特殊体验和对人生、生死的思索写进了自己的诗集：《死亡欢庆生命》（1961年）、《驶入无尘区》（1961年）、《寻觅者》（1961年）、《炽热的谜》（1963—1967）、《你分开吧，夜》（1971年），诗作中泛神秘主义的倾向日趋明显，语言从兴奋高亢转向冷峻陡峭，奔腾的情感色彩让位于抽象的哲理思索。

  从1958年起她得到世界文坛的承认。荣誉接踵而至，几乎每年一奖，她终于在1966年摘取了诺贝尔文学奖的桂冠。在简短的答词中，她回忆起在柏林的童年：每年生日，父亲便告诉她这一天（12月10日）在斯德哥尔摩正好颁发诺贝尔奖；接着她吟诵了短诗《逃亡》作为答词的结束。

它们受到政府和人民的支持
——谈谈澳大利亚当代文学及其繁荣的原因

张群 希伯德

1988年是澳大利亚建国二百周年。二百年前,当澳大利亚人的先辈们踏上这块偏僻荒芜的大陆时,除了土著人的口头传说和他们刻在岩石、树皮上的图画之外,澳大利亚文学还是个空白。经过一代代作家从殖民主义时期、民族主义运动时期和两次世界大战时期的不懈努力、艰辛探索,到如今,澳大利亚文学已形成自己独特的风格和个性,并引起了全世界的高度重视。

为什么澳大利亚文学能在短暂的两百年内繁荣兴旺、走向成熟?其中原因正如澳洲"新派"作家中最富有独创性、最有才华的作家之一彼特·凯里所解释的,没有像中国那么悠久的文明史固然令人遗憾,但正因为如此,他们没有由悠久历史带来的种种羁绊,肩上也没有沉甸甸的历史重压,可以无拘无束、自由自在地进行创作。虽然这一解释不一定能完全说明澳洲文学繁荣的缘故,但它确实精辟地阐述了澳洲文学迅速崛起的历史原因。

澳大利亚当代文学虽然继续沿袭现实主义的创作手法,但主要被1973年荣获诺贝尔文学奖的帕特里克·怀特为代表的怀特派小说家所统治。怀特以现代派手法进行创作。他提倡探索人的精神世界,通过描写当代人的内心世界来反映复杂的客观现实。他那象征的手法、多层次的结构、无规律性的心理描写,对当代澳洲文学影响很大。

与现实主义和怀特派作家同时存在的还有一批十分活跃的"新派"作家。他们的崛起与六七十年代的政治背景密不可分。由于当时的政府卷入了美国在越南的国际性战争,从而结束了澳洲与外界平静隔绝的局面。一部分青年作家希望冲破狭隘的"澳大利亚"化,创立具有国际色彩的文学,将目光从国内转向欧美和拉丁美洲,提倡无论是在内容上还是在形式上都不受传统框框约束的新创作。他们的小说着眼于创造一定的情景,刻意追求叙述方式、叙述角度和新颖的语气,采用超现实主义的手法,融梦幻和现实于一体。其内容往往以城市生活,尤其是知识分子为主。获得1988年英国文学奖的彼特·凯里就是其中的代表人物之一。

澳大利亚当代诗歌创作也取得了辉煌的成就,涌现了一大批不同风格的杰出的诗人,属于古典派诗人的霍普和麦考莱竭力反对现代主义,无情地抨击艾略特和庞德。他们运用传统的诗歌格律、句式进行创作。他们的诗歌文字简练,逻辑严密,含意隽永,特别是那些短小精悍的抒情诗,清新、典雅,读来犹如清鲜的泉水流过心田,饶有情趣。与霍普和麦考莱形成鲜明对比的是,澳大利亚著名的女诗人朱迪丝·赖特竭力推崇现代派诗歌鼻祖艾略特和庞德。她善于运用现代诗歌技巧来表现澳大利亚题材,并把现实神话化,赋予更普遍、更广泛的意义。她的第二部诗集《女人属于男人》(1949年)就主要探索爱的意义以及它给人带来的新生和创造力。70年代末,澳洲诗坛还出现了与霍普、麦考莱等人奉行的新古典主义截然不同的"新诗"。"新诗"的代表人物把法国的象征主义和超现实主义作为他们"新浪漫主义的楷模",并崇尚现代印象主义。这批诗人无论在国内还是在国外都赢得大批读者。

政府不惜花巨额资金全力相助,也是今日的澳大利亚文学能引起世人瞩目的重要原因之一。

为了发展澳大利亚的文化,提高澳大利亚在国际上的影响,澳大利亚政府每年都不惜巨款促进澳洲文学发展。尤其在庆祝建国二百周年之际,澳大利亚议会文学艺术委员会以及其他一些政府机构,纷纷出资鼓励作家勤奋地创作。在澳大利亚,作家每写一部作品就可获得一份补助金和奖励。为了加强同世界文坛的联系,文学艺术委员会还采取将本国作家派出去,外国作家请进来的方法,安排了一系列文学活动。如在美国举行文学阅读活动,派作家参加国际文学会议,设置前往美国大学学习创作课程的奖学金,邀请外国作家到澳洲讲学并开展各种类型的学术交流活动,大量引进外国文学优秀作品。委员会还主动帮助海外出版商出版澳洲作家的作品,他们甚至在纽约雇用了一名出版商、专门收集出版澳洲杂志上发表的评论文章。最近,政府又增添了一项新的奖励计划——设立横越太平洋的女作家和少数民族作家的奖学金。

由于政府的支持,澳大利亚许多作家能够把全部的时间都用在写作上。这一点令美国作家羡慕不已,自叹不如。澳洲作家都说,若没有政府的资助,他们真不知能否继续从事创作。诗人莱斯·默里说:"我认为,澳大利亚政府这种赞助制度是非常好的,它并没有使作家成为国家的附庸物。当然,它的目的并不在于奖励本身,而是通过这一方法激励作家更加积极地用自己的笔教育人民。"怀特派的代表人物之一,畅销书作家托马斯·基尼利说:"政府的大力支持不仅使我成了一名专业作家,而且还能尝试用不同的方法进行创作。"

迄今为止,澳大利亚还没有真正的图书出版业,图书的进出口和出版物的选题均由外国出版公司特别是英美出版公司选择决定。但是为数不多的一些本国独立出版机构为出版当代澳大利亚作家作品都竭尽全力。为推动文坛的兴旺,出版界纷纷为作家安排奖励:旅游、奖学金、住房,并为超过五十五岁以上成绩卓著的作家提供养老金。像罗伯特·亚当逊、罗伯特·格里莱斯·默里和约翰·特兰特这几位诗人都先后六七次荣获奖学金。在出版界的支持下,全国出版的文学作品由 1972 年的十七部到 1985 年已经激增至三千五百七十部。

澳大利亚文学的兴旺与澳大利亚的民族特性与广大人民的热情支持也是分不开的。

澳大利亚人热爱读书,人均购书量高于英美两国。为什么澳洲人对读书有如此大的兴趣?澳大利亚企鹅出版社社长苏珊·瑞安解释说:"我认为,澳洲人对澳洲以及他们自身的兴趣正日益增长,所以,澳州人对小说的需求量便与日俱增。"

澳洲人不仅爱读澳洲作家创作的作品,而且还喜欢目睹这些作家的风姿,聆听作家吟诵自己的作品。由于政府的赞助,澳大利亚设有许多图书阅览场所。除了传统的文学节目外,最近又增设了布里斯班的瓦朗那作家周、墨尔本的斯波莱托节和珀恩作家节等。节日期间,听众如云,热情高昂。如去年 3 月在野外帐篷里举行的作家周,出席的听众竟多达二万。他们耐心而热切地等待作家的到来,认真地聆听自己喜爱的作家吟诵作品,其盛况是他国无法比拟的。这些作家周和文学节活动的开展大大激发了作家们的创作热情,也提高了作品的质量。最受称颂的作家昆斯兰·D. 马洛夫说:"美国已经在文学地图上占据一席地位,然而澳大利亚作家倚其优越的条件将整个国家都置身于这张地图之上。"

总之,澳大利亚文学起步虽晚,但由于澳大利亚作家没有历史羁绊,勤奋耕耘,不停地探索,加上政府的赞助、扶植,人民的热情支持,在短短的时间里已经形成了自己鲜明的特色,引起了国际文学评论界的高度重视。澳大利亚文学正在更成熟地走向世界。

女性的危机:碎裂的故事和严密的结构

王逢振

多丽斯·莱辛是英国当代极重要的作家之一,1919 年 10 月 22 日生于波斯(今伊朗)科尔曼沙赫,父亲是英国皇家波斯银行的成员。1924 年,莱辛全家迁居罗得西亚(今津巴布韦),经营一家高地草原上的农场。莱辛在萨利斯伯里的教会学校上学,由于眼病,不得不于 14 岁辍学。此后她主要靠自学弥补教育的不足。在此期间,她开始阅读欧洲文学名著,逐渐形成了清晰的、具有批判性的思想。莱辛 16 岁时便开始工作,开始当保姆,后来当打字员和电话接线生。她曾在罗得西亚结婚,但那是一次失败的婚姻。离婚使她卷入激进的反种族主义政治,1945 年她再次结婚,但不久又离了婚,于是 1949 年她带着与第二个丈夫所生的儿子移居英国。1952 年她加入英国共产党,1956 年退党。

她刚到英国时的生活相当困难。战争洗劫后不久的伦敦是个"梦魇般的城市",她不得不为了自己和儿子进行挣扎。但是,她的第一部小说《青草在歌唱》(1950 年)很快得以出版,并被称赞为战后英国作家的杰出作品之一。至此,莱辛开始了她真正的文学生涯。她主要从事小说创作,有时也写些戏剧。

莱辛特别善于塑造意志坚强、思想独立、在男性统治社会中遭受困境危机的女性人物,有意无意地预示了许多女权主义关心的问题,因此她常常被称为女权主义作家,她的作品也成为女权主义文学批评研究的对象。在《暴力的孩子们》(1952—1969)里,她塑造了一个名叫玛萨·奎斯特的女主人公的形象,在许多方面反映了她自己的思想发展。"奎斯特(Quest)"是个双关词,含有寻找、探索的意思,被认为是当代妇女小说里寻找自我、进行探索的女主人公的一个原型。五部曲的第一部是《玛萨·奎斯特》(1952 年),描述玛萨努力摆脱她严厉的母亲及其令人压抑的教育;第二部《正当的婚姻》(1954 年)和第三部《暴风雨掀起的涟漪》(1958 年),描写玛萨与两个有明星政治倾向的男人的失败婚姻,以及她卷入左翼政治运动和共产主义的活动;第四部《围困》直到 1965 年才出版,是以非洲为背景的最后一部,描写玛萨看到白人殖民社区面临末日,于战后决定移居英国;最后一部是《四门城》(1969 年),描写玛萨认识到理性思想的局限,试图接受直觉的真理,她超越物质和感情的需要,以非理性的方式对内在的自我进行了探讨。

《金色笔记》(1962 年)写于五部曲的三、四部之间,它表现出莱辛在创作上从外部现实向心理现实的转变,一般认为是她迄今最好的作品。70年代,她又写了五部曲空间幻想小说,题名《南船星座上的神坛子:档案》。但最近一个时期,随着她的《第五个孩子》(1988年)的出版,莱辛又转向了现实主义。

前不久,辽宁人民出版社出版了英国小说家多丽斯·莱辛的《金色笔记》,聪明地将书名改为《女性的危机》,在严肃文学市场衰落的情况下赢得了十万册的订数。好耶? 坏耶? 真使人觉得别有一番滋味。

不论如何,《金色笔记》的出版是件好事,毕竟它是当代英国文学中一部有价值的重要著作。正如欧文·豪所说,这本书主题非常严肃,是"我在十年中读过的最激动人心、最吸引人的新作。该书伴随着我们这个时代的脉搏而跳动"。

什么是时代的脉搏? 显然这里指的是女权主义的兴趣。但是,《金色笔记》刚刚出版时,人们并未充分注意它的主题。因此多丽斯·莱辛后来抱怨说:"不论是友好的读者,还是抱有敌意的读者,一见到这本书就轻视它,把它看作是写有关性战争的事情,或被某种女性看作是在性战争中使用的有力武器。"现在看来,莱辛的抱怨无疑是对的。因为作品运用的原始材料基于个人的体验,从内心自我排开了虚伪的双重人格和人格分裂,追求一种"雌雄同体"的女权理想:不论过去、现在或将来,男人和女人同样发挥作用,二者你中有我、我中有你,"你分辨不出哪个是安娜,哪个是索尔"。

当然,这是后来批评家和读者逐渐形成的看法,也可以说是六七十年代妇女运动和女权主义不断发展所引起的后果。因此有人认为,《金色笔记》当初并不是有意识写的一部女权主义作品,只是后来才被视作女权主义著作的范例。造成这种后果的原因不仅在于"读者反应批评"的阅读方式,更在于它描写了现代生活中出现的困惑和现代女性的形象。这种女性形象不只是对一些具体问题感到困惑,而是从具体问题进入对人的本体的思考,对自身的关注和反思,以及对实现自我的追求。

《金色笔记》的中心人物安娜和她的女友莫莉被置于"自由女性"的标题之下,但她们并不自由。例如,安娜虽然有某种程度的经济独立和行为自由,但仍然是一种"有价的商品",是男人们婚外半真半假的"恋人";社会对女性的观念认识仍然沉积着传统的偏见,压迫着安娜的心智和思维。安娜的活动常常围绕着"满足他人的需要",因而失去了自我;但她通过这些活动终于开始关注自身的问题。于是她依靠写作重新创造温馨、人道和友爱,企图以此发现自我的价值。安娜同时使用四个笔记本,试图将过去与现在、真实与虚构、私人生活与政治事件区分开来,以便在思想混乱中保持某种秩序,但笔记的内容恰恰嘲弄了安娜的原意:政治内容并非只限于红色笔记之内,而纯属私人日志的蓝色笔记有时竟成了报刊剪贴。在《金色笔记》里,故事成了碎裂的片段,包括片段的思绪、片段的幻想、片段的人生,以及片段的"自由女性",安娜本人也被片段的记忆分割。

但是,作者指出,作品中的一切,不论是明言还是暗示,我们都不能分裂它们,不能孤立地看待它们。那么,碎裂的故事作为一个整体究竟有什么意义呢?作为一个读者的理解,我想只能把这种碎裂状况看作女性生活的真实写照,换句话说,现代女性的生活本身就处于一种矛盾的分裂状态。如果进一步推断,或许可以说作者对妇女的处境感到迷茫和困惑。因为她在1977年还说:"我觉得妇女运动不会取得多大成就。"

碎裂的故事是作者的匠心之笔。其实,《金色笔记》是一部结构非常严密的著作。小说框架是《自由女性》,其中未包括的一些素材片段分别写入四个笔记本里;每一本笔记描写妇女生活的某个侧面;每一本笔记分成四个部分:开始仍是给定的短篇小说《自由女性》,然后分别是黑、红、蓝和黄色笔记,这种结构模式重复四次,然后引出新的《金色笔记》,最后仍以《自由女性》作为全部小说的结尾。四种笔记分别反映安娜生活中无法互相调和的四个方面:黑色描写她在非洲殖民地的经历;红色反映她作为一个共产主义者的政治理想和失望;黄色对称作埃拉的"自我"作一种虚构的描述;蓝色基本上是实际日记,记述"真实的生活"。《自由女性》是安娜写的虚构作品,虽然它也写一个名叫安娜的人物。

利用这种严密的结构来涵盖碎裂的故事,不仅说明安娜这个人物极富自我分析和自我怀疑的特征,而且也反映了种种"疯狂的、侵略性"的力量对敏感的妇女的精神和思想所产生的影响。初读《金色笔记》,人们常常因其结构和内容的不协调而感到困惑,无法将它视为一个始终如一的完整故事。人们不得不反复阅读,然后才能认识到这种形式和内容的分裂,正好反映了安娜对她自己分裂的意识和混乱的外部世界的认识。例如,在她第一部分笔记里,安娜对理想秩序的渴望受到了两次阻碍。过去,她想拯救受种族压迫的非洲黑人;现在,她想了解关于自己过去的真理,以纯粹的客观性将它写出。这两种愿望都因现实而搁浅,或者说分别受到阶级制度中的经济现实和人类知识与语言局限的阻碍。安娜认识到,她自己对生活的理性计划得不到现实的支持,因此她抱怨说:"小说已经变为碎裂的社会、碎裂的意识的作用。人类是如此分裂,而且越来越分裂……本身反映着世界。"

《金色笔记》里,有不少关于性心理和性活动的描写。但这种描写绝不是在宣扬色情,而是一种女权主义意识的反映。女权主义者罗莎琳德·考尔德曾说:"解放力必多。直接地获得性活动是通向解放征程的根本的第一步,写它可以导向下一个飞跃。妇女写的审视性的书,以及妇女写的其女主角品尝性行为的那些小说,……把男人打入次要的位置。"托里尔·莫伊也指出,"女权主义批评的主要问题之一是男性指向。如果人们研究妇女的旧框框、男性批评家的性别歧视……便不是在了解妇女所感受和体验的一切。……为了知道妇女所感受和体验的一切,应该求助于妇女所写的直接具备这种体验的文章。"实际上,许多女权主义者都强调对肉体的描写,她们认为,妇女的创作实践与女性躯体和欲望之间有着密切的关系,因为女性的欲望或妇女的要求在男性中心的社会里受到极端的压制和歪曲,它的表达成了解除这种统治的重要手段。躯体作为女性的象征被"损害、摆布,然而却未被承认",因此,现在决不能将这万物与社会发展的永恒源泉再置于历史、文化和社会之外。在某些女权主义者看来,女性躯体代表来自无意识的本能冲动和欲望,对躯体感受(性活动)的描写是对女性负担的一种挑战,可以使被压制的女性欲望获得自由。

我这里根据女权主义的观点指出,《金色笔记》里的性心理和性活动描写并非宣扬色情,但并不是说一切女权主义的著作必须进行这样的描写。强调躯体感受和性活动的描写只是部分女权主义者的看法。实际上不少女权主义者并不同意这种认识,例如吉塞拉·埃克就曾指出这种描写有将"女性降低到生物功能"的危险。

总之,作为当代世界文坛上一部不容忽视的重要作品,《金色笔记》不仅为多丽丝·莱辛赢得"独具一格作家"的称号,而且由于对女性的孤独、压抑和造成这种后果的社会力量的探讨,还使它成为一部女权主义著作,更确切地说,为女权主义研究提供了一种文本。

1990 年

"我感到荣幸,但更感到责任重大"
——西班牙作家塞拉剪影
林一安

在强手如林的 1989 年诺贝尔文学奖候选人中,西班牙作家卡米洛·何塞·塞拉居然力挫群雄,荣戴桂冠,这实在有点出人意料。且不论国际文坛众说纷纭,就连作家的同胞、著名诗人拉斐尔·阿尔贝蒂也颇有微词,他不客气地说:"别人更配。"因为,即使在西班牙语国家即大部分拉丁美洲国家里,塞拉似乎也并非"诺奖"的有力竞争者。据西班牙语文学界的普遍看法,他的名字要远远排在秘鲁的巴尔加斯·略萨,墨西哥的帕斯、富恩特斯和德尔帕索,乌拉圭的奥内蒂,甚至智利的多诺索等著名作家之后,更不消说在欧洲、美国和巴西,还有一大批咄咄逼人的角逐者,如英国的格林和奈保尔,联邦德国的格拉斯,意大利的莫拉维亚,捷克的昆德拉,美国的阿瑟·米勒和欧茨,巴西的亚马多了。

倒是一向喜怒形于色的塞拉本人,在获知自己得奖后平静而谦逊地说:"我认为,一切把全部生命投入文学事业而毫不计较任何形式名利的作家都可以享受这一殊荣。这次轮到了我,我感到十分荣幸,但更感到责任重大。"

如果考察塞拉的生平和他的文学创作,应该公平地承认,他确实是一个严肃的作家。而在西班牙本国,他毕竟是排名第一位的优秀小说家,并被公认为是继《堂吉诃德》之后人们读的作品最多的一位作家;西班牙文学界还赞誉他是战后复苏和重建西班牙文学的先驱,开辟了一代文风。

1916 年 5 月 11 日,塞拉出生于西班牙西北部加利西亚地区拉科鲁尼亚省帕德隆市伊利亚-弗拉维亚县。父亲是西班牙人,母亲兼有英国和意大利血统。

9 岁时,塞拉随全家移居马德里。进入大学后,曾攻读医学、哲学和法律。1936 年,西班牙内战爆发,塞拉中途辍学,离开马德里,参加佛朗哥的军队,当了一名士兵。1939 年内战结束,塞拉退役回到马德里。为谋生计,曾当过小公务员、画匠、电影演员、斗牛士,甚至柔道教练。广泛而丰富的生活阅历为塞拉日后的文学创作提供了厚实的素材。

24 岁时,塞拉完成了他的第一部中篇小说《帕斯库亚尔·杜阿尔特一家》,但遭到马德里好几个出版商的拒绝,有的甚至挖苦地劝他改行。塞拉从此发愤图强,发誓把毕生精力献给文学事业。1942年,塞拉几经磨难,终于使这部作品付梓出版,一扫内战后西班牙文坛压抑而沉寂的空气,引起文学界较大反响。一时间,好评如潮。西班牙著名文学评论家贡萨洛·索贝哈诺认为:"《帕斯库亚尔·杜阿尔特一家》的问世一举证明了西班牙小说界蕴藏着巨大的新的活力,为复苏和重建西班牙现代小说奠下了第一块基石,同时也从根本上扭转了40年代西班牙读书界只注重外国翻译小说的兴趣。"(《当代西班牙小说》,1975)

这部小说以回忆录的形式描写了一个农村青年在恶浊的社会环境里沦为杀人犯的经历:主人公帕斯库亚尔·杜阿尔特是西班牙一个乡村小镇的贫家子弟,他的家是一个贫困、愚昧、落后的家庭。父亲年轻时是个走私犯,被判过刑,坐过牢。出狱后,意志消沉,终日狂喝滥饮,任意打骂妻儿,借以泄愤。家人对其十分厌恶,但慑于他的淫威,敢怒而不敢言。一日,他狂犬病发作,家人遂用暴力将其关进壁橱,活活折磨而死。母亲是个目不识丁的村妇,既愚昧无知,又生性彪悍粗野。面对丈夫的凌辱,她毫不示弱,总是以牙还牙,棍棒相迎。她对子女冷酷无情,从未施过母爱。最后,这个给家人带来许多不幸和屈辱的泼妇母亲终于死在亲生儿子帕斯库亚尔的屠刀之下。

在塞拉的笔下,帕斯库亚尔并非生来就是坏人。他之所以沦为杀人犯,走上绞刑架,是恶浊的社会环境使然。他何尝不想安分地过太平日子?但他一生坎坷,命运多舛:他从小受到父母虐待,享受不到人间的温暖。好不容易结婚成家,可外出度蜜月时,和妻子同坐的一头母马受了惊,夫妻不但险些双双送命,还导致妻子小产。帕斯库亚尔盛怒之下,用刀捅死了母马。后来,他的妹妹和妻子遭到流氓埃斯蒂劳的玩弄,他气愤已极,便与之决斗,将其活活踩死。帕斯库亚尔于是被判处二十八年徒刑。服刑期间,他表现良好,满心希望以此洗刷罪过,重新做人。谁知刑满释放后,他又不堪忍受恶毒的母亲的骚扰,终于犯下了不可饶恕的罪行,受到法律严厉制裁。

塞拉战前曾经在佛朗哥的军队里服役,糊里糊涂地替法西斯卖过命。如今,在法西斯政权的御用文人一片歌功颂德、粉饰太平的肉麻吹捧和鼓噪声中,他能够挺身而出,毅然创作这样一部揭露人间黑暗、控诉社会压迫的作品,不能不承认作家确实有了一个飞跃的醒悟。他要告诉西班牙人民的是:毫无人性的法西斯政权连同它那严密控制的书刊检查,都是扼杀新生命的绞刑架和刽子手!这样一部表现了战后西班牙人民幻灭和绝望的作品必然会遭到当局的切齿痛恨。果然,小说出版后,立即遭到官方和教会的强烈指责,后来还被查禁。

塞拉在这部中篇中所表现的自然主义倾向,被一些文学评论家称为"可怕主义"(tremendismo),或"可怕现实主义"(realismo tremendista)。除了大量令人毛骨悚然的残忍行为的描写,这种主义还有意扭曲人物的形象,有时甚至把人的行为和动物的行动等同起来,造成一种厌恶感,从而深化读者对这种行为的厌恶,进而憎恨形成这类行为的社会诱因。作家承认,这类描写,会造成读者沉重的心理负担和消极的反感情绪,但他也是不得已而为之的。这种手法,后来虽然有一批西班牙青年作家相继仿效,掀起一股颇有影响的社会抗议浪潮,但在文学史上占有地位的代表作,恐怕也只有塞拉的这一部。

在艺术手法上,塞拉尽管在这部小说中采用了回忆录的形式,甚至还煞费苦心地在回忆录的前后加了"重抄者"的几条注,以期造成"真实效果",但是作品中不少情节描写、人物的心理刻画乃至形象塑造都没有充分展开,因而显得简单、稚嫩,甚至牵强,比起40年代即被国际文坛"重新确认"的一些拉丁美洲小说,如阿根廷作家博尔赫斯的《交叉小径的花园》、危地马拉作家阿斯图里亚斯的《总统先生》、古巴作家卡彭铁尔的《人间王国》来,似乎就黯然失色了,这或许就是塞拉始终没有在西语世界打响的最初原因。

1951年,塞拉花了五年时间写成的重要长篇小说《蜂房》在布宜诺斯艾利斯出版,不仅受到西班牙读者的广泛欢迎,而且还引起最为苛刻的文学评论家的注意,不少人认为这是一部"开创了西班牙小说新时代的伟大作品"。

小说共分六章和一个尾声,描写的是西班牙内战结束不久而第二次世界大战正在进行时期的马德里下层社会。故事发生在1942年12月短短的三天里:青年诗人马丁失了业,生活无着。终日放荡不羁,无所事事,出入饭馆酒肆,打发日子。有天,他在罗莎开的小咖啡馆里吃了东西而付不出钱,被老板娘当众逐出门外。小说以此为线索,围绕着活动在小咖啡馆周围的三百余名各色人物展开。其中有工人、职员、医生、警察、小贩、跑堂、妓女、流氓、放债的、巡夜的、擦皮鞋的……三教九流,纷繁复杂。小说最后以妓女马戈特被人在厕所里勒死,警察准备传讯马丁作为结束。

小说不仅隐喻这家咖啡馆活像一个嘤嘤不休地骚动着的蜂房,战后西班牙普通百姓整日为生活忙碌奔波,仿佛一只只疲于奔命的蜜蜂,饱受着贫困、饥饿、绝望、空虚等肉体上和精神上的巨大痛苦,而且还通过描写这些芸芸众生之间只知金钱和情欲而不知其他的冷漠关系,刻画出他们孤独、隔阂的心态,暗示他们好比被禁锢在一个个六角形的蜂巢里,坐以待毙。

西班牙著名文学评论家安赫尔·巴桑塔认为,除了深刻的社会意义,《蜂房》一书在写作技巧上"也不愧为西班牙战后小说中最为杰出的作品"(《西班牙小说四十年》,1979)。纵观全书,这部小说在艺术手法上有三大特点。一是客观主义的描写。塞拉本人承认:"我的这本小说……是按照生活的本来面貌,准确地一步一步地加以描写的。"(《蜂房》初版序言,1979年)因此,无论叙事写人、状物绘景,都由一个客观的叙述者不加议论地从客观的角度进行摄取或记录,然后加以播发或报道。可以看出,作家作出了巨大的努力,希图完善他在《帕斯库亚尔·杜阿尔特一家》中尚嫌稚嫩的笔锋,促成艺术上更为完美的"真实效应"。应该承认,作家的这一愿望,部分地达到了。然而笔者认为,对于众多人物的介绍,仍然存在着某些电影说明书或履历表式描写的痕迹,作家似乎还没有完全摆脱过去那种"简单"的窠臼。

二是"集体主角"的巧妙运用。全书约合中文仅二十万字,但出场人物有三百四十六位之多。这些人物基本上可以说只有上场先后之别,而无主次之分。巴桑塔认为,这众多人物都极其重要,都可胜任主角,因而可称为"集体主角"。这是塞拉十分大胆,而且在西班牙战后文坛上一种独创的尝试。如果没有驾驭文字、刻画人物的深厚功力和准确把握,作家是绝不会贸然行事的。在塞拉笔下,这浩浩荡荡的各色人等性格各异、形象鲜明、血肉丰满。有的人物,作家虽没有浓墨重彩,但寥寥数笔,便活脱脱勾勒出一个完整的形象来。

三是时空的转换和压缩。全书的情节并不一一按时间和场景顺序排列,作家往往采用倒叙、跳叙、闪回以及同步、并置等一系列新颖时空描写手段来处理,因而加深了作品的艺术效果,同时也增进了读者的参与意识。

《蜂房》显然又是一部对社会的控诉书,因此未出版就遭到当局查禁,不得不在阿根廷出版。直到1962年,才获准在西班牙本国发行。然而作家却因此声名大噪,进一步奠定了他在西班牙文学界的重要地位。

1983年9月,塞拉另一部成功的长篇小说《为两个死者演奏的玛祖卡舞曲》问世,作家因这部作品获得1984年设立的西班牙全国文学奖。塞拉通过对西班牙内战期间一桩谋杀案及其复仇事件的描写,生动地反映了加利西亚山区居民不开化的农村生活及其政治倾向。作家在小说中巧妙地运用了加利西亚方言,把西班牙西北部这个地区的民俗风情描摹得淋漓尽致,充溢着浓重的地方色彩。

故事围绕着加利西亚一偏远山区的两大家族派系展开。古辛德家族世代居住本地。因血缘相近,后代长相古怪:两排稀松的牙齿配上了一张长长的马脸,但他们彼此和睦团结,友善相处。其中大多数人以种田、打猎、捕鱼为生。另一些居民是从外省迁居来的卡罗波人。他们长相也很特别:额头都天生一块红晕,仿佛专用的家族徽记。他们从事的是"坐着干活"的行当,如修鞋匠、裁缝、药材店伙计等等。

内战烽烟四起,波及加利西亚。原来就有宿怨的古辛德人和卡罗波人关系日趋紧张。卡罗波人法维安认为铲除对手的机会来到。他的死敌是古辛德人巴尔多梅罗。这小伙子胆识过人,勇猛异常。最令人惊异的是他前额生有一块会变色的星形瘢痕,有时它发出红色光芒，有时变成晶莹透明的黄玉，有时又仿佛玲珑剔透的翡翠……由于巴尔多梅罗的英勇孔武和神奇色彩，在当地享有极高威望。法维安对他又恨又怕，欲置之于死地而后快。

一个阴云密布的夜晚，法维安纠集一帮歹徒，将巴尔多梅罗父子抓获，残害致死。消息传到在巴罗恰妓院拉手风琴谋生的盲乐师高登西奥的耳里，他演奏起玛祖卡舞曲，为姐夫和外甥哀悼。这是他第一次拉这支曲子。

三年后，古辛德人举行家族会议，决定由巴尔多梅罗的二弟丹尼斯执行报仇决定。丹尼斯武艺高强，皮肤长得像钢铁一般坚硬。他接受命令后便伺机行事。一天，他带上两条训练有素的大狼狗，找到了正在河边喝水的法维安。狼犬猛扑上去，咬住要害，法维安一命归阴。高登西奥获悉后，第二次奏起了玛祖卡舞曲。

全书并不分章，为保持故事的连贯和完整，从头到尾，一气呵成，只是最后附加法医解剖法维安尸体的一份验尸报告。西班牙文学评论家普遍认为，这部小说是塞拉文学创作的一个高峰，可以列为西班牙当代小说的经典作品。确实，这部小说具有更为深邃的思想内涵。作家向读者所展示的，绝不仅仅是血肉模糊的尸体、凶狠野蛮的残忍行为、报仇雪恨的杀戮场面，造成人们胆战心惊的"可怕主义"感觉。我们从作品中可以明显地体味到，作家强烈地谴责这种迷信、粗野、毫无理智的鲁莽行为。他所探讨的，乃是人类的命运，他力图揭示在封闭、愚昧、落后、与世隔绝的社会环境里，在内战狼烟蔓延的阴影下，人类的生存状态。作家认为，人类犹如一头可悲的、伤痕累累的、被猎叉紧紧卡住脖子的野兽，在进行绝望的挣扎。这无疑又是一幅触目惊心的悲惨图景。然而在这背后，我们似乎也可以看到，跳动着作家祝福人类的一颗善良心灵，正如作家所说，"我感到责任重大！"

这部小说的最大特点是手法细腻。无论是场景描写，还是人物塑造抑或心理刻画，作家的叙述都从容不迫，娓娓道来，但也剪裁取舍得当，绝无太多的枝蔓。当然，笔者认为，作品中仍然还有些许履历表式的人物介绍，这或许是唯一的美中不足之处。作家在小说中还适当地运用魔幻现实主义笔法，使作品蒙上了一层神奇色彩，读来引人入胜。

塞拉的重要作品还有长篇小说《憩阁疗养院》（1943年）、《小癞子新传》（1944年）、《考得威尔太太和儿子谈心》（1953年）、《圣卡米洛，1936》（1969年），短篇小说集《飘过的那几朵云彩》（1945年）、《十一个有关足球的故事》（1963年）以及诗歌、剧本、游记等多种。其中必须一提的，是他于1948年出版的游记《阿尔卡里亚之旅》，这本书写得清新、优美、流畅、充满感情。连哥伦比亚作家加西亚·马尔克斯也十分赞赏，认为是塞拉作品中最令他爱不释手的一本书。

纵观塞拉的文学创作，可以认为，他的风格是在西班牙古老文学传统中融合了旷达豪放的笔法以及激情和责任。塞拉在获诺贝尔文学奖之后表示，他决不会改变他的创作风格。人们有理由认为，这不仅是一种信心、一种性格，更是一种职责。

卡尔维诺小说的神奇世界

吕同六

在二次世界大战后的意大利文坛上,卡尔维诺、莫拉维亚、夏侠三位大家,形成三足鼎立之势。

如果说,莫拉维亚擅长以冷静的笔调、细微的描述,把那个五彩缤纷世界的荒唐、反常的特质,以及人与现实、人与人之间可悲的畸形关系,入木三分地刻画出来;如果说,夏侠的不同凡响之处,在于他目光敏锐,笔锋犀利,透过西西里这个天地里的种种灾祸苦难,对意大利最微妙、最尖锐的社会政治问题,对黑手党的种种罪孽,痛下针砭;那么,卡尔维诺(1923—1985)则是作为一位孜孜不倦地探索与创新而且从不重复自己的艺术家,彪炳于当代意大利和西方文学史的。

1947年,24岁的卡尔维诺发表了一鸣惊人的处女作《蛛巢小径》,从此跻身意大利优秀小说家行列。这部小说是写抵抗运动的。作者本人就是抵抗运动的参加者。当德国纳粹入侵意大利的时候,正在都灵大学求读的卡尔维诺毅然投笔从戎,加入了游击队。然而,卡尔维诺没有把《蛛巢小径》写成当时流行的自传体或回忆录式的作品,他独辟蹊径,透过一个被邪恶腐蚀的少年皮恩的遭际与感觉、困惑与成熟,来写抵抗运动。在卡尔维诺的笔下,皮恩和游击队里同伴们的身上,不乏种种放浪形骸的恶习和原始的本能;然而,他们就像但丁史诗《神曲·炼狱》中描写的那些犯有各种罪过,但可以得到宽恕的灵魂,正在接受"炼狱之火"的洗礼,荡涤邪恶,认识自我,艰难地却又是一步一步地走向善良与光明。他们中的一些人,明天可能成为英雄人物,成为历史的主人公,因而也就成为历史的一部分。在《蛛巢小径》中,卡尔维诺没有描写游击队员杀声震天、浴血奋战的场面,但他令人信服地展示出另一场静悄悄地进行着的大搏斗:抵抗运动的大熔炉铸造着新的灵魂。这样,卡尔维诺就以别一种艺术方式,把主人公的遭际、体验,以及个体的命运,升华为对历史的形而上的思辨,从一个侧面折射出历史前进的轨迹。

卡尔维诺擅长采用童话的艺术形态阐发抽象的哲理,他对童话有着浓厚的兴趣和精湛的研究。在他一生写作的二十二部各类体裁的文学作品中,就有一部皇皇巨著:《意大利童话》。卡尔维诺花费了很大精力,潜心探讨百余年来意大利童话的研究成果,对众多口口相传的童话进行搜集、筛选和必要的增补,他亲自把它们由方言译成意大利语,并洋洋洒洒地写了六七万字的注释,进行缜密的考证以及同世界童话名著的比较研究。评论家认为,这部《意大利童话》比《格林童话》更接近民间文学本来面貌,并具有更高的文学价值。中译本一版再版,依然供不应求,亦是一个明证。

钟爱童话这一艺术形式的卡尔维诺,自然也谙熟童话的特征与手法。他以为,童话既是任凭想象插上翅膀纵横驰骋的幻境,又是生活真实的艺术再现。寓意和诗意,哲理和美,正是在童话里才获得奇妙的融合。

《我们的祖先》三部曲,就是体现卡尔维诺这一审美主张和艺术特色,采用童话的特征与手法的代表作,所以它们又被称作童话体小说。《我们的祖先》三部曲,由《分成两半的子爵》(1952年)、《树上的男爵》(1957年)、《不存在的骑士》(1959年)三部小说组成。我们且以《分成两半的子爵》为例,试作一番分析。故事发生在17世纪末。年轻的梅达尔多子爵随基督教大军征讨土耳其异教军。不幸的是,在第一次交战中,他便被敌方一颗炮弹击中,从头到脚齐刷刷地被一劈为二,子爵于是分成了两半,成了两个残缺、不完整的人。右边的半拉,是邪恶的子爵,返回乡里后,杀人放火,虐待生灵,无恶不作;左边的半拉,是善良的子爵,他有一副侠义心肠,急公好义,处处为乡民行善积德。于是,邪恶的子爵与善良的子爵之间展开了势不两立的斗争……

请别以为这是一个写善与恶的矛盾这样一个老掉牙的主题的童话故事。不错,俄国著名形式主义批评家普洛普曾断言,世界上所有的童话都彼此雷同,或者说,都有一个基本模式,即英雄战胜各种艰难险阻,最终获得胜利。普洛普还进一步认为,在不同的童话里,人物的姓名、身份和品性各不相同,但它们的情节发展脉络都逃不脱上述铁的规律。卡尔维诺却有着自己独特的旨趣。诚然,从形式上看,《分成两半的子爵》是一部相当典型的骑士传奇童话,但卡尔维诺给童话这一古老的艺术形式灌注进了现实的、社会的、思想意识的和伦理的内容。邪恶的子爵的种种恶行劣迹,其实并非纯粹的恶。在他的身上,我们分明看到现代人身上善与恶的对立与冲突,看到人的自我遭到肢解、分裂,丧失完整性以后愤怒的挣扎,绝望的,甚至丧失理性的反抗。

文艺复兴时期的人文主义者,不是推崇人性,追求人的和谐的、完整的发展吗?可曾几何时,现代人却活生生地显出一副被分裂、肢解,自我残缺,与自我为敌的可悲形象,古老的和谐性、完整性已荡然无存。而按照马克思主义的观点,人的分裂、残缺、不完整、与己为敌,正是现代资本主义社会里人被压抑、被异化,人性破碎的本质特征。抽象的哲理,在童话中获得了鲜活灵动的艺术体现。

《宇宙奇趣》(1965年),是卡尔维诺另一部洋溢着童话情趣的作品。它由十二则短篇组成,作家在这里把童话与科学糅合了起来。他的兴趣似乎在于研究宇宙学,探讨宇宙与生活的起源,社会的进化。每则短篇的开头都援引一段有关宇宙学的学术论著。一个名叫 Qfwfg 的生物,贯串这十二则故事。他充满神秘的色彩,他的名字 Qfwfg

谁也无法拼读出来。他犹如童话里奇妙的精灵，最先出现的时候是个软体动物，随后进化为恐龙，最后变成了人。他跨过遥远的时间和空间，向我们走来，颇像人类最古老的祖先；然而，他的举止、谈吐、行动和思维，又俨然是一个现代人。Qfwfg 也会谈情说爱，但他在恋爱中体验到，他和恋人其实并不存在，只不过是先祖们的再现罢了。他很严肃地探讨人类的繁衍问题，但得出的结论是悲观的：在混沌的大千世界，一个新生命的诞生，全靠死亡，而死亡愈多，生命愈众，其实也就是灭绝。Qfwfg 不禁使我们想起《我们的祖先》三部曲中的"分成两半的子爵"和"不存在的骑士"。卡尔维诺借助这一具有浓郁童话、科幻色彩的人物，表述了现代人无可救药的孤独、失望，彼此无法沟通的痛楚，表达了对现实的紊乱、倒退与阴差阳错的冷峻的哲理沉思。

由此，《分成两半的子爵》和《宇宙奇趣》纵然放弃了传统的写实手法，采用童话的艺术形态，涂抹上了幻想的、传奇的色彩，但时代的色彩仍然构成作品的底色。童话里的幻想世界，实际上是现实世界的投影。迷茫、扭曲与异化了的现代人的挣扎与追求这一深刻主题，在童话与现实的交织中，得到淋漓尽致的体现。

引入时间零的观念，来构建小说的新模式可以说是卡尔维诺的独特创造。他在题为《你和零》的论文里，对时间零的观念作了如下颇为精彩的阐述：猎手去森林狩猎。突然，一头雄狮张牙舞爪，向猎人扑来。猎人急忙弯弓搭箭，向狮子射去。狮子纵身跃起，羽箭穿赴空中。这一瞬息，犹如电影中的定格，呈现出一个绝对的时间。卡尔维诺称之为时间零。这一瞬息之后，存在两种可能性，狮子可能张开血盆大口，咬断猎人的喉管，吞噬他的血肉；也可能羽箭射个正着，狮子一命呜呼。但那都是发生在时间零以后的事件，也就是说，进入了时间一、时间二、时间三。至于狮子跃起以前与利箭射出的一瞬间以前，那都是发生在时间零以前，即时间负一、时间负二、时间负三。

在卡尔维诺看来，传统小说大多苦心经营故事情节的发展机制，描写它的来龙去脉，着意描叙时间负一、时间负二、时间负三（即所谓故事的"来龙"），并铺张笔墨，描叙时间一、时间二、时间三（即所谓故事的"去脉"），交代故事的结局。也就是说，传统小说靠情节来吸引和打动读者，遵循的是线形的因果关系。一般的读者也醉心于此，只注重看有头有尾、情节曲折的故事。而卡尔维诺却以为，唯有时间零才是至关重要、最令人感兴趣的时刻。这一绝对时间，就其内涵来说，本身就是一个无比丰富的"宇宙"。

《如果一个冬夜，一个旅行者……》（1979 年）便是卡尔维诺实践其时间零理论的一部小说。这是由十篇短篇小说组合的长篇小说。它们各自独立成篇，但每一篇的结尾，又构成下一篇的开局。而整个小说的开局，又别出心裁，先声夺人。

一位"读者",正津津有味地阅读卡尔维诺的新作《如果一个冬夜,一个旅行者……》。一个寒气逼人的冬夜,一个诡秘的旅行者乘火车从巴黎来到意大利某个小镇。他将在这儿跟同伙秘密接头。但同伴没有露面。警察的举止反常,周围笼罩着不祥的气氛。他本能地觉得自己的处境不妙……突然,"读者"发现小说的页码乱了套,上下文牛头不对马嘴。他到书店去查询,老板告诉他,这是印刷厂的装订事故,把卡尔维诺的小说跟一位波兰作家的小说订在一起了。于是,第二章不再是上一章的继续,而是另一部小说的开局。

第二部小说的故事波澜横生地展开。"读者"正读得入神,小说页码又不对头了。他再次去书店交涉,终于得知,他读的根本不是波兰小说,而是某个希美里民族的小说。"读者"满以为可以顺当地读下去了,不料小说内容又发生了阴差阳错。就这样,在"读者"不断阅读,不断寻求答案的过程中,书中的人物、环境、情节、节奏不断变换,十篇小说像连环套似的依次展开。

卡尔维诺在这部小说中,致力于营造时间零,而有意忽略这绝对时间之前和之后的时刻。小说每一章的结局都呈现为时间零,而它对于下一章则转化为时间负一。同样,小说的再下一章又呈现为时间零,而前两章对于它则分别呈现为时间负一、时间负二。小说的"读者"被不停地驱引着去追寻小说的下一章,即追寻时间一、时间二……由此,从表面上看,十篇小说彼此互不相干,各自独立,没有情节上的连贯、发展关系,也缺少矛盾、冲突的联系机制,但骨子里环环相扣,步步深入,具有异常严谨的结构形态,蕴含着内在的凝聚力。作者不断向读者提供新的阅读层面,使阅读成为一种不断探寻,不断再创造的过程。

同这种时间零的观念和奇特的结构形态相呼应的,是作家用心安排的人物形象。卡尔维诺无意去塑造一个符合常规的形象性格。小说的十篇故事中的人物,像匆匆过客,淡淡地化入化出。作家巧用奇兵,把通常的接受主体(读者)牵进书中。作家与读者间的传统关系被摒弃了。读者不再是消极的旁观者,而是自觉的参与者,成为串联整个小说的主要人物。书中的"读者"不只在全书的结构上发挥了穿针引线的作用,而且又促成一种光合效应,他既是阅读小说的读者的代言人,在某种意义上又是创作小说的作家的化身。读者主体意识和作家主体意识在这儿合二而一。我们由此不难体味小说变幻莫测的结尾即时间零所蕴含的力量,不难领略作者在营造时间零时所表现的匠心,以及对小说艺术模式的开拓价值。

卡尔维诺的小说,新颖诡奇,读来亲切有趣,具有一种特殊的魅力。读者打开书卷,犹如面对无垠的大海,蔚蓝、温馨、激滟闪光的海洋,显得异常的多姿多彩,温和可爱。而你一旦用心读下去,便如潜入水中,沉入海底,你会惊奇地发现碧森森的沟壑,阴暗的隧道,嶙峋的岩洞,可怕的怪鱼,还有那浮动漂游的海藻,像焦躁不安的人的外形。当你合上书卷的时候,你将会不禁感叹道:这是一个多么神奇浩瀚的世界!一个多么奇形怪状而又真实可信的世界!

文学和莎学研究的政治化
——文化唯物主义述评
杨正润

文化唯物主义是英国近年崛起,而又最具锋芒的一个文学批评流派,或者说一种社会文化思潮。

20世纪70年代中期,撒切尔夫人的保守党政府执政前后,英国公众的社会政治观点发生急剧的变革,这也反映于文学批评之中。首先是在英国传统的、最重要的文学批评领域——莎士比亚研究中出现了新倾向。一些青年学者向几十年来占统治地位的形式主义莎学发起猛烈的攻击,一反孤立的文本研究转向社会历史研究,观点十分激进。其中最著名的人物是苏塞克斯大学英文系的乔纳森·道利摩(Jonathan Dollimore),他的专著《激进的悲剧:莎士比亚及其同时代人戏剧中的宗教、意识形态和权力》(1984)标志着文化唯物主义的正式诞生,被称为这一学派的"入门之作"。此后他又同该大学的另一位学者阿兰·辛菲尔德(Alan Sinfield)合作,写了一系列论文,选编了论文集《政治的莎士比亚:文化唯物主义新论》(1985年),还共同主编了一套"文化政治学丛书"(目前已见六种),研究的对象从莎士比亚扩展到其他作家和电影、电视、通俗音乐、肥皂歌剧,甚至还有"现代爱尔兰"运动和园艺,影响也日益扩大。

文化唯物主义宣称要打破传统的学科界限,不拘一格地利用文学理论、女权主义、性政治学、马克思主义以及文化学的各种成果,把一切文化形式都纳入自己的研究范围。道利摩在《政治的莎士比亚:文化唯物主义新论》的导言和"文化政治学丛书"的序言中,提出了这一学派的理论纲领。其基本出发点是对"文化"和"唯物主义"两个概念的解释。道利摩认为,"文化"一词有两种含义,一种比较常见的是从评价的角度使用的,是指具有较高的价值和精细的敏感性的文学艺术作品;另一种是从分析的角度,在社会科学、特别是在人类学中使用的,它是指"用于理解一个社会(或社会的某一部分)本身及共同世界的关系的一个完整的意义系统",文化唯物主义着重于后者。至于唯物主义,就是"坚持文化没有(也不可能)超越物质力量和生产关系。文化不只是经济和政治体系的反映,但也不可能与之相独立",它同唯心主义相对立。

这样,文化唯物主义就得出其批评原则:"文化唯物主义认为本文是同其历史的生产和接受条件不可分割的,因为它们必然同文化含义的形成有关。而文化含义最终总是一种政治含义";同当代的其他许多批评流派所不同的是,"文化唯物主义不伪装政治上的中立","相反,它表明自己投入对那种在种族、性别、性和阶级的基础上剥削人民的社会秩序所进行的改造"。为了突出批评的政治性,他们还给自己加上一个更醒目的称呼:文化政治学。

文化唯物主义所反对的,主要是新批评。从整体看,新批评虽然早已是强弩之末、毫无新意,但它发源于英国,至今仍然占据着保守的大学讲坛,影响可谓根深蒂固。文化唯物主义认为新批评是一种充满"反历史主义偏见"的形式主义,其基础就是"自由主义的人本主义"哲学。新批评自以为可以达到关于文本的客观认识,实际上只是接受了文本的表面价值,而有意识地掩盖了文学作为一种意识形态所包含的各种矛盾。

文化唯物主义也不赞成文学批评中旧的历史方法。以莎学而言,20世纪上半叶莎学界的一些权威人物如蒂里亚德和坎拜尔等人用这种旧的历史方法都取得过引人注目的成就。他们的研究工作主要是对文艺复兴时代英国的各种道德、宗教、哲学文献进行分析,以发现对某一具体事物的"伊丽莎白时代的态度",他们认为这一态度必然决定了剧作家创作和观众看戏时的感情,且反映在剧本中。文化唯物主义指出,旧历史主义在这里有个重大缺点:把思想"均质化"(homogenized the thought),它只取占统治地位的意识形态而不顾及其他意识形态的竞争,所以蒂里亚德等人只是说明了伊丽莎白时代思想意识的总倾向,但未必符合剧作者和观众的心理,以及戏剧实际的社会功能。比如说,伊丽莎白时代是不赞成异族异教通婚、反对自杀和复私仇的,按旧历史主义的逻辑推理,那么莎士比亚本人及其观念必定是对德斯苔梦娜、朱丽叶和哈姆莱特都是采取谴责态度的了,这显然不符合事实。

文化唯物主义的新的历史方法是从政治出发,把政治又分解为种族、性别、性、阶级四个方面,而政治的核心则是权力,这四者都同权力相互关联、相互作用。对于具体作家作品来说,主要就是从这些关系中论析作品的政治意图、政治内容和政治功能。我们可以以其莎学研究为例来说明。

文化唯物主义批评家提出,凡是文本都有其"工程"(Project)。当然,文本不过是作家创作的结果,文本工程的概念,实际上是重新肯定了各种形式主义批评用"意图迷误""作者死亡"之类的理论所否定的作者的创作意图;但是他们不喜欢用意图一词而用"工程",认为这样可以避免涉及文本中作者个人的意志这样一个繁复的难题,同时也就可以根据手段的目的进行作品的功能分析,文本的工程又总是占社会统治地位的意识形态的某些方面的再现,并由剧中统治阶级的某些人物所代表;作者虽然使用这种"计谋"加以掩盖,但这一工程又总是可以通过文本中所删除或所强调的材料显示出来。比如,道利摩和辛菲尔德认为,《亨利五世》的工程是为了确立国家及其阶级系统的"思想上的统一",并对威胁这种统一的东西进行"思想上的抑制"(《以〈亨利五世〉为例看历史与意识形态》,见约翰·德拉克基斯编《可选择的莎士比亚》,225页)。还有人认为《暴风雨》是"为殖民主义的工程服务的",或是"在殖民主义的论证"和"殖民主义的意识形态工程中发挥作用";《无事生非》的"工程是……使贵族男女的戏剧化计谋和权力合法化"。这里特别需要注意的是,文化唯物主义的这类结论虽然是参照了马克思主义所创建的意识形态理论所得出的,但同马克思主义莎学家的传统观点——如认为莎剧向统治阶级的意识形态发起了挑战,表现当时妇女和被压迫者的赞美或同情,等等——正好相反。

在文化唯物主义看来,文艺作品总是包含着现实的政治内容。虽然现存的三十七个莎剧中没有一个直接描写文艺复兴时期的英格兰,但无论其背景放在何处,也不论是采用悲剧、历史剧,还是浪漫喜剧或传奇剧的形式,实质上都是反映莎士比亚时代英国的政治斗争。比如《安东尼与克莉奥佩特拉》是一部著名的历史悲剧,讲的是古罗马军事统帅安东尼与埃及女王克莉奥佩特拉的恋爱和失败。此剧有两条线索:性爱和政治斗争。莎学史上对此剧也有两种基本解释:浪漫派解释为高贵的爱情被世俗世界背信弃义的权力政治所毁灭;道德派解释为主人公的爱情是对社会责任和道德责任的放弃和丧失,表现了人性的脆弱。这两种解释都出于普遍人性论,也极少把此剧同现实联系起来。这两派在莎学史上反复出现,在现代莎评中则以浪漫派的解释占统治地位,因为现代西方评论家力图把审美、性爱同政治分开。道利摩不同意浪漫派的解释,他认为,文艺复兴时代的人们就懂得性爱同权力、艺术同政治是不可分割的,此剧就证明,"性愿望并不是超越政治和权力的东西,而是政治和权力的工具"。他也不同意道德派的解释,因为在安东尼身上所表现出的"男子的性嫉妒、对性能力的幻想和对性无能的焦虑","更多的是关系到英格兰在詹姆斯一世时期军人的或尚武的理想的衰落,以荣誉和勇敢著称的军事领袖正变得软弱无能、不合时宜,因为国家接管了他们的权力,或者说体现在恺撒身上的新的政治现实取代了安东尼"(《莎士比亚、文化唯物主义、女权主义和马克思主义的人文主义》《新文学史》1990年春季号,486—487页)。

在分析作品同现实的政治斗争的关系时,文化唯物主义提出了一种置换(Displacement)理论,即戏剧情节中的危急问题总是可以证明是对现实中某一社会基本冲突的置换。比如《麦克白》中的善与恶的冲突是对现实生活中男性和女性的冲突的置换,《奥赛罗》中的性冲突的善恶冲突是对现实生活中的阶级矛盾和种族矛盾的置换。道利摩的一篇著名论文《〈一报还一报〉中的违法和监督》可说是运用这一理论的范本。《一报还一报》是一种颇有争议的爱情喜剧,其情节是从维也纳公爵担心臣民淫逸放荡的风气会破坏社会的安定,决心予以整顿开始的。道利摩认为,此剧的真正主旨是反映莎士比亚时代"社会的紧张形势"。它"用性愿望置换了权力,用被统治者置换了统治者",剧中对性道德的混乱所引起的焦虑"实际上是对更根本的社会问题所引起的……更深刻得多的恐惧的思想上的置换",剧中时时出现的"性愿望的无意识的幽灵","首先是为了对付社会的混乱而引起的","是为了使权力主义的压迫的运用合法化"(《政治的莎士比亚》,80 页、84 页)。《一报还一报》中提到妓女,但她们没有出场、没有台词,道利摩认为全剧中的一切都以她们的存在为前提,她们是全剧象征性的中心,是她们置换了社会危机。在一个守法制的社会中,妇女的身份应当或者是姑娘,或者是妻子,或者是寡妇,而妓女却什么也不是,所以此剧中妓女不出场的存在象征了整个社会秩序的混乱。

对于文学作品的政治功能,文化唯物主义采用了一种复杂的矛盾分析方法。文学作品既是统治的意识形态的再现,为权力服务,又是"挑战性的,它对统治的意识形态起了颠覆质询和削弱的作用,使之急剧陷于危机之中"(道利摩:《莎士比亚、文化唯物主义……》,《新文学史》1990 年春季号,482 页),最后导致权力的不稳定和毁灭。莎剧中就充满了这种"颠覆性"的知识,因为莎剧虽然反映了专制集权的、阶级的、种族的和两性压迫的意识形态,但它又表明,压迫者和被压迫者的划分是社会造成的,专断的,而非神定的和天生的。从这一意义来说,莎剧不啻为一把"自由的利剑"。

比如,戏剧原是权力结构用以巩固自己的统治,安抚群众情绪的一种方式,但既有了戏剧,处于社会底层的演员就可以穿起上层阶级的服装,扮演上层阶级的人物,再现他们的音容和性格,这本身就揭示了阶级划分中的矛盾和偏见。又如文艺复兴时代戏剧中的女角都由男童扮演,男性童伶穿起女装,这就在服装上突破了两性的区别;而在莎剧中还有不少女扮男装的情节(如《第十二夜》中的薇奥拉,《威尼斯商人》中的鲍西娅等等),道利摩认为,这些情节有着重要的政治意义。因为当时正统思想对男女服装上的区别不仅看作是传统的习惯,而且是反映了上帝所确定的世界秩序的最基本原则——两性的区别。对这一界限,戏剧率先打破(特别是女扮男装)这就"意味着宗教意义上的一种极端破坏性的混乱",它"惩罚性地置换了对社会变革的极端恐惧以及性别和阶级的等级制度发生的动摇"。同时也"对妇女低于男女的传统价值观发起了挑战","为社会秩序的形而上学的合法性提出了质疑"(同上引,483 页),因此这些情节对权力结构和社会的等级制度起了颠覆作用。

人们通常把文化唯物主义同当前美国盛行的新历史主义学派并称,这两派的批评家也都自称新的历史主义者,他们之间确有许多共同之处,一道形成了西方文学和莎学研究中的新潮流(关于新历史主义,可参见《文艺报》1989 年 3 月 4 日、11 日《文学研究的重新历史化》一文)。但这两个学派在方法和观点上又有一些区别,不能混为一谈。新历史主义批评家,特别是其领袖格林布拉特,在研究莎剧时几乎形成了一套公式:在文艺复兴时代的英国历史典籍中找出一两件未曾为人注意的逸事,然后据此附比、发掘和解释某部莎剧的政治底蕴,其结论虽不乏新鲜和独到之处,但有时难免脱离作品而为人所诟病;文化唯物主义比较注重对文本的分析和基本理论的建构、没有那种对逸事的癖好,显示出英国文学和莎学研究传统的严谨风格,在理论观点上两派也有分歧,道利摩称之为"颠覆—抑制"之争,即是说,两个学派都承认在一定的权力统治之下,文化和文学对这一权力的反对力量起抑制作用,但同时又包含着对这一权力的颠覆性,而文化唯物主义更多地强调"颠覆",新历史主义则更多地强调"抑制",前者比后者具有更强烈的、激进的政治色彩。

  道利摩曾经说过,文化唯物主义"受惠于""本世纪某些最强有力的马克思主义的文化批评",一位美国学者称他们是"新马克思主义者,因为他们也是修正主义者"(*PMLA*,1990年5月号,502页)。文化唯物主义的一些基本观点,如文学的意识形态属性和文学同社会生活的密切联系,物质生产方式和政治对文学的重大影响,统治阶级的思想总是社会的统治思想,等等,都同马克思主义的历史唯物主义一致或相近。但是它同马克思主义也有原则的区别。马克思主义主张对文学进行审美的和历史的考察,而文化唯物主义则极少论及文学的审美特征和功能,这是对形式主义的惩罚,但又毕竟是矫枉过正而带有很大的片面性;马克思主义在论及历史时曾说过:"有无数互相交错的力量,有无数个力的平行四边形,而由此就产生出一个总的结果,即历史事迹"(恩格斯《致约瑟夫·希洛赫》),而在文化唯物主义那里,"无数个力的平行四边形"蜕变为唯一的政治因素,无论对马克思主义辩证法而言,还是对现代系统观点而言,这都是一种倒退;马克思主义认为政治是一定的阶级或社会集团根本上为了经济利益围绕着政权而展开的活动,文化唯物主义则继女权主义之后,提出了"特别政治"和"性政治"的概念(阶级社会中男性和女性之间的统治和被统治关系是历史事实,它是否可以被列入政治范畴是应当另行专门讨论的问题),他们虽把种族、性别、性、阶级四者并列,但在具体解释历史和文学作品时,主要着眼点还是性竞争和两性冲突,认为权力总是通过性发挥作用,把经济基础所决定的阶级斗争置于从属地位,这反映了他们所受的新弗洛伊德主义的影响和把马克思主义同弗洛伊德结合起来的企图。美国著名文艺批评家哈特曼称这种结合是"一场不幸的婚姻",文化唯物主义在这里重复着某些存在主义理论家所没有走通的老路。

  文化唯物主义还在发展之中,西方学术界正围绕着这一学派进行激烈的争论。目前还很难对它作出全面的、深入的评价。但是毫无疑问,尽管它在理论上有许多欠缺,在具体的批评实践中也不时显得牵强和缺乏说服力,它毕竟标志着英国文学批评在长期的形式主义统治之后,出现了一个旗帜鲜明而又声势浩大的唯物主义派别,这有着重要的意义。

> 1991 年

一位难得的全才
——记1990年诺贝尔文学奖获得者奥克塔维奥·帕斯
陈众议

当今世界文坛,既搞创作又搞翻译的不多,既是作家又是学者的更少,创作、文论、翻译三方面都成绩斐然的恐怕就称得上凤毛麟角了。在这些凤毛麟角中,就有帕斯一个。

帕斯于1914年出生在墨西哥城的一个书香人家。父亲是律师,1910至1917年墨西哥革命时期担任过农民领袖萨帕塔的外交特使。帕斯从小喜爱读书,以致后来同诗文结下不解之缘。他十几岁开始作诗,19岁就发表了诗集《野生月亮》。在一首题为《夜半独白》(1944年)的诗中,他这样描述他的童年:

> 我的童年,我那埋葬了的童年,
> 被文字驯服的野蛮天真……

帕斯的创作大致可分三个阶段:学艺阶段、成熟阶段和全盛阶段。学艺时期,墨西哥和西方文坛流派纷杂、主义泛滥。帕斯受20世纪初叶西方形形色色现代主义思潮的影响,走上探索"自我""唯我"的迷途。他困惑过、孤独过。在一首题为《街道》的诗中,他这样写道:

> 一片漆黑,没有出路,
> 我从一个街角转到另一个街角,
> 却终又回到了原来的地方……

西班牙内战爆发后,帕斯迅速置身于反法西斯斗士的行列,经受了血与火的洗礼。在后来的岁月里,他先后出任驻法国、印度、日本、瑞士等国的外交使节,还在美国和美国的大学科研中心工作过。他结识了聂鲁达、萨特、加缪等著名人物,常同他们一起切磋诗歌、艺术,探讨人类命运,考察政治和文学、诗人与社会的关系。在此基础上,他确立了自己的诗歌创作原则:将"纯诗歌"和"社会诗歌"结合起来,将诗人的个性和社会责任感统一起来。从此,他的艺术由自我向无我升华。他说:"真正的诗人是无我的。"

走出了现代主义的自我主义泥沼,帕斯从学艺时期很快过渡到成熟时期,开始形成自己独特的创作、思维空间。他的作品由自我探索过渡到对广泛的存在这一重大问题的思考。于是,生死、贫富、暂时与永恒、过去与未来、战争与和平、地狱与天堂等等,在他作品中反复出现。面对无情的时间和虚无的天堂,帕斯呼唤公正、平等、和平、友爱和真善美。在《废墟中的颂歌》(1948年)里,诗人面对贫富不均、不平和对峙,他呼唤"智慧复苏",全人类共同享受今天"圆圆的日子/24瓣同样甜蜜的灿烂橘子",共同创造美好的明天。

《太阳石》(1951)是帕斯的一首长诗,标志着诗人鼎盛时期的开始。《太阳石》以阿慈台克太阳历石碑为题材,全诗共584行(与阿慈台克太阳历的纪年年份相同),具有首尾呼应的环形外部结构和开放的、丰富的内涵。它借颂扬阿慈台克族太阳历石碑,赞美了辉煌的古代文化,描述了世界万物的特点,人类命运的变幻,抒发了诗人对祖国河山的无限激情、对生活无尽的热爱,以及对美好理想执着的追求。《太阳石》问世后,轰动国际诗坛,被认为是当今世界诗歌创作中的巨制和杰作。诗人打破时空的限制,用蒙太奇的技巧和象征的手法将现实、历史、神话、梦幻、回忆、憧憬全部融为一体,把千百种事物、人物、形象、事件汇于笔端,充分显示了诗人丰富而奇特的想象力和激越奔放的情感。诗歌这样开头也这样结尾:

一棵晶莹的垂柳,一棵似水的白杨,
一眼随风飘荡的高高喷泉,
一棵稳健而又舞姿翩翩的树木,
一条弯弯的河流/前进、逆转、迂回/却总是达到:

达到什么?诗没有回答。隐约呈现在我们面前的是一个"光的胴体"。它具有"岁月的色彩"和"时间的节奏"。由于它的存在,"世界才清晰可见"。它像太阳,像大海,像女人,同时也像是一首大写的诗或者一位大写的诗人。然而,它更像是变幻莫测的现实世界,有城市、教堂和金木水火土万物。突然它消失得无影无踪,"我"像孤独的弃儿,转入内心,在记忆中将它寻找。这时,一个姑娘出现在"我"面前,"穿着我渴望的颜色"。姑娘是她,但也是她们,是非她。她是卡桑德拉、中世纪神话、女蛇王,或者"下午5点钟的中学女生"。一切都在变幻之中,一个瞬间使另一个瞬间化为乌有。唯独爱(和诗一样)能抓住游动的瞬间。

>使世界变得真实可感,/酒成其为酒,
>面包成其为面包,水成其为水。

那么历史又怎样？阿伽门农以至托洛茨基又怎样？人们又怎样呢？《太阳石》又回到了开始的那个地方,就像那阿慈台克太阳历——太阳石上永远兜着圈子的年月日。它没有句号,没有定论,只有那用以等待下文的永恒冒号。诗人的孜孜探索虽然并没有得出结果,然而,读完全诗细细品味,仍可以体会到诗人(从诗人的角度)对什么是存在价值这个普遍问题的回答:诗和爱。

进入20世纪60年代后,帕斯的诗歌更注重诗的外部形态与内在意蕴的有机构成。他对"存在与时间"的思索也日益同"存在与空间"的思索相结合,这不仅使他的诗愈来愈接近现实生活,而且加快了他对诗的内部空间的拓展。

《回》(1971年)是他近时期的代表作。此诗写于60年代末。当时,由于抗议墨西哥政府镇压学生的暴行,帕斯毅然辞去了驻印度大使之职。《回》记述了诗人回到墨西哥的见闻与感受,表达了他对社会现实的义愤和批判。在诗人眼里,往日的和谐不见了,城市在一天天扩大,到处是$,玛雅神庙、西班牙教堂、摩天大楼和蚁巢虫穴滑稽地并存。与此相对应的是诗的时序打乱了,符号分解了,诗歌中存在着别的诗歌。诗这样开始:

>有人在街角那边说话/有人说话
>太阳手指间/阴影与光线
>几乎是液体/木匠的口哨
>卖冰棍的人/吹着口哨
>广场上有三棵白蜡树/生长
>声音的枝叶/无形地蔓延
>时间/躺下来擦干屋顶
>我在米斯瓜克
>信箱里/有信在烂

在这些断裂和分解的诗句与诗句之间,有一种无声的回音、可视的空间,给人以回味、联想和启迪。不同时代、不同读者可以在这些不同的外部空间"填上"不同的阐释、不同的符号、不同的行为、不同的自己。在诗的内部空间,还同时存在着几种不同的声音:读者从中可以听到墨西哥已故诗人拉蒙·洛佩斯·贝拉尔德的《巫还》(1919年)中的三句诗,它们描写了1910—1917年战后墨西哥的惨状;也可以听到青年帕斯的诗句"面对棺材玻璃/殡仪/妓女/茫茫夜空的支柱"(《城市的黄昏》,1942年);然后是王维《酬张少府》中的名句"君问穷通理,/渔歌入浦深"。紧接这两句后又回响起帕斯的声音:

我却不愿/做一个知识修士
隐居在安赫尔或者科约阿坎

帕斯的诗作由于蕴含着深刻的哲理且具有玄奥的色彩,常使读者视为畏途。这首诗虽然晦涩如故,但较以前的诗作少了些抽象,多了些形象;少了些玄学色彩,多了些现实成分。

帕斯已出版了十几部诗集,至今仍笔耕不辍。他喜欢出奇制胜,他写诗从不采用约定俗成的或别人用烂了的象征和比喻。他的象征、比喻、形象等等,常能出人意表,令人耳目一新。帕斯认为,"诗是一种再创作",有鉴于这一思想,每逢重版或再版,他都要对自己的作品加以修订和删改。所以,在不同的版本中,帕斯的作品常常有所不同。这也是他精益求精、一丝不苟精神的体现。

帕斯又是位杰出的散文家和文论家。用海德格尔的话说,他属于那种思想的诗人。他不但精通西方哲学、文学和历史,而且在伦理学、心理学、语言学和人类学这方面有很深的造诣。他崇拜古老的东方文化,潜心研究过老庄孔孟,熟谙《周易》、佛经。瑞典文学院特别欣赏他的《孤独的迷宫》(1950年)。此作用自由的散文体写成,洋洋洒洒,凡三百余页,从历史、文化、宗教、种族、政治经济等不同角度探索墨西哥民族特性及其由来,把墨西哥人既豪放又孤独、既勇敢又怯弱、既热情又冷漠、既勤劳又懒惰及其处世谨慎、喜欢自嘲、爱国恋家的性格刻画得淋漓尽致。因此,可以说,它是一部有关墨西哥和墨西哥人的不可多得的历史学、民族学、民俗学和心理学专著。而他的《弓与琴》(1956年)、《深思熟虑》(1979年)等等,则已成为拉美和西语文论中的经典作品。

从发表时间和作品内容看,帕斯的文论起于他诗歌创作的成熟时期,是他对前期创作(包括他同时代人的作品)的总结和反思,对未来文学的前瞻和探测。在《弓与琴》一书中,他称诗是一切艺术的王后、一切社会形态的逆子。他说诗的目的不是模拟,不是表现,而是"一种解放符号的斗争"。"文学、声音、色彩以及一切物质形式一旦进入诗的领域就必然发生变形。"在帕斯看来,这种"变形"是永恒的,就像诗是永恒的一样:

> 每一个读者是另一个诗人；
> 每一首诗,是另一首诗。
> 一切都在变,唯有诗不变。
> 诗是人类阻止时间流动的唯一武器
> 两个极端:诗能包含一切,是有意义的,
> 是一切语义的总和;
> 诗又是破坏一切语义的,
> 诗否定一切语义。

显然这里充满了形而上的"辩证"。同样基于这一文学观,帕斯认为优秀的文学作品应同是文学批评,尤其是在未来,创作和批评(这里指广义的批评)的界限将日趋模糊。他在《作品的影子》(1984年)一书中,就"超前"地将创作和诗学、批评糅合在一起,分成"诗与史""作品的影子"和"岁月轮回"三大部分,从创作、批评和文学史论等方面由远到近、由现在到将来,由普遍到特殊、由个别到一般,阐述他形而上的"相对论":"定义将不再存在","一切都变得相对"。不同的时代、不同的人用不同的语言和行为回答什么是诗、什么是存在。

此外,帕斯还是个了不起的翻译家,他的《译文与娱乐》(1974年)便是最好的见证。他不但翻译过葡萄牙诗人佩索亚、英国诗人卡明斯、瑞典诗人伦德奎斯特等许多西方作家的作品,还翻译过大量东方作家的作品。他翻译过唐诗,特别推崇王维和李白的作品,只可惜那是他从英、法等西方文学转译的,偶尔也得到过汉学家的帮助。

帕斯对音乐、绘画、电影和工艺美术也颇有研究。在分工越来越细的当今世界,他不愧是一位难得的全才和百科全书式人物。

生活对他是公平的。自而立之年获德国古根海姆奖之后,他获得了拉美和西语国家诗人所能获得的几乎所有文学大奖,如1979年的墨西哥金鹰奖、1980年的奥林约利茨特利西语文学奖以及1963年的比利时第六届国际诗歌大奖和1977年的西语文学评论奖。1981年,帕斯又赢得了西语国家的最高文学奖——塞万提斯奖。

记得加西亚·马尔克斯获诺贝尔文学奖时,人们说过这样一句话:"难说诺贝尔文学奖能给他增添多少光彩,却可以肯定地说,他的获奖将使诺贝尔文学奖的声誉有所提高。"我想这话同样适用于帕斯。

野间宏,我们崇敬的人
——悼念野间宏先生

叶渭渠　唐月梅

读到 1 月 3 日《朝日新闻》上日本战后派举足轻重的重要人物野间宏先生病逝的噩耗,犹如晴天霹雳,悲伤万分。我们和野间先生在 60 年代初就已相识,那时候正是日本人民反对日美"安全条约"斗争的高潮,他率日本作家代表团访华,表达日中两国人民和作家的团结情谊。我们有幸参加了接待工作,从此结识了这位大作家。

每次东渡日本,我们都去拜访他,三年前我们到达东京,听说野间先生身体欠佳也就不便打扰。在一次宴席上,我们与野间先生邂逅,他十分关切地询问我们在东京的研究工作。当他了解到我们这次访日主要是研究日本文学思潮史、文学史时,便主动约请我们再见一次面细谈。

野间宏先生是战后初期走上文学道路的,以他的短篇小说《阴暗的图画》《脸上的红月亮》而享誉文坛。这两部作品都是具有强烈的反战色彩,反映了战争给人们造成心灵的创伤,开了战后日本反战文学的先河。经过多年的创作实践,作家就战争文学总结了一条经验:"为了把战争作为战争来把握,就必须站在消灭战争(对帝国主义来说,战争是必然的)的立场上。"在这种新的认识指导下,他的创作思想有了新的飞跃,其长篇小说《真空地带》就是从社会学、心理学、生理学多角度地探索日本侵华战争的性质和根源,为战后日本文学作出了不可磨灭的贡献。我们读着作家的这些作品,仿佛从中可以听见战后日本文学的脚步声。

野间宏老人按约定时间会见我们的那天,我们的话匣也是从战后派文学问题打开的。野间先生为人谦恭,只字不提自己,一味娓娓谈着战后派文学发展的历史,以及透过当前民主主义文学运动的低潮看到另一个新高潮即将到来所充满的信心。唯一一处谈到他自己的,就是谈他自己战后写过一些爱情小说,通过恋爱故事,写了战争扭曲人的心灵而引起争论,甚至遭到了批判。他谈这个问题时,心情是那样平静,话语又是那样客观,丝毫不掺杂个人感情。

我们很关心野间先生作为战后派代表作家,是如何看待这一派的民主主义、自由主义和存在主义三种文学思潮的共存局面的。野间先生用明确的语言,肯定了民主主义文学坚持以现实主义为主体的创作方向,着重说明他不同意萨特认为存在主义是对马克思主义的补充的说法,1968 年他还写了专著《萨特论》,对萨特这种观点进行批评,但他又不是完全否定萨特存在主义的历史作用,而是以冷静的头脑作了客观、全面、实

事求是的分析。实际上,他的某些作品也有存在主义的因素。谈到整个民主主义文学运动时,野间先生用强调的语气说:

"文艺与政治和社会是不可分割的,与人民的生活和斗争是不可分割的,这是颠扑不破的真理。"

说罢,他回顾了自己走过的文学历程,总结性地谈到他参加文学运动的经验教训。据他介绍,他在大阪上中学时,就开始广泛阅读《日本文学选集》《世界文学选集》,四年级时曾模仿夏目漱石、芥川龙之介等人的形式写过小说,并在校友会杂志上发表了。他由于想读原版波德莱尔的《恶之花》而特意选上了京都第三高等学校以法语为主的文科班。这时他与象征派诗人竹内胜太郎邂逅并受其影响,自觉地转向象征主义文学。京都大学毕业后,他进行社会调查,开始与水平社运动的领导人建立密切的关系,渐渐理解被社会歧视的部落民解放运动的意义,并以此为题材进行创作,同时开始思考如何将现代主义与日本传统的现实主义相结合,使之变成日本式的东西。他说,他后来写的长篇小说《青年之环》,就揭示了日本部落民的被歧视的生活,以及造成部落民未解放的日本社会结构的整体问题。

作家接着介绍说,作为作家,他感到最高兴、最愉快的,就是他带着反对帝国主义战争的目的撰写了长篇小说《真空地带》,但同时也是最悲哀、最痛苦的,因为日本人民未能阻止日本军国主义发动这场侵略的战争。他写这部作品的时候深深感到这个问题的严峻性。野间宏先生的《真空地带》从更广阔的视野认真思考这场战争的帝国主义本质,以及国家与民族、战争与和平等问题,使日本战争文学步入一个新的阶段。

战后初期,野间宏先生参加了"人民文学"派,主张作家要直接表现工农的生活和斗争。他和"人民文学"派的同人克服了种种困难,走与工农相结合的道路。野间先生甚至为此而抵押了自己的房产来支持这项活动,作家回顾及此,对这一深入工农,反映工农的方向作出了积极的肯定,同时又实事求是地指出它忽视了广泛团结一切愿意为和平、民主与独立而斗争的人们,与他们组成统一战线方面的不足。作家在战后的民主主义文学运动中经过风风雨雨,走过曲曲折折的道路,但仍然是执着地献身进步文学的事业。我们从他镶嵌在瘦削的脸庞上的两眼的闪光,就可以看出他对这一事业的强烈的意念和信心。

当时,这位久经文学沙场考验的老作家着重说明,一个进步作家在经济发达的国家里所面临的课题。他一方面引用《哥达纲领批判》所阐明的劳动价值,强调了阶级社会里人与人的关系,文学作品对这个问题处理不好就会出偏差,另一方面他又娴熟地背诵《资本论》所论及人与自然关系的论点,并从环境污染这一社会公害问题为例,说明在巨大的工业生产活动下,自然循环遭到严重破坏,人类生存遭到严重威胁,文学家对此应负自己的社会责任。在这方面,野间先生不仅写了小说《泥海》,而且还完成了文学理论专著《新时代的文学》,表示了对现代文明危机下的社会问题的关注,还表现了对垄断资本主义社会多角度的批判,以及对人民的深切同情。

野间宏先生不仅注意作品的思想性,而且十分重视艺术上的不断探求和创新,不断吸取现代主义的创作手法,充实和发展传统的现实主义,并取得了公认的成功。我们就此求教于野间先生。他沉思片刻,以低沉的语调说:

"我的创作虽是采取现实主义与现代主义结合的方法,但并不是盲目吸收现代主义,而是经过筛选、消化,使之日本化。我们作家必须扎根于本国的土壤,从本民族传统现有的东西出发,来吸收外来的东西,这才是作家的出路。"

所以说,野间先生的作品决非模仿外国文学的东西,他是着力贯穿日本人的思想感情、民族性格和审美情趣的,这就成为一个日本作家所蕴含的内在力量,从而使他的创作喷射着生命之泉。

我们怎么也没有料到,我们这次会面竟是最后一次。现在野间宏先生作古了,但他的精神、他的文学,他对我们的情谊将永远活在我们心中!

松本清张与社会派推理小说
文洁若

早在江户时代(1603—1867),通俗的大众文学便在日本风靡一时。井原西鹤就曾仿效我国宋朝桂万荣的公案小说《棠阴比事》,写过一部《本朝樱阴比事》(1689 年),成为日本侦探小说之滥觞。他的"浮世草子"(社会小说)《家计贵在精心》(1692 年)和式亭三马的"草双纸"(通俗绘图小说)《浮世澡堂》(1812 年)都是当时家喻户晓之作。

在明治(1868—1912)、大正(1912—1926)时期,大众文学一度被认为是不能登大雅之堂的"下里巴人"文学。那时,日本正兴起向西方学习的热潮,占优势的是以知识分子为对象的纯文学。直到 1935 年直木奖(大众文学奖)创立后,通俗文学才在日本奠定了位置,从而得到了长足发展。于是,有写武侠的,有写历史的,更为风行的题材则是家庭伦理及凶杀侦探。其中,层次较高的当属 20 世纪出现的社会派推理小说,因为这种作品不但以情节取胜,并且能揭示剖析一些生活黑暗面,从而起到了改革现实的作用。松本清张是社会派推理小说的杰出的创始人。

松本清张生于 1909 年,只念过八年书,主要靠自学和深入生活获得渊博的学问和文学素养。1950 年,他以历史小说《西乡钞票》走上文坛。接着,又以《某〈仓日记〉传》荣获日本纯文学奖——1953 年度的芥川龙之介奖。然而他的最大成就还在于在《点和线》(1957 年)和《零的焦点》(1959 年)等作品中,运用推理手法,剖析日本现实社会的矛盾,从而开辟社会派推理小说的道路,在日本大众文学领域里独树一帜。他的作品不仅题材广泛,风格新颖,更是大胆地反映生活阴暗面,探索现代日本社会一些消极现象的症结所在。他善于从生活中汲取生动的庶民语言,以表达人物的特征。他运用纯文学的创作方法,着重人物心理和性格的刻画,把作品的趣味性和艺术性结合起来,从而提高了大众文学的地位。战后,由于松本清张等一些有影响的作家以娴熟的艺术手法写出了引人入胜的大众文学作品,日本文艺评论家、大众文学研究会会长尾崎秀树认为,"纯文学和大众文学相互靠拢,两者之间的界线开始消失。……大众文学作家松本清张和宫尾登美子的作品具有较高艺术性。现在,我们应当在纯文学与大众文学之间画个等号。"

《日本的黑雾》(1960 年)、《深层海流》(1961 年)和《现代官僚论》(1963 年)这三部是松本清张最富特色的推理小说,并都获得 1963 年度的"日本新闻工作者协会奖"。

《日本的黑雾》是作者对美军占领日本期间所发生的一系列重大冤案或暴行事件,

逐一进行细致的科学分析而写成的。问世后,立即引起广大读者的注意。"黑雾"一词,成了流行日本全国的口头禅。在《深层海流》里,作者把焦点放在日美议和后的日本政界黑幕上,尤其着重写为了接替美国占领军总部的情报机构而设立的"内阁调查室"。《现代官僚论》则暴露了官僚机构和官僚行政的内幕,描绘了统治阶级上层人物之间的钩心斗角。作品在《文艺春秋》杂志上连载时,有人曾担心这会影响到松本清张那位作为外交官的女婿的宦途,但他本着作家的良心,还是义无反顾地将他所了解的政海黑暗揭示出来了。

1965 年,我把《日本的黑雾》译成中文,当年即由作家出版社出版。紧接着又译了《深层海流》,但由于发生了"文化大革命",一搁就是二十载,80 年代才被国际文化出版公司接收。1985 年我作为国际交流基金研究员赴日研究日本近现代文学。转年 6 月,就在我回国的前几天,我和文艺春秋社出版部副主任藤井康荣女士一道去访问了这位资深老作家,请他为《深层海流》中译本撰写序言。他当场令人取来纸笔,为我写了序言。他笔迹苍劲,一挥而就,完全不像是出自年近八旬的老人之手。序言中说:"这部小说(《深层海流》)是用撰写《日本的黑雾》时所采访到的另一些素材写成的。虽然是小说,却取材于同一范围,因而没有一处是虚构和杜撰的。"正因为这两部书的素材根据的都是真人真事,所以写法上比较接近我国的报告文学或纪实文学,作者敢于揭露现实生活中的阴暗面,这充分显示了他的胆识。

在不少作品中,松本清张都提出现代人最关心的问题:什么是产生罪恶的社会根源?他写了一些畸形人物,反映出在经济高度发展的日本社会中,种种灭绝人性的现象:诸如谋财杀害亲夫以便嫁给情人的荡妇(《奔跑的男人》);为了贪图巨额保险金而处心积虑杀掉妻子的汽车推销员(《离家后发生的案件》);经过周密计划把放高利贷者暗杀后,成功地逃脱了罪责的面馆老板(《奇妙的被告》);生怕女管理员揭露自己搞同性恋的隐私,从而杀人灭口的女招待(《指头》);还有女儿弑母案,因为那个做母亲的不但害死了患病的丈夫,还和女婿勾搭上了(《新开地的案件》)。这些作品,气氛阴森,情节紧张,并充满悬念。作者把犯罪动机与环境的影响结合起来,写出利欲熏心或精神上的空虚所造成的后果。

1983 年 5 月,作者初次来华访问,曾赴福州、西安、兰州等地游历,还在北京与中国文联主席周扬、作协副主席冯牧就文学问题交换了意见。当时松本提出:"文学首先应该写得饶有趣味,说教腔只会使读者厌倦。"对他来说,趣味只是吸引读者的一种手段。他更着重于挖掘促使人们犯罪的社会根源,探讨罪犯的心理状态。

20 世纪二三十年代,日本无产阶级文学运动蓬勃发展,小林多喜二等作家创作了思想性较高、广大工农群众喜闻乐见的作品。日本文学评论家平野谦认为:"松本清张的社会派推理小说是无产阶级文学的理想在战后的体现。"另一位已故文学评论家伊藤整也认为,松本清张"成功地揭露出了资本主义社会的黑暗面,完成了无产阶级文学自昭和初期以来想完成而未完成的使命"。

纵观松本清张四十多年的创作生涯,他始终高瞻远瞩,视野广阔,写出了一部又一部具有浓厚现实主义色彩的作品,到1984年为止,文艺春秋社已出版《松本清张全集》五十六卷,几十年来,他的作品持续以最大的发行量风靡日本全国。曾有评论家称誉他为"日本的巴尔扎克"。记得几年前我在东京向他辞别时,他就曾表示:"只要活着一天,就争取多做一天工作。"

据不完全统计,进入80年代后,我国出版的松本清张的长篇推理小说中译本已超过十部,中短篇的数目也不少,如《真与假》《菊枕》等。他的自传《半生记》也已被翻译出版。松本清张是在中国最受欢迎的日本作家之一。他的创作,对于我国通俗小说的写作,具有一定的借鉴价值。

四世同堂
——当代英国小说家群像
瞿世镜

当代英国小说家是一个人才辈出、四世同堂的群体。其中辈分最高的大师是格雷厄姆·格林与安东尼·鲍威尔。这两位文坛耆宿都毕业于牛津大学巴利奥学院,现在都超过八十高龄,已经著作等身并获得荣誉勋位,仍然笔耕不辍。1986年,鲍威尔的《渔民之王》出版。这是一部扣人心弦而文笔优美的小说。格林于1982年发表了《吉柯德阁下》之后,又出版了《第10个男人》(1985年)和《首长与敌人》(1988年)。这两位小说家在他们漫长的创作生涯中恪守现实主义小说的传统,同时又充分注意到现代派在形式技巧上的创新。

格林和鲍威尔代表着英国当代小说的两种不同倾向:异国情调与乡土文学。异国他乡的风土人情比英国中产阶级的家庭生活对格林更有吸引力。格林是虔诚的天主教徒,他的早期作品离不开善恶冲突的主题,但故事情节往往在异域环境中展开。在他的中期作品中,对于意识形态和政治题材比宗教问题更为关注,仍然以亚、非、拉美地区为背景,在严肃的内容外包上通俗小说的糖衣,惊险的气氛和紧张的悬念令读者爱不释手。他的晚期作品赋予宗教题材新的意义,书中人物的宗教信仰已带有自由主义色彩,与他早期作品中正统派天主教徒剧烈而痛苦的内心冲突形成鲜明的对比。

鲍威尔对于国内的社会生活怀有无限的兴趣,他笔下的人物不外乎中下层的贵族、传统的自由职业者和豪放不羁的寄生者。他的代表作是带有自传性的十二卷长篇系列小说《伴随着岁月的节拍跳舞》。此书的结构形式明显受到法国普鲁斯特意识流系列小说《追忆逝水年华》的影响,但两者的精神实质迥然相异。这部系列小说的中心人物詹金斯和普氏笔下的马塞尔起了相同的作用,他引导读者进入书中描绘的世界,随着岁月流逝的节拍观察在人生舞台上跳舞的人们的步伐和言行,并且审视他们内心深处隐秘的动机。然而,马塞尔只是在回忆中追寻纯属个人的主观因素,詹金斯对于往昔岁月的追忆却冷静而客观地反映了他周围的世界,对社会作出史诗般的描述。此书因而被誉为第二次世界大战之后英国长篇系列小说的压卷之作。

在英国有一批六七十岁的德高望重的小说家:威廉·戈尔丁(《蝇王》)、艾丽丝·默多克(《黑王子》)、多丽斯·莱辛(《金色笔记本》)、穆丽尔·斯巴克(《吉恩·布劳迪女士的青春》)、安东尼·伯吉斯(《带发条的橘子》)、金斯利·艾米斯(《幸运儿吉姆》)、约翰·福尔斯(《法国中尉的女人》)、丹·雅各布森(《塔马的录音带》)、安格斯·威尔逊(《非同儿戏》)、V. S. 奈波尔(《比斯瓦斯先生的房屋》)、威廉·特雷弗(《特雷弗短篇小说集》)。这些作家才气横溢,著述甚丰。其中有不少人屡获大奖,享有崇高的国际声誉。进入80年代,他们依然不断地有重要作品发表,受到评论界的重视和读者的欢迎,其中包括戈尔丁的《航行习俗》(1980年)、《短兵相接》(1987年),莱辛的《第八号行星的代表》(1982年)、《第五个孩子》(1988年),福尔斯的《曼蒂莎》(1982年)、《一条蛆虫》(1985年),金斯利·艾米斯的《老家伙们》(1986年),默多克的《鸿文巨著与兄弟情谊》(1987年)等。

有好几位老作家是来自异国他乡的移民。例如,莱辛出生于罗得西亚,雅各布森来自南非,奈波尔来自拉丁美洲特立尼达的印度侨民社会,特雷弗是爱尔兰人。他们在其他国家或地区的生活经历以及不同的文化背景,给当代英国小说创作注入了新的活力,增添了丰富的色彩。

社会讽刺喜剧是英国小说的传统因素之一。18世纪的菲尔丁和斯泰恩,19世纪的狄更斯和萨克雷,20世纪初的威尔斯和贝内特都是这种传统的代表人物。在当代英国小说家中,也不乏这种传统的继承者。金斯利·艾米斯的早期作品就带有强烈的社会喜剧因素。在他的后期作品中,他的讽刺更为辛辣,他的喜剧风格也更趋于成熟。此外,在伯吉斯、斯巴克和特雷弗的小说中,幽默讽刺的笔法往往和其他修辞手法交织在一起,显示出新的魅力。社会讽刺喜剧风格的流行,有其特殊的原因。第二次世界大战之后的英国,已经失去了超级大国的地位,传统的社会结构、社会秩序亦已土崩瓦解,保守的中产阶级对传统的崩溃感到茫然若失,由此而生的困惑和冲突,为社会讽刺喜剧小说提供了绝妙的素材。

此外,当代英国小说家还继承了另一种传统因素,那就是由乔伊斯和伍尔夫等现代派经典作家所开创的实验主义传统。例如,戈尔丁用象征性的比喻来探索人的本性,默多克用神话寓言来启发读者对人的命运作哲理的思考,安格斯·威尔逊不但在小说中进行了多层次透视法的技巧实验,而且在《非同儿戏》中采用了传奇和戏剧相结合的形式。莱辛的《金色笔记》,把女主人公四种颜色的笔记本穿插到一部以《自由女性》为标题的小说之中,形成了新颖独特的结构。莱辛80年代创作的太空幻想系列小说《南船星系中的老人星座》,利用科幻小说的通俗形式进行严肃的哲理思考,绚丽多姿而引人入胜。

在英国还有一批非常活跃、享有国际声誉、风华正茂的中年作家,其中最受欢迎的或许是反映大学校园生活和学术界现状的小说家马尔科姆·布雷德伯里和大卫·洛奇。他们俩都曾执教于伯明翰大学,现在布雷德伯里是东英吉利大学美国文学教授,洛奇是伯明翰大学英国文学荣誉教授。他们同时具有学者、批评家、小说家三重身份,在理论研究和小说创作方面都颇有建树。

布雷德伯里的小说《走向西方》(1965年)，通过一位英国小说家詹姆斯·沃克在美国中部一所大学的经历，对英美两国学术界的思想、行为方式和差异作了细致入微的观察和比较，轻松幽默的笔调和警句迭出的对话使读者感到兴味盎然。《历史人物》(1975年)是布雷德伯里的代表作，主人公克立克博士是英国南部一所大学中的社会学家。他深信马克思的学说已经为他提供了人类社会历史发展的纲要，而他居然又能利用这种学说来达到控制利用他的同事和学生的个人目的。此书反映了70年代英国社会中价值观念的转变，是一部幽默讽刺的社会喜剧。作者对学术界内幕的洞察力和对于整个文化背景的充分把握，给读者留下了深刻印象。

大卫·洛奇是一位天生的喜剧家，具有独特的幽默风格。他的小说妙语连珠，令读者忍俊不禁。1975年出版的校园小说《换位》，精确地反映了英美两国文化观念的差异及其所导致的学者之间的种种误解。故事在两所大学之间展开，一所以英国伯明翰大学为原型，另一所以美国加州大学伯克利分校为原型。英国大学讲师斯沃洛和美国大学教授扎普作为互访学者，各自到对方的学校去执教，都对另一个国家的文化价值观念感到震惊。最后他们不仅互换了学术位置，而且互换了在家庭中的位置而追求对方的夫人。《小天地》(1984年)向读者展示了扎普和斯沃洛这两位学者十年后的命运。由于英美学者不断出国讲学和参加国际学术会议，小说的场景在世界各地不断变换，但是万变不离其宗，始终未离开学术界的小天地。洛奇用皮里阳秋的笔法揭示了英美学术界的众生相，使学者们感到亲切而又使普通读者感到愉悦。洛奇的新作《美好的工作》(1988年)也是一部校园小说，讽刺的笔调有所减弱而带有更多的柔情与温和的幽默。校园小说的兴起，是高等教育逐步普及和读者文化水平提高的必然结果。布雷德伯里和洛奇的小说已被改编为电视剧而受到英国公众的欢迎。因此，这两位作家不仅是很有造诣的学术权威，而且又成了家喻户晓的通俗作家。

英国中年作家的另一个重要群体，是女权主义小说家。费伊·韦尔登便是其中之一。韦尔登也是一位幽默大师，然而她那犀利的讽刺往往触及男性读者的痛处而令他们不快。在她的小说中，女权主义和社会喜剧、现实生活与离奇虚构相互交织，因而被称为"魔幻现实主义"。1980年出版的《马勃菌》就是一部幻想小说，描写一位年轻的孕妇在革拉斯东伯里充满神话传奇的环境中生活的奇特感受。她完成于1986年的作品《魔女的生活和爱情》已被拍成电视连续剧，描写一位被丈夫所欺骗的妇女获得了某种神奇的魔力，向她的丈夫及其情妇进行残酷的报复。女权主义小说中充满着大胆的幻想，并不令人感到惊奇。因为在号称自由平等的西方社会中，女性仍然处于被压迫的地位，只有在幻想的世界中，方能挣脱大男子主义的枷锁。我们可以轻而易举地拿出一些女权主义与幻想虚构相结合的例证。在安吉拉·卡特的小说《马戏场之夜》(1984)中,一位维多利亚时代的艺术家居然像天使一般长出了一对翅膀。佐伊·费尔贝恩的《权益》(1975),是一部严峻的幻想小说。她从女权主义的立场来观察人类社会,认为我们正面临着一种男性极权主义统治的可怕前景。

在中年作家中有一对很有才气的姐妹。姐姐 A. S. 拜厄特,是一位小说家兼评论家,发表过《花园中的处女》(1978 年)、《静止的生活》(1985 年)、《糖与其他故事》(1978 年)等作品,去年又以新作《鬼迷心窍》(又译《财产》)摘取布克奖的桂冠。她的妹妹玛格丽特·德雷布似乎比她更胜一筹。德雷布是女权主义小说家中的佼佼者,她并不耽于幻想而热衷于幽默讽刺的传统。她的女权主义冷静而理智,她的文风也是如此。她那严肃思辨的态度,令人想起 19 世纪著名女作家乔治·艾略特。由于她十分细腻的笔触和从容不迫的写实风格,她又被誉为当代的简·奥斯汀。1963 年,她发表小说《夏日鸟笼》一举成名,年方二十四岁。她关心英国妇女的社会地位,反映出受过高等教育、具有事业抱负的新女性在家庭牢笼中的苦闷与压抑。1965 年出版的小说《磨石》,讲述了女主人公罗莎蒙德意外怀孕,她决心恪尽母亲的天职,保留胎儿,并且在十月怀胎的艰难过程中发现了真正的自我的故事。长篇小说《针眼》的主人公竭力保持自己的身份和人的尊严。她把受压迫女性的满腔不平化为动力,勇往直前地去面对社会的挑战,把个人的愤怒导向更具有普遍意义的解决途径。她于 1977 年写的小说《冰河时代》反映了 70 年代的经济危机对于英国各阶层人民的沉重打击,表明这位女权主义小说家的思想更趋于成熟,敢于正视资本主义社会中客观存在的各种问题和危机,而不囿于女权主义的题材。在 80 年代,她又发表了《中间地带》《辉煌的道路》等作品。德雷布的《冰河时代》与布雷德伯里的《历史人物》、洛奇的《小天地》三分鼎立,是当代英国中年小说家极有分量的代表作。

在今日英国文坛上,一群四十来岁的小说家如冉冉升空的新星,熠熠生辉,引人注目。他们是彼得·艾克罗依德、朱利安·巴恩斯、马丁·艾米斯、伊恩·麦克尤恩,以及来自异国他乡的三位青年作家。

艾克罗依德是一位多才多艺的作家,他的作品包括小说、文学批评、人物传记。他在 1984 年发表的《托·斯·艾略特传》,被评论界视为传记文学中的杰作。他熔小说和传记这两种文学体裁于一炉,把冷静客观的描述和透表入里的洞察力相结合,栩栩如生地重新塑造了唯美派作家奥斯卡·王尔德、18 世纪建筑家尼柯拉斯·霍克斯摩尔、著名诗人托马斯·查特顿的形象。他有一种掌握语言技巧的非凡才能,善于把不同历史时代、不同社会阶层人物的谈吐语气和遣词造句模仿得惟妙惟肖。例如,《奥斯卡·王尔德的遗书》(1983 年)是一篇雄辩而动人心魄的独白,令人感到似乎确实出自弥留之际的王尔德之口,使读者有一种身临其境、亲聆其言的特殊感受。

如果说艾克罗依德善于使用写实手法,那么朱利安·巴恩斯却代表着另一种倾向。他热衷于形式技巧的实验。他的代表作是《福楼拜的鹦鹉》(1984年)。中心人物杰弗里·布雷恩韦特是一位退休医师。夫人的自杀使他心烦意乱,他便去研究法国小说家福楼拜的生平和著作以求解脱,却不知不觉地导致他对自己的各种行为动机进行反思。他到法国去度假期,寻求福楼拜在创作《一颗纯朴的心》时置于案头的鹦鹉标本,结果却出人意料地发现了两只相同的鹦鹉。这部作品一方面是关于那位医生的故事,另一方面又是一篇关于福楼拜的散文,给读者提供了一连串探讨艺术与人物关系的格言警句,从而打破了小说与散文、随笔之间的传统界限,带有明显的实验主义倾向。虽然巴恩斯钦佩福楼拜,但是他的创作实践与福楼拜的美学观念相去甚远。他的作品缺乏传统小说的结构模式,行文散漫,各种思绪随时可以穿插进来。他1986年的小说《凝视太阳》,描绘一位名叫珍妮的妇女的毕生经历。第二次世界大战爆发时,她才十七岁。她结婚生子,过着平淡无奇的生活。到了中年,她却离开了丈夫,带着儿子漂泊异乡,甚至还到过中国。在小说的结尾部分,巴恩斯笔锋一转,由现实主义的叙述方式转向象征暗示的寓言风格。90岁的珍妮活到2000年,看到了人类社会的未来情景。

马丁·艾米斯和他的父亲金斯利·艾米斯一样,也是一位社会讽刺喜剧家,然而又具有他本人的特殊风格。他是一位十分自觉的文体家,而他的辛辣讽刺又近乎冷酷的挖苦。他的早期小说《雷切尔文件》(1973年)与《成功》(1978年),已使读者对他刮目相看。1984年出版的《金钱》,更是一部社会讽刺小说中的杰作。他在此书中采用第一人称叙述手法,主人公约翰·塞尔夫是位令人厌恶的反派角色,集粗野、好色、横蛮、奸诈等恶习于一身。然而他又是一位相当成功的商人,频繁地往来于纽约与伦敦之间,小说的场景也就随之而不断地转换。最后塞尔夫终于得到了他应有的下场。在撒切尔夫人统治下的英国,贪得无厌的拜金主义是流行一时的社会风尚和万恶之源,作者对于这种资本主义社会弊端的揭露和讽刺,是十分深刻有力的。

伊恩·麦克尤恩随着他的父亲在新加坡和利比亚度过了童年时代,然后回到英国求学。他是一位优秀的短篇小说家。1975年,他的第一个短篇小说集《最初的爱情与最终的仪式》为他赢得了萨默塞特·毛姆奖;他在1978年发表了第二部短篇小说集,以及深受读者欢迎的第一部长篇小说《水泥园》;1981年,他出版了小说《陌生人的安慰》和三个电视剧剧本;1983年,他创作了清唱剧《我们是否将要死亡?》;1987年出版的小说《及时到来的孩子》获怀特布雷德奖,次年他又把蒂莫西·莫的小说《糖醋》改编为电影剧本。在麦克尤恩的小说中,资本主义畸形社会的种种丑恶现象如梦魇一般令人困扰。

英国的青年作家中,也有一些来自其他国家或地区的异族后裔。独特的个人经历,外来的思维方式和文化背景,强烈地影响着他们的文学创作。因此,他们的小说富于异国情调而显得与众不同。这些外来作家中出类拔萃的人物,有来自印度的萨门·拉什迪,来自日本的石黑一雄,以及来自中国香港的蒂莫西·莫。

萨门·拉什迪的处女作《格里默斯》发表于1975年,是一部幻想小说。他的第二部小说《午夜的孩子们》在英美文坛引起了轰动,赢得了1981年的布克奖、詹姆士·泰德·布莱克纪念奖、艺术委员会文学奖、美国英语联合会文学奖。此书的主人公即故事的叙述者塞里姆,生活在第二次世界大战之后刚刚获得独立的印度,他个人的经历和整个民族的命运交织在一起。拉什迪具有异常丰富的想象力,使用了实验性的新颖技巧,把现实和虚构、小说和历史糅合在一起,显然受到了拉丁美洲魔幻现实主义和印度电影创作的影响,突破了西方文化中关于小说形式的传统观念。1983年出版的《耻辱》,是一部带有超现实主义色彩的讽刺小说,取材于巴基斯坦当代社会生活,技巧相当新颖,但尚未达到前一部作品的艺术水平。他完成于1988年的作品《撒旦的诗篇》含有某些不恰当的内容,引起了穆斯林世界的公愤,使他长期不敢公开露面。

如果说拉什迪以狂放不羁的想象力和绚丽斑驳的色彩令人眼花缭乱,那么石黑一雄却以细腻入微、简朴淡雅取胜。他的风格令人想起浮世绘、书法、园艺等日本文化所特有的内在气质。石黑一雄于1954年生于日本,1960年到英国定居。他于1982年发表的处女作《荒凉山景》,取材于第二次世界大战之后的日本,纯然是一部日本风味的小说。他于1986年完成的小说《浮世艺术家》,写得含蓄委婉,耐人寻味,为他赢得了怀特布雷德奖。作者运用第一人称的叙述手法和非凡的小说技巧展示了主人公——一位老画家的回忆和沉思。老画家在年轻时接受军国主义的思想,因为他觉得日本军人是在进行一场保卫国家的圣战,其目的是为了改善人民生活。因此,他努力寻求持久的艺术形式,来表现这种"爱国情操"。日本战败后,他终于醒悟,原来整个日本民族是在为某种荒诞虚幻的理想而献身,他的艺术也并未扎根于现实世界,而是寄生于一个被岁月的浪涛席卷而去的漂浮的世界。值得注意的是,作者并不局限于描绘人物的经历,而是通过主人公的心理活动,对整个日本民族的文化价值观念作了历史的回顾和反思,因而具有一定的思想深度。他的下一部小说《盛事遗踪》以一位英国男管家作为叙述者,真实地描述了英国中上阶层的生活,深刻地揭示了英国人传统保守观念的历史根源,说明了早期的学校教育对于英国民族性格的影响。此书荣获1989年布克奖。

蒂莫西·莫是一位炎黄子孙。他的小说《猴王》(1978年)、《糖醋》(1982年)、《一片孤岛》(1986年),都是用狄更斯式的传统现实主义手法来描绘香港或伦敦华人社区的现实生活。他最受欢迎的作品是《糖醋》,描写了在伦敦唐人街经营餐馆和外卖鱼条铺的华人群体的日常生活和悲欢离合。作品引起英国读者的浓厚兴趣,首先是因为作者揭开了西方人感到陌生的华人社会的神秘面纱,满足了读者们的好奇心。其次,书中华人对于"番鬼佬""番鬼婆"的种种看法,无异于从另一种文化的立场来审视和评估西方文化,使西方人感到有所启发。最后,作者对于伦敦萨霍红灯区黑帮之间的火拼仇杀淋漓尽致的描绘带有强烈的刺激性,曲折的情节和惊险的气氛吸引了不少读者。《一片孤岛》是描写香港社会的历史小说,涉及政治的风暴、繁华的商埠、停滞的文化等诸方面。作者以其幽默的笔触、猎奇的内容来愉悦读者。蒂莫西·莫虽然是一位声名卓著的流行小说家,然而他似乎缺乏石黑一雄的思想深度和高雅的东方文化素养。

第二次世界大战之前的英国小说家乔伊斯和伍尔夫,与法国的普鲁斯特、德国的托马斯·曼相仿,全神贯注于界定一个新时代的特征。这既是一个现代化都市生活与机械物质文明的时代,又是一个文化价值观念断裂,社会道德崩溃,传统艺术秩序瘫痪的精神危机时代。这个时代要求文学艺术去寻求新的价值观念、审美取向以及与之相适应的艺术形式。这就形成了文学的现代主义思潮与小说的实验主义风格。小说家认为形式技巧的创新比题材的社会性、思维的逻辑性、时间的顺序性、文字的通俗性更为重要。

第二次世界大战之后,英国小说家转向资产阶级自由主义,渴望重新确立社会秩序与道德观念,并且意识到西方社会的现代化过程不仅意味着社会的危机和内心的骚动,而且意味着它给人们带来了一个充满着罪恶的混乱而令人困惑的社会,需要对这个时代以及现代主义文化思潮重新予以反思和评估。而教育普及的结果,又造就了一批中下阶层和工人阶级出身的新知识分子。他们对资本主义社会的愤怒抗议形成了一股强大的现实主义文学潮流,那就是以金斯利·艾米斯和约翰·韦恩等为代表的"愤怒的青年"。这一派小说倾向于反映社会现实,体现了青年一代对"福利国家"社会缺陷和资产阶级价值观念的挑战,在艺术风格上继承了现实主义小说的故事情节、人物塑造、客观描绘等传统因素。然而,这个以现实主义为主导地位的四五十年代,已经出现了后现代主义小说的萌芽。例如,诺贝尔文学奖获得者贝克特,在长篇小说三部曲《马洛易》《马龙涅之死》《无名者》中,使用了荒诞派的手法,来表现存在主义的哲学思想。又如,劳伦斯·达雷尔在系列小说《亚历山大城四重奏》中,试图根据爱因斯坦的相对论,从深度、广度、长度、时间这四个维度来创作小说。

20世纪60年代和70年代初的英国小说,未能置身于席卷整个资本主义世界的后现代主义文学潮流之外。50年代那种充满自信的地方主义和现实主义,在动荡不安的国际环境中,在法国的新小说和美国的黑色幽默小说等革新浪潮的冲击下,开始逐渐崩溃。于是,实验主义的势头加强了,英国小说的重心和情绪有了明显的转变。戈尔丁、默多克、莱辛、斯巴克、福尔斯、伯吉斯、威尔逊和 B. S. 约翰逊等小说家,在不同程度上都进行了形式技巧的实验和创新。然而,即使在这个后现代主义占主导地位的时期,金斯利·艾米斯等作家仍旧在写他们那种现实主义风格的社会讽刺小说,尚未被当时强大的形式技巧革新浪潮所动摇。

20 世纪 70 年代后期至 80 年代,由于沉重的福利开支和僵硬的计划经济使英国的生产发展长期滞缓,引起人们普遍的不满而导致保守主义思潮的高涨。撒切尔夫人上台执政就是保守思潮占优势的直接后果。在这样的社会思潮影响下,当代英国小说家也开始反思整个战后阶段(包括 60 年代的后现代主义时期)的文化思潮和艺术风格,重新评估其成败得失。标新立异的实验主义已让位于某种新的创作趋势。那就是利用小说这种艺术形式,来发掘生活在我们这个历史时代所具有的内在的、深层次的含义。现代主义和后现代主义小说家在形式技巧方面的实验创新,已作为文学艺术中新的传统因素而被当代英国小说家消化吸收,已经失去了当初那种反传统的势头和令人耳目一新的效果。对于这些形式技巧实验的成果,眼前的青年一代小说家可以随心所欲地选择利用或弃而不顾,人们都不会介意。活跃于今日文坛的英国小说家,并不像后现代主义作家那样把小说看作纯粹的艺术形式,而是对社会现实问题更为关注。然而,他们又不像 19 世纪作家或 20 世纪 50 年代作家那样直接反映社会现实,他们的创作往往带有更大的实验性和幻想性。读者们既能看到马丁·艾米斯的社会讽刺小说,又能欣赏巴恩斯的新颖艺术形式。而老作家默道克、中年作家费伊·韦尔登、青年作家拉什迪都曾被评论家认为带有魔幻现实主义倾向,这或许更能说明问题。总之,当代英国小说既非传统的现实主义,又非现代主义,它体现了一种折中主义的文化思潮与兼收并蓄的艺术风格。

1992 年

不息的呼唤
——南非作家纳丁·戈迪默和她的小说

王家湘

整整间隔了四分之一个世纪,诺贝尔文学奖的桂冠才又一次戴在了一位女作家的头上。瑞典文学院在宣布六十七岁的南非作家纳丁·戈迪默荣获 1991 年诺贝尔文学奖时说,"她的获奖是因其壮丽史诗般的作品使人类获益匪浅。"的确,用"史诗般的"一词来概括形容戈迪默的作品是再恰当不过的了。

1923 年,戈迪默出生在南非约翰内斯堡附近一座名叫斯普林斯的矿业小城中,父亲是立陶宛的犹太移民,母亲是英国人。戈迪默从小就具有很强的独立性。她在 1963 年写的《脱缰马和无敌的夏天》(*A Bolter And The Invincible Summer*)一文中说自己"是脱缰马,从上幼稚园起就这样。不像多数儿童那样能迅速使柔软浑圆的自己适应于书桌和纪律的尖棱尖角。我年复一年地从学校逃跑。"其实,这不仅是脱缰而逃,还意味着不接受现存制度。她不愿接受学校及家庭的传统观念,即一个女孩子念上一点书,十五六岁后受点职业教育,找个随便什么工作,打扮入时地出入茶会,等着男人来求婚,然后嫁人,做母亲。她醉心于读书写故事,从中寻找属于自己的另一个世界。1937 年,13 岁的戈迪默写的一篇寓言故事《追求看得见的黄金》(*The Quest For Seen Gold*)在约翰内斯堡《星期日快报》儿童版上发表,从那时开始,她从未间断过自己的创作。而当她提笔写作时,便开始了对周围世界的观察和思考,用她自己的话来说,是力图寻找"人们并未说出的真正意思"。

戈迪默在一次记者招待会上谈到自己的人生时说:"我的人生有两个角色,一个是作家的角色,另一个是为南非自由而奋斗的角色。"几十年来,"南非共和国"在世人心目中成了"种族隔离制度"的代名词。自视优越的五百万白人全面控制了南非社会的经济、政治、文化,他们以军警为后盾在这块非洲最南端的土地上为所欲为,对三千八百万黑人及有色人种进行了骇人听闻的剥削与迫害。良知与正义感使戈迪默毅然投身到结束南非种族隔离斗争的事业中去。她写下的一百六十余篇的杂文及评论文章都有很强的政治性与介入性。在这些文章里,戈迪默明确地阐述了自己的政治见解和她对南非几十年来发生的重大政治事件的态度。她对南非反动政府的政策直言抨击,毫不留情。当非洲人国民大会及泛非主义者大会领导的反"通行证法"的斗争遭到镇压造成流血事件时,她著文歌颂非洲人国民大会主席卢图利,谴责当局对这两个组织的取缔。在政府颁布《出版与娱乐法》后,她猛烈抨击这一剥夺作家创作自由的反动法令。当黑人城市莱索托的青年学生奋起反抗遭军警大批屠杀时,她奋笔疾书,充分表现和赞扬了黑人青年的英勇气概。与此同时,她也深深体会到几十年来,不同种族间形成的鸿沟使黑人与白人彼此缺乏理解与信任,他们需要在共同的斗争中逐步消除相互间的隔阂与误解。戈迪默在寻求社会公正与真理的过程中不断深化自己的政治意识而最终与黑人斗争事业完全认同。正如她在此次获奖后接受《时代》周刊记者访问时说的那样,她于1990年参加非洲人国民大会组织,是"多年来与之共同斗争"的结果,"现在只是组织上也加入了。她愿意和这个组织认同。能属于这样一个组织是很美好的感受"。

作为一名才思敏捷的作家,在五十余年的创作生活中,戈迪默写下了大量的短篇故事和十一部长篇小说。她通过这些作品展现了南非种族隔离制度下的社会现实,揭示了白人统治的凶残和逐步走向崩溃的必然过程,也充分表现了黑人的反抗和斗争,以及失败,崛起,日益强大的过程。她无情地鞭挞种族隔离制度,着力反映生活在这种制度下的黑人与白人的痛苦和困惑、失望和迷惘、欢乐和爱情。她以自己极其敏锐的观察,揭示出人们司空见惯的"平凡"琐事中深藏的内涵,使人们看到种族隔离政策的罪恶之一是对生活于其中的人的心灵的毒害与扭曲。正如瑞典文学院的称赞:"戈迪默以直截了当的方式描述了在环境十分复杂的情况下个人和社会的关系……她的文学作品,深入地考察了历史的过程,同时又有助于历史的进程。"戈迪默的作品已被译成二十余种文字出版,多次获得过欧、美及南非的著名文学奖,因此她早已蜚声世界文坛。这次她获得诺贝尔文学奖,不过是世界对她的文学成就的再一次确认,她是当之无愧的。

但是,戈迪默从不过高地估计自己,更不愿人们把她的小说及短篇故事看作政治宣言。她认为小说创作不同于写杂文。在写小说中,她是以一个作家的心灵、眼光和敏感细致入微地观察审视一切,感受一切,通过艺术创作向读者展示她所了解的南非社会现实。然而,在南非这样一个充满政治动乱的国家,政治与文化紧密相关,使人根本无法无视政治的存在。戈迪默自己也说:"在南非,写小说便是一种政治参与,一种行动。""成为政治作家并非我的本意,但南非生活中存在着各式各样的政治因素,即使只写一个非常单纯的人,也需要一个极大的政治空间。"所以,一方面如她自己所说,"不是我的国家存在的问题促使我去写作,而是在学习写作的过程中使我穿过南非生活方式的表层现象一步步地下落、下落"。她落得越深,便越感到种族隔离是南非生活中无所不在的现实;另一方面,正因为她自己生长在实行种族隔离制度的南非社会,切身感受到这一制度所造成的极度复杂的社会矛盾与人际关系的不合理性,以及它给人们思想上带来的无穷困惑与精神上的深刻创伤,她才有可能创作出一系列震撼人心的作品。

在戈迪默的作品中,南非是无所不在的主人公。作者对南非的深刻了解和对南非命运的极度关怀,使她的小说具有宏观的气势与微观的细腻;象征手法的广泛运用,又令人读后回味无穷。她这一独特的创作风格,从她后期的几部主要作品《自然保护主义者》(*The Conservationist*,1974年)、《伯格之女》(*Burger's Daughter*, 1979年)、《朱利的族人》(*July's People*,1981年)和《自然变异》(*A Sport of Nature*, 1989年)中就可以窥见。

《自然保护主义者》的故事情节十分简单:一个白人工业巨子梅林买下了一个四百英亩的农场,作为他度假、休息的场所。每逢周末,他开车来此"巡视"一番,向黑人总管杰柯布斯发号施令。梅林自命为是个自然保护主义者。他刻意保护农场的一草一木,禁止黑人儿童掏野鸟蛋,"连一个烟头也不许乱扔""那些住在那片院子里的黑人随意扔下了塑料袋,或把空罐头盒放在树墩旁,他总是没完没了地给他们收拾"。他常常独自到他最喜爱的第三草场,仰卧在草丛中回忆过去:他的前妻、情人、儿子。这儿是他所拥有的不容侵犯的天地。但是作为自己农场的主人,他虽然生活在"自己"的土地上,他的占有感却时时遭到破坏。小说一开始,他就在他的草场上发现了一具无名黑人男尸。警察将其草草就地掩埋。后来大暴雨冲走浮土,腐烂的尸体暴露出来。在梅林最后逃离农场后,农场全体黑人做了一具棺材,小说在他们郑重地重新埋葬这具无名黑人男尸中结束。小说的最后一段是这样的:

> 农场接受的这个人没有名字。他没有家人,但农场上的女人为他哭了一哭,没有他的子女在场,但她们的子女要在那里继续生活下去。他们终于使他安息了;他回来了。他占有了这片土地,他们的土地;他是他们中的一员。

这具在小说中自始至终出现、在梅林脑际不时浮出的黑人尸体似乎是在宣告,梅林对农场的占有只是暂时的,这片土地真正的、永恒的主人是黑人。魂归故里,而且只有在他的这一权利被自己的同胞用庄严的仪式郑重地加以确认,而不是被几个警察在梅林不满地抗议下草草埋掉,他才会安息。否则他是死不瞑目的,他不是曾经拒绝被埋葬、被遗忘吗?

最令梅林寝食不安的是,他无论如何也无法阻止附近的黑人抄近穿过他的农场去上工。这是非法侵入他的私人王国！他打下水泥墩,竖起两根铁柱,安上个大牌子,用英文、南非通用文和祖卢文三种文字写上"禁止穿行"。牌子不可谓不牢固、禁令不可谓不明确,但黑人们依然故我,照样穿行。梅林在"自己"土地上的这种不安全感,作者并未浓墨渲染,但从作者描绘的每一个场景中,读者都能深深感受到:他和情妇亲热时会突然提到这事,和儿子驱车时也会想到它,独处时脑中会闪过它,看到黑人穿行时会更强烈意识到它。它的反复出现表明,梅林的意识中凝结了南非白人的最大矛盾:他们"拥有"南非,却不是南非的主人。这一矛盾在他和黑人总管杰柯布斯的关系中也充分地表现了出来。

梅林每周去一次农场,很满意杰柯布斯事无大小都请示于他。但事实是,杰柯布斯"想要做的一切事总能设法做到。"他使梅林雇用了梅林本不想用的黑人。从地里干活回来的黑人,吸引他们注意的,在夕阳下闪闪发亮的宅子的钥匙也总是垂挂在杰柯布斯长长的食指上。钥匙,这是财产和权力的象征,梅林自视为农场的主人,不过是被黑人总管玩弄于股掌之上的人物。他什么事都要问了总管才知道。灾难来临时,也是黑人在应付一切:暴雨冲坏了道路,大风吹断了电话线,梅林一连两周与农场完全失去了联系,然而杰柯布斯与黑人工人把一切处理得井井有条。可笑的是,两周后梅林到此,走下汽车时却在想:"可怜的东西(黑人),他们一定给吓坏了",虽说"他们似乎应付得还不错"。他需要心理上的这点优越感维持自己不被惶恐所征服,以确证自己在南非存在的合理性。他在农场栽种欧洲栗子树的一幕更加形象地表现了这种心态。

他高价从欧洲买来两棵栗子树苗,亲自监督黑人挖坑,亲自选定种树的地方、亲自剪开包着根土的粗绳。但根须已枯干,而包在欧洲的泥土里的主根如何,他不得而知,"这两棵树只能在此听天由命了"。他要这两棵树在农场上成活,伸出巨大的枝干,守护在主人宅旁,雄踞一切,但他无法保证它们能活下来。这两棵"高贵"的树种,带着根部一团欧洲的泥土,要在非洲的土地上由黑人种植照料,它们能生存得下来吗？这种形象而深刻的描写,不恰恰反映了南非白人的处境和他们的生存焦虑吗！

书名《自然保护主义者》,本身也充满了寓意。梅林希望一切保持原状,但实际上他生活中充满了南非政治造成的变动。妻子不愿在南非生活自动离开了他,情人因同情黑人斗争受到迫害不得不离开他,儿子不愿参加白人军队而拒绝回到他身边。连土地也经受着大自然孕育的巨大动荡:几年苦旱,大火烧毁了草场,接着暴雨成灾。这不正是南非局势的象征吗？风暴过去,白人回来,仍想以主人身份统治一切。梅林虽然不得不在心中默认紧急状况下黑人们采取的某些措施可以保留下去,但他仍声明"不能听任事情这样下去,必须恢复正常做法"。他要向杰柯布斯指出该在什么地方挖排水沟,但没走多远就寸步难行。黑人总管径直前进,而他只得一个人站在洪水施暴后的土地上,闻到的是"腐烂的臭气",看到的是一片荒原景象……他无法承受和应付大动荡的后果,他走了,逃跑了,把一切麻烦留给了农场上的黑人。他再也顾不上去"保护"他的土地了,"他们可以得到它,得到这全部400英亩的土地"。

如果说南非的政治动荡在这部小说里还主要以自然灾害的形式象征地出现的话,在《朱利的族人》中,它就是以刀光剑影的真实出现在读者的面前了。

戈迪默写《朱利的族人》这部作品时,莫桑比克、安哥拉、津巴布韦等南非的邻国均已获得独立。在南非境内,莱索托黑人斗争虽被镇压,但整个黑人斗争方兴未艾。戈迪默意识到南非正处于大变动的前夜,便将这部小说置于想象的南非未来全面内战的背景下一个新旧政权之交的真空之中,以便审视在这种情况下长期实行种族隔离制度造成的后果。为此,她特别为小说《朱利的族人》选用了葛兰西(意大利共产党人创始人)的遗作《狱中札记》中的一段话作卷首语:"旧的正在死亡,新的却无法降生,在这样一个政权真空中会出现多种多样病态的症状。"《朱利的族人》反映的正是这"多种多样病态的症状"。

小说写的是斯梅尔斯一家在南非全面内战时被黑人男佣朱利带回偏僻的家乡躲藏的经历,描写了这个白人家庭在贫穷的黑人小村所经受的种种震动,着力反映了长期生活在种族隔离制度下,黑、白人种之间尖锐的对立现象。

尽管朱利把老母住的棚屋让给他们住,供他们吃喝,悉心照料他们,但斯梅尔斯一家首先要过的还是生活关。他们从家中匆匆出逃时,丈夫班姆带了一支枪和一台收音机。他们要靠收音机获得消息,而枪是防身必备之物。妻子莫琳虽然有所准备,带了大量手纸、药和罐头食品,但他们还是没有料到黑人会穷到这种地步。五个人住在小小一方身兼一切功用的棚子里,莫琳生平第一次意识到人身上竟有难闻的汗臭。为了生存,她不得不和朱利的妻子一同去挖野菠菜,不得不向黑人妇女学用破布做月经垫。他们的三个孩子倒是很快地习惯了和黑人孩子一样成天"野"在外面,只有饿了、困了才回家。而且老大很快就不用手纸而和小朋友一样用小石头擦屁股,女儿吉纳和一个黑人小姑娘还成了形影不离的朋友。也许作者是在暗示,受种族隔离毒害不深的白人儿童,有可能在政权真空以后的社会里更好地找到自己的位置。

斯梅尔斯夫妇与黑人虽然生活在一起,但他们相互不理解,心灵难以沟通。朱利的妻子和老母无法接受拥有一切的白人竟会无处可去这一事实,就连朱利的头人也不明白为什么政府不像往常一样把暴乱的黑人打死,搞得白人不得不逃走。朱利把班姆的小卡车开走去给主人一家购买生活必需品,但班姆和莫琳怀疑他是否会被警察发现出卖他们,惊慌失措地打算把孩子叫回棚屋用枪自卫。在他们发现枪被偷后,莫琳又怀疑是黑人丹尼尔所偷,要朱利去要回来。朱利因为莫琳没有证据不肯去要,莫琳惊恐中泄露出她对朱利的猜疑,她指责朱利偷了她的小剪刀、磨刀石,指责他开出小卡车是为了炫耀,如此等等,不一而足,二人终于吵翻。身处危难之中,对救了命的黑人都不能理解和真诚信任,白人的种族偏见实在已成痼疾。

斯梅尔斯一家对朱利的猜疑和不信任使他们难以继续在此生活,只好寄希望于美国人把他们救出绝境。这时突然出现了一架直升机,而且似乎就降落在附近河边,她甚至听见了那儿有男人和小孩说英语的声音。于是读者看到莫琳向河边跑去。她不顾一切地跑向那里,小说结束时她仍在跑……

斯梅尔斯们的结局如何,是投入欧美白人的怀抱(会被接受吗?)还是留在南非?他们和朱利们需要怎样努力,才能共同治愈这多种病症?不得而知。小说的结尾恐怕只能这样。看到病症是一回事,找到良方是另一回事。已知的被抛弃了,未来的却未知未定。可以肯定的只是,朱利和他的族人们作为这片土地上的主人,将继续在这片土地上繁衍生息。

《伯格之女》和《自然变异》虽然同样探索白人在南非面临的抉择,但与上述两部作品有很大不同。它们的主人公都是女性,并且都直接参加了争取建立新南非的斗争。小说的背景也不再局限于南非,女主人公的政治生活把她们带到了非洲大陆上其他的地方,甚至带到了欧美。小说时间跨度大,情节复杂。

《伯格之女》是受到 20 世纪 60 年代中期南非一位白人共产党员被捕坐牢事件的启发而写的。莱昂内尔·伯格和妻子都是反对种族歧视斗争中的积极分子,先后被捕入狱。女儿罗莎从 14 岁开始就去监狱探视他们,直到父亲病死狱中。作为伯格之女,罗莎在不断的探监中度过了她的少年和青年时代。

即使如此,罗莎并未真正体会到,在南非,做一个白人革命者的女儿意味着什么。这一点她是在经历了漫长的岁月后才充分认识到的。尽管她的一举一动无时不在警察的严密监视之下,生活充满了痛苦。然而十几年之后,童年时被罗莎之父短时收养过、与罗莎情同手足的黑人革命者贝西,和她在伦敦重逢时却向她发泄了对白人的满腔愤怒,他们的谈话把小说带到了高潮。贝西说罗莎的父亲牺牲了,成了个了不起的英雄,又是纪念会,又是登报上电视,而千百个与他同样勇敢、同样牺牲了生命的黑人得到了什么?他指责自己牺牲了的父亲跟在伯格后面跑,"忙于和那些要打碎政府让另一批白人告诉我们如何治理国家的白人们在一起"。他质问罗莎:"你凭什么认为自己应和所有别的那些从来到南非就骑在我们头上拉屎的白人不一样?"面对这样的指控,读者当然会为罗莎不平,但是难道他的话没有一点道理吗?南非黑人主教图图就白人在南非解放斗争中的地位说过这样的话,他欢迎白人加入斗争行列,但"斗争的领导权必须坚定地掌握在黑人手中,由黑人决定斗争的重点和战略。"他指出:"不幸的是白人有篡夺领导权并作出重要决策的习惯。"图图主教的思想对戈迪默显然很有影响。这部小说可以说就相当集中地反映了她在这一影响下对南非黑人与白人革命者之间关系的潜心思考。

南非的现实造就了莱昂内尔，他的女儿也无法摆脱南非的现实，无法摆脱南非这个发生着重要事件的地方。罗莎的烦恼、痛苦、困惑、爱情，她的整个生活全都取决于自身无法选择的因素。经过长期痛苦的思索，罗莎终于醒悟到她其实还是可以选择自己的生活的，那就是顺应南非历史的必然。于是她毅然离开了舒适的白人世界——情人所在的欧洲，回到自己所属的南非，在一所儿童医院做医生，为黑人的未来——黑人儿童服务。在黑人学生运动高潮中，她因被怀疑鼓动黑人青年而被拘留待审，伯格之女最终步上了伯格的后尘。

《自然变异》的女主人公海丽拉和罗莎性格迥然不同，她单纯、天真，对什么事都不多作思考，只按自己本性办事，"永远也不会回头看。"她既不受有钱的奥尔加姨妈的影响而一心只想发财，也不为激进的宝林姨妈所影响而投身斗争。真正影响她的是她那为追求爱情而抛弃一切的母亲和实行种族隔离制度的南非的社会现实。作者在这一点处处着墨，使小说成了解南非社会的一部极好的教材。

海丽拉十四岁时因与一有色人种男孩交往被学校开除，离开了第一个姨妈家；十七岁时和堂弟有不轨行为被发现，离开了第二个姨妈家，从此只身走上社会；十九岁时住处被搜查，和情人离开南非，到了南非流亡革命者云集的达累斯萨拉姆；二十二岁和南非泛非主义者大会领导人之一、流亡加纳的黑人惠拉结婚，跟着他到伦敦、回非洲。在赞比亚，惠拉组织经过训练的南非武装革命者渗入南非，不久在自家后门口被暗杀，海丽拉因站在开着的冰箱门后而幸免于难。此后她"抛掉了少女的幻想"，被派到欧洲许多国家工作，为南非黑人事业疾呼，成了一个很有活动能力的革命者。这之中，她结识了流亡国外的非洲某首领罗埃尔，并协助他重新夺回政权。罗埃尔任总统后与海丽拉结婚。小说结束时，罗埃尔以非洲统一组织主席的身份出席了南非黑人新政权建立的大典，海丽拉注视着南非新国旗缓缓升起，默念着这是"惠拉的国家的旗帜"。

通过描写海丽拉这个白人女子的成长，戈迪默不仅展现了南非黑人的斗争，也展现了整个非洲的独立解放斗争；不仅反映了今天南非的现实，而且描绘了明天的南非。她相信，彻底投身非洲黑人解放事业的白人最终会得到黑人的信任，这样的白人必须没有任何种族偏见，和海丽拉一样对黑白皮肤一视同仁。生活在南非却浑然意识不到肤色的区别，生活在社会中却全然不顾传统的约束，海丽拉在两个姨母眼中完全是"自然变异"的产物。然而，生活在南非的白人如果不能从根本观念上产生这种"变异"，是很难在黑人统治的国度里如鱼得水般生活的。

戈迪默擅长描写人物的内心活动,往往在人物的回忆和独白中展开情节。她透过人物的眼睛描绘非洲的景色,使写景与心态交融。她笔下的情景和事件所具有的强烈的象征意义,留给读者想象和思索的天地。她善于捕捉某种微妙的氛围,烘托出万千种感情世界。戈迪默使用的手法变化多样,有的作品如《伯格之女》故事跳动变化,回忆与现实交叉迭现,出现较大的时空断裂;有的如《自然变异》却又顺时叙述并有大量的超前铺垫,使读者预感到海丽拉的未来。戈迪默的写作艺术服务于她的题材和主题,也正由于她艺术的精湛才如此成功地表现了她的题材和主题。以一个一向视种族隔离为天经地义的南非白人的身份而最终投身于反对白人种族统治的南非黑人解放斗争事业;从一个在报纸的儿童版上发表寓言故事的小姑娘成长为诺贝尔文学奖的得主,戈迪默可以说找到并实现了自己的生活价值。

1990年,戈迪默又推出长篇新作《我儿子的故事》(*My Son's Story*)。这是一部深刻探讨一个南非有色人革命者家庭感情世界的作品。它不仅表现了作者对南非社会现实新的思考和认识,也显示了作者在创作题材上新的开拓。在小说的最后一章,叙述人"儿子"总结自己的叙述说:

> 这是一个古老的故事——我们的故事,父亲的和我的。爱,爱与恨,这是最寻常、最普遍的经历。但没有两种爱与恨是相同的,每一种都是生活的指印。这就是创造出文学来的奇迹……
>
> 有朝一日我将……记下一生都被争取自由的斗争所决定的人的生活意味着什么,这就有如沙漠居民的岁月被与干渴斗争所决定,冰雪中的居民的岁月被与冻僵的寒冷斗争所决定一样。

戈迪默正是这样做的。为争取建立公正、自由的新南非,她用自己的笔,向南非人民发出不息的呼唤。所以,瑞典文学院高度评价她说:"在一个对书籍和作家进行审查和迫害的警察国家,戈迪默在文学界争取言论自由方面长期的先驱作用使她成为南非文坛的耆宿。"

伊莎贝尔·阿连德：在沉默中爆发的智利女作家
刘习良

"当代拉美杰出作家"的头衔非男性莫属的印象，在 1982 年被事实改变了。随着《幽灵之家》的问世，一位女作家的名字响彻拉美文坛，继而传遍欧美国家。她就是智利的伊莎贝尔·阿连德(1942—　)———一位"在沉默中爆发"的女作家。

1973 年 9 月 11 日，智利发生军事政变。作为被推翻的总统萨尔瓦多·阿连德的侄女伊莎贝尔·阿连德举家流亡到委内瑞拉，这位女记者在陌生的国度经历了长达 10 年的"沉默年代"。1981 年，她得知留在智利的年届百岁的外祖父将不久于人世，便打定主意写一封长信，记载下外祖父在人世间留下的足迹。结果，用了一年时间，写出了 30 余万字的"家史"。命在旦夕的老人已经来不及读到外孙女这封异乎寻常的"家书"。伊莎贝尔·阿连德几经周折把它公之于世，这就是畅销拉美的《幽灵之家》。作者以小说"替那些被迫沉默不语的人作了第一次呐喊"。美国《芝加哥论坛报》认为，这本书是"第二次世界大战之后世界文坛极优秀的小说之一"。

接着，伊莎贝尔·阿连德又连续出版了四部作品，即长篇小说《爱情与阴影》(1984 年)、《月亮部落的夏娃》(1987 年)和《无穷的计划》(1991 年)以及短篇小说集《月亮部落的夏娃故事集》(1990 年)。几本畅销作品为伊莎贝尔·阿连德赢得了巨大声誉。西班牙语文学评论界认为，伊莎贝尔·阿连德已"跻身于用塞万提斯的语言从事创作的最优秀作家的行列"。在一些国家里，评介、研究伊莎贝尔·阿连德已经成为拉美当代文学研究进展程度的标志。有人说她是"'爆炸后文学'的开创者"，还有人戏称她为"穿裙子的加西亚·马尔克斯"。

一位在大男子主义盛行的拉丁美洲冒出来的女作家和她的几部作品引起了如此巨大的反响，的确是一个值得研究的文学现象。

1987 年春天，伊莎贝尔·阿连德对记者说："《幽灵之家》可以说是思念过去的产物，是流亡的产物，是失去国家、家庭、朋友和工作的产物，是失去我的土地的产物。"这话颇具典型意义。60 年代和 70 年代，许多拉美国家发生过军事政变，不少进步作家被迫流亡国外。身居异国他乡，他们深情地思念故土家园，怀念亲朋至友，不少人因此写出了充满激情的作品。这些作家有国难回的根本原因是军事独裁统治，所以，揭露、谴责独裁者及其爪牙令人发指的残暴行为构成了这类作品的基调。伊莎贝尔·阿连德作品的可贵之处在于，她除了一般地揭露独裁者的暴行外，还以细腻生动的笔触描绘了发生这些事件的广阔社会历史背景以及社会各阶层的心理状态。她对拉美历史的反思,是站在80年代高度的,具有更为强烈的民族责任感和敏锐的观察力。

伊莎贝尔·阿连德的几部小说都以时间跨度长、历史容量大、出场人物多而引人注目。《幽灵之家》以埃斯特万·特鲁埃瓦一家的兴衰变化为中心线索,讲述了两个家族四代人之间的恩怨纠葛,再现了一个拉丁美洲国家从20世纪初到1973年为止的风云变幻的历史,是一部气度恢宏的全景式小说。《月亮部落的夏娃》的情节主线是主人公夏娃·鲁娜由私生子成长为一个才华横溢的女作家的不平凡的经历,以及她同三个民族不同、性格迥异的男性的恋情。时间主要是从第二次世界大战前后至60年代末期,空间包括了拉丁美洲和欧洲大陆,旁及阿拉伯世界。最后,作者把全班人马会集到加勒比海某国,在现代化城市、古朴的村镇和处于原始状态的大林莽间演出一场反政府游击队劫车反狱的话剧。《爱情与阴影》稍有不同。它以女记者伊雷内和摄影师弗朗西斯科采访"圣女"埃万赫利娜为由头,深刻揭发了军政府残酷屠戮平民百姓的罪行。去年年底在南美出版的第四部长篇小说《无穷的计划》,则全景式地展现了第二次世界大战后居住在美国加利福尼亚州的拉丁美洲人的生活和苦难。这几部长篇作品几乎包容了拉丁美洲现代和当代历史上的主要事件和社会生活的各个侧面,实践了她自己说的"象征性地再现我们美洲的历史。"由于伊莎贝尔·阿连德从17岁就开始记者生涯,足迹几乎踏遍拉美各国,对拉美社会的历史和现状十分熟悉,所以写起来繁简得当,得心应手。加上她一直站在反帝、反独裁的立场上,对这些现象、事件的评价也比较客观、公允。

任何一位成功的作家大约都不会事先把自己纳入某种文学流派,不会按照评论家划定的条条框框从事文学创作。拉美文学界虽把伊莎贝尔·阿连德归入魔幻现实主义流派,但她的几部作品其实是既有对小说传统写作技巧的继承,也有对现代派写作方法的借鉴,更有在融会贯通基础上的个人创新。在拉美文学中,现实主义根基深厚。相当一批现当代著名作家一直保持和发扬现实主义传统。即使受超现实主义影响颇深的文学家,像危地马拉的米格尔·安赫尔·阿斯图里亚斯、古巴的阿莱霍·卡彭铁尔,面对着拉美的严酷现实,也很快同超现实主义决裂,回到反映现实的创作道路上来。当然,他们也在不同程度上吸收了现代派的一些思想观念和写作技巧。在"拉美小说爆炸"中涌现出来的几个主要文学流派——魔幻现实主义、结构现实主义、心理现实主义、社会现实主义——都保留了"现实主义"的旗号。这里只有一点需要说明一下,即他们对"现实"的理解比较宽泛,包括自然界、人类社会和人们的主观世界在内。在70年代末和80年代声名鹊起的年轻作家中,也有一批人更多地保持了现实主义传统,伊莎贝尔·阿连德就是其中的佼佼者。

就写作技巧而言,伊莎贝尔·阿连德十分注重故事情节的安排和典型人物的塑造。她不愧是一位讲故事的天才,把一个个或荒诞离奇,或缠绵悱恻,或紧张惊险,或滑稽可笑,或惊心动魄的故事讲得有声有色,娓娓动听。一位外国评论家说:"她叙述的故事宛如一条没有尽头的河流,读者航行其上,从不问何时抵港,更准确地说,是担心这一时刻的到来。"在《月亮部落的夏娃》的开头和结尾处,伊莎贝尔·阿连德都引用了《一千零一夜》里的话,并让夏娃·鲁娜扮演了山鲁佐德的角色,这倒颇有点"显示"的意思:在前一本书里讲了那么多的故事,仍然言犹未尽。肚子里的故事还多着呐!

创造典型环境,刻画典型人物,是伊莎贝尔·阿连德刻意追求的目标。拿她的话来说,"在两部小说(指《幽灵之家》和《爱情与阴影》)里都没有提到智利,因为我想谈的是拉丁美洲……我想说,在我的两部小说中任何一部所讲的事情——即使过去和现在发生在智利的事情——完全可以发生在拉美的任何一个地方。因此,在这两部小说中,有些人物没有名字,他们似乎是象征,差不多是典型。"作为女性作家,伊莎贝尔·阿连德对拉美妇女的观察可谓细致入微。她以灵巧细腻的笔触描绘了各种出身不同、经历不同、因而性格不同的妇女形象。阿尔芭出身豪门,但在环境的逼迫下终于投身反独裁斗争;伊雷内不畏强暴,冒着生命的危险大胆揭露军人的暴行;夏娃·鲁娜出身微贱,先是不屈不挠地为自身解放奋力拼斗,最后义无反顾地参加营救游击战士的行动。在这三个主要人物身上,寄托着伊莎贝尔·阿连德的理想和一片深情。读者也不难看出她本人的奋斗足迹。其他人物,也足以代表拉丁美洲不同时代、不同阶层的女性世界。至于男性人物,埃斯特万·特鲁埃瓦的性格最为复杂,塑造得也最成功。这个人物从一个性格倔强的青年演变成政治上的极端保守派和专制家长,整个过程深深打着拉美社会发展的印记。两个革命青年——米格尔和乌贝托·纳兰霍——疾恶如仇,那股天不怕、地不怕的劲头颇能代表在古巴革命影响下成长起来的一代年轻人。

在结构和叙事方式上,伊莎贝尔·阿连德不拘一格,吸收各种流派的手法为己所用,而且有自己的独到之处。以《幽灵之家》为例,作者安排了"两个叙述者"。一个是阿尔芭,她依据外祖母遗留下的记载了半个世纪家族变迁的"记事本"和本人所见所闻客观讲述事实经过。另一个是埃斯特万·特鲁埃瓦,他以当事人的身份剖白心迹,补充事实。两个叙述者都以"过来人"的口气回述以往,夹叙后来的事实,使"过去""现在"和"过去的未来"融为一体,充分运用了西班牙语时态变化多端的优势。《月亮部落的夏娃》则采用了"双线并行,互相交叉"的结构形式,一章讲拉美,一章讲欧洲,经过几次交替,最后双线合并,将人物会集到一起,把故事推向高潮。至于时空自由转换、闪回中套着闪回这类手法,作者更是运用自如,毫无生涩之感。

伊莎贝尔·阿连德的前三部长篇小说去年已分别由瑞典和美国导演执导拍成电影。阿连德认为,《爱情与阴影》是自己小说中最宜搬上银幕的。因为它是一个"用愤怒和悲痛写成的"爱情故事,同时,"它也是一部当代政治史"。

实事求是地评价苏联文学的历史

岳凤麟

20世纪80年代下半期起,苏联文艺界和学术界提出了重写苏联文学史的问题,1990年《文学报》(第27期)又发表了《追悼苏联文学》的文章。我们国内也有同志提出要"重新评价苏联文学"。如何以马克思主义和毛泽东思想为指导,实事求是地评价苏联文学的发展历史,已经成为苏联文学教学和研究中的一个关键的问题,成为从事这项工作的同志们普遍关注和争议的焦点。本来,随着时间的推移,情况的变化,重写文学史,重评文学现象是学科发展中常见的事。关键在于如何用历史唯物主义的精神去重写或重评,就算"追悼苏联文学"吧,也有个关于苏联文学的"悼词"该怎么写,对它的功过是非如何作出公正的、恰如其分的评述和论断的问题。

1991年是苏联历史进程中重要转折的一年。这年年底独联体的出现,标志着原苏联已不复存在。但苏联的解体并不等于苏联文化历史遗产的消亡。自从1918年十月革命取得胜利,世界上产生了第一个社会主义国家,随之出现了一种新型的社会主义文学。新生的苏联文学以其特有的光芒,喷薄于地平线上。在1917年至20世纪90年代初这段时期内,苏联文学经历了光辉而又曲折的路程,它取得了巨大的成就,也存在着明显的问题。首先,苏联文学植根于十月革命后社会生活的土壤之中,它密切结合群众的革命斗争,为社会主义服务,为劳动人民服务。几十年间,苏联人民经历的波澜壮阔的历史画卷和社会风情,工人阶级和广大人民群众的精神面貌,在苏联文学中得到了生动的艺术体现。特别是继高尔基的《母亲》之后,一批具有史诗规模的优秀作品问世,为苏联文学赢得了荣誉。其次,苏联文学在长期的艺术实践中,刻画了社会各阶层人物的典型,尤其是塑造了一系列生机勃勃,光彩照人的无产阶级英雄形象和社会主义的新人形象。他们的革命精神和高尚情操,成为人们学习的榜样。这种以先进的社会主义思想武装自己,着力塑造社会主义新人的艺术品格是苏联文学鲜明的特征。再则,苏联文学曾在世界范围内产生了广泛的、深远的影响。以中国为例,鲁迅先生早在《祝中俄文字之交》中就把俄苏文学称为"我们的导师和朋友",苏联文学对中国革命和五四以来新文学的成长所产生的巨大影响和积极作用,中国人民将永远牢记,铭心不忘。因此,全盘否定苏联文学的观点,主张从零开始重建苏联文学大厦的观点,是没有根据的。当然,苏联文学在它的发展中也出现过不少缺陷和失误,特别是20世纪30年代后,个人崇拜的盛行给文学事业蒙上了浓重的阴影,致使党的文艺政策、文艺思想、文艺批评、创作方法、作家的创作民主,等诸多方面都产生了严重的、令人痛心的后果。前事不忘,后事之师。我们必须认真对待,从中汲取教训。

至于谈到苏联文学史上一些有影响的作家,如高尔基、马雅可夫斯基、肖洛霍夫、法捷耶夫等,今天他们在自己国内都不同程度地受到种种非议和指责,对此,我们同样应该进行研究,做一番去粗取精、去伪存真的工作,以便调整或充实原有的认识和看法。但是,金无足赤,人无完人,尽管他们在思想上、艺术上存在这样或那样的不足和局限,毕竟他们曾站在时代潮流的前头,披荆斩棘,开拓耕耘,为创建苏联文学立下不可磨灭的功绩,理应受到世人的尊重和肯定。记得卢那察尔斯基在谈到马雅可夫斯基的一生时,曾说过:"等到革命大业告成,完全的社会主义和完全的共产主义实现的时候,人们还要长久地谈论我们所处的这个时代,认为它是一个了不起的时代。因此,我们生活在这个时代的人都要好好记住:决不能用自己的弱点去玷污时代。这确实是个了不起的时代,必须在自我改造方面下许许多多功夫,才有权利说你是一个勉强配得上时代的人。就马雅可夫斯基的创作成就和社会业绩的主要部分来说,他正好可以成为这种配得上时代的人……"卢那察尔斯基的这段讲话充满着对社会主义事业的深情和历史唯物主义的精神,联想到今天有些人对马雅可夫斯基的态度和评论不禁感慨万千。

苏联的一切,如今均已成为历史。文学史家们不妨以更冷静的眼光,不为一时一事的纷争所左右,不为形形色色的新思维、新纲领所困惑,实事求是地回顾过去,总结历史,相信总会写出一部或几部好的、比较好的文学史来。往事悠悠,岁月如流,沧海桑田写春秋,功过是非任人说,十月光辉万世留!

1993 年

逆水独航海湾外
傅 浩

继南非小说家纳丁·戈迪默之后,加勒比海湾黑人诗人德里克·沃尔科特又摘取了诺贝尔文学奖桂冠。这体现了瑞典皇家学院近年来侧重"地方上的文学巨匠"及地域政治和种族因素的意识。对于我国读者来说,沃尔科特几乎完全是个陌生人,但在英语世界,他绝非泛泛之辈。

在《猴山梦》序言中,沃尔科特曾提到他"精神分裂的童年时代",那时他过着二重生活,"诗的内部生活和行为与方言的外部生活"。作为在殖民地社会长大的混血儿,他的"精神分裂"远不止此,而且必将伴其终生。难怪他的血统与文化中黑种与白种、臣民与宗主、加勒比本土与西方文明的对立在他的创作主题中占主要地位。在经常被引用的早期诗作《远离非洲》中,沃尔科特直接道出了处于种族与文化交混中的身不由己的矛盾心态:

> 我,被两种血液所毒害,
> 将转向何方,分裂直到血脉?
> 我,曾经诅咒
> 那醉醺醺的英国治安官员,在这非洲
> 和我所喜爱的英语之间如何选择?
> 背叛二者,或归还它们所给予的?
> 我怎能面对这屠杀而无动于衷?
> 我怎能背离非洲而生?

在另一首诗《飞行号双桅船》中,诗人借一位水手之口道出了混血儿在黑白分明的社会中的尴尬地位:"前者用铁链锁住我的双手,抱歉说:'历史如此';/后者说我不够黑,算不得他们中的精粹";"我曾接受坚实的殖民地教育,/我体内有荷兰人、黑人和英国人的血,/要么我谁也不是,要么我是一个民族"。

有论者也指出他作为诗人的困难处境："沃尔科特是一位受过教育的城市诗人,而他又是个黑人;为此他既冒不相干的责难之险,又冒不相干的赞誉之险;白人觉得他很聪明,竟能写得像别的老练诗人一样好,黑人则觉得他从事白人的艺术,出卖了自己的灵魂。"

尽管为种族、文化以及政治上的"精神分裂"所苦,沃尔科特并不拒斥他所既已承受的一切,而是选择了拥抱本土和殖民文化两方面的精华。"作为两种充满生机的丰富文化的继承者,他利用其一,再利用其二,最终从中创造出他自己的个性化风格。"与他所钦慕的爱尔兰英语诗人西穆斯·希内相似,通过个人奋斗,沃尔科特成了文化分裂的受益者,而不是牺牲者。在《港口》一诗中,他把这种个人奋斗比作充满危险的"秘密出航",为的是要寻求内心的平静:"此时目睹我在一片比任何爱的话语/都残酷的大海上向外航行的其他人/也都会在我内心看到我在一场古老骗局中/逆着新水域前进的航程所制造的平静;/而免于思想危险者可以安全爬进大轮船/听有关溺死在星星附近的涉水者的流言。"向外航行是为了看世界,也是为了向世界证实自己的存在。沃尔科特选择了文学作为他打天下的手段。他把文学创作看得如此严肃而崇高,以至于诗本身和练习用英语写作的学艺经验都成了他诗中经常出现的主题。在最早的诗作之一《序曲》中,诗人强调了学习英语写作对于他个人乃至处于落后文明状态的岛民们所具有的开拓性意义:

> 我,双腿沿昼色交叠,观望
> 浓云斑斓的拳头聚集在
> 我这低伏的岛屿,粗犷的地形上空。
> 同时,分割地平线的汽船证实
> 我们已迷失;
> 仅仅被发现
> 在旅游手册里,在热切的望远镜后面;
> 被发现在蓝色眼睛的反映中——
> 那些眼睛只熟悉城市,以为我们在此很幸福。
> 时光爬过忍耐已久的忍耐者,
> 于是,已做出一种选择的我
> 发现我的童年已结束。
> 而我的生活,当然品尝深沉的香烟尚嫌太早,
> ……必须等到我学会

有准确的抑扬格律中苦吟之后
　　才公开。

　　从他的诗中读者可以体味出，对于诗人来说，个人与民族的命运已不可避免地交织在一起。不论是写诗还是写剧，他都试图直接对人民说话，他说："对我来说，最大的挑战是尽可能写得强有力……以使大体的情感能够被一个渔夫或流浪汉吸收，即使他不是每行都懂。"

　　对于风格的注重使得沃尔科特的诗作具有意象繁复、形式厚重、韵律和谐、用典考究等特点。他的诗受英国 17 世纪玄学派诗人和现代诗人迪伦·托马斯与 W. H. 奥顿的影响，也吸收了当地民间歌舞的节奏和韵律。有论者称其为"伊丽莎白时代的富丽"。另有人则认为他的诗风过于"崇高炫目"，以至于几乎使诗的内容变得模糊不清了。而笔者的印象是，沃尔科特的创作思路基本上是西方人的演绎式的，他善于组织、铺陈感性意象，但他有些诗作的主题思想本身是简单或概念性的。他的成功在于他用熟练掌握的一种国际语言给那些"旅游者"生动描述了他生长于斯的岛国风情和历史，以深刻的透析和巧妙的类比赢得了他们的理解和同情。

纳博科夫和文学翻译
梅绍武

一提起纳博科夫,就会叫人想起《洛莉塔》(据说这部畅销小说在美国自1958年出版以来,至今已销售一千四百万册),但是纳博科夫当时对读者把他视为一位畅销书作者大不以为然。1962年又发表了另一部小说《微暗的火》,其中展示了他的渊博才智和丰富学识,运用了大量文学典故、引喻、讽喻、多语义性和多种语言的双关语、俏皮话等等,把作品编织得迷津一般,读者需耐心阅读才能看懂。美国评论家德怀特·麦克唐纳觉得纳博科夫好像带着一种高傲的微笑,向公众说:"你们认为我是个畅销书创制者,那就请读读我这部作品试试看!"这部小说确实难读,结构也十分奇特,全篇以"前言""诗篇""注释"和"索引"四部分组成,前一部分是一首999行弗罗斯特式的长诗,仅占全书十分之一,后一部分则是对长诗所作的烦琐注释,"前言"和"索引"也纯属虚构。纳氏要读者跟他合作,通过反复对照阅读,自行在头脑里构成一个曲折而有趣的故事。当然,纳博科夫也企图以这本书对当时一度出现小说形式危机的论调进行驳斥,暗指小说形式远远没有用尽。美国作家玛丽·麦卡锡说《微暗的火》是"一个玩偶匣,一块瑰丽的宝石,一个上弦的玩具,一次疑难的棋局,一场地狱般的布局,一个捕捉评论家的陷阱,一部由你自行组织的小说",赞扬它是"本世纪伟大的艺术作品之一"。

纳博科夫后来又写了一部冗长难懂的小说《阿达或热情:一部家族史》,更要求读者有极大的耐心和丰富的学识,因为其中囊括了俄罗斯和欧洲文学史(除了普希金、托尔斯泰、福楼拜、马维尔、夏多布里昂、波德莱尔和拜伦之外,还间接提到其他百余名作家的作品)、艺术史、科幻小说、鳞翅目学以及各派哲学思想等方面的知识,真可说是一部作者吊书袋的集大成之作。

纳博科夫后半生在斯坦福大学(1940年)、韦尔斯里学院(1941—1946)、康奈尔大学(1948—1959)和哈佛大学(1951—1952)讲授俄罗斯和欧洲文学,着重分析一些名家作品的风格和写作技巧,讲解作品中的时代风格习尚和场景实物等细节,而不人云亦云。其中颇有些独到的见解。例如他指出意识流手法的创始人其实是托尔斯泰,托翁早在乔伊斯和普鲁斯特之前就已在《安娜·卡列尼娜》一书中运用意识流来描绘安娜最后一次旅程,且在《伊万·伊里奇之死》中也曾成功地运用过。他还发表了一部自传《讲吧,回忆》(1966年修订版),美国著名诗人兼批评家 E. B. 怀特认为这本书写得精彩,文笔典雅优美,应该列为美国大学英语系必读之书。

在创作上,纳博科夫继承了俄罗斯和欧洲文学的传统,又在形式、技巧、语言和风格等方面进行了大胆探索,从而使他的作品别具一格。他文笔幽默诙谐,描绘细致,尤其讲究全篇的文体结构,在细节上精雕细琢,有时使作品显得扑朔迷离,隐晦难懂,不能一下子就叫读者领会内中含义。正如一位西方评论家所说,读他的作品,头一遍如坠入五里雾中,第二遍略见端倪,理出些头绪,第三遍方茅塞顿开,发现其中阳光灿烂无比。纳博科夫还喜欢在作品中制谜,挖掘使用冷僻古奥的词汇,读他的书又须手边备一部《韦伯斯特大辞典》作为向导,不少西方评论家说他操纵笔下的人物犹如操纵木偶,语言宛如蝶翼上的色彩,认为他是福克纳以来美国最重要的一位作家,或是乔伊斯以来最有风格、最具独创性的作家。美国文学史家伊哈布·哈桑说纳博科夫是第二次世界大战后美国实验小说当中的一位最具有影响的先驱。

纳博科夫前半生流亡在西欧,用俄文写作,后半生入美国籍,改用英文著述,一生写下了大量作品。据估计有四百首俄文诗作,六部俄文诗剧,三部俄文散文剧,五十八篇短篇小说和十七部长篇小说(其中有八部是直接用英文写的,其他九部后来也都由他本人,或同别人及其子合作,译成英文发表)。

纳博科夫虽已在1977年去世,声誉却仍在不断增长。近十几年来西方出现了不少从各个角度研究他的著作的专著和论文,他的作品有人在作注释以帮助读者理解,他还有不少著作由其子狄米特里陆续译成英文。纳博科夫学会于1978年在堪萨斯大学成立,按期出版《纳博科夫研究者》(半年刊),选载研究论文,报道世界各国译介纳氏作品的情况。传记先前已有人写过两部,最近新西兰奥克兰大学学者布里奥·博伊德花费了十年工夫撰写成一部更为翔实、卷帙浩繁的《纳博科夫传》,共分两卷:《俄罗斯时期》和《美国时期》,于1990年和1991年先后由普林斯顿大学出版社出版。博伊德对纳氏的生平和作品做了详尽的介绍、评论和分析,十分有助于读者理解纳氏的思想和著作。其中也不乏趣闻逸事,例如,纳氏流亡在法国期间,生活困苦,债台高筑,曾诙谐地把"巴黎"(Paris)用俄语念成"Pasriche"(不阔气),又如在法国南部农场干体力活儿,摘水果,给农田放水,衣衫褴褛,却跟一位捕捉蝴蝶的绅士,用拉丁术语大谈蝴蝶名贵品种,使那位先生大为惊异,殊不知纳氏本人就是个收集蝴蝶等鳞翅目昆虫的专家。他后来还在哈佛大学比较动物博物馆兼任过研究员(1941—1948),发表过多篇论文,另有几种由他发现的蝴蝶品种以他的姓氏命名。有人认为正是因为他有这方面的爱好而使他能像契诃夫那样,在观察人生和社会处境时细致入微,并以科学审慎的态度来阐释。纳氏又是一位国际象棋专家,常在报刊上解答疑难棋局,还发明了俄文字谜游戏,这两种业余爱好对他在创作中制造谜团也颇有影响。

不过也有些评论家认为纳博科夫的作品空洞乏味,文笔艰涩,令人难以卒读,那种为艺术而艺术的华丽文体只是一种令人厌烦的矫揉造作的表现,那部《洛莉塔》更是一部非道德小说。纳氏对这种贬损,曾经感慨地说:"总有一天会出现一位对我作出崭新评价的人,宣称我不是一个轻浮之徒,而是一位严峻的道德家,旨在驱逐罪恶,铐住愚昧,嘲讽庸俗和残酷——而且施无上的权力于温厚、天资和自尊。"

纳博科夫也是位翻译名家。他早期曾把罗曼·罗兰的《柯拉·布勒翁》、刘易斯·卡罗尔的《爱丽丝漫游奇境记》以及莎士比亚、丁尼生、济兹、拜伦、波德莱尔、缪塞的诗译成俄文,后期又把莱蒙托夫的《当代英雄》、12世纪俄罗斯史诗《伊戈尔远征记》和普希金的诗体小说《叶夫根尼·奥涅金》译成英文。纳氏1899年出生于圣彼得堡一个贵族家庭,祖父曾是沙皇时代的司法大臣,父亲是一位刑法学教授,一位狄更斯专家,常给孩子们大段大段地朗读狄更斯的原作。纳博科夫幼时又有英、法籍保姆和家庭教师,曾在自传中说过"我在能够阅读俄文之前,早就学会阅读英文了"。他少年聪慧,常在父亲藏有万卷的书斋中看书,14岁时就通读了莎士比亚和福楼拜的全部英、法文原作。1917年随父母流亡后,他进剑桥大学三一学院学习,因为不愿彻底遗忘俄罗斯传统而专攻俄罗斯文学,后又转修法国文学,1922年毕业。因此,纳博科夫熟练而稳妥驾驭了俄英法三种语言文字,译作都较严谨准确,颇有功力。他不大赞成故作风雅的意译,主张直译,并依靠注释和评论来阐释,1964年译的《叶夫根尼·奥涅金》,共4卷,1200页,译文仅占228页,其他均为详尽的注释,例如诗中出现"浪漫主义"和"决斗"词汇,他便不厌其烦地论述了浪漫主义的成败,介绍了决斗的历史和方式方法,顺便也提到了普希金决斗死亡的情景,工程可谓浩大,不失为一部独特而学术性极高的译作。《微暗的火》那部小说显然是纳博科夫在译《叶夫根尼·奥涅金》的过程中产生了灵感而写成的。

纳博科夫认为西方译界大致有三种译者:学者、雇用译者和专业作家。学者喜欢译些本人赞赏的作品,也期望别人喜爱,注释甭提多详尽了。雇用译者往往在最后时刻才赶译出来,不像学者那样迂腐有学问,译得也不够确切。问题并不在于学者会比雇用译者少出错儿,而是在于两者都缺少创造性天资:学识和勤奋都没法取代风格和想象力。至于专业作家,譬如诗人,常译些别国同行的诗作,调剂一下精神,他倒是具有风格和想象力这两项素质,可又往往不懂原文,只得靠一位素质比他差却懂外文的人先译个大概,然后再琢磨译出,结果走了样;另外也有的诗人懂原文,却缺乏学者的准确性和专业译者的经验,由此就会出现这样的缺点:这位诗人天资越高,就越会把外国佳作淹没在他个人风格的闪亮涟漪里,而把那位外国作家打扮得跟他本人一模一样了。

纳博科夫得出的结论是:一位译者如果打算把一部外国佳作译成一个理想的译

本,就得具备三个主要条件。(1)他得有原作家的天资,至少得有近似的天分。(2)他得彻底掌握两国的语言文字,彻底了解两个民族各方面的情况,完全熟悉那位作家的创作手法和风格的种种细节,而且还得深谙词语的历史背景、语言的风尚、历史沿革和相互搭配关系。(3)他得具备模仿的才能,能极为逼真地扮演原作者,惟妙惟肖地表达出他的行为举止、言谈话语和思维方式。

综上所述,不难看出纳博科夫对文学作品译者的要求极为严格,他的翻译主张颇有些参考价值。

著名美国作家约翰·厄普代克曾经说纳博科夫的作品包含着"一些奥斯汀的优美、狄更斯的欢快和斯蒂文森那种'可喜的令人沉醉的情趣',再加上纳博科夫自己的那种无法模仿的大陆性芬芳佐料。"译纳博科夫的作品时要传达出他的这种风格确实很不容易,我在译他的《普宁》和《微暗的火》时深有这种体会。

《普宁》这部小说还比较容易译。故事讲的是一个流亡的俄国老教授在美国一家学府教书的生活,他性格温厚而怪僻,对周围环境格格不入,常受同事们的嘲弄,妻子也离开了他。他孑然一身,只得沉溺于故纸堆里,钻研俄罗斯古文和古典文学聊以自慰,时时刻刻回忆往事,流露出一股浓重的怀乡愁。纳博科夫把俄罗斯文化和现代美国文明巧妙地融合在一起,诙谐而机智地刻画了一个失去祖国、割断了和祖国文化的联系,又失去了爱情的背井离乡的苦恼人。在译的时候,我尽量照顾到了他那种幽默诙谐的风格,当然是否成功得由读者来检验。

译《微暗的火》,难度就比较大了。这部小说的情节大致是这样的:一个幻想自己是欧洲赞巴拉(虚构的国家)的国王,被废黜后逃至美国,化名金波特在美国一家学府任教。他是个同性恋者和素食主义者,对他的邻居、诗人教授谢德施加影响,希望后者能把他的生平事迹写进诗作。后来有一名罪犯误认谢德是判他入狱的法官而将他枪杀,但金波特认为那个凶手是赞巴拉国派遣来的刺客,原想杀害的是他。他征得谢德夫人同意代为编订出版谢德的诗作遗稿《微暗的火》,但发现诗中并无他的传奇经历,便妄加揣测,穿凿附会,东拉西扯,加以注释。卷首那999行叙事诗对人的出生、病痛、爱情、结婚、死亡和来世等人生意义,现实和虚幻,时空,美学,艺术同现实之间的关系等方面的探讨,十分隐晦难懂,再加上金波特东拉西扯的注释,有时扯得没边儿,实在不大好译,我只试译了一部分发表,将来有时间再集中精力译全。纳博科夫曾经说过"文学应该给拿来掰成一小块一小块——然后你才会在手掌间闻到它那可爱的味道,把它放在嘴里津津有味地细细咀嚼——于是,也只有在这时,它那稀有的香味才会让你真正有价值地品尝到,它那碎片也就会在你的头脑中重新组合起来,显露出一个统一体,而你对那种美也已经付出不少自己的精力。"纳氏非常重视细节,不是个简约派作家,因此我得细细咀嚼咀嚼他的细节再译,免得糟蹋了他的名著。

近十年来,国内已经出版不少纳博科夫作品的中译本,除了拙译《普宁》(上海译文出版社,1981年)和《微暗的火》(选译,载《世界文学》1987年第5期)之外,还有龚文庠译的《黑暗中的微笑》(漓江出版社,1988年)、申慧辉等译的《文学讲稿》(三联书店,1991年)和《讲吧,回忆》(花城出版社,1991年)。《洛莉塔》自1989年以来也有了好几种译本,其实台湾早在60年代就有了赵尔心先生的译本《罗丽泰》。希望今后能见到更多的纳氏作品的中译本。

用弗式理论释读必须适可而止
——读《拉巴契尼的女儿》与《麦克梯格》
刘意青

  1895 至 1923 年,弗洛伊德发表了《释梦》等专著,对人类的潜意识、求乐原则以及冲动与外界严峻的现实相矛盾造成的各种表现做了研究。从那时起,弗式理论在西方文学评论中得到了广泛的应用。进入 20 世纪 80 年代以后,弗洛伊德心理阐释在西方文学批评中声势已不如前,但这并不等于说弗式阐释法已销声匿迹,更不等于读者对此已失去了兴趣。相反,它似乎进一步找到了它最适合也最丰硕的领地。这就是浪漫小说、恐怖小说、哥特式小说、自然主义作品,以及重点描写心理和战争的故事。而当前最为心理分析青睐的也就是这类作品的作家,如查尔斯·布罗克敦·布朗(Charles Brockden Brown)、霍桑、爱伦·坡、斯蒂芬·克莱恩(Stephen Crane)、安姆布罗斯·比尔斯(Ambrse Bierce)等。在美国一些大学的英文系里专门开设了研究小说下属的分文类的课程。在这些课上,教师不但引导学生重点采用心理分析来探究作品的深层结构和含义,而且常常执着地、日思夜想地从小说的描绘和意象上去寻找人物和行为背后的动机与心理障碍,大有解难题或剖析谜语的架势。在女权主义教授的课上,弗式理论也十分得力,它为女权主义提供了从男女生理区别及心理障碍去分析资本主义社会人际不平等关系的重要渠道。有些院校甚至组织学生成立课外研讨小组,专门研究侦破、恐怖和战争小说里的女权、性和同性恋等问题。我们这个要了解和借鉴西方文艺理论的国家里,也有不少外国文学和中国文学研究者乃在饶有兴致地向国人介绍弗式心理学,并把它用于对中外文学作品的理解及探讨之中。这种兴趣及追求在总体上是可喜的,它至少说明我国的文艺批评已拓宽了视野。不久前戏剧界把《雷雨》中的鲁大海这个人物删掉,去突出剧中非社会因素所造成的悲剧内涵,在此,我们似乎也可以看到弗式理论的影子。

  不过,目前在我国应用弗式理论做文本阐释方面,也存在着不少问题,其中比较主要的问题来自我们不少评论家缺少释读的基本训练。由于读文本的能力不够好,在使用弗式理论时就产生了可以称之为"没有阐释的阐释",或者叫作"贴标签"的阐释法。也就是说,评论者只是把故事从头梳理一遍,在讲述过程中加上一些弗式的用语,诸如"利比多"(Libido)和"俄狄浦斯情结"(Cedipus Complex)。实际上,他们所做的只是简单化地把故事中该用"情欲""欲望""对异性的向往",甚至"爱情"等字样的地方,——用弗式词语取而代之,却没能深入字里行间去读出心理因素支配人物行为和事件发展的深刻内涵。

对弗洛伊德心理学用于文学阐释,中外学者大致都有褒贬两种态度。最拥护弗式理论的评论家如莱斯里·A.费得勒(Leslie A. Fiedler)或弗莱德里克·C.克鲁斯(Frederick C. Crews)等人认为采用了心理分析才能"透过那虚假的、貌似一致的表象去触及人类存在的可怕内涵"。而坚决反对者就指责说,弗洛伊德分析法不外就是在每一件事或每个言行的背后去挖掘出肮脏的、令人恶心的动机来。而大多数人则处在这两个极端之间。我认为,适当的心理分析能给文本阐释打开新生面提供探索的乐趣,丰富和加深我们对作品的认识;但是,不加区别地采用弗式心理分析难免会牵强附会,而且议题必然离不开性与暴力。所以,这种读法最好是与其他读法,如对结构、文本、人物和语言特色等的分析配合使用,并且要适可而止。这里,我试用弗式心理学释读两篇作品,一篇是霍桑的短篇小说《拉巴契尼的女儿》(*Rappaccini's Daughter*),另一篇是弗兰克·诺里斯(Frank norris)的自然主义的小说《麦克梯格》(*Mc Teague*),以对比说明弗式理论的应用。

受当时社会时尚和清教思想的约束,霍桑不能也不愿像某些坦诚的作家那样把内心世界披露在读者面前,他的小说因此充满了折中、委婉和影射。《拉巴契尼的女儿》也是如此。它讲述了一个十分简单的故事:医生拉巴契尼通过实验创造出了各种毒花异草,在这过程中成长起来的独生女比特丽丝也身带剧毒,其他生物一接触她就会中毒乃至身亡。一天,拉巴契尼的邻居家搬进一位房客,年轻的学者吉奥瓦尼。他从窗口望见了美丽的姑娘,设法结识她,两人产生了爱情。但吉奥瓦尼很快就发现比特丽丝身带剧毒,而且不久就怀疑自己也染上了毒性。恐慌之余,他对姑娘产生了厌恶和仇恨。另一位医生巴格里奥尼给年轻人找来一种解毒药。比特丽丝在情人敦促下服了药,但毒性清除之日也就成了她生命结束之时,她死在吉奥瓦尼的脚下。故事是由吉奥瓦尼讲述的,我们心目中的比特丽丝实为吉奥瓦尼看到、听见和认为的。因此,要正确把握故事的症结,必须先搞清楚吉奥瓦尼是否一个可靠的叙述者?霍桑是怎样看待他,又如何引导读者去看他的?

霍桑告诉我们故事发生在"很久、很久以前",在帕都亚"一栋老宅子的一间阴郁的卧室里"住着个年轻的外乡人吉奥瓦尼。这所房子不但显得遥远和神秘,而且很有些哥特式恐怖色彩,它那盾徽纹章的标记告诉人们这宅子原属于一个早已绝灭的家族。吉奥瓦尼熟知但丁,据他了解"就在这屋子里住过的一位老人,那有名的家族中的一员,被但丁写进了地狱篇,在那里受着无止境的煎熬"。众所周知,霍桑酷爱从历史,特别是从新英格兰的过去中挖掘故事题材。但是,他对历史的兴趣,都服从于他对原罪、犯罪和报应这个主题的执着追求。把吉奥瓦尼安置在这样一所犯有下地狱罪的恶人的老宅里,霍桑便向我们暗示了这个在住房上接替了那遥远的前辈的青年,必将继承他的罪恶。不仅如此,小说一开始对但丁的提及,很容易就使读者把拉巴契尼的女儿与《神曲》中同名的比特丽丝联系在一起。《神曲》的女主人翁是纯洁虔诚的宗教信仰化身,是她把诗人引入了天堂。霍桑的同名设计不由我们不对比特丽丝产生好感,并对她身上的剧毒提出疑问。

接下来,作者描写了拉巴契尼花园。它坐落在吉奥瓦尼的窗下,吉奥瓦尼总是"坐在墙壁投射的阴影深处"来观察那园子里的动静。外面那阳光灿烂的花园,虽然开的是毒花劣草,同阴森的老宅仍形成鲜明的对比。霍桑似乎在向读者暗示,那位从阴暗的屋角里向外看事物的年轻人,不可能提供给我们可靠的观点及信息。因此,可以说小说自一开篇就已向读者表明,这篇小说写的是具有欺骗性的表象掩盖下的真理。

在吉奥瓦尼和巴格里奥尼的眼里,比特丽丝是个骗人的女妖怪,好像一朵盛开的鲜花,光彩夺目、香气四溢,而且于妖艳之中透着处女的清纯。她的艳丽和芳香像花朵一样吸引昆虫和男人去靠近她,然后她就用毒气杀死这些可怜虫。吉奥瓦尼头一次看见比特丽丝时,就感到不能自主地被她那令人骚动的美貌所吸引。此后,当他同姑娘在明亮的阳光下漫步园中时,他进一步为她的纯洁和甜美而折服。然而,只要一退回他那阴暗的居室,从那扇小窗瞭望下面的花园,他就似乎看见了种种可怕的怪现象,比如他赠送的花束如何在比特丽丝抚摸后立即枯萎,昆虫如何被园中那株艳丽的紫色花的液汁毒死。在他的小屋里,夜晚噩梦迭迭不断。霍桑没有明说小伙子究竟做了什么样的梦,但是他告诉我们这些梦最富于想象,又令人不能安眠,醒来之后仍感到脉搏剧跳,并促使他设法要进到花园里去同姑娘会面。从弗式对梦的解析来看,人们总是在梦里去完成白天受到压抑而不能实现的愿望。吉奥瓦尼关于比特丽丝的梦自然就离不开情爱的范围,是他白日压抑的性爱要求的显现。那么,是什么阻碍了吉奥瓦尼去赢得比特丽丝?比特丽丝身上令他生畏的剧毒又到底是什么呢?

引起我们注意的一桩怪事就是小说中对吉奥瓦尼父亲的有意忽略。比特丽丝结识年轻人之后,两人常在花园中会面。闲谈中,姑娘问及小伙子的家庭和亲人,打听他在远方的"朋友、母亲和姊妹",却没有提到父亲。比特丽丝从小丧母,与父亲相依为命。为什么把父亲当作生活中最重要因素的比特丽丝,会不去问及吉奥瓦尼的父亲?小说还告诉我们吉奥瓦尼愿意把比特丽丝当作妹妹,并喜欢同她像兄妹似的游戏。不论霍桑是出于什么考虑,这种安排和描写,客观效果就是造成一个吉奥瓦尼十分思念母亲和妹妹的印象。根据弗式理论,这种情况表明,由于他从小只有母爱,缺少强有力的男性影响,造成他成年后性心理的不成熟和沉眠状态。他在姑娘身上下意识寻找的是母亲或姊妹的替代物,而不是他极不熟悉、又不习惯的情人。在这点上,他作为男人的生理需要同他那不成熟的性心理状态形成了矛盾。他对比特丽丝代表的女性性感既害怕又有强烈的渴求。这些含义在他对姑娘"剧毒"的恐惧之中得到了充分的体现。霍桑对吉奥瓦尼害怕比特丽丝有毒是持否定态度的,因为在描写年轻人看见比特丽丝的鼻息杀死了昆虫或紫花液汁毒死了蜥蜴时,霍桑没有使用"看见"或"注意到"这类的词语,却选用了不肯定的"看上去是"(appear)和表示奇想的"以为见到"(fancy),以暗示这实属讲述者本人头脑里生出来的花样。霍桑在文字上如此费心就是要说明问题出在吉奥瓦尼身上。他的心理障碍已预先给这恋爱故事的悲剧结局定了音。

与小说整体构思紧密相连,霍桑对拉巴契尼医生的花园的描写也带有强烈的性爱含义。园子里长满的有毒的花草,不是"上帝的造物",而是"人类堕落的奇想结出的怪物",是"各种植物杂乱交配的混合"。当吉奥瓦尼急切地希望结识姑娘时,他去求房东丽萨贝塔为他引见。扮演了妓院鸨母或皮条客角色的巫婆似的女人丽萨贝塔拿了吉奥瓦尼的金币后引他走过了几个幽静、无人注意的通道,最后打开一扇门,吉奥瓦尼迈了进去,使劲扒开一丛矮灌木和挂下来的盘绕的卷须藤,才找到那藏在后面的入口。这段进园子的叙述都充溢着性爱和性交的隐喻。吉奥瓦尼在强烈的好奇心驱使下,要进入花园,要了解女人并品尝禁果的滋味。结果他没能抵制住巫婆即自身欲望的诱惑,而走上了犯错误的道路。《拉巴契尼的女儿》实际上提示了面对性吸引时青年男子的两个极端:一方面他们有可能存在不成熟男性对母亲和姐妹的依恋,对婚恋和异性的惧怕;而另一方面,生理需求及好奇心又把他们推向寻花问柳。然而在清教思想统治下,不公平的社会舆论却把这一切罪名加诸女人,怪罪她们毒害了男人,是带有剧毒的妖孽。这就是《拉巴契尼的女儿》的深层含义。

这里,弗式理论释读法的运用使我们得到的理解与霍桑多次在作品中表现的反清教对性欲束缚的主题是一致的。从《拉巴契尼的女儿》到《红字》,作者的民主思想和对女性的同情一脉相承,而且表现得愈来愈强烈和明朗化。如果说在《拉巴契尼的女儿》中,他只是通过寓意来暗示他对禁欲主义的反对的话,在后来的《红字》里,他对受迫害的赫丝特所寄予的巨大同情则更直率了。

与此相反,对弗里克·诺里斯的小说《麦克梯格》的结尾做弗式心理分析就显得十分生硬和勉强。麦克梯格是一个强壮但愚笨的旧金山的牙医。他娶了好友马克的表妹特丽娜。不久,特丽娜中了彩票,获得五千美元,她看紧了这笔钱。马克对表妹与麦克结婚本来就不满,见特丽娜中彩,更觉得自己被麦克诈骗了发财机会。为报复,他检举了麦克无照行医。丢掉职业后麦克变得越来越凶残和自暴自弃;他向特丽娜讨钱不遂,便杀了她。

小说结尾描写麦克杀妻后,窃取了一些钱,逃回到他出生时的矿山,重操矿工旧业。马克跟踪而来,把麦克直追到死谷,虽然麦克最终打死了马克,但马克设法在倒下之前用手铐把麦克和自己紧锁在一起,结果双双死在那里。这个结尾占了三章,共60页之多。它引起了不少争议,因为不论从场景、气氛,还是从人物描绘上它与前面麦克同特丽娜的故事似乎截然不同,就像是另外一本书。不仅如此,在最后三章里,作者对时空都做了超现实的腾越,比如谋杀发生在圣诞节,而紧接着的逃窜却被故意安排在炎热的5月;追捕发生地名叫死谷,而实际的描写却把那地方扩大了起码三倍。威廉·丁·豪尔斯写书评称赞《麦克梯格》是一本了不起的作品,带有强烈的左拉式自然主义色彩,打破了美国传统小说的框框。但是他批评了小说的结尾,认为它使高潮突然下降(anticlimax)。诺里斯写信向豪尔斯表示感谢,但对虎头蛇尾这个意见不能接受。他说,荒漠之死不是败笔,它是有自身地位的。

  细读小说,可以发现诺里斯的结尾的确不是乏力之笔。诺里斯很受约瑟夫·勒·康特(Joseph Le Conte)理论的影响。康特认为,人的行为受内在因素支配,每个人身上同时存在着两方面性质:一方面是占主导地位的精神,另一方面是与动物相通的兽性。人的一生就是要奋斗,以其高尚的精神去控制肉体的本能,而罪恶的实质就是精神可耻地被低下的欲望支配。诺里斯还接受了朗姆布罗索(Lombroso)根据祖型再现/返祖遗传理论对犯罪现象所做的分析。根据他的理论,遗传因素能使某些动物性较强的人在生理和智力上退化,而走向犯罪。在小说里,麦克原本来自没有文化和精神生活的穷乡僻壤,他像只被追捕的野兽逃回窝里躲藏后,每天在地下挖掘不停,上到矿井上面则只知吃喝睡觉,与野兽生活无异。恶劣的环境迫使他旧态复萌,接着就退化得不可收拾,直到被追杀在荒漠中。在这最后的结尾里,诺里斯实际上是把人的精神与肉体的搏斗用马克与麦克的追逐及格斗做了寓言式的表现。根据文本,他们的名字Mark和Mac在英文中极其相似,小说里有不少笔墨形容这两人如何形影不离,长期食宿不分;马克全身都是主意,麦克有的就是力气;马克从来唤不起特丽娜的情欲,而面对麦克,特丽娜却感到身不由己地受其吸引;两人发生冲突时,马克总是用心计,而动武时,总是麦克取胜。马克和麦克象征着同一个人的头脑和躯干,或肉体与精神,他们的斗争则意味着人的自身矛盾:兽性与文明,欲望与理智的搏斗。然而马克并不是正面人物,他贪婪,也很虚伪。因此,他只是主人翁麦克既软弱又不完美的精神,它不但制止不了肉体的犯罪,而且最终必然与肉体同归于尽。这样来理解结尾三章,同诺里斯创作的初衷——表现人类遗传劣根性——相吻合,同时也解释了沙漠追捕为什么占据了如此多的篇幅,并一反前面故事的写实主义,充斥了许许多多超现实的描写:这都是为了强化麦克人性退化为动物性这一主题。

  然而在美国,一些喜欢使用弗式心理分析的人把马克与麦克看作是同性恋伙伴。

他们认为麦克在认识特丽娜之前与马克亲密无间,不分彼此。见到特丽娜后,他被生平第一个对自己感兴趣的女人所动,忘掉了马克,与特丽娜结了婚,然而他与妻子的关系有的只是最初级、最原始的两性吸力,绝无任何精神境界可言。特丽娜中奖后,钱——在弗式及女权理论中,钱被称为"男性生殖器权力"(phalic power),谁占有了钱,谁就有相当男人的地位——打破了他们夫妻关系原来的平衡,造成了悲剧。马克执意单身追拿麦克,并非为表妹报仇,而是要争夺那个可以说与他毫无关系的钱——男性力量的标志。这种弗式释读法仅根据些微线索就下结论,显然过于牵强乃至荒唐,无助于正确理解作品所蕴含的深刻寓意。

1994 年

黑人民间文化的继承者
——谈托妮·莫里森的小说艺术
王家湘

瑞典文学院宣布,将 1993 年诺贝尔文学奖授予美国黑人女作家托尼·莫里森(Toni Morrison)。她是诺贝尔文学奖自 1901 年开始颁发以来第八位获此荣誉的女性,也是得过此奖的共十位美国作家中的第一位黑人。当代黑人女作家在美国文坛上是一支十分引人注目的力量,自美国民权运动特别是女权运动以来,涌现出了一大批优秀的黑人女小说家、诗人、剧作家,如波勒·马歇尔(Paule Marshall)、玛雅·安奇洛(Maya Angelou)、托尼·凯特·本芭拉(Toni Cade Bambara)、艾丽丝·沃克(Alice Walker)、艾丽丝·奇尔德瑞斯(Alice Childress)、盖尔·琼斯(Gayl Jones)、澳德·洛德(Audre Lorde)、索妮亚·桑切斯(Sonia Sanchez)、尼基·乔万尼(Nikki Giovanni)、格洛拉·内勒(Gloria Naylor)等。在三十多年的时间里,从既是黑人又是女子的双重边缘状态下走上美国文坛,为黑人、特别是黑人女性争得了说出心声的权利,创造出了有声有色、轰轰烈烈的黑人女性文学。莫里森的获奖不仅是莫里森本人的殊荣,也是世界对以她为代表的黑人女性文学所取得的杰出成就的首肯。

莫里森是一位对待创作极为认真严肃的作家。她重视小说的社会政治作用,也重视如何以高超的艺术技巧使小说发挥这个作用。在《根性:作为根基之祖先》(Rootedness: The Ancestor as Foundation)一文中,她指出:"小说应该是美的、有力的,但同时也应发挥作用。小说应有启迪性,应能开启一扇门,指出一条路。小说中应反映出矛盾是什么,问题是什么。"并进而强调"作品必须具有政治意义,作品的力量必须在此。在当今文艺评论界中,政治是个贬义词:如果作品中有了政治,就玷污了作品。我认为,恰恰相反,如果没有政治,就玷污了作品。"

莫里森之所以如此重视作品的政治亦即社会意义、作品的启迪性,这和她的出身有很大关系。她于大萧条的 1931 年出生在俄亥俄州钢铁工业城市洛雷恩的一个贫困的黑人家庭中,12 岁起就开始打工挣钱帮助养家,同时她还顽强地坚持学习。后来她以优异的成绩进入霍华德大学,继而又深造于康奈尔大学,毕业后做了大学教师。她虽然离开了故乡,却始终不忘黑人社区,不忘普通黑人群众的苦难。她说自己在观察世界、描写世界时，这个世界永远是个黑人世界；在提笔创作时，笔底涌现的是黑人的村镇、社区和黑人的生存境遇。她利用小说这个形式，因为她想到，在黑人大规模脱离土地流入大城市后，传统文化失去了民间口头传说这一载体，"我们在家里不再听得见那些故事了，父母不再和孩子们坐在一起，给他们讲述过去我们听到的那些传统的民间神话故事和传说"。莫里森认为，正因为如此，小说成了继承传播黑人民间文化传统的有力工具。她对黑人文学的界定也反映了这一思想。她说黑人文学不只是黑人写的作品，或有关黑人的作品，或使用了黑人喜用的词语的作品，它还应是同时包含了黑人民族与文化传统中特有成分的文学。

瑞典文学院的授奖决定中称赞莫里森"在她的以具有丰富想象力和充满诗意为特征的小说中生动地再现了美国现实的一个极为重要的方面"，我认为这"极为重要的方面"指的就是美国黑人的生存境遇，以及在逆境中生存而仍不屈不挠地维护自己文化传统的尊严和独立存在的自我。这也正是莫里森要反映的政治意义。她所创作的六部小说反映了黑人在美国社会中，在他们各自生活的环境及集体中，在被种族歧视扭曲了的价值的影响下，对自己生存价值及意义的探索，莫里森通过人物的命运表明，黑人只有保持自己的文化传统和价值观念，才能有真正属于自己的生活。

莫里森在追求作品的社会意义的同时，还十分注意政治和艺术的统一。对她来说，作家的责任就是努力使自己的作品既有鲜明的政治性，又有无与伦比的美，做到了这一点才达到了艺术的最高境界。莫里森的艺术成就之一是她在小说中成功地吸收和发扬了黑人文化传统中独特的魅力，把从黑奴时代起就开始流传的民间口头文学的传统运用到自己的创作中。她要求自己的作品要利于朗读，要具有黑人传教士布道或黑人音乐那种震撼人心的力量，要留给读者参与的天地，不仅要打动读者，而且要他们和人物一起去哭，去笑，去思考，去变革，和作者一起进入叙述程序，去填补作者蓄意留下的叙述空白。莫里森不在人物外形的描写上多费笔墨，在写对话时也很少去形容说话人的口气声调，她希望读者在自己的想象中去完成人物的外貌，从故事行文中体会交谈者的心境和状态，听到他们说话时的声调和语气，体会到寓于其中的感情色彩。

莫里森还善于利用群体背景话语，这和黑人口头文化的广泛流传也是分不开的。在黑人长期被剥夺受教育的权利的岁月里，知识的传布主要依靠口头媒介，一人讲，众人听，并且加入议论、插话，在一遍又一遍的重复中丰富扩展。参加过黑人礼拜仪式的人都惊奇于他们与众不同的参与性，在教师布道时，完全不像白人那样无声地静听，而是或大声感叹，或高声赞同，或插话，最后便是众人同时高声倾诉，哭的、叫的，感情充分地抒发出来。读莫里森的作品时总能清楚地感到这种存在于主话语之外但又和主话语相互作用的群体背景话语的存在。小说中人物生活于其中的群体对主人公的言论行动进行着各式各样的评论,施加着各式各样的影响,这种背景话语拓宽了小说的空间、深化了小说的主题、增加了读者观察的视角。如《最蓝的眼睛》中,基本叙述是以第三人称进行的,这是描写黑人小姑娘毕可拉的悲剧的主话语。但在小说四个部分各自的第一章中,莫里森使用了毕可拉的女友克罗地亚作第一人称叙述,以回忆的方式讲述了她和姐姐听到、看到、经历到的有关毕可拉的故事。小城中各种人物对毕可拉命运的各种评论以及他们的不同身世遭遇通过尚未充分认识人事的克罗地亚的似懂非懂的叙述交织成了小城的群体话语,读者从这群体话语的背景中意识到毕可拉的毁灭绝非个人的悲剧,而是历史造成的整个种族悲剧的一部分。又如《苏拉》中,俄亥俄州梅达林城一个叫"谷底"的黑人区,宛如一个无所不在的人物,读者处处都能感到它的巨大影响。这片处于小山坡上的黑人区竟然被白人强行称作"谷底",而谷底也以其颠倒了的价值对主人公苏拉和女友内尔进行着挑剔、审视、评价,以自己敌意、冷漠、封闭的群体话语孤立了苏拉,也窒息了内尔的热情与活力。小说结束时谷底已不复存在,它在白人世界的开发规划中解体消失。谷底是莫里森作品中唯一的一个没有生命力并最终消亡了的群体。发展到《所罗门之歌》,尽管主人公麦肯的姓"戴德"意为死亡(源于白人登记官把应登在"父亲"栏下的"死亡"错写在了"姓名"栏下)及戴德住的医生街因得不到白人当局的承认而成了"不是医生街",也就是说,和"谷底"一样,也是被颠倒了的存在,但因为在《所罗门之歌》里存在着强烈的寻根意向的群体背景话语,指引着麦肯找到了自己祖先的故乡,了解了自己家庭的历史,使群体获得了希望与生命力。这种群体背景话语在莫里森作品中最大的作用莫过于使读者看清美国黑人的悲剧不是性格悲剧而是历史悲剧。大概这也是为什么黑人更需要教堂中的高声宣泄而不是独自的忏悔。

莫里森作品的又一特点是它的魔幻色彩,她认为黑人既现实又富于幻想,很能够接受超自然的魔幻力量。这一点和美国黑人的历史也是分不开的。生活在蓄奴制下的黑人,对美好的未来充满了渴望,但现实的残酷使他们寄希望于冥冥中的神秘力量,如在黑人民间广泛流传的巫术。一些在别人看来怪异难信的事在黑人民间传说中被视作当然,为人们所接受。莫里森的小说中常常出现许多无法解释的现象,但她能使读者把疑问置于一旁,被故事本身的魅力所吸引,悟出怪异现象的寓意。这方面最突出的例子莫过于《宝贝儿》中那在蓝石路 124 号作祟的两岁的宝贝儿的鬼魂了。这个小女孩因为母亲塞斯不愿她落入奴隶主之手而杀死了她,但她阴魂不散,总在母亲家里出没。后来,一个女孩子从谁也不知道的地方来到塞斯家中,塞斯立刻认为这是长大了的宝贝儿回来了,而这个女孩子的言谈也真仿佛是从另一个世界回来的宝贝儿。从理性上分析,这是绝对无法接受的情节,但恐怕没有一个读过这本书的人会去纠缠到底有没有鬼,他们会被莫里森惊心动魄的故事和无与伦比的叙述所吸引,不由自主地接受了这非理性的情节,并超越魔幻性而获得对现实的深一步了解。《宝贝儿》从第一页起就闹鬼,吓跑了宝贝儿的两个哥哥。塞斯提出搬家,然而奶奶回答说:

> 那有什么用?在这个国家里,没有一所房子不是直到房梁全都塞满了死去的黑人的悲苦……你够幸运的了,还有三个儿女活着,三个扯着你的裙子,只有一个在另一个世界里闹腾。知足吧,我有过八个孩子,个个都走了,四个被抓走,四个被追捕。我看他们全都在什么人的房子里闹鬼呢。

奶奶的一席话诉出了黑人的苦难,也把人们头脑中的怀疑赶到了九霄云外。莫里森作品中常常出现老人的形象,她们往往是民族传统的体现者,作者称之为"祖先的存在",认为这能反映出作家的历史感。她说"我的作品就是要说明,(保持与祖先传统的联系)正是我们的任务。一个人要是扼杀了祖先,也就是扼杀了自己。我想指出这样做的危险性,那些完全依赖自己不去自觉地与历史传统接触的人不见得一定有好下场"。这些老人不仅是长者,而且是一种永恒的力量,他们以自己顽强的生命力和朴素的价值观念面对生活中的艰辛,保护和指引其他人物,用黑人代代相传的智慧的结晶守护着他们苦难的儿孙。《苏拉》中的伊娃就是这样的一位老人。她婚后五年丈夫就不告而别,留下三个幼儿,不到两美元的现金、五个鸡蛋、三个甜菜头。但她并未向命运低头,她把自己的一条腿塞在火车轮下,用得到的赔偿盖起一所房子出租,养大了子女。她承受着生活给予一个黑人,特别是一个女人的一切不公正的对待,不屈不挠地活了下来。丈夫的懦弱使她终生痛恨在生活面前屈服的人,她的这种态度对苏拉的性格形成和人生抉择产生了极大的影响。《所罗门之歌》的派莱特身上,更集中体现了一个继承、保护黑人文化传统的老人的形象,甚至还赋予了她几分神秘的色彩。她没有肚脐,会施巫术魔法,左耳上吊着的一只铜制匣式耳坠里装着一张写有自己姓名的纸条,住房里挂着一个沉甸甸的绿色油布包。她十岁时和哥哥躲在一个山洞里,当哥哥一心想着如何把在被杀死的白人老头身下发现的黄金弄走时,派莱特却听见了死去父亲的呼叫,看见了他离山洞而去的身影。不仅如此,父亲的幽灵不但总是在她耳边提醒她唱《所罗门之歌》,而且三年后又敦促她回到山洞去收拾白人老头的尸骨。麦肯就是从这个完全生活在物质追求之外,只注重人本身的价值的姑姑嘴里第一次听到了《所罗门之歌》,又在故乡黑人小村儿童嘴里听到这熟悉的歌词后,逐渐追寻出自己家庭的历史,了解了祖先所罗门"飞"离奴隶命运的经过。在派莱特的影响下,麦肯逐渐和黑人的文化传统认同。

莫里森的作品植根于黑人文化传统,同时,在创作技巧上又广泛运用现代手法。如她十分讲究叙述角度的运用。有时分别用第一和第三人称叙述一部作品的不同篇章,有时又在同一章节中自由变化叙述角度,有时利用作品中的一个人物做叙述者,有时又以每个人物的内心独白为基础,以第三人称叙述将其联结为一个整体,如《爵士乐》的叙述结构。更耐人寻味的是,这个叙述者在书中不断地改变着身份、口气、心态、情绪,他时而像作者,时而又像个无所不知的第三者,裹在一层神秘的色彩之中。象征也是莫里森喜欢用的手法,读她第一部作品《最蓝的眼睛》的第一页,三段不同排列方式的同样的文字,其象征寓意就给人以无穷的回味。

第一段按规范的结构排列,展示了一幅美国中产阶级的"美满家庭"图:漂亮的房子,爸爸、妈妈、狄克、珍妮,十分幸福。这是流行的识字课本中的一课,向儿童展示了中产阶级的价值观;接下去同样是这段文字,只是没有了大小写和标点符号;而再一次重复时连词与词之间的间隔也取消了。

毕可拉的悲剧的根源是占主导地位的白人价值观念所造成的黑人价值观念的混乱和颠倒。《最蓝的眼睛》表现的就是白人文化从政治上及文化上对黑人传统价值观念的肢解。而防止悲剧的重演就需要在黑人群体中解构白人的价值观念,使自己的民族传统得以保持。莫里森在小说正文开始前把象征白人价值观念的启蒙读物从文字上彻底解构,使这个主流话语完全丧失意义,它所指的价值观自然也就随之被解构了。这正是莫里森象征手法运用的奥妙之处。

莫里森将黑人特有的传统表达方式和精湛的叙事技巧相结合,使紧扣美国黑人历史和现实的作品具有强烈的感染力,赢得了无数读者的喜爱。所以瑞典文学院在授奖词中称赞说:"人们喜欢她无与伦比的叙事技巧。她在每本书里都使用不同的写作方法,形成了自己独特的写作风格。"

超越战后文学的民主主义者
——诺贝尔文学奖桂冠新得主大江健三郎
许金龙

二十六年前,在斯德哥尔摩一座椭圆形大厅里举行的诺贝尔文学奖授奖仪式上,日本作家川端康成发表了著名的演讲《我在美丽的日本》,把东方的哲学、美学、禅学、文学等传统思想和审美情趣,淋漓尽致地展现在西方人面前,使得他的听众有机会较为准确地把握和理解神秘的东方传统文化,同时也使得诺贝尔文学奖评选委员会会议厅的十九个座席中,第一次有了属于日本文学专家的座椅。川端康成当时或许没有想到,二十六年后,一位曾被他褒为具有"异常才能"的学生作家,也将站在这座大厅里接受诺贝尔文学奖并发表演讲。他或许更没有想到,他的这位同胞大江健三郎在其获奖作品《个人的体验》和《万延元年的足球队》,以及其他主要作品中所表现出的主题,已不再是神秘的东方传统文化,而是生活在现代的人们所无法回避的两个沉重的现实问题——残疾人问题和核问题。

独特的经历和普遍性的主题

对于大江健三郎的创作生涯来说,1963年是个非常重要的年头。在这一年里,他的长子大江光出世了。这原本应该是一桩喜事,却给这位二十八岁的青年作家蒙上了厚厚的阴影——婴儿的头盖骨先天异常,脑组织外溢,虽经治疗免于夭折,却留下了无法治愈的后遗症。也就在这一年的夏天,大江健三郎去广岛参加了原子弹在广岛爆炸的有关调查,走访了许多爆炸中的幸存者。可以认为,这两件事给这位作家带来了难以言喻的苦恼和极为强烈的震撼,对其后的创作产生了极大影响。

《个人的体验》(1964年)正是作者在这种苦闷之中创作的一部以自身经历为题材的长篇小说。如同日本著名文学评论家平野谦所盛赞的那样,"在大江健三郎至今的所有作品里,这是最为出色的一部"。在这部发表后即获得新潮文学奖的作品中,脑残疾婴儿的父亲鸟在面临婴儿的生死抉择时,最终决定接受现实,从而把个人的不幸升华为人类的不幸。《万延元年的足球队》(1967年)亦属于这一类表现残疾人题材的长篇小说。在这部被称为现代传奇小说的作品中,作者以故乡的群山、森林和山村为舞台,通过极其丰富的想象力,把过去与现在,畸形儿、暴动、通奸、乱伦和自杀交织在一起,勾画出一幅幅离奇的画面,并由此向人们提出:人类应如何走出那片象征着核时代的恐怖和不安的"森林"。从这两部小说以及大江氏的其他作品中,不难看出战后成长起来的这一代作家的主要经历:日本被占领的体验、战后民主主义的教育、与原子弹爆炸受害者的密切交往,以及解放了的性风俗等等。当然,这些浓厚的战后派文学特色并没有妨碍大江氏在其作品中表现出独特的个人风格。他的一个极为重要的特色,是来源于自己的脑残疾病儿的创作动力。瑞典文学院在评论他的获奖作品时认为,作者"本人是在通过写作来驱赶恶魔,在自己创造出的想象世界里挖掘个人的体验,并因此而成功地描绘出了人类所共通的东西。可以认为,这是在成为脑残疾病儿的父亲后才得以写出的作品"。

除了表现残疾人主题的作品外,作者另一个经常表现的主题则是核问题。通过《广岛笔记》(1965年)、《核时代的森林隐遁者》(1968年)和《洪水淹没我的灵魂》(1973年)等一系列作品,作者向人们提出:在核武器威胁着世界的今天,人类应如何超越文化的差异而生存下去?获得诺贝尔文学奖的当天夜晚,这位桂冠新得主仍然对记者表示:"广岛和长崎的核问题是我最大的主题。"

评论家们认为,大江氏在作品中用现代派手法表现出来的这些沉重的主题——核危机下人类的未来、身为残疾病儿父亲的苦恼和欢乐、个人与人类整体的关系等,具有鲜明的普遍性,使得人们超越语言和文化的差异,从中得到共同的感受,引发出强烈的时代感。也许正是因为这种普遍性,自他的代表作《个人的体验》于60年代末被译成英文以来,其主要长篇小说已被陆续译介到十余个国家;抑或还是出于这种普遍性,近年来国际上对他作品的评价急剧升高,接连授予他蒙德罗奖和其他欧洲文学奖;或许仍然由于这种普遍性,当《个人的体验》和《万延元年的足球队》被译成瑞典文并在瑞典发行时,这个以热爱和平和提倡福利而著称的北欧之国的新闻界掀起了一阵狂澜,各主要报纸不惜以整版篇幅来介绍这位日本作家以及他的作品;当然还是因为这种普遍性,这位五十九岁的作家才得以出席于1994年12月10日在斯德哥尔摩为他举行的授奖仪式,并在仪式上发表以现代日本人的生活方式为主题的演讲。

远离现实的想象世界

在谈到授奖原因时,瑞典文学院认为,大江氏在其作品中"通过诗意的想象力,创造出一个把现实和神话紧密凝缩在一起的想象世界,描绘出了现代的芸芸众生相,给人们带来了冲击"。这种"诗意的想象力"和凝缩了现实和神话的"想象世界",恐怕也是大江氏所特有的领域。通过他的一系列作品,我们可以发现,这个领域远离我们所生活的现实社会,那里的人物也全都令人吃惊地缺少现实感。无论他们是成年人还是孩子,日本人或是美国人,都在用一种思维方式思考问题,用一个声音说话,使读者难以感受到这些人物应有的历史和社会背景。而供这些人物活动的舞台,也同样惊人地缺少现实性。且不说《我们的时代》(1984年)和《呐喊》(1987年)等以城市为舞台的小说,就连《摘嫩菜打孩子》(1958年)和《万延元年的足球队》等以乡村或山村为舞台的小说,也无不是如此。作者在《万延元年的足球队》中所描绘的森林深处的村落,恐怕在地球的任何角落都难以找到。有人指出,这是作者在故意拉开与现实之间的距离。因为作为战后派正统的继承者,作者在现实社会中已经很难找到属于自己的场所。我们或许有理由认为,这种现象的出现与萨特的存在主义哲学有着直接或间接的联系,但从根本上讲,恐怕还是来源于这一代人儿时的经历和体验。早在战争末期的小学时代,当被老师问及"如果天皇陛下让你们去死,你们会怎么办?"时,小学生们要大声地回答:"去死!切腹而死!"而当战争结束后,这些小学生从自己的老师那里接受的又是另一种教育:"当遇上占领军(美军)时,大家要大声地说'哈罗'。"这就使得包括大江氏在内的这一代人对社会抱有强烈的不信任感,认为自己是无根的小草。与其他战后派作家不同的是,大江氏在以小说形式表现这种"不安"的同时,还创造出了上述的那种远离现实的想象世界。

大江氏还是一位对外国文学的最新作品、动态和思潮抱有强烈兴趣的作家。早在1954年,这位东京大学文科的新生,就迷上了帕斯卡尔和加缪的作品,并通过《自由之路》而对萨特产生了浓厚的兴趣。1966年以后,福克纳的作品又被摆上了他的案头。纵观大江氏近年来的创作活动,似乎可以得出一个结论:从他的文艺理念和创作手法上不难找到西方现代派的影响,甚至其文体都是与一般日本文学作家大相径庭的翻译语调(这种远离日常生活语言的文体,又进一步加强了想象世界的效果)。

当然,我们同样不难发现,作者在从外来文化中吸收养分的同时,并没有忘记从本民族的土壤中充分汲取营养,很好地继承并大量使用了《竹取物语》(859—877)延续下来的象征性技法和日本文学传统中的想象力。我们或许可以认为,大江对西方文学的吸收,是技巧多于精神的。尽管这位作家在作品中大量导入了西方文学的理念和技巧,但其内在精神依然是日本的。

仍然是民主主义者

10月14日,也就是大江健三郎获得本年度诺贝尔文学奖的翌日,日本文部省随即召开紧急会议,检讨没能在诺贝尔文学奖公布之前,把日本政府以国内杰出文化人士为对象的最高大奖——文化勋章授予大江氏的原因,表示将把象征"国家荣誉"的文化勋章授予大江健三郎。然而让文部省尴尬的是,这位战后文学的继承者却并不领情,在报纸上发表文章,表示自己是"战后的一位民主主义者",无法接受天皇授予的这项"国家荣誉"。他还说,天皇坐在从第二次世界大战前的时期遗留下来的社会等级制度的顶端。……在文化领域中,也以文化勋章和日本艺术院的形式"构筑起了以天皇制度为顶端的垂直的轴心",认为"文化勋章对自己来说,就像寅次郎身上的晚礼服一样不合适。已经关照了妻子,就是在我死后,也不要与这类事有牵连……"。

其实,这场风波的发生并不是偶然和孤立的。据作家本人回忆,他十二岁时正逢日本公布新宪法,他认为宪法中"主权在民,放弃战争"的内容对他的思想形成具有很大影响。1950年爆发的朝鲜战争和日本政府大规模整肃共产党员的事件,更使这位十五岁的少年为理想在现实中难以实现而感到苦闷。1960年5月底,在日本国内反对《日美安全条约》斗争的高潮中,这位已在日本文坛小有名气的战后派青年作家,还参加了以野间宏为团长、白士吾夫为秘书长的日本文学家代表团访问了中国。

从大江氏的早期作品可以看出,他的这些经历,很难不对他的创作生涯产生影响。早在1958年,这位东京大学法文专业的学生作家在以小说《饲育》获芥川奖后对报纸表示:"我毫不怀疑通过文学可以参与政治。就这一意义而言,我很清楚自己之所以选择文学的责任。"1961年,他以右翼少年刺杀日本社会党委员长浅沼稻次郎的事件为题材,写了《十七岁》和《政治少年之死》两部小说,通过对十七岁少年沦为暗杀凶手的描写,揭露了天皇制的政治制度。

就在大江健三郎获得本年度诺贝尔文学奖前不久,日本文坛传出一个热门话题:在完成手头的这一部小说后,大江健三郎将要为自己的作家生涯画上句号。这部自去年开始执笔的小说《熊熊燃烧的绿树》共分为三部,其中第一部和第二部已经发表,第三部预定于明年二月完成。他的最后这部小说以自己的儿子大江光为主人公,描绘了大江光由一个有着严重脑残疾的儿童,成长为作曲家并终于能够自立的前景。这部作品看起来似乎多少带有一些宗教色彩,不过,这"不是那种死后可以进入天国的宗教",而更像是为21世纪和"整个人类而进行的宗教式的祈祷"。

1995 年

德语文学越来越引人注目的课题
——托马斯·曼研究
马文韬

　　德国的著名作家托马斯·曼(1875—1955)在本世纪初以他的成名作《布登勃洛克一家》使德国小说继《少年维特的烦恼》后再次获得世界声誉,并且在以后的半个多世纪里保持住这个势头。对丰富和发展德语的表达能力作出划时代贡献的除了歌德和马丁·路德,也只有托马斯·曼了。但是对托马斯·曼的研究在他逝世后相当长一段时间里是很不景气的。在原联邦德国,学生运动蓬勃开展的 60 年代,托马斯·曼这位政治上保守的资产阶级作家是一位不受欢迎的人物。1975 年,托马斯·曼一百周年诞辰时,《法兰克福汇报》向一些作家征求纪念文章,遭到十几位作家的冷遇,他们表示没有谁比托马斯·曼更让他们感到无所谓的了。然而从 70 年代末 80 年代初起,研究托马斯·曼的活动逐步活跃起来,到处都有人在谈论"托马斯·曼的复兴",许多大学经常开设托马斯·曼专题课,学生报名踊跃。柏林自由大学于 1991 年开设托马斯·曼的小说《魔山》专题课,时间为一个学期,参加者自始至终有五六十人。费舍尔出版社近年来再版发行了三十多种托马斯·曼的著作,一批研究托马斯·曼的专著相继问世,其中赫尔曼·库尔茨克的《托马斯·曼,时代—著作—影响》、海尔姆特·柯普曼的《托马斯·曼手册》、莱希·拉尼茨基的《托马斯·曼及其亲属》代表了托马斯·曼研究的新成就。托马斯·曼在世时,就是一位有争议的、不讨人喜欢的人。对待托马斯·曼,像布莱希特、德布林、穆希尔和洛特这些人,他们所持的态度如果说不是憎恨,也是断然否定。比如布莱希特,早在 1926 年就把托马斯·曼称为生意兴隆的、资产阶级虚伪、空洞、毫无用处的书籍的炮制匠。当代作家马尔丁·瓦尔泽在一次电视讨论会上说,托马斯·曼的《托尼奥·克吕格尔》是 20 世纪德语文学中最坏的一部作品。当有人提醒他,他曾背诵过这部中篇小说时,他有些尴尬地说,那可能是为了学业。然而按照莱希·拉尼茨基的观点,这个中篇是托马斯·曼最成功的一部中篇,也是 20 世纪极成功的作品之一。这部被作家本人称为"他的维特"的小说,影响了整整一代作家。卡夫卡曾因为他的朋友在信中没有提及这部小说,便肯定有此内容的信丢失了。卢卡契说这部小说对他的影响确定了他青年时代创作的重要题材。

小说《托尼奥·克吕格尔》可以说是托马斯·曼一生全部著作的雏形。《王爷殿下》中的诗人马尔蒂尼、《魂断威尼斯》中的作家阿申巴赫、《魔山》里的年轻工程师卡斯托普、《浮士德博士》中的莱沃俊恩、《大骗子费利克斯·克鲁尔的自白》一书中的费利克斯·克鲁尔,甚至于《绿蒂在魏玛》中的歌德,这些人物都可以在托尼奥·克吕格尔身上看到他们自己的影子,他们基本上都是出类拔萃的离群索居者、孤独者,他们的生活方式超出了常规,他们的思想和情感同普通的规矩人不一样,他们同周围世界无法和谐相处,一生充满了困惑和烦恼——这些正是托马斯·曼长久探讨的问题。

有趣的是,文学界对托马斯·曼的兴趣在他逝世二十年后达到了高潮,而这种情况的出现又可以说恰恰是托马斯·曼本人策划的。

托马斯·曼是个名利心很强的人,富商家世又造就了他的精明。他在《魂断威尼斯》里描写作家阿申巴赫时这样写道:"他的整个身心都放在荣誉上,几乎还是一个中学生时就出了名。十年之后他就学会了以写作扬名并且学会如何使获得的荣誉持久不衰。"其实,这也是托马斯·曼本人的写照。为了保持自己已经获得的荣誉,托马斯·曼肯花费精力和时间,并且也有计谋和手腕。很少有作家像他那样写了那么多的自传性材料,写了那么多对自己作品的介绍和评论,以至人们甚至说他把别人对他作品的评论掌握在自己手中了。聪明人虑事久远。托马斯·曼还把他在 1918 至 1921 年,1933 年至 1951 年间仔细书写的日记亲自封存,保存在身边。并且在遗嘱中吩咐在他逝世后的二十年内不能拆封。当贬低他的人们认为是该推倒这位大师的丰碑时,正是他去世二十年之后,按照他的遗嘱,他的日记被拆封并陆续公之于世。妙计奏效了。贬斥、攻击他的人无法再继续干下去,因为他在日记中对自己的披露比他们想要说的更厉害。公布的日记大大提高了人们对托马斯·曼的生平及其著作的兴趣,推动了托马斯·曼研究的发展,其兴旺景象一直延续到今天。

当然,托马斯·曼所以今天仍然让人感兴趣,他的作品仍然具有生命力,这主要还是因为他这个人,他的作品都具有极其鲜明的个性。

托马斯·曼是命运的宠儿。他十九岁步入文学界,二十一岁与著名的费舍尔出版社建立关系,二十五岁写成《布登勃洛克一家》,确立了自己在文坛上的地位,三十岁他与富家女结婚更是锦上添花,他的优越生活条件使他可以全力以赴地从事写作。即使在美国流亡期间,因为有诺贝尔文学奖奖金和丰厚的稿酬,他的生活也仍然十分优裕。

但是正是由于他几乎是从一开始就登上了很高的台阶,他再想往前走每一步都势必要付出艰苦的努力。他写得很慢、很累、很苦。所幸的是,他能够这样做。

托马斯·曼成名前后正是 19 世纪末的动荡年代,出现了不少思潮和流派,比如自然主义、印象派、新浪漫主义、新古典主义等等,所有这些文学流派托马斯·曼都曾涉足,但哪一种流派他也不完全投入。他从自然主义那里学习细节的精确描绘,从印象派学习表现心灵的活动,他借鉴欧洲的现实主义文学传统,在语言和表现手段上又可以看出唯美主义和象征主义的痕迹。从题材上看,法国的颓废派文学对他有很大影响。叔本华的非理性的生命意志论以及生命是痛苦的这种悲观主义理论影响了他前期的创作,他还十分欣赏尼采的批判精神并且接受了尼采关于艺术是赋予生活以意义、是唯一促进生命发展的精神活动的观点。

可以看出,托马斯·曼是一位冷静的、审慎的怀疑论者,他不轻易全盘接受什么,而是有选择地拿来为我所用,这使他无论在思想上还是在艺术上都富于特色,成为一位极具个性的文学大师。

托马斯·曼是一位受艺术至上影响很深的资产阶级作家。他参与政治常常是被迫的,并且常常是基于个人名利的考虑。他在1915年至1918年间写了一部长达600多页的《一个不问政治的人的思考》,是对第一次世界大战前他的狭隘的民族主义观点的反思,同时也是与其兄长亨利希·曼自1914年关系破裂以来的公开论战。导致这场紧张关系的是亨利希·曼1915年发表的《左拉论》,如果说此文并不是针对托马斯·曼的,那么托马斯·曼的《不问政治的人的思考》却是一部反亨利希·曼之作。自从托马斯·曼在文坛崭露头角后,他那出人头地、做文学界杰出代表的欲望,不能容忍一度被他超过的兄长在第一次世界大战后期及魏玛共和国期间迅速提高的声望。同住在一个城市长达八年之久互不往来的兄弟,直至1922年亨利希·曼病重其关系才趋于缓和。这一年,托马斯·曼发表了支持共和国的演讲,表明了他朝民主政治的转变,这是兄弟间关系和缓的基础。1924年托马斯·曼因发表《魔山》声名大噪,1929年又获诺贝尔文学奖,至此,他与其兄长的关系才有了根本的变化。

在纳粹统治期间,西方国际普遍认为德国有两个代表人物即希特勒和托马斯·曼。希特勒代表反动和残忍,托马斯·曼代表进步和人道。后者被认为是德国流亡作家反法西斯斗争的代表人物。实际上托马斯·曼反法西斯的行动是被逼出来的,是逼上梁山,虽然他的作品《马里奥和魔术师》表明他早已对法西斯势力增长的危险有敏锐的察觉,但他仍然抱有幻想,他曾认为不要去刺激那些畜生为好,1933年春天他声明辞去他担任的所有社会活动方面的职务,完全撤回到个人的天地中去。1933年12月他的关于瓦格纳的演讲激怒了纳粹,但他仍没有决定流亡,他的一个重要考虑是不愿意因此而失去德国的读者,他认为,1933年4月"一场德国革命"把像我这样的人逐出国外,那么这场革命不会是一切都对头的(《致W.拉特根的信》)。但他很长时间同流亡者保持距离,迟疑了长达三年,直到1936年纳粹取消了他的德国国籍,当时正在国外的托马斯·曼才最后下决心离开德国。他之所以作出这一决断,他的女儿艾莉卡·曼起了特殊的作用。众所周知,托马斯·曼一家之间的关系不是那么融洽的,而艾莉卡恐怕是敢于在政治态度方面直率批评托马斯·曼的唯一一个家庭成员。她曾对其父说,"丢弃您我们办不到,但您也不可以背叛我们。"她说否则他就只能失去他这个女儿。这不啻是向父亲下了最后通牒。托马斯·曼参与政治常常取决于两个因素,第一,政治形势的逼迫程度,第二,是否有利于提高他的威望。他在1937年曾又一度想避开政治,但也许他发现政治活动比文学活动更能使他出人头地,因此他决定移居美国,并积极地参加了各种社会活动,不辞辛苦地到处演讲、签名。但是,他仍然是保守的,是人道主义的调和派。第二次世界大战后他希望苏美接近。两大阵营敌对的局面使他无所适从,美国的冷战政策和麦卡锡主义令他大失所望,最后他离开美国定居在瑞士这个中立国度直到去世,这最后的选择,从他一贯的政治态度来看,绝不是偶然的。

第二次世界大战后他在东西两个德国的地位也很特别。按照被尊为无产阶级文学大师的布莱希特的观点,托马斯·曼的作品矫揉造作、虚假、没有价值。他说德国人民怎样解释他们不仅容忍了希特勒的统治,而且也容忍了托马斯·曼的小说?但事实是这位资产阶级文学大师在原民主德国受到极高的评价和礼遇,被视为20世纪前半期德国最伟大的作家。贝歇尔在致托马斯·曼的信中也把他称为我们这个世纪德国文学的代表,因为在他的作品中创造性地保持了现实主义传统。文艺理论家卢卡契为此提供了理论根据,他认为作家的世界观和作品意义并不总是一致的,认为当代资产阶级文学也可以列入工人阶级所继承的遗产之中。他认为托马斯·曼不仅是伟大的资产阶级作家,而且同伟大的批判现实主义大师们一样,也是他那个时代的伟大的社会教育家。

与此相反,托马斯·曼在原西德却遇到了麻烦。原因之一是他认为对纳粹的祸害德国人民都有责任,他甚至认为1933年至1944年间在德国能够出版发行的书籍都带有血腥味,透着耻辱气,应全部捣烂化作纸浆。这立刻引发了一场争论,流亡作家和留在德国的作家即作所谓内部留亡的作家之间关系十分紧张,直到60年代学生运动之后,包括亨利希·曼和孚希特万格等一大批流亡作家才逐渐被接受。

虽然托马斯·曼很欣赏原民主德国对文学传统的积极态度,虽然他对西德作家深感遗憾,但对东西两个部分他还是采取了不偏不倚的态度,东西两个德国举办的纪念歌德和席勒的活动他都前去参加发表演讲,然后再回到他定居的瑞士。

托马斯·曼在他的日记中,揭示了许多人们所不知道的有关其生平和创作的材料,甚至忠实地记录了他最隐秘的感情——同性恋的心理结构。这种感情使他不仅在青年时期,甚至在中年和老年时期都备受折磨。这些事实的披露,为读者阅读和理解托马斯·曼的作品提供了一个新的角度,也使他们对托马斯·曼有了新的认识。这也是造成"托马斯·曼复兴"的原因之一。

值得注意的是,在这场复兴热潮中也出现了一些不大正常的现象,如无谓的"烦琐考证"。不久前出版的一本出自一位权威人士的、规模颇大的《托马斯·曼传》虽然提供了不少关于作家生平著作的材料,但事无巨细,不分青红皂白,把能搜集到的材料,不管直接的,还是间接的,甚至是直接又间接的材料通通罗列给读者。

此书倘若全部出完估计要有六千至七千页,在这样一部鸿篇巨制中,关于托马斯·曼的著作和他的时代之间的关系却难以找到有价值的叙述。安德森·奥普拉特卡在《新苏黎世报》撰文评论道,这本传记是给这样的读者写的:"他对托马斯·曼一无所知,但对其所处时代却通晓一切。"

还有一本近五千页的叫《托马斯·曼一家》的书,据说是叫马里安娜·克吕尔(Krull)的一位社会学家多年研究的成果。为这本书的出版,有关单位召开了新闻发布会,作者在书店朗诵她的新作片段。当时我正好有机会会见德国托马斯·曼学会主席、明斯特大学的海富特利希教授。谈到这本书,这位主席很气愤,说这书是迎合那些寻找名人离奇传记故事的庸俗心理,追求某种轰动效应。作者引用了不少日记、信件和自传性材料,但作者不知道或者不想知道,这个家庭某些成员在写这些材料时,常常不能准确地区别已经形成的某些模式和实际生活的真实情况,所写的材料很多很粗糙,甚至失真。《托马斯·曼一家》的作者不加分析地把各种材料揉成一团,反复提出一些诱惑性的,有时是肯定性的反问。总之这样一本书不能说它是学术著作,对文学研究毫无益处。过了不久,我在《法兰克福汇报》上读到了他写的关于这本书的评论,标题是《为什么?为什么?为什么?》。

作为一个文学大师,把自己的一切,包括自己最深层的感情、想法,详细地、全面地袒露给他的读者,托马斯·曼恐怕是唯一的一位。难怪有人说,在我们知道了这么多关于托马斯·曼的材料之后,是否有必要再去写托马斯传记就很值得怀疑了。

托马斯·曼一生常以歌德为榜样,他以歌德的这句话作为座右铭:

"如果想要给后世留下点有用的东西,那必须是坦诚的内心的流露,必须把自身放进去,写出自己真实的想法和观点。"

研究托马斯·曼恐怕也应该如此。

今日俄罗斯文学

黎皓智

前苏联文学有过自己的辉煌,这种辉煌时期的出现与文学奖的评选不无关系。在苏联时期,各种文学艺术奖可谓门类繁多,列宁文学奖和国家文学艺术奖是两项最高的文学奖。随着苏联的解体,这两项文学奖也自然终止。当前的俄罗斯文坛,亦有两项重要的文学奖。一项是俄罗斯作家协会理事会设立的"列夫·托尔斯泰文学奖",1992年首次颁发。评委会决定,把这项新的俄罗斯文学奖首先授予享誉文坛的作家别洛夫和拉斯普京,以表彰他们"贡献给人民的才华,坚定的民族信念和尊严"。苏联国家文学艺术奖也改为俄罗斯国家文艺奖,于1993年首度颁发,作家伊斯坎德尔和理论家利加乔夫获奖。

新设立的俄语布克文学奖虽然具有民间的性质,但影响颇大。布克奖本来是英国最高的文学奖,主要奖励以英语写作的作家,是英国食品大王布克在1967年设立的。荣获此奖的也有一些知名度较大的作家,如1983年诺贝尔文学奖得主、英国作家威廉·戈尔丁,1991年诺贝尔文学奖得主、南非作家纳丁·戈迪默,在获得诺贝尔奖之前,均是英语布克文学奖得主。《撒旦诗篇》的作者、英国作家萨尔曼·拉什迪,日本当代著名作家石黑一雄等,也曾获得过布克奖。这些已成名的作家获得布克奖后,在很大程度上提高了布克奖的声誉。

1992年春天,英国的布克食品工业公司决定把布克文学奖用于俄国,每年捐资一万英镑,设立俄语布克奖(长篇小说)。目的是振兴俄罗斯文学,发掘更多的当代作家。此举在俄罗斯文坛引起轰动,角逐者众。传播媒体则以嘲弄的口吻评论,《莫斯科新闻》讽刺此奖是"给予贫困潦倒的俄罗斯作家的人道主义援助"。

俄语布克奖的评奖程序严格,选拔的繁杂过程证明,评奖是认真的。但评委会的组成有鲜明的政治倾向性,以保证评选的结果符合颁奖者的需要。

俄语布克奖已颁发两届,没有固定的评委会。每评选一次,成立一个评委会,评委不连任。从这两届评委会的组成人员来看,大体上是两种成分,一是英美国家的斯拉夫问题学者,二是前苏联国内的"持不同政见者"。1992年首届评委会由英国牛津大学的文学教授约翰·贝利(他的妻子艾丽斯·默托克也是布克奖得主)、美国出版家埃得伦·普罗弗尔、俄罗斯侨民作家安德列·西尼亚夫斯基(1966年因对苏联当局持不同政见被捕判刑,后侨民法国)、"持不同政见"作家安德列·比托夫和评论家阿拉·拉蒂尼娜共五人组成,拉蒂尼娜任评委会主席。1993年第二届俄语布克奖的评委会,也是由五人组成。他们是:美国文学评论家亚·盖尼斯、英籍斯拉夫问题专家詹·金斯、前苏联"持不同政见"诗人布·阿库札瓦、语言学家维·伊万诺夫和女记者玛·斯罗姆斯。伊万诺夫任第二届评委会主席。

在评选程序上,首先是分别由俄罗斯境外的斯拉夫问题专家、俄裔外籍作家和俄国国内的文学史家、文学评论家、作家、出版家、新闻工作者等人士(多属"民主派"),推荐候选作品。第一届推荐了五十三部作品,第二届推荐了三十八部作品。这些作品,绝大部分发表在拥护"改革"的"民主派"作家领导的《新世界》《旗》《青春》《各民族友谊》《十月》等刊物上。而由坚持维护传统的"爱国派"作家领导的《我们的同时代人》《莫斯科》《青年近卫军》等刊物上发表的作品,被推荐得很少。被推荐的作家及其作品必须公开见报,以便让公众了解情况。

经过逐轮筛选之后,每届都选出六位作家的各一部作品,作为正式候选作品。第一届选出的六位候选人及其竞选作品是(按姓氏字母顺序排列):戈伦施泰因的《地域》,伊万钦科的《组合字》,马卡宁的《豁口》,彼得鲁舍夫斯卡雅的《时间是夜晚》,索罗金的《四个人的心》,哈里托诺夫的《命运线,或者米拉舍维奇的小箱子》。在这六位作家中,前五人早已功成名就,其作品有较大的社会反响,有的又还享有世界声誉,唯独哈里托诺夫名不见经传。第二届选出的六位候选人及其竞选作品:阿斯塔菲耶夫的《被诅咒与被杀害》的第一部《鬼坑》,叶尔马科夫的《野兽的标志》,利普金的《一位房客的笔记》,马卡宁的《铺着呢绒桌布、正中摆着玻璃瓶的方桌》,纳比科娃的《环宇之窗……》,乌利茨卡雅的《索涅奇卡》。在这六位作家中,纳比科娃和乌利茨卡雅这两位女作家引发争议,人们普遍认为,她们的作品缺乏美学价值。利普金的作品写的是反斯大林主义题材,但"新思维"运动以来这类作品已经泛滥成灾,艺术上无新意的同类作品再也引不起人们的兴趣。阿斯塔菲耶夫和马卡宁的作品,无论从主题的表现和技巧的运用上,都符合评委的偏爱而被评论界看好。

为了表示评选的认真,两届评委会都从六部候选作品中投票选出两部,进入最后角逐。第一届推出了彼得鲁舍夫斯卡雅和哈里托诺夫的作品。但评选的结果出人意料,哈里托诺夫击败各路对手,终于蟾宫折桂,名列榜首。小说在获奖之前,没有引起文坛的重视,评论界看好的是彼得鲁舍夫斯卡雅的作品。小说获奖后,评论界的反应也很冷淡,且众说纷纭,莫衷一是。在宣布了评选结果之后,俄罗斯《文学报》记者叶莲娜·雅科维奇采访了评委。普罗弗尔和比托夫二人声称,哈里托诺夫不是他们的选择。这说明,在五位评委的投票中,哈里托诺夫仅以一票的微弱优势勉强当选。评委中的两名女性拉蒂尼娜和普罗弗尔都为"天才的女作家"彼得鲁舍夫斯卡雅落选而失望,曾动议由哈里托诺夫和彼得鲁舍夫斯卡雅并列获奖。但西方的精神胜利论者是不接受妥协折中方案的,因而未成。

第二届评选的最后投票中,也出现了戏剧性场面。阿斯塔菲耶夫本来呼声很高,他的《被诅咒与被杀害》以苏德战争为背景,描写的是斯大林格勒战役前夕,1942年末至1943年初的严冬,西伯利亚一个新兵训练营的生活。阿斯塔菲耶夫仿效索尔仁尼琴笔下的《古拉格群岛》,把卫国战争中的新兵营,也处理成极权制度下的集中营。书中写了许许多多的人间苦难,严寒、饥饿、阴森森的兵营,惨无人道的训练,对人间温情的渴望,以及当众枪杀逃兵事件,等等,都写得淋漓尽致,纤微毕露。这本来符合评委会的政治需要,但由于阿斯塔菲耶夫的反犹言论,给自己招惹了麻烦。俄罗斯族作家与犹太人作家之间的矛盾由来已久。俄罗斯社会剧变以来,犹太人作家多数站在"民主派"的立场。而阿斯塔菲耶夫一贯以其正统的苏维埃观念,在苏联文坛获得崇高声誉。尽管他的新作给卫国战争中苏维埃人民的爱国主义情绪泼了污泥浊水,但在"民主派"作家的眼中,也难以修正他的反犹立场。他在角逐中败北是理所当然的。前两名投票,选出叶尔马科夫的《野兽的标志》和马卡宁的《铺着呢绒桌布、正中摆着玻璃瓶的方桌》两部作品进入最后冲刺。

叶尔马科夫的作品写的是阿富汗战争。作者曾是这场战争的随军记者,他从新的视角,用东方神话的美学观和伦理概念,去解释苏军战士何以如此凶残贪婪、道德沦丧,又何以如此麻木不仁,表现了这场战争的无意义和无目的性。尽管作家对战争题材文学有新的开掘,但由于苏军入侵阿富汗在国际舆论中的形象不佳,而株连到写这场战争的作品的声誉。最后马卡宁夺魁。

决定投票的因素是复杂的,然而,哈里托诺夫和马卡宁先后获奖并非偶然。从这两年俄国文坛的现状来看,哈里托诺夫和马卡宁的创作并不代表俄罗斯文学的先进水平,他们的获奖,是因为许多特定因素的影响所致。

首先,在主题的表述上,在价值取向上,这两部小说体现了当前俄国政治思想状态大格局的需要。反思过去,审判历史,根据当前的社会情状对苏维埃历史作出重新评价,成了很多作家奋力追求的目标。

哈里托诺夫亦如此。

获奖作品《命运线,或者米拉舍维奇的小箱子》(1985年脱稿,1992年首次发表于《各民族友谊》第1—2期),是他苦心经营了二十多年的三部曲的第三部。第一部是中篇小说《普罗霍尔·梅尼舒金》(1971年,收入他1988年出版的小说集《二月的一天》)。第二部为中篇小说《外省哲学》(1977年,至今未发表)。三部曲以共同的情节背景合为一体,互为补充和阐发。《命运线,或者米拉舍维奇的小箱子》讲的是一位外省文学家的传记。大学教师安东·安德列耶维奇·利札文为了完成一篇学术论文,在收集资料时,发现20世纪一二十年代一位被遗忘的国产作家西蒙·米拉舍维奇。利札文在省城储存档案的地方,找到一只小箱子。里面装着几本笔记本和一沓包糖块的纸片,上面写满了令人费解的话,内容奇特,不能一下看懂,也无法彻底弄懂。利札文决心解开这个谜团,进行了长时期的研究。终于弄清楚,米拉舍维奇原来是一位文学家,早在十月革命之前就离开了莫斯科到外省偏僻的城镇过隐居生活。米拉舍维奇的手稿记录了当时许多人物和事件,描绘了激进的革命者、逃避现实的隐士、人权的捍卫者等持不同立场观念的人的命运。利札文又把自己的命运与发黄包糖纸上人物的命运掺杂在一起,形成一种"混合情结",从而使故事的线索延伸到70年代的苏联社会。米拉舍维奇的命运与利札文的命运互相交织,正如米拉舍维奇写在包糖纸上的杂记所述:"生活是由无数个命运的交叉点累积起来的。"利札文的生活经历虽然不是米拉舍维奇的命运和简单重现,然而,现实与历史的酷似,也可能产生出可怕的恶果。作家本人的议论,与书中人物的命运线索纵横交错,使得小说枝蔓横生,构成了这部奇特的作品。

小说的结构,运用了对位的原则,把欲表达的观念,都隐藏到一系列词语符号之中,形成一种象征性的对位结构。作品写到米拉舍维奇反对外省那种苟且偷安的现实,期待这种生活早日结束,向往一种田园诗般的家庭气氛。与此相对位的,是他与妻子的离异,他妻子追随一个革命者出走了,米拉舍维奇称这个革命者为永恒的流浪汉阿格斯菲尔。他期待革命,认为革命是实现他个人愿望即妻子返回的唯一手段。他难耐那谦卑的个人命运,于是受到了革命的诱惑。他幻想革命的终极目标,是使人类在没有动荡,没有功勋,没有英雄的环境中平静地生活,让全国乃至于世界都实现他们省城的乌托邦,结束过去意义上的历史。然而,米拉舍维奇的愿望没有实现,突然发生的灾难未能使他的妻子返回。小说暗示,米拉舍维奇所期待的革命,原来是一场灾难,这是主人公至死也不愿意承认的。

《命运线,或者米拉舍维奇的小箱子》发表后,著名的日裔美籍政论家弗朗西斯·福山以《历史的终结》为题发表评论说,这部小说写的是"历史的终结,"美国评论家以其特有的政治敏锐性,评点了这部小说的现实意义。

马卡宁的作品获得第二届俄语布克奖,也受这种因素的影响。马卡宁本是70年代成长起来的"四十岁一代作家"。在勃列日涅夫时代,他出尽风头。1992年评选第一届布克奖时,马卡宁以《豁口》进入前六名。那时人们也因为他是勃列日涅夫时代的宠儿而对此微词颇多。新作《铺着呢绒桌布、正中摆着玻璃瓶的方桌》一改过去的创作风格,以对历史的审判取代对社会恶习的针砭。作者笔下的苏联社会,与卡夫卡的《审判》一样,笼罩着恐怖气氛,对人的怀疑和不信任,构成了苏联社会的痼疾。一张方桌,铺着呢绒桌布,正中摆着一个插着花朵的细颈玻璃瓶,人们就是在这种典型环境中接受盘查审问。这样描写苏联社会,当然符合布克奖评委会的价值标准。

其次,这两部小说在艺术表现上,体现了消解自我去与异质文化"接轨"的意图,也吻合了评委会的审美选择。

俄罗斯传统的民族文化在历史上写下了璀璨的篇章,给世人留下了许多令人仰慕的遗产。苏联解体以后,对历史的粗暴否定导致了俄罗斯民族文学自尊感的失落。一些作家认为,弘扬本民族文学传统会使俄罗斯文学孤立于世界文学发展潮流之外。于是他们从抛弃传统起步,否定文学必须反映时代精神,否定文学的道德价值和理想激情,把文学看成单纯的技巧翻新。认为不这样,就无法同西方文学同步。他们努力用西方文学的观念来改造自己民族的文学传统,以促成本民族文学与异质文化接轨。拉蒂尼娜在宣布首届俄语布克奖评选结果和讲话中指出,评委会之所以奖赏哈里托诺夫,是因为他的小说"与世界文化传统接轨,又植根于俄罗斯文化传统之中。……他像普鲁斯特那样对细节津津乐道,形成'模糊不清的叙述气氛',又像黑塞那样推进情节,不是从事件到事件,而是从阐释到阐释,有一种被世界遗弃的存在主义感觉……",阅读哈里托诺夫的作品,的确令人感到,俄罗斯小说所体现的艺术经验,发生了很大的变化。

马卡宁的获奖作品,也不是叙述一个完整有序的故事,像是由许多切块拼贴起来的作品,特别是那些离题太远的隐喻,造成浓厚的神秘感。其他作家的候选作品,在技巧上也致力于突破传统的框架和模式,寻找新的艺术构思。对于作家的这种努力,当然不应有过多的品评,但总感觉到他们在寻求新的表现角度时,缺乏艺术分寸感。阅读索罗金的《四个人的心》,很难产生艺术美的愉悦。加尔科夫斯基的《没有尽头的死胡同》,由数百个注释组成整部作品,注释中又套注释,纵横议论俄罗斯的历史、文化、哲学以及众多思想家的功过,没有故事,没有细节,没有主人公,不是本来意义的小说。彼得鲁舍夫斯卡雅的《时间是夜晚》和阿斯塔菲耶夫的《被诅咒与被杀害》,虽然是传统意义上的小说,但大量运用了意识流手法,现实时间与心理时间自由交错,情节转换非常突然。甚至动词时态的运用,亦突破了语法常规,让读者难以把握所发生的事件是现时进行的情节还是心理空间的情节。20世纪的西方文学,积累了许多宝贵的艺术财富,是人类文明的新成就。但这都是体现了各自国家和民族特色的文学经验,如果强求本民族文学用异质文学的模式来加以改造的话,将会失去本民族文学的独特风采。

像过去苏联文坛对他们欲肯定的每一部作品皆说成是社会主义现实主义经典作品一样,今天俄罗斯评论界对他们欲褒扬的每一部作品,则以"俄国后现代主义经典"

涵盖。哈里托诺夫获得布克奖之后，被授予"俄国后现代主义杰出作家"的美称。对于"后现代主义"术语在俄罗斯的泛滥，俄国评论界反应不一。评论家兹韦列夫和斯捷潘尼扬认为："我们的创作实践并未经历过现代主义时代，……因而那些后现代主义小说的作品，在大多数情况下必然会成为赝品，成为与西方同类作品相比的次品。"西方文学界对后现代主义的研究，在理论上是严肃的，提出了许多有益的看法，尽管我们可以对他们的某些结论持思考的态度。然而，今日俄国文坛对理论问题的探索，却显得很贫弱。什么是后现代主义，什么是俄国的后现代主义，俄国理论家自己也语焉不详。

　　这两届俄语布克奖的评选，在俄国文坛产生了轰动效应。支持、拥护者，批评、嘲弄者，均大有人在。因为评选是用英国人的眼光去评价并奖励俄罗斯作家，对俄罗斯作家的民族感情，不能不说是一种损伤。评论家巴辛斯基写道："布克奖评选的作品是温室内培育的异国水果。"评论家邦达连科则把俄语布克奖视作"摧毁俄罗斯文化大厦的特洛伊木马"。哈里托诺夫获奖后首次投寄给《各民族友谊》的稿件，竟被主编皮叶楚赫退稿，并称他的小说只是"欠成熟的坯料与堆砌物"。这些情况表明，布克奖未能确立其在俄国文坛的地位。当前俄罗斯文学的现状，呈现出社会处于选择发展道路时期的多变性和不稳定性。布克奖的取舍标准，只能代表一部分"民主派"作家的价值观，因而评选有很大的片面性。事实上，近年的《莫斯科》《我们的同时代人》《青年近卫军》等刊物，也发表了许多暴露今日社会阴暗面的作品，未被俄语布克奖纳入评选的视野。布克奖的评选虽然不能反映今日俄罗斯文学的全貌，但由于被报刊渲染得沸沸扬扬，成了制约俄罗斯文学发展方面的一种重要因素。我们深信，俄罗斯文学在继承民族遗产的基础上，在吸收异质文明的优秀成果之后，在取得多种借鉴的参数之后，可重新演化出一种新的质，新的生机。

任重道远
——记当代加拿大英语女性文学

申慧辉

  比起紧邻美国的文学，加拿大的文学显得更加年轻一些。因为加拿大长期以来作为英联邦的成员，在文化上深受英、法两个老牌殖民主义国家的影响。只是在20世纪的后半叶，加拿大的本国文学才开始发展，并逐步走向成熟。然而，加拿大的英语女作家并没有因为本国文学起步较晚而在创作成就上落后于其他国家的妇女文学。较早成名的女作家如玛格丽特·劳伦斯、露西·莫·蒙特马利，以及紧随其后的艾丽斯·门罗、玛格丽特·阿特伍德，都是享誉世界文坛的重要人物。即使同本国的男性作家相比，加拿大的女作家也是成就斐然，堪称加拿大文坛的一支生力军。

  古今中外，女性长期处于从属地位。即使在加拿大开发西部的年代，女性同男性共同经受了新环境的挑战；即使在加拿大中西部广阔的草原上，女人同男人一样经历了大自然的严酷；即使在加拿大东部的大都市里，女人同男人一道面对后工业社会的种种困惑。但是，女性在政治上、经济上依然受到不平等待遇。女性自身的权益也一再被忽视和否认。这一切都对女性的身心造成了伤害，对女性在事业上的发展形成了种种障碍。此外，来自社会、宗教乃至家庭的压力，越发阻碍了女性对理想和事业的追求。然而，社会及人为的压力，也使女性更加具有韧性。因此，那些克服了种种困难而终于在事业上获得成功的女性，便有更多可歌可泣的故事，她们的经历，也因其特殊性而更加具有普遍的意义，更能代表人类的生存状况与文明程度。

  加拿大的妇女现状，得益于西方的妇女运动（或曰女权运动）。据官方统计，目前，加拿大职业妇女已占全国劳动力的44%，在联邦阶层，同工同酬的法律已实行了近二十年。联邦政府还成立了"捍卫妇女地位皇家委员会"，以及相应的民间组织"捍卫妇女地位全国行动委员会"，代表着560多个妇女团体，300多万妇女。1988年，40名妇女被选入共有295个席位的加拿大国会，代表了加拿大妇女参政现状之一斑。

  但是，妇女运动所取得的这些成绩只能说明一个方面的情况。事实上，加拿大的妇女虽然大都参加工作，已婚妇女也有59%以上在外谋职，可是她们的工作大都属于服务性行业。如书记、推销、服务、教书及育婴。此外，她们的收入只有同职男性的66%左右。不仅如此，单身母亲及老年妇女的贫困化现象也相当严重。另一个可悲可叹的现象是，那些事业有成，尤其是参政的女性，大都是人到中年依旧单身，她们为了追求事业的成功，往往不得不做出巨大的个人牺牲。

不仅如此,近些年来,妇女运动还受到来自政治与经济上的保守主义、宗教上的原教旨主义以及社会上的反女权、反堕胎潮流等三个方面的压力,从而使妇女权益的实现,尤其是同工同酬、反对性骚扰及幼儿入托等实际问题的解决再度遭挫。加拿大妇女仍然面临着一个严峻的现实。

也许正是由于现代女性的生活充满了矛盾、艰辛与困难,才为女性文学的丰富与成熟提供了更多的条件。女作家们或出自个人的感受,或源于生活的启发,总有许多要表达的想法。尤其是受过良好教育的当代女作家,她们从生活中体会到身为女性的种种困惑,从历史中了解到女性所受到的不平等待遇,并从这些形形色色的社会现象中,进一步地认识到人类文明进程中的种种弊端,从而从女性的独特视角,将她们对生活、事业、家庭以及理想的追求等体会讲述出来,尤其是对沉淀在历史、神学、法律以及哲学、语义学当中的女性歧视发掘出来并公之于众,不仅找回女性在文学中的声音,同时也试图找到女性在历史及现实中的真正位置。正如著名的英国学者约·斯·穆勒早在19世纪就指出的那样,尽管男性自以为对女性所知不少,但实际上对女性的了解仍然"片面肤浅得可怜",而这种情形"只有在妇女们自己讲出她们要讲的一切之后"才能改变。因为,整个人类的进步是同女性的解放与进步密切不可分的,而一切拥戴进步的人们,都愿意看到占人类总数一半的女性的进步。正是在这个意义上,女作家的文学创作尤为引人注意,她们在创作中所表达的思想及其表达的方式,都颇具参考价值。

不能否认,艺术不等于现实。反映在文学中的现实也不能等同于社会现实。不过,从另一方面讲,文学既是艺术,也是现实。由虚构和想象所提供的文本中的现实,实际上仍在某种程度上折射了社会的存在。正是在这个意义上,加拿大女作家的文学成就,也能够提供了解加拿大社会及妇女现状的材料。

作为第四届妇女大会在北京召开的一个呼应,河北教育出版社最近出版了系列丛书《世界女性文学作品集》(蓝袜子丛书)。其中,专有一卷介绍加拿大的妇女文学。此卷以玛格丽特·劳伦斯的一篇佳作《房中鸟》为书名,收入加拿大五十余位英语或法语作家的作品,有三十余万字,全面系统地介绍了加拿大女作家的文学成就。

这些作品,仅以加拿大英语女作家为例,从汉戈的《我的爱情》(选译)、伊芙琳·劳的《玻璃》这种反映青少年女性心态的作品,到麦·格朗特的《遗产》、安·戴克特的《标准的讣告风格》一类成年妇女与现实发生冲突的故事;从格·斯托里的《老》、玛·阿特伍德的《盥洗室里的风波》这样的老人题材,到具有普遍性的作品,如玛格丽特·劳伦斯的《房中鸟》、玛·阿特伍德的散文《女性身体》,以及多·李夫西、劳·克劳吉尔、帕·基尼、苏·马斯格雷夫和帕·杨等人的诗歌,都自觉地从新的视角出发,鲜明、细腻地表达了女性的独特经历、体会及复杂的心理态度。女性作为社会存在,作为男权传统的世代统治对象,不仅从小受制于现实的种种规范,也深受其害。因此,汉戈笔下的女主角在人为的自我蒙昧中成长。《玻璃》中的女孩无法独立生存,《遗产》中的人物受着社会和家庭的约束无法去实现个人的理想,戴克特笔下的女主人公则对为女权而奋斗一生的母亲既同情又困惑。

在这些表现女性经验的作品里,《房中鸟》是一篇较有代表性的小说。劳伦斯在这个篇幅较长的小说中,从一个女孩子的视角,观察并评论了母亲以及祖母的生活。母亲和祖母一生操持家务,辛辛苦苦,却从未能够了解外面的世界,因此也无法了解她们为之付出一生的男人:丈夫。女性一旦甘于男性附庸的角色,她便永远不会有真正的自我,便也永远无法在她生活的世界中为自己找到一个位置。女孩子本人一向喜欢父亲,并且发现了父亲生前的秘密,自以为对父亲这个男性的代表相当理解,因此她偷偷地烧了那幅父亲爱过的欧洲姑娘的照片。然而,谁能够担保这女孩子长大成人后,是否能够与男权的社会沟通?或许,那幅被烧的照片,仅仅是暗示一种美好的逝去?

加拿大女作家笔下塑造的女性形象大体可分成两类:一类是都市女性,另一类是乡村女性。

都市女性是许多女作家笔下的形象。阿特伍德、门罗、格朗特、苏·斯旺、奥·托马斯、卡·谢尔兹、简·鲁尔、乔·Kogawa 等人,都十分擅长通过描写都市女性来表现作家自己对生活的看法。卡·谢尔兹的《特纳太太在割草》是一篇文字淡泊而寓意深长的故事。一个不懂事的乡下女孩上当受骗后离家出走,独自一人去大城市(经芝加哥到纽约)谋生。为了生存,她把亲生儿子丢弃在一户陌生人家门口,历尽艰辛之后才找到一个愿意娶她的男人,并回家乡生活。小说对特纳太太的痛苦经历轻描淡写,却着墨于特纳太太晚年独身生活的自得其乐,以及年轻姑娘们对她的不理解,表现了尚无女性意识的上一代妇女的无知及其坚忍的品格,作者的同情心是一目了然的。奥·托马斯的《越过卢比孔》则更多地表现了作家对生活、对自己和女儿同现实的关系的困惑。这种困惑与其说是一个女作家处理小说情节上的,不如说是一个现代都市女性在实际生活中的。作为社会的一员,同时又是母亲和职业妇女,当代女性的负担实在太重,表现在一位知识女性身上,这负担又多了一层"剪不断、理还乱"的思想冲突,都市女性的难处便越发显示出来。艾·门罗的《不一样地》在这方面更有典型意义。几个女性在经历过轰轰烈烈的青年时代的婚姻中的悲欢离合之后,人到中年,性情趋于平和,思想更加成熟。当初她们以自己宝贵的情感为代价去换取一种所谓的独立(实为孤独),然而生活并没有因此变好,她们的牺牲也并没有带来社会的真正变化。重新拜访旧日友人住处,物是人非,留给活着的人的,只是困惑与孤寂。《不一样地》这个题目本身就意味深长。因为故事所讲述的尽管有许多事情是"不一样地",但从整个女性命运看,现在的社会和过去有什么不同?女性的地位有什么改变?当然,心智的成熟和对世、对人、对己的认识的确有了改变,这,也许是十分重要的"不一样"吧。

谈到都市女性形象,不能不谈到阿特伍德的作品,尤其是她早期那部喜剧和讽刺味道并存的佳作《可食用的女人》(遗憾的是这部书尚无中译本)。以当代西方社会的典型特征——消费——为全书的基点,以此生发出女性与社会、女性与男性、女性与自我的种种冲突,构成了这部作品的价值所在。小说的艺术价值很高,尤其值得称道的是词语和比喻的运用,成功地紧扣住主题,突出了作品的主旨。应当借鉴的另一个重要方面,则是女主人公玛莉安形象的变化设计。围绕着"消费"这个关键词汇(概念),玛莉安从爱吃到不想吃,到拒绝吃,直到结尾处的亲手制作一个"可食用的女人"蛋糕,并且吃它,将其身首分离,十分形象地表现了一个都市女性因女子自身价值被否认而产生的气愤、无奈的心态。而玛莉安亲手"杀"了"可食用的女人",则象征了她的愤怒和她要改变传统女性形象的愿望。至此这个来自小镇的姑娘也完成了从热爱消费、抵制消费,最后又不得不重新接受消费这样一个关于当代消费社会的第一课。她的文学形象因此而具有特殊的意义。

都市女性通常代表着具有女权意识的、思想进步的、渴望自立的女人。通过这类文学人物,可以看到加拿大女性在了解自身、解放自身方面所做的艰难然而却十分有意义的努力。

乡村女性是加拿大女性文学中塑造的又一类重要形象。从加拿大的社会发展看,"乡村"这个概念有别于我们通常的理解。因为加拿大是一个相当发达的国家,工业化程度居于世界前列,原来意义上的乡村在加拿大已经不多,因此也不够典型。但是,毕竟有一些人从事农业劳动,在某些偏远地区也还有着蒙昧无知的人群。在那里,最受苦的自然是女性。

狄·布兰德是生于加勒比海地区、移民加拿大的黑人女作家。她个人的经历使她对黑人和女性的生存苦难给予了更多的关注。《莫愁村》这部短篇小说便讲述了一个贫穷之地女孩的可怜经历。女主人公克劳汀没有知识,因此不知道如何保护自己。生存于她只是活着,而活着意味受苦受难。她生活在蒙昧之中。因为苦难太多,她连反抗都不会。这种麻木,这种无知,显然是带着普遍性的,超出了一国的国界而具有典型意义。作者将发生故事的"莫愁村"置于一个地理概念模糊的地方,则越发突出了其普遍性。

由于篇幅所限,《房中鸟》中未能包括艾·门罗等人的更多作品。但是必须提到,门罗和早些时候的玛格丽特·劳伦斯,以及蒙格马利等许多女作家的创作,对以文字形式描绘加拿大的乡村生活做出了重要的贡献。门罗的近作《公开的秘密》就是她以故乡小城为基点所创作的又一部力作。门罗虽然写小镇生活,其视野却并不因此而狭窄。她的作品除去表现普通人的生活之外,也同样带领读者去感悟历史和异国,尤其是深不可测的人类心态。门罗的创作和阿特伍德一样,不仅成为加拿大文学中的里程碑,而且也为其他国家的女作家提供了可资借鉴的经验,加拿大城市与乡镇的生活场景,也通过她们的创作走进异国的千家万户。

在表现女性的历史地位方面,加拿大的女作家提供了相当成功的例子。林·哈切恩的散文《特殊性与普遍性》和桑·弗·邓肯的散文《关于我的名字》,均以个人经历为例,记叙了社会和学校以及家庭是如何塑造女性的。她们的讨论证明,女性一旦由女权意识武装起来,传统的男权社会力量便开始瓦解,种种的不合理便显露出来,女性才有能力去争取自身的解放。苏·斯旺的小说《男性玩偶》以科幻的形式和嘲弄的口吻表达了作者认真的思考和深深的忧虑:在这个男女共存、无法分而治之的社会上,女性的独立能够离开男子的开明吗?

在《房中鸟》中,占篇幅最多的一篇作品是达·马拉特的《历史的安娜》。它所得到的重视主要源于新鲜的视角和明确的女权意识,而这是迄今为止的任何一部中国女作家的作品都未能表现的。《历史的安娜》是一部先锋小说(元小说、关于小说"创作"的小说),其时间、地点的随意变换,人物、事件的意识流式组合,以及叙述语言的跳跃、暗喻、双关,使阅读具有了挑战性,也使读者必须开动脑筋去依靠个人的理解梳理出一个头绪。这种写法也许对不熟悉实验性写作的读者来讲,是一种阅读障碍,然而作品的内容却不难体味。不同时代的几个女性安娜、安妮、艾娜,却同病相怜。作为一个知识女性,安妮为丈夫放弃了自己的事业,却在研究移民时期的女性安娜的经历中找到些许安慰以及更加明晰,因此也更令其痛苦的觉醒:当年压迫安娜的男权社会势力,如今仍在发挥作用。母亲艾娜因此而精神崩溃,安娜自己则因此而推动事业的追求。小说通过表面平静的心理描写和景物描写,给人以一种沉重的精神压抑感。这种压抑感不仅来自文字音韵的处理和比喻的使用,也来自作品中人物的命运。

《历史的安娜》的成功表明写女性意识的小说,可以不流于控诉,可以不仅仅自怜,而是可以发掘历史,借古喻今,并在古今对照中突出妇女的命运和使命。妇女解放是一个漫长而艰苦的过程,至少,这是我在读了《历史的安娜》之后得到的心得之一。

应当指出,加拿大女性文学由于较为成熟,在许多方面都体现了赋予作品思想深度的那种历史感,或曰历史眼光。这种历史感,这种以一个宏大的社会生活为背景进行创作的方式,强调了女性在历史和社会中不容忽视的地位,表现了女作家的强烈自觉和自尊。可以说,一向用语言等形式记录的历史,正是由于有了这些具有女权意识的作家,才从20世纪开始,有了女性的痕迹。这痕迹也许还不够深,不足以和男性足迹并提。但是,可以相信,随着社会的进步和女性的努力,加拿大的历史上必将留下女性更坚实的痕迹,文学中也必将传出越来越洪亮的女性声音。

1996 年

他从黑暗的泥土中走来
——1995 年度诺贝尔文学奖得主希内
傅 浩

希内得奖,是人们意料之中的。甚至可以说,是期待之中的。1992 年度诺贝尔文学奖得主德瑞克·沃尔科特当年就曾表示,应该得奖的是希内,而不是他自己。自 20 世纪 80 年代以来,山姆斯·希内就已被公认为"自叶芝以来最重要的爱尔兰诗人",也是当今最重要的英语诗人之一。

他是从北爱尔兰黑暗的土地里生长出来的。

千百年来,那里的人们一直保持原始的生活方式,世世代代默默地咀嚼着从冻土里挖出来的土豆。只是到了他这一代,人们才有了受教育的机会。

他,山姆斯·希内(Seamus Heaney),1939 年 4 月 13 日出生于德里郡毛斯邦县一个虔信天主教、世代务农的家庭。六岁那年进入阿那霍瑞什小学。他和他的小伙伴们被乡里的长辈们尊称为"学者"。不过,他们受的是正规的英国教育,学的是英国语言和文化。但同时,他们也不可避免地受到本民族文化的熏陶。希内至今还能记诵许多他们在上学路上大声唱念的歌谣。其中一首是这样的:

"你的土豆干了吗?
可以挖了吗?"
"把铲子插进去试试",
脏脸麦克基根说。

这就是他最初所知的"诗"。他说当时只是唱着好玩儿,并不懂其中的猥亵含义。那些"诗"虽然格调不高,但生气勃勃,在乡间学童中间广为传诵。他们无须死记硬背。

当然,还有被迫死记硬背的诗。十一岁的希内已能大段大段背诵拜伦和济慈的诗作了,但对其意义仍不甚了了。他后来回忆说,这些选自英诗经典作品的"文明语言"是填鸭式地硬塞给他们的。它们的内容丝毫不反映爱尔兰人的生活经验,语言也不似爱尔兰民族语言那么生动感人,所以读起来索然寡味。诗歌课简直就像教义问答。

那时,他还受到第三种诗歌训练。那就是当亲戚来访或孩子们在家里聚会的时候,希内常常被叫出来背诵一首爱尔兰爱国歌谣或西部叙事诗。这些正统的口头文学虽说没有童谣中的低级趣味那么引人入胜,却也没有拜伦和济慈的崇高深奥那么令人生厌。这使诗歌在这个农民家庭中有了一席之地,成为日常生活中一种不可缺少的东西。

十二岁时,希内升入德里郡圣寇伦伯学院寄宿学校。从此,希内渐渐开始在以前他所厌恶的英诗的海洋中轻松地游泳了。莎士比亚、乔叟、华兹华斯、霍普金斯、阿诺德、罗伯特、弗罗斯特等等,这些大家都在课程安排之列。但是,希内只是在课外自己阅读时才真正体验到顿悟的快乐。

中学即将毕业的时候,希内熟悉了拉丁语诗歌。他开始写一些模仿之作,常常在课堂上让同学们传阅格律工整的拉丁语六音步诗句。

在大学期间,他又对古英语和中古英语头韵诗以及马娄和韦伯斯特的戏剧发生了浓厚兴趣。这时期他写了一些诗,但据他说仍然是"极具模仿性的"。1961年,他以第一名的优异成绩毕业于贝尔法斯特女王大学英文系。

可以说,希内自童年起就体验着"没文化的自我"和"有文化的自我"的人格分裂。没文化的自我"拴系在小山丘上,埋藏在那里多石的灰色土壤中",而有文化的自我"慕恋'列王'之城/在那里艺术、音乐和文学才是上品"。这种根源于文化的"人格分裂"确乎给他带来迷惘失落之感,但更重要的是为他的诗创作提供了独特的题材和风格。循着希内创作的发展脉络,可以看出有一条"寻根"的轨迹。他的根属于爱尔兰民族。与许多民族的先觉者一样,他对自己的同胞的感情是复杂的,但最终归结为一种更深沉的爱。他在1990年9月致笔者的信中写道:"这些诗的作者(希内自称)是五十多年前在山地乡间的一个农场上开始生活的。我的大多数作品都基于对那个时代和那个地方的记忆。"

大学毕业后,他在一所中学任教。这时他才开始阅读帕特里克·卡文纳、特德·休斯、R. S. 托马斯、约翰·蒙塔古、托马斯·金塞拉、理查德·墨菲等现代爱尔兰和英国诗人的作品,并且从中找到了把他所学的英国文学传统和在德里郡乡间的生活经历结合起来的途径。希内的"土豆"成熟了。他写道:

土豆发霉的冰冷气味、砸碾潮湿泥炭的
噼啪咔嚓声、锋刃在根茎上
草率的割痕在我头脑中苏醒。
可是我没有铁锹,不能跟他们一样干。

> 在我的食指和拇指之间
> 停歇着矮墩墩的钢笔。
> 我要用它来挖掘。

这是希内的第一本诗集《一位自然主义者之死》(1966年)中的第一首诗《挖掘》的最后两节。这首诗展现了诗人与其家庭传统的关系。坐在窗前写作的诗人听见窗外老父亲掘地的声音，回忆起童年时看父亲挖土豆和祖父切泥炭的情景。由此他意识到传统的农家生活渐渐离他远去，但是他要用笔继续挖掘，去认识自己的过去，发现与父辈共同的存在，从而把自己与家庭乃至民族的历史联系起来。在这本诗集里，诗人回顾了自己从农家子变成诗人的成长过程。童年的乡村生活经历是贯穿全书的中心题材。例如，标题诗就以客观具体的描写暗示从童年跨入青春期的心理突变，同时也暗示人与自然的告别：作为小学生的发话者酷爱养蛙，然而有一天他在水坝下边看到大群发情的牛蛙，形象猥亵，于是顿生恶感，从此新的意识觉醒了。没有新的自我诞生，旧的自我是无法认识自身真面目的。希内并不否认现在，尽管他把目光投向过去。过去的他曾经"像大眼睛的纳西色斯，凝望泉眼深处"，而现在"我写诗／是为了看见我自己，让黑暗发出回声"(《个人的诗源》)。诗集中的这最后一首诗似在表白：诗人写作犹如童年游戏，是出于自恋。通过诗，他似乎实现了"自我对自我的显现，文化对其自身的回复"。

为了进一步探寻自己的根源，希内向着爱尔兰黑暗的土壤深处挖掘。第二本诗集《通向黑暗之门》(1969年)向发达社会的读者敞开了一幅幅陌生的图景：暗哑的土地，沉睡的泥沼，古老的乡村生活方式，向大自然之神献祭的野蛮仪式等等。也许有人会说，在这些图景背后可以感受到混沌未开的自然性灵和原始生命力的脉动。的确，这本诗集中有以写实和象征笔法描写的纯为传宗接代而进行的动物交配(《非法者》)和为恢复生命之源而做的人工努力(《春之祭》)。但是，从诗人客观冷静的笔调里我们又能看出多少赞美之意呢？"我所知道的一切就是一扇通向黑暗的大门"(《铁匠铺》)。这黑暗是现实，却古老得像神话。作为从中走出来的诗人，希内对它的感情是复杂的。他要重新走回去，记录它的过去和现在，以尽自己作为爱尔兰诗人的传统职责。

1966至1972年，希内在母校女王大学任现代文学讲师，亲历了北爱尔兰天主教徒为争取公民权举行示威而引起的暴乱。他的诗歌观念因之有所改变："从那一刻起，诗的问题便从简单地获取令人满意的文字图像转向寻求足以表现我们的苦难境遇的意象和象征了。"第三本诗集《在外过冬》(1972年)便是这一寻求的结果。这本诗集中的作品从文化历史的角度探索了当今新教徒和天主教徒互相敌对的深层背景，而没有流于肤浅的政见表白。例如诗人有感于不同宗派的人们划地而居、互不往来的现象,写下了一系列关于地方和地名的诗,如《阿那霍瑞什》《图姆》《布罗阿厄》等。这些诗不仅描写地方风物,而且考证了方言地名的原意,从而揭示了原始居民对自然的认识。希内认为,这些诗有助于统一他对两种不同文化的态度,使他一方面忠实于英语的特性,另一方面忠实于自己的乡土本源。与地方有关的有两首以北爱尔兰特有的泥炭沼为题材的诗。《托伦人》反映了古时候以青年男子投入泥炭沼向大地女神献祭的风俗。《泥炭沼地》则描写泥炭沼能够保持落入其中的物体(包括人的尸体)长久不变质的特性。泥炭沼把过去与现在、神话与现实联系了起来,成为爱尔兰民族意识的象征。希内的诗也和泥炭沼一样,成为储存爱尔兰苦难历史的"记忆库"。处在动荡的政治旋涡之中,诗人不愿宣称自己属于哪一派,而是坚持站在艺术家的高度,以克制的态度目击这"盲目的土地"(叶芝语)上所发生的一切。

然而诗人却很少被人理解。随着局势的变化,舆论界开始对希内"表现个人内心情感"的作品感到不满,而呼吁他拿出反映当前恐怖动乱的作品来。希内虽然坚持诗人应有其独立意志,但确也感到必须说点儿什么的压力。于是,诗集《北方》(1975年)便应运而生。这本诗集分为两部分,分别由不同类型的诗作组成,一为象征的,另一为白描的。第一部分的框架建立在分置首尾的两首取材于古希腊神话的诗作(《安泰》和《赫克勒斯与安泰》)上。安泰是大地之子,被赫克勒斯从地上举起而击败。这一方面暗示殖民者对爱尔兰的入侵,另一方面暗示公众舆论对个人意志的压力。夹在这两首诗中间的诗作叙述了从古到今爱尔兰及北欧充满侵略和暴力的历史。第二部分则是站在天主教徒立场上对北爱尔兰时局的"解释"。这表面上有些迎合公众舆论的意味,但是谁又能肯定诗人的"时事报道"不是违心之言呢?据说伦敦的评论家就几乎无人能弄清这些诗中对时局的观点究竟如何。诗集中最后一首诗泄露了诗人的隐情:"我不是拘留犯也不是告密者;/而是一个内地移民,变得头发长长,/心事重重;一个山林流寇/自大屠杀中逃脱"(《暴露》)。这既暗示了希内的非政治倾向,又透露了他对北方悲剧命运的绝望和逃避意图。事实上,在这本诗集问世之前,1972年,诗人已偕妻儿南迁至爱尔兰共和国威克洛乡间暂住。现在,他们定居在首都都柏林。

远离动乱的平静生活使希内得以重新思考艺术家的责任以及诗的功用等问题。是服从社会需要,去接触现实,还是走自己的路,去追求艺术——这类问题长久以来一直困扰着他。诗集《野外作业》(1979年)虽仍充满诗人的疑问,但作为对政治压力的反拨,其中显示了艺术至上的发展趋势。在开卷第一首诗里,诗人就暗示不再受黑暗的历史困扰,而追求艺术的独立和自由的愿望:"休憩/在晴光里,像自大海漫来的/诗或自由"(《牡蛎》)。诗人又退回到个人经验的世界里,眼光从过去收回到目前,乡间和家庭生活的见闻和感受充当了诗集的主要题材。处于诗集中心位置的十首《格兰莫尔十四行诗》以其古旧的乡野意象给人一种远离现代都市的闲适恬淡的印象："如今好日子可说是在田野里穿行／艺术是新耕土地的／词形变化表。"然而,田园生活可能只是一场短暂的美与和平之梦,"我们露湿的睡梦中脸上的小憩",因为诗人不可能一下子忘却刚刚离开的那片土地上持续百年的黑暗现实。诗集中还收有一组关于恐怖动乱的作品,它们不同于以往的应景之作,而多写对在动乱中受害亲友的悼念哀思,是激于义愤的真情流露。也许他对英国诗人奥登所说"诗不会使什么事情发生"有同感,相信艺术无法直接干预行动,因而保持它的独立性,只对事情的结果作评注,以期对历史有所交代。这本诗集标志着希内的诗艺开始走向完美,个性已经成熟,分裂的人格已经趋向统一。希内作为英语世界当代重要诗人的地位从此确立。

嗣后,他又陆续出版了《苦路岛》(1984年)、《山楂灯》(1987年)、《幻觉》(1991年)等诗集。这些诗基本保持了希内的一贯风格,仍旧忠实于他所谓的"事物的纹理"。但是诗人逐渐更多地把幻想和抒情的因素与实际经验和记忆糅合起来。诺贝尔奖评审委员会评论他的作品"具有抒情美和伦理深度,使日常的奇迹和活生生的往昔得到升华",可谓切中肯綮。

希内是一位与众不同的诗人,他的成功也许可说是由天时、地利、人和的机缘凑巧所致。在英国诗坛上,继20世纪40年代新浪漫主义的滥情狂热和50年代运动派的经验主义以及60年代休斯、普拉斯等的极端主义之后,希内朴实平易的诗风的确令人耳目一新。他的作品不仅一开始就受到评论界的注意,多次荣获各种文学奖,而且一直深受普通读者的欢迎,销路甚畅。这种情形在过去和现在的西方诗界都不多见。

80年代以来,希内应聘于哈佛、牛津等著名学府,教授英语文学,在国际学术界和文艺界均享有很高的声誉。

瑞士文学四题

马文韬

一、文学与教育

　　瑞士德语文学具有强调教育作用的传统,文学史上可以举出不少颇有影响的教育小说。我国读者比较熟悉的《绿衣亨利》就是瑞士著名现实主义作家凯勒的一部教育小说。1787年发表教育小说《利恩哈特与格特露特》的作者约翰·海因里希·佩斯塔洛奇本身就是民众教育家。他在1842年发表的中篇小说《黑珍珠》使他具有明显教育民众目的的作品开始走向世界。佩斯塔洛奇明确表示他写作不是为了成名成家,他的作品是给农民的镜子,让他们认识自己改变自己。佩斯塔洛奇对后来瑞士的许多作家都有影响,比如19世纪瑞士另一位现实主义作家、教育家叶雷米亚斯·戈特赫尔夫,他的小说《农民的镜子》(1836年),又名叶雷米亚斯·戈特赫尔夫传记,由本人撰写是一部重要的民众教育小说。这位作家长期生活在伯尔尼附近的埃门河谷地区,熟悉那里的农民生活,了解农村教育的落后,村镇的狭隘和自私,正在兴起的酒馆与旅店业对世风的败坏。小说的成功使作者从此将主人公的名字作为自己的笔名。他的作品描写的是日常现实生活,诸如恋爱、结婚、生育、节庆、劳作、疾病、灾祸等,由于作品真实地反映现实,加之运用文学加工的方言土语,使他的书很快便家喻户晓。

　　进入20世纪以来,教育小说这种体裁已不多见了,但文学的教育作用仍然为作家们所重视。无论迪伦马特的以"即兴奇想"为情节特征的悲喜剧还是马克斯·弗里施的人物类型化的比喻剧,都试图让观众在思考中得到启迪。迪伦马特的剧本可以说是在对人的思想感情做实验,用最奇特的安排造成"假如……那会怎么样?"的局面,主人公面临的或者是巨大的威胁,或者是极不寻常的诱惑,总之通过操纵客观条件的变化,让研究、实验的对象即剧中的人物披露自己,以剧情出现的最坏的转折迫使人物离开素常的行为状态去认识真正的自我。弗里施的剧本中,通过人物的自白和合诵队的表演来达到陌生化效果,使观众与剧情间离,以利于观众思考。1995年我在瑞士看了《毕德曼与纵火犯》和《安道尔》两个剧的演出,在《安道尔》中当事人以当今社会各行各业的人物出现,他们开脱自己责任的自白,说明直到今天人们仍然不承认自己对悲剧应负的责任。《毕德曼与纵火犯》里边的消防队全部现代化装备,不停地在巡逻排险,最终还是没有阻止灾难的发生,科学技术的进步不能代替人精神道德的完善。这个剧本有一个副标题:"没有教育作用的教育剧",这一方面是作者将自己的戏剧与布莱希特的教育剧区别开来,怀疑文学作品具有改变世界的作用;另一方面,这种悲观主义态度本身就是一种批评,一种呐喊。弗里施和迪伦马特都认为自己是悲观主义的,他们后期的作品《人类出现于全新世》和《纷乱山谷》都直接或间接地表现出他们对世界前途的悲观。然而他们同时又都认为自己是启蒙者,尽管他们总是怀疑世界的可能性,但他们绝没有放弃对世界的认识和剖析。

我在采访当代瑞士作家彼得·毕克塞尔时谈到了悲观主义这个话题。他说他也是个悲观主义者,悲观主义比乐观主义好,悲观主义让人更努力去认识、观察和批评这个世界,这是改变这个世界的前提。

当教师的毕克塞尔重视文学的教育作用。20世纪60年代,外国各种文学流派对瑞士文学的影响比任何时期都大,特别是法国新小说。不少瑞士作家开始怀疑传统的叙述方式,怀疑作者明了现实中的一切并能用语言表达这一切,急于寻找和试验新的叙述方式。毕克塞尔也在寻找和试验,但他比较谨慎,避免走极端,1969年他发表的《儿童故事》一书中有一个后来被收进中学课本中的颇有名气的短篇《桌子是桌子》。这个故事警告那种将语言完全脱离现实、最后只有自己明白或者甚至自己也弄不懂的试验:其结果必然像这篇故事中的那位老者一样听不懂别人的话了;"这还不算太糟。更糟的是,人们再也听不懂他说话了"。

毕克塞尔经常引用马克斯·弗里施曾用作标题的一句话:"我为读者写作。"

二、小国与大师

第二次世界大战后,瑞士这个在战争中得以安然无恙保存下来的小国的文坛上升起两颗耀眼的明星,他们就是上面谈到的马克斯·弗里施和弗里德里希·迪伦马特,他们的戏剧作品在战后相当长的时间里独占德语国家的戏剧舞台,他们的小说也持续位于畅销书排行榜前列,他们的作品很快就被译成外文介绍到许多国家,使他们成为具有世界影响的文学大师。

这看起来不大好理解,仔细研究就明白这并非偶然。战后的德国文学从理论上看受"从零开始""砍尽伐光""取消文学""文学政治化"等观点的影响。在实践上,书籍市场是大量的外国作品,舞台上演出的或者是荒诞戏,或者是逃避现实的娱乐戏。最早出现的联系现实的是所谓"废墟文学"。直接反思这场战争的有分量的作品很少。

瑞士几乎处于发动这场战争国家的包围之中却又得以幸存。瑞士人好像生活在巨大的行刑室的隔壁,对这场浩劫虽不见其影却闻其声,再加上所谓旁观者清,能比较客观地观察与思考这场灾难。当然两位大师的文学成就与他们深厚的文学功底分不开。第二次世界大战期间,不少反法西斯作家、戏剧家流亡瑞士,在苏黎世话剧院可以看到当时许多杰出的戏剧家的作品上演,这对于两位大师的创作无疑提供了观摩和借鉴的机会。于是,战争结束后不久,当人们从惊骇中平静下来,希望在文学中、在舞台上看到反思战争、思考社会和人生的作品时,迪伦马特的《老妇还乡》和弗里施的《毕德曼与纵火犯》上演了。两三年后,他们又几乎同时推出《物理学家》和《安道尔》。这些戏虽然其情节发生的场所不起眼,或者是小镇、小国,或者是小家、小医院,但表现的是却是大主题、大事情、大道理,由于他们的作品能比较客观、比较辩证地观察和剖析,因此他们的戏剧很快被搬上了东西方不同社会制度国家的舞台。

如果说迪伦马特的主要成就是他的戏剧,那么弗里施的小说和散文比他的戏剧成就更大,在德语国家乃至世界许多其他国家拥有不少忠实的读者。回顾德语国家文学发展的历史,有成就的作家有两类,一类是反抗者、不妥协者、处于社会边缘者、自杀或者由于精神失常而离开人世者。比如荷尔德林、克莱斯特、诺瓦利斯、卡夫卡、策兰,还有瑞士作家罗伯特·瓦尔泽,他笔下的人物总是试图适应社会,尝试各种职业,最终还是无法适应,游离在社会之外。他的小说结构松散,穿插着逸事、书信、记事等,被称为"散步体"。他的写作如同他的人生,好似漫长的散步。散步不同旅行和漫游,散步的路是一走再走的,没有触景生情可言,有的只是内心不停地思考和无言的独白。瓦尔泽活着时没有体会到一个作家得到社会承认的喜悦,也许能使他感到欣慰的是他的作品当时就有一位热心的读者——卡夫卡。罗伯特·瓦尔泽几乎到了80年代才被重新发现,他的作品不愧为现代文学的经典作品,这可能是因为他在20世纪初描写的人的异化、个体的孤独、内心的痛苦,经过了两次世界大战,已然发展成为困扰人生的、具有普遍性的问题,时间拭去了落在瓦尔泽作品中的灰尘,实现它们应该有的价值。另一类作家是文化修养很深的,会心地微笑着,与自己所属的阶层保持距离的观察者、怀疑者和讽刺者。比如凯勒、冯塔诺、托马斯·曼、马克斯·弗里施就属于这一类,他们是写知识分子的——这个阶层是高雅文学的最主要的读者——而且是所谓言情作家。这在德国并不多见。伯尔、格拉斯、马丁·瓦尔泽者出身于小资产阶级家庭,他们笔下的人物都属于市民阶层。弗里施写的是作家、记者、工程师、艺术家。他的作品如《施蒂勒》《技术人法贝尔》《蒙陶克》等从爱情、婚姻、死亡、个体与社会、道德与科技进步等方面去表现知识分子,作品语言简练风格朴实,没有哀婉伤感的情调。有人可能会问,战后德国作家伯尔获得了诺贝尔文学奖,为什么弗里施没有获得?德国文学评论家莱希·拉尼茨基曾说,他提名伯尔参加角逐诺贝尔文学奖,一次命中,而他曾多次提名马克斯·弗里施,直到1991年弗里施逝世都未成功。他说,弗里施的文学成就当然要超过伯尔,可以随便举出"二战"后获诺贝尔奖的十名作家来,他们统统早就不像弗里施那样与这一称号相称了。他的这个观点虽然有些绝对,但有一定道理。使弗里施终究与诺贝尔文学奖无缘的恐怕是他与上面列出的几位同类作家相比过于参与政治活动的缘故吧。

三、作家与国家

去年春天我拜访过的瑞士当代著名作家阿道夫·穆世克和彼得·毕克塞尔都谈到了作家与国家这个话题。

以一本题为《布鲁姆太太原想认识送奶工》的小书而登上文坛的毕克塞尔是教师出身,用白描的手法表现缺乏生机,缺乏乐趣,缺乏交流的小资产阶级平淡生活,唤起人对人间温情的友谊的渴望。穆世克是瑞士两位文学大师相继去世后瑞士最重要的一位作家。他的那部内容与中国紧密相关的长篇小说《白云,或名友好协会》最能体现他的作品风格,通过人物鲜明个性的塑造和恰当的心理描写,表现在后工业社会日趋严重的个体化、异化的形势下,如何保持人世间最朴实真诚的感情。

毕克塞尔说,弗里施给瑞士文学增加了一个主题:瑞士。弗里施经常批评瑞士,他说瑞士人害怕新事物,生活在模仿中,越是生活好越怕冒险,瑞士人于是变得既自负又自卑。毕克塞尔认为瑞士过高地估计自己,觉得自己位于欧洲中央,不会被人忘记,其实不然,因为在瑞士南部实际上只有一个意大利。穆世克认为,忐忑不安地、消极悲观地去试图守住已获得的东西,是将它重新丢失的最好的方式。

瑞士战后文学界的状况导致不少作家参加进批评瑞士的行列。20世纪60年代初以古根姆为首的一些作家指责瑞士某些戏剧作品与邻国无政府主义戏剧混在一起,批评小说创作中只表现个人而丢掉了热爱祖国的主题。很明显,批评的具体作品是迪伦马特的《老妇还乡》和弗里施的《施蒂勒》。60年代中期迪格尔曼的小说《遗产》以虚构的情节揭露了战争期间瑞士的难民政策,将战争期间瑞士的亲法西斯活动与战后一段时间里的反共歇斯底里地联系起来,于是不但他的书无法在瑞士出版,还被诬陷曾在党卫军中服务过。1966年底,德语文学教授埃米尔·施泰格尔在获奖讲话中对当代瑞士德语文学持否定态度,斥责持社会批判态度的作家,说他们的作品内容枯竭地去表现同性恋和性反常等可厌恶的东西。1968年的学生运动进一步加剧了文学界的分歧。1969年苏黎世话剧院因上演海纳·米勒的《普罗米修斯》等话剧而引起轩然大波,苏黎世报上一片叫骂声,什么"红色法西斯""马克思的孙子""德国的披头士"等朝导演头上一通儿抛来,于是刚上任不久为剧院带来新气象的剧院经理彼得·弗尔克尔被解职,导演被辞退,带来火种的普罗米修斯就这样被锁在了苏黎世山上。鉴于文学界领导,特别是作家协会对左派作家的态度,1970年,二十二位作家脱离作协,于1971年成立"奥尔腾社"。直接的原因是作协领导对曾参与公民卫国手册编写的前作协主席表示信任,手册中怀疑作家和知识分子是可能出现的敌人的帮凶。80年代末又发生了所谓"档案丑闻",联邦警察司法部一个专门机构为几乎一百万在瑞士的居民建立了档案,其中大部分是正派公民。这一系列事件让许多作家对国家感到失望,他们批评这个欧洲最早的民主国家丢弃了自己民主和自由的传统。1990年以弗里施为首的一批作家公开拒绝参加即将举办的瑞士联邦诞生七百周年的庆祝活动,以此对瑞士的保守狭隘、不思进取的状况表示抗议。

穆世克和毕克塞尔都就这个题目回顾了历史。穆世克说,18世纪的瑞士对自由很感兴趣,好比希腊的阿卡狄亚,是一切进步的欧洲人向往的地方,当时瑞士与国外的文化交流异常活跃。后来的瑞士比18世纪富裕了,到处牛奶流淌,蜂蜜飘香,但文化方面却日趋贫穷。毕克塞尔认为,瑞士在第二次世界大战中变得有钱了,但这钱挣得不光彩,比如为讨好纳粹德国于1939年同俄国中断了外交关系。穆世克毫不怀疑瑞士与德国纳粹有过谅解与合作,瑞士成了纳粹反间谍活动的中心,这也是为什么希特勒德国允许瑞士保持中立的原因之一。

瑞士作家积极干预政治,如果说从平民作家乌利希·布莱克尔开始也有二三百年的历史了,那个时候教育在瑞士还是洋玩意儿,人们把作家当成无所不知的人物,向他们讨教对各种事物的看法。到了马克斯·弗里施,对瑞士的批评成了文学的一个题目,他的理想是东方的社会主义应和西方的民主联合起来。现在的年轻作家们,比如"网社"的成员们,对这个题目就不那么感兴趣了,可能把它已经扔到角落里了。

四、妇女与写作

说到当前瑞士文学的特点,可以归纳为下面几个:

1. 自弗里施开始的、持续二三十年的"瑞士"这个主题在文学史中逐渐消失了;

2. 文学的三大主题是环境的破坏、人之间的相互了解、军备与战争;

3. 出现了一批具有多文化背景的年轻作家,年龄在30至40岁,许多人是外籍家庭的子女,在瑞士长大,他们的文学活动促进了瑞士与邻国文学之间的融合;

4. 一批女作家日益成熟,形成一个女作家群。她们大多生于20世纪三四十年代,在70年代开始发表成名作。她们的创作是瑞士德语文学的重要组成部分。在此之前就步入文坛的女作家很少,出生于20世纪头二十年的比较有影响的作家有劳拉·维斯、格特露德·维尔克和埃丽卡·布卡尔特。在70年代崭露头角,今天已经是很有影响的女作家为数不少,比如埃丽卡·佩特莱蒂、格特露特·洛腾奈格尔、玛格丽特·施利伯尔、伊丽莎白·麦兰等。妇女作家在70年代成批地出现,与瑞士妇女在1971年终于获得公民权有直接关系,从根本上说这是与60年代的女权运动、反权威运动以及学生运动的影响分不开的。

埃丽卡·佩特莱蒂在1986年发表的,获得英格博特·巴赫曼文学奖的小说《娃勒丽,或名顽皮的眼睛》中,认为顽皮的眼睛应敢于不受规矩、标准的影响去观察世界,这体现了她的文学作品的基本主题。以《前夜》于1975年登上文坛的格特露特·洛腾奈格尔,以将幻想与现实、过去与今天编织在一起的方法表现主人公对僵化的生活模式的抗议,揭示当今社会虽然物质富裕但不能给人的内心带来安宁。她在1985年发表的小说《大陆》中,让第一人称主人公通过回忆到中国旅行途中经历的一段没有希望的爱情,将家乡的社会文明、生活观念与迥然不同的东方世界对照起来,表现了作为人生基本课题的人的敏锐的情感。伊丽莎白·麦兰的作品令人感受到陌生的人际关系给人们带来的苦闷与伤感,人们相互了解与接近在今天这样物化的社会是多么困难。她的作品如短篇集《房间,没有家具》(1972年)、小说《直到破晓》(1980年)等试图探讨成功和生活道路与个人幸福之间的矛盾以及男女共同生活的新形式和新标准。

为了进一步了解瑞士女作家的文学活动,我在瑞士曾采访过几位女作家。我在措芬根小城玛格丽特·施利伯尔的家里采访了这位近年来颇引人注目的多产女作家。她是一位普通的女性,出生在一个普通的家庭。父母传给她的与文学创作有关的仅仅是对人的观察和了解能力。她当过银行职员、模特,结过婚又与丈夫分手,又结了婚,有着比较丰富的对人生的体验。当她读过三卷《德国小说选集》之后,自信也能写出书里那样的文章。果然处女作《窗中风景》(1976年)得到了文学界的重视,接着小说《气根》(1981年)、《贝壳花园》(1984年)、《保险柜的影子》(1987年)、《眼福》(1990年)陆续问世。她笔下的人物几乎都是女人,她了解她们,熟悉她们的忧虑、痛苦,她们的渴望、欢乐。因为她通过写作首先更深刻地认识了自己。她喜欢把自己打扮得漂亮,不在乎别人说她不像个文学家。她喜欢帮助丈夫做房地产生意,因为这使她接触各种各样的人。她也喜欢烧菜做饭,因为这也是显示她才能的机会。她当然特别喜欢一个人安静地坐在电脑前编织她书中的故事,只有这时她要一个人待在她笔下主人公的世界里,不让任何干扰来分神。她的作品把女人写得那么真切、那么细致,以至于德国作家马丁·瓦尔泽读过后说,书中的故事深深地触动了作为男人的他,他阅读时仿佛不停地挨着一只小手扇的耳光。

玛格丽特·施利伯尔讲到自己的生活时说,她是作家、会计、保姆,是个什么都得干的使唤丫头。写书是她的第二生活,她的秘密生活,是她第二条生活道路,她的"家"在这两个地方。

施利伯尔的生活与写作情况可以说是瑞士女作家的缩影。

文艺报70周年精选文丛

文艺报

70

周年
精选文丛（7卷，12册）

《时代之思》（理论卷）（上、下）

《文学天际线》（文学评论卷）（上、下）

《艺术经纬》（艺术评论卷）（上、下）

《世界的涛声》（外国文学卷）（上、下）

《彩练当空》（作品卷）（上、下）

《未来永恒》（儿童文学评论卷）

《文学之思》（对话卷）

文艺报70周年精选文丛

SHIJIE DE TAOSHENG
WAIGUO WENXUE JUAN XIA

世界的涛声

外国文学卷 下

文艺报社 ◎ 选编

梁鸿鹰 ◎ 主编

时代出版传媒股份有限公司
安徽文艺出版社

图书在版编目（CIP）数据

世界的涛声：外国文学卷：上、下/文艺报社选编；梁鸿鹰主编. —合肥：安徽文艺出版社，2020.12
（《文艺报》70周年精选文丛）
ISBN 978-7-5396-6866-6

Ⅰ．①世… Ⅱ．①文… ②梁… Ⅲ．①外国文学－文学评论－文集 Ⅳ．①I106-53

中国版本图书馆CIP数据核字（2020）第017274号

出 版 人：段晓静
出版统筹：刘姗姗　宋潇婧　周　康
责任编辑：刘姗姗　凌　敏
特约编辑：王　杨
装帧设计：张诚鑫　吴　臣

出版发行：时代出版传媒股份有限公司　www.press-mart.com
　　　　　安徽文艺出版社　　　　　www.awpub.com
地　　址：合肥市翡翠路1118号　　邮政编码：230071
营 销 部：(0551)63533889
印　　制：安徽新华印刷股份有限公司　　(0551)65859551

开本：710×1010　1/16　印张：53.5　字数：1010千字
版次：2020年12月第1版
印次：2020年12月第1次印刷
定价：156.00元(上、下)

（如发现印装质量问题，影响阅读，请与出版社联系调换）
版权所有，侵权必究

目 录

梁鸿鹰:回望如歌岁月　开创全新境界——《〈文艺报〉70 周年精选文丛》总序／1

上

1949 年
丁　玲:西蒙诺夫给我的印象／1
曹靖华:苏联文学在中国／5

1950 年
刘白羽:访问《文学报》——苏联作家协会机关报是怎样办的?／9
马　烽:中国文艺作品在朝鲜／19

1951 年
丁　玲:欢迎,欢迎你们的来临——欢迎爱伦堡、聂鲁达先生／21
冯　至:安娜·西格斯印象／23

1952 年
袁湘生:和平战士乔治·亚马多／26
茅　盾:果戈理在中国——纪念果戈理逝世百年／29
艾　青:和平书简——致巴勃罗·聂鲁达／32

1953 年
罗大冈:悼艾吕雅／36
李又然:做你所愿意的——纪念方斯华·拉伯雷逝世四百周年／42

1954 年

彝　父：阿里斯托芬的喜剧 / 46

赵诏熊：莎士比亚及其艺术 / 52

汝　龙：关于契诃夫的小说 / 60

金克木：印度文学——人类文化的一所宝库 / 72

1955 年

贺敬之：纪念席勒逝世一百五十周年 / 78

孙　用：波兰最伟大的诗人密茨凯维支 / 82

周　扬：纪念《草叶集》和《堂吉诃德》/ 87

草　婴：《被开垦的处女地》的新篇章 / 95

1956 年

余　振：伟大的俄罗斯作家陀思妥耶夫斯基 / 100

巴　金：燃烧的心——我从高尔基的短篇中所得到的 / 104

冯　至：海涅的讽刺诗 / 107

1957 年

赵萝蕤：能深爱亦能深恨的威廉·布莱克 / 113

傅　雷：翻译经验点滴 / 118

1958 年

王佐良：读拜伦——为纪念拜伦诞生一百七十周年而作 / 121

叶君健：拉格洛孚的《传奇》/ 131

杨周翰：英国资产阶级革命诗人弥尔顿——弥尔顿诞生三百五十周年纪念 / 135

1959 年

吴达元：关于莫里哀的《悭吝人》/ 139

1960 年

田　汉：欢迎日本访华话剧团 / 143

何其芳:托尔斯泰的作品仍然活着——1960年11月15日在苏联科学院文学语言学部和高尔基世界文学研究所纪念托尔斯泰逝世五十周年的学术会议上的发言 / 147

1961年
朱光潜:莱辛的《拉奥孔》/ 153
季羡林:纪念泰戈尔诞生一百周年 / 158
戈宝权:阿尔巴尼亚文学的光荣斗争传统 / 162

1979年
李文俊:"从海洋到闪烁的海洋"——战后的美国文学 / 168
高慧勤:井上靖及其西域小说 / 174

1980年
卞立强:记旅日著名华侨作家陈舜臣 / 179
陈 焜:美国作家贝娄和辛格 / 182

1981年
李健吾:读本·琼森《悼念我心爱的威廉·莎士比亚大师及其作品》/ 189
吴元迈:"首创权总是属于他的"——关于《别林斯基选集》的前三卷 / 194

1982年
冯汉津:当代欧美文学中的"反文学" / 199
刘放桐:存在主义与文学 / 209

1983年
袁可嘉 郑振强 杨可杨:西方现代派文学三题 / 218
赵德明:今日拉丁美洲文学 / 223

1984年
张 捷:近年来苏联关于社会主义现实主义理论问题的讨论 / 229
夏仲翼:谈现代派艺术形式和技巧的借鉴 / 236

1985 年

伍蠡甫：现代西方文学批评的若干流派 / 241

张　黎：民主德国文坛上的"美学解放" / 249

柳鸣九　罗丹：雨果的脚步——写在他逝世一百周年的时候 / 256

1986 年

陈光孚：从博尔赫斯逝世所想到的 / 259

陈可雄：莫拉维亚与中国作家一席谈 / 262

叶廷芳：当代西方文学的一般艺术特征 / 266

1987 年

陆　扬：解构主义 / 270

杨武能：歌德眼中的"世界文学" / 273

施康强：克洛德·西蒙的小说技巧 / 275

王立新：文明与人的悲剧性冲突——谈 D. H. 劳伦斯的《恰特里夫人的情人》 / 281

1988 年

易丽君：七十年代以来的波兰文学 / 284

杨武能：诗人里尔克：深邃而博大 / 288

裴显亚：现代派文学之父汉姆生 / 291

关　偁：纳吉布·马哈福兹：文学金字塔的建造者 / 295

1989 年

杨乐云：他开始为世界所瞩目——米兰·昆德拉小说初析 / 298

孟蔚彦：我以世界的变迁作我的故乡——1966 年诺贝尔文学奖获得者奈丽·萨克斯 / 303

张群　希伯德：它们受到政府和人民的支持——谈谈澳大利亚当代文学及其繁荣的原因 / 306

王逢振：女性的危机：碎裂的故事和严密的结构 / 309

1990 年

林一安："我感到荣幸,但更感到责任重大"——西班牙作家塞拉剪影 / 313

吕同六：卡尔维诺小说的神奇世界 / 319

杨正润：文学和莎学研究的政治化——文化唯物主义述评 / 324

1991 年
陈众议:一位难得的全才——记1990年诺贝尔文学奖获得者奥克塔维奥·帕斯／329
叶渭渠　唐月梅:野间宏,我们崇敬的人——悼念野间宏先生／334
文洁若:松本清张与社会派推理小说／337
瞿世镜:四世同堂——当代英国小说家群像／340

1992 年
王家湘:不息的呼唤——南非作家纳丁·戈迪默和她的小说／348
刘习良:伊莎贝尔·阿连德:在沉默中爆发的智利女作家／356
岳凤麟:实事求是地评价苏联文学的历史／359

1993 年
傅　浩:逆水独航海湾外／361
梅绍武:纳博科夫和文学翻译／364
刘意青:用弗式理论释读必须适可而止——读《拉巴契尼的女儿》与《麦克梯格》／369

1994 年
王家湘:黑人民间文化的继承者——谈托妮·莫里森的小说艺术／375
许金龙:超越战后文学的民主主义者——诺贝尔文学奖桂冠新得主大江健三郎／380

1995 年
马文韬:德语文学越来越引人注目的课题——托马斯·曼研究／384
黎皓智:今日俄罗斯文学／389
申慧辉:任重道远——记当代加拿大英语女性文学／395

1996 年
傅　浩:他从黑暗的泥土中走来——1995年度诺贝尔文学奖得主希内／401
马文韬:瑞士文学四题／406

下

1997 年

高　兴:得到了荣誉,但无须道如何——席姆博尔斯卡获奖之后 / 413

崔少元:我看女权主义批评 / 419

乐黛云:如何对待自身的传统文化 / 423

1998 年

吕同六:人民大众是他的母亲——达里奥·福的启示 / 426

朱　虹:谜一样的奥斯汀卷土重来 / 431

余中先:一部真中有假的自传 / 436

唐岫敏:换语人:摆脱不开的精神家园 / 439

1999 年

孙成敖:这个诺贝尔奖是我们大家的——若泽·萨拉马戈与他的创作 / 444

钟志清:谁是当代最优秀的希伯来文小说家?——希伯来文学评论家格肖姆·谢克德教授一席谈 / 449

朱景冬:美洲的第三次发现——拉美文学现状 / 453

范大灿:长篇小说没有死亡,也不会死亡——谈谈格拉斯获 1999 诺贝尔文学奖 / 457

2000 年

程　虹:自然与心灵的交融——美国的自然文学 / 466

柳鸣九:世事沧桑话萨特 / 478

李士勋:百年之后说尼采 / 482

2001 年

吴松江:西方文学研究的新起点:新的超级大国——传记文学 / 485

吴　冰:矛盾的杰克·伦敦 / 489

绿　原:布莱希特:与最伟大的文学传统密切联系 / 496

2002 年

瞿世镜:后殖民小说家——"漂泊者"奈保尔 / 501

严兆军:一面对外开放的镜子——《尤利西斯》在中国的漂泊/510
方　平:冒充学术研究的索隐派/514
严兆军:文学应该为历史作见证——2002年诺贝尔文学奖得主凯尔泰斯·伊姆雷/517

2003年
哈　米:伏契克百年诞辰纪念——我为欢乐而生,为欢乐而死/525
陈喜儒:友情是我生命中的明灯——巴金和中日文学交流/528

2004年
石平萍:深切关注人类处境——南非最复杂、最有思想的作家J.M.库切/533
林雅翎:中国当代文学在法国/540

2005年
李公昭:"我对战争有信念"——美国的二战主流小说/543
李昌珂:永远不能忘记的记忆——德国当前反思二战文学一瞥/548
叶舒宪:凯尔特文化复兴与"哈利·波特"旋风/553
唐玉清:"新小说"时代结束了吗？——"新小说"之后的"午夜作家"/557
吴岳添:探索人类命运和生存意义——法国的反法西斯战争小说/561

2006年
王　炎:"反恐"改变着美国文化/565
印芝虹:《生死朗读》——德国文学历史反思的新成果/568
莫　言:什么力量在支撑着大江不懈地创作？——大江健三郎先生给我们的启示/573

2007年
乐　欢:他是西方作家,又是东方作家——透过《我的名字叫红》看诺贝尔文学奖得主帕慕克/580
沈　宁:走在现实主义道路上的美国悬疑小说/586
任光宣:当今俄罗斯大众文学/596

2008年
张建华:俄国现实主义文学的重生/599

赵毅衡:一个迫使我们注视的世界现象——中国血统作家用外语写作 / 603
邓中良:文学依旧不死——诺贝尔文学奖得主克莱齐奥的文学创作 / 606

2009 年

郭英剑:兔子歇了……——美国当代作家约翰·厄普代克及其创作 / 612
叶廷芳:他们共同铸造着大写的现代人 / 616
林少华:贵在关乎灵魂——我看村上春树文学的魅力 / 620
戴　骢:哲人已逝　著述长存——记米洛拉德·帕维奇《哈扎尔辞典》的翻译出版 / 623

2010 年

潘　璐:赫塔·米勒到底是谁? / 625
陈众议:巴尔加斯·略萨:诺贝尔文学奖的面子 / 629
高方　许钧:中国文学如何走出去 / 634
沈大力:西方社会的透镜——乌埃尔贝克现象再观察 / 638

2011 年

屠　岸:译事七则 / 642
薛　舟:韩国青年作家的"幻想现实主义":以奇幻的想象抵近现实 / 647
赵德明:罗伯特·波拉尼奥《2666》:全景式探讨人性变化 / 652
李亦男:批判者的遗产——托马斯·伯恩哈德和他的剧作 / 657
石琴娥:2011 年诺贝尔文学奖得主特朗斯特罗姆:属于诗人的诗人 / 664
高　莽:中国与白俄罗斯文艺界的交往 / 668

2012 年

张子清:2011 美国诗界大辩论:什么是美国的文学标准 / 674
薛鸿时:纪念狄更斯200 周年诞辰:"他的心始终向着穷人和不幸者" / 681
许　彤:"反诗人"VS"反诗歌"——智利诗人尼卡诺尔·帕拉侧写 / 687
汪剑钊:以赛亚·伯林:诗人们的知音 / 693
高　兴:红色经典与蓝色东欧——需要重新打量的东欧文学 / 697
郑克鲁:你看过《第二性》吗? / 703

2013 年

严蓓雯:女作家的节制 / 707
盛　宁:文学怎会无用　我们仍爱经典 / 712
杨卫东:菲利普·罗斯:"十足的玩笑,要命的认真" / 716
陈晓明:2013 年诺贝尔文学奖得主艾丽丝·门罗:如此艺术,如此小说 / 720
黄燎宇:德国"文学教皇"马塞尔·赖希-拉尼茨基:批评家死了 / 722

2014 年

袁筱一:2014 年诺贝尔文学奖得主帕特里克·莫迪亚诺:迷失,我们的存在方式 / 727
李　尧:2014 年布克文学奖得主理查德·弗兰纳根:用历史表达自己思想 / 733
张　冲:美国本土裔文学:植根传统　融入现实 / 735
童道明:纪念契诃夫逝世 110 周年:契诃夫戏剧,对于美好生活的渴望 / 740

2015 年

闵雪飞:"拉美文学"涵盖了巴西文学吗? / 746
余泽民:2015 年布克奖得主克拉斯诺霍尔卡伊·拉斯洛:我们本不该对他感到陌生 / 751
王智新:日本"反战文学":以受害者面目出现,模糊侵略战争性质 / 754
林精华:诺奖的国际政治学:何谓"白俄罗斯文学"? / 760

2016 年

陈　镭:艾柯的回音 / 765
文　羽:帕乌斯托夫斯基《金蔷薇》:展现世界的绚丽广阔与丰沛 / 769
薛庆国:马哈茂德·达尔维什:用栀子花的呐喊,令祖国回归 / 772
郭英剑:鲍勃·迪伦引发追问:究竟什么是文学? / 776

2017 年

刘　淳:哈罗德·布鲁姆:我将文学批评的功能多半看作鉴赏 / 781
刘文飞:叶夫图申科:我不善于道别 / 784
郑恩波:为阿果里大哥送行 / 790
王　晔:数码时代的"语词有价"与"文学有责"——瑞典作协年会有感 / 793
李丹玲:2017 年诺贝尔文学奖得主石黑一雄:挖掘隐藏于现实之下的深渊 / 798
马　良:《使女的故事》:旧房子墙后埋藏的信息 / 804

2018 年

符辰希:葡萄牙文学 800 年 / 808

王 杨:阿多尼斯:写作的目的是改变 / 817

董 晨:民族文学论与韩国当代文学的发展 / 821

孙洛丹:2018 年:明治的语境和困惑 / 827

编者的话 / 834

1997 年

得到了荣誉,但无须道如何
——席姆博尔斯卡获奖之后
高 兴

曾有人做过最粗略、最谨慎的预测:鉴于 1995 年已有爱尔兰诗人希尼荣获诺贝尔文学奖,那么,1996 年的获奖者起码该是位小说家。然而,评选结果又一次出人意料。

1996 年 10 月 3 日,瑞典皇家科学院宣布:波兰女诗人维斯瓦娃·席姆博尔斯卡(Wislawa Szymborska)获得该年度诺贝尔文学奖。这是继显克维支(1905 年)、莱蒙特(1924 年)、米沃什(1980 年)之后,第四位荣获诺贝尔文学奖的波兰作家。波兰又一次为世界瞩目。评委会的先生们评价席姆博尔斯卡的作品是"绝对精确的反讽,融入了个人和历史的经历,使历史学与生物学的氛围表现在人类现实的琐碎片段中"。他们显然感到了语言的苍白和局限,索性借助音乐词汇来称赞席姆博尔斯卡,誉她为"诗坛莫扎特",其作品以"流畅的诗句和日常意象展现了质朴之中所蕴含的优雅和深刻",有时还具有"贝多芬式的剧烈"。

当这一消息由斯德哥尔摩传到英、美等英语国家时,绝大多数人还是第一次听到席姆博尔斯卡这个名字。惊讶之余,他们急急忙忙打开电脑寻找有关女诗人的材料,然而能够找到的材料实在寥寥无几:两三本薄薄的英文版诗集以及两三篇比较像样的评论性文章。这有点类似 1984 年捷克诗人塞弗尔特获奖时的情形。有报道说,美国全国广播公司电台原本已安排专人为诺贝尔文学奖制作一个节目,但在听到评选结果后,取消了这一计划。向来自信的美国人感到措手不及,不得不为自己的狼狈寻找借口,电台有关人员在解释此事时说:"获奖者在美国没什么名气。况且是诗歌,又是波兰诗歌,谁也不会在乎的。"

这真像席姆博尔斯卡在诗作《诗朗诵》中所描绘的那样:

> 十二人在屋里,八个座位空着——
> 时间已到,该开始这一文化活动了。
> 一半人进来是因为天下起了雨。
> 另一半人全是亲戚。哦,缪斯。

幸好,在席姆博尔斯卡的祖国,诗神缪斯尚未受到如此的冷落。女诗人的获奖在波兰全国上下引起了巨大的轰动。在某种程度上,人们比1980年得知另一位波兰诗人米沃什获奖时,表现出了更大的激动和欢欣。毕竟米沃什长期旅居海外,而席姆博尔斯卡一辈子都没有离开过祖国。几乎所有的报刊、电视、电台都以显著方式传播着这一喜讯。就连持续不断的政治争论也因此得到了一定的缓和。在参议院,当议长按捺不住兴奋之情,打破程序,宣布这一消息时,正在进行的有关堕胎问题的激烈争论也一下子停止,取而代之的是全体议员经久不息的掌声。向来不苟言笑的波兰财政部部长也用特殊方式向女诗人表示了敬意:他为席姆博尔斯卡送上了二十一朵红玫瑰并答应免收女诗人获奖该缴的税。

旅居美国的波兰大诗人米沃什在加州伯克利的寓所接受采访时说,席姆博尔斯卡的获奖标志着"20世纪波兰诗歌的胜利","一个国家有两位诗人获奖,太好了"。

波兰有理由骄傲。

维斯瓦娃·席姆博尔斯卡1923年7月2日出生于波兹南省库尔尼克的布宁村,1931年她随全家移居克拉科夫。德国占领期间,她以秘密方式上完地下中学。以后,她在克拉科夫雅盖沃大学攻读波兰语言文学和社会学。1953年至1981年在《文学生活》周刊任诗歌编辑和专栏作家。曾有过两次婚姻:同诗人亚当·沃迪克的婚姻以失败告终,而后又同小说家科尔内尔·菲利波维奇结成忠实的伴侣。

尚在大学期间,席姆博尔斯卡就开始了诗歌写作。1945年,她在《波兰日报》的青年副刊上发表第一首诗歌《寻找话语》。1948年曾写出一本描写二战经历的诗集,但由于"手法晦涩难懂,主题脱离现实",未能通过审查。1952年,她出版了诗集《我们为什么活着》,收入的大多是些迎合当时形势的政治诗,出版后,反响一般。有评论称之为"以室内乐手法所做的宣传鼓动"。公允地说,席姆博尔斯卡从创作之始就显露出了一定的才华,但由于时代的限制及个人诗歌观念的模糊,她的才华没有得到真正的发挥。一些评论家替她辩解:"如果她的开端未显示出多大希望的话,那么,该受责备的是历史,而不是她。"女诗人后来完全否定了自己初期的创作,在以后的诗选中,她没有收入过一首这一阶段的作品。她解释自己最初的失败时说了一句耐人寻味的话:"我那时试图爱人类而不是人。"

经过几年的沉静之后,她的第二本诗集《询问自己》于1954年与读者见面。与第一本诗集相比,她的诗风有较大的改变,个人风格开始显露。诗集标题《询问自己》就象征性地表明了作者"由外向内"的转向:以前的"回答"变成了现在的"询问",以前的"我们"变成了现在的"自己"。从内容上看,政治标签式题材相对减少,而爱情及其他传统抒情题材得到重视。形式上,作者尝试采用独白、对话、反讽等一些朴实灵活的手法。"询问"是整部诗集的主旋律。正是在"询问"中,席姆博尔斯卡找到了一条通向深刻广博的路子。诗集中的两首抒情诗《钥匙》和《一见钟情》格外受人喜爱。《询问自己》为女诗人赢得了第一个文学奖。

1957年诗集《呼唤雪人》出版。这是女诗人诗歌创作上的一个重大转折。她开始寻找真正属于自己的话语。人与社会、人与历史、人与爱情等主题在她的作品中出现。作者从一个自信的回答者完全变成了一个执着的询问者和呼唤者。在《一次未进行的喜马拉雅山探险》中,诗人的声音在空旷中回荡,清晰而又幽远:

> 雪人,并非罪恶
> 才是这里唯一的可能。
> 雪人,并非每一句话语
> 都是死亡判决。
> ……
> 雪人,我们拥有莎士比亚。
> 雪人,我们演奏小提琴。
> 雪人,黄昏时分
> 我们点亮灯盏。

呼唤雪人,诗人实际上在呼唤一个更为纯真的世界;呼唤雪人,诗人实际上在寻求生存的价值和意义。包括席姆博尔斯卡本人在内的许多波兰文学界人士都把《呼唤雪人》当作她诗歌创作的真正开端。在之后出版的《盐》(1961年)、《一百个欣慰》(1967年)、《以防万一》(1972年)、《巨大的数字》(1976年)、《桥上的人》(1986年)、《结局与开端》(1993年)等六本诗集中,她进一步拓宽诗歌主题,不断变化表现手法,逐渐使语言趋向朴实、简明、直接和幽默,最终形成了自己独特的诗风。用米沃什的话说,她的诗集是"一本比一本写得更好"。

瑞典皇家科学院的评委们正是因为她1957年之后的创作授予她诺贝尔文学奖。

席姆博尔斯卡常常在诗作中针对生命、时间、死亡、人类境况及艺术同世界的关系等等提出一些"天真朴素"的问题。她在诗作《世纪的没落》中写道:

> "我们该如何活着?"
> 有人在信中问我
> 我本打算向他提出

同样的问题。
一次又一次，
正如上方可以看到，
最最紧迫的问题
是那些天真的问题。

在女诗人看来，没有任何问题像那些"天真朴素"的问题更接近本质、更意味深长。她的诗作的一个显著的特点就在于她的大多数问题都具有双重意义：哲学意义和句法意义。而这些问题无论对人类还是个人都具有实质性的意义。面对一张照片，女诗人指出这无论如何不是一张清白的照片，"因为这是人服从时间但又不承认时间"的例证；在描绘人类境况的尴尬时，她又间接地询问："我们能阻挡时间吗?"（《桥上的人》）她赞美自己的姐姐"从不写诗"，羡慕她"练就一套相当出色的口语散文"时，似乎想告诉读者：在某种情形下，朴实、宁静、轻松的生活比艺术更为自然、更为诱人。于是，一个问题也由此产生：艺术能完全反映和代替现实吗？（《赞美我的姐姐》）应该说，能提出一些看似天真实质一针见血的问题是需要大智慧的。正是在一个个这样的问题中，世界的复杂性被诗人以锐利的笔锋呈现出来。

阅读席姆博尔斯卡的作品，我们不难发现她的细腻、机智和"绝妙的幽默感"。同时，我们也能明显地感到诗人内心的某种悲哀、怀恋，对西方价值危机和现代文明的恐惧。在《恐怖分子，他在观望》中，作者不动声色地勾画出一个"危机四伏"的现代世界。然而，不同于某些西方诗人的是，席姆博尔斯卡始终认为，即便在错综复杂的现代社会中，人仍然可以通过各自不同的方式高贵地活着。从"写作的快乐"中，从"维护的力量"中，从"凡人的复仇"中，我们都可以看到，诗人已经找到了自己的生活方式。

普通的日常琐事对诗人似乎有一种特殊的吸引力。一座桥、一幅画、一个商场、一只猫、一部电影、一把钥匙等等，都有可能激发起她的灵感。她极善于从这些日常琐事中发掘一些独特的意义。她会从一只猫想到人最后的孤独，从一幅画看到世界发展的种种可能性，从垃圾中发现朴素的可贵，从衣衫中寻找真正的永恒。她的许多作品常常以一段日常对话或一个简单的故事为线索，在不知不觉中提出问题，于平淡中给人一点启示：她似乎掌握一种诀窍——用朴素描绘复杂，用平凡表现深刻。

席姆博尔斯卡和她的同代人鲁热维奇及赫贝特一起被波兰文学界誉为波兰国内诗坛三大代表。三位诗人中，席姆博尔斯卡的作品最少，名气也最小。有人做过统计，近二十年来，她平均每隔半年才抛出两三首新作，至今为止，总共才发表了二百来首诗。她可能是有意识地少写，因为她一向对诗歌创作要求极高。"寻求魔幻的声音，感觉和思想所构成的和谐"不是一件容易的事。它需要天才,需要劳动,需要思想的不停运转,需要心灵的贴近和远离,同时也需要某种从容和淡泊。每个作家实际上都有自己特定的节奏。而席姆博尔斯卡的节奏显然确保了她的诗歌的质量。翻开她近二十年出版的诗集,有行家惊叹:"每首都是精品。"除去诗歌创作外,席姆博尔斯卡还写过几个短篇小说,但从未发表;她也译过一些法文诗;另外,她还写了一百三十多篇书评,涉及历史、心理学、绘画、音乐、动物学、文学、烹饪等诸多领域。

诺贝尔文学奖评定结果公布时,席姆博尔斯卡正在波兰南方山城扎科帕恩作家疗养院度假。在记者招待会上,她谈到获奖感受时说:"这意味着幸福和责任。从今以后,我将不得不成为一个官方人士,这可是我不喜欢的,这违反我的本性。"追求淡泊宁静的席姆博尔斯卡一直居住在克拉科夫中心一套简朴的两居室里。她喜欢离群索居,从不参加任何文学聚会和诗歌朗诵,极少在正式场合抛头露面。在几十年的写作生涯中,她只接受过一两次严格意义上的采访。她不太愿意谈论自己,不得不谈论时,也常常只是三言两语。人们有时可以看见她穿着旧衣衫在四处溜达。但她很乐意和不多的几个朋友相聚,吃着鲱鱼,喝着伏特加,抽着雪茄,谈论一些轻松话题。除了钓鱼外,她还有一个特别的爱好:收集旧明信片。对此,她解释说:"废物从不奢望显得比实际上更好。"她之所以没能像几位同代作家那样受到外国广泛的注意,同她的生活方式和思想境界恐怕有着直接的关联。她的诗作《写份履历》为她的这种举止做了最好的说明:

> 不管生命长短如何
> 履历最好保持简短,
> 事实必须精练清晰。
> 风景应由地址取代,
> 模糊的记忆得让位于可靠的日期。
> 所有的爱情,只提婚姻,
> 所有的孩子,只提那些出生。
> 参加了什么团体,但不必说理由,
> 得到了什么荣誉,但无须道如何。

"艺术家就是作品,作品就是艺术家。"这是席姆博尔斯卡诗中的主题,也是她的信念。她相信诗歌便是一切。

诺贝尔文学奖给席姆博尔斯卡带来巨大的荣誉,同时也不可避免地会影响诗人的创作和生活。这种影响是好,是坏,尚无人知晓。在和米沃什通话时,席姆博尔斯卡说:"我可没有防护机制。我是个平民。最最难办的事就是写演讲词了。我得写上一个月。我不知道该讲些什么,但我会讲讲您。"据说,为了躲开各种干扰,席姆博尔斯卡已经搬到一个更为偏僻的地方,谁也无法找到她。

我看女权主义批评

崔少元

女权主义批评是20世纪60年代末在欧美兴起的一股强大的政治、文化思潮,是当代西方文学理论与实践中的一支充满活力与生机的劲旅。从其所主张的男女平等到强调男女之间的差别以及解构男权世界,女权主义批评以其鲜明的政治性而震撼了世界,在全球很大范围内掀起了一场政治和经济权利的斗争,从而推动了妇女的解放。然而,由于女权主义批评一味重视批评的社会效果和道德价值,它的理论偏激单薄,漏洞也颇多。

妇女地位的提高

女权主义批评者认为,妇女地位的低下很大程度上都来自社会领域和家庭的性别歧视和性别压迫。换而言之,也就是来自以男权为中心的"阶级"压迫。资本主义与男权文化的交互作用是造成妇女地位低下的主要因素。它们是套在妇女脖子上的枷锁。因此妇女若想解放,就必须通过资本主义和男权文化的激进变革才能实现。显而易见,女权主义批评的本质是一种以社会变革为目的的文化运动。它的理论主张中往往表现出左翼社会学批评的倾向,从而呈现出一定的历史唯物主义,甚至马克思主义的批评倾向。鉴于此,女权主义批评者倡导解构男权统治的社会。这一观点又来自解构主义,解构主义的一个基本概念是,现代社会是"菲勒斯中心"(Phallocentrism)社会,也是"词语中心"(Logocentrism)社会。人们认识理解事物的存在及真理,必须使用这一中心社会的语言。法国解构主义大师雅克·德里达将两个术语合并成一个词:"菲勒逻各斯中心"(Phallologocentrism)。对于男性中心社会来说,男人是基本原则,而女人则是这种原则中被排斥的对立面,而且只要这样一种区分坚持不变,整个系统就可以有效地发生作用。作为男人对立面的女人,她不是一个真正的"男人",而是一个有缺陷的"男人",一个被"阉割"的"男人"。女人要想摆脱这悲惨的境遇,唯一的出路就是颠覆男人的统治。吉尔伯特·古芭指出:"在西方的父权制度文化里,文本的作者是父亲、祖先、生殖者、美学之父,他手中笔的威力,正如阳物的威力,不但具有创造生命的能力,而且还有繁殖后代的功能,故此是繁殖者,又是创造者。"(《阁楼上的女人》,1984年,耶鲁大学出版社)这种父权——创造力的隐喻的另一深层意蕴就是,妇女的存在只是供男人享受,是他们文学和肉欲的对象。

由此可知,女权主义理论的主旨:妇女地位的提高,女性解放的唯一出路就是政治"解构"——推翻男权统治而最后走向人格的独立,这一主张有其积极的一面,它表明妇女的政治意识已开始觉醒、复苏。然而这种理论显然过分地强调了女人的社会性,忽视了其自然属性;太多地关注了客体——社会对女人的影响,而抹杀了主体自身的建构。

女人是社会性与自然性相统一的产物、灵与肉的统一体。作为女人,她们拥有婴儿期、孩童期、青春期、性心理的萌动、怀孕分娩和更年期这一整个过程。对这些过程每一女性的心理感受和体验都是不同的。这种感受和体验往往又反过来对妇女内心的成长、对社会的看法以及为人处世都多多少少有些影响。此外,女性地位的提高还涉及妇女自我解放意识的铸就。当代妇女面对生活和职业的选择远没有摆脱其自身思维定式的束缚。她们是作为一个家庭主妇生活着,还是以社会中的一个平等独立的成员立足于世?是满足于靠反射"太阳"的光辉来体现自身的价值?还是以自身的主体性的充分发挥来实现自我的价值?这些问题依然困扰着广大的妇女。许多女性对此显得彷徨,她们其实并不知道自己人生的轨迹该伸向何处。美国自白派女诗人西尔维亚·普拉斯的《钟罩》所描述的就是主人公艾丝特在家庭和职业方面进行选择时的困境:

无数个丰满的男女,一个是丈夫、孩子和家庭;一个是名诗人;一个是名教授;一个是名编辑;还有无数其他,我坐在树上饿得要命,但下不了决心吃哪一个,吃了一个就等于放弃其他。我看着看着,结果树上的果子、干橘子,纷纷落到地上。

由此可见,政治经济上的独立仅仅只是妇女人格完整、提高地位的一个方面。人们还需要考虑生理、心理上的健全,自我意识的修复和提高。中国传统歌剧《白毛女》就是一个很好的佐证。喜儿在旧社会饱受黄世仁的摧残和剥削,无奈只好流落于荒山野岭之中靠吃野果野菜为生。短短三年间她由人变成了"鬼",后来以大春为代表的八路军从水深火热之中解放了她,她最后成了新社会的主人。毋庸置疑,白毛女在政治上获得了解放,经济地位也肯定会随之而提高。然而旧社会在她心灵上留下的创伤能随着新的政治制度的确立而很快治愈吗?她往日的屈辱不幸会烟消云散吗?答案显然是否定的。这就如同一位遭受过强暴的少女绝对不可能随着惩罚罪犯枪声的响起而顷刻将那段羞辱抹去,永远作别心灵深处的阴影。精神上创伤的愈合远远要比肉体上的愈合慢得多。道路单一,这正是女权主义批评弊端之所在。

评价妇女解放的标准和实质

女权主义批评者在寻求妇女解放时,依据欧美解构主义理论提出了以"颠覆"男权为中心的口号,就这一政治主张而言,它包含着许多模糊非透明的东西,其中最令人质疑的就是所谓的以男权为中心的社会体系被消除瓦解之后,代之而来的新社会结构究竟如何?评价妇女地位变化的参数将是什么?

德里达的解构主义理论宣称,封闭体需要非封闭体作为参照物,正如中心依赖于非中心一样。因此,解构就不仅是将对立的等级秩序颠倒过来,而且要摧毁这个二元对立赖以产生的整个思想体系,也就是要把传统的颠倒变为现实,从总体上取代那个体系。只有这样,解构才能在其所批判的二元对立项中,提供一种干预方法。因此,"解构"这一操作包含两个方面:参照体系的确定和新"结构"(功能性、非具体性)的建立。而女权主义批评对此的解释仅仅局限于口号和零碎的话语中,尚无详尽的阐述。

我们知道男女是一个二元对立的有机体。男为阳,女为阴。男性代表着勇猛刚强,女性意味着温存柔顺。"男人的一半是女人""女人是男人的一面镜子",这表明男女只有以对方为参照才能认识、了解和评价自己。正所谓不见高山不显平地。而女权主义批评者却主张消解男性社会,果真如此的话,那么妇女又该用什么标准去评价自己在政治经济领域的地位和作用?没有矛如何去谈盾呢?

再就"新结构"而言,女权主义批评者倡导的社会模式不外乎两种:男女平等的社会和女尊男卑的社会。她们想依此来抗衡男尊女卑的社会。显而易见,解构男权统治并不仅仅是颠覆,而且是权力的转换或游移。"中心""权力"是"压迫"的同义词,同时也是"反抗"的同义词。女权主义者反抗以男权为中心的社会旨在创造一个新社会,实行权力的分割、再分割和游移。因为社会并非按照"无中心"的模式而运转。它总需要一个有序自我调整的系统去维护其正常的运作。消解权力为零是不可能的。

强调男女平等仍然是以男性标准来评判女性,要求女性向男性看齐,因而这种平等运动是建立在以男性为中心的权力构架之中,以此作为其参照系数。以男女平等为目标的妇女解放并没有创造出新的语言,而是重复并强化一种以男性为中心的既定语言。所以女权主义批评的政治目标是不彻底、不明了的。

主张女尊男卑以彻底颠倒男女二者关系的女权主义者也同样会发现自己处在一种尴尬的境地。这种权力的转移充其量不过是演出一场"乱哄哄,你方唱罢我登场"的闹剧,可谓"风骚英雄汉,各领几十年"。假若这一政治经济主张得以实现,人们就会发现人类的历史只不过是从一种权力的极端走向另一种权力的极端。女权主义者追求的解放仅仅是以一种不平等去换取另一种不平等,其实质并无什么本质差异。

英国女作家勃朗特的名作《简·爱》就是这种思想倾向的文学反映。近几年来女权主义批评者无一例外地都将《简·爱》当作女权主义文本加以解读。简·爱被推崇为追求妇女解放的典范。其实,《简·爱》并非一部完完全全地追求"女性平等"的作品,从某种程度来讲,它应当是一部"女性霸权"的小说,是妇女解放走向极端的一个具体例证。就两位主人公之间的关系而言,在谢菲尔德庄园被焚烧前,简·爱和罗彻斯特之间的地位存在着极大的悬殊:简·爱出身卑微,相貌平平,罗彻斯特则经济富有,风流潇洒。而一场大火却将二人先前的不平等彻底颠倒:简·爱在继承遗产后一夜之间变为富有,罗彻斯特的财富却付之一炬,他的双目失明。正是在这种"女尊男卑"的前提下,简·爱和罗彻斯特才相结合的。显而易见,这里存在着一个怪圈——简·爱在追求妇女解放时不是去消解男女不平等,而是以一种女尊男卑的不平等去代替男尊女卑的不平等。因此,简·爱的抗争精神和抗争意识都是不彻底的。这也许正是女权主义批评又一弊端之所在吧!

作为马克思主义和解构主义相结合的女权主义批评以其鲜明的政治和文学倾向而成为 20 世纪下半叶颇有影响的政治和文艺思潮。它在文学创作和理论建构等方面都取得了丰硕成果,为全球的妇女解放和文艺创作起了推波助澜的作用。然而,由于过分强调斗争性以及思想的偏激、方法论上的单一,它的理论体系显然存在着明显的不足。

如何对待自身的传统文化

乐黛云

> 北京大学乐黛云教授在去年第三期的《中国比较文学通讯》上发表文章《比较文学的国际性和民族性》。文章中谈到当前比较文学面临的挑战,即民族文化复兴与多元文化共存的种种复杂的新问题和悖论,而首先就是如何对待自身的传统文化——文学和比较文学的非殖民化问题。作者从三个方面阐述了自己的看法,现摘要发表。
>
> ——编者

调整心态

从曾经被殖民或半殖民地区的视角来看,当前最重要的问题,就是在后殖民的全球语境下,如何对待自身的传统文化的问题。由于这些地区的传统文化长期以来受到西方文化的灌输和扭曲,一旦从殖民体制压制下解脱出来,人们首先想到的自然是如何恢复并发扬自身的固有文化,使其传播四海。这种倾向完全合理,无可非议。但与此共生的往往是一种极端的民族情绪。在沉醉于这种情绪的人们看来,既然中国文化已经被压制了几百年,如今为什么不应该扬眉吐气,"独呈雄风于世界"?既然中国传统文化如此悠久辉煌,而中国经济正在稳步快速上升,为什么不可以说"21世纪就是中国人的世纪"?总之,他们认为西方中心的隐退就意味着东方中心的取而代之,过去我们只能崇尚西方的经典,今天我们就要以东方经典雄视天下。显然,这样的思维方式创造不出任何新事物,无非是在新的时代和环境下,不断复制过去西方中心论的各种错误做法。事实上,中国文化能否为其他文化所接受和利用,绝非中国一厢情愿所能办到的。这首先要看中国文化(文学)是否能为对方所理解,是否能为对方作出有益的贡献,引起对方的兴趣,成为对方发展自身文化的资源而被其自觉地吸收。今天东西方文化的接触只能是和过去完全不同的,以互补、互识、互用为原则的双向自愿交流。

如何理解传统文化、如何进行文化交流

除了上述调整心态的问题之外,还有两个重要的问题需要思考:其一是如何理解传统文化,用什么样的传统文化去和世界文化交流?其二是如何交流,通过什么方式交流?我们所说的文化并不等于已经铸就的、一成不变的"文化的陈迹",而是在永不

停息的时间之流中,不断以当代意识对过去已成的"文化既成之物"加以新的解释,赋予新的含义;文化应是一种不断发展,永远正在形成的"将成之物"。毋庸置疑,在信息、交通空前发达的今天,所谓当代意识不能不被各种外来意识所渗透。任何文化都是在他种文化的影响下发展成熟的,脱离历史和现实状态去"寻根",寻求纯粹的本土文化,既不可能,也无益。即便中国从来不是殖民地,当代中国人也很难完全排除百余年来的西方影响,复归为一个纯粹传统的中国人,正如宋明时代的人不可能排除印度文化影响,复归为先秦两汉时代的中国人一样。因此我们用以和世界交流的,应是经过当代意识诠释的、现代化的、能为现代世界所理解并在与世界的交流中不断变化和完善的中国文化。

至于如何交流,用什么方式交流,这里存在着一个难解的悖论。文化接触首先遇到的就是用什么话语沟通的问题。若完全用外来话语沟通,本土文化就会被纳入外来文化的体系之内,失却本身的特点,许多宝贵的、不符合外来体系的独特之处就会被排除在外而逐渐泯没;如果完全用本土文化话语沟通,不仅难以被外来者所理解,而且纯粹的本土文化话语也很难寻求,因为任何文化都是在外来文化的不断影响和交流中发展的。只有正确理解这一悖论,才能实现真正的文化接触。当中国文化进入外国文化场时,中国文化必然经过外国文化的过滤而变形,包括被过度误读、诠释等;同样,外国文化进入中国文化场,也必然受到中国文化的选择并透过中国式的读解而发生变形。其实,历史上任何文化对他种文化的吸收和受益都只能通过这样的选择、误读、过度诠释等变形,才能实现。常听人说唯有中国人才能真正了解中国,言下之意,似乎外国人对中国的了解全都不值一顾。事实上,根本不需要外国人像中国人那样了解中国,他们只需要按照他们的文化成规,择取并将他们感兴趣的部分改造为他们所需要的东西。法国的伏尔泰、德国的莱布尼兹都曾从中国文化中受到极大的启发,但他们所了解的中国文化只能通过传教士的折射,早已发生了变形,这种变形正是他们能得到启发的前提。今天我们再来研究伏尔泰和莱布尼兹如何通过其自身的文化框架,来对中国文化进行了解和利用,又可以为我们提供一个新的视角,来对自己熟悉的文化进行别样的理解。这样,就在各自的话语中完成了一种自由的文化对话。这里所用的话语既是自己的,又是已在对方的文化场中经过了某种变形的。历史上不同文化之间的互利、互识多半是通过这样的方式来进行的。例如古代中国在自己的文化场中,用自己的话语与印度佛教对话,结果是创造了中国佛教的禅宗。英国哲学家罗素 1992 年在《中西文化比较》一文中说:"不同文化之间的交流过去已被多次证明是人类文明发展的里程碑。希腊学习埃及,罗马借鉴希腊,阿拉伯参照罗马帝国,中世纪的欧洲又模仿阿拉伯,而文艺复兴时期的欧洲仿效拜占庭帝国。"希腊文化、罗马文化等吸收了其他文化之后,仍然主要是希腊文化、罗马文化。正如中国作家鲁迅所说,吃了牛羊肉,也不见得会类乎牛羊。由此看来,世界文化的未来发展也不会造就洛里哀(Frederic Loliee,法国比较文学家)所预言的那种文化"大混合体",而仍然是具有不同特点的各民族文化的共存。

当然也还可以更自觉地寻求其他新的途径,例如可以在两种话语之间有意识地找到一种中介,这个中介可以充分表达双方的特色和独创,足以突破双方的现有体系,为对方提供新的立足点,来重新提出问题,并得出新的结论。例如共同解决人类面临的问题就可以是一种中介,尽管人类千差万别,但总会有大体相同的生命形式(男与女、老与幼、人与人、人与自然、人与命运等)和体验形式(欢乐与痛苦、喜庆与忧伤、分离与团聚、希望与绝望、爱恨、生死等),以表现人类生命与体验为主要内容的文学一定会面临许多共同问题,如文学中的"死亡意识""生态环境""人类末日""乌托邦现象""遁世思想"等。不同文化体系的人对于这些不能不面对的共同问题,都会根据他们不同的历史经验、生活方式和思维方式作出自己的回答。这些回答回响着悠久的历史传统的回声,又同时受到当代人的取舍和诠释。只有通过这样的多种文化体系之间的对话,这些问题才能得到我们这一时代的最圆满的解答,并向未来开放回答这些问题的更广阔的视野和前景。在这种寻求解答的平等对话中,可能会借助旧的话语,但更重要的是新的话语也会逐渐形成。这种新的话语既是过去的,也是现代的;既是世界的,也是民族的。在这样的话语逐步形成的过程中,世界各民族就会达到相互的真诚理解。

1998 年

人民大众是他的母亲
——达里奥·福的启示
吕同六

1997年诺贝尔文学奖授予七十一岁的意大利剧作家达里奥·福(Dario Fo)。达里奥·福是当今世界文坛一个不同凡俗的现象。教会的诋毁,政界右翼的鄙夷,一些文人的批评,不能抹杀他的创作活动自出机杼的特色和骄人成就,也不能掩盖他的艺术个性闪现的光亮。达里奥·福,给世人提供了不少珍贵的启示。

直面人生,从现实生活中汲取灵感

20世纪西方文坛,各种思潮纷呈,流派迭出。然而,像达里奥·福这样50余年如一日,始终不渝地扎根生活的沃土,让戏剧立足现实,贴近百姓的文学家,实在是不多见了。

创作"真正的人民戏剧""富有战斗性的戏剧",是达里奥·福一生执着追求的旨趣。达里奥·福出身于社会下层,父亲是铁路职工,母亲是农民。据他自己说,他孩提时代就跟玻璃匠、渔夫、走私者的儿子毗邻而居,打成一片。他因此自称"文化上是普罗大众的一分子","一生下来就有政治立场"。他政治上一直属于左派,曾是意共党员,据说现在是重建意大利共产党成员。他把自己鲜明的政治立场,炽热的批判激情,都熔铸进了自己的创作。他迄今创作的五十多部剧作,没有一部是写男欢女爱、家长里短的。它们几乎全是政治讽刺剧,或者是时事讽刺剧。

50年代中期,达里奥·福由在咖啡馆和娱乐场所演出综艺节目,走上专事戏剧创作的道路。《大天使不玩台球》(1959年)讽刺政府官僚的败行劣迹;《他有两支长着白眼睛和黑眼睛的手枪》(1960年),暴露法西斯主义同资产阶级、黑社会组织同政权之间一荣俱荣,一衰俱衰的关系;《总是魔鬼的不是》(1965年)、《工人识字三百个,老板识字一千个,所以他是老板》(1969年),对资本家竭尽挖苦讽刺之能事。那些声名显赫、炙手可热的大人物,甚至教会的头面人物,基督、上帝,在他犀利的讥讽和批判下,也无一不丢尽颜面,威风扫地。政界元老范范尼、菲亚特集团大老板阿涅利,更被他塑造成反派人物的形象,显出荒唐可笑、狼狈不堪的本相,达里奥·福对他们无情的嘲弄和揶揄,可谓达到了入木三分的地步。

　　同社会政治生活息息相关,从现实生活中汲取灵感,采撷素材,赋予达里奥·福的政治讽刺剧以强大的冲击力和雄伟的生命力。1968年,米兰火车站发生了炸弹爆炸事件,全国局势动荡。一名无政府主义者被警方作为犯罪嫌疑人拘捕,在审讯期间从警察局坠楼死亡。达里奥·福敏锐地对这一事件作出反应。他不畏艰险,深入调查,在左翼律师、记者的帮助下,搜集了大量第一手资料、照片,以这一真实事件为素材,迅速创作出了《一个无政府主义者的意外死亡》(1969年)。这出政治讽刺剧以极大的真实性揭露出这是右翼势力的险恶阴谋,企图以此嫁祸左派人士。达里奥·福把这一政治阴谋在舞台上大曝其光,批判矛头直指政治权力中心。这出戏在意大利演出时,不仅观众席爆满,连舞台两侧和幕后也挤满了观众,在两个戏剧季节里,连演三百场,观众超过30万人次。它在欧洲和美国的演出也产生了极大的轰动。

　　国际政治焦点,也尽在达里奥·福的视野之内。他创作过有关越南战争、智利人民反独裁斗争的政治讽刺剧。而《突击队员》(1972年),则是一部以巴勒斯坦人民的斗争为题材的作品,剧作家以可贵的政治敏锐性,最早发出了同西方外交政策明显不合拍的声音。

　　达里奥·福的戏剧创作直面人生,饱含了同大众的日常生活休戚相关的感情。庶民百姓关切的问题,诸如通货膨胀、堕胎自由、男女平等、公德沦丧、官员腐败等等,他无一不在自己的政治讽刺剧中给予锐利泼辣的批判,并透过这些日常生活中具有普遍性的现象,力砭社会弊害,维护被凌辱者的尊严,进而挖掘出耐人咀嚼和深思的社会内容。

　　不难看出,艺术家达里奥·福把自我完全融入了人民之中,艺术家的心全然同时代的脉搏一起跳动。他不是把目光停留在生活的浮面,浅尝辄止,他的剧作也不侧重刻画人物。他孜孜不倦地致力于展现重大政治斗争和激变的政治风云波及人物的命运,并以此为契机,倾力剖示社会的、时代的矛盾。他以狂放的激情,把自己的剧作化为掷向黑暗与丑恶的投枪,昂奋地反映和参与现实斗争。他放胆无忌,以现实主义的才情和不可遏制的勇气,鞭挞权贵,指陈时政,掷地有声。

让观众在笑声中获得启迪和愉悦

　　达里奥·福的政治讽刺剧触动了一些势力的神经,被贬为"政治宣传品"。但他的政治讽刺剧,绝不是政治口号的图解;观赏他的剧作,全无枯燥乏味、空洞说教之感。他显露出逼人的批判锋芒的政治讽刺剧,自然需要相得益彰的戏剧形式。

　　为此,达里奥·福大胆摒弃正统戏剧的规范,努力借鉴民族戏剧传统,把目光投向意大利古老的民间戏剧。他自称"人民的游吟诗人""被压迫者的游吟诗人"。所谓游吟诗人,系指意大利中世纪的民间艺人,他们集说唱、戏剧和杂耍于一身,平时四处流浪,逢着节日、洗礼婚庆等,在农村、城镇的广场、教堂,一面弹奏乐器,一面表演。他们把当时的社会新闻和人们的思想情绪广为传播。游吟诗人在中世纪大众文化生活和文学艺术的发展中发挥着重要的作用。

《滑稽神秘剧》(1969年)堪称达里奥·福继承和弘扬古老的民间戏剧传统的杰作。他把这部作品称作"人民游吟诗人之作",并在为该剧作的前言中,以意大利12世纪游吟诗人朱洛·德·阿尔卡莫的《鲜艳的玫瑰》为范例,对这一古老民间戏剧传统的特色、流变和现实价值,做了详尽的阐释。《滑稽神秘剧》的素材,采撷自中世纪历史,或宗教传说,它的表演形式,移植自中世纪游吟诗人的街头戏剧。演出时,没有道具,没有布景,舞台上只有达里奥·福一个演员,他又常常同时扮演几个角色。他充分发挥集编剧、导演、表演于一身的优势,和擅长歌唱、器乐与舞蹈的才华,潇洒自如地把丰富的创造力和想象力糅入独角戏的表演之中,把整出戏演得活灵活现,满台生辉。中世纪原生态的戏剧形态,成为达里奥·福借古喻今,最直率、最尖锐地讽刺教会,抨击时弊,揭露统治者同人民对立的最有效的手段。达里奥·福成功地从中世纪游吟诗人身上吸纳了表演形式与技巧,摄取了艺术活力与诗意。

同时,达里奥·福又用心继承15至17世纪盛行于意大利民间的即兴喜剧(或称假面喜剧)传统,借鉴它的即兴表演和喜剧手法。

达里奥·福的剧作大多是对国内外重大事件和百姓敏感问题迅速作出反应,匆匆创作的。他曾说:"我们对重大政治事件立即作出反应,宁愿演一个不成熟的戏,在演出中完善它,也比长期等待要好。"因此,他向即兴喜剧学习创作路子。他的剧作常常更接近提纲,没有定型。演员不仅要熟悉社会,而且要具备高超的演技,擅长在演出中即兴表演和发挥,通过演出实践来不断修改、丰富和完善剧本。他要求每场演出中都有即兴发挥的东西,演员善于随机应变,把握和即兴表达观众的情绪,甚至把观众中偶然的一声喊叫和孩子的哭声,都化为即兴戏剧。他还借鉴了即兴喜剧的许多特色,如剧情的引人入胜,故事展开的敏捷、轻松和出人意料。

在《高举旗帜和中小木偶的大哑剧演员》(1968年)一剧中,达里奥·福又移植假面喜剧的手法,创造性地让演员佩戴面具,同木偶同台演出,在对照与反差中,获得绝妙的戏剧效果。

富有意味的是,达里奥·福把自己的政治讽刺剧都称作"喜剧"。他曾说过,写戏不同于写评论,写戏需要幽默,"即使是表现严肃的题材,真正的人民喜剧总是充满情趣的"。正是在喜剧样式中,达里奥·福施展过人的艺术天赋,把滑稽、幽默、讽刺、荒诞、夸张与变形冶于一炉,嬉笑怒骂皆成文章,粗俗与机智、假面与现实、中世纪与现代、即兴表演与严肃题材,获得了和谐的融合。他那充满灵气的艺术创造力,使他的政治讽刺喜剧情趣盎然,雅俗共赏,鲜活灵动,魅力无穷。他通过笑声来对社会的丑恶痛下针砭,借助幽默来触动人的灵魂,而观众则在笑声中宣泄自己的情绪,获得思想启迪和审美愉悦。而这,正是达里奥·福遵循的艺术信念:笑声泪影,"比起那种抽象的净化具有更久远的作用"。

达里奥·福也很注意在戏剧创作中融汇外国戏剧的优秀经验。布莱希特关心重大社会题材,激发观众变革现实的兴趣与愿望的戏剧美学,以及他反映现实斗争的短剧、独幕剧,马雅可夫斯基晚期创作的讽刺剧《臭虫》《澡堂》,都对达里奥·福产生了影响。有评论家说,他的《老虎的故事》吸取了中国传统戏曲的特点,但刚刚面世的意语版11卷《达里奥·福喜剧集》没有收入这个剧本,笔者至今无缘读到。

从母亲人民身上汲取力量

毫不奇怪,达里奥·福的戏剧创作活动为当局与教会所不容。他的剧作屡屡遭到了戏剧审查机关的刁难与阻挠。20世纪五六十年代,他的剧团被当局指称为"共产党剧团",从事"赤色鼓动"。每次演出,警方都派专人在场,检查演出中可有越轨的台词。《哥伦布》一剧演出后,右翼势力以亵渎军人为由,聚集于戏院门口寻衅、围攻。一名军官甚至向达里奥·福下了决斗的帖子。教会当局更把他视为"圣母与文明的共产党敌人"。维琴察市主教公然要求警方销毁达里奥·福在该市张贴的演出海报。一些教堂门口公布的"不宜观看的剧目"的告示上,赫然列着不准达里奥·福的剧团在正规剧场,也不准在广播电视演出的禁令。他还多次遭到起诉。直到20世纪70年代后期,意大利戏剧审查制度被废除,剧场和广播电视才向他打开绿灯。

达里奥·福的戏剧的思想内容与表演形式,要求同人民大众保持紧密的联系。而为了突破右翼和教会势力的压迫与遏制,他的戏剧活动也更需要立足基层,走向人民大众。1958年,他同戏剧世家出身的著名演员弗兰卡·拉美结婚,共同创办了一个剧团;嗣后,又于1970年创立了"戏剧公社"。他们像古代游吟诗人一样,经常带领剧团深入工厂、农村巡回演出,甚至在街头、广场献艺。亚平宁半岛、西西里和撒丁岛,处处留下了他们的足迹。在演出中,他面向观众即兴独白,同观众对话,努力同观众保持自然的接触。每一次演出,都成为演员同观众之间一次心灵的对话,一次毫无拘束的情感交流,笑声掌声不断,共鸣极其强烈。

演出之后,达里奥·福又同观众座谈,一起探讨意大利的政治、社会和艺术问题。这样的讨论气氛异常热烈,常常持续到深夜。来自基层的观众,工人、农民,家庭妇女,教员,大学生,艺术家,不但抒发自己观剧的感受,而且讲述自己的遭遇和周围现实中发生的事件,为剧团提供创作素材。弗兰卡·拉美在一篇文章曾谈到,《高举旗帜和中小木偶的大哑剧演员》《工人识字三百个,老板识字一千个,所以他是老板》等多部剧目,就是同观众讨论的产物,它们的思路、情节和语言都来自参加讨论会的普通群众。

古希腊神话传说中的安泰,由于时刻不离母亲大地,吸取母亲大地的力量,因而成为巨人,战无不胜。达里奥·福无疑受到了安泰的启迪。人民大众就是他的母亲。他异常自觉地、时时刻刻地从人民大众的身上汲取滋养和力量。这兴许就是这位"人民的游吟诗人"始终深受大众喜爱、享誉世界的缘故。

谜一样的奥斯汀卷土重来

朱 虹

一场热热闹闹的"复兴"

近年来,西方古典名著的电影改编起伏跌宕。G. 艾略特的《米德尔玛契》,H. 詹姆士的《贵夫人画像》《鸽翅》《华盛顿广场》,E. 沃顿的《天真的时代》,新改编的《简·爱》,V. 吴尔夫的《达罗威夫人》……这些成功的改编再次证明了古典名著普遍的吸引力和永恒的价值,而在这些成功的改编中,要数奥斯汀的胜利最为辉煌。

奥斯汀平生只有六部完整的长篇小说,其中四部已成功地改编成电影、电视剧和电视连续剧。就以她的名作《傲慢与偏见》来说,40 年代就有过由名作家 A. 赫胥黎执笔改编的电影剧本,80 年代有过电视连续剧,而最近英国 BBC 改编的六部电视连续剧在英美风靡一时。更轰动的是 1995 年英国电影艺术家爱玛·汤普森(Emma Thompson)亲自执笔改编并担任女主角、由名导演李安执导的《理智与情感》。该片在美国上演后受到热烈欢迎,奥斯卡评奖时呼声最高,得到多项提名,后来爱玛·汤普森获得最佳改编奖。《理智与情感》是奥斯汀的早期作品,原不是她作品中最知名的,可是电影的改编"点铁成金",使作品也热闹起来,可以说是一部电影复活了一部小说。休·格兰特(Hugh Grant)的表演使得小说中原本木讷的男主人公爱德华·费拉尔活起来了。原作中只一笔带过的三小姐马格丽特在电影中,活泼可爱,富有个性,竟然成了角色,而且她的形象还大有发展余地。发表过奥斯汀小说"续篇"的美国女作家朱丽亚·芭蕾特最近又发表了以马格丽特为中心的小说《三小姐》(1997 年上海译文出版社翻译出版)。至于奥斯汀的另一部杰作《爱玛》,近一两年来有美国影星 G. 帕尔特罗(G. Paltrow)和英国的 K. 贝金塞尔(K. Beckensale)分别主演由小说改编的两部电影,使得人们熟悉了作者的又一部杰作。此外还有一部自称根据《爱玛》改编的、十足好莱坞式的电影,名为《莫名其妙》。影片捕风捉影,被斥为本身就"莫名其妙",可见观众还是有选择、有鉴别的。在成功的改编中,特别值得一提的还有奥斯汀的晚期作品《劝导》。奥斯汀在《劝导》中一反自己惯常的嘲讽风格,对于青春即逝的女主人公投以深深的柔情与理解。《劝导》本是作为 BBC 非盈利的《戏剧杰作》节目的一个项目而制作的,1995 年在大银幕上公演获得意外的成功,以后又在各个电视频道上一播再播。当前,影城好莱坞聘请美国著名女作家费·威尔顿(Fay Welden)把奥斯汀未完成的讽刺小说

《沙地屯》续完并改编成电影。《沙地屯》开卷就以挖苦的笔调描写当时的"新事物"——开辟旅游疗养地。故事以一连串的可笑的"灾难"开始,结果如何则要看费·威尔顿的妙笔生花。奥斯汀的作品在大众娱乐中形成了热潮,没有看过她作品的人现在都看到了电影或电视剧,熟悉了班奈特姐妹、达什伍德姐妹、安·爱略特以及爱玛·伍德豪斯等姑娘戏剧性的人生经历。许多人看完电视、电影后又进一步去找书看,书店里各种纸皮的廉价的奥斯汀小说摆得琳琅满目。

靠着电影、电视、新闻媒介的魔力,奥斯汀现在已走出学院,在各种娱乐消遣泛滥的西方花花世界里,经历了一场热热闹闹的"复兴",成为家喻户晓的"明星",至少在英国和美国是如此。在美国小城的老百姓看来,奥斯汀是沉睡了近二百年后醒来而一举成名的"睡美人"。《傲慢与偏见》电视连续剧上演期间,伦敦的观众达一千万,不少人含着眼泪给电视台打电话,请求他们快让两对情人成眷属。对于这些观众来说,奥斯汀是他们美学经验中的一个新大陆。这位一向被普通读者误认为思想拘泥、题材狭隘、趣味琐碎的单身女士打入了大众文化,这简直不可思议,然而事实就是如此。

在奥斯汀的作品普及化、大众化的同时,对她的学术研究也有长足发展。1997年,有两部新版的奥斯汀传记在学界引起广泛注意,各重要文学学术刊物都有评论。两位作者,英国的 D. 诺克司(David Nokes)和美国的 C. 托马林(C. Tomalin),都以现代人的眼光重新审视奥斯汀有限的生平资料和所剩不多的信件,描绘了一个思想活泼、眼光锐利的女性观察者的形象。不言而喻,奥斯汀早已"上网"。

随着奥斯汀作品的普及,她的形象也被商业化了。商店里各种以奥斯汀命名的提包、毛巾、围裙、瓷器、T 恤衫、音乐磁盘令人眼花缭乱。《傲慢与偏见》的录像带在推出后两个小时内被抢购一空,《爱玛》电影音乐的磁盘风靡一时,朝拜奥斯汀故居的旅游者也随之增加了两倍半。

英国当代著名作家马丁·艾米斯(Martin Amis)1996 年在美国的《纽约客》杂志上著文惊叹人们竟被当前的"奥斯汀现象"搞得晕头转向。的的确确,奥斯汀作品的传播已经进入了一个新的阶段。

你能看清她在说什么吗?

然而,这位一百九十年前逝世的英国女作家——她的墓碑上甚至没有提起她的作家身份——长期以来一直是个谜。多亏奥斯汀最喜欢的哥哥亨利作的《传略》为读者提供了一个简·奥斯汀其人其事的轮廓。半个世纪以后,奥斯汀的大哥詹姆斯的儿子,即简的大侄子奥斯汀·李(他们这一支在姓氏后面加了"李"是为了继承舅爷的财产)于 1870 年发表了《回忆录》,第一次为读者呈献了一个有血有肉的简·奥斯汀——

她的生平、她的交往、她的性情以及爱好、写作的一些情况,描绘了一个和蔼可亲的"简姑妈"。从那以后,在西方人文学科的教学与研究中,奥斯汀始终占据重要地位,为各个文艺批评流派提供取之不尽的资料,启发着一代又一代的文人学者,从二十年前吉尔伯特与古巴尔(Gilbert&Gubar)合著的女性主义批评专著《顶阁里的疯女人》,到近年来赛义德(E. Said)的后殖民主义理论,无不从奥斯汀作品里得到论据。

奥斯汀全家都有写作的"基因",父亲乔治·奥斯汀是牧师,在牛津读书时就舞文弄墨,何况后来当了牧师还要经常写布道词。简·奥斯汀的母亲出身书香门第,虽然婚后在家照料七个孩子和自家的农场,但是跟亲戚朋友通信或给孩子们写信还常用打油诗形式,颇有幽默情趣。简·奥斯汀的大哥詹姆斯和四哥亨利暑假在牛津联合办过一个文艺刊物。每逢节假日,他们全家还经常在自家农场的大草料库里举行业余戏剧演出。简和她姐姐只上过两三年的住宿学校。她的教育,正如她的女主人公伊丽莎白·班奈特所说的那样,是靠读家里的藏书。英国文学名著和当时的流行小说她都很熟悉。简·奥斯汀早期的习作很大程度上就是对这些流行小说的滑稽模仿,是写给家里人传阅、消遣取乐的。

简·奥斯汀的一个侄女回忆简姑妈在肖顿村期间写作的情况,说简总是第一个起床,弹一会儿琴,然后为她们母女三人准备早饭……饭后,简陪陪母亲,然后就坐下来悄悄地写作,一旦有外人进来,她就赶快收起稿子,尽女主人之谊。传说那间屋的门一开,门轴就吱呦作响,简·奥斯汀执意不给它加油,留着做个"警报器"。有时候她抑制不住自己的创作激情,待得好好的,会突然跳起来,跑到屋子的另一头写下点什么,自己咯咯地笑,显然是灵感来了。

奥斯汀像个谜,你捉不住她。她总是让你意想不到。她不过是个涉世不深的女人,一辈子在家做女儿,从来没有过"自己的一间屋子",写的无非是些女流关心的家庭、婚嫁的琐事。可是嫁娶的事在她笔下就不一样,就有味儿。"凡是有钱的单身汉,总想娶位太太,这已经成了一条举世公认的真理。"《傲慢与偏见》中的这句名言被引用了千百次,它的妙处是说不完的。可是到底谁相信这条"真理"呢?是叙述者?是哪个人物?在《傲慢与偏见》的故事叙述中,我们可以随时随处感到叙述者对班奈特太太的嘲讽,这是一个耽于幻觉的蠢女人,可最后,还是她对了……有钱的单身汉,的确想娶妻。不过这过程里,包含了多少现实内容:遗嘱、遗嘱的附加条款、继承权、等级、地产、军队、教会、新兴商业阶层、法律、道德、教养,等等都尽在其中。归根结底,还是财产。可以说,对遗产的企盼、获得、被剥夺或受挫牵动了奥斯汀全家好几代人的心思,也贯穿了简·奥斯汀的全部作品。从这个角度,我们可以毫不夸大地说,奥斯汀的全部作品都是从这个或那个角度写财产和遗嘱的作用——它或是捉弄人,或是成全人,总之影响着一个人的命运,或者说,它就是命运,也是驱动全部故事情节发展的动力。譬如,在《理智与情感》中,老达什伍德先生被他的重侄孙逗得开心,就立嘱把自己的财产留给他,排除了伺候他大半辈子的三个侄女儿。这就是《理智与情感》整个故事的出发点。正如《傲慢与偏见》中班奈特先生的五个女儿不能继承他的庄园而必须通过婚姻找出路,必须为"嫁得好"而奋斗,这才上演了有声有色的"傲慢"与"偏见"的好戏。因此,若是要问,简·奥斯汀的作品里到底写了些什么?我们可以说,都是生活中很重要的东西,家族、财产、继承权,这里面有奋斗、有联络、有计谋、有等待、有幻灭、有成功,也有失败。

奥斯汀总是让人捉摸不定。以《爱玛》而言,谁能说《爱玛》中的爱玛小姐不聪明能干?有钱、有地位、受尊敬,被爱包围着,是上帝的宠儿。可是,她太聪明,在脑子里把自己的生活和别人的生活都安排得头头是道,到头来,是爱玛自己被骗、被利用!我们终于发现,这部小说原来就是写爱玛的"聪明反被聪明误"!同样在《理智与情感》和《劝导》中,体现"理性"的安·艾略特和爱丽诺·达什伍德最终都是在感情的冲动下订终身,而玛丽安·达什伍德——一个不顾一切的浪漫主义者——最后选择了比自己几乎大一倍的伯兰敦上校,像《傲慢与偏见》中没有出息的夏洛特·卢卡斯一样,找了一个"保险箱"。奥斯汀好像在问我们:你们真的了解自己吗?你们敢于正视自己吗?

对于奥斯汀,你说她保守吧,这没有错,她的小说几乎都是以大团圆来结束。如像侦探小说最后总要破案一样,奥斯汀笔下的好姑娘们总能嫁出去,使读者放心,有安全感。对坏姑娘们(如宾利小姐)的惩罚是嫁不出去,但事情又不那么简单。极端的"恶妇"如《苏珊夫人》中的苏珊夫人,她的下场不是嫁不出去,而是嫁给一个——不是打老婆的恶棍、不是酗酒的穷鬼,也不是挥霍无度的恶少——奥斯汀对她的惩罚是让她嫁给一个傻乎乎的贵族!简·奥斯汀这就有一点调皮、有点颠覆性了。好像在冲着我们做鬼脸。你尽可以批评奥斯汀的小说"终归没有打破对于现有秩序永恒性的幻想"。的确,奥斯汀的小说世界是一个有秩序的世界。从这个意义上可以说,《爱玛》整个就是一个维护等级和秩序的故事:爱玛小姐的错误不在于她给身份不明的荷丽奥特姑娘做媒,而在于她的判断错误,她单凭荷丽奥特长得细皮嫩肉就断定她是贵族的后代,因而自己闹出很多阴差阳错的笑话。最后,爱玛小姐嫁给了当地第一大户,其他男男女女也都在自己的阶级阶层里找到了自己的位置,故事就圆满结束了。可是这圆满是有代价的,是靠糊弄爱玛的老父亲才得来的。《爱玛》中的"一家之长"伍德豪司先生,这个可笑的小老头,到处碍事,不把他打发掉别人就什么事也干不成。也就是说,这部维护了等级秩序的小说竟然把一家之长——秩序与权威的代表——处理成个小丑!再看其他几部作品,我们会惊奇地发现,其中的"家长"几乎毫无例外的不是糊涂虫(如

《理智与情感》中的达什伍德先生)就是败家子(如《劝导》中的艾略特爵士),要么像班奈特先生那样,自以为高明,可是事到临头却只是碍手碍脚,问题都是别人解决的。面对奥斯汀笔下这些糊涂可笑、软弱无能、自私可恨和不负责任的"家长",你还能毫无保留地说简·奥斯汀是保守的吗?

　　打开奥斯汀的小说,你能一眼看清她在向你说什么吗?

一部真中有假的自传

余中先

　　1984年,法国新小说的主将阿兰·罗伯-格里耶发表了一部题为《重现的镜子》的自传性作品。几乎与此同时,另一位新小说的干将娜塔丽·萨罗特也发表了一部回忆录性质的作品《童年》(1983年),而集新小说家和新浪潮电影家于一身的玛格丽特·杜拉斯的自传小说《情人》(1984年)也引起轰动,获得龚古尔文学奖。

　　新小说派作家写自传,与别人不同,萨罗特和杜拉斯且不论,罗伯-格里耶的所谓"自传"就相当有特色。

　　在《重现的镜子》之后,罗伯-格里耶于1988年发表了《昂热丽克,或迷醉》,1994年又发表了《科兰特的最后日子》。据作者自己讲,这是一套三部曲的自传性作品。然而奇怪的是,三部作品均被冠以"romanesque"的体裁名,这是作者自己给作品注明的体裁。"romanesque"可以译为"传奇故事",它的意思是"带有传奇性的、浪漫性的、幻想性的小说故事"。自传何以同时又是传奇故事呢?

　　阿兰·罗伯-格里耶的三部曲自传作品既有自传成分,又有虚构,虚虚实实,真真假假,互相混杂,回忆的成分分裂为彼此孤立的碎片,好似一面打碎了的镜子,重合在一起后,反映出歪歪扭扭的形象。

　　一方面,三部曲毋庸置疑地带有自传或曰回忆录的性质,读者完全可以相信作品中所描写的与阿兰·罗伯-格里耶有关的种种事情,包括他本人的童年往事、家庭影响,包括他作为作家与午夜出版社的关系的由来和发展,他是如何与午夜出版社风雨同舟的,等等。其中某些历史事实的真实性,虽然还有待别人来证实,但罗伯-格里耶的一面之词至少也有利于人们了解文学史上一些关键时刻中一些关键人物的言行,如萨特和西蒙娜·德·波伏瓦对罗伯-格里耶的电影《去年在马里昂巴德》的不同批评意见,罗伯·格里耶平时与另一位新小说作家克洛德·西蒙的关系,以及在西蒙荣获诺贝尔文学奖之后,罗伯-格里耶的微妙反应,等等。

　　另一方面,这三部"传奇故事"均叙述了亨利·德·科兰特和昂热丽克等虚构人物的故事。这些人物虚得不能再虚,或者说虚虚实实让人捉摸不透。比如说,这位亨利·德·科兰特好像又叫亨利·德·罗宾,而昂热丽克又叫玛丽,兴许还叫玛丽-昂热或玛丽娅尼克。亨利来自德国,来到南美洲巴西与乌拉圭交界处的某海滩,而到底在哪个海滩,好像又是虚的。而亨利·德·科兰特和昂热丽克的故事,除了有侦探小说的某些特色外,也兼有色情描述、心理分析等写作特点。

总之,罗伯-格里耶已经不是在写传统意义上的自传,也不是在写一般意义上的传奇故事。他在《科兰特的最后日子》等自传作品中探索的,仍是写作上的创新,而这创新可以用"真中有假的自传,以假乱真的传奇故事"来概括。分析这"传奇故事"中的种种叙述手法,可以看出,罗伯-格里耶想强调的是记忆的不确切或曰意识的分裂。他认为,细节描述的真实有时候会消失殆尽,只剩下一个形象,而这形象又好像是幻想的东西。《科兰特的最后日子》中,有这样的描述:作者把自己记忆中的东西(当然指自传故事、回忆性质的文字)写在了纸页中,而那些纸页又放在了办公桌上,办公桌又在别墅(岩洞一般的地方),别墅又面临着海浪和海风的侵蚀,纸页被吹散吹乱……就这样,罗伯·格里耶写出了一连串"不确切"的语言之链:"我越来越深切地感觉到,在这块毫无希望地迎头抗击暴风雨的古老土地中,在这片被风、被起始亘古而又连续不断的海浪、被这无情的毁灭性之功渐渐侵蚀的末端之地中,我自己已经揉塑成型。我手稿的零落纸页,在我那核桃木的黑色大桌子上,散乱成随机的、多变的秩序,总需要再行整理,同样也被种种涂抹、悔疚、遗忘所侵蚀,同样也只能成为解构了的岩石片断,如同黏附在花岗岩上的脆弱的云母片半透明,半朦胧,带着细细的相互交叉的条纹,构成不可辨认的、纵横错乱的网络。"

这种文体结构,在当年的西方创作界非常时髦,使人不禁联想起结构主义的批评,而按照罗伯-格里耶的说法,它还可以联系到海德格尔的哲学、古老的伊壁鸠鲁,当然,还有弗洛伊德的理论。正是在这样一种写作方法的支配下,我们看到,在《重现的镜子》《昂热丽克,或迷醉》和《科兰特的最后日子》中,有许多真真假假混淆在一起的例子。亨利·德·科兰特在海滩老妇人(这老妇人本身就有假,她到底是驼背,还是装驼背?她是一个乞丐,还是一个间谍?)卖的明信片上看到了自己的一个重影,但当他换了一个角度(成了传奇故事中的第一人称叙述者)时,对这重影的存在又产生了疑问。明明知道另一个自己是不真实的,却还要"满怀着抑制不住的担忧"去再见他;当发现那个"幻影"不在那里时,他自己感到的"不是一种轻松的解脱",而是"一种新的、更为致命的忧虑",仿佛他自己以某种形式消失了。从这个有人称为"匿名者的纯粹显现"、有人称为"不在自身中的叙述中心"的人物身上,读者可以猜想到在他的小说《嫉妒》中一直占据于视角中心的"虚无"人物,即被一些批评家认定为嫉妒成性的那个丈夫,可以想象到作者小说写作和自传写作上的有机整体性。

昂热丽克的身份更是多重的,而且无法确定;她和她"父亲"的关系也是多重的,也同样无法确定。还有那双高跟的、饰有蓝色金属片的、闪闪发亮的、沾有血迹的女人鞋子,读者不仅在昂热丽克的手中见过,而且在《环球报》社会新闻版的照片上见过,在明信片上见过,在《侦探》杂志的谋杀案报道中见过,在红树的根须上见过,在海边的地下洞穴中见过,甚至在某一个叫作马纳莱的画家的一幅画中,也出现了这双鞋。这么多地方都出现了这双鞋,只能说这鞋子的真实性成了问题。而多处出现的鞋子的虚幻性恰恰象征了回忆的"碎片重现"的性质。

但是,话又说回来,读者大可不必为真假和虚实而伤脑筋。应该肯定,《重现的镜子》《昂热丽克,或迷醉》《科兰特的最后日子》是可以作为自传或回忆录来读的,作者童年生活中的恐惧与快乐、家庭生活中的有趣逸事、文学生活中的种种遭遇、政治生活中的精神创伤,等等,都为世人提供了真实的故事。问题是,在阅读中,读者要稍稍花些工夫,去分辨哪些是原有的事实,哪些是添加进去用于"编织"需要的虚构成分。在《科兰特的最后日子》中,有这样一段话:"人们是否可以像说到新小说那样,把它命名为一种新自传呢?是否可以使用这一已经获得某种恩宠的术语呢?或者,以更为精确的方式……称之为一种'有意识的自传',也就是说,意识到它结构上固有的不可能性,虚构成分必要地穿插其中,空白和疑难暗中埋藏,思辨的段落打破一下叙事的运动节奏,或许,可以用一个词来概括:意识到它的无意识。"

应该说,这是罗伯-格里耶为自己真假交融的自传——或者如他自己界定为"传奇故事"的作品——规定的写作方法。用一个更为形象的例子来比喻,一面真实的镜子被打碎了,一块块的碎片被用特殊的方法重新拼凑成一面新的镜子,但碎片的左右上下位置都已经乱了,完全是按信手拈来的顺序排列而成,而为了拼凑成镜子的形状,又加入了一些用于镶嵌的材料,这些材料的用途,就是告诉人们,这不是原来的镜子,而是一面"重现的镜子"。

在这三部曲自传作品中,作者生活(或曰自身存在)的不确定性就这样与现代法国文学某一部分的不确定性恰如其分地统一起来,一个"新小说"作家写出了一种"新自传"。当然,读者在阅读欣赏时,也需要不由自主地把他(他们)自身存在的不确定性与它们也统一起来,做一个"新读者"。

换语人:摆脱不开的精神家园

唐岫敏

诗只能从别的诗中产生,小说只能从别的小说中产生。精神家园的传统无法摆脱,无法蔑视。

1987年印裔作家萨尔曼·拉什迪获得当年英国影响最大的文学奖布克奖。当时也许人们并未料到拉什迪获奖有什么非常意义,然而事隔十年回头看,那次颁奖的意义其实远远超出英国文学界对拉什迪个人英语作品文学意义上的承认。因为从那时起,母语为非英语的外族作家纷纷登上了布克奖的领奖台,从而形成20世纪末一个引人注目的文学现象。拉什迪无形中成了这支队伍的领头羊,后面跟着毛利人、波兰人、尼日利亚人、日本人和斯里兰卡人……外族作家们取得的成功愈来愈引起世人瞩目,这是一个不争的事实,英国评论界为此甚至产生了一个专门的词汇:"拉什迪化。"我国学者姚申则把这类作家称作"换语人"。

对这些外族作家来说,无论他们是用后现代主义的创作技巧建筑起的迷宫式的作品,还是用因循传统的现实主义方法编织的发人深思的故事,民族文化都是他们作品中一面极其醒目的旗帜,反映在他们作品中的创作思想、取材内容和创作方法当中。民族文化像制约用本族语创作的作家一样,也制约了用另一种语言写作的外族作家的创造力,正是这种制约性造就了外族作家作品以别具特色的艺术风格跻身于英语文坛,从而证明了兰曼·塞尔顿(Raman Selden)的断言,"伟大的文学是世界性的,它表达了人类生活的一般真理,使读者不必非要具备特别的知识或特定的语言就能欣赏"。民族文化给外族作家打下了不可磨灭的精神烙印,如同他们特殊的外貌体征,是他们作品中明显的身份标记。同时,民族文化也是外族作家赖以栽培灵魂之花的精神家园。

石黑一雄——背向太阳的人

1954年出生在日本长崎的石黑一雄,六岁时随家人移居英国。他的文学誓言是要"创作国际小说"。他的"国际小说"的概念不同于亨利·詹姆斯当年的两种文化碰撞式的国际小说。石黑一雄认为,所谓"国际小说"应当包含一种对全人类(不管人们拥有何种文化背景)都至关重要的人生观;小说中的人物可以是穿行于各大洲的人,故事也可能发生在一个小地方。然而,也许是他的出生地长崎在二战中有过那样一段沉重的历史,石黑一雄一刻也没有从那份凝重中走出来,他心中"创作国际小说"的愿望在他的笔下流出的却是一部蒙受战争后遗症的日本民族的灵魂史。

《山影淡淡》叙述的是一位寡居英国的日本妇女的回忆。战后日本重建时期,悦子结识了幸子,两人成为好友。虽然幸子爱上了一个美国佬后,就不顾自己的女儿准备赴美时,悦子是很不同意的,但后来她本人也步了她的后尘,远嫁英国。在异国他乡,两人的命运殊途同归,婚姻不合,精神孤独,子女冷漠,无力去爱,无力被爱。控诉的情绪像一根顽强的藤条紧紧地缠住小说的始终,控诉着战争给日本人带来的物质和精神的伤害。日本战后的满目疮痍消沉了日本人的信心,迷惑了日本人的视线,他们带着求生的希望投进别人的怀抱,结果不仅给自己造成精神痛苦,还给后代的心理上留下一道永远无法愈合的创伤。

《山影淡淡》的控诉情结在《浮世画家》中从迷惑、彷徨的心路变成重建日本的进军号。故事的时间跨度为1948年10月到1950年6月,从主人公退休画家大野的视角真实地再现了日本战后初期人们的精神风貌。1945年日本的投降不仅意味着日本军国主义在亚洲战场上放下屠刀,也意味着日本民族精神被盲目夸大后,人们重新面对现实,反思那段历史的开端。曾被军国主义分子吹捧为亚洲精英的日本人因为战败被从理想的顶峰一下子甩进现实的深谷,失落、迷茫、自怨自怜的情绪弥漫于整个日本社会。真正发动战争的罪魁祸首逍遥法外,我行我素,心安理得;而曾经受政治宣传的蛊惑狂热地投身于那场战争的人,面对日本战后千疮百孔的现状和成千上万在战争中已经死去的日本人,则严肃认真地将自己的灵魂送上道德审判法庭,背上沉重的心理包袱。大野是日本战争期间国家教育部门的首脑,战争期间曾以一幅风靡日本的战争宣传画煽动了大批狂热的日本青年奔赴战场,因此战后连他的女儿们都认为他属于给日本带来灾难的罪人之列。尽管他唯一的儿子死在战场上,但他仍无怨无悔,认为"在国家需要我的时候,我为国家效了力,我永远为此感到自豪"。作者以热情的笔调赞美了这位画家对待战败的观点,毫不追究制造战争的根源,反映出日本军国主义文化在包括作者等一些日本人的思想深处根深蒂固的影响。在盲目的民族主义立场上坚定不移的画家大野,在艺术上始终被一个问题困扰着——日本文化究竟应当以什么形象出现在世界上?一位富有影响力的著名画家杉树死后,遗嘱将他气势不凡的宅邸低价卖给懂得房子价值的大野。房宅象征着日本文化的遗产,它的转手带着延续家业、延续日本文化的精神与希望。这种伦理观使得以大野为代表的日本人在日立电气公司身上看到了振兴日本的希望。

尽管石黑一雄的作品思想倾向错误,但不能不承认它们都有一种强大的力量,能够将读者卷入日本历史与日本文化之中。那些凝重的思索、深沉的回忆、赶不走的心灵上的阴影、灵魂深处的回响,无不使人赞同英国学者温迪·布兰玛克(Wendy Brandmark)对他的评价:石黑一雄是一个背向太阳的作家,他给读者展现了一片迷人的夕阳景色。

拉什迪——永远的宗教情结

从世纪末回头看 20 世纪,20 世纪里最具新闻效应的作家是英籍印裔作家萨尔曼·拉什迪。一部《撒旦的诗篇》招来杀身之祸。1989 年伊朗宗教领袖霍梅尼对他的死刑宣判像一个炸雷,把人们的注意力一下子从拉什迪作品的文本之中引到文本之外。有人说,拉什迪的作品没有多少文学价值,倒是霍梅尼的判决使他名扬四海。穆斯林们认为拉什迪的作品是对伊斯兰圣典《古兰经》的邪恶攻击;异教徒则把拉什迪捧为当代伽利略。

如果以冷静的态度去审视这位作家,就会发现人们作出上面的结论尚欠公允。拉什迪确实因为霍梅尼的判决出了大名,但他的文学水平早在两年前已被英国布克奖所证明。透过拉什迪作品的字里行间,不难看出出生于印度孟买的拉什迪并非当代的伽利略,他像他的同胞一样,内心深处有一种永远的宗教情结。这种情结左右着他的创作,使得他在作品的思想上对他曾经信仰过的伊斯兰教表现不恭的时候,在作品的创作方法上却于无意识之中忠实地继承了印度伊斯兰现代文学的精神。

印度伊斯兰文学又叫乌尔都文学,其精神实质是敞开胸怀,博采众长,兼收并蓄。它的语言是在乌尔都语、阿拉伯语、突厥语和古梵语的基础上形成的一种混合语。1857 年印度民族大起义之后,印度伊斯兰教现代文学吸纳了西方文学的精华,发展迅猛。

这种广博的精神在拉什迪作品中的表现就是对西方文学作品的大胆借用。拉什迪的短篇小说《先知的头发》中弥漫着莎士比亚轻喜剧的格调。在人物设置上,作者仿照莎士比亚的《威尼斯商人》,将自私自利、伪善的主人公身份定为放高利贷者。放高利贷者私藏先知的头发,拒绝还回清真寺,因此受到天意的惩罚,原先平静和睦的家庭变得一团糟。他的一双儿女为解决危机先后闯入魔窟,儿子失败了,女儿则像鲍西亚一样以她的聪明才智说服了老扒手,安然无恙地从魔窟走出来。在扒手们蜗居的地方,读者又看到了与狄更斯笔下《雾都孤儿》里相似的肮脏场景。

值得一提的是,拉什迪的借用手段是在民族文化的基础上对它的文化精神的一种发扬,因而避免了东拼西凑,毫无杂乱感和词不达意的晦涩生硬。

纳博科夫——扯不断的文学传统

20世纪的最后十年里,在世界范围的理论界中掀起了一场后现代主义大讨论,专家学者们论及后现代派小说的判别标准以及现代主义与后现代主义的分野时,总要提及一个里程碑似的人物,他就是美籍俄裔作家纳博科夫。

50年代,叱咤西方文坛的现代主义运动日益走向程式化,读者开始厌倦千篇一律的现代主义面孔。1955年,纳博科夫出版了英语小说《洛丽塔》。《洛丽塔》新奇的写作技巧和它所产生的多重阐释性给精疲力竭的文坛带来一股清风,为纳博科夫赢得了国际声誉。在《洛丽塔》出版的最初十年里,评论界发现《洛丽塔》纵有千万种解读,却很难将它归入某个文学流派之下。它像自然主义,但不是自然主义;像现代主义,但不是现代主义。同时人们也发现,在作者挑战读者、调侃文学传统的傲世态度的背后,分明立着一根他继承了的俄罗斯民族文学传统的接力棒。《洛丽塔》同纳博科夫的其他作品一样,明显表现出作家深受俄罗斯大师果戈理和陀思妥耶夫斯基的影响。

在纳博科夫的作品中看到果戈理的痕迹不足为奇。纳博科夫早年专门研究过这位大师,1944年还出版了果戈理研究专著。耐人寻味的是,纳博科夫以调侃的态度戏仿文学传统,他的作品也以同样的态度背叛了他的立场——他最讨厌陀思妥耶夫斯基,说陀思妥耶夫斯基充其量只能算是一个中不溜儿的作家,《洛丽塔》里偏偏有陀思妥耶夫斯基的《罪与罚》的影子,由不得读者不去两相比较。

《洛丽塔》是一名杀人犯的自白书,目的是为了让读者了解他的"犯罪缘由和目的",从而为他的犯罪开脱。《罪与罚》讲的是主人公杀人之后不断为自己辩解,企图证明自己杀人的合理性。在创作手法上,加拿大文艺理论家诺斯罗普·弗莱说:"陀思妥耶夫斯基总是要从一个人的内心矛盾中引出两个人来,目的是把这一矛盾戏剧化,把它横展开来表现。"他在《罪与罚》中安排了拉斯柯尔尼可夫与斯维德里盖洛夫,以此构成对话。这种手法在《洛丽塔》中被变形,对话变成排他式的独白(这或许是纳博科夫对陀思妥耶夫斯基自觉的反叛)。《洛丽塔》的主人公亨伯特对他的另一个"自我"(奎尔蒂)穷追不舍,一定要置他于死地,他坚信"上帝必须在他(奎尔蒂)与亨·亨之间选择一个"。拉斯柯尔尼可夫想当为所欲为的"超人",患上了19世纪末的俄国病:彻底绝望的虚无主义和残忍的被虐狂症。杀人之后,他的内心陷入"罪与罚"的水深火热之中,他怀疑四邻,又在心中一遍遍为自己辩护:"真正的统治者才可以为所欲为,攻破土伦,在巴黎进行大屠杀。忘记在埃及的一支军队,在莫斯科远征中糟蹋了五十万条人命,却在维尔那说了一句意义双关的俏皮话,敷衍了事;他死后,人们还替他塑像——这样看来,他是可以为所欲为的。""我只是不愿等待'普遍的幸福'的到来,而坐视我的母亲挨饿。""我整整一个月来麻烦着仁慈的上帝,叫他做我的证人,证明我干这种事不是为了个人肉体上和性欲的满足,而是由于一个崇高的和有意义的目的……"亨伯特则患上了 20 世纪的超人症,童年时未满足的愿望化成成年后极度的自我中心。他杀了奎尔蒂,也拒不承认犯下杀人罪。他像拉斯柯尔尼可夫一样为自己的杀人动机找旁证,证明奎尔蒂该杀。他辩解说,古时候政客们杀人用毒药,今天杀人就必须是科学家,而他是诗人,诗人则是些不正常的、被动的、怯懦的怪人。诗人们为了追求理想,"甘愿付出一年又一年的生命"。而且他的确听到了支持他的声音——奎尔蒂楼下聚会的一伙青年纷纷说奎尔蒂该杀,因此他比拉斯柯尔尼可夫更加心安理得,理直气壮。

俄罗斯民族文学传统对纳博科夫的影响进一步证实弗莱的论断:"诗只能从别的诗中产生,小说只能从别的小说中产生。"看来,精神家园的传统是无法摆脱,无法蔑视的。

汤婷婷——身在两河交汇处

对于土生土长的少数民族作家来说,他们一直生活在两种文化的交汇之中,他们面临的首要问题是如何在主流文化中真正确立自己的国民身份,民族文化在他们身上往往因为地理距离和心理距离而有所变形。在美籍华人作家汤婷婷的《女勇士》中,作者通过主人公之口,反复向读者证明他们这一代是美国人。他们同美国人一样吃冰淇淋,"看新演的美国电影",而父母一代才是属于万里之外的故乡人,身上带着中国文化固有的行为特征:妈妈"宁愿种蔬菜,也不种草坪";"疲劳的父亲在摸黑回家的路上总是数着他的零钱"。确立身份的过程漫长而艰辛,汤婷婷的主人公不仅要确立少数民族作为国民的身份,还要确立女性作为大写的人的身份,因此她需要力量,结果在花木兰的段子里,女英雄被赋予了岳飞的男人之勇。

汤婷婷的作品出版后,评论界在赞扬之余,一致批评她歪曲了中国的古典文学和中国神话。从"存在决定意识"的理论角度看,这种歪曲有它合情合理的一面。汤婷婷在张子清教授对她的访谈中解释说,将东西方混淆的现象"常常发生在美籍华裔的小孩头脑里",她如实地将这种现象移植到了作品当中。尽管年轻一代隔着地理遥远的民族文化,其间必然会发生各种各样的变形,但少数民族作家在继承民族文化传统上依然保持了艺术上的自觉。汤婷婷坦言她的"故事形式受中国故事形式的影响",而且她喜欢中国古典小说开展故事的方式。

作家是他的民族文化的发言人。因此喜欢谈论反传统的作者应注意反传统的前提是顺应事物的本质规律,以为民族文化增值为目标。绝对地摆脱、超越,甚至解构这个文化传统,只会"堕入意义的空域"(郜元宝语)。

1999 年

这个诺贝尔奖是我们大家的
——若泽·萨拉马戈与他的创作

孙成傲

获得诺贝尔奖我感到很幸福

1998年度诺贝尔文学奖颁布的消息传来时,刚刚应邀参加了法兰克福世界图书博览会的若泽·萨拉马戈(José Saramago)已经到达法兰克福机场,准备返回他侨居多年的西班牙兰萨罗特岛。经德国出版商的劝说,他又回到博览会。在数百名记者的包围下,他发表了简短的讲话。他说:"我觉得我获得诺贝尔奖后,负有巨大的责任,因为这是一位葡萄牙语作家第一次获得此奖。我觉得我不仅对我国的葡萄牙语文学负有责任,而且也对整个葡萄牙语文学负有责任。""获得诺贝尔奖,我感到很幸福。"他抑不住兴奋的心情,激动得差一点大哭起来。他感谢瑞典皇家学院授予他诺贝尔奖,感谢它为世界文学所做的一切。他表示,他要好好地使用奖金(985,000 美元),他不会去买三辆小汽车和四台摄像机。目前先要用这些钱解决身边的人的急需,然后以最好的方式花它,在这方面他愿意接受任何建议。他还说:"我已经七十六岁,但是我的身体很好,工作效率很高,头脑活动很正常。我不想躺在诺贝尔奖的阴凉里睡大觉,我更想忙于我的工作和家庭。"

若泽·萨拉马戈荣获诺贝尔文学奖的消息传出后,葡萄牙举国一片欢腾,举行了一系列盛大的庆祝活动。10 月 31 日,萨拉马戈携同妻子皮拉尔(西班牙记者)从位于兰萨罗特岛的住所返回葡萄牙首都里斯本,接受了里斯本市市长赠予的该市的钥匙。鉴于若泽·萨拉马戈是获此殊荣的第一位葡萄牙作家,葡萄牙教育部作出两项决定:一,将10 月 8 日(瑞典皇家学院宣布若泽·萨拉马戈为1998 年度诺贝尔文学奖获得者之日)定为"葡萄牙文学日";二,将马芙拉中学(萨拉马戈的代表作《修道院纪事》一书中的修道院所在地)更名为若泽·萨拉马戈中学。10 月 4 日,葡萄牙总统桑帕约将一枚圣塔拉戈大功勋奖章授予萨拉马戈,并陪同他出席了在斯德哥尔摩举行的诺贝尔文学奖的颁奖仪式。葡萄牙文化部与国家图书馆也于同日在贝伦文化中心举办庆祝活动,由葡萄牙总理古特雷斯主持大会,两千多人将会场挤得水泄不通,与会者向若泽·

萨拉马戈起立鼓掌长达七分钟之久。10月15日,国家图书馆举办的"若泽·萨拉马戈"展览开始向公众开放。10月16日,若泽·萨拉马戈按获奖前原定计划北上葡萄牙第二大城市波尔图,随后又应邀南下访问了卡斯卡伊、科英布拉、埃武拉等城市,参加了那里的庆祝活动,被这些城市授予"荣誉市民"称号和金质功勋奖章。若泽·萨拉马戈还顺路前往阿伦特茹地区的拉夫雷。为创作长篇小说《从地上站起来》,他曾在此地生活了数月之久。回忆起当年他在这里时的生活情景,他不禁热泪盈眶。目前,葡萄牙全国各地都掀起一股购买若泽·萨拉马戈作品的热潮。若泽·萨拉马戈不无感慨地说道:"这个诺贝尔奖是我们大家的。"

自学成才

若泽·萨拉马戈1922年11月16日出生于里巴特茹省戈莱加地区阿济尼亚加村的一个贫困家庭,祖父和父亲都是农民。幼年随父母迁居转学到一所收费极为低廉的工业技校学习机械制锁,毕业后干过两年制锁工作。他还在医院、保险公司等担任过普通职员。工作之余他钻进图书馆,其广博的知识都是靠刻苦自学获得的。1960年他成为科尔出版社的编辑,1975年出任了八个月的《新闻日报》副社长职务,直到1976年才成为葡萄牙极少数靠写作为生的职业作家。正因为有这样一种经历,他的文学作品总是表现出对社会下层人的同情。若泽·萨拉马戈虽然没有上过大学,却因为文学创作上取得的成就,多次应邀在几所大学讲学,并被三所国外高等学府授予"名誉博士"称号,还获得了葡萄牙语文学最高奖项卡蒙斯文学奖。

若泽·萨拉马戈25岁时出版了第一部长篇小说《罪孽之地》(1947年)。1966年,推出了他的第一部诗集《可能的诗歌》。1970年,他又出版了第二部诗集《或许是欢乐》。几乎在此同时,若泽·萨拉马戈开始为一些报纸撰写专栏文章。正是这些专栏文章,使若泽·萨拉马戈得以崭露头角。近年,他还出版了剧本《以上帝的名义》(1993)和日记《兰萨罗特岛纪事》(1994—1997,四卷)等。然而使他真正享誉葡萄牙和世界文坛的乃是他的长篇小说。从1977年《绘画与书法指南》问世到1997年《所有的名字》出版,若泽·萨拉马戈以几乎每两年一部的速度共创作了九部长篇小说。

作品被创作出来是因为有些问题需要解决

《绘画与书法指南》是若泽·萨拉马戈转向长篇小说创作的尝试。以第一人称出现的主人公是位肖像画家,他以相同的手法绘出两幅用途并不相同的肖像,由此引申出对谎言与真理、虚构与真实、客体与艺术表现形式、创作与人生等一系列问题的思考,并根据书中一些人物的范例,得出"一切真实均属虚构"的结论。作品还涉及爱情、伦理和旅行观感等多方面内容,笔墨显得有些分散。但书中对一些问题的思考与探索使作品具有了超越时空与国度的普遍意义,这点在其后的作品中表现得更为充分,构成了他的长篇小说的一个显著特点。正如瑞典皇家学院在宣布若泽·萨拉马戈荣获诺贝尔奖的通告中指出的,这部作品"有助于我们理解其后所发生的一切"。

1980年出版的长篇小说《从地上站起来》荣获当年的里斯本市文学奖。这是他的第一部获奖作品,并因此奠定了他在葡萄牙文坛的地位。这时他已经五十八岁了。《从地上站起来》是一部关于阿伦特茹地区劳动者的史诗。它对阿伦特茹地区存在的种种问题作出了准确的揭示与描写。正是这些问题,使该地区成为一个贫困、痛苦、流血和无法生存的干枯之地。小说以真实可信的事实为基础,同时也糅进了一些杜撰的成分,时间涵盖了整整一个世纪。就其内容而言,《从地上站起来》可以称作一部政治小说,一部广义的社会文化小说,同时也是一部爱情小说,一部赞美歌颂土地的小说。使若泽·萨拉马戈开始享誉世界文坛的作品是1982年问世的《修道院纪事》。小说问世后,受到读者的热烈欢迎和文学评论界的高度赞赏,同年荣获葡萄牙笔会奖和葡萄牙评论家协会奖,并被译成多种文字,在二十多个国家出版。这部以历史为题材的小说由两条故事线索组成:其一讲述18世纪根据国王的意志建造马芙拉修道院,这是一项以民工血汗为代价建造的非凡工程;其二讲述巴尔托洛梅乌神父(平民)及其发明的"大鸟"飞行器。前者源于历史,后者则属杜撰。建造修道院代表着国王的意志,是权力的象征。制作"大鸟"飞行器是巴尔托洛梅乌神父的意志。神父的意志使其造就的三角联合体——一位有文化的神父、一位缺一只手的退伍士兵巴尔塔萨尔和一位具有超常视力的女人布里蒙达——得以鸟瞰国王本人永远看不到的修道院工地的全景。其象征意义不言而喻:神父的"异端"智慧胜过了国王的权力。在这部作品中,历史的真实无论在基本方面还是在细节上都得到尊重,然而却又以巧妙和明显的方式被改变了方向,因为作者认为,真正的英雄永远是工程的无名修建者。富有寓意的讲述、特定的历史社会氛围、伦理和正义的倾向、不断出现的民间警句与格言,构成了这部作品的主要特点。

与《从地上站起来》和《修道院纪事》这两部以葡萄牙本土的现实和历史为背景写成的小说不同,其后问世的《石筏》(1986年)和《失明症散记》(1995年)则拆解了这种背景,使作品更具普遍意义,充分体现出作家对人类命运的关心。

《石筏》一书纯粹出于一种对未来的假设:比利牛斯山脉出现了一道裂缝,结果导致伊比利亚半岛脱离欧洲,开始在大西洋上流动。伊比利亚半岛的漂浮促成了人们的流动与相遇,因而引发出许多故事来。在这部想象力奇特而大胆、象征色彩十分显明(寓意伊比利亚半岛的西班牙与葡萄牙有别于欧洲)的作品中,荒诞和神奇被描写得合情合理,一切难以置信的现象均被融于日常生活最寻常的事物之中,营造出某种卡夫卡式的氛围。与卡夫卡不同的是,若泽·萨拉马戈所营造的氛围对人类和未来持某种相信的态度,具有积极意义和建设性。真实与虚构、现实与幻觉、孤独与生存等这类若泽·萨拉马戈作品中经常探讨的问题在这部小说中均有所反映。

《失明症散记》讲述的是某地发生一种双目失明的奇怪时疫,虽然又突然消失,但已把人类及其文明的主要特征毁灭殆尽。在一个没有指名的西方中等文明国家的城市,一个男人开着自己的汽车,在亮起黄灯的交通信号装置前停了下来,恰在此刻,他的双目突然失明,因而引起一场交通混乱。一位过路行人赶来,用失明男人的汽车将其送回家中。妻子立刻与眼科大夫联系,预约就诊时间。那位"热心人"则乘机开走了失明男人的汽车,原来此公乃一盗贼。后来良心的不安又使他放弃了这辆汽车,沿街步行,行走之中也突然双目失明。第一个失明男人前往诊所就诊,医生检查后认为,从医学角度看,患者的眼睛完全正常,他无法解释其为何失明。不久一位女患者以及医生本人也突然失明。失明的医生立刻提醒当局,要他们警惕这一奇怪又极具威胁性的时疫的蔓延。当局采取措施,将失明的医生和其他所有失明者关进了一座废弃的疯人院隔离开来。为陪伴丈夫,医生双目完好的妻子也声称自己失明,一同被关了进去,成为这一盲人世界中唯一保持正常视力的人,并目睹了种种不忍目睹的反映了人性之恶的悲惨景象。

这部小说语言生硬淡漠,内容冷酷无情。若泽·萨拉马戈在接受记者采访时说:"可能有人会问,为什么我要毫不退缩地写出一部如此冷酷无情的作品。我的回答是:我活得很好,可是世界却不是很好。《失明症散记》不过是这个世界的缩影罢了。作为一个人和一名作家,我不愿不留下这个印记而离开人世。"若泽·萨拉马戈认为,最糟糕的失明者是那些不愿睁眼去看现实的人。正如作家指出的那样,"归根结底,这部小说所要讲的恰恰就是我们所有的人都在理智上成了盲人"。若泽·萨拉马戈所期望的是,经历过理智上的失明之后,人类可以修正自己的生活。

若泽·萨拉马戈于1969年参加了葡萄牙共产党,当时独裁政权未被推翻,共产党尚处于地下状态。在谈及其文学创作与党的关系时,若泽·萨拉马戈坦言党没有能力告诉他写什么、如何写以及写的是好还是不好。同时他也表示"我没有信仰危机",不会退出党。折桂诺贝尔文学奖之后,在一次党员和工会会员的集会上,若泽·萨拉马戈重申了自己的政治选择,并且强调说:"无须放弃共产党员就可以获得诺贝尔奖。倘若必须放弃的话,那我永远也不想接受这个奖。"在他的作品中,常有对上帝的不恭与讽刺,这在《修道院纪事》和《耶稣基督眼中的福音书》中表现得更为淋漓尽致,引起了教会的不满。他于1991年出版的长篇小说《耶稣基督眼中的福音书》还引起一场风波:当时葡萄牙文化与教育部长认为这部作品伤害了葡萄牙人的宗教感情,不准推荐他为欧洲文学奖的候选人。萨拉马戈一气之下离开祖国,流亡西班牙兰萨罗特岛,居住至今。对萨拉马戈获得诺贝尔文学奖一事,梵蒂冈罗马教廷反应强烈,指责瑞典皇家学院把这一奖项授予了"一个根深蒂固的共产党员"。若泽·萨拉马戈对此进行了回击,他说:"该归恺撒大帝管的就交由恺撒大帝去管。梵蒂冈应该去关心他的信徒们的灵魂,而不要给文学添乱。"

  从创作思想上看,若泽·萨拉马戈的主导思想无疑与20世纪二三十年代兴起的新现实主义有共同之处,即强烈的社会参与意识。但他的创作内容与表现形式都超越了新现实小说范畴;人们也难以把他归入现代主义或后现代主义作家。一家美国报刊把他称作是"葡萄牙的加西亚·马尔克斯",立刻遭到作家的否认。在手法上,他把现实与虚构结合,充满丰富的想象力,寓意深刻,富有象征色彩;同时,他又借鉴了现代主义、魔幻现实主义的一些手法,把现实与梦幻巧妙地编织在一起,把历史的真实与小说的杜撰合为一体,使其作品呈现出多元的投向。但这些投向都体现出作家要接近和探索扑朔迷离的现实的尝试,他把自己的困惑、不安和疑问都写进了作品。在接受记者采访时他说:"我的全部作品都可以证明,它们之所以被创作出来是因为它们的作者有些问题需要解决。"若泽·萨拉马戈认为,对人类命运的探索不仅是哲学家的事情,也是小说家的本分。他的所有长篇小说,无不贯穿着对世人所面临的种种的不安与忧虑。为什么生存,怎么样生存,是他经常关心和思考的问题。他对记者说:"使我感到不安的那些东西必然也使其他人尤其是我的读者感到不安。对他们而言,身为作家的我的职责不仅仅是要把故事讲好。""我们怎么成为现在的这个样子的呢?人类究竟出了什么问题?在我们每个人的生活历程中,是从何时开始我们走向了自己的反面,或是说越来越缺少人性的呢?人类走向人性化的道路何以竟是如此地艰难与漫长呢?经过数千年之后,在创造了如此之多的美好事物之后,在对宗教与哲学进行了如此之多的探讨之后,今天我们走到了这样一种境地:在与环境和其他人的关系中,我们不能真正地成为人类,这究竟是为什么呢?"若泽·萨拉马戈能荣获诺贝尔文学奖绝非偶然,他受之无愧。

  他的寓言故事以丰富的想象力、同情心和反讽的譬喻,不断推促我们再次体会难以捉摸的事实。他的智慧和敏锐的洞察力相辅相成。他的独树一帜的小说风格引起读者共鸣,并给予他很高的评价。

——瑞典皇家学院颁奖词

谁是当代最优秀的希伯来文小说家？
——希伯来文学评论家格肖姆·谢克德教授一席谈

钟志清

许多以色列人曾对"谁是当代最优秀的希伯来文小说家"这一话题讳莫如深。的确，从文学创作本身的内在规律看，每个民族的文学均负载着那个民族的集体无意识与民族凝聚力，能够代表一个民族文学创作最高水平的往往不是一个作家，而是一批作家。从批评角度看，欲对处于发展进程中的当代作家做出客观的排座次式的定评，委实十分困难。1997年3月下旬，当我就著名作家阿摩司·奥兹的文学创作问题采访以色列资深文学批评家、耶路撒冷希伯来大学著名教授格肖姆·谢克德（Gershom Shaked），谈及奥兹在希伯来文学史上的地位时，他兴致大发，侃侃谈起"谁是当代最优秀的希伯来文小说家"，这实在连我自己也没想到。

格肖姆·谢克德教授认为，目前以色列文坛，堪称三代作家同台共舞。父辈作家生于20世纪一二十年代，以色列建国之初非常活跃，去年访问过中国的纳坦·尤纳丹便身居其列；子辈作家生于三四十年代，60年代登上文坛；孙辈作家生于五六十年代，八九十年代在文坛崭露头角。

在整个希伯来文学发展史上，最优秀的作家当推1966年诺贝尔文学奖得主阿格农。阿格农1888年出生于波兰一个典型的犹太人之家，其父是一位拉比。他自幼便在犹太会堂接受传统教育，跟随父亲及私人教师学习《圣经》《塔木德》以及犹太启蒙文学，通过德文阅读东欧文学。20年代定居耶路撒冷，在长达半个多世纪的创作生涯中，给我们留下了《新娘的华盖》（1931年）、《只是昨天》（1945年）等长篇小说；《大海深处》（1948年）、《失去的书及其他短篇》（1995年）等多部中短篇小说集以及诸多散文、书信和拉比训诫集。数千年来，犹太人颠沛流离，命途乖蹇，希伯来语在流失中几近消亡，希伯来文学起步很晚。毋庸置疑，从20个世纪末到21世纪初，希伯来文学史上出现了一系列伟大人物：玛普、斯默朗斯基、比阿利克、布伦纳、格林伯格、阿尔特曼等，但是他们作品中所表现出的无论是孤愤意识还是信仰上的危机，与欧洲最伟大的文学家相比，难免相形见绌。直到阿格农，以史诗般的艺术，深邃的犹太文化意蕴、幽默睿智的表现手法反映出东欧犹太人和以色列犹太人的物质世界与人文精神，才使希伯来文学得到了世界范围的认同。对中国文化略知一二的谢克德教授，风趣地把阿格农在希伯来文学中的地位比作毛泽东在中国革命中的地位，认为其创作承前启后，对当代希伯来文学创作产生巨大影响。继阿格农之后，希伯来文学史上又出现了一批优秀的小说家。阿摩司·奥兹便是其中之一,与之齐名的另几位出色作家是 A.B.约书亚、约书亚·凯南兹、大卫·格罗斯曼、梅厄·沙莱夫等。

这批作家,除大卫·格罗斯曼和梅厄·沙莱夫外,均于60年代开始在文坛崭露头角,其创作同前辈作家相比,在思想内容与审美形式上发生了很大变化。置身于战患频仍、恐怖活动此起彼伏的以色列,许多作家固然不可避免地表现出社会参与意识,但随着岁月流逝,作为犹太人在以色列建国前夕与建国初年所应拥有的那种高涨情绪已经减弱,支撑人们内在精神的信仰与价值观念亦发生了动摇,作家的关注视角亦由社会现实向人物内心进行转移,注重捕捉人物在时代变革中寻找自我位置时的心理感受。

阿摩司·奥兹是目前以色列文坛非常具有影响力的优秀作家之一,1998年获以色列国家文学奖,迄今已发表《何去何从》(1966年)、《我的米海尔》(1968年)、《完美的和平》(1982年)、《了解女人》(1989年)、《地下室中的黑豹》(1995年)等十部长篇小说,以及相当数量的中短篇小说、杂文、随笔。他的作品着力描写复杂的家庭生活,刻画人物丰富多彩的感情世界,背景置于富有历史感的古城耶路撒冷和风格独特的基布兹,向读者展示了以色列特有的社会风貌与世俗人情。长篇小说《我的米海尔》是奥兹的成名作,奠定了奥兹在世界文坛上的地位。故事发生在50年代的耶路撒冷,希伯来大学文学系女大学生汉娜与地质系的米海尔一见钟情,但婚后琐碎的家庭生活、不同的生活情趣、儿时的情感阴影等诸多因素使他们的感情悄然发生了微妙变化,天生丽质而多愁善感的汉娜失望痛苦,终日沉湎于对旧事的追忆中,在遐想的孤独世界里尽情宣泄着自己被压抑的期待和欲望。小说通过女主人公的视角来观察世界、感受人生,表现手法匠心独运,行文简约优美,在现代希伯来文学史上风采独特。

与奥兹在文坛上并驾齐驱的作家中,A.B.约书亚、阿哈龙·阿佩费尔德曾与之并称"文坛三杰"。约书亚的创作始于短篇小说,早期创作的短篇小说集主要有《面对森林》(1968年)、《三天和一个孩子》(1975年),后致力于长篇小说创作,作有《情人》(1977年)、《迟到的离婚》(1982年)、《曼尼先生》(1990年)等。在60年代登上文坛的一代作家中,约书亚受到西方现代主义文学思潮影响最大,有以色列的福克纳之称。如果说福克纳通过"约克纳帕塔法"世系为世袭两百年的美国南方社会做了写照,那么约书亚则是通过以色列中产阶级的生活情形反映出躁动不安的以色列的社会时尚、政治变迁及演绎过程中某些关键性的问题:流亡、复国、阿以关系等。其两部代表作《情人》和《迟到的离婚》与福克纳的《我弥留之际》《喧哗与骚动》有着异曲同工之妙。阿佩费尔德是一位大屠杀幸存者,迄今已发表三十余部作品,包括长篇小说《漂泊岁月》(1978年)、《混沌》(1993年)、《莱什》(1994年)、《直至晨光》(1995年)等,以及中短篇小说、随笔、文论,其主要作品均以大屠杀这场 20 世纪的浩劫做背景参照。既叙述史实,又表达个人体验,展示犹太人的思想感情、犹太精神与犹太特性,以及这种精神与特性在物换星移、岁月荏苒中的变异与发展,在整个犹太世界影响很大。雅可夫·沙伯泰堪称一位天才作家,只可惜 47 岁便被心脏病夺去了生命,他的长篇小说《往事绵绵》(1977 年)以非凡的表现技巧和丰富的内在神韵在希伯来文学史上别立一宗,书中三个主要人物分别从不同角度反映出作家的人生观。创作这部小说之际,作家已得知自己患有心脏病,敏感地意识到死亡将近,人生无常。他试图扼住死亡的脚步,把过去的一切均囊括在书中,但又感到这是一种徒劳,他对人生意义的寻找因此带有明显的虚无色彩。约书亚·凯南兹和约拉姆·康尼尤克亦是两位杰出的小说家,前者善于从日常生活中掘取富有深意的素材,语言质朴,含义隽永,他所创作的《节日之后》(1964 年)、《心灵絮语》(1986 年)、《召唤旧日恋情》(1997 年)等长篇小说曾在文坛上名噪一时;后者则注意在大的背景中烘托人物,语言节奏紧凑,具有超现实特征,其长篇小说《亚当复活了》(1969 年)、《一个好阿拉伯人的自白》(1984 年)等在国内外均享有很高声誉。

为谢克德教授所首肯的这批作家中,只有大卫·格罗斯曼与梅厄·沙莱夫是 80 年代后登上文坛的新一代小说家。就其创作而言,格罗斯曼比较关注以色列生活中令人忧心忡忡的现象,以及人类社会中带有普遍意义的道义、公正等问题,在以色列作家中最富有忧患意识。他同时擅长技巧上的大胆创新,其长篇小说《看下面:爱》(1986 年)置于大屠杀这一历史事件中,以半现实的形式开端,运用象征与神话展开情节,又用解构的方式作结,堪称以色列后现代文学中的经典之作。随笔集《黄风》(1987 年)如实地记载了无家可归的巴勒斯坦人在约旦河西岸和加沙地带难民营内的生活情形,真情如炽,以色列舆论界为之哗然,读者们受到强烈震撼,美国《洛杉矶时报图书评论》称之为"以色列作家所做的最诚实的灵魂探索"。梅厄·沙莱夫在谢克德眼里是"当今希伯来文学创作中文化积淀特别丰富的作家之一",迄今所发表的四部长篇小说《俄罗斯人的浪漫曲》(英文版译名为《蓝山》,1988 年)、《以扫》(1991 年)、《恰如几天》(英文版译名为《朱迪丝之恋》,1994 年)、《沙漠中的人》(1998 年)均在文坛引起轰动。《俄罗斯人的浪漫曲》反映的是 20 世纪初年,第二代新移民在巴勒斯坦这块贫瘠土地上奋斗、生存、繁衍的经历,具有史诗之风。小说的语言庄谐并置,妙趣横生,颠覆了传统犹太复国主义史诗的庄严话语。被作家视作创作技巧最为成熟的作品《恰如几天》,描写一个女子与三个男人的感情纠葛,表达了犹太人对土地的依恋情怀,小说中充满了大量传说和典故,意蕴深邃。谢克德教授所提到优秀作家中只有阿玛利亚·卡哈娜·卡蒙和露丝·阿尔莫格为女性,这在相当程度上反映出男性作家在希伯来文学中居主导地位的文学传统。与卡哈娜·卡蒙和露丝·阿尔莫格同时代的女作家屈指可数，直到八九十年代，女作家群才第一次在希伯来文学的神殿上崛起。卡哈娜·卡蒙不同于大多数关注社会、政治与历史的以色列作家，注重自我内省与内在世界的分析，其笔下的人物追求自我实现、自我宣泄与表达。小说集《在一间屋顶下》(1966年)在评论界一向被视为可与英国小说家维吉尼·沃尔夫的小说媲美；长篇小说《伴她走在归家途中》(1991)写的是一个二十三岁的小伙子同长他20岁的著名女演员相恋相离的情感遭遇。有人说阿玛利亚·卡哈娜·卡蒙的语言表现出最典型的希伯来语体特征，优美而富有诗意，进而增加了翻译难度，这对作家本人未免是一种遗憾。露丝·阿尔莫格的作品主要有长篇小说《流亡》(1970年)、《陌生人和敌人》(1980年)、《雨中之死》(1982年)、《光之恨》(1987年)，短篇小说集《女性》(1986年)、《看不见的修补》(1993年)等等。她的创作着力描写个人命运与人的心灵世界，同时又注重从文化历史角度探讨以色列人的生存困境。

　　谢克德教授的点评当然不可排除主观好恶成分，但是作为以色列文坛一位十分活跃的资深批评家，其眼光值得信赖与称道。

美洲的第三次发现
——拉美文学现状
朱景冬

近几年拉美文坛出现了再次繁荣的景象。这次繁荣被称为"美洲的第三次发现"（前两次发现为 1492 年哥伦布发现新大陆；20 世纪 60 年代发生文学"爆炸"）：一批有作为的中青年作家脱颖而出，使拉美文学充满活力，再次引世人注目。

令人欣喜的智利文学

在老作家中，名作家何塞·多诺索逝世后，为人所知的就只有豪尔赫·爱德华多和女作家伊莎贝尔·阿连德这两位了。令人欣喜的是，如今又涌现出一些颇有才气的新作家。一位是罗伯托·博拉尼奥，已出版专著《美洲的纳粹文学》、长篇小说《遥远的星》和故事集《打电话》，曾获得智利最重要的"圣地亚哥城市奖"等多种文学奖项。1998 年，他以新作《野蛮的侦探》被授予西班牙阿纳格拉马出版社颁发的第十六届埃拉尔德长篇小说奖，一鸣惊人。这是一部威尔斯式的惊险小说，写的是阿图罗·贝诺和尤利西斯·利马两个人的故事：为了寻找墨西哥神秘失踪的女作家塞萨雷亚·蒂纳雷霍，他们花了二十年的时间（1976—1996），踏遍墨西哥、西班牙、尼加拉瓜、美国、法国、奥地利、以色列及非洲，像野蛮人一样历尽千辛万苦。小说长达六百页，涉及的人物形形色色：隐居荒漠的墨西哥斗牛士、流落烟花的美丽少女、受杀手追捕的墨西哥商人、国境线上的新纳粹分子等。作者说，小说根据某地真人真事写成，并且包含着若干自传内容，因为他"属于试图发动武装革命的一代"，那些岁月留给他的记忆和经历成了他写这部小说的第一手材料。

另一位作家卡洛斯·弗兰斯的新作《天堂所在的地方》由西班牙行星出版社出版，在南美引起强烈反响。小说故事发生在亚马逊地区的心脏，主要人物有三个：一位领事、他的女儿和女儿的情人（一个逃亡的政治家），人物的不同遭遇和命运构成一出悲喜交加的现代剧。故事一波三折，颇为引人入胜。第三位作家阿尔贝托·福格斯的作品充满现代气息，他的新作《红墨水》在本国受到好评，在马德里名列畅销书榜首。小说写的是关于一座绝望而艰难的城市的故事，叙述者是一位年轻的实习记者，此作将现代城市生活的情景展示得淋漓尽致。其他作家还有贡萨洛·利拉，他的小说《面对面》描述了一个冒险故事，具有侦探小说的特点。女主人公玛格丽特·奇索姆是一名特警和寡母，她和中央情报局合作，调查一起奇案：恐怖分子破坏一座宗教人士的寓所的阴谋。故事气氛紧张,扣人心弦。

朝气蓬勃的阿根廷文学

名家博尔赫斯和比奥伊·卡萨雷斯先后撒手人寰,萨瓦托也年迈多病。所幸的是,文学的新生力量已经产生:克拉拉·奥夫利加多曾在马德里上创作课。1996年以《马克思的女儿》获卢门妇女文学奖。另一部小说《如果一个男人惹你哭泣》(1998年)是一部人物众多、故事情节紧凑的作品:一个黑姑娘、一个为两个女人分心的男人、一个怀着混血儿的非洲女人……小说讲述了他们一天的生活,家长里短、恩恩怨怨,谱成了一支不乏家庭色彩的交响曲。巴勃罗·桑蒂斯是电影剧本和喜剧剧本作者,写过几部长篇小说。他的新作《哲学与文学》是一部情节曲折的小说。主人公是一位作家,关于他,人们只保留着一篇故事的无数版本,但有人认为还有一部秘密作品遗失在一所旧学院里。三个批评家发生争吵,都想成为该作家唯一的诠释者。故事十分有趣。爱德华多·凯乌德尔以《那种奇特的疲劳》跻身文坛。小说主要写两个神秘人物的经历:他们出席美国的一次代表大会,然后返回巴黎,在飞机上,一个人让另一个人吃了几块蛋白酥,此人严重中毒,不得不在巴塞罗那停留,未来难以预料。作品具有浓郁的神秘色彩。

名扬异域的中美文学

在中美洲,古巴的埃利塞奥·阿尔贝托和尼加拉瓜的塞尔希奥·拉米雷斯特别引人瞩目。二人分别以小说《卡拉科尔·比奇》和《玛格丽塔,大海多美》同获1998年西班牙阿尔法瓜拉出版社举办的长篇小说一等奖。17.5万美元的奖金原应授予一部作品,但两部作品难分高下,出版社只好付出双份奖金。

埃利塞奥·阿尔贝托曾写电影脚本,与加西亚·马尔克斯合作摄制电影,已出版长篇小说《永恒终于在一个星期一开始》(1994年)和回忆录《针对我自己的报告》(1997年)。新作《卡拉科尔·比奇》的主人公是一名参加过安哥拉战争的古巴士兵,战争的经历使他丧失理智,他决心不顾一切死去。他的"精神"感染和吸引了许多人:三个新毕业的中学生、他们的两位老师、一名军人和他的儿子以及士兵自己的母亲。作者试图展示一出具有荒诞和魔幻色彩的现代悲剧。地点是美国佛罗里达州卡拉科尔·贝奇浴场和附近的高速公路;时间十一个小时(1994年6月的一个星期六下午7点到星期日早晨6点);士兵的疯狂行为是故事的核心,附带叙述了两个男生和一个女生的关系、士兵母亲的态度和那个军人个人的问题。小说用第三人称叙述,中间夹杂着士兵的战地日记。批评家说:"这部表现暴力、非正义和疯狂行为的小说以20世纪末最完美的讽喻重新创造和实现了古典悲剧的形式。"

塞尔希奥·拉米雷斯1984年被选为尼加拉瓜副总统,1995年离开桑地诺阵线。其作品有《你怕血了?》《化装舞会》(1998年获法国优秀作品奖)等。《玛格丽塔,大海多美》由两个故事构成:第一个故事的主要人物是神秘的诗人鲁文·达里奥,第二个故事人物较多,他们都和五十年前发生的事情有关。最远的事件发生在达里奥生前的岁月,最近的事件发生在独裁者索莫查差一点被谋杀的1956年。小说的两个故事通过几个悬念,巧妙地连联结在一起,将真实的材料和纯粹的幻想融为一体,形成一部引人入胜的历史小说。作者创造了一个想象的世界,表现了拉美文学的永恒主题:考迪略主义、腐败、贫穷、美国的干涉等。

古巴女作家达伊纳·查维亚诺曾在哈瓦那大学攻读英国语言与文学,80年代登上文坛,已出版长篇小说《一位外星老奶奶的故事》(1989年)和多部短篇小说集。1998年出版的《男人,女人和饥饿》获西班牙行星出版社举办的阿索林长篇小说奖。小说分六章,讲述的是几个女人的不幸遭遇:克劳迪亚是一名艺术史硕士,在博物馆工作,因泄漏出卖遗产的消息而被辞退,走投无路,被迫当了妓女;莫拉是一个妓女,在路上遇见克劳迪亚,介绍她当了娼妓;后来克劳迪亚和被艺术学校辞退的教师鲁文相识,生了一个男孩;他们像被社会遗弃的孩子,忍受着饥饿。小说采用了非洲与古巴神话、哈瓦那的方言土语、古巴音乐、博莱罗舞曲等,最成功之处是将幻想和风俗结合在一起。小说还运用独白揭示人物的忧虑:"这个岛被卖了。不是拍卖,是批发。不仅它的劳动力,还有它的灵魂……我们古巴人是地球上的火星人,只有外星人才能理解你的不幸。"

值得一提的古巴作家还有:马伊拉·蒙特罗,她于1998年出版的长篇小说《像你的一位信使》,显示了这位女作家把握历史题材的才能。小说描述1920年意大利歌唱家恩里科·卡鲁索访问古巴的情景:在哈瓦那演出《阿依达》时,一颗炸弹爆炸,死亡和惊慌笼罩了大厅。小说同时描写了这位名歌手同一位古巴姑娘的秘密爱情。三十多年后她才向女儿披露了这段隐情。故事用母女二人的口吻讲述,具有浪漫色彩。胡安·阿夫雷乌的《在海的阴影下》写的是古巴作家从被宣布为逃犯、受到监禁到被允许亲人探访长达八个月的回忆。

新人辈出的墨西哥作家

在墨西哥,小说家胡安·鲁尔胡和诗人奥克塔维奥·帕斯已经与世长辞。年逾古稀的卡洛斯·富恩特斯依然健在。与此同时,新的一代已经崭露头角,后继有人。

豪尔赫·鲍尔皮原为律师,曾为墨西哥检察总长当秘书。1996年侨居西班牙。已经出版五部长篇小说。1999年初以新作《寻找克林格索尔》获西班牙"简明丛书"奖。评委会认为"此作体现了关于小说的理想概念：关于世界、人和心灵的概念"。小说故事发生在20世纪60年代。年轻有为的美国军人、物理学家巴孔上尉，1964年来到西德纽伦堡，当时正对纳粹战犯进行审判。他要去那里寻找一个人物，此人是二战期间希特勒的科学顾问，名叫克林格索尔，他一定知道主持原子研究工作的人。巴孔的调查深入过去，拜访了爱因斯坦、爱森伯格等科学家。他的寻找结果变成对现代科学如何诞生的研究和关于科学与恶的关系的探索，因为在他的调查中，所有的大科学家都有犯罪的一面，任何一个科学家都可能是克林格索尔。作者把情节小说和侦探小说融为一体，产生一种扑朔迷离、引人入胜的效果。

女作家罗莎·贝尔特兰是记者、翻译和墨西哥自治大学的教师。1995年以第一部长篇小说《幻想家们的小歌剧院》获行星出版社设立的豪阿金·莫尔蒂斯文学奖。此作借助虚构和历史讲述了墨西哥帝王阿古斯丁·德·依图维德的生与死及其小歌剧院的故事，具有讽刺和幽默的风格及荒唐而可笑的描述。另一位女作家劳拉·埃斯基维尔早在90年代初就名扬文坛：她的长篇小说《犹如水对巧克力》(1989年)出版后，相继在西班牙、委内瑞拉、阿根廷和智利再版，并于1994年被搬上银幕，受到广泛欢迎。小说描写一对恋人由于封建家长制作祟而双双殉情的悲惨故事。情节在介绍菜谱中展开，具有魔幻色彩。1998年底，她出版另一部作品：短篇小说集《沁人心脾的美味》。和前一部作品一样，其中夹杂着一些菜谱。每篇故事都散发着家庭的温馨气息，整部作品生动地展示出家庭成员在炉灶前表现出的手足之情。

勇于创新的哥伦比亚文学

在哥伦比亚文坛上，活跃着几十位堪称新秀的作家，年龄都是三四十岁，近年他们出版了一批富有创新精神的作品：如威廉·奥斯皮纳的《血色黎明》、圣地亚哥·甘博亚的《翻转的篇页》、阿巴德·法西奥利塞的《钢琴调音师》、胡安·卡洛斯·博特罗的《窗口与声音》，以及劳拉·雷斯特雷波的《甜蜜的伴侣》、费尔南多·巴列霍的《刺客们的处女》等等。作家们冲出魔幻现实主义的阴影，努力开辟新的文学与艺术之路。他们往往把故事背景安排在城市里，以独立的思考、声音和风格表现现代的社会生活，描写爱情、生存和死亡，抨击国家发生的内战和暴力事件。他们的创作呈现出不拘一格、多姿多彩的繁荣景象。

长篇小说没有死亡,也不会死亡
——谈谈格拉斯获1999诺贝尔文学奖
范大灿

他早就该得奖了

1999年的诺贝尔文学奖颁给了德国作家君特·格拉斯(Günter Grass),主要为奖励他的长篇小说《铁皮鼓》。

格拉斯1927年出生于自由城市但泽,即今天波兰的格但斯克;他经历了德国法西斯从兴起到灭亡的全过程,参加过第二次世界大战,当过美军俘虏,战后被赶出家园,来到西德,学过雕刻,并从事文学创作。他写过诗歌,也写过剧本,但这些作品如果不是他后来成为大作家恐怕早已无人知晓。诗歌和剧本的创作不成功,就转而写长篇小说。他在巴黎附近一所破旧的小屋里,夜以继日地写作,并取名《铁皮鼓》。为创作这部长篇小说,他倾注了自己的全部心血。几经修改,他终于于1958年带着惶恐的心情来参加"47社"的集会,准备在那里朗读已经完成的全书的头两部分。参加聆听格拉斯朗读的人有当时西德的著名作家和评论家,他们中的大多数人还不知道准备朗读自己作品的这位格拉斯是何许人也。但是听完他的朗读以后,所有的人都拍案叫绝,经过秘密投票,决定给予奖励,出版商马上签订合同。1959年法兰克福书展正式推出了格拉斯的这部新作,当时已经三十二岁的格拉斯一举成名,《铁皮鼓》成了人人争相阅读的畅销书。以后格拉斯因为这本书获得了联邦德国几乎所有重要的文学奖,《铁皮鼓》被誉为"徽章上的动物",即联邦德国的标志物。

在西方,尤其在美国,对《铁皮鼓》更是一片赞扬声。1970年,格拉斯成了美国《时代》杂志的封面人物,这是德国战后作家中第一个享此殊荣的人。在介绍文章中有这么一句话:"格拉斯才四十二岁,从外表上看好像还不像是在全世界或在德国活着的作家中最伟大的作家,但实际上完全可能既是前者也是后者。"

格拉斯是20世纪伟大的作家之一,他的《铁皮鼓》是20世纪下半叶德国最重要的长篇小说,这早已是公认的事实。所以,当1999年9月30日斯德哥尔摩诺贝尔文学奖的评委会宣布本年度的获奖人是格拉斯时,德国国内虽然一片欢腾,但并不感到意外。从国家总统到平民百姓,从文学评论家到一般读者,都一致认为,格拉斯早就该得这个奖了。这里,值得特别一提的是德国评论界的绝对权威赖希-拉尼茨基的反应。

赖希-拉尼茨基与格拉斯长期不和,对格拉斯的创作一向持批评态度。尤其是当

1995年格拉斯反映两德统一的长篇小说《说来话长》发表以后,赖希-拉尼茨基更是对格拉斯发动了前所未有的猛烈攻击,把这部已经成为畅销书的长篇小说批评得体无完肤,一文不值。更令人触目惊心的是,《明镜》周刊还在封面上刊登了赖希-拉尼茨基把这本书撕成两半的大幅照片。这样一个人对格拉斯获奖会有什么反应,自然是人们关注的焦点。于是,《明镜》周刊的记者采访了赖希-拉尼茨基。谈话中,这位当今德国评论界的绝对权威对格拉斯获奖表示毫无保留地支持,这位一向批评格拉斯作品的批评家认为《铁皮鼓》是20世纪下半叶德国最伟大的小说。他一再强调"如果有德国人获诺贝尔文学奖,那非格拉斯莫属",并进而指出,马丁·瓦尔泽和汉德克是当今德语文学界声誉很高的两位作家,但如果马丁·瓦尔泽得奖,那对他是一种"打击",而如果汉德克得奖,那对他将是一场"灾难"。谈到"撕书"问题时,赖希-拉尼茨基说:"我根本就没有那么大的力气能把一本装订得非常牢固的书撕成两半,那张照片是别人拼凑出来的。"这样一张照片居然登在《明镜》周刊的封面上,他感到非常遗憾,甚至气愤。不过,他同时也声明,他对《说来话长》的批评仍然保留,因为格拉斯的作品除了《铁皮鼓》是真正的杰作以外,他在此后创作的作品都有不少毛病。

国际上对格拉斯获奖的反应也一片叫好。《明镜》周刊1999年第40期刊登了十二位世界著名作家对格拉斯获奖的看法。1991年诺贝尔文学奖获得者南非作家戈迪默说:"格拉斯是一位具有国际水准的小说家,他对长篇小说的发展作出了具有根本意义的贡献,他成功地发展了长篇小说这种形式。"一位奥地利作家说:"我非常尊敬伯尔,但格拉斯在文学史上的意义比伯尔更大。"1994年诺贝尔文学奖得主日本作家大江健三郎说:"在《铁皮鼓》中,格拉斯通过他的叙述风格和人物塑造创造了一些特殊的东西,并以此影响了整个世界的文学。"一位美国作家说:"格拉斯是当代非常重要的作家之一,在我们美国他是德国在世作家中知名度最高的作家。"英国作家拉什迪说:"我认为格拉斯是20世纪下半叶欧洲最伟大的小说家。"

《铁皮鼓》的伟大意义

一直到1959年,"战后文学"在西德文学界还是个贬义词,因为直到那时为止,西德作家还没有创作出具有德国独特风格的、在国外有一定影响的作品。1933年法西斯上台前后绝大多数德国知名作家都流亡国外,留在国内的作家有的成了法西斯的御用文人,有的顺从了法西斯政权,有的写一些与政治无关的东西或者保持沉默。战后除了流亡以前就已经加入共产党或一贯同情与支持共产党的流亡作家回到东德以外,其余的作家,如托马斯·曼、黑塞都没有回到德国,尽管他们心向德国,住在靠近德国的瑞士。因此,战后在西德文坛上活跃的是两部分人,一部分人是法西斯统治时留在德国的作家,另一部分是战后刚刚涉足文坛的青年作家。很显然,西德文学的发展不能指望前一部分人,一切的希望寄托在那些青年人身上。但是,这些青年人是在法西斯统治下长大的,而法西斯统治时期德国与外界完全隔绝,这些青年人对世界文学,甚至对自己民族的文学都一无所知。1945年美英法的军队开进西德,同时也带来了他们各自的文学。西德人顿时大开眼界,原来世界上还有这样的文学。因此,这些来自他国的文学不仅拥有大量读者,而且不乏模仿者。战后的西德文学是从模仿美英法等国的文学开始的。

但是,德国人毕竟是个具有自强自立精神的民族,他们借助"马歇尔计划",同时也靠着自己的勤奋创造了"经济奇迹";在文学领域他们同样也在学习他人的过程中,努力创造真正属于自己的文学。这一努力到1959年终于取得了具体成果,这一年一下子出版了三部重要的长篇小说:伯尔的《九点半打台球》、约翰逊的《对雅科布的种种揣测》以及格拉斯的《铁皮鼓》,从此战后德国文学翻开了新的一页。就像在德国文学史上多次发生过的那样,德国文学经过一段时期的停滞之后终于又重新崛起,跻身世界文学之中,取得与其他西方国家并驾齐驱的地位。而格拉斯的《铁皮鼓》为德国文学的再度辉煌作出了决定性的贡献,它本身就是再度辉煌的标志。

从50年代以来,人们就大谈"长篇小说的危机",宣告"长篇小说死亡"。法兰克福学派的代表人物阿多诺就是这种主张的积极鼓吹者。他多次指出长篇小说无法摆脱的窘境:"现在已经不能叙述,而长篇小说这种形式又必须叙述。"另外,从50年代中期兴起的法国"新小说派"虽然没有直接宣布"长篇小说死亡",但认为作为长篇小说标志的"主人公"已不复存在。"新小说派"的主张在当时的西德被人们普遍接受,一些有影响的文学刊物纷纷发表"新小说派"的理论文章。对此,格拉斯怎么看的呢?在《铁皮鼓》一开头,主人公奥斯卡有这样一段自白:

> 别人写故事可以从中间开始,然后再大胆地向前和向后大步迈进,从而制造混乱。别人可以自称自己是现代的,一切时间和距离统统去掉,然后再宣布,他终于在最后时刻解决了"时空问题"。别人也可以从一开头就宣称,今天写长篇小说不可能了,然后再——可以说是偷偷摸摸地——搞点能引起轰动的玩意儿,以便最后证明他是最后一个可能出现的长篇小说家。我也曾经听人说过,这岂不显得善良和谦虚?如果一开头就申明,现在不再有小说主人公了,因为现在不再有个人主义者,因为个性已经丧失,因为人是孤独的,而且每个人的孤独都是一模一样,个人无权有他的孤独,他只是没有姓名、没有主人公的孤独的众人中的一分子。这一切可能就是这样,可能都有它们的道理。不过,就我,奥斯卡以及我的监

护人布罗努而言,我倒想说,我们俩都是主人公,完全不同的两个主人公……

奥斯卡的这段自白实际上是作者格拉斯自己的宣言,因而经常被人引用。它至少包含三点内容:第一,用时空颠倒的办法来解决所谓的"时空问题"表面上很"现代",实际上什么问题也没有解决。因此,格拉斯在写他的《铁皮鼓》时仍然坚持传统的叙述方式,让生活在1952年的主人公奥斯卡回忆他过去二十多年的经历,而二十多年的经历又是按时间顺序叙述的。第二,在格拉斯看来,那些大谈长篇小说已经死亡的人是玩弄花招,抬高自己的地位,不然为什么他们一面高喊长篇小说已经死亡,一面自己又在写小说呢?这也就是说,格拉斯不仅不能接受"长篇小说已经死亡"的说法,而且要以自己的实践证明,长篇小说这个形式还可以继续发展。第三,格拉斯也不能接受没有主人公的说法,他不仅让奥斯卡成为一个个性鲜明的主人公,而且让他出面叙述整个故事。

由此可知,格拉斯的《铁皮鼓》的意义就在于:第一,它是一部表明战后的西德文学终于有了按自己的独特风格创作的,并在国际上产生巨大影响的伟大作品;第二,它不仅表明长篇小说这种形式没有死亡,而且为长篇小说的发展指明了方向。

继承与创新

作为一部伟大之作,格拉斯的《铁皮鼓》最成功之处在于解决了传统和现代的关系问题。到20世纪50年代,传统的叙事方式,特别是老式的现实主义叙事方式,确实再也无法表现现代生活,因此弃旧图新不仅成了一种时尚,也是一种必然。但是,一些作家在追求现代性的同时又完全抛弃了传统,结果创作又陷入新的困境,于是就有了"长篇小说危机"的说法。格拉斯在当时不过是一个无名之辈,却敢于对抗像法国"新小说派"那样声名显赫的权威人士的断言,坚持走自己的路,坚信长篇小说没有死亡也不会死亡,它完全可以是现代的,但必须是在挖掘和改造传统的基础上。

格拉斯的《铁皮鼓》与德国文学史中几乎所有的长篇小说形式都有相似之处,但与它们又有原则区别。

格拉斯在出生地但泽度过了童年和少年期。出于对故乡的思念,他让他的主人公奥斯卡出生在但泽,很多故事发生在但泽,在他的笔下,昔日的但泽生动地呈现在读者面前,作者的思乡之情一目了然。这种写法使人想起了19世纪下半叶在德国颇为流行的"故乡小说",像著名小说家凯勒、施托姆等都把再现自己的故乡当作他们小说的主题。不过,19世纪小说家写自己的故乡,主要是因为他们面对城市的嘈杂混乱,向往故乡的宁静和平稳。而格拉斯写自己的故乡,则是看中但泽这一德国人与波兰人混居的城市更能表现德国法西斯从它的兴起到最后灭亡的全过程,更适合探究它之所以能猖獗一时的各种原因。

小说从魏玛共和国时期写起,一直写到1952年西德经济开始复苏,这种以时间顺序记载历史大事的写法又很像是德国小说中的"时代小说"。而且事实上《铁皮鼓》也采用了忠实记录整个时代的"时代小说"的传统手法,如真实的历史细节等。但是,《铁皮鼓》这部小说的着眼点不是集中在时代问题,而是集中在主人公奥斯卡身上,表现他从出生到长大成人的过程以及他所经历的各种命运。就此而言,它更像是自从歌德以来德国作家一直特别喜欢的发展小说,或曰成长小说。说《铁皮鼓》是一部发展小说,还不仅因为它把主人公奥斯卡放在中心位置,以他的视角看待一切,也不仅仅因为小说把作者自己的经历当作它的重要题材,更主要还是因为它着重描述了主人公与社会环境之间的复杂关系以及主人公在这种关系中的变化和发展。但是,从另一方面看,主人公又好像没有成长发展,因为他一生下来智力就已经达到了再也无须发展的地步,到三岁他又自愿地停止了身体的发育,外在形体长期停留在三岁时的水平。所以,《铁皮鼓》与其说是一部发展小说,还不如说是"反发展小说"。

《铁皮鼓》与17世纪著名小说《痴儿西木传》的亲近更是显而易见,因而不少人认为它是20世纪的流浪汉小说。流浪汉小说起源于西班牙,17世纪风行欧洲各国。流浪汉脱胎于中世纪欧洲宫廷时的弄臣,他集冒险、勇敢、机智、朴实于一身,精于世故,明察人心,喜欢捉弄他人,又不失天真和真诚。他出身低微,为上层显贵们服务,但又处处嘲弄他的主人,打心眼里瞧不起这些大人物。格拉斯就是按照这一传统来塑造奥斯卡这个人物的,因而人们说奥斯卡是个"流浪汉",是联邦德国的"弄臣"。但是,与传统的流浪汉小说相比,奥斯卡对他所处的社会历史环境更多地采取了一种拒绝和否定的态度,而不是利用或者仅仅是嘲弄的态度,因而格拉斯本人坚决否认他的《铁皮鼓》是流浪汉小说。

我们还可以说《铁皮鼓》是一部托马斯·曼所钟爱的"艺术家小说",因为"艺术家小说"的核心主题也是这部小说的主题之一。那就是:一个人要想成为一个真正的艺术家,就不可能成为社会公认的"正派市民";反之,"一个正派市民"也不可能成为一个真正的艺术家。奥斯卡从三岁起就得到一个铁皮鼓,成为一个鼓手,最后还成为一个爵士乐队的主要成员,靠发行唱片发了大财。纵观他的全部经历,人们不难发现,凡是带着鼓的时期他就会犯各种错误,而一旦丢开了他的鼓,他就成为一名正派市民。但是,《铁皮鼓》虽然触及做一个真正艺术家就不能做一个正派市民这一现代社会的矛盾,但这一矛盾并不是决定奥斯卡感情和行动的唯一因素,就像托马斯·曼小说中招致家族败落的布登勃洛克家族的成员和托尼奥·克吕格尔那样。总而言之,《铁皮鼓》

与德国文学中几乎所有的小说类型都有相似之处,但又无法将它归入其中的任何一类。也就是说,格拉斯为写这部小说继承了德国小说的各种传统,他从各种小说形式中都吸收过营养,但他并没有把任何一种传统当作他要绝对遵循的模式。同样,他对现代小说的各种手法也采用了相同的态度。他在《铁皮鼓》这部长篇小说中采用了几乎所有现代小说惯用的手法,如比喻、隐喻、讽刺、反讽、荒诞、时空断裂、视角变换,等等。其中尤以近于怪诞的想象最为突出。就拿主人公奥斯卡来说,他不仅是个超常的"怪人"、人为的"侏儒",而且具有"特异功能",只要他愿意就可以用他的歌声震碎玻璃。这些例子,还可以举出很多。所以,《铁皮鼓》完全是一部"现代的"小说。不过,这种"现代性"是建立在对传统的继承上,特别是建立在德国小说传统的基础上。《铁皮鼓》既没有为了追求现代而抛弃传统,也没有为了继承传统而拒绝现代。它是传统的,又是现代的,或者更确切地说,它既不是传统的,也不是现代的,而是独特的,没有先例的。正因它是独特的,没有先例的,文学批评家们始终无法给它贴上现有的任何一个标签,只好把它称为"德国的新小说"。

深入剖析人的灵魂

《铁皮鼓》的另一个成功之处,就是它从一个独特的视角,也就是从"超常怪人"奥斯卡的视角,来展现法西斯统治这个迄今德国历史上最黑暗、最残暴的时代的前因后果和全过程。1945年后清算法西斯的作品比比皆是,它们的共同特点在于,它们的作者不是以局外人的身份揭露法西斯的残暴就是以受害者的身份控诉法西斯犯下的滔天大罪。在回答法西斯在德国为什么能够如此肆虐这个无法回避的问题时,这些作品往往看重外在原因而忽视人本身的原因,因而无法解释这样一种现象:希特勒固然是十恶不赦的独裁者,但他当时受到大多数群众的拥护,而且程度达到了狂热的地步;那些血淋淋的法西斯暴行固然是少数人主谋,但参与者是成千上万,而且这种参与并非全都是被迫,有的甚至认为这样做是在维护自己信奉遵循的某种神圣的理念。格拉斯与众不同之处就在于,他不把自己当作法西斯统治时期的局外人,更不把自己看作纯粹的受害者,而是把自己当作参与其中的一分子。他明确表示,他属于"奥斯维辛时代"的那一代人。他虽然"不是罪犯,却是在罪犯的营垒中长大的"。正因为格拉斯在清算法西斯的罪恶历史时,不是把自己"拉出来",而是把自己"摆进去",因而他能看到,法西斯之所以一时猖獗是因为人自身的弱点所致。在格拉斯的《铁皮鼓》中我们看不到血淋淋的法西斯暴行,看不到反抗法西斯的斗争,我们看到的是像奥斯卡父亲那样可以算得上正派市民的人成了纳粹党的成员。我们甚至看到,由于看清了成人社会的种种恶迹,从三岁起,就拒绝教育,以便永远置身于成人世界之外的奥斯卡也不自觉地参与了纳粹组织的各种活动。是什么力量使这些本来不想干坏事的人也干起了坏事呢？格拉斯认为，易受蛊惑是人性中最大的弱点。

首先，社会上确实存在着一种恶的势力，它专门蛊惑诱骗他人。比如书中有这么一个情节：奥斯卡自称是耶稣，吸收了大批信徒，这些信徒真的把他当耶稣来崇拜。不仅如此，他做到了耶稣做不到的事情，把本来势不两立的天主教徒和新教徒都团结在他组织的教团之中。一次他们一起做弥撒，警察把他们全部逮捕，因为他们是非法集会。这时奥斯卡换了一副嘴脸，痛哭流涕，说他只是一个被人诱骗的孩子。结果，他这个真正的"罪犯"无罪释放，被他诱骗的人却受到了处罚。其次，这种恶势力对人的诱骗和蛊惑像是一种神奇的力量，让人在不知不觉中被诱骗、受蛊惑。有一次纳粹党徒集会欢迎他们的首脑，奥斯卡藏在检阅台下，用他的鼓声使台上演讲的人逐渐离开讲稿胡说八道，甚至结结巴巴说不出话；正在演奏进行曲的军乐队由于受了他的鼓声的影响逐渐奏起了华尔兹舞曲，本来很严肃的会场一下子变得热闹非凡，整齐的方队变成了翩翩起舞的对对舞伴。再次，人之所以容易受蛊惑，更主要的原因是人本身有一种趋恶的天性。波兰人扬·布罗斯基根据推断是奥斯卡真正的父亲，奥斯卡用他那能震碎玻璃的声音使他这位父亲到珠宝店行窃。奥斯卡在解释他为什么要这样做时，承认自己身上有一种恶的力量，这种力量命令他诱骗正派好人去干坏事；另外，他也声明，他这样做也是为了帮助这些所谓"正派好人"认识自己，他们本身也有行窃的天性。格拉斯的这种观点是否科学暂不讨论，但他能深入剖析人的灵魂，至少符合西方人的思维习惯，这恐怕也是他的《铁皮鼓》在西方受到普遍欢迎的重要原因。

四十年前的杰作何以今天获奖

毫无疑问，格拉斯的《铁皮鼓》是一部杰作。但为什么这样一部伟大的作品出版40年之后，它的作者才获得诺贝尔文学奖呢？这个问题我们无法直接回答，因为我们不知道诺贝尔文学奖评委会是如何考虑的。但是，我可以提供两个情况，或许对解答这个问题会有所帮助。第一，诺贝尔文学奖是全世界最主要的文学奖，但像其他任何一种文学奖一样，得奖与否并不是也不可能是对一个作家及其他的作品的价值的最后裁决。获得诺贝尔文学奖的作家中固然有真正属于世界一流水平的作家，但也有不少至多算个二流作家。更有甚者，往往同一个国家同一时代的两个作家，举世公认的伟大作家没有得奖，而比他逊色不少的另一位作家却得奖了，法国的普鲁斯特与法朗士就属于这种情况。法朗士1921年获诺贝尔文学奖，而普鲁斯特却无缘获奖；但是，普鲁斯特对文学的贡献在法朗士之上，而且不论在当时还是在今天人们对普鲁斯特的评价都大大高于法朗士。又比如，挪威作家易卜生的名字几乎家喻户晓，可是获得诺贝尔奖的却是与他同时代的同胞也写戏剧的比昂松。比昂松这个名字除了专门研究外国文学的人以外,未必有多少人知道。又比如,瑞典作家斯特林堡的戏剧创作影响了整整一代人,但在瑞典作家中获得诺贝尔文学奖的却是写童话故事、影响并不大的拉格洛夫。同样,德国作家布莱希特无论就他的创作成就还是就他对世界文学的影响都不亚于黑塞,但得奖的是后者,而不是前者。这样的例子还可以举出很多。所以衡量一个作家的价值,不能仅仅看他是否获得诺贝尔文学奖。这种情况,同样也适用于格拉斯。人们对格拉斯的评价不低于早已获得诺贝尔文学奖的伯尔,甚至在伯尔 1972 年获奖时就有不少人发问:为什么是伯尔,而不是格拉斯?所以,格拉斯此次得奖不过是对早已存在的事实的一种肯定而已。第二,四十年前,也就是《铁皮鼓》出版时,人们对小说中的性描写的看法与今天迥然不同。如果说,今天小说中的性描写人们已经习以为常,甚至如果没有这样的描写反而会觉得缺了点什么,那么在 1959 年这可是大忌。一般人都认为这是极不道德的行为,不仅有伤风化,而且毒害青年。即使在当时的德国,正统派人士也认为《铁皮鼓》是一部地地道道的色情小说。1959 年不来梅文学奖评委会从文学角度决定给予《铁皮鼓》不来梅文学奖,但就在评委会开会的时候,反对者举行了游行示威,最后不来梅当局否决了评委会的决定。所以,如果将人们对小说中性生活描写的看法的演变也考虑进去,格拉斯在他的成名作发表四十年以后才得奖也就不足为怪了。

中国对格拉斯何以知之甚迟

既然格拉斯如此有名,为什么在中国如果不是这次他得了诺贝尔文学奖,恐怕连知道他的名字的人也不会太多,更别说喜欢他的作品了,确实,如果谈到第二次世界大战以后的德国文学,人们首先想到的是伯尔,而绝不可能是格拉斯。造成这种情况,有一定的历史原因。在 50 年代初,伯尔就已经从战后年轻一代作家脱颖而出,享有很高的声誉。他的作品除了清算法西斯的罪行以外,就是批评当时在西德又重新恢复的资本主义制度。在政治上,他坚决反对西德重振军备,反对西德加入北约,反对对苏联采取敌对政策,反对战争,主张和平。因此,伯尔在苏联以及东德被誉为资产阶级进步作家,他们大量发行伯尔的作品,苏联甚至翻印了德文版的伯尔作品集,在我国的外文书店就可以买到,而且价格便宜,我们在中国搞德国文学研究的人几乎人手一册。所以早在 50 年代,我们就已经有人在阅读研究伯尔,在报刊上著文介绍伯尔。到了 60 年代中期,特别是"文化大革命"期间,当然不可能再继续介绍和研究伯尔。但是,在 70 年代末,随着改革开放而掀起的介绍外国当代文学的热潮中,伯尔理所当然成为德国当代文学中被介绍最早和最多的作家,这不仅因为不少人早已读过他的作品,也在于他是诺贝尔文学奖得主。另外,伯尔的写作手法比起我们虽然要现代得多,但与其他西方现代作家相比,还比较传统,他基本保持了我们习惯的现实主义写作手法,对于那些开始寻找新的写作手法的中国作家来说,伯尔不失为一个很好的榜样。一个外国作家如果受到中国作家的青睐,那他在中国的影响自然就非同小可了。格拉斯的情况与伯尔就大不相同了。格拉斯出名是在60年代初,那时正是柏林墙建造的前后,是冷战最激烈的时期。格拉斯公开站在西方一边,反对苏联和东德。他自称是第二国际代表人物"伯恩斯坦追随者",公开为德国社会民主党拉选票,坚持反对两个德国的存在,要求德国统一。政治上采取如此态度,他理所当然被苏联和东德看作是"反动作家",苏联直到1986年才出他的作品,而在东德一直到柏林墙倒塌都未出过他的书。一个在苏联和东德都被戴上"反动作家"帽子的人,在六七十年代的中国,是不大会有人去研究和介绍他的。改革开放后,我们接触了格拉斯的作品,了解他在西方世界的地位,也曾经研究翻译介绍过他的作品。但是,他的小说中的性描写在相当长的一个时期成为出版的严重障碍。所以,在中国读者如饥似渴地阅读当代文学作品的时候,格拉斯的作品不在其列;等到他的作品可以出版时,中国读者对外国当代文学的新奇感早已成为历史。还有一点也不得不提:格拉斯的作品比起伯尔的作品来,手法更加前卫,内容更加隐晦,语言更加生僻,如果不静下心来仔细揣摩,常常给人一种不知所云的感觉。不过,如果真是用心读,读进去了,格拉斯的作品还是很有味道的。

2000 年

自然与心灵的交融
——美国的自然文学
程 虹

提要：由于美国独特的自然背景，可以说，美国文学从一开始就是一首"土地的歌"。然而直至80年代中期，才形成一个新的流派——自然文学。从美国这一流派的形成和发展趋势可以看到人类文明的进化过程：以自我为中心走向以生态为中心的趋势。自然文学主张人类与自然和谐共存，它不仅唤醒现代人去重新认识自然，也使他们的精神得到升华。自然文学的语言清新简朴、充满生机活力，吸引了越来越大的读者群。可以肯定，描述自然与人类的关系，将与描述爱情、战争和死亡一样，成为文学经久不衰的主题。

一、自然文学——重述土地的故事

美国历史评论家亨利·纳什·史密斯在其著作《处女地》中指出："能对美利坚帝国的特征下定义的不是过去的一系列影响，不是某个文化传统，也不是它在世界上所处的地位，而是人与大自然的关系……"17世纪当欧洲第一批移民到达美洲新大陆时，他们感到那是上帝赐予的一个新的伊甸园，他们胸怀建立一个"山顶城市"的梦想。但是这些新大陆的"亚当"很快就发现，与其他地方不同的是，他们面临的是一幅沉寂的风景，一片没有被歌唱过的土地。两个多世纪之后，美国文艺复兴时期的思想家爱默生依然在呼唤这片土地自己的歌手，而美国诗人惠特曼也在1855年出版的《草叶集》第一版的前言中写道，美国诗人"要赋予美国的地理、自然生活、河流与湖泊以具体的形体"。鉴于美国特殊的自然背景，可以说，其文学从一开始，就是一首"土地的歌"。歌颂美国的土地并以此来追求精神之升华的美国作家不乏其人，其作品也有一定的影响，但由于种种原因，直至20世纪80年代中期，美国文坛上才兴起一种新的文学流派——美国自然文学(American Nature Writing)。它以描写自然为主题，以探索人与自然的关系为内容，展现出一道道自然与心灵相互交融的亮丽的风景，重述了现代人心目中渐渐淡漠的有关土地的故事。对此流派的形成，美国文学教授、美国环境文学研究会的创办人斯格特·斯洛维克博士称之为美国文学史上的"新文艺复兴"。

自然文学之所以引人注目,是因为它的新颖和独特。它属于非小说的散文文学,最典型的表达方式是以第一人称为主,以写实的方式来描述作者由文明世界走进自然环境那种身体和精神的体验,思索和描写人类与自然的关系。有人形象地将它称作"集个人的情感和自然的观察为一身的美国荒野文学"。

在西方文明的传统中,人们总是倾向于把精神与物质、自我与环境、人与自然分隔开来。而美国自然文学的发展旨在将精神与物质、自我与环境、人与自然融为一体。它由最初纯粹的自然史,发展到将文学的气息糅进自然史;由早期的以探索自然与个人的思想行为关系为主的自然散文,发展到当代主张人类与自然共生存的自然文学。可以说,从美国自然文学的这一发展趋势中,我们看到了人类文明的进化过程。

目前,在美国以自然文学为主题而出版的书已有几千种。其中既有自然文学作品和文选,也有专家学者对该文学流派的评论专著。自然文学还被搬上美国高校的讲坛,多所大学开设了这门课程,而且多为研究生课程。许多英文系的学生以此题目来做硕士、博士论文。美国文学评论家约翰·A.默里在《自然文学丛书》的前言中写道:"自从1970年4月22日第一个地球日以来,一个鲜为人知的散文体——自然文学——日益稳定地发展并渐得人心,吸引了越来越多的一流作家,赢得了越来越大的读者群。到1992年,可以说,它已经成为美国文学的主要流派。"另一位文学评论家约翰·塔梅奇则在其为自然文学选集的书评中称赞自然文学为"最令人激动的领域"。

自然文学之所以在美国形成一种新的浪潮,自有它的社会背景。在现代社会中,物欲横流,自然逐渐被商品所代替,给人们造成了精神上的荒原。于是,躁动不安的现代人把目光投向自然,去寻求精神上的伴侣和家园,去追求一种精神上的升华与辉煌。工业文明与自然的冲突既然已经涉及关于人的生存与人的生活质量,文学的主要功能自然也应当体现在唤醒人们这方面的意识。如果说20世纪后期,种族、阶层和性别曾是美国文学的热门话题,那么现在人们认为地域也应当在文学中占有重要的地位。鉴于美国独特的自然人文传统和发达程度,美国的自然保护比世界上其他国家先行了一步。这在很大程度上,也促进了美国自然文学的发展繁荣。

二、渊源和发展

美国自然文学的渊源可以追溯到古希腊和罗马时代的亚里士多德和维吉尔,而且18世纪英国的自然史作家吉尔伯特·怀特和19世纪英国浪漫主义诗人华兹华斯对美国自然文学都有某种程度上的影响,但是,无可非议的是,美国自然文学是美国本土的特产。

早在17世纪殖民时期的美洲就已经出现了像约翰·史密斯(John Smith,1580—

1631)和威廉·布雷德福(William Bradford,1590—1657)这样描写新大陆自然的作家。在史密斯的《新英格兰记》和布雷德福的《普利茅斯开发史》中,新大陆的自然或者被描述成富饶的天堂、纯洁的圣土,或者被形容成可怕的荒野、孤寂的平原。所以美国的自然文学从一开始就带有一种不可避免的双重矛盾:对自然的热爱与恐惧相交织,对物质文明之追求与保留净土之向往相抵触。史密斯和布雷德福的作品都是以描述性的散文体写就,语言清新简朴,充满了生机与活力,这也为日后的自然文学独特的文体奠定了基础。

爱德华兹与威廉·巴特姆:从仰望上帝到投向自然

乔纳森·爱德华兹(Jonathan Edwards,1703—1758)被誉为18世纪"美国清教的莫扎特",他把一股狂热注入了古板正统的清教,冲破了长期来禁锢于自然与文化、创造物与造物者、世界与精神之间的栅栏。在作品《自传》中,爱德华兹大胆地将内心的精神体验与外界的自然景物融为一体。他描述了儿时在其父幽静的牧场上所经历的那一终生难忘的时刻:"当我漫步于牧场,仰望着天空和云朵时,一种洋溢着上帝之威仪和优雅的感觉涌向我的心中,这种感觉是如此甜美,非语言所能描述。"这种感觉后来被他称为"第六感觉",一种超自然的感觉,一种上帝之光的辉映。但是只有上帝的选民才可能在与自然的交流中产生这种新的感觉并以此跟上帝沟通。从爱德华兹的作品中,我们看到了自然的神圣:如果说自然是一本书,那么上帝就是自然之书的作者,这本书的每一页,每一个符号都出自上帝之手。爱德华兹在另一部作品《圣物的影像》中则以比喻的手法表明上帝把整个物质世界造成"精神世界的影子"或者"仿制品"。爱德华兹去世多年后,他把自然与上帝及人的心灵融为一体的大胆设想,他对自然景物的神奇的想象,他在描写自然时所运用的比喻象征手法,依然影响着后人。

当18世纪新大陆的清教徒们用虔诚的目光仰望上帝时,威廉·巴特姆(William Bartram,1739—1823)却把目光投向了自然,从事着对"森林之神"的朝圣。巴特姆是植物学家,同时也是艺术家和作家。哈佛大学英语系教授劳伦斯·比尔在其专著《环境的想象:梭罗、自然文学及美国文化的构成》中称巴特姆为美国"第一位在欧美大陆的文学界获得声誉的人"。从1773年至1777年,巴特姆游遍了美国的东南部,观察那里的动植物群以及自然风貌和土著居民,并把所见所闻详尽地记入他的日记。之后,他以这些日记为素材,写就了1791年发表的《旅行笔记》。《旅行笔记》不仅描述了动植物群和自然景观,而且反映出作者作为一个自然之人的哲学思想。巴特姆认为,所有大自然的生物都有一种亲族关系,都有知觉和灵魂。《旅行笔记》的魅力还在于其叙述的技巧、丰富的想象力及诗歌般的壮美。它陆续被译成德、法、荷等欧洲语言,吸引了欧洲大陆对新大陆的兴趣与热情,并对欧洲的浪漫主义产生影响。英国湖畔诗人华兹华斯·柯尔律治称之为"极有价值的作品"。英国作家卡莱尔在 1851 年 7 月 8 日写给爱默生的信中称:"所有美国的图书馆都应当存有那样的书,而且像《圣经》条文一样保存着。"《旅行笔记》在美国的影响更为深远。在新大陆的人们面临需要了解自我同时又要认知未开化的自然环境的特定现实中,《旅行笔记》无疑给他们起到了指点迷津的作用。更为引人注目的是,巴特姆作为一个自然学家首次使用了"壮美"一词来描述美国特色的自然,区分了美国自然之壮美与欧洲大陆自然之优美所不同的风格。巴特姆把美国的自然世界与壮美相连的自然观也有助于理解哈德逊河画派所展示的一种美国风景风格。而《旅行笔记》作为以日记为素材而整理的散文体也成为多年以后出现并延续至今的美国自然文学作品的独特的文学形式。

哈德逊河画派:以大自然为画布

但是,只是到了 19 世纪,随着诸如托马斯·科尔(Thomas Cole,1801—1848)的《论美国风景的散文》和拉尔夫·沃尔多·爱默生(Ralph Waldo Emerson,1803—1882)的《论自然》等作品的问世,美国作家才开始把新大陆的风景作为文学和艺术的灵感之源泉。在此之前美国的作家往往是把目光投向欧洲大陆,去寻求文学艺术创作的文化根基。甚至连被称为"美国文学之父"的华盛顿·欧文也在其作品《见闻札记》中写道,美国缺乏欧洲大陆那种"由来已久的诗一般的联系"。而他去欧洲旅行的目的则是"从平淡无奇的现实中逃脱出来,让自己置身于昔日辉煌的影子之中"。科尔在其《散文》中并不否认"时光与天才使欧洲的山水林木上悬浮着永恒的光环"。但是,他认为美国的景色绝不比欧洲的景色逊色,甚至比它更为壮美、更为纯洁、更接近上帝。最为动人的美国景观的特征便是它的"荒芜"。在这片孤寂的景色中,自然之手从未抬起,它们在人们的心灵中产生更深的情感并构成对永恒之物的思索,这种情感与思索是那种经过人类之手所触摸过的景观所无法产生的。继而,他分别描述了美国的山水湖泊、森林瀑布的壮美与特征,称赞美国的山脉是风景之基调、河流是风景之眼波、瀑布是风景之声音、天空是风景之魂魄。他的结论是:美国的联系不是着眼于过去而是着眼于现在和未来。如果说欧洲代表着文化,那么美国则代表着自然。生长在自然之国的美国人应当从自然中寻求文化艺术的源泉。正是基于这种思想,科尔创建了美国哈德逊河画派,提出了"以大自然为画布"的宣言,吸引了一批被爱默生称为有着"新的眼光"的大自然的画家,他们以画面的形式再现了爱默生、梭罗和惠特曼等人用文字所表达的思想。

爱默生:自然是精神之象征

1904年当美国作家亨利·詹姆斯来到爱默生的故乡康科德河畔时,曾感叹道:"撒落在我身上的不是红叶,而是爱默生的精神。"信奉超验主义的爱默生大胆地改良了爱德华兹那种只有上帝的选民才能借助于自然与上帝对话的观点,宣称不仅仅是上帝的选民,任何有着健全眼睛的人,但凡稍微地付出一些注意力,便能看到"自然是精神之象征"。

爱默生的第一部作品《论自然》被称作"一篇长长的散文诗"。其目的在于邀请人们去观察自然,并从中找到精神与信仰,重新发现自我。它激励人们从恐惧和对过去的联想中解脱出来,跟漂浮在自然之中的那种令人欢快、令人激动的精神之动力相交融。爱默生呼唤人们用一种新的眼光来看待自然,对他而言,美国学者的独立个性,美国文化的形成与新的自然观是相辅相成的。唤醒人们对自然的新的认识,等于唤醒了人们精神生命的新生。在《论自然》中,爱默生展现了一幅与自然中的一天相应的心灵地图:"黎明是我的亚述国,日落与月出是我的帕斯或不可思议的仙境;正午是我的感觉与理解力的英格兰,而夜晚则是我神秘的哲学与梦幻的德意志。"

正是基于这种从自然中寻求思想和文化的观念,爱默生在被誉为"美国知识界独立宣言"的《美国学者》中推出了具有深远影响的论点:"总之,古代那条箴言'认识你自己',与现代这条格言,'研习大自然',终于合而为一了。"这一论点不仅可视为美国学者毕生的神圣使命,而且可视为日后蓬勃发展的美国自然文学的理论基础。

梭罗:荒野——世界的希望

提到亨利·大卫·梭罗(Henry David Thoreau,1817—1862),人们便自然而然地联想到瓦尔登湖。虽然梭罗只在那儿生活了两年,但在众人的心目中,他似乎永远留在了瓦尔登湖,成为一个神话般的人物。他被视为美国文化的偶像,美国最有影响的自然文学作家;他的精神被视为美国文化的遗产。他的著作《瓦尔登湖》1985年在《美国遗产》杂志列出的"十本构成美国人性的书"中位居榜首。而"瓦尔登湖"也成为众多梭罗追随者向往的圣地和效仿的原型。

虽然爱默生和梭罗都崇尚自然,但是他们眼中和笔下的自然不尽相同。爱默生眼中的自然,是一种理性的自然,一种带有说教性的自然,一种被抽象、被升华了的自然。他认为"在丛林中,我们重新找到了理智与信仰"。而梭罗崇尚的自然,却是一种近乎野性的自然,一种令人身心放松,跟任何道德行为的说教毫无关系的自然。在自然中他寻求的是一种孩童般的牧歌式的愉悦,一种无拘无束的自由,一种有利于身心健康的灵丹妙药,一种外在简朴、内心富有的生活方式。

如果说爱默生是要唤醒美国人从旧世界的文化阴影中脱身,求得精神上的独立,梭罗则是要人们摆脱旧的生活方式的奴役,求得生活中的解放。实际上,梭罗在《瓦尔登湖》中以自己的亲身经历教人们怎样明智地生活、鲜活地思考并证实了人与自然环境和谐共处的可行性。梭罗不仅把爱默生的理论付诸实践,而且比爱默生超前一步,预见到工业文明与自然之间的矛盾。他在另一部作品《散步》中提出"只有在荒野中才能保护这个世界"的观点,打破了人们对荒野的陈旧观念:走向荒野不是走向原始和过去,不是历史的倒退。荒野意味着前途和希望。

对梭罗而言,荒野不仅意味着这个世界的希望,也是文化和文学的希望。"在文学中正是那野性的东西吸引了我们。"他在《散步》中写道,无论是《哈姆雷特》还是《伊利亚特》,其最有魅力的部分"是那种未开化的自由而狂野的想象"。可以说,梭罗关于荒野价值的新观点的另一种意义在于把文学艺术家的目光引向了荒野。他呼唤作家"走向草地",使用一种"黄褐色"的与土地接壤的语言。而这种文学中对野性的呼唤,为日后的美国自然文学开辟了一个崭新的视野。美国文学评论家马西森称其充满着旷野气息的文学作品,显示了"真实的辉煌"。

在美国的历史上,正是这些"旷野作家"和"以大自然为画布"的画家携手展示出一道迷人的自然与心灵的风景,形成了一种基于旷野来共创新大陆文化的独特的时尚与氛围。这种时尚与氛围便是如今盛行于美国文坛上的美国自然文学生长的土壤。

三、20世纪的自然文学:自然与人类和谐共处

20世纪之前的自然文学有着浓郁的理想主义色彩,其作者对自然持乐观进取的态度,希望从中寻求个性的解放、文化的根源和精神的升华,但是他们的思索与写作的着眼点仍限于自然与自我或自然与个人的思想行为的范畴。只是到20世纪,随着诸如约翰·缪尔以及玛丽·奥斯汀等跨世纪自然文学作家的出现,自然文学才展开了一个更为广阔的前景。这时的自然文学展示了自然与人类的关系、人类与生态的和谐。

对他们而言,如果没有地理上的支撑点,就无法有精神上的支撑点。所以20世纪的自然文学是以在不同地理环境下围绕一个共同的话题而写作的庞大的作家群来推动的。例如:以西部的约塞米提山脉为写作背景的约翰·缪尔,他被称作"山的王国中的约翰";有扎根于东部卡茨基尔山的约翰·巴勒斯,他被称作"鸟的王国中的约翰";玛丽·奥斯汀和爱德华·艾比以写沙漠著称,他们的作品被誉为"沙漠经典";安娜·迪拉德写在溪流边对自然的朝圣;特里·T.威廉斯写从盐湖中得到的精神慰藉。

《少雨的土地》:走向沙漠的深处

玛丽·奥斯汀(Mary Austin,1868—1934)是一个跨世纪的作家,对自然文学起着承上启下的作用。不同于她之前的那些描述肥沃的土地、茂密的森林和湿润的河畔的自然文学家,奥斯汀以干燥少雨、空旷贫瘠的沙漠为写作背景,创造了在美国尚无人问津的"沙漠美学"。

奥斯汀的代表作《少雨的土地》(1903年),被称作"世纪之交之作"。它以散文体写就,由十四篇组成,从不同的侧面向人们展示了她居住了十二年的那片沙漠地:那些经过风吹日晒,被染成了黄色和绛色的山,那充满了炽热阳光,沉睡在蓝色雾霭中的峡谷,那流淌在稀疏的杂草中,像细细的白丝带一样闪烁着的水,那些由于沙漠恶劣的自然环境而把根扎得很深,但有着顽强的生命力的沙漠植物,那些像孩子在街头打群架一样相互追逐厮打的动物,那些奄奄一息、无奈而惊恐地望着头顶上盘旋着的秃鹰、绝望地等待着死亡的牲口,当然还有像沙漠中的树一样,彼此居住得很远的印第安绥绥尼族人……在奥斯汀的笔下,常人心目中荒凉而无情、陌生而遥远的沙漠,竟有了一种摄人心魄的魔力,有了一种孕育人之精神的营养。

不同于她的前驱,奥斯汀在作品中很少炫耀"我",她描述的是美国西部荒野中的社区团体。她把对环境的兴趣置于对人的兴趣之上。她的主角是土地和生活习惯。奥斯汀的作品之不朽的原因,在于她经过在沙漠的多年磨砺,创造出了集壮美和优美于一身的描写沙漠的文体以及她用亲身体验、用自己的心血编撰成的个人词典。她笔下的沙漠壮美而神秘,但也是恐怖而可怕的:"从山岭的东边,巴拿敏特和阿马戈莎的南边,由东南走向延伸了无数英里的便是'无界之地'……"那里有大大小小、形态不同的山,久经风吹日晒,被岁月染成了黄色和红色,而把山脉雕刻成这般模样的是风而不是水。"在这里,有经久不息的狂风,有如同死一般的宁静,尘土的小鬼在台地上起舞,旋转着飞向广阔而苍白的天空。在这里,当整个大地都在呼唤雨时却没有雨……这是一片没有河的土地,实在没有什么值得可爱;然而,却又是一片一经接触又必然要再访的土地。"

奥斯汀的个人词典中用的最多的便是"白色":孱弱的水径是"白色的丝带",所有野生动物的路都是用"白色"标出的,沙子在月光下呈"银白色",岩石表屋是一种透明的白色,印第安人的路标是"白色的心脏形"。对此,美国作家特里·T.威廉斯评述道:"唯有一个在沙漠饱经风霜的人才懂得怎样在干燥荒芜的沙漠上书写一个'白'字。它是一种幻景。它是白骨砌成的雕塑。它是干透的皮肤,饥渴的嘴。它是对水的梦幻,是疲惫的旅行者对家的期冀。白色是这片少雨土地上的心灵跳动,它吸引着你一步步地走向沙漠的深处,请你失去自我。"

《大漠孤行》:对时间和空间的沉思

20世纪60年代末,爱德华·艾比(Edward Abbey,1927—1986)发表了被誉为"自然文学经典之作"的《大漠孤行》。这是继奥斯汀的作品之后又一部以沙漠为背景的散文体著作。从作品结构上来讲,《大漠孤行》是作者就自己多年前以公园管理员的身份在美国西部峡谷度过的一个夏季的生活经历写就的。全书共分十八章,它以一个个完整的故事出现,显示出一种独特的风采:他与沙漠天堂中的撒旦——响尾蛇的周旋;他在他称为"岩石花园"中的游览;他对西部牛仔和印第安人传说的追溯与思索;他对在沙漠上用嗅觉来找水的生存方式的兴趣;他在炎炎烈日下的正午,面对沉寂的、毫无生命力的峡谷所发出的对自然与人生的感叹;他有意不带救生衣沿科罗拉多河漂流的冒险;他追踪一匹像人一样厌恶了喧闹的生活而躲进深山中的马并试图与它对话的经历;他夜晚在峡谷里迷失,坠入悬崖下的池塘,又奋力挣扎出来,在山狗窝中头枕胳膊入睡的那个难忘的夜晚……艾比以他亲身的经历告诉躁动不安的现代人,在这个世界上还有一片荒野,它可以缓和现代社会的矛盾,纯洁人的心灵,呼唤人与人之间的温情以及人类与自然的原始关系。

艾比曾为奥斯汀《少雨的土地》的第三版写过再版前言。他认为奥斯汀即便是在描写沙漠的恐怖时,也带有一种浪漫的色彩。而艾比笔下的沙漠沉默无语,完全是被动的。它吸引的不是爱和激情,而是人们对时间与空间的沉思。沙漠之中的静与现代社会中的动形成了强烈的反差,使艾比感到了人类许多无益的匆忙。现代社会的人们已经沦为奴隶,失去了本该享有的自由。面对着沉寂而空旷的沙漠,他感叹道:"在这个被遗忘的地方,我们暂时地从行动与发展的冲力中解脱出来,在时间的彼岸观望等待……如果我们可以学会像深深地热爱时间那样去热爱空间,或许就会在堂堂正正做人这个短语中发现一层新的含义。"而正是由此,艾比看到了野性的沙漠对人类及其文化的重要性。他认为,盲目地增长与发展就像癌细胞一样威胁着人类社会,为达到目的而不择手段则把人们逼进了一种近似疯狂的地步,使人类与其生存的根基相脱离。"那种以摧毁仅存不多的、野性的、原始的自然为代价的文明,实际上是切断了文明与其根基的联系,背叛了文明本身的基本原则。"继而他以人们在海上和山中及沙漠里的不同的感受和追求,说明了沙漠对人类文明的特殊意义。航行于海上,我们可以到达彼岸;攀登高山,我们可以到达山顶,但在沙漠中我们难以找到类似的感觉,我们感受到的只是无边无际的黄沙的"漠然"。而正是这种不带任何目的性的"漠然"吸引了人们:这是一片独特的风景,一片人们可以从中获取对人类及宇宙的洞察力的特殊地带,一片人们用以对抗文化的疯狂行为的缓冲地带。沙漠以其理智引导现代人走出自相矛盾的山谷,以其广漠给急躁的人们以精神上的平衡,以其博大提供给现代文明以新的启示。

经过在沙漠中半年的生活经历,艾比认识到自然将比人类持续得更久:"人有生有死,城市有起有落,文明有兴有衰,唯有大地永存……人是梦幻、思想和幻觉,只有岩石是真。岩石和太阳。"作为一个作家,艾比承担了帮助人类生存下去的具有挑战性的任务。他热爱的不仅是荒野和自由,同时还有人类。因此,艾比提出了关于自然与人类和谐共处的新论,他把自然与人类的关系归纳为一个模式:对立—妥协—平衡,即人类对现代文明的需求以及对自然景观的需要形成了对立,解决这种对立的途径是妥协,是由人类尽力去缩小文化与自然之间的距离,减少它们的对抗性,以求得一种平衡。

《汀克溪的朝圣者》:现代人的困惑和矛盾

70年代中期,安·迪拉德(Anne Dillard,1945—)的著作《汀克溪的朝圣者》在美国文坛引起了极大反响。它被视为"最有影响力的当代自然文学的范本",并获得1974年的普利策奖。该书根据作者在弗吉尼亚州的汀克溪边体验自然的亲身经历而写就。它之所以引起轰动,是因为它表现出迪拉德对超验主义大师们的继承性和反叛性,她对自然那既有宗教般的神秘又有喜剧般的通俗,既有壮美又有荒唐的解释。

迪拉德在汀克溪畔一年的经历带有浓厚的梭罗色彩,《汀克溪的朝圣者》被称作"更有胆魄的《瓦尔登湖》",它不仅是对自然之神的朝圣,也是对康科德圣人的朝圣。不同于后现代主义,迪拉德像爱默生那样,在自然中发现了美,发现了思想和精神。不同于艾略特的《荒原》,迪拉德漫步于汀克溪畔,进行着梭罗似的心灵的朝圣。爱默生强调自然的秩序、和谐与一致。迪拉德眼中的自然既有一致性又有多样化,既有秩序又有混乱,既有升华又有毁灭。爱默生是个纯粹的理想主义者。迪拉德却不仅用理想的眼光而且用科学的眼光看待自然。她更加客观理智地去描写自然,她笔下的自然有着不可超越的力量。在《瓦尔登湖》中,梭罗敦促人们"简化,简化";而在《汀克溪的朝圣者》中,迪拉德则提醒我们意识到万物中那貌似简单的复杂。更重要的是,迪拉德想通过她的经历和作品,以人类与生态的见证人的身份,向人们提示一个信息,即人类文化只不过是自然的一部分,人类与动物、植物有着千丝万缕的联系。

> 我住在弗吉尼亚蓝山的一个溪谷里,在一条溪流——汀克溪的岸边……这些溪流——汀克溪和卡文溪——是活生生的奥秘,每一分钟都是崭新的。它们的奥秘是那种永久的创造和神灵所囊括及暗示的奥秘:虚无缥缈的视觉,命中注定的

恐怖,转瞬即逝的现在,错综复杂的美丽……

《汀克溪的朝圣者》的作者由此领着读者开始了对神秘大自然的朝圣。

就结构而言,全书十五章,可以被分成两部分:从1月至6月迪拉德看到的是大自然神奇的美丽和茂盛,她试图把握一种观察自然的要领,尽管描述中美丽与恐怖总是结伴而行,但总的来看,她看世界的目光是肯定的,她笔下的自然世界基本是美好的。第九章《洪水》是一个转折点。从第十章《繁殖》起,迪拉德开始改用一种怀疑和否定的眼光,她描述的是繁殖的恐怖、生命的廉价、死亡的必然。这种景观随着深秋的来临、随着凋零的树木和万物的死亡,变成一个空茫的世界、一个令人心灵成为一片空白的世界。书的尾声是在圣诞前夕,与第一章的1月巧妙地结合在一起,形成了一个生命和季节的循环。有评论家把这种以季节为结构,首尾相连的构思称为"一条把尾巴含在口中的蛇",形象地表明了迪拉德以季节的概念作为寓意深刻的周期,来描写自然的独特风格。

迪拉德在汀克溪畔以虔诚的态度走进了自然,而得出的却是谜一般的结论:自然之神秘与美丽、自然之净化与毁灭、自然之茂盛与恐怖。迪拉德对自然两重性的观点,根源在于她所面对的自然已经不再是爱默生时代的自然。这时人们的生存环境中不仅有爱默生时代的山水森林和沙漠,也出现了现代城市和其他高科技的产物。自然产生歧义,变成一种冲突环境。就迪拉德本人而言,她的心中充满了现代人的困惑和矛盾。她迷恋纯净的山水,但也离不开现代的书房;她想回到爱默生时代,但可以踏上回归路程的只是她的精神、她的心愿。她所处的自然环境再也不可能回到19世纪,她再也不能找到爱默生时代那种单纯的自然。但是在汀克溪畔的经历使她有了一种融于生态环境之中的感受,她已经成为自然的一部分:"我的思想像树一样抽枝发芽。""我是由溪水而充实的喷泉的口,我是蓝天,我是徐风中一片抖动的叶……"

从迪拉德的作品中,我们看到了自然文学旧传统与新浪潮的冲击与汇合,看到由自我为中心走向以生态为中心的趋势,但无论对自然的看法如何改变,美国自然文学作家依然无法逃避自我。迪拉德所面临的矛盾是具有代表性的。美国当代自然文学作家的特征之一,便是沉溺于这种矛盾,描述并分析这种矛盾,甚至玩赏这种矛盾。

鉴于迪拉德所处的多元化现代社会,她必然要通过多种角度来透视自然,因而她对汀克溪的朝圣也就成了像万花筒般折射的"神秘的旅程"。她目睹了自然的美丽与恐怖,也大胆地看到了自然的双重性。在这一过程中,她受到了心灵的震撼,得到了精神的升华。变幻莫测的自然,就像那条奔流不息的汀克溪一样,在她的心中荡起了令人心醉神迷的波澜。

四、一个经久不衰的话题——人与自然的关系

从广度上而言,20 世纪的自然文学已经不再局限于美国的东海岸,而是覆盖了几乎整个美国本土;随着奥斯汀、迪拉德等女作家的出现,原来以男性为主导的自然文学领域中又增添了女性的声音。这种以不同的地域为背景,用不同的声音来描述自然的状况,使得美国自然文学形成了一种多维的组合,显得多姿多彩、生动活泼。就深度上而言,由于 20 世纪的自然文学作家大多掌握了自然科学和人类生态学的知识,这使他们具有更深刻的洞察力。在当代自然文学作家的心目中,人与自然已不再是"我和它"的关系,而是"我和你"的关系。他们认为已经没有一个单纯的自我,而只有跟所生存的生态环境融为一体的自我(self-in-place)。他们所信奉的已不再是"优胜劣汰"而是"共生主义"。对他们而言,世上有两种风景,一种在你的身外,一种在你的心中,因此,走向自然与走向心灵,向外与向内已融为一体。著名的美国文学家谢尔曼·保罗在其著作《为了热爱这个世界》中将成功的标准解释为:"我停下手中的铁锹,眺望湖面。此时,天色渐暗,飞云疾驶,芦苇轻摇(这纯朴自然的美丽风景),我领悟到我所成就的必须顺应和属于眼前的这一片组合。"

一个多世纪前,爱默生在纪念梭罗的悼词中说:"无论哪里有知识,哪里有品德,哪里有美,他(梭罗)便会找到他的家园。"20 世纪 80 年代,在为梭罗的著作再版而写的前言中,艾比套用了爱默生对梭罗的评价,但略有改动:"无论哪里有鹿和鹰,哪里有自由和冒险,哪里有荒野和流动的河流,梭罗便会发现他永久的家园。"在爱默生和艾比对梭罗的不同评价中,我们可以见到 19 世纪和 20 世纪自然文学作家对人与自然关系的态度和变化。后者更强调人与自然、人与生态和谐共处的那种近乎原始的纯朴关系。20 世纪的自然文学作家是以文学的形式唤起人们与生态环境和谐共存的意识,激励人们去寻求一种高尚壮美的精神境界,敦促人们去采取一种更有利于身心健康,也利于后人的生活方式。它展现了一种自然清新的审美取向。读自然文学的作品,人们会感到一种流动的美感,一种精神的享受。

目前,尽管对于自然文学是否已成为文学主流的问题仍有争议,但是不可否认的是,这种文学已经有了辉煌的历史,富有活力的现在和充满希望的未来。有人断言,21 世纪将是以自然与人类和谐共处为主题的世纪,这说明,自然文学研究的主题不仅是现实的需要,也是未来的需要。自然本身就是一部不断延续的历史,甚至永远不会完结。那么研究自然与人类的关系这个主题就必然成为一个永恒的主题。只要人类和自然存在,对它们之间的关系进行文学的描述就会像爱情、战争和死亡一样,成为一个经久不衰的话题。当这篇文章将要结束时,我想起了一位美国作家寓意深长的话语:

"我认为,在人的一生中,他应当跟尚在记忆之中的大地有一次倾心的交流。他应当把自己交付于一处熟悉的风景,从多种角度去观察它、探索它、细细地品味它。他应当想象自己亲手去触摸它四季的变化,倾听在那里响起的天籁。他应当想象那里的每一种生物和微风吹过时移动的风景。他应当重新记起那光芒四射……"

世事沧桑话萨特

柳鸣九

精神文化领域的一位巨人

1980年4月15日,萨特逝世于巴黎鲁塞医院,终年七十五岁。法国在职总统德斯坦对此发表谈话称"我们这个时代陨落了一颗明亮的智慧之星",法国各地的唁电像雪片一样飞来,世界各国的舆论也纷纷表示哀悼。4月19日萨特遗体下葬蒙巴那斯公墓,数万群众自发跟随柩车,哀荣之盛况宏伟之至,这无疑要算法国20世纪最隆重、最触动公众感情的一次葬礼。

作为精神文化领域的一位巨人,萨特留下了丰硕的成果,其论著、作品有五十卷左右。在哲学上,他是20世纪存在主义首屈一指的代表,其专著《想象》《存在与虚无》《存在主义是一种人道主义》《辩证理性批判》与《方法论若干问题》等,已成为20世纪西方哲学思想发展史中的经典。哲学家萨特强有力的方面在于,他不仅是体系与思辨的大师,而且善于把他的哲学带进人的生活,与人的生存状态活生生地结合起来。他的哲学思想的核心"自我选择"已发展成为一种生活哲理,影响着第二次世界大战之后一代又一代人,在法兰西、在全球范围,其生命力都强旺不衰。

在文学上,萨特的建树是多方面的,他是20世纪世界文学中一位哲理文学巨匠,他把自己的"存在主义哲理"与现实生活形象水乳交融地结合在一起,以清晰鲜明的古典文学诠释崭新的现代思维内容,创造出一系列既有形象感染力,又具有深邃意蕴的杰作,其境况剧:《苍蝇》《间隔》《死无葬身之地》都曾是脍炙人口的作品,或在舞台上,或在现实生活里都不同程度地产生过轰动效应。他的小说巨著《自由之路》,可视为法国知识分子的心路史诗,他的短篇小说也隽永而充满魅力。他的自传《文字生涯》篇幅不大、价值很高,可与卢梭的《忏悔录》媲美,其严酷的自我剖析精神堪称典范,显示出了作者独特的人格力量。他的多种文艺理论与多部文学传记都以特具深度、分量厚实而著称。他的大量政论杂文则充满了激昂的战斗力,在现实社会中产生过巨大影响。

萨特是法国文学中作家兼斗士这一特定传统中重要的一人,这个传统可以上溯18世纪的启蒙作家伏尔泰,后又被雨果、左拉与法朗士这些伟大的作家所继承,萨特同这个传统中的先行者一样,十分自觉地、积极地介入自己时代的社会政治斗争。在第二次世界大战期间,他参加过抵抗运动的实际斗争,还用自己的笔做武器,他号召抗暴复仇精神的剧作《苍蝇》就是抵抗文学的名著。从 50 年代到七八十年代，他一直是西方社会现实的批判者、国际暴力的抗议者，在朝鲜战争、阿尔及利亚战争问题上，都发出过高亢激进的声音。在国际上两大阵营对峙的那一个历史时期里，萨特显而易见是站在社会主义阵营一边，因此，他一直被视为共产党、社会主义的同路人。直到 60 年代后期，在"布拉格之春"与阿富汗战争之后，他才改变了对苏联的态度，但这并不意味着他在思想上"左倾"的结束，事实上，他在后期已经成了法国极"左"派的精神支柱。

萨特可谓是轰轰烈烈地度过了一生，在 20 世纪的思想史、文学史上，没有一个人像他这样能在生前不断地享受着巨大的社会轰动效应，也没有人像他这样善于制造社会轰动效应。在战后相当长的一个时期里，他的哲学思想与文学作品大为流行，风靡欧美以及日本等国，狂热信奉的青年甚至在服饰上与语言上都力求标榜出对萨特的信仰。此时，萨特俨然如一代宗师、一朝教主，接受着青年一代的膜拜，虽然此前不久他在 1945 年的一次会上还宣称："存在主义，我不知此乃何物。"1964 年，瑞典皇家学院决定授予他诺贝尔奖，他坚决予以拒绝，表示"谢绝一切来自官方的荣誉"，诺贝尔奖的授奖台这个高不可攀的地方有史以来竟头一次受到了轻视与冷落，"此时无声胜有声"，萨特的缺席比他的出席更引起全世界的惊愕与震动。到了 60 年代后期，他又在"自我选择"哲理的善恶标准中注入了新的内容，即实践介入的内容、与群体结合的内容，再加上频繁的激进社会政治活动，他进一步成了法国极"左"青年的精神领袖。他走上街头叫卖极"左"派的报纸，引起了全球的关注。所有这些都显示出萨特生前在精神文化领域中那种挥斥方遒、闲庭阔步的王者之风，而他的逝世与葬礼则最后给他戴上了耀眼夺目的光圈。

冲击与考验

萨特自诩为一个思想独立的自由知识分子，我行我素、天马行空，他继承了西方文化中人道主义、自由主义与个性主义的原则，并有创造性的发展。但他同时又是当代西方社会、西方政治、西方规范最激烈的批评者，因此，他被传统力量贬称为"骂娘的人"；他对马克思主义表示了由衷的赞赏，对当代社会主义潮流表示了友善与亲近，但他同时又采取独立的立场，他的思想更是明显地与严格的社会主义思想规范诸多不合，因此又被社会主义方面视为异己者。他逝世后不久，就在中国被当作"精神污染"加以批判，特别是他"自我选择"的哲理更成了被批判的重点，其规模之大，出人意料。

对他光圈的冲击也有来自道德方面的，众所周知，萨特虽然是一个有人格力量的人，却并不是传统意义上的有德之士。在私人生活上，他公然无视传统的观念与规范，他与西蒙娜·德·波伏娃结成终身伴侣，但未结婚，而且双方都保持各自的性自由，这一状况仅仅像表露在海面上的冰山尖端,在水下还有着冰山隐而未露的巨大体积,它难免由于复杂的人事原因而时有暴露。1993年比安卡·朗布兰在法国出版《一个被勾引的少女的回忆》就是一个突出的事件。她在这本回忆录里追述了她在十七岁时被萨特与波伏娃"始乱之,终弃之"的受害经历。此书出版后甚为轰动,很快就被译成其他文字在世界流传,报纸杂志也格外热衷,大加报道与评论……这无疑对萨特头上的光圈、对他与波伏娃关系的佳话均造成了很大的冲击。其实,萨特、波伏娃与其他女性第三者结成异性恋与同性恋混杂的"三重奏"性伙伴关系远不只这两桩,还有不止一部萨特传记披露了萨特这一类令人尴尬的老底。在我国,一位文化界著名人士在读过这些萨特传记之后,就这样坦言:"我对这两位作家的敬慕心大减。"

对缩小萨特的光圈起了特别重大作用的,还是社会历史进程本身。任何人、任何事都要接受时间的检验,只有通过了时间考验的,才具有持久的价值、永恒的价值。20世纪充满了各种社会政治思潮、各种意识形态体系、各种国家民族、各种势力集团的复杂矛盾与激烈冲突,这个世纪的历史进程是反复多变、曲折复杂的,在这样的环境与条件下,习惯于对各种问题表述观点与意见的思想界人士,"一贯正确"只能是一种可望而不可即的理想境界。如果慎之再三,如履薄冰,步入历史误区的可能性相对会少一点,但萨特作为一个作家、哲学家,不仅非常社会化、政治化,热衷于卷入各种思想文化争端与社会政治斗争,而且凭借他的声望与才华、信仰与自信,他在具体的政治社会事件与极"左"思潮中,投入得太执着、太淋漓尽致了,丝毫没有给自己留下一个作家最好应该与之保持的适当距离,没有采取一个思想家最好应该具有的高瞻远瞩的超然态度,倒把自己的阵营性、党派性(虽然他并未正式参加法共)表现到了最鲜明不过的极致程度。因此,当他所立足的阵营与政派在历史发展中露出了严重历史局限性而黯然失色、甚至成为历史陈迹的时候,人们就看到萨特振振有词、激昂慷慨所立足的基石、所倚撑的支点悲剧性地坍塌下去,看到他在那个地方所投入的激情、岁月、精力、思考、文笔几乎大部分皆付诸东流,萨特的十卷文集《境况种种》中相当一部分内容就是如此。虽然萨特与西蒙娜·德·波伏娃生前都十分重视这一套文集,把它视为萨特留给后代的一份主要精神遗产,但时至今天,世界文化领域里一茬一茬的新读者群,已经很少有人对其中的政治与社会评论感兴趣了。

他没有离开

虽然二十年来,萨特的声望受到了一些冲击,但他在思想史上、文化史上的精神业绩仍是不可磨灭的,他巨人般的历史地位仍然不可动摇。他过去是、现在是、将来仍然是欧洲哲学史的一代宗师,其论著将在人类思想文库中占一席重要的地位,特别是他那与生活、与"存在"紧密结合的"自我选择"哲理更有强大的生命力。这种哲理确曾在中国受到过批判与清除，但那是一个原本封闭的国度，在改革开放之初，对个体人的自主性、创造性尚不习惯、不适应的强烈反应，而一旦改革开放的力度深度加大，谈存在主义色变的时期就一去不复返了。今天，"自我选择"在现实生活里已蔚然成风，成为千万人所习惯的用语，成为人们有意或无意奉行的行事准则。由此，这种思想方式的活力，也就清晰地显现出来了。

同样，萨特留下来的文学遗产也具有能经受长久时间考验的强大思想力量与艺术生命力。他表现了"存在"哲理的寓言性戏剧与同时具有丰满生活形象的小说作品，不仅其深刻隽永的内涵足以令人反复思考、回味无穷，其纯净的经典式的艺术形式也足以给不同时代的人提供巨大的美感享受。即使是他的一部分时事针对性特别强烈的"境况剧"，也并非一概"过时"，倒常由于历史社会事态的发展而焕发出新的生命力，如他揭露法西斯残余势力的《阿纳托尔的隐藏者》，在当今欧洲又出现纳粹幽灵的时候，就仍有其现实意义。萨特在文学理论方面的建树是很卓越的，对我们有很高的研究借鉴的价值，至于他具有深刻哲理的多种传记作品，则像藏量丰厚，但至今仍未被开采挖掘的巨大矿山。

在萨特逝世二十周年的时候，法国的报刊发表了《萨特又回来了》的专题报道与评述。其实，世界性的文化人物既不存在消失而去，也不存在重新而来的问题。他们和他们的精神业绩都是客观存在，他们一直在那里，并没有离开，在那里任人论说、评判。只不过在历史发展、沧桑世事中，对这些杰出人物的评价，往往如潮汐一般，时有涨落。萨特逝世二十年来，他在中国得到了完全不同的论说与评判，他的历史命运有了明显的变化，近年来不止一个中国出版社纷纷购买版权翻译出版他的论著与作品。这种变化令人深感欣慰，因为这不仅是一个应该如何对待思想巨人、文化巨人的问题，而且更重要的是它反映了这样一个基本的事实：中国在不断改革开放，在不断进步！

百年之后说尼采

李士勋

今年8月25日是弗里德里希·尼采逝世一百周年。连日来,德国忙着纪念这位在过去一个世纪产生巨大影响的思想家。怎样评价他的一生几乎成为讨论的焦点。

9月8日夜0点45分开始有一个九十分钟的节目——《在电视里思想——为尼采做一个试验》。五位专家参加座谈,他们是哲学家、社会学家、文化学家、大脑研究专家和诗人、作家。最近,他们每人都出版了一本关于尼采的专著。主持人简单介绍了他们的履历和著作,然后就尼采逝世百年来对世界思想界产生的爆炸性影响展开了讨论。涉及的问题有:思想是什么?思想是怎样进行的?尼采是不是非同寻常的,或者他是不是一个庞然大物?怎样理解尼采的超人?什么是痛苦?精神和肉体的关系是什么?西方哲学与宗教的关系如何?纳粹时代是怎样利用尼采为自己服务的?等等。电视图像背景一会儿是尼采青年时期和晚年的头像,一会儿是一段动画。那青年时期咄咄逼人的目光和晚年时低垂的眼帘,浓密的胡须,明亮的脑门,在在显示出一个一生总在思考着的哲学家;动画上,杂技演员装束的尼采在钢丝上单足跳舞。这一静一动的画面,产生强烈的对比,给人一种滑稽的震撼。

为了纪念尼采逝世一百周年,德国高尔曼出版社新出版了十卷本尼采全集。汉泽尔出版社出版了萨弗兰斯基的《尼采传》和十六开本的尼采图文编年史,电子出版社出版了尼采全集的CD,另外还有一系列的专著。一周来,德国《法兰克福汇报》《时代报》和《明镜》等各大报纸杂志连篇累牍地发表了大量纪念文章。

《法兰克福汇报》8月25日的一篇文章写道:尼采像一条凶恶的狼,虽然死去百年,但他的著作和思想像狼的嚎叫那样留在这个世界上。那是一个痛苦的叫喊。尼采对德国的精神史进行过一番透视,发现只剩下神经系统:生理学。他留给后世的不是什么"影响",而是一种传染源。像海涅那样,那是一种病毒,他使读者受到感染。那病毒不是别的,而是他的风格。尼采的著作最易感染读者的是他的《查拉图斯特拉》,它使人想起喇叭筒。在一百多年前,他赋予文化预言家在天空翱翔的翅膀。为此,在使用词汇"我"时产生了一种允许对一切展开批评和一种允许参与事件的新自由。他首先向德国知识界输送了一种作家的意识。高特弗利德·本的杂文是对他这种伟大挑衅的回答。阿多尔诺接受了他的格言文体。任何彻夜不眠冥思苦想德国问题的人,都不能在没有尼采的情况下保持清醒。可是,这条凶恶的狼已经死了;没有尼采的一百年,

"剩下的,是嚎叫"。

《尼采传》的作者,电视专题讨论的参加者之一萨弗兰斯基教授再次阐述了他在《法兰克福汇报》上发表的长篇大论:对尼采来说,思维是一种热情,他从思维中得到愉悦、痛苦和紧张,就像别人从身体的其他部位得到这些东西一样。他是为自己的生活而思维。思维有两层意义:1.用思维代替生活;2.他在思维和写作中创造了另一种生活。他虽然善于思想,却不谙世事。1883年8月,与洛·萨洛美的尴尬爱情丑闻结束才使他恍然大悟。萨洛美是一个很有才气的俄国女人,后来成了德国诗人里尔克的缪斯和弗洛伊德的同事。尼采曾两次向她求婚,均遭到拒绝。她并不爱他,只是对这个奇特的用大脑思维的动物感到好奇,想和他建立一种工作关系。可是尼采却误认为找到了知音。他在给朋友的信中写道:他像一个多年在外面漫游却没有任何经历的人。也就是说,他的精神失去了表皮,即一切自然的保护。这时候他才发现自己脱离现实,对世界上的事情不是理解错误就是误解。他用想象代替了生活,所以总不合拍。他回避了生活,然而,正是这时候他写出了自己最光辉的著作:《悲剧的诞生》《不合时代潮流的观察》《人性的东西,最人性的东西》《朝霞》《快乐的科学》,《查拉图斯特拉》也正在写作中。《查拉图斯特拉》中有一句话道出了他的生活思维的另一层含义:"我还从来没有像在这一年中那样达到了感觉的高度,也许正因为这一点,我成了一切人中最值得嫉妒的人。"他的生活有两个方面:自然力、自由精神。他在寂寞中创造了丰富的精神产品,同时却又生活在疾病中,他一个人在灰暗的天空下过着一种并非情愿的苦行僧生活。在生命的最后十二年精神错乱的生活中,他一方面受到母亲无微不至的关怀,另一方面受到颇有心计的妹妹的管束,不敢有任何反抗,他常常胆怯地东张西望。实际上他与自己创造的超人相距甚远,他不可能做到冷酷无情,无所顾忌。他对人对天气都有一种敏锐的感觉,这使他常常找不着方向。母亲和妹妹不能理解他,使他感到受辱,同时他又必须适应她们。他经常道歉,他不能忍受不让他写信,又不能不接受母亲的要求,与妹妹和解。他是一个心地善良的天才,这违背他的愿望,忍受是他的第一天性,他的本能。他对同情的看法不同于叔本华。后者认为同情从根本上说是胡闹。他阐述信仰的命运,生活在他看来不仅是一件艺术品,而且应当被经历。他孜孜不倦地思考自己的生活。也许除了蒙田之外,没有一个哲学家像他那样经常谈到"我"。他的伟大著作围绕的唯一问题是:宗教死亡以后,我们怎样才能阻止自己变成庸俗的禽兽?他把权力意志当作生活的艺术。权力意志古老的表达方式是:你应当成为自己的主人,也应当成为你自己的道德的主人。你应当有表示赞成和反对的力量。

《时代报》在《尼采的余震》大标题下面发表了十二位作家的文章。该报请这些作家和哲学家谈谈尼采的意义。有人说,在尼采之前没有人敢于如此激进地改造西方的思想。他宣布上帝已死,否定基督教的合理性。他宣布上帝是人杜撰出来的。他的思想在19世纪震撼了西方世界,被视为洪水猛兽。他的书使一些青年人感到困惑,有的年轻人因此而割断自己的血管,或者向自己的太阳穴开枪。人们发现死者身边放着尼采的书。西方哲学家确实没有一个像这位寂寞的天才那样对世界产生出如此矛盾的和灾难性的影响。他预先认识到人类自我提高和自我毁灭的极大可能性,并因此感到害怕。"我看重的是下一个千年。"《智慧的面具》一文说,在一般人心目中或公众舆论中,尼采最坏的名声是虚无主义、超人和权力意志。可是,人们对他有很多误解。尼采的虚无主义是什么呢?该文作者认为,尼采所谓的虚无主义无非是我们生活在其中的多文化世界。一种意识形态的终结正是别的意识形态的胜利。不能创造的人将走向毁灭,不再被当作一个人,而仅仅被看作一个号码。这一点被德国国家社会主义断章取义地利用了。尼采早在1887年就预言:"为贯彻自己的解释在斗争中获胜的不是最会使用暴力的人,而是那些温和的人。"尼采所谓的"超人"也明显地区别于庸俗的关于超人的理想,即连伦理学家也说不清的天才崇拜和关于种族优越的理论。他指出尼采所谓的超人应该是能够在作出重大决定前,把各种各样的价值和标准放到一边,甚至大义灭亲的人。

题为《你去见女人?尼采没有忘记带鞭子。一个发现》的文章介绍了一本新书,作者探讨了那句产生很多误解的名言"你去见女人?别忘记带鞭子"产生的背景,发现了尼采与萨洛美关系中一些鲜为人知的故事。

《明镜》周刊则以《上帝的谋杀者》为题,发出一连串疑问:谁是尼采——从事写作的虚无主义者?疯狂的超人?种族狂和育种狂的思想先驱?抑或是一个天才的哲学家?他死后一百年,人们对这位思想家的新观点是:一个幻想型的用思想进行赌博的赌徒。尼采的思想产生于19世纪德国庸俗的社会环境,是对俾斯麦时代小私有财产制度和基督教奴隶道德的反动,他的虚无主义实际上是对那样一个社会的否定。因此,他的著作几乎成了当时一代不想像其饱食终日、无所用心的父母一辈那样生活的年轻人的教科书。高特弗利德·本于1950年曾经称他的思想是"精神史上最伟大的闪光现象",1885年尼采曾经写下这样的诗句:"要看清我是谁,是困难的;让我们等待一百年——也许那时候会有一位识人的天才,发掘出弗里德里希·尼采。"

该文用法国文学评论家福柯的话总结说:"在历史的戏剧中,力量既不听从于某种规定也不听从某种机械,而听从于斗争的偶然。"美国哲学家Searle建议所有欣赏尼采的人:"可不要把一瓶香槟酒一饮而尽!"

2001 年

西方文学研究的新起点:新的超级大国——传记文学
吴松江

传记文学源远流长

西方的传记文学源远流长,在古希腊时代就已颇为发达,但传世甚少。西方古代传记起源于挽歌、悼词和碑文。古代历史学家突出个人的作用,把某些哲学家、文学家、军人、演说家的事迹记载下来,成为传记,仍属历史范围。有的传记则出于政治上的赞颂、攻击或辩护。亚里士多德对伦理学的研究,引起对社会类型(如饶舌者、吝啬者)的兴趣,出现了肖像式的传记,以纠正时弊。希腊化时期,对古籍的整理和注释需要介绍作者的生平和著述,也形成了传记的一种。自传、回忆录之类的作品,又往往带有自我辩解或生活总结的性质。西塞罗写他任执政官时期的经历、奥古斯丁的《忏悔录》,都属于此类。帝国时期罗马文学对后世的一大贡献是传记文学。罗马早期传记大都失传,一二世纪以塔西陀、苏埃托尼乌斯和普卢塔克三人对后世最有影响。塔西陀所著的《阿格利可拉传》写罗马驻不列颠总督阿格利可拉的一生,用来说明即使在暴政下也可能存在不同流合污、不阿谀奉承的"伟大"人物。他的两部主要著作《历史》(残存四卷)和《编年史》(残存十二卷),文学性都很强,给后世留下了帝国时期政治生活最生动的记载。作者从个人创造历史的唯心主义观点出发,把历史写成帝王将相的实录或传记,主要人物都具有鲜明的、各不相同的性格。希腊语作家普卢塔克著有《希腊罗马名人比较列传》共五十篇,记载从半神话人物一直到 1 世纪的罗马皇帝的生平。作者把一个希腊名人和一个罗马名人的传记并列,如传说中的城邦创建人、雅典王式修斯和罗马王罗慕路斯,希腊演说家狄摩西尼和罗马演说家西塞罗。作者按希腊传记程式,写传主的身世、出生、青少年时期、性格、事迹,直至逝世。与普卢塔克同时的罗马传记作家该尤斯·苏埃托尼乌斯·特朗奎鲁斯的主要作品《诸恺撒生平》,包括从恺撒到多密善十二个皇帝的传记。他的传记格式同普卢塔克的传记程式一样,对人物的状貌和性格的描写有一定的生动性。

通过传记,古代的哲学、政治事业得到了宣传和推广。例如,柏拉图和色诺芬通过拟定苏格拉底的生平和学说为苏格拉底辩护。同样,《福音书》也为拿撒勒的耶稣辩护,斯多葛所写的加图和布鲁图传记起到了攻击罗马帝国君主政体的作用。

现代传记的发展

作为一种独立文类的现代传记,起源于普卢塔克的《希腊罗马名人比较列传》和苏埃托尼乌斯的《诸恺撒生平》,这两部传记都引用了大量的文件资料。帝王将相吸引了传记作家的注意力,他们的传记成为历史记录的一部分。英格兰的威廉·珀所著的《托马斯·莫尔传》(1626 年)开了为本国人立传的先河。艾萨克·沃尔顿和约翰·奥布里撰写了一系列作家与名人的简明传记。18 世纪,英国的传记文学伴随着塞缪尔·约翰逊的《英国诗人评传》和詹姆斯·鲍斯韦尔的巨著《约翰逊传》(1791 年)的出版而出现重大发展。这些传记详细地记录了传主的谈话和行为,并把它们与相当深刻的心理描写结合起来,为 19 世纪浩如烟海的传记提供了典范。托马斯·卡莱尔认为历史是伟人的历史,表明当时人们普遍认为传记作品是了解社会及其制度的一种重要方法。而现代,对维多利亚时期的节制与服从的厌烦以及精神分析的发展,导致了对传主更加透彻、更加全面的了解。利昂·埃德尔的巨著《亨利·詹姆斯传》就是一个极好的例子。现代传记的另一个发展是家族群体传记或亲密伙伴的群体传记的出现。

20 世纪以来,特别是二战以后,传记文学在西方非常活跃。正如米切尔·霍尔劳伊德(Michael Holroyd)所说:"传记已经成为文学领域中新的超级大国。"此话不假,从 1999 年 6 月 21 日至 24 日在北京举行的第一届国际传记文学研讨会的盛况便可见一斑。出席本届研讨会的有来自英国、美国、德国、法国、加拿大、澳大利亚、荷兰、葡萄牙、俄罗斯、南非、以色列、日本、印度、中国等十多个国家的一百多位代表,提供论文近百篇,其内容涉及传记的定义、传记理论研究、作品分析、传记发展趋势等诸多领域。英国的苏塞克斯大学正在编撰《传记文学作品百科全书》;法国成立了"自传协会";在美国,传记文学的发展更是气势磅礴,出版多种研究传记文学的专门刊物,传记文学作品层出不穷,而且屡获美国全国性的文学大奖。今日的美国书店,几乎毫无例外,都设有小说、纪实文学、传记文学三种专门书架,从数量上看,几乎是等量齐观,成三足鼎立之势。在过去二三十年中,西方的传记论著增长了二十五倍,吸引了一大批一流的专家,传记文学已从边缘进入文学研究的中心,美国还提出要建立传记诗学完整的理论体系,传记研究已成为当今西方文学研究中新的热点。

传记界关心的课题

西方国家有各自不同的文化背景和文学传统,在传记文学研究中也各有侧重,如法国作为结构主义的故乡,学者对传记叙事学有着强烈的兴趣,而在美国,人们对自传的研究更为集中。尽管如此,西方传记界也有一些共同关心的理论课题。

首先是传记的文类界定。传记的文类界定关系到传记的本质,是传记学的基本理论问题。传统的观点把传记看作历史学的分支,如《韦氏第三版新国际词典》(1959年)给传记所下的定义是"一个人生平的书面历史";《钱伯斯20世纪词典》(1883年)下的定义是"个人生平的书面叙述或历史"。但是一些传记家,包括英国的吴尔芙和斯特雷奇、法国的莫洛亚,后来还有美国的埃德尔等人都认为,传记具有文学和历史学的双重特征,传记是艺术和科学的结合,真实性是传记的生命,这一观点已逐步为学术界接受。如《韦氏新世界大学词典》(第3版,1988年)对传记所下的定义是:"非虚构文学的一种形式,其题材为个人生平。这种形式一般被认为包括自传……传记可以被视为历史的一个分支……它也可以被视为想象性文学的一个分支……"

但是,随着解构主义和新历史主义的兴起及其向传记文学的渗透,这一观点又受到了挑战。一些学者认为,传记的历史性和客观性无法得到证明,人不能超越自己的时代,所谓历史学不过是特定时代中的历史学家对历史的看法而已。许多经典传记的真实性值得怀疑,所谓"传记誓言"和"自传契约"的说法不过是一厢情愿,这些理论的假设并不可靠。人们并不能真正认识自己以外的什么人,因此,一切传记都是自传;人们甚至不能认识自我,因此,一切自传都是小说。传记不过是小说的一种形式而已。至于传记的文学性,解构主义认为,一切文学作品都是由其他文学作品织成的,没有文学"独创性",没有"第一部"文学作品,全部文学都是"互文性的"。此外,不同的作家表现不同的个性,十个不同的作家对同一传主有十种不同的写法。正如一千个读者或观众就有一千个不同的哈姆雷特一样,不同的读者对同一个传主也有不同的理解,由此还有人得出了"传主死亡"的结论。例如,现代传记学者对斯特雷奇所著的《维多利亚女王时代四名人传》中几个20世纪传记最重要的形象进行研究,发现斯特雷奇所描写的三个女性形象都是他母亲形象的投影。解构主义对传记所做的消解,必然导致否定一切的虚无主义。但是解构主义发起的挑战也不容回避,它提出了一系列值得研究的理论问题。

其次是对传主人格的诠释。对传主的人格诠释是20世纪西方传记作家关注的核心,最引人注目的是传记新方法的介入,用弗洛伊德精神分析理论诠释传记,是20世纪西方传记文学研究最显著的特点。精神分析的发展导致了对传主更透彻、更全面的了解,利昂·埃德尔的长篇巨著《亨利·詹姆斯传》就是一个优秀的范例。新精神分析对正统精神分析理论有所修正,继续吸引着一些传记家的兴趣,可以说没有精神分析就没有现代西方传记。例如传记研究学者对《尼克松传》的传主进行分析,认为尼克松的作为深受童年家庭生活的影响。尼克松排行老二,哥哥死后他成了老大,弟弟死后,他成了父母的掌上明珠,父母把所有的疼爱都集中在他身上。尼克松受宠若惊,恍惚中认为是自己杀死了自己的兄弟,夺得父母及全家的溺爱,这表明尼克松患有精神病。他当总统时决策的失误、"水门事件"中的撒谎,都是精神病发作的表现。同样,他们认为克林顿与莱温斯基的暧昧关系以及与其他女人的绯闻,也是因为克林顿患有精神压抑症。

但是精神分析学至今得不到实验科学的证明,它始终为许多人所怀疑,随着解构主义对传记真实性的质疑,对传记中的精神分析方法也提出更多的疑问。精神分析传记的特点是从传主童年时代的生活中寻找出传主性格和行为的深层原因,一些批评家指出,这两者之间的联系是无法确定的,也不可能得到证明。还有一些学者指出,一些古典传记,并没有采用精神分析的方法,但对人物心理的揭示与精神分析传记相比,毫不逊色,这证明精神分析并非传记写作的唯一模式。

再一个理论问题是传记作家与传主的关系问题。当代西方传记界逐步取得共识:传记作家与传主的关系问题是传记活动的核心。这一问题可以分解为两个层面:第一,传记作家为什么选择某一位传主?一些学者认为,传记作家选择某一位传主是为了适应他自己的某种需要,对传主是褒是贬以及对素材的取舍同传记作家的人格、价值观有关,这种选择最深刻的原因也根植于传记作家的童年时代所受的影响和人生经历。第二,传记作家对传主应取何种态度?一些传记作家认为,必须把自己同传主在某种程度上统一起来,否则就无法把握传主的心理并对人物的行为作出合理的解释。以太史公司马迁为例,司马迁曾受酷刑,因而他笔下的传主有二百多位是悲剧人物,"卫青不败由天幸,李广无功缘数奇"。但这样就产生了"身份危机"的问题,即传记作家与传主的身份遭到质疑,传记中的人物到底是作家还是传主呢?这些观点还带来了一系列的疑问:传记作家如何把自己与反面的传主统一起来呢?如果作家对传主寄予同情或流露出厌恶,如何能够保证传记的客观性和真实性?事实上,传记作家及传主之间永远进行着一场斗争,这是隐含的自我与显露的自我、公开的自我与私密的自我的斗争。传记作家必须在两者之间取得平衡。

传记是最古老,也是最保守的文学形式。20世纪传记文学创作空前繁荣,传记理论却相对滞后。同其他文学理论相比,传记理论及批评发展最缓慢,变化也最小。但是,随着纯文学渐呈式微、大众文学日益兴盛,传记文学在21世纪必将进一步发展与繁荣,理论界对传记文学也会更加关注,我们期待着传记诗学在21世纪诞生。

未来还需要我们吗?

矛盾的杰克·伦敦
吴 冰

一个宣传社会主义革命的作家

杰克·伦敦(1876—1916)是位多产作家,在短短一生中,写了 22 部长篇,197 个短篇,5 部剧本,还有一些随笔、特写、论文和纪实文学作品。他又是外文译本非常多的美国作家之一,被译成语言达 68 种之多。伦敦在国外,如苏联,比在美国更受欢迎,据说列宁非常喜欢他的短篇《热爱生命》(*Love of Life*, 1906 年)。杰克·伦敦也是中国读者熟悉、喜爱的美国作家之一,许多人,尤其是中、老年人读过他的《铁蹄》(*The Iron Heel*, 1908 年)、《深渊中的人们》(*The People of the Abyss*, 1903 年)、《海狼》(*The Sea Wolf*, 1904 年)和《马丁·伊登》(*Martin Eden*, 1909 年);青年读者对他的《荒野的呼唤》(*The Call of the Wild*, 1903 年)和《白牙》(*White Fang*, 1906 年)也不陌生。早在 1921 年上海出版的第五期《小说月报》上就刊登了他的短篇《豢豹人的一个故事》(*The Leopard-Man's Story*),他的第一部译成中文的长篇《铁踵》(今译《铁蹄》),于 1929 年 5 月在上海出版。

伦敦最早发表的是被评论家称作"自然主义"的作品。他以冰天雪地为背景的"北方故事",突出描写在天气极为寒冷、食物极度匮乏的茫茫雪野中,粗犷、刚毅的主人公为了生存和严酷无情的大自然展开殊死的较量。作者还描写了淘金者之间纯真、无私的友谊、资本主义自由竞争的残酷、印第安人忠于友谊和爱情的崇高品质,同时也控诉了白人殖民主义者欺骗、戕害太平洋土著居民和印第安人的罪行。伦敦的这些故事,不仅题材富于吸引力,而且情节紧凑集中,主人公的强者形象鲜明,语言简练生动、铿锵有力。伦敦作品中特有的激情具有极强的感染力。

杰克·伦敦是美国文学史上很早反映"美国梦"破灭这一主题的作家之一。他的自传性小说《马丁·伊登》就描写"美国梦"的破灭。在同期诸多此类作品中,他的这部小说写得最深刻。《马丁·伊登》被评论家公认为伦敦的代表作,也是他最优秀的作品之一。

伦敦在苏联和中国受欢迎,还因为他描写阶级剥削和压迫,宣传社会主义革命。他在《深渊中的人们》中以无可争辩的事实揭示了在世界上最强大、最富有的大英帝国的心脏里生活的工人、贫民的悲惨状况,愤懑地指出,"伦敦的深渊是一个庞大的屠宰场",并得出结论说其根源就在于"政府的制度,所谓大不列颠帝国的政治机器""衰败无力",因此"必须重新组织社会"。在小说《铁蹄》中,他预言随着工人阶级和资产阶级斗争的尖锐化,统治阶级必然取消一切民主、自由,实行法西斯专政。作者通过革命的失败指出工人阶级要夺取政权必须与资产阶级进行长期、毫不妥协的斗争,包括武装斗争。1924 年,小说发表十六年后,墨索里尼在意大利建立了法西斯政权。安那托·法朗士在那年出版的《铁蹄》法译本的序言中称赞伦敦的天才预见。《铁蹄》可以说是美国第一部写社会主义革命、提倡武装斗争的作品。我国有的评论家认为《深渊中的人们》《铁蹄》等优秀的作品可列入美国早期无产阶级文学的范畴。

《荒野的呼唤》于 1903 年问世后立即成为畅销书,不久伦敦也成为当时美国稿酬最高的作家。他出名之后,写得太多、太快:他每周工作六天,平均每天至少写一千字供出版。伦敦的作品不但质量参差不齐,而且在思想意识上也表现出许多矛盾,反差之大在美国作家中罕见。读者常会发现在他不同的作品,甚至同一部作品中出现截然不同的思想。这是因为他出身贫苦,有童年开始出卖劳力的经历,因而痛恨剥削,同情劳动人民,很容易接受马克思主义的经济学和历史唯物主义。但伦敦本人超群的体力和智力,又使他从感情上深受尼采"超人"哲学和斯宾塞的"适者生存"资产阶级社会学的影响。此外,他还有强烈的"白人优越感",认为自己首先是白人,然后才是社会主义者。杰克·伦敦的思想矛盾在他的有关中国和华人的短篇中同样暴露无遗。

拥有"白人至上"的种族观

伦敦共发表过六个有关华人和中国的短篇——《白与黄》(*White and Yellow*, 1902 年)、《黄包头》(*Yellow Handkerchief*, 1905 年)、《中国佬》(*The Chinago*, 1909 年)、《举世无双的侵略》(*The Unparal-leled Invasion*, 1910 年)、《钟阿琼》(*Chun AhChun*, 1910 年)和《阿金的眼泪》(*The Tears of AhKim*, 1918 年)。

《白与黄》和《黄包头》讲的是"我"和加州华人渔民的两次较量。伦敦本人少年时期曾借钱买小帆船,偷袭攫取海湾海产养殖场,并享有"蚝贼之王"的称号。蚝贼生活惊险,收入丰厚,但伦敦明白这不是长久之计,不出一年,他又加入了海湾渔巡队,协助捉拿蚝贼。在《白与黄》和《黄包头》两个短篇中,主人公都是"我",对手都是"黄包头",一个"高大、麻脸、相貌凶恶、包着一条黄手巾的中国佬"。16 岁的"我"是"驯鹿号"上的渔巡队队员,已经干了两年。渔巡队的任务是捉拿海湾违法的渔民,其中最"无法无天"的要数华人渔民。他们撒下的细网捕捉了大量不能食用的小鱼虾,在华人渔民居住的一个个村子里,美丽的海湾散发出烂鱼虾的腥臭味。《白与黄》描写的是"我"与华人渔民的一次遭遇,从题目上看,伦敦的用意不在叙述执法者与违法者之间的斗争,而是描写两个不同人种的"头脑、意志和忍耐力"的较量。作者宣扬"白人优越论""优胜劣败",强者"我"以超强的智力、体力和气势,不仅战胜了"黄"种人,也制服白人中的"懦夫"。故事一开始,乘两条船的六个白人渔巡队员就以少胜多,抓住了比他们多三倍的华人渔民。在第二个回合中,在只有"我"和乔治两个白人的巡逻船上,"我"孤军作战,以智慧和大无畏的精神,克服了"驯鹿号"漏水、几乎翻沉的困境和"无用"的"懦夫"队友的背叛,终于迫使以"黄包头"为首的十余名华人俘虏乖乖就范。在形容华人渔民时,伦敦使用"东方人(Oriental)的叫喊声"、"黝黑的蒙古人种"(Mongols)、"卑劣的中国佬"(dirty Chinaman)等词,充分表明了他的种族歧视。华人渔民开始时"杀气腾腾","非常傲慢无礼","笑声中还夹着一丝威胁,凶狠的眼神流露出恶意"。黄头巾表示如果"我"同意把船开到他们居住的村子,他们就帮忙舀去舱里一英尺深的水,但"我""宁死不屈"。最后双方僵持,眼睁睁地看着海水在船中上涨,船即将沉没。面对死亡,华人终于"喊饶命"了,他们"发了疯似的争先恐后……用所有能抓到的东西舀起水来"。作者在故事结尾说,"华人的锐气被挫败了,他们变得驯服起来,我们还没有抵达圣拉斐尔,他们已经拿着拖绳出来,黄头巾站在排头……"。

《黄包头》中叙述一年后,"我"等三人所乘的"驯鹿号"在黄昏退潮的大雾中撞上了老对手黄包头等五人的帆船。这一次,由于这"黄脸异教徒"(yellow-faced heathen)违反航海规则,几乎把"驯鹿号"撞沉。更严重的是,他们堆满半船的鲜虾中还混杂着大量四分之一英寸或稍大的小鱼。"我们"决定连船带人把他们拖到圣拉斐尔交有关当局处理。"我"的任务是到拖在后面的捕虾船上去掌舵。船上患重感冒的黄包头,"眼中布满血丝,看上去更加凶恶"。"我"依照查理的指示,命令"苦力们"支起帆来,不料帆船乘风航行,反而冲到"驯鹿号"前面,绷得紧紧的拖绳和两条船各形成一个直角。"我"喊着叫查理解掉船缆,向他保证,有他们紧跟在后,不会出事。"我"唯一怕的就是黄包头。果然,黄包头等借助暮色,趁着"驯鹿号"被抛到后面的时机,向"我"发动突然袭击。刹那,"我"的右臂被人掐住,无法掏枪,嘴也被捂住,在黑暗中听到"驯鹿号"驶过,却无法呼救。当时查理正对尼尔夸"我"是"天生"的水手,"中学毕业后,如果学一门航海课程再到远洋去,一定会成为最大、最漂亮的海轮上的船长"。"我"为自己的命运担忧,"因为华人和我属不同人种,就我对他们的了解,可以肯定他们的气质、性格里没有公道、磊落可言"。华人对怎样处置"我"展开激烈争论。在争吵中,黄包头向"我"扑来,但被另外四个人制止。他们是害怕后果,"我熟悉华人的个性,知道唯有恐惧才能约束他们"。最后,"我"被抛到了一个无人小岛上,虽然听到查理寻找、呼唤"我",终因"我"手脚被绑、嘴被堵住,不能求救。"我"利用岛上锋利的贝壳好不容易才把身后的绳子磨断,不料黄包头又摸回了小岛。于是,在黑暗中"我"和那个"黄种野蛮人"又展开了一次智力和体力的较量。诡计多端的黄包头终究不是"我"的对手,不得不悻悻离去。

《中国佬》写塔希提岛上英国种植园的一名华工被杀,五个无辜的华工只因当时在场就被法国殖民主义者主持的法庭草草判刑,其中阿乔(Ah Chow)被判死刑。由于首席法官的笔误,漏写了字母"w",于是阿丘(Ah Cho)被送上了断头台。与此案有关的洋人德国工头以及法国法官、宪兵,没有一个认为华人的生命同样是宝贵的,即使执行过程中发现了错误也懒得纠正,因为"这不过是个中国佬"!

短篇《钟阿琼》是以主人公命名的,勤劳、精明的阿琼从种植园的劳工发展成为夏威夷的富商,娶了一个有十六分之一夏威夷王室血统的白人为妻。他的十五个子女都上了英美名牌大学,受的是全盘西化的教育,和坚持中国文化传统的父亲格格不入。女儿成年后,阿琼以高达三十万美元的陪嫁做鱼饵,吸引来了第一个原本不愿娶有中国血统女子为妻的白人女婿。不久,下面的十个女儿陆续结了婚,三个儿子也都各得其所。尽管如此,家庭成员之间开始因争宠而不和,阿琼意识到他安度晚年的期望将成泡影。于是他开始转移部分财产到上海和澳门。在给最小的两个未婚女儿和妻子各留下一份丰厚的陪嫁和产业后,步入老年的阿琼突然向家人宣布他将只身返回故土。最后他在澳门过着舒适、宁静的生活,隔海冷眼旁观女婿们挥霍女儿带去的陪嫁、投资失败、相互上诉甚至殴斗,每艘由澳门驶向夏威夷的邮轮都带去一封他规劝家人团结、和好的忠告。

《阿金的眼泪》中的主人公 26 岁时离家到夏威夷种植园做劳工。他好学、肯干,后来终于在檀香山开了一家公司,37 岁时在银行的存款已达三千金币。此时有人要把女儿嫁给他,但阿金首先想的是把在老家做女仆的母亲接来。阿金 50 岁时爱上了两次守寡的梨花,无奈 74 岁的老母不能接受具有一半土著血统、着装和白人一样的梨花。每当老人不快时,总是用竹棍抽打儿子,几十年来,阿金挨打时,从来不跑也不哭。等母亲打累了,孝顺的阿金还搬张椅子劝母亲坐下休息。但有一天,老人当着梨花抽打儿子时,阿金破天荒地哭了,吃惊的母亲住手后,他都没有停止落泪。两年后,老人寿终正寝。不久阿金即和梨花结婚。此时他才告诉妻子自己为什么在母亲抽打并不疼痛的情况下哭泣,他说,正是因为感觉母亲抽打毫无力气,他意识到老人不久于人世才伤心地哭了起来!

《举世无双的侵略》是一篇"历史"幻想小说,写的是 1976 年美国建国二百周年时,中国和世界的矛盾发展到了顶峰。西方国家曾试图唤醒中国,但由于语言文字的巨大障碍,未能如愿。和中国人同为"蒙古人种"的日本人却取得了成功。1904 年日俄战争后,日本先派遣大量特务和工程技术人员伪装成商人、和尚进入中国,秘密收集各方面的资料、情报。而后,日本军官公开改组中国军队,工程师带去了"机器文明",在华建造工厂、铁路,发展通讯,驱逐了"激烈、反动的学者阶层",控制了中国的政治和新闻。中国终于醒来了。它先将帝国境内的西方人士全部驱除,随后把日本人也都送回国去。日本统治中国的"美梦"破灭了,1922年它发动侵华战争,但7个月就被打回到它的几个小岛上去了。中国并不像人们预料的那样"好战",它不设常规军,也没有强大的海军,只保持一支人数众多的民兵。到1970年真正的危险露出了苗头:根据专家的统计,中国人口已达五亿,比美国、加拿大、新西兰、澳大利亚、南非、英格兰、法国、德国、意大利、奥地利、俄罗斯的欧洲部分以及整个斯堪的纳维亚的人口之和还多!中国的移民拥出国境,犹如冰川,缓慢却势不可挡。法属印度支那到处是华人移民,法国动用过军队,甚至派遣25万精兵进军北京,但被一个不剩地"吞没"在中国"海绵状的无底洞"里。此后五年,中国向周边国家扩张,华人到了东南亚、南亚、中亚,也逼近俄罗斯的西伯利亚。这一过程很简单。中国人从移民开始,接着是武装冲突,庞大的民兵队伍打败一切抵抗力量,紧跟着来的是携带行李的民兵家属,最后他们在征服的领土上安家长住。"从来没有过如此奇怪、有效的征服世界的方法。"1975年,所有西方国家在费城召开大会,也有个别东方国家出席,但大会一筹莫展。同年,一个美国科学家终于想出了妙计向总统们献策,美国国务卿立即前往英国进行秘密串联。不久,所有国家都联合起来;他们庄严许诺互不开战,并动员、集结所有的兵力对中国进行海、陆封锁。1976年5月1日他们从北京开始,对中国全方位地空投多种细菌,很快,从城市到农村,中国人大批死亡,连皇帝也未能幸免。1976年的夏、秋两季,中国成了地狱——病死、饿死的尸体到处可见。次年2月,一支支有科学家参加的人数很少的部队从四面进入中国,处死了所有残存的中国人。接着是五年的大消毒时期。1982年,按照美国的"民主"方案,西方各民族进入中国混合杂居,安家落户。1987年,德、法之间的旧怨有再次引发战争的危险,于是在哥本哈根召开的大会上,世界各国一致庄严许诺绝不互相使用他们侵略中国时采取的细菌战。

《举世无双的侵略》再次暴露了伦敦的"白人至上"种族观,也反映西方反华势力对人口众多的中国的恐惧和仇视。伦敦所说的"举世无双的侵略"既指西方国家对中国的侵略,也指中国人走向世界的移民活动。他在文中唯一用斜体字强调的是"西方各国与中国之间在心理上没有共同语言"。作者使用"黄色生命的洪水"和"白皮肤"等词突出种族差别,并两次强调中国人不但多于白人,而且多达一倍。《举世无双的侵略》附和西方反华势力制造"中国人口众多,构成对世界的威胁"的谬论,煽动西方各国人民的反华情绪。伦敦采用先表面肯定,而后从根本上否定的手法,先说"中国人不是一个帝国种族。他们勤劳、节俭、爱好和平",接着把中国自发的移民活动说成"扩张"

和"征服",用贬义词"hordes"(结队的人群)以及"insidious"(阴险的)等词形容中国移民。他说中国"不好战",但又表明中国无须发动战争,人口众多就是武器。他甚至说中国"欢迎侵略",因为她可以轻而易举地将入侵军队"吞食"在"无底洞"中。伦敦"称赞"中国劳动人民"素质超群",是"勤劳""最完美"的体现,"其他国家人民在遥远的地方漂泊、打斗、从事精神冒险时,中国人在劳动。"可紧接着他又污蔑道:"对中国劳动者来说,自由体现在享有劳动的权利中。他对生活的要求只是耕种土地和无休止的劳作。""自由"二字两次和"美国"连用,和"美国"连用的还有"民主",但恰恰是美国率领西方各国向中国发动了灭绝人性的细菌战,不把中华民族完全从地球上消灭干净,决不甘休。联想到小说发表的1910年以后,美国等西方国家和日本在侵略战争中使用细菌或生化武器、日本发动侵华战争,以及今天美国当局对日益强盛的中国采取的政策,可以说伦敦在文中表现了预见性。

有时竟会站在"社会主义敌人"的一边

综观伦敦涉及华人和中国的短篇小说,不难看出他前后的差异和矛盾。他对加州华人的描写带有浓重的种族歧视色彩,而对塔希提、夏威夷的华人却表示同情、友好,《钟阿琼》和《阿金的眼泪》两篇,笔调少有地轻松、诙谐。有评论认为这可能因为伦敦对华人的态度有了根本的转变;或他对夏威夷和加州的看法不同,当时夏威夷尚不属于美国,那里华人的成功并未构成对美国人的威胁。

加州和夏威夷的确不同。在美国的五十个州中,华人移民最早抵达的是当时仍为王国的夏威夷,后来美国西部的淘金热吸引了第一批华人到加利福尼亚。比较起来,当时中国移民中以夏威夷的华人处境最好,很重要的原因是那里白人数量少;而在华人同样作出重大贡献的加州,对华人的敌视、歧视和排斥最为严重。在那里,华人被雇主们利用来对付白人工人。1870年,旧金山的爱尔兰工人要求把日工资从3美元提高到4美元时,厂主立即雇用了三百名日工资为一美元的华工。因此在美国国会1882年通过第一个排华法案前,早在1878年,加州的工人和农民就已投票立法,禁止华人进入加州。当时加州的一些法律和税收,如"扁担法""辫子税"等就是专门针对华人制定的。伦敦故事中的华人是加州渔民中唯一被迫交纳捕鱼税的。因此作为加州人的杰克·伦敦敌视、鄙视华人是有历史缘由的。华人渔民滥捕鱼苗固然违法,他们很可能也有不得已的苦衷。至于说伦敦对华人的态度有根本转变,证据显然不足。一旦涉及"我"时,伦敦就会自觉或不自觉地在作品中暴露出他世界观中的矛盾。在《白与黄》和《黄包头》中伦敦宣扬的是个人英雄、优越白种人中的"强者",尽管"我"才16岁,却有超常的能力、勇气和意志。伦敦世界观中的矛盾在他最优秀的作品中也有反映。如

《马丁·伊登》,伦敦说这书是"为谴责个人主义而写的,却被当作对社会主义的谴责"。这是因为在描写以自己为原型的、个人奋斗的马丁·伊登时,作者情不自禁地流露出对主人公的赞赏和偏爱。水手出身的马丁·伊登成名后,既看透了虚伪、无知、庸俗的上层社会人士,又看不上显得平庸的昔日伙伴,这个孤独的强者终于在海中自杀。

伦敦的矛盾不仅表现在思想和作品中,也反映在行动上。成名后,他过起了奢靡的生活,建造豪华游艇,打算和妻子遨游世界。1913年他花了七万美元建造豪华别墅"狼舍",不料刚完工就烧成灰烬。尽管他也慷慨资助激进人士和社会主义团体,但他的生活方式使他脱离普通群众和社会党内的同志。在各地巡回演说宣传社会主义时,他竟然带着贴身男仆! 1911年伦敦在短篇小说《墨西哥人》(*The Mexican*)中热情歌颂一个坚毅的墨西哥青年,为了给革命提供购买枪支的资金,豁出性命与比他强大得多的美国拳击好手比赛。但两年后,他不仅支持美国干预墨西哥革命,而且在所写的报道美、墨两个军官会见的一条新闻中流露出他的"美国优越感"。1916年3月他写信退出参加了多年的社会党,理由是社会党缺乏战斗性、日益淡化阶级斗争;而实际上倒是他自己在此前两年与党内保守派一起希望美国参加第一次世界大战。

评论家厄尔·拉博尔评论伦敦"是个人道主义者,对竞争中处于劣势的人,不论其肤色、种族如何,都深表同情,但他仍然相信盎格罗-撒克逊种族至上论"。这话只说对了一半。伦敦还是一个推崇"强者"、信仰"适者生存"的个人英雄主义者,当他把"美国白人自我"摆进作品时,他世界观中的矛盾表现得尤为突出。伦敦世界观中致命的弱点无疑损害了他优秀作品的价值,更严重的是有时竟会使他站在被他视为"社会主义的敌人"一边!

布莱希特:与最伟大的文学传统密切联系

绿 原

作为一个以马克思主义者自居的戏剧家,自有其与时代使命密切相联的不可否认的贡献,但从艺术成就来看,他也像其他任何创新者一样,尽管可能风靡一时,毕竟不能垂范于一切时代。

对布莱希特的研究和普及有待于新一代学者

正如今天一些学者口头笔下离不开"现代"之类,50 年代上半叶关于"斯坦尼斯拉夫斯基表演体系"的话题,已经开始在戏剧界以至文艺界不胫而走。这未必是出于当年"一边倒"国策的鼓励,毋宁是中国学术界长期对与世界学术接轨的热切期待使然。虽然这"体系"早在 40 年代已有过吉光片羽式的介绍,这时在苏联专家的指导下,它的传播和普及却不可同日而语。幸运的观众随即亲眼见到按照这个"体系"导演的契诃夫戏剧的精湛演出,据说台下和台上果然发生了强烈的前所未见的情绪共振,而各派表演艺术家或者为似乎找到提高今后艺术实践的金钥匙而不胜欣悦,或者为在这几次国际水平的戏剧演出中印证了自己多年积累的艺术经验而分外高兴。然而,"斯坦尼斯拉夫斯基体系"要求演员将自己过去体验和积累过的情绪投入戏中,在内心彻底认同所饰演的角色,这个从理论到实践的过程远不是一蹴而就的。观众或演员对于演出的积极反应并不表明他们对于这个"体系"真正理解。对它的思考和研究停留在专家学者的圈子里,这在当时未始不是正常的。

50 年代末期,几位青年德语学者在人民出版社出版了一部《布莱希特戏剧两卷集》(1958 年),收录了当时尽人皆知的《大胆妈妈和她的孩子们》《高加索灰阑记》等代表作。这位德国戏剧家当时在中国的知名度虽不及斯坦尼斯拉夫斯基,但他们在国际上同样闻名遐迩,而且据说在戏剧观的基本原则上,他们还是针锋相对的。照说这部戏剧集的出版,本应引起中国读者和观众的兴趣,难以想象或者也可以预见的是,这片戏剧新绿不但在一般读者中被视若无睹,就是戏剧从业人员对它也远没有当年对于斯氏体系那样热衷。从当时的大小"气候"来看,这位德国戏剧家在中国初次登台所面临的冷遇完全不足为怪。多年的战乱及其余波,以及人们随之对异己事物的疑忌,严重挫伤了人民大众的文化接受力。广大读者观众这时在苏联专家的帮助下,对斯氏体系尚不甚了了,对它对立面的了解就更是漆黑一团,自难有起码的兴味可言,这即所谓

"小气候"。至于"大气候",人们不难记起,正当专家学者准备对这两位戏剧家进行比较之际,文艺界的新形势、新氛围、新探索、新追求一律化为昙花一现,接着一切艺术部门一齐进入了沉寂和喑哑,有几十年之久。

直到70年代末80年代初,人民文学出版社适应新形势的需要,将那部《布莱希特戏剧两卷集》加以增订出版,除保持原有内容外,还补充了《伽利略传》《三毛钱歌剧》等名作;舞台上同时也推出了由布莱希特专家导演的《伽利略传》《高加索灰阑记》《三毛钱歌剧》等剧的演出。这样,这位杰出的德国无产阶级作家、文艺理论家在戏剧创作方面的总体成就,开始比二十多年前更合时地摆在中国读者面前。像50年代谈论史坦尼斯拉夫斯基一样,这时谈论布莱希特在文艺界也似乎成为时尚。不仅是戏剧从业人员,连一般读者观众都被引发了很大的求知欲,他们似乎知道很多,但还希望知道更多,特别对于布莱希特的理论和实践这类闻所未闻的新事物。显而易见,改革开放的"大气候"影响了、改变了人民文化生活的"小气候"。如果说50年代是专家学者走在读者观众的前面,对他们的欣赏趣味进行试探和引导,那么80年代则反过来,倒是读者观众走在专家学者的前面,对他们的启迪和开导发出呼吁了。当年人们对于"斯坦尼斯拉夫斯基表演体系",虽说从舞台上受到过一定程度的感动,实际上还很难说有较深刻的理解;今天他们对于布莱希特的新戏剧观及其革新工程,尽管充满了好奇心和兴趣,如果没有必要的帮助和启发,包括改变既有的欣赏习惯,恐怕也很难有所收获。具体来说,对于布莱希特那几出剧目的演出,如果没有必要的帮助和启发,一般观众恐怕很难越出"陌生"感或"间离"感的限制,达到作者所期待的客观和主动思维,从而得出对剧情应有的结论。看来,布莱希特的理论和实践真正中国化,也就是中国读者观众的新的欣赏趣味的形成,远不是一个自然而然的过程,还需要热心的专家学者加以解说、宣传和推广。为此,不能不怀念曾经为介绍布莱希特尽心尽力的老一辈著名戏剧家黄佐临先生;而对布莱希特进行全面的研究和普及,则有待于新一代的德语学者了。

一个地道的马克思主义者

长期以来,我们习惯于"寓教于乐",习惯于"润物细无声"式的艺术感染,这种欣赏习惯是由易卜生剧作方法和斯坦尼斯拉夫斯基的表演理论,即人物性格及其行动(情节)加上演员进入角色的表演技巧共同熏陶而成的。今天,为了接近布莱希特,必须改变这个习惯;为了改变这个习惯,我们对于布莱希特违反这个习惯的种种主张,则不仅须知其然,更须知其所以然,也就是说,只有从理性上思考、认识布莱希特为什么提出这些主张,我们才能在感性实践中更自觉地接受它们。

首先问一下,几十年来,中国的作家、艺术家都学习过马克思主义,究竟哪一位能在自己的业务活动中,证明自己是一个马克思主义者呢?恐怕还很难说。但是,我们可以肯定,布莱希特确是一个地道的马克思主义者;或者用《布莱希特论》一书作者余匡复的话来说,布莱希特就是"资本主义制度的坚决的批判者"。在他看来,文学艺术理所当然地是为解放斗争服务的工具,戏剧是其中最有效的一种;换句话说,他明确认为,文学艺术包括戏剧在无产阶级艺术家手中,不仅要说明(表现)世界,更应当能够改造世界。也不妨说,他所从事的戏剧创作和戏剧革新,正是为了改造资本主义世界,而这时全世界人民正在为反法西斯进行艰苦的斗争。那么,文学艺术(包括戏剧)被作为改造世界的"工具"之后,会不会像人们所顾虑的,从此丧失了它固有的艺术性呢?回答可以说"否!",可以放心,不论是从作者的创作过程,还是读者的欣赏过程来说,都不允许出现当年我们一度习非成是的"公式化""概念化";也可以说"是!",是要存心抛弃具有旧功能的旧艺术性,争取代之以具有新功能的新艺术性。更重要的是,这种新艺术性在布莱希特手中,首先不是为了供人按照旧审美观点进行欣赏,而是为了完成改造世界的艺术任务所必需。因为,一旦进入任务性的戏剧创作实践,他就逐渐发现,从亚里士多德到斯坦尼斯拉夫斯基所积累的旧式戏剧实践经验对他没有多少帮助。他既不能让观众在亚氏美学的支配下,走上四大皆空的所谓"净化"的道路,也不能让他们在斯氏体系的支配下,和台上人物一起如痴如醉,丧失主观批判的能动性。他从俄国的形式主义和程式化戏曲受到启发,要求同演员扮演的角色保持距离,而不"合二而一",也就是坚持一个解释者的态度,只向观众讲故事,而不迷失于故事之中;同时,他要求导演把戏当作"戏"来演,而不能将它"演"成现实生活的一部分。为此,他更要求编剧人用电影、幻灯、合唱队、歌手等道具,推倒斯氏为舞台刻意虚构的所谓"第四堵墙",时刻提醒观众他所见到的只是"戏",而不是现实生活。或者,从观众方面来说,他要求把舞台上实际敞开的"第四堵墙"重新用"玻璃"堵起来,以便经过那层疏隔,布置一种非情绪化的氛围,不让观众受到舞台上感情活动的干扰。

那层"玻璃"被他称作"陌生化效果",即赋予熟悉的现实一种不熟悉的外表。例如"大胆妈妈"在三十年战争的恶劣环境中,出于保护孩子的母爱,企图经商发财致富,结果落得人财两空。这种由客观环境对人的主观欲望所造成的"两空"现象,经过"陌生化效果"的渲染,足以使观众受到极大的震撼。又如《四川好人》中那个好心的妓女为了抵抗欺骗和剥削,竟然化身为硬心肠的商人。再如《主人潘蒂拉》中的潘蒂拉老爷清醒时的残忍和酒醉时的善良,前后判若两人。这两个主人公在资本主义社会所共有的对抗性生存状态,使观众深刻认识到,人在那个社会再怎样想成为"好人"也无法变好。至于《伽利略传》,作者对主人公的评价由于形势的不同而几次有所变化,其变化的依据始终如一地是为了启发观众、鼓动观众、振奋观众,却颇堪玩味。他在 1938 年的初稿文本中,把伽利略构思成一个反抗宗教裁判的机智战士,表面上似乎以否认科学观点屈服于权势,实际上以一句顽强的"其奈地球自转何?",坚定不移地继续着他的科学工作,从而为法西斯统治下的知识分子树立了一个楷模。作者压缩并淡化对主人公"变节"的描写,赋予他一个性格矛盾的形象,基本上对他予以肯定,这显然是同当时法西斯统治下的知识分子坚持自己所谓的"内心流亡"相关的。1945 年第一颗原子弹在广岛爆炸,其人间地狱的效果使科学家和有关的国家当局人物的矛盾分外尖锐起来。在 1944 至 1946 年完成的本剧第二稿文本中,伽利略向宗教裁判所否认自己的科学观点,这使他从一个捍卫真理的机智战士"堕落"成为向统治者出卖知识的犯罪的科学家。原来此刻在布莱希特心中,科学家对于自己的研究成果的责任心已成为本剧的核心问题。在这些构思和布局中,作者力图避免结构的纠缠与集中,以使观众疏隔于情节,保持宁静的、客观的心态,对剧情进行思考和探究,从而得出批判性的判断,作出通向社会实践的结论。至此可以说,布莱希特的戏剧革新工程达到了它的最终目的。由此产生了他的同抒情性戏剧性相对立、与传统戏剧风格相决裂的"叙述体戏剧"(晚年他又将它改称为"辩证戏剧"),产生了他的实际上是对传统美学辩证发展的"非亚氏美学"。

陌生化效果

读者也许会问,"陌生化效果"在实际运用中,究竟效果如何?是否真正达到作者所期许的目的呢?这是应由表演艺术家、戏剧理论家共同研讨的话题。事实上,在西方戏剧发展的历程中,从古典的索福克勒斯、莎士比亚、拉辛、莫里哀,经过撞开舞台门窗的易卜生、斯特林堡、契诃夫、萧伯纳,直到与布莱希特同时代的沁孤、皮蓝德娄、奥尼尔、萨特、贝克特、埃奈斯库等等戏剧大师,不论从内容上还是形式上,各自都曾对戏剧艺术进行过独到的改革和创新。布莱希特在这个交相辉映的创新者行列中,作为一个以马克思主义者自居的戏剧家,自有其与时代使命密切相连的不可否认的贡献,但从艺术成就来看,他也像其他任何创新者一样,尽管可能风靡一时,毕竟不能垂范于一切时代;因为任何创新现象不论如何稳定,都不宜加以绝对化,不能脱离它的历史条件予以抽象的超时空的肯定。何况布莱希特不仅是一位戏剧家和戏剧理论家,而且还是一位把自己的作品称为实用诗并富于独创性和显效性的诗人,对他的评价是不能脱离他的具体作品而概乎言之的。布莱希特的"创新"自有其时代根据与时代原因,也自有其所不可避免的时代局限性。不过,我们今天评价布莱希特,所应考虑或防止的倒不是什么"超时空的肯定",而是另一些可疑的议论。例如,德国统一后,国际文坛有人从意识形态习惯出发,认为布莱希特"过时了";又例如,一些自称"后现代"评论家认为布莱希特在艺术上并不怎么"先锋"云云。这两类评论除了暴露批评者本身的政治偏见和艺术偏见,对本书主人公的实际成就不可能有任何影响。与布莱希特同时代并在文艺思想上和他有过多次交锋的卢卡契,在他去世后不久(1957)著文这样说:"他(指布莱希特——作者注)的一切问题带着它的特点投入了我们的时代,这就是他固有的独创性之所在。他所提出的一切问题,连同使之显得合理的答案,都来自人类从屈辱中解脱出来的持久需要,那就是人类不得不在社会生活中按照人的尺度建立一个家园。这就使他同最伟大的文学传统密切地联系起来。至于他有时过分强调眼前的迫切需要,不得不抛弃他与过去的联系,也就无关紧要了。"

"陌生化效果"的应用范围并不限于戏剧创作方面,布莱希特曾将它同样应用于小说和诗歌创作。这两个文学体裁虽然缺乏戏剧所有的直观性,却由于阅读过程所容有的思考空间,而具有广阔试验的可能性,并引起人们浓厚的兴趣。如何在小说、诗歌创作中(例如在卡夫卡式的小说、超现实主义诗歌,以及中国的光辉典型阿Q身上)适当运用"陌生化效果",将比在戏剧创作中更能促进读者思考,以致产生同等或更大的醒悟或幻灭作用,看来值得整个文艺界认真加以探讨。此外,"陌生化效果"只是文艺创作上一种可供选择的手法,甚或一种可以随便使用的"工具",还是应当看成现实主义创作方法的有机组成部分?布莱希特专家们似乎也有进一步加以研究之必要。如果不把"陌生化效果"单纯看作一种手法或"工具",而是将它同现实主义联系起来,那么从作者的一些杰作所反映的"熟悉的"和"不熟悉的"生活现实来看,我们不难认识到,这种方法不仅表现了劳动人民承受劳动重负的坚强和善良,更揭示了这种品质所包含的各种精神奴役所造成的安命精神的内容,而且还指出前者可能转化为改造世界、创造历史的解放要求,而后者却又把这种要求禁锢在、麻痹在、窒息在"自在"的状态中。读者一旦通过作品的艺术力量,认识到这个矛盾的社会内容,就一定会觉悟过来、感奋起来,从而达到作者所期许的目的:这也许就是"陌生化效果"所包含的现实主义力量吧。

2002 年

后殖民小说家——"漂泊者"奈保尔
瞿世镜

在其作品中将具有洞察力的叙述和不为世俗所囿的详细考察融为一体,促使我们看清被隐蔽的历史真相。

——瑞典文学院

伟大作家描写高度组织化的社会。我没有这样的社会;我无假设;我并未看到我的世界在他们的世界中反映出来。我的殖民地世界更加复杂、陈旧,并且更加受到限制约束。

——奈保尔,一个自由人,一个世界公民

2001年10月11日,瑞典文学院将诺贝尔文学奖桂冠授予后殖民小说家奈保尔,赞誉其作品"将具有洞察力的叙述和不为世俗所囿的详细考察融为一体,促使我们看清被隐蔽的历史真相"。

这个决定并未使人感到意外。在相当长一段历史时期内,欧美作家执世界文坛之牛耳。除了1913年诺贝尔文学奖授予印度文豪泰戈尔和1945年授予智利女作家米斯特拉尔之外,从1901年到1961年的获奖者全部都是欧美白人作家。20世纪60年代以来,亚、非、拉美地区非白人作家频频获得此项文学大奖。到了90年代,非白人作家竟然占据了诺贝尔文学奖半壁江山。诺贝尔文学奖的评选结果,反映出当今世界文坛两大潮流即移民文学的兴起和后殖民文学的繁荣。而这两个文学潮流又与殖民地体系的崩溃以及经济全球化浪潮的来临息息相关。印度裔英国作家拉什迪被称为后殖民小说的"教父"。但是他写的《撒旦诗篇》被伊斯兰国家列为禁书,他的小说《摩尔的最后叹息》又引起印度教徒的强烈反感。如果把拉什迪除外,奈保尔显然是极引人注目的后殖民小说家之一。

瑞典文学院院长霍勒斯·恩格达尔博士将获奖消息通知奈保尔。奈保尔的印度裔妻子纳迪拉·卡纳姆·阿尔维不得不五次三番催促他来接电话。事后奈保尔对前来采访的记者们说,他原来本无获奖之奢望,获此桂冠理应归功于其祖先的故土印度以及南亚次大陆诸国,他的创作灵感及素材均来源于此。

　　1932年,维迪亚达·苏莱普拉沙德·奈保尔诞生于南美洲西印度群岛特立尼达和多巴哥,父亲是位记者,出身印度裔婆罗门家庭。1948年,奈保尔毕业于特立尼达和多巴哥首都西班牙港女皇学院。1950年,他留学英国牛津大学攻读当代英国文学,并且以优异成绩毕业。大学毕业后,他担任英国广播公司编辑,《新政治家》杂志评论员。1955年,他在英国定居,与帕特利夏女士结婚。1996年,帕特病逝,他与纳迪拉·卡纳姆·阿尔维结合。60年代,奈保尔周游了南美洲、西印度群岛、美国、加拿大、印度和非洲。特立尼达和多巴哥在英国殖民统治之下是多民族混居岛屿,这使他浸染了一种涉及社会政治历史发展的多元文化意识。周游世界开阔了他的视野,他以讽刺的笔调描绘沿途所见不同民族的风俗习惯,他发觉第三世界正在步西方国家之后尘,贪婪、混乱、暴力倾向日益严重,人们的生活被阴郁不祥的气氛笼罩,还使他不得不在小说和非虚构散文作品中发出振聋发聩的警世呼声。《中间通道》(1862年)是一部加勒比海地区游记,《黄金国的失落》(1969年)是关于特立尼达和多巴哥的历史著作。他对当地的贫富两极分化和政治局势混乱深恶痛绝。1960年,他远涉重洋去印度寻根问祖。五个多月的深入考察,所闻所见令他震惊,促使他写出了三部曲:《黑暗地区:印度经历》(1964年)、《印度:受了伤的文明》(1977年)、《印度:百万人大暴动》(1990年)。他极其坦率地揭示了印度社会激烈的矛盾冲突,对印度的极度贫困和不人道的种姓制度尤为厌恶。80年代初,奈保尔游历了中东及东南亚诸国,写了《在信徒们中间:一次伊斯兰地区的旅行》,对该地区的不良社会现象作了评述,对宗教激进主义亦不无微词。奈保尔的文笔犀利,但他绝不盲目崇拜西方文明而贬低东方文明,他的批判是哀其不幸,怒其不争。他把英国称为"到处是政治斗争、傲慢作家、懒散贵族的国家"。在政论文集《过分拥护的奴隶市场》(1972年)中,他痛斥奴役、欺凌、压榨以及一切不公正的黑暗统治。在小说创作中,他又通过众多漂泊者的故事揭露黑暗、反对压迫、寻求公正。在当今滚滚而来的经济全球化浪潮中,贫富悬殊和南北差距依然令人触目惊心,奈保尔之所以获得诺贝尔奖,绝非偶然、侥幸。其实早在1993年,奈保尔就荣获首届戴维·科恩英国文学奖,这是对他"终身成就"的表彰。1994年,塔尔萨大学购买了与他有关的档案材料,把他的书信、手稿与爱尔兰意识流小说大师乔伊斯的档案并列。他却把自己的档案称为"一个身处特殊环境的亚裔人文化选择的记录"。英国女作家玛格丽特·德雷布尔在她主编的第五版《牛津英国文学伴读》中认为,奈保尔作品中反复出现的政治暴力、内心无归宿感、异化疏离的漂泊感这些主题,可与康拉德作品中的主题相比。著名小说家维·索·普里切特把奈保尔誉为"当代最伟大的英语作家"。英国评论家罗纳德·海曼认为,奈保尔总是苦于找不到一个写作的中心,他的视野以不断转移的地平线为基础。这种说法值得商榷。事实上,他的视线不论向哪个方向转移,最后必然聚焦于第三世界国家的历史和现状,他是典型的后殖民小说家。或许最贴切的还是他本人的自我评价。他曾对美国记者梅尔·古索说:"我非常满足。一直是个自由人。"不论在艺术上还是在思想上,均是如此。他是"一位世界公民"。但是在这个世界上,他发现自己似乎永远是个漂泊无根的游子。

创作——不同文化冲突交融的结晶

奈保尔用英语写作,有深厚的英国文学功底,又有西印度群岛殖民地社会生活背景,他的创作是不同文化冲突交融的结晶。

奈保尔最早发表的三部作品,前两部是长篇小说,第三部是短篇小说集。瑞典文学院在授奖词中指出:"在这些早期作品滑稽逗笑的逸闻奇谈之中,奈保尔把契诃夫的风格和西印度群岛民间说唱的调子糅合在一起,作为一位幽默作家和街道社区生活的描绘者步入了文坛。"他的短篇和长篇写得都非常优美,文笔洗练诙谐,人物栩栩如生,幽默风趣地展示了特立尼达和多巴哥的生活习俗。然而,由于他如实披露了殖民地社会精神的浅薄和物质的贫乏,这些作品没有获得当地读者和批评家的青睐。英国读者却被作品中的异国情调所吸引,因此《神秘的按摩师》(1957年)获约翰·卢埃林·里斯纪念奖,《米格尔大街》(1959年)获萨默塞特·毛姆短篇小说奖。

1961年出版的长篇小说《比斯瓦斯的房屋》,仍然以特立尼达和多巴哥的社会生活为背景。奈保尔以他父亲的经历为素材,写出了一个真实人物平凡生活中的奋斗和痛苦,在当地和英国读者中获得一致好评。《比斯瓦斯的房屋》成为他早期的代表作,被译成多种文字,再版十余次。小说主人公比斯瓦斯的父亲是从印度移民到特立尼达和多巴哥的劳工,他出生时手上有六个手指,被认为是不祥之兆,从小就遭到歧视。作为移民,他既要设法融入当地殖民社会,又不想失落自身文化之根,内心始终处于矛盾状态。他忍受种种欺凌屈辱,不断奋斗,自力更生,成家立业。他娶妻之后,妻子塔尔西娘家亲戚经常说三道四,瞧不起他。于是他希望能够当个新闻记者,在报刊上发表文章,获得受人尊敬的社会地位,并且希望有幢属于自己的房屋,因为它不仅象征着事业成功和经济独立,而且可以从此摆脱妻方亲族的骚扰,获得精神上的胜利和满足。他认准目标,披荆斩棘,奋斗不已,终于如愿以偿,当上了记者,有了自己的房屋。他的长子阿兰德·比斯瓦斯不安于特立尼达和多巴哥的落后生活,到英国去留学。比斯瓦斯先生积劳成疾,病死在自己的房屋中。阿兰德从英国学成归来,已经人去楼空,家里只留下三千元债务、穷困的母亲和四个尚未独立谋生的弟妹。这部小说节奏徐缓、语言流畅、风格朴实,用现实主义白描手法书写平凡小人物的一生,自传因素和纪实文学相互交织在一起。作者带着真挚的怜悯和同情来叙述这个真实的故事,因此感人至深,成为一部真正的文学杰作。

小说《效颦者》(1967年),以一个虚构的加勒比海岛屿为背景,故事叙述者是一个41岁的失意政客和梦想家拉尔夫·辛格。不论是在伦敦还是在出生地加勒比海岛屿,拉尔夫·辛格都有一种浑身不自在的失落感。这部小说是奈保尔创作上的一个转折点,此后,奈保尔的小说就带有更强烈的政治倾向性和更浓厚的悲观色彩。奈保尔的独创性不在于小说形式结构,而在于那种用异化疏离语调构成的人生错位悲喜剧。他曾经尝试用编年史方式来写,先后失败了三次。于是他发觉最好从中间写起,让主人公辛格在伦敦郊区的寓所里写回忆录,作为小说的开端,辛格的思绪前后跳跃,忽然闪回,忽然前瞻,逐步勾勒出他失败的个人经历和政治生涯。随着辛格回忆的展开,读者对这个人物和这部小说有了整体印象。

《在一个自由国家里》(1971年)是一部中短篇小说集,荣获1971年布克奖。作者通过三个相互关联的叙述者,探讨了民族、国籍和如何确认个人身份的问题。书中有几个错位的人物:一位印度厨师来到了美国,一位西印度群岛青年来到举目无亲的伦敦,两位白人来到充满敌意的非洲国家。脱离了自身文化之根,大家都有一种手足无措的感觉。此书标题显然具有反讽意味:没有一个人物和所处环境的文化政治背景相互融洽,他们的"自由",或许只是一种漂泊无根的自由。作者借书中英国漂泊者之口说道:"就目前而论,国籍是什么? 就是我自己。我认为自己是一位世界公民。"这个集子中的第一个短篇《许多人中的一个》,叙述者山托是厨师,主人把他从印度孟买带到美国华盛顿,使他一时难以适应环境。他的印度式英语使人想起纳拉扬写的小说,然而那种奇特语调却完全适合于这个令人感伤的错位喜剧。与集子同名的中篇小说,写两个英国白人在非洲的经历。或许除了康拉德之外,还没有其他任何作家如此赤裸裸地揭露非洲国家的阴暗面。在一个新独立的国家里,一个黑人部落在屠杀另一个黑人部落,而那些白人则袖手旁观。这个故事具有非常尖锐的戏剧冲突,深刻揭示了罪恶的殖民统治遗留下来的恶果。

1972年,曾经是英国黑人领袖的迈克尔·马利克在特立尼达和多巴哥被判处死刑。他被指控谋杀了英国妇女盖尔·班森。盖尔·班森与丈夫离婚之后,在特立尼达和多巴哥与另一位黑人领袖哈金姆·贾梅尔同居。奈保尔认为,这是一起冤案。他回到特立尼达和多巴哥,专门为此写了一篇文章,在《星期日泰晤士》杂志发表。1975年,他又以这三个人物为原型,创作了长篇小说《游击队员》。书中三位主要人物都有漂泊无根的错位感。詹姆斯·阿赫曼德带有中国血统,在黑人社区中成长,对于周围的黑人居民有一种介乎优越感和自卑感之间的潜意识情结。奈保尔用一位南非白人彼得·罗奇作为那位黑人领袖的化身。他要用武装斗争来颠覆当地反动政府。他在西印度群岛中一个无名岛屿上艰难地生活,有一位英国妇女和他在一起,她的名字是简。简同情被压迫的黑人,对自己的白人特权和优越生活深感羞愧。她十分钦佩彼得·罗奇的革命精神和英雄气概。奈保尔虽然以马利克案件为原型,但是他在创作过程中拓展了他的视野,并且深入人物的内心世界。在这三个人物内心深处,除了革命激情之外,都有一种无家可归的失落感。

1979年出版的长篇小说《河湾》,使奈保尔获得了更高声誉。故事背景是非洲东海岸河湾处一个偏僻小镇,人们在这里过着贫穷悲惨的生活。主人公萨利姆是印度移民,想在镇上定居,开个小店铺谋生。但是这个地区受到独裁政权的严密控制,人民毫无自由,局势动荡不安,生命财产均无保障,于是萨利姆不得不打消定居念头,重新开始他的漂泊生涯。在小说末尾,起义的解放军准备和政府军展开决战,总算给读者带来一线希望。奈保尔是很有独创性的加勒比海作家,西印度群岛英语在他笔下化为优雅流畅的散文,从容自如地描述漂泊者和游击队员们的生活世界,呈现出具有当地风土人情的独特色彩。他以近乎悲剧的目光审视人们的挫折,然后把它化为一出社会喜剧。

与早期作品相比,奈保尔70年代的小说,轻快的笔调并未完全消失,但已不那么明显。他的讽刺更为辛辣,他的观察更倾向于揭示生活的艰辛和社会环境中的丑恶因素,他的小说创作也更多受到他本人非虚构作品的影响。他力图忠实地反映他环球考察所得出的个人印象。这就在某种程度上限制了虚构作品中人物的独立性。他们也像他一样,极其敏感地对所观察到的一切现象做出反应。

奈保尔的文风在80年代发生转变,进入一个深刻反思阶段。在早期作品《斯通先生与骑士伴侣》(1963年)中,他曾涉及主人公因为年龄老化而必须面临的种种问题。1987年出版的小说、2001年诺贝尔文学奖获奖作品《到达之谜》,重新回到了这个主题。此书的叙述者也是一位作家,其经历和奈保尔相仿,早年在英国海外殖民地生活,青年时期到牛津大学求学,然后四处漂泊,追寻自己的文化之根与精神家园。而今他垂垂老矣,定居英国,不断反思他与英国文化之间的关系。这是一部心平气和、节奏徐缓的小说。小说的主题是:变化。这是从一位作家的视角,来描述一个小小的社会生活圈子,其中每日每时都在发生着微小的变化;直到小说末尾,我们才恍然大悟,日积月累的细微变化最终导致了重大而深刻的变化,整个社会已经剧变,甚至恶化。道貌岸然的英国式绅士早已荡然无存,主人公已找不到精神家园。然而他却终于找到了属于他自己的与众不同的独特艺术风格。这就是所谓"到达之谜"。这个标题来源于意大利艺术大师乔尔乔·德·席里柯的一幅名画。此画本身就是一个神秘的谜。画面上有一艘船,扬帆而去,消失在远方。两个披着斗篷的人站在一垛红色城墙之前,他们中间放着一块棋盘,一座圆柱形的塔矗立在后方,塔上的灯光照耀着下面的景色。这两个人物看上去是来自远方的旅客,城堡主人叫他们下这局棋。至于这棋究竟如何下,应该遵循何种游戏规则,他们一无所知。看来现代世界已经发展变化到如此地步,似乎所有的人都在漂泊无定的旅途之中,谁也不知道什么命运在等待着他们,谁也不知道下一步棋该怎么走,谁也不知道这局棋如何收场。写作此书时,奈保尔与妻子帕特正居住在英国西部威尔特郡乡村别墅里,因此评论家认为此书也可谓一部稍加掩饰的自传。

奈保尔极其推崇波兰裔英国小说家康拉德。他在关于康拉德的一篇论文中写道:"小说作为一种艺术形式,不再令人信服。形式实验,并不以真实的困难为目标(伟大社会产生的伟大小说,曾经解决这些真实的困难),已经腐蚀了小说的反映能力……小说家,像画家一样,不再认识到他的解释功能,他设法超越此种功能,于是他的读者就减少了。我们所居住的这个世界是崭新的,但无人加以仔细考察,被摄影机留下的景象是平庸的,没有经过深刻思考,而且无人来唤醒真正的惊奇感。而这种惊奇感,或许就是对于一切时代小说家所追求目标的公正定义。"

奈保尔本人是忠于这个艺术目标的。《到达之谜》充满着惊奇感。作者关注与时俱进的社会变化,苦苦思索究竟应该如何与他自己四分五裂的文化背景相妥协。就在论述康拉德的那篇文章中,他写道:"我发现,伟大作家描写高度组织化的社会。我没有这样的社会,我无法分享这些作家的假设,我并未看到我的世界在他们的世界中反映出来。我的殖民地世界更加复杂、陈旧,并且更加受到限制、约束。"然而,现在不仅殖民地世界陈旧、复杂,英国和整个西方世界也显得陈旧、复杂。人们看到的所有文化,都是残缺不全的,都受到其他文化影响而分解崩裂,混乱无序。因此,奈保尔对他个人经历的沉思默想,在读者们心中引起了共鸣。奈保尔在此书中引用了康拉德的名言:"被无知所恶化的虚荣。"这就是奈保尔对现代世界所发生的变化的定义。在东西方文化之中,都存在着这种被愚昧无知所恶化了的虚荣。奈保尔在小说中揭露了这种虚荣,并且试图唤醒人们的惊讶感觉,去驱散这种虚荣,找回失落的精神家园。因此,瑞典文学院在授奖赞词中写道:《到达之谜》的作者塑造了一个不屈不挠的文学形象,他从容不迫地反映了旧殖民统治文化的瓦解,以及欧洲街坊社区的崩溃。"这的确是一个恰当的评价。

或许奈保尔觉得,《到达之谜》对他的观点发挥得还不够充分。或许他感到老之将至,有必要对自己的艺术生涯做一番更加全面、彻底的反省。于是,他在1994年推出了一部新作:《世界上的道路》。对这部作品,评论界甚感困惑,因为它既非一般意义的小说,亦非历史、自传、游记或回忆录。实际上它是各种因素兼而有之。

据奈保尔自称,此书内容"是我和加勒比海一些历史人物可能遇到的各种各样的事情"。例如,有一章的小标题是"在凄凉的海湾里"。在此章中,加勒比海曾经是发现新大陆的哥伦布、英国政客沃尔特·雷利、委内瑞拉革命家弗朗西斯科·米兰达等历史人物心头的幻影和事业的坟场。作者声称:"《世界上的道路》是我对自己做出的解释,做出艺术家的判断。"显然,标题中的"道路"一词,具有多重含义。它既指加勒比海历史人物走过的道路,又指奈保尔本人走过的道路。它既是奈保尔漫游世界各地所走的道路,也是他的艺术生涯所经历的道路。

在《世界上的道路》中,引起读者关注的不是历史人物的经历,而是作家奈保尔本人的经历。奈保尔自己也认为,《世界上的道路》不是历史、学术著作、小说,而是三者兼备,不可分割,综合成为一个完整的奈保尔。然而,他的经历和其他人的经历交错混杂在一起。把有关线索加以串联后,我们可以看到特立尼达和多巴哥不堪忍受的历史,看到奈保尔离乡背井到牛津大学苦读现当代英国小说,看到他遇见帕特利夏并且堕入爱河,看到他担任《加勒比海之声》播音员和编辑,看到他成家立业何等艰辛,看到他进入中年时期,界定了他的视点,扩大了他的视野,看到他周游世界、事业成功、声誉鹊起。他的独特经历,给他提供了独一无二的多元文化视角,使他能够以同等的权威和洞见,去观察各种不同文化,并且自由地做出他个人的判断。《到达之谜》告诉我们,他如何找到了独特的艺术风格。《世界上的道路》告诉我们,他如何找到了他的价值判断、他的独到见解。从这个意义上说,后一部可以视为前一部的续篇。这两部作品,是奈保尔后期创作中的双璧。

奈保尔最后的两部作品《超越信仰》和《半世人生》分别完成于1998年和2001年。其中《半世人生》以作者和他父亲的经历为依据,记述男主人公维利在英国成为著名小说家后,又与葡萄牙裔爱妻移居非洲,显示出漂泊者强烈的寻根情结。

奈保尔曾说:"我阅读过的所有小说,都描写安居乐业、井然有序的社会。如果使用这种社会所创造的文学形式,来描绘我自己看到的污秽不堪、杂乱无序、浅薄愚昧的社会,我总感到有点虚假。"因此,他总是在努力寻找适合反映他那个殖民与后殖民社会的文学形式。他的风格平凡朴实,然而谋篇布局和所有细节,都经过精心推敲、反复斟酌,具有很强的艺术感染力。他反对现代西方小说家闭门造车的形式实验,认为这种做法损害了小说的表现力。他认为作家应该对这个崭新的世界仔细考察、深刻思考,从而唤醒真正的惊奇感,促使读者奋起驱散那被无知所恶化的虚荣。换言之,他的审美风格和他的思想目标是融合一致的。因此,瑞典文学院在颁奖词中称赞奈保尔:"独辟蹊径,不受文学时尚和各种流行模式的影响,从现存的文学类型之中创造出他自己的独特风格。""以小说叙述而论,自传因素和纪实文学在奈保尔的写作之中融为一体,并不总是有可能指出何种因素居于主导地位。"

答辞——"两个世界"

2001年12月7日,在斯德哥尔摩举行了十分隆重的诺贝尔文学奖颁奖仪式。霍勒斯·恩格达尔博士在授奖词中说道:"维迪亚达爵士,您的作家生涯令人想起阿弗雷德·诺贝尔本人的自述:'我的工作之处就是我的故乡,而我在各处地方工作。'在每一个地方,您都提醒您自己,要忠于您的天性本能。您的著作描绘出您不同凡响的多维度个人探索之轮廓。就像一场电视现场直播节目,您驾驭着您自己设计的艺术手段,不必阐述任何人物或事物,您就已经显示出文学的独立性。我要向您转达瑞典文学院的热烈祝贺,并且请您从国王陛下手中领取本届诺贝尔文学奖。"

奈保尔在答谢词"两个世界"中回顾了他的人生经历和创作生涯。他说,这两者是不可分离的。他的故乡特立尼达和多巴哥和他游历过的第三世界构成了一个世界。他在英国求学并入籍,这是另一个世界。两个世界的反差和后殖民时期的苦难,为他的创作提供了广阔的背景和题材。他说:

> 我说过,我是一位直观的作家。过去是如此,现在依然如此,此刻我几乎已面临终点。我从没有创作计划。我从不遵循任何体系。我凭直觉创作。每一次,我的目的就是要写一本书,要创造出读起来既容易既有趣的作品。在每一个阶段,我都只能在自己的知识、理智、才能和世界观的范围之内创作。这些因素发展成为一部又一部著作。我不得不写那些书,因为关于那些题材,没有什么别的著作可以满足我的要求。我必须收拾整理我的世界,加以解释阐明,为了我自己……现在我已接近我创作的终点。我很高兴我已经干了我所干过的这些事情,很高兴我曾经创造性地驱策自己尽力往前迈进。

对于奈保尔获奖,媒体多半持肯定态度,并把奈保尔、石黑一雄和拉什迪并称为"英语后殖民小说三杰",他们特别指出,在"9·11"恐怖事件之后,奈保尔对宗教激进主义的批判态度更加具有深刻的意义。法新社的记者评论认为,奈保尔的小说和游记审视了后殖民时代给失去文化之根的移民们带来的心灵创伤,"也是缺乏归属感的现代人生存状态的象征"。亦有媒体抓住奈氏生活作风问题加以炒作,因此瑞典文学院院士姆奎斯教授特别在瑞典《快报》上撰文为奈保尔获奖一事予以说明。他指出,诺贝尔文学奖只审评其作品而不审评其道德。若以作品而论,奈保尔在四十五年中写了二十六本书,其中不乏精品。因此,1971年他荣获布克奖;1989年,英国女王伊丽莎白二世授予他爵士勋位;1993年,他荣获首届戴维·科恩英国文学终身成就奖。如今他又荣膺诺贝尔文学奖桂冠,可谓实至名归。

一面对外开放的镜子
——《尤利西斯》在中国的漂泊
严兆军

一部登峰造极的小说

今年上半年,在乔伊斯的故乡爱尔兰举行了长达几个月的庆祝活动,纪念乔伊斯一百二十周年诞辰和他的不朽作品《尤利西斯》问世八十周年,爱尔兰国立图书馆也不惜重金收购《尤利西斯》的手稿……就在八十年前——1922年2月2日,巴黎莎士比亚书屋的西尔薇亚·毕奇女士给乔伊斯送去了初版的《尤利西斯》,那一天正是作者的40岁生日。从此,《尤利西斯》不仅摆脱了当初的淫秽之名和被禁的命运,且被公认为20世纪英语文学最伟大的作品,乔伊斯本人也成了意识流小说的最杰出代表。

1996年在世界著名的出版社蓝登书屋举办的"20世纪百部最佳英文小说"的评选中,《尤利西斯》荣登榜首。这让人想起小说问世不久,美国批评家艾德门·威尔逊在《新共和》杂志上说的话:"《尤利西斯》把小说提高到同诗歌与戏剧平起平坐了……它创造了当代生活的形象,每一章都显示出文字的力量和光荣,是文字在描绘现代生活上的一重大胜利。"英国著名诗人及评论家威廉·燕卜逊则称誉《尤利西斯》是"一部登峰造极的小说"。而贝克特对乔伊斯的评价是:"其具有奇特形式的小说和戏剧作品使现代人从精神贫困中得到振奋。"其实,从传统小说的角度来看,《尤利西斯》的内容很简单:小说的主人公布鲁姆是都柏林一家报纸的广告推销员,作者用许多逼真的细节描写这个彷徨苦闷的小市民和他寻欢作乐的妻子莫莉以及寻找精神上父亲的青年学生斯蒂芬三个人一昼夜的经历,实际上是现代社会中人孤独绝望的写照。作者把小说的主人公与《荷马史诗·奥德赛》中的英雄尤利西斯(奥德修斯)相对照,把他在都柏林的游荡与尤利西斯的十年漂泊相比拟。但其创新处处可见:大量意识流手法的运用使该书成为意识流小说公认的开山之作,最后一段关于莫莉的内心独白更是成为经典中的经典;《尤利西斯》的文字犹如万花筒,变化无穷,作者模拟了英国文学史上历代名家的文体以表现不同的场景,并且大做文字游戏,大量引用典故,加深了文章的难度。乔伊斯还恶作剧似的调侃道:"这是确保不朽的唯一途径。"确实,《尤利西斯》使西方的文学考据学发展到了登峰造极的程度。在对权威和传统的戏谑中乔伊斯树立了自己的权威,从而成为传统的一部分。

中国人的接触

这样一部作品自然也得到了中国的关注。早在《尤利西斯》出版的当年,在剑桥留学的著名诗人徐志摩就读到了这部作品,并在他的《康桥西野暮色》前言中称赞它是一部独一无二的作品。他以诗人特有的激情奔放的语言歌颂该书最后没有标点的一章:"那真是纯粹的'prose',像牛酪一样润滑,像教堂里石坛一样光澄……一大股清丽浩瀚的文章排傲面前,像一大匹白罗披泄,一大卷瀑布倒挂,丝毫不露痕迹,真大手笔!"1935 年 5 月 6 日的上海《申报·自由谈》发表周立波的《乔伊斯》一文,却对《尤利西斯》做了彻底的否定。1950 年 11 月,朱光潜先生在路易·哈拉普的《艺术的社会起源》译后补记里也表达了同样的态度。朱先生虽没有直接评论本书,但否定了哈拉普视《尤利西斯》是运用传统的一个最好说明,而且是几个世纪文学发展最高峰的观点。1964 年袁可嘉在《文学研究集刊》第一期上发表的《英美意识流小说述评》,对《尤利西斯》也持批判态度。该书初版半个世纪之后的 1979 年,钱钟书先生在所著《管锥编》(第一册的第 394 页)中用《尤利西斯》第十五章的词句(乔伊斯将 yes 和 no 改造为 nes,yo)解释了《史记》中的话。1981 年,袁可嘉等人选编的《外国现代作品选》第二册关于意识流的部分收入了《尤利西斯》第二章的中译,并附有袁本人的短评,对该书的文学价值和地位重新给予了肯定。

其实,《尤利西斯》一问世就是一部令一般读者头疼,也让批评家伤神的作品,即使在今天这种情况也未得到丝毫的改善。在英语国家它被视为一部公认的"天书",翻译这样一部作品显然是异常困难的。目前国内的译本,较著名的有译林出版社萧乾、文洁若夫妇的合译本(文化艺术出版社 2002 年 6 月推出该版修订本)和人民文学出版社金隄先生的译本(天津百花文艺出版社 1987 年出版过他的节译本);此外还有京华出版社"世界十大经典名著"中收入的纪江红的译本,呼和浩特远方出版社的"世界禁书文库"中李进的译本,内蒙古人民出版社的"外国私家藏书"李虹的译本,还有内蒙古儿童出版社和内蒙古文化出版社章影光的译本等。尽管在《尤利西斯》中译本出来以后报刊上介绍和研究乔伊斯的文章越来越多,但相关的研究专著国内目前还比较欠缺,仅有上海外国语大学李维屏教授的《乔伊斯的美学思想和小说艺术》(上海外语教育出版社,2000 年)。已出版的有关乔伊斯的介绍和传记类作品有:袁鹤年译、格罗斯著《乔伊斯》(三联书店,1986 年),何及锋、柳萌译科斯特洛著《乔伊斯》(中国社会科学出版社,1990 年),陈恕的《〈尤利西斯〉导读》(译林出版社,1994 年),贺明华译布伦南·马多克斯的《乔伊斯与诺拉》(百花文艺出版社,1997 年),林玉珍译彼得·寇斯提罗的《乔伊斯传——解读〈尤利西斯〉》(海南出版社,1999 年),袁德成的《詹姆斯·乔伊斯——现代尤利西斯》(四川人民出版社,1999年),周柳宁译诺里斯、弗林特合著的《乔伊斯》(外语教学与研究出版社,2000年),白裕承译伽斯特·安德森的《乔伊斯》(天津百花出版社,2001年)和剑桥大学出版社编著的《詹姆斯·乔伊斯》(上海外语教育出版社,2001年)等十多种。

在中国人与乔伊斯和《尤利西斯》的接触中,1994年是一个具有重要意义的年份,这一年也许可以称为外国文学翻译的"尤利西斯年"。人民文学出版社在这一年推出了金隄译本的上册,而南京的译林出版社也推出了萧乾、文洁若夫妇的合译本,并在北京举行了"乔伊斯与《尤利西斯》座谈会"。为此,《中华读书报》刊登了一篇相关的文章《南北〈尤利西斯〉大战》,这场大战自然有其一定的商业目的,结果就正如金隄在他的译本序里说的:"可惜出版业务强调时机,尤其在最近两年来出现了竞争的情况下,不允许慢慢地精雕细琢。"这个竞争显然指的是萧乾夫妇的译本。而在实际的出版业务中,这两个版本也一直在争夺市场。人文的第一版前后印刷了三次,4.5万册,第二版第一次又印了0.6万册,同时收入人文的世界文学名著文库,印了0.2万册(乔伊斯的另外两部作品《都柏林人》和《一个青年艺术家的画像》早在1996年就收入了这个文库)。译林的第一个版本是三册的平装本,印了3万册,后来又出了两册的精装本以及彩面精装本,共计印了6万册。文化艺术出版社的修订译本印了0.8万册,加上其他的版本,《尤利西斯》在中国内地的销量超过了15万册。这部以晦涩著称的名著的译本有着畅销书的销量,这在20世纪90年代的外国文学作品译介中是不多见的,这显然与《尤利西斯》的盛名和地位有关。1996年译林出版社还将乔伊斯的大部分作品以英文的形式出版了,其中自然也包括《尤利西斯》,还有《都柏林人》和《一个青年艺术家的画像》以及《芬尼根守灵夜》,从而可以使更多的读者一睹原著的精彩;另外河北教育出版社已将乔伊斯的全集列入出版计划,其中《尤利西斯》的译者是北京师范大学中文系的刘象愚教授。

请不要匆匆理解我

金隄、萧乾和文洁若都是翻译大家。金先生是国内最早开始翻译《尤利西斯》的,袁可嘉等选编的《外国现代作品选》中的选译就出自他的手笔,金隄对《尤利西斯》也颇有研究;萧乾是文学家,早年在英国留学,语言和文笔都无可挑剔;文洁若一直从事外国文学的翻译和编辑工作,且精通日文,在该书的翻译过程中还参照了好几个日文译本。三位译者均是这个领域的专家,人民文学和译林两家出版社也是国内外国文学出版的重镇,这使得这两个译本的质量得到了保证。至于作品具体翻译的高下则是仁者见仁,智者见智。早在1994年8月,著名翻译家冯亦代先生就在《中华读书报》撰文

《〈尤利西斯〉中译本比较》,比较了这两个中译本。在该文中冯先生择两个译本的第一章前十页的译文共20句,逐一对比,文尾处委婉地道出他的意见,即萧译比金译略高一筹。此后又有中国社会科学院外文所的黄梅女士在《读书》杂志上,发表了《〈尤利西斯〉自远方来》一文,对两个译本进行了探讨性的比较。她认为译者们在口语化方面都下了功夫,"金隄译本在利用北京方言上似更突出",萧译本的注释远较金译本翔实,对读者理解原著帮助较大。黄梅也从第一章选取若干段落、词句相比较,她认为各有所长,而且"有时两译结合一下似可以取长补短"。最后她表示,金译在某些理解和处理上更胜一筹。还有南京大学奚永吉教授在他的《文学翻译比较美学》中有专门一章的篇幅来讨论这两个中译本,比较详细和全面地分析并表达了他对此的看法,是目前国内对于这两个译本的比较全面也最具有说服力的。

在众多的《尤利西斯》译本和版次里都会有一张乔伊斯的照片。这张照片是对《尤利西斯》的一个很好的隐喻:眼镜、放大镜和文字组成了一幅奇妙的图案,患严重眼疾的乔伊斯借助于眼镜的帮助才看清了这个世界,而布鲁姆这个人类书本中的一个文字透过放大镜幻化为人在时间和空间的永恒中所走过的道路。放大镜筑起了有限通往无限的桥梁,而布鲁姆则成为现代人的真实写照。乔伊斯专注的神态似在提醒每一个读者,当然也包括中国的读者:"请不要匆匆理解我的意思。"

尤利西斯从荷马的史诗里经过两千多年的漂泊来到了爱尔兰人乔伊斯的笔下,并且漂洋过海来到中国,这期间经历的艰难和挫折也许只有尤利西斯才可以承受。从徐志摩的赞叹到周立波的彻底否定,还有朱光潜间接的批评以及袁可嘉早期的批判态度,从钱钟书的引用到袁可嘉改变态度坦承过去批评的片面和不公正,再到金隄的翻译以及萧乾夫妇的新译本的问世,《尤利西斯》在中国的命运可谓一波三折。在1999年《中华读书报》举办的"20世纪百部文学经典"评选活动中,《尤利西斯》基本都排在前八名,表明今天的中国读者对其经典地位的认同;最近出版的外国文学史对该书的评价也说明了国内研究者对其价值的肯定和推崇。可以说,《尤利西斯》在中国的漂泊史就是中国文学和文化对外开放的一面镜子。

冒充学术研究的索隐派

方 平

18世纪以来英国学者逐步建立起来的"莎学"跟我国的"红学"一样,是一门显学。英美学者在有关作家生平、时代背景、版本、文体、取材来源、演出等等方面,都下了扎实的研究功夫,取得长足的发展。莎学研究成了有志者可以一辈子从事的学问。没想到进入21世纪,莎学界忽然冒出以臆测、比附为能事的索隐派的论调:"哈姆莱特就是德·维尔的自我'投射'。""《哈姆莱特》基本上是叙述德·维尔的生活故事。"

莎士比亚的许多杰作对于当时的观众、后世的读者之所以具有巨大的艺术魅力,首先在于他善于深入形形色色人物的内心世界,想他人之所想,乐他人之所乐,忧他人之所忧,而且以一位语言艺术大师的才华,道出了他人欲道而不能道的心声。其作品人物具有自己的生命、自己的个性,在最出色的场景中,你简直感觉不到艺术家的存在。

莎翁的这一艺术创作特点,很早就被论者注意到了。英国诗人蒲伯说过:即使莎剧中"所有的台词都没标出人名,我相信我们仍然很有把握地能把说话者的名字给一一填上"(1725年)。19世纪英国评论家赫兹里特说得更妙了:"剧中人物在呼吸着、行动着、生活着,莎士比亚并不是在那儿揣摩着他笔下的人物该说什么话,做什么事,而是一下子化身为那么多人物,说他们该说的话,做他们该做的事。"

济慈曾在书信中谈及莎士比亚的创作心态,提出诗人没有"自我"(identify);在另一书信中谈到他所崇敬的莎翁时,又提出了"自我否定的才能"(negative capability)。这"没有自我"等说法,也许近于王国维在《人间词话》中所提出的"无我之境"吧。

"无我之境"意味着戏剧艺术进入了它的化境,芸芸众生仿佛直接来自现实生活,那么我们读莎剧,还能不能通过作品,通过人物了解在作品后面、人物后面的剧作家本人呢?这是个见仁见智的问题。很多严谨的学者持保留谨慎的态度,而以美国莎学专家吉特里奇(G. L. Kittredge)的观点最具有代表性了。他在纪念莎翁逝世三百周年的一篇讲话(1916年)中提出:研究莎剧,在所有的方法和想法中,最错尽错绝的是费尽心机去猜透剧作家的人格之谜,从其作品中去发现其人。"的确,在其作品中自有其人在。真正的莎士比亚或多或少地隐蔽在他的戏剧中;但是,你怎样把他提炼出来呢……假定说,哈姆雷特是属于莎士比亚,那么克劳迪斯亦应如此。"

我相信,只要我们有机会多亲近他的作品,自会感受到他老人家宽厚坦荡的仁者胸怀和他独特的人格魅力——和周围的人们一见如故的亲和力。这就是说,在我们各自的心目中自会大致上显示出他老人家的神态和风貌——以及他作为人文主义者的所爱所恨和他的思想倾向性。

唯独索隐派却振振有词地唱起了反调,提出莎士比亚创作《哈姆莱特》其实是依葫芦画瓢地为本人立传——这本人并非别人,而是幕后捉刀人德·维尔·牛津伯爵。我们认为,莎剧创作艺术的最大特点就在于"无我",虚怀若谷,故能成其大。这受到历来称颂的创作特点和艺术成就,却给索隐派一笔勾销了,其用意无非为了达到篡夺莎士比亚著作权的目的。

"《哈姆莱特》就是德·维尔的自我'投射'",且听听"索隐派"怎样勾勒这一个呼之欲出的"我"吧:牛津伯爵早年丧父,死因不明,寡母随即改嫁,哈姆莱特杀死躲在幕后窃听的大臣;伯爵17岁时,也曾杀死被怀疑是奸细的厨子。王子从丹麦去英国途中,为海盗所俘;伯爵从意大利回国途中也遭遇海盗掠夺。王子对情人翻脸无情,伯爵对不忠诚的妻子也十分冷酷。甚至对于丹麦大臣告诫儿子不可借贷,王子戏称这位大臣为"鱼贩子"等等情节,索隐派也煞费苦心,从伯爵的生活背景中东拉西扯地找到线索。

然而,索隐派忘了最重要的一点:这一悲剧的全称是《丹麦王子哈姆莱特的悲剧》。丹麦王子复仇的故事,很早就在北欧流传开了;到12世纪末,丹麦学者Saxo把传说载入《丹麦稗史》,悲剧的一些基本情节都已具备:杀兄、夺嫂、假疯、青梅竹马的情人、母子密谈、窃听者被刺死、遣送英国、王子私改国书,两名押送者反而被处死等;王子名Anelthus,母后名Gertrude,也和莎剧中人名近似。

1570年法国作家贝勒福莱(Belle Forest)依据这一题材写成小说,情节基本相同,但小叔和王后在老王生前已勾搭成奸。值得辨味的是,在莎剧中阴魂把克劳迪斯斥为"一个乱伦、通奸的禽兽"!乱伦,指叔嫂成婚;通奸,揭发他早已成了王嫂的奸夫。老王(幽灵)还自表忠诚:"始终信守当初婚礼上我对她立下的盟誓。"而指斥王后徒有"外表上端庄"。王子的悲愤是凶手"杀了我父王,把我母亲当作婊子"!悲剧中虽然没有点明,但多处暗示叔嫂早已勾搭成奸。王子对情人如此绝情,表现出对于女性的厌恶,正是因为母亲不顾羞耻,丧尽妇女的脸面,给他的刺激太深。

1589年,当时伦敦演出的《哈姆莱特》是一部带血腥味的复仇剧(剧作家可能是基特,1558—1594),台上有亡魂出现,阴惨地嘶号着:"哈姆莱特要复仇呀!"亡魂的出现,为悲剧所独有,是具有关键性意义的情节。无论是原始的或后来法国的故事中,杀兄夺嫂是公开的,尽人皆知,无须亡魂出现诉冤;亡魂的引入,意味着杀兄已是紧紧包藏起来的秘密,增加了复仇的难度。学者们认为现已失传的这一旧剧,应是莎翁构思这一悲剧时最直接的取材来源。这样,我们看到,从最初的民间口头传说,到进入文字记载,到扩充为小说,到以满台陈尸告终的复仇剧。在漫长的四个多世纪,来自北欧的传奇,经历了一系列演变和发展的过程,最后(约1600—1601),由莎士比亚的大手笔赋予人物以鲜明丰满的形象,情节由此定型,深入人心,刀光剑影、充满血腥的复仇剧提升为一个进入人物内心世界、对于人生意义不断作出哲理性思考的大悲剧。

谁知,这一伟大悲剧在索隐派的心目中却成了一场假面舞会,摘下面具,立即显示出德·维尔伯爵的"真"面目。捧出第17世纪牛津伯爵,说这位大贵人就是丹麦王子的原型人物,只怕是索隐派的自作多情,痴心妄想吧。且不说早在这位伯爵(1550—1604)降生的几个世纪前,丹麦王子早已出现在传说、史籍、故事中了,即以莎剧而言,面对着国仇、家仇、私仇(父王被害、母后被奸淫、王位被篡夺),王子怎样报仇雪耻构成了贯穿全剧的情节线。四百多年来,有关哈姆莱特的故事情节,有所出入,但都以复仇为主线。回避了这一主题,没有复仇使命的哈姆莱特:父亲没有遭谋害,母亲没有和坏人勾搭成奸,耳边没有响彻"要报仇啊!"这亡魂的庄严嘱咐,试问这个所谓"自我投射"的原型人物怎么树立得起来?

索隐派独特的逻辑思维是:悲剧的原型人物既然是牛津伯爵,那么不言而喻,悲剧的著作权也必然属于他了。真有这样的事吗?试以出现在鲁迅笔下的那一群小人物为例,即使专家们一一为之指出令人信服的原型人物,他们有的是切身感受、生活素材,难道能就以此为自己立传,动笔写出像《祝福》《阿Q正传》等发人深思的伟大作品吗?很遗憾,绝无此可能。在当时忍受深重压迫的生存环境中,被剥夺了学习文化、亲近艺术的机会,他们怎么能拿得起笔来作为申诉、呐喊、揭露封建黑暗势力的得力武器呢?

把一部具有时代意义的大悲剧压缩成一部为个人宣传的起居注,难道就足以说明这位伯爵具备了创作这一伟大作品所需要的巨大的艺术才华和深入人物内心世界的洞察力吗?索隐派却见不及此,目光浅短,眼中所见只有荣华富贵、诰封、爵位,以为凭着身份高贵,就能轻而易举地从封建王国一步跨进了艺术王国,而且仍然大摇大摆,高人一等。正是在这里,趋炎附势的索隐派把自己的面目暴露得最充分了。

文学应该为历史作见证
——2002年诺贝尔文学奖得主凯尔泰斯·伊姆雷
严兆军

陌生的"局外人"

在众多的猜测和期待中,2002年的诺贝尔文学奖终于尘埃落定:10月10日瑞典文学院宣布将今年的诺贝尔文学奖授予匈牙利作家凯尔泰斯·伊姆雷(Kértesz Imre),"因其作品支持了个体用其脆弱的经历对抗野蛮的历史霸权……考察了个体的生命和思想在一个人们几乎彻底地屈从于政治强权的时代里存在的可能性"。

这个结果让众多的文学专家和新闻媒体大跌眼镜:较之约翰·厄普代克、米兰·昆德拉、巴尔加斯·略萨、卡洛斯·富恩特斯、萨尔曼·拉什迪、多丽丝·莱辛、菲利普·罗思和本·奥克利这些此前媒体常常提到的赫赫有名的竞争者,凯尔泰斯只是个默默无闻的"局外人"。在公布本年度获奖者名单的当天,瑞典的《每日新闻》率先报道了凯尔泰斯获诺贝尔文学奖的消息。随着各个新闻机构派驻瑞典的记者发回报道,凯尔泰斯的大名出现在全球各大新闻媒体的版面上,凯尔泰斯·伊姆雷成了世界关注的焦点之一。但仔细看看这些报道,出现最多的字眼是"陌生"和"意外"。诺贝尔文学奖的结果公布以后,瑞典报纸《晚报》做了一个问卷调查,了解瑞典一般读者对凯尔泰斯的了解程度。接受调查的四百多名成年人都具有中等以上的教育程度,结果是96.4%的人说他们根本就没有听说过这个名字,更不用说读过他的作品了,而其时瑞典已经翻译出版了凯尔泰斯的四部作品,其中《无形的命运》(Sorstalanság,1975年)有两个译本。

对于至今只有两部译作——《无形的命运》(Fate-less,1992年)和《给未能诞生的孩子祈祷》(Kaddish for a Child not Bom,1997年)的英语世界来说,凯尔泰斯更是鲜有人知。《华盛顿邮报》文化评论的主笔乔纳森·亚德利(Jonathan Yardley)称自己对凯尔泰斯一无所知;著名的《新共和》杂志的文化主编莱昂·威塞尔蒂尔(Leon Wieseltier)说,他只读过《给未能诞生的孩子祈祷》,但已经没有什么印象了。一些著名的美国文化媒体从未对凯尔泰斯及其创作做过任何报道,即使在他获奖之后也没有给予应有的关注,《纽约时报书评》仅有一篇相关的新闻稿和西恩·罗森鲍姆(Thane Rosenbanra)的一篇题为《幸存的幸存者》的短评。倒是英国著名的《泰晤士报文学副刊》于1993年1月15日刊登了彼得·希伍德的一篇关于《无形的命运》的评论,该文认为这部小说显然属于社会内涵大于文学意义一类的作品。凯尔泰斯获奖之后,该刊又发表了著名的旅英匈牙利诗人乔治·泽特斯(George Szirtes)的评论文章,比较全面和深入地介绍了凯尔泰斯的创作与成就。

如果全世界对于凯尔泰斯的认识都只能用"陌生"一词来标识的话,瑞典文学院一定不会冒这样的风险。在欧洲,凯尔泰斯的名字是重要的,尤其是在德国,可以毫不夸张地说,他在德语世界的影响还相当巨大。1990年和1996年,《无形的命运》的两个德译本先后问世,在德国文坛引起轰动,被列为20世纪欧洲文学非常重要的作品之一,凯尔泰斯也因此在德国迅速成名。其后他的全部作品都有了德译本,各种文学奖项纷至沓来,就在宣布诺贝尔文学奖的前一天,凯尔泰斯刚刚获得了汉斯·萨尔文学奖。在本年度的诺贝尔文学奖揭晓的当天,德国总统约翰内斯·劳向凯尔泰斯致贺信,感谢他"为德国人民与匈牙利人民之间的相互理解作出了贡献"。德国著名的《法兰克福报》在第二天的评论中指出:"近几年来,诺贝尔文学奖的归属一直存在争议。瑞典文学院终于在今年作出了一个正确的选择。这是一个无可置疑的出色的决断。"

大屠杀文学的见证人

凯尔泰斯是在柏林得知获奖的——他和妻子眼下正住在德国——他握着酒杯的手不禁颤抖,当时的反应是:"脑子全乱了""惊喜交加"。对他来说,诺贝尔文学奖的垂青是个意外。在接受媒体的采访时,他说:"我现在安全了","对我本人而言,这是一个大荣誉。这或许表示,我可以有段比较平静的日子过了,至少在物资生活上是如此。我变得有钱了。这么一大笔钱肯定要花很长一段时间,但是我会毫不犹豫、干脆利落地把它花光。"显然,诺贝尔奖带给他的不仅仅是一个价值判断,还有稳定与安静的生活、新的安全感和新的自由。

获奖的第二天,凯尔泰斯在接受德国《世界报》的记者采访时谈到他对自己母国语言匈牙利语的深厚感情:"我目睹、我亲历这个国家(匈牙利)的疯狂堕落,在妄想中自毁。每天,那些充满仇恨的国家捍卫者以及我真切的记忆,都驱使我疏远。我对她(祖国)的冷漠与日俱增。我也慢慢尝试着离去。然而语言,是的,就是它把我拴住了。这是多么奇怪。这种陌生的语言,却是我的母语。"他称匈牙利文"是一个小岛语言",他能够获奖"是对匈牙利文学的肯定""对匈牙利文学意义重大"。目前他正着手于一部新作(估计将于2003年7月出版),这部小说讲的是"在历史转折时期,在令人困扰的、突然降临的自由中,过去的时代消失了,人的经历改写了,什么都失效了,再没有值得一提的历史"。小说"还会涉及大屠杀,但不是幸存者,而是他们的下一代,写他们如何在巨大的变迁中迷惘地挣扎。"

获奖后的凯尔泰斯开始进入一个新的角色,他不断地用匈牙利语和德语发表讲话,对镜头露出微笑,接受一束束鲜花。10月18日,他又在布达佩斯与导演科尔陶伊举行了记者招待会,宣布将《无形的命运》改编成电影。科尔陶伊·劳约什说,这部电影将描绘犹太人所遭受的苦难,主题是反映世界在走向坏的方面。凯尔泰斯在这次记者招待会上强调匈牙利应正视过去种族屠杀的事实:匈牙利还没有直接面对"藏在衣柜中的尸体"——即过去发生的对犹太人大规模迫害和屠杀的问题。他说,匈牙利的文化中没有对种族屠杀的深层认识,他之所以长期默默无闻,就是因为匈牙利社会一直在回避过去的问题,他这次获奖将彻底唤起人们对过去种族屠杀这段历史的再认识。

凯尔泰斯·伊姆雷1929年11月9日生于匈牙利首都布达佩斯一个犹太人家庭,在二战中,年仅15岁的伊姆雷和许多犹太人一起经历了可怕的命运:1944年被纳粹投入波兰的奥斯维辛集中营,后来又转到德国境内的布痕瓦尔德集中营,1945年获得解救,三年后返回匈牙利。1948年,凯尔泰斯到布达佩斯的一家报社工作,但三年后该报社被勒令解散。他服了两年兵役后,成为一名自由作家和德语作品翻译者。他先后翻译了尼采、霍夫曼斯塔尔、施尼茨勒、弗洛伊德、维特根斯坦、卡内蒂等人的作品,这些作家对他的创作产生了重要影响。

1975年凯尔泰斯开始陆续发表关于大屠杀的三部曲《无形的命运》、《惨败》(*A kudarc*,1988年)和《给未能诞生的孩子们祈祷》(*Kaddis a meg nem születetett gyermekért*,1990年)以及其他一些相关的评论文章。这些作品渐渐引起很大的回响,凯尔泰斯也开始在世界文坛上占有一席之地,并获得多项国际文学大奖,其中包括1995年的"布兰登堡文学奖"、1997年的"莱比锡促进欧洲和解图书奖"和2000年的"世界文学奖"。

艾尔弗雷德·诺贝尔在他的遗嘱里提到:诺贝尔奖的一份"奖给在文学界创作出具有理想倾向的最佳作品的人"。这是诺贝尔文学奖一百年来一直坚持不变的硬性标准。但在具体实践中,瑞典文学院的偏好还是有所变化,而且这种变化仍在继续中。从近几次评奖结果也可以看出,瑞典文学院似乎并不看中那些早已为人皆知的热门人物,而是有意识地利用文学奖的声望和影响来引起人们对受到冷遇的文学的注意,并借此唤起人们对一些几乎被遗忘的重大历史事件的记忆,使人们注意到一个越来越远离的世界。2001年诺贝尔奖一百周年纪念,瑞典文学院召开的特别讨论会以"见证的文学"为题,给文学的作用做了新的注解,也为这次凯尔泰斯的获奖埋下了伏笔,而凯尔泰斯本人就是当时参加讨论的嘉宾之一。在这个讨论会上,瑞典文学院表示,希望文学起到为历史作见证的作用,作家应该记录自己个人在历史中的真切感受,用自己的语言去对抗以意识形态来叙述的历史与政治谎言。常务秘书恩格道尔在今年的一次电视讨论中还公开表示,今后的文学奖不光颁给写小说、诗歌、戏剧的作家,从而可以颁给历史学家和政论散文家。这些举动清楚地表明,瑞典文学院希望作家能够站在历史见证人的立场从事创作。而凯尔泰斯的作品不仅符合诺贝尔对于"理想主义"的偏好,也与瑞典文学院"见证文学"的要求不谋而合。

阿多尔诺说过:"在奥斯维辛之后写诗是野蛮的,在今天写诗已经成为不可能的事。"而在凯尔泰斯看来:"奥斯维辛之后,只有写奥斯维辛","每当我构思一部小说的时候,我总是想到奥斯维辛"。他也正是这样做的:"奥斯维辛"这个主题几乎贯穿于他的全部作品之中。小说《无形的命运》是一部自传体小说。作者用独特的视角回顾了自己还是一个十几岁孩子时在奥斯维辛和布痕瓦尔德纳粹集中营里度过的那段无法忘却的痛苦岁月。一开始出版商不愿接受,出版后也未引起什么反响,这些经历都被作者写进了《惨败》,三部曲的后两部继续描绘了集中营那挥之不去的阴影。这以后他的散文作品还有《寻路人》(1977年)和《盎格鲁的旗帜》(1991年)。1992年《苦役日记》以小说的形式出版。这部作品记述了作者1961—1991年的经历。《另外的人,无常记事》1997年出版,仍以笔记体的形式记述了作者1991—1995年的内心独白。1989年东欧政治剧变后,凯尔泰斯能够更多地在公共场合出现。他的演讲和评论被收入《大屠杀作为一种文化》(*Aholocaust mint kultúra*,1993年)、《行刑队上膛的寂静时刻》(1998年)和《流亡话语》(2001年),批判的仍是奥斯维辛的疯狂。

对奥斯维辛这个人间地狱的描绘并非只有凯尔泰斯一人,"大屠杀文学"作为一个独特的现象已经成为欧洲当代文学的一个突出现象。其中最具代表性的人物有:意大利作家普里莫·莱维(Primo Levi,1919—1987)、波兰诗人达德乌斯·布罗茨基(Tadeusz Borows ki,1922—1951)、法国诗人保罗·策兰(Paul Celan,1920—1970)和埃利·维塞尔(Elie Wiesel,1928—)。其中仅有维塞尔从受害者的个人角色中提升,站在一个公诉人的位置代表一个受难的群体控诉了集中营的罪恶,因此获得"代言人"的称号,赢得1986年的诺贝尔和平奖。另外几位作家基本上都是持孤独的原告的立场,正是这个立场使莱维一辈子为抑郁症所苦,并在1987年盛传他将获得诺贝尔文学奖时自杀。布罗茨基早在1951年就用煤气自尽了,保罗·策兰也在1970年自沉塞纳河。诺贝尔文学奖——错过了他们,最后只能在21世纪初以凯尔泰斯来填补这个空白。

当然,凯尔泰斯之所以获奖,最重要的原因还在于他在反思大屠杀时为文学提供了一个全新的位置——"见证人"的立场。对照其他几位"大屠杀文学"的代表,可以看到,所谓的"见证人"既不是原告也不是控诉人,他不需要抱怨和呻吟,他所要做的就是明白无误地提供证词。就此看来,凯尔泰斯不光是一个受害者,他超越了受害者通常扮演的原告的角色,成为看上去置身事外的"局外人",却因此既保存了个人的位置又超越了个人,在某种程度上达到了独特的"普世性"。瑞典文学院的常务秘书恩格道尔在宣布今年诺贝尔文学奖的结果后接受瑞典《每日新闻》的记者采访时特别指出:瑞典文学院不是因为凯尔泰斯的艺术风格和语言形式有什么突破而给他颁奖,也不是因为他的创作力丰厚(他的作品也不是很多),而是因为他的叙述视角,因为他"给了我们一个新的位置……这是一个激进的不可动摇的位置,他和什么文化或社会都不和解,甚至与生活都不和解。在某种意义上,他的书就是他和生活签订的协议"。正是这种"拒绝妥协"的态度,为凯尔泰斯的"思考激发了一种非凡的自由",造就了他独特的"见证人"立场。

人们不应该忘记历史

12月7日,是瑞典文学院安排凯尔泰斯做演讲的日子。演讲前,先由瑞典文学院的院士托尔尼·林德格林(Torgny Lind Gren)对凯尔泰斯做了一个简短的介绍。林德格林提到了凯尔泰斯的文学作品和生活背景的独特性,谴责了纳粹和其他集权主义的独裁统治。他指出,《无形的命运》在凯尔泰斯全部作品里居于核心地位,因为这部作品不光讲述了一个少年在集中营的经历,也是一部反映了同时代欧洲人命运的杰出散文。他还强调了凯尔泰斯全部作品的相关性,认为它们组成一个完整的体系。这个体系"表明个体对于被群体淹没的拒绝,拒绝放弃自己的独特性"。而凯尔泰斯是以写作的方式来达到这个拒绝的。在读完他的第一部作品之后,我们都可以清楚地知道凯尔泰斯以这种方式发出的声音:"除了写作,我生存的几乎所有方面都是糟糕的。所以我以写作来承受命运,来证明它的价值。"

在题为《我找到了!》(*Heureka!*)的演讲中,凯尔泰斯首先提到自己的一种独特感受——两个分裂的自我:一个是冷静的旁观者,另一个是作品在全球被广泛阅读的作家,他希望这两个自我在演说中能够得到统一。凯尔泰斯回顾了自己的经历:被捕的"那个20分钟"、纳粹集中营里的感受、1956年的匈牙利革命以及苏联的坦克和斯大林主义的恐怖时期。他重提萨特"为谁写作?"的问题。他表示他为自己写作,"写作有着严格的私人性"。"如果说我有什么目标的话,那就是对于语言、形式和主题的忠实,其他就什么也没有了。"而对"我们为什么写作?"这个问题,他的回答是:"写作是为抵制从众的诱惑",并把自己的写作说成是"抵抗专制和独裁的工具。"接着他具体谈到了语言,他认为写作的语言在20世纪发生了重大的变化,当前作家最重要和激动人心的发明就是语言。在卡夫卡、奥威尔的手里,语言获得了新的形式。他认为自己的经历使得自己的小说语言充满了影射的内容,"如果我生活在一个自由社会里,我也许就不会写《无形的命运》这样的小说。"

演讲的核心部分是他对于大屠杀的见解："我从不将大屠杀这个复杂的问题仅仅看作是德国和犹太民族不可避免的冲突；我决不相信这是早就开始的充满审判和磨难的犹太苦难史的最后一页；我也从不将它看作一时的失常，一次大范围的屠杀，一个创造了以色列的前提。我在奥斯维辛发现的是人类的境遇，一场伟大冒险的终点，欧洲的旅行者在经历了两千年的道德和文化史的跋涉之后终于抵达了。"在凯尔泰斯看来，"奥斯维辛的真正问题是它曾经存在过，这是不容改变的，糟糕的是它还将存在于这个世界上……在我的笔下，大屠杀绝不会以过去时呈现"。他说："简而言之，我曾经死过，所以我可以活着。或许那就是我的真实故事。我致力的这个为已经死去的千百万人和还记得他们的人们的工作，起源于一个孩子的死亡。但既然我们谈论的是文学，毕竟在你们瑞典文学院看来是文学的一种——见证文学，我的作品也许可以对将来起到一个有益的作用——对着未来说话——并且这也是发自内心的。不管什么时候想到奥斯维辛带来的创伤，我总会想到今天充满活力和创造性的生活。因此我坚信奥斯维辛的意义在将来而不是过去。"

12月10日，在诺贝尔奖颁奖礼结束之后的晚宴上，凯尔泰斯又作了一个简短的答谢词。在答谢词里，他提到我们今天正在经历一场全球化的更大规模的大屠杀。他问："奥斯维辛的幸存者今天会有什么命运？"作为大屠杀的幸存者他留给后人的是什么？他的精神遗产是什么？他的苦难体验丰富了人类的知识吗？还是只是作为人类难以想象的堕落的见证人，丝毫没有教训，并且很快被遗忘吗？他说："我不希望看到这样的结局"，"大屠杀是欧洲文明的外伤，已经成为欧洲社会不可分割的一个部分"。然而，这个恐怖世纪的真实面貌，一直被误解了自由的"无法理解""历史错误"之类的口号误导。最后他重提"大屠杀创造了价值"的观点："我从来没有自我怜悯，或自认崇高。我从开始就知道我的耻辱并不仅仅是个人的羞辱，它隐藏着一种拯救。如果我勇敢到可以承受这个救赎，这种有着优美形式的残忍，在这个优美的形式下认识到残忍。如果你现在问我是什么让我继续留在这个世界上，是什么让我活着，我会毫不犹豫地告诉你：爱。"

正是这种对于爱的信念和"见证人"的立场使得凯尔泰斯成为大屠杀"幸存的幸存者"，并且以自己的方式提醒人们"奥斯维辛并不是游离于正常西欧历史之外的一个特例事件，而是有关现代社会中人性堕落的最终真相"，关于大屠杀的记忆决不能随着幸存者的死绝而消失。

小说《无形的命运》中有一个经常被人引用的结尾：

我的妈妈在等我,一旦我出现在她面前,她肯定会非常高兴,可怜的人。我记得,妈妈以前希望我将来成为一名工程师、医生或诸如此类的人。如她所希望的那样,一切都有可能成为现实。没有任何荒诞的事情是人不能自然而然经历到的。而且现在我已经知道,在我人生的道路上,幸福潜伏着,就像一个不可避免的陷阱。甚至就是在那里,在那烟囱旁,在痛苦的间隙里,也依然会有某种类似幸福的东西。虽然对我来说,也许正是这种经历才是最值得纪念的,但所有的人总是问我的不幸、恐怖。所以啊,下一次,当他们再问我的时候,我必须向他们讲一讲集中营里的幸福。

　　只要他们来问我。只要我还没有忘记。

真有人问他了:《法兰克福报》记者10月13日采访他时提出了这个问题。在这篇题为《爱是最重要的》的访谈里,凯尔泰斯的答复是:"我以自传的笔法写了一部小说,但不是自传小说。您不能将我和小说中的英雄混淆……如果有人问我……集中营的幸福,那我没有答案,小说的第一句话就建筑在幸福这个词上,小说的尾部,一切又归纳向这个词。让我在私人谈话中解释幸福,我无法做到。一个词体现一种意思,要看相互关联。我认为,它在我的小说结尾时所产生的作用,比分析一种暴行更加深刻、更加强烈。"他又说,"幸福的时刻,那是事实。但那幸福是残酷的。"

"幸福"这个词在小说中反复出现,这种悬搁了通常的价值判断的对生活原始场景和感受的描绘直指人心,使小说的结尾强烈有力。维特根斯坦在其代表作《逻辑哲学论》(1922年)中说过,"凡是可以说的东西都可以说清楚;对于不可说的东西我们必须保持沉默……不可说的东西显示自身。"他认为作者所要做的就是彻底摧毁读者对这类作品一贯的期待,从而为他们开辟去感受不可描述、难以置信的事件的一个新的视角。在深受维特根斯坦影响的凯尔泰斯看来,"可以说出"的就是他笔下的集中营,奥斯维辛的其他根本就不可描述,只能"显示"。这"说出"的一切,恰恰"显示"了对奥斯维辛保持沉默所蕴含的全部意义和价值。

作为一名作家,凯尔泰斯是无比真诚的:"我写作,写作令我快乐。我真的会为一个好句子而感到幸福";作为一名作家他是谨慎的:年近半百才创作了第一部小说,并且从动笔到完成花了十三年;作为一名作家他是痛苦的:因为他的笔总是将他带回奥斯维辛的岁月,带向大屠杀那抹不掉的记忆;但作为一名作家他又是幸福的:他找到了一个独特的位置,一个见证人的位置——站在这个位置上,他得以重现那个遥远的年代,唤醒人们对于奥斯维辛那渐趋模糊的记忆，阻止了大屠杀从血淋淋的事实转变为一个冷冰冰的概念。

人们不应该忘记历史、忘记奥斯维辛、忘记凯尔泰斯，瑞典文学院再次提醒了世界。

2003 年

伏契克百年诞辰纪念
——我为欢乐而生,为欢乐而死

哈 米

今年2月23日是捷克著名作家、记者尤利乌斯·伏契克百年诞辰日,6月9日是他的代表作品《绞索架下的报告》(前译《绞索套着脖子时的报告》)完稿六十周年,9月8日是他牺牲六十周年。为此,捷克人民在伏契克协会的发起和组织下,自2月下旬起开展了一系列活动,以纪念这位伟大的反法西斯英雄。2月23日捷克人民为重新修复的伏契克故居举行了落成典礼,并召开了纪念大会。会上展示了俄罗斯画家瓦列里耶·古迪门科专为此次活动创作的伏契克油画像以及其他艺术家的作品。捷克国家议员米洛斯拉夫·格列本尼切克在讲话中高度评价了伏契克的一生,认为他的精神和创作在21世纪仍然具有其深刻的意义。早在2001年伏契克学会以"你对伏契克的精神遗产如何评价""你认为伏契克精神在21世纪有什么现实意义,该如何继承和发扬"等问题向全世界研究和热爱伏契克的同志征求的纪念文稿也即将结集出版。

尤利乌斯·伏契克于1903年生于布拉格斯米霍夫一个工人家庭,自小喜爱读书、唱歌。他靠做工和给进步刊物撰稿维持了自己在查理大学文学院的学习生活。伏契克18岁就参加捷克共产党。1928年,捷克创办《创造》杂志,他任主编,翌年又任《红色权利报》编辑、记者。希特勒上台后,纳粹德国侵占了捷克斯洛伐克,捷共转入地下。伏契克不懈地号召、组织人民起来为反抗法西斯而斗争,1941年夏,继任捷共地下第二届中央委员会委员,1942年4月24日,因叛徒出卖被关入庞克拉茨监狱。一年后,刚满40岁的伏契克为人类正义与和平事业献出了自己年轻的生命。伏契克生平著有包括《绞刑架下的报告》在内的《伏契克文集》十二卷。1950年,华沙世界保卫和平大会追授他以国际和平荣誉奖。

被译成九十种文字,在全球发行了三百万册的《绞刑架下的报告》(1945年出版)是在盖世太保严密监视下,在死亡步步逼近时用铅笔头匆匆忙忙、断断续续写成的监狱札记,读来却一气呵成。全书共八章,前三章写他被捕和入狱遭受严刑拷打的经历,后五章描述他的战友、同志、敌人和有关事件,反法西斯斗争的主题单纯明确,正义与非正义的道德评价泾渭分明。尽管作者视点局限在狭小的牢房,但他为我们勾勒的图景成为捷克共产党人和全体反法西斯战士抗击德国纳粹占领军艰辛斗争的一个缩影。而这些都建筑在作者对生活和人性的深刻洞察、对未来的坚定信念、对"雕像"与"木偶"们入木三分的刻画,以及对人生哲理深入浅出的阐述之上。全篇处处说死,却丝毫没有死亡的阴影,让人感受到的,是生的欢乐、阳光的明媚和新芽萌发的希望!一种哲人的睿智和源自骨髓的天生幽默,烘托出明朗乐观的色彩,抚慰着读者激动不已的心。这一切赋予全书以不同寻常的艺术品位,使它产生了超越时空的强大生命力。

《绞刑架下的报告》语言凝练、明快,充满诗意,几乎每一页都闪烁着震撼心灵、令人难忘的警句般的光芒。它们不是一个舞文弄墨者苦思冥想出来的,而是一个面对纳粹匪徒、亲历生死搏斗的战士人生感悟的自然流露。伏契克热爱生命、渴望欢乐、美好的生活。即使在阴暗的牢房,他依然是:"这欢乐存在我的心底里"。"我爱生活,并且为它而战斗……请你们不要为我而悲哀……如果眼泪能帮助你们洗掉心头的忧伤,那么就哭一会儿吧。但不要怜惜我。我为欢乐而生,为欢乐而死……"但为了国家、民族、人类的利益,他舍得献出自己的生命。他在《绞索架下的报告》的扉页上写道:"……如果还没有等我讲完,绞索就勒紧了的话,那么千百万还留在世上的人,自会续完那'幸福的结局'。"爱,又使他在《绞索架下的报告》的结尾,向人类发出来自内心的呼唤:"人们,我是爱你们的,你们可要警惕啊!"这声音,至今听来,仍然振聋发聩。

1989年东欧剧变后,反法西斯英雄伏契克一度被诬为"叛徒",《绞索架下的报告》被说成是事后杜撰的,说这是因为捷共想争反法西斗争的功劳。随后捷克公安部所属的研究机构从《报告》的手稿鉴定着手进行了广泛深入的调查。最后还是当年掩护伏契克写作的正直的看守出面抗议、提出证明,才算澄清了事实——英雄仍然是英雄!1995年2月,捷克伏契克学会出版了《绞索架下的报告》的全文,首次恢复了以往一直被删去的内容(约一千五百汉字)。这段内容描述了伏契克在柏林经过七周的沉默之后,在柏林最后受审前夕为了保护狱外的同志能安全地继续抗击法西斯,决定改变作战方式,对盖世太保演出了一场"高妙的戏",有效地把敌人的视线引向错误的方向。这段动人的描述恢复之后,不仅使主人公的形象更为饱满,而且上下文有了衔接,那句突然出现的句子"瞧,我的戏也快收场了"有了来头。

反法西斯战争胜利已经过去将近五十八年,一切似乎已经随着地球的日夜旋转而改变。弱势人群本身的生活就够沉重的,他们似乎不再喜欢沉重的话题,文学也就忘记了自己该为历史做见证的使命,沉溺于轻松、私人化和叫卖"性"的自我欣赏中。在这种文学浪潮面前,我们这些做读者的只能徒叹无奈。感谢瑞典文学院通过把2002年的诺贝尔文学奖授予凯尔泰斯·伊姆雷,把奥斯维辛这个沉重的话题端到了21世纪的世界面前,这就像一记洪亮的钟声,沉沉地在我们的心中回荡。凯尔泰斯说:"我坚信奥斯维辛的意义在将来而不是过去。"我同样相信,伏契克为反法西斯事业终生奋战直至献出生命的意义也不仅在过去,而更在未来!

友情是我生命中的明灯

——巴金和中日文学交流

陈喜儒

巴金先生在七十余年的文学生涯中,曾多次出国访问,结识了许多外国作家朋友。但他去的最多的国家是日本,先后六次。

巴金第一次去日本是 1934 年 11 月下旬。他说自己去日本,"唯一的理由是学习日文"(《关于〈神・鬼・人〉》)。当年 30 岁的青年作家巴金化名黎德瑞乘船到达横滨,为了便于学习日语,特意住在日本朋友家里。但是巴金在日本仅待了五个月就愤然回国。对此,巴金解释说:"第二年四月,溥仪访问东京,一天凌晨,几个穿西服的刑事破门而入,搜查了我的住处,把我带到神田区警察署关了十几个小时。后来我的朋友在上海创办文化生活出版社,约我担任编辑,我便提前回国,还根据这几个月的经历写了个短篇《神・鬼・人》。遗憾的是失去了学习日语的劲头,直到今天我也没有学好日语,不能用日语直接与日本朋友谈心。"(《我和日本》)

巴金在日本期间,除学习日语外,还写了不少散文寄回发表,后编成散文集《点滴》,于 1935 年 4 月由开明书店出版,共收文章二十二篇,其中十六篇写于日本。

相隔二十六年后,即 1961 年 3 月,巴金作为中国作家代表团团长,率领中国作家去东京参加亚非作家紧急会议,第二次访问日本。巴金说:"飞机到达羽田机场时,我从玻璃窗往下看,只见一片鲜明耀眼的殷红,数不清有多少面五星红旗,我的心突然激烈跳动起来,觉得自己身上平添了许多力气。"(《我和日本》)

那时中日两国没有邦交,访问处处遇到阻力,步履维艰,但到处有援助的手,他在日本人民中间找到了共同的语言、共同的感情。在这次访问中,他结识了致力于中日友好事业的著名评论家中岛健藏先生,也第一次到井上靖先生家里做客,开始了与井上先生二十多年的友谊,同时还拜会了青野季吉、龟井胜一郎、川端康成、土岐善磨、古川达三、白石凡、有吉佐和子……

1962 年 8 月,巴金作为参加第八届禁止原子弹、氢弹世界大会的中国代表团团长访日。在这两次访问中,日本人民的友好感情、日本作家为世界和平和人类进步的奋斗精神、海外侨胞的爱国热情,深深激动着巴金的心,他一连写了十一篇情文并茂的优美散文,结集为《倾吐不尽的感情》,1963 年由百花文艺出版社出版。

1963 年 11 月 5 日,巴金作为中国作家代表团团长率领中国作家访问日本,12 月 3 日回国。在日期间他会见了中岛健藏、依田义贤、广津和郎、谷崎润一郎、三宅艳子、城山三郎、木下顺二、白石凡、川端康成、水上勉、井上靖、松本清张等著名作家。巴金说："一连三年,我怀着以文会友的心年年东渡,每次访问都结交了不少真诚的朋友。文学的纽带把我们联系起来,人民友好的崇高事业,使我们为之共同奋斗。相互信任,坦诚相见,彼此的心融合在一起。"

巴金一直关心中外文学交流,特别是中日间的文学交流。巴金在《随想录》合订本《新记》中说:"我的《随想录》是从两篇谈《望乡》(日本影片)的文章开始的。去年我在家中接待来访的日本演员栗原小卷,对她说,我看了她和田中绢代主演的《望乡》,一连写了两篇辩护文章,以后就在《大公园》副刊上开辟了《随想录》专栏,八年中发表了150篇'随想'。我还说,要是没有看到《望乡》,我可能不会写出五卷《随想录》。"那是1978年,根据日本作家山崎朋子的报告文学《山达根八号妓院》改编的电影《望乡》在中国上映,引起了激烈争论,有人公开反对,说这是一部黄色电影,非禁不可。巴老连写两篇文章:《谈〈望乡〉》和《再谈〈望乡〉》,批判那些奇谈怪论是"极其可悲的民族虚无主义",并称赞《望乡》是"多好的影片,多好的人"!《随想录》的第三篇文章,就是巴老的大声疾呼:《多印几本西方文学名著》。可见巴老对中外文学交流的关注、支持和殷切希望。

1980年春天,樱花盛开的时候,巴金第五次率领中国作家团到日本访问。巴金本不善于讲话,也不习惯发表演说,但为了报答日本朋友的友情,破例于4月4日在东京朝日讲堂作了《文学生活五十年》的讲演。4月11日,又在京都会馆中国作家代表团来日纪念文化讲演会上,发表了题为《我和文学》的讲演。

巴金在《文学生活五十年》中回顾自己的创作道路时说:"我也有日本老师,例如夏目漱石、田山花袋、芥川龙之介、武者小路实笃,特别是有岛武郎,他们的作品我读得不多,但我经常背诵有岛的短篇《与幼小者》,尽管我学日文至今没有学会,这个短篇我还是常常背诵。"

这两个讲演会盛况空前,偌大的讲堂座无虚席,后来者只能坐在中间的过道上,人们静静地听着一个主张把心交给读者的老作家的心声,不时响起热烈的雷鸣般的掌声。在这些听众中,有一个人叫石上韶,他后来成为巴金那五卷讲真话的大书《随想录》的日译者。石上韶先生毕业于东京大学文学系,后从事新闻工作,1967年退休,开始学习中文。他去朝日讲堂听巴金讲演,本想练练听力,但巴金的真诚打动了他,他说,这是一个多么正直的人啊!别人都在控诉"文革"对自己的迫害,而他在解剖自己,割自己的心。有一天,他偶然走进一家书店,发现了香港三联书店出版的《随想录》,买了一本很快就看完了,深受感动,心想这样好的书,一个人读完就完了,无疑是一种巨大的浪费。日本人懂中文的不多,我应该把它译出来,哪怕给周围的朋友看看也好,于是开始了翻译,后由筑摩书房出版了日文版《随想录》五卷。石上韶说:"从听巴金先生的讲演,到翻译他的作品,这也许是命运的安排。我晚年遇到巴金先生,读他的书,译他的书,是我莫大的幸福。"

访日归来后,巴老写了《友谊》《访问广岛》和《长崎的梦》等三篇文章,记述这次难忘的旅行。他在《友谊》一文中说:"当中国作家由于种种原因保持沉默的时候,日本作家井上靖先生、水上勉先生和开高健先生却先后站出来为他们的中国朋友鸣冤叫屈,用淡淡的几笔勾画出一个正直善良的作家的形象,替老舍先生恢复了名誉……我从日本作家那里学到了交朋友,爱护朋友的道理。"那是 1977 年 9 月 2 日,巴老去虹桥机场为中岛夫妇和井上靖先生送行,他告诉井上先生:"我读了你《桃李记》中写老舍的文章《壶》。"(文章写于 1970 年 2 月)井上先生很激动,特意对同行的估藤纯子女士说:"巴金先生读过《壶》了。"后来巴老读了水上勉先生的散文《蟋蟀罐》(1967 年)和开高健的小说《玉碎》(1979 年),感到日本作家对老舍悲剧的死比我们更重视,对于这个巨大的损失比我们更痛惜。在 1977 年上半年,中国还没有人公开站出来为老舍鸣冤叫屈。井上先生的激动表情,"是在向我表示他的期望,对老舍的死不能无动于衷"!巴老还说:"他遭逢厄运的时候,我不能给他支援;他横遭凌辱的时候,我不能为他辩护。我没有向他的遗体告别;我没有为他的亡灵雪冤;我深感愧对故友。"

1984 年 5 月 9 日,为了参加国际笔会第四十七届大会,巴老第六次访问日本,那时巴老患帕金森氏综合征,又因骨折,在医院里住了一年多,下地活动得柱拐杖,行动极为不便。巴老周围的亲友多不赞成巴老出国开会,怕他的身体支持不住。但日本笔会会长、日中文化交流协会会长、与巴老交往二十多年的老朋友井上靖先生三次到医院看望巴老,恳请巴老去东京参加大会。井上先生说:"这次我们是东道主,巴金先生一定要赏光。到东京后,在大会露一下面后,到箱根去休息,我们保证不叫你累着。"水上勉率领日本作家代表团来访时也盛情邀请巴老访日。他开玩笑说:"只要您到了日本,我们去机场接您。您走不动,我们轮流背您,而且绝对保证安全。您到会场一坐,不用讲话,大会就等于成功了一半。"为了不叫日本朋友失望,巴老终于决定应邀出访,并在医院里写好了大会讲稿《核时代的文学——我们为什么写作?》。

在东京,井上靖先生亲自到机舱口迎接。巴老坐着轮椅,在日本朋友的簇拥下,在记者们耀眼的闪光灯的辉映中,进入贵宾室。巴老说:"当我坐着轮椅被推出成田机场时,我看见一张张亲切、熟悉的脸,我握住一双双温暖的手,我的眼睛湿润了。我又来到朋友们中间。我忘记了,甚至忘记了自己是个病人。"

在东京期间,巴老接受了日本广播协会、朝日新闻、京都新闻、《昂》杂志、《图书》杂志及一些新闻机构的联合采访。采访多以与日本著名作家对话的方式进行,兴之所至,海阔天空,谈古论今,各抒己见,轻松活泼。

可能预感到这是自己最后一次访日,所以巴老会下访问了日中文化交流协会事务局,为老友中岛健藏扫墓,又到井上靖先生家拜望,出席日中文化交流协会举行的盛大招待会,参加国际笔会第四十七届大会的开幕式、闭幕式,并在大会上讲演,同井上靖先生、木下顺二先生对谈,还会见了一些老朋友,接受了新闻记者的采访。巴老说:"友情是我生命中的一盏明灯,离了它,我的生存就没有光彩,我的生命就会枯萎。友情不是空洞的字眼,它像一根带子把我的心同朋友的心牢牢地拴在一起。"访日期间,巴老收到近百万日元采访费,巴老把这笔钱送给了日中文化交流协会。

1990年9月,日本福冈授予巴老福冈亚洲文化奖创立特别奖。同时获奖的有日本著名电影导演黑泽明、英国中国科学史权威李约瑟博士,泰国著名作家、前总理克立·巴莫等世界一流的作家、学者、艺术家。评选委员会为巴老授奖的理由是:其代表作《家》《寒夜》等作品,充满了深厚的对人类的爱和人道主义精神,在国际上享有盛誉,一贯主张中国现代化,"文革"后在批判社会的同时,诚恳地批判自己,其文学活动在社会产生了巨大深远的影响。授奖证书上写道:"您长期的文学活动为亚洲的智慧、文化的形成和发展作出了巨大贡献。"

在授奖仪式之前,福冈亚洲文化奖委员会派四人专程到上海,盛情邀请巴老出席颁奖仪式,巴老虽然很想见见老朋友,无奈疾病缠身,最后由他的儿子李小棠代他去领奖并代读讲稿。巴老在名为《我与日本》的发言中说:"首先,请允许我对福冈市政府决定授予我1990年度福冈亚洲文化奖的创立特别奖,表示由衷的感谢。我对亚洲文化的发展并没有什么杰出的贡献,得此殊荣,我知道这不是由于我个人的成就,这是福冈市政府和福冈市人民对于有着悠久历史、源远流长的中国文化的尊重,是对中国人民友好的表示。因此,我怀着愉快的心情,接受这项荣誉。"他最后说,"我今年86岁,生命即将走到尽头。我愿把余生献给中日两国人民的友好事业。即使我的生命化成灰烬,我那颗火热的心也会在朋友们中间燃烧。"回到北京后不久,巴老将收到的日元捐给中国现代文学馆三百万,上海文学基金会三百万。对此事我没看到有关报道,估计是巴老不愿声张,悄悄捐的。

巴老一直关注中日的文学交流,强调对日本文学作品的翻译介绍。1980年,巴老与木下顺二先生对谈时说:"与世界和日本的文化交流,首先要翻译各国的作品,如果不了解对方国的文学作品、文学界的情况,就不可能有正确的文化交流。"

1984年,巴老在《我的期望》一文中说:"这几年来,我国翻译出版的日本文学作品越来越多,还创办了专门介绍、评论日本文学作品的季刊《日本文学》,使我们有更多的机会接触日本近、现代文学作品,了解文坛情况,这是件好事。我以为,加强文化交流,首先要多介绍彼此的文学作品。因此,我希望我们尽量多翻译出版和评介日本的各时代、各流派、不同风格的名著。"

巴老不仅高声呼吁,而且身体力行,在他的《随想录》中,就有十二篇专谈日本的文章,而在巴老寓所的客厅里,更不知接待过多少日本作家。1999年10月,我去医院看望巴老,转达日本作家对他的问候,巴老说:"我也很想念日本朋友,请你方便时代我问好。"

2004 年

深切关注人类处境
——南非最复杂、最有思想的作家 J. M. 库切

石平萍

2003年10月2日,瑞典文学院宣布,南非作家库切(John Maxwell Coetzee)获得本年度的诺贝尔文学奖。他是继1986年尼日利亚的索因卡、1988年埃及的迈哈福兹和1991年南非的戈迪默之后,非洲的第四位诺贝尔文学奖得主。

拒绝作秀

得知自己获得诺贝尔文学奖后,库切在自己任教的芝加哥大学网页上发表了简短声明:"这完全是个意外。我甚至不知道宣布的日子就要到了……我很高兴,特别高兴。"在此后的两个月里,记者们想尽办法也无从接近这位拒人于千里之外的诺贝尔文学奖得主。唯一的机会是11月20日,库切在纽约公立图书馆做讲座,在读了一个关于伊丽莎白·科斯特洛(库切最新作品的主人公)的故事并且一言不发地在书上签了半小时的名之后,便绝尘而去。记者们只有望洋兴叹,无可奈何。看看这段时间的新闻报道和评述,内容几近雷同,多数在库切的名字前加上了"隐匿的""神秘的""与世隔绝的""害羞的"这类形容词。倒是南非的《星期日时报》不失时机地刊登了一篇名为《J. M. 库切的私密生活》的文章,把他离婚、儿子的死、与开普敦大学英语系的争端和喜欢远距离自行车运动等等私事抖搂出来,产生的轰动效应可想而知。

库切性情孤僻、不苟言笑,极少同媒体接触,至多通过信件回答记者或读者的一些问题。在《回到原点》(Doubling the Point,1992年)这本书中,库切谈到对记者采访的看法:"(采访)十有八九……面对的是纯粹的陌生人……我不认为自己是个公众人物……我不喜欢正规采访中的失礼行为,更不喜欢私人空间被侵扰。""对我而言,与真理相联系的是沉默、是静思、是写作。言语不是真理的源泉,只是书写的一种临时性的苍白的变体。"瑞典文学院常任秘书霍雷斯·恩达尔的话是最好的注解:库切选择"文学以替代说话和沉默"。文学是库切存在和价值的载体,作品是他与读者沟通的桥梁。库切虽不像美国作家J. D. 塞林格和托马斯·品钦那样隐居世外,几乎音信全无,但他同样需要可以潜心思考和创作的平静生活,对现代社会里连文学领域都不能幸免的作

秀、宣传等商业行为避之唯恐不及。库切身上有着他景仰的爱尔兰作家塞缪尔·贝克特的影子,后者拒绝一切采访,1969年获诺贝尔文学奖时,代他前往领奖的是出版商。同样,库切1983年和1999年两次获得英国最高文学奖项布克奖,但都没有出席颁奖典礼。据说这次瑞典文学院为了把获奖的消息通知他,费了不少劲才联系到他。库切会不会亲临颁奖典礼一时成了人们关注的焦点。

也许是诺贝尔奖的号召力和影响力发挥了作用,在12月6日至11日斯德哥尔摩的诺贝尔奖活动周上,人们惊喜地见到了库切的身影。尽管他事先提出不参加记者招待会,但在众多的采访要求下,6日,他还是接受了瑞典一家电视台的独家专访。访谈中他回忆起在南非和伦敦度过的少年和青年时代,说这对自己的创作影响极大。他也谈到贝克特,称自己受之影响最大以及获得诺贝尔奖令他十分欣慰。不过库切不愿意回答,他为什么两次拒绝到英国领布克奖,此次却乐于到斯德哥尔摩来。7日,库切按诺贝尔奖的传统做了题为《他和他的人物》(He and His Man)的演讲。库切常常通过虚构的人物和故事与观众交流,这次也不例外。"他和他的人物"指的是鲁滨逊和笛福,库切对文学史实进行大胆改写,把两者都设想成真实的历史人物,但彼此的关系刚好颠倒过来,鲁滨逊成了作家,不仅写了《鲁滨逊漂流记》,眼下正在创作另一部作品,笛福便是其中的人物,于是乎,笛福通过鲁滨逊的写作得以青史留名。在鲁滨逊的笔下,笛福和其他人物的经历仿佛是自己孤岛生活的再现,这与库切"所有自传都是说故事,所有故事都在讲自传"的观点正相一致。鲁滨逊的思索还涉及作家与文学传统的关系、作家与笔下人物的关系等文学命题。他提的问题发人深省:"应该如何形容他们呢,他的人物和他?主人和奴仆?还是兄弟,孪生兄弟?同舟共济的战友?抑或敌人,对手?"显然库切讲演的主旨是在阐述自己的创作理念。在10日的颁奖典礼上,库切从瑞典国王卡尔·古斯塔夫十六世手里领取了奖章、支票和证书,并在随后的庆祝宴会上做了两分钟的致辞。他回顾了母亲的爱对自己一生,尤其是获得诺贝尔奖这一成就的影响,表示要把它献给已经去世的父母,他还提及女友多萝西·德赖弗。这是库切首次在公开场合谈论亲人,真情流露,令在场的嘉宾感动不已。

毫不留情的批判者

瑞典文学院对库切的授奖理由是:"借助大量迷惑人的表象描绘了局外人令人吃惊的各种牵连和瓜葛。"所谓"局外人",乃社会、政治或历史主流之外的边缘人物。库切的绝大部分作品关注的既不是傲立时代潮头的英雄,也不是社会的中流砥柱,而是与之格格不入的"反英雄""非英雄",他着重于描述这些人物的命运和遭遇,引导读者从对人物命运的关切中感受到外在于个人的强力因素,从而深入思考个人命运与历史、政治或社会的关系。

  J. M. 库切,1940 年 2 月 9 日生于南非开普敦一个思想开明的白人家庭。南非社会是一个等级森严、界限分明的社会,白人与黑人之间的对立和鸿沟自不用说,就连白人内部,也按阶级、宗教、民族、文化和教育背景的不同自发形成了许多排外意识很强的小群体。库切的父亲是南非荷兰裔,母亲具有荷兰裔和德国裔双重血统。库切自小就被要求说英语,在英语学校就读,连生活方式都是英国式的,可是由于独特的家庭背景,英国裔和荷兰裔都不接受他。1948 年,推行种族隔离政策的南非国民党取代了联合党的执政地位,库切的父亲失业,家境日渐窘迫,最后只能依靠亲戚救济。频频搬家是少不了的,每到一个新社区,库切都发现自己难以适应和融入。在这个过程中,他逐渐对南非的白人社会产生了隔阂,虽说自己是白人中的一员,他却越来越觉得自己是个"局外人"。库切也非常同情黑人的处境,7 岁时,他与 8 岁的黑人男仆成了好朋友,后来小男仆因逃跑被抓住送去教养院,他那仇恨的眼神在小库切的内心打下了永远的印记。20 世纪 60 年代,尤其是 1960 年惨无人道的沙佩维尔枪杀事件发生之后,包括库切在内的许多南非白人青年对种族隔离和白人至上的主流社会公然表示反叛,被称为"愤怒与不满的一代"。1963 年,库切在开普敦大学获得文学硕士学位,不久便干脆离开南非,开始了在海外自我放逐的生活。他移居英国伦敦,在 IBM 公司和国际电脑公司做电脑程序员(他的学士学位是电脑专业)。1965 年,库切前往美国得州大学学习英语文学,1969 年获得博士学位后,留在美国任教。在美国期间,库切因积极参加反越战运动和支持南非反种族隔离制度的斗争,被美国当局看作是"问题分子",未能获得绿卡,被迫于 1972 年回到南非,在开普敦大学任教。2002 年,库切移居澳大利亚,在阿德莱德大学担任文学研究员。目前他在芝加哥大学执教。

  1987 年库切接受"社会中的个人自由"耶路撒冷奖时,曾说过这样一段话:"在南非,主子们形成一个封闭的世袭阶级。白皮肤的人生来就属于这个阶级。既然没有可能摆脱与生俱来的肤色(美洲豹能改变身上的斑点吗),也就没有可能从这个阶级脱身。你可以想象脱身,也可以实现象征意义上的脱身,但是只要你的脚仍然踏在这个国家的尘土里,你就没有真正脱身的可能。"如果说库切第一次远离南非是为了改变自己在这个非人道的国家做白人的命运,那么在自我流放十年之后被迫重新回到南非,却因此被造就成一位获诺贝尔奖的文学大师:一个接受了现代教育和价值观念、极富良知的知识分子,日日面对一个至为不公的社会环境和极其残暴的政权,写作成了他必要的生存方式,也成了他与世界文学、西方文化和文明进行对话的工具。库切从南非充满悲剧色彩但总是引人入胜的历史和现实中汲取灵感,南非的种族隔离制度及与之而来的价值标准和操作举止,成了他创作的基本主题。在库切看来,种族隔离制度、殖民主义等只是西方文明愚昧野蛮方面的具体体现,类似形式的压迫和苛政可以在南非以外的任何地方生根发芽。故而他的作品常常没有具体的时空指涉,而是采用寓言的形式,表现等级、权力及与之密切相关的巴赫金意义上的"独白型"思想和思维模式,表现专制体制几乎渗透人类生活各个领域的过程和途径,目标直指西方社会的弊端、罪恶和不平等。他的创作具有很强的批判意识和哲学深度,字里行间透着智性的真诚。诚如瑞典文学院所言,库切是一位"一丝不苟的怀疑主义者,毫不留情地对西方文明冷酷的理性主义和粉饰门面的道德观进行了批评"。库切在反思种族隔离制度、殖民主义等西方文明罪恶面的同时,注意真实反映这种条件下人的生存状况。他希望引导读者透过人的懦弱和失败的表象,发现、肯定并且弘扬人性的闪光点。

种族隔离时期的南非文学,无论在南非国内还是在国际上,都有一种不成文的要求:希望它能直接、真实地反映南非种族隔离制度的残酷和非人道,为激发人们的反抗意识、并最终推翻这一制度做舆论准备。以这个标准来衡量,库切显得有些"另类"。虽然他反对种族隔离制度的立场不容置疑,但相比愤怒直白的描绘与呐喊来说,他的文本要隐晦得多。为此库切曾遭到不少批评,批评者甚至包括1991年诺贝尔文学奖得主、与库切并称为南非当代文坛"双子星座"的戈迪默和美国著名文学评论家欧文·豪这样的大家。但库切坚持不把自己对人类处境的复杂思想变成简单的论辩或攻击。其中既有政治的更有文学的考虑。他在文章《进入黑屋:小说家与南非》(*Into the Dark Chamber:the Novelist and South Africa*,1986年)中,明确表示不赞同对刑讯室——暴政的象征——做现实主义乃至自然主义的描写,因为这样做,即便不导致色情联想,也会使作家参与到暴行中,帮助统治者传播恐怖和"消解反抗"。他希望回避对恶行的细节描写,转而从更高的、人性的层面上予以考察。他说:"对作家来说,更深一层的问题在于防止自己陷入国家造成的困境,即只能忽视其秽行,或只能予以再现。真正的挑战是不按国家规定的牌理出牌,而是树立自己的权威,以自己的方式去想象酷刑和死亡。"诚然,库切的作品没有直接鞭挞种族隔离制度,没有直接主张黑人执政,但是追求解放的南非进步人士,又有谁没有受到漫溢在他作品中追求人类精神自由的思想的鼓舞呢? 难怪评论界普遍认为库切"也许是南非最复杂、最有思想的作家",我们似乎还可以加上:库切"也许是最特立独行的南非作家"。

闪光之作

库切是以小说获得诺贝尔文学奖垂青的。1974年,库切推出长篇处女作《幽暗地带》。这本书将早期荷兰人在南非的殖民行径与美国在越南的所作所为并置,互为对照和补充,展示了殖民心理及其危害的弥久难消,给人留下深刻的印象。1977年,库切出版了第二本小说《内陆深处》(In the Heart of the Country)。小说以农场主玛格达的下场预示了南非白人乃至整个南非社会的命运。此书荣获 1977 年南非最高文学奖项"中部新闻社文学奖"(CNA)。1980 年出版的《等待野蛮人》(Waiting for the Barbarians)是一部具有约瑟夫·康拉德风格的政治惊险小说,反映了南非政治困境所牵涉的伦理和道德问题。这本小说不仅让库切再次抱回 1980 年的"中部新闻社文学奖",还使他得到"詹姆斯·泰特·布莱克纪念奖"和"杰弗里·费伯奖",为他赢得了国际声誉。库切的第四部小说《迈克尔·K 的生平和时代》(Life and Times of Michael K, 1983年)聚焦被卷入历史旋涡却又试图逃脱的普通人,既谴责了种族主义,同时也对人类的生存环境提出质疑。此书获得当年英国的布克奖、南非的"中部新闻社文学奖"和法国的"费米娜奖"。1986 年出版的《福》(Foe)是库切超越南非的政治和社会现实,与欧洲文学和文化直接对话的一次尝试。它借对笛福杰作《鲁滨孙漂流记》的改写,探讨了文学与现实生活的关系:文学反映现实生活,但能在多大程度上真实地反映现实生活,则受到社会、政治、经济、个人等因素的制约。换一个角度来看,小说主题仍然是库切关注的压迫和权力问题,探究的是语言与压迫的关系。书信体小说《铁器时代》(Age of Iron, 1990 年),反映了 80 年代南非政府实行紧急状态期间的罪恶行径。1984 年出版的《圣彼得堡的大师》(The Master of Pe-tersburg)以俄国作家陀思妥耶夫斯基为主人公,是历史资料与想象力的结合,意在探究极权主义的本质以及真理在此体制内被歪曲篡改的过程,并再次试图超越南非的具体现实,与悠久的欧洲文学及哲学传统进行对话。此书获得了《爱尔兰时报》国际小说奖。

1999 年出版的小说《耻》(Disgrace)是库切的代表作品。小说以极简单却极有穿透力的语言以及现实主义手法艺术地再现了当代南非社会一种令人不安的现象:农场主遭到抢劫和暴力的事件时有发生,受害者十有八九是白人,而抢劫的人几乎都是黑人。库切要凸显的是抢劫农场这一社会现象背后的历史语境,即南非历史上的殖民、种族压迫等不公正现象以及黑人受害者长年积压的愤怒和仇恨情绪。小说的主旨是库切关心的中心问题:人有逃避历史的可能吗?小说中卢里教授住在农场的女儿露西遭到三个男人的袭击和强暴,黑人佩特鲁斯收留她为第三任妻子,她的土地也归他所有。卢里把这视为耻辱,女儿却认为这样的耻辱是如今白人想继续待在这片土地上所必须付出的代价。小说没有直接描写昔日白人对南非的殖民统治和种族隔离制度,读者却能强烈感受到这段历史的存在以及卢里和女儿乃至库切对这段历史的反省。库切所要揭示的"耻"不仅仅是个人生活层面的耻辱,更重要的是南非整个国家、整个民族、整个历史的耻辱,更进一步说,也是整个人类历史的耻辱。小说《耻》使库切成为英国布克奖历史上第一位两度获此殊荣的作家。但也正是这本书,让库切在南非成为众矢之的。公开表示指责和不满的不光有非国大和南非总统姆贝基,还有许多视库切为战友同志的自由知识分子。在他们看来,小说把黑人刻画得过于凶残,将黑人统治下的南非描写得过于黑暗和凄凉,因此有向新制度泼脏水,传播种族主义意识形态的嫌疑。虽说不少评论认为这是一种误读,但这些负面反应让库切寒了心,他从未说过迁居澳大利亚是否与此有关。许多南非人都认为他正是由此下定决心离开南非,再次走上自我流放的道路。

库切不算多产作家,但他的创作内容宽泛、风格多样,对现实主义、现代主义和后现代主义的小说形式和创作手法信手拈来,运用自如。瑞典文学院称赞库切的作品"构思纤美精巧、文白蕴味深刻、分析精辟入微",是难得一见的闪光之作。

除了小说,库切还著有多部文学评论集、论文集、散文集和两部自传。库切是一位学者型作家,常年担任大学的文学教授,对西方学术界在文学创作、批评理论、哲学和语言学等方面的争论非常熟悉,写起文学评论和思想性散文来得心应手,连他的小说都被研究他的专家特里萨·多维称为"作为小说的批评"。

"令人满意的人选"

在全世界名目繁多的文学奖项中,能成为全球性的新闻事件,甚至引发民族主义情绪的,大概只有诺贝尔文学奖了。每年10月,各种各样的预测漫天飞舞,全球数以亿计的人都会殷殷期待瑞典文学院揭晓答案的那一刻,而后便是铺天盖地的对最新诺贝尔文学奖得主的介绍和评论,对他或她是否当得起这个荣誉、诺贝尔文学奖委员会是否公允的议论亦不绝于耳。

根据媒体事先的预测,今年有可能得奖的大热门为数不少,但最终脱颖而出的是南非的库切。瑞典文学院常任秘书霍雷斯·恩达尔说,有217年历史的文学院的18名终身成员一致同意把诺贝尔文学奖授予库切,因为"我们都相信他对文学所做贡献的持久价值。我指的并不是他作品的数量,而是其多样性,以及普遍非常高的质量。他是一个值得继续讨论和分析的作家。他是应该属于我们共同的文学财富"。

非常难得的是,不仅瑞典文学院内部对库切获奖毫无异议,这个决定也几乎立即得到了世界各国众多文学界人士的欢迎和认同。媒体援引他们的话说,无论从文学还是从政治的角度来看,库切都是一个"令人满意的人选"。

库切获奖在南非文学界、出版界乃至政界都产生了巨大的反响。在南非,同在许多国家一样,文学是少数人的事情,老百姓很少阅读严肃文学,对诺贝尔文学奖并不十分关注,宣布获奖的当天,南非广播公司报道汽车销售的篇幅远远胜过库切的获奖。研究库切的专家、威特沃特斯兰德大学戴维·阿特韦尔教授说:"我认为,南非大多数人都不知道他是谁。他在学术界获得了很高的威望,大家公认他是南非最好的小说家,但是他的作品读者很少,甚至在那些喜欢文学的人当中也很少有人知道他。"据说库切的作品只有《耻》在南非国内畅销,卖出了十万册。不过,对大多数关注文学的知识分子而言,库切获奖是"南非文学的重要一天"。戈迪默表示为朋友感到高兴:"这是我们国家的荣誉,当然也表明南非文学的长足发展,尤其是过去那种艰难处境之中的发展。"阿特韦尔教授指出库切的小说创作"于南非文学和小说自身来说都是十分重要的,因为他正将它们带入一个新的领域"。曾与库切共事长达三十年的开普敦大学英语系主任斯蒂芬·沃特森说:"不管怎么说,他都是卡夫卡的伟大继承者,不论是关注南非还是其他什么地方……他一直在努力关注,尽管他同时代的人很少有人关注有关生存的问题。"阿弗里堪斯大学米切尔·马拉伊斯博士称"库切是一位优秀的作家,不应该再被世人所忽视"。斯蒂芬·约翰逊,一位出版库切小说的出版社总经理则赞叹:"这个人是个天才。他仅用很少的词就能够说出很多东西。"曾经批判过库切小说《耻》的南非总统姆贝基和非国大也对库切表示了祝贺。姆贝基说:"我们代表南非全体国民乃至整个非洲大陆,向我们刚刚荣膺诺贝尔桂冠的作家致敬,并与他共享这一认可所带来的荣耀。"非国大发言人称:"我们希望对库切和纳丁·戈迪默这样的南非作家的承认会极大地鼓舞南非及非洲所有的年轻作家。我们同样希望这将促使出版商和读者充分意识到非洲大陆巨大的文学潜力。"南非前总统曼德拉也发表声明,对南非这个"非洲最南端的小国"能够产生两个诺贝尔文学奖得主感到由衷的自豪,他说:"(库切)虽然移居海外,但我们将继续把他看作我们自己的作家。"

然而,在一片好评声中,也有个别不和谐的音符。《南非星期日时报》刊登了两篇文章,除了上面提到的《J. M. 库切的私密生活》,还有一篇文章称库切是"江湖骗子",艺术想象"令人作呕",作品"毫无生命力","充满对女性的厌恶",充其量反映了他本人的病态。在南非,有人视他的离开为"叛国"。史蒂夫·比科基金会的执行董事芒库为《营业日》杂志撰写专栏文章,说"澳大利亚人"库切之所以被授予诺贝尔文学奖,是因为他是白人。在他看来,不仅库切是公认的种族主义思想提倡者,连诺贝尔文学奖本身都是一个种族歧视的奖项,以欧洲中心主义的眼光去评判有深度、有创造性、值得国际文坛认可的文学作品。

再杰出的作家也会因各种原因受到争议,这不难理解。不过在库切移居不过两年的澳大利亚,无论是作家还是公众都为库切获得的殊荣感到自豪。库切任文学研究员的阿德莱德大学更是惊喜万分,称他是第四位与该大学有关联的诺贝尔奖得主。副校长詹姆斯·麦克瓦说:"当得知库切获得今年诺贝尔文学奖的消息后,我们感到万分激动。库切来到阿德莱德大学后,对我们人文学科的发展起到了很大的促进作用,并带动了当地文学事业的空前发展。"

中国当代文学在法国

林雅翎

为了庆贺中法文化年,2004年春天在巴黎举办的法国图书展览特请了一个由二十七位中国作家组成的代表团来参加。这些作家中,大部分已有一部或是多部作品被译成法文。前来参观展览的法国读者特别多,据该展览组织结构估计,约有十八万五千人。参观者都非常重视这个难得的机会,希望跟他们仰慕的作家见一次面。凤凰书店(巴黎的"中国"书店)最新出版的中国当代—现代文学目录有三百多个书名。不管你在法国的什么地方,大城市小城市,走进什么书店,在书摊上你都会见到至少一部中国现当代作家的作品。

中国当代文学在法国特别红

是啊,跟很多别的西方国家相比,中国当代文学在法国特别红。因为写跟书展有关的一些文章的需要,我去年冬天经常上网查找相关中国作家的资料,大部分材料竟都是来源于法国。为什么呢?原因很多,谁能具体解释清楚一个民族的读者对另外一个民族的文学的好奇与欣赏?不过,照我看,这个良好情况先得感谢文学界的三种重要角色:研究者、翻译者与出版家。法国国家研究中心的优秀汉学家安妮女士(Annie Curien)研究了二十多年的中国当代文学,她经常跟有名的加利玛尔(Gallimard)出版社合作,给有兴趣于此的读者介绍各种各样的杰出作家。说翻译,我有点不好意思,因为自己当翻译,不想遗漏太多的翻译者,对不起太多的同事。但是法国很好的中文翻译实在不少,没有办法把他们一个一个地介绍给中国的读者,不过,有一些不能不提的名字:杜特莱夫妇(Noel 和 Liliane Dutrait)。杜特莱先生另外担任法国埃克斯-马塞大学中文系教授,他撰写过一部很全面,我们都珍惜的《中国当代文学概要》。傅玉霜女士(Francoise Naour)在里尔大学讲课,她探索毛泽东时期以后的中国"所发生的社会变化";何碧玉女士(Isabel le Rabut)在巴黎东方语言文化学院工作;尚德兰女士(Chantal Chen - Andro)在巴黎第七大学任教,等等。可以看出,在他们身上,研究、教学和翻译一般不是各自孤立、各行其道的专业,三者手拉着手,紧密相连地一齐向前走。请别的中文翻译原谅,他们确实太多,在此不能一一列举,读者还会觉得很淡。说出版家,有一点应给予承认:他们最近二十年进步得特别快。20世纪80年代初,中国当代文学基本没有进入法国文坛,那时想了解中国文学的法国读者,只能看一些二三十年代的作品(巴金,茅盾,老舍,曹禺,等等,当然很好,都是伟大的作者,不过选择面太窄,翻译成法文的小说不多,郁达夫的名字法国读者没听说过,沈从文对他们来说更陌生)。现在,风景丰富极了。法国读者非常兴奋,对新的作品,不认识的作家非常感兴趣。我给他们介绍一本书,几乎每次都能收到热烈的反馈。读者可以从每个出版社的目录上找到几位中国当代作家的小说。中国之蓝(Bleu de Chine)出版社专门发表中国文学。它的创办者、汉学家、翻译者安博兰女士(Genevieve Imbot-Bichet),自1995年起每年出版至少五部中国的长篇或者短篇小说集。菲利普·皮基埃(Philippe Picquier)的范围更宽泛一点,他也发表日本或者印度的文学,但是,他的工作重点越来越集中于中国。

法国如何发现了中国文学?

法国如何发现了中国文学?最准确的回答应该是:慢慢的。20世纪80年代初,我第一次来中国的时候(当时在北大的中文系学习),当代文学正处于复苏阶段,"文化大革命"以后的伤痕文学的大多数作品,虽然从社会科学的角度来看很有意思,但在国外读者的眼睛里还不够"文学"。既然如此,世界的汉学家、研究者开始注意观察。幸好,在这个基础上,很多非常优秀的作家有机会出来。我记得非常清楚,那天下午在北大,我正在翻阅一本文学杂志,一眼就看中了冯骥才的一部短篇小说,它叫《意大利小提琴》。我读得非常感动!当然,那些年翻译的小说还不算怎么多,人还在观察。我们从这个时代可能光记得遇罗锦——《一个冬天的童话》(法文版,1980年),《春天的童话》(法文版,1981年)。不过王蒙、陆文夫、刘心武、冯骥才等,我们晚一点才能听说。不,尽管80年代的书摊面貌慢慢地有了不同(比如,读者1986年能看到张洁的《沉重的翅膀》和张辛欣的《在同一地平线上》,1987年有了阿城的"三王",即《棋王》《树王》与《孩子王》,古华的《芙蓉镇》,和张贤亮的《男人的一半是女人》),但是中国文学在法国的"大跃进"是90年代后发生的。苏童、余华、莫言、王安忆、王蒙、残雪、韩少功、方方、池莉、刘恒、李锐,还有贾平凹、王朔、格非、徐星、杨绛,都有了法文翻译作品。1985年以来,中国有名的作家,大部分人或多或少都有作品被翻译成法文出版。但是哪一位作家是最成功的?法国评论家和读者最喜欢的作家到底是谁?从现在的情况看,估计是莫言。从《红高粱》(1990年出版),到正在翻译的《檀香刑》,他的大部分作品都被翻译了。《透明的红萝卜》《十三步》《天堂蒜薹之歌》《酒国》《丰乳肥臀》等,一共九部长篇,还有短篇小说集。接下来是余华(六部作品,当然包括《活着》《在细雨中呼喊》与《许三观卖血记》),池莉(六部),刘心武(六部)。2000年以后,事情发展得更快,法国出版社看上了"新新作家",他们好像比赛一样,争相出版最优秀的年轻作家的作品。这有可能跟中国改革的成功有关,人们都想多了解当代中国的新面目。在这种条件下，最受欢迎的，当然是青年作家的作品。这些作家描写的城市社会形态超出法国读者的想象力，对这些读者来说，今日中国是出乎意料的中国。这些作家作品打开了新的一条路，使发现了中国之变化如此之大的法国读者想认识更多的中国年轻作家。出版社满足了他们的好奇愿望，毕飞宇的《青衣》，戴来的《对面友人》，胡昉的《购物乌托邦》，韩寒的《三重门》，郭小橹的《我心中的石头镇》，田原的《斑马森林》等作品，一本接着一本得以在法国出版。

从上述可以看出，法国对中国当代文学的兴趣越来越浓。不管20世纪八九十年代还是21世纪初的作品，读者都想看。也不管是寻根文学、现代派、先锋派或者新写实小说，只要兜售他们的作品一概受到欢迎。以我当翻译、当读者的角度来说，当然还不够。中国当代文坛比外国读者想象的更绚丽多姿、丰富多彩。不过，有了这样优良的一个基础，人们殷切希望法中两国的文学交流越来越深广、发达。

2005 年

"我对战争有信念"
——美国的二战主流小说
李公昭

焦点：美国自身的弊端与矛盾

在第二次世界大战中，美国军人参与了世界多个战区的作战和多种类型的军事行动，因此，毫不奇怪，美国在二战后产生的二战题材小说远远多于其他任何一次战争题材的小说，其地理背景、思想主题、表现形式、艺术手法等也千姿百态，各不相同。据粗略统计，美国的二战小说总计有 1500 到 2000 本之多，而且这个数字还在不断增长。

二战期间，日本对珍珠港的袭击迅速把美国人民凝聚到一起，举国上下同仇敌忾，怀着高涨的爱国主义热情投入反击德、意、日法西斯的战争中并取得了最终的胜利。然而值得注意的是，美国的二战主流小说并没有像我们想象的那样，向世人展现出一幅美国军人为了世界和平不怕牺牲、奋勇杀敌、叱咤风云的英雄主义和爱国主义宏大画卷。海尔曼·沃克的《战争风云》（1971 年）和《战争与回忆》（1978 年）虽然展现了英雄主义的宏大画卷，表现了美国军人的牺牲精神与爱国情操，但因其简单的意识形态和"浪漫＋战争"的写作手法而落入通俗小说范畴，一直不为评论界重视。这并不意味美国二战小说家反对这场世界范围内的反法西斯战争，或是质疑这场战争的正义性。事实上，他们十分清楚，第二次世界大战是一场正义与邪恶的殊死搏斗。但在经历了第一次世界大战的恐怖经历和惨痛教训后，他们对战争不再抱有任何浪漫情怀和理想幻觉：无论什么战争，都是残酷的、恐怖的，是对生命的野蛮剥夺和对文明的巨大破坏。因此尽管二战是一场正义的战争，尽管二战产生了许多动人故事，但美国二战小说家拒绝回归詹姆斯·库柏等人开创的"浪漫＋战争"的战争小说传统，摒弃荷马式的英雄主义宣传，而是延续了美国一战小说的批判精神，用一种冷峻犀利的目光来审视战争，思考与其相关的诸种问题。

早期的美国二战小说家大多经历了美国 20 世纪 30 年代的经济危机与左翼文学运动，如创作《你所有的征服》（1946 年）、《维亚弗莱米尼上的姑娘》（1949 年）等二战小说的阿尔弗莱德·海耶斯就是一位激进的左翼作家。对于资本主义社会的危机，对于统治阶级与人民之间的冲突与矛盾,对于社会体制的法西斯化倾向,他们具有深刻的认识和强烈的感受,因此往往以社会批判为己任。随着第二次世界大战的结束,以轴心国为首的法西斯已被消灭,但针对美国内部法西斯倾向的战争仍在继续,第二次世界大战留在他们心头的阴影并没有彻底消除。尤其是进入 50 年代后,麦卡锡主义盛行于美国,把所有他们认为可疑的人列入黑名单,对他们进行所谓的忠诚调查与迫害,制造白色恐怖的政治气氛,美国社会变得日益专制,各种矛盾激化。此间与此后的朝鲜战争和越南战争更强化了美国知识分子对国内政治、军事、外交等全方位的怀疑与不信任。正是在这样一种大背景下,美国主流二战小说家从一开始就把关注的焦点从战争本身转移到美国自身的弊端与矛盾上,从反德、意、日法西斯战争转移到反美国自身法西斯倾向的斗争上。诺曼·梅勒(Norman Mailer)的《裸者与死者》(*The Naked and the Dead*,1948 年)就是较早揭露与批判美国内部法西斯化倾向的战争小说之一。

《裸者与死者》——揭露美国自身的法西斯倾向

《裸者与死者》共分四个部分。第一和第四部分简单地描述了攻占阿诺波佩岛和结束战役的情况,仅占全书 721 页的 43 页。其余部分除少量表现与日军的正面交战外,大量篇幅都用来详细描写作品中各个人物的性格、相互关系、他们参战前的生活经历、参战动机以及他们在待命及执行任务过程中的思想、表现、命运等等。显然,梅勒的叙事重点并不在于表现美军与日军的战斗过程,而是希望以战争为背景,通过对各个人物、他们之间的相互关系以及这些关系产生的冲突等揭示出一种超越战争本身的象征意义,即美军真正的敌人并不是日军——日军早就准备放弃阿诺波佩岛,因此美军对该岛的军事胜利只是一种徒劳无谓的胜利而已——而是美军内部专制、集权的官僚体系和蔑视人权、践踏人格、摧残人性的野蛮行为。

指挥官卡明斯少将表面上是个精明强干的美国高级军官,骨子里却是个十足的法西斯分子。他教训赫恩说法西斯主义远比共产主义合理,只不过它错误地发生在缺乏足够潜能的德国,而美国则具有足够的潜能将这一法西斯主义理想变成现实。他认为第二次世界大战的主要目的就是要让"一个更有威力、更加狡猾的美国人取代旧世界的希特勒",因此他预言美国在第二次世界大战后将以世界霸主的姿态出现在世界舞台。卡明斯崇尚强权,认为美国未来唯一的道德就是权力的道德,而军队正是这种未来的预演,因此他随意辱骂下属,容不得任何与自己想法相悖的思想与言论。他还在军队中通过随意设立各种职务与军阶组成了一个压制士兵的庞大官僚阶层,以摧毁他们的独立人格和思想,迫使他们不折不扣地按照自己的意愿行事。他认为只有建立起一个"恐怖的阶梯",军队才会具有战斗力,社会也才会有效运转。

卡明斯象征着意识形态上的法西斯主义,而克罗夫特上士则是这种思想的具体体现。在作品中他被描写成一个变态、暴力、肆虐和仇恨的化身,一台制造恐怖的战争机器。美国评论家认为,克罗夫特是军队的典型象征,因为士兵们害怕他的程度超过害怕死亡本身,而这正是战争机器能够高效运转的原因。为了达到目的可以不择任何手段,不讲任何道义。他不具备卡明斯那样的抽象思维能力,但用实际行动将卡明斯的法西斯主义阐述得淋漓尽致,表现出人性最凶残的一面。他将奉命前来指挥侦察排的赫恩视为自己实现权力欲望道路上的障碍,设计将他除掉;在翻越安那卡山峰时,他不顾士兵的死活,凶狠地用枪威逼士兵前进,致使一人摔死深谷……然而从深层次看,克罗夫特残忍地杀害俘虏和虐待士兵的行为实际是为了掩盖他内心对战争与死亡的巨大恐惧。

以卡明斯和克罗夫特为代表的美国军事机器象征着独裁与专制,他们的思想、行为也代表着美国许多希望通过战争与强权来独霸世界、左右社会、操纵大众的法西斯分子。和许多美国其他严肃的战争小说家一样,梅勒并没有把表现的重点放在日本或德国法西斯身上——他们是公认的法西斯和世界公敌,因此无须进一步揭露——而是把表现重点放在揭露美国人自身的法西斯倾向方面。尽管美国并没有公开宣称支持与推行法西斯主义,但法西斯主义精神渗透在美国政治的肌体中,并通过强权政治的形式表现出来,因此美国人民应时时警惕与反对美国统治阶级打着民主与自由的旗号推行全球的法西斯主义。从20世纪末的世界局势看,《裸者与死者》具有强烈的警示与预言作用。

《裸者与死者》发表前后还有许多战争小说家也通过自己的创作表现了与《裸者与死者》相似的主题,表达了与诺曼·梅勒相同的担忧。其中比较优秀的有约翰·候恩·彭斯的《画廊》(1947年)、欧文·肖的《幼狮》(1948年)、斯泰芬·海姆的《十字军战士》(1948年)、詹姆斯·琼斯的《从这里到永恒》(1951年)和《细细的红线》(1962年)、里昂·尤里斯的《战斗呐喊》(1953年)、阿里斯泰尔·麦克林的《那瓦隆的枪》(1957年)、安东·麦勒的《大战》(1958年)、约翰·赫西的《战争恋人》(1959年)等等。这些作品手法上尽管有所创新,如《裸者与死者》中运用"时间机器"回溯美军官兵参战前的生活,但基本上都遵循了传统的批判现实主义创作方式。

《第22条军规》——当代工业化社会的比喻

进入20世纪60年代后,在越南战争阴影的笼罩下,出现了另一种现实小说,即后现代派二战小说,如约瑟夫·海勒(Joseph Heller)的《第22条军规》(*Catch-22*,1961年)、库特·冯尼格特的《第五号屠场》(1969年)、托马斯·品钦的《万有引力之虹》

(1976年)等。海勒等人对小说形式进行大胆创新,试图通过一种隐喻的方式,通过黑色幽默等创作技巧来揭露美国政治的腐败、疯狂、专制和法西斯化倾向。在这类小说中,战争已不再是某个有限时空概念中一个具体的历史事件,而是无处不在,无时不有。和平即使有也是短暂的,或仅仅是一个幻象,如同《第22条军规》中的乌托邦——瑞典,或是《第五号屠场》中的特拉法马多尔那样。同时,战争也成了对当代工业化社会的复杂比喻。在这个比喻中,和平与战争的传统区分已变得模糊不清,战争越来越成为一种生活方式,其目的便是最大限度地获取全球军事工业集团的商业利润。如同海勒在《第22条军规》中表明的那样,美军军需官曼德般德以改善伙食为诱饵,指挥一个飞行中队,穿梭于世界各地,大搞投机买卖,建立了一个庞大的联营公司。只要是赚钱的买卖,他都毫不犹豫去干,哪怕是雇用德国战斗机去轰炸美军基地,与此同时,他又厚颜无耻地标榜:"凡对 M&M 公司有利的事情必定对我们国家有利。"

《第22条军规》是二战以后黑色幽默文学的代表作。作品以战争为背景,以第22条军规这只无形的黑手为铺垫来反映存在于美军内部的荒谬和疯狂,揭露了以卡思卡特上校为代表的军官阶层为了一己私利而逼迫士兵送命的现实。通过对一系列荒诞事件的描述,海勒传达给读者这样一个信息,即战争中最大的敌人不是德军,而是美国军队专制堕落的官僚机构。与外部的敌人相比,内部敌人更具危险性。海勒本人曾多次表示,尽管《第22条军规》以第二次世界大战为背景,但他"在根本上把它看作一本和平时期的书"。他指出,在战争的非常时期,军队的准则和道德伦理尚可理解,但若被移植到和平时期,带来的不仅是荒谬,还有悲剧。

责难与驳斥

尽管第二次世界大战是一场反法西斯的正义战争,但美国内部的法西斯化倾向促使美国严肃小说家拒绝将自己的价值判断与意识形态建立在简单的对与错、黑与白的假定上。参加反抗德、意、日法西斯的战争并不能掩盖美国自身的法西斯化倾向。相反,反法西斯战争的胜利反而会强化胜利者的法西斯化倾向,正是这种倾向引起美国主流二战作家的高度关注与警惕。他们通过自己非常规的战争小说创作,向读者暗示,在取得了反抗德、意、日法西斯的战争后有必要立即进行另一场反法西斯的战争,那就是反对美国内部的专制、压迫、残暴与腐败。

美国主流二战小说家的这种做法自然也招来了一些评论家的责难。他们认为这类小说家根本就不关心这场反法西斯战争的正面意义。约翰·T. 弗雷德里克斯指责他们"缺乏远见,没有认识到丛林战的恐怖包含了人类意义的根本"。另一些评论家则认为他们的作品反映这些二战小说家甚至比一战"迷惘"小说家还要"迷惘",比如在

《迷惘的一代之后》中，约翰·W.艾尔德里奇批评二战小说家"只会表现他们目睹的巨大虚无，因为他们从来就没有希望，也没有所需的基本信念来提出有力的抗议"。弗雷德里克·霍夫曼甚至把这类作家的作品斥为"意识形态的闹剧"。然而这些批评都没有考虑到这些二战小说的主导意识形态与立场。在《幼狮》(*The Young Lions*)中，作者欧文·肖通过迈克尔·惠特泰克道出了他们对二战本身的看法。在被问到自己是否对二战缺乏信念时，迈克尔回答说："参军后，我就下决心任凭军队支配。对这场战争我有信念，但这不等于我对这个军队有信念，我不会相信任何一个军队。在军队里你绝对不要指望有什么正义可言。如果你还是个有头脑的人，如果你是个成熟的人，那只要盼望获胜就得了。"

"我对战争有信念。"多数的二战小说都清楚或隐含地表达了这一立场，这就否定了弗雷德里克等人的批评，也把二战小说与一战小说根本区别开来。主流二战小说家反对的是军队与美国国内的法西斯化倾向，而不是二战。在他们看来，二战不仅是一场反对德、意、日法西斯的战争，也是铲除军队与美国法西斯的战斗。评论家约瑟夫·沃德梅尔认为，与艾尔德里奇等人的结论正好相反，对轴心国法西斯的战斗和对美军内部法西斯的战斗都是基于对"人类的尊严和善良的信念"，主流二战小说家反抗的正是企图否定或消灭这一信念的思想、人群和制度。因此他们的斗争是全方位的，既有对邪恶的个人的斗争，也有对邪恶的思想与体制的斗争，希望通过自己的创作和批评揭露美国与美军内部的法西斯倾向，以达到警示世人的作用。从这个意义上看，他们无疑是乐观、满怀希望的，而非"迷惘""虚无"的。他们揭露邪恶正是为了与之斗争，战胜邪恶。

永远不能忘记的记忆
——德国当前反思二战文学一瞥

李昌珂

警钟长鸣

二战的炮声,距今消逝已经六十周年。但是,这场战争并未从此尘埃落定,画上句号。如同伯尔在其战后名篇《噩耗》(*Die Botschaft*,1947 年)中宣言的那样,"只要还有一个由战争造成的伤口在流血,战争就绝不可能是已告结束,绝对没有这个可能"!向战争开火,向策划、挑起、制造、导致战争的人、集团、机制、秩序、制度宣战及反思纳粹德国和第二次世界大战的文学,或者用德国人常用的话语来说叫作"战胜过去"的文学,从一开始起就强劲有力,发展到今天,横跨了半个多世纪,早已成为当代德国文学的一道标志性风景,犹如地壳的隆起,把德国文学在世界文学之林里高高托起,它所展现出的批判和反省精神赢得了国内外共鸣。

就是到了 20 世纪 90 年代,在两德获得重新统一后,整个德国处于一个上下欢呼、群情激奋,以及接下来由政治变化、生活变迁、环境变异、时代变故带来的艰难而又别无选择的特殊历史阶段里,文学的发展虽然因此变得跌宕起伏,但是回顾历史、记录历史、深挖历史、反思历史的意识和精神,仍不失为德国文学一个有目共睹的鲜明标志。这个时期涌现出如汉斯-约瑟夫·奥特海尔的《告别参战者》(*Abschied von den Kriegsteilnehmern*,1992 年)、露特·克吕格的《消退不去》(*Weiter eben*,1993 年)、延斯·施帕舒的《雪人》(*Der Schneemensch*,1993 年)、维克托·克伦佩雷尔的《我要见证到最后》(*Ich will Zeugnis ablegen bis zum letzten*,1993 年)宾雅明·维尔克米尔斯基的《残段》(*Bruchstuecke*,1995 年)、马塞尔·拜尔的《巨蝙蝠》(*Flughunde*,1995 年)、贝恩哈特·施林克的《朗读者》(*Der Vorleser*,1995 年)、马丁·瓦尔泽的《进涌的流泉》(*Der springende Brunnen*,1998 年)、迪特·福尔特的《在回忆中》(*In der Erinnerung*,1998 年)、君特·格拉斯的《我的世纪》(*Mein Jahrhundert*,1999 年)、亚历山大·克卢格的《感觉的编年史》(*Chronik der Gefuehle*,2000 年)等一大批引人瞩目的作品,这表明文学仍紧紧抓住历史的伤口不肯放过。纳粹德国这个德国历史上黑暗的一章,即便对于并没有经历过纳粹年代的新一代德国人而言,也依旧是个重要的话题。在格拉斯的小说中,有个上历史课的教员解释他为何要在课堂上不断给学生讲述当年发生的事时说,"不知道这种不公正(纳粹政权的倒行逆施)是什么时候、在什么地方开始的,最后又是什么导致了德国的分裂,就不可能正确理解(柏林墙)筑墙时代的结束"。这句话可以说是对反思文学当前特别意义的一个高度概括。它在警示大家,在新纳粹分子和极右翼团体不断蠢蠢欲动、制造事端的当前,每个人都应该不忘历史,警钟长鸣。

清理头脑中"看不见的废墟"

历史进入新的千年。随着二战结束六十周年——一个提醒不能忘却历史的新的契机的出现,德国的电影、电视、报纸、杂志等大众媒体掀起一阵阵回望战争、反刍历史的热风灼浪。出版界不断再版对战争和历史依然记忆犹新的日记、书信、报道、回忆录、作品,新书也纷纷问世,一进书店就可以随处看到,比比皆是。这些书籍反映历史的视野开阔,挖掘历史的深度悠长,从史实性的历史研究,到战争进程的风云变幻,到迫害犹太人罪行,到战俘命运,到纳粹头目传记,到暗杀希特勒未遂,到关于德国抵抗运动,到二战后期对德国的轰炸,到战败后东欧邻国对德国人的驱赶,到德国自身遭受的灾难和损失,到劫后余生的日子,到反德盟军士兵书信……题材内容可以说无所不有,透视角度也无所不有:政治的、社会的、经济的、文化的、军事的、家庭的……它们从方方面面记录和反思着德国/欧洲当代史上那沉重和血染的一幕幕。

为什么当年有那么多的德国人对希特勒死心塌地,"忠诚"不贰?历史学家格茨·阿利在其新著《希特勒的人民国家》(*Hitlers Volksstaat*,2005 年)中语惊四座地提出一个是因为德国人被纳粹政权的社会福利政策所笼络,被希特勒用战争掠夺来的财富所"收买"的新见解。另一位当代史学家诺贝特·弗赖,在 2005 年 2 月推出的《1945 年和我们》(*1945 Und Wir*,2005 年)一书中则对当前德国人对待纳粹德国那段历史的一些态度发难,认为在当前德国人对纳粹德国历史的回顾中,有一种以讲述代替批评,一种"比较温和的判决",甚至是"修正"的"意愿",而这与亲身经历了那段历史的那一代人还健在的越来越少有关。因此,读一读由维尔弗里德·舍勒主编的《那个引人注目的时代》(*Diese Merkwuerdige Zeit*,2005),可以重温和感受伊尔莎·艾兴格尔、阿尔弗雷德·德布林、斯特凡·海姆、托马斯·曼、卡尔·楚克迈耶尔等知名作家和记者,当年是如何不依不饶地追究纳粹德国犯下的罪行,如何直面自己应负的责任,以及如何深刻思考战败和新的开始等一系列问题。

有了反思、自省、清算和警世精神的烛照,再细读《明星》画刊今年第十四期上选介绍的二战新书,如米夏埃尔·松特的《二战照片》(*Bilder des 2. Weltkriegs*,2005 年),奥斯马尔·怀特的《胜利者的街道》(*Die Strasse des Siegers*,2005 年)和格哈特·希施费尔德的《上午遇到第一批美国人》(*Vormittags die Ersten Amerikaner*,2005 年)等,可以沉沉的思考进入尘封半个多世纪的历史隧道,看到那硝烟弥漫的二战战场,追溯那毁灭了五千多万人生命的血腥战争,了解当年德国人的心理状态及战后的变化。了解历史为的是记住历史。特别是记住画面上那绞刑架上被绞死的游击队员,废墟堆上被炸死的平民,街道壕沟内被战斗机射杀的士兵,坦克从人的尸体上轧过,母亲攥着两个未成年的儿子的耳朵将他们的尸体从一处狙击手掩体中拽出,布痕瓦尔特集中营里的难民,无不足以成为每个人一生中最难忘、最恐怖的记忆。

认识不到战争的残酷,就不能意识到和平生活的美好。不少当年发给国外的战后德国报道,也在二战结束六十周年纪念日日益临近前被翻译成了德文,从另一个角度向读者们提供了一代人的遭遇、一代人的恐惧、一代人的苦难和一代人的希冀。20年代曾在德国工作和生活过的美国人詹姆斯·斯特恩于1947年发表的《看不见的废墟》(*Hidden Damage*)一书,去年被译成德文在一家德国出版社出版(德文书名 *Die unsichtbaren Truemmer*),记载的是作者当年接受美国政府部门的委托,在战后德国搞一个关于盟军飞机对德国的轰炸给德国人的士气造成何种影响的社会调查时的见闻。当斯特恩在1945年5月来到被占领的德国的时候,所看到的一片毁灭景象超越了他的所有想象:法兰克福市没有一处地方还较为完好,让他可以肯定这里就是自己曾经居住过的城市。在达姆施塔特,城市的建筑物早已遭到战火的浩劫,留给他看到的是一堆堆的废墟如同"风暴晃动下的红色的瓦砾海洋,在高高的波峰中探出头的,是破败凄凉和百孔千疮的墙体"。来到阴雨霏霏的慕尼黑,那里的情形使他感觉整个城市就好像是一座巨大的垃圾山,有生物在其中活动着,如同老鼠在垃圾堆里为了填饱肚子翻爬。

斯特恩在书中表示,战争对德国的摧毁和破坏四处可见,但是发动战争的纳粹德国对德国人在思想上和精神上的荼毒与戕害,以及战后德国人对战争和责任的认识,在他们那木然、呆滞、冷漠的举止和表情上对外来人而言是埋藏不见的。经历了纳粹德国的那代人头脑中"看不见的废墟",实际上也是战后德国文学中的一个经常主题。20世纪60年代末学生运动后出现的"父亲文学",就向当年曾跟随希特勒和纳粹政权的父亲那一辈人提出了"你们究竟有多麻木?""究竟对我们还有哪些隐瞒?"的质问。

继维布克·布鲁恩斯讲述自己的父亲从一名纳粹军官,转变为一名参与1944年7月20日刺杀希特勒行动的抵抗人士的故事《我的父亲的国家》(*Meines Vaters Land*,2004年)成为一部年度畅销书后,2004年,出版界又推出了达可玛·洛伊珀尔德的《战争之后》(*Nach den Kriegen*)和马丁·波拉克的《地堡里的死者》(*Der Tote im Bunker*),让探究参加战争的父亲那一辈人的文学有了新的代表。

两部新书都是从父亲的死开始叙述。在洛伊珀尔德的书中,女儿从纽约回来看望重病在医院的父亲,离开后不久又不得不匆忙赶回来为其突然去世的父亲安葬。她为自己没有一直留在他的身边感到十分内疚,于是开始了对父亲人生的回忆和了解。与一些对当年之事小心翼翼守口如瓶的人不同,父亲生前很喜欢讲述当年的战争年代,特别是那段在枪林弹雨中被打掉了几个指头的经历,可是对个人的过失和责任问题却只字不提。讲述当年的往事,只是为了固定在家中的特别权力。女儿怀疑父亲曾与纳粹同流合污,甚至是对纳粹的种族主义思想顽固追随。现在书写战争之后的父亲,一是要寻找历史的答案,二是要摆脱历史的阴影。波拉克只是在照片上见过自己的亲生父亲。后者已在五十多年前死去,在纳粹德国期间是个党卫军官和盖世太保地区头目和战后被通缉的战争罪犯,以假证件和假身份藏匿了两年后,1947年被一走私和偷渡的蛇头谋财害命,尸体被扔在一个地堡里。以一种复杂的心情,波拉克调查和探索父亲的人生,试图回答一个当年生活在斯洛文尼亚的年轻人,为何成了一名犯罪的纳粹分子,是什么在驱动他的内心,是什么致使他走向了歧途的问题。此外他暗地里还有一个希望:在作为战争罪犯的父亲身上,发现他也是个具有人性一面的"人",因为似乎有一些迹象在支持他去这样希望。但是,当看到档案里存放的在父亲的命令下纳粹行刑队集体枪毙一排平民的照片时,作者的心震颤了,他终于认定父亲的面孔是那样丑恶。

没有经历过纳粹时代的后辈人接过了反思文学的大旗。洛伊珀尔德和波拉克的书,都是后代人对上代人的罪行和责任问题的正视、认识和分析。在著书过程中,两位作者都依据了档案馆里查找的文献和家中保留下来的材料。洛伊珀尔德的父亲生前爱好写作并写有日记,这些皆成为女儿探究他的第一手资料。

"集体的日记"——历史还原

日记,是战后德国文学中的一个重要现象,许多原本没有写日记习惯的人,也在战争爆发后纷纷开始写起日记,以至于在整个20世纪的欧洲史上,没有一个时刻如在二战期间那样有如此众多的写日记的人群。人们把自己的经历、恐惧、苦难、感觉、悲哀和战后的希望与期待一一地记录,倾吐于笔尖,在当时这是寻求幸存的一个日常策略,而记录下的文字过后成为文学的重要材料。特别是随着年代的远离和当年的那一辈人的渐渐辞世,日记作为历史当事人的私人见证材料,就更为珍贵。

应和着不忘历史的反思精神节拍,瓦尔特·肯波夫斯基从20世纪80年代以来就一直在发掘和收集没有社会公开过的也不怎么被人注重的个人日记、书信、记录和报道,以及一些相关的已经发表过的私人文献和官方文告,按照当年战争进程的日期排列,加以一定的整理和编辑,汇集成一部极其宏大的《回声探测器》(*Das Echolot*)接连发表。这是一个计划中的资料汇编三部曲,每部属下各有四卷。1993至1997年发表了第一部的四卷,内容是1941年9月对苏联的进攻和1943年1月和2月的战争的转折。1999年发表了第二部的四卷,内容是苏联红军的大反攻和1945年2月盟军对德累斯顿的轰炸。第三部的计划内容是1945年的希特勒灭亡和纳粹德国无条件投降后的战后德国两年。对于这个第三部分,2002年发表了其中一卷后,今年不久前又推出一卷,卷名为《1945年的曲终》(*Abgesang'45*)。作为一个作家,肯波夫斯基在这部厚厚重重上千万字的三部组合巨著中,属于他本人所写的只有一个"前言",其余的皆出于他人笔下。但这并不妨碍从第一本书问世起,就有批评家给予高度评论:"总之一句话,如果世界还有眼睛看东西的话,它就会把这部著作视为本世纪文学伟大的成就之一。"

肯波夫斯基别出机杼的艺术匠心,在于他用真实的历史材料,进行了真正意义上的历史还原。他在《回声探测器》中将来源于不同人的文献,即不同的立场、不同的思想和不同的声音汇编在一起,如记载红军士兵报复行为的日记之后,是红军士兵写给家中妻子的书信,内容上任其冲撞回旋,以求描画出当年历史的发生,全景式地诉说着今天人们难以想象的残酷战争和灾难现实。在今年发表的《1945年的曲终》卷里,处于关注中心的是德国人的经历、行为、情绪和内心。人们可以读到,在被解放的那一天,布痕瓦尔德的幸存者们升起了各自的国旗,而那里的德国人经过一番激烈的争论后,最终选择了红旗;一个来自乌克兰的强迫劳役女工爱上了德国农家的儿子,邻居们不得不像购买一个奴隶那样为她赎身;柏林居民疯狂地抢劫商场,种种行态让报道事件的红军士兵十分鄙夷;在莱比锡,一女演员在心里气愤地骂那些拥抱盟军士兵的同胞女性是没有民族气节的"贱人"……这些,或许谈不上有多少资料价值的庄严或深沉,但确是一幅幅真实的活的历史。肯波夫斯基将他的史料汇编取名《回声探测器》,意在让读者们自行去对书中提供的内容作出自己的思考、思索。他对各卷的《回声探测器》还有一个统一的副标题,叫作《集体的日记》(*Ein kollektives Tagebuch*)。不难理解和顾名思义,这是告诉我们,书中记载的是个人和集体抹不掉的记忆,是人们永远不能忘记的记忆。

凯尔特文化复兴与"哈利·波特"旋风
叶舒宪

《哈利·波特》系列——"新时代"文学最畅销的代表作

20世纪后期西方社会文化变迁的重要标志就是异教思想和相关知识的全面复兴。坚信宝瓶座时代将彻底取代基督教统治的双鱼座时代(1—2000年)的所谓"新时代"的信仰者们,在欧洲和北美赢得了世纪末的迅速发展,其价值观念也在社会上深入人心。借助于印刷、影视、音乐和文学等现代传播手段,新时代运动如今已经广泛普及民间,并对文化、政治、经济和流行时尚都产生巨大的影响。新时代人打破基督教神学正统的束缚,重新复兴在历史上长久被压抑和忽略的各种异教观念及知识体系,并在反叛资本主义和现代性生活方式方面,引发出极大的共鸣。

新时代信仰者推崇的基督教教堂以外的"异教观念及知识体系",主要包括巫术-魔法、以萨满教为代表的原始信仰和身心治疗术、女神崇拜和大自然崇拜、占星术、炼金术和风水等准宗教实践。这些异端知识如何在世纪之交大受欢迎,可以从新时代文学的最畅销代表作"哈利·波特"系列(巫术-魔法)、卡斯塔尼达的人类学小说系列(新萨满主义)和2003年连续雄居最畅销书排行的《达·芬奇密码》(女神崇拜)等略见一斑。远在太平洋这边的中国人不大了解英国文化内部的源流冲突与非主流内涵,甚至会把莎士比亚、斯哥特、乔伊斯和叶芝设想成享有同样文化身份的所谓"英国作家"。正所谓"只知其一不知其二"。

凯尔特文化认同与巫术传统

"哈利·波特"的作者罗琳是在苏格兰首都爱丁堡写出她的系列巫术-魔法小说的。而那里正是新时代运动在欧洲的最重要的大本营。

自近代以来,英伦三岛文化成为工业革命和全球贸易的重要策源地,在世界的殖民化进程中扮演着主角的作用。但是,英伦内部的文化冲突一直没有得到解决。冲突主要表现在南部的英格兰人与北部的苏格兰人、西北的爱尔兰人之间。从历史渊源上看,这种族群冲突由来已久。那就是较早自欧洲移居到英伦岛屿上的凯尔特人的文化与后来入侵并且占了上风的盎格鲁·撒克逊人的文化之间长期的对抗格局。由于凯尔特人在人口和技术上处于劣势,不得不退让出英格兰的较富庶而平坦的土地,据守在北部的岛屿和山地高原。这就是今日与英格兰貌合神离的苏格兰国家和北爱尔兰共和国三足鼎立格局的由来。

以牧羊为主的苏格兰人虽然在社会组织和生产方式上都落后于英格兰,但是其独特而刚毅的民族性格使他们在两千年的历史中从不屈服。即使是威震天下的罗马大军也只是征服了英伦的南部后,为抵御英武善战的苏格兰人沿山修筑了类似长城的防御性建筑。当今的苏格兰不仅有自己独立的国家议会、银行、《苏格兰人报》、电视台、博物馆、图书馆,还发行与英镑并行的苏格兰货币。所有这些显示独立性的方面都表明了族群认同与文化认同的一致性。其学术上的主要表现则是强调和重新发掘被压抑的凯尔特文化传统,甚至把凯尔特传统抬升到足以同西方文明两大源头相提并论的高度去认识。历史学家简·马凯尔在其《凯尔特人:重新发现西方文化的神话与历史根源》一书中指出,历史学家把凯尔特人当成一个比罗马人次要的民族,然而事实上,西方传统中萨满的、神话的和精神的传统却在更大程度上根植于凯尔特文化。虽然史书记载不详,但通过详尽地探讨凯尔特人神话,进而揭示其所滋生的文化,就可以把凯尔特人作为从古欧洲先民到希腊罗马统治的过渡,恢复凯尔特人文化在欧洲文明发展中的重要性。

20世纪后半叶在英格兰、爱尔兰和北美出版了大量有关凯尔特人及其文化、艺术的书刊,研究者从考古、历史、地理、民族、宗教、艺术、文学、社会、习俗等各个方面探讨该文化与盎格鲁文化的不同之处,从而为确立苏格兰人文化身份的独立性提供佐证。掌握这方面的知识,有助于我们了解《哈利·波特》这种文化蕴含深厚的作品产生之土壤。

与基督教文化不同的是,凯尔特文化的宗教倾向较为古朴,保留着很多原始宗教的特征,尤其是在巫术传统方面异常深厚。用哈利·波特购买魔杖的那家奥利凡德商店来做证,其金字招牌上写着"自公元前382年即制作精良魔杖"。作者为什么要强调这个年代呢?欧洲史学者们认为,"在公元前387年,凯尔特人甚至威胁到新兴的强大的罗马。这是伊特鲁利亚人强盛时期的终结,凯尔特人称雄于中欧、西欧,直至罗马将帝国势力扩展到阿尔卑斯山以西和以北时为止"。这就明确提示出,巫术-魔法传统是比救世主基督降生以来的历史还要久远得多。至于爱丁堡在保留前基督教传统方面的优势特征,读者可以在丹·布朗的《达·芬奇密码》第104章描写的"密码大教堂"罗斯林教堂的神秘氛围中找到生动的反映。这里不仅被说成"是所有宗教信仰的供奉所,是因循所有传统的供奉所,尤其是大自然与女神的供奉所",而且还是古代凯尔特传说中的圣杯的藏身之所。

魔幻想象的复兴——体现对现代社会的反叛

据爱尔兰古代编年史,凯尔特人登陆英伦是由德鲁伊教的第一巫师阿莫金(Amergin)带领的。在爱尔兰神话中经常提起的德鲁伊,被认为是拥有智慧和力量的人,他在梦中获得知识,并能作出解释,他知道大地的位置和风的去向,他知道组成世界的基本元素,他拥有音乐知识。阿莫金的身份既是部落的诗人歌手,又是法官和首领。他们来自古西班牙海岸,靠魔法的力量平息了风暴,才在爱尔兰海边登陆。当阿莫金的右脚踏上爱尔兰土地时,怀着对魔法的敬意,吟诵了一首诗:

我是吹过海面的风,/我是海洋中的波浪,/我是波涛的低语,/我是七次搏斗中的公牛,/我是岩石上盘旋的秃鹰,//

是谁领导了山巅的集会,如果不是我?/是谁说出了月亮的年龄,如果不是我?/是谁指引了使san平静的地方,如果不是我?/为什么是制造魔法的神——/改变战争和风的魔法。

这首祈祷诗强调了凯尔特人的信仰。这种对魔法的信仰就是当时的科学——洞察自然的奥秘,发现其规律和力量。掌握了这种科学也就整个掌握了自然。诗人实际上是科学的代言人,他是给予人们脑海中思想的火焰的神,诗人就是大自然,是风和海浪,是野生动物和斗士们的臂膀。所以诗人是以人的形式存在的魔法的化身,他不仅是人,还是秃鹰,树木和植物,命令,剑和矛。他是吹过海面的风,是海洋中的波浪。我们从凯尔特的这种魔法世界观出发,"哈利·波特"的神秘性也就容易理解多了。

在小说的第三部《哈利·波特与阿兹卡班的囚徒》的开端,讲到哈利·波特在魔法学校撰写论文,题目是《14世纪焚烧女巫的做法是完全没有意义的》。这看似漫不经意的戏笔,实际上清楚地说明了作者的思想倾向。作品中不讲基督教的那一套,没有西方文学常见的上帝、牧师、教堂与《圣经》,却以一位少年男巫为主人公,让他出面为历史上被基督教教会迫害烧死的数百万女巫翻案昭雪。

女巫的形象在哈利·波特的生身母亲这里得到全新的诠释:她是为了救助自己的孩子才被强大的伏地魔杀死的。是这位女巫的伟大的爱赐予了哈利·波特刀枪不入的坚强护身法宝。《哈利·波特与魔法石》的最后一章,哈利向世间第一大巫——魔法学校的校长邓布利多询问他母亲的死因,后者回答说:

你母亲是为了救你而死的。如果伏地魔有什么事情弄不明白,那就是爱。他没有意识到,像你母亲对你那样强烈的爱,是会在你身上留下自己的印记的……尽管那个爱我们的人已经死了,也会给我们留下一个永远的护身符。它就藏在你的皮肤里。

"哈利·波特"闭口不提上帝之爱,不谈耶稣基督的仁爱精神,却强烈地渲染出女巫伟大的爱心,以此作为人的一种超越所有法力和功夫的最强大的防卫力量。这就清楚表明了作者在文化认同方面的异端异教立场。难怪有些教会学校禁止收藏这部超级畅销书呢。

牛津大学中古和近代语言学院,设有凯尔特研究专业。罗琳童年生活在英国西部靠近威尔士的地区,从小受到凯尔特传统的濡染。她年轻时曾经报考过牛津大学,但未能如愿考取,只好退而求其次上了埃克塞特大学。她的本科专业虽然是法语,但阅读兴趣更偏向幻想文学。从她的作品看,她对民间文化传统的熟悉程度不亚于专家。英语文学魔法热的始作俑者《魔戒》是她最喜爱的作品。她自己的文学想象显然是对凯尔特巫术魔幻传统的大发扬。在政治倾向上,魔幻主题的弘扬主要体现着对现代社会的反叛,对片面发展高科技和市场社会的不满。"哈利·波特"通过对主人公亲戚一家平庸而冷酷的刻画,表达了对市场社会金钱至上价值观及其人性扭曲作用的强烈批判。从这个意义上看,魔幻想象的复兴不只是儿童文学上的事件,其现实社会批判的倾向也值得深思。"哈利·波特"是要用魔幻想象的世界来抗衡物欲横流的金钱世界。

"新小说"时代结束了吗?
——"新小说"之后的"午夜作家"

唐玉清

20世纪五六十年代的法国文坛,来自午夜出版社的萨缪尔·贝克特、克洛德·西蒙、娜塔莉·萨洛特、阿兰·罗伯-格里耶、米歇尔·布托等作家,对文学形式的共同探索和实验最终引发了一场真正意义上的文学革新,他们的作品被称为"新小说"。"新小说"虽然备受争议,但是在一系列的优秀作品和文学大奖之后,最终还是赢得了世界范围内的认同,确立了自己在文学史上的重要地位。

时至今日,这些大师一个个地离我们远去,就剩下已过80岁的罗伯-格里耶尚在人世。虽然这些作家在荣誉和光环下仍然笔耕不辍,创作周期普遍都拉得很长。比如:今年7月以91岁高龄辞世、1985年的诺贝尔文学奖得主西蒙,在2001年还出版了新作《有轨电车》;同年,罗伯-格里耶也推出自己的《反复》。但是,到了今天,"新小说"作家的"老化"对午夜出版社而言已经是不争的事实。人们在扼腕叹息的同时,似乎在等待某个标志,以便彻底宣告"新小说"时代的结束。然而,这句"再见"是否真的那么容易说出口呢?

拉塞尔·雅各比认为在当代社会艺术作品或艺术家本人的成功需要三个条件:丑闻报道、极有力的出版商和确实有一个读者群。"新小说"是幸运的,于2001年去世的午夜出版社负责人热罗姆·兰东,不仅是个精明的出版商,更是一个文学家的发现者。他接纳了很多被其他出版社退稿的作家,并且成功地利用政局的热点(阿尔及利亚战争),适时地为"新小说"创造了读者群。当七八十年代,整个社会都在叫嚷着文化中缺失年轻人声音的时候,兰东又以其独特的眼光将新一代的作家不断地引入午夜出版社中。同他们的前辈一样,这些作家也是在被好几家出版社拒绝以后才转向午夜出版社的。在他们看来,这个时候的"午夜之星"已经是高不可及,从某种程度上讲,它已发展为一种文学影响力的保证。这些年轻作家是幸运的,在午夜出版社,他们和业已成名的"新小说"作家们有同样的机会。而且,借助于诞生于此的"新小说",出版社已经成为一个强势作家集团,它使"新一代"在文学领域里一开始就有了话语优势。

正如"新小说"从来没有成为真正意义上的一个流派,也没有一种共同的文学理论一样,新一代作家也只是因为他们对固定不变或统一的共同拒绝而集合在一起的。比起他们的前辈,这些作家更为谨慎,个体性在他们的身上也体现得更为明显,他们甚至不相互发表看法,但是对于午夜出版社和"新小说"家们,他们保持着尊敬和忠诚。法国评论界也开始逐渐注意到这些作家,认为他们的作品是最近十年来法国文学的中心,而且他们还会取得更大的成功。2003年7月,著名的色雷斯国际文化俱乐部召开"极少主义作家"研讨会,作家和文学研究者一起讨论了自己的小说,提出:"现在是时候来质询这种潮流的本质了,它出现在新小说之后,重新发现和创造了小说,并且展示了一种新的人物类型。这两点是作为个体作家或作为一个运动的整体都涉及的主要方面。"他们中的生力军是让·艾什诺兹、让-菲利普·图森、玛丽·恩迪耶、艾瑞克·施维亚尔等等。

艾什诺兹(Jean Echenoz)一般被认为是继罗伯-格里耶之后极为重要的先锋小说家之一,1979年以来在午夜出版社已发表了十部作品,可是他的创作实践又往往与"新小说"背道而驰,他将"新小说"抛弃的主题、情节、人物等重新纳入作家创作的视野中,又用独特的叙事方式、叙述手法使这些作品呈现出不同于传统小说的面貌。"他越来越努力地以新的叙事方式、新的文笔来反映他所感受到的社会和社会中的人。"1983年《切罗基》(Cherokee)获美第奇奖,之后《我走了》(Je m'en vais)摘取1999年龚古尔文学奖,评论界认为这么长时间以来,龚古尔文学奖终于授予了一本真正的好书,这些无疑是对他文学探索的肯定,而他的重要作品还应该包括《出征马来亚》(Quipee Maleise)和《高大的金发女郎》(Les Andes Blondes)、《湖》(Lac)、《我们仨》(Nous trios)等等。

让-菲利普·图森(Jean-Philippe Toussaint)是比利时作家,1985年第一部作品《浴室》(La Salle de Bain)获得成功,和以后出版的《先生》(Mosieur)、《照相机》(L'appareil-photo)一起被称为"三部曲"。今年9月他出版了以中国为背景的第七部小说《逃》(Fuir),又和前一部发表在日本的《做爱》(Faire L'amour)合成关于亚洲的双棱镜。他的小说篇幅很短,但在世界各地都受到欢迎。和罗伯-格里耶一样,图森爱好电影。他在自述中提到,他一直希望拍电影,但是久久不能实现这个愿望。后来,有人建议那些梦想拍电影,但没有办法实现的年轻人写书,把他们的剧本转换为书。因为写书显然比拍电影的成本要低很多。图森听从了这个建议。然而在这样的写作中,电影的种种影响显而易见,加上对摄影的兴趣,使他的作品确实呈现出罗伯-格里耶式的冷淡以及对细节描写的精确。但是,对"静止"的细腻化并没有导致语言的膨胀或是描述性词语的堆砌。正如评论所说:"我们始终有个疑问:图森是怎么成功地把无缘由的空想和浪漫、把忧郁和欢笑、把持续的运动和在画面影像上的骤然停顿结合起来的?那是一种描述静止的艺术,他有自己的叙述时间。"(《周日报》,2005年9月9日)图森的主人公(都是悠闲的年轻男子)虽然冠之于"我",但是名字和其他特征常常缺损而且无所作为,实质上,这个主体也是空缺的。"他让一种严重的混乱状态掌控了叙述者,但是,这种奇怪的混乱又不与秩序和几何美学相悖。"(《世界报》,2005年9月9日)另外,他将幽默打碎,化散到各种细节和小说叙事因素中,确切地说,它不是诙谐,也不是滑稽,很难界定,近似一种"冷幽默",一种有节制的幽默。

玛丽·恩迪耶(Marie Ndiaye)是个来自非洲的混血儿,是一位从 18 岁就开始写作的年轻的"天才作家"。因为自身寻找父亲的经历以及因自己特殊身份在法国的种种遭遇,她的小说从第一部开始就有寻求身份认同的主人公,回忆充斥着文本,模糊了现实,尤其是"幽灵"和"变形"的频繁出现,使她能在现实主义的叙述中,创造出一个迷人的独特的世界,使人置身于一种超现实主义的氛围中,这点正是她执着于"作家吸引人的地方不在于他的写作手法而在于他创造的世界"这个理念的反映。正如罗伯-格里耶对她的评价:"玛丽·恩迪耶使我感觉到……那里有世界的真实的展现,一种真正的文学展现……这不是我的世界,但这确实是个特别稠密,具体可触摸的,很有说服力的,处在绝望中的世界。"(《费加罗文学》,2001 年 4 月 10 日)恩迪耶的才华受到公认是 1990 年出版的《在家里》(*En Famille*),主人公是一个寻找自身身份的年轻女子法妮。2001 年恩迪耶的第七本小说《萝西·卡尔普》(*RosieCarpe*)获得费米娜奖,作为整个小说人物体系中的一员,萝西也是一个寻求家庭、寻求承认、寻求爱的女人,同样也是个没有自由意志选择行动的女人。评论认为本书"完全显示了使人振奋的先锋与畅销的和解,在形式上和小说娱乐性方面很大胆"(《读书》,2001 年 4 月)。恩迪耶也表示自己完全接受"时尚"的要求,期望将文体与故事很好地结合起来。另外,她的戏剧写作也很有成就。

艾瑞克·施维亚尔(Eric Chevillard)是个相对多产的作家,1987 年以来已经在午夜出版社出版了十二本小说。其中 2003 年《勇敢的小裁缝》(*Le Vaillant Petit Tailleur*)获得维尔佩奖。评论认为这是一个很有才气的作家,作品中弥漫着浓浓的诗意,而且总是妙趣横生。"很多作家都声称可以清晰地陈述出他们自以为已经完美构想的东西,但是,他们的叙述是那么笨拙,以至于总是会让读者一团雾水。然而,艾瑞克·施维亚尔完全相反。他机智的语言异常清晰,而且相信他的读者能够依靠自己的力量在幻想的世界中辨识出基本的事实。这种精巧就是艺术的顶点。"(《读书》,1999 年 4 月)

新一代受传统现实主义审美的冲击以及通俗文学、市场销售、读者期待的影响,消解了那种封闭与描写自身的"无动机艺术",他们体现出寻求普遍意义上读者认同的努力。对他们而言,"传统的"或是"流行的"创作因素的加入,使他们有了主动降低文学自律性的面目,但是另一方面,他们仍然坚守着"新小说"实现与现实新型关系的努力。而且两者的否定性策略是不同的,"新小说"可以更多地被理解为一种对传统写作技巧的大幅度攻击,而处在"新小说"影响下的新一代,不存在这样一种攻击的对象,他们在保持自身独立性的同时,为改变艺术流通体制,与通俗文学争夺大众吸引力而努力。

正如艾什诺兹认为,他们被迫处在这种反传统中,并且利用这种反传统。

另外,面临大众社会的压力,作为媒介的出版社也在调试自己的定位,在反抗一种令人窒息的从众主义的同时,一个出版社的执着与热情必须与它作为稳定收入的保证相呼应,增加作家和自身的收益,这样两者才能存活下去。兰东无疑体察到了合流萌动的讯息,适时地调整了出版策略(这点罗伯－格里耶就曾在《科莱特的最后日子》一书中提到)。新个体的加入使得午夜作家群不断地被注入新鲜血液,再次焕发了活力。当然,他们都还年轻,究竟能够走多远还有待时间的证明。

作为"新小说"大师的罗伯－格里耶,对"新小说"的前途则表示了极大的忧虑。他认为现在法国文坛没有杜拉斯,没有克洛德·西蒙,显得更加平静了,虽然他喜欢艾什诺兹、玛丽·恩迪耶、图森等人的作品,但"新一代显得更易被浮躁、时尚所诱惑",这些与他们那一代截然不同。他认为这是牺牲了"新小说"的某些探索精神,更多的是趋向对市场需求的考虑。

探索人类命运和生存意义
——法国的反法西斯战争小说
吴岳添

反法西斯战争小说

德军于 1940 年 6 月占领巴黎,法国政府投降,法国的抵抗运动由此开始,并分为两个部分:戴高乐在伦敦领导的"自由法国"运动与法国国内由法共领导的地下抵抗运动。限于抵抗运动艰苦而危险的环境,当时反战文学的体裁主要是诗歌和中短篇小说,这方面的长篇小说大多是在战后出版的。

由于法军一触即溃,所以在法国的反战小说中,看不到像苏联红军攻克柏林或者保卫斯大林格勒,以及盟军在诺曼底登陆那样浴血奋战的宏伟场面,只有法军失败或溃退的情景及占领时期进行抵抗的社会现实。法国反战小说着重反映的不是某次战役或战斗,而是在于通过描写来探索人类的命运和生存的意义,因而普遍带有高于现实的哲理色彩,其中最典型的作品是韦科尔(Jean-Pierre Melville Vercors)的中篇小说《海的沉默》(*Le Silence de la mer*,1947 年)。

小说写占领时期的一个法国家庭里只有老人和他的侄女,后来住进一个德国军官,名叫凡尔奈·封·艾勃雷纳克。他在战前是个知识渊博的音乐家,本性善良,为法国文化感到骄傲,真诚地相信德国可以与法国合作。在长达半年的时间里,他始终用微笑面对房东的沉默,因此老人对他不无好感,而侄女和他更是互有爱意。但是他的同伴们根本不尊重法国文化,对他的浪漫幻想大肆嘲笑,他为此感到十分痛苦,只求到前线去一死了之。他在与房东侄女告别的时候,与平时的沉默唯一不同之处,是相互说了一声"再见"。这个德国军官尽管彬彬有礼,但无论如何毕竟是敌人,是占领者。出于法国人的自尊,老人和侄女对他始终保持沉默,这种沉默不是意气用事,而是出于对祖国的无比热爱,因而像大海一样深沉,任何感情都无法动摇。小说中没有战斗场面,却充分反映了民族尊严高于一切的哲理,与都德的杰作《最后一课》可谓异曲同工,所以出版后立即广为流传,被誉为反映抵抗运动的经典之作。

罗曼·罗兰 1933 年发表《欣悦的灵魂》的第四卷《女信使》被视为法国较早的反法西斯小说之一。小说写主人公玛克与俄国姑娘阿霞结为夫妇,一起揭发法西斯党准备发动侵略战争的阴谋,最后在佛罗伦萨街头被法西斯分子刺死,他的母亲安乃德继承他的遗志,积极参加反法西斯的斗争,直到病逝。此外还有安德烈·马尔罗(André

Malraux)的小说《希望》(L'Espoir, 1937)讲述他率领飞行中队参加西班牙内战情景。马尔罗后来发表的《阿藤堡的胡桃树》(1943年)也是一部带自传性的、揭露集中营暴行的反法西斯小说。

最著名的抵抗运动作家路易·阿拉贡,1941年创作了《断肠集》等一系列充满爱国主义激情的诗歌,在抵抗运动中产生了很大的影响。他的小说集《法国人的屈辱与伟大》(1945年)包括七篇短篇小说,从不同方面反映了占领时期法国人民的生活状况。法国解放后,阿拉贡又发表反映抵抗运动的长篇小说《共产党员们》(1949—1951),从1939年大战开始写到1940年6月。小说描写政界人士争名夺利,法军将领昏庸无能,致使敌军长驱直入,烧杀抢掠。贝当上台后下令停战,实际上是向德国人投降。只有共产党人在英勇战斗,他们或是在前线奋战,或是在后方从事抵抗,但政府反而拿共产党人当替罪羊加以镇压。这部小说以事实为依据恢复了历史的本来面貌,被认为是社会主义现实主义文学的代表作。

艾尔莎·特里奥莱原籍俄国,后成为阿拉贡的终身伴侣。法国沦陷后,她在法国南方积极参加抵抗运动。1944年,她秘密出版了中短篇小说集《第一个窟窿赔偿二百法郎》,其中包括名篇《阿维尼翁的情侣》。小说的主人公朱丽叶是抵抗运动女战士,战争期间她担任交通员,住在条件艰苦的偏远山区,每天都要坐火车到各地去送经费和传递情报。她的情人塞勒斯坦是抵抗运动的领导人,但为了祖国的解放他们顾不上谈情说爱。小说出版后的第二年被补授龚古尔奖。

约瑟夫·凯塞尔大战期间在英国担任空军队长,经常到法国上空执行特殊任务。他的小说《影子部队》(1946年)就记述了这段经历。凯塞尔还是一个出色的战地记者,写过反映法国大溃退和盟军反攻德国等大量新闻报道和短篇小说,短篇小说《乘船前往直布罗陀》(1945年)就是其中的代表作。主人公让-弗朗索瓦担任地下交通员,经常秘密携带武器、发报机和文件。他有一个哥哥在巴黎,叫圣吕克,整天穿着厚厚的衣服躲在家里,是个性格稳重的老好人。让-弗朗索瓦直到在执行重要任务的时候,才发现哥哥原来就是抵抗运动的领导人。小说虽然没有什么惊险之处,但是深刻地反映了法国人民反抗敌人的勇气和信心。

发展与演变

大战之后接着冷战的残酷现实,使现实主义作家们失去了用鸿篇巨制来反映历史演变的雄心,导致了长篇小说的衰落,并由此形成现代主义的相对优势,以及通俗小说的繁荣。然而,反战题材同样是它们的重要主题。

萨特的短篇小说《墙》(1937年)和长篇小说《自由之路》(*Les Chemins de la liberté*,

1945—1949)在体现存在主义哲学的同时,也反映了战争对人的折磨。阿尔贝·加缪的《鼠疫》(*La Peste*,1947 年)是一部寓言式的哲理小说。40 年代阿尔及利亚的奥兰城里,鼠疫的流行使城市里死气沉沉,人们恐惧焦虑、逃避挣扎。在危难之时,医生里厄挺身而出抢救病人,一些道德高尚的人组成了志愿防疫队,他们坚持战斗了七个多月,尽管有些人也染上鼠疫死去,但是他们最终获得了胜利。"鼠疫"本身就具有暗指法西斯主义的寓意,小说无疑是在号召人们进行反法西斯的斗争。

鲍里斯·维昂的短篇小说具有超现实主义的特色。他的代表作《蚂蚁》(1949 年)用一连串看似滑稽,实为悲壮的画面描绘了战场上的恐怖场面,以证明战争是人类最可诅咒的行为:如一个士兵的脸被炸飞了四分之三后还走去就医,主人公面对死亡还有心调侃,踩上了地雷还在冷静思索……

弗朗索瓦丝·萨冈是法国著名的女通俗小说家。短篇小说《意大利的天空》从一个独特的视角反映了战争给主人公带来的心灵创伤:法国人米尔斯在意大利作战时身负重伤,受到当地农妇吕吉娅的悉心照料,由于她的丈夫在前线,他们自然而然地相爱了。战后米尔斯回到法国,有了自己的家,过着平凡的生活。他无法忘记吕吉娅,又不能向人诉说内心的痛苦,只能借酒浇愁,醉了躺在地上,似乎闻到了随风飘来的意大利田野的芳香。

新小说派成员克洛德·西蒙曾在骑兵团服役,受伤后被德军俘虏,不久逃出集中营,这些经历为他写作战争小说奠定了基础。他的《弗兰德公路》(*La Route des Flandres*,1960 年)是反映第二次世界大战的名著。小说通过乔治在战后一个晚上的种种不连贯的印象、联想和回忆,以一幕幕充斥着瘟疫、焦土、死马、死尸的悲惨场面,再现了法军在 1940 年被德军击败后溃退的情景。他的其他小说也大多与战争有关,由于他成功地运用了颠倒时空和回旋式的结构等新小说的手法来描写战争,1985 年获得了诺贝尔文学奖。

20 世纪 70 年代出现了一批采用现代派文学手法来反映社会现实的作家,其中犹太作家帕特里克·莫迪亚诺(Patrik Modiano)的一系列小说,多以第二次世界大战和占领时期为背景,用回忆的方式来描绘占领时期的社会现实。《暗店街》(1978 年)是他的代表作,获得龚古尔奖。主人公居易·罗朗是一位侦探,因患遗忘症把自己的前半生全忘掉了。后来他到一个私人侦探事务所里当了八年侦探,利用学到的本领和积累的经验,依靠蛛丝马迹,逐渐回忆起自己在占领时期的遭遇。

现实主义小说在继续

反战小说的形式在不断地变化和发展,但现实主义小说的传统并未中断,尤其是马尔克·杜甘(Marc Dugain)以独特的眼光选择了前人没有使用过的题材,作品可谓别具一格。1988年发表的处女作《军官病房》(*La Chambre des Officiers*)使他一举成名。小说中的主要人物都是一些年轻军官,他们在战争中被毁损了面容,被迫住院五年之久,接受了多次手术,受尽肉体的折磨和精神的痛苦,在工作、爱情和生活方面都备尝艰辛,但他们勇敢地面对社会的不公,努力克服生活的困难,对人生始终抱着乐观的态度。小说通过他们的惨痛经历颂扬了他们对故乡和亲人的热爱,揭露了战争的残酷和世态的炎凉,出版后获得十八项文学奖,被改编成的影片入围第五十四届戛纳电影节,并荣获法国最高电影奖——恺撒奖的两个奖项。新世纪之初,杜甘又发表了风格独特的《幸福得如同上帝在法国》(*Heureux comme Dieu en France*,2002年)。小说通过一个普通人的眼光来看待第二次世界大战,从人道主义的角度反映了战争的残酷和荒诞:主人公加尔米埃是个善良的青年,在抵抗运动中他奉命来到德国的潜艇基地,以咖啡店侍者的身份作掩护,为英国空军传送情报。和他一样年轻的德国水兵把他视为知己,向他吐露各自的理想和感情,甚至在出发时把心上人托付给他。为了正义事业的胜利,加尔米埃每次都及时送出情报,使这些信任他的德国伙伴葬身海底。但事后他总是觉得良心不安,为此,他不负一个德国水兵死前的重托,终身照顾水兵的女友和孩子,以弥补内心的愧疚。加尔米埃并非一个通常意义上的英雄,而是集中体现了人性的美德和弱点。

第二次世界大战和抵抗运动过去六十年了,法国的反战小说依然绵延不绝。它们揭露了侵略者的残暴和战争造成的灾难,歌颂了法国人民在反法西斯斗争中的爱国精神,具有深刻的现实意义和深远的历史意义。

2006 年

"反恐"改变着美国文化
王 炎

"9·11"恐怖袭击发生近四年之后,2005 年 8 月我再次到美国做短暂旅行。这次美国之行给我留下了极其深刻的印象:美国人的日常生活因"反恐"而改变了。自从 2001 年"9·11"事件开始,"反恐"成为美国社会和政治生活的主要意识形态,全民被动员起来,参与这一新的意识形态的建构之中。但那时"反恐"对于大多数美国人来说还停留在认知层面,尚未触及文化深层意识和日常生活。虽然在美国的主流媒体和政治话语中充斥着有关恐怖主义和国家命运的各种言论,而且几乎所有人都认为,从"9·11"之后美国永远地改变了,但在日常生活里,美国人尚未切身感受到这种变化的后果。然而,新的意识形态会逐渐渗透日常生活之中,而且一些具有标志性意义的所谓"美国价值"也不无例外地被牵动了。美国文化的深层气质,或者说"美国性"(Americanism)正在发生着深刻变化。

对美国未来的威胁来自不同文明和信仰间的冲突与对抗

作为少数民族的新教英裔白人,一直牢牢控制着美国这个"文化熔炉"的"配方"。而随着美国移民政策的调整,近二十年来美国主流文化和价值观受到了前所未有的挑战。首先,英语作为无可置疑的通用语言这一既成事实难以为继了。前几年不少美国议员希望通过立法的形式来确立英语为官方语言。但是,西班牙语、韩语、中文、阿拉伯语等仍充斥着广播、电视、报纸、路标、广告和许多官方文件。据一项调查统计,在纽约市约有 75% 的常住人口是外国出生的,他们当中又有 60% 在家中说各自的母语,英语已不再能独霸美国社会的交往系统。其次,美国人,特别是生活在大城市里的美国人,对自己的身份和文化认同,显然也与经典的美国性有了大不同的含义。过去移民是通过实现"美国梦"来融入美国社会,变成美国人的。好莱坞电影一度成为"美国梦"的重要载体,好莱坞明星的形象更是成为标准美国人的模板。而 20 世纪 90 年代之后的"美国梦"少了许多文化元素,变成了非常物质化的现实指标:汽车、别墅、一份稳定的工作等等。传统意义上的因宗教和政治迫害而移民美国的清教徒,已经变成了现在的纯粹经济移民,主流英国新教文化的整合力从根本上被削弱了。这就是近些年来美国保守势力逐渐上升的原因,他们不断鼓噪反移民和统一语言,并强调宗教信仰和传统的价值观。但这次保守派的叫嚣与1798年的排外或二战前的孤立主义有着本质的不同。保守势力的崛起并不是源于美国面临着像历史上的外部势力的威胁,而是面对来自内部文化多元所带来的离心力的挑战。当然"9·11"作为来自外部的恐怖袭击,对美国保守文化的膨胀起了巨大的催化作用,使保守主义者干脆撕掉悲天悯人、普遍正义的面纱。但恐怖袭击毕竟不同于主权国家间的战争,国际战争以利益冲突为基础,而恐怖主义则以信仰和文明冲突为内在逻辑。因此,文化保守主义者如亨廷顿等更加强调美国文化的主体性与多元文化之间的对抗,对美国未来的威胁,不再是来自国家间利益的角逐,而是不同文明和信仰间的冲突与对抗。

今日美国小说——注重探索移民困境背后更深层的文化根源

在哥伦比亚大学旁的迷宫书店(Labyrinth Books,纽约市最大的学术书店),我随手翻阅了几本《大西洋月刊》(*The Atlantic*),发现在这几期杂志上刊出的短篇小说多以美国日常生活中的种族矛盾为主题,许多小说讲述犹太人、拉美人、亚洲人等在主流社会生活中的种种问题。在新上架的长篇小说中,也有不少相关作品。虽然民族文化焦虑和种族意识是美国文学中不变的主题,但这段时间的小说对种族意识的再现,似乎有了一种不同寻常的意义。首先,拉美、亚洲和其他新移民的文化主体意识,取代了传统黑人文学的种族歧视叙事;其次,在后殖民文化理论的洗礼之后,小说在表现移民的文化认同和自我主体困境时,也在叙事结构上发生了深刻的变化。今天的美国小说不仅仅剖析美国社会种族歧视和少数民族权利的问题,也进一步探索移民的困境背后更深层的文化根源。例如一部短篇小说从一个美国小镇上的犹太孩子,经常受到基督徒家庭孩子的欺负和骚扰,演绎出一场微缩版的几千年来基督徒与犹太教徒之间的恶战,并从少年的群殴中,隐喻了以色列复国的历史场面。更有作品从拉美或亚洲的政治和历史背景中,揭示出新移民的自我认知和价值取向,以及如何与"美国梦"发生冲突等等。移民的个人身份与现代民族国家的政治认同,千丝万缕地交织在一起,使当代小说叙事的张力和复杂性都远远超过传统黑人文学的种族叙事。

双刃剑——种族和文化问题

移民的拥入加上反恐战略的催化,种族矛盾与文明冲突这只"潘多拉的盒子"被打开了。当我到达新泽西与朋友们见面聊天时,我发现所有人都有意无意地对自己的民族背景有了更强的意识。有一位希腊裔的朋友,虽然在美国土生土长,但突然莫名其妙地自称欧洲人,而不认为自己是美国人了。人们对敏感的"政治正确"也不像以前那么谨慎了,越来越大胆地抱怨各种移民问题和文化冲突,特别是对伊斯兰文明,更是口无遮拦。

在2005年的好莱坞影片中,有一部影片就公然触犯了"政治正确"这个大忌。保罗·哈吉斯(Paul Haggis)执导了《撞车》(Crash)一片,冒着可能被指责为种族主义者的骂名,他直接戳中美国社会生活中最敏感的伤疤——种族不和。有电影评论指出,种族、文化、信仰之间的冲突是现代西方经验的核心,但它同时又是西方社会最大的禁忌,"种族主义者"是西方语言中最致命的诋毁,而《撞车》的导演哈吉斯,却用每天发生的交通事故来隐喻在洛杉矶这个种族混居的都市中所呈现出来的日常生活。他故意安排了脸谱化的种族代表:有暴力倾向的黑人劫持汽车,有种族偏见的白人警察无端骚扰黑人影星,斤斤计较的犹太人偏执地谋杀一个锁匠,大惊小怪的亚洲人在交通事故现场大吵大闹。通过这些戏剧化的场面,影片呈现给观众一幅现代西方社会生存状况的全景:在每天的日常作息中,不同文化背景和肤色的人,在彼此交叉的生活目标中穿行,相互缺乏信任又难以深入沟通,往往给对方造成挫折感和沮丧。可能导演哈吉斯最终没有勇气面对被指为种族主义者的窘境,他特意给电影安排了一个"光明的结局":那名种族歧视的白人警官,舍身营救被他骚扰过的黑人女影星,在烈焰吞噬的汽车残骸里,双方握手言和。在极具戏剧化的巧合情节中,普遍人性得到了伸张,观众们终于可以长长地舒一口气,释然地走出影院。虽然影评界对结尾不合情理的巧合大加批评,但最后还是给《撞车》以肯定的评价:它确实触及当代美国人的种族神经,且远比政客们天天炫耀多元文化如何美好,美国人应为自己的"文化熔炉"而感庆幸的意识形态,要强得多。

种族和文化问题是个双刃剑,它一方面可以使每个个体意识到自己的民族身份和文化认同,另一方面又可能使社会分裂,甚至导致动乱和冲突。民族与文化问题是困扰人类的永恒问题,人们总是在不同的历史背景下,强调这个难题的某个方面而压抑其他方面。美国这个当今世界上超级强盛的大国,同时也是个由众多民族移民组成的国家,她的内部离心力其实还不仅限于民族之间,还要加上老移民与新移民之间的冲突。这使她对外强大、团结的外表大打折扣。在最近被卡特里娜飓风肆虐的新奥尔良,因贫富间的差异而导致了人们在灾难中有完全不同的命运,这也包含了种族间的经济落差。

《生死朗读》
——德国文学历史反思的新成果
印芝虹

因精神上的独立性与人性的理解力广受好评

　　德国作家贝哈尔特·施林克（Bernhard Schlink）的《生死朗读》（*Der Vorleser*，1995年），这本当年很不起眼的小书被译为包括中文在内的近三十种文字，跨越了不同的年龄和教育层次以及迥异的历史和文化背景，吸引了各种肤色的无数读者，它不仅作为第一部德国小说登上美国畅销书榜首，在西方国家风靡，而且在日本也登上了2000年畅销榜第二位。同期，它分别在大陆和台湾出版，并立即引发热评，人们争相在报刊或网上发表对这本书由衷的推荐和欣赏，以至中华网评其为2000年十大好书的最佳小说奖。由于其作品的世界性，施林克成为第一位德国"世界文学奖"的获得者。这是一个专门颁发给那些不仅在德国，而且在国际上赢得高度评价的作品的奖项。颁奖词称《生死朗读》"以文学上的精细打磨同时引人入胜的形式表述了对德国历史的发问，具有高度的精神上的独立性和人性上的理解力，并将其融汇表现在其强大的叙述之中"。

　　对自己二战历史进行发问和反思，德国作家已经不停顿地做了几十年，其中同样走向了世界的前辈还有德国战后的两位诺贝尔文学奖得主伯尔和格拉斯。《生死朗读》在美国受瞩目的程度是德语小说中所罕见的，能与之媲美的只有近四十年前格拉斯的《铁皮鼓》。但以我国为例，真正读过《铁皮鼓》这部当代德国文学最负盛名的长篇小说者，为数甚少，且主要局限在研究者。这部作品的为人熟知，与其说是因为小说本身，毋宁说是得益于其电影改编。它的丰厚、奇异和尖锐，赋予它毋庸置疑的崇高地位，同时也致其中译本成为耗时漫长的艰巨工程，令中文读者苦等了足足三十年。另一方面，依笔者所见，《铁皮鼓》的中文评论基本是"阳春白雪"，且多给人以"不知所云"之感，与《生死朗读》评介所传达的"灵魂震撼"之音很不一样。从整体的表述来看，德国世界文学奖给《生死朗读》的颁奖词同样适用于《铁皮鼓》，虽然两部作品的内容和形式、规模和风格都表现出巨大的差异。人物、结构、情节及语言单纯得多的《生死朗读》，从纯文学的角度看也许无法与《铁皮鼓》相比，但它为大众，特别是跨文化的大众所接受的广度和力度，不仅不逊色于《铁皮鼓》，而且更有其独特的效应。

想回避而又不能不面对的真实融汇贯穿全书

施林克的成功与其说归结于他是格拉斯那样超凡的"语言大师",毋宁说他具有卓越的"跨越"之才。在今天日益多元化的世界,"跨越"的趋势全面渗透,交叉、融合的素质越来越显示出生命力。职业法学家施林克身上正突出地体现了这一现代品质。他既写法学论文,亦写侦探文学,亦作长短篇小说,在其法学的思考中透出浓浓的人性关注,在其文学创作中融进了对司法入微的反思。他的小说体现着一种难得的素质:一个善于观察、了解众多案例的法官对生活的贴近,一个严谨的法学教授强烈明晰的思辨。在施林克的笔下,无论是《生死朗读》还是短篇集《爱之逃遁》(*Liebesfluchten*)中的《女孩与蜥蜴》《外遇》或《切割》,都是一幕幕交织于法的人生之谜。

施林克的文字易读,然而字里行间缜密而独立的观察与思考,却往往令人不自觉地似懂非懂。《生死朗读》的一个基本风格,是叙述者谨慎而又执着地提出叩问,托出了一种严酷的、深层的、令人想回避但又不能不面对的真实。它融汇贯穿于全书,形成了施林克的独特境界。《生死朗读》的血脉是对类似思想禁忌和流行话语的质疑和质问,缺少了它们,这个奇异的爱情故事就是一个花架子,绝不会有其雅俗共赏的成功。将深奥寓于俗浅之中,让大众不畏,让学者不弃,才是施林克的独到和难能可贵之处。这种兼容性是《生死朗读》最大的特点:通俗,同时深邃;思辨,并且引人入胜;好读,令人一夜读完,却让人细细地、长久地咀嚼。

作为法学家的施林克没有发表过什么文论。但我们还是能在他的一些谈话中见识到他的文学主张。用一个词来概括,那就是"民主意识"。德国小说一向以思想见长,但同时也以枯燥艰涩令人却步。施林克无意步传统的德语文学之后尘,而更属意于一种服务于百姓,充满民主意识的写作。他认为,文学应该面对普通民众而不是文化贵族或批评家。在接受《世界报》记者的采访时,他就批评了"德语文学将文学区分为所谓精英文学和娱乐文学的不幸传统",他说,"这种传统在很大程度上与'滞后'的德意志民族有关,与市民阶层与贵族之间的关系,其艰难的经济和政治的解放有关"。德国知识界不乏对美国文化持批评甚至鄙薄态度的人士,施林克却认为,美国人拒绝区分高雅文学与通俗文学,这充分表达了他们文化中的某种民主意识。他表示:"理发师、警察、营业员都来读《生死朗读》,尤令我高兴。"他所希冀的,不是自己的著作迈上大学文学系的讲堂,成为教授们刻意宣读的范本,而是走近大庭广众,为普通人津津乐读。施林克最初曾考虑将这本书首先拿到美国出版,然后再"出口转内销"到德国。因为他估计,这本书在那里会比在本国获得更多的欢迎和承认。后来的事态发展果真如此。

与其法学家的职业密切相关,施林克的文学尝试开始于侦探小说的创作。在《生死朗读》和后来的短篇小说集《爱之逃遁》里,我们都可以看见侦探文学的影子。他的故事往往都有某一个隐隐的神秘的开始,随着情节一步步扑朔迷离地发展,主人公均不由自主地纠缠到一团剪不断理还乱、摸不到头绪的纷繁之中。这种纠缠不仅表现在故事结构的层面上,也贯穿在它的思想内容里。通过这种纠缠,作家让世界呈现出它真实而复杂的面目,增加了施林克小说的可读性和吸引力。

《生死朗读》选择叙述一个15岁少年与一个36岁妇女的爱情故事,目的并不在于渲染一种抓人眼球的畸形关系。"我不想把纠缠进施害者罪责的问题表现为仅仅是不同代人的问题,更不想表现为家庭内部的冲突……我想要揭示一个更具普遍性的问题",施林克解释道,"因此对我来说""一个并非父母—孩子的关系,而是另一种爱情关系就很重要"。于是就有了汉娜这个人物。由此可见,作家其实是希望借助一个表面特殊的个例,表现一种普遍人性的东西,对不因"代"而异的人性之弱点及由这种弱点导致的罪责纠缠作出自己的思考:是历史环境、不同的背景令其显示出不同的性质;罪人与非罪人,被审判者与审判者,战前与战后一代之间绝对划一的界限被质疑;负罪并非某部分人、某时代人的专利,批判、肃清也相应地不是某部分人、某一代人与生俱来的特权。在这种混淆中,吾是尔非、此正彼邪的思维定式被打破,替之以我中有你,你中有我,平等即差别,差别即平等的齐一观。这使施林克的历史、罪责反思在前辈思考的基础上跨上了一个富有生机的新台阶。

20世纪50年代初,伯尔的长篇小说《亚当,你当时在哪里?》曾产生很大的影响,成为德国战后最初岁月里文学反思的一个里程碑。到了20世纪末期,施林克、格拉斯等先后写出一批角度新颖的反思作品,又提出进一步的思考课题。"亚当,你当时在哪里?"代表的是"全知的"叙述者对癫狂时代的施害者和牺牲品的发问。叙述者的背后站着的虽然是属于被问者一员的伯尔,他提出的却是战后一代对前辈的质问。而到汉娜的反问,视角来了个转换,提问和被问的人都变了:施害者反问审判者:"我……那么要是您的话会怎么做呢?"汉娜于无措之中对法官的一句反问,正是这样一个不无挑战意义的表达。而曾经视自己为审判者的后生者则对自身发出反问:假如我在当时,我会怎么做?我能怎么做?

相对于伯尔的发问,汉娜的问题显得很不足道。它出自一个罪犯之口,显得茫然失措,无可奈何。但是叙述者对法官的反应及回答所作的描述和评论,明显地表现了作家在汉娜所提问题上寄予的深意。"我"强调汉娜提问的诚心和认真,细述法官的搪塞、无助和勉强,使无知无识的汉娜无意之中反而占了自以为是的审判者的上风,同时令有理与无理、罪与非罪不再那么铁板一块,无可置疑。在书中,施林克不时地提出按照一贯和普遍的观念"不应该进行的比较和询问"。他指出,视自己为"清算过去先锋队"的同代人与其"清算"的对象、纳粹冲锋队队员之间有着不无一致的动因,即享有一种从属某个队伍或某个集体的良好感觉。他让读者看到,多数人不是出于信念参与什么,而是被天性中的自我动机引导,而罪恶的政权对之加以利用,以达到自己的目的。往往是偶然因素,即一个人生逢何时,决定了他是否有罪或该当何罪。

这里所比较的是动机,而不是差别的性质。在差别已成常识甚至定论,平等则为人们避讳不言的情况下,正是这种人性纠缠之刻画,而不是截然的敌友、善恶、是非的划分,成为普通人的真实,触动了具有普遍人性的普通人,包括经历过"文革"的我们。施林克非常善于塑造这一类在罪或错里纠缠,敌或友里"混淆"着的人物,而且这些人就是我们身边的人——亲人、熟人。除了《生死朗读》里的情人汉娜,还有《女孩与蜥蜴》里的父亲,那个做过第三帝国军事法官的父亲,《外遇》里那个民主德国时期屈服于克格勃威胁,为保护妻子而"出卖情报"的契诃夫……所有这些不无悲剧的人物都是被当作一个人,一个有其具体背景和特定条件的普通人来昭示的,由于历史和个人因素的某种结合,他们未能做自我命运的主宰而堕落,沦落到社会的底层。他们的共同特点是命运起伏,而导致这些起伏的性格弱点往往又属于人之常情,那些罪错在彼时彼地也完全可能发生在你我这些凡夫俗子身上。他们,无论是犯罪还是犯错,都是个别人,而不是群体的人,不能左右历史;他们既不是那些富有争议的大人物,也不是单纯的炮灰或棋子,他们不具有所谓复杂的两面性格。同为悲剧人物,这些人在其命运未经作家刻画揭示之前,在现实生活中,往往让人不以为悲。他们虽然比那些大人物离我们常人更为平等和接近,却让人看不见或者是不愿意看见。不仅如此,人们还不假思索地在自己与这些人之间拉一条鲜明的界线,无所顾忌、理所当然地摒弃遗忘他们。

基于对法律和众多个案的深入了解,对人性、人和命运的深切关注,基于特有的穿透性目光和表现内心深处的才能,施林克极力在抗拒这个简单的摒弃和遗忘,引导我们去对这条界线加以思索,对这种无所顾忌和理所当然的评判发出置疑。他显然不满于社会评判的某种僵硬和局限性,试图跨越不容"混淆是非"的法,故而借助文学细腻的、渗透的表现性,去冲破非是即非的冰冷逻辑,去实现他作为法学家所无法实现的内心要求。在文学作品里,他不再充当一个法的代言人,而是选择了一个"另类的"观察和判别视角:不是胜利者的,不是英雄的,不是处于社会边缘或底层的、弱者的,也不仅仅是败寇的,而是已被法庭宣判、被历史钉上耻辱柱,或被正义和道德惩罚了的人的角度;是与这些人有亲密关系,对他们或多或少表示同情或者不能自已地从他们的视角看问题者的角度。叙述者深入事物的背后,陈述种种观念和定论与人性的冲突,独树一帜地揭示了特定的历史条件与人性弱点的纠缠,罪与罚对于各种相关人员命运、特别是心性的影响,既鞭辟入里又入情入理。这里有严厉的良心审问,但没有明确的是非评判,由面对个体而面对历史,融强烈的历史责任感于个体的尊严之中,给读者提供了一个深邃而开阔的思考空间。

德国的历史反思之路怎么走下去?

《生死朗读》问世以来,在获得亿万读者的赞誉和推崇的同时,也引发了一些争议,尤为引人注目的是前几年《德语文学副刊》上的一场发难。这场发难针对的是一些德国作家近年发表的所谓"美化过去"的作品。格拉斯的《蟹行》可以说是它的导火索。《生死朗读》则因其影响成为重点"批判对象"。英国日尔曼学教授杰·阿德勒在一封读者来信中气愤地指责这里的"爱情与群体屠杀,情感与野蛮之纠合",而尤其令他感到可悲的是编造者"又偏偏是一个德国法官"。《南德意志报》接过这场争论,用几个整版篇幅刊登了包括从英文翻译过来的批评文章,并发表评论家温克勒的文章,把施林克的小说定格为"豪劳－虚情"(指豪劳考斯特集中营)。他指责法学家施林克"以为自己有权利,用这样一个典型范例来解释对犹太人的屠杀",认为《生死朗读》玷污了文学神圣的殿堂。

《生死朗读》究竟是怎样一本书? 是严肃、细腻、深沉的自我反思还是与之正相反? 这姗姗来迟的发难无论有无道理,有多少道理,它至少昭示了德国历史反思的漫长而艰难之路途,一条负载着丢不掉的十字架的沉重之旅途。它同时也提出了一个德国当前和未来的作家作品亟待回答的问题:这条路下面该怎么走? 受批评的佛尔特(1935年生)、史耐德(1940年生)和施林克(1944年生)在二战结束时或刚刚出生,或还是孩子,他们是不是仍然只能,或者还可能重弹前辈反思的老调,拘泥于前辈的角度,沿袭他们的语言,并以此来满足和教育读者呢? 犹如四十年前格拉斯的《铁皮鼓》,当今施林克的《生死朗读》之所以风靡世界也绝不是偶然的,尽管,不,应该说正是因为后者在反思的角度和内容方式上都迥异于前者。而格拉斯的《蟹行》如今的成功也正在于他没有重复自己,也没有反动于自己。其实,英国的《时代文学副刊》也发表了为施林克辩护的文章,德国《镜报》等报刊也加入了讨论,他们从文学的特点、文学与政治、历史和思想意识的纠缠与关系,从文学批评所经历的类似经验以及在德国成功往往带来疑惧等角度批驳了发难者的观点,后者显然相对孤立。

争论是有益的;真理总是越辩越明,德国文学的反思之路也会越走越通畅。而同时,他们的反思成果,应该受到这个不安定世界的注目,成为世人的一种共同的精神财富。

什么力量在支撑着大江不懈地创作?
——大江健三郎先生给我们的启示
莫 言

应中国社会科学院邀请,日本著名作家、诺贝尔文学奖获得者、中国人民的老朋友大江健三郎9月8日对中国开始第五次访问。

作为一名有良心、有高度责任感和勇气的作家,大江在自己的作品里抱着救赎人类的人道主义情怀,深刻地剖析并批判了日本战败以来的历史进程与日本的国民性。1994年诺贝尔文学奖的颁奖词高度评价他"以诗的力量创造了一个想象的世界,并在这个想象的世界中将生命和神话凝聚在一起,刻画了当代人的困惑和不安",给人们带来强烈的冲击。

继北京演讲《始自绝望的希望》和北大附中的演讲《走的人多了,也便成了路》之后,2006年9月11日,大江先生又参加了中国社会科学院外国文学研究所召开的"大江健三郎文学专题研讨会"。本报特发表中国作家莫言在此会上的发言,以便有助于读者更多地了解大江与他的创作,了解其作品丰富而深刻的文化内涵。

——编者

进入21世纪之后不到六年的时间里,大江健三郎先生连续推出了《被偷换的孩子》《愁容童子》《二百年的孩子》《别了,我的书》这样四部热切地关注世界焦点问题、深刻地思考人类命运、无情地对自己的灵魂进行拷问,并且在艺术上锐意创新的皇皇巨著。对于一个年过七旬的老人来说,这简直是个不可思议的奇迹。

这些天来,我一直在想,到底是一种什么力量,支撑着大江先生不懈地创作?我想,那就是一个知识分子难以泯灭的良知和"我是唯一一个逃出来向你们报信的人"的责任与勇气。大江先生经历过从试图逃避苦难到勇于承担苦难的心理历程,这历程像但丁的《神曲》一样崎岖而壮丽,他在承担苦难的过程中发现了苦难的意义,使自己由一般的悲天悯人,升华为一种为人类寻求光明和救赎的宗教情怀。他继承了鲁迅的"肩住黑暗的闸门放他们到宽阔光明的地方去"的牺牲精神和"救救孩子"的大慈大悲,这样的灵魂注定不得安宁。创作,唯有创作,才可能使他获得解脱。

大江先生不是那种能够躲进小楼自得其乐的书生,他有一颗像鲁迅那样疾恶如仇的灵魂。他的创作,可以看成是那个不断地把巨石推到山上去的西绪福斯的努力,可以看成是那个不合时宜的浪漫骑士堂吉诃德的努力,可以看成是那个"知其不可为而为之"的孔夫子的努力;他所寻求的是"绝望中的希望",是那线"透进铁屋的光明"。这样一种悲壮的努力和对自己处境的清醒认识,更强化为一种不得不说的责任。这让我联想到流传在中国东北地区的猎人海力布的故事。海力布能听懂鸟兽之语,但如果他把听来的内容泄露出去,自己就会变成石头。有一天,海力布听到森林中的鸟兽在纷纷议论山洪即将暴发、村庄即将被冲毁的事。海力布匆匆下山,劝说乡亲们搬迁。他的话被人认为是疯话。情况越来越危急,海力布无奈,只好把自己能听懂鸟兽之语的秘密透露给乡亲,一边说着,他的身体就变成了石头。乡亲们看着海力布变成了石头,才相信了他的话。大家呼唤着海力布的名字搬迁了,不久,山洪暴发,村子被夷为平地——一个有着海力布般的无私精神,一个用自己的睿智洞察了人类面临着的巨大困境的人,是不能不创作的;这个"唯一的报信人",是不能闭住嘴的。

大江先生出身贫寒,勤奋好学,博览群书,写作之初,即立志要"创造出和已有的日本小说一般文体不同的东西",几十年来,他对小说文体、结构,做了大量的探索和试验,取得了举世瞩目的成就。他说:"写作新小说时我只考虑两个问题,一是如何面对所处的时代;二是如何创作唯有自己才能写出来的文体和结构。"由此可见,大江先生对小说艺术的探索,已经到达入迷的境界,这种对艺术的痴迷,也使得他的笔不能停顿。

最近一个时期,我比较集中地阅读了大江先生的作品,回顾了大江先生走过的文学道路,深深感到,大江先生的作品中,饱含着他对人类的爱和对未来的忧虑与企盼,这样一个清醒的声音,我们应该给予格外的注意。他的作品和他走过的创作道路,值得我们认真学习和研究。我将他的创作给予我们的启示大致概括为如下五点:

"边缘—中心"对立图式

正像大江先生2000年9月在清华大学演讲中所说:"我的作品,无论是小说还是随笔,都反映了一个在日本的边缘地区、森林深处出生、长大的孩子所经验的边缘地区的社会状况和文化……在作家生涯的基础上,我想重新给自己的文学进行理论定位。我从阅读拉伯雷出发,最后归结为米哈伊尔·巴赫金的方法论研究。以三岛由纪夫为代表的观点,把东京视为日本的中心,把天皇视为文化的中心,针对这种观点,巴赫金的荒诞写实主义意象体系理论,是我把自己的文学定位到边缘,发现作为背景文化里的民俗传说和神话的支柱。巴赫金的理论是根植于法国文学、俄国文学基础上的欧洲文化的产物,但帮我重新发现了中国、韩国和日本冲绳等亚洲文化的特质。"

对于大江先生的"边缘—中心"对立图式,有多种多样的理解。我个人的理解是,这实际上还是故乡对一个作家的制约,也是一个作家对故乡的发现。这是一个从不自觉到自觉的过程。大江先生在他的早期创作如《饲育》等作品中,已经不自觉地调动了他的故乡资源,小说中已经明确地表现出了素朴、原始的乡野文化和外来文化与城市文化的对峙,也表现了乡野文化自身所具有的双重性。也可以说,他是在创作的实践中,慢慢地发现了自己作品中天然地包含着的"边缘—中心"对立图式。在20世纪几十年的创作实践中,大江先生一方面用这个理论支持着自己的创作,另一方面,他又用自己的作品,不断地证明着和丰富着这个理论。他借助于巴赫金的理论作为方法论,发现了自己的那个在峡谷中被森林包围着的小村庄的普遍性价值。这种价值是建立在民间文化和民间的道德价值基础上的,是与官方文化、城市文化相对抗的。

但大江先生并不是一味地迷信故乡,他既是故乡的民间文化和传统价值的发现者和捍卫者,也是故乡的愚昧思想和保守停滞消极因素的毫不留情的批评者。进入21世纪后的创作,更强化了这种批判,淡化了他作为一个故乡人的感情色彩。这种客观冷静的态度,使他的作品中出现了边缘与中心共存、互补的景象,他对故乡爱恨交加的态度,他借助西方理论对故乡文化的批判扬弃,最终实现了他对故乡的精神超越,也是对他的"边缘—中心"对立图式的明显拓展。这个拓展的新的图式就是"村庄—国家—小宇宙"。这是大江先生理论上的重大贡献。他的理论,对世界文学,尤其是对第三世界的文学,具有深刻的意义。他强调边缘和中心的对立,最终却把边缘变成了一个新的中心;他立足于故乡的森林,却营造了一片文学的森林。这片文学的森林,是国家的缩影,也是一个小宇宙。这里也是一个文学的舞台,虽然演员不多,观众寥寥,但上演着的是关于世界的、关于人类的、具有普遍意义的戏剧。

大江先生对故乡的发现和超越,对我们这些后起之辈,具有榜样的意义。或者可以说,我们在某种程度上,不约而同地走上了与大江先生相同的道路。我们可能找不到自己的森林,但我们有可能找到自己的高粱地和玉米田;找不到植物的森林,但有可能找到水泥的森林;找不到"自己的树",但有可能找到自己的图腾、女人,或者星辰。也就是说,重要的问题不在于我们是否来自荒原僻野,而是我们应该从自己的"血地",找到异质文化,发现异质文化和普遍文化的对立和共存,并进一步地从这种对立和共存状态中,发现和创造具有特殊性和普遍性共寓一体特征的新的文化。

继承传统与突破传统

大江先生早年学习法国文学,对萨特的存在主义理论深有研究。在他创作的初始阶段,他立志要借助存在主义的他山之石,摧毁让他感到已经腐朽衰落的日本文学传统。但随着他个人生活中发生的重大变化和他对拉伯雷、巴赫金的大众戏谑文化和荒诞现实主义文学理论的深入研究,他重新发现了以《源氏物语》为代表的日本文学传统的宝贵价值。读大学时期,他对日本曾经非常盛行的"私小说"传统进行过凌厉的批评,但随着他创作的日益深化,他及时地修正了自己的态度。他"泼出了脏水,留下了孩子"。许多人直到现在还认为大江先生是一个彻底背叛了日本文学传统的现代派作家,这是对大江先生的作品缺乏深入研读得出的武断结论。我认为,大江先生的创作,其实是深深地根植于日本文学传统之中的,是从日本的传统文学土壤中生长起来的文学森林。这森林里尽管可能发现某些外来树木的枝叶,但根是日本的。

大江先生的大部分小说,都具有日本"私小说"的元素,当然这些元素是与西方的文学元素密切地交织在一起的。大江先生的小说,无论是具有里程碑意义的《个人的体验》,还是为他带来巨大声誉的《万延元年的足球队》,抑或是近年来的"孩子系列",其中的人物设置和叙事腔调,都可以看出"私小说"的传统。但这些小说,都用一种蓬勃的力量,胀破了"私小说"的甲壳。他把个人的家庭生活和自己的隐秘情感,放置在久远的森林历史和民间文化传统的广阔背景与国际国内的复杂现实中进行展示和演绎,从而把个人的、家庭的痛苦,升华为对人类前途和命运的关注。

正像大江先生自己所说的那样:"其实,我是想通过颠覆'私小说'的叙述方式,探索带有普遍性的小说……我还认为,通过对布莱克、叶芝,特别是但丁的实质性引用,我把由于和残疾儿童共生而带给我和我的家庭的神秘感和灵的体验普遍化了。"

其实,所谓的"私小说",不仅仅是日本文学中才有的独特现象,即便是当今的中国文学中,也存在着大量的类似风格的作品。如何摆脱一味地玩味个人痛苦的态度,如何跳出一味地展示个人隐秘生活的圈套,如何使个人的痛苦和大众的痛苦乃至人类的苦难建立联系,如何把对自己的关注升华为对苍生的关注从而使自己的小说具有重要意义,大江先生的创作,为我们提供了可资借鉴的典范。其实,从某种意义上来说,所有的小说都是"私小说",关键在于,这个"私",应该触动所有人,起码是一部分人内心深处的"私"。

关注社会,介入政治

19年前,我在写作《天堂蒜薹之歌》时,伪造过一段名人语录:"小说家总是想远离政治,但小说自己逼近了政治。小说家总是想关心'人的命运',却忘了关心自己的命运。这就是他们的悲剧所在。"政治和文学的关系,其实不仅仅是中国文学界纠缠不清的问题,也是世界文学范围内的一个问题。我们承认风花雪月式的文学独特的审美价值,但我们更要承认,古今中外,那些积极干预社会、勇敢地介入政治的作品,以其强烈的批判精神和人性关怀,更能成为一个时代的鲜明的文学坐标,更能引起千百万人的强烈共鸣并发挥巨大的教化作用。文学的社会性和批判性是文学原本具有的品质,如何以文学的方式干预社会、介入政治,却是摆在我们面前的重大课题。在这方面,大江先生以自己的作品为我们作出了有益的启示。大江先生鲜明的政治态度和斗士般的批判精神是有目共睹的,他对社会和政治问题的敏感与关注也是有目共睹的,但他并没有让自己的小说落入浅薄的政治小说的俗套,他没有让自己的小说里充斥着那种令人憎恶的师爷腔调,他把他的政治态度和批判精神诉诸人物形象,他不是说教,而是思辨,他的近期小说中,存在着巨大的思辨力量,人物经常处于激烈的思想交锋中,是真正的具有陀思妥耶夫斯基风格的复调小说。正如他自己所说:"我把写作这些小说期间日本和世界的现实性课题,作为具体落到一个以残疾儿童为中心的日本知识分子家庭生活的投影来理解和把握。"是的,诸如核爆炸核扩散问题,奥斯维辛大屠杀和南京大屠杀问题,日本极右翼军国主义思潮死灰复燃问题,"9·11"之后影响世界和平和安定的恐怖活动问题和美国对伊斯兰国家发动的战争问题,都融入了他的小说之中,与他的个人家庭生活交织成一个整体。他把他的小说舞台设置在他的峡谷森林中,将当下的社会现实与过去的历史事件进行比较和对照,他让来自世界各地的人物和小说主人公家庭成员同台演出,于是,正如我在前面所说,从文学的意义上,这里变成了世界的中心,如果世界上允许存在一个中心的话。

广采博取,融会贯通

继承民族传统和接受外来影响,是久远的文化现实,也是包括文学在内的所有艺术发展过程中不可或缺的两个方面。大江先生学习西洋文学出身,但他并没有食洋不化,他在《被偷换的孩子》中对兰波的引用,在《愁容童子》中对堂吉诃德的化用,在《别了,我的书》中对艾略特的引用,都使他的书具有了学者小说的品格。反过来,也正是这种具有学者品格的小说,才能包容这么多异质的思想和艺术形式,并成为一个有机的整体。大江先生在他的小说、随笔、演讲和通信中所涉及的外国作家、诗人、哲学家有数百个之多,并且都是那么贴切和自然,这是建立在他渊博的知识背景和广阔的文化胸怀上的。也正是有了如此的学养和胸怀,大江先生才能跳出日本的范围,倡导我们创造的"世界文学之一环的亚洲文学"。

关注孩子,关注未来

去年,我曾经为我读比较文学的女儿设计了一个论文题目:《论世界文学中的孩子现象》。我对她说,从20世纪60年代至今,世界文学中,出现了许多以孩子为主人公,或者以儿童视角写成的小说。这种小说,已经不是《麦田里的守望者》那样的成长小说,而是具有广阔的社会背景和复杂的文化背景,塑造了独特的儿童形象。譬如德国作家君特·格拉斯《铁皮鼓》中的奥斯卡;尼日利亚作家本·奥克利《饥饿的道路》中那个阿比库孩子阿扎罗;英籍印度裔作家萨尔曼·拉什迪《午夜之子》中的萨利姆·西奈;中国作家韩少功《爸爸爸》中的丙崽,阿来《尘埃落定》中的那个白痴,以及我的小说《四十一炮》中那个被封为"肉神"的孩子罗小通和《透明的红萝卜》中那个始终一言不发的黑孩儿。我特别地对她提到了大江先生最近的"孩子系列"小说:《被偷换的孩子》中的戈布林婴儿,《愁容童子》中的能够自由往来于过去现在时空的神童龟井铭助。我问她,为什么这么多不同国家不同文化背景的作家,会不约而同地在小说中描写孩子?为什么这些孩子都具有超常的、通灵的能力?为什么这么多作家喜欢使用儿童视角,让儿童担当滔滔不绝的故事叙述者?为什么越是上了年纪的作家越喜欢用儿童视角写作?小说中的叙事儿童与作家是什么关系?我女儿没有听完就逃跑了。她后来对我说,导师说这是一个博士论文的题目,她的硕士论文用不着研究这么麻烦的问题。

我知道自己才疏学浅,很难理解大江先生"孩子系列"作品中孩子形象的真意,但幸好大江先生自己曾经做过简单阐释,为我们的理解提供了钥匙。

大江先生在《被偷换的孩子》中,引用了欧洲民间故事中的"戈布林的婴儿",戈布林是地下的妖精,他们经常趁人们不注意时,用满脸皱纹的妖精孩子或者是冰块做成的孩子,偷换人间的美丽婴儿。大江先生认为他自己、儿子大江光和内兄伊丹十三都是被妖精偷换了的孩子。这是一个具有广博丰富的象征意义的艺术构思,具有巨大的张力。其实,岂止是大江先生、大江光和伊丹十三是被偷换过的孩子,我们这些人,哪一个没被偷换过呢?我们哪一个人还保持着一颗未被污染过的赤子之心呢?那么,谁是将我们偷换了的戈布林呢?我们可以将当今的社会、将形形色色的邪恶势力,看成是戈布林的象征,但社会不又是由许多被偷换过的孩子构成的吗?那些将我们偷偷地置换了的人,自己不也早就被人偷偷地置换过了吗?那么又是谁将他们偷偷地置换了的呢?如此一想,我们势必跟随着大江先生进行自我批判,我们每个人,既是被偷换过的孩子,同时也是偷换别人的戈布林。

大江先生在他的小说和随笔中多次提到过他童年时期与母亲的一次对话,当他担心自己因病夭折时,他的母亲说:"放心,你就是死了,妈妈还会把你再生一次……我会把你出生以来看过的、听过的、读过的还有你做过的事情,一股脑儿地讲给他听,而且新的你也会讲你现在说的话,所以两个小孩是完全一样的。"我想,这是大江先生为我们设想的一种把自己置换回来的方法。大江先生还为我们提供了第二种把自己置换回来的方法,那就是像故事中的那个看守妹妹时把妹妹丢失了的小姑娘爱妲一样,用号角,吹奏动听的音乐,一直不停地吹奏下去,把那些戈布林吹晕在地,显示出那个真正的婴儿。

我们希望大江先生像他的母亲那样不停地讲述下去,我们也希望大江先生像故事中那个小姑娘爱妲一样不停地吹奏下去。您的讲述和吹奏,不但能使千千万万被偷换了的孩子置换回来,也会使您自己变成那个赤子!

2007 年

他是西方作家,又是东方作家
——透过《我的名字叫红》看诺贝尔文学奖得主帕慕克

乐 欢

一位备受争议的人物

2006 年 10 月 12 日,瑞典皇家学院宣布,土耳其作家奥尔罕·帕慕克(Orhan Pamuk)荣获本年度诺贝尔文学奖,获奖作品是自出版以来就备受争议的《我的名字叫红》(My Name Is Red,1998 年)。瑞典文学院在诺贝尔文学奖颁奖公告中说,授予帕慕克诺贝尔文学奖的理由是"在追求他故乡忧郁灵魂的过程中,发现了不同文化间的冲突与杂糅的新象征"。其实,早在获得诺贝尔文学奖之前,帕慕克就非寂寂无闻之辈,自 1982 年出版 22 岁时写成的第一部小说《杰夫代特·贝父子》(Cevdet Bey And His Sons)以来,帕慕克曾先后获得欧洲发现奖、美国独立小说奖、法国文艺奖、都柏林文学奖、意大利格林纳·卡佛文学奖等。而 1985 年出版的第一本历史小说《白色城堡》(The White Castle)更让他享誉全球。2003 年推出的自传体散文集《伊斯坦布尔:回忆与城市》(Istanbul:Memories And The City)表达了他对整个城市、整个文化的集体悲哀,对辉煌往昔无力继承、无力复兴乃至失去自我、否定自我的困惑与痛苦,被誉为是反映其"故乡城市忧郁的灵魂"最好的篇章,荣获德国书业和平奖。《纽约时报》书评称他"一位新星正在东方诞生——土耳其作家奥尔罕·帕慕克"。

然而,获奖并不意味着帕慕克受到了绝对认同,无论是在政治上还是文学创作中,他从来都是一位备受争议的人物。

2005 年的诺贝尔文学奖发生了十年来首次推迟一周才公布的罕见事件,有媒体披露,奖项推迟公布与帕慕克有关:几位评奖委员对是否应把诺奖颁给帕慕克存在很大的争议。对于此事,外界的猜测很多。有评论认为,帕慕克可能因为曾参与揭露诺贝尔基金委员会 1901 年以来评选诺奖的秘密活动而不被评委会认同;此外,也可能因为有人在评委会上提出,诺贝尔文学奖不应该颁给《雪》(Snow,2002 年)这种畅销小说。历年结果显示,畅销书确实一直是诺奖评委们的眼中钉。

可帕慕克的麻烦远不止于此,毕竟文学创作层面的争议要远比政治性的攻击来得温和得多。外界普遍认为,帕慕克与 2005 年的诺贝尔文学奖失之交臂的另一个不可忽视的重要原因来自他的祖国——土耳其内部对他的争议。

2005 年 2 月,帕慕克在接受《杂志》的访谈时称:"一百万亚美尼亚人和三万库尔德族人在这个国家(土耳其)被杀,而我是唯一敢于谈论这些事的人,民族主义者因此恨我。"这番话不可避免地引起了土耳其内部的震怒。依照土耳其 2005 年通过的法律,任何人侮辱土耳其人、土耳其共和国和议会都是非法行为。帕慕克的这次访谈发表后,土耳其西北大城市贝莱吉克的民族主义者们立刻焚毁所有帕慕克的著作,并勒令图书馆将他的作品全部下架。人们在集会上撕毁他的照片,土耳其第一大报 *Hurriyet* 骂他为"卑鄙小人";5 月,帕慕克甚至被迫取消了原定赴德参加为他的小说《雪》举办的朗诵活动。一时间帕慕克成了全民公敌,甚至面临着死亡的威胁。9 月 1 日,伊斯坦布尔地方法院检察官正式对帕慕克提起诉讼,罪名之一是"公开污蔑土耳其的身份属性"。对此指控,世界各界反映强烈,"帕慕克事件"由此上升为国际事件。

八位世界级作家(其中包括三名诺贝尔文学奖得主)发表联合声明,声援帕慕克,并抨击土耳其政府违反人权,控制言论自由。其中,著有《魔鬼诗篇》的著名作家鲁西迪甚至认为,帕慕克一案是对欧盟原则的一块试金石。倘若欧盟坚持原则,就应该要求土耳其官方立刻撤销对帕慕克的所有控诉,无须拖到 12 月开庭辩论,而且应该进一步要求土耳其政府尽快修订其压制人权的刑法条文。国际舆论对这一事件进行了连篇累牍的报道与评论,甚至视本案的判决为土耳其能否加入欧盟的关键性指标,国际笔会、国际特赦组织、布鲁塞尔的欧洲议会都纷纷派代表旁听庭审。

迫于各方压力,法院于 2006 年 1 月 23 日撤消对帕慕克的所有诉讼。然而风波远没有结束。诺贝尔文学奖颁布后,土耳其国内的民族主义者对他的批判依旧有增无减。极右翼民族主义律师卡莫·克斯斥责他:"这个奖(诺贝尔奖)不是因为帕慕克的作品颁发给他的,颁发给他是因为他的言论,他对亚美尼亚屠杀的言论,因为他轻视我们的民族价值,作为一个土耳其人,我感到耻辱。"土耳其著名诗人奥默·恩兹更是宣称:"如果你问从事严肃文学的人,他们会把帕慕克放在名单的末尾。土耳其文学没有诺贝尔奖,奥尔罕·帕慕克得了。报纸的头条将是:奥尔罕·帕慕克,他接受亚美尼亚屠杀的说法,他得了诺贝尔奖。"难怪美联社记者西莱尔(Hilaire)在评论中表示:"诺贝尔评选委员会再也挑不出比奥尔罕·帕慕克更具有争议的文学获奖者了。"

但国际舆论对这次诺贝尔文学奖评选结果普遍持肯定态度。《我的名字叫红》因诺奖加身,好评如潮,各地书商一再加印。如今这位被誉为"亚洲最聪明的小说家",尽管在创作中因为不忌讳探讨种族、国家认同及历史上的错误等问题,让土耳其当局深感不悦,但他仍然把获奖的荣誉归于祖国,视获奖是对土耳其以及全球各地作家的鼓励。他平静地说:"这不仅仅是我个人的荣誉,也是我所代表的土耳其文学和文化的荣誉。"

当然反对的声音也不免出现。有知名作家认为"以这本书的水平做标准,诺贝尔文学奖看来并不是那么高不可攀的"。更有人尖刻地指出,这本书根本算不上是伟大的作品。

还有人将争议的高度上升到了帕慕克在书中所表达的文化冲突上,认为他是以一个具有亚洲文明传统作家的身份,写了一个亚洲文明试图与欧洲文明相融的故事,这当然容易受到欧洲人和欧洲文学奖评委的欢迎。或者说,也许帕慕克并没有故意去迎合欧洲人,但欧洲人在他的小说中找到了他们想要的东西。

在去年12月斯德哥尔摩的获奖演说中,一再涉足政治事件的帕慕克却一反常态,只字未提政治,也没有任何激烈的言论。在题为《在爸爸的手提箱》的讲演中,他站在自己最本质的角色——作家的角度,以其父亲留给他的一个装满文学手记的手提箱为载体,以对父亲饱含深情的语言,慢慢地述说了一个充满爱心与自省的文人的所思与所想:对文学不倦的追求,对文学创作目的、方法及意义的探讨,以及他灵魂深处深藏的对祖国的爱。他说:"作家的秘密不在于灵感……而是靠固执、耐心。"在帕慕克看来,文学创作是一份苦差事,"真正的文学始于一个把自己和书关起来的人"。作家必须习惯于孤独,习惯于独自思索,习惯于不断挖掘自己内心深处最隐秘的伤痛。只有在这些伤痛上,才能绽放出最美丽的花朵。被放逐在外省和缺乏真实性的感觉是帕慕克内心深处曾经最隐秘的伤痛,而他的大部分作品,正是基于此而诞生的绚烂之花。他借用父亲手提箱中的笔记描述了他对"世界的中心"的感受:他先描述了伊斯坦布尔人苍白的生活,让人清晰地感受到,这世界确有一个中心,遥远而美丽,那里曾有过辉煌的文艺复兴、启蒙运动和现代主义;但接着他又指出,世界上的人都是相似的,人性是相似的,人性是最中心最重要的,而世界何来中心?他坚信:一个作家闭门数十载,就是要宣布一个基本的人性,揭示一个没有中心的世界。

帕慕克最终在东西方文化冲突中寻找到了自己的平衡点,这也正是他之所以成功的原因所在。

优秀艺术品都来自不同文化的融合

帕慕克称西方为"又痛又爱的世界",而他的小说却站上了欧洲文学的主流位置。

不可否认帕慕克具有直言和叛逆的性格,土耳其政府1998年有意颁给他国家艺术家奖,以示和解的举动,却遭到了他的拒绝……

或许正是这种种的矛盾以及历史的纠缠,造就了这样一位与争议形影不离的诺贝尔文学奖得主。

奥尔罕·帕慕克,1952年生于伊斯坦布尔一个富裕的中产家庭,祖父在土耳其国父凯末尔时代靠建造国有铁路起家,曾任土耳其铁路总监,其积累的财富让帕慕克的父亲可以尽情沉浸于文学世界,成为现代法国诗,尤其是保罗·瓦莱里诗歌的首席翻译家。

帕慕克中学就读于外侨学校,大学期间主修建筑,后弃理从文,于1975年开始文学创作,三十一年来共出版七部小说、一部自传。其作品被翻译成四十多种语言。他的作品以题材多变、风格富有实验性著称,曾有评论家把他和普鲁斯特、托马斯·曼、卡尔维诺等文学大师相提并论。

自幼学画的帕慕克曾立志做一名画家,尽管终未如愿,却与艺术结下了不解之缘。他最大的爱好就是旅行和参观艺术馆,每年都花费大量的时间和精力参观世界各地的艺术展览,并曾替英国《卫报》写评论和旅游笔记。写作《我的名字叫红》时,他更是长时间埋头于古老的绘画艺术中,并最终在书里为我们呈现出五彩斑斓的图画。

曾经有人问帕慕克,新读者应该从哪一本书开始了解他?他说,第一本书应该读《我的名字叫红》。

《我的名字叫红》讲述了一个发生在土耳其几位细密画家之间关于信仰、爱情、冲突、回忆与死亡的故事:因爱情失意在外漂泊多年的青年黑回到故土,就遇上一桩谋杀案。一位苏丹的细密画师被人谋杀,他生前曾经接受了一项秘密委托,与另外三名最优秀的细密画师分工合作,用欧洲画法绘制一本旷世之作。不久,奉命为苏丹负责组织绘制抄本的长者也惨遭杀害。苏丹要求宫廷绘画大师奥斯曼和黑在三天内查出结果,而线索就是一幅马的草图。

看似通俗浅显的情节中,帕慕克向读者展示了最深刻的思想:东西方文化的冲突与对抗。这是全书的主题,也是作者一切观点的基础。

土耳其,前身是持续了六个世纪之久的辉煌的奥斯曼土耳其帝国,曾经地跨欧亚非三大洲,版图囊括了以前存在过的阿拉伯和拜占庭两个帝国的大部分地区,控制着海上交通要塞。黑海、红海均为奥斯曼帝国的内陆湖,从尼罗河到多瑙河,到处弥漫着奥斯曼帝国骑兵的血腥气息,他们甚至兵临维也纳城下,使整个欧洲得了"恐土耳其症"。16世纪中叶以后,奥斯曼帝国由盛转衰,社会矛盾激化,国家财政拮据,工商业衰落,社会动荡不安。与此同时,欧洲经历了文艺复兴,从经济到政治,尤其是文化方面,欧洲都展示了前所未有的活力。此后,在从学习西方的坚船利炮到施行全盘西化的道路上,土耳其经历了两百多年的时间。

尽管土耳其走上了全盘西化的道路,甚至改革了自己的语言文字,不再要求佩戴伊斯兰头巾,彻底铲除了伊斯兰传统对于土耳其社会的影响。但在西方眼中,土耳其从来都不是西方文明中的一员。土耳其迟迟没有加入欧盟便是对这一现象最好的写照。在亨廷顿看来,这种不愿意认同自己原有文明属性,而又无法被它想加入的另一文明所接受的状态,必然会在全民族形成一种在精神上无所归宿的极度沮丧感。正如帕慕克所说:"欧洲对于土耳其来说是一个非常敏感脆弱的话题。我们站在门口,充满希望和善意却忐忑不安地敲打着你们的大门,期待着你们能批准我们的加入。我和其他土耳其人一样怀着热切的希望,但是我们都有种沉默的耻辱感。土耳其敲打着欧洲的大门,我们等了又等,欧洲向我们许愿后又忘记了我们。"

要想深刻地认识两种事物的矛盾与冲突,最重要的莫过于对于两种事物同时有着深刻理解。帕慕克生长于伊斯坦布尔一个狂热追逐西化的家庭,从小就接触到许多著名欧洲作家的作品。他一生中大部分时间都待在土耳其,但作为访问学者曾在纽约待过三年。对于土耳其的本土文化以及欧洲的文明,他都了如指掌,他渴望并相信他的国家可以比实际上更加西方化。旅居瑞典的华裔作家万之评论说:"帕慕克的争议性不在瑞典学院评委对他的投票,而在于他在东西方文化中显示出来的姿态。他身上体现出文明的交汇和冲突。他接受的是西方教育,但关注和表达的是东方,他是西方作家,又是东方作家,瑞典文学院关注这个世纪文明冲突的国际现实,希望找到一个能体现这种冲突的作家,帕慕克是最合适不过的人选。"

在《我的名字叫红》中,帕慕克选用细密画与法兰克风格的绘画冲突作为切口,详细描绘了东西方文化的冲突与碰撞。传统的细密画与宗教关系密切。细密画所展现的是透过真主安拉的眼睛所看到的世界,因此细密画家不应该有个人风格,不需要有属于自己的色彩与声音,也不可以在画上以任何方式署自己的名字,甚至细密画中的物品也不需要有真实感。马在奔跑时可以被画成两条腿在前两条腿在后,是否真实并不重要,因为日常生活中马的神态举止只是凡夫俗子眼中的呈像,而神眼中的世界才是细密画所要表达的最完美的世界。

细密画多产生于画坊中的群体创作,画师们主要是模仿和重复,模仿得越多,作品越完美。他们日复一日年复一年地重复描绘着同一个场景和主题,以至于他们根本不需要眼睛,只凭记忆便可以画出作品。正如我们看到书中描写的伟大画师奥斯曼最后毫不犹豫用针刺瞎了自己的双眼,因为他相信细密画家们信奉的一条规则:"最完美的马匹图画应该是在黑暗中完成的,因为一位真正的细密画家在经过五十年的工作后,必然已经失明,而他的手却会记得如何画马。"或者说,只有在失明状态下画出的作品,才是完全的神眼中的世界。

对于传统的伊斯兰画师而言,西方法兰克风格的肖像画绘画方式是一个巨大的挑战。这与他们传统的绘画方式完全不同。在法兰克风格的肖像画里,可以只是一个普通路人的面孔,这面孔却被画得富有层次,充分运用透视的方法,真实得如同相片。不仅如此,在这幅肖像画中,可以任意画上对这个人来说重要的东西,比如一只墨水瓶、一块怀表、一本书,或者是他的牧场。画的内容,完全是从人眼中观察到的世界。而且画家可以拥有强烈的个人风格,可以按照自己的意愿构图或着色,可以名正言顺地签下自己的名字,而被细密画画师避之唯恐不及的风格,正是他们积极追求的目标。

同时,帕慕克也从多个角度用细节描写了当时东西方的文化差异。例如,在对待狗的态度上,土耳其人因为《古兰经》中的典故而痛恨狗,狗被禁止进入清真寺;甚至只要碰到狗的物品,都须大肆清洗;狗只能成群结队地在街上闲游。而在法兰克,每条狗都有主人,都穿衣服,都被用链子拴起来在街上逛街。还有在对待咖啡的态度上,当时的土耳其人宣称饮用咖啡是一项严重的罪行。因为他们的神认为咖啡蒙昧神志,会引起疾病,神认为咖啡根本就是魔鬼的诡计。于是,书中的咖啡馆被看成东西方文化冲突的场所,保守派最终对这一罪恶场所进行了狂暴的攻击。虽然这些只是细节上的描写,在全文并不占有太多的篇幅,但使我们对冲突和对抗的状态有了更进一步的了解。

其实,帕慕克一直坚信不同文明是可以融合的。在他看来,所有优秀的艺术品都来自不同文化的混合,正如在书中被保守派画家坚持着的传统细密画,在发展过程中其实也分别受到了西方和中国绘画的影响,而这些因素被波斯文化同化和吸收,形成了不同的阶段和流派。波斯细密画追求平面空间的视觉享受,运用阿拉伯几何和植物纹饰,并结合了中国的传统山水画技法,极具装饰性,也营造出一种精神启示的氛围。

遗忘是一件无法阻止而又让人悲哀的事,远离故土与恋人十二年之久的黑,在外越久,越无法清楚地想起恋人的面容。但是对于自己的民族文化,人们始终不应该忘记,正如土耳其在经历了文字上的革新以后,如今的小学生根本无法看懂曾经出现在土耳其历史上的辉煌。帕慕克告诫人们,不管东西方历史上曾经结下多少恩怨,伊斯兰社会既有的规范习俗与传统仍必须尊重。但是,狭隘的民族主义并不可取。"二十年来我一直在对土耳其人说,党派、文明、文化、东西方等等之间的冲突并不重要",重要的是"日常生活中的点滴细节,日常生活中的点滴气味、颜色和氛围,以及我们经历的点滴小事"。当人们还在为门派之争吵闹不休的时候,当因为领土和利益而炮火纷飞的时候,我们是否可以多一些宽容,多一些淡定?

帕慕克在获奖感言中说:"对于我而言,世界的中心就是伊斯坦布尔。在过去的三十三年中,我一直在叙述它的街道,它的桥梁,它的人民,它的狗,它的房舍,它的清真寺,它的泉水,它奇特的英雄人物,它的商店,它的名人,它的污点,它的白天与黑夜,让它们成了自己的一部分,并拥抱所有这一切。"

走在现实主义道路上的美国悬疑小说

沈 宁

庞大的悬疑小说均衍生于一部作品

近几年中国书市开始推出一些美国侦探小说,据说在一些读者圈中,特别是白领和知识圈中,很受欢迎。我在这里介绍几位美国大众流行的侦探小说家,在笔者看来,第一,他们的作品已经足以代表当今美国文学创作的主流,值得向中国大众读者介绍。第二,他们的作品是现实主义的文学成就,具有艺术和美学价值,值得学界进行研究。

我在这里使用侦探小说的概念,仅仅是因为其普遍流行,易于被接受。其实在美国小说界和图书市场,侦探小说属于一个更大的范畴——有的美国人称之惊险小说(thriller),有的则称作悬疑小说(mystery)。美国有一个很大的小说家协会,叫作全美悬疑作家协会(The Mystery Writers of America)。美国还有一个同样很大的小说家协会,叫作国际惊险作家协会(The International Thriller Writers Inc.)。这两个协会的成员,很多是同一批小说家,他们创作推广介绍的小说,很多也属于同一批作品。可以说,这两个种类,相互重叠或者相互交叉。

为了叙述的方便,本文采用悬疑小说的说法。美国各地公立图书馆,大多采用 mystery 的标签归类,也有少量使用 suspense 标签,指的就是中国人比较习惯的推理小说。惊险小说的范围更宽泛一些,除了悬疑小说之外,也包括鬼怪等小说的类别,如史蒂文·金(Steven King)的作品,这就不属本文探讨的内容了。

根据美国书界分类,悬疑小说可分为政治类、法律类、推理类、军事类、战争类、间谍类、警官类、医务类、浪漫类、历史类、宗教类、动作类、犯罪类、探险类、科技类等等。另外还有一类,就是侦探类。在美国和西方其他社会,侦探包括警官侦探和私人侦探两种。一般来说,警官类悬疑小说,偏近于以警察破案程序法规为主,而侦探类悬疑小说,则更直接与破案本身相关,经常有更多动作性,甚至违反程序法规。

如此之多且种类繁杂的悬疑小说,之所以经常被人笼统地说成是侦探小说,是因为这庞大繁杂的悬疑小说世界,均产生于一部侦探小说。这部具有开天辟地革命意义的侦探小说,即美国作家爱德加·爱伦·坡的《莫格街凶杀案》(*The Murder of Rue Morgue*),问世于 1841 年。这之后,侦探小说很快发展成为最受大众欢迎的小说样式,遍及美国甚至整个西方世界。爱伦·坡之后的一百年间,侦探小说不论是柯南道尔的

《福尔摩斯探案》,或者阿加莎·克里斯蒂的众多作品,或日本小说家江户川乱步的推理小说,甚至今天仍在不断翻新的007电影,都保持着爱伦·坡开创的古典创作风格,继续玩弄文字和推理游戏的方法,与现实生活保持若即若离的状态。其最典型的,莫过于《角落里的老人》(*Old Man in the Corner*,1901)——英国奥希兹男爵(Baroness Orczy)笔下的私人侦探,他终日坐在咖啡馆的角落里,看着报纸,听着道听途说的消息,然后在自己头脑里进行命案推理,理出前因后果。后来英国小说家萨克斯·罗默尔(Sax Rohmer)又创造了一个名叫默利斯·克劳(Moris Klaw)的神探,他靠睡觉做梦来破案,被称作梦幻侦探(Dream Detective),匪夷所思,可以说是完全脱离现实生活。

20世纪二三十年代是侦探小说的黄金岁月,准确地说,是英国侦探小说的黄金岁月。以阿加莎·克里斯蒂领军的英国侦探小说家们,统治了欧美市场。美国悬疑作家协会称之为舒适/传统风格(Cozy/Tranditional),用以区别于后来居上的美国硬汉悬疑小说。在百部最佳悬疑小说的排行榜里,甚至专列"舒适/传统",来界定英国古典侦探小说的风格。这种超越现实或者与现实相平行的古典风格侦探小说创作,走过辉煌的顶峰之后,终于发生革命性的裂变。

走上现实主义文学道路

第一次世界大战时期,美国发足战争财,战后立刻出现经济飞速膨胀的繁荣局面。在让人兴奋的辉煌照耀之下,消费主义狂潮泛滥,拜金主义独领风骚,那些曾经保持社会坚固和稳定的美国文化传统开始面临挑战,及时行乐的意识逐渐普及,深刻地毒害了美国人的大脑和心灵。正是在美国经济发展速度最快的年代里,美国社会的各种犯罪,包括经济犯罪和凶杀犯罪,也最为猖獗。美国社会的这一巨大转型,迫使有良知的美国知识分子睁开眼睛,用一种惊恐和失落的目光,去注视现实生活的冷漠和残酷。

好景不长,乐极生悲,美国在短暂的超级繁荣之后,随即进入漫长的大萧条时期。20世纪30年代美国的经济危机,不仅造成美国人实际生活触目惊心的伤痛,也引发美国人意识形态上的巨大演变。作为知识分子中最敏感的美国小说家们,面对身边的种种不幸和灾难,再也无法继续独居斗室,编造那些悬疑推理的侦探小说了。他们开始走出象牙塔,把现实生活的真实体验,写入自己的小说。于是美国侦探小说从游离社会现实的高空,坠落到痛苦的现实大地,不再仅仅是娱乐和游戏,而开始走上现实主义文学的道路。这批带有现实主义文学光芒的美国侦探小说,因其不同于古典侦探小说的优雅和闲适态度,而是充满冷酷残忍和底层色彩,所以在美国被称为硬汉侦探小说(Hard-Boiling)。硬汉侦探小说最响当当的代表人物,是萨姆·达希尔·哈米特(Samuel Dashiell Hammett,1894—1961)和雷蒙德·钱德勒(Raymond Chandler,1888—1959)。

这两个小说家,被美国学界尊为开创新现实主义文学的美国革命(American Revolution)领袖,被视为经典作家而将其载入美国文学史,在美国许多大学文学系的专业课上被教授和研究着。他们的小说,不仅是优秀的侦探小说,而且被看作是严肃的美国主流文学杰作,不仅在美国家喻户晓,而且影响了整个世界的小说创作新走向。

哈米特1894年出生在美国马里兰州一个穷苦家庭,他的童年和少年时期,都在故乡的底层社会中度过,做报童赚零钱。大学只读了一年,便不得不辍学打工,养活自己。从十几岁开始,哈米特做过办公室杂役、码头装卸工、股票经纪人等多种苦力工作。这种底层社会的生活经历,使他绝对无法写出与那些出身良好、生活安逸的传统侦探小说家的创作相类似的作品。哈米特21岁时,受雇于巴尔的摩市的平克顿私人侦探事务所,开始接触社会犯罪的现实。第一次世界大战期间,他参加美国野战救护队,上过前线,见过鲜血和牺牲。不言而喻,这些亲身体验,给了他丰富而独特的创作素材,也给了他对生活更为真实和深刻的认识。1922年他28岁,患上肺病,无法继续工作,便开始写作,发表短篇小说,卖文为生。

七年后,哈米特出版第一部长篇小说《血红收获》(The Red Harvest,1929年),立刻受到美国大众的关注。一年后,又出版《马耳他之鹰》(The Maltese Falcon,1930年),立即红遍天下。这部作品,已被尊为美国文学的不朽经典,再无争议。又过一年,他出版《玻璃钥匙》(The Glass Key,1931年),自称己之最爱,也被美国文学评论界赞为"可与同时代任何一部文学名著所媲美"的经典作品。1934年他出版最后一部长篇小说后,便转到好莱坞创作电影剧本,直至1961年因病逝世,他再也没有出版过小说。以三部长篇小说而开创美国侦探小说新潮流,引发美国文学革命,哈米特可谓划时代的人物。

好像老天特意安排,几乎正是哈米特停止小说创作的同时,钱德勒开始了自己的笔墨生涯。钱德勒1888年出生在芝加哥,父母离婚后,他随母亲移居英国,整个童年在伦敦度过,大学读的是英国杜尔威奇学院(Dulwich College)。成年之后,钱德勒搬回美国,在加州定居。第一次世界大战期间,他加入加拿大空军参战。战后他到旧金山一家银行任职,后来转到一家石油公司工作,同时也替几家杂志撰稿,发表过许多诗歌。20年代末开始的美国经济大萧条,影响了钱德勒,他染上酗酒的恶习,被公司解雇。此时,他一方面有时间遐想,另一方面又无以为生,他开始写小说。45岁那年,即1933年,钱德勒发表了第一篇短篇小说,刚巧是哈米特出版最后一部长篇小说的前一年。

钱德勒1939年出版第一部长篇小说《长眠不醒》(The Big Sleep)后,一鸣惊人,他因此成为美国侦探小说状元郎。第二年出版长篇小说《恋人无情》(Farewell, My Lovely),又是轰动市场。美国现代侦探小说中所谓硬汉侦探的形象,便来自钱德勒这两部小说的主人公马洛(Marlowe),硬汉小说的流派也因此得名。1950年,钱德勒出版一部短篇小说集《谋杀的简单艺术》(The Simple Art of Murder),其中附一篇同名随笔,表达了对古典以及英国式侦探小说的蔑视和开创新潮流的意志,被称作美国文学革命宣言。三年之后,钱德勒实践了自己的诺言,出版长篇小说《漫长的告别》(The Long Goodbye,1953年),牢固奠定了始于哈米特的硬汉侦探小说在美国文学界的地位,也使现实主义文学的观念深入侦探小说的创作,促进了美国文学独特而蓬勃的新发展。

自20世纪30年代初开始的25年里,哈米特颠覆了古典侦探小说原则,钱德勒创建硬汉侦探小说的潮流,从此现实主义的文学精神,在美国侦探小说的创作中获得新的生命。但那仅仅是一个开始,其后又经历半个世纪的发展,美国侦探小说中的现实主义创作,后浪推前浪,名人佳作迭出,使硬汉风格的侦探小说,成为当今美国文学的主流,也逐渐繁衍出众多类型。

政治类悬疑小说家:文思·佛莱恩

文思·佛莱恩(Vince Flynn,1966—)大学毕业后,在克莱夫特食品公司担任会计。他做得很好,但茶余饭后,凝思默想的时候,也感到有些失落。年轻人总是不能安分守己,喜欢追求刺激,感受生命的动力。1990年他辞退了稳定但是单调的工作,报名参加美国海军陆战队,准备当一名战机飞行员,可是体检发现问题,使他失去了成为海军陆战队飞行员的资格。这是一个不小的打击,佛莱恩花了几乎两年时间,才接受了这个痛苦的事实,重新回到以前离开的那个朝九晚五的上班族生活。就在佛莱恩心理挣扎的这两年里,他意外地发现了自己的另一种狂热:写作。

佛莱恩出生在一个人口众多的大家庭里,他自小就被诊断患有阅读困难症,所以长期对文字阅读怀有恐惧。在从军梦想失败后的两年里,佛莱恩决定训练自己,克服阅读困难的宿疾。他强迫自己每天阅读和写作,只要能够拿到手上的书,不管是什么,他就努力去读。慢慢地,恐惧感消失,阅读和写作对他来说,非但不再困难,反而成为习惯和乐趣。同时,他也爱上了悬疑小说,特别是间谍小说。

读过马丁·格劳斯(Martin Gross)的书《政府的放荡:华盛顿浪费面面观》(The Government Racket:Washington Waste from A to Z)之后,佛莱恩确信那是他所读过的有关美国政治的最优秀的书,激发他产生出许多想象。他开始琢磨,怎么才能真正地改造华盛顿的政治。一天早晨跑步,他又想起这个问题,忽然回忆到几年前在华盛顿市内被暗杀的一个朋友,于是他一边跑,一边就慢慢地构思了一个故事。这个故事,就是佛莱恩的第一部长篇小说《任期有限》(Term Limits,1997年)。

故事讲述三个在华盛顿政界很有地位的政客,一夜之间连续被暗杀。那是一伙正直的爱国军官干的,他们同时向白宫和国会领袖们递交了一份宣战书:放弃卑贱的党派政治，认真建设祖国，否则就将被美国人民抛弃。于是美国联邦调查局和中央情报局紧急动员，决心破获这个暗杀阴谋。经过调查和分析，他们断定，这个暗杀集团并非外国或美国恐怖分子，而是由经过严格训练的美军特种兵组成，他们计划周密，技术高超。新当选的联邦众议员迈克·奥罗尔克，是退役海军陆战队军官，发现这个集团是由自己的祖父和密友领导的，他决定协助他们揭发出白宫政府内部的腐败和阴谋分子，促使美国联邦政府切实地开始进行反腐改革。领导暗杀三个腐败政客以及若干民族罪人的军官斯卡特·寇尔曼，原是美国陆海空三军中最尖端最优秀的海军希尔（SEAL）部队的中校军官。他说："我成人之后大部分时间，都是在全世界飞行，到处消灭那些对美国安全具有威胁的人。可是最后我发现，那些野心勃勃而且贪污腐败的美国政客和官僚，给美国造成的伤害，远远超过我杀掉的那些外国恐怖分子和专制暴君。那些政客，分裂祖国、混淆是非、欺骗良知。他们坐在办公室里，暗箱作业，决定谁该死、谁该活，谋算如何中饱私囊，甚至不惜毁灭这个国家。请给我一个正当的理由，告诉我这样的人不应该被消灭干净。"

既然控制华盛顿的政客们，不肯丝毫放松自己手里的权力，美国人民就行动起来，结束他们统治政府的任期，书名《任期有限》，就是这个意思。书中引用了1776年美国向英王宣战时，托马斯·杰斐逊的名言：任何时候，任何形式的政府，一旦具有了破坏性，人民便有权力，改变或者推翻那个政府，建立一个新政府。

小说出版后立刻因其出人意料的曲折而紧张的情节惊动了市场，连续数周高居《纽约时报》畅销书榜，佛莱恩成为美国很受欢迎的政治悬疑小说家之一。

如此一来，佛莱恩的创作一发不可收。紧接着出版了长篇小说《权力移交》（*Transfer of Power*，1999年），正是在这部书中，他塑造了全新的中央情报局探员米赤·莱普（Mitch Rapp）的硬汉形象。莱普多年做中情局超级特工，其对美国的忠诚、忘我的战斗意志，以及无坚不摧的特工技能，赢得广大美国读者的赞赏。《权力移交》讲述了莱普从一群亡命徒手中解救总统和人质的故事。小说同样获得成功，连续数周荣登《纽约时报》畅销书榜。

佛莱恩推出的第三本长篇小说《第三种选择》（*Third Option*，2000年），再次登上《纽约时报》畅销书榜，从而确立了佛莱恩作为美国最优秀的政治悬疑小说大师的地位。在这部小说中，中情局超级特工莱普必须在极其危险的情况下，同自己人作战。中情局局长托马斯·斯坦思费尔德（Thomas Stansfield）病重垂危，他指定中情局反恐处处长艾伦尼·肯尼迪博士（Dr. Irene Kennedy）为自己的继承人，美国总统也表示同意，任命肯尼迪博士担任下一届中情局局长。这个决定，造成华盛顿政治圈内很大的震荡，也引起中情局内部很多人包括原副局长的愤怒。这批人组织对抗，展开了一系列惊心动魄的阴谋活动。

2001年出版的《权力分离》(*Separation of Power*)依旧畅销。故事中莱普接受新任务,破获了中东恐怖集团在美国政界内部埋伏的特工组织的阴谋,同时也成功阻止了伊拉克制造原子弹的事件。这部小说充分展露了佛莱恩与美国政界高层内部的关系,他不仅对华盛顿政治圈内外情况极为熟悉,而且拥有高科技和安全体系等方面的广博知识。有趣的是,他虽然无情地揭露了华盛顿政客们的种种丑闻,却仍然受到美国政界的信任,因为他忠于真实的细节,并且诚实地感谢向他提供资讯的人士。

佛莱恩的长篇小说《执行权力》(*Executive Power*)出版于2003年。中情局特工莱普已经受命退出一线,即将加入中情局总部指挥反恐行动。但他必须先同美国海军希尔特种部队一起,到菲律宾去解救被伊斯兰恐怖分子绑架的一个美国家庭。在执行任务的路上,他们遭受伏击。是谁对恐怖分子透露了信息?莱普追踪调查之后,发现问题出在美国外交部和美国驻菲律宾大使馆上……这部小说直接写到了美国总统、外交部部长、国家安全顾问、国防部部长、中情局局长、联调局局长、英国情报机构、以色列情报组织、菲律宾陆军上将、沙特王储、美国特种部队、菲律宾特种兵,天南地北,面面俱到,让人目不暇接。

佛莱恩2004年出版长篇小说《阵亡军人节》(*Memorial Day*)。该书问世之前,因书中涉及很多核武机密,并且提及联邦调查局和白宫卫队的内部资料,曾被美国内务部审查,但这些审查没能限制和封锁此书的出版。小说讲述在美国阵亡军人节前一星期,莱普接受新任务,经历种种斗争后,终于成功阻止了恐怖分子于阵亡军人节在华盛顿爆炸一枚核弹的计划,但对美国安全产生威胁的恐怖危险还远远没有终止。

2005年佛莱恩出版长篇小说《杀人权力》(*Consent to Kill*),小说再次通过莱普破案的故事展示了他融军事科技与特工打斗于一体的高超能力,小说也再次荣登《纽约时报》畅销书榜。莱普果敢大胆的行动方式,经过几部小说的锤炼,至此已经形成一种全新的美国英雄风格,让美国读者感动和景仰。

佛莱恩的最新作品,是2006年才出版的长篇小说《叛国行动》(*Act of Treason*)。故事发生在新一届总统选举的两个星期前,副总统在民调中落后五个百分点。他在乔治城大学发表一个演讲之后,回家路上遭到恐怖分子的袭击,他侥幸脱险,他的妻子和六名白宫卫队特工却被杀害。两个星期后,副总统因为获得民众同情,选举获胜,但是刺杀副总统的凶手仍然逍遥法外。联邦调查局的特工斯克普·迈克曼洪(Skip McMahon)获得谋杀案的一些线索,他找到莱普,两人顺藤摸瓜,查出这起巨大阴谋的全部底细,揭发出华盛顿政治圈里的许多黑暗内幕……结局却出人意料。

佛莱恩的小说属于悬疑小说中的政治类,迄今为止,他的小说都是写美国首都华盛顿内部的政治斗争故事。其中不仅广泛深刻地介绍了美国政治作业的结构和运动，也详尽细密地揭示了白宫和国会的权力争夺和妥协，更鲜明生动地描绘了美国形形色色的政客们卑鄙无耻的心态和以权谋私的行径。佛莱恩曾在多部小说中引述尼采的名言："那些与恶魔作战的人，必须警惕自己不要变成恶魔。"(He who fights with monsters should look to it that he himself does not become a monster)这是在警告美国联调局、中情局以及美国政府，在与罪恶势力做斗争的同时，不要无限膨胀自己的权力，让自己也变成一个罪恶势力。这个思想，由哲学家尼采提出，虽然深刻，终究无法普及，而经佛莱恩的小说以具体情节和形象加以推广，很有可能变得家喻户晓。

高科技悬疑小说之父：克莱顿

由于好莱坞影片《侏罗纪公园》(Jurassic Park, 1993)在中国放映，中国观众对迈克尔·克莱顿(Michael Crichton)想必早有耳闻。

克莱顿号称"高科技悬疑小说之父"，他的小说至今已经被翻译成三十六种语言，在全世界销售将近两亿册。克莱顿的十五部小说中，十三部拍成了电影，他甚至亲自导演过若干部片子并参与制作美国走红十数年、获艾美奖(Emmy Award)的电视连续剧《急诊室的春天》(ER, 1994)。克莱顿拥有自己的电脑软件公司，为电影拍摄设计电脑程序，1995年公司制作的影片《时间线》(Time Line，又译《重返中世纪》)，荣获奥斯卡特技奖。他还设计过一套名为《亚马逊》(Amazon)的电脑游戏，写过一本电子信息的专著《电子生活》(Electronic Life)。由于克莱顿在畅销书、电影、电视剧三个领域都取得了非凡成就，1992年美国《人物》(People)把他列为全球五十位亮丽人物(Fifty Most Beautiful People)之一，足见其声望之高。

克莱顿1942年生于芝加哥，二十岁进入哈佛大学，连年获得优秀生奖。毕业后，克莱顿前往英国剑桥大学深造考古人类学，后入哈佛大学医学院，获医学博士，以后又进行了为期一年的生物学博士后研究。克莱顿持有医生执照，但不行医，而是潜心于文学创作。他使用过两个笔名，据他说都与身高有关。克莱顿身高二米零六，所以他的第一个笔名叫作兰格(Lange)，在德文中是大个子的意思；第二个笔名是杰佛瑞·哈德森爵士(Sir. Jeffrey Hudson)，此人乃是17世纪英国亨利塔·玛利亚女王宫廷里著名的小矮人。

1968年，克莱顿创作出版长篇小说《死亡手术室》(A Case of Need)，获得当年的爱伦·坡奖。小说以人工流产的故事为内容，为人工流产的必要性进行了激烈的辩护。60年代的美国，人工流产还属于非法，克莱顿的第一部小说就显示出他挑战社会思潮的勇气。此书问世五年之后，美国国会才通过法案，把人工流产合法化。

医学院毕业后，克莱顿就专心写作，于1969年出版《安德洛墨达品系》(The Andromeda Strain），成为美国当年最红的小说，并立刻被搬上好莱坞银幕（名为《人间大浩劫》）。这部作品是克莱顿运用生物医学领域的专业知识，创作出的高科技悬疑小说。其取得的巨大成功，使克莱顿最后下定决心，弃医从文，并由此奠定了自己以高科技为特色的悬疑小说模式。

与其他美国悬疑小说家不同，克莱顿不以某一性格形象为主，创作系列小说作品。他痴迷于不同的科学技术知识，不断探索新领域，创作出不同内容的小说作品。比如前述的《侏罗纪公园》及续篇《失落世界》（*The Lost World*，1997年），就是以考古学为内容；而《猎物》（*Prey*，2004年，又译《纳米猎杀》），则以纳米和智能科学为主题；小说《刚果惊魂》（*Congo*，1995年），甚至改而大写钻石矿业和非洲动物学。克莱顿以后的一系列小说作品，都充分展示了他在考古学、人类学、生物学、医学、神经学、遗传学、物理学、电子学、天文学、环境保护等多方面的科学知识。

由世界著名影星达斯汀·霍夫曼（Dustin Hoffman）、塞缪尔·杰克逊（Samuel Jackson）主演的好莱坞电影《深海圆疑》（*Sphere*，1998年），改编自克莱顿的同名小说。故事讲述研究人员在太平洋底发现一艘神秘的圆形太空船，他们经历了许多冒险，包括黑洞，试图发现其中奥妙。述说太空船并非这部小说唯一的创作动机，克莱顿更热衷于发现人类心灵的秘密。他把极为复杂的科技知识和心理探索综合起来，用最简单的描述表达出来，让所有的读者看得懂，显示了超强的写作才能。

克莱顿的另一部小说《时间线》与《侏罗纪公园》一样，把现代与历史交错到一起。但《时间线》里，主人翁是几个历史学家，他们受某高科技富翁邀请，通过时间隧道，回到14世纪的法国进行历史研究。但是他们必须在三十七个小时里赶上时间列车，才能返回现代，否则就会被困在14世纪……

阅读这部小说，深思之下，难免会让人产生一种恐惧：一些极为简单的分子颗粒，集合到一起，按照简单的指示做事，看似平安无事；一旦失去控制，这些简单分子颗粒的群体行为就可能引发出难以想象的严重灾难。从科学技术和人类心理两个层面进行观察，这种恐惧实实在在，不容忽视。

2004年克莱顿出版长篇小说《恐惧状态》（*State of Fear*，又译《恐惧之邦》），首印一百七十万册，连续十八周雄居《纽约时报》畅销书榜，很长一段时间里引起全世界的争论。小说讲述一个热心环保的亿万富翁与其律师及女助理联手，配合政府雇用的科学家，到处奔波，阻止阴谋分子发动的环境暴力袭击，以人造海啸来证明全球气候转暖致使海平面上升，让全世界的人们生活在他们制造的恐惧之中。书中通过多位科学家之口辩论气候问题，并印出各种图表，罗列众多注释，书后还有两个附录，以及多达二十页的参考书目。克莱顿用这种近似学术而非小说的手段，把作品写得如同一部科学著作,是借此证明大众之所以处于恐惧状态,并非是因为广为流传的气候转暖的言论,而是由于政治和媒体勾结炒作,制造莫须有的忧虑,以保持对人民的绝对控制。这种似乎令人信服的科学论述,当时轰动了整个美国社会,乃至2005年美国参议院召集全球气候转暖听证会,专门邀请克莱顿出席做证。把一个小说家当作一个专业科学家来对待,一度引起美国科学界的不满,重视环保的欧洲媒体更是纷纷攻击。

在小说《猎物》里,克莱顿创造了又一个高科技的悬疑小说范例。故事开始于一个常见的家庭事件,电脑专家的丈夫失业后,在家时间多了,发现妻子总是不回家,以为她有了外遇。事实是妻子任职的公司采用纳米技术,为美军设计制造了一个如同黄蜂一样的微型侦察仪,然而黄蜂逃脱科学家们的控制,于是制造者成了自己产品的猎物。这部小说里的恐怖源,虽然形态极小,但科技容量很大,构成的恐怖氛围也更强烈。

克莱顿小说中常常以科学技术领域的知识为内容,但他对科学技术的高度发达抱有深刻的怀疑态度。他认为许多科学家仅仅满足于在物质应用方面取得成功,而忽略了对人类文化意识及生存状态应负的责任;不少高科技研究成果,同时对人类安全也构成一定威胁,但人类对此几乎还没有意识到。所以克莱顿以此为己任,不惜冒天下之大不韪,在创作中时时口出狂言,制造世界震惊,以期唤起人类对此的高度关注。

据克莱顿说,他搞创作出于两个动机:一、他想看看能否通过文字创作,让读者相信那些难以相信的事物;二、他试图理解现实生活中的某些问题,比如性骚扰、气候转暖、美日贸易战等。他说,每部作品都是因为实在有话要说才去写。他不是为了要写才写,而是非写不可。

克莱顿科学知识广搏,感觉敏锐,想象力超人。他把通俗悬疑小说的写作,提升到批判现实主义的文学高度,是不能被忽视的美国小说家。

几乎所有的美国大众流行悬疑小说,都免不了引起争议,但是不管争议多么激烈,并不能决定某部作品的生死,也不能左右美国小说创作的走向。美国宪法规定,任何一级政府都无权命令书店下架某书。事实上,对于美国小说刻画美国社会中的腐败官员、作恶警察、贪婪商人……美国读者都觉得很自然,不持反对态度,也没有人会去自动对号入座。美国人看重的是一部作品是怎么写的。因此不管读者产生什么争议和分歧,在一点上他们是相同的,那就是读起成功的悬疑小说来,都一样津津有味:因为小说情节迷人、人物性格吸引人。

美国最大的图书销售连锁店,叫作巴恩斯与诺贝尔(Barnes & Noble)。在这个书店的小说区域,在若干书架上面标明是悬疑小说,上面陈列着《福尔摩斯全集》、阿加莎·克利斯蒂系列作品、《爱伦·坡全集》以及雷蒙德·钱德勒的经典之作,还有当今美国侦探小说家如詹尼特·伊凡诺维奇(Janet Evanovich)等的作品。詹尼特在美国大名鼎鼎,是美国悬疑作家协会现任会长。在这些专架的旁边,另外排列着许多书架,标明是虚构与文学,这些书架上的书,被认为可以列入严肃的虚构文学作品中。本文所介绍的佛莱恩和克莱顿这两名美国小说家的作品,就被摆在严肃文学作品的书架上。

当今俄罗斯大众文学

任光宣

大众文学传遍整个俄罗斯大地

当今,大众文学像决堤的洪水,狂卷的旋风,传遍了整个俄罗斯大地。侦探小说、幻想小说、言情小说不但大量印刷发行,而且进入广播和电视,登上银幕和舞台,并录成各种音像出版物发行。2006 年初,《文学报》公布了当代俄罗斯严肃文学作家作品 2005 年在莫斯科《书屋》(Дом Книги)的销售量。女作家柳德米拉·乌利茨卡娅荣登榜首,数量仅为 16767 册。2006 年 9 月,俄罗斯《书评报》(Книжное Обозрение)颁布统计数字,在 2006 年前半年,八位走红的作家都是大众文学作家,其中侦探小说作家达利亚·顿佐娃的 54 种作品总印数达 370 万册,成为作品印数最多的俄罗斯作家,并且继续占据畅销书作家的印数之首。两相比较,严肃文学作品的销售量与大众文学作品的销售量显然无法相比!

在市场经济大潮下,文学作品的通俗性和趣味性成为文化消费者的首要关注点,大众文学改变着许多俄罗斯人的阅读内容和审美趣味。如今许多俄罗斯读者(尤其是青年读者)读得最多的不是普希金、果戈理、托尔斯泰、陀思妥耶夫斯基等俄罗斯经典作家,不是当代走红的后现代主义作家佩列文、索罗金,也不是现实主义作家乌利茨卡娅、索尔仁尼琴和拉斯普京,而是沉醉于顿佐娃、马里尼娜等人的侦探作品,布什科夫等人的科幻及言情,甚至色情小说中……诚如 M. 杜纳也夫描写的那样:"'世界上最爱读书的人民'如今沉醉于质量不高的侦探小说和品位低下的言情小说中,被难以计数的'肥皂剧'作者的拙劣想象搞得唉声叹气……"实际上,俄罗斯如今已经失去了"文学帝国"的传统地位,俄罗斯人民不再是世界上最爱读书的人民。

俄罗斯大众文学不但在国内走红,而且"走出国门",在世界各国被翻译出版。像马里尼娜的侦探小说在英国、德国和意大利等二十多个国家有译本,仅在中国就有她的 23 部小说译本(2002 年),掀起了一股"马里尼娜旋风"。

何以畅销并广受重视

大众文学盛行当今俄罗斯,有其原因。早在苏联解体前的 1990 年 6 月,苏维埃官方就颁布了《苏联出版与其他大众传媒法》,这部传媒法实际上宣告了苏维埃时代国家领导文化体制的终止和官方对文化的意识形态审查的结束。苏联解体后，俄罗斯宪法承认意识形态多样化，使得俄罗斯文学呈现出多元化的发展格局。作家创作不受什么官方意识形态的控制，可以自由地写作，真是想写什么就写什么，想怎么写就怎么写。于是，大众文学也像其他文学流派一样获得了自由的生存和发展空间，成为后苏维埃时代的一种文化现象。从接受角度来看，长期以来，俄罗斯读者主要接受的是官方倡导的社会主义现实主义文学。在社会主义现实主义创作原则指导下出现了一些文学精品，但也促成许多充满意识形态宣传和政治说教、艺术手法单调的作品问世。后一类作品让读者感到厌倦，他们希望换换口味，读一些其他流派的文学作品。他们不但对后现代主义文学等流派作品感兴趣，而且想读读大众文学作品。读者的这种需求促使一大批侦探、科幻、言情等体裁的小说出现，也使得大众文学创作队伍急剧发展，甚至有些从事严肃文学创作的作家也改弦更张，加入大众文学的创作大军中。

随着大众传媒在当今社会生活中起着日益重要的作用，俄罗斯大众文学作家都充分利用广播电视、电脑网络、出版物、广告等手段宣传自己。许多大众作家的知名度日益增高。他们频频在电视上露面，成为新的公众人物，并且拥有自己的大批"粉丝"。不仅如此，他们还亲自或找人把侦探小说、科幻小说改编成戏剧搬上舞台，拍成电影或电视剧，通过屏幕让作品走进俄罗斯的千家万户。如，2002年，顿佐娃的作品被 CTC 电视频道和"普罗杰尔"制片公司联袂拍成十二集电视剧。马里尼娜的侦探小说被拍成名为《卡缅斯卡娅》(Каменская) 的多集电视剧在全国各地电视台播放。达什科娃的小说《阳光下的位置》(Место под солнцем) 被拍成同名电视剧。布什科夫的科幻小说被拍成电影《捕获比拉鱼》(Охота на пиранью)。畅销书作家维列尔的小说《小戒指》(Колечко) 还被荷兰导演拍成电影在阿姆斯特丹电影节中上演……

常言道："重赏之下，必有勇夫。"当今俄罗斯大众文学的盛行与物质激励和刺激是分不开的。如今，在俄罗斯从事大众文学创作的作家既有钱，又有名，可谓是名利双收。顿佐娃、阿库宁、马里尼娜等大众文学作家成为俄罗斯的富翁和新贵。如，2005年夏，美国的《福布斯》(Форбс) 杂志对年收入超过一百万美元的俄罗斯名人做了统计，在俄罗斯作家中达利亚·顿佐娃、鲍里斯·阿库宁和亚力山德拉·马里尼娜入选，成为俄罗斯的千万富翁。大众文学作家还经常获得各种殊荣，国内外的获奖率也很高。这些奖励使大众文学作家感受到自己创作的价值，从而写出更多的作品。

随着俄罗斯大众文学创作的繁荣，作家作品也渐渐进入文学评论家的视野，这在一定程度上进一步提高了大众文学在当今俄罗斯社会和俄罗斯文学中的地位。1996年9月，彼得堡召开第一届科幻作家"漂泊者"大会；2004年2月，在莫斯科召开了"拉斯空——2004"联欢节，这是在独联体国家范围内最大的作家、出版家、评论家和翻译家的大会,约有三百人参加。此外,还专门就俄罗斯当代大众文学作家的创作召开过国际研讨会。这些会议的举办本身就说明大众文学创作正日益受到文学界的重视。

大众文学终究只属于一个边缘层次

大众文学作品虽然受到读者欢迎,但大众文学作家深知大众文学在整个俄罗斯文学中的位置——属于俄罗斯文学的一个边缘层次,严肃文学是"红花",大众文学是"绿叶",它在文学发展中只起着陪衬作用,不应冲击严肃文学的发展。俄罗斯大众文学与其他俄罗斯文学流派一起构成文学的多元格局,呈现出俄罗斯文学发展的一道亮丽风景线。

"讽刺侦探小说女皇"达利亚·顿佐娃就很清楚自己的小说"不是那种永世长存的文学。况且我从来没有打算作为一位伟大的作家被载入世界的史册"。另一位作家鲍里斯·阿库宁也认为自己不是作家,而是畅销书作者,他希望人们把他视为"大仲马、柯南道尔、斯蒂文森的追随者。我没有进入严肃作家行列的野心"。在谈到为什么写畅销书时,阿库宁总结了三个理由:一、这是一件轻松的、有趣的事情;二、这是缓解精神压力的一种方法;三、他希望改变俄罗斯畅销书的缺乏状况。他说:"要知道在俄罗斯文学里缺少畅销书题材。有的或是一种力求冲向天空的文学,或是陷入污泥的文学。中间是一片空白。在我们国家几乎没有正常的畅销书。"

2008年

俄国现实主义文学的重生
张建华

新世纪开端文学的特点是现实主义的胜利

20世纪90年代,俄罗斯文学中现代主义与后现代主义的创作探索与实践打破了现实主义一统天下的文学格局。现实主义一贯主张的历史使命感、社会责任感渐渐遭到瓦解,文学的价值观发生了很大的变化,文学失去了整体选择的历史背景和价值认同,现实主义出现了在不同的、多样的价值层面上的分流,但俄罗斯作家们面对的民族历史和社会生活依旧;只要民族历史与社会生活的要求没有得到充分有力的表达和宣泄,现实主义就不可能死去,这就是现实主义文学在俄国不死的精神背景。文学价值观层面上的分流不但不会窒息现实主义,反而为现实主义文学提供了走出狭隘、走向丰富的契机,使现实主义文学进入一种新的境界和状态。

俄罗斯新世纪的现实主义文学大大开启了现实与人存在关系的多样性,大大拓展了感知认识现实的对象范围。它一方面保持了与生活本源、存在本源的血肉联系,另一方面表现了对最新的文化内容、现代意识的吸纳,因而具有很强的现代性,表现出与俄罗斯文学中现代主义前的经典现实主义与现代主义后的社会主义现实主义明显不同的艺术范式。就如世纪之交的俄国文学创作界有人说的:"新世纪开端文学的特点是现实主义的胜利。当然这种现实主义会用20世纪包括先锋派艺术在内的一切艺术发现来丰富自己的。"所以才有了弗拉基莫夫大异于传统历史价值观和道德观的新"史诗性现实主义"(《将军和他的军队》),才有了叶尔马科夫的"隐喻式的现实主义"(《野兽的标记》)、波利亚科夫的社会心理现实主义(《蘑菇王》)、邦达列夫的"新启蒙式的现实主义"(《百慕大三角洲》)、安得列·德米特里耶夫的"存在主义式的现实主义"(《一本打开的书》)、瓦尔拉莫夫的"象征式的现实主义"(《新生》《沉没的方舟》)、扎哈尔·普里列平的"愤怒叙事的现实主义"(《萨尼卡》)等。期待并呼唤着现实主义文学的再一次兴盛已绝非世纪之交少数作家与读者的心愿,而成为一批批评家的强烈心声。

后现代主义作家没有忘记俄国历史中的屈辱和痛苦

作为20世纪90年代后一度成为后苏联文学强势话语的后现代主义,常常被看作是没有精神与道德追求的文学,是一种文化与道德虚无主义的文学。然而,事实上,这一文学从来就没有拒绝和脱离过俄罗斯历史或当下的社会现实。反极权、反权威、反苏维埃意识形态主流乃是俄国的后现代主义,特别是其早期的概念主义、社会主义前卫艺术的一个鲜明的政治思想倾向。尽管后现代主义作家始终声称坚持"为了文学而文学"的创作,但是,从安得列·比托夫的《普希金之家》和维涅基克特·叶洛费耶夫的《莫斯科—彼图士基》到佩列文的《恰帕耶夫与普斯托塔》和索洛金的长篇小说《玛丽娜的第三十次爱情》等,这些最为评论界关注的后现代主义小说家的创作在表达对传统与现存价值的质疑与焦虑、对现实的空茫与失落的同时,几乎没有一部是脱离民族历史、社会生活与人性思索的"纯文学"。这说明,价值观可以不一,思想倾向可以异样,但意识形态方面的思想、精神求索仍然是他们不肯消解的创作动因之一。后现代主义作家终结俄国历史的姿态并没有使他们忘记俄国历史中的屈辱与痛苦。

后现代主义小说中的人物形象虽然个性销匿、性格缺失,却并不与俄国现实生活间离。在以非逻辑、混乱无序以及虚拟错乱为特点的后现代主义叙事中同样充斥着写实(虚拟的、艺术的真实)的细节。甚至连俄国后现代主义小说常常遵循的话题、情节、形象都来自19世纪经典文学或20世纪社会主义现实主义的文本或文体范式。俄国后现代主义文学的美学共同性就是现实、人物、作者、互文的共存,就是现实与虚拟的共存。俄国后现代主义小说所有特点的发生与发展在很大程度上是因为俄国的后现代主义不仅仅是对西方理论思想与文学思潮的借鉴,更重要的还是对俄罗斯文学传统和文论思想资源的继承与发展。俄国的后现代主义作家没有忘却和放弃重建时代神话,重提社会批评,再建民族文化心理批评、宗教批评这样的文学追求。至于类似西方理念的"身体叙事",从本质上来说这只是一种商业行为,并不构成严肃的文学话题。

特别应该指出的是,一些后现代主义作家开始从营构虚拟回归现实,从文化虚无主义转向对宏大精神的追求,从叛逆回归平静。后现代作家索洛金的创作道路就是一个例子。继20世纪末短篇小说集《盛宴》出版之后,作家在21世纪一改欲罢不能、不关乎丑恶便无法成篇的写作方式,摒弃了先前小说中的那种丑陋化、粪土化、妖魔化的艺术手段,写出了三部曲《冰》《布罗之路》《23000》,这是作家对小说现实化、理性化与精神化的回归,是他对"魔幻现实主义"叙事策略的诉求。有评论家说,这位特立独行的后现代主义作家已经改弦更张,走向"古典主义的回归,对旧式话语的选择"。作家自己也坦承,"对于我来说,《冰》——这是一个语言试验时期的结束,我试图写传统的长篇小说……《冰》是我第一次直接讲述我们的生活、我们的世界……这是自我苏醒并唤醒他人的尝试","《冰》是我的第一部首要的不是形式而是内容的长篇小说"。

两条文学潮流共同的精神母题

后苏联文学现实的"主义"诉求之所以始终不变,是因为这是俄国文学的必然选择,由俄国的国情决定。

第一,具有深厚现实主义传统的俄罗斯文学不可能使这一文学的巨型话语断流。俄罗斯文学从来就不是被少数人把玩的艺术形式,它所固有的使命感、责任感、宗教意识使得现实主义远远超出了它作为一种方法和流派的意义,而成了民族的文化精神存在。苏联解体后,大多数俄罗斯作家,特别是现实主义作家,都以庄严悲壮的心情面对20世纪末俄罗斯的黄昏。世纪末的俄罗斯现实激起了他们特殊的悲凉情怀。这种情绪既是社会历史的,也是民族文化的,都对文学的题材与体裁直接产生重大影响。不论它采取的是何种表达与书写方式,是激昂还是隐逸,是调侃还是闲适,都与后苏联的现实紧密勾连。文学新潮的涌起刺激和促进了现实主义的蜕变,现实主义没有抱残守缺,它在被冷落、被贬抑的情境中发展,完成了从封闭、机械、单调的艺术模式向开放的艺术形态的过渡,从而具有了新时期的现代意识。

第二,后现代主义在文化上的趋新、艺术上的求异既有历史的必然性和合理性,又有着价值意义上的虚假性和形式追求上的极端性。"先锋文学"以其极端的、激进的叛逆姿态为文学发展提供种种可能性的同时又使自己陷入种种的不可能性中,出现了行之不远的匮乏。《旗》杂志的评论家斯捷帕尼扬认为,"后现代主义与现实的最后一次分裂表明了它走进死胡同的开始","现实主义是后现代主义的终结"。文学从政治附庸的时代走过之后,人们对乌托邦"道德理想"的抵触与不适是可以理解的,但因此走向另一个极端,排斥连同真善美在内的所有精神理想,同样会导致文学的价值迷失。1999年诺贝尔文学奖得主、德国作家君特·格拉斯说,除了获得轻松的愉悦,文学还应该让读者从中看到希望,看到"黑暗中的光"。表现人性的丑陋邪恶是不少后现代主义作家的叙事追求,这本身没有错。但如果单纯地传达丑恶,片面地强调丑恶的力量,过多地阐释丑恶的魔力,那便是对文学目标的背离。因为文学不是为了制造人性的地狱,而是为了创造精神的家园;文学不是为了砍伐人性,而是为了张扬人性;文学不是为了营造黑暗,而是为了让读者看到光明的出口;文学不是为了制造洪水,而是为了建造挪亚方舟。"恶之花"结不出善之果,文学的根基就在于它的精神生产力,就在于用一种清洁的精神去打捞沉沦的人性。只有这样文学才能在提升人性的同时拯救自己。索罗金被认为是天才,但他曾经只是一个写病态和变态的天才,他对人性的洞察令人叹服也令人遗憾,因为他洞悉的只是人性当中的恶,而善一度是他文学创作的盲点。也许正因为创作中过量的"阴霾",作家才开始流露出对"阳光"的渴求,我以为,这正是这位"最纯粹的"后现代主义作家创作转型的内在动因。

第三,市场机制与消费需求尽管在一定程度上影响着俄国作家的创作思维,左右了文学创作在读者心目中的位置,但是作为精神产品的文学,毕竟不属于纯粹的物质消费。俄罗斯文学没有欧美的消费传统,这既是其民族文化特性使然,也是俄罗斯作家的精神品格使然。现在有把文学作品当作纯粹的商品,把文学创作等同于一般的商业行为、社交活动,认为文学的美已经不具备艺术本性的说法,但无论如何炒作、营销,没有精神内涵的消费文学都只能是一种文学的泡沫,不会得到读者的喜爱,不会迎来文学的繁荣。文学要赢得市场,首要条件在于给读者带来审美愉悦、快感,即使是审丑、审恶,也在于对丑和恶的否定,最终指向对罪的认识。文学即便不提倡学习保尔·柯察金、奥列格·科舍沃依,也没有必要反感或仇恨他们,因为他们的精神品格代表了一种道德、人性价值,反感的应该是一种政治功利性。文学有一点是永远不会改变的,那就是它毕竟是人类通过形象情感的审美来认识、把握世界和自身的一种方式。

第四,人类的历史经验表明,任何一个民族在经济的、政治的、民族心理的变化进程中都隐含着某种更为深远和深刻的文化成因,而文学是揭示这种文化成因最有力的艺术形式之一。20世纪90年代俄罗斯社会生活的众多领域才刚刚被作家们发现,本质上远未得到充分的揭示和阐释,它需要新的理解和表现。除现实主义之外,这种理解与表现可以是其他主义的,也可以是没有主义的;可以是先锋的,也可以是传统的。生活深刻性与时代精神的表达,既是个人的,也应该是大众的,也就是站在民众的立场上观察世俗表达人性,具有对民族与人类前途的焦虑与瞻望。俄罗斯文学在苏联解体后出现了最耐人寻味的景观,一是后现代主义思潮的兴起,表达了部分作家对现存精神价值的质疑与焦虑;二是俄罗斯现实主义文学的重生。这是俄国极具时代特征的两大文学潮流。前者背离俄罗斯写实文学传统走上了以"写意"为时尚的价值追问道路,故而在形式上出现后现代主义的变革;后者仍重在揭示人生苦痛追问人生真相,继续着以写实为主的现实主义道路。其实,这两种背道而驰的文学潮流都基于对现代性的追求——自由精神与批判精神,主体性意识与悲剧性意识,这会是很长一段时间里俄罗斯文学共同的精神母题,也是当代俄罗斯作家的思想追求。不论何种思想倾向、何种党派、何种主义的作家,只要他是一个真正的作家,都会把这一种现代化精神体现在对生活与时代的思考中。随着时间、条件变化,现代性的精神价值追求都会以不同方式出现。这是生活与时代使然。

一个迫使我们注视的世界现象
——中国血统作家用外语写作
赵毅衡

用外语写作的中国血统作家包括获得语作家和华裔作家。获得语,又称习得语,本为语言教学术语,指在第一语即母语中长大的人,通过学习得到的第二种语言能力。把这一群作家称作"获得语作家",是为了与母语为外语的华裔作家相区别。这两批作家用外语写的作品,时时落在双重语境的压力中,因而拥有一种特殊的魅力。

获得语中国作家群

一个多世纪前,中国文化人刚走出国门,就开始了获得语写作。不算容闳、辜鸿铭等人的非文学写作,第一位文学作者应当是清廷驻法国外交官陈季同,他写了一系列介绍中国文明的书,其中有改写成法文的中国小说,如《黄衫客故事》,所以他是获得语中国文学的"祖师爷"。而"祖师母"来头更大,那就是慈禧太后的宫廷女官德龄,清朝覆亡后,她用"德龄公主"(Princess Derling)的笔名,用英文写了一系列清廷秘史,她的"回忆录"实在过于生动,实际上是历史小说。

从他们开始,20世纪大部分时间,获得语中国作家为数不多,却是涓涓不绝:30年代,有蒋希曾的英语普罗小说;30年代末起,林语堂开始英文创作生涯,他的英语长篇小说有八部,名著《京华烟云》曾被国际笔会提名候选诺贝尔文学奖;后来的黎锦扬写了九部英语小说,1957年的《花鼓歌》被改编成音乐剧,又拍成电影,名噪一时。近年来,已八旬高龄的她又推出音乐剧《牌九王》;张爱玲50年代的许多作品都是先写成英语出版,只是由于中文本过于出色,让我们忘了这个事实;60年代则有周勤丽的法语小说《黄河协奏曲》(*Concerto du fleuve Jaune*);70年代包珀漪写了《春月》(*Spring Moon*)等一系列畅销小说;80年代亚丁的《高粱红了》(*Le Sorgho rouge*)等五部小说在法国引起读书界广泛关注。

获得语文学的长长细流,在20世纪90年代后期,突然汛起,成为波涛汹涌的大河,许多作家出现,用各种语言写作,汇成锋面宽阔的大潮。一如既往,中国人的法语文学表现杰出:北京女孩山飒以《围棋少女》(*Le Joueuse de go*)连续获奖;2000年戴思杰的《巴尔扎克与中国小裁缝》(*Balzac et la petite tailleuse chinoise*)广受欧洲文坛瞩目,2003年又以《狄公情结》(*Le Complexe du juge Di*)获费米娜奖;用法语写作成就最大的,是七十高龄突然迸发创作热情的程抱一,他的《天一言》(*Le Dit de Tianyi*)1998年获费米娜奖,2002年又出版爱情历史小说《此情可待》(L'Eternite n'est pas de trop),该年程抱一被选为法兰西院士。用法语写作的人数众多,尚有应晨、魏微、黄晓敏、杨丹等。

中国人的获得语写作在许多国家涌现,用获得语写诗的,英语有张耳、王屏、哈金、黄运特、李岩、张真等,法语有程抱一、孟明、李金佳等。此外李笠用瑞典语写诗,京不特用丹麦语写诗。澳洲欧阳昱的诗歌,以出奇大胆的语言和思想挑战社会主流意识,挑战对华人温良谦卑的定型,获得诗评界广泛注意,欧阳昱尚著有长篇《东坡纪事》(Eastern Slope Chronicle)。用英语写小说的有英国的刘宏(代表作《惊月》[Starling Moon]、郭小橹(代表作《简明汉英恋爱辞典》[A Concise Chinese-English Dictionary for Lovers]),用荷兰语写作的有王露露(代表作《百合剧场》[Het Lelietheater])……据说拉美还有用西班牙语写作的中国作家,只是至今访之未详。

英语小说家人数最多的,还是在美国。裘小龙的"陈超推理系列",从2000年的《红英之死》(The Death of the Red Heroine)起,至今已有五部。犯罪推理小说这种题材,在英语文学中历久弥盛,裘小龙笔下的主人公却是个吟诗引赋的江南才子——上海公安局刑侦科长。西书中写,令人称绝。

哈金1999年以小说《等待》获得美国国家图书奖,他平均每年得一次重要奖项,迫使美国文化主流注意"哈金现象"。他的诗与小说,都是风格低调,叙述克制,几乎接近"零度写作"。固然无风格也是一种风格,但要把这种风格写好,绝不容易。另一些中国作家诗人,例如写诗集《灵与肉》(Of Flesh and Blood),又写小说《美国签证》(The American Visa)的王屏,写的诗歌具有大气磅礴、洋洋洒洒的金斯堡风格,与哈金的低调正成对比,足见获得语作家风格多姿多彩。

闵安琪是获得语中国作家中成名最早、创作最多、产量最稳定的人,基本上每两年就推出一本小说,她的作品有强烈女性主义色彩,把女性问题放在中国历代政治背景上展开。最近异军突起的青年女作家李翊云,2003年才开始写小说,2005年出版的第一本小说集《千年敬祈》(A Thousand Years of Good Prayers)得到六个国际文学奖。其标题小说由导演王颖拍成电影,最近获得西班牙金贝壳奖。李翊云是新一代作家中的佼佼者。曾经有人担心获得语文学已过巅峰状态,现在看来前途似锦。

关于获得语中国作家群,我们可以注意到几个特殊现象:一是几乎所有的获得语作家都是在知识分子或干部家庭出生,真正掌握一门外语并能用之于创作,在中国人中尚是一个知识特权。这就是为什么他们的创作特质,与"美华文学"的唐人街社会草根经验大相异趣。二是大部分作品、题材都取自他们的中国经验……林语堂写的基本上是20世纪30年代的中国,哈金写的基本上是20世纪80年代前的中国,而李翊云写20世纪90年代的中国,对比华裔作家念兹在兹苦苦地"自我追寻",他们在中国成长,因而塑造了坚实的自我,他们的中国人心灵,并没有因为选择外语写作而改变。

用外语写作已呈浩大声势

由此,我们可以尝试回答一个难题:这些作家写出的究竟是中国文学,还是外国文学?细读一下他们的作品就可以发现,这批作家写作用的语言是外语,思想意识却是中国式的,我们可以从作品中追踪他们"中文构思"的过程。甚至,他们写的外语也是一种特殊的、落在两个语境夹攻中的外语。这批作家把中国文学,或者说"文化中国"的文学,推出了汉语的边界,对丰富中国当代文化,促进国际文化交流,做出了宝贵贡献。应当说,他们写的既是外国文学,又是中国文学。

毋庸置疑,中国作家的获得语写作,已经形成浩大的声势。但是这个流派并不是单独出现的,在国际性的"文化中国"大范围中,同时还出现其他几个趋势:一是东南亚用非汉语写作的华人作家,例如新加坡英语作家林宝音(Catherine Lim)自 20 世纪 80 年代以来成就巨大,马来西亚则出现用马来语写作的群体,如萧招麟、吴美德、诗人林天英、杨谦来等。二是从东南亚"再次移民"的作家,如从马来西亚移居英国的英语作家欧大旭(Tash Aw),代表作《和合丝厂》(*The Harmony Silk Factory*)以第二次世界大战中的马来西亚为背景。新加坡移居英国的新生代女作家陈慧慧(Hwee Hwee Tan),代表作《外国身体》(*Foreign Bodies*)。从马来西亚移居澳大利亚的青年女作家张思敏(Hsu-Ming Teo),代表作《爱与晕眩》(*Love and Vertigo*);从印尼移民美国的才华杰出的诗人李力扬(Li-Young Lee),代表作《我在这城市爱你》(*The City Where I Love You*)等。从香港移居英国的毛翔青(Timothy Mo)书写的国际题材历史巨制场面宏大,如写鸦片战争的《岛之占有》(*An Insular Possession*),走出了一条获得语中国作家中难得见到的新路子。三是在英语环境中长大的美国华裔作家,在汤亭亭、谭恩美之后,已经涌现出创作更有成就的新一代,例如加拿大的"叛逆女"伊夫林·刘(Evelyn Lau),代表作《逃跑》(*Runaway*);美国的张岚(Samantha Chang),代表作《饥饿》(*Hunger*);伍美琴(Mei Ng)代表作,《裸体吃中餐》(*Eating Chinese Food Naked*)。2004 年何舜莲(Sarah Shun-lien Bynum)更以实验主义小说《马德莲沉睡》(*Madeline Is Sleeping*)入围美国图书奖。美华文学已进入了一个更加气象万千的新阶段。

如果我们把前面所说的获得语作家与这些母语为外语的华裔作家结合在一起考察,就可以看到,中国血统作家的外语写作,已经是一个世界性现象。全球化造成移民浪潮,也造成语言和文化更错综复杂的交流,而与这个趋势相对应,多元文化中产生了一系列新的样式、新的流派。这个全新的文化局面,正迫使中国读者和中国学界注视。

文学依旧不死
——诺贝尔文学奖得主克莱齐奥的文学创作
邓中良

2008年诺贝尔文学奖得主克莱齐奥(J. M. G. Le Clézio)是当代法国文坛作品被翻译成外语非常多的作家之一。多年来他被公认为诺贝尔文学奖最有力的竞争者,而今年68岁的他此次终于如愿以偿摘得桂冠。克莱齐奥获奖的理由是,"他的创作开拓了新的文学领域,作品充满诗意的探索及感性的痴迷。他在当前的主流文明内外,对人性进行不断的求索"。

在语言世界中漫游

尽管克莱齐奥是在双语环境中(法语及英语)长大的,但除了有时用英语写些小篇什或把自己的一些作品译成英文之外,他一直都在用法语创作。他曾经说过,法语是他感到有归属感的唯一真正的家园,他走到哪就会带到哪里,"我作为孩子在成长过程中,讲的是法语……因此,我与文学的最初接触是通过法语来实现的。这就是我为何用法语创作的原因"。

作为小说家,克莱齐奥的文字极其优雅纯美,犹如散文诗一般。克莱齐奥在语言上的探索并没有走得像他同时代的一些激进作家那么远,他的语言标准、规范而优美,"优美到在翻译时要让人心焦的地步,唯恐找不到合适的词语和意境"。在两种语言世界中犹豫并要作出选择的人往往会对语言本身表现出一种更为积极肯定的构建愿望,希望维持其中某一种自己选定的、用来创作的语言中原本的纯净优美。

一般而言,小说家会趋向于相信语言世界的真实性。我们知道,克莱齐奥排斥现代文明、现代消费社会的种种弊端,可以说,他自小就为了逃脱丑恶疯狂的世界而转向写作,在精神与物质、主体与客体的激烈抗争之中,投身于文字语言纯美而洁净的天地之间。在那里,人们可以认为,具有绝对的自由,快乐、悲伤都由自己选择,而不再像在现实世界那样被动无助。在题为《在悖论的密林深处》的诺贝尔演讲中,克莱齐奥谈及了自己同语言最初的亲密接触:"在战后的岁月中,我们被剥夺了一切东西,特别是书籍和书写材料。由于纸张和墨水缺乏,我最初的画画及文字是写在定量配给票证簿的背面,用的是木匠的蓝红相间的铅笔。这一经历给我留下了一个喜欢用粗糙的纸张及普通铅笔的偏好。由于缺乏儿童图书,我就阅读祖母的词典。这就像是个神奇的门径,通过它我走上了发现这个世界之旅。当我看着那些插图、地图以及所列的生词,我就到处漫游着,做着白日梦……"

回到家园的流浪者

克莱齐奥是位真正的、自己选择的流浪者。上面已经提到,他仿佛首先选择的是在语言世界里流浪。在 20 世纪的文学史当中,我们能够发现有不少可以在两种或更多语言世界穿梭来往的文坛巨擘,如纳博科夫、贝克特等。不同于有些流亡作家,克莱齐奥不是被迫流浪,他的父母亲分别来自不同的语言文化背景中,他自小就受到多种文化的影响。非洲文化,,尤其是毛里求斯文化,这个无法选择的出身为他带来了多重文化身份。他年轻时就对南美,尤其是美洲印第安文化,产生了浓厚兴趣。而随着他创作的不断成熟,南美的风情、传说与文化给他的作品带来越来越多的异族及异国风情。他曾经在一部作品中写及此事,称:"这一经历彻底改变了我的人生,改变了我对世界和艺术的看法,改变了我和其他人交往的方式,改变了我的衣食住行,改变了我的爱,甚至改变了我的梦。"克莱齐奥是一位彻头彻尾的行者,旅行与他的生活方式和创作生涯密不可分,是他生命的一部分。年近七旬的他现在仍然在不断地旅行,他自由自在地游移漂泊,从一个国度到另一个国度,从一种文化到另一种文化,把不同文化和文学的思想及意象,吸收消化,最终完美地糅合在一起。通过自己的亲身经历和体验,克莱齐奥在作品中描述了文化之间的交流与冲突,以及占统治地位的西方理性主义所引发的诸多问题。

其作品多以漂泊不定的边缘人物为主人公,而这些人物的存在,大多通过一连串的迁徙建构起来,漂泊游移则是他们自由的标记和象征。克莱齐奥的处女作《诉讼笔录》(*Le Procès – Verbal*,1963 年)就是叙述流浪汉边缘生活的。作品描述了流浪汉亚当·波洛神奇的流浪生活方式和他的精神世界。亚当不关心社会,也不思索自己的过去,似乎与现代社会斩断了一切联系,最后他被视为精神病人而送入医院。小说带有浓郁的奇幻色彩,通过充满讽刺与逆反的对比式写法,显示了作者对人、对社会、对现代文明的诘难。因此,从某种意义上讲,该作品也成克莱齐奥自己流浪的起点。而他 1997 年发表的《金鱼》(*Poisson D'or*)则讲述的是一位非洲少女所遭遇的辛酸和不幸的故事。一直都在流浪的她,没有名字,没有父母,没有亲人,六七岁被偷走,辗转贩卖为奴,从北非到法国,从巴黎到波士顿、芝加哥、加州,再回到欧洲南部。潜逃、流浪、越界、偷渡,即使最后得到护照,甚至美国移民局的证明,但她仍然没有任何归属感。如果我们跟着第一个收养她的嬷嬷叫她"莱伊拉"(阿拉伯语的意思是"夜"),那么莱伊拉的自我就如同黑夜。

也许对于克莱齐奥来说,出走、离开、流亡就是回家的一种方式。至少可以说,在出走、离开和流亡的背后,深藏着回家的愿望。克莱齐奥在流浪的过程中真正找到了,并且用文字搭建起了自己的家园。而他自己也很清楚,这个家园很有乌托邦的意味。小说《乌拉尼亚》就是描述这样一个乌托邦式的理想国度。在那里,来自世界各地的流浪者,没有贫富和阶级的差异,人人平等。人们安居乐业,孩子们无须上学,他们需要学习的就是自由和真理。但这个理想国在人类社会的围攻下被迫迁移,不得不去别处寻找出路。不言而喻,小说家通过对这个理想国的描写,来讽刺现代社会的种种弊端,读来颇为耐人回味。

克莱齐奥成了少数能够回到"自己家园"的流浪者。他总是生活在或处在边缘,或者说他总是处在一种中间游移状态。人们很难将他归属于某个单一地区或国家。这一点,他颇像2001年诺贝尔奖得主、印度裔英国小说家奈保尔,可以说他也是位"无根的作家"。由于他用法语创作,作品也都在法国出版,文学界及公众都把他当作法国人看待,但是他现在同时拥有法国及毛里求斯双重国籍。他的家族跟这个前法国殖民地岛国有密切的联系。当被问到什么地方可算作是他真正的家园,克莱齐奥回答得颇为干脆,"是的,有的。事实上,我看毛里求斯可真正算作是我的小小的家园,那是我祖先的地方。因而,那就是毛里求斯,这是肯定无疑的"。

多样的创作探索

克莱齐奥的创作生涯一般说来可以分为两个阶段。第一阶段为1963年至1975年,这也是他早期创作生涯,其作品集中探索诸如疯狂、语言及创作等主题,致力于文学形式的实验。在这期间,他以革新与反叛的双重形象出现在公众面前,作品主人公一般多有荒诞言行,曾受到福柯等思想家及评论家的赞赏。20世纪70年代中后期开始,克莱齐奥的作品风格发生了较大的转变,这便成为其写作生涯的第二阶段。此间,他或多或少放弃了形式上的实验,小说中所呈现出的氛围不再那么令人窒息和痛苦,作品风格则归于平静,探讨的主题多为童年、青春期及旅行等,这为他的作品赢得了更多的读者。近期其创作则转向对家族历史的挖掘。

克莱齐奥和法国新小说的重要作家之间都有交往。虽然他最终没有成为新小说的作家,但是在主题、对语言和世界的关系所作的思索上,他还是和新小说作家有一些相似之处。在初期创作中,他像一些现代派作家一样,在小说结构上也同样表现出了与传统小说的决裂。我们知道,革命总是与青春密切相连的,文学创作也不例外。期望看到跌宕起伏的故事情节以及丰满生动的人物刻画的读者,未免会对克莱齐奥的小说感到一些失望。在克莱齐奥最初的小说中,传统小说的四大要素几乎全无:作品中时间、地点、事件基本上被消减为零,"人物也只起到引领我们在物质世界游走的作用,而不再作为被描摹和建构的对象"。《诉讼笔录》里的亚当·波洛、《洪灾》(*Le Déluge*,1966年)里的弗朗索瓦·贝松、《逃遁之书》(*Le livre des fuites*,1969年)里的年轻人奥冈等都是如此。在克莱齐奥看来,人物的名字并不重要,他们所做的事情也不那么重要,因为他们在现实社会里几乎是没有身份和位置的。他们只是属于语言世界的人物。

虽然克莱齐奥早期以反叛者的形象呈现在人们面前,但是他对于传统的挑战也仅仅到消减传统小说的要素为止。在他20世纪80年代之后的小说创作中,连对传统小说要素的挑战也已经不再那么激烈了。此后,他创作的小说虽然仍保留着现代派小说的某些特征,如情节及人物较为淡化,叙事上时间链的截断和错位等,但是作品已经开始有较为完整的叙事者视角,有了真正意义上的主人公,并且还有了历史背景衬托之下的所谓故事情节等。较之其年轻时代的小说创作,这些似乎是传统小说所着眼的重要因素都有了较为明显的增加。

由于克莱齐奥颇为复杂的家庭背景,他的作品中一直表现出对"开始"及"转化"等主题的兴趣。譬如说,他的小说中,有的探讨孩提时代进入成年时期的那种转变,如《烧伤的心及其他浪漫小说》;有的描写导致文化冲突的过程,如说《沙漠》(国内中文版标题译为《沙漠的女儿》),在该小说中克莱齐奥把非洲大沙漠的荒凉、贫瘠与西方都市的黑暗、罪恶进行对比和联系,把那里的人民反抗殖民主义的斗争与主人公拉拉反抗西方社会黑暗的斗争交织在一起,不仅在布局谋篇上显出匠心,而且非常有思想深度;有的则探讨过去、现在及未来交汇碰撞的节点,如《乌拉尼亚》。克莱齐奥通过其作品及自身的经历向人们揭示了这样一个道理:从某种意义上而言,所有的人都是移民,从自己的国家移往他国的移民,我们大家所要面对的未来,既给人以希望,又令人惧怕。

瑞典文学院终身秘书恩达尔说:"从严格的文化视角来看待他,可以说他并不是一位特别法国化的作家。"克莱齐奥的确具有国际视野,他不仅在世界各地都留下了足迹,而且能跨越多种文化语言的障碍。作为一位作家,他经历了许多不同的发展阶段,在其创作中接受并包容其他文明、其他的生活方式,而不仅仅是西方的。

克莱齐奥的作品也常常反映出他对原始部落、消逝的古老文明及文化的关注和兴趣。在他看来,这些原始文明远比建立在所谓理性之上的欧洲文明要强烈和热情得多,对世界也有更为感性及直觉的认知。在诺贝尔演讲中,他谈到了一位他在热带雨林中所遇到的令他无比崇敬的部落艺人,"她的名字叫埃尔维拉……她也是一位女冒险家,没有男人,没有孩子,自己一个人生活……但我很快就发现她是一位真正意义上的伟大的艺术家。她的音色、她手敲击胸部以及敲击由银币制成的项链时的节奏,而且最重要的是她讲故事时投入的神态和眼神,半恍惚半清醒的样子,震撼着在场的每一位听众。她讲的故事内容上都很简单……但她在这些故事中都加入了她自己的故事:她的流浪生活,她的爱情,背叛和苦难,性爱带来的强烈的快感,针刺般的嫉妒感,对衰老和死亡的恐惧感。她讲的故事可以说是集诗歌、古典戏剧,还有现代小说于一体,她自己就是所有这些融合而成的激烈火焰,在深邃黑暗的森林中,在昆虫、蟾蜍、蝙蝠的和声中燃烧着。这就是美。没有更好的词来形容了。就好像她的声音中包含着真正的、自然的力量,这同时也是最大的一个悖论:那就是在这样一个与世隔绝的森林里,在这样一个没有任何文学渗透的地方,艺术却以最有力、最真实的形态的表达而存在着"。最为清楚不过,克莱齐奥在这里提出了对现代文明的强烈的质疑。

勒·克莱齐奥的作品多样,其不同的旅行游历反映在不同的作品中,给读者展现了不同的文化背景。他的不少作品都是在墨西哥、中美洲及北部非洲经历的提炼和浓缩,充满着对生态的关注和保护,对业已消失了的文化以及新的精神现实的追寻,以及对于现代都市文化的入侵以及追求物质享受的生活态度的批判。有论者评价说:"我觉得勒·克莱齐奥是法国当代最优秀的作家。他的作品总是关注人,关注困境中的人,关注被现代文明抛弃的人,关注在现代文明中被压抑的人。他的作品也非常具有批判意义。"克莱齐奥此次获得诺奖,很重要的一点就是"他现在已经具有全球的文化视野……他总是跟当代社会保持着一点距离,他总是四处在看、在思考"。这是作为一位有良知及社会责任感的严肃作家必须具有的品质,更让我们钦佩的是,克莱齐奥从来不跟着市场走,他总是远离媒体、远离名利。

文学依旧不死

不久前,克莱齐奥利用在瑞典学院作诺贝尔文学奖演讲的机会,向世人传递了一些信息。他还在演讲中引用了瑞典作家斯蒂格·丹格尔曼一段话,"因为就是在这里,他(作家)遭遇到的一个新的悖论:尽管他想做的一切就是为饥饿的人们而写作,但他现在发现只有那些吃得饱的人才有闲暇注意到他的存在"。穷人没有时间和金钱去关注作家及文学,而只有富人才有钱和有闲去阅读文学作品,这一悖论困惑着一切有良知的作家。克莱齐奥还把关注点投向文学以外更广阔的世界,对贫穷的人缺乏信息发出警告,呼吁出版界加大努力,把书籍送到世界各地贫穷的人们手中。克莱齐奥还为全球化辩护,对因特网在"阻止冲突"方面的功能表示欢迎。他认为,网络甚至有可能通过"嬉笑怒骂"来杜绝希特勒这种类型的人出现。同时,他对单凭因特网能够改变全世界人们生活方式的观点,颇不以为然。"给地球上几乎每个人都提供一台液晶显示屏,这是乌托邦式的想法……因此,我们究竟是在创造一个新的精英阶层,还是在给世界划分一条新的界线,把拥有通讯和获取知识条件的人与无法获得这些条件的人区分开来?"

同前几任诺贝尔文学奖得主一样,克莱齐奥表达了对书籍的颂扬及其对改变人生所起到的重要作用的强调。他认为,尽管书籍从外观看来老旧过时,但它依然是传播信息的最佳工具,能够把信息传递到天涯海角。在他看来,出版商必须大力支持文学翻译和创作,使图书对许多人(特别是穷人)来说不再是奢侈品。他还呼吁发达国家要"与发展中国家合作,进行联合出版,并建立基金会资助图书馆和流动书车,总的来说,更多关注来自小语种的要求和用小语种创作的作品——在大语种方面这些工作不言自明——将使文学在丰富多变的主题下,继续担当自我认识、发现他人和聆听人类心声的美好工具"。在演讲中,克莱齐奥表示他终生铭记这样一个信条:"即便文学受到传统习俗约定和妥协的磨蚀,即便作家无力改变世界,文学依旧不死。"

2009 年

兔子歇了……
——美国当代作家约翰·厄普代克及其创作
郭英剑

2009 年 1 月 27 日，美国当代著名作家约翰·厄普代克（John Updike）因癌症在麻省丹佛斯的一家医院病逝，享年 76 岁。

半个世纪以来，厄普代克一直都是美国成绩斐然的大作家。他始终是《纽约客》和《纽约书评》的重要作者，曾两次获得普利策奖，两度荣获美国国家图书奖等，而且多年来，几乎年年被提名为诺贝尔文学奖的候选人。1976 年，他成为（囊括了美国文学艺术界出类拔萃人士的）美国艺术暨文学学院的院士。2003 年 11 月，他在白宫被授予"国家人文学科勋章"。这是联邦政府授予的最高荣誉称号。

哈佛大学的"最优等"毕业生

厄普代克 1932 年 3 月 18 日出生于美国宾夕法尼亚州的雷丁，在附近的城镇石灵顿长大成人。他是家中唯一的孩子。父亲威斯利·厄普代克是位中学数学教师，母亲琳达·格雷斯·厄普代克是位作家。在厄普代克 13 岁的时候，全家迁移到普拉威尔的农场。在那里，他度过了孤独的少年时期。但也正是这份孤独，激发了厄普代克少年的想象力以及逃离孤独的欲望。他在母亲的鼓励下，开始了文学创作。

高中毕业的时候，厄普代克因为喜欢世界上最古老的幽默杂志《哈佛妙文》（Harvard Lampoon），所以选择进入了其所在地——美国最古老也是最知名的哈佛大学，专业是英语，入校后开始为《哈佛妙文》写作，后来进入该杂志做编辑。开始时写一些卡通类文章，不久即转入诗歌与散文创作。

1954 年，厄普代克大学毕业，荣获了"最优等"的拉丁文学位荣誉，同时还获得了诺克斯奖学金到英国牛津大学学习一年。当年的 6 月份，他的短篇小说《来自费城的朋友》和一首诗歌为《纽约客》（New Yorker）杂志所接受，他后来回忆说，这是其文学生涯的一次令人欣喜若狂的突破。1955 年从英国回来后，他成了《纽约客》杂志的一员，写作评论、诗歌、短篇小说与文学评论。自此，厄普代克开始以写作为生。

"兔子"四部曲奠定文学地位

厄普代克是位多产作家,一生创作的长篇小说超过二十五部以及十余部短篇小说集、多部诗集、多部艺术评论集和文学评论集。他的很多诗歌、艺术评论和文学评论文章,都刊登在《纽约客》杂志上。但厄普代克的思想和艺术成就主要还是体现在长篇小说上。

虽然厄普代克是写作上的快手,但他的代表作"兔子"四部曲,几乎是以十年磨一剑的超慢速度创作出来的。由《兔子,跑吧》(*Rabbit Run*,1960 年)、《兔子归来》(*Rabbit Redux*,1971 年)、《兔子富了》(*Rabbit is Rich*,1981 年)、《兔子歇了》(*Rabbit at Rest*,1990 年)所组成的"兔子"四部曲,不仅奠定了厄普代克在美国文学史上的地位,四部曲中的主人公哈利(Harry)也成为厄普代克所有作品中最为人们所熟知的人物。学界一般认为,"兔子四部曲"是厄普代克的经典之作,代表了他的最高文学成就。

厄普代克在四部曲中所演绎的主题"逃跑"或言"逃避",是美国文学中的一个传统主题。《兔子,跑吧》讲述年轻的主人公"兔子"哈利不满平庸的工作和家庭生活而离家出走。而在《兔子归来》中我们看到,哈利回家后,却发现其妻反而离家与人同居。《兔子富了》中的哈利因继承岳父财产而步入中产阶级过上了富裕的生活,却又和儿子产生了无尽的冲突。《兔子歇了》则描述了哈利退休后的生活,他在最后一次享受篮球场上的乐趣后因心脏病发作不幸而亡。通过"兔子"四部曲,我们既可以看到美国 20 世纪后半叶的历史变迁,也看到了普通中产阶级普通的悲哀人生经历中的一面。

在厄普代克的长篇小说创作中,受到评论家关注、引起读者广泛兴趣的不仅有"兔子"四部曲,重要的作品还有:《夫妇们》《马人》《政变》《恐怖分子》等。

厄普代克的短篇小说创作也极为杰出,同他的长篇小说一样,充分展示了美国近五十年的社会风貌及现代人的精神面貌。他已经出版的十几部短篇小说集,总计约两百篇。其文学批评的作品甚多,仅是他评论过的美国作家就有:菲利普·罗斯、索尔·贝娄、乔伊斯·卡洛尔·欧茨等。从小说到诗歌,从散文随笔到文学批评再到时评,厄普代克在各个领域的得意之作,也为学界所称道。

穿行在严肃文学与流行文化之间

厄普代克大概是当代美国文学与文化史上少有的能够自由穿梭于严肃文学与流行文化之间却同时能够为各方所乐意接受(尽管不乏争议)的一位作家。

一方面,他不断地在进行严肃的文学创作,其长篇小说、短篇小说、诗歌等都受到学术界的广泛关注。而另一方面,他的这些纯文学作品,也大都获得了读者的拥护,往往都成为畅销书。这也就使得他成为少数名利双收的当代美国作家之一。

作为严肃作家,厄普代克之所以能够为流行文化所接受,其中一个很重要的原因是他的创作主题以及创作对象。在其自传性文章《山茱萸:儿时的回忆》中,厄普代克把性爱、艺术与宗教称为人类经验中的"三大秘密"。1966年在接受《生活》杂志简·霍华德采访时,他说:"我创作的主题就是美国的小城镇,那里的新教徒中产阶级……我喜欢中间阶层,中间阶层是两极交锋之地,也是含混与模糊始终统治的地方。"

由此我们可以推断出,厄普代克所谓含混与模糊的交锋,实际上指的是其创作中的三大主题,即"性爱、宗教、艺术"三位一体在美国中产阶级人士的生活乃至生命中的真实反映。在他的作品特别是小说创作中,有很多涉及美国人日常生活中的婚姻、性爱、婚外情、离婚等此类题材,而这无疑与流行文化中的题材不谋而合。

厄普代克的一些作品还被拍成了影视剧。《东镇的女巫们》在1987年拍成了电影《紫屋魔恋》,受到了观众的广泛好评。根据他的短篇小说改编的电视剧《遥不可及》也在NBC播出。

厄普代克两度成为《时代》周刊的封面人物,恰恰是他穿行于严肃文学与流行文化之间的一个象征。1968年,他因充满性爱描写的《夫妇们》的出版而备受争议,首次登上《时代》周刊的封面,该刊的评论文章标题极为吸引眼球:《淫乱的社会》。时隔十四年后,厄普代克因为《兔子富了》赢得了文学界的所有大奖,于1982年第二次登上了《时代》周刊封面。

富有争议的作家

厄普代克既是一位大师,也是一位颇有争议的作家。他的许多观点以及作品都在文坛乃至美国民众中引起了强烈的反响和激烈的批评。尤其是他颇为明显的男权思想更是遭到了女权主义的猛烈抨击,甚至使他不得不在自己的创作中"自觉自愿"地按照女权主义的思想去写作。他描述性的语言丰富地展示了他所要表达的主题,但也因其对性爱的具体描写,曾受到很多保守人士以及一些批评家的强烈批评与指责。

虽说如此,但谁也无法否认,厄普代克是当代美国伟大的小说家之一。在厄普代克去世的第二天,1月28日,米奇克·卡库塔尼在《纽约时报》发表文章称,厄普代克拥有"艺术学生描摹图画的想象力,新闻记者观察社会的眼光和诗人善用隐喻的天分",是一位真正的全能文人。

从总体上看,厄普代克的主要作品之所以获得巨大成功,原因在于他是以美国小城镇的中产阶级的家庭生活为文学创作素材,进而通过自己的小说向读者展示了现代人所面临的精神困境。正如其散文创作那样,厄普代克是一位温和的讽刺家,总是把矛头指向美国人的生活与习俗,但又不给人低俗、虚无的感觉。他的笔触总试图在唤醒读者的意识,重新认识现有的一切。

他们共同铸造着大写的现代人

叶廷芳

在地球所拥有的亿万生命中,只有人被造化赋予了最高的智慧,成为"宇宙的精华,万物的灵长"。然而,人类尽管有了几千年的文明发展,却并没有普遍意识到自己是地球上最有尊严的生命,是对别的众多生命负有责任的生命。所以历来人类的知识精英,尤其是哲学家、思想家和文学家一直都在思考着、阐述着什么是真正的、大写的"人"。

德国文学的古典转向

文学领域中,歌德和席勒在这方面尤其突出。席勒的全部美学著作,无论是谈社会,还是谈艺术,无不围绕"人"这个主题展开。歌德的创作,正如他在谈及《伊菲杰尼在陶里斯》时强调的,写的不是哪一国的人,而是"彻头彻尾的人"。可以说,没有"人"这个轴心,没有深厚的人道主义情怀,不把人放在大写地位,则这两位政治身份、经济状况和创作风格均不尽相同的作家不可能走到一起,并且成为亲密的盟友。"人"的问题本来就是欧洲启蒙运动的中心内容。无疑,国家四分五裂的鄙陋现实和糟糕不堪的国民生态是产生这一现象的根本原因。而从时间上看,法国大革命的爆发则是两位诗人结盟的直接触发剂。基于对平民阶层的同情和历史的眼光,他们对这场革命的正义性是肯定的;但基于对生命的珍惜,他们对这场革命的手段,即血腥的暴力深为反感。直到晚年歌德还深恶痛绝地对艾克曼说:"我憎恨那些暴力颠覆的人,同样我也憎恨那些招致暴力颠覆的人。"从前一种人中他们看到了人原始情感中的"兽性"成分,从后一种人中他们看到了"颓废"和"堕落"(席勒语)。这些人性中的重大缺陷,是阻碍社会发展的深层原因。这使歌德和席勒意识到提高人的精神素质的必要性和紧迫性。作为作家,参与这一历史进程主要靠自己的创作和思想。在"狂飙突进"运动中,歌德和席勒反抗封建专制主义压抑人性、钳制自由的精神能量已基本上得到释放,这些在歌德的小说《少年维特之烦恼》、戏剧《铁手骑士葛兹·封·伯利欣根》、诗歌《普罗米修斯》和席勒的早期四大名剧《强盗》《阴谋与爱情》《唐·卡洛斯》《斐爱斯柯》等作品中都有体现。经过十余年"狂飙突进"的"破",到了该"立"的时候,早在《伊菲杰尼在陶里斯》和《唐·卡洛斯》中初露端倪的两个情结很快就清晰起来:一个是未来的"人",一个是未来艺术。二者都需要有一个精神坐标和形式的参照。为此,以改造国民的精神人格和重建德意志文学为己任的两位巨人,不约而同地把目光转向欧洲文化的源头——古代希腊、罗马。这里曾经孕育了人类最早的自由精神和民主雏形,这里曾经创造了后来在全欧洲乃至世界发扬光大的文学和艺术。古希腊的艺术原创精神,诚如18世纪德国美学家温克尔曼所作的经典概括:"高贵的单纯,静穆的伟大。"无论何种艺术形式,都是自由而有节度,高雅而不失素朴,宏伟与凝重保持平衡,热情与理性互相协调,一切都显得那么自然、健康、庄重、和谐。歌德不乏浪漫情怀,但又是严肃的现实主义者。他经常用"节制""断念"等字眼来约束自己的行为和欲望,甚至将其概括为:"在规律中才能显出自由。"因此他被古代艺术所吸引不足为怪,这既符合他的伦理原则,又符合他的审美取向。席勒对古希腊的向往,早在1789年的著名长诗《艺术家们》中就已表露,如:"人啊,唯有你才拥有艺术!"什么样的艺术呢?另一处他写道:"你伟大,因为你温柔敦厚。"可见歌德和席勒把希腊的古典美看作未来人性美的蓝图。

德国文学的古典转向也受到了同时代德国哲学的强有力推动。18世纪诞生的康德哲学,把"人"置于哲学研究的中心,体现了对人道主义和理想主义的追求,而且对现代美学影响极大。歌德和席勒恰恰对康德推崇备至。可以说,这时期以康德为代表的德国哲学和以歌德、席勒为代表的德国文学造成一股合力,共同完成了德国文学的古典转向。

"全人"的构想

歌德、席勒所追求的"人",是精神结构全面、思想情感丰富、审美情操高雅、伦理道德高尚的人,是浮士德所谓"用我的精神掌握最高和最深的道理,把人类的祸福都集中在他的胸中"的"全人"(All-Mensch)。歌德的许多重要作品,无不涉及人的问题。作为唯物主义者,凡跟"人"有关的作品,歌德从不向壁虚构,都要融进自己的生命体验。他曾坦言,他创作的戏剧《塔索》是他的"骨中骨,肉中肉"。明白了歌德创作的这一特点之后,我们再来看他的两部耗时最长、用力最多的生命力作"威廉·迈斯特"系列和《浮士德》。

《威廉·迈斯特的学习年代》和《威廉·迈斯特的漫游年代》的创作时间从1796年延续到1829年,几乎占据了歌德的后半生。写作过程持续那么长,是因为歌德要塑造一个"世界公民",并借此融入更多的人生况味和智慧。书中出现最频繁的是跟"节制"有关的"断念""舍弃"。一个能力较强的人想要有成就,就必须懂得割爱,这正是歌德自己的亲身体验。如果他不善于"节制",不能"舍弃"贵夫人的爱和宫廷职位,就不可能实现意大利之旅,也就不可能实现他在古典文学方面的战略转折。如果晚年他不能及时"断念",就经受不了痛失黄昏恋的打击,那么上述两部巨著就有可能成为未竟之业。

歌德对人最集中、最深层的思考无疑体现在《浮士德》中。此书前后写了60年,直到作者去世前不久才完稿。这在德国文学史甚至世界文学史上都是一个奇迹。不是因为技术上的难产,实在是因为歌德把自己当作了主人公的隐形"模特儿"。"模特儿"不走完生命的全程,《浮士德》的生命是不会诞生的。歌德在这部交织着现实主义和浪漫主义的巨著里所描写的"人",是个动态性很强、精神人格十分丰富和复杂的形象,是个"全人"的标本,实际上是人类的隐喻,具有极高的审美价值和认识价值。首先它触及人的本质问题:实践。这在当时很了不起。《书斋》一节,浮士德从"太初有道"到"太初有言""有意""有力",最后才琢磨出"有行",反映了歌德对实践问题的长期思考过程。其次,《浮士德》揭示了人类的进取和追求是无限的这一真理。如果有一天人类以为到达至善至美的境界,就意味着人类不再前进了,满足于现状了,因而生命的价值也就不存在了。用哲学语言讲,人类从"必然王国"到"自由王国"永远是个过程,不可能到达终极目标。同时《浮士德》还揭示:人类的发展或个人的成长与追求是在善与恶、积极与消极的两极对立中进行的,不会一帆风顺。最后,全面发展的人不能缺少属于人本体的基本生命体验。

席勒对完美人格的构想侧重在审美和伦理的层面,并将它们与政治学、社会学、人类学相贯通。通过国内外情势特别是法国大革命,他看到,当今人类处于两种堕落的极端,即颓废和野蛮:上层的所谓文明阶级已经失去了创造激情,表现出"一幅懒散和性格败坏的令人作呕的景象";而下层阶级虽然已从长期的麻木不仁和自我欺骗中觉醒,开始要求自己的权利,却迫不及待地以不可控制的狂怒来寻求兽性的宣泄。在这种情况下,因其国民内在精神空间没有达到一定的自由度,国家还是不能建立起和谐社会,使其国民获得真正自由。为此席勒主张从审美教育和道德驯化入手。对于前者,他提出了将"感性冲动"和"形式冲动"结合起来,使之变为"游戏冲动"的主张。这就是说,当我们摆脱了任何内在与外在的压力去做一件自己高兴做的事情时,我们就获得了"游戏冲动"。席勒说:"说到底,只有当人是完全意义上的人时,他才游戏;只有当人游戏时,他才完全是人。"

但席勒同时认为,美属于感性范畴,它是可溶解性的,一个人光有美的意识,他容易变得精神松弛、懈怠。席勒提出一个属于理性范畴的概念即"崇高",因"崇高"是振奋性的,它可以超越感性的界限,平衡一味的美而导致的精神松懈。席勒用他这一刚柔相济的美学思想作为他的审美教育理论是科学的,它可以引导一个人走向更高的精神境界,成为内外"温柔敦厚"的人。它与歌德的主张相得益彰,都通向一个"大写的人"。

站在时代制高点的思考

志向高远,视野开阔,不受狭小地域的局限思考问题,这是歌德和席勒的共同特点。可能正是当时德意志的分裂和鄙陋,才使它顶尖级的知识精英把人类的存在与前途、人性的尊严与价值、个人自由与个性的自由发展等这些人的本体问题当作思考的核心。K.芒森说:"在国家和文艺学方面,几乎没有一个人注意到歌德对我们的'人的尊严''个性自由发展''个人自由'这样一些概念做过强大的基础性贡献。"歌德新生民族文化,也因此遭到狭隘民族主义者和狭隘爱国主义者的非议。歌德对民族文化的尊重,不仅限于欧洲,他对阿拉伯世界,对波斯、印度、中国等东方世界的文学和文化总是津津乐道,并写下《西东合集》《中德晨昏四季》等不朽之作。歌德在谈及东方文化时,总乐于发现东西文化之间的共同点,与我们强调"差别"和"碰撞"正好相反。在谈到异民族文化时,歌德总是对"人"感兴趣,如读了中国小说后就觉得中国人感受事物的方式与德国人是相似的。歌德在写给苏尔皮茨·波赛雷的信中说:"一个人如果囿于自我的小天地,怎能达到认识最卓越事物的境界呢?"真实地道出了他对真理的执着追求。而席勒无疑也是拥抱全人类的"世界公民"。他那首家喻户晓的《欢乐颂》通过贝多芬谱曲后,堪称人类和平友好的主题歌,有着永恒的价值。

两位智者都是因为把人类的整体利益和长远利益当作最高的价值追求,故能站在时代的制高点观察、思考和发现问题。18世纪的欧洲,工业化发展方兴未艾。当西欧的知识阶层普遍为之乐观的时候,德国的知识精英却皱起了眉头。这是德国浪漫派殊异于西欧浪漫派的一个重要背景。歌德和席勒在组织上不属于浪漫派,但在思潮上也有某些相通之处,比如工业化给自然生态和人文生态都带来的"不谐和音",使人类失去昔日的"田园"。尤其是工业生产过细的劳动分工,造成人格的分裂、人性的变异。这引起歌德的忧虑,他在《温和的格言诗》中写下:"我已经不再在乎成年人/我现在必须想到孙子们。"揭示工业时代的弊端也是席勒《审美教育书简》的重要内容之一。歌德和席勒在这一问题上所持的态度和发表的观点具有前瞻性,它们触及了今天"后现代"的知识精英们所批判的自启蒙运动以来形成的所谓"现代性"问题。他们所提出的问题和发表的见解,现在读起来非但不觉得过时,而且具有新鲜感和跨时空的现实意义。故哈贝马斯对席勒的《审美教育书简》作了这样的评价:"这些书简成为现代性的审美批判的第一部纲领性文献。席勒用康德哲学的概念来分析自身内部已经发生分裂的现代性,并设计了一套审美乌托邦,赋予艺术一种全面的社会革命作用。"哈贝马斯的评价是中肯的,歌德和席勒所共同铸造的人不仅是"大写"的,而且是属于"现代"的。

贵在关乎灵魂
——我看村上春树文学的魅力
林少华

我虽是翻译匠,但不仅仅是翻译匠,而首先是个教书匠。这就要求我要从学术角度不停地思考。最近我就在思考:村上春树的文学中到底是什么东西打动了那么多中国读者,至少打动了我这个译者? 或者说,村上春树文学的核心魅力是什么?

电影导演田壮壮前不久提到他所认为的好电影的标准:看完后"绝对是三天五天缓不过劲来"(2009 年 9 月 21 日《时代周报》)。我以为好的文学作品也是这样。比如村上的小说,无论是《挪威的森林》,还是《奇鸟行状录》,抑或《海边的卡夫卡》,读罢掩卷,都能让人"三天五天缓不过劲来",有一种灵魂出窍的感觉! 众所周知,以人为对象的学科有两种:医学和文学;而以人的灵魂为对象的学科也有两种:文学和宗教。村上的小说之所以能让人看完久久缓不过劲来,最主要的原因恐怕就是它触动了、摇撼了,甚至劫掠了我们的灵魂。换言之,村上文学是关乎灵魂的文学,这就是它的核心魅力所在,也是文学的力量所在。我以为,在我们这个大体相信无神论或缺少宗教信仰的国家,能够真正抚慰、感动或摇撼人们灵魂的,只能是艺术,尤其文学这种语言艺术! 假如一个人的灵魂不能为任何艺术、任何文学作品所打动,那无疑是一个生命体的缺憾;假如整个社会、整个民族都这样,那无疑是那个社会、那个民族的缺憾以至悲哀。

那么对于灵魂什么是最重要的呢? 是自由。2003 年初我在东京同村上第一次见面时他曾明确表示:"我已经写了 20 年了。写的时候我始终有一个想使自己变得自由的念头。在社会上我们都是不自由的,背负种种样样的责任和义务,受到这个必须那个不许等各种限制,但同时又想方设法争取自由。即使身体自由不了,也想使灵魂获得自由——这是贯串我整个写作过程的念头,我想读的人大概也会怀有同样的心情。"事实也是这样。他在作品中对主人公及其置身的环境很少以现实主义笔法予以大面积精确描述,而总是注意寻找、提取关乎灵魂的元素和信息,追索和逼视现代都市中往来彷徨的灵魂所能取得自由的可能性,力图以别开生面的"物语"和文体给人以深度抚慰。主要办法就是让每一个人认识并且确信自身灵魂的尊贵和无可替代性。战后的日本在政治上虽是民主体制,但实质上仍是不够重视个人。村上对此有十分清醒的认识,他说自己"无论如何也无法从我们至今仍在许多社会层面作为无名消耗品被和平地悄然抹杀这一疑问中彻底挣脱出来"。的确,村上的作品没有气势如虹的宏大叙事,没有高大丰满的主题雕塑,没有无懈可击的情节设计,但是它有追问、透视灵魂的自觉和力度,有对个体灵魂自由细致入微的关怀。我想正是这点使得他的作品在日本和中国等地一纸风行,在日本被称为"疗愈",在中国不妨称之为"救赎",都是对灵魂的体认和安顿。

就其表达方略而言,不同的作品多少有所不同。今年是村上走上文学创作道路的第 30 个年头,前 15 年他的作品主要表现通过个体心灵的诗意操作获取灵魂的自由,包括"青春三部曲"《且听风吟》《1973 年的弹子球》《寻羊冒险记》和《挪威的森林》等我称之为具有"小资"情调的软性作品;后 15 年则主要表现为在个体同体制之间的关联和冲撞中争取灵魂的自由,集中在《奇鸟行状录》《海边的卡夫卡》《天黑以后》等我称之为"斗士"系列的刚性作品中。前期作品中,村上总是让笔下游离于社会主流之外的主人公们处于不断失落、不断寻找的循环过程中。通过这一过程传达高度物质化、信息化和程序化的"高度发达的资本主义社会"以及后现代社会都市人的虚无性、疏离性以及命运的荒诞性和不确定性,传达他们心底的孤独、寂寞、无奈和感伤,同时不动声色地提醒:你有没有为了某种功利性目的或主动或被动地抵押甚至出卖自己的灵魂?你的灵魂是自由的吗?

问题是,仅靠个体心灵本身的诗意操作来获取灵魂的自由有其局限性,这是因为,人们面对的体制未必总是健全、温柔和美好的,也许不时要同体制发生冲突。于是村上的创作进入后期,其标志性作品是《奇鸟行状录》。这是一部真正的鸿篇巨制,哈佛大学教授杰·鲁宾认为这"很明显是村上创作的转折点,也许是他创作生涯中最伟大的作品"。在这部作品中,村上把强行剥夺个体自由的原因归于日本战前的军国主义。2002 年的《海边的卡夫卡》大体延续了这一重要主题。经过 2004 年的《天黑以后》这部实验型作品之后,今年 2 月 15 日村上在耶路撒冷文学奖颁奖演讲中态度鲜明地表明了自己作为作家的政治立场:"假如这里有坚固的高墙和撞墙破碎的鸡蛋,我总是站在鸡蛋一边。"当时以色列正在进攻加沙地带,此乃巴以之争的隐喻。"但不仅仅是这个,"村上说,"还有更深的含义。请这样设想好了:我们每一个人都或多或少是一个鸡蛋,是具有无可替代的灵魂和包拢它的脆弱外壳的鸡蛋。我是,你们也是。再假如我们或多或少面对之于每一个人的坚硬的高墙。高墙有个名称,叫作体制。体制本应是保护我们的,而它有时候却自行其是地杀害我们和让我们杀人,冷酷地、高效地,而且系统性地。我写小说的理由,归根结底只有一个,那就是为了让个人灵魂的尊严浮现出来,将光线投在上面。经常投以光线,敲响警钟,以免我们的灵魂被体制纠缠和贬损,这正是故事的职责,对此我深信不疑。"

那么体制又指哪些呢?村上演讲后不久接受《文艺春秋》杂志的采访,提及这样两种体制:其一,"第二次世界大战前的日本,天皇制和军国主义曾作为体制存在。那期间死了很多人,在亚洲一些国家杀了很多很多人。那是日本人必须承担的事,我作为日本人在以色列讲话应该从那里始发……虽然我是战后出生的,没有直接的战争责任,但是有作为记忆承袭之人的责任。历史就是这样的东西,不可简单地一笔勾销。那是不能用什么'自虐史观'这种不负责任的说法来处理的"。其二,体制还包括原教旨主义等其他多种因素。"人一旦被卷入原教旨主义,就会失去灵魂柔软的部分,放弃以自身力量感受和思考的努力,而盲目地听命于原理原则。因为这样活得轻松,不会困惑,也不会受损。他们把灵魂交给了体制"(《文艺春秋》2009 年 4 月号),结果使得自己的灵魂陷入"精神囚笼"。他指出这是当今"最为可怕"的事,奥姆真理教事件即东京地铁沙林毒气事件就是个"极端的例子"。因此,村上春树认为文学或物语是也必须是对抗"精神囚笼"和体制的一种武器,在对抗中为自己、为读者争取灵魂的自由:"看上去我们毫无获胜的希望。墙是那么高、那么硬、那么冰冷。假如我们有类似获胜希望那样的东西,那只能来自我们相信自己和他人的灵魂的无可替代性,并将其温煦聚拢在一起。"

哲人已逝　著述长存
——记米洛拉德·帕维奇《哈扎尔辞典》的翻译出版
戴　骢

塞尔维亚著名作家米洛拉德·帕维奇病逝的消息传来,勾起了我对近二十年前一段往事的回忆。当时我供职于上海《外国文艺》杂志编辑部,主要职责是物色选题,组织翻译。1991年秋,我在苏联《外国文学》杂志第三期上读到了一部小说,立即被小说的内容和形式震慑住了,这是一部令人拍案叫绝的奇书——帕维奇的《哈扎尔辞典》。

在作者笔下,哈扎尔是从公元7世纪到17世纪生活在黑海与里海之间的游牧民族,他们建立起了幅员辽阔的王国,可就在这个王国最强盛之时,整个王国、整个民族突然从世间蒸发,没有留下任何痕迹、任何文字甚至任何后人。关于它的一切消失了,消失得无影无踪。然而当年活跃于这个国家、民族历史上的主要人物的灵魂却始终在世间飘忽游动,直到二百九十余年后,即20世纪80年代,又托生为人,活动于美国、比利时、土耳其、波兰、以色列,最终以两宗民族仇杀结束了二百余年前的那段公案,给哈扎尔民族消失之谜画上了句号。全书内容纷繁复杂,古代与现代、幻想与现实、神话与真实、梦与非梦盘根错节地缠绕在一起,时空倒溯,阴阳转换,似真非真,似假非假,忽人忽鬼,扑朔迷离,一切似不在情理之中,一切又正在情理之中。

小说最别开生面之处还在于它前所未有的形式。小说采用了辞典的方式,借用辞典的条目来铺设情节,展开故事,埋下伏笔,塑造人物,营造环境,开"辞典小说"的先河,读时不但不觉杂乱,反而津津有味。该书还有两个版本,一曰阴本,一曰阳本,平添了小说的神秘性。

当时,这部风格独特的作品引起了世界范围的关注和称赞。美国评论家罗伯特·康弗认为《哈扎尔辞典》是一部包罗万象的、饶有趣味的小说,是梦的拼贴画,是美妙绝伦的艺术品";另一位美国评论家道格拉斯·赛博尔德称赞该小说"材料丰富、扣人心弦",是"一部能够引起人们对语言、时间、历史和信仰进行思索的作品"。英国评论家斯图尔特·伊久斯也盛赞这部小说,是一部"出神入化、令人眼花缭乱的成功之作"。俄罗斯评论家萨维列沃依认为《哈扎尔辞典》使其作者得以跻身于"博尔赫斯、科塔萨尔和埃科这样的当代文学大师的行列"。俄罗斯评论家杜勃罗托夫斯基同意此说:"这部小说就各方面来看,不会辜负哪怕最苛刻、最挑剔的读者的期望,他们这次不会怀疑又有一位名副其实的大师进入了世界文坛,在其编年史上写下了罕见其匹的美丽的一页。"他称《哈扎尔辞典》是提前进入"21世纪的第一部小说"。

在查阅了国外文学界对这部小说的评价之后,《外国文艺》编辑部的同志们认为,《哈扎尔辞典》是一部典型的后现代派小说,是先锋派文学历经一百年的发展后所作出的又一次重大尝试,这个尝试是成功的、富有启迪效应的。于是《哈扎尔辞典》被列入《外国文艺》的译介选题,由我约请译家翻译。

小说的译事耽搁了一些时日。原来约请的译家石枕川教授翻译了全书的三分之一即应邀赴俄罗斯讲学,由于见刊时间紧迫,一时难以找到合适的人,只得由我接手续译。翻译《哈扎尔辞典》绝非易事。作者帕维奇既是作家,又是哲学家、历史学家,任巴黎、维也纳、贝尔格莱德等大学的教授和塞尔维亚科学院院士,知识渊博,学富五车,信手拈来,皆成文章。译者就不得不用相当多的时间查阅资料,以补知识之不足。况且小说行文蕴藉含蓄,寓意深长,所以要反复咀嚼,方能悟出作者的匠心,推敲成文。经过半年有余的劳作,这部小说的中译文本终于在1994年《外国文艺》第2期上首次与国人见面了。

《哈扎尔辞典》刊出后,立即引起沪上读书界的好评。报刊书评中称此书为"奇书",也有作家称《哈扎尔辞典》给人"一种非常陌生,又很能引起共鸣的东西"。就是这样一部"非常陌生"的作品,在北京文学界却引起了轩然大波,爆发了《哈扎尔辞典》与《马桥词典》之争。好几位大作家也参与争论,孰是孰非,一时间争得不可开交。最后由法官出场,对文学界这场因一部外国文学作品而引发的争论开庭裁判。

《环球时报》驻南斯拉夫特派记者曾在专访帕维奇时谈及了中国文坛的这场争论。帕维奇平和地说:"没有相互借鉴,文学就不会发展和延续。"他坦诚地说,他本人的文学创作就受到了民间口头文学和东正教传说很大的影响。就在这场官司落幕之际,《外国文学》所刊出的《哈扎尔辞典》是作者专为杂志缩写的"杂志本",仅十万字,上海译文出版社为使国人得窥此书全貌,不惜人力财力,在战火纷飞的南斯拉夫探得线索,找到了拥有此书国外版版权的法国出版商购得版权。法国出版商提供了《哈扎尔辞典》全书阴阳两种版本的法译本作为母本,由南山先生与我和石枕川教授合作,将此书阴阳两种版本全文译出。2001年,上海译文出版社将《哈扎尔辞典》再版,收入该社主要丛书"现当代世界文学丛书"。

自此书在我国杂志上初次刊出,匆匆已十又五载,每忆及此事,都为自己能与米洛拉德·帕维奇有这段文字之交(如果可以这样说的话)而深感荣幸。

2010 年

赫塔·米勒到底是谁?
潘 璐

2009年诺贝尔文学奖一经揭晓,可能全世界大多数人都在问"赫塔·米勒是谁?"。即使在她的现住地德国柏林,也很少人知道她的名字:十年前德国作家君特·格拉斯得奖时,大家都觉得这是众望所归;十年后住在格拉斯故居不远街区的又一位作家得了奖,大家却满心疑惑。

对业内人士来说,赫塔·米勒并非无名之辈,自20世纪80年代中期以来,她的创作平稳产出,几乎每年都有小说、散文集、诗集等作品发表,每年都获得至少一个德国、奥地利或欧洲文学的奖项,其中不乏德国批评家奖、克莱斯特奖等有影响的奖项。1998年她的小说《心兽》(Herztier,1994,译者注:又译《风中绿李》)甚至获得了全世界给单本书奖励金额最高的都柏林文学奖;她还多次获得"writer in residence"奖学金,赴英、美、瑞士等国进行创作;并应邀在汉堡、蒂宾根、莱比锡、柏林等七八所大学担任"诗学客座教授",讲授自己的文学观和文学创作体验。但在公众中赫塔·米勒作品的知名度一直不高,因而也不能算是对公众生活有影响力的"主流作家"。

童年的低地

"赫塔·米勒到底是谁?"确实是需要给予充分关注的问题,因为这位爆冷作家的文学创作和个人经历密不可分,在她迄今为止的作品中,与生平相关的内容占很大的比重。

1953年8月17日,赫塔·米勒生于罗马尼亚巴纳特地区的尼茨基村。15岁离开家乡,到附近的城市Temeswar上中学,20岁入大学学习日耳曼语言文学和罗马尼亚语言文学。毕业后进入一家机械厂当翻译,没过两三年就因为拒绝和罗马尼亚情报组织Securitate合作而被开除,后来临时做过教师等工作,20世纪80年代初开始发表作品。1987年她获准离境,迁居当时的西德——联邦德国。

赫塔·米勒的家庭属于当地说德语的少数民族。巴纳特地区历史上横跨目前的罗马尼亚、塞尔维亚和匈牙利三国,18世纪初统治奥地利的哈布斯堡王朝曾向巴纳特地区移民,这些说德语的移民后被称为巴纳特施瓦本人。第一次世界大战后,巴纳特地区的西部划归南斯拉夫,东部划归罗马尼亚。二战期间罗马尼亚的统治者安东内斯库拥护德国纳粹政府;二战后,巴纳特施瓦本人被视为希特勒的集体追随者,因而备受歧视,很多青壮年甚至被送进苏联的劳工营,以抵偿他们作为"纳粹帮凶"所犯下的所谓罪行。

在赫塔·米勒眼中,她生长的村庄就像一个小岛,岛上的居民思想保守、狭隘,正因为与世隔绝,德意志民族优越性的种族主义思想益发凸显和坚定,岛民们表现出自以为是、盲目自大的性格特点。童年的赫塔·米勒却生性敏感,想象力丰富。她常常与身边的花草虫鱼、风雨星云对话,或在空寂的山谷里自问生命的价值,但在邻居甚至家人面前她却不得不三缄其口,以免被当作疯癫看待。

赫塔·米勒在 1982 年发表的处女作——散文集《低地》(*Niederungen*, 1982/1984)中,就以故乡的村庄为主题,从儿童的视角对村民的愚钝偏狭进行了细致入微的刻画,对村民头脑中残存的法西斯主义流毒和腐败政治体制对人造成的麻木封闭,以及人与人之间的猜忌和压榨进行了无情的揭露。1986 年发表的短篇小说《人是世界上的一只大野鸡》(*Der Mensch ist ein groer Fasan auf der Welt*)同样是以巴纳特地区的一个村庄为背景。小说的开篇写道:"自从温迪施想要移民国外,他在村子里到处看到的都是结束和那些留下来的人的停滞的时间。"读者通过温迪施的眼睛看到家乡的贫困、权力的腐败以及人们的愚昧和堕落。面对物质匮乏和专制统治的双重压力,温迪施一家选择了离开。为了拿到护照,他们对权力作出妥协,父亲去贿赂掌握着很小权力却操控着全家命运的各类人物,女儿也不得不出卖肉体。但面对亲切的景物和邻里间残存的温情,他们又流露出欲走还留、欲别还恋的矛盾心情。

《低地》1982 年在布加勒斯特出版时,虽然经过检查制度,很多被删节,但还是遭到强烈批判,直到 1984 年该书才在柏林全文出版。书中异乎寻常的儿童视角、充满幻想的描写、不落俗套的语言使米勒这个文学新人开始崭露头角。同样在柏林出版的短篇小说《人是世界上的一只大野鸡》进一步展示了她的文学才华。这部篇幅 100 多页的作品没有连贯的情节,叙述过程中不断出现分叉、拐点,整个篇章最终呈现一种外散内连的形态,犹如一棵枝杈繁多、树叶婆娑的树。语言诗意而感性,意象奇特且耐人寻味,充分展示了米勒作品独特的叙事和语言风格。

赫塔·米勒作品中批判的当然不是现实中的故乡,而是被"两种故乡占有者"标榜滥用的"故乡":"一种是施瓦本的跳波尔卡的先生们和村中的美德专家,另一种是专制统治的执行人和附庸。"他们推崇故乡的概念都有其目的:以乡村为故乡是维护所谓的德意志传统,以国家为故乡是倡导无批判的听从和散播对迫害的盲目恐惧(《国王躬身杀戮》[*Der Knig verneigt sich und ttet*])。这样的批判其实早已超越了地区的界线,但她仍被家乡的报纸指责为"玷污自己的巢穴",家人也因此受到牵连。

求生的心兽

遭到村邻的唾骂固然糟糕,但对一个作家来说更严重的是,1984年当局对赫塔·米勒发出了出版禁令。其实自从拒绝与情报组织合作以来,米勒就不再有平静的生活:被监视、被跟踪、被搜查、被审讯成为她生活的一部分,就连当家教糊口的工作也常常被迫中断,因为有人告诉雇主一些不利于她的消息。恐惧、绝望、自杀的冲动伴随着她。甚至在定居柏林之后几年,她仍然不时受到死亡的恐吓,这些遭遇成为赫塔·米勒创伤性的记忆。1989年齐奥塞斯库倒台以后,过去经历的回忆取代了对现实题材的关注,再次成为她创作的重要主题。在十几年的时间里,她创作了三部长篇小说以及散文、诗歌等作品,面向过去的写作成了她疗救心灵创伤的手段。

1992年发表的《狐狸那时就是猎人》(*Der Fuchs war damals schon der Jger*)是米勒的第一部长篇小说。小说中的女教师阿蒂娜和女工程师克拉拉是闺中密友。阿蒂娜和几个乐手创作有反抗内容的歌曲,在开演唱会时被发现,克拉拉却爱上情报部门的一个军官,致使两人关系出现裂痕。这种状态没持续多久,东欧的政局就发生变化,阿蒂娜和朋友兴冲冲地从乡下回到城市,却失望地发现政局的改变并没有导致社会发生深刻的变化。1994年米勒发表了第二部长篇小说《心兽》,写一群大学生在面临人生道路时的不同抉择:罗拉为了摆脱家乡贫困不惜用肉体换取党证,最终自杀身亡;女性的第一人称叙述者却和朋友一起冒险走上抵抗道路,因此受到监视和威胁,终日生活在恐惧之中。两个朋友相继被杀,"我"和埃德加侥幸逃生,定居西德,却生活在对过去的回忆之中。从小说两位男女主人公身上能明显看出赫塔·米勒和她丈夫、作家理查德·瓦格纳的影子。1997年问世的第三部长篇小说《我宁愿不遇到我》(*Ich wre mir lieber nicht begegnet*)写女主人公再次被点名去接受审讯,在电车里,她思绪纷繁,回忆无数往事,拼接出一幅专制统治下的众生态。

由于同一主题在作品中反复出现,米勒曾遭到一些评论者的批评。但她坚持认为,她的写作是面向过去的。"有时我想,每个人的头脑里带着一根食指,它指向曾经的东西。大部分我们自言自语给自己讲述的、独自一人时想到的东西,都是曾经的。我们正在做的事情,不需要我们说……我们通常是事后说。事情发生了以后,我们才说。事情结束了,我们说,那是,那是前不久。或者,那是很久以前。那是,听起来就像已经了结了,其实才刚刚开始。不仅是叙述,还有我们称之为自己的那个东西。"(《魔鬼在镜中》)过去不仅是米勒创作的源泉和动机,也被她视为建立自己身份认同的基础,忘记过去就等于迷失了自我。

陌生的眼光

2009年对米勒来说是意义非凡的一年。获得诺贝尔文学奖当然是这一年中最为闪光的时刻,但对作家来说更重要的是,准备了八年时间之久的长篇小说《呼吸钟摆》(*Atemschaukel*)发表了。这部小说取材于米勒文学上的导师、生活中的挚友奥斯卡·帕斯提约的真实经历。他1945年和许多德裔青年一起被送进苏联劳工营,在那里度过了五年时光。超强度的体力劳动、极度的饥饿、非人的待遇,使劳工营里道德失效,只剩下生存的本能。米勒和帕斯提约本来准备根据两人的系列谈话来共同创作一部作品,但帕斯提约的突然去世使这一计划搁浅,最后米勒在身心上付出了巨大努力,单独完成了这部小说。这部作品对于米勒的文学创作是一个突破:她彻底脱离了个人经历的框子,潜入另一个时间、另一种生活;小说的叙述者也不再是女性,而变为男性;语言也少了很多作家独有的、奇异的意象,变得较为平实易懂。

不管如何改变,米勒的作品都是独具特色的。80年代末,米勒初到德国时,人们都以为这独特性来自她"外来者的眼光"。她坚决否定了这种判断,认为自己看事物的角度不是"外来的",而是"陌生的"。陌生的眼光能在别人熟视无睹的东西中发现新的东西,能在理所当然的事情上看到不同寻常的情况。但按照米勒的观点,拥有陌生的眼光,既不是写作人的专权,也并非什么值得夸耀的事情,跟陌生的眼光相连接的是一个"无休止地闪烁、蹦跳的传感器",它会让神经过度疲劳,甚至致人疯狂。从这一点上我们只能承认,赫塔·米勒是不可模仿的,我们也许还应该在阅读她的作品时暗自庆幸,自己并没有这种陌生的眼光。

巴尔加斯·略萨:诺贝尔文学奖的面子
陈众议

马里奥·巴尔加斯·略萨获得诺贝尔文学奖,不仅是实至名归,而且是众望所归。瑞典文学院也因此挽回了一点面子。盖因十余年来,一系列匪夷所思的选择使诺贝尔文学奖惨遭诟病。至少是它的"理想主义"取向受到了政治偏见的严重浸染。当然,文学归根结底是一种意识形态,因此它绝对离不开政治,但选择什么样的政治态度,却是诺贝尔文学奖的评委们说了算。

且说巴尔加斯·略萨奋起于20世纪中叶,他传承批判现实主义衣钵,并以出神入化的结构艺术重新编织了拉丁美洲的历史和现实,但个人生活却演绎得令人困惑。首先是与表姨的婚恋令人费解,其次是与挚友马尔克斯的恩怨让人摸不着头脑,再次是刚刚还在竞选秘鲁总统却转眼加入西班牙国籍。凡此种种,使人猜想他是在用小说的方法结构人生。

巴尔加斯·略萨1936年生于秘鲁阿雷基帕市。和马尔克斯的出身相仿,他的父亲也是报务员,出身贫寒;母亲却是世家小姐。略萨10岁时离开体面甚至不乏贵族气息的外祖父家,随父母迁至首都利马,不久升入莱昂西奥·普拉多军事学校。在校期间他大量阅读文学作品并开始与舅母的妹妹胡利娅姨妈相爱,被校方视为大逆不道,同时也遭到了家人的极力反对。1953年,巴尔加斯·略萨再次违背父母的意愿,考入圣马科斯大学语言文学系。大学毕业后,他的短篇小说《挑战》获法国文学刊物的征文奖,他得以赴法旅行,后到西班牙,入马德里大学攻读文学(终于在1972年获得博士学位,论文写的是加西亚·马尔克斯)。1959年略萨重游法国,在巴黎结识了胡利奥·科塔萨尔等流亡作家。同年完成短篇小说集《首领们》,获西班牙阿拉斯奖。翌年开始写作长篇小说《城市与狗》,发表于1962年,获西班牙简明图书奖和西班牙文学评论奖。四年后,他的第二部长篇小说《绿房子》发表,获罗慕洛·加列戈斯拉丁美洲小说奖。从此作品累累,好评如潮。

《城市与狗》是略萨的成名作,写莱昂西奥·普拉多军事学校。小说开门见山,把一群少不更事的同龄人置于军人专制的铁腕之下,把学校及所在的城市描写成一座巨大的驯犬场,学生则是一群被悉心教养的警犬。他们在极其严明的、非人道的纪律的摧残下逐渐长大。这是一个暴力充斥的过程,弱肉强食、适者生存的达尔文主义法则像巫师的魔咒笼罩在每个人的头上。谁稍有不慎,就会招至灭顶之灾。小说出版后立即遭到官方舆论的贬毁。莱昂西奥·普拉多军事学校举行声势浩大的集会并当众将一千册《城市与狗》付之一炬。文学评论家路易斯·哈斯在记叙这段插曲时转述作者的话说:"两名将军发表演说,痛斥作者无中生有、大逆不道,还指控他是卖国贼和赤色分子。"

《绿房子》被认为是巴尔加斯·略萨的代表作,通过平行展开的几条线索叙述秘鲁内地的落后和野蛮:在印第安人集居的大森林附近,有一个小镇叫圣玛利亚·德·聂瓦。镇上修道院的修女们开办了一所感化学校。每隔一段时间,她们就要在军队的帮助下,搜捕未成年女孩入学,使其在学校里重新接受命名和教育。学校实行全封闭的准军事化管理,几年下来,女孩们被培养成"文明人",有偿或无偿送给上等人做女佣。在一次例行的搜捕行动中,小说的女主人公鲍妮法西娅被抓住并送进学校。她在嬷嬷们的严厉管教下,学会了西班牙语和许多闻所未闻的"文明习俗"。鲍妮法西娅因同情放跑了不堪虐待的小伙伴,被逐出修道院。就在她走投无路之际,一个叫聂威斯的人收留了她。聂威斯曾是个军人,后在各色社会渣滓云集的亚马孙河流域附近干走私的勾当。聂威斯和情妇为巴结警长,有意安排鲍妮法西娅与警长利杜马相识。不久,聂威斯遭到逮捕。此后,警长带着鲍妮法西娅回到故乡皮乌拉。曾几何时,皮乌拉还是个世外桃源。但一个名叫堂安塞尔莫的人使一切都改变了。他在城郊盖起一幢绿房子,它是皮乌拉的第一座妓院。从此以后,皮乌拉失去了安宁,成了冒险家的乐园。利杜马应朋友何塞费诺之邀到妓院鬼混,锒铛入狱。何塞费诺乘机霸占了鲍妮法西娅。待玩腻后,他又一脚把鲍妮法西娅踢进了绿房子。

《绿房子》被认为是秘鲁有史以来非常重要的长篇小说之一。作品涵盖了近半个世纪的广阔生活画面,对秘鲁社会资本主义发展的病态和畸形进行了鞭辟入里的描写。由于小说采用了几条平行的叙事线索,故事情节被有意割裂、分化,从而对社会生活形成了多层次的梳理、多角度的观照。不同的线索由一条主线贯串起来,那便是鲍妮法西娅的人生轨迹:从修道院到绿房子。西方语言中的"绿色"相当于汉语里的"黄色"。显而易见,绿房子是秘鲁社会的象征。主人公鲍妮法西娅则是无数个坠入这座人间地狱的不幸女子之一。几条线索像一张巨大的蜘蛛网,在她身边平行展开。小说由一系列平行句、平行段和平行章组成,令人叹为观止。巴尔加斯·略萨因此成为与科塔萨尔、富恩特斯齐名的结构现实主义大师。

《酒吧长谈》是巴尔加斯·略萨迄今为止最长的一部小说,写1948年至1956年曼努埃尔·阿波利纳里奥·奥德利亚军事独裁统治期间的秘鲁社会现实。作品人物众多,结构复杂,但中心突出。它鲜明的反独裁主题使作者沉积多年的怨愤得到了宣泄。诚如略萨自己所说的那样,"同斗牛一样,军事独裁也是利马所特有的。我这一代的秘鲁人,在暴力政权下度过的时光,要长于在民主政权下度过的时光。我亲身经历的第一个独裁政权就是曼努埃尔·阿波利纳里奥·奥德利亚将军从1948年到1956年的独裁,在这期间,正是我这种年龄的秘鲁人从孩提到成年的时期。奥德利亚将军推翻一个阿列基帕籍的律师,这就是何塞·路易斯·布斯达曼特,他是我祖父的一个表兄弟……他只在任三个年头就被奥德利亚发动的政变推翻了。我小的时候,很钦佩这位打着蝴蝶领结、走路犹如卓别林的布斯达曼特先生,现在仍然钦佩,因为人们说他有着我国历届总统所不曾有过的怪癖:他离任时比上任时更穷;为了不给人以口实说他偏心,他对待对手宽容,而对自己人却很严厉;他极端尊重法律以致造成了政治上的自杀"。奥德利亚上台后,秘鲁恢复了野蛮的传统。他腐化堕落,政府官员中饱私囊,他们贪赃枉法,镇压异己,弄得整个社会乌烟瘴气。略萨青年时期走出的关键一步就是进入富有自由传统的圣马科斯大学。"早在军校的最后一年,我就发现了一些社会问题,当时是以一个小孩子的浪漫方法发现社会偏见和不平等的。因此,我愿意同穷人一样,希望来一次革命,给秘鲁人带来正义。"然而,在此之前,独裁者几乎捣毁了这所大学,略萨经历了这一幕。也正是在这个时候,他接受了马克思主义,继而又转向萨特的存在主义。小说中的小萨多少带有作者的影子(作者大学时代绰号叫"小萨特")。

小萨是作品的主人公,他的内心独白以及他和别人的对话是作品的基础。小说以他和曾经是家庭司机的安布罗修的相遇为契机,"记录"了他们在"大教堂"酒吧的促膝长谈。整部小说就在他们的长谈中渐次展开。小萨的许多生活细节和经历都能使人联想起略萨。因此,说小说具有自传色彩并无不可。小萨和安布罗修的话题紧紧围绕秘鲁现实而展开,先后涉及从将军到乞丐凡六十多个人物。他们遵循适者生存的社会达尔文主义,无不把他人视作自己的敌人(萨特语)。以至于小萨最终得出了"你不叫别人倒霉,你就得自己倒霉"的结论,这与萨特的言论如出一辙。

小说完全把秘鲁社会描写成了现代斗兽场,其中的许多细节都能使有过类似噩梦的人感同身受。但是,总体上讲,由于几乎完全用对话敷衍开来,《酒吧长谈》多少显得有些冗长和散漫。也许正因为如此,小说并未达到《绿房子》和《城市与狗》的高度。

巴尔加斯·略萨的其他主要作品有长篇小说《胡利娅姨妈与作家》《世界末日之战》《狂人玛伊塔》《谁是杀人犯》《继母颂》《利图马在安第斯山》《情爱笔记》,以及《公羊的节日》(又译《元首的幽会》)、《天堂的另一个街角》和《坏女孩的淘气经》(又译《坏女孩的恶作剧》)等,另有剧本《塔克纳小姐》《凯蒂与河马》《琼卡姑娘》和《阳台狂人》,文学评论《加夫列尔·加西亚·马尔克斯:弑神者的历史》(博士论文,1971年)、《永远的纵欲:福楼拜和〈包法利夫人〉》《顶风破浪》《谎言中的真实》等。

巴尔加斯·略萨20世纪70年代中期因不可究诘的原因同马尔克斯闹翻后,开始了文学观念上的重大转变。80年代,他五体投地地推崇起博尔赫斯来。他说:"当我还是个大学生的时候,曾经狂热地阅读萨特的作品,由衷地相信他断言作家应对时代和社会有所承诺的论点。诸如'话语即行动',写作也是对历史采取行动,等等。现在是1987年,类似的想法可能令人觉得天真或者感到厌倦——因为我们对文学的功能和历史本身正经历着一场怀疑的风暴——但是在50年代,世界有可能变得越来越好,文学应该对此有所贡献的想法,曾经让我们许多人认为是有说服力的和令人振奋的。""对我来说,博尔赫斯堪称以化学的纯粹方式代表着萨特早已教导我要仇恨的全部东西:他是一个躲进书本和幻想天地里逃避世界和现实的艺术家;他是一个傲视政治、历史和现实的作家,他甚至公开怀疑现实,嘲笑一切非文学的东西;他是个不仅讽刺左派的教条和乌托邦思想,而且把自己嘲弄传统观念的想法实行到一个极端的知识分子:加入保守党……""但可以完全肯定地说:博尔赫斯的出现是现代西班牙语文学中最重要的事情,他是当代十分值得纪念的艺术家之一。"

但略萨的转变并不意味着背叛,而是一种妥协甚至是十分矛盾的妥协。这一妥协的明证之一是他的从政企图,为了用文学家的理想改变现实,他使出了浑身解数,与藤森等人周旋了整整一年,结果以败北告终。更难理解的是,1989年他竞选秘鲁总统败北后,竟不顾舆论压力而选择了定居西班牙,并最终于1993年加入西班牙国籍(同时保留秘鲁国籍)。作为对他的文学成就和政治选择的回报,西班牙把1995年的塞万提斯奖授予了巴尔加斯·略萨。

与此同时,略萨的创作发生了明显的改变。一方面,他虽然继续沿着一贯的思路揭露秘鲁及拉丁美洲社会的黑暗;但另一方面,情爱、性爱和个人生活即曾被压抑的"小我"开始突显并占有了相当重要的位置。正是在这个时候,巴尔加斯·略萨潜心写作他和前妻胡利娅姨妈的故事《胡利娅姨妈与作家》。作品由两大部分组成,彼此缺乏必然的联系。一部分写作者与舅姨胡利娅的爱情纠葛,另一部分写广播小说家加马丘。二者分别以奇数章和偶数章交叉进行。奇数部分充满了自传色彩,从人物巴尔加斯·略萨与胡利娅姨妈相识到相知直至相爱结婚说起,讲述了一个非常现代的爱情故事。小说发表后立即引起了巨大反响,首先是胡利娅姨妈对许多细节表示否定并着手创作了《作家与胡利娅姨妈》,其次是一些读者对巴尔加斯·略萨完全交出隐私权的做法不以为然。

1981年《世界末日之战》的出版,标志着巴尔加斯·略萨开始放弃当前的社会现实而转向了历史题材。小说写19世纪末处在"世界之末"的巴西腹地的一场大战。作家库尼亚曾以此为题材创作了传世的《腹地》。而略萨的选择具有明显的重构意图:展示卡奴杜斯牧民起义的积极意义。但小说的新历史主义精神并未达到预期的效果,相当一部分读者对作者的"炒冷饭"做法不能理解。

好在略萨之后的两部作品又奇怪地回到了秘鲁现实。其中《狂人玛伊塔》写无政府主义者玛伊塔的革命,《谁是杀人犯》写军事独裁期间发生在空军某部的一起乱伦谋杀案。但紧接着略萨又令人大惑不解地推出了两部性心理小说:《继母颂》和《情爱笔记》。两部小说堪称姊妹篇。前者写为人继子的少年阿尔丰对继母怀恨在心,装得天真烂漫骗取继母信任,从拥抱到亲吻直至占有她的肉体。阴谋得逞后,他假借作文向父亲透露秘情,气得后者当即将妻子赶出家门。《情爱笔记》依然从阿尔丰的角度叙述他与继母的关系。小家伙逐渐发现自己在蓄意伤害继母的过程中,实际上已慢慢地爱上她。这种矛盾关系以巧妙的形式敷衍开来:阿尔丰一面消释父亲的"误解",一面模仿父亲的笔迹和口吻写下"情爱笔记"。它们由小家伙亲自送到继母手中。最后,继母重新回到了有两个男人爱着的家。这两部小说堪称略萨"后现代时期"的代表作,引发不少争议。有读者甚至攻击略萨写这些"有伤风化"的作品是一种"堕落"。

略萨似乎并不在意别人的说法。何况类似情怀并没有完全淹没他的批判精神和社会关怀。进入新世纪后,他明显回归,推出了又一部现实主义力作《公羊的节日》。这部反独裁小说延续了拉丁美洲文学的介入传统。紧接着他又以《天堂的另一街角》书写了家族先辈和画家高更的故事,之后则以《坏女孩的淘气经》反思了1968年一代以及震惊世界的大学潮,回归宏大叙事的势头益发明显。这才是他,幽伏含讥,并写两面,且最终证明他仍是以"小我"拥抱"大我"的民族良心、社会良知。

从某种意义上说,巴尔加斯·略萨于20世纪70年代中后期至90年代中后期的转向与西方后现代思潮和跨国资本主义的全球扩张不无关系。由于"意识形态的淡化",极端的个人主义和自由主义推动了相对主义的泛滥,于是绝对的相对性取代了相对的绝对性。而所谓的文化多元化实际上只不过是跨国资本主义一元化的表象而已,跨国资本主义也只有在众声喧哗、莫衷一是的狂欢氛围里才如鱼得水。

中国文学如何走出去

高方　许钧

近年来,中国文学界在不断地思考与"如何走出去"相关的重大问题,并采取积极的姿态,设法推动中国文学走向世界。

中国文学走出去的基本状况

进入新世纪以来,中国的对外文化交流逐渐从 20 世纪 80 年代的"请进来"转向了"走出去"。中国文学界更是清醒地意识到,在中外文化交流中,文学的交流是一项基础性的工作,近年来,中国作家在努力创作的同时,不断拓展自己的视野,把目光投向他域,投向他者,做出了实实在在的努力。中国政府积极创造机会,开拓中国作家与国外作家、出版家和读者面对面的交流途径。2009 年先后在美国、德国、法国举办了中美、中德、中法文学论坛。2009 年 10 月,在第六十一届法兰克福书展上,一百多位中国作家参加了书展的开幕仪式,举办了六十多场文学活动,吸引了三千多听众。除此之外,莫言、余华、苏童、毕飞宇、池莉等作家越来越多地参加国外组织的交流活动。近一段时间,中国作家协会也积极组织中外文学的交流活动。今年 8 月 10 日至 11 日,中国作家协会举办了"汉学家文学翻译国际研讨会"。8 月 30 日,第十七届北京国际图书博览会上,中国作家协会首次设立"中国作家馆",一批重要作家就中国文学走向世界的相关话题进行交流。

如此频繁的活动,似乎传递了一个共识:文学的交流与互动,是人类文化交流与发展的重要动力,而文学的译介与传播,是中国文学走向世界的必经之路。在"汉学家文学翻译国际研讨会"上,中国作家协会主席铁凝特别强调了文学与翻译两者的"创造与合作"可能起到的作用。铁凝作为作家强调翻译的创造性,而且将之与文学的创造相提并论,代表了新时期中国作家对于翻译本质的新认识。

全球化语境下,中国文学走向世界,有其必然性和必要性,也表现出迫切性。

对于中国文学,特别是中国现当代文学在国际上的影响,比较文学界曾给予过关注。但就总体而言,在过去相当一段时间内,似乎缺乏相应的系统而深入的研究。进入新世纪,中国的翻译研究界把目光投向了中国现当代文学在国外的译介。如南京大学法语专业的部分博士生分别就中国现代文学和中国当代文学在法国的译介进行了研究。据统计,1980 年至 2009 年期间,法国出版的中国当代文学译本有三百部左右,其中包括复译本多种,体裁以小说为主,同时也涉及诗歌、戏剧、散文;从地域上看以大陆作家为主,也涉及港台作家和海外华人作家。

过去,国内有关机构对中国文学在国外的译介情况缺乏全面跟踪,资料并不全。近年来,有关中国文学在国外译介的总体研究、国别研究和作家研究逐渐列入各级社科基金项目。据中国作协创研部统计,"中国当代文学有1000余部作品被翻译成外文","新时期以来……仅中国国家图书馆收藏的英、法、德、荷、意、西等欧洲语种和日语的中国当代文学外译图书即在870种以上,中国有作品被译成西方文字的当代作家在230位以上"。需要说明的是,这些外译本中,有不少属于同一部作品在同一个语种中的复译,也有同一部作品不同语种的翻译。

在870余种译作中,"日文262种,法文244种,英文166种,德文56种,荷兰文30种,罗马尼亚文13种,瑞典文和意大利文各12种,西班牙文、丹麦文、韩文各11种,波兰文和匈牙利文各9种,葡萄牙文和捷克文各4种,俄文、挪威文和阿尔巴尼亚文各3种,克罗地亚文、斯拉夫文和马来文各2种,斯洛文尼亚文、土耳其文、乌克兰文和世界语各1种"。以上统计并不完全,从语种看,分布较广,但各语种之间明显不平衡。

关于中国当代文学在国外译介的出版时期,统计的基本情况为,"20世纪50年代初次出版的有49部,60年代出版的32部,70年代出版的28部,80年代出版的147部,90年代出版的有230部,2000年以来387部"。需要说明的是,在不同年代再版、重印者,只计算其初版的时间,没有重复计算在内。

中国文学走出去值得关注的问题

文学作品译入与译出失衡,中外文学互动不足。近三十年来,中国当代文学作品的译出虽呈增长趋势,但与美国、法国、德国、日本等国文学在中国译介的数量相比,明显不平衡。中国图书出版界采取了一些积极的措施。其中最为重要的一条措施,就是"中国图书对外推广计划"的实施,通过资助翻译费用鼓励外国出版机构翻译出版中国图书。该计划从2006年开始实施至2009年底,"共与46个国家、246家出版机构签订了350项资助协议,涉及1910种图书、26个文版"。但值得注意的是,"文学类作品比例很少",译入与译出失衡的状况一时还难以扭转。

外国主要语种的翻译分布不平衡,英文翻译明显偏少。中国当代文学在日本的译介占首位,主要得益于中日文化的历史渊源。而法国对中国当代文学的译介较多,一方面是因为中法文化关系比较紧密,另一方面法国政府积极推动法兰西文学作品的外译,鼓励外国文学作品在法国的翻译与出版。英语译介的中国当代文学作品数量之少,值得深思。据美国汉学家桑禀华介绍,2009年,美国共翻译出版了348本文学新书,真正译自中文的文学作品只有 7 部。中美图书交易严重失衡,部分由于美国在很长时间里,不重视翻译,影响了普通民众的接受;部分则由于美国的对外文化政策重扩张轻接受。

中国当代文学译介和传播的渠道不畅,外国主流出版机构的参与度不高。了解一下被翻译图书的发行量及其影响,我们不得不承认:国外主流出版机构少有参与中国文学作品的译介与推广,中国文学作品在国外市场的流通渠道也不畅。在目前阶段,中国图书的对外推广,主要是从政治角度考虑,市场因素考虑不多。国外一些小的出版机构,确实对中国当代文学的翻译与出版感兴趣,但由于资金有限,很难有系统的翻译出版计划,很大程度上依赖于我国的出版资助,在发行渠道上也很少开拓,长此以往,无法真正达到文学译介对中外文化交流的促进作用。

中国现当代文学在国外的影响力有限,翻译质量尚需提高。文学创作离不开社会及其政治、文化语境,但是文学不是政治或历史的注脚。就中国文学而言,要想在国际文坛真正有长久而深刻的影响力,必须注重两个因素,"历史性和文化底蕴"。以下问题也严重制约了中国文学在世界上的影响力:一是在国外主流社会对中国现当代文学作品非文学价值的重视程度要大于其文学价值。目前,中国文学对西方文学很难产生文学意义上的影响。二是翻译质量有待提高。目前转译比较普遍,难以保证忠实传达原著精神与意蕴。三是欧美一些国家为商业利益所驱使,对原著不够尊重,删改的现象较严重,影响了原著完整性。高水平译者的缺乏、研究力量不足等问题,也都值得关注。

中国文学走出去的有关建议

文学界、翻译界和翻译研究界要关注与文学交流和翻译相关的现实问题,关注翻译活动在现实政治经济文化生活中的作用,探讨在一国文化走向他域、融入世界的过程中,翻译活动在其中到底能够发挥怎样的作用,采取何种策略。

向世界展示文学的中国,需要重视海外汉语的教育和发展。只有语言的传播、文学的交流、文化的交流形成合力,中国文学和文化才会在世界上产生深刻影响。建议国内文学和图书推广机构与国外孔子学院加强合作,将汉语教育与文学及文化传播相结合。我国驻外的外交机构也应重视文学与文化的对外译介和传播。

应加强对传播途径和方式的研究。上海市文联和复旦大学曾组织学者和翻译家谈"文化走出去",夏仲翼、陆谷孙、许渊冲、谢天振、江枫等均提出中肯意见。夏仲翼提出:"不同体制的国家,有不同的文化传播途径,既然是面对国外,就必须要非常清楚国外出版发行体制的惯行方法,要融入对方社会,习惯他们的操作流程。"

要采取切实的措施,建立作家与译者、经纪人或出版家之间稳定的关系,进行深入的交流,在拟定翻译图书的选择、翻译策略和推广方式等各个环节加强沟通与研究。要特别重视选择作品,加强对不同文化传统的国家或地区的图书市场、读者的审美期待和阅读习惯的研究。

不能忽视国外文学研究界的研究与评论。要注意跟踪和了解国外汉学界对中国文学的研究工作,促进合作性研究和对重点作品的深层次研究。对于国外汉学家们的批评意见,要抱着积极的态度。

文学翻译不是孤立的活动,与政治、社会和经济各个方面紧密相关。可以通过组织各类活动,特别是文学与文化交流活动,加强作家与读者的接触,促进外国公众对中国文学的了解和认识。

我国图书对外出版部门和作家,要注意与国外翻译家建立密切联系,在关注译者的翻译动机、译者的文化立场和翻译水平的同时,也要积极解决他们在翻译中遇到的困难。可以在国家有关管理部门或业务机构设立奖译金,同时不定期地组织不同语种翻译家之间的交流。

要关注新技术对于文学传播所起的特别作用,调动各种媒介手段,形成各种媒介的互动。

西方社会的透镜
——乌埃尔贝克现象再观察
沈大力

在巴黎参观伊夫·圣罗兰博物馆举办的"虚空静物画"展览时,我为这种欧洲17世纪诡异画派一幅幅名作寓喻的"美韶华去""万物皆空"的哲理所动。尤其是德·威亭的双颈诗琴配耶稣颅骨及那些天使抱骷髅、幻化"蝴蝶梦"的残花、虚葩、衰草、鸥鹡等静物,无不在默示《圣经》教喻的人世乃"虚空之虚空",一切浮华都是过眼烟云,捞不起来的水中月。虚空画里的镜中花表现出映象非本质的基督教人文观念,恰如古贤者加里·希尔所云:"精神比目光更接近本旨。"文艺复兴时,虚空静物画家们抵制一切变革。在彼辈眼里,虚空暴露人生无常,泯灭形象的哲理和美学体系,揭示时光、权力、财富以及人间娱乐,都会转瞬即逝,落得茫茫宇宙一片空荡,回归鸿蒙。故而,斯世的生与死本是一对可逆反应,飘过森林万木的阴阳幻变浮影。

由此,我自然而然地联想到西方文坛的"尼斯湖怪"米歇尔·乌埃尔贝克,似乎一下找到了释疑他今秋在弗拉玛尼翁书局推出社会小说《地图与境地》(*La Carte et le Territoire*)的"芝麻开门"秘诀。因为,该书也突出了钻石掩饰颅骨的虚化象征。小说的玄奥题名本出自其主人公、现代艺术家热德·马丁在他作品展览会上针对自己为米其林公司制作的法国交通图所说的一句话:"地图比境地更意趣盎然。"乌埃尔贝克想借此语表明:小说亦然,要比现实更精彩,更真切动人。他在当今西方文坛表达的,恰是文艺复兴时期虚空静物画含蕴的浮华梦破观,诚可谓一种文艺的回光返照。

乌埃尔贝克于1994年发表第一部小说《角逐场的拓展》。从那时起,他在法国的角逐场上通过《基本粒子》(1998年)、《平台》(2000年)和《可能岛》(2005年)几部小说,在欧美竭力拓展、炮制"乌埃尔贝克现象",顿时声名鹊起。

乌埃尔贝克敢于逆潮流,其"昏暗与绝望"的小说描绘西方社会道德沦丧,溺于死水的群氓看不到救赎彼岸。他在《角逐场的拓展》中借主人公之口说:"我不喜欢这个世界。社会生活令人生厌,广告让你恶心,信息更催生呕吐。到处是血,到处是精液!"在接下来的《基本粒子》里,作者剖析一对同父异母兄弟的心理变态,反映现代科技酿成的西方社会异化,自绝于"发展为主流"的当今世界。在濒危的《平台》上,他塑造的悲剧人物米歇尔自杀前哀鸣:"我总归属于欧洲,是焦虑和羞耻的产儿,没有任何希望音讯要传递。对西方我没有仇恨,至多是极度蔑视,我只知道,吾辈身上都散发着利己主义、受虐狂和死亡的浓烈气息。我们创造了一种简直让人难以生存的制度,还在继续将它向外输出。"到发表成为欧美热点的《可能岛》时,乌氏干脆让自己的人物达尼尔断言:这座人类继承的微观社会"可能岛"耗尽生机,已无任何复兴的可能。

眼下,《地图与境地》也同样构成人类第三纪元伊始的西方社会写真,只是观察的目光更趋冷峭,近似一种超消费时代掘墓的黑色幽默。小说一开篇,作者仿佛进入了罗丹的"地狱之门",让主人公热德·马丁在艺术品陈列馆主人弗朗兹的扶持下出场,自己也以实名亮相其中。马丁展出他为米其林交通指南拍摄的地图照片,恳请作家"乌埃尔贝克"为这届展览会的图目写一篇序言,两人由此相识。继之,"乌埃尔贝克"被人野蛮射杀碎尸,由马丁协助探长雅斯兰破案。乌埃尔贝克故意在小说里自裁,兆示整个人类的命运,而马丁错失漂亮的俄罗斯未婚妻奥尔迦,幻灭于资本机制没落、一切皆可买卖的生死场上。他父亲说:"最行得通的、最驱使人竞争的,依然是人对金钱的需求,再简单不过了。"这番话摆出了一个弱肉强食,往金钱的祭坛上供奉牺牲品的社会场景。从这一层来看,《地图与境地》描绘的依旧是巴尔扎克笔下的"社会丛林",是一出现实的"人间悲剧",实实堪伤。或者说,它是福楼拜那种对金钱主宰社会的尖锐指控。作者凸显现实与人,对其描绘之间常有超脱,宣称"依实出华"为艺术创作的主旨。依他看来,象征更能发出隐喻的醒世通言,正如热德·马丁照法国公路为米其林制作交通导图那样。

按照尼采的"道德世系",似乎可以将乌埃尔贝克列为叔本华一类的唯意志论者。乌埃尔贝克受叔本华"现象即观念"理论影响,在《地图与境地》一书中表现了对西方文明衰颓的极度悲观,以至于一反常态,露出一个看破红尘者的"自残"倾向。19世纪后半叶,法国象征派诗人马拉赫美曾说:"照我看来,如果诗人确实是处在那种不允许他活的社会里,作为一个人,他就应该离群索居,去塑造自身的坟墓。"当然,马拉赫美在此所指的是诗化的归宿。乌埃尔贝克正属于这类情况。他认定自己在消费社会里已无所期待,干脆离开巴黎远遁爱尔兰,在偏僻他乡闭门写作《地图与境地》。他独特地将自己也埋葬进书里,还亲自去参加了"乌埃尔贝克"的葬礼。倘若说《基本粒子》《平台》和《可能岛》诸多小说和诗歌里都有作者自身的踪影,那么《地图与境地》则可以被视为一部十足的自传,一面通过个体具象折射出整个世态,尤其是西方社会炎凉的透视镜了。

乌埃尔贝克在自己的小说里被惨遭杀害,死后依其遗嘱不进行火化,而被掩埋在黑色玄武岩盖墓石板之下,从喧闹的人寰销声匿迹。这一收束无非在自嘲,或说嘲弄社会,其处世态度鲜见。难怪有读者将乌埃尔贝克的姓氏"Houellebecq"分音节念成"Où-est-le-bec"(意为"喙在何方"),甚为幽默。这方面,龚古尔文学院院士迪迪埃·德古安指出:"作者自编自导了他本身的衰退,乃至被人谋杀,倒是一种充满意趣的文学选择。"另一位院士贝纳尔·比沃则认为:"乌埃尔贝克不把自己当回事。"言下之意,乌氏在《地图与境地》里不再像往昔那般恃才傲物,目中无人了。确实,乌埃尔贝克在小说里被碎尸后已全无人形,送葬亲友们在教堂和墓地中看见的只是一口微缩的"婴孩棺材",犹如沧海一粟。

《地图与境地》的另一新奇之点,是作者乞灵于"真人秀"。小说人物中还出现诸多今天仍活跃在"名利场"上的大款大腕,如史蒂夫·乔布斯、比尔·盖茨和巴黎富豪让-彼埃尔·贝尔诺,以及去岁勒诺多奖得主,其笔友弗雷德里克·贝格伯德等公众人物,个个跟主人公热德·马丁关系密切。不仅如此,他竟将法国电视一台午间新闻主播让-彼埃尔·贝尔诺这位每天吸引七百万观众的名嘴纳入小说人物阵容,以期贴近大众的现实生活,展示当今世界舞台戏剧性的面貌。对这种做法,贝格伯德等人并无反感;后者还在《世界报》文学版上发表公开信,向乌氏表达他的大度。据记者巴蒂斯特·里热披露,《地图与境地》的标题乍一看让人不知所云,却跟法国社会党现任第一书记玛蒂娜·奥布里的政坛生涯有关。且看,已故知名政论家菲利普·穆莱曾于1998年乌氏《基本粒子》出版之时发表过的分析玛蒂娜·奥布里革新才能的文章,其中强调"如果玛蒂娜·奥布里能生动地以地图置换境地,即用革新园地替代迄今所谓的既立社会,真正改变现实,那么文学就可能履行一个超人的天职,前去探索意义空前的未知"。或许,乌埃尔贝克当时读到过这段话,从中获得"地图""境地"与文学使命的启迪,从而确定下小说书名。

可见,《地图与境地》远非空洞的"新小说",而是冷对颓世,揭露人类境遇虚空,却又回天乏术的次救赎作品。法国《方位》杂志载文说:"很少有作家能像乌埃尔贝克这样无情抨击当今时代,指点其乖戾和贫瘠。简言之,他那么真实、清醒而绝望地描绘'西方极乐世界'的奈何天,令人触目惊心。特别是,他将自己处死的篇章达到绝顶,颇似一部'自书遗嘱'。"该文章里又补充道:"这是一部当代故事,情节怪诞,俗名人们在一道镜廊中恣情自逗,你方唱罢我登场。人物个个刻画得入木三分,孽增恶积,终局空幻,且满纸泼辣俚言,极有谐趣。"

不过,对乌埃尔贝克这部近作,贬斥者亦不在少数。有影响的《玛丽亚娜》杂志发表迪迪耶·古的署名文章,声言该书毫无新意,并没能拓展作者原有的领域。评论家蒂里在小说刚出版就撰文,说此书是"不堪卒读"的"文学败笔",几乎成了对"比利时侦探小说家西默农《麦格雷探长系列》的拙劣抄袭"。另一位评论者嘲讽乌氏只会以自身经历编造故事情节,是"添在西默农花坛上的笑料"。至于乘客在地铁里读到的一些免费报刊更是不客气地将《地图与境地》列入"车站文学",讥讽其为纯休闲的"杰作"。反对他言辞最为激烈的,当属摩洛哥血统的龚古尔文学奖得主塔哈尔·本·杰伦。他在意大利《共和国报》上撰文猛批乌氏，说他"纯属既不热爱生活，亦无意寻觅幸福道路之辈"。

北非柏柏尔人有句被世人广泛引用的谚语，曰："犬吠，商队继续前行。"笔者在草撰此文时，忽然获悉乌埃尔贝克的《地图与境地》获得了今年的龚古尔文学奖，颇感惊诧。数年来，乌氏几度向这项法国文学的最高奖冲刺，都败下阵来，去年仅以一票之差落选。事实上，龚古尔文学奖名声大，实际奖金额却只有10欧元，不到人民币100元，远不及在圣日耳曼"双奇偶咖啡馆"颁发的小奖，但这回夺冠总算让乌氏出了一口恶气，实现其夙愿，让他能坦然面对公众，不负英国和德国评论界给他"21世纪初最伟大作家"的荣耀。

对乌埃尔贝克获龚古尔文学奖一事，法国也有迥然不同的反响。一些人指责他在小说里成段照搬"维基百科"的说明文字，构成抄袭。艺术家们则对他在书中信口雌黄，用丑语污辱毕加索的行径深表愤懑。

乌埃尔贝克自己曾嗟叹："我的一生结束了，感受的皆是失望。"这是他于今秋巴黎文学季在法国各大媒体出现时摆的低姿态。我看过他在法国"议会电视台"的《美弟奇图书馆》节目里就《地图与境地》一书面世，接受资深记者让－彼埃尔·艾尔加巴什的采访。他滔滔不绝地解剖现代西方社会，说眼下是一个"没有爱，没有希望，只剩下金钱的荒漠"，为几千年的文明敲响了丧钟。际此悲观氛围，一个东方人深感此君是个在公众场合毫不遮掩的世纪末论者，益觉古欧洲的虚空静物画派今天尚有后来人。依笔者所见，龚古尔文学院能将法国文学的最高奖项授予乌埃尔贝克这样一个公然充当西方社会法医的作家，此举确实不同凡响。

2011 年

译事七则

屠 岸

屠岸，原名蒋璧厚，诗人、翻译家，生于 1923 年。曾翻译惠特曼诗集《鼓声》、莎士比亚的十四行诗歌、《济慈诗选》、《英国诗选》，选编有《外国诗歌经典 100 篇》。其中，《济慈诗选》中译本获第二届鲁迅文学奖文学翻译彩虹奖。2010 年 12 月 2 日，获颁中国翻译文化终身成就奖。

一

有人把英国电影故事片 Sixty Glorious Years（意为"辉煌的六十年"，描述英国 19 世纪女王维多利亚统治英国 60 余年的历史）译为《垂帘六十年》，这就产生东西方文化传统错位感。因为英国历史上从未有过"垂帘听政"的政治现象。而且，维多利亚上台就是亲政，并没有什么未成年的幼主要她来辅政，这叫什么"垂帘"？这类翻译中的文化传统错位现象，时有发生。这牵涉到翻译的"归化"和"外化"如何平衡的问题。

笔者素来主张坚守"归化"和"外化"的分寸，即掌握好二者的平衡。比如，莎士比亚头脑里不会有中国春秋战国的影子，因此在莎翁作品的译文中不宜出现"朝秦暮楚"或"楚材晋用"或"秦晋之好"等成语，否则就形成文化传统错位，诸如此类。但是，在这个问题上，也不能绝对化，认死理。

公元前二十几世纪的埃及人不知道方块汉字；公元前 2000 年的耶路撒冷城里，以至整个罗马帝国中，没有人知道方块汉字。那么，Pyramid 译为"金字塔"，Cross 译为"十字架"，能认为是文化传统错位吗？不能。因为如果以此为理由来要求翻译，那么不同语种之间的翻译将整个地成为不可能，因为原文和译文本来就是两种不同文化的产物。再者，就这两个译词而言，没有更好的译法可以替代。而这两个词的特点恰恰就是汉字"金"的形态和汉字"十"的结构。我们可以用中国成语"惟妙惟肖"来形容这两个译词的恰当。

二

人名、地名、网名等的翻译，最好根据原文的音来译，这叫"名从主人"原则。例如

Malaysia 译作"马来西亚",London 译作"伦敦",都准确传达了原名的发音。但有的译名是根据另一种外文译名转译成中文的,比如俄罗斯首都,俄文是 MOCKBA(应该作"莫斯克伐"),其英文译名为 Moskow,中文译名"莫斯科"即根据英译的读法译出。有的中文译名是长期沿袭来的,原名或译名在历史的长河中有了变化,变得不那么吻合了,却不宜改动,因为已在读者心目中形成了定式。又如俄文"中国"叫作 KИTAИ,源自"契丹"。当我们译俄文作品中遇到 KИTAИ 时,总不能译作"契丹"吧?还有一种有趣的音变现象,比如有的译名出现增字,有的译名出现减字。Russia(用英文代俄文,二者对等)读作"罗西亚",却译成"俄罗斯",这个增加的"俄"字是从发 R 音时带出的气流次音,原可忽略不计。另一个,America 读作"亚美利加",却译成"美利坚",把"亚"字减去了。这两个译名,在用汉字译音时有增有减,颇为"自由"!

此外还有张冠李戴的现象。England 读作"英格兰"(英国的一部分),但这个词当作"大不列颠和北爱尔兰联合王国"即英国的同义词时,却读作"英吉利"。"英吉利"其实译自 English,那是"英语"(名词)或"英国的"(形容词)的意思。这能给它戴上"误译"的帽子吗?——不必。

由此可见,有了原则,也要灵活运用,不能强制推行。这叫原则性与灵活性相结合。已有的译名,早已约定俗成,是不可以随便更改的。

三

中国自 20 世纪 50 年代以来,就全面推广普通话,当然,并不废止方言。联系到名词翻译,就会引起一些想法。Sofa 译作"沙发",是用的上海方言发音。上海人读"沙"为 so。按普通话,"沙"读 sha,不读 so。Party(舞会)译作"派对",完全是上海音。好似分派一对一对跳交际舞,这是音义双关的好译法。Washington 译作"华盛顿",也是用的上海方言发音。"华"上海音为 wo,恰是英文原词的发音。"华"普通话读作 hua,这就不合原词的发音。Alexandre Dumas 译作"大仲马",而原词中按法语怎么也发不出"仲"字音来。Du 勉强可以"杜"代。但"大仲马"出自林琴南先生的译笔,原来他是福州人,福州方言"仲马"接近法文 Dumas 的读音!还有,英国古代的绿林好汉 Robin Hood,读作"罗宾·胡德",但现在通行的译名是"罗宾汉",这也是上海翻译家的创造。"汉"字沪音接近 Hoo,而用"汉"译这位好汉就比"胡德"恰当得多。这位译家真聪明!

在推广普通话的时代,不能把已有的约定俗成的译名推倒重来。我们还是要尊重已经形成的传统,维护公众已经养成的习惯。

四

　　自从汉语拼音方案被联合国国际标准化组织接受以来,中国新的地名均以汉语拼音方式向全球推广。这样,北京不再称 Peking,而称 Beijing;台湾不再称 Formosa,而称 Taiwan;澳门虽仍可称 Macau,但更标准的是 Aomen。不过也有例外,香港仍称 Hong Kong,而不叫 Xianggang。

　　过去有些地名很奇怪的,广州称 Canton,沈阳称 Mukden,厦门称 Amoy,广西的北海称 Pahoi,有些是源自方言发音。但 Canton 读音近似"广东",虽然它实指广州。是不是早年英国人分不清广东与广州,把广州称 Canton,以后就这样沿袭下来了?我才疏学浅,未作调查,不敢妄言。现在好了,按汉语拼音,一清二楚了。

　　那么,"中国"是否不再叫 China,而要按汉语拼音,叫 Zhongguo 呢?那可不成!China 原本读作"秦啊"(尾音连读作"秦那"),源自中国古代的秦王朝。这个词已是全世界约定俗成的名词,万万改不得!(然而与 China 同音的"支那",却是日本军国主义者对中国的蔑称,必须废止。

五

　　翻译,在人类生活中起什么作用?很多人不知道翻译的重要,有人以为翻译很容易,只要手头有一本字典就万事大吉了。这是极大的无知。如果不认识翻译的作用,就不可能正确认识人类的过去、现在、未来。

　　如果没有翻译,中国56个民族就是各自孤立的一盘散沙,不可能团结成伟大的中华民族。

　　如果没有翻译,没有鉴真东渡,日本可能到现在还处在前启蒙时代。

　　如果没有翻译,没有玄奘取经,古代佛学就不能传到中国,成为中华文化的重要组成部分。

　　如果没有翻译,外国人不知道李白,中国人不知道莎士比亚。

　　如果没有翻译,中国人发明的指南针、火药、造纸术、活字印刷术就不可能成为全人类的财富;外国人发明的蒸汽机、火车、轮船,一切电力设施,都不可能为中国人造福。

　　如果没有翻译,西方民主思想不可能传到中国,孙中山领导的辛亥革命不可能发生。

　　如果没有翻译,马克思主义不可能传到中国,中国共产党就不可能建立,中华人民共和国就不可能诞生。

鲁迅称翻译家为普罗米修斯,多么精确的比喻啊!没有普罗米修斯,人类就没有火种,将永远生活在黑暗中。没有翻译工作者,人类面对上帝为巴别通天塔而降下的天谴,就不会有解救的良方,将永远生活在蒙昧中。

六

回到前面谈到的国家译名,有人说中国人自称"中国",表示自己是坐镇在世界中央的天朝,说明中国人的自傲或自尊。但从国名的中文译名来看,中国人对别国却充满了善意与尊重。汉字有言,有义。译名中的汉字固然是译音,却又表达一种意义。"英国"为什么不译作"阴国"?"美国"为什么不译作"霉国"?"德国"为什么不译作"歹国"?"义国"(意大利,过去也译作"义大利",亦称"义国",现在台港地区还用"义大利"这个译名)为什么不译作"疫国"?这是因为,中国人要从同音字中选出具有最美好含义的字来命名这些国家。用什么字呢?用"英雄"的"英"、"美丽"的"美"、"道德"的"德"、"仁爱"的"爱"、"法理"的"法"、"义勇"的"义"、"芬芳"的"芬"、"祥瑞"的"瑞"、"明智"的"智"、"康泰"的"泰"如此,等等。即便"巴西""埃及""俄罗斯""印度"等,也都是用中性汉字,而一概摒除那些不吉利的或带有贬义的汉字。中国人为自己或为下一代下二代取名,不是也要选用美好的或具有某种深意的字眼吗?外国,比如英国,用英文译别国的国名,只用音译,译名中不含有褒贬意义。从中国人译的外国国名,也可看出中国人对外国的善意,对人类的善意,对世界大家庭的美好愿望。

七

当今是全球化时代和信息爆炸时代。可是柴门霍夫发明的 Esperanto(世界语)推广无大效。虽然英语已成为许多国家认可的通用语,但世界上还没有产生一种全人类的共同语。因此,翻译的功能依然是人类心灵和物质交通不可或缺的工具。不仅是工具,它本身就是文化。

> 雾霭的季节,果实圆熟的时令,
> 你跟催熟万类的太阳是密友;
> 同他合谋着怎样使藤蔓有幸
> 挂住累累果实绕茅檐攀走;
> 让苹果压弯农家苔绿的果树,
> 叫每只水果都打心子里熟透;
> 叫葫芦变大;榛子的外壳胀鼓鼓

包着甜果仁;使迟到的花儿这时候
开放,不断地开放,把蜜蜂牵住,
让蜜蜂以为暖和的光景要长驻;
看夏季已从黏稠的蜂巢里溢出。
谁不曾遇见你经常在仓廪的中央?
谁要是出外去寻找就会见到
你漫不经心地坐在粮仓的地板上,
让你的头发在扬谷的风中轻飘;
或者在收获了一半的犁沟里酣睡,
被罂粟的浓香所熏醉,你的镰刀
放过了一垄庄稼和交缠的野花;
有时像拾了麦穗,你跨过溪水,
背负着穗囊,抬起头颅不晃摇;
或者在榨汁机旁边,长时间仔细瞧,
对滴到最后的果浆耐心地观察。
春歌在哪里?哎,春歌在哪方?
别想念春歌——你有自己的音乐,
当层层云霞把渐暗的天空照亮,
给大片留茬地抹上玫瑰的色泽,
这时小小的蚊蚋悲哀地合唱
在河边柳树丛中,随着微风
来而又去,蚊蚋升起又沉落;
长大的羔羊在山边鸣叫得响亮;
篱边的蟋蟀在歌唱;红胸的知更
从菜园发出百啭千鸣的高声,
群飞的燕子在空中呢喃话多。

——屠岸译济慈《秋颂》

韩国青年作家的"幻想现实主义":以奇幻的想象抵近现实
薛 舟

乱世谈玄是出于逃避政治高压和战乱的内心需求,比如曹魏正始年间的竹林七贤;至于盛世说幻,从动机上似乎就有些复杂,比如始于初唐而盛于中唐的传奇小说。排除作者个体因素而从宏观角度来说,唐代传奇小说带有市民文学推动文人创作的特征。另外,唐传奇不仅扫除了魏晋南北朝志怪小说的粗糙陋习,为中国文学的发展提供了丰沛动力,还对周边国家的文人写作形成了至关重要的影响。唐代新罗文人崔致远12岁渡海来华,进士及第之后曾任溧水(今江苏溧水县)县尉等职,居留大唐16年之久,留下了大量汉诗作品。然而崔致远最为后人称道的却是他的传奇小说《仙女红袋》,宋代张敦颐的《六朝事迹编类》称之为《双女坟记》。小说叙述了崔志远在溧水期间夜会两个因为抗婚而自杀的姐妹的故事。这是朝鲜半岛最早的、篇幅最长的、艺术水准最高的文人创作小说,对朝鲜半岛的文学创作产生了深远影响。

新世纪以来,韩国在成功克服了20世纪末的金融危机之后,经济高歌猛进,2005年人均国民收入已经突破两万美元,成为亚洲非常富有的国家之一。但正如经济发达不能代表总体的社会繁荣,韩国社会在曲折发展之中也暴露出很多问题,主要体现在传统的儒家精神和后工业文明之间难以调和的矛盾,以及民族融合的想象和南北分裂的现实之间的矛盾。如果借此观照韩国文学,则是进入新世纪以来,传统叙事美学遭到年轻作家们的策略性颠覆。"狂欢节是平民按照笑的原则组织的第二生活,是平民的节日生活",诚如巴赫金所说,出身"草根"的韩国青年作家们的"众声喧哗"和"狂欢式想象力"已经成为当代韩国文坛的重要特征。较之于20世纪拉丁美洲文坛的"魔幻现实主义",将其称为"幻想现实主义"似乎也不为过。代表人物主要有金英夏、千明宽和朴玟奎等侧重于反省传统的作家,还有章恩珍、金息、尹贾澱、崔帝勋、黄贞殷、禹胜美、金柳真、金梨恩等以梦为马、通过奇幻的想象抵近现实的新生代作家。

金英夏的前期作品姿态前卫而内容较为保守,给人以深刻的叛逆者印象。《我有破坏自己的权利》以"死亡表演"实现了对传统社会的愤怒反抗,采用毁灭青春的极端方式完成了生命的突围。这部作品充分展示了金英夏不同于既往韩国作家的想象力,超乎寻常之处令人拍案惊奇,然而针砭现实却又入木三分,冷漠而强烈的审美力度深深震撼着韩国文坛。2000年以后,金英夏的笔触有所回撤,短篇小说《哥哥回来了》血气方刚,却是彻头彻尾的世态小说,激烈而又不无忧伤地回应了"父亲死后怎么办"的传统命题。《哥哥回来了》以"没有父亲的全家福"隐喻父亲的社会功能的逐渐消退,结果又不得不面对并不强于父亲的"哥哥"回来代替父亲的尴尬局面,这显然是在拷问以儒家精神为基础的韩国传统家庭和社会的出路。金英夏的敏感使他走在了同时代作家的前列,2007年出版的长篇小说《猜谜秀》辉映着金英夏特有的想象力之光,堪称当代韩国社会的生动写照,也是"新游民小说"的发轫之作。主人公"李民洙"文凭很高,智商很高,但就是找不到理想的工作,被排斥在由"父亲们"把守的社会大门之外。走投无路的李民洙应聘到一家奇怪的"公司",这家公司有些类似博尔赫斯的"乌克巴尔",内部充满了类似乌克巴尔成员的神秘人物,而其结构也很像博尔赫斯的《巴别图书馆》,主人公们的目的无非是召开代表大会,讨论些看似宏大实则无关紧要的问题。"社会上有公司,有职员,公司内部有社长、副社长,还有经理。但是在这里,'公司'就是我们,我们就是'公司'。如果用数学来解释,会不会更容易理解?'公司'的部分集合仍然是'公司'。"这个公司没有普遍意义上的领导者,"家长"遭到策略性的放逐和取消。作家在试验一种"弑父"之后的家庭模式,不料这个"模拟家庭"同样糟糕,失去了核心,每个人都在明争暗斗,各怀鬼胎,显然不是理想的家庭。作家以幻想式的图景完成了对包括自身在内的传统社会的讽刺。

千明宽出版于2004年的长篇小说《鲸》是韩国文学新世纪以来的重大收获,当年便获得了韩国专门发现新锐作家的"第10届文学村小说奖"。《鲸》以神话的笔触讲述了两个女人的传奇故事,以说书人的语气生动概括了两个女人象征的民族发展史。主人公金福在母亲死于难产之后离开故乡,流浪到海边,见识了平生从未见过的蓝鲸,这成为她毕生挥之不去的致命憧憬。随后,金福辗转到达"坪岱",按照小说中的交代,坪岱的地理形态似乎是韩国地形地貌的缩影。她在这里先是开茶馆,然后凭借敏锐的商业嗅觉开办了当地乃至全国的首家制砖厂,接着又修铁路,开展以三轮车为主体的运输业,逐步将人生推向巅峰。制砖取得成功之后,金福大力发展娱乐业,以发泄自己日益膨胀的欲望,将心目中的蓝鲸形象外化为影剧院,因为她崇拜"大"事物,"小而丑陋的东西是可耻的"。金福的断言似乎也是韩国文化的隐喻,比如韩国人向来喜欢大而美丽的东西,大至国家名称,小至高度发达的整容业等等。这个影剧院成为韩国文化本土化的桥头堡,潜移默化地影响着韩国人的价值观和道德观。膨胀的欲望渐渐地改变了金福的性情甚至性别,"她的嗓音变粗了,本来就茂盛的体毛更加繁密,嘴巴周围的汗毛渐渐变黑""因为他们都听说修建剧场的是个女人,然而登上讲台的却是西装革履的男人""金福不仅换上了男人的衣服,连肉体也变成了真正的男人"。变成男人的金福疏远了曾经共同创业的伴侣和女儿,不惜花重金赎买漂亮的妓女睡莲,丧失了真正的自我和故乡,走上了人生的不归路。金福是现代化、工业化和城市化的参与者和见证者,为社会也为自己制造了难以治愈的现代性文明疾病,直到冲撞了军事独裁政府的代理人,她的人生戏剧才被迫谢幕。恰在这时,宿命般的大火烧毁了蓝鲸影剧院,金福就在自己亲手搭建的人生舞台上烟消云散。至此,金福和"巨正"(同名人物林巨正是朝鲜时代著名的盗贼)的女儿春姬登上了历史舞台。"不满周岁,春姬的体重就超过了30公斤",从体形上说,春姬似乎就是母亲金福心心念念的庞大鲸鱼,因为血缘的关系而洋溢着野性的气质,只是面对纷繁复杂的世界不会开口说话,只能与双胞胎姐妹的大象"花点儿"进行交流。春姬被错误地认定为纵火案的主谋,饱尝牢狱之苦。"春姬回到工厂以后,直到死亡,再也没有出过工厂的门","最初几年,她就像仅仅为了生存而存在的牲畜。她在山谷里抓龙虾和水獭,在山里放夹套,狍子和河麂、河狸和獾子,抓到什么吃什么。青蛙和火蜥蜴之类的两栖动物就不用说了,知了、蚂蚱和蝗虫等昆虫也成了她的美餐。在这个过程中,她的肉体发生进化,变得适合打猎了。尤其是感官变得更加敏锐,动作也异常敏捷,不久后她就成了出色的猎人"。经过这样的磨炼,春姬逐渐摆脱了金福强加于己的现代文明病,找回了遗失的生存本能。经过艰辛的探索,春姬终于将母亲的手艺发扬光大,成为传说中的"红砖女王",并且与小时候邂逅的"整骨少年"重逢,生下了自己的孩子。《鲸》是从分裂走向融合的小说,正如春姬和整骨少年都是全身只有一块骨头,小说中处处流露出这样的暗示,分离就意味着悲苦的命运,比如双胞胎姐妹的分离和死亡、母女的分离和消失、父亲的身份模糊和缺席、春姬和花点儿的分离。《鲸》提供了开放式的两个结尾,第一个结尾是世人对春姬的回忆和追寻,以及春姬留在红砖上粗糙的画:有个女人揉圆为方,若有所待。第二个结尾则是春姬坐在大象"花点儿"的背上走向茫茫星空,她的失语症也神奇地不治而愈。作者千明宽站在新世纪的地平线上回望现代化的狂飙历程,通过看似荒诞的故事批判了现代文明的盲目和无知,展示出巧妙的想象力和叙事技巧,《鲸》甚至被誉为"韩国版的《百年孤独》"。

如果说金英夏和千明宽等出生于20世纪60年代的作家是幻想现实主义创作倾向的开拓者,那么后来涌现的众多作家则将"幻想"发挥到极致。他们的作品聚焦当下生活,关注现实境遇,为韩国幻想现实主义写作提供了丰富而生动的范例。出生于1976年的女作家章恩珍近几年风头正健,2009年出版的长篇小说《爱丽丝的生活方式》讲述的是十余年未出家门的宅女的故事。如今,电脑对日常生活的入侵可谓无孔不入,键盘和鼠标不仅代替了纸笔和书写,甚至逐渐取代了语言和思维。韩国近年来也涌现出一个新潮的流行词:"无言族"。这或许是《鲸》中失语症的另类体现。住在305号的"爱丽丝"通过对讲机支使隔壁男人"路易斯",安排他去做千奇百怪的事情。路易斯不听安排,爱丽丝就会用铁管去砸门。对于这个只能通过声音感觉的奇怪女人,路易斯先是充满憎恶和好奇,后来渐渐转变为好感和爱情。以这样的方式书写爱情,显示出作家的想象力和现实敏感度,然而章恩珍的真正意图恐怕还是探寻新生活方式下人与人之间的疏离和孤独。这一主题很快就在她的新作《没有人给我写信》中得到了确证,主人公"我"是个孤独的旅行者,三年来遇见形形色色的人。"我"用数字编号称呼遇见的每个人,因为数字代表着无限:不小心弄伤朋友导致其变成植物人的孩子239、用别人吐在地上的口香糖从事艺术创作的99、因为忘不了初恋而留在火车上的109、决心自杀的32、自己卖书的小说家751……"我"在旅途中遇见他们,见识了各种各样的人间悲伤。回到旅馆后,"我"就给这些人写信,借以安慰他们痛苦而孤独的人生,然而"我"从来没有收到他们的回信。有时"我"也给家人写信,家人却从不回信。通过别人的悲伤经历,"我"认识到家人的可贵。为什么要抛弃家庭和家人,独自飘荡在路上呢?于是"我"决定,只要有人给"我"回信,"我"就结束旅行回家。遗憾的是"我"始终没有收到回信,旅行只好继续。后来,那只曾是导盲犬却因为事故而成为盲犬的小狗精疲力竭,旅行只好中断。回到家里,虽然"我"期待与爸爸、妈妈、哥哥和妹妹重逢,却又突然想到,其实他们早已在交通事故中离开了人世,自己是因为孤独才上路。尽管"我"极力否认,然而曾经努力忘却的记忆又变成活生生的现实回来了。孤独绝望之时,邻居送来了盛满了书信的箱子。原来,家里没有收信人,邮递员把信送到了邻居家,"我"不由得泪如泉涌。《没有人给我写信》的"幻想之旅"将现代人生的孤独刻画得惟妙惟肖,这部容易让人联想到欧·亨利短篇小说的长篇佳作在伤感之中渗透着脉脉温情,堪称作家的成熟之作。章恩珍将想象乃至幻想建立在现实生活的基础之上,没有让叙事不着边际,她的小说就像小鸟没有冲向天空,而是深情款款地贴近生活的地面,于飞翔之际不时地投下关切的目光。《没有人给我写信》也为作家带来了荣誉,2009年章恩珍获得了第14届文学村作家奖,受到读者和评论界的赞美。

  1980年出生的尹贾澈同样是一位拥有奇绝想象力的女作家。她的长篇小说处女作《无重力症候群》获得了专门奖励文坛新星的第13届韩民族文学奖。叙事者"诺赛宝"发现月亮每到特定周期就会发生分裂,从一个变成两个、三个,最后分裂为六个。随着月亮的分裂或繁殖,诺赛宝周围的人们也变得越来越怪异:一辈子做家务、只知扫地洗衣服的妈妈竟然留下"我去找月亮"的消息后失踪了;既是父亲的希望又是模范生的哥哥竟然放弃司法考试,想当厨师。不仅如此,诺赛宝的朋友、有望成为小说家的仇甫也放弃写作,莫名其妙地进入专门销售怪异器材的公司,而且他的同事们都在埋头做瑜伽,据说这能够采纳月亮精气。这就是所谓的"无重力症候群"。陷入无重力症候群、行动异常的也不仅局限于诺赛宝周围的人。月亮继续增加,两个、三个,随之而来的是自杀者暴增,犯罪率上升,暴力事件频发,很多人突然辞职,满心希望移居月球,甚至出现了号称"分期付款购买月球土地"的骗子。这部小说以幽默而宽容的视角,生动展示了现代化的无根生活,深刻而独到地指向现实的悲哀。尹贾溆通过幻觉轻轻揭开了现实的外衣,让读者窥见生活的内里究竟是什么。沿着这个方向,她于2010年出版了小说集《单人餐桌》,再次向韩国文坛展示了光芒闪烁的想象力。同题作《单人餐桌》描写了因为与公司同事相处不融洽而独自吃饭的主人公为了克服自身困难,参加了传授"独自吃饭法"的辅导班;《甜蜜的休假》中某男从海外旅行归来,为了扫除犹如病毒般蔓延的臭虫,亲自做了巨大宿主,开始了遥遥无期的休假;《侵略者图像》中贫穷的新作家把百货商店的卫生间当作自己写小说的工作室;《朴玄梦的梦想哲学馆》中以替人做梦为职业的算卦店如雨后春笋般涌现……故事表面看来都荒诞不经,却又包含着惊人想象和无法遮蔽的现实性。尹贾溆的想象根植于当下的世界,当故事真正呈现在读者面前的时候似乎有些残酷,因为我们能从中发现自己的影子。尹贾溆以独特的叙事技巧将世界的真相做了巧妙的陌生化处理,重新唤起了我们无心错过或熟视无睹的东西。尹贾溆关注悖论,又以悖论进行思考,将新的小说美学带入韩国文坛,正日益受到读者的瞩目。

  2010年是韩国青年作家的爆发之年,金息出版了个人第三部长篇小说《水》,神奇地参照水、火、盐等基本事物的特征刻画家庭关系,构思奇特而且意味深长;黄贞殷的《一百个影子》游离于幻想和现实之间,同样是借助想象之翼反思当下的生存困境,被誉为该年度韩国文学的重要收获;崔帝勋的小说集《库勒巴尔男爵之城》几乎将想象力发挥到极致,他的小说既是对经典文本的戏仿和重构,也融入了韩国社会现实和个人体验,读者在获得阅读快感的同时也能借以发现现代人生活中的黑暗地带。

罗伯特·波拉尼奥《2666》：全景式探讨人性变化

赵德明

罗伯特·波拉尼奥的长篇小说《2666》问世于 2004 年，是近 5 年来在美国和欧洲争相翻译、阅读和评论的"大作"。该书中译本即将出版。

罗伯特·波拉尼奥是智利人，1953 年生于首都圣地亚哥。1973 年，他曾经参加支持阿连德政府的活动和反对皮诺切军事政变的斗争。1977 年，他前往欧洲，开始文学创作。在 20 多年的时间里，波拉尼奥写了 10 部长篇小说、4 部短篇小说和 3 部诗集，代表作是《荒野侦探》和《2666》。2003 年，波拉尼奥在巴塞罗那去世，年仅 50 岁。他过世后，作品陆续被发掘出版，获得高度赞扬。波拉尼奥曾获得拉丁美洲最高文学奖——罗慕洛·加列戈斯国际小说奖；2009 年获美国书评人协会小说奖；世界西班牙语大会评选 25 年来 100 部最佳小说中的前四名中，他的两部作品《荒野侦探》和《2666》入选。西班牙、拉丁美洲一些文学评论家纷纷著文称赞这两部作品。评论家莫索里维尔·罗德纳斯称赞《荒野侦探》是"作者同代人中伟大的墨西哥小说，是拉丁美洲人对离乡背井之苦的文学表现"。恩里克·维亚·玛塔说："是对文学大爆炸的历史和天才的终结，从此掀开了新千年文学新潮的环流。"伊格纳西奥·埃切维里亚在西班牙《国家报》上发表文章说："《荒野侦探》是博尔赫斯那样的文学大师才会同意写的作品。因为这是一种有创意、文字美、生动有趣的力作。"而评论界对《2666》的评价则更高，认为是"超越了《百年孤独》的惊世之作"。西班牙著名女作家阿娜·玛利亚·莫伊斯在西班牙《国家报》上说："《2666》是小说中的长篇小说，毫无疑问，是一座丰碑，是波拉尼奥全部创作的最佳之作。"评论家罗德里戈·富雷桑说："《2666》是全景小说，它不仅是作者的封顶之作，而且是给长篇小说重新定性的作品，同时，它把长篇小说提高到一个令人感到眩晕的全新高度。"伊格纳西奥·埃切维里亚说："《2666》是波拉尼奥的代表作，是一部滔滔大河般的巨著。作为全景小说，它的能力是既连接和统一起以前的全部作品又大大超越前辈。"在我国，虽然《2666》的中译本要在今年 8 月底才能问世，但能阅读英译本的读者已经在网上有了热议文章。据说，在上海，《2666》的中国读者已经成立了"《2666》图书馆"。

世界文学的《清明上河图》

《2666》全书共计 1125 页，相当于中文 100 万字，分 5 部：第一部《文学评论家》，讲述 4 位评论家分别生活和工作在英国、西班牙、法国和意大利,都在研究德国作家阿琴波尔迪的作品和生平。四人在国际研讨会上相识,由于学术观点一致而成为朋友和情人。最后,他们在墨西哥开会时听说了杀害妇女的事情。但是,四人都不敢站出来揭露罪行,而是纷纷"合情合理"地开了小差。英国人飞回了伦敦;意大利人根本没敢露面;法国人整天埋头读书;西班牙人带着墨西哥小姑娘跳舞和做爱,最后回马德里去了。第二部《阿玛尔菲塔诺》,讲述智利教授携全家来到墨西哥避难的故事。他颠沛流离,历尽磨难,最后,妻子离他而去,女儿也被黑社会绑架。面对苦难,教授显得愤怒而无奈,在很大程度上成为拉美小知识分子情绪的代表,尤其是被独裁政权迫害的典型人物。第三部《法特》,讲述美国记者法特去墨西哥采访拳击赛的遭遇。法特也听说了连续发生的妇女被杀案件,经过采访和调查,发现了大量骇人听闻的故事。法特是敢于面对残酷现实的知识分子,但终因势单力薄而无所作为。他尖锐地指出,人性恶的膨胀会成为人类毁灭的死神。第四部《罪行》是全书的高潮,集中描写了墨西哥北方妇女连续惨遭杀害的事。具体讲述了近 200 个案例。其中,除了揭露犯罪集团的残暴、疯狂和凶狠的嘴脸之外,作者还用了大量笔墨描写政府的腐败无能,有些官员甚至与犯罪集团沆瀣一气、同流合污,造成贩毒、走私和杀人、强奸案件的急剧增加。作者也塑造了一些勇于斗争的妇女形象,但邪恶势力太强大了,她们的奋力挣扎收效甚微。第五部《阿琴波尔迪》讲述德国作家阿琴波尔迪复杂曲折的人生道路。阿琴波尔迪是贯穿全书的主线。起初,他是英、德、法、西文学研究界研究和追踪的目标,他到墨西哥之后,又成为他妹妹和朋友们寻找的对象,由此构成全书最大的悬念。阿琴波尔迪的人生道路坎坷,他与德国贵族有过交往,亲眼看到了贵族们糜烂的生活。在第二次世界大战中,他无意间发现了一位苏联犹太人的手记,因此得以了解斯大林对作家的迫害情况。在战争中,阿琴波尔迪最为惨烈的是耳闻或者目睹了屠杀战俘和犹太人的活动。战后他开始写小说的主要动因与表达内疚和忏悔罪孽有关。听说墨西哥有杀害妇女的罪行,他秘密去墨西哥调查,但行踪十分神秘,让人无法找到他的下落。

作品主要人物多达百人,直接涉及的国家有德国、法国、英国、西班牙、意大利、美国、墨西哥、智利,涉及的人物有文学评论家、作家、教授、出版家、拳击手、杀人犯、军官、士兵、贩毒集团、警察、乞丐、贫民、妓女……可说是一幅世界文学上地地道道的《清明上河图》。作品的时间跨度覆盖 20 世纪和 21 世纪初,涉及的重大历史事件有两次世界大战、苏联和东欧社会主义国家解体、墨西哥贩毒问题和移民潮以及社会治安问题等,牵涉到的学术领域至少有历史、哲学、社会学、心理学、海洋植物学、数学等。

揭示人性之恶

《2666》从整个人类的发展过程中揭示出人类贪婪、自私和凶残的本性在当代迅速膨胀,愈演愈烈,不可遏制。危及人类生存的痼疾,例如疯狂地发展物质生产,全然不顾生存环境;恶性的市场竞争;残酷的剥削和压迫;道德沦丧;官场腐败……种种倒行逆施,都源于自私和贪婪。高科技迅猛的发展非但没有改善人性,反而推动人类社会像高速列车一样驶向万丈深渊。作者认为,自私和贪婪之心人皆有之,一旦有了滋生的条件就会发作。在经济社会里,权贵集团依靠金钱实力统治底层的人们,他们不仅掌握着国家的经济命脉,还垄断着一切舆论工具,甚至企图钳制和影响人们的思维方式。底层的人们由于无权无势往往是受害者。这样的制度结构本身就是一种价值取向:驱动人们追求金钱、攀附权贵,充当物欲的奴隶。书中也有少数清醒的知识分子,但这些手无缚鸡之力的书生,要么无可奈何,要么悲观失望,要么甘心充当权贵的智囊和喉舌。总之,四分五裂,形不成团结一致的理性力量去扭转向恶的趋势。受压迫的底层人们,也有自己的问题:由于他们没有受教育的机会,愚昧、无知是必不可免的,状态是一盘散沙。对金钱、暴力和权力的信仰在人们心里产生的要么是贪婪,要么是恐惧,要么是无奈,要么是绝望。书中也有善良的人们,也有见义勇为者,也有冷静思考者,但面对着强大的权贵势力和黑恶团伙,他们只有牺牲。作品第三部《法特》中有这样的看法:"人类的疯狂和残忍都不是当代人发明的,而是咱们老祖宗的创造。可以说,古希腊人发明了人性恶,发现了人人心里有邪恶。但是,到了今天,咱们对典型的邪恶已经司空见惯,其典型事例已经微不足道。正是希腊人开启了一系列邪恶变异的可能性。可是,至今咱们对这些变异并没有清醒的意识。也许您会说,时代在变,一切在变。是的,当然在变,可是犯罪的事实没变,因为人性恶没变。"进入21世纪,人性恶更加膨胀了。以公平、正义的名义进行的杀戮,以和平发展、"互利"名义进行的资源掠夺,在高科技的帮助下,规模大、程度激烈、手段狡猾的大量犯罪事实,都一一证明了人类的贪婪、疯狂和残忍已经上了一个新台阶,达到了自我毁灭的新高度。严重的是,人类还没觉醒,还对纸醉金迷的生活津津乐道。《2666》的作者俯瞰人间,看到的是一片荒漠,人性恶的膨胀则是这荒漠中"恐怖的绿洲"。

在第四部《罪行》里,作者用大量的事实揭露出墨西哥社会发展的主要障碍:政治、经济、文化、教育大权统统掌握在权贵集团手中。犯罪团伙、贩毒、走私等黑社会组织有政治保护伞。有良知的人们感到悲观和绝望,只能愤愤咒骂权贵势力是"卑鄙肮脏的野兽"。横行霸道的权势人物受到"制度保护",穷苦百姓的求告无门也是社会制度造成的。因此,书中的人物骂道:"这是墨西哥的一个特色啊!是拉美特色啊!"

在《2666》中,中产阶级普遍追求"今朝有酒今朝醉","真正做事情的不多",得过且过、敷衍塞责成风。中产阶级的知识分子"绝大多数是为政府工作的。政府养活他们,暗中注视着他们的动向",因此这是一群附庸在权贵集团身上的寄生物,没有独立生存的基础。从思想上说,他们看不到制度改善的希望,只看见了官场腐败的丑恶表现,因此处于悲观绝望之中;要么就趋炎附势,按照潜规则行事。体制外的知识分子经过了打击之后,也处于悲观状态。特别是20世纪90年代后连续发生经济危机,他们尤其不相信什么政党政治的能力。《2666》中充满了"不信任感",因为"一切都是欺骗",大家"只能苟延残喘地活着"。在第一部《文学评论家》里,分别来自英国、法国、意大利和西班牙的教授兼文学评论家面对连环杀人案的表现是很能说明问题的。四位教授全都放弃了自己的理想,更不要说揭露和批评社会犯罪现象了。这样的结局是意味深长的——想得多、做得少的读书人在残酷的社会现实面前往往当逃兵。

在叙事艺术方面,作者用了十分冷峻的手法,让大量事实说话,例如,战争中对战俘和犹太人的杀戮、墨西哥在短短几年里发生的妇女被强暴和杀害的案件、疯狂奢侈的消费和浪费、狂欢纵欲的聚会……让铁的事实佐证人性恶发展的趋向。在写实的同时,作者也巧妙地描绘心理活动,如梦幻、联想、直觉等。在作品结构上,5个组成部分可以独立成章,又有枝蔓开来的大量枝权形成蓬蓬勃勃的巨型华盖,与巧妙的内在联系和统一轴心一起,构成一棵参天大树。作者把情爱、性爱、凶杀、战争、文学研究和创作以及悬疑诸多小说元素自然地糅成一体,尤其是对大舞台和小细节的巧妙结合更令人拍案叫绝。大舞台包括地理上的描述和对社会众生相的描绘;小细节则滴水不漏地涉及穿衣吃饭等生活场景的细部、复杂的心理纠结、情感的微妙变化。《2666》的叙述艺术既是对20世纪下半叶各类小说技巧的高度概括,又有作者独具匠心的创造。这种创造的理论说法叫作"全景式长篇小说"。这一理论的主要特征是:超越阶级意识形态的局限,从人类意识的高度看人性的复杂和变化;舞台尽量设计得博大;时间长;人物多;让丰富的事实说话;叙事的话语则是冷峻和白描式的。

创作初衷源于对人类自身的反思

《2666》所描写的地域范围远远突破了拉丁美洲的天地,站在全人类的现实高度看人性恶的膨胀,更在预见未来。因此,这部作品的意义超出了自身的文学价值,对于研究欧美国家的社会现象,尤其是思潮变化,人类文化价值观念也具有参考价值。

自从20世纪90年代以来全球发生的一系列重大政治和社会事件后,21世纪初又发生了"9·11"事件和全球范围的经济危机,拉美少数知识分子在反思。反思的过程中,作者罗伯特·波拉尼奥超越了简单的意识形态思维方式,从人性的表现和变化观察社会问题，因而有了《2666》的问世。书中流露出一种"淡淡的哀愁"，因为作者看不见解决人性恶膨胀的出路。当"人不为己天诛地灭"的价值观甚嚣尘上的时候，人类应该有所警惕并找出应对措施，努力避免人类的自相残杀和毁灭。或许这就是《2666》的创作初衷吧。

批判者的遗产
——托马斯·伯恩哈德和他的剧作
李亦男

爱骂人的剧作家

托马斯·伯恩哈德(Thomas Bernhard,1931—1989)是奥地利人,但他似乎痛恨奥地利。他终其一生痛骂他的祖国及其一切:"奥地利是个低劣、糟糕的国家,无论朝哪儿看都是一粪坑的可笑。所谓和蔼可亲的奥地利人其实是阴险、奸诈、实施卑鄙伎俩的大师。一个原本美丽的国家如今深陷进道德泥潭,变成了残暴的、自我毁灭的社会。"伯恩哈德生前就成了奥地利剧坛无人可比的文豪,得奖无数——他没有放过颁奖典礼,在接受奖金后痛骂颁奖者是他的拿手好戏;他也没有放过戏剧,把上演他作品的萨尔斯堡艺术节和维也纳城堡剧院骂了个狗血喷头。而在他死后,他的名声更是如日中天,让他曾痛骂过的祖国为之骄傲。萨尔斯堡市用他的名字命名了一条街道。他的纪念牌在萨尔斯堡国家剧院门前熠熠生辉。

这个现象让人不禁感慨:奥地利与奥地利人为何对一名痛骂自己的人如此善待呢?

爱骂人者大都是些边缘人。伯恩哈德从一出生就注定成为边缘人。他是非婚生子,并且生长于保守的信仰天主教的奥地利。他一生都受到童年阴影的折磨,感觉不该来到这世界,加上从小患病,他从很年轻时起就感到死亡近在咫尺。这样一个从小被排斥在主流之外的人,无所求于人生,也就无所顾忌于社会,才可以成为痛骂者。"我痛恨你们所有的人!"他借剧中人之口对我们这些"蠢笨的俗夫"说,而大家也并不太生气。至于他在孤独、病痛中的自怜与自恋,善良的读者、观众们也多少能够原谅。并且,或许一个机构、一个国家有时候都需要被骂,骂者可以为治者当一面明镜。

而伯恩哈德之永垂话剧青史,也并不仅仅因为其敢骂,他对语言有着超乎常人的敏锐感觉,善于将德语的复杂套句结构运用到极致,也充满了机智、幽默与自嘲。他的剧本大多采取一种独白的模式:一个所谓的"知识分子"在一种日常情形下,面对一个通常沉默的被动听者开始长篇大论的、骂骂咧咧的独白。伯恩哈德不想当布莱希特,他才不想跟聪明的观众理性地探讨什么问题,"我想说什么就说什么"。跟笔下的主人公一样,他以略带自嘲的蛮横姿态君临一切。

以痛骂者姿态出现在萨尔斯堡

伯恩哈德因戏剧跟萨尔斯堡结下了爱恨情仇,这些恩怨成了他愤世嫉俗人生观的代表。他一生写了18部剧作,其中6部是在萨尔斯堡艺术节首演或上演的。这样大批量上演一位还在世的剧作家的新戏,足见这个城市待他不薄。然而,伯恩哈德却在艺术节上制造了不少轰动一时的新闻。

要理解这些恩怨,需先了解萨尔斯堡艺术节的历史。1917年,著名戏剧及电影导演马克斯·莱茵哈德在维也纳提出倡议,建议开办萨尔斯堡艺术节。1920年,在萨尔斯堡古城中心的大教堂广场上演了由莱茵哈德导演的戏剧作品《某人》。后来,陆续增加了音乐会和歌剧作品的演出。纳粹当政时期,萨尔斯堡艺术节成为纳粹德国的宣传工具。战后在美国占领军的支持下,这个城市重新举办艺术节。之后的很长一段时间,著名指挥家卡拉扬一度成为艺术节"至高无上的统治者",直到他1989年去世为止。在卡拉扬的领导和影响下,萨尔斯堡艺术节以歌剧著称,并走上了国际化、明星化的道路,成了世界歌剧明星会集的地方。而国际化的演出又吸引了更多的外国观众,为奥地利带来了巨大的经济效益。毫无疑问,萨尔斯堡艺术节是一个属于欧洲权贵的节日。在巴洛克式的古城萨尔斯堡,所谓的"上流"阶级通过欣赏莫扎特式优雅的"高尚"艺术炫耀着自己的财富与地位,温习着贵族的旧梦。理所当然,艺术节的策划安排不可能排除这些观众的口味与期待。

因此,伯恩哈德对萨尔斯堡艺术节自相矛盾的态度就不难理解了。剧作家热切期盼参加这一国际盛会。在与当年艺术节主席约瑟夫·考特的通信中,他将萨尔斯堡国家剧院誉为"对我来说是世界上最美的剧院"。他要与艺术节进行一种建立在"非常明确的信任"基础上的"百分之百的"合作。然而,这场合作却以伯恩哈德的受挫开始,继之以一场又一场轰动全国的丑闻、麻烦甚至官司。

1965年,萨尔斯堡艺术节主席约瑟夫·考特盛情向伯恩哈德约稿。当时,伯恩哈德已经凭借小说获得了毕希纳文学奖,是德语文学界有名的作家。考特和伯恩哈德早年也有过交往,当伯恩哈德在萨尔斯堡《民主人民报》任外聘记者时,考特正是这份报纸的主编。伯恩哈德欣然提笔,为老上司和世界著名的艺术盛会创作了生平第一部话剧作品:《鲍里斯的生日》。这部分明带有荒诞派影响的剧本由两个序幕与主要的一场组成。作品的主人公是一位富婆。根据第一序幕中的交代,这个女人在一次事故中失去了双腿,也失去了丈夫,但继承了丈夫留下的大笔遗产。她的第二任丈夫鲍里斯也是一个没有双腿的残疾人,是她为了"不再孤独",从福利院中"娶"来的。富婆给这个专收无腿者的残疾人福利院捐了一大笔钱,并由此得到了"女善人"的美称。在她的家中,"女善人"俨然是作威作福的女王。她颐指气使地差遣女仆约翰娜做这做那。第二序幕发生在一次化装舞会中。"女善人"扮演女王,而约翰娜则必须要戴上猪的面具。"女善人"的丈夫鲍里斯似乎并不能满足她"不再孤独"的愿望——他从不和女善人交流,却总和约翰娜讲话。"女善人"为鲍里斯举办的生日宴会是剧本的主要一场。她邀请的客人全部是鲍里斯"难民营"中没有腿的弟兄们。当大家乱哄哄地抱怨福利院时,没有人注意到鲍里斯跌倒在地,死去了。最后,客人们纷纷散去,只剩下"女善人"一人守着鲍里斯的尸体,并止不住哈哈大笑起来。

伯恩哈德后来承认:在创作这个剧本时,他受到了热内《女仆》一剧的影响。伯恩哈德确实也在用这样一个剧本抨击着上流阶级。但是,在伯恩哈德的剧本处女作中,批判现实主义的成分比《女仆》还要少很多,而尤内斯库、贝克特等作家更为典型的荒诞派剧本的痕迹却更加鲜明。

伯恩哈德的"落伍"让人觉得有点不可思议。在西方,荒诞派只在20世纪50年代有过昙花一现的辉煌,很快就淹没在风起云涌的政治戏剧与1968年学运浪潮之中。在他的同龄人热衷于激烈、直接地议论政事的时代,伯恩哈德却显然没有"跟上形势"。他生平第一部剧作模仿的确是老掉牙的荒诞派,也带有弗里施、迪伦马特等50年代作家寓意剧的影子。事实上,伯恩哈德一生从未赶上过时髦,也从不屑于赶时髦。除了他1988年的作品《英雄广场》,他似乎并不喜欢在作品中直接议论政事。然而,就是这样一部明显不如当时盛行的政治戏剧激进、犀利的剧作却遭到了萨尔斯堡艺术节组委会的拒绝。考特的理由是:对于萨尔斯堡艺术节这样一种"夏季节日演出"来说,伯恩哈德的剧本内容"太过阴暗"了。后来,考特观看了1970年《鲍里斯的生日》在汉堡的演出,承认剧本"本身是出色的,但是我们在艺术节方面必须考虑我们敏感观众的神经"。考特明显道出了萨尔斯堡艺术节的"宗旨":为有产阶级观众提供内容轻松、无伤大雅的"高尚"娱乐。

正是这种浅薄而虚伪的宗旨让伯恩哈德决心把萨尔斯堡艺术节当成自己愤世嫉俗的靶子。在他眼中,萨尔斯堡恰是奥地利所谓"上流社会"的代表:表面光鲜,实则庸俗、市侩、腐朽而糜烂。他看到,如果他登上艺术节这个平台,便可最大程度上发挥出作品对虚伪的达官贵人世界的攻击威力。于是,他最终以制造麻烦的痛骂者姿态出现在戏剧节上。

与"高雅艺术节"决裂

1972年,伯恩哈德的《傻子与疯子》得以在萨尔斯堡艺术节上首演。这是他为艺术节"量身定做"的,描写的内容正是艺术节观众所熟悉和热爱的"歌剧艺术事业"。剧本的女主人公是一位著名的花腔女高音歌唱家,在莫扎特的歌剧《魔笛》中扮演夜女王一角。剧本分为两幕。第一幕发生在女高音的化妆间。女高音的父亲("傻子")和一位医生朋友("疯子")在化妆间等待着女高音。医生没完没了地高谈阔论,说着报纸上的评论、艺术与生活,还时不时谈到解剖尸体的细节。女高音的父亲是一个双目近乎失明的酗酒者。他像傻子一样,仿佛听不懂医生的话,只在医生提到一些医学术语时,机械地重复这些莫名其妙的单词。第二幕发生在女高音的歌剧演出之后。三人在饭馆共同进餐。医生仍像疯子一般地唠叨,中间不断插入解剖尸体的细节;女高音一直对歌剧事业感觉疲惫不堪,与父亲的紧张关系更让她濒于精神崩溃的边缘;而父亲则感觉女儿对他缺乏尊重与关爱,心中也充满抱怨。剧本最后,女高音提出罢演,不愿再登上舞台演出。

这一剧本没有传统意义上的故事情节与舞台外部动作,却以伯恩哈德擅长的语言艺术揭示了上流人士与艺术家光鲜背后的凄凉生活,具有更直接的批判意义。执导该戏的是德国新锐导演克劳斯·派曼。根据派曼的要求,在该剧结尾处剧场内需要完全黑光,连紧急出口的指示灯也要熄灭两分钟。尽管这不符合消防规定,但艺术节技术部门一开始还是同意了这种出于艺术考虑的要求。然而,在首演当晚,紧急出口指示灯没有熄灭。第二天,因为导演、剧作家、演员坚持全部黑光的要求,该剧在艺术节上的全部演出被迫取消。这在当时引发了轩然大波。伯恩哈德和报界打起了笔墨官司,最后甚至闹到了法庭上。事后,伯恩哈德发电报给艺术节主席考特,放言道:"一个不能忍受两分钟黑暗的社会,没有我的戏也能过得挺好。"就此,伯恩哈德与萨尔斯堡艺术节决裂。

这场决裂实际上源于伯恩哈德本人的挑衅姿态。可以说,这是他故意制造的。在这个优雅的城市、这个高雅的聚会上,他导演出一场闹剧,将艺术节的平庸市侩气昭示于天下。通过制造丑闻,他把奥地利上流社会的"傻子与疯子"呈现出来,把"高雅艺术"背后的庸俗与腐朽呈现出来。尽管他没有在剧本中直接议论政治,但他的行为本身还是和当年左派的激进作风保持了一致。

两年之后,伯恩哈德与考特和解。他的剧本《习惯势力》于1974年再次在萨尔斯堡艺术节首演。剧本的主人公是马戏团团长卡里巴尔蒂,他热爱音乐,正在组织马戏团团员排练舒伯特的《鳟鱼五重奏》,准备在奥古斯堡登台演出。演奏者包括胳膊受伤的酒鬼老驯兽师、帽子总是掉下来的小丑、走钢丝的团长孙女、多愁善感的杂耍演员等。剧本仍保留了伯恩哈德惯常的独白形式,是一部充满自嘲意味,并略带温暖感伤的寓言,展现了追求艺术完美的不可能与无意义,世俗世界的平庸与琐屑以及艺术家因此不可避免的孤独。

但是,伯恩哈德并不满足于用内敛的自嘲将尖锐的批判包裹起来。不久,他与萨尔斯堡又起纷争。他的剧本《名流》本定于 1976 年在萨尔斯堡艺术节首演。在剧本创作过程中,因为传说剧作家会在剧本中让一大群社会名流(甚至包括萨尔斯堡的"君主"卡拉扬)登台出丑,吓坏了的艺术节主席,他表示想要先审查一下剧本。这个要求遭到了剧作家的断然拒绝:"戏剧史早就已决定,究竟谁对谁来说更为重要,是伯恩哈德对于艺术节,还是艺术节对于伯恩哈德……我才不需要艺术节呢!"这种狂傲、激烈的姿态使得合作再次破裂。

挑衅"令人舒服""引人发笑"

直到 1981 年,伯恩哈德才以《到达目的地》一剧回到了萨尔斯堡艺术节。1985 年,萨尔斯堡艺术节再次首演了伯恩哈德 1984 年的剧作《做戏人》。这次,剧中的"暴君"形象更加接近了伯恩哈德本人:演员布鲁克森。这个自诩为"伟大的国家级演员"的艺术家因巡演来到了小村庄乌兹巴赫,准备上演他的《历史的车轮》一剧。有趣的是,伯恩哈德在戏中明显影射了萨尔斯堡艺术节。乌兹巴赫村演剧广场的"黑鹿旅馆"说的就是萨尔斯堡艺术节剧场附近的"金鹿旅馆"。戏剧一开始,布鲁克森就在跟旅馆老板长篇大论地抱怨,说根据村里的消防规定,紧急出口的指示灯不能熄灭,可是:"我的喜剧结尾必须完全黑灯……要是我的喜剧结尾没有完全的黑暗,我的《历史的车轮》就全毁了。"这直接影射了 1972 年《傻子与疯子》一剧造成的丑闻。伯恩哈德带着自嘲,描写布鲁克森怎样对周围的一切人狂妄无礼。戏的最后,黑鹿旅馆旁边的房子遭到雷击,观众纷纷离席,只有布鲁克森留在漏雨的剧场中。

这个剧本直接把萨尔斯堡讽刺为一个土里土气、保守封闭的小村。导演派曼也添油加醋,再次提出了熄灭紧急出口指示灯的要求,并且提出,为了更加现实主义地表现乌兹巴赫村的臭气熏天,他要让 800 只真苍蝇登台,也就是说,每位尊贵的观众脑袋上都可能会落上一只苍蝇!这种公然的讽刺与挑衅使一些没有幽默感的政客指责艺术家拿着纳税人的钱反对自己的国家。但是,大部分人则只是对这种幽默的挑衅报以一笑。毕竟,20 世纪 80 年代的社会中,对国家机器和意识形态的反抗、对资产者的反讽、对艺术自由的追求早已不是大多数人关心的话题。如后来曾导演过伯恩哈德《到达目的地》一剧的德国导演朗霍夫所言:"伯恩哈德时代的挑衅已经变得几乎令人舒服,觉得可爱。"

1986 年,萨尔斯堡艺术节继续上演了伯恩哈德的剧本《里特、丹内、佛斯》,仍由派曼导演。这部剧作以首演时担纲主演的三位演员的名字命名,描写哲学家路德维希·沃林格(以维特根斯坦为原型)和他姐妹之间的复杂关系。名曰疯癫却无比清醒的路德维希在大段独白中痛骂着世界、医学、艺术、哲学,这些观点当然都是伯恩哈德的。这一回,专业制造丑闻的伯恩哈德与派曼组合却成了批评界的宠儿。演出非常成功,受到了一致赞美。这出戏后来在维也纳城堡剧院演出了 100 场之多,2004 年重演。当派曼后来转到柏林剧院担任院长之后,又把该戏作为保留剧目带到了柏林——当然还是原剧的原班人马。2009 年伯恩哈德逝世 20 周年之际,巴伐利亚国家剧院在慕尼黑王宫内的居维耶剧院重排该戏。这一次,上流社会用金边镜框把伯恩哈德供在了墙上,让他剧本的批评性消失殆尽,2009 年的演出带给慕尼黑观众的只是无尽的欢笑。

晚年仍将尖锐矛头指向祖国

但是,在伯恩哈德离世的前一年,这位战士似乎仍要全力一搏,这回他在剧本中直接谈到了政治,把尖锐的矛头指向了祖国奥地利。1988 年,维也纳城堡剧院举行了 100 周年院庆。11 月 4 日,城堡剧院首演了伯恩哈德的剧作《英雄广场》。英雄广场位于维也纳的市中心。1938 年 11 月 4 日,希特勒的部队开进维也纳时,曾在英雄广场受到奥地利民众的热烈欢迎。伯恩哈德的剧本正是为这个日子的 50 周年"庆典"而作。剧本情节就发生在奥地利的当下:1988 年。维也纳大学数学教授约瑟夫·舒斯特自杀。他从家中跳窗,摔死在英雄广场。教授是犹太人,也拥有与伯恩哈德其他局中人类似的愤世嫉俗个性。他在纳粹时期曾经流亡国外,在牛津教书。在维也纳市长的盛情邀请下,教授归国,却最终自杀。这次在剧本中长篇大论的是教授的弟弟罗伯特,他抱怨现在的奥地利和 1938 年没什么两样,要么是纳粹主义,要么是天主教,其余都不被保守的奥地利人接受。在剧中最后一场,教授遗孀出现,她一直有幻听,听见英雄广场传来响亮的"胜利!万岁!"的喊声,这正是 50 年前奥地利人欢迎希特勒的欢呼。这声音越来越响,让人难以忍受,剧情在此达到了高潮。

这个剧本的上演引发了一场真正的轩然大波。在首演前 4 周,剧本的片段被一些报章私自发表,遭到了奥地利保守势力的强烈抗议。维也纳市长、奥地利前总理、副总理等人提出取消演出,但也有少数政治家和记者支持演出。剧本上演时,很多人跑到城堡剧院门口示威,也有极右分子试图中断演出。奥地利很多作家和艺术家站在了伯恩哈德一边。在警察的保护下,该戏坚持上演。

伯恩哈德 1989 年因病去世。他一生都在骂奥地利,甚至在遗嘱中写道:"我与奥地利国家之间毫无关系。我反对今后任何将我本人和我的作品与这个国家相联系的行为。"他规定自己的剧作不能在奥地利境内演出,文字也不得出版。然而,这种禁令很快被热爱作家的人们想尽方法打破了。随着时间流逝,人们可以把伯恩哈德和他的时代归入历史,把自己和"伯恩哈德时代的奥地利人"区分开来,这位自我边缘化的批评者最终成为经典,进入主流。

很明显,如果要保持伯恩哈德的批判力量,就不能容许新的舞台演出把他作为经典名正言顺地归入历史,就必须通过布莱希特式的戏剧构作对他的剧本进行当下化改造,就必须找到这种批判在我们时代的意义。德国政治性民族剧种卡巴雷的演员胡施和施拉姆正是这样做的。他们把伯恩哈德充满幽默自嘲意味的社会批判加以发展,和时事相联系。在他们身上,伯恩哈德似乎依旧活着。

2011年诺贝尔文学奖得主特朗斯特罗姆:属于诗人的诗人
石琴娥

瑞典皇家科学院10月6日宣布,将2011年诺贝尔文学奖颁发给今年80岁的瑞典诗人托马斯·特朗斯特罗姆(Tomas Transtr mer),因为其作品"以凝练而清晰透彻的文字意象给我们提供了洞悉现实的新途径"。

自1909年瑞典女作家塞尔玛·拉格洛夫第一次获诺贝尔文学奖以来,特朗斯特罗姆是第8位获此奖项的瑞典作家。上一次瑞典作家获诺贝尔文学奖是在1974年,由两位瑞典作家埃温德·雍松和哈里·马丁松分享。时隔将近40年,又有一位瑞典作家荣获此奖,作为一名长期研究北欧文学的学者,我当然感到十分高兴。

6日晚上,特朗斯特罗姆获奖的消息一经传出,立即就有媒体不断向我询问这位瑞典诗人,有的还向我表示说:"似乎近年来诺贝尔文学奖几乎都授给人们不太熟悉的作家,但在他们获奖之后,大都成为人们新的文学偶像。"还有从事瑞典语工作的同行们也向我表示对这位诗人不甚了解。实际情况是:特朗斯特罗姆其实是一位具有一定跨国知名度的诗人,在欧洲文坛上声望很高。在我国,也许一般读者对他了解不多,不过他在我国诗人中还是颇为有名、很受推崇的。他的诗作对我国20世纪70年代末80年代初的"朦胧诗"还产生过一定影响。正如我国一位诗人所说:"有一些诗人,属于大众;有一些诗人,只属于诗人。特朗斯特罗姆,就是属于诗人的诗人。"

托马斯·特朗斯特罗姆1931年4月15日出生于瑞典首都斯德哥尔摩,并在那里长大。父亲是编辑,母亲是教师。他1956年毕业于斯德哥尔摩大学心理学专业,并曾在该校的心理学系任教,后来又在一家少年管教所担任心理医生。他13岁开始写诗,23岁出版处女诗集《17首诗》(1954年),轰动了当时的瑞典文坛。之后,他又陆续发表了《路上的秘密》(1958年)、《半完成的天空》(1962年)、《看见黑暗》(1970年)、《真实障碍》(1978年)、《野蛮的广场》(1983年)、《为死者和生者》(1989年)、《悲哀贡多拉》(1996年)、《监狱》(2001年)和《巨大的谜语》(2004年)等10余部诗集,此外他还发表了自传《记忆看见我》(1993年)以及和美国诗人罗伯特·布莱之间的《书信1964—1990》(2001年)等作品。

1990年托马斯·特朗斯特罗姆突患中风,半身瘫痪,并失去语言表达能力,只能用最简单的话,如"对""很好"等来表达,但是他仍然睿智,一直没有停止写作,只不过由于身体状况,写作速度更慢了,作品也更短小了,常常写些日本式的"俳句"。

同别的多产的瑞典作家比起来,特朗斯特罗姆的诗作数量不多,自第一部诗集发表以来的半个多世纪里,他总共只有100多首诗作,他夫人莫尼卡说:"他写诗确实很慢。"他自己也说过:"如果我在中国生活三年,也许会写一首诗。"文不在于多而在于精,我国有的诗人把他比作"炼金术士",称他的诗作"首首精彩,堪称奇迹"。他的诗作虽然不多,却被译成60余种文字在世界各地出版,这位以文笔紧凑简练而闻名遐迩的诗人,在国际上,尤其在英语国家里的知名度还是非常高的。早在20世纪80年代初,美国诗人罗伯特·布莱曾将特朗斯特罗姆的诗比喻为"有如一个火车站,千里迢迢,南来北往的火车都在同一建筑物里做短暂停留,也许有一列火车的底架上仍然沾有俄国的残雪,另一辆上地中海的鲜花正在车厢里怒放,还有一辆车的顶棚上布满了鲁尔的煤灰"。

特朗斯特罗姆曾荣获过瑞典国内和国际上很多重要奖项,如瑞典贝尔曼诗歌奖(1966年),两次获德国诗歌奖(1981年、1992年),还曾获美国国际文学奖(1990年)、瑞典学院北欧奖(1991年)、瑞典奥古斯特文学奖(1996年)和加拿大终身成就奖(2007年)等。特朗斯特罗姆自1993年第一次被诺贝尔文学奖提名以来,此后年年榜上有名。他被誉为当代欧洲诗坛最杰出的象征主义和超现实主义大师。他酷爱音乐和绘画,能弹得一手好钢琴,即使半身行动不便,仍能用左手弹琴。他的诗作讲究音韵,给人以欣赏绘画的享受。在创作风格上,我认为他受纪德影响较深。或许因为他是一位心理学家,早期作品注重精神与内心的分析,探索人类灵魂的奥秘。其诗作的特点是短小、精练,寥寥数行,用意象和隐喻塑造出人的内心世界。他还善于从日常生活着手,运用隐喻手法去捕捉瞬间感受到的人的内在含义,使人浮想联翩。也许刚阅读他的诗篇时会感到不易理解,但一经琢磨沉思,读者会被他丰富而新颖的意象所折服。正如他自己所说,他的诗作"凝练"和"言简而意繁"。比如《乘地铁》这首诗,就同他其他很多诗作一样短小精练,篇幅不长,从日常生活入手,以"在地铁车站上"这样简单通俗的词语开始写诗,自己以第三者的身份去客观地观察世界,用瞬间产生的灵感去记录历史与人类生活中隐藏着的内在含义。我最初读到时特别喜欢这首诗,便将它翻译成了中文。

在地铁车站上。
在呆滞的死一般的光线下,
在广告牌中间,一群熙熙攘攘的人。
火车来了,带走了
脸和公文包。

接着是黑暗。我们坐着
像雕塑一样在车厢里
在山洞里滑行。
挤压,梦幻,挤压。
在海平线以下的车站上,
人们出售着黑暗的新闻。
在哀伤、寂静的表盘下,
人民活动着。
带着外衣和灵魂,
火车开动着。
……

诗人在这首诗中努力地在现实生活中去捕捉看似平常的细微感觉,并加以提炼而营造出自己独特的意象世界。如"像雕塑一样在车厢里",这意象究竟意味着什么?它暗示了人与人之间的冷漠,还是揭示了在充满压力的社会里,人像雕塑一样失去灵魂,变得麻木不仁了呢?——这可以引起人们种种不同的联想。在词语的运用上,诗人以跳跃式的词语给人们留下足够的空白,把意象的丰富性和多义性也留给了读者。

1984年,应深圳《特区文学》要求,我选编了一组《瑞典文学特辑》,请中国社科院外国文学研究所老所长冯至先生为专辑作序,介绍了特朗斯特罗姆、哈里·马丁松和瑞典学院院士谢尔·埃斯普马克等13位瑞典作家、诗人的作品,其中就有特朗斯特罗姆的《乘地铁》。该特辑在《特区文学》1984年第4期上隆重推出,这应该算是国内较早介绍这位瑞典诗人的文字,与北岛在《世界文学》1984年第4期上以"石默"为名发表的特朗斯特罗姆的译诗《诗六首》同步。之后我还翻译了他的《波罗的海》等诗作,发表在不同的文学刊物上。

1988年我在《外国文学动态》上发表了一篇题为《瑞典现代诗歌》的论文,里面除了对瑞典现代主义作家、诗人,如1951年诺贝尔文学奖得主帕尔·拉格克维斯特、1974年诺贝尔文学奖得主哈里·马丁松等作家做了评述外,在"战后瑞典诗坛"中对特朗斯特罗姆这位当代重要诗人的诗作风格也有简短评述。在2005年出版的《北欧文学史》中,我没有遗漏这位重要诗人,也有一小段评论。北岛、李笠和董继平等译者在他们的译序中对诗人均有简介及对其诗作风格的简单阐释;在一些刊物上有时也能阅读到读者的一些随感或者诗人的读诗札记等形式的评价文字。这无疑对推广特朗斯特罗姆诗歌的阅读、朗诵以及研究有促进作用。但总体看来,国内还没有出现过对特朗斯特罗姆的诗歌进行全面系统评价和研究的论文。令人欣慰的是,我国有好几位诗人都翻译了特朗斯特罗姆的作品,有的还翻译了特朗斯特罗姆诗歌的全集,他们对诗人作品的把握,体现了他们不同的个性和创造,为我国读者阅读和研究诗人作品作出了很好的贡献。

特朗斯特罗姆曾于1985年和2001年两次访问中国,并获得中国国内举办的"新诗界国际诗歌奖"(2004年)、"诗歌与人·诗人奖"(2011年)。他在我们这个诗的国度所受到的隆重礼遇,正说明了中国的眼光。特朗斯特罗姆获诺贝尔文学奖是众望所归的。我相信,在他获奖之后,他在我国的知名度不会仅仅局限在文学爱好者的小圈子中,仅仅是"诗人的诗人",他将会拥有更广大的读者群,成为"大众"的诗人。

中国与白俄罗斯文艺界的交往

高 莽

今年盛夏,我突然收到一封电子邮件,来自白俄罗斯共和国。几十年来,我与白俄罗斯人没有什么来往,谁会给我发邮件呢?阅读之后,才解开疑惑。白俄罗斯出版家兼作家阿列希·卡尔久凯维奇向《俄罗斯文艺》杂志主编夏忠宪女士问及我有关白俄罗斯与中国交流的往事,于是她便把我的地址告诉了对方。从此,我们二人之间便开始了通信。

白俄罗斯原属苏联加盟共和国之一。1991年苏联解体后,白俄罗斯独立,开始按民族特色发展自己的国家。

历史回顾

我国与白俄罗斯直接交往的历史,需有关学者考证。我只能回忆两国文艺界的某些接触。

早在20世纪30年代,我国诗人萧三到过白俄罗斯,出席在首都明斯克举行的国际革命作家大会。新中国建立初期,我们在介绍苏联作家时,就有一些白俄罗斯作家,但当时都统称"苏联作家",没有突出其民族性。

当时我国介绍的有著名诗人杨卡·库帕拉(1882—1942)著《芦笛集》(文光书店,1949);雅库勃·柯拉斯(1882—1956)的短诗《献给国土解放者》(收在上海时代出版社出的《苏联卫国战争诗选》,1950年)。1950年还发表了另一位诗人彼·勃罗卡夫(1905—1980)的诗作《白俄罗斯》、雅·布雷尔(1917—2006)的《扎波罗吉村的黎明》等。1952年,诗人阿·库列绍夫(1914—1978)的《只有前进》汉译文面世。除诗人的作品外,见诸中国报刊的还有伊·沙米亚金的儿童读物。20世纪50年代中期到60年代初期,这些作家的作品曾多次刊登在我国的各种报纸杂志上。

经过"文革"长期的沉寂,我国又开始介绍苏联文学作品,其中除老一辈的作家以外,还译介了一批新的作家,如:伊·梅列日(1921—1976)的小说《沼泽地上的人们》(1983),同年发表了伊·沙米亚金(1921—2004)的一些短篇小说《迟来的春天》《父与子》《为了生命》等;瓦·贝科夫(1924—2003)的《方尖碑》《活到黎明》《一去不复返》《索特尼科夫》以及阿·阿达莫维奇(1927—1994)的长篇纪事文学作品《围困记事》等。实际上,白俄罗斯的一些代表性作家都已在我国报刊上露面。

白俄罗斯在20世纪50年代用本国文字出版了约20种中国文学作品,如《中国作家短篇小说集》(1953年);丁玲的长篇小说《太阳照在桑干河上》(1954年)和鲁迅的短篇小说选(1955年)等。

1957年白俄罗斯雕塑家谢·谢里哈诺夫(1917—1976)曾在北京为齐白石老人和蒋兆和先生塑过胸像。近年,白俄罗斯独立以后,又有一位白俄罗斯雕塑家弗·斯洛博德奇科夫在北京国际雕塑公园塑了三座作品。白俄罗斯还重新开始注意我国古代和现代的文学与艺术。2007年雷戈尔·鲍罗杜林出版了《东方诗韵》,除了朝鲜、越南、日本诗歌之外,还收有10位中国诗人作品,其中有古代诗人王维、李白、杜甫、白居易、杜牧、苏轼、辛弃疾,现代诗人刘大白、梁宗岱、康白情。

与此同时,米科拉·梅特里茨基出版了一部外国诗选,收有87位诗人作品,其中有9首王维的诗。可惜白俄罗斯研究界对我国现当代诗歌创作的了解尚且不够。

亲身经历

早在50年前,我确实与白俄罗斯有过联系。1955年我曾随中俄友好代表团访问过白俄罗斯。二战时白俄罗斯遭到德寇的轰炸与破坏。我们访问时,它正在全力恢复中。那时,我们结识了几位文艺界人士。其中最主要的是雕塑家扎伊尔·阿兹古尔和诗人马克西姆·唐克。后来,我与阿兹古尔通过信,并译过唐克的诗。

我国改革开放以后,开始更多地引进外国文化。我曾在《苏联文艺》杂志上介绍过白俄罗斯画家波普拉夫斯基的插图作品,也为报刊画过几幅白俄罗斯作家肖像。

1989年,我们接待苏联作家代表团,认识了女作家斯·阿列克西耶维奇,后来,我译了她的纪实文学作品《锌皮娃娃兵》。我对白俄罗斯文学艺术的了解有限,更何况苏联在解体前,把居住在那里的所有民族都统一认为是"苏联人"。阿兹古尔、唐克、阿列克西耶维奇等人都是白俄罗斯文艺界代表人物,值得回忆。

扎伊尔·阿兹古尔的手

扎伊尔·阿兹古尔是白俄罗斯最著名的雕塑家。认识他之前,我们已在明斯克市中心的广场上见到过他雕塑的胜利纪念碑,庄严肃穆,激励人们争取胜利。

第一次见到他是1953年。我还记得他那粗壮的大手紧紧地握住我手时的感受。他身材中等,胸前结着花绸巾代替领带,说话滔滔不绝。他对中国古老传统文化充满崇敬,对新中国赞誉不绝。谈得兴奋时,他说:"我一定要到中国去访问!"语调肯定,态度严肃。停了一会儿,他又加了一句:"倘若今生今世我去不成,也得让我儿子去一趟!"他的话,像用雕刻刀刻在了我的心上。

1954年，我在莫斯科又见到了他。他说最近完成了《鲁迅雕像》。我心里想，一位远离中国现实的白俄罗斯艺术家，创作鲁迅这么一位中国现代伟大思想家和文学家，绝非易事。可是当我们看到作品时，不能不对他的苦心经营表示由衷的钦佩。后来，他把这座雕像赠给了我国政府，政府又转给了鲁迅纪念馆。

　　我还记得，1956年，在北京一个大雪纷飞的日子，北京鲁迅纪念馆里来了很多参观者。不少人站在大厅中央久久地欣赏阿兹古尔的鲁迅雕像。从观众闪光的眼睛中已经看出他们对这位远方的、陌生的艺术家的深情与谢忱。

　　有一天我见到鲁迅研究专家林非先生，谈起这座雕像，他对作品评价很高，说："在冷峻中满含着热情，给予了他沉思的力量与气魄，就连他的双手，也充满着一种想要改变旧秩序与旧思想的力度。"

　　扎伊尔·阿兹古尔说话像警句一般："艺术具有重要的教育作用。艺术不应当向观众硬性地灌输自己的思想，而应当感染他们。"又说，"石头和金属同人一样，有自己的性格。花岗石、大理石、青铜、钢——各有各的'脾气'。"只有使用过并熟悉这些材料的雕塑家才能说出这种深邃的道理来。

　　他曾创作世界文化名人雕像，除了鲁迅像（1953年）之外，还有印度作家、学者泰戈尔的半身像（1956年）。他极其巧妙地处理了花岗岩，用抛光部分表现泰戈尔的皮肤——黝黑的脸与手，用麻面表现了白色的头发与胡须，效果甚佳，质感极强。他真的使花岗岩有了生命。面对着这座雕像，观众可以感觉到皮肤的柔润和须发的松软。他还塑造了俄国作曲家穆索尔斯基（1958年）、美国诗人惠特曼（1959年）等人，人物炯炯有神的目光、刚强有力的姿态和深思冥想的风采，给人留下难忘的印象。他后期最突出的作品是为白俄罗斯人民诗人雅库勃·柯拉斯创作的大型雕塑组像，立于首都明斯克大街上，与市民们日夜相伴。

　　苏联时代，阿兹古尔两次获苏联国家奖，被选为苏联美术研究院院士，还先后荣获了"苏联人民美术家"和"苏联社会主义劳动英雄"的称号。

　　1990年，有人从白俄罗斯给我捎来了阿兹古尔的画册。书上的题词字迹弯弯曲曲，显然他已经难以控制手中的笔了。我又想到他那双有力的大手，还能握雕刀吗？我计算了一下，那一年阿兹古尔已是八十开外的老翁了！

　　扎伊尔·阿兹古尔未曾来过中国，他的儿子也没有来过中国，但他的心早已随着他塑的《鲁迅雕像》来到了我国。我国人民通过他的作品看到了一颗炽热的心。

马克西姆·唐克的诗

　　1954年的一天，我们在苏联火车上意外地与白俄罗斯诗人马克西姆·唐克相识。

伴随着车轮的隆隆声,他谈到了自己的生平片段。

马克西姆·唐克(1912—1995)出生在白俄罗斯西部的一个农家。那个地区于1939年才从波兰统治下归入苏联版图。他的少年和青年时代辛酸且充满了斗争。1932年他发表了第一首歌颂矿工罢工的作品,青年时代的诗表达的尽是人民对自由的憧憬。

到了苏联时代,唐克的创作开始了新的一页,他积极地参加社会活动和文学活动,歌唱苏联各族人民之间的兄弟友谊。在伟大的卫国战争年代里,唐克在前线报社工作。他的诗表达了苏联人民的英雄气概、忘我牺牲的精神和必胜的信心。在这个时期,他写了很多反映苏联人民对党、对祖国的爱戴的诗作。

战后,唐克的诗的思想范围扩大了,保卫和平的主题占有重要的地位。他是全苏保卫和平委员会的委员。1949年春天,作为苏联和平使者之一,他参加了在布拉格举行的第一届世界和平大会。

那次,我们在火车上相识时,他曾回忆起当时的情况,说:"和平大会正在进行的时候,传来了一个振奋人心的喜讯:中国人民解放军跨过长江,南下了!那时我想起小学时代在地理课上了解的中国长江,想到我的童年,想到新中国成立前,几千年来,长江两岸居住着的受尽压迫的中国劳动大众,想到他们的斗争,更想到从今以后那儿将日益繁荣起来的幸福生活,于是写成诗篇《蓝色的大江》。"

1957年,唐克随同苏联文化代表团来到我国参加国庆八周年盛典,我们又见面了。10月1日,他站在天安门前的观礼台上,饱览阅兵仪式和群众大游行,兴奋的心情顿时化成诗句。他在北京游览了故宫博物院,在郊区访问了农民,参观了鲁迅博物馆,拜谒了齐白石墓;在武汉参加了长江大桥通车典礼,访问了屈原纪念馆;在洛阳观赏了龙门石窟、白马寺;在南京拜谒了中山陵;在上海会见了以巴金为首的中国作家们,参观了鲁迅故居,到普希金纪念碑前献花。

唐克来到中国时就特别想拜会齐白石老人,可惜老人已仙逝。于是他去了墓地凭吊,并用诗的语言表达了对齐白石高超艺术的颂扬和对美的礼赞。

我记得他在武汉东湖屈原纪念馆前长时间地对着屈原雕像沉思。后来他写了这样的诗句:

> 垂柳呀,你们为什么弯身探向水面?/天空吐霞光时,你们在水中有何发现?/你们看见了碧玉宝石的产地?/或是珍奇的金鱼在那里成群游玩?//垂柳悄悄地向我开言:/"你亲自向湖水深处看一眼,/不过,千万不要惊醒风儿和芦苇,/你会在湖心里看见活的屈原。"

访问中国给唐克留下深刻的印象，临别时他对我说："我还要写一些歌唱中国的诗。要写好，让它能无愧于兄弟般的中国人民的伟大成就！"

马克西姆·唐克于1948年获国家奖金。1968年获白俄罗斯"人民诗人"称号，1972年被选为白俄罗斯科学院院士，1974年获"社会主义劳动英雄"称号，1978年获列宁奖金。

风风雨雨50多年过去了。阿列希·卡尔久凯维奇父女在信中告诉我，他们在马克西姆·唐克的九卷全集和文学博物馆里，发现了他有关我的记录，还有我寄给他的画册。

我实在记不起我曾给他的画册了。当年他在中国访问时，我给他画过写生像，他在画像上签了名，但那张画像用在我与戈宝权先生译的他的诗集中，似乎没有给他。信中所说的可能是我的《速写集》，更可能是《马克思恩格斯战斗生涯》小型画册。

马克西姆·唐克直到晚年还惦记着中国朋友，使我不胜感动。

阿列克西耶维奇和她的《锌皮娃娃兵》

1989年初冬，北京，在外国文学研究所，我与阿列克西耶维奇见了面。她衣着朴实，发型简单，略带忧思的面颊上闪耀着一对灰色的眼睛。她讲话谦虚、稳重，没有华丽的辞藻，也不用豪言壮语，但每句话出口时似乎都在心中经过掂量。

她讲述自己在大学新闻系毕业之后怎样当了记者，怎样认识了白俄罗斯著名作家阿达莫维奇，怎样以他为师，后来又怎样从记者圈进入文学界。她还讲了写作《战争中没有女性》的过程。她说她用4年的时间，跑了200多个城镇与农村，采访了数百名参加过卫国战争的妇女，笔录了她们的谈话。她说战争中的苏联妇女和男人一样，冒着枪林弹雨，冲锋陷阵，爬冰卧雪，有时要背负比自己重一倍的伤员。战争以苏联人民的胜利结束，同时也使很多妇女改变了自己的天性，变得严峻与冷酷。我一边听她讲自己采访的经历，一边想象一位女性需要有多大的精神力量去感受战争惨剧和承担感情的压力。

1990年末，我在苏联《民族友谊》杂志第七期上，读到她的战争纪实小说《锌皮娃娃兵》。这部作品让我久久不能平静。

阿列克西耶维奇没有参加过苏联入侵阿富汗的战争，但她用女性独特的心灵揭示了战争的另一层面，揭示了苏联部队的内幕、官兵上下的心态和他们在阿富汗令人发指的行径。全书由几十篇与战争有关的人物陈述组成，没有中心人物。我认为它的中心人物就是战争中的人。她研究的对象是感情的历程，而不是战争本身。

如果说,阿列克西耶维奇早期作品中描绘的既有血淋淋的悲惨遭遇,也有壮丽的理想和红旗招展的胜利场面,即苏联时代军事文学的模式,那么《锌皮娃娃兵》使她走上了另一条道路:着力揭露人间悲剧的道德原因。

阿列克西耶维奇的记录不遮掩,不诿饰,她在探索一种真实,同时也可以看出她的立场——反对杀人,反对战争,不管是什么人什么战争。她在说明战争就是杀人,军人就是杀人工具。

阿列克西耶维奇的创作形成了自己的风格,作品具有"文献"价值和写"真实"的特色。她的书中没有中心人物,也不做主观的心理分析,但从她笔录的片段讲话、互不联结的事件、局部的现象——给人造成一种相对完整的概念与画面。她是通过声音在认识世界,通过心灵在揭示真实。

世界是斑斓的,而真实是刺眼的,更是刺心的!

我将她的《锌皮娃娃兵》译成中文出版。这是我在改革开放年代再次接触白俄罗斯文学。

瞻望明天

中白文艺交往的前景怎样呢?我不由得想到卡尔久凯维奇父女以及他们的团队。

阿列希·卡尔久凯维奇是白俄罗斯文学艺术出版公司负责人,《文学与艺术报》主编、白俄罗斯国立传媒大学教授,出版过20余部著作。他很重视中国文学艺术作品。更何况他还有一个研究中国文学的女儿维罗妮卡。维罗妮卡曾在白俄罗斯学习中文,2006年至2007年到上海进修,2009年至2011年又来到北京进修,专攻中国文学,已发表多篇有关中国文学的论文。她的优势是研究和翻译中文作品不必再借助于俄文,可以直接利用原文。这是白俄罗斯译介中国文化的一个新起点。

阿列希·卡尔久凯维奇父女俩每次给我来信,都热情洋溢,语词亲切。他们是我几十年后又神交的白俄罗斯文艺界的朋友。阿列希·卡尔久凯维奇是位有远见的出版家,他和女儿看到两国之间合作发展的光辉前景,便雄心勃勃地准备用白俄罗斯文多多介绍我国的文艺。他们周围还有一支强大的合作团队,同样是热心于介绍中国文艺的人士,如梅特里茨基、鲍罗杜林,还有前不久来中国访问的作协副主席加里佩洛维奇等人。现在阿列希·卡尔久凯维奇正准备翻译出版《中国历代诗词100首》。

我深信,白俄罗斯有了这样热心的人,我们两国的文化交流必将日趋繁荣!

2012 年

2011 美国诗界大辩论:什么是美国的文学标准
张子清

哈佛大学教授海伦·文德莱在 2011 年 11 月 24 日《纽约书评》半月刊上发表题为《这些是值得记住的诗篇吗?》的长篇文章,严厉批判非裔美国诗人丽塔·达夫主编的《企鹅 20 世纪美国诗歌选集》(2011),引起美国诗坛大辩论。这是美国有史以来,非裔美国诗人与主流白人诗评家的首次公开论战,促使人们进一步思考:什么是美国文化的基本价值观?什么是美国的文学标准?文学标准是否有与时俱进的可能?

如同支持美国体育事业的非裔美国运动健将层出不穷一样,美国诗坛也不断出现著名的非裔美国诗人。19 世纪末 20 世纪初的保罗·劳伦斯·邓巴是第一个饮誉全美国的优秀诗人,20 世纪三四十年代被誉为"哈莱姆桂冠诗人"的兰斯顿·修斯更是名满天下。当代的优秀非裔美国诗人勒罗伊·琼斯特别活跃,激进;玛雅·安吉罗受克林顿总统邀请,在他的总统就职仪式上朗诵;丽塔·达夫曾被选为美国桂冠诗人,还荣获了普利策诗歌奖。现任非裔美国总统贝拉克·奥巴马年轻时也诗兴勃勃,例如他的诗作《外公》(1982)描写他年轻时与外公对视时刹那的心理活动,亲切而感人;又如《地下活动》(1982)描写他某种难以尽言而欲爆发原始冲动力的感觉。这是奥巴马 19 岁在加州西方学院上学时,在校刊《欢乐》1982 年春节号上发表的两首诗。像卡特总统的诗一样,奥巴马的诗也平易近人。非裔美国人当美国总统史无前例,非裔美国总统写诗也史无前例。尽管奥巴马的两首诗比较平实,但昭示了如今非裔美国人在美国政治和文化生活中的地位之高是史无前例的。这必将给非裔美国诗歌带来深远的历史影响。

而另一方面,即使在提倡多元文化的美国的今天,白人占主导地位的主流诗坛绝不允许动摇美国白人诗人在美国诗歌史上的正统地位。在美国,新闻媒体通常很少报道个人创作或主编的诗集,可是著名诗评家、哈佛大学教授海伦·文德莱(Helen Vendler)在 2011 年 11 月 24 日《纽约书评》半月刊上发表题为《这些是值得记住的诗篇吗?》的长篇文章,严厉批判非裔美国诗人丽塔·达夫(Rita Dove)主编的《企鹅 20 世纪美国诗歌选集》(2011),引起了整个美国诗坛对该诗选集越来越多的关注。海伦·文德莱用火辣的语言,直言不讳地批评这本诗选集动摇了美国诗歌史沿袭下来的诗歌传统和审美价值观。而丽塔·达夫于12月22日在同一杂志上针锋相对地给予回击。两人的争论引发了整个美国诗坛涉及种族和文学修养问题的大辩论。《高等教育新闻》周报通讯员彼得·莫纳汉对此说:"自从2004年诗坛咬牙切齿的小冲突以来,美国诗歌界还没见识过这种规模的战斗。"英国作家、《书商》周刊前主编艾利森·弗勒德也在2011年12月22日的《卫报》上,以《诗歌选集导致种族争论》为题,对此做了长篇报道。

按照海伦·文德莱的看法,20世纪美国主要诗人包括:T. S. 艾略特、罗伯特·弗罗斯特、威廉·卡洛斯·威廉斯、华莱士·史蒂文斯、玛丽安·穆尔、哈特·克兰、罗伯特·洛厄尔、约翰·贝里曼和伊丽莎白·毕晓普,外加庞德(她说"有些人把庞德也包括进去",这表明她没反对,但似乎不完全赞成)。她为此明确而尖锐地指出:

> 桂冠诗人丽塔·达夫最近主编的20世纪新诗选已决定打破平衡,引入更多黑人诗人,给予他们可观的篇幅,给有些诗人的篇幅比给那些更著名的诗人的大得多。有些作家被收入诗集是由于他们诗作的代表性主题,而不是他们的创作风格。达夫煞费苦心地收进去的愤怒的爆发以及艺术上雄心勃勃的冥想。所选出的175位诗人凸显了多元文化的包容性。英语诗歌的演变中,从来没有一个世纪有175位诗人值得阅读,为什么我们要从许多价值很小或根本没有持久价值的诗人中采样?选择性被谴责为"精英",百花被众恩齐放。不能长期致力于创作小说的人,找到写诗的机会,就开始做渴望已久的释放。现在流行的说法(部分是真实的)是每个批评家都可能犯错。但是,时间赋予的客观性及去芜存菁的筛选是存在的。达夫所选的175位诗人中有哪几个会有持久的力量,又有哪几个会被过滤进社会档案?

海伦·文德莱进一步批评丽塔·达夫说:

> 或许达夫认为读者会被复杂的文本赶跑。于是,她从华莱士·史蒂文斯的第一本诗集《簧风琴》(1923年)里选择了5首浅近的短诗和他去世后发表的一首诗(1957年)作为其代表作,而舍弃了史蒂文斯30多年中有重大影响力的作品。是不是达夫觉得只有这些诗容易被读者接受?抑或是她钦佩史蒂文斯不如她钦佩梅尔文·托尔森,以至于给托尔森十四页篇幅而只给史蒂文斯六页篇幅?

海伦·文德莱对丽塔·达夫因编选比例失衡而造成主次颠倒的严厉批评得到了其他诗人和诗评家的响应。例如,诗人、文学批评家罗伯特·阿尔尚博也认为这本诗集在代表性上存在"严重缺陷"。又如,诗人、小说家约翰·奥尔森说这本诗选"拙劣",把"路易斯·朱科夫斯基、乔治·奥本、查尔斯·雷兹尼科夫、卡尔·雷科西和洛林·尼德克尔排除在外,令人吃惊"。

海伦·文德莱所说的"达夫煞费苦心地收进去的愤怒的爆发以及艺术上雄心勃勃的冥想",说白了,是指责达夫把那些强烈反对白人种族主义的非裔美国诗人收进了诗集里。这从美裔以色列诗人、思想家和公共知识分子沙洛姆·弗里德曼的书评中得到了证实。在某种意义上,他非常赞同丽塔·达夫,因为旧的诗选集太狭窄,过于封闭,达夫的诗选集则超越了旧有的范围;而另一方面,他又同意文德莱,因为在一定意义上说,史蒂文斯作品的价值确实超过了许多作家的总和。他最后明确地说:

> 我对这本诗集的看法并不停留在这一点上。达夫也许把过多的篇幅给了黑人作家。对此,我不会特别介意。但把篇幅给像勒罗依·琼斯这种充满仇恨、大叫大嚷的人,在我看来,是一个基本错误。反白人种族也是种族主义。在美国诗选集里,不应该收入蔑视基本美国价值观和自由的诗人。我的立场是:不能把伦理学简单地取代美学。这也是对审美判断力差的一种批评。

勒罗依·琼斯是非裔美国诗人中反对种族主义最坚决的一位,在达夫心目中,当然是英雄;可是他在白人诗人和诗评家眼睛里则是好斗的公鸡,毫无艺术性可言。沙洛姆·弗里德曼表明完全支持海伦·文德莱的审美观。

海伦·文德莱最后指出丽塔·达夫的序言存在缺陷,是因为她是诗人,对写批评文章不在行:

> 关于丽塔·达夫的序言,最简单地说,她用不是自己的体裁写作;她是一位诗人,不是评论家,作为评论家的角色令她不自在:一方面,尽全力达到效果(最喜欢的是头韵);另一方面,陷入纯粹的陈词滥调。在回到对她的个人判断之前,我想看看她序言的大轮廓,它却因简单化历史而受损,把历史时代弄成了是与否……

海伦·文德莱完全否定了丽塔·达夫主编的诗选,而这位反潮流的桂冠诗人却珍爱自己主编的这本诗选集,把它视为在她"面前闪过"的"整个世纪的诗歌轨迹"。于是她用尖刻的语言做了全面反击,说海伦·文德莱对她的批评是"屈尊俯就""缺乏诚实"

"未加掩饰的种族主义",并因此发狠说:"我不能让她用谎言和含沙射影搭建她的不切实际的纸板房。"因为版权问题,丽塔·达夫少选了史蒂文斯的诗篇,也没有收进西尔维娅·普拉斯、艾伦·金斯堡和斯特林·布朗。说明这一问题之后,她转入对海伦·文德莱的反批评,说:

> 文德莱完全误读了我对黑人文艺运动的评估,把我对他们的宣言诠释为对他们的策略表示赞同;她忽略了我的序言里一段关键性的文字("在这样叫嚣和大发雷霆的状况下,黑人诗人很少有机会来维护自己,因而被席卷到轧路机之下"),而把注意力集中在那个容易背黑锅的阿米里·巴拉卡(勒罗依·琼斯)身上,从他有历史开创性的诗篇《黑人艺术》里引用几节他诋毁犹太人的诗行,从而狡猾甚至毛骨悚然地暗示我可能有类似的反犹太人的倾向,用联想来抹黑……

丽塔·达夫在最后反击说:

> 海伦·文德莱评论中的刻薄话暴露了她超过审美的动机。因此,她不仅失去了对事实的把握,而且在猛然间接触到反例时,她过去受人称赞的理论优雅的语言,便叫嚷、抱怨和怒吼起来,一再误读意图。无论是受学术的愤怒驱使或由于她认为熟悉的世界背叛她所引起的强烈悲哀——看到一个令人敬畏的有智慧的却耽于如此拙劣表演的人,令人感到悲哀。

丽塔·达夫意犹未尽,在接受《美国最佳诗选》编辑访谈时,进一步抨击海伦·文德莱:

> 是不是只有得到这些守卫在门口审查我们证件而让我们一个个进入的批评家的批准,我们——非裔美国人、土著美国人、拉丁裔美国人和亚裔美国人才会被接受?不同种族诗人的总数标志着我们不是一个后种族主义社会;甚至那些所谓"聪明""敏锐"和"开明"的人称自己为人文主义者,却常常被他们对阶级、种族和特权的先入为主的观念所扭曲。

支持丽塔·达夫的诗人和诗评家也纷纷发表意见。例如,乔纳森·法默在2011年12月28日网络文学杂志《数百万》上以《种族和美国诗歌:达夫对决文德莱》为题,批评海伦·文德莱说:"文德莱要我们从假定的永久的未来考虑价值观,人们对什么是好和坏将有恒定而确凿的观念。这是一场令人恼怒的辩论,因为它要我们顺从这位评论家为我们遥远的后代着想,他们当然应当有与评论家本人相同的价值观。"诗人玛格丽特·玛丽亚·里瓦斯2011年12月10日在网站上以《要记住的是不是这位文德莱?》为题,表明她读到文德莱批评文章时的第一印象是:"脱离时代""不准确"和"种族歧视",并说,"这种评论怎么能被认真对待呢?文德莱怎么会犯如此错误,与当代美国诗歌的社会思潮如此脱节?"她还批评说:"一个精英文学体制里的人的思维定式如此根深蒂固,如此充满偏见,以至于她不够资格评估像达夫主编的这种诗选集。"美国电台《外卖》节目撰稿人帕特里克·亨利·巴斯以《海伦·文德莱、丽塔·达夫:改变着的诗歌标准》为题发表意见:"这一事件中,诗歌界有许多人在谈论着有关种族、美学和诗集里谁是正宗谁不是正宗等问题。"

谁是美国诗歌史中的正统诗人?这一诗歌大辩论的焦点正好暴露了美国主流诗坛平时对多元文化的暧昧态度。托妮·莫里森在20世纪80年代发表题为《美国文学中非裔美国人的存在》的演说中指出:"关于标准的辩论——不论批评、历史、历史知识、语言的定义、美学原则的普遍性、艺术的社会学和人文想象——在什么地域,是什么性质,有多大范围,都归属于一切利益。"

不过,这是学术规范与种族歧视相纠缠的复杂问题。美国毕竟是多元文化的社会,正如达夫所说,美国现在不是后种族主义社会,不存在主流诗歌界甚至政界封杀少数族裔诗人和诗评家发言权的现象。相反,优秀的非裔美国作家进入了美国文学主流。例如,托妮·莫里森除了获得世界文学最高荣誉的诺贝尔文学奖之外,还几乎囊括了美国文学的各种大奖。而丽塔·达夫除了任桂冠诗人和美国诗人学会常务理事之外,也是包括普利策奖在内的各种诗歌奖的得主。这也是海伦·文德莱不能容忍丽塔·达夫在序言里抱怨"文学当权派"的原因之一,文德莱说:

> 我们现在回到"诗歌当权派"的问题上来。这所谓的"诗歌当权派"成员(无论是谁)"用壕沟保护自己"(如同在战争中一样),被"涂抹"成耶稣谴责的"伪君子"。作为一个获奖学金的高校"总统优秀生"、大学毕业的优等生、富布赖特奖学金获得者,长期受到各种奖励的达夫怎么可能用这么低级的措辞描写美国社会?

这是美国有史以来,非裔美国诗人与主流白人诗评家的首次公开论战,其本身说明了非裔美国诗人与主流白人批评家在政治上是平等的,在学术讨论上也是平等的。丽塔·达夫当然有权按照自己的政治理念和审美原则,对20世纪美国诗歌建立她的审美标准,如同海伦·文德莱按照自己的政治理念和审美原则,建立美国诗歌审美标准一样。但文德莱列出的 20 世纪美国诗歌主要诗人的名单毕竟有疏忽之处,她列出的都是出生在 19 世纪末和 20 世纪初之间的诗人,而排除了 20 世纪下半叶出生的主要诗人。丽塔·达夫在诗选里正好收录了 20 世纪下半叶的主要诗人和各少数族裔诗人,对传统的诗选集是一个补充。

这场具有深远历史影响的大辩论促使人们进一步思考:什么是美国文化的基本价值观?什么是美国的文学标准?文学标准是否有与时俱进的可能?

附:美国总统奥巴马的两首诗。

外　公(1982 年)

外公坐在他宽大而破旧的
坐垫上,掸下一些香烟灰,
转换电视频道,再呷一口
烈性西格朗姆酒,问
我该怎么办,一个不成熟的
年轻人,不谙尔虞我诈的世界,
因为我一直很顺利;我直视
他的脸,紧盯到他的眉毛为止;
我肯定,他全然不知自己
水汪汪的黑眼睛,眼神游移不定,
他那缓慢的令人不快的痉挛
也不停止。
我聆听,点头
聆听,敞开听,直至我紧紧地抓住
他淡米黄色的 T 恤衫,大吼,
朝着他大耳垂的耳朵大声吼,
而他仍然讲着他的笑话,我便问他
为什么如此不开心,于是他回答……
但是我不再关心,他唠叨得太长了,
从我的座位底下,我抽出一面
我一直保存的镜子;我哈哈大笑,
放纵地大声笑,笑得血气从他的脸上

朝我的脸上直冲,
他于是变得越来越小,
小到成了我头脑中的一个小点,
一个可以被挤出来的小东西,
像一粒
夹在手指间的西瓜子。
外公又呷了一口烈性酒,指出
他的和我的短裤沾有相同的琥珀色污迹,
让我闻一闻他的气味,
从我身上传过去的
气味;他转换频道,
背诵一首旧诗,
一首他在他母亲去世前写的诗,
站起身来,大声说,要我拥抱他,
我躲闪着,我的手臂几乎围不住
他厚实油腻的脖子和宽阔的后背,
我看见我的脸镶在他的
黑框眼镜里,知道他也在笑。

地下活动(1982年)

在水淋淋的洞穴里面,
挤满吃无花果的猩猩。
踩在它们吃的无花果上,
猩猩咂吧咂吧地吃着。
猩猩们号叫着,露出
它们的齿龈,手舞足蹈,
在急流里打滚,霉臭味的湿毛皮
在蔚蓝色中闪闪发亮。

纪念狄更斯200周年诞辰："他的心始终向着穷人和不幸者"

薛鸿时

一

100年前，弗朗茨·梅林在纪念狄更斯100年诞辰时曾撰文说："2月7日，他100岁生日的时候，诗人的坟墓也理应得到工人阶级的一个表示敬意的花圈。"他盛赞这位英国伟大作家那"几乎令人难以置信的创造力"，并且说"他的心始终向着穷人和不幸者"。这很自然，因为狄更斯本人就当过童工，从小亲身体验到英国工业化、城市化过程中底层市民和工人生活的痛苦。狄更斯（1812—1870）出身贫贱，祖父母都是克鲁勋爵府的仆役，父亲是海军军需处小职员。狄更斯自小有表演天才，幼年时父亲就曾带着他和姐姐范妮到罗彻斯特的米特尔饭店，把他俩抱上大餐桌，表演滑稽歌舞，赢得喝彩。后来父亲因欠债无力偿还，拖累全家人一起被关进债务人监狱。当时狄更斯12岁，早已因家贫中断学业，在一家黑鞋油作坊当童工，每周挣六七先令贴补家用。他在外借宿，早晚去监狱两次，和亲人们一起进餐，听熟了狱中人们各自不幸的故事。每天晚上他都要待到监狱锁门的时候才独自赶回去睡觉。走夜路对孩子来说是非常可怕的事，尤其是走过新门监狱前，常会看见那里悬挂着刚被绞死的犯人的尸体……父亲出狱后，他曾回学校上过学，但不久又因贫困永久性失学，从此他再也没有机会受学校教育。后来他进律师事务所当练习生，以弥补正规教育的不足。17岁时他学会了速记术，被伦敦民事律师公会录用，担任审案时的速记员。这段工作经历使他获益匪浅，他从形形色色的民事纠纷中，深谙了社会矛盾和世态人情。两年后，他当上了报社记者，专门报道议会辩论。议会休会期间，他被派往外地采访。当时道路交通状况很差，他常在猛烈颠簸的马车上，凑在昏暗晃动的车灯下，把速记记录转写成正式稿子，抢先发出去。新闻工作的磨炼，使他养成对时事的敏感和快速写作的本领。他热爱表演，曾准备去应职业演员考试，但因病未果。丰富的阅历使他早熟早慧，帮助他最终走上了文学创作的道路。他24岁时以伟大的长篇小说《匹克威克外传》誉满天下，从此成为命运的宠儿，一帆风顺地走向荣誉的巅峰。这位只断断续续上过4年小学的年轻人确实创造了奇迹。他一生共完成14部半长篇小说和卷帙浩繁的其他形式的创作，成为与莎士比亚比肩的、英语国家家喻户晓的文学巨人。

狄更斯回忆自己不幸的童年经历时说，当年他又饿又馋地在街上荡来荡去，和小偷、流氓、妓女擦肩而过,"若不是上帝的恩慈,专就我所受到的照顾来说,我本来很容易变成一个小强盗或小流氓呢"。然而,他不但没有走向堕落,反而从童年的苦难中汲取了极其丰富的养料。他对社会底层人民的痛苦感同身受,他真诚地同情贫苦无告的受难者,尤其是妇女和儿童,这就给他的文学事业定下了基调。狄更斯的全部作品都渗透着民主精神、人道主义精神、"圣诞精神"。他始终抱着明确的道德意图在写作,他毫不犹豫地攻击社会罪恶,他确信人民群众大多数是善良的,生活像一条隧道,黑暗尽处是光明。狄更斯的心始终和劳苦大众紧密相连。

1836年,他刚登上文坛时,安德鲁·阿格纽爵士等人在议会提出《星期日守则法案》,以恪守宗教虔诚的理由,企图通过立法,禁止人们在星期日外出购物、游览。狄更斯立刻写出小册子《星期日三题》加以辩驳。狄更斯说,这种主张简直荒谬至极,按先生们的意见,穷人们如果在星期日买杯酒放松一下,或是给孩子买块糕点吃,就要罚款,如果雇出租马车出游更要重罚。这实在太不公平了,因为富人一年到头都有马车可坐,天天可以享受盛宴,根本体会不到穷工人从周一到周六都得在肮脏的车间里拼命干活的辛苦,为什么不允许他们星期日换上干净衣服出去放松一下呢?他把阿格纽爵士的提案斥责为"深思熟虑的残忍,诡计多端的不公""想剥夺穷人仅有的快乐者,真是铁石心肠"。他还以讽刺笔法形容富人们上教堂连赞美诗都懒得唱,出钱雇唱诗班,而穷人们在贫民窟小教堂里都感情十分投入地齐声赞美主的博爱、仁慈。狄更斯终生热心慈善事业,最著名的一桩善举就是在1847年和慈善家库茨女士共同创办"乌拉尼亚村",以挽救被生活逼迫为娼的不幸姐妹们,治好她们的病,送往澳大利亚或新大陆,使她们有机会获得新生。为提倡博爱、仁慈、宽容的"圣诞精神",狄更斯写了一系列圣诞小说,其中最著名的一篇是《圣诞颂歌》(1843年),写的是吝啬鬼史克鲁奇在受"圣诞精神"感化后的转变。书中借幽灵之口驳斥那位赞成马尔萨斯人口论、主张减少"过剩人口"的富人说,"在苍天的眼光里,比起千百万穷人家的孩子来,也许你是更没有价值,更不配活下去的哩"。

狄更斯生活在英国工业化、城市化飞速发展的时代。在狄更斯出生之前,英国已发明并广泛应用蒸汽机。他13岁那年,第一列蒸汽火车已奔驰在斯托克顿—达林顿线路上。英国是诸多重要科技发明、创新之乡,狄更斯19岁时,达尔文的进化论和法拉第的电磁感应论同时在英国诞生。他21岁时,英国蒸汽船首次成功越过大西洋。到他51岁时,伦敦甚至已开始建造世界第一条地铁线路。维多利亚女王时代是大英帝国全盛时代,英国钢铁、煤炭产量占全球一半以上。英国的发展无先例可沿,伴随着发展,同时产生了一系列社会问题:贫富悬殊、环境污染、劳资冲突,穷人的住房、教育、卫生条件极端恶劣。狄更斯为他的时代描绘出生动、广阔的画卷,他塑造人物的本领尤为出色，在英国文学的版图上留下众多不朽的人物典型。我们看到：挑起事端、吃了原告吃被告的恶讼师道孙和福格；假哭起来流眼泪像打开水龙头一样方便的骗子屈拉；贫民习艺所里喝完一小碗稀粥后可怜巴巴地说"对不起，我还要"的孤儿奥立佛·退斯特……他创造的人物已获得永久的生命，像老朋友一样和一代代读者生活在一起。人们把乐善好施的人称作匹克威克、布朗罗或契里布尔，把儿童教唆犯唤作费金，吝啬鬼叫史克鲁奇，伪君子叫裴斯诺夫，野心家阴谋家叫希普或卡克，妄自尊大的小官僚叫本布尔，以推诿为能事的官僚机构叫"兜三绕四部"……这些专门名词已被普遍应用并收进英文词典。狄更斯创造的艺术世界不但成为英语民族文化的重要组成部分，而且已成为全人类共同的精神财富。

二

狄更斯真实地描绘了英国工业化、城市化过程中出现的贫民窟、童工、妓女、刑事犯罪、骗钱学校、高利贷剥削等等人间众生相。试以《董贝父子》和《艰难时世》为例，略作分析。

《董贝父子》写于1846年至1848年间，是作者的第7部长篇小说。狄更斯一生除创作两部历史小说《巴纳比·鲁吉》（1841）与《双城记》（1859）外，其他作品写的都是当代生活，但都有若干年的时间差，写的大致上是他童年时代的生活，而《董贝父子》则有很强的"即时性"，描写的就是小说发表时的英国社会生活。《匹克威克外传》中四位朋友出游考察时乘坐的还是驿车，而《董贝父子》中着力描写新型的交通工具——火车。小说故事发生的年代，英国早已成功地从农业社会转型为工业社会。英国农民流入伦敦，"他们双足疼痛、疲惫不堪，以惊恐的目光看着面前那座大城市，似乎预见到一旦进了城，自己的苦难就会像大海中的一滴水、海岸上的一粒沙一样微不足道。他们蜷缩着身子，在冷雨凄风下冻得瑟瑟发抖，似乎已无所容于天地间"。在城市化过程中的贫民窟里，"有毒颗粒物化为稠密的黑云，低覆在人类居住的城市上空"，更严重的是"人类的道德瘟疫也和有毒的空气一起上升"……

社会转型期间妇女的地位问题是这部小说的重要主题，故事中着力描写的两对母女（贵族斯丘顿夫人与她的女儿伊迪丝，以及捡破烂的贫妇布朗太太与她的女儿艾莉斯），她们分别身处社会两极，伊迪丝和艾莉斯都是绝色女子，性格都很刚强，但同样都未能逃脱万恶的"权"与"钱"的摧残。在那个不合理的社会，女性的美丽甚至风韵、才艺都不属于她们自己，而是被标价出售。伊迪丝在违心地嫁给大富豪董贝先生之前，向这位毫无艺术品位的生意人，充分展示了音乐、美术的才华，以增加自己的"附加值"。伊迪丝和艾莉斯都不甘屈辱拼命反抗，她们主动地选择了悲剧的命运。狄更斯把爱情婚姻的理想寄托在弗洛伦斯和沃尔特、涂茨和苏珊身上,这两对的幸福婚姻是排除了阶级出身、社会地位和财产状况的巨大差异才得以缔结的。

本书主人公董贝先生是个硬邦邦的、不打弯儿的资本化身,坚信金钱万能,最后连遭丧妻、夭子、背叛、破产,成为一无所有的穷人后,才克服了金钱的异化,恢复了正常的人性。书中的伪君子、两面派、背主的恶棍、诱骗主人妻子的詹姆斯·卡克是个复杂的现代人物形象,他与犯错误的哥哥划清界限,装出一副疾恶如仇的假象,目的是拼命往上爬。狄更斯充分揭示了卡克充满矛盾的内心世界,在他最后被卷入火车车轮之前,却怀着温情怀念被他背弃的哥哥和妹妹。又如一心想当董贝续弦的托克丝小姐,缺乏自知之明,闹了不少笑话,然而在董贝破产后,她竭尽所能给予关怀、帮助,突显她始终如一的执着和真诚。E. M. 福斯特在《小说面面观》中,批评狄更斯只会塑造"扁平"人物,这话是不正确的。事实上狄更斯塑造人物的本领非凡,绝不是简单化、概念化。他笔下的虽无文化、但善良质朴的涂德尔夫妇,以及充满正义感、勇敢忠诚的女佣苏珊·聂宝,都是在英国工业化进程中进城找活干的乡村居民,都具有美好的心灵。从狄更斯塑造的这些社会地位低下的正面人物身上,可以充分见出作者的民主思想。

《艰难时世》写于1854年,是狄更斯第10部长篇小说,直接描写当时英国的工人运动。为此,他还特地前往普雷斯登去考察发生在当地的工人罢工。其实当时马克思、恩格斯就在伦敦、曼彻斯特等地活动,那场罢工正是在他们革命思想影响下进行的,是英国工人阶级争取实现"人民宪章"的长期斗争的继续。萧伯纳说:"如果你是按着写作顺序读狄更斯的,那你就只得向早期著作中那个轻松愉快的、只是偶然表示愤怒的狄更斯告别了;他的偶然的愤怒已经发展深入对现代世界整个工业秩序的激情的反抗,你应当从这里得到享受。这里你所看到的不再是恶棍与英雄,而只有压迫者与受难者,或者身不由己地压迫别人,或者自己受苦。他们受到一部庞大机器的驱使……"在小说中,狄更斯批判边沁的"功利主义",反对把资产阶级唯利是图的本质加以美化,把资本主义的剥削关系看作是合理的和永恒的。

小说背景设在英国一工业城市焦煤镇。书中那位靠做五金生意发了财、当上国会议员兼模范学校校董的葛莱恩就是功利主义的代表。他的教育思想可称为"事实哲学",专讲实际利益,排除一切"真诚的情感"和"想象力"。狄更斯塑造这个人物时,摆脱了现实主义方法所要求的精确,而采用了浪漫主义方法所要求的主观性、创造性、想象力和激情。他使葛莱恩夸张、变形,他那四四方方的脑袋里装满生硬的事实,四四方方的额头就像一堵墙,就连他的外衣、大腿、肩膀、手臂都是方的。他的错误教育严重扭曲了儿女的人格。儿子独立生活后,纵情声色,堕落为偷银行的罪犯;女儿在他逼迫下,嫁给比自己大30岁的虚伪、残暴的资本家庞得贝,没有爱情的婚姻,使她无法忍受,后来她又受一个纨绔子弟的引诱,险些弄得身败名裂。对儿女教育的失败,使葛莱恩最终醒悟。

小说正面表现了19世纪50年代英国的阶级斗争。工人们不堪忍受恶劣的工作条件和生活条件,组织起工会,进行罢工斗争。有一名叫斯提芬的工人死活不肯参加工会,他的理由很简单:"工人不上班干活,靠什么维持生活呢?"于是被工人领袖斯拉克布瑞其斥为"叛徒、懦夫和变节的人"。资本家庞得贝听说此事,心中暗喜,连忙派人把斯提芬找来,准备培养他当破坏工会运动的工贼,不料遭到斯提芬拒绝,一气之下,先解雇了他。斯提芬到处找工作,中了坏人的圈套,掉落在一处矿井中摔死。值得注意的是,狄更斯同情像斯提芬那样缺乏阶级觉悟和斗争性的工人,却对工人领袖加以嘲讽,把他描写成一名蛊惑人心的煽动者。狄更斯和马克思、恩格斯近在咫尺,但并没有接受他们的革命学说,他认为资本家和工人都是人,应当友爱互助,劳资两利。

前苏联的英国文学史家阿尼克斯特以及我国许多专家历来都强调狄更斯思想的"局限性",我至今仍认为确实如此。狄更斯反对以暴力手段解决社会矛盾(包括阶级压迫、宗教对抗和文化冲突)。他在描写英国历史上著名的"戈登暴动"的小说《巴纳比·鲁吉》前言中指出:"全部历史告诉我们:人们误称为宗教口号的东西,很容易由那些毫无宗教信仰者喊出来,这些人在日常行动中甚至完全无视最普通的是非原则;这种口号是偏狭和迫害狂的产物,具有愚昧无知、鬼迷心窍、顽固不化和残忍狠毒的性质。"小说生动地展现了在野心家、阴谋家的"忽悠"煽动下,陷入宗教迷信狂热的群众一系列打砸抢烧、令人发指的暴行。狄更斯描写法国大革命的著名小说《双城记》,站在道德制高点上,充分揭露并控诉了革命前权贵们欺压、践踏平民的滔天罪行,表明革命的正义性。但与此同时,揭示革命过程中野蛮、血腥的暴行,尤其是无数冤假错案的发生。我相信看过小说的人,都会牢记被暴民们错当作革命敌人送上断头台的那位心地善良的女裁缝。小说中,狄更斯更以满腔热情讴歌英国青年律师卡尔顿,他为了所爱的露西一家的幸福,甘愿替她的丈夫上断头台。我们可以由此得出结论:狄更斯只赞成和平、理性、渐进的改良,而绝对不赞成血腥、暴力的社会冲突。他的主张对于英国来说似乎有理,因为狄更斯逝世百年后,英国工党政府"颁布了《工会与劳工关系法》《工作场所保健与安全法》《就业保护法》《平等机会法》,扩大工人在企业中的权利,并把工人监督融合到工业民主中去,使劳资共同参加公司一级的管理制度化"。但是,我们不能由此而一概反对暴力革命,英国渐进式改良的成功也是百余年来工人群众斗争的成果,否则权贵资本家们闷声发财,哪里还会想到什么公平正义?又何必启动改革?

三

  笔者幼年在慈母膝下承欢时,就听她讲狄更斯的小说故事,不由得热爱狄更斯。1949年后,受马克思对狄更斯的正面评价(以狄更斯为首的一批小说家"在自己的卓越的、描写生动的书籍中向世界揭示的政治和社会真理,比一切职业政客、政论家和道德家加在一起所揭示的还要多")的影响,所以,阅读和研究狄更斯所受的"左"的干扰,要比阅读、研究其他西方作家少些,主要是不得不批判狄更斯的人道主义。岁月匆匆,从梅林的纪念文章至今,又过去了100年。写这篇纪念文章时,最使我感到欣慰的是,大家已经不必再违心地去批判什么人道主义了。世界潮流浩浩荡荡,今天我们已经可以理直气壮地说:要以人为本,建设和谐世界了。

"反诗人"VS"反诗歌"
——智利诗人尼卡诺尔·帕拉侧写
许 彤

去年12月1日,拉丁美洲"反诗歌"开山宗主、智利诗人尼卡诺尔·帕拉(Nicanor Parra,1914—)荣膺2011年塞万提斯文学奖。4月23日,诗人的孙子乌加特代表祖父在马德里领取了奖项。诗人鲐背之年享此殊荣,成为该奖历史上最年长的获得者。

帕拉被誉为智利诗坛代表人物和"反诗歌"开创者,他以"反诗歌"形式,使用黑色幽默手法捍卫诗与诗人的本体。西班牙语文学界普遍认为帕拉获奖实至名归,"公正评价了一项意义深远的文学事业"。西班牙新锐小说家马尔克斯·希拉尔特·托雷特称帕拉是大家心目中最佳候选人。智利小说家马尔塞拉·塞拉诺进一步指出帕拉获奖表明西班牙终于承认其诗歌具有无可估量的价值,也是对他发动的语言革命的褒奖。尼加拉瓜作家拉米雷斯认为"反诗歌"以幽默和快乐的方式写作并与经典范式决裂,这对于"60年一代"的蜕变至关重要。智利著名小说家安东尼奥·斯卡梅达认为帕拉是一位睿智、纯粹和充满幽默感的诗人、才华横溢的创新者。他选择了一条清澈明晰、锐意进取的迷人诗歌道路,重视幽默的智慧,以混搭、嘲讽和聪慧的方式,赋予了西班牙语崭新光彩,在精确雕琢之上寻求自然质朴。

尽管国内尚未翻译刊印帕拉单行本诗集,但中国读者对尼卡诺尔·帕拉并非全然陌生。1958年,诗人曾作为智利文学工作者代表应邀来中国参加庆祝世界和平运动十周年活动。20世纪80年代以来,国内西班牙语文学界对于帕拉的关注度不断上升。1987年,北京大学赵振江教授在《五光十色 相映生辉——西班牙语美洲诗歌漫谈之三》中扼要介绍了帕拉的创作历程及特点,指出帕拉的"反诗歌"主张是当代西班牙语诗歌发展的重大事件。第二年,赵振江又在其主编的《拉丁美洲历代名家诗选》中收录了帕拉四首代表诗作——《幸福的日子》《过山车》《礼仪》和《自己》。同年,黎华在《人民日报》发表专稿介绍尼卡诺尔·帕拉。1994年,由拉丁美洲11国驻华使馆合作编译了西汉双语《拉丁美洲诗集》,其中译介了帕拉的《一个想象的人》和《墓志铭》两首诗。进入新世纪后,学术界开始从文学史角度关注帕拉的诗歌艺术及其对西班牙语当代诗歌的影响,又译介了帕拉的部分作品。与此同时,互联网上也出现了一些文学爱好者抄录、辑录或从英文转译的帕拉诗作。

"反诗人"素描

"打电话确定拜访事宜时帕拉没有使用敬语。当我们在他在格林威治租住的公寓碰面时,帕拉披着睡衣,光着两条腿,趿拉着拖鞋,头发乱蓬蓬地出来打招呼。'反诗人'在下午就该是这副样子。"

和帕拉的英文译者罗伯特·利马一样,在读者和评论界眼中,帕拉特立独行,口无遮拦,不畏强权,叛逆不羁,活脱脱就是"反诗歌"和"反诗人"的最佳形象代言,《圣地亚哥时报》甚至称他为"智利诗歌摇滚明星"。

尼卡诺尔·帕拉 1914 年 9 月 5 日生于智利中部奇廉市,来自典型的外省中产人家。父亲是小学教师,喜欢吹拉弹唱,舞文弄墨,颇有几分波西米亚游吟艺人的派头。母亲出身农户,颇有音乐天赋,谙熟民歌。在母亲耳濡目染之下,帕拉和弟妹们从小就接触到智利乡村民间文化,它们是滋养帕拉作品的沃土,也促使诗人在日后的创作中不断探寻和开拓日常口语的表现力与可能性。或许是对父母艺术天分的传承,帕拉和弟弟妹妹们不约而同选择了文艺道路。帕拉家族第三代和第四代中也有很多人投身艺术产业,被视为拉丁美洲非常有影响力的艺术世家之一。

由于父亲经常调职或失业,更是由于其放浪不羁的艺术家气质,年少的帕拉经常搬家,随着家中人口增多和父亲升迁受挫,原本算不上富裕的家境越发窘迫,母亲从未怨天尤人,用孱弱的双肩为孩子们撑起一片安稳温暖的天空。母亲的坚毅、善良和温柔是童年帕拉踏实温暖的依靠,更是诗人心中最柔软的记忆。多年之后,帕拉在《克拉拉·桑多瓦尔》一诗中深情赞美母亲:

> 我们的克拉拉是多好的女人呀!/……/当在缝纫机后面看不到她/绗绗匝匝,匝匝绗绗——她总得喂饱一家人/就是说她在削土豆皮/或者在缝缝补补/或者浇花/或者洗着永远洗不完的尿布/她可不痴心妄想/明白自己嫁的人不太食人间烟火/她只忧心健康问题/给缝纫机纤针/得眯着眼睛使劲儿瞅/眼镜太贵了/还有那些妇科病呀……/但是她从来没有丧失耐心:/成千上万米呢绒/从她神奇的双手中流走/变成大堆大堆廉价裤子/去往四面八方/越是苦难降临/她越斗志昂扬/为着弟弟小邈托能上中学/为着妹妹小比奥莱塔不病死/她还有时间哭泣/为那个得黄疸病的年轻寡妇/她将作为智利最不幸的母亲/载入史册/她还有时间祈祷。

该诗具有典型的"反诗歌"特征,语言平实,风格质朴,意象朴拙,感情深沉热烈,诗意绵延不绝。作者以口语入诗,直抒胸襟,但遣词造句考究精准,毫无夸张造作之嫌;引入民歌吟咏结构,一唱三叹,利用层层比兴,从细微之处描摹母亲的辛劳与慈爱,在反讽和幽默的表象之后隐藏着含泪的笑。正如帕拉所述:"我的诗作不仅仅是诗,还是戏剧独白,因为在我的诗歌中有活生生的人物。它们不掉书袋,讲的是发生在像您或我似的'某人'身上的'某事'。"这恰恰是"反诗歌"的精髓所在。

1932年,帕拉进入首都圣地亚哥一所寄宿学校完成中学学业。在圣地亚哥学习期间,帕拉"发现"了西班牙现代诗歌和法国超现实主义诗歌,并尝试摹仿创作了一些诗歌。大学毕业后,帕拉继续投身文学创作,曾被推选为奇廉市"春之节"桂冠诗人。1943年至1951年期间,帕拉先后两次前往美国和英国分别进修高级机械工程和宇宙学,回国后逐渐将更多精力投入文学创作中。1952年,他与诗人恩里克·林、演员兼作家亚历山德罗·霍多罗维斯基合作在圣地亚哥一条街道上展示了拼贴作品"壁画诗"《秃鹫》,这是帕拉"跨界"艺术活动的发端。后来诗人还在实用艺术品创作中广泛使用拼贴、混搭、改写、重写技法,形成所谓的"视觉装置"艺术。

帕拉的主要诗歌作品有《无名歌集》《诗歌与反诗歌》《长长的奎卡舞》《沙龙诗行》《俄罗斯歌曲》《装置集》《埃尔吉的基督讲道集》《埃尔吉的基督讲道新集》《扰乱警察的笑话》《圣诞歌谣》《政治诗》《帕拉诗页》《用来抗击秃顶的诗歌》以及自选集《鸿篇巨制》等。2006年和2011年,帕拉推出了两卷本全集——《全集和补编》,这是诗人全部文学创作作品第一次结集出版,被誉为21世纪西班牙语出版界的一大盛事。

"反诗歌"素描

一切/都是诗/只除了诗歌。

帕拉并非是以"反诗人"之姿登上文坛的。1937年,他出版了"学徒时期"习作《无名歌集》。青年帕拉还不具备纯粹的个人风格,诗集的写作灵感源于西班牙诗人加西亚·洛尔卡的《吉卜赛谣曲》,并受到了智利传统民谣和拉丁美洲现代主义诗歌的影响。当时的智利评论界对《无名诗集》青睐有加,授予帕拉圣地亚哥城市诗歌奖,智利著名诗人、诺贝尔文学奖获奖者米斯特拉尔还亲自出席颁奖仪式。随着诗学观念的进化,帕拉本人对这部诗集越来越不满意,认为它不过是智利农民语言和梦境意象的大杂烩,拒绝将它收入1969年出版的自选集《鸿篇巨制》中。

"反诗歌"源于帕拉1954年出版的诗集《诗歌与反诗歌》。它只有几十页,收录了帕拉从20世纪30年代末至50年代初创作的不足30首诗歌。关于这部诗集还有个小故事。帕拉化名参加智利作家工会组织的诗歌比赛,以一位友人的名义提交了《人性与神性之歌》《诗歌》《反诗歌》三部诗稿,结果它们分别获得了一、二、三等奖。主办者直到公布获奖者名单时才发现真相,大为光火,宣布获奖者空缺。而且智利作家工会诗歌奖包括一项出版资助,帕拉原本打算只将《反诗歌》付梓,便向作家工会提出撤回其他两部诗稿。这下子可捅了马蜂窝,智利作家工会坚称既然它们是获奖作品,作者就不再享有参赛作品的所有权,工会可以自由出版这些诗稿。帕拉干脆"合三为一",将三部诗稿打包出版。出版社还邀请聂鲁达撰文推介诗集,但《诗歌与反诗歌》再版时,帕拉删掉了聂鲁达的溢美之词。

从《无名歌集》到《诗歌与反诗歌》,帕拉有近18年没有出版过单行本诗集,既可以说是帕拉的诗歌蛰伏期,也恰恰是诗人"反诗歌"诗学理念的生成期。帕拉曾经幽默地表示"反诗歌"的根源是卡夫卡小说和卓别林电影,但立刻又口风一转,半真半假地说自己从来不上电影院。我们可以肯定的是出国留学对于帕拉意义重大。帕拉在美国和英国亲眼见到了现代都市的繁华与阴晦,亲身体会到工业都市文明的巨大冲击。帕拉还广泛阅读欧美经典诗歌——威廉·布莱克、惠特曼、庞德、艾略特、狄兰·托马斯、奥登……大大开拓了美学视野,启发他重新审视诗歌抒情主体的角色与界限,尝试摆脱华丽空洞的修辞,挑战诗歌语言的极限。同时,诗人还热忱地学习弗洛伊德学说,不断思考科学与诗歌之间的关系和人的存在问题。"反诗歌"诗学理念也在广泛阅读和思想砥砺中逐渐成形。多年之后,帕拉坦陈"反诗歌"是自己不断探索的产物:"我在1938年就开始写它们,但直到1949或1950年,我在英国的时候,才给它们命名。当我在一家书店找书的时候,注意到法国诗人Henri Pichette一部名为《反诗歌》的诗集。这么说来19世纪就有人使用'反诗歌'这个概念了,虽然很可能古希腊人早就用过它了。无论如何,'反诗歌'这个概念是后来才形成的,换言之,我不是按照某种完全设定好的理论写作这些诗的。"

《诗歌与反诗歌》是评论家眼中智利文学史上的分水岭之作,也奠定了帕拉的"反诗歌"范式。具体而言,"反诗歌"核心理念就是从形式到内容反对传统诗歌。在帕拉等年轻一代诗人眼中,50年代智利诗坛陷入了故步自封的怪圈,许多诗作依然洋溢着浓郁的现代主义气息,或者粗陋模仿维多夫罗和聂鲁达,矫揉造作,故作高深,与智利社会现实和民众的所思所想完全脱节。帕拉认为智利诗坛必须锐意改革,以全新形式、全新结构和全新诗歌语言缔造人民的新诗。诗人在《过山车》一诗中发出呼唤:

在半个世纪之中/诗曾经是/庄严的傻瓜们的天堂/直到我来临/直到我装置了我的过山车。/上来吧,如果你们愿意/如果你们跌下口鼻出血/显然不干我事。

帕拉的"反诗歌"是新诗歌语言的建构——"'反诗歌'某种程度上是自动写作。

诗人仿佛灵媒,语言开始自主运动,追求沟通和读者参与"。换言之,"反诗歌"力求打破文学与非文学之间的界限,相信凭借语言革新可以重新将诗意灌注在僵死的语言之中。帕拉的"反诗歌"强调对话性,坚持诗应该与读者实现直接交流。诗人希望借助口口传播的便捷特征使自己的作品具有口头文学的易近性,更加贴近诗作的潜在读者。因此,"反诗歌"不是象牙塔中的文字游戏,而是剔除了理想化和神圣化假面的抒情主体的质朴心语。"反诗歌"不太看重私人情感的抒发,也不仅仅诉诸内在化的诗意传达,它强调的是如何将个人对世界的看法传递给读者并通过文本实现与读者诗意层面的交流。正如帕拉在《警告读者》一诗中所言:

法学博士认为这部书不应该出版:/彩虹这个词没有出现在任何地方,/更看不见痛苦这个词,/看不见托尔夸拖这个词。/椅子和桌子肯定是大量存在,/棺材!文具!/这让我充满骄傲。/因为,在我看来,天空正掉下来裂成碎片。

诗人反复强调在"反诗歌"中没有异国情调的风景,没有辉煌的英雄事迹,有的只是日常生活沙砾般的质感和痛彻骨髓的细节真实,记录着抒情主体对于现代社会和现代人的观察和质疑,并将自己的思索传达给读者。某种意义上,"反诗歌"是社会诗歌的新发展,是超越直接抨击之外对现代世界本质的揭露。

"反诗歌"的另一个特征要求诗歌语言和诗歌结构清晰明澈,为此,帕拉选择了散文化和引入叙事话语两种主要途径。在《幸福的日子》中:

今天傍晚,我走遍/故乡寂静的大街小巷,/唯一的朋友陪伴着我,/那就是暮色苍茫。/眼前的一切和当年没有两样,/秋天和它那朦胧的灯光,/已被时间掠走,/给它们罩上了凄凉的忧伤。/请相信,我从未想过。/重游可爱的故土,/可现在回来了,却不明白/我怎么会远离了家乡。/一切都毫无变化,/无论是白色的房屋或古老的门廊;/一切都原封未动,/教堂的塔顶上还有燕子的巢房;/蜗牛爬行在花园里,/青苔还长在潮湿的石地上。/谁也不会怀疑/这里是蓝天和枯叶的领地,/每一个事物/都有它独特美好的篇章,/就连那阴暗的影子都使我/仿佛看到了祖母的目光。/这都是值得怀念的往事,/伴随我度过了青春的时光。(赵振江译)

帕拉朴素的诗句仿佛流动的镜头,引领读者跟随抒情主体重返故乡,以陌生又略带乡愁的眼睛看故乡物是人非,抑或人是物非,仿佛在向我们诉说每当变幻时的五味杂陈。读者蓦然发现"反诗歌"的抒情是如此真实,亦如我们每一个人投向往日时光的心境。热内·德·科斯塔认为帕拉大量使用叙事性话语,赋予诗歌散文般的流畅,但在句法和韵律上保持着微妙的平衡,骨子里是真正意义上的抒情诗。口语性是"反诗歌"另一重要的语言特征。需要注意的是,"反诗歌"要求口语化,拒绝过度修辞和繁赘的意象,但帕拉的诗歌语言绝非粗鄙顽劣,而是简洁准确。他打破了诗歌语言的定式思维与形式,采用黑色幽默、嘲讽与自我嘲讽、戏谑、拼贴、戏仿、悖论各种修辞手法和语言手段,增强诗歌语言的表现力和感染力。

开放性是"反诗歌"的形式需求。面对二战之后现代世界不可逆转的碎片化趋势,帕拉质疑现代性,讽刺资本主义的罪恶,向往公正与自由,但他的全部诗作都不提出任何解决方案。诗人甚至拒绝给自己的"反诗歌"理念一个明确完整的定义:

> 什么是反诗歌?/茶杯中的一场风暴?/岩石上的一抹雪痕?/……/一面说实话的镜子?/……/用十字/标出你认为正确的选项。

这也许是"反诗歌"最大的困境,然而或许也是"反诗歌"最契合这个时代读者的地方。

在《诗歌和反诗歌》之后,帕拉在延续"反诗歌"核心价值之余,又进行了许多其他尝试。他在诗歌创作中进一步应用拼贴技法,试图从形式和内容上革新传统诗歌。如《装置集》不是以书籍形式出版,而是将每首诗都制作为一张配有插图的明信片。读者可以按照明信片的装盒顺序阅读,也可以随机抽取任何一张阅读,打破了书的线性阅读限制,激发了读者的阅读兴趣,开发了文学作品的互动功能。正如帕拉所言:"必须唤醒读者,诗歌不是毒品或麻醉剂。"

以赛亚·伯林:诗人们的知音

汪剑钊

以赛亚·伯林,英国哲学家和政治思想史家,出生于拉脱维亚的里加(当时属于沙皇俄国)的一个犹太人家庭。主要著作有《卡尔·马克思》《概念与范畴》《现实感》《苏联的心灵》等。

英国思想家以赛亚·伯林于1909年6月6日出生在里加。父亲曼德尔·伯林是犹太裔的木材商人,也是一名狂热崇英的自由主义者,在他看来,英国化就是所谓的文明。十月革命后,曼德尔的这种倾向自然决定了伯林一家的去向选择,1921年2月,伯林随父母迁居英国。这种特殊的身份和经历成就了伯林的敏感与观察力,无疑为他打量苏联时期的俄罗斯文化提供了一个极佳的视角,让他既能"出乎其外",又能"入乎其中"。前者使他站在旁观者的立场上,冷静、客观、理性地面对一个强大的帝国在文化断裂后的巨大变化;后者让他对记忆中的祖国饱含深情,始终以文化参与和道德介入的姿态从事自己的写作活动。这种得天独厚的优势帮助他看到了常人看不到的俄罗斯文化特征。

20世纪相当长一个时期内,苏联处在一种绝对封闭的状态里。对此,伯林以自己的睿智给出了合理的解释,他认为,这种状态并非苏联的主动选择。实际上,苏联非常乐于参与国际政治,但不希望其他国家来干预自己的内部事务。她骨子里并不愿意被"孤立",但同时又必须与世界其他国家相"隔离"。另外,从俄罗斯的传统来说,经济上的落后多少强化了民族的自卑感,而既非东方也非西方的尴尬地理也造成了她归属上的混乱,令她产生了莫名的恐惧。俄罗斯歧视东方,但对西方国家也存在强烈的不信任感。这一点,也体现在俄罗斯的文学中,几乎所有的俄罗斯作家都抱有一种爱恨交织的情绪,时而渴望融入欧洲生活的主流并表现出永不餍足的饥渴,时而又流露出"西徐亚"(野蛮)式的对西方价值带有怨恨的轻蔑。据说,普希金如此,果戈理如此,赫尔岑如此,托尔斯泰如此,陀思妥耶夫斯基如此,契诃夫也如此(或许,伯林也是如此)。这种情绪在抵御外来影响时,有时会上升为强烈的感情,进而形成复杂的谜团。

众所周知,俄罗斯民族的价值摇摆对领导人的决策起着明显的负面影响,并给这个国家带来了极大的灾难。20世纪30年代的大清洗便是这种影响所产生的一个严重后果。在此之后,"俄国文学、艺术和思想所表现出的境况就像一个刚刚遭受过轰炸的地区,只有几座像样的建筑还相对完好,孤零零地站立在已经荒无人烟、满目疮痍的街道上"。

我们知道,在人们的心目中,伯林通常是以一名睿智的文化学者或一位精干的外交官形象出现的。可是,从气质上讲,他更是一名诗人。这令他在梳理俄罗斯文化时,本能地亲近那些被当局排斥在主流视线以外的诗人——曼杰什坦姆、帕斯捷尔纳克和阿赫玛托娃,对他们的命运投以知音式的同情与敬重。在伯林为数不多的几篇关于文学的文章中,他以杰出的洞察力和感受力为其评骘的诗人提供了极具专业性的理解,呈现了诗意的同情。因此,这些文章堪称"心灵"中的"心灵"。如在《一位伟大的俄罗斯作家》一文中,他指出,曼杰什坦姆的诗歌有一种俄罗斯文学再也不曾达到的"纯粹与完美的形式"。他的作品始终透显着诗性的特质。在伯林眼里,曼杰什坦姆就像一名出色的驭手,控制着自由的想象,纵横驰骋于词语的旷野,对时代作出了恰切的回应,却从来不曾有单纯的技术卖弄。那些奔涌的意象彼此激荡,相互辉映,并以怪异的方式构成各种色彩、声音、味道、形状之间的关联,造成事物与事物之间的呼应。而且,他不仅是一名出色的诗人,在散文领域也坚持着诗的书写方式,亦即他自称的"疯狂的抛物线"进行写作。

曼杰什坦姆创作的散文是典型的诗人散文,它们携带着诗的一切优点,甚至也包括诗进入散文后的缺点。在这一点上,他甚至与普希金这位俄语现代文学的开拓者迥然有异。后者不写诗的时候,就不再是一位诗人。而对于曼杰什坦姆来说,"诗歌是他生活的全部,是他的整个世界。离开诗歌他几乎就无法生活"。正是这种特质使他在一个有着强大的"忏悔文学"传统、十分强调艺术家的社会责任和道德责任的国家,树立了非常独特的、多少显得有些西化的形象。令人扼腕叹息的是,曼杰什坦姆"为了坚持自己做人的尊严,付出了常人几乎无法想象的代价"。作为一名"国内流亡者",最终被湮没在了"时间的喧嚣"中。

相对于他对苏联文艺政策的理解和对文化概况的描述,伯林与20世纪俄罗斯诗歌的两位旗帜般的人物——帕斯捷尔纳克和阿赫玛托娃之间的交往记录更加感人。

在西方,帕斯捷尔纳克一度被渲染成"圣徒"和"殉道者"。同时,苏联的批评家则一直指责他的作品晦涩、烦琐,远离当代的现实。为此,伯林辩护道:"他从未退缩进任何个人的小堡垒或试图逃避任何意义上的现实。"帕斯捷尔纳克并不是一个与世隔绝的作家,只会说私人的语言。人们之所以会产生上述误解,其原因在于,他在履行自己的道德追求时,从来不曾放弃艺术家的使命感,而他的艺术"本质上是为了变形而不是为了记录"。在此,伯林与帕斯捷尔纳克是那样心意相通:"一个作家无论要说什么都必须通过他的艺术作品来表现,而不是以一种额外的艺术附加物的形式加诸他的艺术作品,或在艺术家创造的世界之外添加一些说教。"而在陈述他的艺术个性时,伯林尖锐地指出,"帕斯捷尔纳克与其他苏联作家(除了某些令人尊敬者)的不同之处,不在于他不关心政治,相反他们都经历了他们祖国和他们信仰的种种遭遇;而是在于他们的天赋不济,他们的技艺粗糙,他们塑造的人物从一开始就毫无生气"。

作为知音读者,伯林告诉我们,帕斯捷尔纳克的创作营造了一个神秘的意境。在这个意境中,作家把"独特的生动性"带给了书中的人物,带给这些人物居住的房屋,以及他们走过的街道,让石头、树木、泥土和水拥有新的生命。"艺术家不是牧师,也不是美好物品的提供者,而只是公开说一个直接基于他们切身经历的真理;面对这个真理,他只不过更有感触,更有反响,只不过是一个比普通人更有洞察力和表达能力的评论者和阐释者。"伯林认为,在此意义上,帕斯捷尔纳克比追求"纯艺术"的诗人们更接近古典的社会现实,"艺术家是他所处时代和社会的最高表现形式"。他受惠于作为画家的父亲的人道精神与想象力的熏陶,同时父亲与托尔斯泰的友谊也在无形中产生了深刻的影响,正如作家自述,他似乎一直生活在托尔斯泰的影子中。

在列宁格勒,伯林见到了一直存活在传说中的女诗人阿赫玛托娃,并且与之进行了两次秘密的、令人兴奋的长时间交谈。他们谈到了文学,一起议论着那些经典作家,他们的癖好和个人习性,共同怀念同时代已逝的诗人。诚然,在更多时候,伯林是一名忠实的聆听者,聆听这位似乎从神话里走出来的"萨福"讲述自己的生活和工作、她的孤独和悲剧性的遭遇,为他朗诵组诗《安魂曲》的一些片段。根据伯林的复述,阿赫玛托娃对20世纪初的岁月有着深切的眷恋,将它看作是俄罗斯的文艺复兴,那些已经成为艺术和思想的东西:"本能、爱情、死亡、绝望和牺牲。"这是一种不受历史限制,没有任何例外的(放之五湖四海而皆准的)真实。伯林如是描述阿赫玛托娃说话时的神情:"声音平静而又镇定,俨然像一位遭到放逐的冷漠的女王,高傲、郁郁寡欢、难以接近,说的话往往难以置疑。"

在谈话中,阿赫玛托娃告诉伯林她对于诗歌的看法。她认为,唯有"过去"对诗人才有意义,那是他们渴望重生、渴望复活的情结。为此,她反对预言,反对面向未来的颂歌,认为那是一种慷慨激昂的浮华。她看不起这种装腔作势。或许正是出于这个原因,她拒绝了伯林提出的为正在创作中的长诗《没有主人公的叙事诗》加注的建议,因为它并非写给未来,甚至不是写给所谓的"永恒的未来"。如果诗歌所描述的这个世界消失,它的生命也就走到了尽头。这证明诗人并不是一个停留于幻想的人,而是一个充满了现实感的人,她在诗歌中所运用的生动细节为人们带来了冷静的现实主义眼光,它们既反映了她个人的生活与命运,同时也折射了民族的生活与命运。显然,阿赫玛托娃也非常看重两人之间的谈话,她后来在修订《没有主人公的叙事诗》时,添加了与伯林有关的章节,将他称作"来自未来的客人"。

伯林在介绍曼杰什坦姆的那篇文章中有这样一段话:"在那个饥渴而荒芜的年代里,还曾经存在过一个怎样丰富而不可思议的世界;而且它没有自生自灭,而是仍然在渴望着充实和完成,从而不让自己湮没在某一段不可挽回的历史之中。"

红色经典与蓝色东欧
——需要重新打量的东欧文学
高 兴

童年，电影，诗歌，东欧情结

米兰·昆德拉说过："人的一生注定扎根于前十年中。"我想稍稍修改一下他的说法："人的一生注定扎根于童年和少年中。"童年和少年确定内心的基调，影响一生的基本走向。

不得不承认，五六十年代出生的人都有着不同程度的俄罗斯情结和东欧情结。露天电影是我们这一代人的集体记忆，那时，少有的几部外国电影便是最最好看的电影，它们大多来自东欧国家，其中就有阿尔巴尼亚的《第八个是铜像》，罗马尼亚的《多瑙河之波》《沸腾的生活》，还有南斯拉夫的《瓦尔特保卫萨拉热窝》，它们几乎吸引了所有人的目光，是我们童年的节日。在某种意义上，它们还是我们的艺术启蒙和人生启蒙，甚至会因为电影而喜欢上一个国家。我就是这样。诗人车前子也是这样。他在一篇文章中写道："我爱罗马尼亚，因为少年时代看到的第一部彩色电影就是他们拍摄的，看了七八遍……故事……风光……穿泳衣的姑娘……"

还有电影中的台词和暗号。你怎能忘记那些台词和暗号？它们已成为我们青春的经典。最最难忘的是《瓦尔特保卫萨拉热窝》："空气在颤抖，仿佛天空在燃烧。""是啊，暴风雨来了。""看，这座城市，它就是瓦尔特。"简直就是诗歌，是我们接触到的最初的诗歌。那么悲壮有力的诗歌，真正有震撼力的诗歌。诗歌，就这样和英雄主义和浪漫主义，紧紧地连接在了一道。

还有那些柔情的诗歌。印象最深刻的是裴多菲的《我愿意是急流》："我愿意是急流/山里的小河/在崎岖的路上/岩石上经过……/只要我的爱人/是一条小鱼，/在我的浪花中/快乐地游来游去。"要知道，在20世纪七八十年代，读到这样的诗句，绝对会有触电般的感觉。而所有这一切，似乎就浓缩成了几粒种子，在内心深处生根，发芽，成长为东欧情结之树。

东欧，东欧文学，一个需要重新打量的概念

然而，时过境迁，我们需要重新打量"东欧"及"东欧文学"这一概念。严格来说，"东欧"是个政治概念，也是个历史概念。在相当一段时间里，它特指波兰、捷克斯洛伐克、匈牙利、罗马尼亚、保加利亚、南斯拉夫、阿尔巴尼亚等 7 个国家。因此,"东欧文学"也就是指上述 7 个国家的文学。这 7 个国家都曾经是社会主义阵营的成员,都曾经是以苏联为首的华沙条约组织的成员。

1989 年底,东欧发生剧变。苏联解体,华沙条约组织解散,捷克和斯洛伐克分离,南斯拉夫各共和国相继独立,所有这些都在不断改变着"东欧"这一概念。而实际情况是,波兰、捷克、匈牙利、罗马尼亚等国家甚至都不再愿意被称为东欧国家,它们更愿意被称为中欧或中南欧国家。

同样,不少上述国家的作家也竭力抵制和否定这一概念。昆德拉就曾屡次三番强调,他的祖国属于中欧而非东欧。昆德拉如此强调,一是想尽可能地躲避政治的阴影,二是表明他的文学渊源。第二点于他尤为重要。这样,他便把自己纳入了欧洲小说传统;这样,他便使自己同中欧文学四杰:布罗赫、卡夫卡、贡布罗维奇和穆齐尔处于同一片星空之下。我遇到的许多东欧作家对东欧这一概念都表现出了非同寻常的警觉。在他们看来,东欧是个高度政治化、笼统化的概念,对文学定位和评判,不太有利。这是一种微妙的姿态。在这种姿态中,民族自尊心也发挥着不可估量的作用。

然而,在中国,"东欧"和"东欧文学"这一概念早已深入人心,有广泛的群众和读者基础。事实上,欧美一些大学、研究中心也还在继续使用这一概念。只不过,今日当我们提到这一概念,涉及的就不仅仅是 7 个国家了,而应该包含立陶宛、摩尔多瓦等独联体国家,还有波黑、克罗地亚、斯洛文尼亚、塞尔维亚、黑山等从南斯拉夫联盟独立出来的国家。我们之所以还能把它们作为一个整体来谈论,是因为它们有着太多的共同点:都是欧洲弱小国家,历史上都曾不断遭受侵略、瓜分、吞并和异族统治,都曾把民族复兴当作最高目标,都是到了 19 世纪末和 20 世纪初才相继获得独立或得到统一,第二次世界大战后都走过一段相同或相似的社会主义道路,1989 年后又相继走上了资本主义发展道路。之后,又几乎都把加入北约、进入欧盟当作国家政策的重中之重。这 20 年来,这些国家发展得都不太顺当,作家和文学都陷入不同程度的困境,用饱经风雨、饱经磨难来形容十分恰当。

影响,交融,悖谬,东欧文化的几个关键词

换一个角度,侵略、瓜分、异族统治、动荡、迁徙,这一切同时也意味着方方面面的影响和交融。在萨拉热窝老城漫步时,我就看到了这样一幅景象:一条老街上有天主教教堂,有东正教教堂,有清真寺,有奥匈帝国的建筑,有奥斯曼帝国时期的大巴扎、饮水亭和钟楼。有时一幢建筑竟包含着东西方各种风格。这就是历史的遗产。而在文化和文学上,影响和交融体现得尤为明显,甚至可以说,影响和交融就是东欧文学的两

个关键词。

萨拉热窝如此，布拉格也是如此。生在布拉格长在布拉格的捷克著名小说家伊凡·克里玛，在谈到自己的城市时，有一种掩饰不住的骄傲："这是一个神秘的和令人兴奋的城市，有着数十年甚至几个世纪生活在一起的三种文化优异的和富有刺激性的混合，从而创造了一种激发人们创造的空气，即捷克、德国和犹太文化。"

克里玛又借用被他称作"说德语的布拉格人"乌兹迪尔的笔，为我们描绘了一个有声有色的布拉格。这是一个具有超民族性的神秘的世界。在这里，你很容易成为一个世界主义者。这里有幽静的小巷、热闹的夜总会、露天舞台、剧院和形形色色的小餐馆、小店铺、小咖啡屋和小酒店，还有无数学生社团和文艺沙龙，自然也有五花八门的妓院和赌场。到处可以听到音乐。到处可以看见闲逛的居民。布拉格是敞开的，是包容的，是休闲的，是艺术的，是世俗的，有时还是颓废的。

布拉格也是一个有着无数伤口的城市。战争、暴力、流亡、占领、起义、颠覆、出卖和解放充满了这个城市的历史。饱经磨难和沧桑，却依然存在，且魅力不减，用克里玛的话说，那是因为它非常结实，有罕见的从灾难中重新恢复的能力，有不屈不挠同时又灵活善变的精神。

如果要用一个词来形容布拉格的话，克里玛觉得就是：悖谬。布拉格充满了悖谬，悖谬是布拉格的精神。

或许悖谬恰恰是艺术的福音，是艺术的全部深刻所在。要不然从这里怎会走出如此众多的杰出人物：德沃夏克，雅那切克，斯美塔那，哈谢克，卡夫卡，布洛德，里尔克等等等等。这一大串的名字就足以让我们对这座中欧古城表示敬意。

波兰又是一个例子。在波兰，你能同时感觉到俄罗斯文化、犹太文化、法国文化和德语文化的影响，尤其是俄罗斯文化。尽管波兰民族实际上对俄罗斯有着复杂的感情甚至是排斥感，但俄罗斯文学对波兰文学的影响是巨大的。密支凯维奇、显克维奇、莱蒙特、米沃什等作家都曾受过俄罗斯文学的滋养和影响。密支凯维奇还曾被流放到俄国，同普希金等俄罗斯诗人和作家有过接触。米沃什出生于立陶宛，由于他的祖祖辈辈都讲波兰语，他坚持认为自己是波兰诗人。在他出生的时候，立陶宛依然属于俄罗斯帝国。他曾随父亲在俄罗斯各地生活。俄罗斯风光，俄罗斯文化，都在他的童年记忆里留下了深刻印记。

而在布加勒斯特，你明显地能感觉到法国文化的影子。在 20 世纪二三十年代，布加勒斯特有"小巴黎"之称。那时，罗马尼亚所谓的上流社会都讲法语。作家们基本上都到巴黎学习和生活过。有些干脆留在了那里。要知道，达达主义创始人查拉是罗马尼亚人，后来才到了巴黎。诗人策兰，剧作家尤内斯库，音乐家埃内斯库，都是如此。

昆德拉认为，出生于小国是一种优势。因为身处小国，你要么"做一个可怜的、眼光狭窄的人"，要么成为一个广闻博识的"世界性的人"。正是在这样的影响和交融中，东欧不少作家都有幸成了"世界性的人"。

确立并发出自己的声音

以往在评价雅罗斯拉夫·哈谢克的代表作《好兵帅克》时，一般会说它是部反对奥匈帝国残酷统治、反对战争的革命作品。这实际上是政治性评价，并不是艺术性评价。《好兵帅克》几乎没有什么中心情节，有的只是一堆零碎的琐事，有的只是帅克闹出的一个又一个的乱子，有的只是幽默和讽刺。可以说，幽默和讽刺是哈谢克的基本语调。正是在幽默和讽刺中，战争变成了一个喜剧大舞台，帅克变成了一个喜剧大明星，一个典型的"反英雄"。看得出，哈谢克在写帅克的时候，并没有考虑什么文学的严肃性。很大程度上，他恰恰要打破文学的严肃性和神圣感。他就想让大家哈哈一笑。至于笑过之后的感悟，那就是读者自己的事情了。这种轻松的姿态反而让他彻底放开了。借用帅克这一人物，哈谢克把皇帝、奥匈帝国、密探、将军、走狗等等统统都给骂了。他骂得很过瘾，很解气，很痛快。读者，尤其是捷克读者，读得也很过瘾，很解气，很痛快。幽默和讽刺于是又变成了一件有力的武器。而这一武器特别适用于捷克这么一个弱小的民族。哈谢克最大的贡献也正在于此：为捷克民族和捷克文学找到了一种声音，确立了一种传统。

自认是哈谢克传人的博胡米尔·赫拉巴尔从来只写普通百姓，特殊的普通百姓。他将这些人称为巴比代尔。巴比代尔是赫拉巴尔自造的新词，专指自己小说中一些着魔的人。他说："巴比代尔就是那些还会开怀大笑，并且为世界的意义而流泪的人。他们以自己毫不轻松的生活，粗野地闯进了文学，从而使文学有了生气，也体现了光辉的哲理……他们善于用幽默，哪怕是黑色幽默，来极大地装饰自己的每一天，甚至是悲痛的一天。"《河畔小城》中的母亲和贝宾大伯就是典型的巴比代尔。

赫拉巴尔的小说情节大多散漫、淡化，细节却十分突出，语言也极有味道，是真正的捷克味道。这来自他的生活积累，也是他刻意的艺术追求。你很难相信，他在小学和中学，作文总是不及格。他硬是通过生活闯进了文学殿堂，并成为捷克当代最受欢迎的作家。"对于我来说，最重要的是生活、生活、生活，观察人们的生活，参与无论哪样的生活，不惜任何代价。"在许多捷克读者看来，赫拉巴尔才是他们自己的作家，才真正有资格代表捷克文学。

维托尔德·贡布罗维奇这位波兰作家，与哈谢克和赫拉巴尔不同，恰恰是以反传统而引起世人瞩目的。昆德拉说："波兰人一向把文学看作是必须为民族服务的事情。

波兰重要作家的伟大传统是:他们是民族的代言人。贡布罗维奇则反对这样做。他还极力嘲笑这样的角色。他坚决主张要让文学完全独立自主。"在20世纪三四十年代,贡布罗维奇的作品在波兰文坛便显得格外怪异离谱,他的文字往往夸张扭曲,人物常常是漫画式的,他们随时都受到外界的侵扰和威胁,内心充满了不安和恐惧,像一群长不大的孩子。作家并不依靠完整的故事情节,而是主要通过人物荒诞怪僻的行为,表现社会的混乱、荒谬和丑恶,表现外部世界对人性的影响和摧残,表现生活在这个世界上的人类的无奈和异化以及人际关系的异常和紧张。《费尔迪杜凯》就充分体现出了他的艺术个性和创作特色。

年轻一代的作家也在迅速成长。匈牙利小说家巴尔提斯·阿蒂拉是个代表。他的成名作《宁静海》最表层的故事围绕着母亲和儿子展开,儿子"我"同母亲居住在布达佩斯老城内一套旧公寓里。母亲曾是布达佩斯有名的话剧演员,在女儿叛逃到西方后,她的事业严重受挫,前途无望。在此情形下,她决定将自己关在塞满家族遗产和舞台道具的公寓里,整整十五年,足不出户,直至死亡。"我"是一名青年作家,本应有自己的天地和生活,却被母亲牢牢地拴住。母亲不仅在生活上完全依赖他,而且还欲在心理上彻底控制他,每次出门,母亲都要问:"你什么时候回来?"每次回家,母亲又总要问:"你去哪儿了儿子?"而就在这两个问题之间,"四季交替,多瑙河泛滥,一个令人蒙羞的帝国分崩离析"。"我"必然要逃脱,要反抗,于是,当他遇到了艾斯特时,仿佛抓到了一根救命稻草;于是,母子故事中又蔓延出了其他故事:情人艾斯特的故事,姐姐尤迪特的故事,编辑伊娃的故事。到最后,小说与其说是"我"和母亲的故事,不如说是"我"和四个女人的故事,或者更准确地说是"我"和整个社会的故事。从母子关系到人性深处,从外部环境到内心世界,从家庭故事到社会画面,自然而然小说也一下子有了的深度和广度,它绝不仅仅是一部有关母子关系的小说。

红色经典和蓝色东欧

长期以来,东欧文学往往更多地让人想到那些红色经典。阿尔巴尼亚的反法西斯电影,捷克作家伏契克的《绞刑架下的报告》都是典型的例子。红色经典当然是东欧文学的组成部分,但需要指出的是,红色并不是东欧文学的全部。蓝色是流经东欧不少国家的多瑙河的颜色,也是大海和天空的颜色,"蓝色东欧"系列正是旨在让读者看到另一种色彩的东欧文学,看到更加广阔和博大的东欧文学。

"蓝色东欧"第一辑出版后,得到了不少读者的喜爱。今年8月,当"蓝色东欧"获得"最具开拓意识的国际出版项目"时,有记者问道:"中国读者曾经对东欧文学非常熟悉,但现在熟悉它的人越来越少了,是不是东欧文学被低估或者轻视了?"我想,这主要与社会背景、时代变迁和国家发展有关。早在20世纪初,中国读者就读到了显克维奇、密支凯维奇、斯沃瓦斯基、裴多菲等东欧作家的作品。鲁迅等先辈倾心译介东欧文学有着明确的意图:声援弱小民族,鼓舞同胞精神。应该说,在国家苦难深重的时刻,这些东欧文学作品的确成为许多中国民众和斗士的精神食粮。新中国成立初期,百业待兴,作为文化的重要组成部分,文学翻译和研究事业得到了相当的重视。那是又一个特殊时期。中国正好与苏联以及东欧国家关系密切,往来频繁,东欧文学译介也就享受到了特别的待遇。东欧文学作品源源不断地被译成汉语,掀起了东欧文学翻译的又一个高潮。不过译介的作品良莠不齐,虽然有不少优秀作品,但有些作品的艺术价值值得怀疑。"文革"期间,东欧文学的翻译和研究事业基本停滞,我们几乎读不到什么东欧文学作品。到了20世纪70年代末和80年代初,美法英等文学大国作品的大量涌入,大大拓展了读者的视野,也为读者提供了更多的阅读选择,但相比之下,东欧剧变后,东欧文学翻译受到严重影响,基本处于停滞状态。因此,我们恐怕不能简单地说东欧文学被低估或轻视了,而是多元文学格局导致的正常现象。

关注东欧文学,我们会发现,不少作家基本上都是在出走并定居那些文化大国后,才获得一定的声誉。贡布罗维奇、昆德拉、齐奥朗、埃里亚德、扎加耶夫斯基、米沃什等等都属于这样的情形。走和留,基本上是所有东欧作家都会面临的问题。因此,我们谈论东欧文学,实际上,也就是在谈论两部分东欧文学:海外东欧文学和本土东欧文学。它们缺一不可,已成为一种事实。而那些出走的作家,不少又为介绍和推广祖国的文学做了大量的工作。定居美国的波兰诗人米沃什,定居加拿大的捷克小说家史沃克莱茨基,尤为突出。米沃什在获得诺贝尔文学奖后,有了一定的声名,也有了各种机会同人合作将大量波兰诗歌介绍给西方读者。他不仅帮助波兰作家,也竭尽全力帮助其他流亡作家。布罗茨基在最艰难的时候,就曾得到他的帮助。事实上,在欧美,有一批来自俄国和东欧的作家,常常互相帮助、互相提携。史沃克莱茨基在"布拉格之春"被镇压后,流亡加拿大,在加拿大创办了68出版社,专门翻译出版捷克文学作品。

用帕斯献给昆德拉的诗歌来结束这篇文章,那就是,"在走和留之间/日子摇曳,沉入透明的爱/此刻,环形的下午是片海湾/世界在静止中摆动"。

你看过《第二性》吗?

郑克鲁

看过《水浒传》和《西游记》的人,也许会对《红楼梦》望而却步,因为《红楼梦》比较难看懂。同样,看过《简·爱》《包法利夫人》《安娜·卡列尼娜》的人,也会觉得西蒙娜·德·波伏瓦的《第二性》是一部难啃的理论书,既不像小说那么好看,也不好理解其中的理论奥秘。其实是误解了。有个女教授对我说:"《第二性》是女人,尤其是女青年的必读书。"因为读了以后,她便懂得女人是怎么回事,应该怎样对待自己。我觉得男人读了以后,也大有裨益,对女性会有更加深切的了解。至今,《第二性》已被看作是女性主义运动的"圣经",几乎所有的评论都援引这句话:"《第二性》是有史以来讨论妇女的最完整、最理智、最充满智慧的一本书。"

《第二性》写于20世纪40年代后期,在第二次世界大战之后。即使那时女权主义运动已经过去了100多年,但是女性仍然受到深重的压制和歧视,在大多数西方国家都没有选举权。《第二性》的出版确有振聋发聩的作用。但有些男性作家和评论家发表了否定甚至是不堪入耳的言论。然而多数人都表示赞许。《第二性》在出版后第一周就发行了22000册,令人惊讶。1953年此书译成英文在美国出版,成为"最抢手的畅销书",对当时在美国掀起的妇女解放运动产生了重大影响,被认为是使西方妇女女性意识觉醒的启蒙作品。由此也对其他国家产生了重大影响。例如德国的女性主义记者爱丽丝·史瓦兹说:"在黑暗的50年代和60年代,新的妇女运动尚未产生,《第二性》就像是我们正要觉醒的妇女之间彼此传递的暗语……没有它的话,妇女运动的基础不会如此稳固,尤其在理论方面,恐怕仍然处在一步步摸索的阶段。"可以说,妇女运动的再次高涨与《第二性》的发表有密切关系。

对《第二性》的高度评价是否言过其实呢?在波伏瓦之前,妇女运动基本上是在争取选举权和平等地位,而波伏瓦的诉求并不局限于女人的政治权利和家庭的平等,她认为女人要"摆脱至今给她们划定的范围",加入"人类的共同存在"中。《第二性》对女性问题的深化表现在如下五个方面。

之一,是对女人的理解。波伏瓦提出了新的观点:她认为"人不是生来就是女人,是变成了女人"。这句话的意思是,女人的地位不是生来就如此的,是男人、社会使她成为第二性。社会把第一性给予了男人,女人从属于男人。这并不是说,某个女人不可能凌驾于她的丈夫或者其他男人之上,但这种情况并不能改变整个社会中女人从属于男人的状况。如同波伏瓦所说的,即便是某个国家由女皇当政,也改变不了女人总体低下的社会地位。这个女皇实行的是男性社会的意志和法律,她并没有改变女人的从属性。不过波伏瓦并没有提出要让女人成为第一性,她只是指出女人属于第二性的不合理。这是全书的出发点,由此探索女人如何变成第二性。波伏瓦所强调的他者,是与男性相对而言的,男人代表人(l'homme),男性是主体,女性是相对主体而言的客体。在某种程度上,他者是被排斥于社会主体之外的,属于另类。女人对男人,类似黑人对白人。波伏瓦从哲学和理论的高度界定了女人在人类社会中的处境,"第二性"的命名充分表达了女性对自身不平等地位的抗议,是对男性社会发出抗争的呐喊。波伏瓦虽然写过多部小说,其中《名士风流》还得过龚古尔文学奖,可是她的文学贡献主要不是在小说方面,而是这部《第二性》,这是一部有世界影响的著作。

更为可贵的是,波伏瓦敢于直面女人本身存在的弱点,以现实的明智态度去对待女人问题,并不讳言女人的生理弱点,以此分析男人为何能在历史上统治女人。女人为什么不能创造各民族的历史,也没能出现与莎士比亚、托尔斯泰、陀思妥耶夫斯基比肩的大作家呢? 其中有女人本身的问题,也有社会造成的缘由。波伏瓦没有拔高女人应有的作用,而是一一摆出女人在人类历史上所遭遇的悲剧命运,最鲜明而又最有说服力地展示了女人的处境。波伏瓦超出一般的女权主义者之处,体现在她辩证地理解女人的特点和应有的作用,而不是仅仅气势汹汹地发出不平之鸣。

之二,波伏瓦不是单一地提出女权问题,她一下子将妇女问题全盘地、相当彻底地摆了出来,力图囊括女性问题的方方面面。波伏瓦认为谈论女性必须了解女人的生理机能和特点,她论述生物的进化过程,低等动物与高等动物的繁殖,雌性与雄性的分别与各自的特点,进而论述女人与男人的分别与各自的特点,女人的生育过程,等等。她指出,女人由于有生物属性,要来月经,要经历妊娠和痛苦而危险的生育,女人对物种有附属性,因此,女人的命运显得更为悲苦。男女在智力之间并没有多少差别,但女人在体力上比男人弱小,行动能力差些,她对世界的控制受到限制。当然女人对物种的屈从还取决于经济和社会状况。从生物学上来考察男女,是将女人放到物种和生存的角度去考虑,确定女人的生存位置。以往也有论者在分析女人所能起的作用时提到女人的生理属性,但往往一笔带过,而波伏瓦追根溯源,把这个问题谈得很彻底。

之三,波伏瓦描述了女人在人类史的发展长河中所处的地位。她认为自己的叙述弥补或修正了前人论述的不足。女权意识是在18世纪末,尤其是在法国大革命思潮的影响下产生的,但《拿破仑法典》(1804年)仍然规定女人应当服从丈夫,连巴尔扎克也认为女人是男人的从属。随着机器的广泛使用,摧毁了土地所有制,而逐渐引发了劳动阶级和妇女的解放。各种社会主义的观点都提出妇女解放,乌托邦社会主义要求取消对女人的奴役,圣西门主义者重新掀起女权主义运动。而无政府主义者普鲁东主张把女人禁锢在家庭中。19世纪,妇女总体上缺乏争取自身权利的意识。直到19世纪下半叶,女工的休息日、产假等才有规定。至于政治权利,1867年,斯图亚特·米尔在英国议会上为妇女的选举权做了第一次辩护。1879年,社会党大会宣布性别平等。1892年,召开了女权主义代表大会。美国妇女比欧洲妇女获得更多的解放,林肯对女权运动的支持起了重要作用。波伏瓦指出:"女权主义本身从来不是一个自主的运动:它部分是政治家手中的一个工具,部分是反映更深刻的社会悲剧的附加现象。女人从来没有构成一个独立的阶层:事实上,她们没有力图作为女性在历史上起作用。"这个深刻论断看到了妇女本身存在的问题:女性尽管长期受奴役,却不能像奴隶一样起来反抗,也就不能争取到应有的权利。因为女人是不分阶级的,不同阶级的妇女有不同的利益。比如,资产阶级妇女未必要争取劳动权,她们宁可待在家里享受生活,屈从于丈夫。

  之四,为了结合对男性制造的"女性神话"的分析,波伏瓦以五位男性作家的创作为例,探讨他们笔下的女性形象及其体现的男性思想。法国作家蒙泰朗是个大男子主义者,他的小说有自传性质,描写女人如何崇拜他,追求他,但他厌恶女人,鄙视女人,将女人当作发泄性欲的工具和男人的衬托。劳伦斯以描写性爱闻名,追求男女的完美结合,然而他的小说体现了对男性生殖器的骄傲;他相信男性至高无上,男人是引导者,女人是被引导者。法国戏剧家克洛岱尔诗意地表达变得现代化的天主教观点:女人要忠于丈夫、家庭、祖国、教会。他把女人界定为心灵姐妹,女人是用来拯救男人的工具。超现实主义领袖布勒东投入爱情中,将女人看成一切事物,尤其是美。女人追求永恒的爱,布勒东希望她成为人类的救星。女人形象在布勒东笔下是一种理想。斯丹达尔对女性有特殊的热爱,他赞赏女人身上的自然、纯真、宽容、真诚、敏感、有激情。女人为了得到爱情,会想出种种办法,克服重重困难,显得光彩夺目。这些男性作家分别代表了从蔑视女性到赞美女性的不同倾向,但是,即便对女性持赞美态度的作家,也没有对女性表现出真正正确的态度。总之,男性作家所虚构的"女人神话"都不同程度地歪曲了女性。波伏瓦在这里进行的是女性主义的文学批评,第一次对男性作家笔下的女性形象作出深入而独到的分析,成为此后女性主义批判男性作家笔下的女性形象的滥觞。

  之五,波伏瓦对女人一生各个阶段的分析,构成了《第二性》的重要部分。这是对女人的一生进行正面考察,从童年阶段开始,女孩逐渐意识到男孩的优越地位,随后她感到父亲的权威是至高无上的,她知道了是男人创造了所有国家,无论是在神话还是在生活中,英雄都是男性,而只有一个圣女贞德与之对抗。连圣父也是男人,圣母要跪着接受天使的话,《圣经》中指明女人是由男人的一根肋骨造出来的,凡此种种,都表明女人的次要地位。波伏瓦论述了女人的婚姻、家务劳动,认为达到平衡的夫妻生活只是一种乌托邦,由此得出,"婚姻制度本身一开始就是反常的",她很赞赏离婚是常事的美国,女人可以在外忙碌。波伏瓦指出,女人通过生儿育女,实现了她的生理命运。女人在妊娠期显得像个创造者,有些女人对怀孕和哺育感到极大的快乐,而婴儿一断奶她们就感到泄气,这些女人是"多产的家禽",而不是母亲。许多女人希望有儿子,梦想生下一个英雄。波伏瓦丰富多彩的论述不仅有理论高度,读来还令人兴味盎然。她虽然是从存在主义的观点出发去论述女性问题,但是,她能尊重科学和人类的发展史,而且敢于面对当代的现实情况和女人的切身问题,不少观点是符合历史唯物主义的。诚然,她的有些看法不免偏颇,如反对结婚,就是一例。

《第二性》所引用的材料丰富翔实,论证相当严密。波伏瓦博览群书,学识渊博。在书中她还大量引用了精神病科医生和精神分析学者著作中的实例,如斯特克尔的著作《性欲冷淡的女人》,埃纳尔、克拉夫特－埃宾、雅内的《困扰与精神衰弱症》、海伦·德奇的《妇女心理学》,还有索菲娅·托尔斯泰夫人的《日记》等,这些引文既能充分为论点做证,又增加了行文的趣味性,使这部学术著作不致显得枯燥乏味。英文译者对这些引文加以删节或完全取消,大大有损于原书的完整性。波伏瓦对此很不满,表示:"我对帕什利先生(按,英文译者)误解我的程度感到非常沮丧。"

我在2004年初接受了上海译文出版社的委托,翻译《第二性》。此书很晚才受到我国译者的注意,但都不是全译本,令人十分遗憾。以最晚的一个译本来说,也删节了不少于十分之一的内容,有的是整段删节,有的是缩写,大多是此书的精华。因此,从法文原文完整翻译此书很有必要。我在翻译的过程中,深切感到波伏瓦特有的叙述方式,有人说这是卢梭式笔调,她不仅在阐述,而且以坦诚率真的剖析去对待论述对象——近似以自身的情况和自身经历获得的领悟,去理解和表达女性问题,富于现实性,叙述由浅入深。

翻译理论著作十分艰难,此书牵涉面广,光是学术词汇就很难对付,更不用说逻辑性很强的长句。我觉得,理论著作的翻译应更注重"信",即,要准确地表达作者的原意,而不应像翻译诗歌和小说那样,动辄以成语去套用或者意译,这样会失去原文的某些意思。有一点欧化的句子或翻译腔调或许不可避免,这并不要紧。欧化句子和翻译腔调并不可怕,我不主张译文完全用"中国化"的句子,汉语吸收一点欧化句子和外国腔,只有好处,可以丰富汉语。不过,基本上还是应该运用传统的表达方法,不能让读者感到阅读起来佶屈聱牙,难以卒读。

2013 年

女作家的节制
严蓓雯

当歇斯底里症被认为是由子宫扰动引起以后,几千年来,女性一直被认为敏感多疑、情绪不稳、心智不全。即便终于发现这是种心理疾病,跟女性本身并无直接关联,女性仍不免被成见所包围,被认为不善于控制情绪,容易走极端,行为处事经常缺乏理性的指引。而作为创作者的女性,因为需要情感的投入、能量的燃烧,又倾向于"用生命来书写",更是行走在崩溃的边缘。女作家群里有不少例子,她们有的不堪情绪的困扰而自尽,有的终年生活在抑郁中,有的与酒精、烟草、失眠为伴。她们的文字,承载着生命的苦痛,陷入宣泄的呓语而无法自拔。

但是,在很多女作家的作品中,我们看到一种很可贵的品质——节制。苏格拉底曾宣称,节制是爱欲的至高形式。也就是说,节制不是单纯的克制、冷漠,而是爱自我与爱他人的有序和谐,是"灵魂的最佳状态"。具体到创作中,节制是种坚强,它表明对自己的书写有种控制力,不让情感泛滥成廉价的抒情,不让细腻铺张成琐碎的平庸,不让自我哀怜成为叙事的主调。节制也是种平衡,它在冷静的叙述与炽热的感情间保持动态的节奏,既在冷静的描写中铺垫感情,逃脱冷漠的淡然,也在炽热的情感里布下距离,避免肆意的宣泄。节制还是种留白,所有重要的都在文字中呈现,所有更重要的在文字外留待读者回味。它是抑制也是开放,在清醒的自我认知中呼唤他者(读者)的参与。

情感的节制

节制并不是没有情感。丰富细腻的情感一直是女作家的长项。但任由情感主宰叙述,反而会让最打动人的部分淹没在无病呻吟中。长篇小说《乐观者的女儿》《迷药》以及《圣徒与罪人》里的短篇小说《我的两个母亲》都是描述亲情,其中都有个"不在场"的母亲,而就是这个寥寥数笔刻画的女性,却寄托着作者最深厚的情感。

美国南方作家尤多拉·韦尔蒂获 1973 年普利策奖的作品《乐观者的女儿》,讲述了女儿去照顾做眼睛手术的"乐观主义者"父亲直到去世、送父亲回乡落葬的种种。女儿心底最思念的母亲贝基早在十几年前就去世了,而对她的描写直到小说快结尾时才集中出现。此前,母亲的名字只被零星提到,与之相对的,却是对静静躺在病床上的父亲、只想着去游行取乐的年轻继母的大幅书写。但是,当我们看到当年缠绵病榻不甘死亡的绝望母亲,对女儿终于说出"你本来可以救妈妈的命的,你却站着袖手旁观、无所作为",才在"遵医嘱躺着,绝口不提眼睛"的父亲身上,看到拼命抵抗时间终点的女性的身影;看到用缝纫、书信、阅读的爱意包裹父亲的母亲,才在浅薄寡情的继母身上,嗅到另一类在亲人身上倾注爱情的女性气息。是克制着不去描述眼见父亲日渐衰朽时不可避免会想起的母亲的逝去,不去描述继母做作任性映衬下母亲的温柔善意,才让对母亲的思念在言说他物的文字下游走。而且,这种克制,也没有在专门书写母亲的章节里彻底释放。相反,情感的高潮依然在作家冷静的笔锋中收拢,传递出不可思议的震撼力。

"尽量要用陈述事实的方式来表达",这是小说里女儿对自己的"命令",其实也是韦尔蒂践行的创作原则。在事实的展开中,情感的爆发才具有震撼人心的力量,小说没有描写女儿失去父母时的悲恸,却描述了得知外祖母去世时母亲的表现:"劳雷尔在楼梯顶上听到母亲号啕大哭:她第一次听到除了自己之外的人号啕大哭。"母亲在痛哭中所嚷的"我不在身边、我不在现场"传递出心中难言的悲哀。从号称"山脉之州"的西弗吉尼亚州嫁到"没有山"的芒特萨卢斯,年轻时没能救下父亲,又要在如花岁月离开母亲,贝基的心中不是没有惆怅,但对丈夫的爱支撑着她的婚姻生活,而幸福婚姻仍然不能抵抗的"号啕大哭"才是真正的心痛。韦尔蒂没有让哭声继续回荡,过了一会儿,劳雷尔问起那只钟(母亲老家铁柱上的钟,万一有紧急情况,外祖母敲响它就可以了)。母亲镇定地回答:"一只钟能不能顶事儿,得看你的孩子们离得有多远。"貌似平静的"得看你的孩子们离得有多远",比痛哭更摧人心肺。

出生在美国、翌年即随家人迁居墨西哥的詹妮弗·克莱门特,也在小说《迷药》中用克制而诗意的笔调,描绘了母亲忽然失踪后爱米丽父女俩的生活。虽然"讨论墨西哥城没有了的东西是爱米丽父亲挚爱的话题",但正如爱米丽心里嘀咕的,"他怎么就没提我妈呢,她也从墨西哥城消失了"。小说没有铺陈母亲失踪在父亲和爱米丽心灵里造成的创伤,而同样"用陈述事实的方式来表达"父亲如何"又当爹又当娘"。节制的叙述直击人心:

爱米丽回到家,先在花园里坐了几分钟,然后才进了屋。花园的地上铺着石块没有草。一个跳房子、跳绳的花园,一个没有蝴蝶没有甲虫的花园,一个没有秋千的花园。旧花盆里开着一盆海螺花。一个没有兄弟姐妹的花园,一个没有妈妈的花园。

平静的叙述中,我们看到一个没有妈妈、不完整、不快乐的花园。当爱米丽说起"家里人这么天各一方真是奇怪啊"时,爸爸回答:"家庭就是一个愿望无法实现的地方。太正常不过了。"正常吗? 绝对不。一个正常的家庭,爱人不会突然消失,妈妈不会突然抛下孩子。克莱门特只是用简单笔触描写了爱米丽戴着的"我母亲的十字架":"我身体的一部分,另一块骨头。"虽然血肉相连的愿望无法在现实中实现,母亲的替代品和象征却化为"我身体的一部分"。这是该书的情感暗流,它表面状写爱米丽父女的日常生活,但没有描写的部分——那份永远的"不完整",浸透在爱米丽收集的案例中,浸透在父亲聆听的墨西哥歌谣中,甚至浸透在突然到来的堂兄的爱意中。张扬的情感在节制中凝聚成更浓郁的底色,力度丝毫未减,反而溢出作者的边界,作者有意克制不说的,都在读者心底掀起巨大波澜。

相比长篇小说,其实短篇做到节制更不容易。某种程度上,短篇就是节制的艺术。如何在尽可能短的篇幅中包容并传达尽可能多的信息量,考验着每个作家的叙事能力与技巧。爱尔兰作家艾德娜·奥布莱恩被爱尔兰第 7 任总统玛丽·罗宾逊称赞为"她那一代非常富有创造力的伟大作家之一"。但她并没有在作品中炫耀这份创造力,她仿佛一个局外人书写着爱尔兰、家族和自己。她创作出丰富的故事,却只用了疏寥的笔墨;她拥有炽烈的情感(她曾经,也一直是一个反叛的姑娘),却不愿尽情吐露。短篇小说集《圣徒与罪人》中的《我的两个母亲》,想象了母亲另一条没走的道路,想象了在虚构的世界里,我和原本应该那样的母亲"过本该过的生活,幸福,互相信任,无所羞愧"。"不在场"的母亲、那段"本该过"的幸福生活,才是"我"心中的愿望和要书写的中心,但在小说中只有短短一句,并作为结尾戛然而止。

另一篇《旧伤》写两家闹翻多年后,"我"和堂哥重拾亲情,但终因心中隔阂阴阳两界的故事。《我的两个母亲》以母亲未写完的信结束,《旧伤》也以堂哥未就的信笺结尾,寻求和解的心情止于中途。"我"曾和堂哥约了一起葬在家族墓地,结尾"我"问自己:"我为什么要葬在这儿? 那不是出于爱,不是出于恨,而是出于某种没有名字的什么,给它冠名,等于剥夺了它真实的意义。"如果一定要冠名,那么它的名字是"家"。奥布莱恩没有书写对"家"的渴望,她只书写了与母亲的龃龉,书写了与堂哥的误会,但两篇小说结尾在有限的文字里蕴含了最揪心的惆怅,用结束的句号终止了惆怅的泛滥与蔓延,因为对创作来说,情感的泛滥无益于共鸣的建立。

细腻的节制

女性天性敏感细腻,女作家更是如此,一颗不敏感的心灵无法与世界、与他人、与自我产生共振。但是,了解节制精髓的作家,不会让叙述追逐细节、沉迷细节,而是懂得让细节展开自己的叙事。《迷药》中充满了父亲念叨的墨西哥城已经消失的各种事物,这些事物也建构了父亲的记忆和过去,所以,作者克莱门特并不是沉浸在细节中,而是用细节来构筑她的主题——那也是爱米丽始终在追问的:"一个人怎么会掉到了天边外?"警方详细记录了妈妈失踪时的种种特征,细节无一遗漏,可记不下的,是母亲失踪时的心情。克莱门特用物的细节的漫溢反衬了人的缺席、心的缺席、情的缺席。细腻的细节没有淹没主题,反而自始至终萦绕着小说主题这最重要的一环。

雪莉·杰克逊一贯被称为畅销书作家,但近年来学界的关注,表明她的价值"需要重新评价"。节制的叙述也是她的突出风格。比如短篇小说集《摸彩》中的《就像妈妈以前做的》,讲的是细致、严谨、颇有洁癖的戴维请暗恋的女邻居玛西娅前来晚餐,用餐时玛西娅的同事不请自到,以为戴维家是玛西娅家,戴维只得在饭后避到玛西娅公寓的故事。小说细致描写了戴维公寓的格局,他把房间里的家具涂上心仪的黄色和褐色,又配了粗花呢的褐色窗帘。他的盘子是橙色的,桌布是淡绿色的,放着干净的绿色餐巾和银制餐具。戴维略为女性化的举止、准备食物的精心、他任由玛西娅误导同事的善良,都指向了标题《就像妈妈以前做的》。虽然小说除了"进客厅读妈妈的来信"之外没有一处提到她,但整篇都笼罩在标题的"妈妈"之中。杰克逊其他小说也是如此,充满细节但又不为细节所困,比如著名的《摸彩》,细节就像每个人手里的石头,只要扔出去,就有致命杀伤力。

《乐观者的女儿》里外祖母守寡后给母亲写信,她"始终不容自己写得太多",这些用铅笔匆忙写出的简短的信,表现出非凡的"勇敢"与"冷静",但冷静的节制里,用动人的细节传达出女作家的细腻:外祖母很想送一只鸽子给劳雷尔当生日礼物。鸽子是劳雷尔小时候跟母亲回"老家"爱上的鸟儿,她原来不熟悉它们,不知道它们会把尖嘴塞进彼此的喉咙抢食,她相信它们离不开彼此。外祖母送鸽子,是想把童年记忆和家庭纽带送给她。没有宽阔的胸怀,无法留意到日常的琐碎;而过于沉湎于日常的琐碎,又无法跳脱细节的牵绊。节制在两者间平衡,它最大限度地将女性敏感细腻的感触发挥到极致,又最大限度地将细节的意义放大到主题。

自我的节制

女性不仅天性敏感,而且对自我比较关注,女作家的创作便往往纠缠着自身的经历。即便像雪莉·杰克逊所说,她非常不喜欢作品中自传性的素材,但《与野人同居》就是以她和几个孩子的家庭生活为基础的幽默小说。艾德娜·奥布莱恩尤爱书写自我经历,她受詹姆斯·乔伊斯《一个青年艺术家的肖像》的启发,意识到自己将来的写作方向是:"我想要书写我自己。"《我的两个母亲》叙述的内容与其经历基本一致,可以被认为是对现实中母亲及母女关系的书写。现实中,母亲是控制狂,曾在美国做过女佣,禁止女儿跟文学沾边,反对她的婚姻,这在短短几千字里都有所反映。但是,以自我经历为基础的创作,并没有让奥布莱恩沉醉于自哀自怜,她在写实与虚构中幻想了解决的可能,未在小说中正面亮相的父亲是酗酒打人的"野蛮人",在幻想中被替换为"黝黑、英俊、带着优雅的矜持"的男子;而曾写信命令"我读信时就地跪下,发誓此生不再和任何男人有肉体或精神上的关系"的母亲,也被替换成"穿着漂亮衣服和高贵的宫廷鞋"的风姿绰约的女子。对自我和家庭的书写结束于超离此世的想象,证明了女性不是不可以书写自我,甚至书写自我是女性写作的重要命题,但节制的笔墨让个人的自我,拥有了呼唤集体自我的力量,有谁没有在幻想中希望能跟父母、亲人过上"本该过的生活,幸福,互相信任,无所羞愧"呢?

韦尔蒂的妈妈是学校老师,她曾说:"我们家任何地方,任何时间,不是在读书,就是准备读书。"《乐观者的女儿》里父母的书房、母亲从大火中抢救出的《狄更斯全集》、病危中吟诵的诗歌、交替传来的父母的夜读声等,都是韦尔蒂亲身经历的回响。我们不知道故事中有多少虚实相伴,但没有过失去至亲之人的体验,就无法书写出濒死之人的孤独绝望,"像是被撇在陌生人中间,一句话也没说就在流放和屈辱中死去,把一切都埋藏在心底"。韦尔蒂,还有其他女作家,她们书写自我,又不迷恋自我,过度产生不了移情,适度才让我们在她们的自我里有余地看到我们自己。

某种程度上,节制就是承认,面对世界上的一些事情,自己的确无能为力,应该就此罢手。不再煽情、沉迷,不再只有自我。节制产生的距离感就是小说的可取之处,也是救赎我们的恩典。

文学怎会无用 我们仍爱经典

盛 宁

十年前,我们曾选编过一套《世界经典短篇小说》,我在那套书的序言里说道,随着现代生活节奏的不断加快,加之各种新兴科技手段和媒体形式的介入,人们在这个世界上的生存方式,包括我们对所处世界的整个认识方式,都已发生极大的变化。变化带来的负面影响之一,就是一些曾有过辉煌显赫历史的艺术形式无可挽回地式微衰落了,尽管我们费尽心力去抢救,它们仍不以人的意志为转移地飞离我们普通人的日常视野,沦为仅供少数人观赏把玩的"藏品"。于是"文学已经衰亡","纸介印刷物必将被数字出版物取代"一类的哀歌,此起彼落地响彻文坛。

这些说法所引发的悲观情绪很快蔓延到了学界。记得那年美国著名的文学批评家J.希利斯·米勒曾来华讲演,他很坦诚地诉说了自己五味杂陈的内心感受,那篇讲稿后来在美国著名学刊《辨析》上发表,他又将讲话稿的标题改为"废墟上的文学研究",其悲悼之情溢于言表。

转眼10年过去,情况又发生了什么变化呢?在千千万万令人眼花缭乱的事件中,移动通信手段的革命性更新拔得头筹。手机的普及,特别是集通讯、浏览、搜索等功能为一体的iPhone的问世,将2010年推入所谓的"微博"年。据最新统计,中国网民规模现已达到4.85亿,"微博"用户的数量则爆发增长到近2亿,成为用户增长最快的互联网应用模式。"微博"突如其来的出现,且规模如此之大,立刻给大众阅读习惯带来了谁也不曾料到的冲击。几乎就在一夜之间,这种带有"娱乐化""碎片化"特点的资讯消费形式,变成了时下最流行的大众阅读方式。所谓"娱乐化",就是阅读活动除实现资讯传递的目的外,还带有一种搞笑逗乐的"狂欢"色彩;而所谓的"碎片化",则是指人们在快节奏的日常生活中,利用各种活动的间隙或空档来完成阅读,使阅读一改过去那种连续、专注的特点,而变成一种时断时续、见缝插针式的消遣。

这样的一种阅读形式,对需要长时间静坐默读的长篇小说来说,显然是要排斥的。而从这个角度想下去,传统意义上的文学似乎很快就没有了自己的位置。但实际情况并没有糟到这般田地。说来也颇值得玩味,据美国全国文学艺术基金会历年的调查报告,自20世纪80年代起,美国青少年和成人中阅读文学作品的读者比例20多年来持续下滑,17岁年龄段中完全不读文学书的人数,2004年比1984年足足翻了一番,达到了20%左右;然而,2009年的调查报告称,由于各级教育机构的努力,18—24岁年龄段阅读文学书籍的人数竟在2008年出现了拐点,首次大幅度回升,增加了300多万人。而中国的情况非但不像文学消亡论者所描述的那么悲观,甚至比上述美国报道更令人鼓舞。仅就最近10年的情况统计看,纸介印刷读物并未显出"退市"的意思,非但没有,这些年的全国图书出版总量还一直保持着10%左右的年增长率,其中文学读物年增长率也达到了9%。仅以2009年为例,文学类图书出版总数达25万种(其中初版新书为18万种),总码洋8.3亿元,居然还高于经济类的图书。尤其值得注意的是,再版文学书竟占了文学出版总量的四分之一,而据从事文学图书出版的人士说,再版书基本属于文学经典名著一类的"长销书",也就是说,文学经典名著仍占据四分之一左右的文学类图书市场。

这一串数据有点枯燥,但至少可说明两点:其一,"文学"没有消亡。所谓"消亡"一说,实在是个伪命题。因为"文学"本是个后设的、集合性概念,它是对某一类你认为应该命名为"文学"的文字的界定,既然它的内涵是人为的、流变的,它能不断吐故纳新,所以也就谈不上消亡。而最终会消亡的,只是某个具体的文学形式(体裁、文类),这种文学形式由于存在条件的变化或丧失,则可能发生嬗变或消亡,但没准什么时候它又会重新萌生,中外文学史上可找到许多这样的实例。其二,以往被笼统看待的大众读者群,现已按接受教育的层次、专业兴趣和审美品位等,进一步分化为一个个"小众"读者群体。这也就是说,尽管有相当数量的读者投靠新兴媒体,转而采取了网上浏览、微博短信一类新的阅读方式,但这个世界上仍有相当数量的读者(其中也包括一部分网民读者)保持着通过纸介读物来获取资讯的传统阅读习惯,更何况网上读库中也搜罗了大量的纸介读物的电子版。对于这些电子版读物的读者来说,读物载体发生了变化,读物的内容却未改变。由此看来,我们说文学类读物至今仍拥有相当大的读者群也没有什么不对。而每年有一大批文学经典或名著的再版,则说明新生代年轻人中仍有大批喜爱文学的读者,而新生代读者群的逐年更新则为文学经典的传承提供了保证。

正是基于这样的考虑——文学经典仍有不小的市场,新生代读者对文学经典仍有相当大的需求,我们也就满怀信心地选编了这套《世界经典中篇小说》丛书。有读者或许会问,你们将这套选本称为"经典",那你们心目中的"经典"应符合怎样一些标准呢?坦率地说,有关"经典"的定义确实是众说纷纭,要找一个大家都认可的界定还真有点困难。在我所看到的有关"经典"的各种界说中,我最欣赏的是意大利著名作家卡尔维诺对"经典"所作的十几条定义中的两条:"一部经典作品是一本每次重读都像初读那样带来发现的书;一部经典作品是一本即使我们初读也好像是在重温的书。"前一条定义强调了经典常读常新的特点——经典必须经得起重读,因为它含义隽永,因此总能新意迭出,让读者获得新的发现;而后一条定义则强调,经典提供的经验必须具有某种普遍、永恒的价值。它所讲述的道理,你也许在别处也曾听说过,但是你读后会发现,你原先所听说的那些道理,其实是由这部经典文本首先说出,而且它比任何后来者都表述得更加全面,更加深刻。

不过严格说来,卡尔维诺的定义或更是一种对思想理论经典的概括,文学经典恐怕还另有一些自己的特性:它无意直接提出具有永恒意义的理论命题,它更擅长的是在想象的层面,通过故事的叙述和人物的刻画来表现带有普遍性的人类生存经验。因此,衡量和判断一部作品能否跻身于文学经典,最基本的一条必须要讲一个好故事,再就是要看作品是否塑造了扣人魂魄、令人过目不忘的人物形象。除此之外,文学还有另一个与其他文类不同的特点:它是一门语言的艺术。文学的"文",既是"人文"的"文",又是"语文"的"文"。古语说:"言而无文,行之不远。"文学语言不仅是反映生活的语言,更应该是高于生活、能为生活效力的语言。在这个意义上,文学经典还必须在语言上具有示范的作用。我们现在的这个选本不是小说原作,而是译作。因此对译文的讲究、推敲,它是否忠于原作,能否再现原作的艺术风格,也就成了我们挑选作品时很重要、很实际的关注。

写到这里,读者或许会觉得我对眼下文学的处境并无太大的忧虑,甚至还隐隐流露出一点激动或亢奋。其实,恰恰相反。尽管从出版数字看文学似乎还有不小的市场,然而我深知,文学在当今社会所发挥的作用,文学对读者所产生的影响,则与过去完全不可同日而语。其中的道理很简单,我指的是,与广播、电视、电影、流行音乐、特别是现在的互联网这些媒体相比,今天的文学在影响人的精神面貌、价值观方面,在向人们的头脑灌输想象这个世界的各种参照方面,已再也不能像过去那样发挥一种主导性的作用了。也正是在这个意义上,我们说文学已被彻底地边缘化了,这已是毋庸争辩的一个事实。这与文学是否还占有一定的市场实际上毫无关系,因为两者说的根本不是同一个层面的意思。

文学之所以会边缘化,其原因也不难找,主要就是因为文学在今天的商业社会中再也不能快速地带来直接的财富因而遭到了冷落,说得再直白一点,就是"无用"。这些年,不止一次有从事文学研究的青年学者跟我说,他们为申请出国留学基金而去面试时,有些从事自然科学的专家评审官,提的第一个问题往往就是:"你这搞文学的,出去有什么用?"毫无疑问,文学在他们眼里,就像人身上的阑尾一样,一无所用!然而,他们怎不想想,人之所以为人,除了四肢五官以外,更主要是因为人具有任何其他动物都不具有的复杂的思想和崇高的精神!人的气质、禀赋、情怀、修养,人对真、善、美的洞察力、鉴别力、感悟力,以及人所特有的复杂的语言表达力,等等,所有这些决定人之所以为人的素质和能力,都不是从娘胎里带来的,而是需要通过后天的陶冶和训练才能习得的。而就在人习得上述素质和能力的过程中,"文学"不仅在发挥作用,而且发挥的是一种不可替代的作用。

文学究竟有用无用,有什么用,不妨再听一听两位诺贝尔文学奖的得主是怎么说的。早在 1933 年,T. S. 艾略特在《诗的作用和批评的作用》一文中说:"一个不再关心其文学传承的民族就会变得野蛮;一个民族如果停止了生产文学,它的思想和感受力就会止步不前。一个民族的诗歌……代表了它的意识的最高点,代表了它最强大的力量,也代表了它最为纤细敏锐的感受力。"很显然,在艾略特看来,"文学"是衡量一个民族文明程度高低的标识。而一个不再关心自己文学传承的民族,停止了文学生产,就会变得野蛮,变得粗鄙,而当下严酷的社会现实已一再为此提供了有力的佐证。

1987 年诺贝尔文学奖得主约瑟夫·布罗茨基似乎对今日的现状则早就有预见,他在授奖仪式上致答词时指出,"……尽管我们能够谴责对文学的践踏和压制——对于作家的迫害,文字审查,焚书等,然而,当不读书这种最糟的事情真的来临时,我们则毫无办法了。如若这不读书的罪过是由某个人犯下,那他将终生受到惩罚;如这个罪过是由一个民族犯下,这个民族将为此受到历史的惩罚"。布罗茨基认为,文学总是在不断地创造一种审美的现实,因此它往往是超前的——赶在"进步"之前,赶在"历史"之前。因此他认为,人们在选择自己的领袖时,最好应该先了解一下他们的文学阅读经验,对那些执掌我们未来命运的人,我们应首先问一问他们对司汤达、狄更斯、陀思妥耶夫斯基是什么态度,而不是他们的施政纲领,这样的话,这个世界上的痛苦就会减少许多。

布罗茨基这番话,或许有点让人觉得过于书生气。但我想他的本意并不是要让文学家去从政,充任各国的领导人。他其实只是在用他诗人的方式,来解释文学对于铸造一个人的心灵会起到怎样的作用。我们都知道,司汤达、狄更斯、陀思妥耶夫斯基也好,任何其他文学大师也好,他们并不提供解决社会问题的具体方案,即使退一万步说他们提出了某种方案,生活在特定现实中的我们也不可能去照抄照搬,如法炮制。那么,文学的作用到底是什么呢?我认为,真正能够称得起是"文学"的,它的最大的作用就是它会提问——提出各种对我们具有挑战性、能迫使我们进行思考的问题。所以文学作品能否成为经典,看来还应该加上一条,那就是它的提问是否具有这样一种独特的价值。从这个意义上说,文学的作用就是搭建起一个思想平台,让我们在这个平台上对人性、对道德、对历史、对公民社会、对各种智识性的问题展开论辩,而最难能可贵的是,这种论辩还包括了对我们自身的反省。通过这样的论辩,我们从中找到自己所认为是正确的答案。

菲利普·罗斯:"十足的玩笑,要命的认真"

杨卫东

今年3月19日,美国犹太作家菲利普·罗斯迎来了80岁生日。到2012年宣布退出文坛为止,罗斯已经完成了31部作品。他一直是位勤奋多产的作家,甚至在年过七旬以后,几乎还能坚持每年推出一部小说,而且几无俗手。他的执着给他带来了无数荣誉。美国的各项文学大奖,如美国国家图书奖、普利策奖、古根海姆奖、欧·亨利小说奖、国家书评协会奖等,他都如探囊取物。国际上,他也屡有斩获:法兰西外国最佳图书奖、法兰西梅迪契奖、布克国际奖、《巴黎评论》哈达达奖等。唯一的遗憾是,他虽然几度成为夺标呼声最高的诺贝尔文学奖候选人,却总在最后关头功败垂成。看来诺奖评委会无法对他形成一致的意见,他实在是一位有争议的作家。

对于有争议的作家,读者们往往会分成泾渭分明的两大阵营。爱之深者,恨不能把罗斯当作全美最杰出的文学巨擘;痛之切者,认为他根本就是一位自以为是的下三烂作家。罗斯在2011年获得布克国际奖时,当时的评委之一卡门·嘉丽尔对罗斯的评价非常低,"他几乎在每一本书里都在写同样的主题。他就好像坐在你脸上,让你无法呼吸……我觉得他根本就算不上一个作家"。罗斯获奖后,她当即愤而退场,称罗斯的作品是"皇帝的新衣",空洞无物。另外一位评委里克·格考斯基对罗斯的评价则满是溢美之词。在他眼里,罗斯在50年的写作生涯里,杰作一部接一部,层出不穷,他甚至老而弥坚。"在20世纪90年代,他没有一部作品不是杰作——《人类的污点》《反美阴谋》《我嫁给了共产党人》。当时他是65岁到70岁的年纪。见鬼了,他的写作怎么会这样出色?"

的确,罗斯端出的一盘盘大餐,口味是比较单调的,他总是在重复主题,甚至在十几部小说里,会使用同一个人物或叙述者。可是,罗斯在看似重复的作品里,乐此不疲地表现出现代人生活的方方面面,无论是细致入微的私人生活,还是波澜壮阔的社会生活。这样的风格对读者造成一种逼迫式的阅读感受:反正我就这样写了,这里面有东西,爱不爱看由你。罗斯对单调的执着不禁让人疑惑:他到底是富有想象力,还是缺乏想象力? 如果是前者,那么他应该算是能在方寸之地写出大文章的巨匠,如果属于后者,他就成了彻头彻尾的自恋狂。实际情况是怎样的呢?

罗斯的实际情况很难讲清楚,我们还是从罗斯最迷恋、最喜欢重复的主题入手吧。罗斯作品中最大的主题是:真相和虚构没有区别。要言之,没有本质的真相,只有对真相的阐释。不同的人对同一件事会有不同的看法,而同一个人在不同场合中对同一件事的看法也会发生变化。说的人多了,自然就"三人成虎"。所以真相是说出来的、虚构的,真相等同于小说。罗斯的很多小说看起来都像自传,所以不少读者抱怨他总是在写自己。他还写过一部自传《真相》,竟然以罗斯写给祖克曼的一封信开场,并且在全书中他多次将自己的生活和小说进行比较,还不时让自己小说里的人物出来品头论足,这实在太像一部小说。而他的"祖克曼系列"小说里大量融入了自己的生活经历,以至于人们很自然地把祖克曼当作了他的另一个自我。祖克曼和罗斯有很多相似的地方:他们的第一部作品都写犹太人的生活,并且一举成名,而后来又都因为写了有色情内容的小说而声名狼藉。罗斯写过不少优秀作品,但最具轰动效应的当属《波特诺的抱怨》,里面用大量的篇幅来写性心理、意淫和手淫。罗斯因此成为不少人的意淫对象,受到他们的疯狂追捧,而评论界则对他口诛笔伐。著名评论家欧文·豪曾经对罗斯的第一部短篇小说集《再见了,哥伦布》大加褒奖,但罗斯后来的作品让他很不满意,他认为罗斯难成大器,写了不少贬低他的文章。罗斯很受伤害,把类似的经历写进了小说《解剖学课程》中,在里面塑造了一位不知所云的批评家,狠狠地报复了一把。同样,罗斯把自己的第一段婚姻移进了小说《我作为男人的一生》中。他喜欢上了玛格丽特,并主动示好,但女方似乎颇有心计,罗斯对她逐渐失去了兴趣。后来玛格丽特谎称怀孕,骗罗斯和她结了婚。婚后两人关系恶劣,四年后离婚,但法院判罗斯向女方支付高额的生活抚养费,直到1968年玛格丽特因车祸丧生。这段婚姻让罗斯吃尽苦头,他写了一本小说还觉得苦水没有倒尽,所以在《真相》里一边记述当时的生活情形,一边逮着机会就大谈特谈《我作为男人的一生》。更有甚者,罗斯在《欺骗》和《反美阴谋》等小说中,把自己也变成了小说中的人物。罗斯倔强地用实际写作告诉读者:你们觉得我总在作品里写我自己,现在我真的要把我罗斯写进去,可是你觉得这个罗斯是真的罗斯吗?罗斯就这样挑战读者的耐性,同时颇为自得地达到了初衷:真实和虚构不可区分。

实际上,生活中的罗斯也让人无法捉摸。罗斯的第二任妻子克拉克·布鲁姆和罗斯的婚姻维持了四年,她在回忆录《离开玩偶之家》里坦言自己对罗斯的真实面貌毫无了解,只对他的矛盾性格有些领教:一方面他机智、坚定、独立自主、善于自我控制;另一方面他固执、乖张、有些神经质。她怀疑小说《欺骗》中的"菲利普·罗斯"是真正的罗斯。小说中的妻子在查看罗斯的日记时,发现他背叛了自己,和很多女人有染。此时,丈夫竭力辩白:那不过是一本日记形式的小说,他没有背叛妻子。而实际上,罗斯的生活里真实地发生了类似的事。罗斯试图对继女的朋友拉切尔进行性引诱,结果碰了钉子。罗斯担心拉切尔告发他,就跟她说想怎样玩都行,如果她胆敢告发,那他会反咬一口。以罗斯的身份,谁会相信她呢？罗斯的这一面看起来有些让人生畏。不管布鲁姆所说是否属实,不管拉切尔是否说了谎话,有一点可以肯定:罗斯的家庭生活也和虚构小说搅在了一起。所以毫无疑问,真相的虚构性对罗斯来说是至高无上的真理。

　　罗斯围绕着这一真理,在大多数作品中努力探讨现代人的身份问题、生存状态、美国价值观以及欲望和死亡等主题,其中身份问题是他最关注的话题。罗斯书中的人物常常拥有不同的自我,过着多重的矛盾生活。这些角色在不同的环境下,忙不迭地给自己锻造不同的身份,甚至把捏造的身份强加于人。人的身份于是变得不可捉摸:他说自己是什么,他就变成什么;别人说他是什么,他也就变成了什么。他书中的犹太人群体身份也没有恒定不变的犹太性,而是一个有待个体做自由选择的问题。犹太人可以选择不做犹太人,而非犹太人却可以选择犹太人的身份。以祖克曼为例,他的身份之繁杂,足以让人眼花缭乱:他既是父母的乖孩子,又被临死的父亲称作"杂种";他一会儿是想象力丰富的作家,一会儿又变成冷冰冰的医生;在美国,大家把他当成犹太人的叛徒,到了布拉格,他却成了犹太文化的挽救者;他可以是犹太复国主义者,也可以是反犹太主义者。正如真相的虚构性决定了我们无法了解事情的真相一样,这种身份的流动性,证明现代人没有本质的、连贯的自我。罗斯所刻画的很多犹太人脱离了传统,很难在现实生活中找到自己的位置,他们不再对爱抱有期冀,相互间不求理解,像仇人一样纷争不已,他们对现实很难有真切的认识,却争先恐后地为自己或他人编造神话,真相终不可得,人生因此变得无比复杂。罗斯似乎在提醒读者,面对复杂的人生,无须追求所谓非黑即白、非此即彼的本质论,而应摒弃偏见,根据不同的环境作出相应的变化,因为本质既不可求,多重表象就成了生活的真正内容。

　　可见,在罗斯的作品中,一切都没有固定的意义,而所谓意义则取决于态度,取决于近乎游戏的文本阐释。所以无论罗斯在处理什么主题,无论作品表面上看起来多么严肃,实际上他提供给我们的永远是一个游戏的文本。罗斯的游戏文本中,形式上最具噱头的是《对立人生》,它主要讲祖克曼在不同的场合下,身份不断发生变化的闹剧,看后令人捧腹不已。《美国牧歌》和《人类的污点》同样也使用了多重身份,但让人倍感苍凉。《美国牧歌》通过身份错位,让笃信美国梦的犹太人赛蒙看到了美国理想腐朽的一面以及青年人在社会中无所适从的困顿状态。赛蒙放弃了犹太人身份,一心一意要熔入美国大熔炉,做一个没有族裔特征的纯粹美国人。他放弃了自己擅长的运动,做起皮革生意,他娶了新泽西选美小姐多恩为妻,婚后有了一个可爱的女儿玛丽。这是典型的菲茨杰拉德式的美国梦——物质成功、性感美女、体面的身份。但这样的梦难以久长。赛蒙乐观地认同主流社会所宣传的价值观,甚至认为对越战争也有合理性,他像瞎子一样无视眼前发生的一切。但纯粹的美国人并不好做。后来他的妻子看上了别人,他的女儿成了参与爆炸案的恐怖分子,最后干脆做了修女。赛蒙的美国梦破碎了。美国精神中一向标榜民主、自由和个性,可是赛蒙在追梦的过程中,却恰恰走向了反面。赛蒙一直按着美国社会的普遍生活模式要求自己,却落到如此下场。只能说,美国梦的本身是双重性的,它的腐败性如影随形,驱之不散,赛蒙的悲剧不只是他个人的悲剧,值得所有人深思。不过即便在这部沉重的小说里,罗斯依然见缝插针地展现出他的游戏态度。《人类的污点》调子更加悲凉,罗斯正是用近乎荒诞的游戏态度将主题发挥得淋漓尽致。科尔曼是黑人,因为有白人血统,肤色较淡,就假称自己是犹太人,并和自己的黑人家庭断绝了关系。后来在大学里教书,有黑人学生告他种族歧视,他百辩不清。他索性放弃抗争,和农场女子弗尼娅一起放浪形骸,追求肉体快乐,最后两人一起死于车祸,科尔曼死后还按照犹太习俗入了葬。科尔曼的命运荒唐得让人哭笑不得。小说里还融入了越战退伍老兵生活无依、自生自灭的故事,整体上有种荒诞而凄凉的气氛。作品对人的存在意义表示怀疑:人要么觉得自己根本没有存在过;要么一事无成,身后徒留污痕一片;要么及时行乐忘却烦忧;要么只能在这冷漠的世界孤独地栖存。罗斯的这部作品算是一个奇迹,他竟能用戏谑的手法展现出存在主义的透心寒凉。

罗斯在谈到自己的风格时,讲过这样的话:"十足的玩笑、要命的认真是我最好的朋友。"这应该是最恳切的评价了。罗斯就是带着这种风格,在重复中不停地前进,甚至年龄都无法阻止他的文字游戏。2006年,他推出了探讨死亡问题的《每个人》。对读者而言,这似乎是罗斯准备收手的信号。2007年,他又出版了《幽灵退场》,正式让祖克曼退出了他的小说世界。这时候,如果我们回到先前提到的那些问题:他是富有想象力,还是缺乏想象力?他是文学大师,还是自恋狂?答案当然不言自明。按照罗斯的逻辑,真相具有虚构性,身份是流变的,那么对罗斯的看法,不该是非此即彼的问题,而应该是二者兼备,甚至多者共存的问题。

罗斯永远是一个谜。他捧出的大餐让很多人倒了胃口,也让很多人大快朵颐。他退休了,但神话还在继续。罗斯研究协会的《罗斯研究》已经出到了第九卷,关于他的新纪录片已经拍摄完毕,他的小说《美国牧歌》很快会由湖畔公司拍成电影。生活低调的罗斯在不失隐私的前提下,尽情地享受着文学给他带来的声誉。

2013年诺贝尔文学奖得主艾丽丝·门罗：
如此艺术，如此小说

陈晓明

10月10日,诺贝尔文学奖授给了已经82岁高龄的加拿大籍作家艾丽丝·门罗(Alice Munro),这让一直偏爱以"政治"来说道诺贝尔文学奖的人们,颇有些失望。艾丽丝·门罗可谓比较纯粹的小说家,虽然她出名的年份是1968年,那一年她37岁,也参加拿大女权主义运动,出版了短篇小说集《快乐影子之舞》(Dance of the Happy Shades)后,开始引人注目。她的小说如果说有什么政治性的话,那就是她始终关切女性的命运,尤其是女性弱者的生活情状,算是有点女权主义。当然,如果还要硬抠政治的话,她作为苏格兰后裔的族群身份,也会时常在小说中或隐或显地表现出来,但这种身份政治,也只能算是一种小政治,并不能压倒她小说的艺术性笔法。

因此,我还是更愿意用小说艺术的纯粹性来理解门罗的作品,她早年在厨房里、在熨衣板上写作。中年出名,但也未见大红大紫,写短篇小说只是在《纽约客》上博得好名声,要多么畅销并不可能。她一直按照自己的方式写作,一生写了十余部短篇小说集,加上一部类似长篇小说的作品,这日子就在写作中熬到了82岁。"熬"可能是中国人的想法,对于门罗这样的小说家来说,他们对文学有一种纯粹的态度,那个语境也没有那么多花样,她的写作又何尝不是自己的追求、自己的快乐呢?

门罗夺得文学奖项无数,其中有多次加拿大总督奖、布克国际文学奖,并两次获得吉勒奖,2004年即以短篇集《逃离》第二次获奖。当时评委评价说:"故事令人难忘,语言精确而有独到之处,朴实而优美,读后令人回味无穷。"《逃离》可以说是其小说艺术炉火纯青的结果。这一年她已经73岁,真正是宝刀不老,虽是精雕细刻,但全无痕迹,更见纯朴自然的风格。这部由八个短篇小说构成的小说集,于2009年出版中文版,由十月文艺出版社出版,翻译出自李文俊的手笔,译笔相当精湛。

小说集开篇的短篇小说就是同题《逃离》,小说讲述一个叫作卡拉的年轻女性想要逃离极其不协调的同居男友,走到半路却又折回家中的故事。这当然是一个失败的逃离的故事。小说的叙述非常缓慢而有心理层次感。开始的叙述视角就是卡拉的视角,她站在马厩房门的后面,听到汽车声音响,她想,那是邻居贾米森太太从希腊度假回来了。"但愿那不是她呀。"小说第一段就是如此微妙的心理活动的描写。每个动作、人物所处的位置、人物的心理,都有层次地一步步展开。

这篇小说叙述细腻微妙,构思精巧而又自然,那种心理刻画一点点透示出人物的矛盾心境，并且引向困境，尤其是女性无力自拔的心理特征。卡拉想逃离克拉克，但她又欲罢不能，无法决断，犹豫再三，还是回到这种生活状态。矛盾无法解决，一切源自内心的纠结，这才是问题所在。小说回到内心之微妙还嫌不够极致，结尾处卡拉总到树林里，看那些头盖骨，可能是小羊奥尔弗的头盖骨，那么在克拉克与贾米森太太对话时，带着雾气出现的小羊就只是一个幻觉了。小说在心理的微妙感之外，还要加上一些魔幻的色彩。外部世界存在的真实性已经不那么重要了，重要的是人物的心理感受。小说非常讲究构思，时间紧凑，心理的微妙感受伴随着空间的略微变异，生活的困窘与人性的善恶相纠缠，生命在无助中才透出一点坚韧。细致微妙是其特点，一切都不过火、不过度。门罗有意淡化人物的主动意识，始终能保持一种冷静、朴素的叙述，一点点透进骨子里。

当然，门罗的小说并非散淡，实际上内在关节非常精巧，只是不细心看不出来而已。像她的小说《机缘》，写一个学习古希腊文的年轻女子，在火车上邂逅两个男人的故事。前者想和她说话，但她想回避，她把回避看成是自我意识坚持的一种证明，不想没说两句话，那个男人途中卧轨自杀。她在火车上同时邂逅的另一个男人与她一起看星星，后来她知道他的妻子在一次回家途中遇车祸，瘫痪在床，而他身边总有女人，其中一个女人竟然是和她在同一所学校任教的同事。某天她接到一封同事的信，透露出要她去看她的意思，这样她就去了。这就是6个月后，小说在开始的时间叙述这个叫朱丽叶的女子，来到鲸鱼湾那个男子家中，见到了她的同事。朱丽叶不由自主地也要留下来。小说中藏着诸多机缘，十分自然，随意遗留，最终在这个关节点汇集起来，显出精巧的魅力。门罗的编辑曾说，在编辑中删去门罗小说中的某个段落，等读到后面几页，才发现原先认为不重要的段落句子，却至关重要。这些关节、机缘，都要做到自然朴素，一旦刻意、雕琢、过度，就弄巧成拙。如此精细巧妙，可以见出门罗笔法精湛、炉火纯青。

总之，门罗的小说篇篇写得精细微妙而自然灵巧，无疑极其出色，令人击节而叹。《逃离》收入的八篇小说更是精彩，都各有独到之处，小说集中的八篇小说，都是在这种心理经验中，去表现当今北美社会，或者说西方世界中，一些处于生活边缘的女性，她们内心与社会的疏离感，她们顽强的自我意识与命运构成的抗争，这些疏离和抗争，都极其微妙，富有层次感。

总之，从门罗的小说可以看出当今西方短篇小说所抵达的艺术境界，这算是比较单纯和文艺的一次诺奖。如果说这样的奖项在回避什么也算是一种政治的话，那它就是了。

德国"文学教皇"马塞尔·赖希－拉尼茨基：批评家死了
黄燎宇

今年9月18日，德国文学批评家马塞尔·赖希－拉尼茨基逝世，享年93岁。9月26日，包括德国总统、黑森州州长、德国犹太协会副主席、德国最大报纸《法兰克福汇报》发行人在内的几百名社会政要、名流出席了在法兰克福中央公墓为他举行的遗体告别仪式。正式的追悼大会于10月在德国的政治文化圣地——法兰克福圣保罗教堂举行。

赖希－拉尼茨基说过，没有警车出现的葬礼没有意思。9月26日的法兰克福中央公墓出现了警车和安保人员，在圣保罗教堂为他举行追悼大会时，一定会有更多的警车和安保人员出现——赖希－拉尼茨基对其死后待遇的隐含期待如愿以偿。

赖希－拉尼茨基是联邦德国最最有名、最最重要的批评家，而且堪称批评界的"孤本"。他的去世，不仅造成德国文坛，也造成世界文坛一道独特风景线的消逝。作为文学批评家，他创造了多项世界之最。他是知名度最高的批评家，在德国几乎家喻户晓。据民调显示，98%的德国人知道他的名字，甚至连出租车司机也能把他认出来；一位批评家说他是联邦德国"人们读得最多、最令人生畏、最引人注目，所以也最招人恨的文学批评家"，一位小说家对他做过一句笛卡尔式的评论："他评论我，所以我存在。"美因茨科学及文学院在给他的授奖证书中不仅盛赞他"把文学变成了一桩公共事务"，而且"估计没有一个西德的男作家或者女作家不曾梦见过赖希－拉尼茨基"。赖希－拉尼茨基成为作家们的大梦，主要因为他的评论严重影响图书市场：得到他赞赏的，图书销量自然飙升；被他损毁的，人们会产生好奇心，所以销量依然可观，属于不幸中的万幸；遭遇他的漠视和沉默，才是最大的不幸。他的自传《我的一生》出版不到4年，本土销量就突破百万大关；马丁·瓦尔泽的《批评家之死》因为以他为主人公原型，所以未及出版就引起一场席卷全国的文学与政治风波。卷入其中的，不仅有学者、媒体人士及普通读者，还有多位政治家，以及君特·格拉斯这样的文学家和哈贝马斯这样的哲学家。赖希－拉尼茨基死后，德国总理默克尔说："我们失去了一位文学之友，但同样失去一位民主之友、自由之友。我会思念这个激情澎湃而又才华横溢的优雅的人。"德国发行量最大的花边小报和路边小报《图片报》在其头版显著位置对赖希－拉尼茨基之死进行报道。其地位之高、人气之旺，由此可见一斑。

赖希－拉尼茨基出生在波兰。父亲是波兰犹太人，母亲是德国犹太人。他在波兰上小学,在柏林念中学,1938年被纳粹德国遣送回波兰。1943年他成功逃出华沙的犹太人"隔都",因此幸免于被送进特雷布林卡的毒气室,他的父母却未能躲过。他被波兰的普通百姓藏匿两年,直到波兰被苏军解放。随后他参军加入苏联共产党,战后成为东方阵营派驻西方的谍报人员,后来又被外交部解雇,被开除出党。1958年,他利用出国之机移居西德,进入德国文学评论界,并很快成为一名活跃的批评家。在随后几十年的文学评论生涯中,他的两段历史尤为重要:一是1973年至1988年,拉尼茨基担任《法兰克福汇报》文学部主任,其间不仅撰写了诸多影响甚大的文学评论,而且前后邀请作家、学者、评论家对一千五百首德语诗歌撰写评论(相关文章全部收录进《法兰克福诗集》),产生了广泛影响。二是1988年到2001年,他为德国电视二台做电视书评节目《文学四重奏》,采取"3+1"的形式,即三个固定嘉宾加一个神秘嘉宾,而且总在周日下午播出。在这个几乎具有万人空巷效果的节目里,他永远是红花,其他人永远是绿叶。他对文学事业所做的巨大贡献得到德国社会的广泛认可,成为挂满勋章的文学批评家,获得的各种奖项和荣誉头衔达三十多种。

  赖希-拉尼茨基是一个神话、一个奇迹。这样的神话和奇迹,别的国家没有,中国在可预见的将来也不可能出现。赖希-拉尼茨基现象值得我们观察和思考。

  首先,他是一个旗帜鲜明的为读者服务、走群众路线的批评家。他的批评活动面向读者而非作家,他自视为民众的代言人而非作家的良师益友(而歌德、赫尔德等人希望批评家成为作家的创作顾问)。他就像罗马帝国的保民官,率领民众站在作家作品的对立面,以民众和文学的名义去质问作家、去评论作品。在他那里,民众与文学似乎是同义词。对于赖希·拉尼茨基,选择读者做服务对象并不意味着选择下里巴人或者媚俗。他底气很足,他有尚方宝剑——启蒙精神。拉尼茨基最崇拜的时代是启蒙时代,他最崇拜的批评家是德国启蒙运动主将兼文学批评之父莱辛。启蒙的一个基本理念,就是面向大众,走向民间,开启民智。赖希-拉尼茨基认为批评家的使命,就是让文学走进千万家。启蒙理想决定了他的审美趣味。他反对晦涩和故弄玄虚,厌恶崇高状、深沉状、神圣状,所以他很不欣赏荷尔德林这类深得哲学家青睐的诗人,所以他欢呼海涅等犹太裔作家给德国文学带来一股新风,让德国文学有了机智、幽默、轻松。他自己的语言也是生动活泼,通俗易懂。应该说,他的做法符合启蒙精神和启蒙逻辑。你既然要为民众服务,你就应该使用大众喜闻乐见的形式和语言。否则,不可能赢得身后千万民众的掌声与喝彩。

  其次,他是一个抢占了道德高地的批评家和批评杀手。赖希-拉尼茨基对于批评的社会功能和政治意义有着超乎寻常的清醒认识。他告诉人们,不受限制的文学批评是现代社会、自由社会和民主社会的标志。批评繁荣的社会是光明的社会,批评萧条的社会是黑暗的社会。启蒙运动是文学批评的摇篮,纳粹德国是文学批评的坟墓。在第三帝国,"艺术批评"(Kunstkritik)被"艺术鉴赏"(Kunstbetrachtung)所取代。此外,他对批评文风也有明确要求。他说过,每一篇名副其实的批评,都是论战式批评。批评家应该把话说透,哪怕这会让作家致伤、致残或者致死——给作家"颁发死亡证书"属于批评家的天职。他的一针见血论不乏哲学认识论依据。马克思的《〈黑格尔法哲学批判〉导言》里面就有一句让他如获至宝的话:"所谓彻底,就是抓住事物的根本。"此外,他有批评前辈做榜样。譬如,施雷格尔把批评定义为"杀死文学中的行尸走肉的艺术",瓦尔特·本雅明声称"能够毁掉作家才能做批评家",库尔特·图霍尔斯基则直言不讳想给他的批评对象"造成伤害",等等。对于为人要厚道、说话要留余地等人生哲学和道德戒律,赖希-拉尼茨基既有先天、又有后天免疫力。所以,他在批评实践中不免下重手、下狠手。瓦尔泽的小说《爱的彼岸》,不仅被他定位在"文学的彼岸",他还希望这本书"尽早被人遗忘",这样"对他好,也为了我们自己";瓦尔泽的一个剧本上演之后,他断言"瓦尔泽肯定是才智多于想象。他的耳朵比他的眼睛管用,他一再证明自己长于说理而非形象塑造"。评论君特·格拉斯的《说来话长》,他上一句话还在夸某一段落写得如何好,下一句话却抱怨说"这本781页的书就这5页拿得出手"。彼特·德·门德尔松为托马斯·曼立传,写前半生就写出了1000多页。为此,赖希-拉尼茨基不仅称他为"档案管理员"和"宫廷书记官",而且断定他"跪在地上写作"。

  赖希-拉尼茨基为之颁发"死亡证书"的作家,可以占用一个公墓;被他批评"致残"的,可以成立一个伤残协会。难怪这个批评"打手"和"杀手"要成为人们的谈资和艺术创作素材。他的绰号很多,如"文学教皇""外科医生""法官""裁判""异端裁判官""魔王""死神",等等。他作为撕扯图书的斗犬上过《明镜》周刊的封面(电脑合成图);在迪伦马特创作的一幅漫画上面,他手握类似长矛的巨型笔杆蹲在一堆骷髅后面;彼得·汉特克在其短篇小说《圣维多利亚的教训》中把他描绘成一条大丹犬,该犬因长期生活在"隔都"(Ghetto)即自家院落而失去温和特性,变成"行刑民族中的杰出一员";被他残酷斗争、无情打击了几十年的瓦尔泽,不仅用《批评家之死》对赖希-拉尼茨基其人其作进行了艺术解构,而且在一次采访中做了一个与汉特克的大丹犬理论有着异曲同工之妙的评论:"其实每一个受他虐待的作家都可以对他说:'赖希-拉尼茨基先生,就你我的关系而言,我才是犹太人。'"汉特克生活在奥地利,所以他的小说没有引起争议。在谈犹色变的德国,瓦尔泽一度受到铺天盖地的指责。为了顺应汹涌的声讨浪潮,赖希-拉尼茨基将瓦尔泽划入歌德打狗队:歌德高喊"打死他,这条狗,他是一个书评家",瓦尔泽——他对《批评家之死》的解读——喊的是"打死他,这条狗,他是一个犹太人"!《批评家之死》在2009年已经再版,反犹说自然破灭。需要补充的是,对赖希－拉尼茨基而言,这种三个回合对批评的批评并不典型。在一般情况下,他对作家们的反应不予理会。在他眼里,作家都是纳喀索斯。自恋决定了作家的人际关系和人生态度。文人之间,要么相轻,要么"你喊我歌德,我叫你席勒"。作家对批评家,更是赤裸裸的功利主义,所以,他非常欣赏卢卡契的总结:"对于一个作家来说,'好'批评一般都是赞扬他或者贬低其对手的批评,'坏'批评就是指责他或者支持其对手的批评。"

再者,赖希－拉尼茨基是一个轻视文学理论、立足文学本体的批评家。作为批评家,他属于比较罕见的"草根"出身,纳粹德国时期的柏林洪堡大学不接纳犹太人。天才加勤奋,令自小酷爱文学并且有文学批评冲动的赖希－拉尼茨基最终自学成才。不过,站在学院派出身云集的批评家行列里面,他就像一只白色的乌鸦。他与众多批评家同行的最大不同,在于其批评文字缺乏理论也不讲理论。拉尼茨基常见的批评套路显得很传统,很18世纪,因为他喜欢传记—心理研究,喜欢佐以大量高级八卦和花边。许多学院派据此认定他的思想简单而肤浅,把他视为单纯的娱乐大师。这种看法一半来自学术惯性,一半来自妒忌心理。事实上,拉尼茨基的头脑非常清醒。他对文学和文学批评的认识远比99%的学院派深刻而且到位。譬如,他承认批评活动具有派生性、服务性、寄生性,把批评家定义为专事"把非理性的语言翻译成理性语言"的译者,而且他承认这种翻译多半非常蹩脚,因为理性语言"永远点不透艺术品"。又如,评判作家作品的时候,他永远把可读性放在第一位,他知道可读性的基础是什么,所以他特别欣赏像泥鳅一样滑不叽溜的反讽和手持弓箭的厄洛斯(丘比特)。不会反讽的作家,不写爱情或者不擅长写爱情的作家,十有八九会受到他的奚落或者冷落。他的品位,多半是受托马斯·曼和卡夫卡作品熏陶的结果,这两位数一数二的德语文学大师使他明白了什么是文学。也许正因如此,他的审美标准得到广泛认可。在他逝世的当天,《南德意志报》就已亲切称他为"教会我们阅读的人"。

最后需要强调的是,赖希－拉尼茨基是反讽家,他创造了一个不无反讽意味的奇迹:一方面,他自称要忠于本职工作,所以他不做两栖类批评家,既不写小说也不写诗歌或者剧本。另一方面,他却不声不响地脱离了服务行业,他不再是作家的翻译和中介,他成为自己的翻译和中介。结果,读者和观众不再关注他评论的作家作品,而是把注意力转向他本人,因为他的批评已经变成精彩的创作和表演。诚然,赖希－拉尼茨基有不俗的文学品位,对于作品的优劣有基本判断。但正如他说歌德太有艺术气质而不适于做艺术鉴赏,他本人也囿于其鲜明的审美个性而无法做每个人的伯乐。面对新人新作,他看走眼的记录很多。日后获诺奖的君特·格拉斯就未能入其法眼。然而,成千上万的粉丝不在乎这个。他们只顾欣赏他的表演,只想看他如何调侃、如何讽刺、如何挖苦他不喜欢的作家,他由此成为文坛不倒翁。

批评家赖希－拉尼茨基的独特奇迹有另外一个奇迹做基础。这就是把神圣和娱乐合二为一的奇迹。赖希－拉尼茨基以文学即神圣的名义质问作家:你为何对不起文学?对不起渴望看到伟大文学的读者?对不起本该创造伟大文学的你自己?问讯者赖希－拉尼茨基的表情是严肃而凝重的,他的惩罚是厉害而残酷的——他对作家的嬉笑怒骂常常近于酷刑。但与此同时,他和他的观众对一个事实心知肚明:这是表演,这是娱乐。最终,一切严肃与神圣都被掌声和笑声消解。赖希－拉尼茨基的文学批评似乎是经典的后现代批评,但是在他批评的时候,总是几家欢乐几家愁。欢乐的是读者和观众,还有他自己,而悲愁的是作家。

在9月26日的赖希－拉尼茨基遗体告别仪式上,只有两位曾经被他大力提携的女作家出现,其他作家不见踪影。

2014 年

2014 年诺贝尔文学奖得主帕特里克·莫迪亚诺：迷失，我们的存在方式

袁筱一

又一个法国人！

无论如何，帕特里克·莫迪亚诺获诺贝尔文学奖多少有点出人意料。就连他的出版商安托瓦纳·伽里玛都表示，他以为2008年勒克莱齐奥获了奖之后，法国人至少要等上三十年才能迎来下一个诺奖。可莫迪亚诺的获奖让他的等待整整提早了24年。又一个法国人！在大家惊呼的同时，据伽里玛的转述（因为瑞典没有能够在宣布获奖的第一时间里联系上作家本人），电话里，莫迪亚诺得知自己获奖后，"带着他一贯的低调说'真奇怪'"，还表示想要知道为什么诺贝尔文学奖会选择他。他觉得有些"不真实"，因为竟然能够在同样的地方"遭逢"他曾经如此欣赏的、诸如加缪之类的伟大作家。

当然也有早就"慧眼识珠"的，两年前莫言摘取诺贝尔文学奖的时候，法国就有莫迪亚诺的粉丝在记述"今年的奖项由一位中国伟大的作家摘得"的同时，坚定地表达，"我相信，在未来不算太长的时间里，莫迪亚诺一定会获奖"，因为，在她的眼里——她申明自己不是勒克莱齐奥的粉丝——莫迪亚诺才是在世的、最伟大的法国作家。

当然，奇怪也罢，伟大也罢，终究是他人的评价。一个真正的写作者，绝非是靠对奖项的向往和追求就能够成就的；反过来，也绝非会因为获奖与否改变自己的写作。实际上，当我们在惊呼"又一个法国人"的时候，不能不注意到的事实是，如果说勒克莱齐奥和莫迪亚诺都是20世纪60年代出道，应该算是同代的写作者，他们之间更大的相同点在于，迄今为止，他们都坚持写了将近五十年。半个世纪的时光里，什么都是留不住的，包括记忆、过去，甚至青春，然而文字却奇迹般地留下了隐藏在某种似真非真之后的真。诺贝尔文学奖的终身评委皮特·恩格朗在电视的采访中还提到过其作品的"前后呼应"，殊不知写作者最大的"前后呼应"依靠的从来都是对文字的信仰，并且需要时间的佐证。

记忆、过去、梦，这些都是瑞典在宣布奖项归属时，放诸莫迪亚诺身上的关键词。当然，在他用于再现"最难以捉摸的命运"的"记忆的艺术"之外，特别提到的还有多次

出现在他笔下的"德占时期"的世界。莫迪亚诺的小说世界的确是从德占时期的巴黎揭开序幕的。1968 年,他凭借《星形广场》获得罗歇·尼米埃奖。小说的主人公和他一样——更确切地说,是和他父亲一样——具有犹太血统,最终死于星形广场,据说隐喻着犹太人佩戴的星形标志的那个地方。但是,与其说这是一部直接书写犹太人在二战期间悲惨命运的小说,毋宁说是关于父辈命运的小说,只是放在德占巴黎那种阴郁暧昧的氛围下,让人再难相信仅凭正义、道德或者自己设定的真理就能够判断一切,解决一切。德占法国时期的不明朗为莫迪亚诺提供了一个足够广阔的空间,之后在相当长的一段时间里,作者都没有离开。

《星形广场》中那位反犹的犹太人主人公什勒米洛维奇让人联想起第二次世界大战行将结束之际,遭到德国枪决的法国作家莫里斯·萨克斯。同样是犹太人,同样的暧昧:公开宣扬号召过抵抗纳粹德国,为盖世太保服务过,投身过黑市交易,却又因为拒绝揭发抵抗组织里的一位耶稣会神父而遭到逮捕,乃至最后命丧黄泉。当时只有 23 岁的莫迪亚诺提出的问题其实是:叛徒和英雄可以是同一个人吗?在这样的环境下,人能够左右自己的命运和行为吗?如果不能,那只命运的黑手又是来自哪里呢?同样,在这样的环境下,人能够确定自己吗?凭借血缘、出身或者意识形态上的某种归属就确定自己的身份?

正因为无解,所以只能将追寻继续下去。不知道是否因为那个童年时代总是不在场的父亲,抑或是 9 岁时就因为白血病去世的弟弟,在莫迪亚诺小说创作的初期,他显然是对于父辈——而不是简单的"父亲"——更感兴趣。或许与其父辈不同,因为没有战争时期的经历,没有立场需要撇清,莫迪亚诺的暧昧当时打破的正是法国对于德占时期不能言说的禁忌。战争结束之后才出生的他对战争并没有直接记忆,有的只能是追寻。这也奠定了他从写作伊始,就用追寻来完成失败的身份建构的写作模式。而对于作者来说,其后不久的《夜巡》和《环城大道》应该是和《星形广场》一起,完成了他的所谓"父辈三部曲",更加深了他对于集体和个人记忆交织的"追寻"模式。简略却又没有忘记提到"德占法国"的诺贝尔奖授奖词更看重的应该是莫迪亚诺的"记忆"。恩格朗果然也在电视采访中说,"莫迪亚诺是我们这个时代的普鲁斯特"。

《暗店街》与《青春咖啡馆》

普鲁斯特,当然是以别样的方式。

因为普鲁斯特的记忆与莫迪亚诺的记忆会呈现不同的画面、不同的过去;因为普鲁斯特的记忆是柏格森的,而莫迪亚诺的记忆是弗洛伊德的;普鲁斯特的记忆需要宏大叙事,而莫迪亚诺的记忆只需要一个人走入迷宫。唯一相同的,是记忆的暧昧与需要重构的本质。

出道10年之后,莫迪亚诺凭借《暗店街》获得了龚古尔奖。依旧是发生在德占时期法国的故事,但是主角颇为耐人寻味:一个因为偷越边境受到打击而丧失记忆的侦探,一个对自己的过去产生兴趣,不断追寻,并试图进行重构的侦探。小说的开篇后来在王小波的小说中被引用,主角说,"我的过去一片朦胧……",很不确定的感觉让人尤为着慌。一个病理性的断层就足以消解我们对于自身的坚信不疑,这是怎样的一个设定呢?

从《星形广场》到《暗店街》,莫迪亚诺对于事件本身的兴趣越来越淡。德占下的法国越来越淡化为一个因为秘密、谨慎与禁忌的要求而变得虚实相间的背景。主人公面对要反过来强加于他的记忆碎片,他一下子不知该如何判断:我究竟是哪一个呢?卷宗材料上有待拼接的那个?还是坐在这堆卷宗材料前,不知该不该调查下去,拼接下去的这个?这个有关身份的问题尤为残酷,却以某种特别的方式凸显了小说的现代性,尤其连接上了将他带入小说界的导师意义的人物雷蒙·格诺,尽管他与格诺的乌力波始终保持着距离。

是这点距离让他成为莫迪亚诺,而不是差不多同时代写作的图尔尼埃、勒克莱齐奥、佩雷克或别的什么人。这一点在《青春咖啡馆》里似乎昭示得很清楚。《青春咖啡馆》并不发生在战争的背景下。巴黎(还是巴黎!),出生于战争之后,并不背负可供升华的悲剧重荷的那一代人的茫然和孤独,逝去的时光里青春的味道,这些是可以用来简述《青春咖啡馆》的元素,足以令中国当代的文青"与我心有戚戚焉"。

依然是记忆和追寻。然而,以前没有被《星形广场》或者《暗店街》打动的读者大约都被《青春咖啡馆》中华丽的忧郁震撼了。《星形广场》里能够瞥见的是塞利纳、勒巴泰和弗洛伊德的影子,对那段历史不甚敏感的中国读者多少有点提不起兴趣;《暗店街》虽然已经不再需要犹太作家的原型,可仍然是在德占法国的阴郁背景中。然而《青春咖啡馆》里的德波、德勒兹和尼采却充斥着浪漫的色彩。德波的那句"在真实生活之旅的中途,我们被一缕绵长的愁绪包围,在挥霍青春的咖啡馆里,愁绪从那么多戏谑的和伤感的话语中流露出来",简直可以让人飙泪。进入21世纪的莫迪亚诺似乎也开始构建属于自己这一代人的记忆了,虽然一直延续使用侦探的形式,虽然结果仍然是失败,但,毕竟是距离近了。

我好像也是在阅读《青春咖啡馆》的时候对莫迪亚诺有了一点感觉的,以至于怀疑这是否出自《暗店街》——这部我最早读到的莫迪亚诺的作品——的作者之手。对于我来说,逃离、消失、追寻,这些比德波、德勒兹和情境主义更让人动心。也恰恰是逃离、消失和追寻让我认出了莫迪亚诺。莫迪亚诺的人物总是在消失,不是以这种方式得到解决,就是以那种方式得到解决,再不然还可以自己解决,淡然得仿佛不想给这个世界添麻烦似的。唯一可以用来勉强当作消失原因的借口竟然还是《星形广场》里的"我累了",虽然作品所依托的环境可以发生改变。咖啡馆里,不同线索编织完成的露姬,也唯有用"我累了"三个字可以给个交代。

想到两年前陷在《青春咖啡馆》中的情绪,今天走了这么远,再回头望去,可以有稍微理性一点的解释:莫迪亚诺开始追寻自己了,于是作为读者也有了一起追寻自己而不得的惆怅。毕竟,在现代社会里,用德波的概念来说,谁不会有在"坚硬线"与"逃逸线"之间徘徊着的青春呢?

然而,《青春咖啡馆》让我在彼时想起的,那个骤然间也决定消失的朋友,以及我们曾经一起感喟过迷失的青春,而今也已经随天意消失了的朋友,他们怎么会知道,他们和《青春咖啡馆》一起,送给我一缕"绵长的愁绪"呢?倒是莫迪亚诺应该知道,他写了40年的消失,以及随之而来被定义为迷失的那样东西,是他的《青春咖啡馆》成为"最令人心碎"的一部作品的原因吧。

新寓言?

在逸出文学的轨道——莫迪亚诺的作品有时确实能起到这个效果——之后,我们还是回到文学。

二十几年前,莫迪亚诺被介绍到中国,也和图尔尼埃、勒克莱齐奥一起,被贴上了"新寓言派"的标签。然而"新寓言派"究竟是怎么回事,怎么来的,好像谁也讲不清楚,大概就是有谁这么一说,被顺手拿来这么一用。在这个已经不再有文学流派,写作者们也越来越不可能围绕着某个精神领袖以统一的行动纲领来写作的时代,诸如"新寓言派"之类的模糊标签可以满足我们对"简而言之"的喜好,并且以此对付任何一个我们都无法"简而言之"的法国当代作家。

在2007年《二十世纪法国文学史》的末尾,法国当代文学权威批评家安托瓦纳·贡巴尼翁匆匆进入20世纪后半叶,因为距离不够,在"乌力波"之后就不能够再有任何以小组或者所谓流派为基础的评价,但是在题为《永恒的叙事》的一节中,他给了图尔尼埃、勒克莱齐奥和莫迪亚诺单独的位置。在分别以简洁的笔触对三人的作品做了大概的描述与分析之后,他写道:"我们当然还可能提到世纪末其他忠于叙事的小说家,但是唯有这三个在文学史上的地位似乎已经得到确认,其他的或许还有基尼亚尔……昆德拉……"而对于莫迪亚诺的语言风格,贡巴尼翁的评价是,"厌倦了第一个三部曲(《星形广场》《夜巡》《环形大道》)所表现出了才华横溢甚至有些无度的风格之后,莫迪亚诺的语言越来越平滑、透明,或者说归于古典"。

在这三个被贡巴尼翁定义为世纪末的叙事三杰中,恰恰莫迪亚诺离真正意义的"寓言"最远,而且昆德拉与"寓言"的距离大致相当。当然莫迪亚诺离我们熟悉的19世纪现实主义也很远。莫迪亚诺的所有作品,借用侦探小说形式,真相永远处在被探寻的位置,而且结果都是无所谓真相。重要的是在探寻真相的途中,主人公可以因为探寻本身而进入似真非真、似梦非梦的状态。

梦的状态在莫迪亚诺早期的小说里就已经存在,而且总伴随着现实——用《缓刑》里的话来说,是"街名……不可告人的国王、和纳粹合作的污点……孤独、遗弃、行迹存疑打零工的父亲、在巡回演出之间奔波的当演员的母亲"等等——的部分,以至于现实也蒙上了一层非真的面纱。我们真的对周边的现实世界了如指掌吗?即便我们真的经历过些什么,没有身份、没有归宿,这些在德占法国背景之下的"事实"难道不是我们惯常的生存状况吗?在莫迪亚诺的笔下,20世纪30年代末40年代初的法国为我们提出了一个尖锐的问题:难道身份证、户口簿(莫迪亚诺有一部小说的确就叫作《户口簿》)能够证明自己的存在吗,或者电话簿,或者是在他后期的小说中,试图探寻过去的人总是拿着的记录有过去种种的记事簿?人生本身,难道不是处于一个巨大的梦之中吗?这个梦,或许要到死去的那一天方才能够醒来。

《地平线》中,博斯曼斯也有一个记着过去的记事本,但是他对这个记事本上的"事实"是这么思考的:他清楚地感到,在确切的事件和熟悉的面孔后面,存在着所有已变成暗物质的东西:短暂的相遇,没有赴约的约会,丢失的信件,记在以前一本通讯录里但你已经忘记的人名和电话号码以及你以前曾迎面相遇的男男女女,但你不知道有过这回事。如同在天文学上那样,这种暗物质比你生活中的可见部分更多。这种物质多得无穷无尽。

如果有一个认真的写作者,他花了一生的时间来告诉你,你眼见的人生不过是"暗物质中的几个微弱闪光",那么你便只好顺着去想,真实又究竟何在呢?令人有些手足无措的是,莫迪亚诺写到后来,的确已经回答了这个当初在《星形广场》中提出的问题,那就是,暗物质构成的人生中,我们无法确认自己的存在,我们的存在方式只能是迷失。而进入21世纪之后,莫迪亚诺也同样以"前后呼应"的方式完成了"迷失三部曲",亦即1985年的《迷失的街区》、2007年的《青春咖啡馆》(直译应为《迷失青春的咖啡馆》)和今年10月才出版的《以防你迷失在街区》。

至于在这迷失的人生中,写作者又承担了怎样的责任,或者说,他的动机是什么?——当然绝对不是奖项,作者自己也在这部获奖前才出版的新书中,借助他的人物给予了回答,写作就是"向那些你不知道怎么样的人发出信号,就像是灯塔的灯语或者摩尔斯密码"。

或许,写作与阅读都不过是发现"暗物质"之旅吧。虽然,我们很清楚,我们所发现的那一点暗物质与显见的人生一样,都只是我们可以洞见的、微小的部分。

2014年布克文学奖得主理查德·弗兰纳根：
用历史表达自己思想

李 尧

10月15日，英国布克文学奖揭晓，澳大利亚作家理查德·弗兰纳根（Richard Flanagan）的《通往北方深处的窄路》（The Narrow Road to the Deep North）获奖。理查德·弗兰纳根是澳大利亚近20年来涌现出的特别有成就、别具特色的作家之一。《世界文学》杂志在2002年曾发表了由我节译的他的作品《古尔德的鱼书》（Gould's Book of Fish）。

理查德·弗兰纳根是澳大利亚土生土长的塔斯马尼亚人，祖先是19世纪40年代从爱尔兰流放到澳大利亚塔斯马尼亚岛的犯人。第二次世界大战期间，理查德·弗兰纳根的父亲被关进日本设立在缅甸的战俘营，参与泰缅铁路的修建，受尽折磨。作为"死亡线"——泰缅铁路的幸存者，弗兰纳根的父亲总是以自己的痛苦经历教育儿女，让他们不忘这段痛苦屈辱的历史。"在我们那座棚屋里，孩子们和他一起举行一年一度的'驱魔'仪式"，理查德·弗兰纳根曾经在一本杂志上这样写道，"我们六个孩子排成一行，用日语从1数到10，然后齐声背诵父亲在战俘营的代号。他还检查我们的床铺，毯子都要叠得方方正正，就像当年日本狱吏对集中营战俘要求的那样。"这一切对理查德·弗兰纳根的成长及其日后的文学创作产生了深远影响。童年的记忆和父亲饱含血泪的故事无时无刻不在他的脑海里盘桓，让他"欲罢不能"，父亲当年不堪回首的痛苦经历促使他写作，在十二年间五易其稿，终于完成《通往北方深处的窄路》一书。

《通往北方深处的窄路》以泰缅铁路的修建为背景，讲述了一位澳大利亚医生的爱情故事。主人公埃文斯身陷日本战俘营，一直为两年前与年轻舅妈的婚外情而悔恨。就在他努力拯救饱受饥饿、霍乱和拷打折磨的人们时，他收到一封信。这封信在处处散发着血腥味的集中营里，给他带来一抹亮色，并且改变了他的一生……爱恨情仇纠结的故事赋予《通往北部深处的窄路》深刻的思想内涵。为弗兰纳根颁奖的布克奖评审委员会主席、英国作家和哲学家安东尼·格雷林指出："文学的两大主题是爱与战争，而《通往北方深处的窄路》正是这样一部关于爱与战争的巨作。"

和这部赢得2014年布克奖的"巨作"一样，理查德·弗兰纳根的其他作品也都是从生活的沃土中绽开的鲜花。弗兰纳根上中学时是划艇冠军，16岁辍学回家当了一名河道导航员，这无疑是一段不寻常的经历。1994年，33岁的理查德·弗兰纳根根据这一段经历写出他的第一部长篇小说《导航员之死》（Death of River Guide）。该书通过富兰克林河上导航员阿尔杰兹·柯西尼的眼睛，揭示了塔斯马尼亚作为流放之地的悲惨历史,痛斥了英国殖民主义者对美丽的大自然,特别是对在塔斯马尼亚岛这块土地上繁衍生息的土著人残酷的践踏与蹂躏。作品热情奔放、寓意深远,许多评论家认为它颇具福克纳的风格,出版当年即获"维多利亚州总理文学奖"和"南澳大利亚州总理文学奖"。弗兰纳根自此在澳大利亚文坛崭露头角。

1997年,弗兰纳根出版了他的第二部长篇小说《孤掌之声》(*The Sound of One Hand Clapping*)。该书描写了斯洛文尼亚移民在塔斯马尼亚的生活,出版后引起很大反响,当年即发行十五万册,并且获得"澳大利亚图书奖"和"万斯·帕尔默文学奖",后来又由他自己改编成电影。

经过长期的积累和酝酿,理查德·弗兰纳根于2001年推出一本从内容到形式都有别于自己和前人著作的新作《古尔德的鱼书》。该书根据情节需要,用不同的颜色——红、蓝、绿、赭——印刷。每一章前都绘有一条与该章内容密切相关的精美的鱼,让人耳目一新。它以后现代主义和现实主义相结合的手法,讲述了873645号流放犯威廉·布埃鲁·古尔德在天之涯、海之角的范迪门地(塔斯马尼亚旧称)萨拉岛的悲惨遭遇,讲述了一段人类应该永远为之扼腕长叹、无法忘记的历史。《古尔德的鱼书》在作者的故乡塔斯马尼亚出版后,立即引起强烈反响。两种截然不同的意见各不相让。一部分人为作者大胆揭示塔斯马尼亚在殖民主义统治下的悲惨历史和作者丰富的想象力欣喜若狂,另外一些人面对这部书时却困惑不解,茫然不知所措。有评论家甚至指责"这是一部荒谬绝伦的书",认为书里充满了拼凑和模仿的痕迹,是对历史的恶意歪曲。面对读者基于各自不同立场而产生的争论,理查德·弗兰纳根坦言:"我不喜欢历史小说,你不可能重塑历史,只能用历史表现自己的思想,写一部当代的小说。"事实上,弗兰纳根的"自己的思想"就是几十年来澳大利亚多元文化色彩日益浓厚的表现。

2006年,理查德·弗兰纳根又创作了一部给他带来很大声誉的小说:《不知名的恐怖主义者》(*The Unknown Terrorist*)。该书开篇指出:"爱永无止境这一思想,具有特别的吸引力。面对这一事实,千百年来,人类总是试图发现爱是世界上最强大的力量的证据。"秉持这一主题,弗兰纳根在书中深刻地揭示了澳大利亚社会生活中无法回避的矛盾,"描绘出一幅澳大利亚当代社会灾难性的图画"。"五天,三枚没有爆炸的炸弹,你生命中每一个真实,最终都变成谎言。你该怎么办?"

此后不久他又出版了长篇小说《渴望》(*Wanting*)。弗兰纳根近期的书都保持了后现代主义和现实主义创作手法的和谐一致,既弥漫着浓厚的自我意识,同时也极具瑰丽的现实主义色彩。评论家认为,弗兰纳根让人想起惠特曼、拉伯雷、叶芝、斯特恩、斯摩莱特、乔伊斯、福克纳、福楼拜、塞万提斯、布莱克、麦尔维尔、加西亚·马尔克斯等艺术大师,赢得2014年布克奖的桂冠就是对他文学创作的肯定。

美国本土裔文学：植根传统　融入现实

张　冲

美国本土裔文学(又称"美国印第安文学")与非裔、亚裔(华裔为主)、拉丁裔(或西裔)文学并列,被公认为当代美国文学的四大族裔文学,是多元文化的美国文学中极具特色的传统之一。作为北美大陆原住民创造的文学传统,美国本土裔文学历经数千年口头文学过程,18世纪70年代开始进入书面英语文学时期,并在19世纪到20世纪30年代进入第一个繁荣期,此时作家辈出,作品丰富,内容多样,形式独特,文类齐全。散文家波西、里奇等在创作中赞美印第安山川文化传统,抨击白人政府对本土裔在土地、经济、文化等方面的掠夺和摧毁;昆塔斯克特的《混血姑娘科吉维娅》、马修斯的《日落》和麦克尼科尔的《身陷重围》等长篇小说,呈现了本土裔人的混血身份问题及其困惑和困境,而麦克尼科尔的《阳光下的奔者》和《敌空来风》、奥斯奇森的《兄弟仁》与《歌唱鸟》等长篇作品,更是通过引人入胜的情节和优美文笔,讲述了本土裔人民在各种语境下的生存抗争。里格斯的成名剧《丁香青青》的情节和大量歌曲,日后被借用到获1943年普利策音乐剧奖的《俄克拉荷马》中。这些作品在主题、情节、意象、原型、语言和叙事风格等方面,奠定了日后本土裔文学发展的基础,成为当代美国本土裔文学的重要源头。

美国本土裔文艺复兴

1969年普利策奖小说奖颁给美国本土裔作家莫马迪的《晨曦屋》(又译为《日诞之地》),这一划时代事件引发了现代美国文学史上著名的"本土裔文艺复兴"。同年,莫马迪的自传《通向雨山之路》出版,作品将家族历史与基奥瓦印第安人的神话传说相交织,形成颇具特色的本土自传风格;也在同一年,社会活动家、政论文作家小德洛利亚出版了文集《卡斯特为你们的罪过而死》,从政治角度思索当代本土裔居民的生活;也是同一年,《南达科他评论》出版由本土裔作家作品汇编而成的本土文学专号,第一部美国本土裔作家作品选集《美国印第安人说话了》也在同年出版。这一切汇集成"印第安文艺复兴"的潮流,使美国本土裔文学进入繁荣期,涌现了一大批优秀作家和优秀作品。

当代美国本土裔诗歌具有独特、鲜明、蓬勃的活力。《南达科他评论》是关于当代美国本土裔诗歌、散文、艺术的两期集刊,是当代本土诗歌发展的重要信号。1971年,亚利桑那大学发行《阳光踪迹》杂志,致力于推介当代本土裔文学。其间,主要的本土裔诗人首次正式引起学界和公众关注,也为文坛带来别样的声音。印第安人艺术学会也不断鼓励本土裔诗人写出自己的诗作。当代重要诗人,如奥蒂茨、韦尔奇、尼亚图姆、"小熊"等的作品相继问世。1972年,《呢喃的风:年轻的美国本土诗人作品》问世。此后,更多本土诗人受到鼓舞,一些期刊也固定刊登他们的诗作。当代本土裔诗人熟悉美国和欧洲的文化传统,也能熟练地运用典故、原型和诗歌形式。

1975年,《美国诗评》出了《年轻的美国印第安诗人》增刊,由诗人理查德·雨果编辑。雨果在序言中提出,这些诗人和艾略特与叶芝一样,都"感到自己继承了被毁灭和荒芜的世界,在世界毁灭前,人们有了一种自尊感、社会凝聚力、精神上的确定,以及在人世存在的家园感"。同年,尼亚图姆主编的诗集《梦之轮的运送者》出版,收入16位本土诗人的作品,被视为"第一部内容充实的当代美国本土诗歌集";也是在同一年,肯尼斯·罗森主编的《彩虹之声》收入20位诗人的作品。盖瑞·霍布森主编的《被铭记的土地》(1979)收入了50位本土裔作家作品,诗歌占重要部分,该书此后20年内一直被视为最全面的本土裔作品集。1988年,尼亚图姆主编《哈珀20世纪美国印第安诗歌集》,收录并整理了36位当代本土诗人的诗歌作品,这些诗歌中独特的印第安口述传统丰富了美国文学的内质。

当代美国本土诗歌不断为美国历史和政治提供了新视角和批评视野。本土诗人注重探寻传统和文化生存问题,如古老传统和文化如何珍存、个人和民族的文化身份、个性和群体的相互关系、自然世界如何在科技文明中生存、人与自然如何彼此共存发展等,聚焦文化生命的延续和创新。当代美国本土诗歌主题广泛,揭示了族裔身份的矛盾性,重新思考文化认同以及印第安文化在当下的生存和意义等。尽管诗人们的部落背景不同,但他们对祖先曾经的流离失所、失去土地和固有生活方式,甚至被殖民者杀害的历史,都有深刻反思,对美国化进程和主流文化的建立持审慎和批评态度。他们直接或间接地经历族裔的创伤、痛苦、异化、同化等,可是他们对文化记忆尤其是痛苦经历的反思却是超越的、艺术的、建构的、积极的。此外,本土诗歌汲取了印第安人特有的口述传统,即代代相传的谈话节奏和方式、吟唱、讲述、口头仪式等。

以莫马迪的小说《晨曦屋》获普利策奖为标志,当代美国本土裔小说创作进入繁荣期。在印第安文艺复兴中崭露头角的小说家中,西尔科、韦尔奇、维兹诺、厄德里克最为活跃,作品也最为丰富。这一时期的小说作品,在形式、结构和语言风格等方面与美国"主流"文学进行互动,在借鉴欧美作家的同时,也呈现富有本土裔传统特色的叙事方式。西尔科《典仪》的结构和文笔具有浓厚的后现代风格;路易斯·厄德里克的"北达科他四部曲"(《爱药》《甜菜女王》《路径》和《燃情故事集》),虚构了名为"小无马地"的印第安人居住地,具有明显的福克纳"约克纳帕托法"结构;维兹诺的绝大部分小说都以极具本土裔传统色彩的"恶作剧者"为主人公,情节虚幻多变又风趣幽默,挑战着"小说"的既定观念;学者作家欧文斯以谋杀、推理、惊悚等通俗小说见长,但其作品中融合着深深的本土历史、文化和传统元素。

本土裔文艺复兴也催生了本土裔戏剧的繁荣,其独特的内容和丰富的形式,使当代美国戏剧呈现多彩格局。这一时期的主要本土裔戏剧家有堪称旗手的基伽莫,活跃且多产的格兰西等。

美国本土裔戏剧作品多展现当代本土族裔在保留地上的生活,以戏剧形式呈现他们的困境、问题、迷惘和抗争以及顽强的生存意志和努力。作品时常充满自信和幽默,形成独特的本土裔喜剧风格。重要的是,当代本土裔戏剧在内容和形式上融合了印第安传统文化元素,它们有时直接演绎印第安神话故事,有时将神话传说人物写进剧本情节,有时则以梦境等形式掺入历史事件,反映了本土裔戏剧家们借助戏剧传承和发扬本土族裔传统的愿望。另外,当代美国本土裔剧作家的作品都具有强烈的表演性,有的甚至把传统的印第安典仪直接插入情节,或将其与情节展现自然地融合在一起。

新世纪的美国本土裔文学

进入21世纪,美国本土裔文学发展势头依旧。莫马迪等老一辈作家影响依旧,时有新作;以维兹诺和厄德里克为代表的20世纪八九十年代新一代作家创作力旺盛,以自己的作品参与新世纪美国社会、政治、文化的发展;以阿莱克西等为代表的新一代本土裔作家崛起,逐渐进入读者和评论界的视域,成为当代语境下继承和发扬辉煌传统的力量。

在诗歌领域中,活跃于20世纪的诗人不断推出新品,呈现出越来越丰富的主题、风格和形式。在其作品中,自然和诗人如亲人般密切,人类和环境在精神上关联,许多作品扎根于土地,有浓烈的口语传统、地域色彩和历史感,焕发出新的生命力;同时,古老的传说、叙事、歌谣、吟唱、仪式等被重新想象和运用,它们的节奏和情绪表达完全入诗,不仅影响着诗人的文化和生活感受,也悄悄改变着读者的感知。

在新世纪,早已成名的哈尔霍先后出版了《我们如何成为人:新近及精选诗歌》《灵魂谈话,歌唱语言》等。前者关注艺术家在社会中的角色,以及艺术、家庭、人与人之间的联系。哈尔霍的诗歌并不直接传达理念或情感,而是以本土族裔特有的吟唱、神话和叙述形式,让读者在语言中意识到文化记忆的力量,而文化记忆也是本土印第安诗人创作的某种共性。在哈尔霍的诗歌世界中,历史与现实交融,神秘色彩和平凡生活细节是相通的。

诗人罗斯于2002年出版《痒得发疯》,表达了作者对早期欧洲殖民者的愤怒和恐惧。在诗中,她化身为敢于抵抗的勇士,为民众发出呐喊,同时,诗人融入印第安人历史,以往昔的斗争力量来隐喻当下的文化和传统保护,捍卫自身的权利和尊严,语言的力量产生强大的推动力和战斗力。

2001年,被莫马迪称为"也许是20世纪美国印第安作家中最优秀的讽刺家"的维兹诺出版了论文集《永久的天空》,收集了他过去30年间关于本土裔人的保留地生活、文化及社会变化的文章,包括本土文学评论。2006年,他发表六章史诗作品《熊岛:苏加角之战》,讲述了1898年保留地本土裔人与美国政府军之间的一场战争,该战以本土裔人的胜利告终,并对后来的保留地与政府关系产生了深远影响。

在新世纪头十年里,维兹诺发表了三部小说,其中,2005年的《自由恶作剧者》,由七个短篇系列合成,分别讲述了明尼苏达北部一个保留地上7个恶作剧兄弟的故事。2008年,他出版《梅墨神父》,揭露印第安保留地传教会神父的亵童丑闻,小说中的被害儿童以胆量和智慧战胜了邪恶的神父。2011年,维兹诺发表小说《白土族的裹尸布》,融合视觉艺术、小说叙事和歌曲,通过描写明尼苏达白土族印第安人为做牺牲的飞禽走兽包裹尸体的风俗,讲述这一传统对当代艺术家和其他人的心理和精神作用,以及对其生活造成的影响。

高产作家厄德里克在近十余年来先后发表七部长篇小说:《关于小无马地神奇事件的最终报告》《肉铺老板的歌唱俱乐部》《四灵魂》《彩绘鼓》《鸽瘟》《影子标签》《圆屋》。其中,《鸽瘟》于2009年进入普利策奖小说奖的最终提名。她最近一部小说是2012年出版的《圆屋》。

已小有成就的欧文斯,进入新世纪后陆续有散文和小说新作发表。2001年,他先后出版了散文《我听见火车声》、评论《混血信息:文学、电影、家庭、地域》和长篇小说《夜地》。欧文斯在小说中真实刻画当代本土裔人物,避免刻板和格式化倾向,在紧张惊险中充满本土裔风格的幽默和反讽。

有"新一代伟大的本土裔作家"之称的阿莱克西,进入新世纪后突显其创作能量。2003年,他出版了《十个印第安小人》,借用阿加莎·克里斯蒂推理名作之题,讲述了9个当代本土裔美国人的故事。2007年,他出版《一位兼职印第安人绝对真实的日记》,讲述了斯波坎印第安保留地一位年轻漫画艺术家的成长经历,故事取材于真实人物,小说获得当年美国全国图书奖。同年发表的《飞逸》可说是成长小说,呈现暴力叙事特征,兼有"穿越"情节。故事讲述少年齐兹的成长,他6岁时母亲去世,10岁时因放火烧死姑妈男友,被姑妈赶出家门,身陷暴力犯罪。此后,他穿越到20世纪60年代的美国民权运动,身份是联邦调查局探员,但身体是19世纪小大角之战时的印第安男孩,几经穿越,他回到现代,拥有现实的身体,成为飞行员。

继诗歌散文集《脸谱》之后，阿莱克西又先后发表两部小说集《战舞》和《亵渎》。获得福克纳奖的《战舞》通过一系列故事，描绘了当代各色普通本土裔人物的艰辛、痛苦、愁闷和快乐。《亵渎》围绕商业体育、保留地生活、爱情婚姻等，书写当代本土裔人的生活和奋斗。有评论认为作者通过该书再次证明自己是当代引人注目的短篇小说家之一。

很多本土裔戏剧家在新世纪头十年里也成就斐然。奥利瓦于2002年发表《鼓中女人》和《羽毛之痕》两部社会问题剧，2004年，她先后出版关于族裔和暴力问题的两幕剧《99美分梦》和反映本土裔社区问题的《镜中脸》，而出版于2006年的《北美印第安戏剧》，集中收入了她的8部作品，包括讲述爱情和家庭故事的《天使之光》、音乐剧《大河的呼唤》、反映社会问题的《公园咖啡馆》、家庭问题剧《看见简在跑》，以及反映本土裔家庭宗教问题的《精神线》等。

戏剧家格兰西的创作在新世纪呈现全面推进的势头：在继续创作戏剧的同时，更多转向小说创作。2002年出版的小说《面具匠》讲述了一位离婚混血印第安女性在俄克拉荷马旅行并教授艺术和面具制作的故事。她的长篇小说《心如石坚》具有历史小说的性质，讲述了一位年轻的肖肖尼印第安女性跟随刘易斯－克拉克到西部探险的经历，还穿插了刘易斯－克拉克探险日记的片段。她还先后出版诗集《以石为枕》《影之屋》和《旧事启蒙》。

格兰西在2001年到2003年先后发表了五部戏剧：关于战争和社会问题的《三角邮票集邮者》、反映族裔间问题的《美国吉卜赛人》、讲述爱情故事的《我吼叫的话语》、社会问题剧《红肤人》、家庭问题剧《颠倒的变换》。这些作品和其他剧作家的作品一起，构成新世纪本土裔戏剧文学继续发展的基础与动力。

包括北美印第安文学传统在内的美国本土裔文学发展至今，已成为美国文学经典的一个重要内容。无论是英语化的口头文学，还是19世纪以来以奥康姆为代表的众多作家创作，乃至1969年印第安文艺复兴以来以莫马迪为首的作家创作，都无可争议地验证着这个事实。尽管这样的认识在某种意义上是"迟到的觉悟"，但这丝毫无损这一文学现象的地位和声誉。

美国本土裔文学的起源和发展自有其独特的历史、社会、文化和文学语境。在当今美国文学中，它以族裔文学身份出现，以自身的优势和特色，丰富着美国文学宝库。它根植于深厚悠长的本土传统，交融数百年来与欧美文化之间的恩怨情仇，在努力融入美国社会现实的同时，顽强而卓有成效地坚持族裔身份和文化传统，并反过来影响和部分改造着占主导地位的欧美文化和文学传统。这正是它强大生命力的体现，是本土裔文学得以绵延不绝且影响日益增强的保障。

纪念契诃夫逝世110周年：
契诃夫戏剧，对于美好生活的渴望

童道明

安东·契诃夫(1860—1904)既是个小说家又是个戏剧家。列夫·托尔斯泰对契诃夫的小说创作推崇备至，称他是"散文家中的普希金"，认为就短篇小说创作的成就而言，19世纪的俄国作家中没有可以与契诃夫抗衡的。但托翁对契诃夫的剧作评价极低。1901年，契诃夫去探望病中的托尔斯泰。临别时，托翁对契诃夫说："莎士比亚的戏写得不好，而您写得更糟！"

然而一个世纪过后，恰恰是当年不入托尔斯泰法眼的莎士比亚和契诃夫，成了当今世界上两位最令人瞩目的经典戏剧作家。

冒犯传统戏剧法规的《海鸥》

在19世纪末，看低契诃夫戏剧的不单是托尔斯泰一人。当时的戏剧评论界普遍不接受这位剧坛新人。1896年10月17日，《海鸥》在圣彼得堡皇家剧院首演失败后，当时最有名望的剧评家库格尔对此剧作了毁灭性的批评："契诃夫先生是小说家出身，他有一个致命的误解，他认为小说笔法也可以堂而皇之地进入神圣的戏剧领地。由于有了这个致命的误解，这个原本就不及格的剧本便变得不可救药了。"

当然还得承认库格尔的眼力，他在《海鸥》中看出了契诃夫的"小说笔法"，以为这样就破坏了传统的戏剧规则，于是把它打入了另册。而契诃夫的戏剧革新也的确包含有戏剧散文化的诉求。他在创作《海鸥》时给友人写了两封信。一封信写于1895年10月21日：

> 您可以想象，我在写部剧本……我写得不无兴味，尽管毫不顾及舞台规则。是部喜剧，有三个女角，六个男角，四幕剧，有风景(湖上景色)；剧中有许多关于文学的谈话，动作很少……

另一封信写于同年11月21日：

> 剧本写完了。强劲地开头，柔弱地结尾。违背所有戏剧法规。写得像部小说。

《海鸥》对当时欧洲戏剧传统的"戏剧法规"的冒犯,显而易见。在第一封信中指出《海鸥》是"四幕剧",就违背了分幕的"戏剧法规"。传统欧洲戏剧的分幕一般都采取奇数结构,分五幕或三幕,这易于获得高潮居中的戏剧性效果。契诃夫却把他所有的多幕剧都写成四幕剧,正好反映出他不想刻意追求戏剧的高潮点,而是把舞台上的戏剧事件"平凡化"与"生活化"。契诃夫开了"散文化戏剧"的先河。

在19世纪末的俄罗斯,能够认识到契诃夫戏剧美质的戏剧家,只有正在和斯坦尼斯拉夫斯基一起筹建莫斯科艺术剧院的聂米洛维奇－丹钦科。他于1898年4月25日,给苦闷中的契诃夫写信,表达了要排演《海鸥》的愿望:

> 戏剧观众还不知道你。应该让一个有艺术趣味、懂得你的剧作的美质的文学家(他同时又是个出色的导演)表现你。我以为我自己就是这样的人选。我抱定了揭示《伊凡诺夫》和《海鸥》中的对于生活和人的灵魂的奇妙展现的目标。《海鸥》尤其吸引我,我可以完全担保,只要是精巧的、不落俗套的制作精良的演出,每个剧中人物内在的悲剧都会震撼戏剧观众。

丹钦科的信没有得到契诃夫的积极回应。丹钦科于5月12日又发出一信,用近于哀求的口吻对契诃夫说:"如果你不给,那会置我于死地,因为《海鸥》是唯一一部吸引着作为导演的我的现代剧。"

契诃夫被丹钦科的诚恳所打动,就有了在世界戏剧演出史上留下光辉一页的舞台演出——1898年12月17日莫斯科艺术剧院《海鸥》首演。斯坦尼斯拉夫斯基后来总结说:"那些总要企图去表演或表现契诃夫的剧本的人是错误的。必须存在于,即生活、生存于他的剧本中。"

丹钦科在回忆录里详细记述了这场具有历史意义的演出。他下了"新剧院从此诞生"的断语。后来,一只展翅飞翔的海鸥成了莫斯科艺术剧院的院徽。丹钦科解释说:"绣在我们剧院幕布上的'海鸥'院徽,象征着我们的创作源泉。"

在丹钦科和斯坦尼斯拉夫斯基之后,高尔基深化了对于契诃夫戏剧革新的美学意义的认识。

1898年末,高尔基给契诃夫写信说起他对契诃夫戏剧划时代意义的认识:"《万尼亚舅舅》和《海鸥》是新的戏剧艺术,在这里,现实主义提高到了激动人心和深思熟虑的象征……别人的剧本不可能把人从现实生活抽象到哲学概括,而您的剧本做得到。"

高尔基揭示了契诃夫戏剧创新的重要特点:契诃夫把传统戏剧的封闭世界打开

了。契诃夫不仅打破戏剧与散文(即小说)以及抒情诗之间的樊篱,同样也拓宽了戏剧现实主义的内涵与外延。他把19世纪末刚露头的自然主义和象征主义与现实主义嫁接,把那个时代现代主义的精华吸纳到了自己现实主义的艺术机体内,从而实现了对于现实主义的超越。而这种超越,也帮助契诃夫戏剧"可能把人的现实生活抽象到哲学的概括"。

由此就能了解《海鸥》第一幕戏中戏里妮娜独白的意义:"我只知道要和一切的物质之父的魔鬼进行一场顽强的殊死搏斗……只有在取得这个胜利之后,物质与精神才能结合在美妙的和谐之中。"

物质与精神结合在美妙的和谐之中的境界,今天仍旧是人们心中的希望,契诃夫戏剧之所以能让现代文明世界的人们感到亲切,就是因为这些早已解决了温饱问题的现代人,可以理解契诃夫戏剧人物的精神追求和精神痛苦。

契诃夫的现代精神

1950年5月11日,尤奈斯库的《秃头歌女》在巴黎演出,揭开了"荒诞派"戏剧的序幕;1952年贝克特的《等待戈多》的问世,更是标志着这一现代戏剧流派的崛起。戏剧专家们在探索现代戏剧的艺术特征时,发现它们与传统欧洲戏剧的重要区别,就是在现代戏剧中没有"正面人物"与"反面人物"之分,支撑戏剧行动展开的不是"人与人之间的冲突",而是一群人与社会环境的冲突。而当学者们追溯这样新型戏剧冲突的源头时,便找到了契诃夫戏剧。

的确,契诃夫不仅对艺术具有现代精神的认识,他对生活的认识同样具有现代精神。他不愿用绝对化的眼光看待人与事,扬弃非黑即白的简单化判断,因此,诚如他自己所说的,在他的剧本里"既没有一个天使,也没有一个魔鬼"。1960年,为纪念契诃夫诞生100周年,俄罗斯《戏剧》杂志上有这样的断语:"在世界上,契诃夫首先创造了剧中人物彼此之间几乎不发生斗争的戏剧。"

然而,契诃夫的乐观主义,又与充满绝望感的荒诞派戏剧拉开了距离。《万尼亚舅舅》里的索尼娅最后劝慰悲痛中的万尼亚舅舅说:"我们会听见天使的歌唱,我们会看见布满钻石的天空……"《三姊妹》结尾时,大姐拥抱着两个妹妹说:"我们要活下去!军乐奏得这么快乐,这么愉快,仿佛再过不久我们就会知道我们为什么活着,为什么痛苦……"《樱桃园》里的青年主人公也期望在俄罗斯出现更加美丽的樱桃园……

20世纪中期,在戏剧家们越来越承认契诃夫的现代戏剧拓荒人地位的同时,契诃夫戏剧跨出俄罗斯走向了世界。首先在西方世界震撼观众的,是他的戏剧处女作《没有父亲的人》(《普拉东诺夫》)。1957年,法国和比利时的导演先后将它搬上舞台,从此契诃夫戏剧在世界舞台上进入了上演次数最多的经典剧作之列。

《没有父亲的人》是契诃夫十八九岁时写出来的,那时他还是个中学生。剧本写在笔记本上,但直到契诃夫去世19年后的1923年才被发现。原稿无剧名,因听说契诃夫曾写过名为《没有父亲的人》的剧,就用它为剧本命名,但20世纪50年代后西欧上演此剧时,大都以主人公普拉东诺夫的名字来命名。

当时欧洲导演对此剧感兴趣,是因为对普拉东诺夫这个戏剧人物感兴趣,认为他就是"当代的哈姆雷特",这个人物的精神痛苦容易在西方世界的年轻人那里得到共鸣。剧中的普拉东诺夫也说起过自己与哈姆雷特的"异同":"哈姆雷特害怕做梦,我害怕生活。"

普拉东诺夫是个中学教员,但他在周围世界找不到可以交心的对象,在自己身上也找不到可以献身的力量。于是他只好叹息说:"我们为什么不能像我们所应该的那样生活?"如果我们读完《没有父亲的人》之后再读《伊凡诺夫》,就能发现:普拉东诺夫是伊凡诺夫的前身。

中国第一个对《没有父亲的人》感兴趣的导演是王晓鹰。他于2004年以《普拉东诺夫》的剧名将此剧搬上了舞台。他说"普拉东诺夫在痛"这句台词让他最为震撼,这一句台词出现在全剧快结束的第4幕:

格列科娃:您哪里痛?

普拉东诺夫:普拉东诺夫在痛……

我记得当年翻译这句台词的时候,我觉得自己的心也在隐隐作痛。

契诃夫戏剧的多元解读

如果问哪一部契诃夫剧作演出次数最多,答案便很明确:《樱桃园》。《樱桃园》是世上少有的一部从诞生至今每年都有演出记录的经典剧目。在十月革命后的苏维埃时代,契诃夫的剧作里也只有《樱桃园》有幸每年都有机会与观众见面。

为了挽救一座即将被拍卖的樱桃园,女主人从巴黎回到俄罗斯故乡,一个商人建议女贵族把樱桃园改造成别墅楼出租。女贵族不听,樱桃园易主。而从拍卖会上拍得这座樱桃园的正是那位建议把它砍伐掉后改建成别墅楼的商人。社会学批评家们认为:樱桃园的易主与消失,反映了19世纪末20世纪初俄国社会的阶级变动——新兴的资产阶级取代了没落的地主贵族阶级。

但半个世纪后,全世界不同民族的观众进入各自国家的剧场观看《樱桃园》,难道是因为对遥远的俄罗斯19世纪末的阶级变动感兴趣?显然不是的。

2005年,我在北京电影学院讲契诃夫和《樱桃园》时,说起了北京的老城墙,说起了当年为倒塌的老城墙哭泣的梁思成。我说"樱桃园"是个象征,象征那些尽管古旧但毕竟美丽的事物。《樱桃园》写出了世纪之交人类的困惑。因为在历史发展的过程中,人们不得不与一些古旧而美丽的事物告别。

谢谢契诃夫。他的《樱桃园》同时给予我们以心灵的震动与慰藉;他让我们知道,哪怕是朦朦胧胧地知道,为什么迈过新世纪门槛的我们,心中会有这种甜蜜与苦涩同在的复杂感受;他启发我们这些和冷冰冰的电脑打交道的现代人,要懂得多愁善感,要懂得在复杂的、热乎乎的感情世界中徜徉,要懂得惜别"樱桃园"。

1938年,斯坦尼斯拉夫斯基去世。1940年,聂米洛维奇-丹钦科接过导演棒,重排《三姊妹》,头一次对契诃夫戏剧的"种子",即"主题"作了阐述。要言不烦,他就说了这么一句:"对于美好生活的渴望。"

丹钦科的这句"导演阐述"影响深远。1991年,莫斯科艺术剧院艺术总监叶甫列莫夫到北京人民艺术剧院排演《海鸥》,就用"对于另一种生活的渴望"这句显然脱胎于丹钦科的话来概括《海鸥》的主题。

至于如何解释"海鸥"的象征意义,叶甫列莫夫以为,妮娜象征着飞翔着的"海鸥",而特里勃列夫则象征着夭折了的"海鸥"。这是一种比较流行的解读。但今年6月初,中央戏剧学院表演系学生演了一出令人耳目一新的《海鸥》,导演是来自圣彼得堡的伊凡诺娃。她在"导演的话"里,对"海鸥"的象征意义作了全新的解读:"在为这出戏工作的过程中我突然发现——那只'海鸥'存在于剧中的每一个人物身上,'海鸥'在等待,在呐喊,在跃跃欲试……"

契诃夫戏剧也是容许多元解读的。

那么再听听更有人生哲理意味的彼得·布鲁克的解读:

> 在契诃夫的作品中,死亡无处不在——对于这个他知道得很清楚——但在这死亡的存在里没有任何令人讨厌的因素。死亡的感觉与生命的渴望并行不悖。他笔下的人物具有感受每一个独特的生命瞬间的能力,以及要把每一个生命瞬间充分享用的需求。就像在伟大的悲剧里一样,这里有生与死的和谐结合。

契诃夫创作《樱桃园》的时候,身体已经十分虚弱,他是在日复一日的顽强书写中,寻找生命的律动。《樱桃园》最后费尔斯说的那句台词"生命就要完结了,可我好像还没有生活过",难道不也是表达了契诃夫本人对于生命的眷恋?

丹钦科强调了契诃夫的乐观主义,彼得·布鲁克强调了契诃夫的生命意识。但无论是契诃夫的乐观主义还是生命意识,都能打动世世代代的观众的心。

"拉美文学"涵盖了巴西文学吗?

闵雪飞

"拉丁美洲"是一个很有意思的名词,它不是一个稳定的概念,从诞生之日起便经历着流变。法国理论家创造了"拉美"一词,用于指称处于法王拿破仑三世统治下的墨西哥。在相当长时间里,它仅指涉美洲的西语国家,葡语国家巴西直到20世纪五六十年代才认同自己为拉美国家。现在,它的含义已经趋向固定,指涉以拉丁语系语言为母语的美洲国家,亦即墨西哥以南包括加勒比海在内的西语国家、讲葡萄牙语的巴西与加勒比海的法语国家。尽管细节上存在不少差异,有些甚至相当巨大,但这些地缘相近的国家在历史、政治、经济方面有很多共同性。比如都存在殖民统治与实现解放的历史进程,都存在从军人独裁到民主化的政治历程,都存在经济上的"拉美化"陷阱等,在这些领域,"拉美"或可作为涵盖所有的整体性名词而使用。但是对于以语言为内核的文学,采用整体的"拉美文学"概念是否可能呢?我认为应取决于语境。

如果是横向的比较研究,比如"拉丁美洲女性小说研究",而且在内容上确实涉及葡语和法语国家的作家,的确可以将"拉美"作为整体性的概念来使用。但如果强调具有纵深感的历史分期及文学运动,或是仅指涉美洲的西语文学,在排除了美洲的葡语文学与法语文学时,还是应该尽量避免使用"拉美文学",而应当使用"西语美洲文学"这个更精确的表述。仅从"西语美洲"与"巴西"的文学情况分析,我认为区分概念是有原因和必要性的。

巴西文学与西语美洲文学是两个谱系

第一,尽管长期以来"拉美"仅指涉西语美洲国家,但今天它的所指确实已经扩大,如果用"拉美文学"来指涉西语美洲文学,已经无法适应"拉美"概念本身所携带的总体性要求。如果为了满足总体性要求而特别带上巴西文学与作家,反而会伤害"西语美洲文学"内部的完整与自洽,因为这两种文学传统之间确实关联不大。

语言决定了文学形态。与拉美西语诸国不同,巴西使用葡萄牙语。虽然葡语与西语同属拉丁语系,但毕竟是两种不同的语言,作为巴西文学母体之一的葡萄牙文学也与西班牙文学存在巨大的差异。即便不考虑巴西文学的另一母体——非洲黑人文化的重要介入,巴西文学也不可能与西语美洲国家文学有本质的相似。如果说拉美诸国因为语言的共通性而形成共同的文学史,那么巴西文学则是在独立轨道上发展,它与葡萄牙文学和非洲葡语国家的文学共同构成了葡语世界文学空间,很少与西语国家发生互换。因此,巴西与周边西语国家的文学史是两种谱系,有不同的分期与承继的逻辑。中国读者所熟悉的所谓"拉美文学爆炸"与"拉美魔幻现实主义"(注:此处这两个词局限于中国读者所接受的概念,并不去辨析这两个词的真实所指)并没有在巴西发生,尽管某些研究作品试图将同时代的巴西重要作家吉马良斯·罗萨与克拉丽丝·李斯佩克朵归入"拉美文学爆炸"团体,或将若热·亚马多归入"拉美魔幻现实主义"作家之中,但这种尝试一般并不成功。无论是吉马良斯·罗萨、克拉丽丝·李斯佩克朵,还是若热·亚马多,都是在巴西文学的内部逻辑中生成、发展,为葡萄牙语文学的发展作出开拓性贡献。将"西语美洲文学"与"巴西文学"分开,则可以最大限度地避免"政治正确"或"政治不正确"的陷阱,这也是精确使用概念的西方学者从20世纪90年代开始逐渐揭示的一条解决之道。

第二,正是由于西语美洲与巴西并不共享一种文学传统,某些既存在于西语美洲文学又存在于巴西文学中的概念与术语,表面看起来可能一样,其实存在着巨大区别,这时候更需要精确区分概念,以免造成混淆。比如,当谈及"拉美现代主义文学运动"时,我们说的是发生在19世纪末的西语美洲,以何塞·马蒂的《伊斯马埃利约》为开端,以诗人鲁文·达里奥为代表人物,横扫整个西语美洲并对文化宗主国西班牙造成重大影响的现代主义文学,还是指发生在20世纪20年代的巴西,以1922年圣保罗现代艺术周为开端,持续了3个时代绵延半个多世纪完全改变了巴西文学形态的现代主义文学?这两种现代主义文学运动虽然名称相同,但实质大不相同甚至截然相反,因此,有效的区分显然十分必要。尽管何塞·马蒂和鲁文·达里奥的原文中使用的确实是"拉美"一词,但这是与当时相对狭窄的所指相关的,今天,我们引用时也应该加以说明。另外,当提及拉美文学中的印第安成分之时,我们说的是西语美洲强盛而辉煌的印第安文明,还是巴西亚马孙流域极其原始谈不上文明的印第安部落?西语美洲强盛而辉煌的印第安文明对西语文学的影响不言而喻,而巴西的印第安人正是通过其原始为巴西文学与文化注入可贵的精神气质:食人主义。这样的例子还有很多。在概念扩大的情况下,只有精确界定与区分"西语美洲文学"和"巴西文学",对这些内容的探讨才有意义。

第三,巴西是当代世界最为活跃的写作场域。在巴西外交部的支持下,每年都会有若干作家来到中国推介自己的作品,并与中国作家展开交流。这样就遇到了一个现实问题:在"拉美文学"大框架下,对于巴西文学的理解和接受遭遇到了困难。去年,巴西当代著名作家克里斯托旺·泰扎访问中国,在北大举行的新书发布会上,针对他的代表作《永远的菲利普》,中国读者最大的困惑就在于该书感觉不是那样"拉美",仿佛一点儿也不"魔幻"。当然,我们都知道,"魔幻"不能代表西语美洲小说的全部特性,但必须承认,它是西语美洲文学比较重要的特征。然而,这种"魔幻"在巴西文学中几近于无,在这个层面上,巴西文学确实并不"拉美",这只能在其文学自身发展的道路与逻辑中寻找到解释。为了强调巴西独立的文学传统,拂去遮蔽在它脸上的面纱,便于中国读者在这一语境下理解巴西文学,我认为区分"西语美洲文学"与"巴西文学"具有重要性与首要性。

巴西没有魔幻现实主义

为了更清楚地梳理巴西文学自身发展的逻辑,需要对巴西没有"魔幻现实主义"这个事实作出解释,这同样是厘清巴西文学独特发展脉络的方式,也是解救巴西文学"被遮蔽的文学"之命运的尝试。我将集中讨论巴西小说,而不涉及巴西诗歌,那属于另外一个辉煌的谱系。

正如西语文学研究者不断强调的,"魔幻现实主义"不过是"拉美"众多文学流派的一种,无法涵盖"西语美洲文学"全貌,但在西语美洲文学中,"魔幻现实主义"或可作为一种共同倾向。然而在巴西文学中,甚至连这种共同倾向都不存在。在巴西的文学传统中,"现实主义"占了主导,没有给"魔幻"留出空间,巴西作家很早就从国家地理与历史的独特性出发,让"现实主义"成了书写中构建国家性的最佳方式。巴西文学巨擘马查多·德·阿西斯在对"浪漫主义"的反思中发展了"现实主义"。巴西"浪漫主义"的代表作《伊拉塞玛》用印第安公主与葡萄牙士兵的爱情构建了种族与文明融合的寓言,为巴西的"国家性"书写提供了最初范式。面对这种范式的泛滥,马查多·德·阿西斯表示虽然深爱这部作品,但并不满足于将书写束缚在大量的风景描写与对印第安元素的借用上,他要建立自己的话语,因此选择刚刚兴起的城市作为空间,凭借语言的内部张力,通过高度发展的"城市文学"来写巴西。这种"不需要风光的巴西性"深刻影响了巴西文学,"城市文学"从此成为一条重要的文学路径,也决定了巴西现代主义文学奠基之作《马库奈伊玛》的形态,在这部由马里奥·德·安德拉德书写的作品中,虽然主人公是亚马孙印第安部落中的人物,虽然有印第安神话与传说的介入,虽然某种程度上是超现实的,但小说主要讲述一个人在大城市的冒险,而他拒绝欧洲葡语强调巴西葡语也体现了对阿西斯用语言形塑巴西倾向的继承。

另外一条与"城市文学"相平行的文学路径便是被冠以"自然主义"之名的"腹地

文学",这要溯源到比阿西斯稍晚的优克利德斯·达·库尼亚的《腹地》,这部报告文学作品奠定了巴西文学的另一个根基——关注腹地,关注东北,通过对广袤腹地的描写和对巴西传统文化的保存,书写出"巴西性"的另一种形态。中国读者最熟悉的巴西作家若热·亚马多所归属的"地域主义",便受到《腹地》的深刻影响。这条路径高度关注平等、苦难与政治议题,其内核始终是现实主义的。

当然,这并不是说巴西没有具有"魔幻现实主义"特点的作家作品,只是数量极少,呈散生状态,从未进入过主流写作之中。而且,这些少数具有"魔幻现实主义"特征的作家与作品,与其说是受到了西语美洲之"共同倾向"的影响,不如说是在本国独特的文化构成之中寻找到了"魔幻"之源泉。比如,中国读者特别喜欢的《弗洛尔和她的两个丈夫》中显示的"魔幻",必须也只能从作者若热·亚马多对巴西土生宗教翁巴达与坎东布雷的热情中寻找答案。

巴西文学在中国的译介

虽然国内出版的巴西文学作品并不多,但在前辈译者的努力下,在中文世界已可以读到很多重要作家的代表作品,尽管译介中仍有断裂存在,但依然显示了巴西文学发展的独特脉络。一切都起于"浪漫主义"的《伊拉塞玛》,它提供了"国家性"书写的第一种范本,人民文学出版社2002年出版了刘焕卿的译本。之后进入马查多·德·阿西斯的"现实主义"写作,进入"不状写风景的巴西性"之中。阿西斯在中文世界尽管介绍不多,但也基本涵盖了他的创作精华:《幻灭三部曲》(漓江出版社,1992年,翁怡兰等翻译)中包含了阿西斯三部代表作《布拉斯·库巴斯死后的回忆》《唐·卡斯穆罗》与《金卡斯·博尔巴》。后两部作品之后有单行本面世:《金卡斯·博尔巴》(上海译文出版社,1999年,孙成敖译)、《沉默先生》(《唐·卡斯穆罗》的另一种译名,外文出版社,2001年,李均报译)。此外,我国还出版过他的短篇集《精神病医生》(人民文学出版社,2004年,李均报译)。而关于优克利德斯·达·库尼亚的《腹地》,有人民文学出版社1956年的贝金译本,虽然是转译本,但具有非常高的价值。

接下来便是巴西现代主义。第一代现代主义作家,即两个安德拉德——马里奥·德·安德拉德与奥斯瓦尔德·德·安德拉德,目前没有译本,是翻译链条上缺失的一环。在第二代现代主义作家,亦即高度关注政治、贫穷、平等题材的"地域主义者"中,若热·亚马多是中国读者最熟悉的作家,他被翻译成中文的作品非常多,除了《弗洛尔和她的两个丈夫》,《加布里埃拉》也是巴西文学中的经典作品。去年10月,黄山书社出版了之前从未译出的亚马多巨著《沙滩船长》(译者王渊)。译林出版社也有计划出版亚马多的多部作品,包括之前从未翻译过的《奇迹之蓬》。在巴西第二代现代主义作家中,格拉西里亚诺·拉莫斯比亚马多还要重要,他的代表作《干枯的生命》,刊登于《国外文学》1982年10月号,题目为《枯竭的生命》,由鲁民翻译,并配有署名罗嘉的评论文章。对于这位巴西文学中举足轻重的大师,我国的译介相对不足,但是在不需要购买版权并拥有优秀的拉莫斯研究者与译者的情况下,翻译出版他的作品并非难以实现。第二代中的另外两个代表人物拉克尔·德·格罗什与若泽·林斯·杜·雷古,目前在中国没有任何译作,但我认为他们确实配享一两部代表作译本,尤其是前者。格罗什是第一个进入巴西文学院的女作家,获得卡蒙斯文学奖比亚马多还要早,在现有格罗什专门研究者与译者的情况下,版权不应该成为限制。

第三代现代主义作家的代表人物是吉马良斯·罗萨与克拉丽丝·李斯佩克朵,两人唯一的连通点在于都改造和拓展了葡语。他们是从不同角度实现这一点的:罗萨通过造词,在"葡萄牙语之中重建了整个巴西",他创造词汇的方式有点接近乔伊斯;李斯佩克朵则通过极具想象力的并置不相关之词与形容词化任何词类,让平凡之词生成了新意义,并使葡萄牙语在抽象与形而上学的层面获得提升。正是因为语言上的极大创新,两位作家都享有难译之名。上海文艺出版社2013年出版了克拉丽丝·李斯佩克朵的代表作《星辰时刻》,九久读书人还将在今年出版其短篇代表作《隐秘的幸福》。然而,关于吉马良萨·罗萨的代表作《广阔腹地:条条小径》,这部在任何巴西文学乃至所谓"拉美"文学榜单中都可雄踞第一的著作,因其造词只有在葡语语境中以及在对"腹地"的深刻把握中才有意义,至少在目前,还找不到合适的策略能在翻译成中文后同时保持阅读流畅与意义传达,因此,该书现在只能是少数葡语文学研究者的福利或是梦魇。这位伟大的语言艺术家牺牲了作品的可译和在国外的传播与承认,某种程度上也牺牲了诺奖,建筑了一座语言的丰碑,但我们依然可通过相对可译的作品看到他的风采,如著名的《第三条河岸》(又译《河的第三条岸》或《第三河岸》),现有乔向东、赵英与陈黎的转译译本。现在,网络上有胡续冬从葡语直译的《河的第三条岸》与其他6篇罗萨的短篇小说作品。希望在不远的将来,罗萨的短篇小说能在中国出版。

在了解这些的基础上再来阅读《永远的菲利普》——目前被译介成中文的唯一一部巴西当代文学重要文本,会发现,尽管它丝毫不"拉美",但确实很"巴西"。《永远的菲利普》继承了马查多·德·阿西斯开创的现实主义写作与"城市文学"之路,通过李斯佩克朵式完全向内的身份找寻,在几近哲学的反思中构建了三重互涉的文本:虚弱父亲的自我找寻、唐氏综合征儿子的成长与天生愚形的国家的发展。巴西当代作家依然行走在"巴西性"追寻之路上,在对文学前辈的继承之上,在对其他语言文学的吸取之中,不断赋予它新的成分、形式与更新换代的能量。

2015年布克奖得主克拉斯诺霍尔卡伊·拉斯洛：
我们本不该对他感到陌生

余泽民

我的一位老朋友获得了今年的国际布克奖。这位朋友的名字很长，叫克拉斯诺霍尔卡伊·拉斯洛（Krasznahorkai László），他是匈牙利人。我正在翻译他的《撒旦探戈》，《战争与战争》的翻译也在日程中。对中国出版界来说，本不应该对拉斯洛感到陌生，他本人曾亲自造访过中国多家出版社，我也无数次推荐过他的书。

克拉斯诺霍尔卡伊·拉斯洛生于1954年，他的家乡是靠近匈—罗边境的小城久勒，父亲是律师，母亲是公务员。少年时代，拉斯洛是当地俱乐部里小有名气的爵士钢琴手，据他自述，他是乐队里唯一的"未成年人"，或许因为音乐，他的身心都充满了浪漫气息。中学毕业后，他先后在塞格德和布达佩斯的大学里读了两年法律，准备继承父业，但最后还是转到文学院，改读大众教育。读书期间他勤工俭学，当过出版社文书、编外记者，还做过地板打磨工。拉斯洛迷恋文学由来已久，1977年就发表过小说《我相信你》，但那只是练笔，很少有人读过它。1983年他大学毕业，1985年出版了处女作——长篇小说《撒旦探戈》。作为作家，他没走过弯路，在《撒旦探戈》中就已经形成了如同熔岩缓流的长句风格和沉郁悲观的反乌托邦主题，这一点他跟凯尔泰斯一样，都出手不凡。《撒旦探戈》与随后面世的小说集《仁慈的关系》和长篇小说《反抗的忧郁》三部作品可以看作他文学创作的最高峰。

拉斯洛对卡夫卡的崇拜和继承不言而喻，在《撒旦探戈》的正文前，他用卡夫卡《城堡》中的一句话做引言："那样的话，我不如用等待来错过它。"他多次在采访中明确地说，卡夫卡是他追随的文学偶像。我在他的作品里还读出了陀思妥耶夫斯基，不过他写得要比《罪与罚》更狠，他在作品中展现了贫困、绝望、污浊和黑暗之后，并没有给出解脱和救赎之路。1999年出版的《战争与战争》深受美国文坛推崇，小说延续了他一直以来的创作主题，将人类生活的绝望与悲凉写得淋漓尽致。苏珊·桑塔格曾称他是"当代最富哲学性的小说家"，是果戈理那样能触及人灵魂的作家。

作家极富个性的文学标签是"克拉斯诺霍尔卡伊式长句"，用"史诗般"形容一点都不过分。在匈牙利语文学中，他的长句独树一帜，即使对匈牙利读者来说也是阅读上的挑战，句式难读又耐读、细腻又粗粝，复杂、宏大，且富于律动。据说，翻译他作品的英语译者之所以获得翻译奖，是因为被评论家认为"发明了一种克拉斯诺霍尔卡伊式的英语"。

在十月末的一个清晨,就在冷酷无情的漫长秋雨在村子西边干涸龟裂的盐碱地上落下第一粒雨滴前不久(之后直到第一次霜冻,臭气熏天的泥沙海洋使逶迤的小径变得无法行走,城市也变得无法接近),弗塔基被一阵钟声惊醒。

这是《撒旦探戈》开篇第一句话,只能算克拉斯诺霍尔卡伊式长句中的短句;而下面是书中的一个真正长句,读者可体验一下什么是"克拉斯诺霍尔卡伊式的中文"。

秋日的虻虫围着破裂的灯罩嗡嗡地盘飞,在从灯罩透过的微弱光影里画着藤蔓一样的8字图案,它们一次又一次地撞到肮脏不堪的瓷面上,在一声轻微的钝响之后重又坠回到它们自己编织的迷人网络里,继续沿着那个无休止的、封闭型的飞行路径不停地盘飞,直到电灯熄灭;一只富于怜悯的手托着那张胡子拉碴的脸,那是酒馆老板的脸;此刻,酒馆老板正听着哗哗不停的雨声,眨着昏昏欲睡的眼睛看着飞虻愣神,嘴里小声地嘟囔说:"你们全都见鬼去吧!"

难怪导演塔尔·贝拉著名的超长镜头离不开克拉斯诺霍尔卡伊写的小说或剧本,从这一句话就可窥见一斑,克拉斯诺霍尔卡伊式长句是塔尔·贝拉式长镜头最扎实的文学支撑。

如果完全按照匈语发音,拉斯洛的名字应该译为克劳斯瑙霍尔考伊·拉斯洛,但是太多的闭元音对中国人来说过于拗口,所以我倾向于把闭元音变成开元音译,虽然长还是很长,但至少憋一口气能念出来。匈牙利人跟中国人一样,姓在先,名在后,这也是他们祖先来自东方的一个佐证。"克拉斯诺霍尔卡伊"是他的姓,我曾问过这个姓氏的来历,拉斯洛说是一座山丘的名字,应该是他祖先住过的地方。有一年,他去中国前给我看他刚印好的名片:一位匈牙利汉学家帮他起了一个中文名,叫"好丘":一是取"美丽山丘"之意;二是借"丘"字与孔夫子挂钩。我能想象出中国人接到名片时微微地皱眉,也能想象出他绘声绘色对自己中国名的得意解释,这名字怪虽怪,但很可爱。

拉斯洛与中国有缘。1991年,他第一次以记者身份到中国,回匈牙利后写了一本游记体的短篇小说集《乌兰巴托的囚徒》,这是他关于中国的第一本书。1993年春天,我在塞格德第一次见到拉斯洛,他就兴冲冲地将小说集送给我,当时我一句匈语都读不懂,只能用英语沟通。我问他《乌兰巴托的囚徒》书名的来历,他简单告诉我,他从蒙古去中国时遇到了麻烦,曾被困在乌兰巴托。想来真是有缘分,当初我俩谁都不曾料到,20年后我会成为代为传达他作品的中国声音。

第一次见面,拉斯洛就说希望有朝一日跟我一起去中国。这个愿望在1998年初夏实现了,我陪他走了好几座城市,带着他和《撒旦探戈》谈了两家出版社。回匈牙利后,他把这次中国之旅写成一篇长文《只有漫天星辰的天空》。

从中国回来后,我在布达佩斯的房东海尔奈·亚诺什刚刚出版了拉斯洛的短篇小说集《仁慈的关系》修订版,门厅堆起了书垛,亚诺什顺手给了我一本,只因为拉斯洛是我们共同的朋友。谁也不会想到,这偶然的一递一接改变了我的命运。一来出于对朋友作品的好奇,二来想借读书自学匈牙利语,我抱着字典翻译了小说集中的《茹兹的陷阱》,译成中文有八九千字,我翻译了大约一个月。当时我并不知道,拉斯洛的文字是匈牙利作家中最难译的。从那之后我翻译成瘾,两年内翻译了匈牙利20多位作家的几十篇作品,为后来翻译凯尔泰斯打下了基础。之后,我的生命跟匈牙利文学变得密不可分。

2005年开始,我在《小说界》杂志开设"外国新小说家"专栏,第一期介绍的就是克拉斯诺霍尔卡伊·拉斯洛,发表的作品是《茹兹的陷阱》。两年后,我还在栏目里发了一篇他的散文《狂奔如斯》。另外,多年以前,国内就能买到《撒旦探戈》《鲸鱼马戏团》《伦敦人》和《都灵之马》的盗版DVD(前两部是他根据自己的小说改编的,后两部他是做剧本编剧,导演都是塔尔·贝拉),这几部片子受到中国影迷们的关注,但图书出版人似乎嗅觉并不灵敏。拉斯洛很崇拜中国文化,还写过两部关于中国和东方文化的书:《北山、南湖、西路、东河》和《天空下的废墟与忧愁》,他一直希望自己的作品能出中文版,认为这是与他推崇的中国文明的对话。遗憾的是,这个梦想一直没能实现,许多年来,他和他会中文的妻子先后来中国谈了多家出版社,但都不了了之。此次,伦敦刚一公布国际布克奖得主的消息,拉斯洛就成了抢手货,我既为老朋友高兴,也为中国读者稍稍遗憾——本来十年前就该读到他的作品的。

日本"反战文学":以受害者面目出现,模糊侵略战争性质

王智新

二战期间,日本文坛受法西斯势力的严格控制,几乎不能发表什么反战言论和反战作品。战争结束后,长期积蓄在作家心里的反战情绪奔腾直泻,各式各样的反战文学应运而生,反战成为当时文坛最引人注目的话题。从这个意义上说,日本当代文学是从反战文学起步的。但由于战前的错误教育和舆论导向,日本作家对侵略战争的认识和态度不尽一致,日本当代反战文学并非清一色的反对侵略战争,也存在打着反战旗号为军国主义分子招魂和美化侵略战争的倾向。二者针锋相对、壁垒分明。

战争时期的日本文坛

明治维新初期,技术的洋化与富国强兵联系起来,被洋化运动排挤在外的作家们感受到强烈的遭排斥的局外人意识,遽然演变为极端偏激的民族主义意识,偏执地鼓吹日本要"向世界雄飞",要"向中国扩张伸权"。1894年中日甲午战争爆发,德富苏峰发表《征讨清国的真实意义》《大日本膨胀论》,鼓吹甲午战争是"膨胀的日本实行膨胀实践的最好时机"。有关甲午战争的文学作品成为当时日本最畅销的读物。日俄战争同样催生了大量文学作品。战争白热化时期,日本报纸发表了托尔斯泰抨击战争的文章。受到从敌国传来的反战讯息刺激的日本女诗人与谢野晶子,以向参加旅顺包围战的弟弟诉说的形式,把为至亲安危担惊受怕的感情直言不讳地写进了和歌,在1904年《明星》9月号发表:《你,别去死!》。全诗共五段,其中最为痛烈的一段如下:

> 吾弟不要去送死,君王逍遥复逍遥。
> 让你替他去洒血,让人殉在虎狼道。
> 血染沙场为哪般?难道此谓光荣死?
> 君王若有爱民心,如何想象这一切?

这首反战歌一经发表,便遭到狂热于战争的文人的猛烈批判。对此,与谢野晶子毫不退缩,她在《明星》11月号上发表《打开的信封》,前言写道"论爱国的热情,我不输给任何人",但"只要是女性,都会厌恶战争。如时下流行'赴死''赴死'常挂在口,讨论什么事都要摆出忠君爱国和教育敕语,难道就不危险吗?"

1922年,芥川龙之介的《将军》着力描写了日军敢死队精神上的盲目、无奈和疯狂,辛辣讽刺了日军"持枪盗贼"的本质,矛头直指日军偶像、被尊为"军神"的乃木希典。这些构成了近代日本反战文学的主流,也奠定了近代日本文学对战争的态度。

但二战期间,在法西斯军部的高压统治之下,明治以来形成的日本反战文学传统产生了断层,特别是30年代以后。法西斯军部采取高压政策,裹挟人民参加侵略战争,教育和文学也都为虎作伥,起到了推波助澜的作用。日本文学评论家水岛裕雅将当时的日本文人分为四大类:一是刚正不阿,正面对抗,最终遭到逮捕关押;二是对自己以前的反战言论表示忏悔,抛弃自己的立场,转入沉默或是写一些不疼不痒的小品;三是全面投入法西斯怀抱,充当御用文人;四是抑制自己的感情,写些与时局无关的文章,抑或是私下里写些反战作品,但不发表。

据水岛分析,第一类日本作家非常少,如小林多喜二和宫本百合子。1933年,小林多喜二在东京街头与地下工作者联络时,遭到特高课警察的袭击而被捕,数小时后即被毒打致死。小林之死是日本左翼文学运动的分水岭。宫本也在同年被捕,未经审判被关押,直到日本战败后才被释放。第二类日本作家也不多,中野重治是其中的代表。第三类作家很多,如被誉为"国民诗人"的北原白秋就曾接受法西斯军部的要求,写了很多赞美战争的诗歌;高村光太郎担任"文学报国会"诗歌部部长,成了名副其实的"战争诗人",德富苏峰更先后抛出《昭和国民读本》,使民众盲从战争,在日本战败前又炮制《必胜国民读本》,号召民众与军国主义分子一起垂死一搏。第四种人为数不多,其代表人物有唯美派代表作家永井荷风、原喜民等,他们对人生抱消极态度,对现实社会不满,却又没有叛逆的勇气,只好追怀过去。

卢沟桥事变爆发后,日本各大出版社为抢到前线第一手信息,派作家随军撰写战地文学或通信稿。1937年秋末,日本全面侵华战争爆发后三个月,石川达三作为记者随军到华中战场采访。从上海出发,经过苏州、无锡、常熟,直达南京,目睹南京大屠杀的惨状。回国后,他用十二天完成了长篇报告文学《活着的士兵》,在良知驱动下客观描写日军暴行和厌战情绪。军事当局却以"扰乱安宁秩序"的罪名将这部作品查禁,并将石川禁锢。当时,几乎所有日本从军作家都在歌颂皇军"赫赫战果",《活着的士兵》实属罕见。遗憾的是,石川最后也不得不顺应时势写出赞美侵略战争的《武汉作战》。1938年8月,日本侵华指挥部为配合攻打武汉,要求作家从军组成"笔部队",全面协助侵华军事行动。

1945年的战败给日本文学界造成了精神上的巨大冲击,同时也带来新生。战后初期的阶段,各种思潮迭起,不同的体验在人们内心交织,在纷繁复杂的思想意识中,对"神国不灭,皇军不败"之类神话深信不疑的日本人对于战败显得格外敏感,在文学创作中也避讳最多。

二战后反战文学如火山喷发

战后,日本"反战文学"如火山喷发,其中最常表现的主题有两个:经济主题和情感主题,这两个主题,造成了日本人受害意识的大量产生。如自然派作家正宗白鸟的《战争受害者的悲哀》、战后派作家椎名麟三的《深夜的酒宴》、无赖派作家坂口安吾的《白痴》等都从各个角度反映了经济受害和感情受害。还有根据自己战时从军的体验写成的小说,如大冈升平的《俘虏记》《野火》描绘日军在菲律宾战场伤亡惨重,着重刻画了日军的暴戾。描写原爆受难者体验的有大田洋子的《尸横满街》《到哪里去》,原喜民的《夏季的花朵》,被称为原爆诗人的栗原贞子《原爆诗钞;我的广岛原爆证词》。另外,野间宏《阴暗的图画》《脸上的红月亮》,林芙美子的《平民区》,宫本百合子的《播州平原》等都是反战文学的代表作。

女作家壶井荣的《二十四只眼睛》是战后脍炙人口的反战巨作。小说通过刚从师范学校毕业去偏远的小豆岛小学某分校赴任的女教师大石久子与学生的交流,揭露了战争给日本人民带来的重大灾难。因为战争,孩子们遭遇了很多变故,大石开始对教育产生了怀疑,想要辞去老师工作。日本战败,当年的孩子们死的死,残的残。战争结束第二年,大石再次踏上分校讲台,激动地流下了眼泪。作品发表后产生巨大影响,尤其是促动了教师的反思。有教师写了《致死去的学生》一诗,表示对自己在课堂上灌输军国主义理论的忏悔,其中写道:"哦,我那优秀而一去永不复返的学生,绞死你绳索的另一头竟然是握在我的手上,而且是以人师的名义。"日本最大的教师工会组织提出了"决不将自己的学生再次送上战场"的口号。一般教师与下层士兵、市井商人等平民百姓自发地对战争进行反思,掀起了波澜壮阔的反战和平运动。

战后文学的暧昧性和局限性

纵观日本战后文坛,有两个特点必须指出:一是大浪裹挟,泥沙俱下,反战文学和歌颂美化侵略战争的文学同行并存;二是战后日本文学中的反战观所具有的局限性和暧昧性。

二战末期在冲绳战役中搭乘"大和号"战舰从征的吉田满在战败后写成《战舰大和号的末日》,由于其混淆正义和非正义战争的界限,公开为日本帝国海军张目,丑化联军,在发表时被美军占领军司令部全文删除。但1952年《旧金山和约》生效后,竟一字不改在日本全文公开刊出。"笔部队"中的多数作家在战后仍毫无悔意,先后出版了大量作品,虽然没有战前那么露骨,但字里行间仍不时露出对战争的歌颂、对皇军士兵的赞美,值得注意的是,这些作品无一不对战败表示惋惜。这期间还有很多复员的士兵、军官等撰写的回忆录,都是不加反思,毫无反悔之意的战场记录,其中不乏文过饰非、强词夺理之作。二战结束以后,被苏联红军解除武装的日本战俘总数达70万,多被流放到西伯利亚等地强制进行劳动改造,由于环境极其恶劣,以及缺乏基本的粮食和休息,其中大约有20万战俘死在了劳改地。这也成了日本战后文学经常描写的素材,这些作品看似反战,却闭口不谈在成为战俘前自己的行为,只是一味指责和攻击苏联政府残忍,非人道地虐待俘虏。日本政府也借此举办展览会,号召大家不忘战败之苦和战败的屈辱。

  日本战后的战争文学大都是试图通过个人体验描写,表达个人的受害意识,并没有深刻反思战争的侵略性质。这类战争文学虽然有对日本军国主义和发动侵略战争的批判,但也存在着故意模糊战争的侵略性质,为日本发动侵略战争推卸责任的思想意识。如竹山道雄的《缅甸的竖琴》、野坂昭如写的《萤火虫之墓》,女作家三枝和子的《宇曾利山考》等,这类作品几乎不谈国家政策,只注重战争悲惨的效果,小说中的战争被害者永远是作为实际加害者的日本士兵,这种看待战争的思维方式在战后日本乃至当今日本都颇具代表性。

  另外值得一提的是日本的原爆文学。大江健三郎《广岛札记》,井伏鳟二《黑雨》《6000的爱》,林京子的《祭场》等作品描写原子弹爆炸的恐怖、受害者的悲惨,谴责了原子弹的使用者和制造者,却有意无意地割断了历史。因为广岛长崎不只是原爆受害的问题,还包含了许多历史因素,割断历史单提"广岛长崎原爆",难以全面讲述历史的真实情况。仅举广岛原爆资料纪念馆的一幅展件为例。其中一项是在介绍1937年"七·七"事变的文字上方,放置了两帧军国主义时代的宣传品。一是当时《朝日新闻》的报道,说中国政府决心对日开战,再是"号外"上面有大字标题:《夜间演习中的我军,遭受不法射击》。这两张军国主义时代的宣传品,它们的目标本身就是宣扬侵略战争正当性,这样的陈设利用,既有悖于原爆资料馆倡导的和平宗旨,同时也对每位参观者进行了误导。

  评论家、社会活动家小田实早在20世纪60年代就指出:"在战后21年间,虽然反映亲历战争的文字多如过江之鲫,但几乎都是从被害的视角记述的。"村上春树在回答有关为什么"日本人对二战中侵略的历史都讳莫如深"时一针见血地指出:"今天的日本社会尽管战后进行了许许多多重建,但本质上丝毫没有改变。归根结底,日本最大的问题在于:战争结束后未能将那场战争劈头盖脸的暴力相对化。人人都以受害者的面目出现,以非常暧昧的措辞改口声称'再不重复那样的错误了',而没有人对那架暴力机器承担内在责任,没有认真地接受过去。"大江健三郎在诺贝尔文学奖授奖大会上明确表示,二战中日本"侵略了亚洲各国",他"对日本军队在亚洲各国所犯下的惨绝人寰行为感到痛心,应予赔偿"。

反战文学要正视侵略战争性质

日本的反战文学传统是建立在反战厌战的心理之上的。从与谢野晶子到小林多喜二、壶井荣、野间宏,他们的反战出发点是对危在旦夕的弟弟的担忧、对战场上毙命战友的痛惜以及对在战场上死伤的学生的内疚,"有力地批判了战前军国主义有悖于生命价值的扭曲,但多从战争'受害者'的角度,还未从'加害者'的角度审视那场战争"(李德纯,2001年),不可能看到侵略战争中真正受害者的痛苦。铺天盖地的受害手记和记录,以及模糊侵略战争性质、不分战争正义与否一概反对的所谓"反战"小说,其结果是淡化或美化了日本帝国主义的侵略罪行,给人造成一种错觉,好像二战中最大的受害国是日本。这也正是20世纪70年代后以"新教科书编撰会"为代表的日本新民族主义抬头的土壤和基础。

20世纪90年代,就如何看待二战中日本人的死亡和亚洲各国人民的牺牲,日本学者中爆发了一场争论。战后日本的"革新势力"主张必须为两千万亚洲牺牲者谢罪,对本国的三百万死者不屑一顾;"保守势力"则相反,对两千万亚洲牺牲者不屑一顾,却陷入把三百万本国战死者放在靖国神社祭奠的"虚幻"。明治学院教授加藤典洋把上述革新派和保守派的姿态分别称为"外向性自我"和"内向性自我",并认为在这里出现了所谓日本人的人格分裂,而日本战后问题的根源就在于此。加藤的结论是"靖国(神社)逻辑源于革新派的死者观"。"革新势力"把日军称为"侵略者",这成为"靖国(神社)逻辑"产生的根源。因为"保守势力"反复宣称"上次战争不是侵略战争""南京大屠杀是编造的谎言"等,只是为士兵之死找回意义,表达追悼之心。他提议:只有先解决了人格分裂,实现统一的有责任感的日本国民主体,才能真正做到对外谢罪。作为具体步骤,在追悼两千万亚洲的牺牲者之前,先对三百万日本战死者表示哀悼。另外,加藤在谈到天皇的战争责任时称"天皇的责任是对(本国)臣民的责任"。对此,东京大学教授高桥哲哉撰文批判,论述日本发动侵略战争给亚洲各国带来的灾难。他认为,日本人应当承担的责任和义务,就是要正视历史事实,审判自己的过去,促使日本政府履行战争赔偿,向各国受害者谢罪,并将这一惨痛教训传给子孙后代,以免历史重演。

20世纪90年代起,由于亚洲各国的战争受害者纷纷向日本法庭提出战后赔偿,追究战争责任,追使日本重新面对被弃置了长达半个世纪之久的战争责任和战后责任。但在日本国内,对受害者的呼声持粗暴拒绝态度、主张"历史修正"的新民族主义势力在增强。"首先要祭奠本国的包括士兵在内的战争死者,然后才能哀悼两千万的亚洲死者"的观点,与日本国内"要找回日本国民的自豪感"、抹去历史教科书中充满"自虐性"的记述、否认"南京大屠杀"和"随军慰安妇"历史事实的言论异曲同工,只是要更复杂、更讲究,既不是排外主义,又不是否定论,而是危险的新民族主义者主张,应该警惕。高桥哲哉一针见血地指出,加藤"首先要祭奠本国死者"的主张,就意味着要先哀悼"南京大屠杀"的刽子手、"七三一"细菌部队的成员以及把"慰安妇"作为性奴隶的日本兵。这无论从伦理上还是从政治上都是行不通的。保持耻辱的记忆,为它羞愧,不要忘记那场战争是侵略战争,要一直作为今天的课题,意识到这一点,代替本国死者向被侵略者谢罪与赔偿,这就是日本人的战后责任。

20世纪70年代,《朝日新闻》记者本多胜一首先全面采访揭露了日军的侵华罪行,他的一系列报告文学《中国之旅》《在中国的日本军》等,第一次打破了日本战后30多年来对所犯罪行的沉默。森村诚一的长篇报告文学《恶魔的饱食》以鲜为人知的史实为核心,揭露二战中日本帝国主义在中国东北等地用活人做实验的罪行。在中国抚顺和太原战犯管理所经过教育改造后的日军老兵也从70年代开始,不断以自己的所见所闻、所感所思来反省揭露日本军国主义,《侵略——从军士兵的证言》《三光》《侵略——在中国的日本战犯的自白》《我们在中国干了些什么?》《不忘侵略屠杀的天皇军队——日本战争手记第2集》等"中归联"会员出版的书,有几十部。这些侵华老兵的回忆与忏悔,恐怖真实,发人深省,在日本社会也引起了不小的震荡。在日本新民族主义泛滥、新军国主义思潮迅猛高涨的情况下,控诉和揭发日本侵略战争是一个极具思想意义与政治意义的选题,这不仅有丰富的可供开掘的文化内涵,也关系到二战成果和人类和平是否继续得到维护。

几年前,离东京不远的埼玉县建立了中归联和平图书馆,保存约有2.4万份资料,是二战日本士兵一生的反战记忆:45名老战犯亲笔写下罪行供述书,他们看的各种读物和他们证言的录像录音……它们将永远告诉人们那场战争的真相。

我们期待着日本作家能从战争加害者的角度,从整体的文化背景上,探讨和剖析二战的内在原因,对这场战争的帝国主义性质给予批判。倘若如此,这必将是世界爱好和平人民的福音。

诺奖的国际政治学:何谓"白俄罗斯文学"?

林精华

斯维特兰娜·亚历山德罗夫娜·阿列克谢耶维奇(Svetlana Alexandravna Alexievich),1948年生于苏联斯坦尼斯拉夫,白俄罗斯记者、散文作家,擅长纪实性文学写作。她用与当事人访谈的方式写作纪实文学,记录了第二次世界大战、阿富汗战争、苏联解体、切尔诺贝利事故等人类历史上重大的事件。已出版的著作有《战争中没有女性》《最后的见证者》《锌皮娃娃兵》《切尔诺贝利的祷告:未来编年史》等。2015年10月8日,因她对"这个时代苦难与勇气的写作",获得2015年度诺贝尔文学奖。

10月8号,诺贝尔文学奖授予白俄罗斯籍的女作家斯维特兰娜·阿列克谢耶维奇。CNN(美国有线电视新闻网)报道说,"她是107位获得该奖作家中的第14位女性",并辑录她的论述,如"每个普通人都有自己微弱的个人命运史"。乌克兰总统发文称出生于乌克兰的女作家获奖是乌克兰的骄傲,但她并非用乌克兰语创作。女作家不仅是白俄罗斯国民,且创作语言之一即白俄罗斯语,白俄罗斯总统卢卡申科办公室发布祝贺信称"您的创作,触及的不仅仅是白俄罗斯人的感觉,而是许多国家的读者共同心声"。令人疑惑的是,作家主要以俄语创作,且成名在苏联时代,苏联解体后她仍多次获俄联邦文学奖,却未激起俄罗斯读者、作家和政府的兴奋,相反,俄国作家协会两主席之一的科鲁滨及时发表关于她获奖的措辞严厉的言论。与之相呼应的是她获奖后的发言,提及乌克兰危机——当下欧洲、俄罗斯和独联体最敏感话题,批评俄罗斯政府对东乌分离主义战争应负责任;但她在接受广播公司采访时说获奖感受很复杂,"这个事件直接唤起的是蒲宁、帕斯捷尔纳克这些伟大的俄罗斯作家名字",又称这仅是事情的一个方面。诺奖颁给一位出生于乌克兰、主要用俄语书写的白俄罗斯女作家,无论初衷如何,最终却引人关注起是否存在"白俄罗斯文学"、能否把俄罗斯—苏联时代那些被强行纳入版图之中的非俄罗斯民族文学和"俄罗斯文学"剥离开来、重新思考苏联及其遗产问题。

这不是危言耸听:无论诺贝尔文学奖评委会的初衷如何,借助诺贝尔文学奖肢解俄罗斯文学,绝非空穴来风。1932年,授予蒲宁诺贝尔文学奖,是因为"他继承了俄罗斯散文优秀传统",很明确地把苏联文学和俄罗斯文学区分开来,以此暗示苏联文学是对俄罗斯文学传统的中断。这在冷战时代成为惯例,如帕斯捷尔纳克的获奖理由是"在当代抒情诗和俄国史诗传统上都取得了极为重大的成就";索尔仁尼琴获奖是"由于其道德力量,借助它,他继承了俄罗斯文学不可或缺的传统";1987 年,10 年前加入美国国籍的约瑟夫·布洛茨基"由于对作为作家身份责任的全身心领悟,以清澈的思想和强烈的诗意感染于人"而获得诺奖。

斯维特兰娜的身份、人生历程、文学活动主旨、所在国和所关心的国家问题等,以及 2013 年以来乌克兰危机引发的国际地缘政治冲突之局势,显示出此次诺贝尔文学奖同样具有国际政治学效应。

1948 年,斯维特兰娜出生于乌克兰社会主义加盟共和国斯坦尼斯拉夫州的混杂民族之家:父亲是白俄罗斯人,母亲则是乌克兰人。这种出身及人生历程,深刻影响了她后来的文学活动。她的出生地是后苏联历程中乌克兰的一个重要地点——伊凡诺-法兰克福州——乌克兰西部地区的经济和文化中心,2013 年 11 月份以来的乌克兰危机与这里有关——当地居民和地方政府强烈主张乌克兰加入欧盟、北约。而与俄罗斯接壤的乌克兰东部地区居民和地方政府,则在对乌克兰的认同上,持完全对立的态度。

1972 年从国立白俄罗斯大学新闻专业毕业后,她先后担任历史和德语教师,在当地报社工作,后在白俄罗斯作协主办的《涅曼》月刊工作,1983 年加入苏联作协。她工作后的文学活动,并不直接表达白俄罗斯民族身份认同问题,而是和当时的现实主义作家一样,以激烈批评苏联社会问题而著称。

1985 年出版的俄语小说《战争中没有女性》,是其第一部文献性的中篇小说,内容选自阿列克谢耶维奇访谈的几百位亲历二战的白俄罗斯女性,她们代表了苏联历史上默默无闻的千万女性的命运。当年保加利亚文译本出版,第二年中国推出汉译本。然而,该作问世于新思维之前,审查制度批评她的创作有自然主义和诋毁苏联妇女的英雄形象的趋向,但不到 5 年时间,该作发行量达 200 万册之巨,被批评界誉为"文献小说的出色大师",屡获大奖并被搬上话剧舞台。

1985 年出版的俄语小说《最后的见证者》,采访了二战期间白俄罗斯的孩子们,实录他们对二战的见闻,包括战争突然就来了,和平生活由此消失。这些口述性作品展示出白俄罗斯作为卫国战争前线的境况,颠覆了苏联官方对卫国战争的宣传。

《锌制男孩》(汉译《锌皮娃娃兵》)是对 10 年间不同时段参加阿富汗战争的苏联士兵的访谈,由此实录和苏联官方宣传完全相反的真相。作者以逼真的叙述质疑这场成为苏联解体原因之一的战争,却遭到参战士兵的家属批评,直到苏联解体后,还有人因此向法院提起诉讼。

《切尔诺贝利的祷告:未来编年史》辑录亲历核辐射区的人的灾难记忆,重现核大国苏联及其集权体制,其遗产对乌克兰的威胁并没有随着苏联的逝去而终止。

创作于 2013 年的《二手时代》记录后苏联社会转型中不同阶层的普通人找不到生

活方向,经历了梦想破碎及恐惧。在作者看来,这种叙述是要在五花八门的细节中展示苏联遗产给人们带来怎样的感受、状态和理解。

阿列克谢耶维奇用与当事人访谈的方式,不仅真实呈现二战、阿富汗战争、切尔诺贝利事故、后苏联社会转型等重大事件,而且展示亲历者关于"苏联"的认知,正如萨拉·丹尼乌斯在宣布授奖消息时所解释的:"斯维特兰娜是超常作家。过去三四十年,她一直忙于绘制苏联和后苏联的个人地图,但不见得是事件的历史,而是情感的历史——她提供给我们的是一个真正情感的世界,所以她在各种作品中描绘的这些历史事件……仅仅是探求苏联的个人和后苏联的个人之潜文本",她在文体探索上创造出"集体小说""小说—宗教剧""证据小说""合唱史诗"等,塑造"讨论自我的人"等。按其作品的英译者薇拉沙耶维奇所说,"除了真实之外,不再有其他东西……这次她获奖,将意味着有更多读者要接触到她作品所描绘的那些经历苏联历史悲剧之幸存和绝望的形而上维度"。

后苏联时代流行"历史文学",即苏联亲历者感性地描述自己所经历的苏联重大事件。其中,后苏联时代的俄罗斯作家在经历了否定苏联风潮之后,因为俄罗斯日渐有序、富裕、强大起来,自90年代末以降,开始转而对苏联的正面怀旧。但后苏联的独联体国家和波罗的海沿岸三国,绝大多数还健在的苏联时代著名作家,对苏联是持否定性态度的,其中包括乌克兰裔的苏联时代著名卫国战争题材作家瓦西里贝科夫。视贝科夫为文学导师的斯维特兰娜亦然。

也就是说,斯维特兰娜获奖的意义,远不只是要彰显非虚构这种文类的叙述魅力。按她所论,"我长期寻找那种能回答我是怎样看见世界的文类……最终我选择人类不同声音的文类。我的书,是我出街头,在室外,认真观察和聆听而来的……今天,当世界和人变得如此多样化时(艺术则越来越承认自己的无力),艺术中的文献则变得越来越有趣,缺之,要展示我们世界的真正图景就完全不可能"。其自传又重复了这些表述:"抓住真实,就是我之所想。而这种体裁——由多人的声音、忏悔、人们心灵的证据和见证组成的体裁瞬间就攫住了我。是的,我正是这样看待和倾听世界:通过声音,通过日常生活和真实的细节……从成千上万的声音、我们日常生活和存在的片段、词语以及词语和词语之间、词语之外的东西中——我组织起的不是真实(真实是无法企及的),而是形象,是自己时代的形象,是我们对它的看法,我们对它的感觉。真实性产生于视野的多样性……我从和我同时代生活的人中组织起自己国家的形象。我希望自己的书是编年史,是我所遇到的和与他们同行的几代人的百科全书……"阿列克谢耶维奇以文献小说的方式反映出苏联及其所导致的各种问题,展示苏联-后苏联时代白俄罗斯小人物的命运,与苏联时代热衷的宏大叙述区分开来。

她因此被国际社会广泛关注,2013年开始成为最有希望获得诺贝尔文学奖的作家。可是,她的获奖引起俄罗斯人的警惕,作家本人又不以俄罗斯作家自居,这样的矛盾引人思考。

白俄罗斯历史超过千年,人口近千万,国土面积近30万平方公里,1945年就作为苏联加盟共和国和苏联一道加入联合国组织,有自己的国歌《我们是白俄罗斯人》,理论上应该有自己的文学艺术,有着不同于俄罗斯—苏联的代表性作家作品、文学史变迁、文学思潮等。而探求包括白俄罗斯文学在内的复杂真相,从而使俄罗斯—苏联所辖的诸多民族文学,与俄罗斯文学剥离开来,自然会遭遇俄罗斯文学家的抵抗。

得知斯维特兰娜获奖,俄罗斯著名作家、作协两主席之一的科鲁滨,在10月9号接受"俄罗斯人阵线"访谈时表达了对此次白俄罗斯作家获奖的不满:"一直有因政治主题,并非由于作者出色的艺术成就而获诺贝尔文学奖的现象。西方起初是希望把白俄罗斯当作自己的附庸国与其调情的,可能现在找到了新的攻击俄罗斯历史的方式。斯维特兰娜……试图强词夺理地展示,俄罗斯没有任何好的东西……她描写了战争中的白俄罗斯女孩。当然,没有哪场战争不是这样肮脏,要知道,战争不是和平。但作者凸显的只是这种卑鄙的层面,暴露出其倾向性,这对一位作家而言是不体面的……我个人不认识她,但我要强调,超越政治的诺贝尔文学奖是不存在的……当然,我祝贺白俄罗斯文学获得了诺贝尔文学奖,但我要重申,她无法把白俄罗斯作家分离出来……白俄罗斯文学,是一种强有力的文学,但因为政治化的女作家而获得诺贝尔奖。"

对于这样的论述,《华尔街日报》批评:"在俄罗斯,一些民族主义者已经批判斯维特兰娜,指责她痛恨俄罗斯,会激起欧洲反俄情感。"这也令人思考斯维特兰娜获奖与白俄罗斯文学有何种关系。

所谓"白俄罗斯文学",显然是用白俄罗斯语言创作并表达白俄罗斯人审美诉求的文学。白俄罗斯文学史家主张:14—16世纪在立陶宛大公统治下,白俄罗斯文学传统开始形成,确定了古白俄罗斯语的官方地位;1517年布拉格刊行了弗兰齐斯科·斯科林纳用古白俄罗斯语翻译的《圣经·赞美诗》;16—17世纪在波兰文化影响下出现了巴洛克诗歌和戏剧;18世纪,因信仰东正教的农民和商人的阻止,白俄罗斯出现波兰化趋势,古白俄罗斯语逐渐衰落了;18世纪后期,白俄罗斯知识分子努力恢复民族语言文学,出现了古白俄罗斯语的杰作马尔舍夫斯基《悲剧》和《被奴役中的自由》;19世纪延续这一趋势,产生了一系列著名作家及其力作,如维列尼钦的《帕纳斯山上的塔拉斯》、拉温斯基的《反常的艾涅伊达》、杜林-马尔钦克维奇的歌剧《萨良卡》等;在19世纪后半期,现实主义文学有了长足发展,出现了现代白俄罗斯文学奠基人巴库舍维奇;1905年后,白俄罗斯文学进入短暂繁荣期,如恰洛特及其长诗《赤脚站在火场上的人》,叙述白俄罗斯人对俄罗斯革命和内战的观察;苏联时代,白俄罗斯作家仍保持着白俄罗斯文学传统,出现了阿达莫维奇的《游击队员们》《最后一个假期》《我来自热情的乡村》,以及他与格拉宁合作的《围困之书》等作品。尤其是瓦西里贝科夫,他创作的长篇小说《砂石厂》和诸多中篇小说,在苏联时代独具一格。

但是,在俄罗斯文学史家看来,17世纪之前根本不存在白俄罗斯语言书写的文学。他们认为,10—17世纪,白俄罗斯文学、乌克兰文学、俄罗斯文学是一体的;所谓古白俄罗斯语即西俄罗斯语,和乌克兰语一样,都是古罗斯语的方言,是古罗斯语的民间称呼;而18世纪以后白俄罗斯文学是俄罗斯帝国文学的一部分;苏联时代白俄罗斯文学是苏联加盟共和国文学,并非独立的,尤其是二战结束后,白俄罗斯加盟共和国获得解放并统一,布罗夫卡、潘琴柯、唐克等作家发表了讴歌统一的白俄罗斯苏维埃社会主义加盟共和国作品。50年代白俄罗斯作家沙米亚金长篇小说《深流》、梅列日《明斯克方向》、雷恩科夫《难忘的日子》等,积极叙述十月革命、农业集体化等苏联文学的共同题材。60年代以后,被斯维特兰娜视为导师之一的阿达莫维奇,其作品以积极叙述苏联而著称,而她的另一位导师瓦西里贝科夫的诸多作品,基本上以苏联卫国战争为题材,在基调上和当时的苏联文学毫无二致。

面对白俄罗斯人和俄罗斯人关于白俄罗斯文学的截然不同论述,斯维特兰娜获奖自然会促使读者思考。按斯维特兰娜对明斯克独立报《我们的田地》所说,"这绝不是对我个人的奖赏,而是对我们的文化,我们这个小国家的肯定"。既然如此,那么我们就必须面对这样的事实,白俄罗斯作为一个国家的历史,和俄罗斯、波兰纠缠不清,因而白俄罗斯文学不仅仅是白俄罗斯语创作的文学,可能还包括帝俄时代—苏联时代用俄语创作的白俄罗斯裔作家,只要他们表达了白俄罗斯民族认同;而俄罗斯帝国时代以及苏联—后苏联时代,那些用俄语写作的文学,未必都属于俄罗斯文学,有的可能属于乌克兰文学,有的则属于白俄罗斯文学。如瓦西里贝科夫1993年以来的文学创作,完全不同于苏联时代,他对那场俄联邦仍继续称为"伟大的卫国战争"的叙述,已经渗透有强烈的白俄罗斯意识。

此次诺贝尔文学奖的国际政治学效应,姑且不论评审目的如何,至少客观结果已经显示,虽然按诺贝尔文学奖常务秘书萨拉·丹尼乌斯的解释:"诺贝尔文学奖奖励的根据是文学,仅仅如此。它从来不是政治奖项,未来也永远不会是。"

2016 年

艾柯的回音

陈 镭

翁贝托·艾柯(Umberto Eco,1932—2016),哲学家、符号学家、历史学家、文学批评家和小说家。《剑桥意大利文学史》称艾柯为20世纪后半期最耀眼的意大利作家,具有"贯穿于职业生涯的'调停者'和'综合者'意识"。除了随笔、杂文和小说,艾柯还发表了大量论文、论著和编著,研究者将其粗略分为8大类52种,包含中世纪神学研究、美学研究、文学研究、大众文化研究、符号学研究和阐释学研究等。

2月19日,翁贝托·艾柯在米兰家中逝世,享年84岁。

作家、符号学家翁贝托·艾柯半开玩笑地说,他收集过一套关于自己的评论剪报,无一例外的是"艾柯的回音""回音的回音""回音的回音的回音"。艾柯说他都想象得出这些标题是怎么来的:编辑部开例会的时候,一大堆题目被拿出来讨论,最后主编眼里灵光一闪,"这家伙的名字不就是回音(echo)吗?!不如我们这个版块就叫……"旁边的人赶紧附和:"这么好的创意您是怎么想出来的?简直是天才!"主编故作淡定:"快别这么说,我只是站在了巨人的肩膀上。"艾柯的玩笑很有杀伤力,不过这仅限于印欧语系,在我们这个东方国家,"艾柯的回音"从题目到内容都不多,不仅因为语言差异,也因为作品背后的整个历史文化系统。

艾柯的理想读者不是中国人。尽管他在中国有一定的知名度,却不太可能跻身最受欢迎的外国作家前十名。曾与艾柯会面、同样在大学任教的作家格非认为,艾柯的《玫瑰的名字》(1980)虽然架构宏大却在观念上过于谨慎,充满"矛盾和暧昧",叙述上四平八稳,不如陀思妥耶夫斯基更能打动人。而另一边,这本有各种中世纪古老学问的《玫瑰的名字》,据说在全世界已有40种文字的译本,销售近2000万册(艾柯本人的说法是几百万册)。我们为什么不那么热爱既深奥又畅销的艾柯?为什么这样的学者型作家在中国如此稀少?

现实与虚构

艾柯作品在西方世界引起的反应有一点与我们差别甚大:那边的读者常常模糊作

品与现实的边界,而中国读者则大多无动于衷。艾柯的小说数量不多,都是动辄五六百页的历史题材作品,包括 14 世纪意大利修道院里的谋杀案、与圣殿骑士团有关的秘密组织及其神秘地图、17 世纪海难幸存者的荒岛余生、13 世纪十字军东征时一个骗子的传奇等等。《傅科摆》(1988)末尾写道,1984 年 6 月 23 日至 24 日的夜里,主人公"我"(卡素朋)去巴黎某修道院参加秘密组织的集会,同伴贝尔勃由于交不出所谓圣殿骑士团的地图而被野心家们用"傅科摆"(19 世纪物理学家傅科发明的一种证明地球自转的仪器)所绞杀。"我"像《悲惨世界》里的冉阿让一样从下水道逃出来,钻进圣马丁港的一家阿拉伯酒吧,然后穿过街巷、广场、花园,最后上了一辆出租车。小说发表之后,有法国美术学院的学生告诉艾柯,他们重走了主人公的路线,"找到了"那家油腻腻的低等酒吧并拍照。然而,书里的这家酒吧是虚构的,艾柯只不过是精心设计了主人公逃跑的路线。另一个读者则写信问艾柯,主人公"我"在午夜经过圣马丁路某街角的时候,在那一年那一天的那个地点应该有一场火灾,主人公只字不提火灾是否因为火灾也是阴谋的一部分。

类似的冲动和疑问很难在中国读者心中被唤起,原因就在于艾柯小说里的历史文化信息和故事场景与我们相隔甚远,虽然他讨论的深层次问题是相通的,缺乏耐心的读者却不大愿意通过层层阻隔去辨认它们。艾柯的小说在语言形式上也不大符合卡尔维诺在《未来千年文学备忘录》里谈到的"轻逸",尽管小说的思想非常符合这一文学理想。当我们的目光迅速掠过那些历史文化信息的时候,西方读者大概已经津津有味地开始咀嚼了,因为他们随时可以感受到现实与虚构的紧张关系,随时需要揣测作者的真实意图。完全是中世纪故事的《玫瑰的名字》在这一点上表现得同样明显。

玫瑰名字的书写方式

《玫瑰的名字》讲述的是一个福尔摩斯探案式的故事。艾柯在序言里声称,他无意中得到了一本 1842 年出版的法文译著,其底稿是 14 世纪一位意大利修士的回忆录。考虑到艾柯本人理论家、中世纪研究者的身份,读者已经从序言开始猜测哪些是真实历史,哪些是文学的部分。小说接着以第一人称口吻讲述了修士阿德索青年时代的历险:他 1327 年 11 月作为见习生跟随一位中年修士威廉(在同名电影里,威廉是由"007"影星肖恩·康纳利扮演的),这位资深修士的任务是到意大利、法国交界处山区的一座著名修道院去准备教派大会,由于修道院连续发生命案,威廉被院长邀请主持调查。师徒二人在调查过程中发现,凶手似乎一直按照圣经《启示录》的"七种呼声"来安排谋杀行为,其目的是为了掩藏这家修道院图书馆,同时也是当时欧洲最大图书馆里的一个秘密。故事结尾,元凶竟然是修道院德高望重的老修士佐治,已经失明的他为了不让别人读到亚里士多德《诗学》下卷手稿(主题为论喜剧,系作家虚构),把书页浸润了毒药,触发一系列命案。

这个看起来并不复杂的梗概省略了很多东西,小说从形式到思想内涵都有其复杂微妙之处。首先,作品模拟了中世纪编年史语言风格和 19 世纪翻译者的文风,在很多地方显得严谨、平淡。由于小说人物有着不同的宗教流派和个人思想,语言风格也各异。比如威廉是英国来的圣方济各会修士,跟这一派其他人有很大区别,接受过英国科学家、修士罗杰·培根指导。阿德索是本笃会的本地修士,思想单纯但接触过一些异教徒的离经叛道之书,其父是军旅出身的男爵。作家的行文时而板滞,时而恣意汪洋,在神学辩论和年轻修士内心独白之时,化用大量宗教历史文本,使得《玫瑰的名字》的语言显出巴洛克式的华丽。艾柯的语言越是"逼真",身处该文化传统的西方读者越是容易"入戏",然而这些细腻笔法对中国读者来说,要么难以耐心品读,要么早已在翻译过程中损失了。

其次,作者的人物和故事构造也有强烈的互文性。威廉出场时被介绍为"巴斯克维尔的威廉",读者能马上联想到福尔摩斯探案里的"巴斯克维尔的猎犬",威廉的外貌描写也酷似福尔摩斯;随着故事推进,读者又发现他与历史上的著名人物多有交往,其思想有逻辑学家威廉·奥卡姆的影子,甚至和后者一样接受过牛津和巴黎大学的教育,多年后死于黑死病。威廉、阿德索这一对师徒的关系设置,看似福尔摩斯和华生的翻版,其实是以托马斯·曼《浮士德博士》里的主人公采特勃洛姆、莱维屈恩为原型的。书中的佐治则像作家乔治·博尔赫斯一样老年失明,看守一座庞大的图书馆,收藏着珍贵古书(博尔赫斯《沙之书》)。作者铺设的互文性之处还有很多,普通读者至少能感觉到其中一部分。

小说刚开始像标准的哥特小说,黑暗、恐怖、神秘,缠绕着历史传说和宗教思想,到后来则充满哲学思辨和现实指向。小说在侦破主线之外还包含了一组真实的历史冲突:威廉到修道院的主要目的是为了调停教皇势力和以圣方济各会等教派为代表的中下层修士,后者宣扬耶稣贫穷、主张苦行修道,得到皇帝的支持。故事末尾,在神学辩论中意气风发的威廉难以对抗教皇的代言人贝尔纳德主教,调和三方利益的梦想破灭,在未来岁月里,对抗教皇的修会将遭受重大打击。凶案虽然真相大白,但《诗学》下卷手稿已不复存在,修道院陷入火海。

未来的学者型作家

《玫瑰的名字》反思了对真理的狂热:老修士佐治认为《诗学》下卷研究的喜剧和"笑"有违教义,不惜毒杀他人并最终吞下手稿自裁。威廉一直依靠自己的理性和缜密推理,同时还有科学知识相助,但他在真相大白时才发现,这一组"启示录谋杀案"原来不是凶手刻意按照《启示录》内容来安排的,完全是个巧合,恰恰是他的想法诱导了凶手的行动。这些情节跟《傅科摆》相似,在《傅科摆》中,所谓中世纪圣殿骑士团后裔的组织根本不存在,神秘地图也纯属子虚乌有,然而这些猜想却诱导了一个秘密组织的诞生,并最终毁掉了猜想的原创者。艾柯这些故事有着强烈的反讽意味和后结构主义色彩,人类理性王国并非自然产物,而是主体建构的结果,思想的价值就在于揭示这种建构,从对真理的狂热中解脱出来。

艾柯的写作是极其知识分子的,他展现的世界又不限于学院,比同为学者型作家的英国理论家戴维·洛奇更宽广。他本人还是欧洲著名的公共知识分子,发表了大量时评。好莱坞电影《七宗罪》和畅销小说《达·芬奇密码》几乎可以肯定是受到了《玫瑰的名字》《傅科摆》影响,不同的是前两者并没有艾柯书中的后结构主义思想,在《七宗罪》和《达·芬奇密码》里,高度缜密的犯罪或密谋都被坐实了。艾柯说,他觉得《达·芬奇密码》的作者丹·布朗其实是自己笔下的一个虚构人物,这不只是个玩笑之词,还包含了艾柯的批判态度。

令人惊讶的是,中国老一辈的学者型作家钱锺书先生很早就注意到《玫瑰的名字》,《管锥编》增补里写道:"当世有写中世纪疑案一侦探名著,中述基督教两僧侣争论,列举'世界颠倒'诸怪状,如天在地下、熊飞逐鹰、驴弹琴、海失火等等。一僧谓图绘或谈说尔许不经异常之事,既资嬉笑,亦助教诫,足以讽世砭俗,诱人弃邪归善;一僧谓此类构想不啻污蔑造物主之神工天运,背反正道,异端侮圣。盖刺乱者所以止乱,而抑或可以助乱,如《法言·吾子》所云'讽'而不免于'劝'者。谓二人各明一义也可。"钱锺书先生并未把书中的威廉和佐治简单地定义为正反两派,深得艾柯小说之味。

如果中国读者不能充分接受艾柯,那就只能等待中国的学者型或百科全书型作家。学者型作家也可以有多种,要培养艾柯这样的作家,除了拥有良好的知识结构、理论修养和娴熟的叙述技巧,更重要的恐怕是要热爱并理解自己的文化传统。

帕乌斯托夫斯基《金蔷薇》：展现世界的绚丽广阔与丰沛

文 羽

我们每天都在世界上生活着，你得承认这是一个漫长的跋涉，是意志与体力的无尽消耗，渐渐地，我们不再对所见到的、听到的、感受到的觉得新鲜。如果乏味、漠然和视而不见、听而不闻日复一日地偷偷主导我们，你就会发觉这个世界不再可爱了，世界在日复一日平庸的轮回与重复中单调得面目可憎。世界本不如此的，她像变魔法一样，不停歇地施展着魅力或威力，以防止世人的漠然和颓唐。观察或掌握了这个秘密的写作者，便会用自己的耐心和智慧，带领读者去领略世界上有趣或富于生机的一切，不只发现美德、善行、勇气，也勘探卑微、怯懦或缺失，不放过世界的任何丰富与绚丽，对每个人的言行都表现出由衷赞赏的欢欣。苏联作家康·帕乌斯托夫斯基就是这样的人，由他的《金蔷薇》，我们会不由自主地进入一个个全新的、大大小小的宇宙，在阅读过程中，不停改换自己看世界的方式，进而懂得如何打量周遭事物，欣赏眼前文字，学会欣赏作家的劳作，发现世界带给自己的无尽惊喜。

一

写作者应该是打开自己、包容万物的人，是向世界敞开自己心胸的人。在帕乌斯托夫斯基看来，那些感官打开、思维活跃、情感欣然的人，那些最先发现阳光更温暖、草木更茂密、雨雾更丰沛、天幕更苍蔚的人，更能大胆设想自己见过或没见过的一切，感到可以把这可爱的世道都放在自己面前的纸上。由少年的轻狂到中年的持重，再到老年的沉郁，世界在自己眼前变幻着面目，而伟大的写作者不惮于闯荡这个世界、冲撞这个世界，他们用开放的心胸拥抱外部世界，追随灵感的火光，参透一切事物的意义，于是留下了无数美好的文字。帕乌斯托夫斯基用自己的笔，展现了那些伟大心灵驾驭世界的不同方式，而这种展现都具有感同身受、心有戚戚焉的质感和鲜活。他用自己在写作历程中的发现诠释了精神向往的所有威力，那就是以自己虔诚的认知、感悟冲动，去覆盖生活向自己提出的问题，从而最大限度地消弭自己和世界、和人的心灵的界限。

因而，深入理解他的人们不愿意把帕乌斯托夫斯基对文学规律的认识简单地概括为"总结""研究"和"探讨"。事实上，作者对作家和文学有着不同于别人的见解，他有着不同于老学究的视角。毛姆说过："文学上的自以为是，无论出以何种形式，都是最可憎的。"帕乌斯托夫斯基始终作为一个人生敏慧的洞察者出现，他明白世界的任何运动迹象,大自然的欣欣向荣、周而复始,都会成为作家灵感的来源,他以此进入作家的作品,探寻写作的奥秘。比如在他看来,自然界,初春单单作为"雪融、冰消、檐滴"的季节,就拥有装满优美词汇的锦囊;而在俄语的词汇里,"特别丰富的是有关河川以及河湾、深水塘、摆渡和浅滩的字眼"。他告诉人们,即使孤独的、生活艰苦的农村老爹"谢苗"也体现着俄罗斯性格中的自尊、公正与慷慨,他仍然有着自己想做细木匠的梦想,不停顿地于穷困中保持着美化自己所生存地方的愿望,他们身上蕴藏着的伟大语汇、思想和精神,作家一定不可以忽略。他告诉人们,探索习以为常的身边的一切,会带给人们魔力般的灵感,"夜,当天体的情况还不太清楚,难以描写的时候,是一回事,而同样是夜,但当诗人知道星球运行的规律,倒映在湖水里的不是一般的星座,而是灿烂的猎户星座时,便完全是另外一回事了"。最不重要的知识,有时能给我们开辟新的美的领域。把自己的人生世界、知识疆域充分打开,才有可能收获写作的喜悦,给读者提供一个新鲜的世界。

二

《金蔷薇》凝聚着帕乌斯托夫斯基本人的创作心得,比如他写诗的经验,他的第一篇短篇小说、他的一部中篇小说的写作经过,他与人打交道的经验,他的灵感闪现以及他的人生与写作的关系。从这些文字里不难看出,他最为看重的是个人与世界的关系、写作者与情感生活的关系等等。他回顾自己的"异想天开"时充满欢快的得意——"异想天开给生活增添了一分不平凡的色彩,这是每个青年和善感的人所必需的","我不诅咒我童年时代对异想天开的迷恋"。在帕乌斯托夫斯基的笔下,与写作联系最密切的,还有俄罗斯的河流、草地、沙漠、泉水、村庄与高山,以及俄罗斯大地上的"集体农庄庄员、船夫、牧人、养蜂人、猎人、渔夫、老工人、守林人、海标看守人、手工业者、农村画家、手艺匠",他认为伏尔加河和奥卡河是俄罗斯生活中不可或缺的存在,没有它们如同没有克里姆林宫,没有普希金和托尔斯泰般地不可想象,沿河两岸的语言特别丰富,那些久经风霜的劳动者拥有"那些字字金石的语言"。每个普通人都在写作者面前打开一个世界,而这个世界无论如何琐碎、卑微,都完全是生机盎然、无法替代的。世间不平凡中蕴藏的平凡、平凡中蕴含的不平凡,从来就是写作取之不尽的素材。所有的创作都要用于揭示这些平凡和不平凡,最重要的奥秘就在于恢复世间和自然的丰富多样。他满怀虔诚地提到,自己试图建立一部凸显自己思想的"辞典",结果却发现,"每一片小树叶,每一朵小花,每条根须和种子都是那样丰富而完整的"。作家要做的事情,便是最大限度地尊重大自然的规律和人之为人的铁律,"显然一切都可以丰富人类的思想,什么都不应忽略。因为单凭像干豌豆粒或者破瓶子的细颈这样的不值一顾的东西的些微帮助,也可以写出童话来的"。

三

　　当然,最广阔和绚丽的世界是人的内心。我们总是倾向于认为,一般人很难参透写作的奥秘,更无法登顶创作之巅,即使对伟大作家写作的文字,也只能无法企及地膜拜,至于奥秘,则根本就是高不可攀的。这多半是因为我们没有能力去了解伟大作家的内心世界,我们没有透过他们的作品,去触摸作家的人生和不平凡的心灵。《金蔷薇》最富于吸引力的一部分内容是对一些伟大作家的解剖,对他们作品的细致鉴赏。这些文字则充分体现了帕乌斯托夫斯基对作家内心世界、对作家之所以成为作家的深刻独特洞察。他认可法国的一句谚语——伟大的思想是从心里出来的,但他更主张,"伟大的思想应该是从整个人产生出来的,整个人促使这些伟大思想出现。心、想象和理性便是产生那种我们叫作文化的媒介物"。他把作家"整个人"摆在大家面前,尽显他们的博大或细微,比如他给我们讲了安徒生的故事,安徒生告诉人们:"我唯一的工作,就是给人们制造一些微末的礼物,做一些轻浮的只要能使我那些亲近的人欢乐的事情。"安徒生是个为此忘我的人,他临终前告诉自己的朋友,"要善于为人们的幸福和自己的幸福去想象,而不是为了悲哀"。帕乌斯托夫斯基对自己素来敬仰的契诃夫不敢轻易下笔,他选择从研究契诃夫的手记开始,慢慢接近作家的心灵,进而发现在回忆契诃夫的大量记录中,几乎未曾有关于作家流泪的事,他还发现了另一条手记,那就是一句简短的"俄罗斯是永远也看不够的"。对于这广袤的俄罗斯,"由于无法身临其境亲眼见证,而只能在自己心里揣摩真正的俄罗斯难以描述的内在的美而感到非常痛苦。他为一心向往着那里而又无法实现自己的愿望而感到悲哀"。通过一条条微不足道的手记,他发现,"契诃夫的一生提示我们,我们为之工作、为之奋斗进而取得胜利的人类幸福那个最终目标是有可能达到的"。帕乌斯托夫斯基毫无保留地激赏普里什文的洞察力和对大自然的倾心,说这是个只按心意生活的人,能够摒弃环境加在自己身上的一切,因而是纯粹的创造者、丰富世界的人和艺术家。他赞赏普里什文,不在于对方拥有多高的创作技巧,而是折服于他"能善于用人类思想和情绪来填充大自然"。他对作家的分析既有知人论世,也有"人""文"互证,触摸灵魂,找寻诗情的缘由。

　　帕乌斯托夫斯基注重对作家的使命、责任和指归等等的揭示,他更以有温度的文字,告诉我们这个世界的多彩、广阔与无比丰富,唤起人们持久保有对生活的热爱、对世界的好奇。

马哈茂德·达尔维什：用栀子花的呐喊，令祖国回归

薛庆国

关于巴勒斯坦，还能想起什么？旷日持久的冲突，失去领土的国家，凄惶的人民，被推土机夷为平地的房屋，向敌人抛掷石块的少年，蓄着胡子的人体炸弹，戎马一生、却在重兵围困下受辱至死的传奇领袖阿拉法特……留给世人的是一个悲情民族的印象。

巴勒斯坦诗人达尔维什的诗歌，向世界诉说了这个民族的不幸、苦难与抗争，但它更以感人至深的方式，呈现了这个民族的人性、尊严、情感与审美——那是属于巴勒斯坦人的，也是属于全人类的。

1941年，马哈茂德·达尔维什出生于巴勒斯坦北部村庄比尔瓦。1948年，为躲避第一次中东战争的炮火，他随家人前往黎巴嫩避难。战后，因家乡遭焚毁，他被迫迁居另一被占城市海法，在那里读完中学。毕业后，他加入同情巴勒斯坦事业的以色列共产党，并担任该党机关报的编辑，其诗歌生涯也从此开始。1961年至1969年间，他被指控从事反对以色列占领的政治活动，先后5次被捕入狱。

1970年起，达尔维什先后在莫斯科、开罗、贝鲁特、叙利亚、突尼斯、约旦等地流亡；后受阿拉法特委托，前往巴黎主编文化刊物《迦密山》，并在巴黎断断续续生活了10年。1987年，他以无党派人士身份当选为巴解组织执委会委员，并应阿拉法特之邀起草《巴勒斯坦独立宣言》。1995年，巴勒斯坦在约旦河西岸成立自治政府后，他回归祖国，晚年在巴城市拉姆安拉及邻近的约旦首都安曼两地定居。2008年，他前往美国休斯敦接受心脏手术，因手术意外失败而去世，享年67岁，其遗体用专机被运回拉姆安拉安葬。巴勒斯坦权力机构主席阿巴斯宣布，举国哀悼3天，为这位伟大的"巴勒斯坦的情人"举行国葬。

自1960年出版第一部诗集《无翼鸟》以来，达尔维什共出版了30余部诗集和散文集，获得过苏联列宁和平奖、亚非作家联盟莲花奖、法国艺术和文学骑士勋章、荷兰克劳斯亲王奖、马其顿诗歌金桂冠奖等10多项国际大奖，其作品被译成20多种语言。他的许多诗篇还被谱成歌曲，在阿拉伯世界广为传唱。

达尔维什虽在阿拉伯世界拥有大量读者，并深受巴勒斯坦人民的爱戴，但他的许多诗作理解起来其实颇有难度，因为其中涉及许多背景知识，如诗人的独特经历，巴以冲突的历史与现实，中东地区极为丰富的宗教、历史、神话、传说等文化遗产等。总体

而言,祖国、流亡、抵抗、人道主义、语言与诗歌等等,是解读达尔维什作品的若干关键词。

巴勒斯坦虽然"像芝麻粒一样纤小",但既有肥沃的田野、丰富的资源,也有悠久的历史、绚烂的文明,更是世界三大一神教的共同圣地。在达尔维什笔下,诗人对祖国的依恋之情溢于言表,祖国是母亲或姐妹,是爱人与情人,是"我的女主人",是我"诗歌的火焰"和"旅途的食粮"。但是,随着1948年以色列在巴勒斯坦领土上宣布建国,巴人民开始遭遇丧土失国之殇与背井离乡之痛。祖国,在诗人眼里不再那么浪漫了。那是"遗忘了离去者音调的祖国",是"在歌声里和屠宰场不断重复的祖国",是"屠杀了我的祖国"。与祖国、土地有关的一切,都充满了痛苦的悖论:"我们"身处的地方,是"我们在其中没有立足之地的地方";回归故土,只是"返回一个石质的梦";身陷囹圄的爱国者只能想象"大地多么辽阔!/针眼里的大地多么美丽";四海为家的漂泊者只能哀叹"我们旅行,去找寻零";祖国,是"那个我没在护照上找到戳印的国家"。

饱受了流离失所之苦,诗人对祖国的认知渐趋平和而深刻。祖国深藏于内心,呈现于日常,她就是"转辗于机场的旅行箱","就是喝到母亲的咖啡/就是晚上可以回家"。诗人甚至不无调侃地建议,"用一头普通的驴作为(国旗的)象征/那该有多好","选一首关于鸽子婚嫁的歌曲(作为国歌的歌词)/那该有多好"。祖国像杏花一样透明、轻盈、柔弱,却难以记述,无法形容。诗人晚年还对用空泛的政治口号曲解祖国表示厌倦:"当一位作家仰望星辰,却不会说出'我们的祖国更高……更美',这时的我们才成为一个民族。"也对利用祖国进行政治投机予以警惕:"赞美祖国/ 就跟诋毁祖国一样/ 是和别的职业类似的一门职业。"

流亡,是达尔维什诗歌的另一主题。诗人和数百万巴勒斯坦难民、流亡者一样,对于居无定所、辗转四处的流亡经历有着刻骨铭心的体验。在他的诗中,身份证、护照等证明文件,成为被剥夺、被驱离者身份的不幸象征,而机场、港口、车站、旅店、背包、道路、大海、飞鸟等意象,则浓缩了浪迹天涯、无家可归者的伤感和痛楚。有时,诗人以反讽的笔调书写流亡者的窘境:"我们变成/摆脱了身份之地引力的自由人。"更多的时候,诗人笔下流露出愁断寸肠的忧思:"我们的岁月年华/如何飘零在回归的路途/我们把生命遗落在何处?/我问一只/绕着灯光飞舞的蝴蝶,/顿时,它在泪水中/燃烧。"

1995年,达尔维什结束流亡回到祖国定居。虽然回归祖国,但他对巴解组织同以色列达成的《奥斯陆协议》深感失望,也无法认同巴勒斯坦政治人物乃至民众的许多行为和观念。他在无奈中写下"巴勒斯坦远得没有边","此刻,在流亡地,是的,在家中"这样的诗句。诗人感受的,是"在场的缺席"的悖论:地理意义的在场,却难以消除心理层面、思想层面的疏离和缺席。到了晚年,诗人对"流亡"的认知又有了深化,他开始认同巴勒斯坦同胞爱德华·赛义德所推崇的"流亡的愉悦",在承受流亡这无法卸去的负担之同时,也自觉地把流亡视为获取自由和创造力的独特源泉:"自由人便是选择流亡地的人/ 那么,在某个意义上/ 我就是自由人/ 我前行……于是方向变得清晰。"

在达尔维什的诗歌生涯中,"抵抗"一词构成了贯穿始终的核心概念,并呈现出一道由朴素渐臻深刻、由单一逐渐丰富的嬗变轨迹。早期他理解的抵抗,体现为与占领者做军事的、政治的抗争。后期,他从诗性高度诠释抵抗的真谛:"每一首美丽的诗篇……都是一种抵抗。"达尔维什抵抗观的这一嬗变,与当代巴勒斯坦事业的演变态势有着直接的关系。摆在诗人和无数巴勒斯坦人面前的一个残酷现实是,由于巴以双方的力量对比日益悬殊,通过武装斗争获得解放的道路不仅越走越窄,而且会让巴勒斯坦人民在遭受巨大牺牲的同时,还蒙受被污名化、被妖魔化的严重后果。然而,诗人的认知逐渐向美学的、文化的抵抗观过渡,却并不仅仅是接受无奈现实的被动选择,而是体现了诗人对自身使命更深刻的觉察:"巴勒斯坦人的选择少之又少,摆在他们面前的抉择只剩两个:要么活下去,要么活下去! 他有权捍卫自己,而首要武器便是维护自己的属性、权利和身份,然后用一切途径保留人文形象和国家形象。"当代巴勒斯坦人面临的深刻困境在于,他们不仅失去了土地,被剥夺了与土地密不可分的政治身份,而且文化属性也面临日益消解的危险:一方面,以色列刻意抹杀他们与这片土地溯之久远的文化联系;另一方面,他们的身份被全球化时代的传媒有意无意地贴上"恐怖""极端"的标签。面临这样的困境,诗歌何为? 诗人何为? 达尔维什给出的答案是:诗歌固然无法收复失地、推翻暴政,但它也有"丝绸的力量和蜂蜜的刚强"。抵抗偏见,抵抗遗忘,抵抗狭隘,这是身为巴勒斯坦诗人的意义所在。

在达尔维什看来,诗歌的力量不仅仅在于感召具有群体意义的民众,唤醒他们的使命意识;也在于启迪作为个体的巴勒斯坦人的生命意识,让他们在困境中追求个体生命的意义和人生的真谛,从而捍卫、丰富、发展民族和个体的身份属性。因此,达尔维什在"祖国回归"的宏大命题和诗歌的艺术魅力之间实现了对接:诗歌,"它可以/ 用姑娘的双乳点亮黑夜……/ 它可以,用栀子花的呐喊,/令祖国回归"! 这样美丽的诗歌,在温暖慰藉着一个民族的同时,也在改写与重塑着世界对这个民族的认知。

作为"抵抗"诗人的达尔维什,不仅深受巴勒斯坦和阿拉伯人民的爱戴,而且受到包括以色列在内的世界范围读者的尊重,其原因之一,就在于他的作品一直具有崇高的人道主义维度。在20世纪60年代末举行的一次巴以作家对话会上,达尔维什直言:"我们的面容是悲伤的,但它不仇恨;是真性的,但它不屈服;是受压迫的,但它不卑微。"在他的所有诗作中,都找不到源于种族主义的仇恨。他抵抗的是压迫,无论这压迫是来自阿拉伯暴君或是以色列占领者。这一人道主义立场,也许与达尔维什的个人经历有关。他的初恋情人是一位名叫"丽塔"的犹太少女,后来,丽塔成了达尔维什诗作中出现频率最高的女性,是他叙事诗中"我"与之倾诉衷肠的情人或爱情悲剧的女主角。《丽塔与枪》一诗便叙述了阿拉伯青年与犹太姑娘之间的一段爱情,这一恋情以丽塔被枪杀而终结,"在丽塔与我的眼睛之间"的那杆枪,分明是战争的象征。

在后期诗作中,达尔维什还超越政治,对巴以冲突的文化、历史原因做深入的探究与反思。他为巴勒斯坦这块土地的祖先迦南人哀叹:"你的不幸,是你挑中的园圃／靠近了神的边界";他还表达了对人类历史的感慨:"大地就是流放地,／历史便是一场悲剧,它始于该隐和亚伯的／家庭之争"。通过这种将冲突根源远溯至人之初、历史之初的策略,诗人一方面传达了对于巴以两个民族兄弟阋墙、相争相残的讽刺和嗟叹,另一方面也让巴以冲突成为人类无休止冲突的一个隐喻,巴勒斯坦的悲剧,也就有了更为深广的意义。

最后,还有必要谈谈达尔维什的语言观和读者观。他在《为悬诗而歌》中写道:"再无土地承载我,／唯有我的话语携我同行。"作为一位家园被剥夺的诗人,语言不仅是他的唯一同行者,也是他最珍视的唯一财富。在许多诗作中,他都表达了用语言、诗歌战胜死亡,获得诗性永生的雄心。晚年,对于朋友提出的"艺术是否真像你在《壁画》中所说的那样具有战胜死亡的力量"这个问题,他如此作答:"这不过是人类制造的一种幻象,以证明我们的确存在于世上。但这幻象是美丽的。"

在阿拉伯读者眼里,达尔维什是巴勒斯坦的情人乃至圣徒,人们期待他成为这个被压迫民族的代言人。达尔维什意识到民族代言人和诗歌艺术之间的张力,他并不回避诗人应秉持的社会责任,同时又对其民族代言人的身份被刻意标举保持警觉。实际上,他诗歌生涯的创新与变化,往往伴随着评论家和读者的误读乃至指责,但是他淡然以对:"我感谢他们的误解,／然后,又去寻找新的诗篇。"奇怪的是,在达尔维什后期,他与读者大众的关系还呈现出某种神秘性。巴勒斯坦各地为他举行的大型朗诵会每次都座无虚席;他朗诵的部分诗作,虽然颇为晦涩,但现场总是鸦雀无声,许多听众似懂非懂,听得泪流满面。

在俯瞰拉姆安拉城区的一个山丘顶部,坐落着达尔维什的长眠之所。庄严肃穆的墓地一侧,是设计得极富艺术气息的达尔维什博物馆,近旁的大理石围墙上,镌刻着阿拉伯语文:"由祖国,赠马哈茂德·达尔维什。"

鲍勃·迪伦引发追问：究竟什么是文学？

郭英剑

自从10月13日瑞典学院宣布，将2016年诺贝尔文学奖授予鲍勃·迪伦，迄今已经两个月的时间，关心这一话题的人们几乎都在讨论：迪伦作为音乐家，该不该获得诺贝尔文学奖？迪伦的音乐特别是歌词创作，算不算文学？而这样极具争议的话题，最后的指向则是：究竟什么是文学？

12月10日，2016年诺贝尔文学奖颁奖典礼在瑞典首都斯德哥尔摩举行。文学奖得主鲍勃·迪伦"如约缺席"，自然成为盛典的一大看点。他虽然没有出席，但还是委托美国驻瑞典大使宣读了他的演讲词。回头检视持续两个月的大讨论，终于可以谈谈"迪伦该不该获奖"和"究竟什么是文学"。

迪伦获奖并非新鲜话题

其实，鲍勃·迪伦获奖，在美国早已不是新鲜话题了。

早在2013年9月28日，也即当年诺奖颁奖前夕，美国《纽约时报》就发表了署名为魏蔓（Bill Wyman）的文章，题目援引迪伦的那首著名的《敲响天堂之门》（*Knocking on Heaven's Door*），将文章命名为《叩问，叩问，叩问诺贝尔奖之门》（*Knock, Knock, Knockin' on Nobel's Door*），希望为鲍勃·迪伦获奖鸣锣开道。

文章说，谁有资格获奖？当然是这位用了50年的时间在进行创作的、激进和永不妥协的诗人。文章认为，也许他的诗作有被人诟病之处，但他的抒情方式是精致的，他所关注的现实与创作主题则是永恒而超越时代的，几乎没有哪个时代的诗人能够像他那样产生如此巨大的影响力了。文章提出了一个重要观点，迪伦为文学做了加法，即他拓展了文学的表达方式。文章认为，当下的流行乐坛已经被音乐家们的出名欲望所污染，但迪伦始终保持其独立的个性、艺术的天性，不断挑战现行的秩序。

文章最后说，如果瑞典文学院不认可迪伦这位代表着20世纪下半叶最重要的文化巨变时代的游吟诗人，就浪费了去嘉奖一位流行乐诗人的最佳时机。当年，诺奖授予了加拿大作家爱丽丝·门罗。

学术界的声音:为迪伦一辩

诺奖的授奖理由是要表彰迪伦"在美国歌曲的传统中创造了新的诗性表达"。这样的表述虽然简洁明了,但对于这样一位显然更多地属于音乐界的偶像人物而言,则显得过于抽象了。因此,迪伦也就几乎成了自 1901 年以来瑞典文学院所作出的最富争议的一次选择。为此,瑞典文学院也几乎是史无前例地为自己的决定多次作出辩护。

总体来看,世人对鲍勃·迪伦的质疑以及对瑞典文学院的批评,无非是集中在三个问题,迪伦主要是个音乐家,而非作家;他所创作的那些歌词,并不完全具备诗歌的审美价值;其表现形式还是要依靠音乐才可以得以发挥。因此,迪伦还应该属于音乐世界而非文学世界。

那么,从世界范围来看,作家们与文学研究界对此又是持何种态度呢?

首先,众多文学名家给予高度评价。迪伦获奖的消息一出,很多知名作家包括史蒂芬·金、乔伊斯·卡洛尔·欧茨等都对此表示赞赏,认为这是个"很好的选择",公认迪伦是"游吟诗人这一传统的杰出传承者"。美国桂冠诗人柯林斯的观点更有代表性,他认为,迪伦不仅是词作家,更应被视为诗人。他的作品没有音乐以及乐器的配合,甚至也不要他自己去演唱,也完全可以以文字的形式独立存在。作家罗森鲍姆曾经写过很多有关迪伦的评论文章,他认为迪伦对语言、演讲及其情感的表达都有影响。

其次,迪伦早已成为文学现象与学术研究的课题。一般认为,迪伦将文学隐喻引入音乐,常在歌词中援引古典与现当代诗歌,且出版有诗集与传记,最著名的有《狼蛛》(*Tarantula*,1971)与《编年史》(*Chronicles:Volume One*,2004)等。他的歌词,早已进入美国的很多大学,成为大学生的必备读物。就在刚刚过去的 11 月,美国西蒙舒斯特出版公司推出了迪伦的一本名为 *Lyrics:1961—2012* 的书,在这里,Lyrics 自然是歌词,但它的的确确也是"抒情诗",是从迪伦 50 年来已发行的 31 张专辑中选出的最有代表性的作品。

据《华尔街时报》报道,最早提名迪伦获得诺奖的是美国华盛顿与李大学(Washington and Lee University)英文系的教授保尔,从 1996 年起,他几乎每年都向瑞典文学院举荐迪伦。保尔曾经在《口头传统》杂志上发表文章称,自己经常引用迪伦的各类作品,强调他怎样具有世界影响并改变了历史。

再次,学术界的研究成果丰硕。虽然迪伦在文学界始终富有争议(随着他的获奖,这种争议不仅不会减弱,甚至会越来越多),但对他的研究从未停止而且早已有了标志性的成果。

比如,由美国著名诗人大卫·李曼所编选的新版《牛津美国诗歌全书》(*The Oxford*

Book of American Poetry,2006），收集了美国200位诗人的作品，其中就有鲍勃·迪伦。

2009年，剑桥大学出版社推出了《剑桥鲍勃·迪伦指南》(The Cambridge Companion to Bob Dylan)，全书分为两部分，第一部分按照主题对迪伦进行研究，比如他与英美传统的关系、作为歌词作者的迪伦、作为演唱者的迪伦、迪伦与性别政治、迪伦与宗教等等；第二部分则有针对性地对他标志性的专辑进行研究。该书是把迪伦当作"备受爱戴的作家和音乐家"来看待的。无论是把迪伦当作作家，还是20世纪的文化现象，该书都具有重要参考价值。

也是在2009年，哈佛大学出版社推出了《新美国文学史》(A New Literary History of America)，由美国音乐学家马尔库斯和哈佛大学教授索勒斯共同主编。该书主要选取美国历史上的重要年代及其历史时期，重点论述重要作家及其代表作。在1962年这个美国历史上的重要年份，鲍勃·迪伦是被选作家之一，文章的题目为《鲍勃·迪伦创作了献给伍迪的》。文章从《编年史》入手，分析了他的众多作品，讨论了他对形式革新所做的突出贡献，特别强调他承袭了美国民谣和流行传统。

迪伦：是否文学，诺奖给出答案

鲍勃·迪伦获奖之后长时间的沉默态度，一度被解读为是他有可能拒绝这一奖项。如今，他那由人代读的演讲词，使人们得以窥探其内心世界。在演讲词中，迪伦表达了三重意思。

首先是感激之情。他说："被授予诺贝尔文学奖是我从不敢想象也不敢期待的事情。从小时候起，我就熟读那些被诺奖认为是伟大的作家及其作品，诸如吉卜林、托马斯·曼、赛珍珠、加缪、海明威，并为他们所吸引……现在我也名列其中，心情实在是无法用语言能够表达。"

其次，委婉地为自己曾经的沉默作出解释，甚至也可以视为是通过一种低姿态的不相信自己可能获奖来表达歉意。他说，如果有人告诉他可以获奖，那在他看来无异于比登上月球还难。因此，当他得知这个令人惊讶的消息时，他正走在路上，花了好几分钟才缓过劲来。

再次，他重点谈到了自己的创作，委婉地回答了"他的歌曲是否是文学"的问题。在述说了自己获奖令人难以置信之后，他很快将话锋一转说，"我开始想到的是莎士比亚这位文学巨匠"。他提到，莎士比亚在为谁而创作？他会不会考虑自己正在创作的是不是文学这样的问题？回答是否定的。因为，在进行创作时，莎士比亚需要考虑的是如何将其创造性的视野与志向通过具体的方式表达出来。因此，除了角色、怎样去演、场景设置在哪里这样的问题外，他还需要去考虑诸如演出的资金到位没有、是否还有足够的好座位留给赞助人等世俗问题。

迪伦说,自己在创作时亦然。他说:"就像莎士比亚一样,我也常常是既要全力去追求我的创造力,也不得不去应对生活中的各种凡夫俗事。'谁是演唱这些歌曲的最佳人选?''我是否选择了最佳的录音棚?''这个歌曲的曲调对吗?'有些事情永远不变,哪怕时光已经过去了400年。"

接着迪伦说道:"我还真的从未有时间去问一问自己:'我的歌曲是文学吗?'"当然,他对此的回答是,"我真的感谢瑞典文学院,既感谢你们抽出时间去考虑这个问题,更要感谢你们最终得出了一个如此美妙的答案!"

这从侧面表明,迪伦接受这样的定义及其所附带的荣誉。

迪伦获奖与文学的疆界

回顾过去,迪伦作为词作者而被誉为诗人是不争的事实;如今,诺贝尔文学奖是一种官方承认。我个人以为,迪伦获奖至少有两个方面的价值与意义。

首先,突破疆界,重新定义文学。诺奖授予迪伦,人们谈论最多的是文学如何定义的问题。其实,当人们在追问究竟什么是文学时,可能已经忘记了文学最原始的定义,那就是所有书写出来的作品都通称为文学。只不过人们后来把文学限定为是一种艺术的表达形式,一定要具有艺术或者美学价值。再发展到后来,文学的形式似乎就仅限于诗歌、小说与戏剧了。从现实看,迪伦获奖的确突破了传统文学的疆界。但事实上,文学的边界一直在拓宽。正如丹尼乌斯所说,其实时代一直在发展,文学并非固定不变。文学一直在变化,且还会继续发生变化。现如今,网络文学、电子文学产品的出现,同样都是对文学样式的一种突破。

应该说,迪伦当选有争议,但若从以上学术界的基本评价来看,他也算是当之无愧。而且,从一开始,迪伦就注重歌词的创作,他以反抗为目的,并因此受到人们的欢迎。换句话说,他的歌词若不配上音乐,同样有价值。在我看来,从大众接受的角度来看,他的音乐和演唱技巧并非最出色的,但他的歌词所富有的意蕴无疑是最出色的。正如美国《佩斯特杂志》(*Paste Magazine*)发表的文章《鲍勃·迪伦应该获得诺贝尔文学奖吗?》(*Does Bob Dylan Deserve a Nobel Prize?*)所说,诺奖可以授予戏剧家,比如哈罗德·品特、贝克特、奥尼尔和萧伯纳,他们的作品既能阅读,更能上演。而所有戏剧家几乎都是在剧本上演后才获得更大声望的。如果品特这样非常擅长人物对话的戏剧家可以因此而获奖,那么为什么擅长写作歌词的迪伦不可以以同样的理由获得诺奖呢?

其次,走创新之路,让文学再度引领世界。瑞典文学院在选拔人选时,历来都走创新之路,而非传统的老路。这次被媒体称作是"极端的"选择,不过是其传统做法的延续。就在去年,2015年,瑞典文学院将诺奖授予白俄罗斯作家、记者斯维特兰娜·阿列克谢耶维奇,实际上也是一次较为"极端的"选择和文学的重新定义。稍微回顾一下诺奖之路,很容易发现,它的百年评奖历史,就是不断地在给文学进行重新定义中前行。

如果说去年是一种转向,那么今年的导向性更加明显,引起世人震动,似在情理之中。乐评人哈吉杜说,今年的迪伦,不仅集文学、音乐、表演、艺术于一身,还具有高度的商业化。或许这正是瑞典文学院及其院士们的目标或想要达到的高度。过去,高雅文化与流行文化之间有着明显的界限,但现在,在迪伦身上,两者近乎完美地结合在了一起。两个月来人们对迪伦能否获奖的争论不休与媒体的不断轰炸,说明文学一时之间再度主宰了人们的日常生活,并不过分。或许,这也是瑞典文学院想要达到的目标之一。

当然,由于诺贝尔文学奖巨大的影响力,我也非常理解很多学者以及人们的顾虑,甚至是激烈的反对意见:如果照此发展下去,那么文学的边界究竟在哪里。就此而言,我倒觉得,这也仅只是一次颁奖而已,并不会彻底打破文学与音乐各自的边界,双方交叉的部分可能更多,但并不会相互替代。

2017 年

哈罗德·布鲁姆:我将文学批评的功能多半看作鉴赏

刘　淳

美国学者、批评家哈罗德·布鲁姆为切尔西出版社编辑文学批评文集,从1985年开始,已经出版了无数单行本。在这套丛书出版20周年之际,布鲁姆将自己发表过的导言重新整理,分6册出版,其中一册名为《史诗》。不过,翻看目录,会发现其所评论的作品,始于旧约《圣经》,终于哈特·克莱恩的诗歌,中间不仅包括了传统意义上被归为"史诗"的荷马、维吉尔和弥尔顿的作品,还包括了日本的《源氏物语》、华兹华斯的《序曲》以及惠特曼《我自己的歌》。翻过目录,读者心中不免浮起一个疑问:布鲁姆所说的史诗,到底指什么?

毫无疑问,布鲁姆的定义与古希腊口传英雄叙事诗(以《荷马史诗》为代表)不同,也不限于其后在此传统之下文人和学者的个人创作(以维吉尔和弥尔顿的史诗为代表);布鲁姆在《史诗》中讨论的作品,甚至可能根本没有诗的形式。或者说,该文集选择评论的对象,标准不在于通行的文学体裁,而在于作品内在的精神气质。布鲁姆说,贯穿但丁、《失乐园》中的弥尔顿、亚哈和惠特曼的英雄精神,可以归结为"不懈","或可称为不懈的视野,在这样的视野里,所见的一切都因为一种精神气质而变得更加强烈"。

如何理解这种不懈呢?这种不懈所要面对的,是时间的永恒流逝。布鲁姆整部文集中都关注了时间与不朽的问题,他在这个系列的前言中就谈道:"时间腐蚀我们,摧毁我们,而时间更残酷地抹灭庸劣的小说、诗歌、戏剧、故事,不论这些作品道德上如何高洁。"在作品的世界里,主人公要面对无可避免的死亡,面对时间的摧残,他们的反应和行动决定了一部作品的精神气质;在批评家的世界里,时间会带来遗忘,会颠覆当下人们所尊崇的道德等诸多标准,故此批评家对作品的判断和拣选,不应以一时的风气为准,而应当考虑更能经历时间考验的标准。

理清了时间对于作品和批评家的意义,也许就能更好地理解该书的主题和作者评价作品的标准。布鲁姆认为,史诗的主人公是"反自然的",他们的追求是"对抗性"的。所谓"自然",特别大的力量之一,莫过于时间的恒常消逝;而与时间流逝的对抗,对永恒的不懈渴求，就成了伟大史诗的标准。于是，汇集在这部文集中的作品，虽然内容和体裁各异，涉及不同的宗教和信仰，文化背景也很多样，却都有一以贯之的内在气质。这种气质统一了这部名为《史诗》的作品。而对于批评家来说，面对时光大浪淘沙般地拣选，更应该将评判的标准放在作品本身。布鲁姆强调，他认可的批评标准只有"审美光芒、认知力量、智慧"三条，无关道德批评，也无所谓"相关性"；"在迟暮之年，我将文学批评的功能多半看作鉴赏"。故此，他惋惜劳伦斯因女性主义者的指控而"被彻底驱逐出英语国家的高等教育"，学生因此与一位伟大而独特的作家失之交臂。他反对把宗教或世俗之间的区别看作诗歌的区别，因为这有违纯粹的审美标准："判断一部本真的诗歌比另一部更宗教或更世俗，在我看来，这种看法是社会或政治的问题，而不是审美的判断。"布鲁姆对20世纪60年代之后美国的文学系逐渐被各种"主义"所影响甚至主导的现状非常不满，他在不同作品和场合中表达过自己的态度，反对套用各种"主义"来解读文学作品。他在《西方正典》一书中写道，西方最伟大的作者们颠覆所有的价值观，不管是我们的，还是他们自己的。我们不应该希望通过阅读西方经典作品来形成有关我们社会、政治和道德的价值观，"在我看来，服务于某种意识形态而进行的阅读，根本算不上阅读"。在他看来，这种态度只会毁掉好的作品。这种态度，曾得到很多认同，也招来很多批评和不满。

除了批评的标准和原则，布鲁姆撰写文学批评的方法也值得注意。布鲁姆的文章并不是写给专业研究者看的，故此并没有采用学术论文的体例和写作方式。这些文章文风平实，语言流畅，风格介于杂文和随感之间，有时甚至有些天马行空，想到什么地方就漫开一笔，说些相关又无关的话——至于相关和无关的标准，则要靠每个读者来体会。仅举一例：布鲁姆谈及但丁及其传记时，想起自己钟爱的莎士比亚，于是便提起自己反复推荐给学生的莎士比亚传记。文集中并没有讨论莎士比亚的文章，可以说布鲁姆在跑题；但对爱书之人来说，读一本好书而又发掘出更多好书，乐莫大焉。有些漫笔似乎漫不经心，却也透露出作者的态度，比如提到学问渊博的弥尔顿，如今已不易被人理解，布鲁姆顺便抱怨了这个时代教育的贫乏："我在耶鲁大学已有半个世纪，至今不曾听见某位同事评价某人十分'有学问'。饱学之士已不时兴。"这样的议论并不刻意标榜客观，又常常出现在不经意处，令文章格外好看。布鲁姆对作品及其相关评论的批评，则往往极为敏锐通透，常有直指人心的力量。例如，布鲁姆敏锐地指出，西蒙娜·韦伊将《伊利亚特》读作"力量之诗"是一种误读，因为"她的灵自然是希伯来人的，而根本不是希腊人的，从而与《伊利亚特》文本格格不入"。在谈到维吉尔史诗时，布鲁姆说："我们阅读《埃涅阿斯纪》之时，心下便会蓄疑，该相信这支歌本身，还是相信那歌唱之人。那歌唱之人虽与奥古斯都有瓜葛，却依然在歌外蕴含了一种浑厚、绝望的意味,迥异于这部史诗昭然若揭的官方意图。"当然,读者可能也会在某些地方与布鲁姆有不同意见。比如,布鲁姆对于荷马史诗的若干评价似有失公允。布鲁姆认为《伊利亚特》的主人公阿喀琉斯稚气如孩童,认为"荷马式理想是角逐首席";而且抱持这种理想的民族只关注一时胜利,并没有"在时间王国里角逐"。阿喀琉斯近乎孩童的率性、直接和执拗,正因为他是唯一确知自己死亡的英雄,死亡的确定和临近,令他比旁人更有紧迫感,从而更加直接和执着地追求他最想要的东西。角逐首席并不是《荷马史诗》的真正意义,也不是荷马英雄的最高追求;角逐首席更远的目标正是与时间对抗,因胜利而赢得不朽的声名,从而冲破个人生命和有限人生的局限。

虽是面向大众的评论,但要真正领会每篇文章、每句议论的妙处,并非容易的事情。如前所述,文集中所涉及的作品,跨度相当大,而以布鲁姆学问之渊博、视野之开阔,评论时往往纵横捭阖,对相关传统、类似的作品和人物、出色的学术批评作品,信手拈来,驾轻就熟。读者如果没有相当的阅读量"打底",恐怕难以充分领会布鲁姆的论述。然而,读者们也不必因此气馁。该书(以及布鲁姆的其他文学评论集)既适合已有较大阅读量的读者通读,也适合读者在对某部作品发生兴趣时单篇阅读;更不妨将此书看作一个阅读线索,按图索骥,一本本去追寻布鲁姆推崇的好作品。很多时候,布鲁姆大段地引用原文,并没有过多论述,似乎是让读者自己来看看这些作品有多么美好,多么值得阅读和再阅读:读过的人可以重温这些难忘的时刻,而没有读过的,可能被就此打动,与一本好书相识。

翻译《史诗》并不容易。整体说来,中译本语言流畅典雅,可读性强。除一些难免的错译之外,还有一处不足,即遣词造句中用了较多生僻的词句,可能会给读者带来新的隔阂。布鲁姆的原文固然学养深厚,但并不晦涩,遣词造句之间,并没有给读者别设障碍。此处仅举几例。比如,作者说 20 多岁的弥尔顿在《沉思颂》中想象老年"sublimely picturing himself as a new Orpheus",译作"颤颤印印地,自诩是新俄耳甫斯",在文风和语意上都与原文有所偏离。原文第 32 页提到维吉尔成为某种 proto-Christian poet,proto 当为"原型""源头"之意,译作"典型基督教诗人"不妥。原文中提到的 Jove 和 Jupiter 实为同一个神的不同名字,译者分别写作"宙夫"和"朱庇特"而没有做任何说明,恐怕也会给读者带来困惑。一个较大的错误出现在原文第 5 页,布鲁姆形容 J 作者的雅威(对天主的古老尊称)除了有崇高、玄秘、争强好胜、好奇、易怒等特点外,也很heimlich。译者译作"隐秘",但根据上文和接下来一段关于"人格化"和"神格化"的讨论,这里应该是要形容雅威也有日常化的举止"明智地避免在近东溽热之时外出,喜欢在傍晚的凉气里散步"等等。德文 heimlich 词条下,有一个意思等于 heimelig,根据文意,宜译作"家常"。

叶夫图申科：我不善于道别

刘文飞

莫斯科时间 4 月 1 日傍晚，20 世纪最杰出的俄语诗人叶夫图申科去世了。

叶夫图申科于 3 月 31 日被送进美国俄克拉荷马州塔尔萨城的一家医院，次日便因心力衰竭离世。大约一个月前，叶夫图申科被确诊癌症复发，他患癌已 6 年，做了肾摘除手术后病情一直很稳定，没想到此番病情突然恶化。他的遗孀玛丽娅·诺维科娃告诉记者，丈夫在睡梦中安详离世，亲人好友随侍在侧。

2013 年，莫斯科埃克斯莫出版社出版了叶夫图申科自选诗集，这部厚达 768 页的诗集是叶夫图申科最后的著作之一，书名《我不善于道别》取自诗人的同名诗作，写于 2013 年 6 月 25 日：

> 我不善于道别。/对于我爱过的人，/我虽然有过粗暴，/却总是避免无情。//对于突然变坏的人，/只为自己活着的人，/我学会了谅解，/尽管不再喜欢他们。//我谅解无心的迷途人，/他们的过失很莽撞，/可他们的内心/毕竟闪着悔罪的光芒。//我却不能谅解自己/那些圆滑的诗句。/我不祈求宽恕，/我不是个叫花子。/我谅解一切弱者，/小酒鬼，邋遢鬼，/可总是有人喜欢/别人的厄运或恐惧。//心与心的贴近，/自然远胜于无情。/我不善于道别。/我已学会了谅解。

"不善于道别"的叶夫图申科最终还是与我们道别了。太多的关注似乎表明，叶夫图申科在道别的同时也在凸显他的在场。他的"道别"也成为一个世界性事件，全球各大主流媒体迅速发布消息。俄总统普京向叶夫图申科的遗孀和亲人表示哀悼，并称他为"一位伟大的诗人"，"他的创作遗产已成为俄国文化的组成部分"。俄总理梅德韦杰夫在社交网站上写道："每一位俄国人都有其钟爱的叶夫图申科诗句。他是一位十分独特的人，他能够天才地、深刻地、富有激情地、警句格言式地呼应整整一个时代，他善于发现能打开人们心灵的钥匙，善于发现能引起许多人共鸣的精准词汇。我们将永远铭记这位伟人，铭记他明媚而又静谧的爱的力量。"为悼念叶夫图申科，俄国家电视台第一频道临时更改节目，于 4 月 2 日晚连续播放三集电视片《沃尔科夫对话叶夫图申科》。在美国举行完小型告别仪式后，叶夫图申科的遗体将被运回莫斯科，接受人们凭吊。

我第一次见叶夫图申科是在30余年前。1985年10月,苏联作家代表团访华,来到中国社科院外文所,当时正跟踪研究苏联当代诗歌的我,自然更关注代表团中的大诗人叶夫图申科,记得我拿着乌兰汗(高莽)主编的《当代苏联诗选》,怯怯地请他在有他诗作译文的篇页上签名,他大笔一挥,写下两个大大的字母E——他名字和姓氏的起始字母。两天后在叶夫图申科诗歌朗诵会的提问环节,一位中国诗人大段背诵了叶夫图申科的诗,担任翻译的南正云老师无法将汉译再译回俄语。叶夫图申科安慰说,只要译出其中几个关键词,他就能"复原"原作。有人问他是否能背诵自己的所有诗作,他谦虚地回答,大约只能背诵其中的三分之一——他总共写了十几万行诗!

叶夫图申科在京期间,我曾与他谈起俄苏文学在中国的接受情况,他听了很感动,说要为中国翻译家写一首诗。他回国后不久,俄国汉学家李福清来访,带来了叶夫图申科题为《中国翻译家》的诗作,并指名由我翻译。此诗译出后刊于《世界文学》1986年第1期,也是我正式发表的第一篇译作。之后,苏杭为漓江出版社编选《叶夫图申科诗选》时,又邀我翻译了诗人的长诗《远亲》。

1989年我第一次去苏联访学,其间与叶夫图申科有过两次会面。一次是在帕斯捷尔纳克国际研讨会上。叶夫图申科正是发起人之一,他在研讨会上发言,在纪念晚会上朗诵,在帕斯捷尔纳克故居博物馆的揭幕仪式上讲话,俨然是苏联境内此次正式为帕斯捷尔纳克正名的活动的主持人。帕斯捷尔纳克的儿子叶夫盖尼对我说,故居博物馆得以建立,叶夫图申科及其多方斡旋功不可没。叶夫图申科自视为马雅可夫斯基传人,却对截然不同诗风之代表帕斯捷尔纳克表现出如此高的热情,令我肃然起敬。后来,叶夫图申科也落户帕斯捷尔纳克故居所在的佩列捷尔金诺村,后又将其居所打造成一家诗歌和美术博物馆,藏有毕加索、夏加尔等人的画作以及自己的手稿和各种版本著作。据报道,叶夫图申科去世前留下遗愿,要求将他葬于佩列捷尔金诺墓地,帕斯捷尔纳克的墓旁。

另一次是应邀参加他的生日宴会。宴会在莫斯科著名的文学家之家橡木大厅举行,当时正值苏联社会最艰难的时期,莫斯科的商店空空如也,买任何东西都要排长队,可叶夫图申科的生日宴会却十分奢华,当时颇有朱门酒肉之感的我对他并无好感,觉得他的举止和做派与我心目中大诗人的形象不太吻合。

1991年,在苏联解体前后的文坛和政坛均十分活跃的叶夫图申科,突然举家迁往美国,他与美国俄克拉荷马州的塔尔萨大学签下合同,在该校教授俄罗斯文学和诗歌课程。他与苏联一同消失,我们也从此再无联系,直到2015年,他被评为中坤国际诗歌奖获奖者,我才受托"寻找"他,通过熟人获得他的电子信箱。2015年9月20日,我收到他的回复邮件,对获奖表示高兴和感谢,欣然同意来京受奖。11月13日,他与妻子一同来到北京。时隔25年后,在接风晚宴上看到面容消瘦的他坐着轮椅被夫人推进餐厅,我不免有些吃惊,但交谈中发现他神采依旧,谈锋甚健。谢冕"为今天干杯"的祝酒词触发了叶夫图申科的灵感,他连夜写出《昨天、明天和今天》一诗:"生锈的念头又在脑中哐当,/称一称吧,实在太沉。/昨天已不属于我,/它不道别即已转身。//刹车声在街上尖叫,/有人卸下它的翅膀。/明天已不属于我,/它尚未来到我身旁。//迟到的报复对过去没有意义。/无人能把自己的死亡猜对。/就像面对唯一的存在,/我只为今天干杯!"

叶夫图申科在接受中坤诗歌奖的致辞中说:"我在白居易的祖国幸运地获得了这份我依然不配获得的奖励,但是我还相当年轻,今年才82岁,我将继续竭尽全力,以便最终能配得上这一奖励。"他在接受俄记者采访时说:"这个奖对于我来说像是天上掉馅饼。我能与我的中国诗人弟兄们一同获得这个奖项,觉得十分荣幸。我感到幸福的是,我觉得自己今天是一位怀有俄国灵魂的中国诗人。"

11月16日,在为叶夫图申科举办的诗歌电影晚会上,我这样介绍叶夫图申科:"他或许是所有健在的俄语诗人中最具世界性影响的人,作为'高声派'诗歌最突出的代表,他和他的诗歌在20世纪六七十年代风靡全苏联……他到过世界上91个国家,他的诗被翻译成数十种文字,他在俄罗斯被视为'活着的经典''俄语诗歌的大使';其次,他或许是当代俄语诗人中与中国渊源最深的人,早在1985年他就访问了中国,是在改革开放后较早访问中国的苏联作家之一……在当时的中国诗歌界,乃至文学文化界产生巨大影响,掀起了一场'叶夫图申科热'。""叶夫图申科先生有一句名言:'诗人在俄罗斯大于诗人。'他自己就是这句话的范例,从广义上说,他不仅是一位诗人,也是一位文化活动家、社会活动家,是20世纪下半期俄苏政治文化史中的一个历史人物;从狭义上说,他不仅是一位诗人,也是电影导演、演员、小说家、评论家、翻译家、摄影家等等。"晚会上,叶夫图申科还讲解了他执导的影片《幼儿园》。

几天后,我邀请叶夫图申科夫妇和诗人吉狄马加在家中聚会。两位诗人谈起诗歌,谈起俄罗斯和世界各地的诗人,相见恨晚。他们的交谈内容以《吉狄马加与叶夫图申科访谈录》为题,刊于《作家》杂志2016年第6期。交谈中,叶夫图申科给我留下这样几个印象:首先是他与20世纪的世界文化界有广泛而又深刻的交往,比如他与意大利电影导演帕索里尼、费里尼和安东尼奥尼等人的合作,他称聂鲁达、阿多尼斯、希克梅特等为他的朋友,他说起夏加尔、毕加索等人曾赠画予他,他说肖斯塔科维奇根据他的《娘子谷》谱写了《第13交响曲》……其次是他的真诚,他谈到在意大利托斯卡纳获诗歌奖时写了两句诗:从沃罗涅日的山丘到全世界,曼德施塔姆的诗四处传播。他说:"当时我感觉很不安,因为站在那个位置上的应该是曼德施塔姆,而不是我。"谈到马雅可夫斯基时,他说:"马雅可夫斯基影响到了所有诗人,他实际上改造了俄语作诗法。但马雅可夫斯基也写过一些不好的诗,不过只有一位诗人,他的不好的诗写得比马雅可夫斯基还要多,这个诗人就是我。"曾听很多人说叶夫图申科多变,不够诚实,但听到这些表白,我意识到,他的多变有可能正源自他的真诚,因为他像个孩子一样没心没肺。当我问起他与布罗茨基的关系时他欲言又止,说夫人玛莎禁止他谈论布罗茨基。待玛莎离席,他才主动说:"对作为诗人的他,我没什么好说的,可对他这个人我却有些看法。是我设法让布罗茨基获释,帮他出国,还给密歇根大学写信推荐他,但他后来在美国无端四处指责我,写信阻止美国的大学雇用我,阻止美国艺术科学院推举我担任院士。布罗茨基有一次曾当着一位美国出版社社长的面向我道歉,但之后还是继续说我的坏话,我真的不知他为什么要这样做,这个问题是我心中特别大的创伤之一。"关于叶夫图申科和布罗茨基的恩怨众说纷纭,叶夫图申科当时的声调和表情令我心头一颤。

去年暑期,我在彼得堡飞往莫斯科的航班上,看到报纸上一张照片,叶夫图申科挂着拐杖、倾斜着身体站在作家伊斯坎德尔的灵柩旁。眼见苏联时期的大作家一位接一位离去,我触景生情,便在给叶夫图申科的邮件中写道:"如今您已成为苏联时期俄语文学的最后一根拐杖。"他回复道:"你称我为文学的拐杖,这个形象很出色,尽管也很悲哀。"

吉狄马加的俄文版诗集《不朽者》将在俄出版,请叶夫图申科作序,我去信转达作者的请求,叶夫图申科在今年2月7日回信:"我身体不适。再宽限我一周。抱歉。"可2月10日,他就发来序言,以《拥抱一切的诗歌》为题,评价了吉狄马加诗歌创作所蕴含的世界性和亲和性。这可能是叶夫图申科最后的文字之一。

我计划为商务印书馆编译一套俄语诗人丛书,拟编入一本《叶夫图申科的诗》。我就此事与他联系,并请他自己选定篇目,他在今年2月20日的信中写道:"亲爱的文飞,我已经为那本规模为五十首的诗集选好了诗。我多选了十首,以防有些诗很难译,或不可译,或为你提供选择的余地……"两天后,我又接到他一封没头没尾、没有标点的信:"这是新添诗作今日寄书给您所有诗作均以十字符号标明我的建议叶夫图申科收到后请确认"。此信显然是在匆忙甚至痛苦时写就的,应是他被确诊癌症复发之时。十多天后,我收到从美国寄来的2007年莫斯科进步出版社出版的叶夫图申科诗集,书名是《窗户敞向白色的树林》,扉页上有叶夫图申科的题字:"以我和本书编者玛莎的名义赠给兄弟般的亲爱的文飞。"目录和正文里布满诗人用蓝笔标注的十字符号。我去信表示感谢,却再未收到回信。

在21世纪道别叶夫图申科,我们能更强烈地意识到诗人的时代意义。作为20世纪下半期俄语诗歌重要的代表之一,他的诗歌创作持续近70年。他16岁加入苏联作协,是最年轻的会员;早在1963年,《纽约时报》曾称赞鲍勃·迪伦为"美国的叶夫图申科";叶夫图申科先后出版了150余部诗集、小说、文集和译作,其作品被译成70多种语言;他在苏联时期被视为"诗歌大使";20世纪中期以来的俄苏历史,从社会主义建设到排犹历史,从"解冻时期"到"停滞时期",从阿富汗战争到车臣战争,从苏联解体到乌克兰事件,在他的诗歌中全都得到及时而广泛的再现;他以一己之力对有史以来的俄语诗歌进行系统梳理,历时45年,编成5大卷《俄语诗选》;2009年起,他每年返回俄罗斯,都在20世纪60年代他和"高声派"诗友们朗诵诗歌的老地方——莫斯科综合技术博物馆举行诗歌晚会,重温往日的诗歌辉煌;2013年因关节炎截去右腿后,他仍拖着一条钛合金假肢在世界各地游走,堂吉诃德式地布道诗歌,仅在2015年俄罗斯文学年期间,他就在俄行走40天,作了28场诗歌朗诵,每场晚会有数千人参加,持续数小时;他还计划于今年六七月份再回莫斯科举办多场朗诵会,还要去全俄各地和白俄罗斯、哈萨克斯坦等国巡演。叶夫图申科在早年的长诗《布拉茨克水电站》(1963)中写出名句:"诗人在俄罗斯大于诗人。/只有心怀高傲的公民激情,/不知舒适和宁静的人,/才能在俄罗斯成为诗人。"叶夫图申科以他的诗歌创作和诗歌活动,诠释了什么才是"大于诗人的"诗人。与叶夫图申科同时代的诗人奥库扎瓦说:"叶夫图申科就是整整一个时代。"俄国当代诗人维什涅夫斯基说:"即便那些对他态度不那么友善的人,也情愿随时随地捍卫他。他们无法忽视他的意义和他的天赋。他就这样留在俄国的诗歌中,构成一个绝对鲜活的现象。"莫斯科现任市长索比亚宁也说:"诗人叶夫图申科的去世是整整一个时代的离去。"

在清明节道别叶夫图申科,我们惋惜失去了一位对中国充满感情的俄语诗人。叶夫图申科登上诗坛后不久,中苏关系即已恶化,他错失了及时进入汉语阅读圈的机会,当他在苏联、东欧乃至欧美大红大紫时,国人却对他知之甚少。但"文革"后期,一本"内部发行""供批评用"的"黄皮书"《〈娘子谷〉及其他》让他的名字不胫而走,后来,叶夫图申科及其诗作成为以"朦胧诗"为代表的新时期诗歌的思想和艺术源泉之一。叶夫图申科曾写过反华诗作,但访华后,他对中国的态度发生根本转变,在为吉狄马加诗集所写序言中,他再次对当年的诗作表示歉意:"当时我写过一首关于珍宝岛冲突的诗,'文革'结束后不久我访问了中国,我很快意识到我那首诗是错误的。"《中国翻译家》一诗,似乎就是他的"诗歌修正",他在上述序言的最后写道:"我一直存有一个希望,希望我的预见能够实现,即在北京将建起一座中国无名翻译家纪念碑,它的基座上或可刻上我诗句的译文:'伟大的译文就像是预言。/被翻译的细语也会成为喊声。/要为中国无名翻译家立一座纪念碑,/可敬的基座就用译著垒成!'这些勇敢的人在最为艰难的流放中翻译我的诗句,我也成了第一个获得中国文学奖的俄国人,我因此而充满感激,我希望我能完成在全中国的诗歌朗诵之旅。"

维基百科上的"叶夫图申科"词条被迅速加上了他的死亡日期和地点:"2017年4月1日,美国俄克拉荷马州塔尔萨市。"叶夫图申科其人其诗就这样成了历史,但是,很少有人能像他这样让诗歌如此深地介入时代和社会,很少有人能像他这样为俄语诗歌赢得如此之广的世界影响。"不善于道别"的他,必将长久地存在于诗歌的历史之中。

为阿果里大哥送行

郑恩波

2月4日下午,我正在翻阅自己翻译、由外语教学与研究出版社出版的新版阿果里诗选《母亲阿尔巴尼亚》时,突然接到我国驻阿尔巴尼亚大使馆参赞白云斌的电话,他告诉我,阿尔巴尼亚当代最富有影响和威望的作家、诗人、社会活动家和文艺评论家、中国人民的好朋友德里特洛·阿果里因病医治无效于2月3日与世长辞。我听闻此事五雷轰顶,翻阅着半个多世纪以来他赠给我的35种他自己的著作,陷入哀痛的回忆中,我只能用还散发着油墨香的诗选《母亲阿尔巴尼亚》在长城脚下为我亲爱的阿果里大哥送行。

我国提出"一带一路"合作倡议后,阿方予以积极响应,为巩固和发展传统的中阿友谊而努力。中阿两国文化部门不久前还签订了未来五年的合作、交流协议。外研社要我翻译一部阿尔巴尼亚当代诗歌选,我经过再三斟酌,选定了《母亲阿尔巴尼亚》。

书中的100首诗作是从阿果里的15本诗集中精选出来的,可以反映他一生诗歌创作的全貌。阿果里是阿尔巴尼亚当代文坛引领风骚的巨擘,在文化界、政界和人民群众心中有很高威望。正如小说家、电影剧作家基乔·布卢希所说:"阿果里是20世纪阿尔巴尼亚最伟大、最阿尔巴尼亚化的作家。"也如文艺评论家留安·拉玛所说:"阿果里是一个历史人物,对多数阿尔巴尼亚人来说,他的名字像新文学之父、诗人纳依姆·弗拉舍里以及其他民族复兴时期人物的名字一样,时时都挂在人们的嘴上。"作品是作家、诗人的立身之本。在60多年的时间里,阿果里为祖国和人民创作了成千上万首诗歌(诗集就有近20种)、大量的文艺性通讯、报告文学、小说、话剧、寓言、童话、电影、政论、随笔和文艺评论。这些作品是阿尔巴尼亚人民和全世界人民宝贵精神财富的一部分。阿果里色彩斑斓的诗作,唱出了诗人对祖国的山山水水、畜群田园、工厂矿山以及辛勤劳作、默默奉献的父老乡亲、工人兄弟、广大官兵衷心热爱的赤子之情;抒发了对革命先辈、烈士、游击队员无限尊崇与敬仰的心怀;对背弃革命传统的丑恶现象和民族败类予以有力的揭露和无情的鞭笞,显示了凛凛正气。

阿果里平易近人。他帮助过百余名青年作家、诗人修改文稿,发表和出版作品。他与故乡德沃利的农民过从甚密,我亲眼看到过他与淳朴、憨厚的德沃利山民在地拉那旅馆开怀畅饮,让烈酒辣歪了面颊和双唇。故乡人到地拉那办事住不起旅馆,他就把他们请到家里住,并且还要好吃好喝款待几天,如同亲人一般……

阿果里是一个真正有理想、有追求、有信仰的人。他担任阿尔巴尼亚劳动党中央委员、人民议会代表、阿尔巴尼亚作家与艺术家协会主席近 20 年,对社会主义文艺事业怀有耿耿之心、拳拳之忱。政情发生剧变以后,一些极端分子否定一切,甚至连反法西斯民族解放战争及反映这一战争的文学也遭到嘲讽。对此,阿果里斩钉截铁地写道:"对于我来讲,反法西斯民族解放战争,是高于神圣事业的神圣事业。""民族解放战争两岸联结在一起,一岸是过去的传统,一岸是现代社会……拼命想捣毁这个坚固而巨大的桥梁拱顶的人,是要毁掉整个桥梁。""我对我的作品不做丝毫修改,它反映的是我们的一个历史时代,表达的是民族和社会主义理想。只要现在和将来有富人和穷人,就要有社会主义理想。"

阿果里对中国和中国人民一直怀有深挚的友好情谊。还是在苏联留学的青年时代,阿果里就与几个留苏的中国同学结下了深厚的友谊。20 世纪五六十年代,尚不足 30 岁的阿果里,就连续写下了赞美《祝福》《革命家族》等中国优秀影片的评论文章和纪念鲁迅的学术论文,表达了对中国文化的热爱之情。1967 年,他在阿尔巴尼亚《人民之声报》上连载长篇访华通讯《从松花江到长江》,书写了对中国工人、农民群众的热爱和崇敬之情,唱出了真正的"阿中友谊之歌"。

据我所知,阿果里是对中阿关系、对我国的改革开放政策最早给予公正、积极评价的开明人士。1991 年,在阿尔巴尼亚劳动党第十次代表大会上,阿果里中肯而尖锐地批评了劳动党中央落后错误的对内、对外政策,对中国面向世界的开放表示了公正、肯定的态度,为中阿关系说了公道话,显示了坚持真理的可贵品格和政治上的远见卓识。后来,在为介绍中国当代情况的著作写的序言中,他对中国改革开放以来取得的巨大成就感到欢欣鼓舞,并预言中国在不久的将来将成为世界上最强大的国家,表达了他对中国和中国人民最友好、最真诚的感情。

这种友好的情谊,也体现在我们之间长达半个世纪的兄弟般的友好关系中。

我是 52 年前在地拉那大学读书时,在挚友泽瓦希尔·斯巴修的引见下与阿果里相识的。那时他才 33 岁,是《人民之声报》的著名记者,经常发表很有艺术感染力的通讯、诗歌和报告文学作品。我赏读他的作品,他的那些优美清朗、厚实明丽的作品,对我后来到《人民日报》从事的长达 10 年的新闻工作,产生过很大影响。在斯巴修的帮助下,我翻译了阿果里的著名抒情长诗《德沃利,德沃利》。后来,我还翻译了他的另外两首长诗《父辈》《共产党人》和一些短诗,在阿尔巴尼亚解放 30 周年前夕,由人民文学出版社以《阿果里诗选》为名出版。此书出版后,我们之间的友谊登上了新台阶。

1990 年夏天,中阿关系由冷变暖,我受阿尔巴尼亚对外文委的特别邀请,再次踏上"山鹰之国"的神圣土地,又沉浸在以阿果里为首的阿尔巴尼亚文友们友谊的海洋中,度过了难忘的一个月。阿果里曾在办公室与我促膝交谈一个上午,还把摆在办公桌上的两公斤重的阿尔巴尼亚新文学之父纳依姆·弗拉舍里的半身铜像赠给我。最使我难忘的,也是对我的阿尔巴尼亚文学翻译、研究工作具有重要意义的,是他以阿尔巴尼亚作家与艺术家协会的名义送给我的10位阿尔巴尼亚当代著名作家的精装本文集,令我的书屋大放异彩。

几年前,我有幸又去阿尔巴尼亚工作了两次,与阿果里的交往更加密切。他把近年来出版的20多种书全都赠予我,在签名时还亲切地称我"弟弟",我也骄傲地称他"哥哥",我们变成了亲密无间的异国兄弟。

对我国广大读者和观众来说,阿果里这个名字并不陌生,30多年前家喻户晓的阿尔巴尼亚影片《第八个是铜像》《广阔的地平线》,正是改编自阿果里的小说。8年前,我翻译的他蜚声欧美文坛的长篇幽默讽刺小说《居辽同志兴衰记》,在作家中引起热议。现在,阿果里诗选《母亲阿尔巴尼亚》也已经付样。不久,由我翻译的阿果里长篇小说《藏炮的人》也将与我国读者见面。

数码时代的"语词有价"与"文学有责"

——瑞典作协年会有感

王 晔

  谁能背负文学的责任是个有些寂寥的问题。承担文学责任的如果不是严肃作家和文学生态系统中的成员,单靠网络红人、人工智能和市场可以吗?有一群人在一个会议上把这问题提出来,试图讨论,这就存了一份希望。

  今年的瑞典作协年会在 5 月底的一个周末于瑞典第三大城市马尔默举行。会议开始,主席请与会者全体起立,为去年辞世的会员默哀。紧接着,主席报出一个又一个名字,其中就有瑞典学院院士、著名诗人和小说家托格涅·林德格伦。我站在人群中,一边静听,一边惊叹,好长的一串名字,还没报完,还没有完——短短一年,竟走了这么多人。

  虽说令人扼腕,定心想来也明白,这结果合乎自然规律。2016 年的统计数字表明,3021 名瑞典作协会员中,年龄最大的是 99 岁,最小的是 25 岁,平均年龄 62 岁。写作真是人们口中的"夕阳"产业,夕阳产业可谓有以下特征:利润低、泡沫多、市场呈饱和假象、投身其中者日见其少、从业人士多和富裕无缘。

  我的一位诗人朋友曾被瑞典政府就业部门指派免费的经济指导员,以帮助诗人开办一个靠文字自食其力的个体公司。指导员首先要了解诗人的劳动投入和产出,问:"你这本诗集写了多久?"答:"5 年。"指导员本想算出平均写一首诗花多少小时,以弄清一个月能得几首,对应几分稿费。诗人和指导员面对这本 5 年写就、不过数十页、印数 300 本的诗集都头疼起来。指导员觉得,这赔本的傻事有什么核算的必要呢?!诗人以为,诗集就是他的命,指导员的算法太不文学了:"诗歌的产值和利润不好这样算,写出的诗也不是每首都能入诗集啊。"

  这是个鸡同鸭讲的案例。然而,如今的问题是,即便同在文化圈,同在写作、图书和出版业,鸡同鸭讲恐怕也成了常态。倘非如此,瑞典作协在这过去的数年里不会多次以此为口号:"语词是自由的,但不是免费的。"这一口号其实是借一个多义词玩了一把文字游戏,就是说,语词必须"free"(自由),但不能"free"(免费)。

  免费说不是空穴来风。这些年里,瑞典不少作协会员一面能得到来自学校、图书馆的讲座邀请,一面被告知不会有任何报酬,只可在现场签售书籍。"和读者见面,让你和你的作品被看见,不是很有趣、很有意义的事吗?"邀请方说。"当然,是有趣、有意义,可我们的工作是辛苦的,我们的经济状况是严峻的。不能只拿有趣和有意义打发我们。我们也要习惯于得到合理的报酬。"——有人在作协内部的通讯中发出这样的声音。更有会员披露,自己被出版社盛情约稿的同时又被无情地压低稿费,几乎到了免费提供书稿的地步。

瑞典作协作为联合了作家和翻译家的非政府组织,有一些基金和其他社会力量的支持。借此,作协能通过对图书质量兼及经济状况的综合评定,给部分会员颁发一年、两年、五年乃至终身工作基金,颁发采风和考察费,让有需要的作家在一些作协拥有产权和使用权的房子里短期度假和静心写作。但作协不能保障每个会员衣食无忧,更不能让他们借爬格子致富。这几年来,瑞典作协加强了对作家及翻译家权益的保护,聘有律师免费帮助会员审核出版合同,解答相关问题;也和图书馆合作,每有作协成员的书被借阅都收取一定费用反哺作家;还和出版社有多项合作等等。

但也有作协无能为力的事,比如数码时代给作家及翻译家、给文学带来的挑战。如何面对数码时代的挑战,成了今年年会的一个议题。

传统的阅读渐行渐远,传统的书籍的写法、书籍和读者相遇的方式等都受到数码时代的强大冲击。

有一位知名的瑞典老作家走入书店,仰头见销售排行榜而怆然泪下。他看不懂,甚至带着个人偏见直言:那都是些什么书啊?!

在纸书时代,读者要抓住的是作者内在的声音,这一切在读者内部发生。而在数码时代,原先那种读书是由读者走进作家内心的模式改变了。在市场营销和新技术手法的翻弄下,粉丝文学适逢互联网和自媒体,论坛和博客等平台促进着读者和作者的互动,作者与读者的关系变得比文本和内涵更为人重视。

瑞典作协内就有两种声音。有作家坚决反对在社交媒体露面,认为和读者画一条明确界限的确会错过很多"时代的噪音",但那只是被祝福的好事——作家只有在远离社交媒体后,才有更多精力面对真实,沉浸于创作。书籍和作者不是一回事,读者只需了解文本即可,没必要知道作家的脸孔和私人生活,作家可能完全不像其作品那样讨人喜欢。但也有一些作家,特别是侦探小说家及博客写手出身的作家十分喜爱和看重与读者在社交媒体及其他公众场合的直接交流,认为这样才能"被看见","被看见"直接促进书籍的销量。

在新时代里,出版界关注于挖掘投资有更大回报的文字。电子书和原来的纸质书并非毫无差别,有时差异颇大,电子书的发展还处于动态的变化中,虽未像先前人们担心的那样掀起强大风暴,但确实在图书市场占据了一席之地。

有作家不满于电子书的推广者努力以最低,甚至近乎免费的方式推广书籍。还有作家表示,数码时代,很多人可能以为写作是件简单的、人人可做的事,自媒体更让人人都可在业余时间写出点什么,一旦触到正确的按钮,就可直抵大众、赢得声名——这种认识对文学没什么好处。创造文学需要精力、才华和奉献,是一项艰辛的工作,对做得好的工作,需要支付合理的报酬。不少人更以为,不管是谁写的,不管是哪种文本,文本都有同等的、被阅读的价值——这会让很多全职作家更穷困。数码时代书的世界里数量庞杂,有些也许永不会以被印刷的方式出现,便永远地被清除。但很可能庞杂的图书中没有很多书真是值得一读。数量不等于质量。书籍的世界里不是卖得越多越好,而有些高质量的书,没有市场潜力,其实亟待扶持。

在本次年会上,有诗人抱怨自己的熟人和朋友对他出版的新书毫不知晓。他认为根源就在于新书没得到以往那种纸面宣传。出版社将一切公布于官网,而他的名字因姓氏笔画关系,列于一大堆姓名之后。

有儿童文学作家抱怨,出版社要求其作品句子简短,第一段甚至第一句就要点明内容。要直截了当,让人一眼就看明白——不只是儿童文学面临这样的"订单",成人文学也是。因为当代读者更习惯于网络式阅读的轻松、快速,他们受不了弯弯绕,不愿意烧脑子;他们在快速和疲惫的生活中求信息,求新奇,求实用,而不那么求哲思和文艺。

然而作家怎么办?被市场和数码时代的口味捆绑了手脚的作家如何继续敲打出字符呢?谁还能有文学的深远抱负?谁还能承担文学的责任?有人询问参会嘉宾——一家大型出版社的负责人,出版社为何就不能支持作家?嘉宾枉顾左右,语焉不详。

但也有与会者以更积极的态度关注数码时代,认为文学并非从一开始即书于纸面。荷马这位盲人在欧洲文学史上被看作祖师爷,盲人在世界其他不同文明的口述文学史中都扮演了重要的说书人角色。那是距造纸术和印刷术遥远的很久以前的时代。而今又是一个新时代,出现了网络,出现了有声书和电子书,甚至出现了人工智能创作的作品。人工智能的发展可能会影响写作者,人工智能可以有不同设定,为不同受众量身定做不同的故事。作家应学习如何在网络上及网络外表露自己。新技术会让作者有新受众,作家应关注包括日益增长的社交媒体在内的网络如何开启和关闭写作的条件。

关于写作如何面对数码时代的挑战,以及文学的责任由谁承担这样严峻的问题,不是一个年会可以找到答案的。不过,这些年来,在瑞典,有识之士一直呼吁,文学是作家、出版人、图书馆从业人员、媒体人、文学政策决定者和读者在共同的作用下产生的一个生态系统。这恐怕就能引导出一个答案:文学的责任应由这个系统中的每一分子共同承担。

关于这个敏感作用着的生态系统,有作家举挪威人克瑙斯高的自传体小说《我的奋斗》为例,认为这套书和希特勒的书同名,已是不敢恭维,翻看内容更乏善可陈。然而,这位作家和这部作品被媒体投入了与其内容不相称的关注,被出版商追逐,严肃写作却无法得到同等的资源。有些人具有话题性,被炒作成名人,借话题效应,他们的书被输送到更多的地方,这是很不负责的行为,媒体和出版商不该助长这种歪风邪气。

一位知名的70后儿童文学作家认为,在这个生态系统中,还是作家要承担的责任最大。从大家有目共睹的现状看,出版社在写作进程和市场中对高质量文本越来越不重视,不能仰仗出版社了。图书馆也会变化,纸质书会越来越少,更多的有声书和电子书会应运而生。更为棘手的是,当今,无论是图书馆员还是教师,他们对文学的知识和兴趣都远远不够。如果说他们还是有些知识的,那他们至少并不懂质量。对他们来说,一本书就是一本书,一个作家就是一个作家而已。至于媒体,则很少报道严肃文学和其他形式的文化。其中当然还有一个文学政策的问题,政治家可以影响和决定钱到底往哪里走。到底是放任市场乱来,还是把文化看作更重要更深刻的东西?如今,文学作品的质量很少被讨论,"话题"和"主题"却被讨论得太多,比如瑞典的儿童文学领域,曾是勇敢和富于挑战性的,现在却缺少激情和责任感。时下,即便没有出版社,也能自己出版作品,长此以往,很难设想,谁能帮助读者区分劣质和高质量书籍。总之,最大的挑战是质量,数码时代让文学的局势更为复杂。

语词有价,道路曲折。虽然年会上的讨论最终不了了之,但年会的好处在于,大家聚在一起,发现有相似的困扰:每日孤独地在自己的书桌前奋战,可假如透过天幕,能看到远处无数张孤独的书桌,就知道自己并不孤单。这群敏感、孤单,并不富裕,拿体能奉献文学的人是容易受伤的少数派,但这群人数量可观。这群人中,有愿意、能够和必须背负文学的责任的人。

迫在眉睫的纠葛似乎是,不顺应时势,遵从数码和信息社会规律的作家,将越来越得不到报酬并被大众读者抛弃。文学责任的承担者如果不是严肃作家和前述生态系统中的成员,单靠网络红人、人工智能和市场就可胜任吗?答案不得而知。

金钱举足轻重,价值耐人寻味。价值其实不只是报酬,传统意义上的严肃作家一面要在新时代继续挣脱金钱的枷锁,另一面还要努力背负文学的责任;只有背负了这份责任,作家的作品才能有真正的价值,成为无价之宝和精神食粮。

写这篇文稿时,我和国内的一位作家朋友提起这个话题。她说数码时代对传统写作的影响,就像工业制酒对固态发酵古法的影响,液态发酵利润高。而出版社不关心酒的口味,反正他们只卖不喝。工业制酒或可与古法制酒并行,但替代不了古法制酒,因为有人只喝固态发酵酒。

我也听说当今的某些黄酒并非由糯米、粳米或小米采用古法酿出,因为米贵了,工资涨了,成本高了,做成的酒自然没了以前的那份香醇。人们对此也不那么在意,生活继续,没有纯正的黄酒,人们总有其他更时髦的玩意儿注入杯中。

以字为原料的精神食粮或许是既没有多少人愿意用心经营,也没有多少人有心等待享用。谁能背负文学的责任是个有些寂寥的问题。但还有一群人在一个会议上把这问题提出来,试图讨论,就还存着一份希望。

2017 年诺贝尔文学奖得主石黑一雄：
挖掘隐藏于现实之下的深渊

李丹玲

石黑一雄创作经历：1982 年石黑一雄凭借长篇小说处女作《远山淡影》获英国皇家文学学会温尼弗雷德·霍尔比奖，一举成名。1986 年发表小说《浮世画家》，获布克奖提名，强化了作为小说家的声誉。真正让石黑一雄获得国际声誉的是 1989 年发表的小说《长日留痕》。小说获得当年的布克奖，并于 1993 年被搬上银幕，由安东尼·霍普金斯和艾玛·汤姆森主演，获得 8 项奥斯卡提名。1995 年石黑一雄发表第四部小说《无可慰藉》，获契尔特娜姆奖。2000 年石黑一雄发表以中国上海为语境的小说《上海孤儿》，再次入围布克奖短名单。2003 年根据石黑一雄的剧本拍摄的电影《最伤心的音乐》上映，这部模仿 20 世纪 30 年代风格的黑白电影以对伤痛的怪诞呈现受到艺术界好评，但因缺乏商业元素而不为普通观众所知。2005 年石黑一雄的剧本《伯爵夫人》由詹姆斯·伊沃里导演成电影，影片讲述了在二战时期的上海，社会背景悬殊的男女主人公之间的爱情故事，入选 2005 年上海电影节开幕式电影。2005 年，石黑一雄发表科幻小说《别让我走》，获美国全国书评人协会奖，并第三次入围布克奖短名单。2011 年小说被改编成同名电影，2016 年又被改编为同名日剧。2009 年石黑一雄发表短篇小说集《小夜曲——音乐与黄昏五故事集》，2015 年发表长篇小说《被掩埋的巨人》。

10 月 5 日，瑞典文学院宣布将 2017 年诺贝尔文学奖授予日裔英国作家石黑一雄，对于不太熟悉石黑一雄的读者来说，这也算不大不小的冷门。这位居住在伦敦郊区、说地道英语，却长着亚洲人面孔、身材矮小的作家早已走红英国文坛多年，并且享誉世界。石黑一雄获得过多项文学大奖，包括一次布克奖，三次布克奖提名（两次入围短名单），法国艺术及文学勋章，英联邦作家奖等。无论是在评论界还是在普通读者中，石黑一雄的影响力都不可小觑，由其作品改编的影视作品也很受欢迎。因此，石黑一雄此次获得诺贝尔文学奖也并不算意外。

石黑一雄与 V. S. 奈保尔、萨尔曼·拉什迪并称为"英国文学移民三杰"。石黑一雄 1954 年生于日本长崎，1960 年随父母移居英国，直到成名后，才于 1989 年受日本政府邀请第一次回日本短暂访问。石黑一雄 1978 年毕业于坎特伯雷－肯特大学，获文学与哲学学士学位。1979、1981 年两年，他参加了东英吉利大学的创意写作项目，获硕士学位，从此开始尝试文学创作。1981、1982 年两年，他在伦敦做社会工作，接触到一些无家可归者,这段经历对于他后来在小说中塑造"第一人称不可靠叙述者"的形象有一定影响。石黑一雄的祖父曾经是日本丰田公司驻上海员工,在上海生活了数十年。他的父亲在上海出生并度过童年。祖父与父亲在中国的经历可能激发了石黑一雄对于上海的兴趣,他创作出小说《上海孤儿》和电影剧本《伯爵夫人》。石黑一雄的母亲是土生土长的长崎人,经历了原子弹爆炸的噩梦。

拒绝标签的"国际化作家"

到目前为止,石黑一雄共发表七部长篇小说,一部短篇小说集,数篇短篇小说,几部电视、电影剧本,作品被翻译成二三十种语言,在世界范围内被广泛阅读。可以说,他并非一名多产的作家。

但在30多年的创作生涯中,石黑一雄对每部作品都精雕细琢,力求完美,不断自我突破,拓展写作疆界。他以书写日本经历起家,《远山淡影》和《浮世画家》均被称为"日本小说",以日本人为主人公,故事背景主要设置在日本。也许是为了避免被贴上"日裔作家"的标签,也许是为了实现国际化写作的抱负,从第三部小说《长日留痕》起,石黑一雄的创作发生了巨大改变,小说主人公、语境和主题不再与日本相关。《长日留痕》的主人公是英国乡村豪宅里的一位男管家,说着地道的上流社会英语,举手投足间英国味十足,比英国人更像英国人。小说被认为是继承了自简·奥斯汀、E. M. 福斯特以来的英国乡村住宅小说的传统。在《无可慰藉》中,石黑一雄又放弃前三部小说中心理现实主义的写作手法,采用超现实主义技巧营造了梦一般的氛围,令人想到普鲁斯特、卡夫卡和陀思妥耶夫斯基。在《上海孤儿》中,石黑一雄借用侦探小说的框架来展现主人公在二三十年里跌宕起伏的人生经历。在《别让我走》中,石黑一雄则对科幻小说、反乌托邦小说、成长小说等多种体裁进行了借用和杂糅,表现边缘人物的悲怆人生经历。在《被掩埋的巨人》中,石黑一雄又放弃了一直钟爱的第一人称叙述,转而以采用第三人称叙述为主,间或插入人物的内心呓语、独白,并借用奇幻文学来探讨集体记忆与失忆的主题。

尽管如此,石黑一雄的创作也有一定持续性和稳定性,如他对第一人称叙述的偏爱,对记忆、失落等主题的持续探讨。石黑一雄创作的七部长篇小说中,前六部小说均以第一人称主人公回忆往事的方式编织故事,这些人物在人生中遭受了种种灾难和情感伤痛,但在回忆往事时,采取温文尔雅、平淡朴实的叙述口吻,对伤痛轻描淡写或予以否认,因此他们的叙述极不可靠,石黑一雄被称为创作"第一人称不可靠叙述者"的高手。石黑一雄在多部小说中还将空白、省略、沉默等略带东方风格的技巧用到极致,以至有批评家认为:"很少有作家敢像石黑一雄那样说得那么少。"石黑一雄将自己的写作风格与拉什迪的做了一番比较:"我非常敬佩拉什迪的写作,但是作为作家,我认为我几乎是他的对立面。我倾向于使用那种实际上压抑意义的语言,并且尝试隐藏意义,而不是追求文字以外的事物。我对文字隐藏意义的方式感兴趣。我喜欢有一个平实、精练的结构,不喜欢在自己的作品中有即席创作的感觉。"

石黑一雄拒绝被贴上如"日裔作家""英国作家"的标签,他认为自己既不是日本人,也不是英国人,而是在英、日两种文化之间漂泊流浪。他认为自己作品中的日本来自他的想象,与现实中的日本相去甚远。石黑一雄写作于大英帝国解体之后及后殖民理论在西方盛行之际,因此也被称为"后殖民作家",在宾夕法尼亚大学英文系,《长日留痕》就被包括在"殖民、后殖民文学"一课的阅读书单里。对于这一标签,石黑一雄同样拒绝。的确,石黑一雄与其他后殖民作家如奈保尔、拉什迪、毛翔青等有很大不同。首先,他并非来自英国前殖民地,没有被殖民的经历。其次,他的小说并非围绕二战后日本去殖民化的后果,而是更多地通过普通日本人、英国人无法摆脱的记忆来展现战争场景。与其说《长日留痕》与后殖民文学有关,毋宁说小说影射了英帝国的崩溃,捕捉了后殖民时代帝国遗民失落伤感的复杂心绪。虽然拒绝了众多标签,但石黑一雄自称"国际化作家"——创作国际化题材,对普遍人性、人类生存状况的关注是他的创作宗旨。为了防止读者对他的作品做过度语境化的解读,石黑一雄将小说的语境或设置在无名的中欧小城,或虚置在当代英国甚至黑暗时代的英格兰,以超越具体地域及历史语境的限制,表达普适意义,践行国际化写作的使命。

在文化夹缝中介入现实

石黑一雄处女作《远山淡影》以清新的文风、稀疏的语言、非线性的叙述、冷静节制的感情基调而获得关注与好评。石黑一雄将小说的成功归功于其少数族裔身份,在英国文化日趋多元化的情况下,读者渴求阅读具有异域色彩的小说。主人公悦子是寡居英国乡间的中年日本妇人,也是原子弹爆炸的幸存者。整部小说主要由悦子对二战后长崎重建时期的遥远回忆组成。在小说中,石黑一雄的写作风格初露端倪。尽管主人公在原子弹爆炸中失去了亲人、恋人和家园,但在回忆往事时,她对此只字不提。她回避关于父母和恋人的记忆,回避与大女儿间不和谐的母女关系,回避与第一任丈夫婚姻失败及远走他乡的原因等重要信息,小说中留存大量空白与悬疑,读者只能凭借主人公支离破碎的记忆来拼接其人生历程,推测其人生变故的来龙去脉。

小说更重要的是反思了对待灾难的态度。作为战争的始作俑者,日本在给别国人民带来灾难的同时也自食其果。在集体灾难之后,普通人响应"向前看"的号召,投身于战后重建,以此来掩盖和埋葬过去。在集体遗忘和拒绝反省历史的情况下,灾难及其带来的伤痛成为集体的禁忌。但过去拒绝被掩埋和遗忘,悦子在移居异国他乡数十年后仍只能在孤寂、愧疚与痛楚中度日。拒绝正视历史的后果可能就是扭曲的母子关系、支离破碎的家庭及阴魂不散的历史伤痛。

《浮世画家》中,石黑一雄继续拷问人们对待历史的态度,也触及战争罪责这一敏感问题。主人公小野是昔日军国主义战将,曾经用绘画为日本军国主义思想呐喊助威。二战后,"过去"成为小野的耻辱,他希望永远埋葬不光彩的"过去",将它从记忆中彻底删除。几乎所有日本民众也都希望埋葬"过去",推卸战争责任。小野虽然迫于现实压力而忏悔认错,却又在日记中写道:"如果不是情势所迫,我不会那样毫不犹豫地做出关于过去的那种申明。"另一些人则将责任推卸给一个近乎抽象的精英群体,如小野的老朋友、法西斯分子松田所认为的:"军官,政治家,商人,他们都因为国家的遭遇而受到谴责。至于我们这样的人,小野,我们的贡献一向微乎其微。现在没有人在意你我这样的人曾经做过什么。他们看着我们,只看见两个拄拐棍的老头子。"就这样,过去被迅速掩埋,责任变成集体禁忌,正如小野那些被束之高阁的画卷。"谁应该为战争承担责任?"这一问题已无关紧要,重要的是集体迅速埋葬"过去",摆脱施暴者身份,将自我重塑为无辜受害者,踏上新生之路。逃避责任已经蔚然成风,成为集体无意识。这是历史的悲哀,也是受害国的悲哀,更是施暴国的悲哀——它那被扭曲、阉割和遗忘的历史意味着其集体记忆的扭曲和中断,而一个失忆、记忆错乱的民族不可能有健全的心智和人格。

其实,《浮世画家》中施暴者逃避政治责任的做法何尝仅仅是石黑一雄的虚构与想象呢?《浮世画家》的日译本早在1988年就在日本出版,却遭到冷遇。这与小说"令人不悦的主题"相关——它让日本读者直面民族共同体的战争罪责问题。为了让小说更适合日本读者的口味和避免反感,日文译者对原著做了一些改动,这在某种意义上却成了逃避战争罪责在现实生活中的反映。石黑一雄处于英、日文化的夹缝中,这种尴尬的处境对于作家来说未尝不是一种幸运:他具备一种国际视野,能够打破现实的藩篱和禁忌,在艺术中探讨现实生活中敏感而又至关重要的战争罪责话题,增加了艺术介入现实的厚度。

个体记忆与集体遗忘

在布克奖获奖作品《长日留痕》中,石黑一雄放弃了日本题材,转而聚焦于英国社会特有的"男管家"这一被普遍忽略的下层人物。主人公史蒂文斯任达林顿公爵的男管家长达三十年,三十年来,他一丝不苟地坚守在岗位上,甚至为了成为伟大管家而冷酷地对待弥留之际的父亲,放弃与女管家的美好姻缘。二战后,达林顿因之前与纳粹勾结而身败名裂,史蒂文斯被视为纳粹帮凶。与《远山淡影》《浮世画家》相似,在《长日留痕》中,个体小人物的命运沉浮总与社会、历史密不可分。作为管家,史蒂文斯微不足道的个体命运却与大英帝国的衰落看似不协调地并置了。史蒂文斯驾车西游的1956年春夏之交正是苏伊士运河危机发生、英美关系紧张之际。英国被迫于1956年6月从苏伊士完全撤军,这加速了英帝国的彻底瓦解。小说中,西行途中的史蒂文斯禁不住感慨大英帝国风景的"伟大",这不啻是对现实世界中日落西山的英帝国的讽刺。达林顿身败名裂后,达府被美国人法拉戴收购,史蒂文斯作为一揽子交易的一部分,继续担当新主人的管家。达府的易主象征现实世界中英帝国的衰落及美国的崛起,而史蒂文斯管家身份的意义也随之悄悄改变——他成为一名文化使者,承担着在新雇主面前展示英国文化精髓的使命。由此,史蒂文斯对美好往昔的无限怀念、对残酷现实的逃避及深深的失落感,就有了深远的象征意义——帝国遗民对于日不落帝国昔日辉煌的留恋、对其衰落的伤感及难以正视现实的复杂心态。

小说也深刻反思了现代社会中个体的道德责任。达林顿不仅是史蒂文斯的雇主,也是他的精神之父,但当达林顿与纳粹勾结之时,史蒂文斯无动于衷、无所作为,并且以无权干涉雇主事物、没有注意到雇主的堕落为由,拒绝承担对于达林顿命运的责任。在现代社会,他人被当作是对自我自作主张的障碍和反抗,萨特甚至在其名剧《禁闭》中宣称:"他人即地狱。"那么,怎样才能使个体在关心他自己之外关心他人,使他停止仅仅关心自己,从而为他人付出一些代价?怎样才能使个体从自我主义和自我中心的裹挟中苏醒?这是石黑一雄在作品中提出的挑战。

科幻小说《别让我走》对现代社会的反思达到新高度。石黑一雄想象了一个文明程度极高、科技高度发达、克隆人被批量生产的社会。在这个社会,克隆人作为人类身体器官的备份而被培植和抚育,成人后开始"捐献"身体器官直至死亡。小说中的人类用高科技制造出与自己无异的他者,然后为了一己私欲将其残忍地杀害。他们用智慧创造奇迹的同时也制造了人间地狱,正如一个人类成员所感慨的:"我看见一个日趋成形的新世界。是的,更科学,更高效,更多治愈顽疾的方法。很好。但这也是一个无情、残酷的世界。"石黑一雄想以此表明,现代科技的强大力量及其潜在的消极后果在一定程度上超越了人类的道德想象力,需要对其抱有警惕。

小说也思考了人性及其邪恶。到底谁更配得上人类的称号?是麻木不仁地接受器官"捐赠",将幸福建立在他人痛苦之上的"正常人"还是那些向死而生、自尊自爱的克隆人?答案不言而喻。此外,在那个文明程度极高的社会里,那些所谓的文明人为何能够麻木不仁地对受害者施暴或者坐视暴行的发生?小说中的个体乃至整个社会的道德冷漠为何成为可能?石黑一雄启发读者对现代文明的某些引以为豪的方面保持高度警惕,防止再度发生类似对犹太人大屠杀的悲剧。

石黑一雄的前六部小说均涉及个体记忆,探讨个体如何面对记忆。新作《被掩埋的巨人》则从民族的高度探讨集体记忆与遗忘的主题——社会、族群如何面对、处理关于战争、暴力等的记忆。小说中,石黑一雄返回古老的英格兰,将故事背景设置在公元6世纪左右,创造了集体失忆的图景。在面对血迹斑斑的历史时,强权者似乎本能地选择了遗忘:遗忘是他们奴役人民的一种方式,遗忘使被奴役人民忘记仇恨和暴行,忘记本民族的历史和文化。由于遗忘,不列颠与撒克逊两个敌对民族能够暂时和平相处,但大屠杀的痕迹难以被彻底清除,被掩埋的巨人终究会被唤醒,基于强制性遗忘的和平注定无法长久。小说通过各种势力围绕大屠杀历史所进行的较量提出了以下问题:如果忘记让人们互相仇恨的事情就能够获得和平,那么为了和邻国达成和解,忘却历史是值得的吗?面对历史的伤痕与冤屈,是选择记忆,还是遗忘?小说主人公不仅选择了记忆,而且选择了相互原谅,但这对于民族共同体来说则要困难得多。随着共同体修复记忆而来的不是宽容和解,而是新一轮的文明冲突与暴力。我们应该让巨人休息,还是唤醒他?现实生活中并没有魔力能让人遗忘民族仇恨与纷争,人们应该如何处理国族间兵戎相见的历史?这些问题和答案不仅对于黑暗时代很重要,而且对于21世纪的世界更加重要。

石黑一雄是一个讲故事的高手,他对困扰现代社会的历史、科技、道德责任等问题的思索都是通过故事展现出来的,既不做作,也不生硬。他用温文尔雅、娓娓道来的艺术笔触讲述了一个个温暖而又感人至深的故事,他挖掘并细致入微地展示了普通人彬彬有礼的外表下隐藏着的真实内心世界及震撼人心的情感之流,如诺贝尔文学奖授奖词中所说,石黑一雄的小说"以其巨大的情感力量,发掘了隐藏在我们与世界相联系的幻觉之下的深渊"。

《使女的故事》：旧房子墙后埋藏的信息

马 良

> 几百年后，在一间旧房子的一面墙后，会有人发现它们吗？让我们期待这一切不至于到那个地步。我相信它不会。
>
> ——玛格丽特·阿特伍德2017年评《使女的故事》

今年秋天，美剧《使女的故事》结结实实横扫了第69届艾美奖，斩获包括最佳剧集、最佳导演、最佳女主角在内的6项剧情类大奖。此剧改编自加拿大作家玛格丽特·阿特伍德发表于1985年的同名小说。年近耄耋的作者对这一次改编兴致盎然，不仅参与编剧工作，还亲自出镜，客串"红色感化中心"的邪恶嬷嬷。

也许是巧合，1984年的春天，阿特伍德在西柏林开始动笔构架她自己幻想中的"敌托邦"——基列共和国。故事设定在不远的未来，环境污染、病毒横行，加上生育意愿走低，整个资本主义世界都陷入了不育症和畸胎高发带来的恐慌。如何"让美国再次伟大"？精英阶层中的一批人秘密结社，最终发动了对国会、白宫和美国最高法院的突然袭击，成功攫取了国家机器，美国变成了一本《圣经》治天下的政教合一国家。

"拉结见自己不给雅各生子，就嫉妒她姐姐，对雅各说，你给我孩子，不然我就去死。雅各对拉结生气，说，叫你不生育的是上帝，我岂能代替他做主呢？拉结说，有我的使女比拉在这里，你可以与她同房，使她生子在我膝下，我便靠她也得孩子。"《圣经·创世纪》如是说。

于是，基列国得了攻克不育症的妙法：搜集生育过孩子并且"不道德"的女人，比如被强暴过的、当过第三者的，"派遣"她们去上层人物家里，逐字逐句照搬《圣经》指示，躺在女主人膝下，假装她们合二为一，在所有家庭成员包括仆人的注视下与男主人完成"造人"仪式。临盆时两个女人也要摆出这个姿势，完成字面意义上的"生子在她膝下"。等到孩子断奶后，她再去下一家重复这一过程。

如此这般长着腿的行动子宫便是"使女"。此外，基列国的女人明面上只有权贵阶层的"夫人"和"女儿"、平民家庭的"经济太太"、负责训诫使女的"嬷嬷"、仆妇"马大"几种，暗地里，还有隔离营（剧集中改为殖民地）里服苦役的女人和荡妇俱乐部的官妓。而男人的种类更少，除了掌握权力的"大主教"和暗探"眼目"，只有一片面目模糊的"天使军"。有的字幕将"大主教"按字面意思译为指挥官是不确切的，他们的全称"有信仰的指挥官"(Commander of the Faithful)是专有称谓——中世纪阿拉伯国家哈里发的称号,其政教合一的至高权力明白无误地写在了标签上。"眼目""天使军""马大"均典出《圣经》。"基列"也是《圣经》里的地名,在古代约旦河东岸巴勒斯坦地区。

这些英文单词首字母都是大写的,即使是再普通不过的称呼也偏离了原先的意义,"女儿(Daughter)"不仅仅是女儿,"夫人(Wives)"也不只是妻子,只有统治阶层才能拥有她们以及使女和马大。基列国用不同服饰提醒每个标签下的人恪守本分,女儿穿白色,夫人穿蓝色,马大穿暗绿色,使女穿红色。

"我全身上下,除了包裹着脸的带翅膀的双翼头巾外,全是红色,如同鲜血一般的红色","裙子长至脚踝,宽宽大大的"。剧中,主人公的使女制服被近乎完美地影像化了,头巾稍有微调,露出更多部面便于演员发挥。电视剧在服饰上一个值得称赞的原创细节是,使女的鞋子样式是系带的,但是没有鞋带。她再也不必奔跑,他们害怕她会奔跑。

一个血红色的、看不清面目的、行动缓慢的人影,从阿特伍德的书里向我们走来——那是奥芙弗雷德(Offred)。这个名字来自她服务的一位大主教,即以表示所有的介词"奥芙"(Of)作为前缀,加上大主教的名字弗雷德(Fred)。使女更换人家,名字也要跟着换。

尽管我们知道这一点,然而,当她的采购伙伴奥芙格伦在同一个名字下变了一副面孔,就好像前一任奥芙格伦没存在过一样,猛然间还是会感到讶异。因为这与我们在现实世界的一般经验相悖。我们有一种幻觉,好像女人一直拥有自己的名字,一个女人天生可以出门工作,拥有银行账户,继承财产,投票选举,而实际上这只是百余年间才刚刚发生的事。

《使女的故事》可以视为两个故事,有两条时间线的交错:主线是主人公自述在弗雷德家不到一年的经历,从她到达,直到离开;副线是在这段日子里,她的思绪在前半生里任意跳转。

她上大学,毕业,找了份小白领的工作,赚得不多但能养活自己。一切自然而然,平淡无奇。有一天,她在常去的报刊亭像平常一样买烟(在电视剧里是晨练后买咖啡),熟悉的女店员不见了都没引起她足够警觉,直到银行卡刷不出来了,她才得知,从那天开始所有女性不再被允许拥有任何财产,紧接着是政府强迫雇主解雇所有的女员工,并宣布所有不符合新版道德规范的家庭是需要解散的。

电视剧虽然不是纯粹的第一人称,但大体上也没有偏离上述叙事结构,这是它能保留小说原汁原味的重要原因之一。与现实互为映照的、星星点点的记忆打乱顺序闪现,像拼图一样逐渐拼出一个正常的现代女性,陡然从美利坚合众国跌入基列国的错愕,像是近百年来女性集体命运的录像带在她面前,也在我们面前急速倒放。

剧集另一个准确表达基列国神韵的妙处在于,它用更为凌厉的剧情帮观众在这本历史教材上画重点:在基列国,没有人是安全的。

奥芙格伦消失后,小说没有交代她的下落,而电视剧里暗示她因"背叛性别"而被施以割礼。在感化中心,同为使女的珍妮在小说里只是被打,在剧集中则是被剜掉了一只眼睛。这个戏份不少的配角,一直顶着一张原本天真甜美、残缺后有些可怖的面孔,提醒观众除了子宫,使女其他不影响生育的配件是可以被摘除的。

第一季拍完了小说的全部剧情,小说的高潮部分"挽救仪式"也是电视剧的高潮。剧集里,嬷嬷们本想按照惯例,让使女们集体对珍妮施行石刑,但一向逆来顺受的她们居然默契地一起放下了手中的石块。而书中最后的"挽救仪式"情节完全不同,是三个女人被送上了绞刑架,其中一个还是"夫人",她的罪名没有被公布。

主人公只好在心里猜测那位夫人的罪名。不可能是阅读,即使高贵如夫人,也一样不允许接触文字,不过读书罪不至死,应该是斩手。电视剧对此心领神会,将基列国对"人"的践踏进一步延伸到统治阶层大主教那一级。小说里珍妮产下畸胎后,她的故事基本结束,而剧集在这条线上加了很多戏,她服务的大主教私下对她甜言蜜语,珍妮动了感情,在被送到下一家后无法接受,精神几近崩溃地去抢孩子。大主教和使女是不能有私情的,他被判决在手术台上截去一只手臂。

在基列国,重要的从来都不是框框本身,那是借来一用的——所以《使女的故事》并不是一部反宗教的小说。真正重要的是让你害怕,害怕到有人剥夺你之所以为人的基本需求,你也只会说"好的",只要这一次被"挽救"的不是你。而你忘了,"挽救"是会传染的,它一旦开始,就不会停止。

被基列国驯服的小小个体,能否跳脱出时代获得真正的拯救?阿特伍德本人对此是悲观的。书中最后那场挽救仪式很顺利,而电视剧则毫不吝惜地给予了大块亮色。书中没有出现主人公的真名,电视剧则正式给了她一个名字"琼";书中主人公只是听奥芙格伦说起过地下抵抗组织"五月天",剧中的她行动起来,积极为五月天传递邮包;书中一直以反抗者形象激励主人公的挚友莫伊拉,在被隔离营的悲惨影像吓到后,自愿在荡妇俱乐部里沉沦,而电视剧中,她被琼激励,不仅帮她拿邮包,还单枪匹马逃出俱乐部,重获自由。

剧集对原作的提亮处理,还表现在对黑人和犹太人的不同设定上。电影《辛德勒的名单》里,犹太少女的纯真美丽,让纳粹头子也为之一动,让他内心天人交战、始终不肯越雷池一步的原因和英国电视剧《黑镜》里那位首相一样,他对人和"猪"在一起有心理障碍。所以,基列国怎么会有黑人和犹太人呢?更不会有什么黑人使女了,在制定规则的大主教们看来,这必定是违背生殖隔离的。

据说在改编过程中,电视剧制作团队与阿特伍德有较大分歧,前者认为黑人角色应该有机会参与此剧,所以剧中出现了数个黑人角色。而在逻辑上,基列国是无法容忍黑人和犹太人存在的,硬塞进去,看起来是勇气,其实是软弱。如果连正视的勇气都没有,又何谈改变?在西方,这种软弱如今在艺术界是很流行的。

小说与电视剧的另一处显著不同,是阿特伍德在叙事的最外层还嵌套了一层"史料",小说的最末到了2195年,基列国早已覆灭,原来《使女的故事》是后世研究者根据发现的录音带口述资料整理而成。200年后学术会议上公事公办的发言,与整本书主人公富于情感的喃喃絮语对照,形成了强烈的间离效果。

这样的文字,或许不该是写给那些教授看的。在2017年,阿特伍德撰文再谈《使女的故事》,她说奥芙弗雷德的记录有两种读者,"真正的"读者不是学术会议上那些人,而是"每个作家为之写作的""亲爱的读者"。这个论调,类似哲学家列奥·施特劳斯所言的"隐微教诲"。书,是写给懂的人看的。那些"亲爱的读者",哪怕相隔几百年,也会在一间旧房子的墙后找到埋藏的信息,让同一个精神的太阳也照到他们。光就是光,太阳永远也不会陈旧。

2018 年

葡萄牙文学 800 年
符辰希

作为欧洲第一个独立的民族国家,葡萄牙虽偏居伊比利亚半岛西端,却长时间拥有明确的疆界、单一的人口构成和独特的民族文化。公元 8 世纪,摩尔人占领伊比利亚大部,拉开了七个多世纪"光复运动"的帷幕,葡萄牙的建政就是其产物。公元 12 世纪,阿方索·恩里克(1109—1185)领导的军事抗争既驱逐了异教徒摩尔人,也抵挡住莱昂与卡斯蒂利亚两个王国的联合绞杀,为新国家诞生奠定基础。从 1179 年教皇首次正式承认葡萄牙王国至今,除了几次短暂地被吞并和入侵,葡萄牙民族 800 余年国史连贯,文脉未断,葡萄牙语也成为两亿多人使用的世界性语种。

早期抒情诗歌和散文创作

目前公认最早的葡萄牙语文学作品出现于公元 11 世纪,今葡萄牙北部及西班牙西北部地区的诗人使用加利西亚–葡萄牙语写下很多抒情诗歌。对于该文学体裁的起源虽说法不一,但其明显与中世纪晚期法国南部普罗旺斯地区盛行的吟唱诗歌互相渗透,彼此影响,直至 14 世纪中叶,谱写者中甚至不乏卡斯蒂利亚的"智者"国王阿方索十世和葡萄牙的"诗人"国王迪尼仕一世。按照主题,这些诗歌大体可分为"情人诗""爱情诗"和"戏谑诗"三类,其中"情人诗"最为独特:男性诗人进入女性视角,尤其是春心初动的少女,用口头化的语言表达对情人的思念。"爱情诗"中的歌者则是男性,无论男女主角的阶级地位与社会关系如何,诗中表达的爱情都是中世纪典型的骑士–贵妇模式,高贵、纯洁却遥不可及。"戏谑诗"相比之下则志趣不高,不乏侮辱女性的"问题作品"。

中世纪的散文创作则是在迪尼仕一世推广正字法后才发展成熟的,本国的语言逐渐脱离加利西亚–葡萄牙语的母体,在非诗歌文本中得到实践与锤炼。文艺复兴前的葡萄牙散文写作与同时期欧洲其他地区大致风格相似,内容不外乎记录查理大帝生平、宣扬十字军东征、改写希腊罗马史诗和模仿不列颠的圣杯骑士系列。唯一亮点当属史家费尔南·洛佩斯,他著写的《堂·佩德罗一世编年史》《堂·费尔南多一世编年史》和《堂·若昂编年史》三部，既是记录葡萄牙国族历史的重要文献，也是早期葡萄牙语散文写作的典范。洛佩斯出生的1385年，葡萄牙刚渡过王朝危机，为了不使国君大位旁落卡斯蒂利亚之手，佩德罗一世的私生子若昂一世在本国民众的拥护下赢得内战，加冕葡王，开启了全新的阿维什王朝。1434年，洛佩斯受若昂次子杜阿尔特一世之托，为几代先王修撰国史，隐而未言之意在于为若昂一世及阿维什王朝正名。洛佩斯标榜自己的史书以真实公正为目的，用近似中世纪骑士小说的语言，描写了佩德罗一世与伊内斯·德·卡斯特罗的爱情悲剧、其子费尔南多一世的短暂王朝和私生子若昂赢得王位的辉煌事迹。洛佩斯的叙事引人入胜，且在以王室贵族为轴心的传统史家视角之外，首创性地添加平民的维度：除了血统之外，领袖品格、大众利益也成为国王统治合法性的要素，超越了时代。

航海大发现带来文学繁荣

航海大发现既给葡萄牙社会带来辉煌气象，也促进了文学的繁荣。1516年，曼努埃尔一世的朝臣、史官、宫廷诗人加西亚·德·雷森德主持出版了《总歌集》，收录了阿方索五世、若昂二世及曼努埃尔一世时期多达286位艺术家的作品，内容涵括西葡双语的宫廷诗、戏剧、讽喻诗和一些贵族聚会的应景之作。其中不乏精品，既有欧洲尤其是意大利文艺复兴的影响，也有葡萄牙民族历史、文学资源的重铸与再造，而航海贸易带来的全盘剧变也刺激了当时的文学家、思想家对新的社会现象和道德问题作出回应。《总歌集》所定格的群英像中，除了诗人萨·德·米兰达和小说家贝尔纳丁·里贝罗，更有吉尔·维森特这位葡萄牙戏剧史上空前绝后的人物。早期葡萄牙的表演艺术不外乎宗教剧、哑剧和诗文朗诵，要么有戏无文，要么有文无戏，就此意义而言，维森特简直"创造"了葡萄牙戏剧。他一生服务于宫廷，除了数部作品在宗教裁判所的干预下不知所终，流传至今的剧目有46部之多，囊括了笑剧、喜剧、悲喜剧等，其寓意剧更是独树一帜，跳出了宫廷娱乐的狭小格局，熔生动的民间语言与作者的诗才于一炉，在大航海时代背景下，将中世纪晚期社会各个阶层的生活真实鲜活又夹带讽刺地呈现在剧中。其代表作《印度寓意剧》《地狱之船寓意剧》和《伊内斯·佩雷拉笑剧》等不仅在16世纪的葡萄牙、西班牙作家中受到广泛称颂和竞相模仿，而且至今仍是葡语文学的经典。

葡萄牙文艺复兴高原上的顶峰当属路易斯·德·卡蒙斯。目前大抵可知，卡蒙斯生于里斯本一户清贫家庭，出身或为低阶贵族，曾多年在葡萄牙位于北非和远东的扩张据点服役，一生放浪，亦多经坎坷。据说其漂泊轨迹远至中国澳门，后在湄公河船舶失事，卡蒙斯一手抱住浮板一手托起诗稿的场景至今仍为人们津津乐道。他的民族史诗《卢济塔尼亚人之歌》是葡萄牙文学史上的丰碑，甚至可以说，它参与构成了葡萄牙民族、语言、身份认同的核心，因此有中文版本将其译为《葡国魂》。全诗共分10章，开篇便通过对维吉尔《埃涅阿斯纪》的模仿明确了这部30年呕心沥血之作的史诗抱负，而诗中冒险、历史与神话三个层面的叙述彼此推动、浑然一体，又蔚然有荷马之风。卡蒙斯的史诗不是政治献礼，其结构与思想的复杂性与艺术上极高的完成度，都非邀功取宠之辈所能企及。15世纪下半叶的大航海不仅打通全球历史脉络，更拓展了人类心灵的边界，一艘艘航船从伊比利亚半岛出发，驶向的是无垠的未知，征服的是内心的恐惧。在《卢济塔尼亚人之歌》中，达·伽马这样的航海家在这一维度被赋予了伟大。海上的艰难险阻在诗中具象化为暴虐的巨怪、嫉妒的酒神，而葡萄牙水手也借此具备了超越性，犹如对抗命运与神旨的古希腊英雄。一方面，卡蒙斯用诗歌语言与现实题材，谱写出人类精神的崇高；另一方面，他在航海冒险与诸神之争的两层叙述间，巧妙穿插进葡萄牙的民族史，并且通过"雷斯特罗老者"这样的形象和对帝国逝去的慨叹，构建出历史的丰富性：荣耀的另一面是虚空，崛起的后话是衰落。

  卡蒙斯也是文艺复兴时期重要的抒情诗作者。他的诗歌既有对传统形式的采用，如首尾韵四行诗，也有对新格律的尝试。就主旨而言，卡蒙斯的抒情诗与史诗颇多呼应，包括爱情、田园牧歌、人生无常和对社会现实的批判等。即便是同时期的史学家和游记文学作家，在描写海外殖民地的战争、掠夺与腐败方面，也没有谁像卡蒙斯那样直言不讳、赤裸写实。当然，诗人表达的思想需要还原到时代思潮中考量。随着文艺复兴的到来，新柏拉图主义也顺利融入当时基督教世界观的大框架中。因此，卡蒙斯的诗歌不是在简单地抱怨社会不公，而是隐藏着形而上学的张力，纯净、秩序的理想与污浊、纷乱的现实让诗人感到无所适从，而正是这种痛苦成就了诗中的歌者。同理，卡蒙斯的爱情诗虽然继承了中世纪将女性理想化、将爱情抽象化的倾向，但新柏拉图主义的二元思维决定了诗人所面对的根本矛盾是感官之爱与精神之爱的协调问题，爱情美好崇高的理念如何在不完美的人间实现？不得实现的痛苦又让人作何理解？这是卡蒙斯诗歌创作的核心所在。

  费尔南·门德斯·平托是与卡蒙斯同时期的游记作家，虽然二人在文学史上的地位不可同日而语，但今天，平托的《远游记》大大激发了后现代文艺批评家与后殖民主义理论家的兴趣。该书半写实半虚构地记叙了作者远游中国、日本的见闻，其中的东方风情描写，虽是基于平托本人的实际经历，但通过有意无意的夸张、扭曲，作者构建出一个奇异的"他者"，以此映照出葡萄牙本国的文化问题和社会风气。虽然葡萄牙人至今仍取笑平托多有虚言妄语，然而他将自己塑造为"反面英雄型"主人公，并在游记题材幌子下"大胆杜撰"，其创造性使得《远游记》成为文学与历史学殿堂中的一部奇书。

巴洛克文学的平庸

璀璨与危机并存的 16 世纪,最终以民族的悲剧收场。1578 年,曾资助卡蒙斯写作《卢济塔尼亚人之歌》的年轻国王赛巴斯蒂昂战死在北非战场,葡萄牙王位继承再次出现危机。两年后,赛巴斯蒂昂的叔父,即西班牙国王菲利普二世接过葡萄牙大位,两国兼并达 60 年之久。这一时期,王宫从里斯本迁至马德里,大批贵族精英也随之转移,葡萄牙在全球的政治与经济势力遭到蚕食,文化上也日渐边缘。为了取悦更多读者,大批葡萄牙知识精英转而用西班牙语写作,如堂·弗朗西斯科·曼努埃尔·德·梅洛,早期就是用西葡双语写作、支持马德里朝廷的贵族典型。他的一些"道德文章"与戏剧作品虽有流传,但其封建保守的价值观,尤其是对女性的贬低,多为现代读者所诟病。与此同时,王权日益集中、专断,宗教裁判所的压迫逐渐加强,这些因素共同导致了 17 世纪葡萄牙文学的平庸。葡萄牙文学的巴洛克时期,在卡蒙斯与西班牙黄金世纪诗人路易斯·德·贡戈拉·伊·阿尔戈特的影响下鲜有创新。自 1572 年至 17 世纪中叶,模仿《卢济塔尼亚人之歌》的史诗作品在葡萄牙就出现了 30 余部;在贡戈拉夸饰主义风格的影响下,效法者多追求精致修辞,然而言之无物。

安东尼奥·维埃拉神父或许是巴洛克文学中唯一值得称道的人物,他留下的书信与布道词展现了其文风的华丽与论证的雄辩,曾被誉为"天主教讲道者中的王子",费尔南多·佩索阿也盛赞其为"葡萄牙语的帝王"。除了语言运用的杰出才华,维埃拉也因其在殖民地活动中的人道主义立场为历史所铭记。他 6 岁时随家人移居巴西,人生一半的时间都在巴西度过,是葡萄牙与巴西文学史所"共享"的一位大家。他在多篇讲道中为美洲原住民发声,批判奴隶制度,呼吁天主教会停止迫害被迫改教的犹太人。因为这些超前于时代的见解,在巴西,他被种植园主排挤迫害,回到葡萄牙又被宗教裁判指控为异端,后幸得教皇赦免。此外,维埃拉神父也是一位民族主义者。他公开支持葡萄牙摆脱西班牙的统治,光荣复国,并且留下一部《未来之史》,成为葡萄牙赛巴斯蒂昂归来主义文学传统的奠基作品。这一传统的核心是一种弥赛亚式的等待,等待着葡萄牙的真命天子归来,结束本国本族的屈辱、被奴役与身份危机。维埃拉在《未来之史》中畅想了一个叫作"第五帝国"的乌托邦,他预言继叙利亚、波斯、古希腊、罗马之后,将出现葡萄牙所引领的基督教帝国,人类彼此和睦,平息刀兵。后来,佩索阿在诗集《音讯》中继承并发展了"第五帝国"的主题。

浪漫主义向现实主义的转变

18世纪对于葡萄牙乃至整个欧洲而言,都是变革的世纪。经济上,工业革命改变了社会结构,新兴事物受到追捧,资产阶级被推到历史舞台中心;政治上,绝对君权从理论到实践都得到空前加强,法国波旁王朝的君主不可一世,葡萄牙大权独揽的彭巴尔伯爵实施开明专制;文化上,启蒙主义风潮吹遍全欧,以天主教神学为基础的政治学说和文艺理论大遭挞伐,新古典主义悄然兴盛,巴洛克风格逐渐消亡。而以"葡萄牙诗社"(又名"里斯本诗社")为标志的新文艺思潮则高举人本主义与古典主义两面大旗,尝试确立一种高贵而简洁的诗歌理念,代表人物有古雷亚·加尔桑、尼科劳·托伦蒂诺·德·阿尔梅达、葡萄牙浪漫主义的发起人阿罗纳女侯爵以及诗社中成就最高的诗人杜·博卡热。

19世纪初,葡萄牙再经剧变,法国军队三次入侵,迫使王室仓皇出逃里约。恢复国土后,自由立宪派与专制保皇派展开多轮拉锯战,一批自由主义知识分子在血与火的启蒙中成长:异国流放、浴血奋战、出任使节、奔走政坛,这些经历为19世纪上半叶的浪漫主义运动做了深厚准备。作家亚历山大·厄尔古拉诺和阿尔梅达·加勒特跨过前两个世纪的晦暗与压抑,重新寻找葡萄牙人的身份认同。加勒特堪称葡萄牙浪漫主义早期最伟大的作家,政治履历耀眼,在文学创作方面也成就甚高。他的长诗《卡蒙斯》、戏剧《吉尔·维森特的一部寓意剧》和《路易斯·德·索萨修士》都是将历史主观化演绎的作品,其中既有加勒特个人天才的匠心独运,也有英法浪漫主义文学的影响。值得一提的是,在《路易斯·德·索萨修士》中,加勒特采取古希腊悲剧的模式,表现了枯等赛巴斯蒂昂归来的"旧葡萄牙"和敢爱敢恨敢担当的"新葡萄牙"之间强烈的反差,一种新的民族身份和集体人格呼之欲出。加勒特最重要的小说《故乡之旅》某种程度上也在述说同样的时代矛盾,所谓的故乡之旅,只有里斯本到圣塔伦不到100公里的距离,但是这趟象征着自我认知的旅行支撑起了独特、多层的架构,散漫的游记叙述巧妙串联起作者的哲学探讨、政治评论与小说的核心故事,在自由党人革命的大背景下,一个国家同时面临觉醒的紧张和抉择的痛苦。其语言之新、结构之奇、内容之广,使小说成为浪漫主义乃至葡萄牙文学中独一无二之作。

更晚一代的卡梅洛·卡斯特罗·布兰科是葡萄牙浪漫主义后期的标杆人物,与加勒特旗帜鲜明的自由主义立场和赤诚奔放的抒情文风相比,布兰科的生平和作品,都一定程度上游离于任何主义或学派之外。布兰科的葡萄牙语用词精准、丰富,句法编排之中蕴含着极大张力,作为一代语言大师,他擅长以文字操控感情,叙事绝不滥情。与同时代浪漫主义作家相比,布兰科更明白国民生活的实际,不会将"人民"理想化。

就本质而言,布兰科的小说属于经典悲剧,而非近代新潮,他笔下的人物很多仍为古典时代的荣誉感和道德观所驱动,面对爱情、理想、公义,他们不惜生命,《毁灭之恋》是这类作品的代表。

布兰科在小说叙事中保持克制,甚至有意与读者拉开距离的倾向中,已依稀可见文坛风气向现实主义的转变。布翁后半生已阅读到艾萨·德·奎罗斯《阿马罗神父的罪恶》这样的小说,并意识到现实主义不可逆转的崛起,然而他的调整终归不够彻底,也没有写出更成功的作品。

1865 年,大学城科英布拉的一群保守派文人公开批评某些青年作家缺乏良好感知力、品位低下。被点名者包括诗人安泰罗·德·肯塔尔和特奥非罗·布拉加,后者不仅是近代葡萄牙文学史上重要的散文家、文学史研究者,共和国建立后还短暂出任葡萄牙总统。这次诘难史称"科英布拉问题"。肯塔尔当即公开还击,并联合奎罗斯、布拉加、拉米略·奥尔蒂冈、历史学家奥利维拉·马尔丁斯等人,在 1871 年夏正式提出了"70 一代"的文艺路线与政治主张,宣告浪漫主义已经过时,作为对"科英布拉问题"的最终回应。曾出使世界各地、长年旅居英法的奎罗斯吸收了福楼拜等现实主义作家的影响,结合他眼中本国社会的诸多问题,以实证主义的因果视角,在小说创作中深入批判了葡萄牙政治低效、文化落后、宗教僵死、民智未开、道德腐化等问题,写出了"葡萄牙的《包法利夫人》"——《巴济里奥表兄》和巨著《马亚一家》。在奎罗斯眼中,葡萄牙的男男女女大多如敢作不敢当的阿马罗神父,或是巴济里奥表兄的"猎物"路易莎一样,人格软弱,见识粗浅,而《马亚一家》中的乱伦情节更象征了葡萄牙民族性格深处的自恋与病态。奎罗斯与"70 一代"同僚一度坚信,强盛的英国、德国应是葡萄牙的效法对象,也正因为这种"落后感"带来的焦虑与悲观,有人将这群知识分子叫作"被生活战胜的一代"。不过,在遗作《城与山》中,能看到奎罗斯人生末期对于鼓吹"文明"、笃信"进步"的反思:落后农业国葡萄牙涅槃重生的民族自信与文化资源,不在于工厂或城市,也许在一种健硕、勤劳、豁达的乡村生活之中。

现代主义:佩索阿与托尔加

19 世纪末到 20 世纪初,葡萄牙社会外忧内困,全球性帝国支撑乏力,在不可避免的阵痛中诞下了虚弱的共和国。然而,在大局动荡又百废待兴的 1910 年代,葡萄牙文学迎来了以费尔南多·佩索阿为核心的又一高峰。1910 年共和国肇始,一群文坛新秀在波尔图创刊文艺杂志《鹰》,并以此为阵地,掀起了名为"葡萄牙文艺复兴"的运动。《鹰》延续办刊二十余载,见证了文学界几代人的成长与变迁,其中早期的领军人物特谢拉·德·帕斯夸斯,作为怀恋主义首席诗人,在 20 世纪 10 年代初曾风靡全国。佩索阿的早期诗歌显然吸收了帕斯夸斯的元素,在其30年代出版的神秘民族主义诗集《音讯》中也依然可寻怀恋主义的回音。除此之外,19世纪末的两位天才诗人塞萨里奥·维尔德和卡梅洛·庇山耶也深刻影响了佩索阿,尽管前者英年早逝,作品不多,但他以市井生活入诗的角度启发了一批现代诗人,而后者的象征主义诗歌则为佩索阿提供了语言资源。

1915年出版的《俄耳甫斯》杂志虽仅刊发两期,但正式宣告了葡萄牙现代主义石破天惊的出场。《俄耳甫斯》在文学史上所标志的,是以佩索阿、马里奥·德·萨·卡内罗、阿尔马达·内格雷罗斯为代表的第一军团与旧传统猝然断裂,将外来的先锋艺术理论付诸实践的一次勇敢尝试。也正因为此,这一时期的现代主义作家与作品,与颂赞机器文明的意大利未来主义有密切关联,例如佩索阿创造的主要"异名"之一阿尔瓦罗·德·冈波斯就在这一时期发表了《胜利颂歌》《航海颂歌》等夹杂机器轰鸣与惠特曼式豪壮诗情的作品。甚至可以说,佩索阿创造的"异名"本身就是现代文艺思潮的产物。"异名"与笔名不同,笔名只是掩藏真实身份的符号,而异名则是作者人格的分身,例如佩索阿一生至少构建了七十余个异名,各有不同的出身、教育、政见、哲学和文风,每一个异名都像一个独立的演员,而作者本人就是所有分身共同演绎的整台大戏。这种人格的裂变与主体的多元,或许在晚近的思想史中才能找到相应的理论基础,例如尼采在《权力意志》中提出,自我的多重性与多重人格之间的互动是人类思想、意识的基础。同样,佩索阿自称为"戏剧诗人",因为其诗歌创作建立在异名世界之上,所有人格与文学出于一身,而自己这场没有情节的戏剧就是其一切创作的终极审美对象。这恰好实践了尼采在《悲剧的诞生》中将审美树立为绝对价值、强调"鬼魂附体"是艺术先决条件的论调。在葡萄牙文学传统中,大概也只有弗拉迪克·门德斯可与之相比。门德斯最早是奎罗斯青年时代虚构的人物,他周游世界、个性鲜明,后来整个"70一代"作家集体用书信、杂文等参与构建、维护了这个共同的"朋友"。与之相较,佩索阿则将创建"他我"的异名游戏推向极致,其中广为读者熟悉的"作者"有农民诗人阿尔贝托·卡埃罗、轮船工程师阿尔瓦罗·德·冈波斯、医生里卡多·雷耶斯和会计员贝尔纳多·索亚雷斯,文字也大相径庭,有古体诗、无韵诗,还有深邃而充满哲思的散文,除此之外,即便"费尔南多·佩索阿"这个名字也仿佛数位诗人共用的面具。更难能可贵的是,佩索阿在各个时期、各种风格的创作中,都达到极高水准,无论是诗歌的思想性、韵律感,还是对人生和艺术深刻讽刺性的敏感觉悟,都足以使佩索阿比肩西方文学史上最顶尖的大师。

然而,佩索阿一生47年多半低调,生前只结集出版过一本英文诗集、一本葡文诗集,但身后留下巨大的文学遗产,直到20世纪后半叶才逐渐引起国内外学界的重视,一箱遗稿时至今日仍未完成整理。继《俄耳甫斯》之后，以《在场》杂志为核心的一群年轻知识分子发起了现代主义的第二波，他们名为延续，实为修正地接过《俄耳甫斯》的使命，并且早在20年代便意识到佩索阿的伟大，尊其为导师和先驱，这批人包括了最早的佩索阿研究权威若昂·加斯帕尔·西蒙斯，还有20世纪中期漫长独裁统治下葡萄牙文坛独一无二的巨人米盖尔·托尔加。

托尔加一生几乎覆盖了整个20世纪，见证了葡萄牙社会从君主到共和，从乱世到独裁再到解禁。托尔加是笔名，本是其家乡山后省的一种欧石楠花。而正如这一笔名所寓意的，无论周遭百家之言如何争辩，各种主义胜负几何，托尔加的写作始终与故乡和土地密切相连。托尔加主业是耳鼻喉科医生，早年便因为医治穷人分文不取而为人称颂。作为诗人、小说家、剧作家的他，同时也用笔为故土、为封闭穷苦的山后省人发声抗争。其身后留下的16卷《日记》涵盖了托尔加宽泛的创作光谱，包括诗歌、抒情散文、时政评论和文化反思，富有真情实感，亦不乏真知灼见。此外，其代表作还有短篇小说集《动物趣事》和《山村故事》等，投射出作者对乡土故人的热爱与悲悯。诗集《伊比利亚的诗》虽常被拿来与佩索阿的《音讯》比较，但托尔加的"大地诗歌"里没有佩索阿天马行空的诗学和对超然上帝的神秘感知，他的哲学很具体，人性的卑微与温暖就是其全部信仰。因为这种具体，托尔加会为底层民众的遭遇感到义愤，对萨拉查政府多有龃龉，几次被捕；也因为这份具体，托尔加似乎一生都游离于政治之外，始终保持着超然的冷静，他不向独夫之政屈膝献媚，也不为民主革命忘我欢呼，他永远像卡蒙斯笔下"雷斯特罗的老者"，凭着经验主义的理智，指点历史深处的忧虑。总之，米盖尔·托尔加之于20世纪葡萄牙和葡萄牙语文学的重要意义毋庸置疑，1989年他获颁首届"卡蒙斯奖"可谓众望所归，该奖项也自此成为当代葡语文学的至高荣誉。

当代葡萄牙文学对历史的独到思考

虽然早在1960年托尔加就曾被提名诺贝尔文学奖，但直到1998年，若泽·萨拉马戈才成为第一位折桂诺奖的葡萄牙语作家。萨拉马戈曾做过编辑、记者、专栏作家，较早接触文学界，早年出版过几本诗集，但作为小说家的他大器晚成，53岁才发表第一部长篇小说，1982年的《修道院纪事》、1984年的《里卡多·雷耶斯死去那年》都大获成功，也成为其代表作。1995年，萨拉马戈凭借《修道院纪事》斩获第七届卡蒙斯奖，这一年他完成的《失明症漫记》更是助其3年后问鼎诺奖。萨拉马戈的作品很多从还原历史开始，无论是葡萄牙王朝、教会的陈年故事，还是费尔南多·佩索阿的"异名"小传，萨拉马戈都通过大胆想象开辟出一条奇异的时空隧道，构建出一个高度仿真但细节上面目全非的历史版本，妇孺皆知的典故在他绵长而充满转折的语句中不知不觉被颠覆，帝王将相的赞词颂歌、世外贤人的清谈高论成了被戏仿、讽刺的对象，借此树立的是基于作者共产主义、人文主义意识形态的历史观和正义论。当然，萨拉马戈激进的政治立场能为整个葡语世界乃至全球读者所欣赏，凭借的是他对葡萄牙语的天才妙用、对葡萄牙历史文化的独到思考和赤子之诚。

安东尼奥·洛博·安图内斯是当代葡萄牙文坛的另一座高峰。安图内斯是心理医生出身，曾在葡萄牙殖民地战争末期作为军医在安哥拉服役，两年多的战地经历直接影响了其《大象回忆录》《不毛之地》等早期作品。战争的残酷与个体的苦难让作者洞彻了官方爱国主义宣传的空洞与荒谬，由此反思、批判的是贯穿整个葡萄牙历史对于海外殖民的英雄主义叙事。安图内斯的语言风格在后期越发凝重简练，但仍保持了心理叙述的深刻与精确，他的许多小说以家庭纽带、人际关系的错位为切入点，以小见大，反映葡萄牙社会走入民主时代过程中的阵痛和迷惘。1974 年的"康乃馨革命"不只结束了旷日持久的海外战争，改变了上层建筑，更在微观上将无数家庭从过去的传统价值观上松绑，拥抱自由的同时也迎来失落和无措。因此，安图内斯的小说虽然充满晦涩厚重的心理描写，但仍成功引起了当代葡萄牙读者的广泛共鸣。

现代葡萄牙文坛才情各异的作家还有维尔吉奥·费雷拉、若热·德·塞纳、索菲亚·安德雷森、爱德华多·洛伦索、莉迪亚·若热、阿尔·贝托、曼努埃尔·阿莱格雷等，历史终究会留下谁的名字，还有待时光的淘洗拣选。

回望 800 年，葡萄牙虽偏居欧洲一隅，人口稀少，但历史因缘成为真正全球历史的开幕主角。15—16 世纪大航海时代的辉煌根源于葡萄牙民族对人类精神边界的勇敢开拓，其开放的胸襟、高远的眼界、虔诚的情怀在文学领域也绽放出灿烂成果，与此同时，航海者的形象也凝聚成葡萄牙民族气质与身份认同的核心。当荣耀逝去，帝国衰落，民族变得忧郁怀旧，其文学也是抒情多于哲思，诗歌强于叙事。后 400 年葡萄牙社会与文化的流变都难以绕开历史的迷局，落后狭小的土地承载着世界性帝国的梦想，怀恋过去即是盼望未来。在脱非入欧的新时代里，诚如萨拉马戈在小说《石筏》中所创造的意象，葡萄牙作为伊比利亚半岛的一部分，在欧、非、美三块大陆之间找到属于自己的全新定位与独特身份，葡萄牙文学也需要寻求新的表达。

阿多尼斯：写作的目的是改变

王　杨

1930 年,阿里·艾哈迈德·赛义德·伊斯伯尔出生在叙利亚一个海滨村庄卡萨宾的一户农民家庭。十几年后,他进入大学学习哲学,取了一个希腊神话中美少年的名字——阿多尼斯,发表诗歌作品,成为当代阿拉伯语诗歌的代表人物。日前,叙利亚诗人阿多尼斯来到中国,将参加由中国作协和鲁迅文学院主办的第三届鲁迅文学院国际写作计划的系列活动。

童年经验与诗歌写作

阿多尼斯与诗歌的缘分可以追溯到他的童年时代,给他重要影响的是父亲。阿多尼斯童年的生活环境非常艰难,称得上是赤贫:没有电,缺少水,基本的生活物资都非常有限。离家最近的学校,步行也要一个小时才能到。到了 13 岁,阿多尼斯还没有进入学校读书。但身为农民的父亲教授阿多尼斯学习阿拉伯语,给他讲解阿拉伯的古代诗歌,也让他理解了《古兰经》。对于阿多尼斯而言,父亲就意味着一切,"没有父亲,我就什么都没有"。

童年的生活虽然贫穷,但阿多尼斯是在大自然的怀抱中长大的,他从中理解了人与自然的关系,这种对于自然的理解与生长于其他环境中的人对于自然的理解有所不同。"对我来说,一棵树有时就像一个女朋友;有时又像一个敞开的家,下雨时可以去躲雨,树木让我受到荫庇。天空是透明的,我们有时整个晚上什么都不做,就是躺着看星星,仿佛伸手就能向星星致敬。这种人与自然的关系不只是一种浪漫关系,还是人就是自然的一部分,自然中的花草树木都是人身体和四肢的延伸。"阿多尼斯的诗歌中常见的大海、天空、星星、树、风、黎明、黄昏等与自然有关的意象,应该就来源于童年与自然相处的经验。

成长于自然中的经验也影响到阿多尼斯探索内心和写作的方式,他认为,一个诗人内心中深刻的东西应该是更加接近自然或者乡村的,而不是城市。年轻时,他曾经有过这样的矛盾:在乡村时对城市充满了憧憬或梦想,希望能够迁移到城市中生活;但到了城市后又发现,城市并不如想象中的那样美好,反而有很多丑陋的东西。对于阿多尼斯来说,城市的梦想更多地代表了那些并不美好的东西,由此阿多尼斯意识到了现实与梦想、想象之间的矛盾。

从村庄走向法国学校

1944年，因为在总统面前朗诵了自己创作的爱国诗歌，少年阿多尼斯得以接受国家资助，进入城里的法国学校读书。在青少年时期，阿多尼斯既受到传统阿拉伯文化的浸染，又通过学习法文，接受了西方教育，阿多尼斯自称，"从村庄走向法国学校，是我走向另一个世界的起点"。东西方两种不同的文化为阿多尼斯打上了精神底色，并影响了他看待世界的方式。

阿多尼斯发现，在媒体上或学校里传播的阿拉伯传统文化与自己小时候了解的阿拉伯传统文化是有出入的。小时候与父亲一起读的阿拉伯诗歌，与周围朋友在学校里学到的阿拉伯诗歌也不一样。他注意到，学校里教授的阿拉伯诗歌，要么是歌颂赞美权力的，要么就是纯粹个人化的爱情诗，而父亲带他读的诗歌题材远比这些要丰富深刻得多。阿多尼斯称其为"对于传统的再发现"。他对传统的再发现不仅仅体现在诗歌层面，还体现在思想层面，如对伊斯兰文化遗产中"苏非主义"（伊斯兰教的神秘主义）等思想的了解。在这个过程中，阿多尼斯发现了阿拉伯传统文化中没有被官方展现出来的另一种深度，这种再发现也深刻影响了他的诗歌创作。

在了解西方文化之后，阿多尼斯能够进一步以全新的眼光审视阿拉伯传统文化，包括传统诗歌。在阅读了西方超现实主义诗歌后，阿多尼斯发现"苏非主义"与超现实主义有相似之处。他曾经写过一篇论文，将法国诗人兰波称为"东方的苏非主义者"；还曾经写过一本关于苏非主义与超现实主义的著作，揭示二者在看待世界、看待人生、看待艺术上的相通之处。另外，波德莱尔作品中经常出现的永恒和瞬间的关系，也曾经是阿拉伯大诗人艾布努瓦斯诗歌中常见的主题，还有马拉美对语言的使用方式，与阿拉伯诗人艾布泰马姆也很相似。

阿多尼斯曾说过"我的祖国是阿拉伯"，流连于阿拉伯古代诗歌和文化的丰厚遗产之中。他也毫不讳言，自己对阿拉伯文化持一种批判态度——并非是说阿拉伯文化毫无价值，而是需要重估阿拉伯文化。在著作《稳定与变化》中，阿多尼斯就谈到，阿拉伯思想文化中的稳定妨碍了前进，阿拉伯人需要发现文化中曾经被边缘化的"变化"的因素，这才是其文化中真正有价值的部分。所谓的重估阿拉伯文化，用阿多尼斯的话说，就是"阿拉伯世界需要重读自己的古代遗产，把文化和宗教从政治和权力的解读中解放出来"。

将自己流放

阿多尼斯生于叙利亚，有黎巴嫩国籍，20世纪80年代之后，又长期定居在巴黎。

在阿多尼斯的诗中,反复出现"离开""流亡""迁徙"的意象:"诗人啊,你的祖国/就是你被逐而离去的地方";"不要把流亡地当作祖国,流亡地只是流亡地,其独特之美正在于此"。诗人似乎对于此情有独钟。

在《祖国与流亡地之外的另一个所在》一文中,阿多尼斯写道:"我生来即是流亡者,我的第一个真正的、持续不断的流亡地正是我生于斯的祖国和长于斯的文化。"对于阿多尼斯来说,这种"流亡""离开"既是地理意义上的,也是情感意义上的——"把自己从阿拉伯落后保守的文化中流放出去,或者哪怕生活在落后保守的环境中,也要在思想上将自己流放出去"。他说,任何一个有自我意识的人,都很难对今天的阿拉伯社会感到满意。当今的阿拉伯社会,仍然信奉着过去的中世纪的思想,而人们的生活方式和日常用品是完全西化的。生活的表面和本质有一种矛盾,表面上是现代化的,而本质上又拒绝产生这种现代化的思想和原则。对于真正的思想者来说,很难认同这样的环境,所以有必要把自己从这样的环境中放逐出去,这是一种自我放逐,即使身在环境之中,也与之保持一种疏离、一种格格不入。阿多尼斯赋予"流放""迁徙""旅行"等词汇一种正面的积极的意义,就如阿拉伯古代诗人艾布泰马姆有一句诗歌写道:到一个新的环境,才会更新自己。也如他自己所说:"我要成为我自己,就应该把自己从这个流亡地流放。不是流放到国外,而是流放在这个流亡地内部——在我的民族、文化和语言内部。我应该在祖国与流亡地之外,创造另一个所在。"

指向未来的诗歌

在1992年伦敦当代艺术学院举办的"诗歌未来"研讨会上,阿多尼斯在演讲中谈到了诗歌与时间:"诗歌没有时间,诗歌本身就是时间","时间可以用诗歌来解释"。

阿多尼斯所说的诗歌和时间的关系,指的是诗歌与历史、现实和未来的关系。在采访中,他举例说,当我们谈论阿拉伯历史上的黄金时期阿拔斯王朝时,我们谈论最多的都是阿拔斯时期的重要诗人,如穆太奈比、艾布泰马姆等,很少有人会记得与这些伟大诗人同时代的哈里发是谁,人们要到诗歌中去寻找这些哈里发的名字。从这个角度说,历史是诗歌的一部分,而不是相反。阿多尼斯说,伟大的诗人不会是历史的随从、仆人,不会是历史的影子,他们创造了历史,他们是超越历史的。我们不会通过历史事件去了解诗人和诗歌,相反,特别是在今天,我们需要从诗人和诗歌的角度去审视历史。他所说的诗歌不是字面意义上的,而是上升到精神层面,泛指一种审视的眼光。

阿多尼斯认为,一切伟大的创作都是超越现实,指向未来的。今天,人们还在阅读荷马、但丁的作品和古巴比伦的史诗《吉尔伽美什》,人们还在谈论这些诗歌,因为这些诗歌传达的都是一种面向未来的思想,一种改变的、超越的思想。在阿多尼斯看来,

"诗人不是为了唱和某个原有的思想,或为了响应外界的召唤而写作",所谓的忠实的写作是没有价值的,写作的目的是改变,不是忠实。一切伟大的诗歌,伟大的文学、艺术都是如此,它们代表的不是守成,不是固守某些理念,而是指向未来的超越和改变。"看一部诗歌或者艺术作品,与其问这个作品代表了什么样的方向,我们更应该问这个作品的价值是什么,它怎样发现了人的价值,怎样发现了未来的价值,它是否为开辟未来创造了可能性。"

确信·疑惑·提问

"确信是幼稚的,它只知道自己是怀疑的对立面。/所以它无法达到生活的水准/——作为童年或老年、初始或终结的生活。"阿多尼斯的诗歌中,经常对"确信"持一种批判或嘲讽的态度,而对于"疑惑"和"怀疑"却时常表示肯定。他还会在诗中、演讲中不断提出问题,却并不给出答案。

对此,阿多尼斯解释说,这与阿拉伯文化有关。在他看来,传统的阿拉伯文化是建立在答案而非问题的基础上,一切东西都有答案,人们可以从宗教中、从教科书中……从各种地方找到答案,一切答案都是现成的、容易的,就是没有问题。但阿多尼斯认为,人的力量不在于答案,而在于提问,只有发现不足才会提出问题,而提出问题就旨在改变,旨在超越。从更广的角度即人与存在的关系来说,人的存在也应该建立在提问的基础上。从这一点来说,疑惑和提问指向思考,是人有价值、有力量的表现。

具体到诗歌,阿多尼斯认为,诗歌绝非读者和其他任何事物间的中介,不会向读者提供什么答案。诗歌更是一种力量,能让读者回归自身,将他越来越深入地引入内心世界,让他向自身、向世界提问,并自己去发现问题的答案。"与其说诗歌是文学,不如说它是火焰。"这火焰应该是激发思想的火和放眼世界的光。

民族文学论与韩国当代文学的发展

董 晨

白乐晴的民族文学论,是韩国的进步文学者直面朝鲜半岛民族分裂和韩国国内民主政治缺失之现实提出的文学理论,包含着对同时代民族现实的危机意识。它区别于在韩国建国后的10余年内作为文坛主流话语的"为文学而文学"的"纯粹文学论",是文学积极参与现实,文学者积极承担起其社会责任之体现。它建立了新的文学评判标准,鼓励现实主义文学、农民文学、第三世界文学,从真正意义上扭转了大韩民国建立后持续数十年的文坛主流的创作与批评风气。

身为一名韩国现当代思想、文学的研究者,偶尔会遭遇这样的追问:"哦?韩国文学?韩国有什么文学?"有些时候,对方显然不是期待从我这里得到韩国文学作品名录,而是在表达"韩国能有什么可研究的文学"的情绪。事实上,自中、韩两国建交以来,随着两国文化交流的加强,一些优秀的韩国文学作品已经被翻译成中文,而国内学界的韩国现当代文学研究虽然起步晚,积累也十分有限,但怀抱着学术热情和责任感的研究者也在逐步成长。然而,上述现象在可视时期内似乎难以得到本质上的改善,其原因相当复杂。

即使是出身于朝鲜语专业的笔者,也一度有过这种情绪。暂且不谈韩国现当代文学自身的水平和海外影响力,单就笔者自我审视的层面看,这种情绪在相当程度上源于笔者作为中国人对曾在中华文化圈内的朝鲜半岛所具有的文化优越感——他们的古典文学全由汉字写成,大都受到了中国古代文学的影响。还有在头脑中隐隐作祟的进化论色彩的文明观对韩国现当代文学作出的价值判断:朝鲜半岛自近代以来被日本殖民了36年,半岛解放后又在冷战的大环境下经历了民族分裂以及战争,甚至至今仍未正式结束休战状态。在有着如此曲折之历史的分断国家大韩民国,真的能诞生出优秀的文学和思想成果吗?

笔者逐渐发现,这些来自外部视角的疑问或言偏见,似乎也勾连着长久以来困扰了,也许在某种程度上仍在困扰着韩国作家和文学研究者的问题:如何创造出具有民族主体性,在承接朝鲜半岛数千年文化传统的同时,充分吸收西方现代文学、文化的养分,足以跻身世界文学之中的韩国文学呢?在笔者看来,本文要谈的韩国当代文学评论家白乐晴在20世纪70年代提出的"民族文学论"在某种意义上正是对这个问题的探索。而沿着他的思考,作为中国读者的我们或许能够一窥韩国当代文学发展的历程,以一个新的视角重新审视韩国的现当代文学。

白乐晴 1938 年出生于韩国大邱市,高中毕业后进入美国布朗大学就读,取得英美文学、德国文学学士学位。其后在哈佛大学获得英美文学硕、博士学位。留学归国后执教于首尔大学英文系。1966 年,白乐晴以创办韩国进步知识分子文艺季刊《创作与批评》为契机跻身文学批评界。20 世纪 70 年代,以白乐晴为中心,《创作与批评》的知识分子群体提出了民族文学论,一跃而取代了作为同时代韩国文坛主流话语的"纯粹文学论",成了韩国文学批评界新的主流,为韩国当代文学揭开了新的篇章。

民族文学论的提出

提到民族文学,大家的第一反应往往是"民族主义文学"。而事实上,白乐晴口中的"民族文学"之所以使用"民族"二字,首先是为了将自身区别于韩国的"国民文学"。它着眼于整个朝鲜半岛,立足于南、北双方是同一民族、同一种文化传统的共有者而提出,内中包含着白乐晴期待分裂的民族实现和平统一的愿景。同时,白乐晴使用"民族文学"这一词汇,也是为了与当时朴正熙政府的官方意识形态及其御用文人争夺"民族文学"相关论题的话语权。

20 世纪 70 年代的"民族文学"理论提出之时,正是朴正熙政府废除三权分立的议会民主主义制度,宣布实施总统集国家权力于一身的维新体制之际。维新体制激起了韩国社会在野力量的强烈反对。然而,朴正熙政府之所以能够维持统治,并非仅仅依靠暴力压制民众的不满,而是存在着能够让自身统治得以延续的巨大经济成就,以及具有广泛大众动员力的话语体系。其中,就包含了以"民族主义"之名包装的分裂国家的国家主义。基于朝鲜半岛被日本殖民的历史,民族主义在韩国具有强大的大众动员力。而朴正熙政府及其御用文人为了宣扬维新体制的合理性,将其包装为所谓"民族的民主主义"。并在教育、宣传领域大力推行复古主义的文化政策,试图进一步强化官方主导的民族主义理念。值得注意的是,同时期,"民族主义"也成了朴正熙政府时期韩国社会进步力量最为重要的体制批判话语。他们批判朴正熙政府在经济发展过程中过度依赖外来资本导致了政治和经济上的对外依附,批判其"民族的民主主义"的虚伪性。然而,针对当时韩国社会的西方文化崇拜,进步知识分子中的民族主义者们也主张排斥西方文化,复兴民族文化,表现出了将民族文化的价值绝对化的国粹主义的特质。在这一点上,韩国进步知识分子中的民族主义者最终与朴正熙官方意识形态实现了某种意义上的"殊途同归"。正是在此状况下,着眼于"民族文学"广阔的号召力,白乐晴开始着手进行"民族文学"的理论建构工作。白乐晴在倡导民族文学理论之初就宣布:"真正的民族文学与任何感伤的或者政治策略性的复古主义势不两立,它也绝不能流为国粹主义。"(《为了确立民族文学之概念》)在白乐晴那里,民族文学论从根本上区别于国粹主义的文学论乃至文化论。后者将民族作为某种永久不变的实体和拥有着至高价值的存在。白乐晴认为,民族文学概念存在现实依据,即"民族尊严性与生存本身面临着迫切的危机"。也就是说,是民族危机之现实规定了民族文学的概念。于是,民族文学的概念拥有彻底的历史的性质。它的内涵随民族危机之状况的变化而变化,甚至有可能在变化的状况中被否定,或被层次更高的概念所吸收。

就像这样,白乐晴的民族文学论首先是韩国的进步文学者直面朝鲜半岛民族分断和韩国国内民主政治缺失之现实提出的文学理论,包含着对同时代民族现实的危机意识。它区别于在韩国建国后的10余年内作为文坛主流话语的"为文学而文学"的"纯粹文学论",是文学积极参与现实,文学者积极承担起其社会责任之体现。

以此为前提,我们不难理解在民族文学论的展开过程中,现实主义文学论何以成了其重要的构成要素之一。20世纪70年代,在民族文学论引领下,由文学评论家、作家积极参与的民族文学运动的展开过程中,诞生了一批在韩国当代文学史上留下重要印记的现实主义文学作品,如小说家黄皙暎、诗人金芝河等人的作品。中国读者对这些韩国作家也并不全然陌生。黄皙暎的《去森浦的路》《客地》《韩氏年代记》等9篇代表性作品在2010年被译成中文,结集成《客地——黄皙暎中短篇小说选》,由人民文学出版社出版发行。

韩国现代文学的新评价标准

事实上,透过民族文学论,白乐晴提出的,是韩国同时也是被动地被卷入现代世界体系的国家或民族的知识分子们共同探索的问题。

对于在近代遭遇了被日本殖民的历史,接受了来自西方文化的巨大冲击,未能进行主体性的现代化的韩国,如何定位现代文学,或言如何界定自身文学史上的现代呢?"现代"是理解民族文学论的关键词。而白乐晴眼中韩国的"现代",一方面区别于韩国知识界中西方中心主义者主张的西方化的现代。同时,它也与排斥"现代",一味复古的国粹主义划清了界限。白乐晴提出的民族文学课题的本质,就是要以复杂的态度去对待现代,承担起既要"适应现代",又要"克服现代"的双重课题。也就是一方面要对西方现代文化的经验保持开放的态度,"继承现代初期欧洲国家语言文学的灿烂成果",但同时又深知韩国文学依靠单纯模仿无法创造出同样的成果。于是,则要"忠于具有殖民地经验的分断民族的特殊现实"(《朝鲜半岛的殖民性和现代性之双重课题》)。

由民族现实打造的民族文学论,提供了关于韩国现代文学的新的价值评判标准。

用民族文学论主倡者之一、韩国当代文学评论家崔元植的话来说,民族文学论是"对既有的正典进行去正典化,进而达到再正典化的运动",以期"形成与体制所培养出来的国民有区别的新的读者共同体"(《从民族文学论到东亚论》)。也就是说,20世纪70年代民族文学的理论建构工作,是试图打破大韩民国建国后在极右反共主义的政治体制下建立起的"现代文学"的标准,建立新的"现代文学"之标准,重新书写韩国文学史,重新评价作家及作品之价值的工作。而白乐晴给出的韩国现代文学的新的评价标准,就是"民族文学"。

在白乐晴看来,民族文学才是韩国现代文学应有的或言理想的状态。他指出,韩国的现代文学是在"意识到外来势力的侵入并不是给部分地区或部分阶层,而是给全体民族带来侵略之威胁的时候萌生起来的",其全面展开"同反抗日本帝国主义侵略的一系列反殖民、反封建运动有直接的联系"。"当韩国文学自觉意识到历史要求它的应该是'民族文学',并相当程度地开始迎合了这一要求时,才能说我们文学史的'现代'已经开始了。"(《为了确立民族文学之概念》)

基于上述认识,白乐晴给出了民族文学的首要标准,即反帝、反封建的意识。立足于这重标准,白乐晴对同时代韩国文学研究中的具体问题进行了批判。其中,就包括在探寻现代文学之源头时以作品的书写语言作为绝对评判尺度的现象。韩国的古典文学分汉文与韩文两种。出于韩国对"国语"的强调,朝鲜王朝后期的汉文作品往往被排除在韩国的民族文学之外。对此,白乐晴指出,使用汉文和民族意识绝不是简单的二律悖反关系。然而,他也指出,使用汉文的作品也的确具有民族文学的局限性。无论在内容上它如何为民众与民族利益代言,但它所选择的文字本身就使它放弃了直接向大多数民众发出号召的可能。针对同时代文学研究界将使用韩文与西方文学技法写作的李人植、崔南善等人作为韩国现代文学创始者的现象,白乐晴则在肯定了他们打破古典文学中言文不一致传统的重要意义的同时,指出了他们作品本身反殖民、反封建意识之不足。在此基础上,白乐晴也强调,文学研究界存在的过分夸大李人植、崔南善文学作品价值之现象,也证明了研究者自身反殖民、反封建意识之不足。

民众性是白乐晴为民族文学给出的第二重判断标准。民族文学论也往往被称为民众文学论,它强调文学贴近民众,贴近"民族大多数成员"的"实质性要求"(《民族文学的现阶段》)。也是在此意义上,白乐晴肯定了韩国学界对18世纪以后崛起的盘索里、民俗剧、民谣等平民文学研究之必要性。然而,他也指出,在种种历史条件的制约下,上述平民文学未能达到与西欧市民文学相比肩的高度。

民族文学精神核心的延续

　　问题是,既然与西欧市民文学这个参照物相比,韩国文学处在落后的位置,那么依靠忠于民族之现实、扎根于民众,韩国文学就能成为"先进"吗?难道这种做法不会导致文学之闭塞,封锁了自身走向世界文学的道路吗?这实质上是文学的民族性与世界性的问题。白乐晴对此的解答,立足于他对西方文学之局限性以及第三世界文学之先进性的认识。在他看来,卡夫卡、加缪等西欧作家无法对帝国主义进行彻底的批判。其原因在于,19—20世纪,西欧社会的繁荣几乎全部依赖殖民地的经营,就连其社会中的一般大众都从殖民统治中受到了极大的物质恩惠。于是,若这些作家要彻底批判殖民主义,便会与自己社会的大众脱离关系,造成其文学之困窘。而忠于大众则必然导致他们对殖民主义的批判停留在细枝末节上。于是,与他们相比,有过被殖民、被侵略经验的第三世界作家们在批判殖民主义方面有着得天独厚的优势——他们的批判与自身所在社会的民众共呼吸。

　　值得注意的是,白乐晴对第三世界文学先进性之论述并非止步于批判殖民主义的层面上。他的判断立足于对第三世界文学将承担起为包括西方人在内的人类创造新的历史之责任的笃信。白乐晴提出:"所谓从殖民地状态中脱离出来,不是单纯的政治、军事问题,而是意味着克服殖民地统治下的极端非人性和歧视性的人性文化的再生过程。"(《如何看待现代文学》)而切断这种歧视性文化的再生过程,无法通过批判殖民主义本身便可达到。

　　更重要的是同自己的斗争,需要"在自己民族内部识别出有意无意地迎合殖民统治的势力并加以批判,进而在心灵深处,能够区分和战胜封建精神和买办意识"。这种自我认识和自我分裂的克服工作,同样也是先进国家文学里最迫切的现实问题。于是,有过被殖民、被侵略经验的第三世界的作家们,仅仅忠实于民族之现实,便能"把西欧文学最先进的主题变为自己的东西",同时,"继承起在西欧文学中也几乎中断了的19世纪现实主义大师们的传统"(《为了确立民族文学之概念》)。

　　从韩国当代文学史上看,20世纪70年代作为文学理论的民族文学论,以及作为韩国民主化运动之一环的民族文学运动之展开,具有划时代的意义。朝鲜半岛上两个意识形态相互对立的国家的建立,带给了三八线两侧的文学创作与批评决定性的影响。就韩国而言,那些有着左翼脉络的现代作家和作品,一度被迫退出了体制所建构的韩国现代文学史叙述,成了不能被触碰的禁忌。而民族文学运动让那些被迫沉默的作家和作品回到了现实,与韩国读者建立起了关系。它建立了新的文学评判标准,鼓励现实主义文学、农民文学、第三世界文学,在真正意义上扭转了大韩民国建立后持续数十年的文坛主流的创作与批评风气。

狭义的民族文学论在20世纪70年代就宣告结束。"20世纪80年代民众文学、劳动解放文学、民族解放文学等更为激进的文学运动的掀起,民族文学论已落到一种唯名论的状态之中。"然而,正像崔元植所强调的那样,在今天的韩国文坛,"民族文学的核心一直被继承了下来。就算是那些批判民族文学,甚至否定民族文学的主张,也不曾放弃民族文学的核心,即对民主主义的诉求与和平解决分断的愿望"。

基于民族文学论之现实主义精神,崔元植对近年来的韩国青年文学脱离现实和读者、专注于自我的创作风气表示不满。他主张:"现实才是韩国现代小说的伟大导师"(《从民族文学论到东亚论》)。与此同时,他也提到了今日的韩国电影所形成的强大的观众共同体。

的确,即便是对韩国当代文学发展历程以及民族文学论完全不了解的中国观众,对于讲述儿童遭遇性侵害事件的《素媛》《熔炉》,以及取材于20世纪80年代全斗焕军政独裁时期"釜林事件",根据韩国前总统卢武铉的真实经历改编的《辩护人》等现实主义风格的韩国电影也印象深刻。《素媛》在韩国社会引发的巨大反响,迫使韩国法院修改了针对儿童性侵犯的量刑标准。而由真实事件改编的《熔炉》上映后,在韩国民众的集体关注中,当年的案件得以重新审理。恰恰从上述韩国电影强烈的现实关怀以及它们的社会效应中,我们依稀看到了20世纪70年代韩国民族文学的精神核心。就这一层面来看,对于中国读者而言,韩国当代文学并非如文章开头所谈到的那样遥远和陌生。

2018年:明治的语境和困惑

孙洛丹

2018年日本开年大河剧正是改编自林真理子同名小说的《西乡殿》,与以往文学和影视作品中英勇果敢的西乡隆盛略有不同,小说原著及电视剧用了很多情节和细节来刻画这位大英雄"用爱发电"的一面。不光是《西乡殿》,近年来热议的许多以幕末明治为时代背景的文学和文艺作品都面对着一个共同的问题,那就是如何理解和把握明治维新的遗产?当然也可以换一个思路——如果不将明治维新视作一个已经结束的历史事件,那么2018年正是明治150年。这不仅是修辞层面年号的挪用,还意味着一种新的观照今天的方法。

文学奖与致敬宫泽贤治

明治维新150周年即2018年1月,64岁的若竹千佐子以《我将独自前行》(《おらおらでひとりいぐも》)与石井游佳分享第158届芥川奖的"双黄蛋"。尽管若竹创下了芥川奖有史以来的第二高龄,却是个十足的文学新人,一年前以这部处女作赢得《文艺》杂志"第54届文艺奖"而出道。《我将独自前行》讲述了一位独居的74岁主妇桃子的故事,上届东京奥运会时,她从故乡来到东京,在这里工作、结婚、生儿育女,再之后是儿女的离巢和丈夫的死去。孤独生活在大都市的老妇人的日常生活乏善可陈,但她的内心汹涌澎湃,有无数的声音时时涌起,像是无数个自己在回忆、在讲述、在交谈。

若竹千佐子的获奖带来了一个新词的走红——"玄冬小说",取自阴阳五行说对四季的描述"青春、朱夏、白秋、玄冬","玄冬小说"与"青春小说"相对。作为"玄冬小说"的杰出代表,作为高龄版的《东京女子图鉴》,《我将独自前行》确实回应了老龄化社会的种种现实问题,但更值得关注的是小说中日语普通话与方言的交错。作为叙事者的桃子使用的是标准的日语普通话,而其内心喷薄而出的各种声音使用的是日本东北方言,两者彼此牵制而又完美并存。回不去的故乡、回不来的儿女以及对亡夫无法遏制的思念在两种语言的书写下竟然不是那么悲恸,也少了沉重——"我无法再相信从前的自己,一定有一个世界是我不曾想象的,那儿,我想去看看,我,要去的。就算只有我自个儿,也一定要去。"对于一位55岁才开始听小说讲座的作家来说,这份积极和从容唯有用"对自己忠实的语言(指方言)"才能够表达。

小说的日文题目《おらおらでひとりいぐも》,脱胎于若竹千佐子的岩手老乡宫泽贤治的诗作《诀别的早晨》,只不过诗中的这句话用拉丁文写作 Ora Orade Shitori egumo。生于明治 29 年的宫泽贤治生前籍籍无名,逝后却收获拥趸无数,其影响时至今日仍无处不在。《千与千寻》里千寻与无脸人并坐着去寻找钱婆婆的海上列车呼应的正是宫泽贤治的《银河铁道之夜》,而他那首《不畏风雨》更是出现在《樱桃小丸子》和《灌篮高手》中,更出现在"3·11"大地震后渡边谦为受灾同胞录制的支援视频中。

无独有偶,同期的直木奖被长篇小说《银河铁道之父》的作者门井庆喜收入囊中。看题目就能猜测出,这也是一部与宫泽贤治有关的作品。小说从父亲政次郎的角度讲述宫泽贤治曲折的人生经历以及温暖和冲突并存的父子关系。儿子的梦想与反叛、父亲的爱与犹疑,夹缝中摇摆不定的父子既是普天下无数父子的缩影,又是一个文学天才的起点——"我现在就像那只天蝎,只要为了能让大家获得真正的幸福,就是浴火百次,我也在所不辞。"

近代脉络中的林京子

如果说若竹千佐子小说的主人公浓缩了战后日本女性的形象,那么战前及战争期间出生成长起来的一代日本女性又会如何?比若竹千佐子早 43 年获得芥川奖的林京子提供了另外的可能。

林京子 1930 年出生在长崎,在 1945 年 8 月 9 日长崎"被爆"当天、在距离原子弹爆炸点不足两公里处侥幸逃生,时年 15 岁的少女此后备受"原爆症"的折磨,也正是以此为原点,林京子一生都在书写原爆、核灾。1975 年她凭借书写自身经验的小说《祭场》斩获当年群像新人奖和芥川奖,此后又陆续发表短篇小说集《钻石玻璃》《三届之家》《先行一步》和长篇小说《如同乌有》《现在安息吧!》等以原爆为题材和背景的作品。在"3·11"东日本大地震及福岛核电站核泄漏两周年之际,83 岁的作家又创作了书信体小说《再致露易》,以自身的人生经历和创作,质问长崎和福岛之间的"历史连续性"问题。

作为"原爆文学"代表作家的林京子为人们熟知,而许多人不知道的是,在"被爆"之前,林京子人生最初的 15 年是在上海度过的。不足一岁的林京子由于供职于三井物产的父亲工作调动,与家人迁居上海,就住在虹口密勒路(今峨眉路)的弄堂里,这段黄浦江畔的生活一直到 1945 年 2 月才结束。而回到祖国未满三个月,她就被动员去三菱兵工厂帮忙制造军火,三个月后长崎"被爆"。特殊的人生经历使得林京子在作为忠实的"8 月 9 日的讲述者"的同时,还创作了一批以上海为主题的作品。从早期的《米歇尔的口红》《上海》《黄砂》到后来的《假面》《预定时间》以及新世纪的《啦啦啦,啦啦啦》都将目光投向上海,当然这目光本身并非一致,其早期作品中对上海的乡愁到了

《假面》已经瓦解了,意识到"加害者"身份的"我"已经失去了再次走进密勒路的勇气。

1945年林京子和家人的回国之路异常曲折,由于当时上海和长崎之间的海域遍布美军设置的水雷,他们选择了另外的路线——先从上海乘船到大连,再从大连搭火车沿朝鲜半岛南下釜山,最后乘坐釜关渡轮到马关,再转长崎。这条路线何尝不是日本近代之后对外扩张、侵略的缩微图,在距离战争结束的半年前以这条路线回国,又在回国半年后、在日本最早孕育"脱亚入欧"理想的土地——长崎上亲历原子弹爆炸。

长崎"被爆"是明治以来推行富国强兵政策、日本走上军国主义道路的结果,而林京子"殖民者"的身份也是在此历史语境中形成的;福岛核电站核泄漏则是战后日本自身追求明治未完成的"现代化"的恶果。1954年中曾根康弘等议员向国会提出原子力研发预算案并获通过,核电研发就此启动,并在2011年"3·11"之前支撑起日本三分之一的电力供应。在这样的背景中,林京子的写作,不论是对"8月9日"的讲述、对核电的控诉,还是对上海经验的"重塑",都是对日本明治以来现代性诉求的抵制与反抗。出生于昭和五年的林京子,在平成二十九年也即2017年2月19日走完了自己用文学战斗的一生,她的溘然辞世是不可忘却的文学事件。

作为事件的《刺杀骑士团长》

同样可以作为事件理解的还有村上春树的新书《刺杀骑士团长》。2017年2月24日午夜,新作在日本部分书店零时起售,一时间读者蜂拥而至,盛况宛若跨年。

《刺杀骑士团长》的出版距离村上的上部长篇小说《没有色彩的多崎作和他的巡礼之年》间隔四年,然而日语版的腰封却将其放置在"《奇鸟行状录》——《海边的卡夫卡》——《1Q84》"的脉络当中,指出距离《1Q84》的出版已逾七年,这里的界定标准就是所谓的"本格长编",也就是"真正的长篇小说",村上在《我的职业是小说家》中曾经对自己的长篇小说进行了分类,有"长到不得不分册的(如《1Q84》),有长度可以放在一册的(如《天黑之后》)",显然,由《显形理念篇》和《流变隐喻篇》两部构成的《刺杀骑士团长》属于前者。

《刺杀骑士团长》讲述了一位遭遇中年危机的36岁画家的离奇经历。妻子提出离婚,事业停滞不前,"我"离家游荡,机缘巧合住在身为名画家的朋友父亲雨田具彦家中,偶然发现了他隐匿多年的画作《刺杀骑士团长》。而与此同时,雨田家对面豪宅的主人免色涉委托"我"为其画肖像画。由此形形色色的人和"非人"出现在"我"的生活中,诸如背负家族秘密的友人雨田政彦、鬼马精灵的13岁少女真理惠、被刺杀的骑士团长、目睹一切的旁观者长面人等等。这场"历险"以用刀刺死身为理念的"骑士团长"而结束,"我"和妻子复合,妻子生下别人的孩子,取名室。"3·11"地震当天"我"和室一起看电视,画面中海啸的惨状令我下意识地捂住年幼女儿的眼睛。

有细心的读者结合自己的阅读体验指出,《刺杀骑士团长》选择在 2 月 24 日发售实在精准又微妙。因为按照一般读者的阅读速度,读完小说恰好会在 3 月 11 日前后,在地震六周年的纪念日读到小说结尾对地震当天的描述,在现实和文本的重叠中结束阅读,想必会有一番别样的感受吧。

细心的读者还发现,新作中的很多情节、人物和意象都会有似曾相识之感,也确实如此,《刺杀骑士团长》被认为是村上作品的一场盛大的互文嘉年华。比如,小说的核心人物免色涉,其姓氏"免色"会让人联想到"没有色彩的多崎作";早慧少女真理惠呼应了《舞!舞!舞!》中同样 13 岁的雪以及《奇鸟行状录》中的笠原;妻子不告而别的情节更是早在《奇鸟行状录》中就有端倪;而小说中"我"在阳台上眺望和观察雨田家对面山顶的豪宅,暗自猜想"到底什么人住在那房子里呢",分明是在致敬《了不起的盖茨比》,除小说家身份之外,村上可是菲茨杰拉德的热心译者。

新潮社在新书发布前,临时将两部书首印数增加到 130 万册,在这背后是对村上春树超高人气的信心,但与此同时,争议从发售第一天就开始了。小说中免色涉直接针对南京大屠杀发问:"有人说中国人死亡数字是 40 万,有人说是 10 万。可是,40 万人与 10 万人的区别到底在哪里呢?"正是这句话引发了右翼猛烈的攻击。相比于村上"第一部正面描写日本军队在亚洲大陆的暴虐罪行的小说"《奇鸟行状录》,《刺杀骑士团长》并没有直接描写战争,而是以极其隐晦的绘画的方式加以表达,尤其是画作最终被毁,仿佛梦一样消失,使得后辈转述的真实性越发晦暗不明。写战争,作家不是为了陈述史实,而是作为解脱个人创伤记忆乃至民族创伤记忆的一种方式。

还需要指出的是,就作品本身而言,《刺杀骑士团长》是村上久违的以第一人称叙事的长篇小说。村上早年的长篇小说都是第一人称叙事,如大家熟悉的《且听风吟》《挪威的森林》等,但《奇鸟行状录》之后发生改变,或者是第一人称、第三人称结合(《斯普特尼克恋人》),或者是第三人称(《没有色彩的多崎作和他的巡礼之年》)。《刺杀骑士团长》对第一人称叙事的回归是非常彻底的,甚至叙事者使用的都不再是此前惯用的"僕"(boku,我),而是少见的"私"(watashi,我),另外一个出现"私"第一人称叙事是他的《世界尽头与冷酷仙境》。而即便是在这部 33 年前创作的作品中,也是"私"和"僕"双线并行,在"世界尽头"即个人的意识深处进行精神探险的是"僕",而在"冷酷仙境"即小说中"现实世界"的叙述者是"私"。

关于叙事者和叙事人称的问题,村上在接受川上未映子的采访时曾坦言,自己的小说转向第三人称"是因为故事本身在进化,在复合杂糅,在重叠交织,感觉这就像是一场宿命般的转变。不过说实话,之后我还是渴望用第一人称创作小说。我想尝试一下第一人称新的可能性"。《刺杀骑士团长》恰恰是此次采访之后的第一部作品,以"私"贯穿始终的第一人称新的可能性又会是什么？在我看来,"私"承载的更像是"僕"和第三人称的某种意义的结合。1995年阪神大地震和奥姆真理教事件之后,村上创作转型,由"疏离"姿态转向"介入"世界,对集团性的暴力越发关注,此时他的叙事就已经不再局限于自我的"僕",在经过第三人称的过渡后,再次回归"私"的第一人称叙事意味着向"僕"之外世界的拓展与延伸,这是一个杂糅了自我和他者的"私"。村上对"私"抱以期待,并不突兀,明治以来,二叶亭四迷、夏目漱石、志贺直哉、泉镜花、太宰治、川端康成等一代代的日本作家都在探索"私"的可能性和表现,也是在此意义上,学者安藤宏称此脉络为"制造'我'"。

水村美苗的"小说"建构

以自身创作对明治近代文学语境作出回应的还有水村美苗。水村美苗1951年出生在东京,12岁的时候随父母赴美,后进入耶鲁大学学习法语,在修满博士课程后返回日本,专事写作。她早年在日本的作家生涯并不顺利,其间还返回美国,先后在普林斯顿大学、密歇根大学、斯坦福大学教授日本近代文学,直至1990年以续写夏目漱石未完成的遗作《明暗》在日本文坛正式出道。

《续明暗》从《明暗》结束的第188章,也就是男主人公去温泉浴场寻找昔日恋人清子开始,就在津田追问清子当初为何不告而别的同时,津田的妻子延也赶到了温泉……《续明暗》在出版翌年就获得"艺术选奖文部大臣新人赏",作为文坛新人的处女作,这是一个相当高的起点。之所以会续写《明暗》,作家在《续写漱石遗作》一文中讲了缘由,她不满意在消费主义盛行的时代文学杂志为了销量和造势而设立的林林总总的文学奖项,认为这不会带来文学的兴隆,相反会导致作品质量的下滑和出版业的功利化。为了规避写作趋向功利,水村选择向经典靠拢,在此背景下续写了夏目漱石的《明暗》。

也正是从《续明暗》开始,水村美苗的作品基本都是在日本经典文学的脉络和文本上进行架构。1995年推出《私小说 from left to right》,直接以"私小说"这一文学体裁命名,讲述"我"随父母移民美国后的成长经历。小说的主人公就叫"美苗",甫到美国对西方文化无所适从,极为排斥,只有沉醉日本文学中纾解乡愁,而成年后日裔美国人的身份又使得她的异乡生活充满压抑和彷徨。从小说情节看,这完全就是作者本人人生经历的投射。不仅如此,小说中对日常琐事的私人化叙述,对人物情绪转变、思绪翻涌的详尽刻画都深得日本"私小说"的真传。不过别忘了"私小说"只是题华目的一半,另一半是"from left to right",区别于日语小说通常的竖排版形式,这部小说通篇采用横排版的形式,并且文本中现代日语、古典日语、英语杂糅,也是在此意义上有评论者称其为"日本首部横排版双语小说"。

2002 年,水村美苗在日本出版了第二部长篇小说《本格小说》,标题同样是一个文体概念,从字面上理解,所谓"本格"指的是"正宗""真正""真实",小说英译本就叫作 *A True Story*。在日本文学史上作为概念的"本格小说"是 1924 年中村武罗夫在文艺评论《本格小说与心境小说》中首次提出的,之所以提出这个概念是为了批判当时风靡的心境小说,主张超越狭隘的个人层次,更广泛地表现社会与时代。在写作《私小说》7 年之后,选择以《本格小说》再次出发,其行为本身就具有象征意义。

在《本格小说》中,水村美苗模仿了《呼啸山庄》的故事内容和叙述手法,通过叙述者的变化将全书分为三部分。第一部分还是"私小说"的模式,讲述"我"的故事以及认识小说主人公东太郎的因缘;第二部分,多年后"我"遇到了青年加藤祐介,听其讲述东太郎早年经历;第三部分也是全书的主体,由加藤祐介在日本偶然认识的女仆土屋富美子讲述一段"呼啸山庄"般的爱情故事——出身卑微的东太郎与雇主家的小姐洋子日久生情,然而两人的恋情不被长辈所容,东太郎因此被迫偷渡美国,直至发财返回日本后,可此时洋子已与邻居雅之结婚。最终,洋子意外去世,东太郎则如游魂般在世间游荡。叙述者的转换层层相扣,看似复杂,实则作者尝试以此写出一部"真正的小说(本格小说)"。在小说第一部分,"我"在讲故事的同时,还时不时思考小说创作的问题,诸如,如何用日语写出现代意义上的真正的小说?为什么日本文学会被"私小说"垄断?日语小说中的"私"与英文的"I"所指有何不同?

水村美苗的第三部长篇小说是《母亲的遗产》,在封面"母亲的遗产"下面赫然写着"新闻小说"四字副标题,再次提示我们将她的创作放置在日本文学脉络当中进行审读。近代以来最著名的新闻小说家当属 1907 年辞去东京大学教职进入朝日新闻社的夏目漱石以及效仿漱石、为《大阪每日新闻》写作的芥川龙之介,新闻小说即在报纸上连载的小说,当时成为颇受欢迎的小说样态。《母亲的遗产》在 2012 年单行本发行前就在《读卖新闻》《周六朝刊》上分 63 回进行连载,历时 15 个月。在《母亲的遗产》中,水村美苗描写了小家庭中日本女性遭遇的中年危机——丈夫出轨,母亲重病,生活重压之下主人公美津纪回忆起自己的前半生以及母亲和外祖母的婚恋往事……母亲去世后,美津纪毅然与丈夫离婚,母亲留下的物质遗产保障了美津纪日后的生活,而精神遗产则使她能够欣然接受"老去"这件事。当被问及为何以"新闻小说"的方式进行创作时,水村坦言,在报纸和小说的历史使命日趋终结的今天,选择这么写正是为了确认它们曾经的荣光,记录它们的曲终人散,宛若"白鸟之歌"。

与其说站在 2018 年回望、叩问、重审明治维新,倒不如说时至今日日本还萦绕着明治的语境和困惑。在日本当代文学中,自觉地回应近代并与之对话,或者说在近代的问题脉络中进行书写和架构,绝非个案,这也不光是一种致敬的姿态,而是近代提出的问题始终没有解决。也正是在此意义上,纪念明治维新150周年的大河剧选择了西乡隆盛,他不只是追忆的对象,更是处方——西乡隆盛是促使日本走向现代化的人,同时也是第一批质疑日本现代化的人。2018年,明治150年,别忘了也是平成末年。

编 者 的 话

从 1949 年 9 月 25 日创刊起,《文艺报》走过了 70 年的风雨历程。70 年来,《文艺报》始终坚持党的文艺方针,深入地探讨研究文艺作品、文艺现象,积极热情地传达广大文艺家心声,在中国文艺界具有权威地位,对中国文学的发展产生了重要的影响。

在追踪中国当代文艺创作和引领中国当代文艺思潮的同时,《文艺报》也将关注的目光投向世界,秉持着开放沟通的心态,以包容、新锐的编辑理念,介绍世界各国的当代文学思潮以及文学史上的经典作品。仅在创刊初期的 20 世纪五六十年代,《文艺报》刊发的外国文学理论评论文章就涉及欧洲、亚洲、拉美等国家和地区的作家作品,显示出放眼世界和沟通中外的办报理念。改革开放之后,《文艺报》于 1985 年由刊改报,并设立《世界文坛》版,由钱锺书先生题写的刊头沿用至今,在 20 世纪八九十年代的文学热潮中,《世界文坛》关注了当时几乎所有重要的外国文学思潮,发表的文章呼应并一定程度上影响了当时的文学热潮,打下了良好的读者基础。2011 年,《文艺报》在《世界文坛》版的基础上增设《外国文艺》专刊,增加了对于外国文学热点的追踪、翻译和国外艺术等栏目,扩大了观照世界文坛的视野。

本套丛书的《世界的涛声》(外国文学卷)收录了《文艺报》1949 年 9 月创刊至今 70 年来所刊发的外国文学相关文章。所选录文章的作者包括中国现当代文学大家、著名翻译家以及现今活跃在外国文学研究和翻译领域的中青年学者。选录文章以作家作品评论、理论批评为主,涉及亚洲、欧洲、非洲、美洲及大洋洲各地区、各语种的外国文学经典作家作品、不同历史时期的文学思潮以及文学奖项等文学热点事件。所选取的文章有立场、有深度、有文采、有趣味,从中可以一窥新中国成立 70 年来外国文学研究的关注重点和发展脉络。

此次编选因时间有限等因素影响,加之编者水平有限,难免有遗珠之憾和错讹之处,恳请广大读者和专家谅解和批评指正。

编 者
2020 年 7 月